U0851267

读客®

读客外国小说文库

熊猫君激发个人成长

WINTER OF THE WORLD

世界的凛冬 Ⅰ

[英]肯·福莱特 著　陈杰 译

KEN FOLLETT

江苏凤凰文艺出版社
JIANGSU PHOENIX LITERATURE AND ART PUBLISHING, LTD

Winter of the World

KEN FOLLETT

纪念我的祖辈

汤姆和米妮·福莱特

亚瑟和贝茜·埃文斯

目 录

第四章 / 264

1937年，莫斯科

尸体在高温中发臭。因为城里切断了自来水供应，许多牲畜被渴死了，死牲畜发出的臭味同样熏得人无法呼吸。工程兵只要有空，就会把人和牲畜的尸体叠在一起，浇上汽油，一把火烧掉。

第五章 / 314

1939年，柏林

沃洛佳自然没去过盖世太保的总部，但他知道里面是什么样的。内务部人民委员会在列森伯格十一号的苏联贸易大厦建有相同的设施：钢门，用便于清洗血迹的方砖建成的审讯室，一个便于分割尸体的大盆，以及焚烧人体部分的电炉。

Part 1
另一张面孔

第一章

1933年，柏林

卡拉知道父母快要吵架了。走进厨房，她就感受到一股刺骨的敌意，如同二月暴风雪前刮过柏林街道的寒风。她真想转身就走。

卡拉的父母很少吵架。他们大多数时候如胶似漆，好得有点过了头。每当他们在人前亲吻的时候，卡拉都觉得浑身不自在。她的朋友们觉得这很奇怪——他们的父母从来不这样。她曾经问过母亲一次。母亲笑着对她说："我们刚结婚，你父亲就参战了。"尽管操着一口流利的德语，但卡拉的母亲出生在英国，"我留在伦敦，你父亲回德国参了军。"这件事卡拉听了无数遍了，但母亲不厌其烦地讲，"我们本以为战争最多会持续三个月，结果我却五年没见到他。那时我老是在想，只要能摸一下他，我就满足了。现在，我就是喜欢和他亲热。"

父亲也好不到哪里去。"你母亲是我认识的最聪明的女人，"几天前，他就在这间厨房里告诉卡拉，"所以我娶了她，这和……没有关系。"他的声音变小，和母亲鬼鬼祟祟地笑着，就像十一岁的卡拉根本不懂性事。这太让人尴尬了。

不过，他们偶尔还是会吵架。卡拉知道他们什么时候会吵。

现在，两人眼看就要起冲突了。

他们坐在餐桌的两头。父亲穿着灰色西装、浆白衬衫，戴着黑色的丝绸领带，和以往一样神情严峻。尽管发际有些后移，马甲下面的小腹有些微微隆起，但他的外表还是一如既往的整洁。可以看得出，他正尽力控制着自己的感情。卡拉很熟悉这种表情。当家人们做了触怒他的事情时，他总是这种表情。

父亲手里拿着一份母亲供稿的杂志。她在《社会民主党人》杂志社工作，以“茉黛女士”的笔名为杂志撰写政治和外交方面的闲话专栏。父亲大声朗读起来：“德国新总理阿道夫·希特勒阁下在兴登堡总统[①]的招待会上完成了外交舞台上的首秀。”

卡拉知道，总统是一国之尊。但他超然于日常的政务之上，只是扮演裁判官的角色。总理是政府的实际掌控者。尽管希特勒已经当选为总理，但他的纳粹党还没有在议会取得多数席位——因此，至少现在，其他党派还能控制纳粹的倒行逆施。

父亲像被人强迫谈论下水道里的污物般语带反感：“他穿着燕尾服正装，似乎非常难受。”

卡拉的母亲一边啜饮着咖啡，一边看着窗外，似乎对大街上戴着手套和围巾匆匆上班的行人很感兴趣。和父亲一样，她也在强装镇定。卡拉很清楚，母亲只是在等待合适的时机而已。

女仆艾达穿着围裙，正在料理台前切奶酪。她把一个装着奶酪的盘子放在卡拉父亲的面前，但他看也不看。“希特勒先生显然对身着粉红天鹅绒礼服、品位高雅的意大利大使夫人伊丽莎

① 保罗·冯·兴登堡（1847–1934），德国陆军元帅，政治家，军事家。1925年当选魏玛（德意志）共和国总统，1933年1月任命希特勒为政府总理，1934年8月2日在东普鲁士的诺伊代克去世。（注：如无说明，本书所有注释均为译注）

白·塞鲁蒂非常感兴趣。”

母亲总喜欢对别人的穿着评头论足。她说这有助于读者想象出笔下人物的形象。她也有一些非常不错的衣服，但时世艰难，母亲已经有好几年没买新衣服了。这天，她穿着一件大约在卡拉出生时买的天蓝色羊绒长裙，看上去非常苗条。

“身为一名犹太人，塞鲁蒂夫人是个狂热的法西斯主义者，和希特勒相谈甚欢。她乞求希特勒停止煽动对犹太人的仇恨了吗？”读到这里，父亲把杂志往餐桌上狠狠一摔。

好戏就要开始了，卡拉心想。

“你知道这会惹恼纳粹。”他说。

“这正是我要的效果，”母亲冷冷地说，“我情愿封笔也不写讨好他们的东西。”

“别把他们惹毛了，那群人非常危险。”

母亲的眼里满是怒火。“沃尔特，不要对我发号施令。我知道他们很危险——这正是我要和那群人对着干的原因。”

“我只是觉得没有惹恼他们的必要。”

“你应该在议会向他们发起攻击。”父亲是社会民主党的议员。

“我只做理性的讨论。”

又搞这套，卡拉心想。父亲理性、谨慎，同时遵纪守法，而母亲激进，且我行我素。父亲沉静地坚守着自己的原则，母亲则咄咄逼人地宣扬自己的主张。他们永远无法取得一致。

父亲补充道：“我不会故意惹那些纳粹党人发狂。”

“可能因为你根本不能对他们造成任何伤害。”

父亲被母亲的快速反击惹怒了，他高声说道：“用这种闲聊式的专栏文章就能摧毁他们了吗？”

“我在嘲笑他们。”

“你是在攻击他们。”

“这两种我们都需要。”

父亲越发生气了。“茉黛，难道你不知道这样做是在把自己和家人置于危险中吗？”

“正相反，不嘲笑才是真正的危险。你难道没有想过，如果德国变成一个法西斯主义国家，我们的下一代会是什么样吗？”

这类争论总让卡拉觉得不舒服。她不愿去想家人会陷入危险。生活应该一如既往。她希望每天早晨都能坐在厨房里，和分坐在餐桌两边的父母，以及在料理台前忙碌的艾达待在一起，当然还有她匆匆下楼的哥哥埃里克，他又起晚了。生活为什么要改变呢？

每天早饭时，父母都会讨论一些政治问题。卡拉觉得自己能理解父母正在干些什么，知道他们正计划着让德国变得更好。但最近这种交谈有点变味了，他们似乎认为德国正被一种可怕的危险笼罩，卡拉却想象不出这种危险是什么。

父亲说：“为了压制希特勒和他的党羽，我真的已经做了一切我能做的。”

“我也一样。但你总以为自己做的事情才是明智的，”母亲的脸因愤怒而变得铁青，“而当我有所行动时，你却谴责我把这个家置于险境。”

“我这样说是有理由的。”父亲说。争吵刚刚开始，但这时埃里克晃荡着书包像小马驹一样冲下楼梯，奔进了餐厅。他比卡拉大两岁，今年十三岁，上嘴唇已经长出了淡淡的黑色胡须。前些年，埃里克和卡拉成天在一起玩。但那样的日子已经一去不返了，自从长个儿以后，他就装出一副认为卡拉幼稚和不懂事的样子，不跟她一起玩了。事实上，卡拉比埃里克聪明得多，知道很多他无法理解的事情，比如什么是月经。

“你刚才弹的是哪首曲子？”埃里克问母亲。

兄妹俩时常被母亲的钢琴声吵醒。这架施坦威钢琴和这栋房子都是他们的父亲从自己的父母那里继承来的。母亲说白天太忙，晚上又太累，所以只能早晨弹一会儿琴。这天，母亲弹了一首莫扎特的奏鸣曲和一首爵士乐。“这首爵士乐叫《猛虎》。”她告诉埃里克，“你想来点奶酪吗？”

“爵士乐是颓废的音乐。”埃里克说。

“别瞎说。”

艾达把一盘奶酪和切碎的香肠放在埃里克面前，他把食物塞进嘴里。卡拉觉得埃里克的吃相非常难看。

父亲的表情突然变得非常可怕。“埃里克，这些胡说八道是谁教给你的？”

“赫尔曼·布劳恩说爵士乐是黑人发出的噪声，根本不能算是音乐。”赫尔曼是埃里克最好的朋友，而他的父亲是纳粹党的一员。

“赫尔曼应该尝试一下。”父亲看了母亲一眼，神情缓和了些。母亲对他笑了笑。父亲接着说：“多年前你妈妈曾经想教我弹拉格泰姆[1]，可我总是掌握不好节拍。”

妈妈又笑了：“简直是对牛弹琴。”

---

① 拉格泰姆，是一种采用黑人旋律，依切分音法循环主题与变形乐句等法则结合而成的早期爵士乐。

争执结束了，卡拉不禁松了口气。她感觉好了些，拿了些黑面包浸在牛奶里吃。

但埃里克又不干了。“黑人是劣等民族。”他不服气地说。

“才不是呢，”父亲循循善诱地说，“如果一个黑人孩子在优渥的家庭里长大，上名校接受良好的教育，说不定比你还聪明呢。”

“你胡说。”埃里克有点气急败坏了。

母亲插话进来：“傻孩子，不能和爸爸这样说话。”她的火已经发完了，此时的语调里带着一丝倦意，“你和赫尔曼·布劳恩根本不知道自己在说什么。”

埃里克说：“雅利安人是最优秀的人种——我们将统治世界。”

“你的纳粹朋友根本不知道历史，”父亲说，“德国人还生活在洞穴里的时候，埃及人就造出了金字塔。阿拉伯人在中世纪时曾统治世界——那时穆斯林已经学会了算术，而德国的王子们还不会写自己的名字。一个人是不是聪明，和种族无关。”

卡拉皱着眉头问：“那和什么有关系呢？”

父亲慈爱地看着她：“这是个很好的问题，你能提出这样一个问题就已经很聪明了。”父亲的赞赏让卡拉很开心，“文明兴衰起伏——中国人、阿兹特克人、罗马人都曾经历过——但其中的原因谁都说不清楚。”

“都快点吃完，穿上外套，”母亲说，“你们要迟到了。”

父亲从马甲口袋里拿出怀表，扬起眉毛看了一眼：“还不算晚。”

“我把卡拉送到弗兰克家去，”母亲说，“她们学校停课一天——似乎是要修壁炉——我打算让卡拉和弗里达待上一天。”

弗里达·弗兰克是卡拉最好的朋友，她们的母亲也是密友。弗里达的母亲莫妮卡，年轻时甚至还和卡拉的父亲谈过恋爱——这件好玩的事是弗里达的奶奶某天喝多了香槟后告诉她们的。

父亲问：“为什么不让艾达照看卡拉？”

“艾达要去看医生。”

“哦。”

卡拉希望父亲追问一下艾达到底出了什么事，他却像早就知道了似的点点头，把表收了起来。卡拉打算开口问，但又觉得不妥。她本想之后再去问母亲，然而卡拉很快就把这事给忘了。

爸爸穿着黑色的长大衣先出了门。埃里克戴上帽子——像他的朋友们一样随意地搭在头上，好像随时会掉下来似的——然后跟着父亲走了。

卡拉和母亲帮艾达收拾餐桌。卡拉和艾达的感情非常好，上学之前，因为母亲需要上班，卡拉一直由艾达看护着。艾达还没结婚，她二十九岁，长相普通，不过笑起来非常美。前年夏天，她和警察保罗·胡贝尔约会过一段日子，但这段感情无果而终。

卡拉和母亲站在走廊的镜子前戴帽子。母亲的动作不紧不慢。她选择了一顶深蓝色窄边圆呢帽，样式很大众，不过她刻意斜戴着，看起来有几分俏皮。卡拉把编织绒线帽戴在头上，寻思将来能否像母亲这般有风格。妈妈看上去像个战争女神，脖子、下巴和颧骨仿佛是用大理石雕刻出来的。她迷人极了，没错，但确实谈不上漂亮。卡拉和母亲一样拥有黑色头发和绿色眼眸，但比起雕像倒更像是个胖娃娃。她曾偶然偷听到奶奶对母亲说：“看着吧，丑小鸭终有一天会长成白天鹅的。”卡拉还在等着那一天的到来。

等母亲打扮好以后，母女二人一起出门了。她们家位于市中心的米特老城区，在一排优雅高大的连栋住宅之中，这些房子是当初为了像卡拉爷爷那样在附近的政府大楼上班的高官和军队官员建造的。

卡拉和母亲先搭乘电车，沿着菩提树下大街往前，然后转乘地铁从弗里德里希大街坐到动物园站。弗兰克一家住在柏林西南市郊的勋伯格。

卡拉盼望着见到弗里达的哥哥，十四岁的沃纳。她喜欢沃纳。有时卡拉和弗里达会想象着嫁给对方的兄长，做邻居，彼此的孩子也成为好朋友。弗里达认为这只是个游戏，但卡拉暗自当真了。沃纳英俊成熟，一点儿不像埃里克那么蠢。卡拉卧室的玩具小屋里放了张迷你床，床上并排睡着一对玩偶夫妇，卡拉私下里把他们叫作“卡拉和沃纳”，没人知道这个秘密，连弗里达都不知道。

弗里达还有个七岁的弟弟阿克谢尔，但他生下来就脊柱开裂，必须长年接受治疗。现住在柏林市郊的一所特殊医院里。

一路上，母亲都想着心事。“希望一切都能顺利。”下地铁时她心不在焉地自言自语。

“肯定顺利，”卡拉说，“我和弗里达会玩得很开心。”

“我指的不是这个，我是说那篇关于希特勒的文章。”

“我们会有危险吗？爸爸说的是对的吗？”

“你爸爸通常都是对的。”

“如果惹恼了纳粹，我们会怎么样啊？”

妈妈古怪地盯了她好一会儿，然后说：“老天，我带你来的是个怎样的世界啊！”接着，两人都不说话了。

步行了十分钟以后，她们抵达了一座掩映在大花园里的别墅。弗兰克一家很有钱，弗里达的父亲路德维希，拥有一间生产收音机的工厂。车道上停着两辆车，闪亮的黑色大轿车是弗兰克先生的，已经启动了，排放着一团团尾气。司机瑞特穿着一身制服，裤腿塞在长筒靴里，手拿帽子随时准备为雇主打开车门。他鞠了一躬，说："早上好，冯·乌尔里希夫人。"

另一辆是只有双人座的绿色小车。一个留着灰白胡子的矮个子男人拎着皮箱从别墅里出来，坐进车里后，碰了碰帽子向母亲致意。"不知道洛特曼医生这么早来干吗。"母亲不安地说。

她们很快就知道了原因。弗里达的母亲，高大的满头红发的莫妮卡走到门口，脸色苍白，神情焦急。她没有招呼母女俩进门，而是像挡着她们似的站在门口。"弗里达出麻疹了。"

"太可怜了！"母亲说，"她怎么样了？"

"她又发烧又咳嗽，病得相当重。不过洛特曼说她会好起来的。但她必须接受隔离。"

"这是自然，你得过麻疹吗？"

"得过，小时候得过。"

"你们家的沃纳也得过——我记得他当时身上满是可怕的疹子。你丈夫得过吗？"母亲问。

"鲁迪[①]小时候也得过。"

两位母亲把目光投向卡拉。卡拉没得过麻疹。她意识到，这意味着自己没法和弗里达一起玩了。

---

① 鲁迪，路德维希的昵称。

卡拉很失望，但母亲受到的打击更大。“这周的杂志是选举特刊——我可不能请假。”她似乎心烦意乱。大人们非常关心下周举行的大选，卡拉的父母担心纳粹会在选举中获胜，从而取得政府的主导权。“另外，伦敦有个老友今天会来看我。不知道能不能让沃尔特请一天假，照看下卡拉？”

莫妮卡说：“为什么不打个电话给他呢？”

安装了电话的人家很少，但弗兰克家已经有了。卡拉和母亲走进玄关。电话就放在门边的细脚桌上。母亲拿起话筒，向接线员报出了父亲工作的议会大楼办公室的电话号码。拨通以后，母亲把情况跟父亲说了。她拿着话筒听了好一会儿，表情越来越可怕。“我们杂志将推动十万读者为社会民主党而战，”她说，“你真有什么比这更重要的事情非要今天处理吗？”

卡拉知道父母的争吵将怎样结束。父亲非常爱卡拉，但十一年来，他没有完整地照顾过她一天。卡拉朋友们的父亲也都是这样。男人才不屑去照料孩子呢。母亲只是有时会假装不了解女人的生存法则而已。

“那我只能把她带到办公室了，”母亲对着话筒说，“我不敢去想约克曼先生会说些什么。”约克曼先生是母亲的上司。“很多时候他根本不为女人考虑。”母亲没说再见就挂了电话。

卡拉讨厌父母吵架，但这一天他们已经吵了两回了。整个世界似乎都变得动荡起来。相比纳粹，她更害怕父母吵架。

“跟我走吧。”母亲说完，便朝门口走去。

这下见不着沃纳了，卡拉闷闷不乐地想着。

此时，弗里达的父亲出现在门厅里，脸色红润，留着一撮黑色的小胡子。他精力充沛，表情轻松，愉快地和卡拉的母亲打招呼。母亲停下脚步，在莫妮卡帮他穿上黑色毛领大衣的时候礼貌地跟他交谈了两句。

之后，他走到楼梯下喊道：“沃纳，再磨蹭我就不带你去了。”说完，他戴上灰色呢帽朝外走去。

“我好了，我好了！”沃纳像个舞者一样跑下楼梯。他长得和父亲一样高，却比父亲更英俊，更精干。他留着一头稍长的红发，胳膊下面夹着只像是装满书的皮书包，另一只手提了双冰鞋和一根球棍。匆忙间，他也不忘停下脚步，礼貌地对卡拉母亲说：“早上好，乌尔里希夫人。”和卡拉打招呼则随意得多：“嗨，卡拉。我妹妹得麻疹了。”

卡拉没来由地脸红了。“我已经听说了，”她试着想找些吸引人的有趣话题，但什么都想不起来，“我没得过麻疹，所以不能见她。”最后她只能这样说。

“我小时候得过，”沃纳说得好像这是很久以前的事，“我必须赶紧了。”他抱歉地补充了一句。

卡拉不想匆忙和沃纳分别，赶紧跟着他出了门。司机瑞特打开了后座车门。“这是什么车？”卡拉问沃纳。男孩对汽车的型号都非常了解。

“是梅赛德斯–奔驰的W10型车。”

“看上去非常舒适。”她发现母亲正既惊讶又愉快地看着她。

沃纳问她：“想搭个便车吗？”

“太好了。”

“我得问问爸爸。”沃纳把头伸进车里，跟父亲说了几句。

卡拉听见了弗兰克先生的回答。“当然可以，不过要快点。”

卡拉转身对母亲说：“我们可以搭弗兰克先生的车。”

母亲犹豫了一下，她不赞同弗兰克的政治立场——他曾给纳粹捐过钱——但她不准备拒绝严寒早晨搭乘暖和轿车的邀请。“路德维希，谢谢你的好心。”她说。

母女俩上了车。车后排正好能坐下四个人，瑞特很快就开车上路了。“你们是要去科赫路吗？”弗兰克先生问。许多报社和出版社都选址在克罗伊茨贝格区的这条街上。

“不用为我们改道，我们在莱比锡大街下车就行。”

“我很乐意送你们到杂志社——只怕你那些左翼同事不愿看见你从一个傲慢富豪的车上下来吧。”他的声音里既带着些嘲讽，又有着很强的敌意。

母亲露出了迷人的微笑。“鲁迪，你并不傲慢——只是略微有点胖而已。”说着她拍了拍弗兰克先生的大衣前襟。

他笑了。“我是自找的。”敌意消解了。弗兰克先生拿起车里的传声筒，对瑞特下达了指令。

卡拉很高兴和沃纳坐同一辆车，她想和他多说些话，但一开始她就想不出可聊的话题。她想问沃纳：长大以后，你想不想娶个比你小三岁，黑发碧眼的聪明女孩为妻呢？但最后她只是指着他的冰鞋问：“今天你有比赛吗？”

“没有比赛，只是放学后的训练。”

“你在场上打什么位置？”卡拉对冰球一窍不通，但团队项目肯定会分不同的位置。

“右前锋。”

“冰球是不是一项很危险的运动？”

“够敏捷就没什么危险。”

“你一定打得非常棒！”

“不算糟。”他回答得很实诚。

卡拉再次发现母亲对她绽放出高深莫测的浅笑。她猜出卡拉对沃纳的好感了吗？卡拉觉得自己又一阵脸红。

车在一所学校外面停下了，沃纳下了车。“再见，各位。”说完他就穿过校门朝操场跑去。

瑞特沿着兰德维尔运河的南岸继续向前开。卡拉看着运河里的驳船，驳船的煤堆上面盖着厚厚的一层雪。卡拉很失望，她本想通过搭车和沃纳待得久一点，却把时间浪费在了谈论冰球上。

该和他聊些什么呢？卡拉完全不知道。

弗兰克先生对母亲说：“我看了你在《社会民主党人》杂志上写的专栏文章。”

“希望你能喜欢。”

“你对总理的不尊敬让我非常失望。”

“你觉得记者们只能写些对政治家阿谀奉承的文章吗？”母亲反驳道，“那太极端了。照你这样说，纳粹的报纸杂志也应该对我丈夫礼貌些！他们才不会这样呢。”

“我说的可不是普通的政客。”弗兰克有点恼怒了。

汽车穿过波茨坦广场前人声鼎沸的十字路口。汽车、电车、马车和行人各不相让，交通非常混乱。

母亲问：“平等谈论所有人对媒体来说不是会更好吗？”

“很好，”弗兰克先生说，“但你们社会民主党人只会做春秋大梦。所有现实的德国人都知道德国无法靠你们的那些理念活下去。人们必须有食物吃，有衣服穿，有炉子烤。”

“我非常同意，”母亲说，“德国确实需要发展，但我希望卡拉和埃里克作为自由国度的公民成长。”

“你把自由过于美化了。自由不会让人民更幸福。人民需要强有力的领导。我希望沃纳、弗里达和可怜的阿克谢尔在统一、纪律严明、能让他们为之而自豪的国家成长。”

“为了统一，年迈的犹太店主就该被冲锋队的恶棍毒打？”

“政治是严酷的，在强大的政治机器面前，我们什么都做不了。”

“正相反，作为各自领域的领导者，路德维希，我们应该让政治不那么严酷——多一点诚信理智，少一点暴虐。如果做不到这些，我们就没尽到各自的爱国义务。”

弗兰克先生吹了声口哨。

卡拉不怎么了解男人，但她知道，在社会责任的话题上，他们不爱被女人教训。今天早晨妈妈想必没有切换到平时的优雅状态。但这并不奇怪，眼下每个人都很紧张，下周的选举弄得所有人都紧张兮兮的。

汽车抵达了莱比锡广场。“要在哪里放下你们？”弗兰克先生冷冷地问。

“这里就好。”母亲说。

弗兰克拍了拍玻璃隔断。瑞特停下车，然后赶紧下来开门。

母亲说：“我真心希望弗里达能快点好起来。”

“谢谢你。”

母女俩下了车，瑞特关上车门。

离杂志社还有几分钟的路程，但母亲显然已经不愿意继续在车里待下去了。卡拉不希望母亲和弗兰克先生一见面就吵，那样她就见不到弗里达和沃纳了。她不想要这种局面！

母女俩迈着轻快的步子往前走。“我们努力不在办公室里添麻烦。”母亲真诚的语调打动了卡拉，让她觉得使母亲为难是很丢脸的，决心表现得完美一点。

在路上，母亲和好几个人打了招呼：从卡拉记事起，母亲就一直在为杂志撰写专栏，在记者圈里很有名气。记者们都用英语的“茉黛女士”称呼她。

在《社会民主党人》杂志所在的大楼附近，她们遇见了熟人，施瓦布中士。他和卡拉的父亲在一战期间曾并肩作战，现在还剃着士兵的寸头。战后，他做过园丁，先后为卡拉的爷爷和父亲工作，但后来因为从母亲的皮夹里偷钱而被父亲解雇。此时，他穿着一件难看的冲锋队制服。冲锋队员不是军人，只是一些相当于辅警的纳粹。

施瓦布大声说：“你好，乌尔里希太太。”似乎一点没为做过小偷而感到耻辱。他甚至连帽子都没有脱。

母亲冷冷地点了点头，然后从施瓦布身边走过。“不知道他来这干什么。”她一边念叨，一边不安地走进了大楼。

杂志社位于这幢现代化办公大楼的第一层。卡拉知道小孩子不应该来这里，希望她们能神不知鬼不觉地溜进母亲的办公室。然而她们在楼梯上碰见了约克曼先生。他很胖，戴着副高度近视眼镜。“这是怎么回事？”他叼着烟直率地说，“难道我们开了一所幼儿园吗？”

母亲没有理会约克曼先生的无礼。“我在想前些天你的那席话，”母亲说，“你说年轻人只知道记者这份工作非常耀眼，却一点都不知道其中的甘苦。”

约克曼先生皱了皱眉：“我这样说了？好吧，确实如此。”

“所以我想让女儿来看看现实。我想这对她的教育会非常有用，如果她想当名记者的话就更有用了。她会写篇作文，把她在杂志社的所思所想告诉她的同学们。我想，你一定会同意的。”

母亲一定在路上就想好了该怎么应对，好在这种说法的确令人信服。卡拉差点也相信了她的话。母亲的优雅终于又回来了。

约克曼问：“今天不是有个重要访客要从伦敦来吗？”

“是艾瑟尔·莱克维兹，她是我的老朋友——见过还是个婴儿的卡拉。”

约克曼慢慢平静下来。“嗯，五分钟后要开个编辑会，我买好烟后马上就开。”

“卡拉会替你买的，”说完母亲转身告诉卡拉，“隔三个门洞有家烟店，约克曼先生常抽罗斯-汉德尔牌烟。”

“哦，那我就省事了。”说完，约克曼递给卡拉一马克硬币。

母亲交代卡拉：“买好烟以后，到顶楼来找我，火灾报警器旁边的房间。”说完，她亲切地挽住约克曼先生的胳膊转身走了。“我觉得上周的杂志是最棒的一期。”母亲边走边说。

卡拉跑出来，走到大街上。母亲用她的魅力和机智消除了约克曼先生的不满。她经常说：“女人要善用自己身上的每一件武器。”想到这儿，卡拉意识到自己采用了母亲的策略，才使她们搭上了弗兰克先生的便车。也许她和母亲完全一样。母亲高深莫测的笑容正基于此：她仿佛看见了三十年前的自己。

商店里排起了队，柏林一半的记者似乎都在这里购买日常所需。排了好久，卡拉终于买到罗斯-汉德尔牌烟了，拿着烟跑回杂志社大楼。她很快找到了火灾报警器——是个附着在墙上的大水平仪——但妈妈不在办公室。显然她去开编辑会了。

卡拉沿着走廊往前走。所有的门都开着，除了几个秘书和打字员，大多数房间里都没有人。拐过一个弯，卡拉在大楼后部找到一个挂有“会议室”标牌的房间。房间里传出不断抬高的争论声。她拍了拍门，但没人给她开门。她犹豫了一会儿，然后拧开门把手走进房间。

满屋子都是烟。十来个人围坐在一张长桌旁，母亲是其中唯一的女性。当卡拉走到桌首，把烟和找零交给约克曼先生的时候，所有人都安静了下来，显得非常吃惊。突如其来的安静使卡拉琢磨起擅自进来是不是犯了错。

但约克曼先生只是说了声“谢谢”。

“先生，不用谢。”不知为何卡拉轻轻地向约克曼先生鞠了个躬。

参会者都笑了。有人问：“约克曼，你是不是又雇了个助理啊？”卡拉这才知道自己并没做错。

她飞快地走出会议室，回到母亲的办公室。她没脱下大衣——母亲的办公室挺冷的。她四处看了看，办公桌上放着电话、打字机，以及成堆的白纸和复写纸。

电话旁的镜框里放着一张合照，是卡拉、埃里克和父亲。那是几年前一个阳光明媚的日子，他们在距柏林十五英里远的万斯湖畔拍摄的。照片上的父亲穿着短裤，三个人都在笑。那时的埃里克还不像现在这样爱耍酷。

房间里的另外一张照片是母亲和社民党领袖弗雷德里希·埃伯特的合照。埃伯特是战后德国的第一任总统。这张照片是大约十年前拍摄的，照片上母亲留着短发，穿着无袖低腰裙。卡拉会心地笑了：那在十年前一定很时尚。

书架上放着机构名录、电话簿、好几种语言的字典和地图册，但没有卡拉可看的书。她打开抽屉，里面放着一些铅笔、几副包装完好的新手套、一包月经垫，以及一本记着名字和电话号码的笔记本。

卡拉把桌子上的日历调整到了这天：1933年2月27日，星期一。然后把一张纸放进打字机。她在纸上打下了自己的名字：海克·卡拉·冯·乌尔里希。五岁时她对家人说自己不喜欢海克这个名字，让大家都叫她卡拉。让她有些惊讶的是，家里人都照办了。

打字机键盘上的每个键都连接着一根能带动墨带的金属棒，文章和信都是通过墨带的起起伏伏打出来的。卡拉不小心同时按下了两个键，使两根金属棒搅在了一起。她试图把它们拨开，但没有成功。按别的键也没有用——搅和在一起的金属棒反倒多了一根。她抱怨了一声：这回又惹上麻烦了。

大街上传来的喧闹声打断了卡拉。她走到窗前，十几个冲锋队员列队站在马路中央高喊：“杀死所有犹太人，犹太人进地狱去吧！”卡拉不知道他们为什么这么恨犹太人，犹太人看上去和别的民族没有什么不一样啊！她吃惊地发现，站在队列前方的正是刚才遇见的施瓦布中士。施瓦布被解雇时卡拉觉得很难受，她知道他很难再找到工作了。德国有好几百万人都在找工作；父亲说现在是经济萧条期。但母亲坚持要解雇施瓦布：“怎么能放小偷在家里呢？”

冲锋队的口号变了：“捣毁犹太人的报纸！”队员们异口同声地呼喊着。有人开始扔东西，一棵烂菜在一家全国性报纸的门口溅了一地。让卡拉害怕的是，他们很快把矛头转向了《社会民主党人》杂志所在的大楼。她连忙后退，透过窗角偷偷朝外张望，希望冲锋队员们没看见她。他们在大楼外面停住脚步，嘴里仍然喊着口号。有个人朝楼上扔了块石头，砸中了母亲办公室的窗玻璃，幸好玻璃没碎，但卡拉还是害怕地轻轻叫了一声。过了一会儿，有个戴着红色软帽的打字员进来了。“怎么啦？”她问卡拉，然后朝外看了一眼，“哦，天哪！”

冲锋队员们走进大楼，楼梯上响起他们的脚步声。卡拉害怕极了：他们会干些什么啊！

施瓦布中士走进母亲的办公室。他犹豫了一会儿，看见办公室里只有卡拉和打字员以后，放松了下来，拿起打字机就往窗外扔，打字机破窗而出，摔到楼下，玻璃碎了一地。卡拉和打字员情不自禁地尖叫起来。

更多的冲锋队员喊着口号进来了。

施瓦布抓住打字员的胳膊问：“亲爱的，办公室的保险箱在哪儿？”

打字员惊恐地回答说：“在档案室里。”

“带我过去。”

“好，都听你的。”

施瓦布拽着她出去了。

卡拉哭了一会儿，然后自己停了下来。

她想躲在桌子下面，但很快打消了这个念头。她不想在这些人面前露怯。内心的某种东西让她想进行反击。

但她该怎么办呢？她决定去提醒母亲。

她走到门口，看了看走廊。冲锋队员们在几个办公室之间进进出出，但还没有走到尽头的那几间。卡拉不知道会议室里的人有没有听到动静。她拼尽全力沿着走廊跑，但一阵尖叫让她站住了。她向声音传来的办公室里看了一眼，发现施瓦布正用力摇晃着戴软帽的打字员：“快告诉我钥匙在哪里？”

“我不知道，我发誓说的是实话。”打字员哭着说。

卡拉气极了，施瓦布没权这样对待一个女人。她大声喊：“施瓦布，你这个小偷，不准碰她。”

施瓦布恨意满满地看着她，卡拉心一凉，满心都是恐惧。接着施瓦布把目光投向卡拉身后的一个人：“把这孩子给我拎出去。”

卡拉被人从后面提了起来。“你是小犹太人吗？”这男人问，“你满头都是黑发，一看就是个小犹太崽子。”

卡拉吓坏了。“我不是什么犹太人。”她尖叫着。

冲锋队员把她抱过走廊，送进了母亲的办公室。卡拉蹒跚几步，跌倒在地。“给我老实待着。”说完他就走了。

卡拉站起身，她没有受伤。走廊里都是冲锋队员，卡拉没法找到母亲，但必须找人帮忙。

卡拉朝打碎了的窗户外面看去。街道上聚集了一小群人。两个警察正站在旁观的人群中闲聊。卡拉朝那两个警察大喊：“警察先生，快救命啊！”

他们看着卡拉，笑了。

笑声激怒了她，怒气使她胆大了许多。她往办公室门外张望，偶然间看见了墙上的火灾警报器。她走到警报器前，抓住把手。

卡拉犹豫了，没有火灾绝不能拉响警报器。墙上贴着的告示上说，乱拉警报将受到可怕的处罚！

但她还是拉下了把手。

一开始风平浪静，什么声音都没有。警报器可能坏了吧，卡拉心想。

很快，此起彼伏的电喇叭声便响彻了整栋大楼。

记者们立刻从走廊那头的会议室跑出来，约克曼是第一个。“发生什么事了？”他扯着嗓门怒气冲冲地问。

一个冲锋队员说：“你们这些犹太共党分子办的破杂志侮辱我们的领袖，我们要关闭这里。”

“从我的办公室里出去。”

冲锋队员不顾他的阻挠，闯进了侧面的一间办公室。没一会儿，办公室里传来女人的尖叫声和像是金属台面被推翻的声音。

约克曼转身对一位下属说：“施奈德，赶快把警察叫来。”

卡拉知道叫警察没用，警察已经在楼下了，却什么都没有做。

母亲推开人群，跌跌撞撞地沿着走廊往前冲。“你没事吧？”她一把搂住了卡拉。

卡拉不希望母亲在众人面前把她当个孩子。她推开母亲，说：“别担心，我很好。”

母亲四处看了看：“我的打字机呢？”

“他们把你的打字机扔到窗户外面去了。”卡拉马上想到，妈妈再也不会因为打字机按键的操纵棒搅合在一起而迁怒于她了。

“我们必须马上离开这儿！”母亲抓起桌子上的相框，拉着卡拉的手，匆忙地离开了自己的办公室。

冲下楼梯时，她们并没受到冲锋队员的阻拦。在她们的前方，一个可能是记者的健壮男子抓住一个冲锋队员的衣领，拉着他出了大楼。母女俩跟着这两人走出来。另一个冲锋队员紧跟在她们身后。

男记者把冲锋队员拖到两个警察面前。“请以抢劫的名义逮捕他，”记者说，“他抢的一罐咖啡还在衣袋里呢！”

“放开他。”较年长的警察说。

记者很不情愿地放开了冲锋队员的衣领。

跟在卡拉和母亲身后的冲锋队员站到了同伙身边。

“先生，你叫什么名字？”警察问刚松开手的记者。

“我叫鲁道夫·施密特，是《社会民主党人》杂志派驻在议会的首席记者。”

“鲁道夫·施密特，我以袭警的罪名逮捕你。”

“太荒唐了，我抓住了正在偷窃的小偷。”

年长的警察对两个冲锋队员说：“把他带到派出所去。”

两个冲锋队员架住了施密特的胳膊。施密特起先想反抗，但马上改变了主意。“这件事的所有细节都将出现在下一期《社会民主党人》杂志上！”他说。

“不会有下一期杂志了，”警察说，“把他带走。”

消防车到了，十几个消防队员从车上跳了下来。消防队长飞快地对警察说：“我们要对这幢大楼进行清场。”

“回你们的消防队去，这里没什么火情，”年长的警察说，“只是冲锋队在关闭一家共产党的杂志社而已。”

“这和我无关，”消防队长说，“警报器响了，我们就得把所有人都撤出来，就算是冲锋队员也得从楼里出来。不需要你们帮忙，我们能对付！”说完他带着部下进了大楼。

卡拉听见母亲在喊：“哦，不。”她转过身，看见母亲正瞪着人行道上散了架的打字机。打字机的金属面板脱落下来，露出连接按键和金属杆的连接带。键盘已经被摔得不成形了，滚筒的一端脱落了，换行时会响的小铃孤苦伶仃地躺在地上。打字机不是什么稀奇的玩意，但母亲看起来像是要哭了。

冲锋队员和杂志社员工在消防队员的簇拥下走出大楼。施瓦布中士强辩道："根本没有什么火灾！"消防队员却只是一个劲地把他往外推。

约克曼走到母亲面前说："他们没来得及造成很大的伤害——消防队阻止了他们。按下报警器的人立了大功！"

卡拉原本担心会因为假报火警而受到责怪。这时她意识到自己做了件正确的事情。

她拉起母亲的手。这个细微的动作似乎能暂时使母亲从悲痛中摆脱出来。母亲用袖子擦了擦眼睛，反常的行为说明她确实受到了很大的震动：要是卡拉哭，母亲一定会让她用手绢擦的。"我们该怎么办啊？"母亲从来没说过这种话——她总是知道下一步该怎么做。

卡拉注意到近处站着两个人。她抬起头，看见一个和妈妈年龄相仿、很有气势的漂亮女人。卡拉见过她，但已经完全认不出她来了。站在旁边的男孩，从年纪上看，像是她的儿子。男孩不是很高，瘦瘦的，但长得像个电影明星。他的面容很清秀，只是鼻子塌了，有点破相。面对此情此景，两位来客都很惊奇，男孩更是被气坏了。

女人开了腔，她用的是英语。"茉黛，你好，"卡拉觉得她的声音有些许耳熟，"你没认出我来吗？"她说，"我是艾瑟尔·莱克维兹，这是我的儿子劳埃德。"

劳埃德·威廉姆斯在柏林找了家不用花多少钱就能练一小时拳击的俱乐部。俱乐部位于工人阶级聚集的城北维丁区。他练了会儿实心球，跳了会儿绳，打了会儿沙袋，然后戴上头盔，在绳圈里打了五个回合。俱乐部教练为他找了个年龄和体形都差不多的对手——劳埃德是个次重量级拳手。德国拳手经常能出其不意地出拳，没几个回合，劳埃德就挨了好几下。躲闪一番以后，劳埃德突然打了记左勾拳，把对手打翻在地。

劳埃德生长在伦敦东部一个民风凶悍的街区里。十二岁时他在学校受到欺负。“我小时候也被欺负过，”继父伯尼·莱克维兹对他说，“学校里最聪明的孩子肯定会被班里的刺头挑出来欺负。”被劳埃德唤作“爸爸”的伯尼是犹太人——他的母亲只会说意第绪语。伯尼把劳埃德带到了阿尔德盖特拳击俱乐部。艾瑟尔反对这么做，但伯尼没有听她的，这在两人的婚姻生活中并不多见。

劳埃德学会了迅速移动、狠狠出拳，很快就没人敢欺负他了。他的鼻子经常被打碎，以至于不再像以前那么英俊了。然而劳埃德发现自己具有拳击方面的天赋。他反应很快，冲劲十足，经常在绳圈里把对手打倒。劳埃德没有选择转入职业拳坛，而是打算进剑桥大学深造，这让俱乐部教练非常失望。

劳埃德冲了个澡，穿上衣服，走进一间工人们经常聚会的酒吧，买了杯生啤酒，坐在吧台前，给同母异父的妹妹米莉写信，把自己和冲锋队员之间发生的冲突告诉她。米莉对母亲带劳埃德去柏林很妒忌，劳埃德答应写信告诉她旅途中的所见所闻。

劳埃德被这天早上的冲突吓得不轻。政治是他日常生活中的一部分。母亲艾瑟尔是英国议会的议员，父亲伯尼是伦敦市的市议员，他本人是伦敦劳动青年联盟的主席。但至今为止，他眼中的政治只是辩论和选举。他从没见过穿着制服的恶棍在警察的微笑纵容下胡作非为。这种撕下和善伪装的政治，把他吓坏了。

“米莉，伦敦会发生这种事吗？”他在信中问。直觉告诉他这种事完全不可能。但希特勒在英国的实业家和报业寡头中很有人气。几个月前，一身匪气的下院议员奥斯瓦尔德·莫斯利[1]创立了英国法西斯同盟。和德国的纳粹党人一样，他们喜欢穿着军装上蹿下跳。接下来还会发生些什么呢？

写完信，劳埃德把信折起来，乘地铁回到了市中心。他和母亲将和沃尔特·乌尔里希夫妇共进晚餐。劳埃德经常听母亲说起茉黛的事情。母亲和茉黛是地位悬殊的朋友：艾瑟尔在茉黛家的大宅子里当过女佣。之后她们却一起参政，为妇女的选举权而斗争。斗争期间她们创立了一份名为《军人之妻》的女性报纸。后来她们在政治策略问题上发生分歧，渐渐疏远了。

劳埃德清楚地记得1925年去乌尔里希家的伦敦之行。那时，五岁的埃里克和三岁的卡拉都学会了德语和英语，而他却只会一门英语，这让他颇为尴尬。也正是在那次伦敦之行中，艾瑟尔和茉黛和解了。

劳埃德走进罗伯特酒馆，里面摆放着长方形的桌椅和装饰着彩色玻璃的铁制灯座，内部装潢非常精致。可最让他倾心的还是盘子旁边直立着的浆白色餐巾纸。

母亲和乌尔里希夫妇已经先到了。走到桌前，劳埃德才意识到两位女士打扮得非常动人：两人都姿态优雅，衣着华贵，美丽而自信。引得餐厅里的其他客人都在看她们。劳埃德很想知道母亲对时尚的把握有多少是从这位贵族朋友那儿学来的。

点完了菜，艾瑟尔解释了她的来意。“1931年我落选了议

---

① 奥斯瓦尔德·莫斯利（Oswald Mosley，1896–1980），英国极右翼政治家，因组织创立英国法西斯联盟而出名。

员，”她说，“我想在下次竞选中赢回来，但我还要养家。幸运的是，茉黛，你教会我怎么做一名记者。”

“我没教你什么，”茉黛说，“你本身就有当记者的才能。”

“我正在为《新闻纪事报》撰写有关纳粹的系列报道，我还和出版人维克托·格兰茨签了合同，要为他写本书。我让劳埃德来这儿当我的翻译——他正在学法语和德语。”

劳埃德发现母亲笑得很自豪，觉得自己配不上这样的夸赞。“我的翻译技能没经过多少实践检验，”他说，“至今为止，我们见的大多是像你们这样能说一口流利英语的人。”

劳埃德点了在英国没吃过的裹着面包粉的炸小牛肉。他觉得这道菜非常美味。吃饭时，沃尔特问他：“你可以不去上学吗？”

“妈妈觉得这样学德语能更快些，学校也同意让我来。”

“到议会为我工作一段时间，怎么样？你能整天都说德语，只是我不能付给你工资。”

劳埃德激动起来：“太好了。真是个千载难逢的机会啊！”

“还需要艾瑟尔同意。”沃尔特补充道。

艾瑟尔笑了。“等我真需要他的时候，你可得给他放假哦！”

“这是自然。”

艾瑟尔把手伸过桌面，碰了碰沃尔特的手。这是种相当亲密的姿态，劳埃德意识到三个大人间的关系非常好。“沃尔特，你真是太好了。”艾瑟尔说。

“对热衷于政治的年轻人我是来者不拒的。”

艾瑟尔说：“我对政治有点看不懂了，德国到底在发生些什么啊？”

茉黛说：“20年代中期这里一切都还好，德国有一个民主政府，经济发展得也非常快。但1929年的华尔街股灾把一切全毁了。现在我们正深陷于经济危机之中。”她的声音似乎因为悲愤而颤抖着，“上百人排队竞争一个工作机会。我观察着他们的脸，都很绝望。他们不知道该如何养活家里的孩子。这时纳粹给了人们希望，而那些人会问自己：我还有什么可失去的呢？”

沃尔特似乎觉得她夸大了事实。他故作轻松地说：“好在希特勒没有赢得议会的多数。上次选举时，纳粹只获得了三分之一的选票。尽管他们的票数最多，但领导的是个少数派当权的政府。”

“这就是希特勒要再进行一次选举的原因，”茉黛插话说，“他希望在议会中获得多数，把德国变成他想要的野蛮的极权国家。”

“他能达到目的吗？”艾瑟尔问。

“当然不能。”沃尔特回答。

“是的，他不能。”茉黛附和道。

沃尔特说：“我不相信德国人会为独裁投赞成票。”

“但这不会是一次公正的选举，”茉黛怒气冲冲地说，“看看今天在杂志社发生的事吧。批评纳粹的人都处在了危险之中。与此同时，拥护纳粹的标语却铺天盖地。”

劳埃德说：“似乎没见人反抗过！”他心想，如果上午早几分钟去杂志社就好了，那样他就可以给冲锋队员来上几拳。他意识到自己不经意间捏起了拳头，连忙把拳头松开。但他的怒火没有消散。“左翼分子为何不去洗劫纳粹杂志的办公室？让他们尝尝这种滋味就好了。”

“我们不能以暴制暴，”茉黛动情地说，“希特勒正在寻找镇压反对派的机会——他想借机宣布国家进入紧急状态，取消所有的公民权利，把反对者投入监狱。”她恳求地对劳埃德说，“不管形势如何严峻，我们都不能给他这个机会。”

等他们吃完饭，酒馆里的客人也渐渐走光了。咖啡端上来之后，沃尔特的堂弟、酒吧老板罗伯特·冯·乌尔里希和主厨容格加入了他们的谈话。一战前，罗伯特在奥地利驻英国的大使馆任外交官，沃尔特是德国驻英国大使馆的外交官——也正是在那时，沃尔特和茉黛陷入了爱河。

罗伯特很像沃尔特，但打扮得更花哨，在领带上别着金别针，表链上盖着印章，头发油光水滑。容格则是个面容清秀、笑容可掬的金发小伙。罗伯特和容格在俄国一起做过战俘。现在他们住在酒馆楼上的公寓里。

他们想起了战前夜沃尔特和茉黛举行的秘密婚礼。婚礼没有邀请宾客，罗伯特和艾瑟尔分别是伴郎和伴娘。艾瑟尔说：“我们在饭店里放了香槟，我假意说要和罗伯特一起离开，沃尔特却……”她强忍住笑容说，“沃尔特说，‘哦，我还以为我们要一起吃晚饭呢。’”

茉黛笑道：“你们可以想象当时我有多高兴！”

劳埃德觉得很尴尬，目光死死地盯着眼前的咖啡。他十八岁，还是个处男，有关蜜月的笑话让他觉得很不自在。

艾瑟尔一脸严肃地问茉黛：“近来你听说过菲茨的消息吗？”

劳埃德知道，这场秘密婚礼在茉黛和她哥哥菲茨赫伯特伯爵之间造成了一条可怕的鸿沟。菲茨之所以和茉黛一刀两断，就是因为妹妹没有征得他这个一家之主的同意，擅自和沃尔特结了婚。

茉黛悲伤地摇了摇头。“那次我去伦敦时，给他写了信，但他连见我一面都不肯。我没有告诉他我要嫁给沃尔特的事情，伤害了他的自尊。恐怕哥哥这辈子都不会原谅我了。”

艾瑟尔付了账。有外币的话，德国的一切都显得很便宜。众人正准备离开时，有个陌生人不请自来，他拉了一把椅子坐到桌子旁。来人是个圆脸上蓄着小胡子的胖男人。

他穿着一身冲锋队的制服。

罗伯特冷冷地问：“先生，我能为你效劳吗？”

“我是托马斯·马赫支队长，”马赫抓住正巧走过身边的侍者说，“给我来杯咖啡。”

侍者用求助的眼神看着罗伯特，罗伯特向他点了点头。

“我在德国警察厅的政治部工作，”马赫说，“主管柏林的情报工作。”

劳埃德轻声为母亲翻译成英语。

“我想和酒馆老板谈些私事。”马赫说。

罗伯特问他：“上个月你在哪儿就职啊？”

马赫被这个问题弄得猝不及防，不过他很快调整好了情绪：“上个月我在克罗伊茨贝格的警察局工作。”

“你在那干什么工作？”

“我负责档案。为什么这么问？”

罗伯特像早有预料似的点了点头。“这么说，你这个档案管理员改行当了柏林情报部门的主管吗？祝贺你的飞速晋升！”他转身对艾瑟尔说，“一月末，希特勒当上总理以后，他的爪牙赫尔曼·戈林[1]就把持了德国内政部的实权——领导着世界上最大

① 赫尔曼·戈林（Herman Wilhelm Goering，1893—1946），德国纳粹党的重要头目，希特勒上台后，出任普鲁士总理兼内政部长、航空部长，策划制造了骇人听闻的“国会纵火案”，建立了秘密警察组织“盖世太保”。

的一支警察力量。戈林解雇了原来的那批警察，用纳粹代替了他们。”说完，他转身看着马赫，语带讽刺地说，“当然，我相信我们这位不请自来的客人是凭自己的本事升上来的。”

马赫脸红了，但他尽量控制着自己的脾气。“我已经说了，我想和这里的老板谈些私事。”

“明天早晨来见我吧，十点钟合适吗？”

马赫没理会他，而是自顾自地说：“我弟弟在经营餐馆。”

“啊，也许我认识他！他也叫马赫吧。经营什么餐馆？”

“他在弗里德里希斯海因经营一家面向工人的小食店。”

“那我多半没见过他。”

劳埃德不知道罗伯特如此尖刻是不是真的好。马赫为人粗鲁，不值得善待，但鲁莽顶撞却很可能给他们带来恶果。

马赫说：“我弟弟可能想买下这里。”

“和你一样，你弟弟也想飞黄腾达。”

“我们准备出两万马克盘下这里，两年付清全部款项。”

容格禁不住笑了起来。

罗伯特说：“长官，我这样跟你说吧。我是个奥地利的伯爵。二十年前，我在妈妈和姐姐生活的匈牙利拥有城堡和一大片农庄。在上次战争中，我失去了我的家人、城堡和我的全部土地，甚至连我的国家也缩水了很多。”语调中的讽刺意味不见了，罗伯特开始变得慷慨激昂起来，“来柏林的时候，我随身只带了堂兄沃尔特·冯·乌尔里希家的地址，但我还是想法开了这间酒馆。”说到这儿他哽咽了，“这是我的全部。”他停顿了一会儿，喝了些咖啡。桌边的其他人都安静下来。他恢复了常态，声音也平稳了许多：“即便你给我比这公道得多的价格——事实上你并没有——我仍然会选择拒绝，因为这等同于出卖了我的整个人生。尽管你很不友好，但我不想对你表现粗鲁。不过，无论你出什么价，我的酒馆都不会卖。”他站起身，要和马赫握手，“晚安，马赫支队长。”

马赫机械地和他握了握手，看起来很失望。他站起身，显然生气了，脸涨得通红。“我会再和你谈的。”说完便离开了酒馆。

“真是个白痴。”容格说。

沃尔特对艾瑟尔说：“看到如今是个什么世道了吗？因为穿着制服，我们就得对他唯命是从。”

让劳埃德烦心的是马赫所表现出的自信。他好像觉得能以自己出的任何价格买下这间酒馆。马赫似乎只是把罗伯特的拒绝看作一种暂时的反抗。纳粹真已经强大到这种程度了吗？

这正是奥斯瓦尔德·莫斯利和他的英国纳粹同僚希望见到的——建立一个用暴虐和鞭笞代替法律和秩序的国家。人民怎么可能这么笨呢？

他们穿上大衣、戴好帽子，跟罗伯特和容格道了别。出了酒馆，劳埃德就闻到一股烟味——不是香烟，而是别的什么。四个人上了沃尔特的宝马迪西3/15，劳埃德知道这是德国最好的车，相当于英国的奥斯汀七型车。

穿过蒂尔加登公园的时候，两辆消防车拉着警铃从宝马旁呼啸而过。“不知道哪里起火了。”沃尔特说。

过了一会儿，他们看见大树之间闪现出火光。茉黛说：“起火地点像是在议会大厦附近。”

沃尔特的语气变了。“最好去看看。”他担忧地说，然后开着车猛拐了个弯。

烟味越来越浓。劳埃德看见树顶上的火光直冲向天际。“火势可真不小。”他说。

沃尔特把车从公园路开到议会大厦和德国歌剧院之间的科尼格广场。议会大厦的火势非常猛烈，几排古典风格的窗户后面不时冒出红色和黄色的火光，中间的圆顶也被烧穿了，腾起一股股浓烟。“哦，天哪！”在劳埃德听来，沃尔特的声音十分悲愤，“上帝啊，可不能这样啊！”

他停下车，众人相继下了车。

“真是场灾难。”沃尔特说。

艾瑟尔说：“这幢漂亮的古建筑算是完了。”

“我倒不在乎建筑，”沃尔特出人意料地说，“这把火毁掉的是德国的民主制度。”

一小群人站在离他们大约五十码开外观望着这场大火。消防车已经在大厦外排成一列，消防队员手中的软管对准大火，正在通过破碎的窗玻璃朝里面喷水。几个警察在一旁无所事事地围成一圈。沃尔特上前与其中的一个警察交谈。“我是议会议员，”他说，“这把火是什么时候烧起来的？”

“一小时前，”这位警察说，“我们抓住了一个纵火嫌犯——当时他只穿了条裤子，用身上的衣服引燃了这场大火。”

“你们应该围条隔离带，”沃尔特威严地说，“让围观群众保持安全的距离。”

“好的，先生。”说着，警察便走开了。

劳埃德从众人身边溜走，接近议会大厦。消防队员已经控制住了火势：火苗小了，烟更浓了。他经过消防车，靠近议会大厦的一扇窗。大火似乎并不是非常危险，同往常一样，好奇心又胜过了他的自我保护意识。

透过窗户，他发现大火造成的破坏相当严重：墙壁和天花板都烧成了瓦砾。除了消防员，他还看见了些穿着大衣的普通人穿梭在瓦砾间，评估着火灾的损失，这些人多半是议会大厦的工作人员。劳埃德走到入口，开始爬台阶。

警察开始围隔离带的时候，两辆黑色梅赛德斯停在了议会大厦前。劳埃德饶有兴致地旁观着这一幕。后面那辆车里出来一个穿着浅色军用短大衣，戴着黑色软帽，鼻子下蓄着撮小胡子的男人。劳埃德意识到，眼前就是德国的新总理阿道夫·希特勒。

希特勒身后跟着一个穿黑色党卫军制服的高个子，他的私人保镖。随后是脚步蹒跚的约瑟夫·戈培尔[①]，憎恨犹太人的宣传部长。劳埃德在报纸上看到过这些人，所以很快就认出了他们。他饶有兴致地观察着他们，完全忘了自己所处的险境。

希特勒一步跨两个台阶，径直上楼向劳埃德走来。劳埃德一时冲动，为总理打开了大门。希特勒对他点点头，带着随员进了大楼。

劳埃德跟在他们后面往里走。没有人和他说话。希特勒的随从似乎把他当成了议会大厦的职员，而大厦里的职员把他当成了希特勒的随从。

浸湿的灰烬散发出一股臭味。希特勒和随从走过烧焦的木梁和冲水软管，留下一个个泥泞的脚印。赫尔曼·戈林裹着件驼毛大衣站在入口大厅，大腹便便，帽檐以波茨坦风格上翘着。这就

① 约瑟夫·戈培尔（Paul Joseph Goebbels，1897－1945），因患小儿麻痹症而致使左腿萎缩，擅长讲演，希特勒及纳粹党执政后，他被任命为宣传部长，以铁腕捍卫希特勒政权。

是用纳粹替换了全部警察的男人，看到他，劳埃德回想起了酒馆里的对话。

戈林一看到希特勒就大喊：“这是共产党人作乱的发端！他们揭竿而起了！我们可不能坐视不管。”

劳埃德有种怪异的不真实感，像剧院里的观众，而这些大人物都像演员。

希特勒比戈林更装腔作势。“现在要采取零容忍！”他尖叫道，听起来像是在对一整个体育场的人演讲似的，“任何一个阻挡我们的人，必杀之。”他的身体因狂怒而剧烈地颤抖着，“所有共产党人一经逮捕，就地枪决。议会的共产党议员必须在今晚执行绞刑。”他看上去像是随时会爆炸。

然而所有这一切都很刻意。希特勒的恨意很像真的，但最后的爆发，是为了他们这群人自身的利益而进行的一场表演。希特勒是个演员，可以把真实感情放大给观众看。他的这番话的确起了作用，劳埃德发现，在场的人都被他动情的演讲迷住了。

戈林说：“元首，这是我们治安警察的首领鲁道夫·狄尔斯[①]，”他指着身旁精瘦的黑发男人说，“他已经逮捕了其中一个破坏分子。”

狄尔斯倒没有很激动。他平静地说：“我们逮捕了荷兰建筑工人马里努斯·范·德·鲁比。”

“他是个该死的共党分子。”戈林情绪激昂地说。

狄尔斯说：“他是荷兰共产党派来放火的。”

---

① 鲁道夫·狄尔斯（Rudolf Diels，1900–1957），是赫尔曼·戈林的左右手，1933年2月6日，戈林任命其为普鲁士邦警察政治部门“1A课”（即“盖世太保”的前身）课长。

“我料到了。”希特勒说。

劳埃德发现，希特勒不顾事实，变着法子要把罪名扣在共产党人头上。

狄尔斯谦恭地说：“从第一次对他的审讯来看，我只能说，他显然是个疯子，没有同伙。”

“胡说！”希特勒狂叫道，“这是早就计划好的。但他们误判了，他们不知道人民已经站到了我们这边。”

戈林转身对狄尔斯说：“从这一刻开始，警察必须立刻行动起来。我们有共党分子的名单——包括议会议员、政府部门工作人员、共产党活动的组织者和积极参与者。把他们统统逮捕——就在今晚！该动用武力时要毫不手软，审讯时绝不留情。”

“遵命，长官！”狄尔斯说。

劳埃德意识到，沃尔特有理由担心。议会大厦的火灾正是纳粹一直在找的导火索。他们不想听到大火是某个疯子造成的说法。他们希望这是共产党的阴谋，以便把共产党人一网打尽。

戈林嫌恶地看着鞋上的泥泞。“元首，我的官邸离这里很近，但幸运地没有被这场大火殃及，”他说，“我们是否要移步过去呢？”

“好啊，我们要讨论很多事呢！”

劳埃德扶住门，让他们出去。车开走以后，他跨过警察围起的隔离带，走到母亲和冯·乌尔里希夫妇身边。

艾瑟尔问：“劳埃德！你到底去哪儿了？我都快担心死了！”

“我进了议会大厦。”他说。

“什么？你是怎么进去的？”

“没人拦我，我就自己进去了。里面已经乱成一团了。”

母亲愤怒地挥了挥手。“他从不知道什么叫害怕。”她说。

“我见到了阿道夫·希特勒。”

沃尔特问：“他说什么了吗？”

“他说这把火是共产党放的，马上将展开对共产党人的镇压。”

“愿主保佑我们。”沃尔特说。

托马斯·马赫还在为罗伯特·冯·乌尔里希的冷嘲热讽而深感受伤。“和你一样，你弟弟也想飞黄腾达。”罗伯特·冯·乌尔里希说。

马赫真希望当时能对他这样说：“为什么不呢？你这头猪，我们一点儿不比你差。”他渴望着报复。但这些天他一直很忙，没有时间来处理这件事。

德国秘密警察总部位于政府办公区阿布尔雷希特王子大街八号，一幢优雅的古典式大楼内。每次走进大门，马赫都会情不自禁地为之自豪。

这是个让人激动的时刻。议会大厦火灾发生后的二十四小时之内，四千多名共产党人遭到逮捕，每个小时都有更多的共产党人被捕。德国就像扫除了瘟疫，马赫觉得柏林的空气比以往更清新了。

但警察局的档案还没做到实时更新。人们经常会搬家，竞选有输有赢，也会造成一些人事上的变更，老人去世，年轻人就会顶替他们的位置。马赫掌管的团队负责档案的更新工作，需要记录新出现的名字和变更的地址。他很擅长做这种事。他喜欢登记名册、图书目录、街区地图，以及剪报这类带有列表性质的东西。马赫的才能在靠毒打让嫌犯招供的克罗伊茨贝格警察局没有受到重视，他希望能在这里被重用。他不反感殴打嫌疑人。在大楼后侧的办公室里，他经常能听见地下室里男男女女被折磨得大叫的声音，但他并不为此感到困扰。他们是变节者、敌对分子和革命者，再怎么折磨都不过分。他们的反抗玷污了德国，给他们机会，他们只会把德国变得更糟。他一点儿都不同情这些人。他只希望罗伯特·冯·乌尔里希也能在这些人中间，哀号着乞求他怜悯。

3月2日，星期四晚上八点，他终于等到了对罗伯特进行彻查的机会。

他让手下回了家，自己把更新的共党分子名单送到楼上，他的上司，刑事检察官克雷格林恩那里。然后他回到办公室，开始翻找档案。

马赫不急着回家。他一个人住。不安分的妻子早就跟人私奔了，是马赫弟弟餐馆里的侍者，她说她想要自由。她没给他生过孩子。

马赫开始梳理文件。

他已经调查到，罗伯特·冯·乌尔里希曾经于1923年加入纳粹党，但在两年后脱党了。这件事本身说明不了什么，马赫需要更多的证据。

这里的文件系统并不像他希望的那样条理清晰。说到底，他对德国警察的整套体制都非常失望。据说戈林也对警察体制不满意，计划把警察局的政治部门和情报部门剥离，组成一个更有效的秘密警察系统。马赫觉得这个主意很棒。

他翻找了一阵，但在罪案记录中实在找不到罗伯特·冯·乌尔里希的蛛丝马迹。也许这不能归因于原有体制的低效率。罗伯特的确有可能是无可指摘的。作为奥地利的伯爵，他不可能是犹太人或共党分子。他可以指责罗伯特的堂兄是个社会民主党人。但这不是个罪名——至少到现在还不是。

马赫意识到，自己应该在接近罗伯特之前就完成调查。但他在尚未完全掌握罗伯特的底细之前就接近了他。他应该早点意识到自己犯错了。结果还被对方奚落和嘲讽了，他觉得很丢脸。好在他还能争回这个面子。

马赫开始检查房间后面一个落满灰尘的纸板箱，里面堆放着杂乱的档案。

冯·乌尔里希的名字仍旧没有出现在这些档案里，但少了份文件。

根据钉在纸板箱内侧的文件列表，档案里应该有份长达一百一十七页的“风化场所”名单。这份名单似乎是对柏林夜总会的一次调查所取得的成果。马赫能猜到这份文件的用途：希特勒当上总理以后，警察们就开始逐一关闭这些场所了。他们一定是拿着这份名单按图索骥的。

马赫上了楼。克雷格林恩正在向身着制服的警察介绍情况，他们即将突袭共产党人及其党羽的住处，正是马赫刚更新过的地址。

马赫毫不犹豫地打断了上司的讲话。克雷格林恩不是纳粹党员，不太敢得罪这个冲锋队员。马赫说：“我正在找‘风化场所’这份文件。”

克雷格林恩似乎很恼怒，但还是耐着性子。“在茶几上，”

他说，“你自己去拿吧。”

马赫拿走文件，回到了自己的办公室。

名单是五年前整理的。上面罗列了当时还在经营的夜总会和它们举办的活动：赌博、裸露的表演、卖淫、贩毒、同性恋，以及其他有悖伦理的活动。这份文件罗列了夜总会老板和投资人，以及雇员和常客的名单。马赫耐心地查看着每一行：罗伯特·冯·乌尔里希也许是毒虫或嫖客之一呢。

柏林以同性恋俱乐部流行而著称。马赫疲惫地看着“粉红拖鞋”夜总会下冗长的客人名单，“粉红拖鞋”是个男人和男人跳舞的夜总会，穿着女性服装的男歌手在台上唱歌，是个鱼龙混杂的下流之地。马赫心想，这份工作有时也挺让人烦的。

他的手指沿着名单往下滑，终于找到了罗伯特·冯·乌尔里希这个名字。

他满意地叹了口气。

继续往下看，他又发现了容格·施莱彻的名字。

“不错，不错，”他说，“看你们还怎么说风凉话！”

再次见到沃尔特和茉黛时，劳埃德发现他们更生气——而且，更恐惧了。

3月4日，又是星期六，也是选举前夜，艾瑟尔和劳埃德专程赶来，准备参加沃尔特组织的社会民主党竞选前集会。开会前，他们在米特区冯·乌尔里希家共进了午餐。

乌尔里希家的房子建于19世纪，房间宽敞，窗子很大，不过家具都破旧了。午饭很简单——加了土豆和卷心菜的猪排，不过有瓶很好的红酒。从沃尔特和茉黛的言谈间可以得知，他们似乎过得很窘迫，显然不如他们的父辈，但好在还不至于挨饿。

但他们已经被吓坏了。

通过说服年迈总统保罗·冯·兴登堡签署《议会大厦纵火案紧急法令》，纳粹得到了逮捕和折磨政敌的正式授权，尽管他们很久以前就开始这样做了。“从周一晚上到现在，有两千人遭到了逮捕，”沃尔特的声音颤抖着，“除了共产党人，还有纳粹口中所谓的‘共党同情分子’。”

“也就是所有他们不喜欢的人。”茉黛说。

艾瑟尔说：“这样的选举怎么可能民主公正呢？”

“我们必须奋力抗争，”沃尔特说，“如果不能在选举中奋战一场，只会助长纳粹的气焰。”

劳埃德不耐烦地说：“你们何时才能接受事实，面对面地对他们进行还击呢？你们仍然觉得以暴制暴是错误的吗？”

“当然是错误的，”茉黛说，“和平抵抗是我们唯一的出路。”

沃尔特说：“社会民主党有一支名为‘帝国战旗’的武装力量，但实力非常弱。一小部分社会民主党人主张用武力和纳粹抗争，但他们的意见被否决了。”

茉黛说：“劳埃德，记住，警察和军队都站在纳粹那边了。”

沃尔特看了看怀表：“我们该出发了。”

茉黛突然问：“沃尔特，为什么不取消这次集会呢？”

沃尔特吃惊地看着她：“已经卖出七百张门票了。”

“管那些门票做什么，”茉黛说，“我担心的是你。”

“别担心，座席都谨慎地分配出去了，会议厅里没有破坏分子。”

劳埃德也不能肯定，沃尔特是不是就像看上去那样镇定。

沃尔特说：“无论如何，我都不能让愿意参加民主政治集会的普通民众失望。这些人是我们仅剩不多的希望了。”

“你是对的。”茉黛说。她转向艾瑟尔：“但你和劳埃德或许应该留在家里。尽管沃尔特这么说，但那里也很危险，你们是外国人，不应该去冒不必要的风险。”

“社会民主是国际性的风潮，”艾瑟尔坚持，“和你丈夫一样，我很感激你的关心。但我这次来就想亲眼见证德国的政治变革，绝对不能错过。”

“好吧，但孩子们不能去。”茉黛说。

她的儿子埃里克说：“我才不想去呢。”

卡拉看起来有点失望，但她什么都没说。

茉黛、艾瑟尔和劳埃德一起坐进了沃尔特的小汽车。劳埃德很紧张，但也很兴奋。他的政治洞察力比他在伦敦的所有朋友都强。即便现场发生争斗，他也不害怕。

汽车向东行进，穿过亚历山大广场，进入一个满是简陋房屋和小店的社区，其中一些商店的标牌用的是希伯来语。社会民主党是工人阶级的政党，但和英国的劳动党一样，社会民主党也有一些富有的支持者。沃尔特·冯·乌尔里希就是少数上层阶级中的一位。

汽车停在一处入口，顶棚上标着“人民剧院”。外面已经开始排队了。沃尔特穿过人行道走到剧院门口，朝等待的人群挥了挥手，立即得到了一阵欢呼。劳埃德一行跟在他身后进入剧院。

沃尔特和一个神情严肃、看起来不过十八岁的青年握了握手。“这是威廉·伏龙芝，本地社会民主党支部的负责人。”伏龙芝少年老成，穿着十年前流行的带纽扣口袋的夹克。

他向沃尔特演示了把门从里边锁住的方法。“观众们入座以后，我们就上锁，不让制造麻烦的人进来。”伏龙芝说。

“很好，”沃尔特说，“就这么办。”

伏龙芝把他们引入剧院礼堂。沃尔特走上舞台，和另外几位已经到场的候选人打了招呼。参加集会的民众开始入场，就坐。伏龙芝把茉黛、艾瑟尔和劳埃德带到预留的前排座席。

两个男孩走上来。年纪小的一个看上去只有十四岁，却长得比劳埃德还高，他谦逊地和茉黛打了个招呼，然后鞠了一躬。茉黛转身对艾瑟尔说：“这是我朋友莫妮卡的儿子，沃纳·弗兰克。”然后她转向沃纳：“你父亲知道你来这儿吗？”

“是的——他让我亲眼见证一下社会民主党究竟是什么样的。”

“作为一个纳粹，他还是挺开明的。”

劳埃德觉得，对一个十四岁的孩子来说，这样对话过于严厉了，但沃纳的应对相当精彩。“我父亲并不是真的相信纳粹主义，只是觉得希特勒会对德国的商业有益。”

威廉·伏龙芝激烈地反驳道：“把几千个人投进监狱也算是有利吗？除了施暴，他们什么都不做！”

沃纳说：“我同意你的观点，但希特勒的镇压受到了社会各界的欢迎。”

“人们觉得希特勒正把他们从一场布尔什维克革命中解救出来，”伏龙芝说，“纳粹试图使人们相信，共产党人正集中力量，准备在城镇和村庄杀人、放火、投毒。”

比沃纳大一点的矮个子男孩说："把人们送进地下室，用棍棒打碎人骨头的不是共产党，而是那些冲锋队员。"他带着一点口音，劳埃德不知道是什么地方的。

沃纳说："抱歉，我忘记向你们介绍了，这是弗拉基米尔·别斯科夫。他参加了我们学校的童子军，大家都叫他沃洛佳。"

劳埃德站起身，和他握了握手。沃洛佳和劳埃德差不多大，长着一双碧蓝的眼睛，非常英俊。

伏龙芝说："我认识弗拉基米尔·别斯科夫，我也是童子军的成员。"

沃洛佳说："威廉·伏龙芝是学校里的天才——他的物理、化学和数学都是第一名。"

"没错。"沃纳说。

茉黛盯着沃洛佳问："你姓别斯科夫？你的父亲是格雷戈里吗？"

"是的，乌尔里希太太。他是苏俄使馆的军事参赞。"

看来沃洛佳是俄国人。他能毫不困难地说德语，这让劳埃德有点羡慕。显然因为他住在这里。

"我和你的父母很熟。"茉黛对沃洛佳说。劳埃德知道，茉黛认识柏林的所有外交官，这是她工作的一部分。

伏龙芝看了看表说："快开始了。"他走上台，让观众们遵守秩序。

剧院里安静下来。

伏龙芝宣布，几位候选人将发表演讲，并接受观众们的提问。接着他补充道，门票只提供给了社会民主党党员，大门也已经锁上了。既然都是朋友，大家完全可以畅所欲言。

这不是民主，更像是个秘密社团的集会，劳埃德心想。

沃尔特首先发言。根据劳埃德的观察，他不是那种蛊惑民心的政客，说话时不用夸张的辞藻。但他很会恭维人，他告诉观众，他们都是见多识广、深谙复杂政治局势的聪明人。

沃尔特演讲了没几分钟，一个冲锋队员就冲上台。

劳埃德轻声骂了一句。他是怎么进来的？这人是从舞台侧面上来的，一定有人为他打开了后台的门。

冲上台的是个留着军人寸头的壮汉。他走到舞台前方大声咆哮："这是场煽动型集会，共产党员和破坏分子在今天的德国不受欢迎，集会必须立即结束。"

壮汉旁若无人的傲慢态度激怒了劳埃德。他真想把这个大白痴弄上拳台好好教训一顿。

威廉·伏龙芝跳起来，站在闯入者面前，对他怒吼道："你这个暴徒，快从这儿滚出去！"

冲锋队员狠狠地推了他一下。伏龙芝跌跌撞撞地后退了几步，摔倒在地。

观众们站了起来，有的愤怒咆哮，有的则惊恐尖叫。

更多的冲锋队员从舞台后侧出来了。

劳埃德灰心地想，这些浑蛋精心策划了这一切。

冲撞伏龙芝的家伙大声喊："滚出去！"其他冲锋队员跟着起哄："滚，滚，快点滚！"舞台上的冲锋队员越来越多，已经不下二十人了。有的手持警棍，有的拿着随手找到的棍棒，劳埃德发现其中有曲棍球棒、长柄大锤，甚至还有椅子腿。他们在舞台上上蹿下跳，一边大呼小叫，一边比划着手里的武器。劳埃德很确定，他们马上就要开始打人了。

他站起身，不假思索地和沃纳、沃洛佳一起在艾瑟尔和茉黛的面前组成了一道人墙。

一半的观众急欲离开，另一半观众则叫嚷着朝入侵者挥起了拳头。试图离开剧院的人们互相推攘，爆发了小规模的冲突，大多数女人都在哭。

沃尔特在舞台上抓住讲台大喊：“请大家保持冷静，不要乱！”大多数人都没听见他的话，听见的也只当耳旁风。

冲锋队员纷纷跳下舞台，混入人群。劳埃德拉起母亲的手。沃纳同样拉起了茉黛的手，他们朝最近的出口跑。但这时，所有的出口都堵上了，拥挤着急欲离开的人群。对此，威吓观众离开的冲锋队员却无动于衷。

闯入者都是些年轻力壮的小伙子，观众里却有妇女和老人。劳埃德想反抗，但他意识到这不是个好主意。

一个戴着军用钢盔的冲锋队员用肩膀撞击劳埃德，他朝前打了个趔趄，撞在母亲身上。劳埃德极力克制，不和冲锋队员正面冲突，他先要保护好母亲。

一个手持警棍、满脸雀斑的少年在沃纳背后用力推搡，大声喊：“出去，快滚出去！”沃纳飞快转身，朝他逼近一步：“法西斯猪猡，不许你碰我！”这个年轻的冲锋队员一下子僵住了，露出惊慌的神色，似乎没料到会有人反抗。

沃纳转回身，和劳埃德一样把注意力集中在保护两位母亲上面。然而，领头的壮汉听见了他们的对话，他大嚷道：“你叫谁是猪啊？”他冲向沃纳，一拳打中了沃纳的后脑勺。这一拳太快，目标又太弱小，沃纳大叫了一声，向前踉跄了几步。

沃洛佳冲到两人之间，朝壮汉的脸上来了两拳。劳埃德羡慕沃洛佳的快拳，但很快把注意力转移到保护母亲的任务上。不一会儿，他和沃纳把两位母亲送到门口，设法把她们在门厅安顿下来。这里没人推撞，也没有暴力——因为没有冲锋队员。

母亲们脱险了以后，劳埃德和沃纳回头看向剧院礼堂。

沃洛佳正在和那个壮汉搏斗，但有点力不从心。他不断地击打着对方的脸和身体，但没起多大效果，壮汉像躲避烦人的苍蝇一样轻易地躲过了沃洛佳的进攻。尽管人高马大，动作迟缓，但他两记重拳分别击中沃洛佳的前胸和脑袋，把他打得踉踉跄跄。壮汉收回拳头，准备给沃洛佳重重一击，劳埃德觉得这一击很可能会要了沃洛佳的命。

这时，在舞台上的沃尔特飞扑过来，骑在壮汉的背上。劳埃德差点欢呼起来。沃尔特和壮汉交缠着四肢摔倒在地，沃洛佳暂时得救了。

方才推挤沃纳的雀斑少年威吓着试图离开的人们，用警棍击打着他们的背和头部。“你他妈个懦夫！”劳埃德狂叫着朝他奔去。但沃纳冲在了前面，他挤过劳埃德，抓住警棍，想把它从少年手上抢下来。

戴着钢盔的年长冲锋队员加入了这场混战，他用鹤嘴锄柄狠狠地击打沃纳。劳埃德上前一步，给了他一记直拳，这一拳正好落在了对方的左眼旁。

对方是个退役老兵，可不是这么容易退缩的。他转过身，用棍子击打劳埃德。劳埃德轻易地躲过棍棒，又给了他两拳。他的拳头依然落在对方的眼睛四周，皮都打破了。但头盔护住了对方的脑袋，使得劳埃德的左勾拳完全没了用武之地。他把拳头绕过对方所持的鹤嘴锄柄，再次击打对手的面部。老兵放弃了抵抗，鲜血从眼睛周围的伤口涌出来。

劳埃德朝四处看了看，发现社会民主党人开始还击了，心里涌起一股原始的快意。大多数观众都已经离开了大厅，留下的都是青壮年。他们拿起椅凳，朝冲锋队员们扑去。这样的年轻人有几十个。

背后突如其来的狠狠一击使劳埃德直冒金星。他回过头，看见一个和自己差不多大的男孩正举起块木头要对他再来一下。劳埃德上前，朝对方的肚子狠狠地来了两下，先是记右勾拳，然后又来了记左勾拳。对方喘着粗气，放下了手里的木头。劳埃德趁势在对方的下巴上来了记上勾拳，男孩一下子晕了过去。

劳埃德揉着后脑勺。他被打得很痛，好在没有流血。

劳埃德的指节破了皮，在流血。他弯下腰，拿起了被男孩丢弃的那块木头。

再次观察四周的时候，他欣慰地发现一些冲锋队员已经撤走了。他们爬上舞台，消失在侧面，多半是想从来时的舞台侧门退出去。

惹起这场群斗的壮汉倒在地上，像是脱臼一样抓着自己的膝盖。威廉·伏龙芝站在他面前，用木头铲子一次次地击打着他，用对方惹起纷争时的用词一遍遍大声重复地说："你们在当今的德国是不受欢迎的！"无助的壮汉想躲开，但伏龙芝不依不饶地继续追打，几个冲锋队员见势不妙，连忙拽起壮汉的胳膊把他拖走了。

伏龙芝放了他们。

我们打赢了？劳埃德越想越兴奋。可能是吧。

年轻人把剩下的几个冲锋队员赶上台后停了下来。他们大声叫骂，看着冲锋队员消失在舞台侧面。

劳埃德看着其他人。沃洛佳脸肿了，一个眼睛闭合着。沃纳的外套被撕破了，一块布料从衣服上垂了下来。沃尔特坐在舞台正前方的第一排，正呼吸急促地揉着自己的胳膊。伏龙芝用力一掷，手上的铲子从空着的座椅上方飞向礼堂后面。

十四岁的沃纳到底还是个孩子，他兴奋地说："我们打败他们了，不是吗？"

劳埃德露齿一笑："是的，我们做到了。"

沃洛佳抱住伏龙芝的肩膀说："对一群学校里出来的娃娃来说已经很不错了，对吗？"

沃尔特说："集会却中断了。"

胜利感被打消，年轻人们愤恨地看着沃尔特。

沃尔特看上去很生气。"孩子们，现实一点。我们的支持者都被那些人吓跑了。他们何时才敢来参加政治集会啊？纳粹摆明了态度。除了他们自己的政治集会，参加其他政党的集会都会有危险。今天真正的失败者是整个德国。"

沃纳对沃洛佳说："我恨那些该死的冲锋队员。我想我也许会加入你们的共产党。"

沃洛佳用碧蓝的眼睛盯了他一会儿，然后低声对他说："如果真想反抗纳粹，你或许可以做更有意义的事情。"

劳埃德不明白沃洛佳的这番话究竟是什么意思。

茉黛和艾瑟尔跑回了礼堂，两人几乎同时开口，如释重负地又哭又笑。被她们一折腾，劳埃德就忘了沃洛佳的那番话，以后也没再想起过。

四天后，埃里克·冯·乌尔里希穿着希特勒青年团[①]的制服回到家。

他觉得自己像个王子。

埃里克穿着冲锋队员的棕色衬衫，胳膊上绑着纳粹十字袖章。他还戴着他们的黑色领带，穿着他们的黑色短裤。他以为自己是献身于祖国的爱国战士，但最终不过是犯罪团伙中的一员。

这比支持赫塔队的感觉还要好，那是柏林人最爱的一支足球队。星期六不参加政治集会时，沃尔特经常带他看赫塔队的比赛。两件事都给埃里克一种跟众人在一起同仇敌忾的感觉。

但赫塔队有时会输球，而输球会让他回家后感到很落寞。

纳粹没有输过。

埃里克害怕父亲看到这身制服会责备他。父母和时代的步调不一致，让他很气愤。所有他的同龄人都加入了希特勒青年团。他们一起运动、唱歌，一起在田野和城郊的森林里尽情探险。他们是聪明、健康、诚实、做事有实效的年轻一代。

埃里克非常担心将来某一天也许要参战——像爷爷和父亲那样上战场打仗——他希望自己能为那一刻做好准备，成为一个训练有素、纪律严明、积极进取的德意志战士。

纳粹讨厌共产党，但父亲和母亲也是。所以就算纳粹讨厌犹太人，那又怎么样呢？冯·乌尔里希一家又不是犹太人。他们为什么要在意？但是父亲和母亲固执地不肯加入纳粹党。算了，埃里克受够了，决定违抗父母的意愿。

他还是很害怕。

---

① 希特勒青年团，是1922年至1945年间纳粹党设立的准军事组织，其任务是对13-18岁的男性青年进行军事训练，为德国的对外战争做准备。

和以往一样，埃里克和卡拉放学了，但父母都还没回家。艾达一边为他们端上茶点，一边噘着嘴，用责备的眼神看着埃里克，但她只是说："你们得自己收拾桌子——我头很疼，这就要去躺一会儿。"

卡拉很担心："这是你常要去看医生的原因吗？"

艾达犹豫了一下才回答："是的，没错。"

她显然在隐瞒着什么事情。艾达生病了，还为此撒谎了，这个念头让埃里克很不安。艾达一直都对他很好。他永远不会像卡拉那样向艾达表达自己的爱，但他其实比表面上更爱她。

卡拉也很挂念艾达的身体："希望你很快能好起来。"

卡拉最近越来越成熟了，这让埃里克非常困惑。尽管比她大两岁，但很多时候他仍然感到自己像个孩子，而卡拉却时常表现得像个大人。

艾达宽慰他们说："休息一会儿就好了。"

埃里克吃了些面包。艾达离开餐厅以后，他嚼着面包对卡拉说："我在初级组，但十四岁以后就会升级。"

卡拉说："爸爸会暴跳如雷的，你疯了吗？"

"李普曼先生说，爸爸会惹上麻烦的，如果他坚持要我离开青年团。"

"哦，太妙了。"卡拉说。她话里凌厉的讽刺意味，时不时会刺痛埃里克。"所以，你是准备让爸爸和纳粹干上一仗了。"卡拉嘲讽地说，"真是个好主意，你太为我们这个家着想了。"

埃里克醒悟了。他从来没从这个角度想过。"除了法国人方丹和犹太男孩洛特曼，班里的其他男生都是希特勒青年团的成员，你让我怎么办？"他负气地说。

卡拉往面包上抹了点鱼酱。“为什么你要和别人一样呢？”她问，“他们大多数人都很笨。你曾经说过，鲁迪·洛特曼是班上最聪明的男生。”

“我才不要和他们一伙呢！”埃里克叫喊道，他急哭了，这让他有点窘迫，“为什么我要和没人喜欢的孩子在一起玩呢？”正是这一点给了他反抗父亲的勇气——他再也受不了了，当所有德国男孩都穿着制服在操场上玩时，他接受不了自己和犹太人及外国人一起走出学校。

这时，他俩都听到了一声哭喊。

埃里克看着卡拉问：“是什么声音？”

卡拉皱着眉：“我想应该是艾达。”

接着他们听见了更清晰的一声：“救命！”

埃里克站起身，但卡拉抢在了他前面。他跟着她。艾达的房间在地下室。他们奔下楼梯，跑进艾达的小卧室。

靠墙摆着一张狭小的单人床。艾达躺在床上，面容痛苦地扭曲着。她的裙子湿透了，地上有一摊水。埃里克不敢相信自己的眼睛。她小便失禁了吗？太吓人了。家里没有其他成年人。他完全不知道该怎么办了。

卡拉也很害怕——从她的表情就能看出这一点——但她并没有慌了手脚。她说：“艾达，你到底是怎么了？”她的声音出奇地平静。

“我的羊水破了。”艾达说。

埃里克不知道这句话意味着什么。

卡拉也是。“我不明白你的意思。”她说。

“我是说我要生孩子了。”

“你怀孕了吗？”卡拉吃惊地问。

埃里克说：“可你还没结婚啊！”

卡拉生气地说：“埃里克，快闭嘴——你难道连这种事都不懂吗？”

他当然知道，女人不结婚也能生小孩——但艾达不能！

“这是你上星期看医生的原因，是不是？”卡拉问艾达。

艾达点了点头。

埃里克仍然尝试着理解目前的局面。“你觉得爸爸妈妈知道这件事吗？”

“当然知道，他们只是没告诉我们罢了。拿条毛巾来。”

“毛巾在哪里？”

“在楼梯口的晾衣橱里。”

“要干净的吗？”

“当然要干净的！”

埃里克跑上楼，拿了一条白色的小毛巾，又跑下来。

“这条不太合适。”卡拉说，但她还是接了过去，擦干了艾达的双腿。

艾达说：“我马上就要生了，我知道，但不知道该怎么办。”说着她哭了起来。

埃里克看着卡拉。现在她说了算。这和年龄没有关系——他只能按卡拉的指令行事。卡拉在这样的紧急关头能保持镇定。但他能感觉到她也很害怕，不像外表那样坚强。埃里克觉得卡拉每一刻都有可能崩溃。

卡拉转身对埃里克说：“把洛特曼医生叫来，”她说，“你知道他的诊所在哪儿。”

这个任务自己完全能对付，埃里克轻松了许多。这时他想到了一个潜在的问题："如果他不在呢？"

"白痴，问洛特曼夫人该怎么办啊！"卡拉说，"快去——跑！"

埃里克很高兴能离开地下室。里面发生的事情既神秘，又让人恐惧。他一步三个台阶地奔上楼梯，飞一般冲出了门。埃里克至少还知道该怎么跑。

洛特曼医生的诊所离他家有半英里远。埃里克一路飞奔。他一边跑一边想着艾达的事。谁是她孩子的父亲？他记得去年夏天艾达曾和保罗·胡贝尔看过几场电影。他们在一起睡觉了吗？他们一定睡过了！埃里克和朋友们经常谈到性，但完全不了解两性关系。艾达和保罗在哪儿睡的呢？不可能在电影院吧？难道两个人不需要躺下吗？埃里克困惑极了。

洛特曼医生的诊所在贫民区的一条小街上。埃里克常听母亲说，洛特曼是位好医生，治疗了许多付不起高昂诊费的工人兄弟。诊所在一楼，有接待室和诊疗室，医生一家住在二楼。

诊所外面停着一辆绿色的欧宝四系车，这种外形丑陋的双人座小车常被人称为"三条腿青蛙"。

诊所前门没有锁，埃里克喘着粗气走进门，进了接待室。一个老人在角落里大声咳嗽，还有个带着孩子的年轻女子。"有人吗？"埃里克喊，"洛特曼医生在吗？"

医生的妻子走出诊疗室。汉尼洛尔·洛特曼是个五官端正的高个子美女，她严厉地看了埃里克一眼。"你怎么敢穿着这套制服上这儿来？"她责问道。

埃里克愣住了。洛特曼夫人不是犹太人，但她丈夫是——埃里克在忙乱中忘了这一点。“我们家的女仆快生了！”他说。

“你想让犹太医生帮你吗？”

埃里克惊讶得说不出话来。他完全没想过，纳粹对犹太人的压迫会换来犹太人的反击。但他很快就明白洛特曼夫人的理由很充分。既然冲锋队员在大肆叫嚣要杀死犹太人，那犹太医生为何还要帮助他们雅利安人呢？

他不知该怎么办了。附近还有许多别的医生，但埃里克不知道他们的诊所在哪儿，也不知道他们肯不肯帮助一个陌生人。“我妹妹让我来的。”他底气不足地说。

“卡拉比你懂事多了。”

“艾达说她的羊水破了。”埃里克不知道“羊水”是什么意思，但他知道这个词很重要。

洛特曼夫人瞪了他一眼，返回诊疗室。

角落里的老人咕哝了一声。“我们始终是一群肮脏的犹太人，除非你们需要我们帮忙！”他说，“‘洛特曼医生，你快来吧’‘科赫律师，你怎么看？’‘古德曼先生，借我一百马克好吗？’”说到这儿，老人又是一阵剧烈的咳嗽。

一个十六岁左右的女孩从走廊里走了进来。埃里克心想，她一定是洛特曼夫妇的女儿伊娃。他好几年没见过伊娃了。她的胸部开始发育了，但还是矮墩墩的，长相普通。伊娃问他：“你父亲让你加入希特勒青年团的吗？”

“他不知道这件事。”埃里克说。

“小不点儿，”伊娃说，“这下你麻烦了。”

埃里克把目光移向诊疗室的门。“你觉得你爸爸会去我家吗？”他问，“你妈妈对我很凶。”

“他肯定会去。”伊娃说，“只要有人生病，他就会竭尽全力治疗。”接着她语带轻蔑地说，“无论种族和党派，他都以病人为先，我们可不是纳粹！”说完她走出了接待室。

埃里克觉得很委屈，他没想到这身制服会给他带来这么多的麻烦。学校里所有人都觉得这制服很好看。

过了一会儿，洛特曼医生出现在诊疗室门口。他对两个候诊的病人说：“很抱歉，有人临盆了，我会尽快回来。”接着，他看了一眼埃里克，说：“来吧，小伙子，坐我的车吧，即便你穿着这身制服。”

埃里克跟着他走出诊所，坐进了“三条腿青蛙”的副驾驶座。埃里克很喜欢汽车，希望尽快能到开车的年龄。平时，坐各种车都能让他感到心满意足，他会好奇地看着汽车上的各种按钮，认真学习开车的技巧。但穿着青年团的制服坐在犹太医生旁边，却让他像件展品一样难受。如果被李普曼先生看到该怎么办啊？一路上，他都很苦闷。

好在不远，没几分钟，汽车就开到了冯·乌尔里希家门口。

“生孩子的女士叫什么名字？”洛特曼问。

“艾达·汉普尔。”

“没错，上星期她来过。婴儿早产了，快带我去见她。”

埃里克带医生进了屋。他听到一阵啼哭声，孩子已经生了！他连忙冲到地下室，医生跟着他。

艾达仰面躺在床上。床单已经被血和其他东西浸湿了。卡拉怀抱着婴儿站在床边。小婴儿身上裹着一层黏液。艾达的裙子底下有一根粗绳似的东西，连在婴儿身上。卡拉害怕地瞪大了双眼。“我做得对吗？”她大声问。

“你做得很对，”洛特曼医生的话让她安下心来，“再抱一会儿婴儿。”他坐在艾达身边，听了听她的心跳，摸着她的脉搏，问：“亲爱的，现在感觉怎么样？”

“我很累。”艾达说。

洛特曼满意地点了点头。他站起身，看了看卡拉怀中的婴儿。“孩子很小。”他说。

埃里克五味杂陈地看着医生打开包，拿出几根线拧成了一条绳子，然后在绳子上打了两个绳结。医生给绳子打结的时候轻声对卡拉说：“为什么哭啊？你完成了一件了不起的工作。你凭一己之力接生了一个孩子！我不来你也能做得很好。长大以后，你能成为一个很优秀的医生！”

卡拉平静了些。她小声说：“医生，你看看他的头，”医生凑到她跟前才听清她说了什么，“这孩子似乎有什么地方不对劲。”

“让我看看。”医生拿出一把锋利的剪刀，在绳结间把绳子剪成两截，然后从卡拉手里接过光溜溜的孩子，把他举在跟前仔细端详。埃里克看不出有什么不对劲，但是婴儿那么红、那么皱、那么瘦，实在不好说。然后，医生想了一会儿，说：“哦，亲爱的。”

再仔细一瞧，埃里克发现了一点不对劲。婴儿的脸两边不匀称。其中一侧正常，另一侧却凹下去一块，眼睛看上去也有点奇怪。

洛特曼让卡拉继续抱着小婴儿。

艾达又开始呻吟了，她看上去的确很累。

等她放松下来，洛特曼伸手到她的裙子底下，拿出一团东西，有点像肉，让人恶心。“埃里克，”他说，“拿张报纸来。”

埃里克问：“哪种报纸？”他的父母每天都会把所有主流报纸带回家。

“小伙子，任何一种都行，”洛特曼温和地说，“我只是拿来包东西。”

埃里克跑上楼，找了张前天的《福斯日报》。他回到地下室，洛特曼用报纸包住了那团肉一样的东西，放在地上。“这就是我们常说的胎盘，”他对卡拉说，“待会儿最好烧掉它。”

接着，他又坐到床边。“艾达，我亲爱的姑娘，你表现得非常勇敢，”他说，“你的孩子活下来了，但他似乎生病了。我们把他洗一洗，包得暖和点，然后带他去医院。”

艾达很害怕。“是什么病？”

“我不知道，必须带他到医院检查。”

“他会好起来吗？”

“医院里的医生会尽力诊治，其他的我们就交给上帝吧。”

埃里克知道犹太人和基督徒信奉的是同一个上帝。但人们很容易忘记这一点。

洛特曼说：“艾达，你觉得自己能起床和我一起去医院吗？孩子需要妈妈喂。”

“我太累了。”艾达又说了一遍。

“再歇一两分钟，但不能太久，婴儿需要马上就诊。卡拉会帮你穿好衣服。我先上楼了。”然后，他转向埃里克，玩笑似的说：“纳粹小子，跟我上楼去吧。”

埃里克真想挖条地缝钻进去。洛特曼医生的宽容比洛特曼夫人的斥责更让他难受。

他们正要离开时，艾达叫住了医生。

“亲爱的，有事？”

“孩子叫库尔特。”

“这名字很棒。”说完，洛特曼医生便带着埃里克离开了。

劳埃德为沃尔特·冯·乌尔里希做助理的第一天，正赶上新一届议会成立首日。

沃尔特和茉黛拼命工作，希望挽救德国脆弱的民主。劳埃德很理解他们的绝望，一方面因为沃尔特夫妇是他从小就认识的好人，另一方面是他很怕英国会步德国后尘，走上一条通往地狱的不归路。

选举没解决任何问题。纳粹获得了百分之四十四的相对多数票，但仍少于他们希望达到的百分之五十一。

沃尔特看到了希望。他在开车前往议会开幕式的路上，对埃里克说：“即便用上高压手段，他们也没能赢得多数德国人的选票。”说着，他用拳头猛击了一下方向盘，“不管他们说了什么，纳粹都不受欢迎。他们在政府的时间越长，人民就越能看清他们的嘴脸。”

劳埃德没有这么确定。“纳粹关闭了反对党的报社，把议员关进监狱，贿赂警察，”他说，“怎么还会有百分之四十四的选民投他们的票呢？我不觉得这个结果能让人安心。”

议会大厦烧毁严重，完全不能用了。于是开会地点选在了科尼格广场对面的国家歌剧院。这是一座综合性大剧院，有三个音乐厅、十四间小剧场，外带餐厅和酒吧。

他们刚到，就被剧院周围的情况吓了一跳。冲锋队员把整座大剧院包围了。议员和他们的助理站在入口处，试图进去。沃尔特生气地说：“希特勒现在是想通过阻挠我们进场，来为他自己开路吗？”

劳埃德发现，所有的门都被冲锋队员堵住了。他们把穿着纳粹制服的人放进去，其他人却得出示证件。一个年纪比劳埃德还小的少年轻慢地打量着劳埃德，然后不太情愿地把他放了进去。这是种赤裸裸的恐吓。

劳埃德觉得自己快要炸了，他最讨厌被恐吓。只要来个左勾拳，他就能把这个冲锋队少年打翻在地。不过他强迫自己保持冷静，转身走了进去。

那次，在人民剧院打完架以后，艾瑟尔检查了劳埃德头上鸡蛋大小的肿块，让他赶快回英国去。他说服了母亲，可以晚点动身，但回英国是迟早的事。

艾瑟尔说他根本不知道什么是危险，其实他知道。有时他的确很害怕，但这只会激起他的斗志。直觉让他发起进攻，而不是选择后退。这点让艾瑟尔非常担心。

讽刺的是，事到临头，艾瑟尔也一样。虽然害怕，但留在柏林见证德国的历史性转折让她激动不已，她也因为纳粹实施的暴力和压迫而义愤填膺。艾瑟尔决心写一本法西斯主义政策的专著，用以警示其他国家的民主人士。“你比我更容易招来危险。”劳埃德曾对她这样说过，可她就是不听。

歌剧院里面站满了冲锋队员和党卫军的人，许多人都带着武器。他们把守着所有的门，表情和举止都是对反纳粹者的憎恨和不屑。

社会民主党的小组会，沃尔特迟到了。劳埃德焦急地在里面到处找开会的房间。他往辩论厅里看了一眼，发现一面巨大的纳粹十字旗从天花板上垂下来，占满了整个大厅。

下午大会开始后的第一个议程将是授权法案，这个法案可以使希特勒内阁在没有议会的授权下通过新的法律。

授权法案为德国的未来蒙上了一层恐怖的阴影。希特勒将彻底地成为一个独裁者。过去几周的镇压、凌辱、暴力和苦难将永远存在下去。简直无法想象。

劳埃德想象不出哪一国的议会会通过这样一项法案。这相当于让议员投票表决剥夺自己的参政权。这是一种政治上的自杀。

他在一个小剧场里找到了社会民主党的议员。社会民主党的内部会议已经开始。劳埃德匆忙把沃尔特引入会场，然后就被派去倒咖啡了。

在冲咖啡的队伍中，劳埃德发现在自己前面的是一个脸色苍白、表情机警、一身黑的年轻人。劳埃德的德语比以前流利很多，他有足够自信和陌生人攀谈了。通过交谈，劳埃德得知，黑衣年轻人叫海因里希·冯·凯塞尔，和他一样是没工资的助理，而海因里希为他的父亲工作，天主教中央党议员戈特弗里德·冯·凯塞尔。

“我爸爸和沃尔特·冯·乌尔里希很熟，”海因里希说，“1914年，他们都在伦敦的德国大使馆做过随员。”

政治和外交界的圈子可真小，劳埃德心想。

海因里希告诉劳埃德，回归基督教的信仰是解决德国一切问题的良方。

“我不怎么喜欢教徒，”劳埃德诚实地说，“请别介意。我外公是威尔士的福音传道者，我妈妈却对宗教不以为意。我继父是个犹太人。我们周末时常会去阿尔德盖特的圣公会教堂做礼拜，因为那里的牧师是个工党党员。”

海因里希笑了笑说：“无论如何，我都会为你祈祷的。”

劳埃德记得，天主教徒不会说服别人改变信仰。阿伯罗温老家的外祖父母可完全不是这样，他们觉得世间唯一的真理就是那几卷福音书，任何不信福音的人都将受到诅咒。

回到内部会议会场时，沃尔特正在发言。“授权法案不可能通过！”他说，“通过这样的宪法法案必须有三分之二的代表在场，这就要求647名代表中有432名在场。另外，在场的代表中也必须有三分之二投赞成票。”

放下托盘的时候，劳埃德在脑海中简单计算了一下议员的人数比。纳粹党有288个议席，和他们结盟的民粹党有52个议席，总共是340张赞成票——这比法定多数还差将近一百票。沃尔特说得对，授权法案不可能通过。劳埃德宽心了一点。他坐下听讨论，顺便提升一下自己的德语水平。

但很快他又紧张起来。“别这么确定，”一个操着柏林工人阶级口音的代表说，“纳粹和中央党高层达成了交易。”劳埃德想起，中央党就是海因里希为之服务的政党，“这样他们又能多得74票。”这个男人说。

劳埃德皱起了眉。中央党为什么会支持一项剥夺他们权益的法律呢？

沃尔特直截了当地说出了同样的想法。“天主教徒怎么会这样蠢呢？”

劳埃德希望在倒咖啡前就知道这件事，那样就可以跟海因里希辩个明白了。也许还能得到什么有用的信息呢！真该死！

操着柏林口音的男人说：“意大利的天主教政党和墨索里尼达成了协议——一项保护教堂的协定。这里的情况也一样。”

劳埃德算了算，中央党的支持将使纳粹的票数达到414票。“仍然没达到三分之二多数。”他如释重负地对沃尔特说。

一个年轻的助理听到他的话，向大伙澄清道：“你们难道把议长最近的宣言忘了吗？”德国议会的现任议长是希特勒的亲密同伴赫尔曼·戈林。劳埃德没有听说过这样一份宣言。其他人似乎也没听过。议员们一下子安静下来。这位助理继续向大家解释：“他剥夺了缺席的共产党议员的投票权，因为他们都被投入了监狱。”

全场响起愤怒的抗议声。劳埃德发现沃尔特的脸涨得通红。“他无权这么干！”沃尔特说。

“这完全是非法的，”助理说，“但他就是这样做了。”

劳埃德非常失望。法律能够如此儿戏吗？他又做了番计算。共产党拥有81个议席。如果他们的票数不算，纳粹只要达到566票的三分之二，也就是378票就行了。纳粹党和民粹党的总票数加起来不到378票——但如果有中央党的支持，情况就不一样了，他们将取得议会的多数。

有人说：“这完全是非法的，我们应该以缺席抗议！”

“不能这样做！”沃尔特慷慨激昂地说，“这样他们就可以在我们不在场的情况下通过法案了。我们应该说服中央党的天主教徒们。韦尔斯必须马上去见卡斯。”奥托·韦尔斯是社会民主党的党首，路德维希·卡斯是中央党的党首。

会场里响起一阵附和声。

劳埃德做了个深呼吸，镇静地对沃尔特说：“乌尔里希先生，你何不跟戈特弗里德·冯·凯塞尔吃顿午饭呢？我没记错的话，战前你们曾在伦敦一起工作过。”

沃尔特哑然失笑道：“那个讨厌的家伙！”

也许共进午餐不是个好主意。劳埃德说：“我不知道你不喜欢他。”

沃尔特想了想说：“我讨厌他——但我向上帝起誓，我愿意做一切尝试。”

劳埃德问：“要我向他发出邀请吗？”

“好吧，那就试一试。如果他肯接受，告诉他一点钟在赫仑俱乐部见面。”

“知道了。”

劳埃德赶到海因里希刚才进入的小会场，急步走了进去。一场类似于社会民主党小组会的讨论正在进行。劳埃德环顾会场，看见了一袭黑衣的海因里希，和他对视一眼，打了个手势示意他出来。

走出会场后，劳埃德对海因里希说：“据说你们这边会支持授权法案。”

“尚不确定，”海因里希说，“意见还没有统一。”

“哪些人反对和纳粹合作？”

“布鲁宁和其他人。”布鲁宁是前总理，在中央党内有一定的影响力。

劳埃德感觉到了希望。“还有些什么人？”

“你把我叫出来是为了套我的话吗？”

“对不起，当然不是。沃尔特·冯·乌尔里希想和你父亲共进午餐。”

海因里希一脸狐疑。“他们不是朋友——你应该很清楚，不是吗？”

“我听说了，但今天他们应该把私人恩怨抛在一旁！”

海因里希不是很确定的样子。“我去问问他吧，稍等。”他转身走进会场。

劳埃德不知道这个办法管不管用。可惜，沃尔特和戈特弗里德不是好朋友。但他就是不信天主教徒会投票支持纳粹。

最让他不安的是，这种事会发生在德国，也就会发生在英国。如此严峻的形势，让他不寒而栗。他的人生才刚刚开始，他不想生活在独裁统治下。他希望像父母一样在政界工作，想为阿伯罗温的矿工，以及像他们一样的民众建设一个更美好的国家。要实现这个目标，就需要有人们能畅所欲言的政治集会，需要有反对政府的媒体言论，需要有不必担心被偷听且能自由辩论的社会环境。

法西斯主义禁止所有这一切。但纳粹也许会失败。沃尔特也许能说服戈特弗里德，阻止中央党对纳粹的支持。

海因里希出来了。“他同意和沃尔特吃饭。”

“太好了！乌尔里希想请他去赫仑俱乐部吃饭，一点钟行吗？”

“真的吗？他是那个俱乐部的会员吗？”

“应该是的——为什么这样问？”

“那是个只有上层人士才能加入的俱乐部。我想他一定叫沃尔特·冯·乌尔里希。虽然是社会民主党党员，可他一定来自一个尊贵的家庭！”

“或许应该先去订个位。赫仑俱乐部在哪儿？”

“就在大街拐角。”海因里希把赫仑俱乐部的方位告诉了劳埃德。

“可以订四个人的位子吧？”

海因里希笑了：“为什么不？如果不希望我们在场，再让我们离开就好。”说完他重新返回了会场。

劳埃德离开国家歌剧院，快步穿过广场，经过烧毁的议会大厦，走到赫仑俱乐部。

伦敦有很多这样的绅士俱乐部，但劳埃德从来没去过。赫仑俱乐部虽然是家餐厅，但肃穆得像座殡仪馆。侍者们穿着全套晚礼服，安静地把刀叉摆在白色的桌布上。侍者领班接受了劳埃德的预订，庄严地写下了冯·乌尔里希的名字，就像在“死亡之书”上写下死者名字一样。

劳埃德返回歌剧院。剧院里更繁忙，也更嘈杂了。气氛似乎也更加紧张了。有人在兴高采烈地喊，希特勒将以授权法案的建议开启这届议会的开场式。

快到一点钟的时候，劳埃德和沃尔特穿过广场，朝赫仑俱乐部走去。劳埃德说：“海因里希·冯·卡塞尔对你是赫仑俱乐部会员这件事，感到很吃惊。”

沃尔特点了点头，说：“十几年前，我是赫仑俱乐部的创始人之一。那时，它叫朱尼俱乐部。我们聚在一起反对《凡尔赛条约》。现在，这里逐渐成为右翼人士的基地。我也许是这里唯一的社会民主党人。我之所以保留着会员身份，是因为这里是个和对手见面的好地方。”

走进赫仑俱乐部，沃尔特指着吧台边一个油头粉面的男人对劳埃德说："那位就是路德维希·弗兰克，曾和我们在人民剧院并肩作战的小沃纳的父亲。"沃尔特说，"我确定他不是这里的会员——他甚至都不是土生土长的德国人——不过他似乎正在和他的岳父赫尔巴德伯爵吃饭，就是那位坐在他旁边的老者。跟我来，我给你们介绍一下。"

他们走到吧台边，沃尔特为劳埃德做了介绍。弗兰克对劳埃德说："是你吧，几周前和我儿子打了场群架。"

劳埃德不禁摸了摸自己的脑袋：肿已经消了，但还是一碰就疼。"先生，我们要保护在场的女士。"他说。

"年轻气盛没什么不对，"弗兰克说，"小伙子，干得好。"

沃尔特不耐烦地打断了他："鲁迪，干扰选举集会已经够糟的了，你们的领导人还想彻底破坏德国的民主！"

"民主制也许不适合德国政府，"弗兰克说，"感谢上帝，我们与美国和法国还是有那么点儿不一样的。"

"认真点，难道你不怕失去自由吗？"

弗兰克突然严肃了起来。"沃尔特，我很认真。"他冷冷地说，"十多年前，我和母亲一起从俄国[①]来到德国，父亲没能和我们一起来。他被人发现拥有一本宣扬资本主义自由的反动小说《鲁滨孙漂流记》，这是个多么严重的罪名啊！他被送往北冰洋的一座集中营。他也许——"弗兰克的声音哽咽了，他咽了口口水，平静了下来，说，"他也许还被关在那里。"

四个人都不说话了。劳埃德非常吃惊。大体上，他知道俄罗斯苏维埃联邦政府可能会很无情，但亲耳听到悲痛中的亲历者讲

① 此处特指前苏联。

述自己的经历，却是另一码事。

沃尔特说："鲁迪，我们都恨布尔什维克——但纳粹只会更糟。"

"我愿意承受风险。"弗兰克说。

赫尔巴德伯爵说："我们去吃午饭吧。我下午还有个会面。抱歉。"说完，他们便离开了。

"他们总是这样说，"沃尔特发怒了，"纳粹总喜欢把扫除布尔什维克当挡箭牌！似乎布尔什维克是纳粹以外的唯一选择。我们社会民主党人也一样做得到。"

海因里希和一个显然是他父亲的人走进了俱乐部——他们都有一头精心梳理的浓密黑发，只是戈特弗里德的头发稍短，并夹杂着几根白发。尽管他们长得很像，但戈特弗里德有着老式贵族的做派，相比之下，海因里希更像个浪漫的诗人，而非政府助理。

四人走进餐厅。点完菜，沃尔特就开门见山地说："戈特弗里德，我不知道中央党能通过支持授权法案得到些什么。"

冯·凯塞尔也很直接："我们是个天主教政党，我们的第一要务是保护天主教在德国的财产。教徒们是为了这个才选我们当议员的。"

劳埃德不满地皱了皱眉。艾瑟尔也是个议员。她总对劳埃德说，在为投票支持他们的民众服务的同时，也要为给反对者投票的民众服务。

沃尔特换了个角度说："民主的议会能对所有的教堂提供保护——你们却要把民主抛到一边。"

"沃尔特，醒醒吧，"戈特弗里德恼火地说，"希特勒赢得了选举。他拥有了国家权力。无论我们怎么做，他都将在可以预见的未来统治德国。我们必须自我保护。”

“他的承诺一钱不值。”

“我们要来了书面的保证：天主教会将独立于这个国家，天主教会的学校不会受到骚扰，天主教徒的民主权利不会受到侵犯。”他看了看儿子，似乎在等待他的附和。

海因里希说：“他们答应今天下午第一件事，就是和我们签订这份协议。”

沃尔特说：“你们自己掂量一下，是要暴君签订的一张破纸，还是要一个建立在民主基础上的议会？哪个更有利呢？”

“世界上最强大的力量来自上帝，我们只按天父的旨意行事。”

沃尔特翻了翻眼珠。“愿天父拯救德国。”他说。

德国人没有得到足够的时间建立对民主的信心，在倾听沃尔特和戈特弗里德翻来覆去的争论时，劳埃德这样想着。德国议会才成立了十四年，还没有建立起完备的民主制度。德国在上一次大战中战败了，民众只看到货币沦为废纸和找不到工作的社会现实——对他们来说，选举权只是个可有可无的身外之物。

戈特弗里德看似很难被说动。一顿饭吃完，他的立场还是一样强硬。他的责任是保护天主教教堂。劳埃德真想骂上两句。

四人回到歌剧院，两位议员——沃尔特和戈特弗里德，在大厅就坐。劳埃德和海因里希则坐在楼上的包厢观察战况。

劳埃德看见社会民主党的议员们坐在左后方的席位上，冲锋队员和党卫队员从门口一路站到墙边，把他们围成一圈。议员们如果不通过法案，这些人似乎就不准备让他们走了。劳埃德产生了强烈的危机感。一阵恐惧掠过心头，他想，今天所有人都被囚禁在这里了。

在一阵欢呼和掌声中，希特勒穿着冲锋队的制服走了进来。当他登上演讲台的时候，纳粹议员都狂热地站了起来，大多数都穿着冲锋队的制服。只有社会民主党的议员们保持着坐姿，但劳埃德注意到其中一两个议员转身不安地看着卫兵。如果仅仅因为不跟对手一起欢呼就感到紧张的话，他们又怎么能自由地发表意见和投票呢？

会场安静下来以后，希特勒开始发言。他站得笔直，左臂放在身侧，只用右手做手势。他的声音尖厉而强势，既像是机关枪，又像是一条咆哮的大狗。谈到1918年在德国即将战胜前选择投降的“十一月叛徒[①]”时，他的声音里充满了激情。他并不是在假装：劳埃德觉得他真诚地相信自己所说的那些愚蠢和无知的话语。

“十一月叛徒”已经被希特勒说滥了，不过他马上改变了话题。他谈到了教堂，谈到教堂是德国最重要的地方。对于他来说，这是个不同寻常的主题。显然是讲给今天会左右投票结果的中央党听的。他说基督教徒和天主教徒是维持国家团结的两股重要力量。他们的权力不会被纳粹党政府干涉。

海因里希得意地看了眼劳埃德。

“如果我是你，我会把希特勒说的话都写在纸上。”劳埃德小声说。

两个半小时之后，希特勒开始致结束语。

结束语里充满了确定无疑的暴力威胁：“民族主义的政府确

① 第一次世界大战后，由于德国战败，不少德国民族主义者怀恨在心，就借此谴责外国人与非民族主义者出卖德国。

定并准备对法案遭否决的情况进行应对——法案被否决意味着抵抗。”他故意停顿了一下，让众议员明白他的意思：投票反对法案将被视为抵抗的宣言。接着他又用另外一种表达方式强调了这一点：“绅士们，现在请你们决定，要和平还是要战争！”

希特勒在纳粹议员们的欢呼声中坐了下来，会议进入了中场休息。

海因里希非常兴奋，劳埃德则情绪低落。他们朝相反方向的两个小会场走去。社会民主党和中央党将进行最后的讨论。

社会民主党代表非常郁闷。他们的领袖韦尔斯将上台发言，但他又有什么可说的呢？几个代表说，如果韦尔斯发表谴责希特勒的言论，他恐怕很难活着离开会场。他们同样担忧自己的安危。劳埃德感到害怕，如果议员都能被杀，他们的助理又会怎么样呢？

韦尔斯告诉大家，他已经在胸袋里藏好了一粒氰化钾胶囊。如果被捕的话，他情愿自杀也不愿被凌辱。劳埃德吓坏了，韦尔斯是个民选的议员，险恶的形势却逼迫他不得不做出烈士才会有的举动。

劳埃德意识到自己今天早晨的预判全然错了。他原本以为疯狂的授权法案不可能成为现实。现在他发现大多数人都认为这项法案将得以通过。他完全错判了局势。

认为这样的事不可能发生在英国也错了吗？他是不是在欺骗自己？

有人问，中央党的天主教徒们是不是做了最后的决定。劳埃德站起身。“我过去看看。”说完，他跑进中央党开会的小剧场。和之前一样，他探头进去，示意海因里希出来。

“布鲁宁和厄辛已经动摇了。”海因里希说。

劳埃德的心一沉。厄辛是天主教工会的领袖。“作为工会的一分子，厄辛怎么会投票同意通过这种法案呢？”劳埃德问海因里希。

“卡斯说，教会的处境非常危险。如果反对法案，他们觉得整个社会都将陷入无序状态。”

“如果通过这项法案，镇压只会更血腥。”

“你们那边的情况怎样？”

“他们觉得投票反对就会被枪决。但他们还是要反对，不惜一切。”

海因里希进去了，劳埃德也回到了社会民主党那边。“抵抗派的势力正在削弱，”劳埃德告诉沃尔特和他的社会民主党同伴们，“他们害怕反对法案将引起一场内战。”

大家更沮丧了。

六点，各个党的议员都回到了辩论大厅。

韦尔斯首先发言。他平静、理性，不动感情。他指出生活在民主社会将有利于德国民众，民主将带给人民自由和社会福利，使德国重新成为国际社会的正常成员。

劳埃德注意到希特勒在做着笔记。

发言最后，韦尔斯勇敢地提出了对博爱、公正、自由、民主的热烈向往。“授权法案将毁灭这一切，我们不能通过这样的法案。”他的话引来了纳粹的嘲笑和揶揄声。

社会民主党议员拍手鼓掌，但他们的掌声很快被淹没了。

“我们尊重那些被迫害和被镇压的人，”韦尔斯提高了自己的声音，“我们尊重德意志领土上一切和我们志同道合的人。他们的坚定不移和忠诚值得尊敬。”

劳埃德只能从纳粹的叫喊和嘘声中听到只言片语。

“他们的献身和乐观主义精神会给德国一个更光明的未来！”

韦尔斯在刺耳的质疑声中坐了下来。

他的演讲起了什么作用？劳埃德完全说不上来。

韦尔斯发言之后，希特勒又站起来发言。这次他的声调完全变了。劳埃德意识到总理开场时的发言只是在热身。他的声音更亮，发言也更具攻击性，话语中透露着满满的憎恨——他时而指点，时而捶桌，时而捏拳示威。他把手放在胸前，然后双手向外一扫，似乎要把所有反对力量都扫除干净。希特勒每一处充满激情的演说都得到了支持者们经久不息的掌声。他的每句话都表达着同样的情感：吞噬一切的暴虐。

希特勒同样很自信。他宣称他其实不必推出授权法案。“我们是在向议会索取我们本该轻易得到的东西！”他嘲弄道。

海因里希看起来忧心忡忡，他借故离开了包厢。过了一会儿，劳埃德看见海因里希站在楼下大厅里，和他父亲耳语了几句。

回到包厢以后，劳埃德发现他活像一只斗败了的公鸡。

劳埃德问：“你们拿到他手写的保证书了吗？”

海因里希躲开了劳埃德的目光。“保证书是打字机打的。”

希特勒以对社会民主党人的谴责结束了这段发言。他根本不在乎他们的那些否决票。“德国将得到自由！”他咆哮道，“但不是通过你们这些人！”

其他党派领导人的演讲都很短，所有人都显得很受挫。卡斯教士说，中央党将赞成这项法案。其他党派也是一样。只有社会民主党还在抗争。

投票结果宣布了，纳粹党人疯狂地欢呼起来。

劳埃德很惊恐。他看见赤裸裸的强权滥施淫威，这是何等丑陋的一幕啊！

他没和海因里希说话就离开了包厢。

在入口大堂，劳埃德看见了沃尔特，他正在哭。沃尔特用一块很大的白手帕擦着脸，但眼泪还是止不住。除了在葬礼上，劳埃德还从没见过哪个大男人像他这样哭。

劳埃德不知道该说什么，更不知道该做什么。

“我的人生彻底失败了。”沃尔特说，“没有任何希望了。德国的民主死了。”

4月1日，星期六，是德国的抵制犹太人日。艾瑟尔和劳埃德走在柏林大街上，难以置信地看着眼前发生的一切。艾瑟尔为自己的新书不断在本子上做着笔记。大卫星被粗暴而醒目地贴在犹太人开的商店橱窗上。冲锋队员站在犹太人开的百货商店门口，恐吓所有想要进去买东西的人。犹太律师的事务所和犹太医生的诊所前，都设置了警戒哨。劳埃德碰巧看见两个冲锋队员正在阻拦病人们去洛特曼医生那儿就诊，洛特曼也是乌尔里希家的家庭医生。一个手掌粗糙的挖煤工人脚踝扭伤了，他让冲锋队员滚开，后者便掉头去找容易对付的患者了。“人和人之间怎么能如此残忍呢？”艾瑟尔问。

劳埃德想起了继父，他很爱他。伯尼·莱克维兹就是个犹太人。如果法西斯主义降临英国，伯尼也会成为被仇恨的目标。这让劳埃德打了个哆嗦。

那天晚上，罗伯特的酒馆自发地举行了一场酒会。没人组织，但晚上八点，酒馆里已经坐满了社会民主党人。茉黛的记者同事们，以及罗伯特那群演员朋友都来了。他们之中的乐观派说，随着经济的萧条，自由进入了冬眠，但经济一旦恢复，民主就会醒来。而其他人只是在一旁喝闷酒。

劳埃德喝得很少。他不喜欢酒精对大脑的麻痹作用。酒精会影响思考。他问自己，德国的左翼政党能做些什么来避免这场灾难，但他找不到答案。

茉黛说了艾达的儿子库尔特的近况。“艾达把婴儿从医院里带回家了，他看上去很开心。但他的脑部受了损伤，很难恢复到正常人的状态。等他再大一些，可能就要被送到某类护养机构，可怜的孩子！”

劳埃德已经听说孩子是由十一岁的卡拉接生的。真是个有胆量的女孩！

九点半的时候，托马斯·马赫支队长穿着一身冲锋队的制服走进了酒馆。

上次来的时候，罗伯特把他当成了跳梁小丑，但劳埃德感受到了马赫身上的戾气。他看上去很笨，胖脸上长了一撮小胡子，但目光中的那丝残忍却让劳埃德不寒而栗。

罗伯特已经拒绝把酒馆卖给他了。马赫又来干什么呢？

马赫站在用餐区中间大声咆哮：“这家餐厅被用来搞淫乱活动了。”

食客们都安静下来，想知道他说的是什么意思。

马赫举起一根指头，那个手势仿佛在说：你们都听好了！劳埃德突然对这个动作产生了一种似曾相识的畏惧感。过了一会儿，他才意识到马赫是在模仿希特勒。

马赫说："同性恋配不上德意志民族的男子气概！"

劳埃德皱起了眉，他在说罗伯特是个同性恋吗？

容格戴着主厨的高帽从厨房走出来。他站在门边，生气地瞪着马赫。

劳埃德被一个可怕的想法惊呆了。也许罗伯特真是同性恋。

毕竟，战后他就一直和容格住在一起。

环顾罗伯特的演员朋友们，劳埃德注意到，除了两个短发的女孩之外，其他的都是些两两成对的男人……

劳埃德疑惑了。他知道同性恋者的存在。作为一个开明的人，他觉得同性恋者不该被判刑，应该得到社会的帮助。不过，他一直把同性恋者看成性错乱的怪人。罗伯特和容格看上去和正常人没什么两样，开个小店，安静地生活着——这么一说，他们倒真像是对夫妇！

他转身轻声问母亲："罗伯特和容格真是……"

"是的，亲爱的。"艾瑟尔回答。

坐在她旁边的茉黛说："年轻的时候，罗伯特对所有男侍者来说，都是个'祸害'。"

艾瑟尔和茉黛轻声笑了起来。

劳埃德受到了双重打击：不仅因为罗伯特同性恋的身份，也因为母亲和茉黛不把这当回事的态度。

马赫说："从现在开始，这里停止营业！"

罗伯特说："你没有这个权力！"

马赫无法凭一己之力关闭这个地方，劳埃德想。不过他马上回忆起了人民剧院里冲锋队拥上舞台的事情。他朝门口看去——惊骇地发现冲锋队员已经推门而入。

他们走到每张餐桌旁边，砸碎酒瓶和玻璃杯。一些顾客面无表情地观望着，另一些则起身想走。几个男人愤怒地大叫，有个女人则失控地尖声哭起来。

沃尔特站起身，他的声音非常克制。“我们应该悄悄离开，”他说，“没有必要跟这种人起冲突。穿上大衣，戴上帽子，大伙都回家去吧。”

顾客们开始离开酒馆，有些人忙乱地穿上大衣，有些人衣服都不要就往外奔。沃尔特和劳埃德护送着茉黛和艾瑟尔朝门外走。钱柜在门边上，劳埃德看见一个冲锋队员打开，把里面的钱往自己口袋里塞。

目前为止，罗伯特还一直没有发作，他只是悲伤地在一旁看着，看着今晚的生意都跑光了。但抢钱就太过分了。他大声抗议，把抢钱的冲锋队员从钱柜边推开了。

冲锋队员挥起拳头，把他打翻在地，然后开始踢打躺在地上的罗伯特。很快，另一个冲锋队员也加入进来。

劳埃德上前护住罗伯特。当他推开冲锋队员的时候，听见母亲大喊“不要啊！”。容格的动作也很快，两人弯腰把罗伯特从地上扶了起来。

他们很快就遭到了更多冲锋队员的围攻。劳埃德被拳打脚踢，有个东西重重地砸了一下他的脑袋。他痛苦地大叫起来，心想：不，别再打了。

他转身面对袭击他的人，用左右勾拳回击，出拳凌厉，就像教练教的那样，努力让每一拳都击中目标。他打趴下两个冲锋队员，接着却被人从背后拽住，打了个趔趄。很快他就被两个冲锋队员推倒在地，另一个狠踢了他几脚。

接着，他被拉起来，两条胳膊反扣在身后，手腕被一种冰凉的东西扣住了。有生以来他第一次被戴上了手铐。他感到一种新的恐惧，这不仅仅是一场骚乱。他被人拳打脚踢，但更糟的还在后面。

“站起来。”有人用德语对他说。

他奋力站起身，头非常疼。他发现罗伯特和容格也都被戴上了手铐。罗伯特的手在流血，容格的一只眼睛被打肿了。六七个冲锋队员把他们围在中间，其余的那些，有的拿起桌上的杯子和瓶子喝酒，有的站在甜点车旁，嘴里塞满糕点。

客人们都不见了。劳埃德松了口气，至少母亲安全了。

酒馆的门开着，沃尔特回来了。“马赫支队长，”沃尔特展现出政治家特有的牢记别人名字的才能，他鼓足勇气说，“你们的暴行有何意义？”

马赫指着罗伯特和容格。“他们是同性恋，”接着他又指了指劳埃德，“这家伙袭击正在执行逮捕任务的警察。”

沃尔特指着打开的、只剩几枚硬币的钱柜：“警察现在也抢劫了吗？”

“顾客有权从拒捕引发的混乱中得到赔偿。”

几个冲锋队员会意地笑了。

沃尔特说：“马赫，你过去应该是个执法官吧？你也许为自己自豪过。看看现在的你，还有那种自豪感吗？”

马赫被刺痛了。“我们执法是为了保护自己的国家。”

“你们准备把犯人带到哪儿？”沃尔特追问道，“是正规的拘留所还是非官方的秘密地下室？”

“当然是正规的地方，他们会被带到弗里德里希大街的拘留所。”马赫激动地说。

劳埃德看见沃尔特脸上掠过一丝满意的笑容，意识到沃尔特巧妙地操控了马赫，利用马赫残存的职业自豪感套出了他们即将被羁押的地址。现在，沃尔特至少知道劳埃德和其他人会被带到哪儿了。

但拘留所里又会发生什么事呢？

劳埃德没有被捕过。不过，他住在伦敦东区，认识许多经常和警察打交道的人。小时候，他常和一些孩子踢街头足球，他们的父亲就经常犯事儿。莱曼街拘留所的名声很不好，从那出来的人总是缺胳膊少腿。据说那里的墙上都是犯人的血。弗里德里希大街的拘留所会比那里好一些吗？

沃尔特说：“支队长，这是一起国际纠纷。”劳埃德想，沃尔特之所以这么说，是希望这群人在拘留所的行为更像个警察，而不是恶棍。“你逮捕的三个都是外国人——两个奥地利人和一个英国人。”他举起一只手，像是要做出抗议的姿态，“现在已经来不及了，奥地利和英国的使馆都得到了消息。我确信，很快使馆的代表就会去威廉大街的外交部登门造访。”

劳埃德不知道沃尔特的话是否可信。

马赫不怀好意地笑了笑：“外交部不会保护两个同性恋和一个愣头青的。”

“外交部长冯·诺伊拉特不是你们纳粹党的人，”沃尔特说，“他会把国家的利益放在第一位。”

“他也得听从指挥。现在，你已经在妨碍我执行公务了。”

“我警告你，”沃尔特勇敢地说，“你最好按规章办事——不然就会有大麻烦。”

“快滚。”马赫说。

沃尔特离开了酒馆。

劳埃德、罗伯特和容格被带到门口，坐进了一辆小卡车的后车厢。他们被迫躺在两排长凳之间的地板上，冲锋队员们坐在长凳上看守着。卡车开动了，劳埃德觉得被铐着的两只手钻心地疼。他觉得自己的胳膊似乎都快掉了。

好在路程不长。他们被推下车，进了一幢建筑。楼里很黑，劳埃德几乎看不见。他的名字被记在一本簿子上，护照被收走了。罗伯特的金领带夹和金表链都被拿走了。之后，他们被摘下手铐，扔进了一个光线昏暗、窗上钉着木条的囚室。里面已经关着四十多个犯人了。

劳埃德浑身都在疼。他的胸口很疼，似乎断了一根胸骨。脸蛋乌青，头疼得非常厉害。他想要一粒阿司匹林、一杯水和一个枕头。他觉得拿到其中任何一样东西至少都需要好几个小时。

劳埃德、罗伯特和容格坐在门边的地板上。劳埃德用双手抱住头，罗伯特和容格讨论着何时才会得到救援。沃尔特无疑会为他们找个律师。然而，在《议会大厦纵火案特别法令》通过以后，原有的许多法规都被废止了，他们得不到任何法律保护。沃尔特还会联系使馆——政治影响是他们现在唯一的希望。劳埃德觉得母亲很可能会给伦敦的外交部打一通越洋电话。如果打通这个电话，英国政府肯定会对他这个英国学生的被捕说上些什么。但这些都需要时间——至少一个小时，多半要两三个小时。

四个小时过去了，五个小时过去了，囚室的门仍然关着。

文明国家规定了公民在没有律师，没有逮捕令，没有审判的情况下最多会羁押多长时间。劳埃德意识到这种规则在德国是没有用的，他可能会被关上一辈子。

劳埃德发现，囚室里的其他犯人也都是政治犯：共产党人、社会民主党人、工会组织者和一个神父。

夜晚很漫长，三个人都没有入睡。劳埃德觉得，在这种状况下睡觉实在难以想象。清晨的第一缕微光通过钉有木栏的窗户照进囚室时，门终于开了，但来的既不是律师，也不是外交官。两个穿着袍子的男人推着辆放着一个大盆的滑轮车进来了，盆子里盛着稀薄的燕麦粥。劳埃德没有喝粥，只是喝了一小杯完全没味的咖啡。

他估计英国使馆值夜班的应该是没有什么经验的初级外交官。大使起床以后，使馆一定会展开营救行动。

吃完早饭的一小时以后，门又一次被打开了。但这次站在门口的只是些冲锋队员。他们把所有犯人赶出囚室，装进一辆盖着帆布的卡车。四五十个犯人挤在卡车的后车厢里，所有人都只好站着。劳埃德设法挤到罗伯特和容格身旁。

尽管是周日，但他们仍然有可能被带上法庭。劳埃德希望最好能这样。至少法庭有律师，有法律规定的审判程序。他觉得他的德语流利得可以把案情陈述出来。他开始默默演练。他在酒馆里和母亲吃饭；看见有人洗劫了钱柜；他参与了之后的纷争，他站在了正义的一边。他觉得审判后应该还有交叉询问。法官会问他，知不知道自己袭击的是一个冲锋队员。他会说："我没注意他的穿着——我只看见了一个小偷。"法庭上会传来一阵笑声，公诉人会让自己显得很傻。

卡车把他们载到了城外。

他们可以从帆布的缝隙中看到外面的情况。行驶了大约二十多英里以后，罗伯特说："这是奥拉宁堡。"奥拉宁堡是柏林北部的一个小镇。

卡车在一扇木门前停住了，两边都是石墙。门口站着两个持枪的冲锋队员。

劳埃德慌了。法庭在哪儿？这更像是所监狱。冲锋队怎么能不经审判就把他们收监呢？

等了一会儿，卡车开进大门，停在几幢废弃的大楼前。

劳埃德更紧张了。昨天晚上他比较安心，那是因为沃尔特知道他身居何处。这个地方外人根本不可能知道。如果警察坚持说没有拘留劳埃德，更没有逮捕记录，那就麻烦了。碰到这种极端情况，他如何能被救出去呢？

囚犯们下了车，被带到类似厂房一样的地方。劳埃德闻到一股酒味，也许这里原来是个酿酒作坊。

他们的名字又被点了一遍。劳埃德稍稍有些宽慰，至少他的行动被人记录下来了。他们没有被绳子绑在一起，也没戴上手铐，但周围都是荷枪实弹的冲锋队员。劳埃德突然觉得非常害怕，这些年轻人似乎很想找个理由在他们身上试枪。

每个人都拿到了一个塞满杂草的帆布床垫和一条薄毯子，然后被赶进一座原来很可能用作仓库的破房子。之后又开始了等待。

一整天，劳埃德都没盼来救他的人。

晚上，推车照例推着一大盆稀饭过来了，这次里面多了些胡萝卜和大头菜。每个人都得到了一小碗稀饭和一片面包。这次劳埃德不再拒绝了，一天一夜没吃东西，他狼吞虎咽地吃完了这顿贫乏的晚餐，希望还能再吃一点。

附近的什么地方，三四条狗狂吠了一整夜。

劳埃德觉得自己很脏。他已经连续两天穿着同一身衣服了。他需要洗澡，刮胡子，换一件干净衬衫。仓库角落的两个便桶看上去非常恶心，劳埃德实在不想去那种地方如厕。

明天是星期一，有关方面肯定会采取行动。

凌晨四点的时候，劳埃德终于睡着了。不到两个小时，他就被一名冲锋队员的吼声惊醒了："施莱彻，谁是容格·施莱彻？"

也许他们很快就会被释放。

容格起身说："我，我是施莱彻。"

"跟我来。"冲锋队员说。

罗伯特惊恐地问："为什么？你们找他干什么？要把他带去哪儿？"

"你是哪位？他老妈？"冲锋队员说，"躺下，闭上你的嘴。"接着他用枪指了指容格，"你，出来。"

看着两人的背影，劳埃德责问自己，刚才为什么不打倒冲锋队员，抢过那把枪呢。他也许可以逃出去。即使失败了，他们又会拿他怎么样——关进监狱吗？但在刚才的紧要关头，他甚至想不到要逃。难道他已经开始拥有囚徒心态了吗？

他甚至期望能赶快喝上一碗燕麦粥。

早饭前，他们都被带到了仓库外面。

他们站在一个铁丝网围起来的场地上，大约四分之一个网球场那么大。这里似乎不久之前曾经用来存放过木头和轮胎这种不太值钱的东西。劳埃德在清晨的寒风中颤抖着：他的大衣落在罗伯特的酒馆里了！

接着，他看见托马斯·马赫走了过来。

秘密警察的支队长在冲锋队制服外面套上了一件黑色大衣。劳埃德注意到，马赫拖着步子走路，每一脚都踏得非常重。

在马赫后面，两个冲锋队员抓着一个裸体男人的手臂，男人的头上被套了个水桶。

劳埃德恐惧地注视着。犯人的手被绑在身后，他的下巴被一根绳子扣着，用来固定头上的水桶。

这是个身材纤细的年轻男子，长着金色的阴毛。

罗伯特呜咽道："老天，那是容格。"

营地里的所有冲锋队员都在场地上集合了。劳埃德皱起眉。他们要干吗？玩一场残忍的游戏吗？

容格被带到铁丝网场地的中央，独自站在那里，浑身颤抖。押送他的两个人离开了几分钟，他们回来时，每人手里都牵着两条阿尔萨斯犬。

整夜狂吠的就是这四条狗。

它们很瘦，不健康的褐色皮毛一块块地秃了。它们看起来饿坏了。

冲锋队员把它们牵到了铁丝网场地上。

劳埃德依稀感觉到了即将发生的可怕一幕。

罗伯特尖声大叫："不！"他冲上前去，"不，不，别这样！"他试图打开铁丝网上的门。三四个冲锋队员粗鲁地把他往后拉。他反抗了，但那些人都是年轻力壮的小痞子，五十多岁的罗伯特根本无力抵挡。他们轻蔑地把罗伯特扔在了地上。

"不，"马赫对手下人说，"让他看着。"

他们把罗伯特拉起来，让他面对着铁丝网。

四条狗被带进场地。它们吠叫着，狂躁地流着口水。两个冲锋队员熟练地引导着它们，毫无惧色，显然是受过专业训练的驯狗师。劳埃德沮丧地想，他们可能已经这样干过很多次了。

他们放开狗，迅速退出场地。

四条狗冲向容格。一条撕咬容格的小腿，一条撕咬他的胳膊，还有一条狠咬他的肚子。被金属水桶罩住面部的人绝望地发出嘶吼。冲锋队员一起欢呼鼓掌。犯人们惊恐地看着眼前的一切，鸦雀无声。

从最初的惊骇中恢复后，容格试图保护自己。他的两只手被绑住了，眼睛看不见，不过他可以把两只脚胡乱地往外踢。但他裸露的双腿对这些饥饿的狗来说，几乎没有威慑力。它们后退两步，又扑了上去，用利齿撕咬着他的肌肉。

他试图逃跑。被恶犬追着，盲目地往前猛跑，一头撞在了场地边的铁丝网上。冲锋队员们放肆地欢呼着。容格试图向另一个方向跑，但还是被铁丝网拦住了。一条狗从容格背上咬下一大块肉，引得一阵更为热烈的狂笑。

站在劳埃德身边的一个冲锋队员狂喊："他的尾巴！咬他的尾巴！"劳埃德觉得德语里的尾巴（der schwanz）就是俗话说的阳具。这个冲锋队员乐得忘乎所以了。

容格的身体伤痕累累，全是血。他脸朝外，身体正面抵住铁丝网，保护着自己的生殖器，两条腿用力向后踢。但他越来越虚弱，踢打也越来越无力，整个人都开始站不直了。几条狗越来越凶恶，撕咬着他，咀嚼着带血的肉块。

终于，容格瘫倒在地。

四条狗专心致志地吃了起来。

驯狗师回到场地内。他们训练有素地牵住系在狗头上的绳索，把它们拽离容格，牵走了。

演出结束了，冲锋队员们开始散去，边走边兴奋地谈论着。

罗伯特冲进场地，这次没人阻拦他，他伏在容格身上大声呜咽着。

劳埃德帮他解开了容格手上的绳索，拿下了头上套着的水桶。尽管不省人事，但容格还有着浅浅的呼吸。劳埃德说："抓住他的脚，把他搬进仓库。"劳埃德抓住容格的两条胳膊，两人合力将容格抬进昨晚睡觉的仓库。他们把容格放在一张垫子上。其他的囚犯带着一脸被慑服的恐惧表情围了上来。劳埃德希望其中有人说自己是医生，但没人是。

罗伯特脱下外衣和马甲，然后脱去衬衫帮容格擦拭血渍。"我们需要干净的水。"他说。

院子里有根储水管。劳埃德出了仓库，但他没有容器，只好回到铁丝网围起的场地上，用方才罩住容格脑袋的水桶接水。他把桶子洗干净，然后在里面装满了水。

回到仓库，劳埃德发现容格躺着的垫子已经被血浸透了。

罗伯特把衬衫浸湿，跪在垫子旁擦拭容格身上的伤口，很快他的衬衫也被染红了。

容格的身体动了动。

罗伯特轻声对他说："亲爱的，镇静点。都结束了，我在这儿。"然而，容格却似乎没有听见。

这时，马赫带着四五个冲锋队员走进仓库。他抓住罗伯特的手臂，把他拽了起来。"现在！"他说，"你知道我们对搞同性恋的变态的态度了吧。"他说。

劳埃德指着容格，愤怒地说："做出这种事的人才是变态。"他勃然大怒，一脸鄙夷，"马赫支队长。"

马赫对一个冲锋队员轻轻点了点头。后者看似随意地反转枪身，用枪柄狠击了一下劳埃德的头。

劳埃德摔在地上，痛苦地抱着头。

他听见罗伯特在说："求你们了，我只想照顾容格。"

"那就照我说的做。"马赫说。

劳埃德强忍住疼痛，睁开眼睛，看着发生的一切。

马赫把罗伯特拽到仓库另一边的木桌旁，然后从口袋里拿出一份文件和一支圆珠笔。"现在我只能给你当初的一半了——一万马克成交。"

"随你吧，我只要和容格在一起就行了。"罗伯特说。

"在这儿签字，"马赫说，"然后你们三个就可以回家了。"

罗伯特在文件上签署了自己的名字。

"我们可以找这个绅士当见证人，"马赫把笔递给一个冲锋队员。他环顾仓库，看见了盯着他的劳埃德。"这个愣头青英国佬可以给我们当另一个见证人。"

"劳埃德，照他说的办。"罗伯特说。

劳埃德摇摇晃晃地站起身，揉了揉肿胀的头部，接过笔在文件上签署了自己的名字。

马赫把文件往兜里一塞，志得意满地走出了仓库。

罗伯特和劳埃德回到容格身边。

但是，容格死了。

沃尔特和茉黛来到莱特火车站，就在烧毁的议会大厦北面，一起送别艾瑟尔和劳埃德。莱特火车站是新文艺复兴式样的建筑，看上去像是座法式宫殿。他们来得早了，坐在站里的咖啡馆等火车。

劳埃德很高兴能离开。在六个星期的旅德时间里，无论语言还是政治方面，他都学到了很多，但现在他急切地想回家，想把这里的所见所闻告诉人们，不要让同样的事发生在英国。

同时，他又对“逃走”这件事有几分罪恶感。他将回到一个制度完善、新闻自由、社会民主党人不受压迫的国度。他将离开冯·乌尔里希家，离开无辜者会被恶狗撕碎、人人都可能被安插罪名的独裁国度。

冯·乌尔里希家的人看上去很沮丧。沃尔特所受的打击更甚于茉黛。他们的样子，就像是听到了某个噩耗，或是亲人去世似的。除了降临在身上的灾难，他们似乎已经无力思考其他事了。

劳埃德被释放时，德国外交部道了一大堆的歉。他们说这是个可怕而不幸的错误，暗示这是劳埃德本人的愚蠢和当局的行政错误共同导致的。

沃尔特说：“我接到了罗伯特的电报，他已经安全抵达了伦敦。”

作为奥地利公民，罗伯特要离开德国并不太难。他拿到马赫那笔钱的过程倒是更曲折。沃尔特让马赫把钱汇入瑞士的一家银行。起初马赫坚持那是不可能的，但沃尔特向他施加了压力，威胁要在法庭上质疑这笔交易，他说劳埃德会证明交易是迫于压力成交的。马赫最终付了那笔钱。

“罗伯特能走，真是太好了。”劳埃德说。如果自己也能平安回到英国，他的心情会更好。劳埃德的头还是昏沉沉的，晚上在床上翻身，肋骨仍然会感到钻心的疼痛。

艾瑟尔对茉黛说："为什么不来伦敦住呢？你俩带上孩子，一家人都来。"

沃尔特看了看茉黛。"也许我们应该去。"劳埃德判断不出这句到底是不是真心话。

"你们已经尽力了，"艾瑟尔说，"你们战斗得很勇敢，只不过对方赢了。"

茉黛说："事儿还没完呢。"

"但你们的处境很危险。"

"德国也很危险。"

"如果你们回伦敦，菲茨也许会心软，出手帮助你们。"

劳埃德知道，南威尔士地下的煤炭，让菲茨赫伯特伯爵成了英国最有钱的人之一。

"他不会帮我的，"茉黛说，"菲茨没有怜悯心，你我都知道这一点。"

"你说得对。"艾瑟尔说。劳埃德不知道母亲为何会如此确定，但他没机会问。艾瑟尔说："凭你的经验，很容易在伦敦的报社找到工作。"

沃尔特问："我又能在伦敦做什么呢？"

"我不知道，"艾瑟尔说，"但你在德国又能做些什么呢？作为一个无能议会里的民选议员，也起不了多大作用。"劳埃德觉得母亲的话很残酷，但某种程度上，她说了必须要说的话。

劳埃德很想让冯·乌尔里希一家去英国，但又觉得他们必须留下。"我知道在这儿的日子很难，"他说，"如果好人都离开德国了，法西斯必定会越来越猖獗。”

“已经很猖獗了。”艾瑟尔说。

茉黛直截了当地说：“我不去英国，我绝不离开这里。”她的话让艾瑟尔母子吃了一惊。

沃尔特、艾瑟尔和劳埃德同时把目光投向她。

“我已经在德国待了十四年，”茉黛说，“这里已经是我的祖国了。”

“但你出生在英国啊。”艾瑟尔说。

“祖国是和人息息相关的地方，”茉黛说，“我不喜欢英国。我父母很久以前就死了。哥哥也和我脱离了关系。在德国，却有许多爱着我和我爱着的人。这里有我亲爱的丈夫沃尔特，有管教不严、正走向歧途的儿子埃里克，有禀赋异常的女儿卡拉，有女仆艾达和她那个残疾的儿子，有朋友莫妮卡一家，还有我的那些记者同事……我要留在这里和纳粹斗争。”

“你已经做了很多了。”艾瑟尔说。

茉黛的声音里饱含着情感：“我丈夫已经把一切都献给了这个国家，他的命，他的整个人生，为了让这个国家变得自由和美好。我不应该成为他放弃这项事业的理由。丢了事业，他也就丢了灵魂。”

艾瑟尔以一个老友的身份，推心置腹地说：“可是，你们仍然想把孩子们送到安全的地方吧。”

“想？我们当然渴望、企盼、拼了命也愿意这么做！”茉黛哭了起来，“卡拉一想到冲锋队就会做噩梦，埃里克穿上那套该死的制服就不肯脱下来。”茉黛的暴怒让劳埃德吃了一惊，他没想到这么优雅的女士也会说“该死的”。茉黛又说：“我当然想带他们走。”劳埃德看得出她有多么绝望。茱黛不停搓着手，就像是它们被弄脏了似的，她的脑袋不安地转来转去，声音里透露着内心的挣扎。“但这是错的，不管是对他们还是对我们来说。我决不屈服。吃苦受难好过袖手旁观。”

艾瑟尔碰了碰茱黛的手。“很抱歉，我不该这样问。是我糊涂了。我应该知道你是不会逃跑的。”

“很高兴你提出来了。”沃尔特说。他伸出手，握住茱黛纤细的双手。“这也是茱黛和我一直在考虑的事，只是我们谁也没说。该是面对的时候了。”咖啡桌上是两人紧握的双手。劳埃德很少思索母亲这代人的情感——他们结婚，人到中年，好像这就是全部了——但是今天，他看到了沃尔特和茱黛之间那种强大的纽带，远超于世俗的婚姻关系。他们不抱幻想：知道留在这里会危及自己和孩子的生命。但他们都有视死如归的决心。

劳埃德不知道自己能不能得到这样一份爱。

艾瑟尔看了看咖啡馆里的钟："老天！"她说，"我们差点误了火车！"

劳埃德抓起包，和母亲一起急匆匆地穿过月台，奔向即将出发的火车。汽笛轰鸣，两人在开车前的最后一刻赶上了。火车启动了，他们从车窗里探出头，向沃尔特和茱黛挥手告别。

沃尔特和茱黛站在月台上向他们挥手。两人的形象在劳埃德眼中越来越小，终于消失不见了。

第二章

1935年，布法罗

“对于布法罗的女孩，你只需要知道两件事，”黛西·别斯科娃说，“第一，她们像鱼一样喝水。第二，她们都是势利眼。”

伊娃·洛特曼咯咯地笑个不停。“我才不信呢。”她的德国口音几乎听不出来了。

“哦，是真的。”黛西说。两人正在黛西的粉白色闺房里试衣服，站在三面全身镜前。“白色和海蓝色适合你，”黛西说，“你觉得呢？”她把一件上装举到伊娃胸前，比划着。对比鲜明的颜色的确很衬伊娃。

黛西在衣橱里翻找着适合伊娃参加海滨野餐穿的衣服。伊娃并不算漂亮，黛西大部分有很多褶边和蝴蝶结的衣服只能让她显得土气。条纹衣服显然更适合伊娃粗犷的五官。

一头黑发的伊娃拥有深棕色的眼睛。“你应该穿颜色鲜亮的衣服。”黛西告诉她。

伊娃没有几件自己的衣服。她的父亲，一个柏林的犹太医生，用了一辈子的积蓄才把她送到美国。一年前，伊娃刚到美国的时候，几乎什么东西都没带。一家慈善组织支付费用，送伊娃就读黛西所在的寄宿学校——两人都是十九岁。暑假里，伊娃没有地方可去，黛西兴冲冲地把她带回了家。

起初，黛西的母亲有一点不乐意。“你一整年都在学校里，我多么希望暑假里就我们母女俩好好过。”

“妈妈，她是个好女孩，”黛西说，“她很有意思，很好相处，是个很棒的朋友。”

“我想，因为她是个从纳粹手里逃出来的难民，所以你才可怜她。”

“我才不管什么纳粹呢，我就是单纯地喜欢她。”

“好吧，但她非得和我们一起住吗？”

“妈妈，她没有任何地方可去啊！”

和往常一样，奥尔加最后还是顺了女儿的心意。

这时，伊娃问：“势利眼？没人敢瞧不起你吧！”

“哦，有，就是有这样的人。”

“但是你这么漂亮，又这么活泼。”

黛西没有否认伊娃的话。“她们就是讨厌我。”

“而且你还很有钱。”

这是真话。黛西的父亲很有钱，母亲继承了一大笔遗产，黛西到二十一岁时也能拿到一笔财产。“这不算什么。在布法罗，谁有钱谁就有权势，认真工作的人谁都看不上。布法罗最受尊敬的是那些从爷爷辈就拿到上百万美金的人。”黛西掩饰着不满，故作轻松地说。

伊娃说：“而且你爸爸还是个名人！”

“他们都认为他是个强盗。”

黛西的外祖父，约瑟夫·维亚洛夫，拥有许多酒吧和宾馆。她的父亲，列夫·别斯科夫，用这些地方赚来的钱买下杂耍剧场，再把剧场改造成电影院。现在，他还拥有一家好莱坞制片厂。

伊娃为黛西的遭遇感到不平。“他们怎么能这样说？”

“他们说我爸爸是个走私犯。也许并没说错。我不确定禁酒令的时候，他的那些酒吧是怎么赚到钱的。不管怎样，我妈妈一次都没被邀请参加布法罗商界夫人联谊会的活动。”

两个女孩同时把目光投向奥尔加，她正坐在黛西床上翻看《布法罗哨兵报》。在年轻时的照片里，奥尔加是个身材苗条的美人。现在她已经发福了，穿着也极为平庸。奥尔加对自己的外表已经失去了兴趣，但她会精力充沛地陪女儿逛商场，只要能让女儿打扮得漂亮，她从不计较会花多少钱。

奥尔加从报纸上抬起头来，说：“亲爱的，你父亲是不是真的走私，他们才不在乎呢。那些人计较的是他俄国移民的身份，计较他时不时去埃迪尔街的东正教堂领圣餐。在他们看来，这和信奉天主教一样糟。”

伊娃说：“这不公平！”

“我也许应该提醒你，他们对犹太人也有偏见。”黛西说。伊娃有一半的犹太血统。“原谅我如此直白。”

“我喜欢你的坦率——和德国比起来，这里简直跟梦幻王国一样。”

“千万别高枕无忧，”奥尔加忧心忡忡地说，“这份报纸上说，有些美国的商界领导人憎恨罗斯福总统，敬佩阿道夫·希特勒。我知道这是真的，因为黛西爸爸也是他们中的一员。”

“政治好无聊，”黛西说，“《布法罗哨兵报》上就没什么有趣的事情吗？”

“倒是有一件，穆菲·迪克森受邀去英国了。”

“她真行啊。”黛西酸溜溜地说，丝毫不隐藏自己的嫉妒。

奥尔加读着报纸上的新闻：“大战中，在法国阵亡的‘查克’查尔斯·迪克森，其女穆菲·迪克森小姐，下周二将在美国大使夫人罗伯特·W.宾汉姆的陪同下造访白金汉宫。”

黛西受够了穆菲·迪克森的消息。“我去过巴黎，但从没去过伦敦，”她转身问伊娃，“你呢？”

“两个地方我都没去过，”伊娃说，“我第一次离开德国就乘船来了美国。”

奥尔加突然说：“哦，我的天啊！”

“怎么啦？”黛西问她。

奥尔加把报纸揉成一团。“你爸爸带着格拉迪丝·安格鲁斯去了白宫。”

“哦，”黛西像被人打了一巴掌似的惊叫道，“他原本说要带上我的！”

罗斯福邀请一百位商界人士到白宫，希望他们支持他的“新政”。列夫·别斯科夫觉得罗斯福总统比共产党人好不了多少，但他很高兴能拜访白宫。可是奥尔加拒绝和他一起去，她生气地说：“我可不想陪你到总统面前装模范夫妻。”

列夫名义上住在这里——黛西的外祖父维亚洛夫在战前建造的别墅，但事实上他更多时候都在市中心的豪华公寓里过夜，和跟随他多年的情人玛伽一起。更过分的是，人人都说他和制片厂里最有名的红星格拉迪丝·安格鲁斯也有一腿。黛西能理解母亲为什么觉得被冷落。在列夫驾车出去和别的女人过夜的时候，黛西也同样有被遗弃的感觉。

列夫让她代替母亲和他一起去白宫。听到这个消息，黛西非常兴奋。她告诉自己认识的所有人，她将去白宫做客。除了父亲是议员的杜瓦两兄弟，她的朋友里还没人见过总统。

列夫没有把确切的日期告诉黛西，黛西本来以为父亲会像以前那样，在最后一刻才通知她呢！他显然改变了主意，或完全忘了有这样一回事。无论是忘了还是改主意，总之他又一次遗弃了黛西。

“宝贝，对不起，”奥尔加说，“对你父亲来说，承诺根本不管用。”

伊娃同情地看着黛西，她的目光让黛西浑身难受。伊娃的父亲在千里之外的德国，也许她再也见不到自己的父亲了，但她可怜黛西，好像黛西的处境比她更糟似的。

这让黛西义愤难平，她不想让报纸上的报道毁了这一整天。“不管怎样，我是整个布法罗唯一比格拉迪丝·安格鲁斯漂亮的女孩，”她说，“现在，我该穿什么好呢？”

巴黎今年的裙子出奇的短，但相对保守的布法罗不流行穿短裙。不过，黛西有一条及膝网球裙，浅蓝色，像她的眼睛一样。该让这条裙子亮相了。她脱下长裙，换上网球裙。“你们觉得怎样？”她问。

伊娃说：“黛西，这条裙子很漂亮，只是有些……”

奥尔加说：“你会让所有人眼前一亮的。”奥尔加喜欢女儿打扮出挑的样子。也许这让她想起了自己年轻的时候。

伊娃说：“黛西，如果他们都是势利眼，为什么你还要去参加聚会呢？”

“查理·法奎森也会去，我想嫁给他。”黛西说。

“你是认真的吗？”

奥尔加兴奋地说：“他是条大鱼。”

伊娃问：“他长什么样？”

“非常可爱，”黛西说，“不是布法罗最英俊的男孩，但非常殷勤，还有点害羞。”

“听上去是个和你完全不一样的人。”

“性格相反才会互相吸引嘛！”

奥尔加又说：“法奎森是布法罗最古老的家族之一。”

伊娃挑起深黑色的眉毛。“他们家势利吗？”

“非常势利，”黛西说，“但查理的父亲在华尔街股灾中失去了所有的钱，然后就死了——有人说是自杀——因此他们家需要重新积累财富。”

伊娃很吃惊。“你希望他为了钱娶你吗？”

“当然不，我要他为我着迷而娶我。但他母亲一定是为了钱才接受我的。”

“你说要他为你着迷。他有这方面的意思吗？”

“现在还没有。但我想可以从今天下午开始。没错，这条裙子正合适。”

黛西穿着浅蓝色的裙子，伊娃的衣服则是蓝白相间的条纹。打扮停当以后，她们已经迟了。

黛西的母亲没有私人司机。“我嫁给了父亲的私人司机，毁了自己的人生。”奥尔加有时会这样说。她害怕黛西也会做类似的事情——所以她才如此醉心于让女儿和查理·法奎森在一起。如果她想出门，就会让园丁亨利脱去胶鞋穿上黑西装，开上那辆老掉牙的1925年款斯图兹载她。黛西有自己的车，她有一辆红色的雪佛兰跑车。

黛西喜欢开车，喜欢开车带来的力量感和速度感。汽车向南驶到了布法罗城外，五六公里的路程让她意犹未尽，黛西真想多开一会儿。

一边开车，黛西一边想象着成为查理妻子后的生活。有了黛西的钱和查理的地位，他们将成为布法罗上流社会的领军人物。晚宴餐桌上的精美餐具会让客人们惊羡，他们将拥有布法罗码头上最大的帆船，为所有爱享乐的有钱夫妇在船上办聚会。人人都希望得到查理·法奎森夫人的邀请。如果没有黛西和查理坐在主桌，任何慈善晚会都不会成功。黛西仿佛在脑海中看到一部以自己为主角的电影，她穿着一件令人着迷的巴黎礼服，从一群仰慕她的男女中间走过，微笑着接受他们的祝福。

到达目的地时，她仍然在做着白日梦。

布法罗位于纽约州北部，靠近加拿大边境。伍德劳海滩是一片长达一英里的沙滩，在伊利湖畔。黛西停好车，和伊娃一起步行穿过沙滩。

已经有五六十人到场了。他们都是布法罗上流社会的年轻人，每到夏天，他们都会白天滑水、玩帆船，晚上跳舞、聚餐。黛西和她认识的人打了招呼，几乎所有人她都认识，然后向大伙介绍了伊娃。她们拿了两杯宾治酒。黛西小心翼翼地尝了一口：有些男孩也许喜欢把宾治和琴酒混着喝，他们觉得好玩。

这场聚会是多特·伦肖办的，为人很刻薄，没人想娶她。和法奎森家一样，伦肖也是布法罗的名门望族，但在经济危机中他们的财产没有受到损失。黛西走到晚会的主办人——多特的父亲身旁，向他表示感谢。“抱歉我们来晚了，”她说，“我一时忘了时间。”

菲利普·伦肖上下打量着她：“这条裙子可真短啊。”不满的神情里掺杂着情欲。

“很高兴你能喜欢。”黛西假装听到的是对方的赞美。

“无论如何，你们总算来了，”菲利普说，“《布法罗哨兵报》来了个摄影记者，拍照最好要有一些漂亮女孩。”

黛西轻声对伊娃说：“这就是请我来的原因。他这人真是不错，还老实告诉我！”

多特出现了。她的脸型像个梨，有一个削尖的鼻子。黛西老觉得多特似乎会啄她一口。“我还以为，你和你父亲一起去见总统了呢。”她说。

黛西很窘迫。如果没到处吹嘘这件事，那该多好啊！

“我知道他带上了他的，嗯哼，女主角。”多特不依不饶，“真是罕见，这样的事情，在白宫发生。”

黛西说：“我猜，总统偶尔也想要见一见电影明星。他需要有魅力的女人，你不觉得吗？”

“埃莉诺·罗斯福才不会同意呢！根据《布法罗哨兵报》的报道，其他人都带了老婆。”

“那些人想得可真周到啊。”黛西转过身，想快点逃走。

她看见了查理·法奎森，他正在为沙滩网球设置拦网。查理脾气很好，不会拿格拉迪丝·安格鲁斯的事情捉弄她。“查理，今天过得好吗？”黛西春光明媚地问。

“还好。”他站起身。查理二十五岁左右，高个子，稍微有些超重，像是担心过高的身材会吓到别人似的微微弯着腰。

黛西向他介绍了伊娃。人多时查理会有些害羞，尤其在女孩子面前不大敢说话。但今天他努力地和伊娃搭话，问她是否喜欢美国，是否从德国收到了家信。

伊娃问他是不是喜欢野餐会。

“不太喜欢，”他真诚地说，“我情愿和狗一起待在家里。”

查理无疑觉得宠物比女孩更容易对付，黛西心想。但狗的话题十分有趣。“你养了什么狗？”

“杰克罗素犬。”

黛西在心里记了下来。

一个五十岁左右的精瘦女人走了过来。“查理，看在上帝的分上，你还没把网弄好吗？”

“快好了，妈妈。”

诺拉·法奎森戴着镶钻的细金手链、钻石耳钉，以及蒂凡尼的项链——她身上的珠宝对于一场野餐会来说奢侈了点。法奎森家并没有他们自称的那么穷，黛西心想。他们对外宣称破产，但法奎森夫人依然拥有女仆、司机和庭院里供骑用的几匹马。

黛西说：“法奎森夫人，下午好。这是我来自柏林的朋友伊娃·洛特曼。”

“你们好。”诺拉·法奎森没有伸手。在她看来，对于苏俄暴发户，礼貌是不需要的，更别说是犹太客人了。

这时她似乎突然想起件事。“黛西，你能不能四处走走，看看谁愿意打网球吗？”

黛西知道自己多少被当成了佣人，但她决定顺从法奎森夫人的要求。“当然可以，”她说，“可以来场混合双打。”

“好主意，”法奎森夫人拿出一个铅笔头和几张纸，“把参赛人的名字记下来。”

黛西甜甜地笑了笑，从包里拿出金笔和一本米黄色的记事本：“纸笔我都带来了。”

她知道网球打得好和打不好的都有谁。黛西属于网球俱乐部，从流行度来说，网球俱乐部略微逊色于高尚人士参加的帆船俱乐部。她让伊娃和杜瓦参议员十四岁的儿子查克·杜瓦搭档，让乔安妮·罗赫和杜瓦家的长子配对，十五岁的伍迪已经和他父亲杜瓦参议员一般高了，至于她自己，当然是和查理组队了。

黛西吃惊地看到了一个似曾相识的面孔，她认出了自己同父异母的弟弟，玛伽的儿子格雷格。两人很少碰面，黛西已经有一年没见过他了。在这一年里，格雷格似乎已经长成了一个男子汉，他身高一米七，尽管只有十五岁，但嘴边已经长出了一圈胡子。小时候他就不修边幅，这点依然没变。他把一身昂贵的衣服穿得很马虎：夹克衫的袖子卷了起来，条纹领带松松垮垮，亚麻裤子被海水打湿了，裤脚上都是沙粒。

黛西看到格雷格的时候总是很尴尬。他一出现，她就会想起父亲遗弃自己和母亲，偏向玛伽和格雷格的事实。她知道，许多已婚男人都有情妇，但他们不会像她的父亲那样把情妇带到公开场合。爸爸应该把玛伽和格雷格送到谁也不认识谁的纽约，或是对这种事习以为常的加利福尼亚。只要他们不走，这桩丑闻就永远不会消逝。因为格雷格的存在，黛西难免会受到轻视。

格雷格礼貌地问她，最近过得好不好。黛西回答：“如果你真想知道的话，我只能说，真见鬼。爸爸让我丢脸了，又一次。”

格雷格小心地问：“他又做了什么？”

“他让我和他一起去白宫——最后却把那个荡妇带了去。现在几乎每个人都在笑话我。”

“这对格拉迪丝最近的影片《激情》是个很好的宣传。”

“爸爸偏向你，所以你也总是向着他。”

格雷格被惹恼了：“也许，那是因为我尊敬他，而不是天天抱怨。”

“我没什么……”黛西正想说自己没抱怨，突然间意识到格雷格说得也不错，“是啊，我的确是在抱怨，但他总应该遵守诺言吧。”

“他要考虑的事情太多了。”

“也许他不该有一个妻子外加两个情妇。”

格雷格耸了耸肩：“的确很难应付。”

他们都意识到了这种难以言传的默契，过了一会儿，两人咯咯地笑了起来。

黛西说：“我想我不应该责备你，你也不是自己要生出来的。”

“我或许也不该为每周三个晚上夺走爸爸而怪你——不管我如何乞求，他就是不肯留下。”

黛西从来没有这样想过。在她看来，格雷格是个篡夺者，是个偷走了她父亲的私生子。但这时她意识到，格雷格受到的伤害并不比她少。

她打量了格雷格一眼。不少女孩会觉得他很帅。不过他的年龄对于伊娃来说未免太小了一些。另外，长大以后，他可能像父亲一样自私和不可靠。

“对了，”黛西问，“你玩网球吗？”

他摇了摇头。“他们不让我这类人加入网球俱乐部。”他强迫自己装出笑容。黛西意识到，和她一样，格雷格也感受到了来自布法罗社交圈的排斥。“我打冰球。”他说。

“可惜。”黛西离开了。

找到足够的人以后，黛西回到查理身旁，他已经把网架好了。黛西让伊娃把第一组参赛的四个人叫过来，然后对查理说：“帮我一起列赛程表吧。”

他们跪在一起，在沙地上画起了小组赛、半决赛和决赛的图表。在表里填写名字时，查理突然问：“你喜欢看电影吗？”

黛西不知道查理是不是想和她约会。“当然喜欢。”她说。

“顺便问问，你看过《激情》吗？”

“查理，我没看过，”她用恼怒的语气说，“那是我爸爸的情妇主演的。”

查理吃了一惊。“报纸上说他们只是好朋友。”

“你觉得二十出头的安格鲁斯小姐会和一个四十多岁的半老男人做朋友吗？”黛西讽刺地问，“她是喜欢他渐渐后移的发际线，还是他的大肚腩，或者是他兜里的五千万美元呢？”

“哦，我明白了，”查理看上去很窘迫，“对不起。”

“不必道歉。我有点太恶毒了。你和别人不一样——你不会去想人最坏的一面。”

“我想我是太笨了。”

“不，你只是善良而已。”

查理看上去有些尴尬，但是也很开心。

“我们继续做表格吧，”黛西说，“必须把强弱分开，让最好的两组会师决赛。”

诺拉·法奎森又出现了。她看了看肩并肩跪在沙地上的查理和黛西，然后审视着他们在沙地上画的图。

查理说："排得不错吧，妈妈？"他显然希望得到母亲的赞许。

"很好。"她打量黛西的眼神，就像是狗妈妈审视那些企图接近狗宝宝的陌生人。

"基本上是查理规划的。"黛西说。

"他才没那么聪明呢！"法奎森夫人直截了当地说。她看了看查理，然后又把视线转回到黛西这里。"你是个聪明的女孩。"她似乎还想说什么，但犹豫了一下，忍住了。

"怎么了？"黛西问。

"没什么。"她转身离开了。

黛西站起身。"我知道她在想什么。"她轻声对伊娃说。

"她在想什么啊？"

"她觉得我很聪明——如果出自一个更好家庭的话，就配得上她儿子了。"

伊娃不太相信。"你怎么知道她在想啥呢。"

"我敢肯定。而且只有证明她错了，我才能嫁给查理。"

"哦，黛西，你为什么要这么在乎别人怎么想呢？"

"看网球赛吧。"

黛西和查理并排坐在沙滩上。查理也许不够英俊，但是个能和妻子相濡以沫，会为妻子奉献一切的人。婆婆会是个问题，但黛西确定自己能对付她。

高大的乔安妮·罗赫正准备发球，她的白裙子正好衬出她的大长腿。她的搭档伍迪·杜瓦，比她个子更高，上前递给她一个网球。从伍迪注视乔安妮的样子判断，黛西觉得他被她吸引了，甚至也许爱上了她。但男方十五岁，女方十八岁，他们不会有什么结果。

她转身看着查理。“也许我应该去看《激情》。”

查理没有理会她的暗示。“或许是的。”他不置可否地说。机会溜走了。

黛西又转向伊娃。“我想知道去哪儿才能买到杰克罗素犬。”

列夫·别斯科夫可以是孩子能拥有的最好父亲——如果能多陪孩子们一些，他本可以是个很好的父亲。他又有钱又大方，比任何人都聪明，甚至连穿着都很时髦。他年轻时或许很英俊，即便是现在，还有很多女人争相投入他的怀抱。格雷格·别斯科夫很尊敬他，只对不能经常见到父亲有点不满。

“我应该早点找机会把这家该死的铸造厂卖掉，”列夫走在安静的、荒废了的铸造厂里时，这样对格雷格说，“罢工之前，这里就开始亏钱了。我应该投资电影院和酒吧。”他挥着手指说教般地对儿子说，“不管时代好坏，人们都喜欢买酒喝。即便买不起票，还是想看电影。永远不要忘了这一点。”

格雷格确信父亲在生意方面绝不会犯错。“那你为什么要保留这间工厂？”他问。

“怀旧，”列夫回答，“像你这么大的时候，我在圣彼得堡的普梯洛夫机械厂工作。”他看着厂房里的熔炉、模具、起重机、车床和工作台，“事实上，那儿的情况比这里更糟。”

布法罗金属加工厂制作各种尺寸的风扇，包括汽船用的巨型螺旋桨。格雷格对叶片的弧度很感兴趣。他在班上数学最好。“你是个工程师吗？”他问列夫。

列夫笑了。“要给人留下好印象时，我会说我是个工程师。”他说，“但事实上，我是马夫，我是个在马厩里长大的孩子。我对机械并不精通。那是我哥哥格雷戈里的强项。你和他很像。同样，你们永远都不会买这种铸造厂。”

“确实不会。”

这个暑假，格雷格都将待在父亲身边学做生意。列夫刚从洛杉矶回来，而格雷格的课程也从这一天正式开始了。只是他对铸造厂并没有太多的兴趣，他虽然精通数学，但对权力更加感兴趣。为了电影生意，父亲频繁前往华盛顿疏通各种环节，格雷格希望父亲偶尔能带上他。华盛顿是美国的政治中心，是真正做出决定的地方。

格雷格很期待今天的晚餐。晚上，父亲将和参议员格斯·杜瓦一起用餐。格雷格想请参议员帮个忙。但是，他还没和父亲提过这件事。他对此感到不安，索性换了个话题：“你有列宁格勒的哥哥的消息吗？”

列夫摇了摇头。“战争开始以后就没了他的消息。如果他已经死了，我丝毫不会感到奇怪。最老的那批布尔什维克，大多数都已经被清洗了。”

“说到家里人，那天我看到黛西了，她和我参加了同一个野餐会。”

“你们玩得开心吗？”

“她很生你的气，你知道吗？”

“我又做错了什么？”

“你说会带她去白宫，事实上带去的却是格拉迪丝·安格鲁斯。”

“我答应过她。我忘了。带格拉迪丝去是为了宣传电影《激情》。”

他们走到一个高个子身旁，那人穿着条纹西装，即便以最时髦的眼光来看，也是花里胡哨的。高个男人碰了碰帽檐，对列夫说：“老板早。”

列夫对格雷格说：“乔·布列胡诺夫是这里的安全主管。乔，这是我儿子格雷格。”

“哈，幸会。”布列胡诺夫说。

格雷格和他握了握手。和许多工厂一样，铸造厂有自己的警卫。但布列胡诺夫看上去更像个恶棍。

“都好吧？”列夫问。

“晚上出了点小意外，”布列胡诺夫说，“两个机械工想偷一根十五英寸的钢材，飞机材料。他们准备翻墙出去的时候，被我们抓个正着。”

格雷格问：“叫警察了吗？”

“不需要叫警察，”布列胡诺夫神秘地笑了笑，“我们教会了他们关于私有财产的意义，送他们去医院好好想一想。”

父亲的警卫会把小偷打进医院，格雷格对这点并不奇怪。尽管列夫从来没打过他和母亲，但格雷格经常能感觉到，父亲在温柔外表下隐藏的暴力。他觉得这也许是因为父亲打小生长在列宁格勒贫民窟的缘故。

一个戴着工帽、穿着蓝色西装的胖男人出现在锅炉后面。

“这是工会主席布赖恩·霍尔。”列夫说。

“早上好，霍尔。”

“早上好，别斯科夫。”

格雷格扬起了眉毛。人们通常称呼他的父亲为别斯科夫先生。

列夫两腿分开，双手叉腰。“现在能给我个答案了吗？”

霍尔的脸上浮现出顽固的表情。“工资削减，工人就不上班，这就是答案。”

“可我已经让步了！”

“工资还是减少了。”

格雷格紧张起来。爸爸不喜欢有反对意见，他也许会发脾气。

“经理告诉我，成本再增加的话，我们就拿不到订单了，现在的价格不足以和我们的对手竞争。”

“别斯科夫，成本高是因为我们的机器都已经过时了。很多车床都是战前的！你需要改进设备。”

“在经济大萧条的时候？你是不是脑子坏了！我不打算再浪费钱了。”

“你的人也这么想。”霍尔的语气就像是手握王牌，“如果他们自己吃不饱，就不会给你出力。”

格雷格觉得萧条中罢工的工人非常愚蠢，霍尔的态度也让他很生气。霍尔的言谈不像是个雇员，倒像是个和列夫谈生意的老板。

列夫说：“这样下去，大家都吃亏。有意义吗？”

“这就不是我说了算的。”霍尔说。格雷格觉得他的口气很无赖。“工会要派几个人过来接管这里，”他从胸前的口袋里拿出一块大钢表说，“他们的火车一小时后就到。”

列夫的脸一沉：“我们不要外来者添乱。”

“你不想要麻烦的话，就不该惹事。”

列夫捏起拳头，但霍尔已经走了。

列夫转身看着布列胡诺夫：“你了解工会总部的这些人吗？”他生气地问。

布列胡诺夫很紧张：“老板，我这就去打探。”

“弄清楚都有哪些人，落脚点在哪儿。”

“没问题。”

“送他们回纽约，用他妈的救护车。”

“老板，放心交给我吧！”

列夫转身就走，格雷格连忙跟上去。这就是力量，格雷格带着一丝敬畏地想。父亲发话了，工会领导人难免要挨一顿揍了。

走出厂房，两个人坐进了列夫的凯迪拉克，这是新款的流线型五座轿车。它长且弯曲的挡泥板让格雷格想到了女孩的臀部。

凯迪拉克沿着波特大街开到湖边，停在布法罗帆船俱乐部。耀眼的阳光正照在码头的帆船上。格雷格知道父亲不是这个精英俱乐部的会员，但格斯肯定是。

两人走上码头。他们在湖里打桩，俱乐部就建在上面。列夫和格雷格走进去，寄存了帽子。意识到这家俱乐部不会接纳他为会员，做客的格雷格立刻感到很不自在。这里的人想必认为，他应该为了自己被允许进来而深感荣幸。他把双手插进口袋，装出一副漫不经心的样子，好让其他人知道，他不觉得这有什么了不起的。

“我曾是这里的会员，”列夫说，“不过1921年主席以我走私为借口，让我退会。之后，他却在我这儿买了箱威士忌。”

“杜瓦参议员为什么要和你一起吃午饭呢？”格雷格问。

“等会儿就知道了。”

“能让他帮我个忙吗？”

列夫皱了皱眉。“最好不要，你想让他帮什么忙？”

格雷格还来不及回答，列夫就已经在和一个六十来岁的老人打招呼了。“这是戴夫·罗赫，”他对格雷格说，“我在生意上的主要对手。”

“你抬举我了。”老人说。

在纽约州，作为连锁院线，罗斯克影院已经老旧了。它的拥有者，戴夫·罗赫也已经年迈不堪了，但不乏贵族气质：他个子很高，一头白发，长着刀削般笔挺的尖鼻子。他穿着件蓝色的开司米套衫，胸前佩戴着俱乐部的徽章。格雷格说：“我有幸遇到您女儿乔安妮了，上周六，她在打网球。”

戴夫很开心：“她很漂亮，对吧？”

“非常漂亮。”

列夫说：“戴夫，遇见你太好了——我还想给你打电话呢！”

“什么事？”

“你的电影院需要翻新，那里的装修过时了。”

戴夫很疑惑：“你就为了这件事要给我打电话吗？”

“你为什么不尝试着做些改变呢？”

戴夫优雅地耸了耸肩：“为什么要这么麻烦呢？我赚够了钱。到了我这个年纪就不想要太大负担了。”

“装修可以使你的利润翻倍。”

“代价是提高票价。不了，谢谢。”

“你疯了。”

“不是所有人都贪财。”戴夫带着一丝厌恶地说。

“把你的电影院卖给我吧。”列夫说。

格雷格吃了一惊，他万万没想到事情会发展成这样。

“我会出高价的。”列夫说。

戴夫摇了摇头。“我喜欢做电影院的老板，”他说，“电影能给人带来快乐。”

“八百万美元。”列夫开了价。

格雷格愣住了。他想：爸爸刚才是不是说要给戴夫八百万美元啊？

“这个价钱很公平，”戴夫承认，“但我不卖。”

“不会再有人给你这么多了。”列夫恼怒地说。

“我知道。”戴夫似乎受够了威胁，他一口喝干了杯子里的酒，“很高兴见到你们。”说完，他离开酒吧去了餐厅。

列夫面露反感。“‘不是所有人都贪财。’”他模仿戴夫说话，接着说道，“一个多世纪以前，他曾祖父只带一身衣服和六个麻袋从波斯来到新大陆的时候，可不会拒绝这八百万美元。”

“我不知道你这么有钱。”格雷格说。

“我没这么多钱。但可以找银行借。”

“你准备用贷款去支付这笔费用吗？”

列夫又一次举起了食指。“能用别人钱的时候，永远不要花自己的钱。”

格斯·杜瓦走了进来，个子很高，头很大。他四十五六岁，浅棕色头发里夹杂着几根白发。格斯礼貌地和他们打招呼握手，为他俩点了酒。格雷格很快发现格斯和列夫互不喜欢，他担心这也许意味着格斯不会答应帮他的忙，也许该抛掉这个念头才是。

格斯是个大人物，他爸爸也曾经是美国的参议员，格雷格觉得这种传承不怎么符合美国精神。格斯帮助富兰克林·罗斯福当上了纽约州州长，后来又帮他当上总统。目前，格斯是参议院外交委员会的一员，是个在政界有头有脸的人物。

格斯的两个儿子，伍迪和查克，跟格雷格在同一所学校就读。伍迪聪明伶俐，查克擅长运动。

列夫问格斯："参议员，总统有没有让你调停我这边的罢工？"

格斯笑了："没有——至少现在没说。"

列夫转身对格雷格说："铸造厂上次罢工是二十年前，威尔逊总统让格斯向我施压，提高了工人的工资。"

"我给你省了许多钱，"格斯温和地说，"他们要求每周加薪一美元——我帮你周旋到了五十美分。"

"我连那五十美分都不想给他们！"

格斯笑着耸了耸肩。"可以吃午饭了吗？"

三人一起走进餐厅。点完菜以后，格斯对列夫说："总统对你莅临白宫招待会感到很高兴。"

"也许不该带上格拉迪丝，"列夫说，"罗斯福夫人对她有点冷淡，我想她也许不喜欢电影明星。"

她也许不喜欢和已婚男人睡觉的电影明星，格雷格心想，但他没参与这个话题。

吃饭时格斯一直在闲聊。格雷格寻找着请求帮忙的机会。他希望在华盛顿学习一个暑期，摸到进军政界的门道，学习跟人打交道的技能。列夫可以帮他找到一个实习生的职位，但只是在已经失势的共和党。格雷格希望在总统的亲密伙伴和助手——德高望重的杜瓦参议员的办公室实习。

他不知道自己为什么这么犹豫，最糟的情况，不过就是被杜瓦当面拒绝而已。

甜点吃完以后，格斯进入了正题。“总统让我找你谈谈自由同盟的事情。”他说。

格雷格听说过这个反对“新政”的右翼组织。

列夫点起一根烟，吐了几口烟圈。“我们必须防备讨厌的社会主义。”

“美国如果不希望经历一场和德国一样的独裁噩梦，新政是唯一的解决方法。”

“自由同盟不是纳粹。”

“不是吗？他们已经计划了推翻总统的武装暴乱。这个计划不怎么现实——至少在当下不现实。”

“我有权保留自己的看法。”

“你支持错人了。你很清楚，‘自由同盟’和‘自由’一点儿关系都没有。”

“别跟我说自由，”列夫愠怒地说，“十二岁时，我就因为父母参加罢工，被警察鞭打。”

格雷格不知道父亲为什么要说这个。怒斥沙皇的残忍似乎是在为社会主义辩护，而不是与之划清界限。

格斯说：“罗斯福知道你捐钱给自由同盟，他希望你停止这种行为。”

“他怎么知道我把钱给谁了呢？”

“联邦调查局告诉他的，他们一直在调查自由同盟。”

“我们生活在一个警察专制的国家！你们本应是自由主义者才对啊！”

格雷格觉得父亲的论点并没有什么说服力。他只是想运用能想到的一切反驳格斯，也不管自己的观点是不是自相矛盾。

格斯保持着冷静。“我会尽力不把这事儿闹到警察局去的。”他说。

列夫咧着嘴笑了：“总统知道我曾经偷走过你的未婚妻吗？”

这事儿格雷格从没听说过——但显然是真的，因为这次列夫成功地破坏了格斯的沉着。格斯涨红了脸，目光投向别处。我们开始得分了，格雷格想。

列夫告诉格雷格：“1915年，格斯和奥尔加订过婚，”他说，“可是后来奥尔加改变了主意，嫁给了我。”

格斯恢复了常态：“那时我们都太年轻了。”

列夫说：“你很快就把奥尔加忘了。”

格斯冷静地看了列夫一眼，说：“你还不是一样吗？”

格雷格发现父亲很窘迫，格斯的还击打中了要害。

一阵尴尬的沉默过后，格斯说：“列夫，你和我都参加了上一次的战争。我和校友查克·迪克森同在机枪营。在法国的蒂耶里堡小镇，我看着他在我面前被炸成碎片。”格斯说得很从容，但格雷格发现他在努力控制自己的感情。格斯说：“我希望我的儿子们不要经历我们经历过的苦难，因此必须让自由同盟这类组织消失在萌芽之中。”

格雷格看到了机会。“参议员，我对政治很感兴趣，我想在这方面学得更多一点。暑假时，能让我做您的实习生吗？”他屏住呼吸，等待着参议员的答案。

格斯很惊讶，但他只是说：“对愿意进行团队工作的年轻人，我的大门总是敞开的。”

这不算同意，也没有不同意。“我数学很好，还是冰球队的队长，”格雷格极力推销自己，“问问伍迪就知道了。”

“我会的。”格斯转身看着列夫，“你准备考虑总统的建议吗？这件事真的很重要。”

格斯就像是在拿格雷格的请求和列夫做交易。但列夫会同意吗？

列夫考虑良久，掐灭烟头，说：“我想这笔交易做成了。”

格斯站起身。“很好，”他说，“总统一定会高兴的。”

格雷格非常兴奋，这事成了。

列夫和格雷格走出俱乐部，坐上来时的车。

开出停车场以后，格雷格对列夫说：“爸爸，谢谢你，谢谢你为我所做的一切。”

“时机选择得非常棒，”列夫说，“我非常高兴你能这么机灵。”

父亲的赞赏让格雷格很开心。从某种程度上来说，他的确比列夫聪明——他在学业上的成就远超父亲——但他觉得自己在生意眼光和待人接物的能力上，远没有父亲精明。

“希望你能成为一个聪明人，”列夫说，“别像大多数年轻人那样白痴。”格雷格不知道他指的白痴是哪些人。“必须永远领先一步，才能在竞争中立于不败之地。”

列夫把车开回市中心的豪华办公楼，穿过大理石大厅时，列夫说：“我要给愚蠢的戴夫·罗赫好好上一课。”

乘电梯上楼时，格雷格琢磨着列夫将会采取怎样的行动。

别斯科夫影业在大楼顶层，沿着宽阔的走廊，格雷格跟着列夫穿过外间办公室，他们身旁还跟着两位年轻貌美的秘书。“给我接通索尔·斯塔尔的电话。”列夫走进里间办公室时说。

列夫在办公桌后面坐了下来。“索尔拥有好莱坞最大的电影公司。”他向格雷格解释道。

桌上的电话铃响了，列夫接起来：“索尔，你和那几个妞混得怎么样？”一两句玩笑话以后，列夫转入了正题。“给你点建议，”他说，“纽约州有家破落的罗斯克院线……没错，就是那家……听我的，这个夏天别给他们刚上映的好电影——不然你会血本无归的。”格雷格意识到戴夫会被此举击垮：没有精彩的最新电影，连锁影院的收入将直线下降。“不错的建议，对吗？不用谢我，你也会这样帮我的……回见。”

格雷格再一次被父亲的强势震撼了。他可以轻易地击败生意对手。他可以用银行的八百万美元付账。他可以吓唬美国总统。可以把别人的未婚妻骗到手。甚至可以一个电话把一家企业逼到破产。

“等着瞧吧，”列夫说，“不到一个月，戴夫就会求我买他的电影院——只需要今天一半的价钱。”

“我不知道这条狗究竟是怎么了，”黛西说，“我让它做什么，它都不肯，我简直快被它逼疯了。”她声音颤抖，眼中含泪，只是稍微夸大了事实。

查理·法奎森审视着这条狗。“看不出有什么地方不对劲，”他说，“这条狗狗真可爱。它叫什么名字？”

“杰克。”

“嗯。”

在黛西家护养良好的两公亩牧场上，两个年轻人正坐在长椅上。伊娃和查理打过招呼，就识相地退下去写家信了。园丁亨利正在离他们不远的地方侍弄粉黄相间的三色堇。亨利的妻子——女仆埃拉拿了一壶柠檬水和几个杯子，放在长椅旁的折叠桌上。

这是条很小的杰克罗素犬，身体很壮，白色的狗毛里夹杂着深色的斑点。它看起来很机灵，像是能听懂主人的每句话，但似乎没打算听从。黛西把小狗放在膝盖上，用小巧的手指抚弄着小狗的鼻子，希望这种姿态能撩拨得查理心猿意马。“不喜欢这个名字吗？”她问。

“有点平淡，也许。”查理看着杰克鼻子上那只白嫩嫩的手，心神不安地在椅子上变换着坐姿。

黛西不想表现得太过分。如果她过于主动，查理一定会逃回家的。否则他也不会直到二十五岁还没有女伴。布法罗的好几个女孩，包括多特·伦肖和穆菲·迪克森在内，都打过他的主意，但无一例外都失败了。黛西可不会轻易退缩。“你可以替它起个名字啊。”她说。

“最好是双音节，类似邦佐，狗狗比较容易分辨。”

黛西不知道如何为狗命名。“罗佛怎么样？”

“太普通了。拉斯蒂会更好些。”

“很好！”黛西说，“那就叫拉斯蒂吧！”

小狗轻易地挣脱了她的怀抱，跳到了地上。

查理把狗抱了起来。黛西注意到他有一双大手。“必须让拉斯蒂知道你是它的主人，”查理说，“紧紧抱住它，只有允许的时候才能让它跳到地上。”说着，他把狗放回到黛西的膝盖上。

“但它太壮了！而且我害怕弄伤它。”

查理谦逊地笑了。“想伤害它也没那么容易。抓住它的项圈——需要的话，可以用手拧一拧——另一只手按在它的背上。”

黛西照做了。拉斯蒂感受到黛西施加的压力，马上安静下来，似乎想知道接下来会发生什么。

“叫它坐下，然后用力按住它的臀部！”

“坐下。”黛西说。

“声音大一点，清晰地发出‘坐’这个音，接着用力按住它。”

“坐下，拉斯蒂！”黛西按住狗。拉斯蒂乖乖地坐了下来。

“这不是做到了嘛。”查理说。

“你真是太聪明了。”黛西感慨道。

查理非常高兴。“我只不过恰好知道该怎么驯狗罢了，”他谦逊地说，“你必须对狗果敢大声一点，有时甚至必须对它们吼上两句。”说完他心满意足地靠在椅子上。他的块头很大，身体几乎占据了整把椅子。和黛西希望的一样，喜欢的话题让他很放松。

那天一早，黛西给查理打了个电话。“我绝望了，”她说，“我买了条狗，但调教不了它。能给我点建议吗？”

“什么品种的狗？”

“是条杰克罗素犬。”

“我最喜欢了——我养了三条。”

“真是太巧了。”

如黛西所愿，查理自告奋勇前来帮他驯狗。

伊娃曾疑惑地问她：“你真觉得查理适合你吗？”

“你在开玩笑吗？”黛西回答，“他是布法罗最有学问的男孩啊！”

聊了会儿狗的话题以后，黛西话锋一转：“你应该也很喜欢孩子吧？”

“这个倒没想过。”

“你喜欢狗，对它们却很严格。其实教育孩子也需要这样。”

“我不知道。”他马上换了话题，“九月，你要去上大学吗？”

“我也许会去奥克戴尔大学，那是两年制的女子大学。除非……”

“除非什么？”

黛西想说除非嫁人，但她显然不能这么说。她说：“我说不太清，除非发生些别的事情。”

“哪一类的事情呢？”

“比如，去英国看看。我爸爸去过伦敦，在那儿见到了威尔士亲王。你呢？你对未来有什么计划吗？”

“人们都以为我会接手爸爸的银行，但现在银行已经不是他的了。妈妈从自己家继承了一点钱，那些钱将来会转给我。除此以外我就一无所有了。”

“你可以去养马，”黛西说，“听说，你很擅长养马。”黛西也是个很优秀的骑手，前几年获得过一些骑马赛事的奖项。她仿佛看到了自己和查理骑在赛马上并肩驰骋，两个孩子骑在小马上亦步亦趋的样子。这个想法让她心头一暖。

“我的确很喜欢马。”查理说。

“我也是！我最喜欢喂赛马吃东西了。”黛西对这个话题很感兴趣，不用费力就能和查理搭上话。她梦想能举起一系列的奖杯。赛马主在她看来都是些国际社会的精英人士。

“喂养赛马需要很多钱。”查理悲伤地说。

黛西有很多钱。如果娶了她，查理就再也不会为钱的事烦恼了。黛西自然不会这样说，但她觉得查理会想到这一层，黛西希望这个想法尽可能久地留在查理的脑子里。

过了半晌，查理问：“你爸爸真把两个工会组织的人痛殴了一顿吗？”

“怎么会！”黛西不知道父亲是否真做了这样的事，但就算是真的，她也不会惊讶。

“纽约来的人要接管罢工的事，”查理继续着这一话题，“却被送进了医院。《布法罗哨兵报》说他们是因为和这里的工会领导人内讧而受伤的，但人人都知道是你爸爸搞的鬼。”

“我从不讨论政治。”黛西假装很快活，“对了，你是什么时候养第一条狗的？”

查理开始了长长的回忆。黛西不知道接下去该做什么。我已经把他叫来了，她心想，成功地让他放下了警戒。现在，我必须让他兴奋起来。谈论狗只是隔靴搔痒，她想要的是男女间的肢体接触。

“接下来我该怎么驯养拉斯蒂？”当查理说完他的故事后，黛西问。

“教它跟着你。”查理飞快地说。

“怎么教？”

“你有狗粮吗？”

“当然有。”厨房的窗户开着，黛西高声吩咐厨房里的女仆，“埃拉，能帮我把狗粮拿过来吗？”

查理掰开一块狗粮，把狗抱在自己的膝盖上。他捏住其中一片，让拉斯蒂嗅了嗅，接着打开手掌，让拉斯蒂吃下去。随后他拿起另一片，让拉斯蒂知道狗粮在他手里。然后他站起身，让狗蹲在脚边。拉斯蒂警觉地看着他握紧的拳头。“跟我走。”说完，查理往前走了几步。

拉斯蒂跟在他后面。

“好孩子！”说着，查理把狗粮给了拉斯蒂。

“太棒了。”黛西赞叹道。

“过段时间就不用狗粮了——为了被鼓励，它会跟着你。养成习惯后，久而久之，一招呼，它就会跟你走。”

“查理，你真是个天才！”

查理非常兴奋。黛西发现，查理长着一双小狗似的棕黄色眼睛。“你来试试吧。”他对黛西说。

黛西照做了一遍，取得了同样的效果。

“看到了吗？”查理说，“不难。”

黛西快活地笑了。“我们可以开业了，”她说，“开一家法奎森和别斯科夫驯狗学校。”

“这主意不错。”看起来他是真心实意的。

发展势头很好，黛西心想。

她走到折叠桌前，倒了两杯柠檬水。

查理站在她身边说：“和女孩子在一起，我总是有点羞涩。”

你没说错，黛西心想，但她什么话都没说。

“你却很好相处。”查理说。他以为这一切只是一个愉快的巧合。

把杯子递给查理的时候，黛西手一滑，把一点柠檬水洒在了查理身上。“我真是笨手笨脚。”

“没关系。”他说。但柠檬水已经把他的亚麻夹克和白棉裤子打湿了。他掏出手帕，擦拭起来。

“我来帮你擦。”黛西从他的大手中接过手帕。

她靠得离查理很近，拍了拍他的衣领。查理站着不动了，黛西知道他闻得到她身上的简·奈特香水[①]——前调是薰衣草，后调是麝香。尽管没有洒到，但黛西还是用手帕把查理外套的前襟也擦了一遍。“差不多了。”她意味深长地说。

接着黛西单膝跪地，像参拜查理似的，开始擦他裤子上的水渍。她蝴蝶般轻盈地擦拭着查理裤子上的湿处。碰到他大腿时，黛西摆出迷人的天真表情，抬头看了他一眼。查理正低头盯着她。他张着嘴，呼吸粗重，意乱情迷。

伍迪不耐烦地检查着“马刺号”帆船，检查孩子们是否已经把一切都整理好了。“马刺号”帆船是艘四十八英尺长的竞赛级帆船，像把刀子一样又长又细。戴夫·罗赫把这条船借给了伍迪所属的布法罗失业人员子弟俱乐部，教他们划船的基础知识。码头的空船位和碰垫已经准备好了，船上的帆已收起，吊索已经放下，其他绳索也都卷好了。看到这些，伍迪非常高兴。

比伍迪小一岁、今年十四岁的查克，已经在码头上和两个黑人小孩玩游戏了。查克为人随和，能轻易和人打成一片。想和父

① Jean Nate，是1935年露华浓公司主推上市的一款香水。露华浓公司于1932年在纽约成立。

亲一样从政的伍迪很羡慕弟弟这种自来熟的能力。

查克和两个黑人小孩只穿着短裤和沙滩鞋，码头上的他们组成了一幅天真烂漫的画面。伍迪后悔没带相机，不然这该是多么好的一张照片啊！他喜欢摄影，还在家里弄了间暗房。

把帆船收拾停当以后，伍迪满意地跳上码头。风吹日晒了一天的孩子们离开船坞，从一天的劳累中获得十足的满足感，相互嬉闹着。

一起远航、努力控制帆船的时候，这帮穷孩子和两位富家子弟之间没有太大差异。但在布法罗的帆船码头上，他们之间的贫富差距重新体现出来了。两辆车并排停在路边——一辆是参议员杜瓦家的克莱斯勒跑车，车旁站着身穿制服的专职司机，来接伍迪和查克的；另一辆是雪佛兰皮卡货车，后头放着两条长板凳，来接其他孩子的。伍迪在和孩子们道别时，因为司机正为他开车门而感到尴尬，但那些孩子似乎一点都不在乎，他们向伍迪表达了谢意："谢谢你，下周六见！"

汽车开上特拉华大道以后，伍迪说："和他们一起的确很开心，但我不知道这有多大用。"

查克很吃惊。"为什么这样说？"

"我们没法帮他们的父亲找到工作，那才是真正重要的事情。"

"学会驾驶帆船也许能使这些孩子在未来几年找到工作。"布法罗是个港口城市：来往于五大湖区和埃利运河之间的商船和游艇上，有上千个工作机会。

"那得要总统重新把经济推动起来才行。"

查克耸了耸肩："所以你选择为罗斯福工作。"

“有什么不好呢？爸爸也为伍德罗·威尔逊工作过。”

“我要继续航海。”

伍迪看了看腕上的表。“我们还有时间为舞会换装——时间刚好够。”他们要去网球俱乐部参加晚上的舞会。他因期待而心跳加速。“我喜欢和那些说话轻声细语、爱穿粉红裙子的可人儿待在一起。”

“呵呵，”查克笑道，“乔安妮·罗赫从来没穿过粉红色的裙子。”

伍迪吃了一惊。连续几周，他日思夜想着乔安妮·罗赫，但查克是如何知道的呢？“你怎么会以为——”

“别装了，”查克讥诮地说，“那天在沙滩聚会上，你盯着她的网球裙都看呆了。所有人都知道你对她着迷。走运的是，她好像没有注意到。”

“为什么‘走运’？”

“你们根本不配——你十五岁，而她已经十八岁了。她要找的是丈夫，而不是你这样的男孩。”

“哦，哎呀，谢了。我差点忘了你在女人这方面是个高手。”

查克脸红了。他还没交过女朋友。“虽然我不懂女人，但也知道你在打什么鬼主意。”

兄弟俩总是这样对话。谁也没有恶意，他们只是对彼此非常坦率罢了。他们是兄弟，不用那么客气。

他们回到了家，那是一幢仿哥特式的建筑，是他们已故的爷爷——参议员盖姆·杜瓦建造的。兄弟俩进屋冲了澡，换了身衣服。

伍迪差不多和他父亲一样高了，他穿着一件爸爸的礼服。尽管有些旧，但是正合身。小男孩穿校服和夹克，大学生则穿半正式的无尾晚礼服，而伍迪想显得老成一点。今天一定要和她跳舞，他一边想一边往头发上抹了点发胶。乔安妮也许会允许他挽住她。到那时，伍迪的掌心将感受到她皮肤的温度。她微笑时，他会凝视着她的双眼。跳舞时，她的胸部会摩擦他的上装。

伍迪下楼的时候，父母已经在客厅里等着了。爸爸在喝鸡尾酒，妈妈正在抽烟。爸爸又高又瘦，活像个挂着双排扣无尾礼服的晾衣杆。但妈妈非常美，尽管只有一只管用的眼睛——她一出生就这样了。今晚，她穿着黑蕾丝装饰的拖地红丝裙，外面套着黑丝绒短礼服，美得令人眩晕。

祖母最后一个出现。六十八岁的她沉静而优雅，和她儿子一般瘦，但娇小玲珑。她看着伍迪母亲的裙子说："罗莎，亲爱的，你可真美。"除了对儿媳妇亲切之外，她对其他人都很尖刻。

格斯体贴地为母亲倒了杯鸡尾酒。伍迪尽力地掩饰着自己的不快，祖母做任何事都慢悠悠的。也许她认为，任何活动没了她就不会开场呢。但实际的情形也差不多：她是布法罗社交界最德高望重的女士，儿子和丈夫都是参议员，是这个布法罗最古老最有名望家族的实际操控者。

伍迪说不清自己是什么时候爱上乔安妮的。他打小就认识她，但一直把女孩当成看着男孩探险的无聊观众——两三年前，女孩子才突然超越汽车和赛艇，成为人世间对他最有吸引力的东西。不过那时，他只对同龄或更年轻的姑娘感兴趣。乔安妮一直把他看成小孩子——值得偶尔聊几句的聪明孩子，但肯定不是男朋友。然而在这个夏天，出于某种伍迪自己也想不明白的原因，乔安妮突然成了世界上对他最具吸引力的女孩。可悲的是，她对他的感情却没有升华。

至少现在还没有。

祖母问弟弟："查克，学校里怎么样？"

"糟透了，奶奶，你应该非常清楚。我是这个家的白痴，一只返祖的猴子。"

"根据我的经验，白痴可不会说'返祖的猴子'这种话。你确定自己没有在偷懒吗？"

罗莎插话说："妈妈，查克的老师说他在学校里非常用功。"

格斯说："他下国际象棋总能赢我。"

"那我倒要问问究竟是怎么回事了，"祖母执著于这个话题，"如果继续这样，他连哈佛的边都摸不着。"

查克说："我读书很慢，就是这样。"

"这可不算是理由，"她说，"我公公，也就是你的曾祖父，是他那个年代有名的银行家，可他也只是勉强识字而已。"

查克说："这事我可没听说过。"

"这是真事，"她说，"只是别拿它作为不努力的理由。给我用点心！"

格斯看了看表："妈妈，准备好的话，我们该走了。"

一行人终于坐上车，向俱乐部进发。格斯订了张桌子，邀请伦肖夫妇和他们的儿女一起吃饭。伍迪朝四周看，但没找到乔安妮，他的心一下子沉了下来。他看了看前厅架子上的订位表，发现罗赫家没有订位。他们没来吗？这一晚可算是砸了。

两家人一边吃牛排和龙虾，一边聊着德国的话题。菲利普·伦肖觉得希特勒做得很不错。伍迪的父亲说："今天的《布法罗哨兵报》上说，他们以批评纳粹为理由，逮捕了一个神父。”

“你们是天主教徒吗？”伦肖先生惊奇地问。

“不，我们是圣公会教徒。”

“菲利普，这和宗教无关，”罗莎清晰地说，“这事关自由。”罗莎年轻时是个无政府主义者，现在骨子里仍然是个自由主义者。

有些人不吃晚餐，只出席餐后的舞会。许多人在杜瓦家用甜点的时候才出现。伍迪眼巴巴地寻找着乔安妮的身影。隔壁房间里，乐队演奏起了去年开始流行的《新大陆》。

伍迪说不出乔安妮身上哪点最吸引他。大多数人不会觉得她很美，但她非常动人。她看上去像一位阿兹特克的公主，高高的颧骨，以及和父亲戴夫一样的高鼻子。她有波斯血统，因而长着浓密的黑发和橄榄色的皮肤。乔安妮身上特有的专注使伍迪渴望多了解她一些，让她快乐，听她温柔地说话，哪怕只是一些无关紧要的话题。伍迪觉得，乔安妮令人敬畏的外表下可能藏着一颗火热的心。他突然自嘲地想：现在是谁在假装了解女人呢？

“伍迪，你在找人吗？”洞悉一切的祖母问。

查克暗暗地笑了。

“我只是想知道有哪些人来跳舞。”伍迪故作随意地答道，但还是不自觉地脸红了。

在母亲和其他人都起身离开餐桌的时候，伍迪仍然没见到乔安妮。在本尼·古德曼《月光》的曲声中，伍迪失魂落魄地走进舞厅——没想到乔安妮已经在舞厅里了，她一定是伍迪没注意时进来的。伍迪一下子振奋起来。

这天，乔安妮穿着银灰色的真丝裙和一件凸显她苗条体形的

V字领套衫。她穿露出长腿的网球裙已经够性感了，这一身更是迷人至极。看到她优雅自信地穿过房间，伍迪感到口干舌燥。

伍迪朝乔安妮走去，但舞厅里已经挤满了人。伍迪非常气恼：撞上的人几乎个个都想和他说上两句。从人群中挤过时，他吃惊地发现老古板查理·法奎森正在和明艳照人的黛西·别斯科娃跳舞。在他的记忆中，查理似乎没和任何人跳过舞，更别说动人的黛西了。黛西是如何让他就范的呢？这点他很感兴趣。

到了舞厅离乐队最远的地方时，伍迪终于追上了乔安妮。让他懊恼的是，乔安妮正在和一帮比他大四五岁的男生说话。幸好伍迪比其中绝大多数人都高一些，因此他的出现并不算太突兀。他们拿着可乐瓶，但伍迪闻到了烈酒的气味：他们中一定有人在口袋里放了酒。

站定以后，他听见维克托·迪克森说："没人喜欢动用私刑，但你们必须理解他们在南方遇到的问题。"

伍迪知道瓦格纳参议员提出了一项严惩允许私刑的治安官的议案——但罗斯福总统拒绝支持这项议案。

乔安妮非常生气。"维克托，你怎么能这么说呢？私刑就是谋杀！我们不必理解他们的问题，我们必须阻止他们继续杀人。"

和乔安妮政治立场一致，伍迪感到非常高兴。但不幸的是，这显然不是请她跳舞的时候。

"乔安妮，你不明白，"维克托说，"南方的黑人都是没开化的野蛮人。"

我也许年轻没经验，伍迪心想，但不能允许他对乔安妮如此不敬。

“执行私刑的人才没开化呢！”乔安妮说。

伍迪觉得帮腔的时候到了。“乔安妮说得没错。”为了装老成，他故意把声音放低，“我家帮佣乔和贝蒂的家乡就发生过私刑。他们从我和弟弟出生起就照顾我们了。贝蒂的堂兄在众人的围观下被剥光衣服放在火上烤，接着就被吊死了。”维克托怒视着这个吸引走乔安妮注意力的小家伙，但其他人都饶有兴致地聆听着。“不管他有什么罪名，”伍迪说，“对他执行私刑的白人都是暴徒。”

维克托说：“你所敬爱的罗斯福总统没有支持反私刑法令，不是吗？”

“这点的确很令人失望，”伍迪说，“但这是不得已而为之：他怕愤怒的南方人会毁了他的‘新政’。不然的话，他会让他们滚一边去的。”

维克托说：“你懂什么？你还只是个孩子。”他从衣袋里拿出个玻璃酒瓶，往杯子里倒满了酒。

乔安妮说：“维克托，伍迪的政治立场比你成熟多了。”

伍迪高兴坏了。“政治也是讲家族传承的。”他说。这时有人拉了下他的胳膊，这让他很是生气。他转过身看个究竟，看见拉他的是满身大汗、刚从舞池上下来的查理·法奎森。

“能和你稍微谈两句吗？”查理问。

伍迪耐住性子，没叫他到一边去。查理是个不会对人造成任何伤害的好好先生，你会为他有那么个专横的母亲而感到难过。“查理，有什么事？”他尽量优雅地说。

“我想跟你谈谈黛西的事情。”

“我看见你和她跳舞了。”

“她跳得好吗？”

伍迪完全没有注意，但还是礼貌地说：“当然跳得很好。”

“她干什么都很棒！”

“查理，”伍迪试图隐藏住讶异的情感，“你和黛西一直在约会吗？”

查理的表情很腼腆：“我们在公园里骑过几次马，还在其他地方见了几次。”

“这么说你们是在约会了。”伍迪很吃惊。查理和黛西看上去并不般配。黛西很乖巧，查理则像头笨熊似的。

查理说：“她和别的女孩不一样。她很好相处。她喜欢狗和马。可许多人把她的爸爸当强盗看。”

“查理，她爸爸和强盗差不太多。禁酒令实行期间许多人从她爸爸手里买过酒。”

“我妈妈也这么说。”

“看来你妈妈不喜欢黛西。”伍迪丝毫不感到奇怪。

“她喜欢黛西，不喜欢她的出身。”

伍迪突然产生了个奇怪的想法：“你是不是想要娶黛西？”

“哦，被你猜着了，”查理说，“我想，如果求婚的话，她多半会答应。”

这算是互补了。查理有地位没钱，黛西有钱没地位。也许这样的组合反倒能成为绝配。“奇怪的事情有时候的确会发生。”这事值得深究，但伍迪希望把精力集中在自己的恋情上。他看了看四周，确定乔安妮还没走开。“为什么要告诉我这些？”他问查理。其实，他们算不上非常好的朋友。

“如果别斯科夫夫人受邀加入布法罗商界夫人联谊会，也许我妈妈会改变主意。”

伍迪没想到会是这个原因。“为什么要她加入？那可是城里最势利的联谊会啊！”

“你的话的确没错。但如果奥尔加·别斯科夫是那里的一员，我妈妈就不会反对黛西了。”

伍迪不知道这个法子是否能奏效，但查理确实热切希望这件事能达成。“你的想法也许不错。”伍迪说。

“能找你奶奶帮我说说情吗？”

“哇噢，等一下！杜瓦祖母可不好惹。我有事都不敢找她帮忙，更何况你呢？”

“伍迪，你应该很清楚，你祖母是那个小圈子里的头儿。她想让谁进谁就能进——如果她不同意，想进的人即使有通天的本事也进不了。”

这的确是事实。尽管有主席、秘书长和司库，但乌苏拉·杜瓦却是这个联谊会的实际主宰者。但即便是这样，伍迪也不愿去求这个情。祖母会让他下不来台的。“我实在帮不了你。”他带着歉意说。

“伍迪，求你了，”查理压低了声音，“你不会明白的，你不明白深爱一个人是种什么样的感觉。”

你错了，我知道这种感觉，想到这一层，伍迪改变了想法。如果查理的心情也那么急切，我又如何能拒绝他呢？如果有人能帮一把，说不定我和乔安妮也会更进一步的。“好吧，查理，”他说，“我会帮你去说说看。”

“谢谢你。对了，你奶奶不就在这里吗？现在你能帮我去说吗？”

“不行，我还有别的事情。”

“好吧……但你什么时候才能帮我去说呢？”

伍迪耸了耸肩：“明天去说。”

“谢谢，够朋友！”

“别先谢我，她也许会拒绝。”

伍迪转身想和乔安妮说话，可她已经走了。

伍迪想找到她，但马上打消了这个念头。他不能显得太过执著。他深知，偏执的男人是不受欢迎的。

他和几个姑娘例行公事般跳了舞：多特·伦肖、黛西·别斯科娃，以及黛西的德国朋友伊娃。跳完舞以后，他拿了罐可乐，走到男孩们平时吸烟的地方。乔治·伦肖往伍迪的可乐里倒了些威士忌，这样会使口感好一点。但伍迪不想喝醉。他以前喝醉过，那滋味可不好受。

伍迪觉得，乔安妮要的是一个和她一样聪慧的男孩子——维克托·迪克森自然不是这样一个人。伍迪听乔安妮提过卡尔·马克思和西格蒙德·弗洛伊德。他在公共图书馆看过《共产党宣言》，那看起来仅仅是篇政治演讲。相比之下，他更喜欢弗洛伊德的《歇斯底里症研究》，这本书深入探索了人类脑部的疾病，类似于一本推理小说。伍迪想通过一种不经意的方式让乔安妮知道他已经读过了这些书。

今晚，他至少要和乔安妮跳一曲，过了会儿，他再次折回舞厅寻找乔安妮。乔安妮既不在舞厅也不在酒吧。今晚没机会了吗？为了不显得太过急切，他是不是过于被动了呢？如果一整晚连乔安妮的胳膊都碰不到，那就太失败了。

他再一次走出俱乐部。天黑了，但乔安妮出现在了眼前。她刚和格雷格·别斯科夫分开，脸色有些发红，像是刚和他吵了一架。“你也许是这里唯一不那么保守的人。”乔安妮有点醉醺醺的了。

伍迪笑了：“我应该谢谢你的夸奖。”

“你知道明天的游行吗？”乔安妮猝不及防地问。

伍迪恰巧知道。布法罗金属加工厂的工人计划明天示威游行，对纽约来的工会组织者遭到殴打进行抗议。伍迪猜测这就是乔安妮和格雷格争吵的内容：格雷格的父亲是金属加工厂的老板。“我准备去，”他说，“也许会拍些照片。”

“祝你好运。”乔安妮说，然后吻了他一下。

伍迪吃了一惊，差点连道别都忘了说。两人的嘴唇轻触让他呆立了一会儿。他从乔安妮的嘴上尝到了一股威士忌的味道。

他很快恢复了常态。他环抱住乔安妮，把她的身体扳向自己，感受着抵触在身体上的乳房和大腿。他心里有点害怕，害怕乔安妮会觉得被冒犯，推开他让他滚一边去。但直觉告诉他这样做不会有事。

他没和女孩接过几次吻——和他接吻的女孩都比十八岁的乔安妮小多了——但他喜欢柔软的嘴唇，喜欢咬着嘴唇一点点亲下去的快感。吻了一会儿，乔安妮发出轻吟，他成功了。

他突然想到，如果有成年人路过此地，彼此可能都会觉得很尴尬。但既然被撩拨起来，他也管不了那么多了。

乔安妮张开嘴，伍迪感受到了她的舌头。这对他来说可是件新鲜事：和他接过吻的那几个女孩可从来没跟他舌吻。不过他觉得乔安妮肯定知道自己在做什么，无论如何，他喜欢这样。他也有样学样，张开嘴，和乔安妮的舌头交缠在一起。这感觉既亲密又让人兴奋！乔安妮又开始呻吟，看来他做对了。

伍迪壮起胆子，把右手放在乔安妮的左胸上。乔安妮的胸部在她的丝质衬衫下显得又重又软。他轻抚着，感受到一个小小的突起。伍迪又惊又喜，他一定碰到了乔安妮的乳头。他用拇指摩挲着它。

乔安妮突然摆脱了他。“老天，我在干什么？”她说。

“你亲了我。”伍迪愉快地说。他的双手停留在乔安妮浑圆的臀部。透过真丝裙子，他感受到了乔安妮身体的温度。“我们继续吧。”

乔安妮推开了伍迪的双手。“我一定是昏了头了，再怎么说，这里也是名流汇聚的精英网球俱乐部啊。”

伍迪知道艳遇就此结束，今晚不能再吻乔安妮了。他四下看了看。“别担心，没人瞧见我们。”他有一种偷偷摸摸的喜悦。

“我得回家了，不然可能还会干出些蠢事来。”

他努力装出无所谓的样子。“要送你上车吗？”

“你疯了吗？如果看到我们一起走，人们一定猜得出我们干了些什么——看到你那一脸傻笑，没人会猜不出来。”

伍迪忍住笑。“你现在进去，我在外面再待一会儿，这样行吗？”

“这个法子好。”说完，乔安妮便进去了。

“明天见！”伍迪对着她的背影喊了句。

乔安妮没有回头。

乌苏拉·杜瓦在特拉华大街的维多利亚大宅里，有只属于她自己的卧室、浴室和化妆室。丈夫死后，她把化妆室改造成了一个小客厅。大多数时间，宅子里只有她一个人：格斯和罗莎大部分时间在华盛顿，伍迪和查克在上寄宿学校。不过家人们都聚齐时，乌苏拉大多数时间也都在自己的房间里。

周日早晨，伍迪去找她谈话。尽管大半夜都在琢磨乔安妮的吻究竟意味着什么，但他依然沉浸在幸福中不可自拔。乔安妮可能喜欢他，也可能的确是醉了。无论如何，他都想早点再看到乔安妮。

伍迪跟在手拿早餐托盘的女仆贝蒂身后，走进祖母的卧室。昨天晚上，他提到贝蒂的亲戚在南方被私刑折磨致死时，乔安妮生气极了，这让他颇为自得。她真是个充满正义感的女孩！在政治的大是大非面前，平心静气是不可能的。乔安妮理应为残忍和不平感到气愤。

祖母已经坐在床上了，她穿着灰色的睡袍，身上盖着条毯子。“伍迪，你怎么来了？”乌苏拉一脸惊讶地问。

“奶奶，如果可以的话，我想和你一起喝咖啡。”他事先让贝蒂带来了两个杯子。

“荣幸之至。”乌苏拉说。

贝蒂五十多岁，头发灰白，保持着被人们称为“还算匀称”的体形。她把托盘放在乌苏拉面前，伍迪把咖啡倒进托盘上的两个瓷杯子里。

他事先想过该怎么说这件事，列出了自己的理由。禁酒令业已失效，现在的别斯科夫是个正经的生意人，在商场上正常地和别人进行竞争。即便他以前犯过罪，惩罚黛西也是不公平的——更何况，布法罗大多数尊贵家庭都在列夫那买过私酒呢！

“您知道查理·法奎森吗？”伍迪问。

“是的。”

祖母当然知道。她对布法罗上流社会的每个成员都了如指掌。

乌苏拉问：“你要吃块吐司吗？”

“不用，我已经吃过早饭了。”

“你这个年纪的男孩总是吃不饱，”她精明地看了他一眼，“除非他们正经历着恋爱的烦恼。”

这天早晨，她的精神很不错。

伍迪说：“查理处处受到他母亲的管制。”

“她对她丈夫也一样，”乌苏拉无动于衷地说，“死亡才使他得到了解脱。”她喝了几口咖啡，开始用叉子吃葡萄柚。

“查理昨晚找过我，想请您帮他一个忙。”

乌苏拉抬起眉毛，但什么话都没说。

伍迪深吸了一口气说：“他想让你邀请别斯科夫夫人参加布法罗商界夫人联谊会。”

乌苏拉放下叉子，在银盘上碰出叮当的响声。她像是要掩饰心中的不安似的对孙儿说：“伍迪，再给我倒点咖啡。”

伍迪为祖母倒上咖啡，一时没有说话。伍迪从来没见过祖母如此心烦意乱的样子。

她喝了口咖啡问：“看在上帝的分上，查理·法奎森这样的人，为什么想让奥尔加·别斯科夫进我们的联谊会呢？”

“他想娶黛西。”

“真的吗？”

“他怕他母亲反对。”

“这点倒是对的。”

“他觉得也许能说服他母亲……”

“如果我让奥尔加进入联谊会，是吗？”

“那样的话，人们也许会忘了她父亲曾经是个强盗。”

“什么强盗？”

“至少是个私酒贩子。”

“哦，那种事啊，”乌苏拉不屑地说，“不是那个原因。”

“真的吗？”轮到伍迪吃惊了，“那是为什么呢？”

乌苏拉陷入了深思。她久久没有说话，伍迪一时间还以为她把他给忘了呢。过了好一会儿，她才缓缓地说：“你父亲和奥尔加·别斯科娃谈过恋爱。”

“天哪！”

“别大惊小怪的。”

“对不起，我确实被惊到了。”

“他们甚至还订了婚。”

“订过婚？”伍迪很吃惊。他想了想说，“布法罗大概只有我还不知道这件事。”

她对他笑了笑。“青年人有种智慧和天真兼而有之的特质，我在你和你父亲身上都看到了这一点。你说的不错，布法罗的人都知道这件事，只不过你们这代人都把它当作无趣的陈年往事罢了。”

“发生什么事了？”伍迪问，“我是说，谁撕毁了婚约？”

“是奥尔加，她怀孕了。”

伍迪的嘴张得老大：“是爸爸的孩子吗？”

“不是，是她家司机列夫·别斯科夫的。”

“列夫是她们家的司机？”今天早上的冲击真是一个接着一

个，伍迪沉默了，试着去理解这件事，“真该死，爸爸一定觉得自己是个傻瓜。”

“你爸爸不是什么傻瓜，他只是一时昏了头罢了，”乌苏拉尖刻地说，“这辈子他做过的唯一蠢事就是向奥尔加求婚。”

伍迪记起了自己的任务。“但是，奶奶，那已经是很长以前的事了。”

“很久以前，你的语法不怎么样，但判断力倒是不错。这事的确过去很久了。”

似乎有希望了。“你会帮他吗？”

“你觉得你父亲会怎么想？”

伍迪想了想。他不能跟乌苏拉打马虎眼——她马上就能看出来。“他会在乎吗？如果奥尔加作为年轻时的耻辱象征经常出现在他眼前的话，我想他也许会有点尴尬。”

“你说得没错。”

“即使会尴尬，他也会力求对周围的每一个人都做到公平。他痛恨不公正。他不会因为奥尔加的事而迁怒于黛西，更别说查理了。他有着宽广的胸怀。”

“你想说他比我更宽容，是吗？”乌苏拉说。

“奶奶，我没有那个意思。但我敢打赌，如果征求他的意见，他也绝不会反对奥尔加加入联谊会的。”

乌苏拉点了点头。“没错。但我不知道你想没想过，谁是这个请求的真正始作俑者。”

伍迪明白祖母的意思。“您想说是黛西？这不奇怪。对于让她妈妈加入联谊会有影响吗？”

“我想没有。”

“那您愿意帮忙吗？”

“我的孙子心肠这么好，我很高兴——即便被一个有野心的聪明姑娘利用，我也为你自豪。”

伍迪笑了：“奶奶，这算是同意了吗？”

“我不能保证任何事，但我会向委员会提议的。”

乌苏拉的话在联谊会里就是圣旨，但伍迪不会这么说。“谢谢您，您真是太好心了。”

“亲亲我，准备和我去教堂。”

伍迪吻了祖母一下，离开了她的卧室。

他很快忘了查理和黛西。坐在希尔顿广场的圣保罗教堂里，他没怎么听布道——讲的是诺亚和基督的宝血——心里都是乔安妮·罗赫。乔安妮的父母在教堂里，但乔安妮没有来。她会出现在示威现场吗？如果她去的话，伍迪会约她见面，她会同意跟他约会吗？

在伍迪看来，乔安妮非常聪明，不会介意两人的年龄差异。相比维克托·迪克森那个傻瓜，她肯定知道自己和伍迪的共同点更多。伍迪对那个激动人心的吻还是无法忘怀。她的技巧真是高超——别的女孩也会这样用舌头吗？他想尽快再尝试着和她深吻。

展望未来，即便她同意和他约会，九月，他们又将分开。乔安妮要去波基普西的瓦萨尔学院，他则将返校读书。直到圣诞节，他们都不能见面。瓦萨尔学院尽管是女子学院，但波基普西多得是男人。她会和别的男孩约会吗？伍迪已经开始妒忌了。

出了教堂，他告诉父母不回家吃午饭，而是要去参加抗议游行。

“去那儿对你有好处。”他妈妈说。年轻时她曾是《布法罗无政府主义者》杂志的记者。她转身对丈夫说："格斯，你也应该去。"

"工会已经提起了上诉，"父亲说，"你应该很清楚，我不该干扰法庭判案。"

她转身对伍迪说："去吧，只是别被列夫的打手给伤着。"

伍迪从父亲的后车厢里拿出照相机。这是部徕卡三型的照相机，这种相机小得可以挂在脖子上，却有着每秒五百分之一的快门速度。

他走过几个街区，抵达游行的起点尼亚加拉广场。列夫·别斯科夫以会引发暴力为由，要求政府取缔这次示威，但工会却称这是场和平示威。伍迪到那儿时，几百个工人已经集中在市政厅门外，看样子工会说服了政府的相关部门。许多人带着条幅、红旗和写有"不要强盗老板"的标语牌。伍迪四处寻找乔安妮，但没有找到。

天气明媚，艳阳高照，伍迪拍了好几张照片：穿着礼服、戴着帽子的工人们，一辆挂满了条幅的汽车，一个咬着指甲的警察。他仍旧没有看到乔安妮，也许乔安妮不会出现了。他猜乔安妮早上可能会头疼。

游行计划在正午十二点开始，最后却延迟到将近下午一点才开始。伍迪注意到，游行路线两旁站满了监视的警察。他自己则身处游行队伍的正中央。

从华盛顿街向南，接近工厂区的中心地带时，伍迪看见乔安妮在前面几码处加入了游行队伍，他心跳加速，两眼放光。乔安妮穿着做工考究的裤子，勾勒出窈窕的身段。他加快步伐，很快赶上了她。"下午好！"他欢快地说。

“老天，看把你开心的！”乔安妮说。

这话一点不假。伍迪的确开心极了。“你宿醉了吗？”

“不是宿醉就是患上了黑死病，你知道黑死病吗？”

“黑死病人脸上有麻子。你又没有麻子。”伍迪根本不知道自己在说什么，只是顺着乔安妮的话题乱说，“我不是医生，但很乐意为你诊断。”

“别油嘴滑舌了。这个话题的确很有趣，但我实在没心情。”

伍迪尽量平下心来。“我们在教堂没看见你，”他说，“今天布道的主题是诺亚的经历。”

出乎意料，她竟然笑了起来。“哦，伍迪，”她说，“你讲笑话的时候我非常喜欢你，但今天千万别让我笑。”

伍迪认为这句话可能是赞许，但他并不是很确定。

他看见旁边的小街上有家正在营业的杂货店。“你需要补点水，”他说，“我买好水就回来。”他跑进杂货店，买了两瓶从冰箱里拿出来的可乐。他让店员打开瓶盖，拿着可乐回到游行队伍之中。乔安妮接过瓶子说：“小家伙，你真会疼人。”她把可乐贴近嘴唇，一口气喝下大半瓶。

伍迪觉得自己至少前进了一大步。

尽管游行主题非常严肃，但游行队伍快乐满满。工人们轮番唱着政治歌曲和传统歌谣。游行队伍中甚至有几个带着孩子的家庭。天气好极了，空中一点云都没有。

“你看过《歇斯底里症研究》这本书吗？”并肩前进时，伍迪随口问道。

“连听都没听说过。”

“是西格蒙德·弗洛伊德写的。我以为你很喜欢他的书呢！”

“我对他的理论很感兴趣，书却一本都没看过。”

“应该找来看看。《歇斯底里症研究》这本书非常棒。”

乔安妮惊奇地看着伍迪。“你怎么会去读他的那类书呢？你们这种收费昂贵的老式学校应该不教这个吧。”

“的确不教。我只是听你说过这方面的话题，觉得心理学很了不起。读了这些书以后，我认为心理学的确是一门很棒的学问。”

“从哪方面来讲很棒？”

伍迪觉得乔安妮在测试他，看他是真的理解了书的内容，还是仅仅在装样子。“有些疯狂的行为，比如说往桌布上洒墨水，其中常暗含一些说得通的逻辑。”

她点了点头。“是的，”她说，“说得没错。”

伍迪本能地意识到，乔安妮实际上并不知道他在说什么。在弗洛伊德的知识上，他已经领先了乔安妮一大步，乔安妮只是窘迫得不愿承认而已。

“你喜欢干什么？”伍迪问乔安妮，“话剧还是音乐剧？你家有一百多家电影院，你一定看腻了电影吧。”

“为什么问这个？”

“因为……”他决定据实以告，“我想约你出去，我想和你一起做你真正喜欢的事情。因此我想知道你的爱好，然后和你一起去做。”

乔安妮对他笑了笑，但这不是他期待的那种笑容，而是那种带有怜悯的友善笑容，伍迪知道等来的是坏消息。“伍迪，我也很想和你在一起玩，但你只有十五岁啊！”

“你昨天晚上不是说我比维克托·迪克森更成熟吗？”

“我同样不会和他一起出去。”

伍迪的喉头发紧，声音突然变得很嘶哑。“你是在拒绝我吗？”

“是的，没有任何的回旋余地。我不想和比我小三岁的男孩约会。”

“三年后可以吗？那时我就和你一般大了。”

她笑了，然后说：“别这样跟我玩心眼，我的头都要被你搅和大了。”

伍迪决定不再隐藏自己的痛苦。把话挑明又有什么可以失去的呢？他克制着心中的沮丧问乔安妮：“昨天那个吻又算什么呢？”

“什么都算不上。”

他可怜地摇了摇头说：“它对我却意味着一切。我从来没经历过这么棒的吻。”

“老天，我就知道这是个错误。听着，这的确很有趣。我喜欢这个吻——你也配得上我的吻。你是个聪明孩子，很会察言观色。伍迪，无论你多么喜欢这个吻，那都不能算是爱的宣言。”

两人的位置接近游行队伍的前端，伍迪已经能看见前方的目的地——布法罗金属加工厂四周的高墙了。工厂大门紧闭，门前站着十几个保安，他们身上的淡蓝色衬衫类似警察制服，这些人看着也像恶棍。

“我昨天喝醉了。”乔安妮说。

“我也醉了。”伍迪连忙说。

伍迪借这句话来挽回自己残存的尊严，乔安妮假装相信了。“我们都做了傻事，把它忘了就行。”她优雅地说。

“是的。”伍迪尴尬地看向别处。

他们已经到了工厂外面。走在队伍前面的人站在工厂门外，有人开始用高音喇叭发表演说。走近一看，伍迪发现演说者是布法罗的工会领导人布赖恩·霍尔。伍迪的父亲很喜欢布赖恩——在不怎么美好的过去，他们曾经合力化解过一次罢工。

游行队伍后面的人还在不断地朝前涌，街上正在酝酿一场冲突。尽管厂门紧闭，但保安仍然排成了一条警戒线，不让人们接近。保安们携带着警棍：“这里是私有财产，别接近这扇门！”伍迪拿起相机，拍下一张照片。

但人群后面的人依然在不断往前涌。伍迪抓住乔安妮的胳膊，试图把她拉到人少一点的地方。但往外走非常难：人群很密集，没人愿意给他们让道。推搡了一阵，伍迪发现他们不但没能远离人群，反而离工厂大门和拿着警棍的保安越来越近。“形势可不太妙啊！”他对乔安妮说。

乔安妮却很兴奋。“这群王八蛋不能让我们退缩。”乔安妮大声喊。

站在她身旁的男人大喊：“是的，他们绝对不能让我们退缩！”

人群仍然离门口有十几码，保安们却开始毫无必要地把示威者往外推。伍迪抓住机会，连拍了几张照片。

布赖恩·霍尔一直在谴责强盗老板，怒斥工厂保安的暴行。现在他却缓和态度，呼吁示威者冷静。“兄弟们，请离门远点儿，”他说，“稍微往后退一点，不要制造冲突。”

伍迪看见保安推搡一个妇女，把女人推得向前踉跄。她没有被推倒，却声嘶力竭地叫了起来。和她一起来的男人对保安说："伙计，别这么凶好吗？"

"你想怎么样？"保安不依不饶地说。

女人朝他大喊："别再推我们了！"

"往后退，往后退！"保安举起警棍大嚷。女人惊声尖叫。

警棍落在女人身上的时候，伍迪抓拍了一张照片。

乔安妮说："那个王八蛋竟然打女人！"说着，她朝前挤了过去。

但大多数人往反方向挤，开始远离工厂。保安们追在他们身后推搡踢打，用警棍加以驱逐。

布赖恩·霍尔对着喇叭高声说："工厂保安，请退后一点，没必要使用暴力，放下你们的警棍！"话还没说完，他的喇叭就被保安打掉了。

一些年轻人奋起反抗。六七个真正的警察这时出场了，他们没有喝止工厂保安，反倒逮捕了几个反抗的年轻人。

开始这场骚乱的保安倒在地上，两个年轻人上前连踢了他好几下。

伍迪又拍了张照片。

乔安妮怒吼起来。她扑向一个保安，用指甲抓他的脸。保安伸手把她向外推。保安的手有意无意地打到了乔安妮的鼻子，乔安妮跌倒在地，鼻子开始冒血。保安拿起警棍就要往她身上打。伍迪见势不妙，连忙抓住她的手臂把她往后拉。因为躲得及时，警棍没打到她。"我们最好离开这里。"伍迪对乔安妮说。

脸上的重重一击熄灭了乔安妮的怒火，伍迪顺势把她半推半抱地带离了工厂门口，任凭吊在脖子上的照相机左右晃荡。游行队伍中的人们开始恐慌，有人跌倒在地，其他人在试图逃离的时候踩在了他们身上。

伍迪比大多数人都高，他用尽全力，才使自己和乔安妮不致跌倒。他们奋力挤出人群，离保安越来越远。周围的人渐渐少了以后，乔安妮摆脱了他的怀抱，两人一起开始逃跑。

打斗声越来越小。伍迪和乔安妮转过几个街角，在一条周日工厂和仓库都不上班的寂静街道上停住了。他们调整好呼吸，开始健步朝前走。乔安妮笑了。“太让人兴奋了！”她说。

伍迪比她更为冷静。“没什么好高兴的，”他说，“情况原本会更糟的。”他救了乔安妮，他暗暗希望乔安妮会因此改变心意，同意和他约会。

但乔安妮并不觉得欠了他什么。“别扯了，”她轻描淡写地说，“反正没人死。”

“那些保安险些惹出一场暴乱。”

“他们是成心的，别斯科夫想让工会难堪。”

“我们知道真相，”伍迪拍了拍照相机说，“我可以用照片加以证明。”

步行了半英里以后，伍迪看见一辆空着的出租车并把它拦下了。他把罗赫家的地址给了出租车司机。

在出租车后座上坐定以后，伍迪从口袋里掏出一块手帕。“我不想让你爸爸看到你这样。”他打开白色的棉布手帕，轻轻擦去乔安妮上嘴唇的血渍。

这个亲密的行动让他很兴奋，但乔安妮没让他继续。“我自己擦。”她抓过手帕，擦干净嘴唇上的血，“看看擦干净没有？”她问。

“还有一点。”他撒了个谎，把手帕拿了回来。她嘴很大，牙齿洁白，嘴唇丰满。他假装乔安妮的下嘴唇上沾了什么东西。伍迪轻擦了一下她的嘴唇说：“这就好多了。”

“谢谢你。”她用又好气又好笑的表情看着伍迪。伍迪觉得乔安妮已经知道了实情，只是不确定要不要向他发火。

出租车在乔安妮家门口停了下来。“别进来，”她说，“我不想让父母知道我去了哪儿，你一进来就穿帮了。”

伍迪觉得自己是两人中比较审慎的一个，但他不会当面这样说。“回头我给你打电话。”

“好吧。”乔安妮下了出租车，敷衍地跟他挥了挥手。

“她很不错，”司机说，“但对你来说，年纪大了一些。”

“把我送到特拉华大道。”伍迪把门牌号和岔路名告诉司机。他可不想和该死的司机谈论乔安妮。

他回味着被拒绝的滋味。他不应该过分奇怪：不光这个司机，连查克都说两人在年龄上不相配。虽然是真话，但伍迪还是感觉受了伤害。他简直不知道该怎么活下去了。但眼下，又该怎么度过这余下的一天呢？

回到家后，他父母正和往常的周日下午一样在家里打盹。查克觉得他们只有在亲热时才睡午觉。查克不在家，他和包括贝蒂在内的一帮朋友游泳去了。

伍迪走进暗室，从相机里拿出胶片。他往盆里倒了些热水，使感光的化学物质达到理想的温度，然后把胶卷插进黑色小包放入感光盒中，等待照片冲洗出来。

冲胶卷是个需要耐心的冗长过程，但伍迪很喜欢坐在黑暗里想着乔安妮的感觉。在暴乱中共同奋战的经历没有使她爱上他，但显然让他们更近了一点。伍迪相信乔安妮对自己的感情正在加深。也许她的拒绝只是暂时的。也许只要再坚持一下就能成功。他对别的女孩根本不会有兴趣。

闹钟响了，他把胶卷从感光盒里拿出来，停止化学物质的感光作用，然后把胶卷转移到定影槽里。定影完之后，他把胶卷擦干，看着胶卷上的黑白图像。

他觉得这些照片拍得真是好极了。

他把影像逐一框好，把第一张插进放大机。接着把一张10×8的相纸装进放大机，打开灯，一边计算着时间，一边把胶卷上的黑白图像对准相纸。然后把相纸摆进装有显影剂的槽里。

这是冲照片最激动人心的时刻。白色的相纸开始慢慢变灰，图案渐渐出现在相纸上。伍迪总觉得这是个了不起的奇迹。第一张照片上出现了一个白人和一个黑人，他们穿着西服，戴着礼帽，共同举起的牌子上用大写字母写着“兄弟情谊”这个词。影像清晰以后，他把相纸放入定影槽，然后冲洗晾干。

冲好所有的照片以后，伍迪把它们带出暗室，放在餐厅的桌子上。他非常高兴：这些照片栩栩如生地描绘了事件的前因后果。听到父母在楼上的走动声，他赶忙叫来了母亲。罗莎婚前就是个记者，现在仍在为报纸和杂志撰写文章。“你怎么看待这些照片？”伍迪问母亲。

罗莎用能看见东西的那只眼睛审视着这些照片。过了会儿，她说：“我觉得这些照片非常棒，你应该把它们送到报社。”

“真的吗？”伍迪受到了鼓励，感到非常振奋，“哪家报社比较好呢？”

“很可惜，现在的报社都很保守。也许你该试试《布法罗哨兵报》。它的总编是彼得·霍利尔——他在那里几十年了。他了解你父亲，也许会同意见你。”

“该什么时候给他看这些照片呢？”

“现在就给他看。游行示威是刚发生的新闻。如果要登上明天的报纸，今天晚上就得把照片送过去。”

伍迪精神一振。“好的，我现在就去。”他拿起照片，把它们理整齐。母亲从父亲书房里拿出两块硬纸板，让他把照片夹在中间。伍迪亲吻了母亲以后离开了家。

他搭了辆去市中心的公交车。

《布法罗哨兵报》的正门关着，伍迪非常失望。但他马上又想到，如果周一要出报纸，记者们一定会进出报社。果然没错，他很快就找到了一扇边门。“我有些照片要交给霍利尔先生。”他对站在门内侧的人说。守门的说上楼就能见到霍利尔先生。

找到总编办公室后，总编秘书问了他的名字，很快他就握住了霍利尔先生的手。霍利尔是个白发黑胡子的高个子，似乎刚和一个年轻下属谈完事。他说话声音很大，像是要压过嘈杂的印机声一样。“杰克，撞人逃逸的故事很棒，但评论写得不是很好，”他用手搭着年轻记者的肩膀，把他送到门口，“换个角度看这个问题，把重点放在市长声明和致残儿童的遭遇上。”杰克离开以后，霍利尔转身看了看伍迪：“孩子，你带来了什么？”他开门见山地问。

“今天我参加了游行。”

“你是指那场暴动吗？”

“在工厂保安用警棍击打游行队伍中的妇女之前，秩序一直都很好。”

“我听说示威者试图闯入工厂，保安只是把他们赶开而已。”

“先生，这不是真的，我的照片能证明。”

“给我看看。”

伍迪在公交车上已经把照片的次序整理好了。他把第一张照片放在总编的办公桌上。“开始的时候一切平安无事。”

霍利尔把这张照片推到一旁。“这种照片什么都证明不了。”他说。

伍迪拿出一张厂门口拍摄的照片。“保安们早就在工厂门口候着了，他们都带着警棍。”下一张是骚乱开始前拍下的，“游行者离门至少有十码的距离，保安根本不需要把他们往后赶。他们是有预谋进行挑衅。”

“好吧，让我仔细看看。”这次他没有把照片推开。

伍迪拿出自己最得意的一张照片：保安用警棍打一个女人。“我经历了整个过程，”伍迪说，“这个女人只是叫他别再推了，可他还是打得这么狠。”

“拍得很好，”霍利尔说，“你手头还有别的照片吗？”

“还有一张，”伍迪说，“打斗开始以后大多数游行者都逃走了，但少数几个人进行了回击。”他给霍利尔看了两个示威者脚踢摔在地上的保安的照片，“他们把打女人的保安狠狠地教训了一通。”

“小杜瓦，你干得真不赖。”霍利尔坐到办公桌后面，从托盘里拿出一份表格，“二十美元够了吗？”

“你是说要把照片印上报纸吗？”

“你应该是为了这个才来的，难道不是吗？”

“是的，先生，我正是为这个来的。二十美元完全够了。”

霍利尔在表格上写了几行字，然后在表格末尾签上了名。“把这张表拿到出纳那里，我秘书会带你去的。”

桌上的电话响了。主编拿起电话大嚷：“我是霍利尔。”伍迪意识到主编这是在赶他走，于是便离开了主编办公室。

他非常兴奋，二十美元对他来说固然是笔很大的收入，但更让他兴奋的却是照片能印在报纸上。他依照秘书手指的方向，来到一个有柜台和出纳窗口的小房间，拿到了属于他的这二十美元，然后叫了辆出租车回了家。

父母对他的行动感到很高兴，甚至连弟弟查克都非常快活。但祖母在晚餐时说：“别把记者当作一个职业，那会降低你的身价。”

事实上，伍迪确实想过当个摄影记者，而不是进军政坛。他很不理解祖母为何会提出异议。

罗莎笑着说：“乌苏拉，我就是个记者啊！”

“那不一样，你是个女人。”祖母说，“和他父亲及祖父一样，伍德罗要成为一个有地位的人。”

母亲没有提出异议。她和祖母的关系很好，对祖母的理论持全盘接受的态度。

查克很讨厌长子为尊的传统思维。他讥讽地说：“那我要去做什么，卖猪肉吗？”

“查尔斯，别这么粗俗。”祖母像往常一样把握着最后的决定权。

伍迪那天晚上失眠了很长时间。他等不及在报纸上看到自己的照片了。他好像又回到了孩提时的圣诞节夜晚：盼望着早晨赶紧到来而久久无法入睡。

他想着乔安妮。她错把他当成孩子了，其实他们正合适。乔安妮喜欢他，和他有许多共同点，她也很喜欢那个吻，他仍旧觉得自己也许已经征服了乔安妮的心。

后来他终于睡着了，醒来时天已经亮了。他在睡衣外披上睡袍，一溜烟跑下了楼。管家乔总是很早出去买报纸，买回来的报纸已经摊开在餐厅的茶几上了。伍迪的父母都在，父亲正在吃煮鸡蛋，母亲正在喝咖啡。

伍迪拿起《布法罗哨兵报》，发现自己拍的照片上了头版。

但情况和他预料的完全不同。

报纸只用了他拍的最后一张照片。照片上两个工人正在狠踢倒地的工厂保安。文章的标题是："金属加工厂工人暴动。"

"哦，天哪！"他叫道。

他难以置信地读完了这则报道。报道中说暴动的工人试图闯进工厂，却被英勇的工厂保安所阻止，几个保安在冲突中受了轻伤。市长、警察局长和列夫·别斯科夫谴责了工人们的行为。文章后面附上了工会发言人布赖恩·霍尔的说辞。他否认了工人的暴行，宣称是保安先动武的。有照片为证，他的说辞更像是一种狡辩。

伍迪把报纸放在母亲面前。"我告诉霍利尔暴动是保安挑起的——还提供了可资证明的照片！"他出离愤怒了，"霍利尔为什么要歪曲事实呢？"

"因为他是个保守人士。"母亲告诉他。

"报纸应该揭示真相，"伍迪的声音因为愤怒而不断升高，

“他们不能光制造谎言。”

“制造谎言是他们的看家本领。”母亲说。

“但这不公平！”

“我的孩子，欢迎来到现实世界。”

格雷格·别斯科夫和父亲在华盛顿丽思-卡尔顿酒店的大堂遇见了戴夫·罗赫。

戴夫戴着草帽，穿着白西装。他恶狠狠地瞪了他们一眼。列夫上前跟他打招呼，但他轻蔑地掉头走了。

格雷格知道其中的奥妙。因为罗斯克院线拿不到最新的电影，一整个夏天，戴夫都在亏钱。他想必认为列夫在一定程度上得为此负责。

上周，列夫提出用四百万美元购买戴夫的电影院——是第一次报价的一半——戴夫又一次拒绝了。“戴夫，再不卖还得降。”列夫提出警告。

格雷格说：“他来这儿干吗？”

“他是来见索尔·斯塔尔的，他想问斯塔尔为何不把好电影放给他。”列夫显然知道这件事的来龙去脉。

“斯塔尔会怎么做？”

“把他踢出去。”

格雷格对父亲无所不知的能力非常佩服。正是因为这一点，父亲才能永远领先于潮流。在生意场上，他总能比别人快一步。

他们乘电梯上楼。这是格雷格第一次造访父亲在丽思-卡尔顿酒店的长住套房，格雷格的母亲玛伽从没来过这里。

政府总想插手电影界的事情，列夫每年都有很长时间住在华盛顿。自认为意见领袖的那些人对银幕上放些什么总是非常挑剔，他们向政府施压，要求有关机构仔细审查电影的每个镜头。列夫把这看成一场谈判——他认为人生就是一场谈判——他的最终目的是废除常规的电影审查制度，代之以索尔·斯塔尔和众多其他好莱坞大人物都极力支持的行业自律守则。

格雷格和父亲走进一个奢华的大套间，本来格雷格觉得他和母亲住的布法罗的房子已经够大够奢侈了，但这个套间更甚。房间里都是细长腿的法式家具，还布置了棕黄色的天鹅绒窗帘和一台庞大的留声机。

格雷格在套房正中的黄色天鹅绒长沙发上看到了格拉迪丝·安德鲁斯，他吃了一惊。

人人都说格拉迪丝是世界上最美的女人。

格雷格很清楚这是为什么。从充满诱惑的深蓝色大眼睛到短裙下的两条长腿，格拉迪丝身上的每一处都散发着性的魅力。当她伸出手时，格拉迪丝的红唇笑意盈盈，柔软的胸部在毛衣下若隐若现。

他犹豫了一会儿，才握住了她的手。他觉得对不起母亲玛伽。母亲从没提过格拉迪丝·安德鲁斯这个名字，显然她听说了关于格拉迪丝和列夫的流言蜚语。格雷格觉得自己和母亲的敌人交上了朋友。如果被玛伽知道，她一定会被气哭的。

但此时他只有惊奇。如果有人事先告诉他，让他有时间考虑对她伸出手的反应，他也许会事先演练怎样优雅地拒绝。但在此种情况下，他实在不忍粗鲁地拒绝一个可爱女士的优雅表示。

于是他抓住格拉迪丝的手，看着她那双美丽的大眼睛，露出人们通常称之为傻笑的那种笑容。

格拉迪丝握着他的手说："很高兴终于见到你了。你爸爸跟我说了许多关于你的事情——但没告诉我，你是这么英俊。"

这番话令人不快，有股宣布对列夫的所有权的意味，格拉迪丝似乎把自己当成了别斯科夫家的一员，而不是一个鸠占鹊巢的妓女。然而格雷格还是倾倒于她的魅力。"我喜欢你的电影。"他略带尴尬地说。

"哦，你不必这样说，"格拉迪丝说，但格雷格觉得她喜欢他这么说，"过来坐在我边上，"她说，"我想好好了解你。"

他照做了。格雷格不想扫她的兴。格拉迪丝问他在什么学校上学，当他告诉她时，套房里的电话响了。他依稀听见父亲对着话筒说："应该是在明天……好，如果必须的话，可以加速促成……交给我吧，我负责跟进这件事。"

列夫挂断电话，打断了格拉迪丝的话。"格雷格，你的房间在走廊那一头，"说着他递给格雷格一把钥匙，"房间里有我送你的礼物，好好享受一下，七点下楼吃晚饭。"

列夫的插话很生硬，格拉迪丝看起来有些不快。但列夫有时就是这么专横，格雷格知道最好照做。他拿起钥匙，离开了父亲的套房。

格雷格在走廊里看到一个穿着廉价西服的宽肩膀男人，他让格雷格想起了布法罗金属加工厂的保安主管乔·布列胡诺夫。格雷格对那人点了点头，跟他打了个招呼："先生，下午好。"也许他只是个酒店雇员罢了。

格雷格走进自己的房间。这间房没有父亲的套房那么大，但也够舒适的。他没有看见父亲提到的礼物，不过他的箱子已经被送进来了。他一边整理箱子，一边想着格拉迪丝。和父亲的情妇握手算是对母亲的背叛吗？当然是的。但格拉迪丝只是重复着玛伽的旧事，和一个已婚男人睡觉罢了。即便如此，他还是觉得很不舒服。要把见到格拉迪丝的事情告诉玛伽吗？不，当然不行。

往橱里挂衬衫时，他听见一声敲门声。敲门声来自一扇看似通往隔壁的门。很快门开了，一个女孩走了进来。

她比格雷格大不了多少，皮肤呈黑巧克力色，穿着条圆点花纹的裙子，拎着个手提包。她咧嘴一笑，露出一排洁白的牙齿："你好，我住在隔壁房间。"

"我知道，"他说，"你是谁？"

"我是杰姬·杰克斯，"她伸出手说，"我是个演员。"

一小时之内，格雷格和第二个女演员握上了手。杰姬生机勃勃，相对于格拉迪丝磁石般的吸引力来说，格雷格觉得这种生气更有吸引力。杰姬有着诱人的深红色嘴唇。格雷格问她："爸爸说给我准备了件礼物——他指的是你吗？"

杰姬咯咯直笑。"我想应该是。他说我会喜欢上你的。他准备让我上他的电影。"

格雷格大致猜到了。列夫也许觉得格雷格不情愿和格拉迪丝交朋友。为了不让他吵闹，列夫用杰姬作为补偿。格雷格觉得他应该拒绝这份贿赂，但他拒绝不了杰姬的诱惑。"你是件非常好的礼物。"他说。

"你爸爸对你真好。"

"他很棒，"格雷格说，"你也很棒。"

"你不也很动人吗？"她把手提包放在梳妆柜上，走近格雷格，踮着脚尖吻了他的嘴。她的嘴唇软绵温润。"我喜欢你，"

杰姬用手摸了摸格雷格的肩膀，“你很壮实。”

“平时我练冰球。”

“能给我们女孩一种安全感，”她把双手放在他的脸颊上，又吻了他，这个吻的时间很长，接着她叹了口气说，“孩子，我们该找些乐子了吧。”

“找什么乐子呢？”华盛顿算是个南方城市，白人和黑人之间依然泾渭分明。在布法罗，白人和黑人可以在一个餐馆里吃饭，可以在一个酒吧喝酒，但华盛顿完全不一样。格雷格不知道华盛顿有什么规矩，但确信单独在一起的白种男人和黑种女人一定会惹上麻烦。杰姬能住进这个酒店就已经够奇怪了：列夫一定为她做好了安排。不过格雷格、杰姬、列夫和格拉迪丝四个人一起逛逛华盛顿倒应该没什么问题。那杰姬说的“找些乐子”又是指什么呢？他突然闪过了一个美妙的念头，杰姬也许愿意和他睡上一觉呢！

他用手搂住杰姬的腰，把她拉近自己准备再次接吻，却被她挣脱了。“我要先洗个澡，”她说，“等我几分钟。”她转过身，走进两个房间之间的连接门，然后把门关上了。

格雷格坐在床上，试图把整件事想个清楚。杰姬想上电影，她想靠出卖色相发展自己的事业。不管是白人还是黑人，她都不是第一个采取这种策略的女演员。格拉迪丝也是通过向列夫出卖色相才当上主演的。格雷格和父亲只是通过自己的权势尝到点甜头而已。

格雷格发现杰姬把手提包落在这儿了。他拿起手提包，推了推连接门。门没锁，他推开门走了进去。

杰姬正穿着件粉红色的睡袍打电话。她对着话筒说：“是的，包在我身上，没问题。”她的声音比方才成熟多了。格雷格意识到杰姬是用性感女生的不自然声音和自己说话。看到他，杰姬笑着变回小女生的声音对着话筒说：“别挂断，我一会儿再打过来。谢谢你，回见。”

“你忘了这个。”格雷格把包递了过去。

“你只是想看我穿浴衣的样子而已。”她轻佻地说。浴袍前襟没完全盖住她的乳房，棕黑色的美妙曲线在浴袍下若隐若现。

他露齿一笑。“还真不是，但我很高兴看到了。”

“回你的房间去。我必须先洗个澡。一会儿，也许会让你看到更多。”

“老天，我是世界上最幸福的人了。”他说。

他回到房间。这一切太让人瞠目结舌了。“一会儿也许会让你看到更多。”他大声对自己重复着这句话。什么样的女孩会这样说！

他勃起了，但他不想在动真格时反倒一蹶不振。为了让自己分心，他开始整理东西。玛伽送过他一套剃刀和珍珠手柄毛刷组成的剃须刀套装。他把这套装备放进浴室，心想杰姬看到这些东西时会不会对他留下整洁的好印象。

墙面很薄，隔壁浴室传来的流水声清晰可辨。他忍住不去想杰姬赤身裸体浑身湿漉漉的样子，集中精力把内衣和袜子收拾在抽屉里。

这时他听见隔壁传来一声尖叫。

他突然一愣。一时间他惊讶得动都动不了。这意味着什么？杰姬为何会这般尖叫？接着杰姬又尖叫一声，格雷格马上展开了行动。他推开两个房间之间的连接门，步入杰姬的房间。

杰姬一丝不挂。格雷格从没见过光着身子的女人。杰姬有一对带着深黑色乳头的傲人双峰，私处有一丛湿漉漉的毛，她退缩到墙边，双手徒劳地遮挡着自己的裸体。

站在她面前的是戴夫·罗赫，红通通的面颊上印着两块抓伤，显然是杰姬粉红色的尖指甲造成的。戴夫的白色双排扣外套的大翻领上还有几点血渍。

杰姬大声尖叫："让他离我远点儿！"

格雷格挥手就是一拳。戴夫比格雷格高一点，但他老了，格雷格却是个经常锻炼的大男孩。拳头击中了戴夫的下巴——格雷格血气冲头，击中戴夫靠的完全是运气——戴夫踉跄地后退了几步，一屁股坐在地上。

房间的门被打开了。

格雷格刚才看见的宽肩膀酒店雇员走了进来。他一定有这儿的万能钥匙，格雷格想。"我是这里的警卫汤姆·克兰默，"这位酒店雇员说，"发生什么事了？"

格雷格说："我听见尖叫声，进门就看到他。"

杰姬说："他想强奸我！"

戴夫费劲地站了起来。"她在撒谎，"他说，"有人让我上这个房间来见索尔·斯塔尔。"

杰姬哭了起来。"哦，现在他要撒谎了！"

克兰默说："小姐，快穿上点东西。"

杰姬穿上了粉红色的浴袍。

警卫拿起房间里的电话，拨了一个号码说："街角通常会有个巡警，快让他到大堂里来。"

戴夫瞪着格雷格："你是别斯科夫家的混小子，是吗？"

格雷格再一次握起了拳头。

戴夫说："老天，这是你们的陷阱！"

格雷格被他的话震了一下。他隐约觉得戴夫说的是事实。他意识到这必定是列夫设的局，戴夫·罗赫不是什么强奸犯，杰姬不过是在演戏，他也只是这幕戏里的一个角色而已。他感到非常震惊，不禁放下了拳头。

"先生，跟我走。"克兰默不由分说拽上了戴夫的胳膊，"你俩也一起来。"

"你不能逮捕我。"戴夫说。

"先生，我是不能，"警卫说，"但我能把你交给警察。"

格雷格问杰姬："你想把衣服穿好吗？"

杰姬飞快而坚决地摇了摇头。格雷格意识到穿着浴袍去警局是这个计划的一部分。

他拉着杰姬的胳膊，跟着克兰默和戴夫经过走廊走进电梯。大堂里已经有个警察在等着了。格雷格估计他和酒店的警卫都是这个阴谋的一个组成部分。

克兰默说："听到房间里的尖叫声以后，我在这个女孩的房间里找到了这个老家伙。女孩说自己差点被他强奸。这个小伙目睹了一切。"

戴夫一脸无助，像刚做了个噩梦似的，格雷格心里对他充满了歉意。他被列夫残忍地捉弄了一把。父亲比自己想的更加残酷无情。他敬佩父亲，但对这样做是否必要抱有疑虑。

警察铐住戴夫，说："好了，跟我走吧。"

"要带我去哪儿？"戴夫问。

"市中心的警察局。"

格雷格问：“我们也需要去吗？”

“是的。”

克兰默低声对格雷格说，“孩子，不必担心，”他说，“你做得很好，到警察局录好口供就没你什么事了，之后你可以一直把她玩到圣诞节。”

警察把戴夫带到酒店门口，杰姬和格雷格跟在他们身后。

走出酒店的时候，格雷格感到闪光灯一闪，有个记者抓拍到了此时的照片。

纽约的书商给伍迪·杜瓦邮寄了一本《歇斯底里症研究》。今晚将举行帆船俱乐部舞会，这是布法罗夏季社交聚会的顶峰。伍迪用牛皮纸包上这本书，还用红丝带绑了一圈。“是给哪个幸运女孩的巧克力吗？”路过客厅的母亲问道。她只能用一只眼睛看东西，但什么事都瞒不过她。

“送给乔安妮·罗赫的书。”他说。

“她不会参加舞会的。”

“我知道。”

母亲停下步伐，探究地看了他一眼。过了一会儿，她说：“看来你对她是认真的。”

“也许是吧，但她觉得我太小了。”

“她会怕伤了自尊而不和你交往。朋友们也许会问她，为什么要和一个年龄比她小很多的男孩出去约会。女孩们在这点上往往很残忍。”

“我可以等她成熟些，再追她。”

母亲笑了。“我想你会让她高兴的。”

“是的，这是我能给她最好的东西。”

“其实，我也等了你父亲很长时间。”

“真的吗？”

“我对他是一见钟情。我想了他好几年。我看着他倾情于轻佻的奥尔加·维亚洛夫却什么都不能做。奥尔加除了能让男人神魂颠倒之外，什么本事都没有，还好她被那个司机降服了。”母亲的话时常会有些蛮不讲理，尤其是祖母不在的时候，这是她在报社工作时养成的坏习惯。“失恋以后，他就打仗去了。为了拴住他的心，我还专程去了次法国。”

看得出，母亲的回忆里饱含着心酸。“最后他终于意识到，你就是他的另一半。”

“是的，但这其间经历了很多。”

“也许同样的事也会发生在我身上。”

母亲吻了他一下。“孩子，祝你好运。”她说。

罗赫家离杜瓦家不到一英里，伍迪很快就走到了那里。罗赫家今晚没人会在帆船俱乐部出现。丽思酒店的离奇事件以后，戴夫频繁被各大报纸报道。一家报纸的报道标题是：《影业大亨被艳星起诉》。伍迪最近才知道报纸的话不能全信。但大多数人都相信这些报道，不然警方为何要逮捕戴夫呢？

那件事发生以后，罗赫家的人便再没在公众场合露过面。

伍迪在罗赫家门外被一个带着枪的警卫拦了下来。“这家人不接待来客。”他强硬地说。

这个警卫一定是被来访的记者们惹毛了，伍迪没有介意他这种不恭的态度。他努力回想起罗赫家女仆的名字，然后对警卫说："请让伊斯特拉小姐转告乔安妮一声，就说伍迪·杜瓦带了本书给她。"

"你可以放在我这儿。"警卫伸出手。

伍迪紧抓着书不放。"谢谢你，但我要亲手交给她。"

警卫似乎被惹恼了，不过他还是带伍迪沿着车道走到宅子门口，按下了门铃。伊斯特拉一见是他，连忙开心地说："你好，伍迪先生，快进来吧——乔安妮见到你肯定很高兴。"进门以前，伍迪得意地看了不让他进门的警卫一眼。

伊斯特拉把他带进一个没人的客厅。她像对待个孩子似的让他喝牛奶，吃饼干，但是被他婉拒了。乔安妮很快就出现了，她苦着脸，皮肤也没了光泽。但一见到伍迪，她马上展开了笑容，坐下开始和他闲聊。

乔安妮很喜欢伍迪带来的书。"这下我可以好好看看弗洛伊德的书，而不只是对他的理论泛泛而谈了，"她说，"伍迪，你真是我的良师益友啊！"

"我怕只会给你带来坏影响。"

乔安妮换了个话题："你不去舞会吗？"

"我有舞会的门票。但如果你不去的话，我也没有去的必要了。你想和我一起去看电影吗？"

"谢谢你，但我现在不想去。"

"我们可以找个安静的地方吃个晚饭。如果不介意的话，我们可以乘公交车去。"

"伍迪，我自然不介意乘公交车，但你对我来说太年轻了点。再说，暑假马上就要过去了，那时我会去瓦萨尔念书，你也要回学校了。"

“到那时，你一定会和别的男孩约会吧。”

“我想是的。”

伍迪站起身。“那好，我将发誓独身，进教堂当修士去。请别来找我，你会让别的修士分心的。”

她笑了：“你真是好心，帮我从家里的烦心事里解脱出来。”

这是乔安妮第一次提起发生在父亲身上的事情。他几次想提这个话题，但都没说出口，这时他终于可以毫无顾忌地发表自己的意见了：“听着，我们都支持你。那个女演员的话根本没人信。所有人都知道那是列夫·别斯科夫设的局。我们都对此义愤填膺。”

“这我都知道，”她说，“只是这种指控太屈辱了。我想我父母也许会搬去佛罗里达。”

“真是太可怜了。”

“谢谢你，现在去舞会玩吧。”

“也许我真会去呢！”

乔安妮送他到门口。

“能和你吻别吗？”伍迪问。

乔安妮凑上前，吻了他的嘴唇。这不是普通的告别之吻。伍迪知道这时候最好不要抱住她使劲吻她。这只是个轻柔之吻，嘴唇之间的接触只维持了甜蜜的一刹那。很快她就挣脱开来，打开了门。

“晚安。”伍迪出门时说。

乔安妮也和他道了声晚安。

格雷格·别斯科夫恋爱了。

他知道杰姬·杰克斯是父亲送他的礼物，因为他帮忙陷害戴夫·罗赫。尽管这样，他还是义无反顾地爱上了杰姬。

从警察局回到酒店以后，他很快失去了初贞，他和杰姬几乎一整个星期都没下过丽思酒店的床。她说她已经“做了安排”，格雷格不用担心避孕的事情。他不太清楚杰姬说的是什么意思，但知道只需按杰姬说的去做就可以了。

格雷格有生以来从没这么快乐过，他喜欢她，尤其喜欢他小女孩般的狡猾和无处不在的幽默感。她承认诱惑格雷格的确出自他父亲的命令，但没想到真的爱上了他。她的真名是梅贝尔·杰克斯，尽管对外宣称是十九岁，但实际上她十六岁，只比格雷格大几个月。

列夫承诺在电影里给她安排一个角色，但又说适合她的角色暂时还没有找到。杰姬学着列夫的苏联口音英语说：“我想他肯定没有尽力地帮我去找！”

“我觉得电影里的黑人角色并不会很多。”格雷格说。

“我知道，要演也是演一些揉着眼睛、对主人说遵命的黑人女仆。话剧和电影里的黑人角色其实并不少——克娄巴特拉、汉尼拔、奥赛罗——但通常是由白人演员出演的。”杰姬已故的父亲是黑人学院的教授，她在文学方面的知识丝毫不逊色于格雷格。“为什么黑人不能演白人呢？如果白人女演员能演克娄巴特拉的话，黑人女演员为什么不能演朱丽叶呢？”

“观众会觉得怪怪的。”

“观众会习惯的。他们能习惯一切事情。难道耶稣一定要由犹太人来扮演吗？没人在乎这个。”

格雷格觉得她说得没错，但这种事永远都不会发生。

当列夫说要返回布法罗的时候——和以往一样是在最后一刻宣布的——格雷格简直要崩溃了。他问列夫，杰姬能不能去布法罗，列夫却笑着说："儿子，吃饭和拉屎的地方要分开。下次来华盛顿，你还可以见她。"

一天之后，杰姬却还是跟他来到了布法罗，住在运河街附近的一家廉价公寓。

接下来的几个星期，列夫和格雷格都在忙着罗斯克院线的接管工作。戴夫最终以初次报价的四分之一——二百万美元，把他的所有影院卖给了列夫，格雷格对父亲的敬仰又深了一层。杰姬撤销指控，并向报界暗示双方用金钱交易私下里解决了这件事。格雷格对父亲的招数感到敬佩不已。

不管怎样，他拥有了杰姬。他告诉母亲每晚和男性朋友在一起，但实际上，他一有时间就和杰姬一起厮混。他和杰姬在城里到处闲逛，在湖岸野餐，甚至借了艘汽艇和她一起泛舟。没有人把杰姬和报纸模糊照片上走出丽思-卡尔顿酒店那个穿着睡袍的姑娘联系在一起。但大多数时候，他们都挤在杰姬狭小公寓的窄床上，甜蜜又尽兴地做着爱。他们决定到了年龄就结婚。

今晚，格雷格要把杰姬带到帆船俱乐部。

搞到票很难，不过格雷格贿赂了学校里的朋友。

他给杰姬买了一件粉红的丝缎裙。格雷格经常能从玛伽手里拿到很多零花钱，列夫也不时给他五十美元，他的钱多得用也用不完。

他隐约有些不安，除了侍者之外，杰姬将是舞会上唯一的黑人女孩。她不太愿意去，但格雷格说服了她。年轻人会嫉妒他，长者会表现出敌意，参加舞会的人会小声地说三道四。但那又如何呢？他认为杰姬的美能战胜一切偏见，又有谁能抵挡得了她的魅力呢？如果有谁醉酒胆敢侵犯杰姬，格雷格一定会用双拳好好教训他一顿。

这样想的时候，他脑中却响起了母亲的告诫：男人千万不能被爱蒙蔽双眼。但大男人哪能老听母亲的话呢？

戴着白领带、穿着燕尾服走在运河街上的时候，他仿佛看见了杰姬穿着新裙子的样子。杰姬也许会跪地行礼掀开裙摆，让他看见里面的内裤和吊袜带呢！

他走进杰姬住的老房子，那里被分成了多个隔间，楼梯上铺着一条抽丝的红毯子，楼道里一股辛辣的油烟味。他用自己的钥匙打开了杰姬公寓的门。

房间里空空如也。

太奇怪了，没有他在的话，杰姬会去哪儿呢？

他不安地打开了壁橱。壁橱里孤零零地挂着那条为舞会准备的粉红色缎裙。杰姬的其他衣物都不见了。

"不！"他叫了起来。怎么会发生这种事？

松垮的木桌上放着个信封。他拿起信封，看见封皮上杰姬工工整整的笔迹。他突然感到一阵害怕。

他用颤抖的手撕开信封，看着杰姬留下的简短信息。

亲爱的格雷格：

过去三周是我生命中最快乐的一段日子。我打心底里明白我们不可能结婚，但假装夫妻的样子也能让我满心喜悦。你是个可爱的男孩，如果能不那么像你父亲的话，将来也一定会是个好男人。

列夫发现了杰姬住在这儿，他想办法把她赶走了吗？他不会这么干吧？

再见，别忘了我。

你的礼物

杰姬

格雷格把信纸揉成一团，低声抽泣起来。

“你看上去非常棒，”伊娃·洛特曼对黛西·别斯科娃说，“如果我是个男孩，一眼就会爱上你。”

黛西笑了。伊娃是有点被她迷住了。黛西穿着凸显她深蓝色眼眸的蓝色丝质蝉翼纱长裙，的确非常动人。裙子正面的褶边到脚踝处，后面却能隐约看到她的小腿，透明长袜中的那双美腿愈发动人。

她戴上了一条母亲的蓝宝石项链。“这是你父亲在时不时还对我好的那段时间买给我的，”奥尔加说，“不说这个了。黛西，你动作快一点，再慢我们就迟到了。”

奥尔加穿着一身威严的海军蓝套装，伊娃则穿着和肤色相近的红色套装。

黛西喜洋洋地下了楼。

三个女人走出门外。兼做司机的园丁亨利为她们打开了黑色斯图兹汽车的门。

这将是黛西终身铭记的一个晚上。今晚，查理·法奎森将正式向她求婚。他将把家族传承的珍珠戒指交到她手里——她已经试过了，戒指也已经按照她手指的粗细进行了改制。她会接受查理的求婚，两人将在舞会现场所有人面前宣布订婚。

她坐上了车，感觉自己像个灰姑娘。

只有伊娃还心存疑虑。“我觉得你应该找个更适合你的人。”她说。

“你说那种不会被我颐指气使的人吗？”黛西问她。

“我不是那个意思。我是说和你比较接近、具有亲和力、更为英俊的人。”

伊娃很少这样一针见血：这句话暗示查理黯淡无光，喜欢待在家里。黛西吃了一惊，不知该如何应对。

她妈妈打了圆场。奥尔加说：“我嫁了个英俊、很有亲和力的男人，他却让我吃透了苦。”

伊娃不再说什么了。

快到帆船俱乐部时，黛西把心情平静下来。她不能显得那么趾高气扬。她必须表现得对母亲受邀参加布法罗商界夫人联谊会这件事毫不知情。给别的女孩看宝石项链时，她必须姿态优雅，装出配不上查理那样完美的人的样子。

黛西准备让查理变得更完美些。蜜月结束以后，他们就马上着手建造自己的马厩。五年后，他们会参加全球顶级的赛马会：萨拉托加斯普林斯赛马会、长滩赛马会和英国皇家赛马会。

秋天将至，抵达码头时天已经黑了。“亨利，恐怕我们来得太晚了一点。”黛西愉快地说。

“黛西小姐，我们来得正好，”亨利很崇拜黛西，“属于你的夜晚就要开场了。”

在俱乐部门口，黛西注意到维克托·迪克森跟在她们身后进了门。为了给所有人留下好印象，她大大方方地对迪克森说：“维克托，听说你姐姐见到了国王，祝贺你们！”

“是的，谢谢你。”迪克森十分尴尬。

一行人走进了俱乐部。她们一进门就遇见了同意接收奥尔加成为势利夫人俱乐部一分子的乌苏拉·杜瓦。黛西笑着对她说：“晚上好，杜瓦夫人。”

乌苏拉似乎有些心不在焉。“我有点事，一会儿见。”说着，她穿过俱乐部大堂离开了。即便把自己看成女王，你也需要懂点礼貌啊！黛西心想。她暗暗发誓，等到她凌驾于布法罗社交圈的那一天，她会时刻保持对所有人的优雅。

奥尔加母女和伊娃走进女厕所，在镜子前检查服装和脸上的妆容，确保二十分钟的车程没有对她们的装扮有任何影响。多特·伦肖走进厕所，看了她们一眼，却又马上退了出去。“蠢娘们。”黛西说。

奥尔加却表情忧郁。“发生什么事了？”她问，“我们刚到这儿，却已经有三个人像躲避瘟疫一样地躲我们。”

“她这是嫉妒，”黛西说，“多特也打过查理的主意。”

奥尔加说：“现在多特·伦肖几乎谁都可以嫁了吧。”

“别管她，我们有自己的事情。”黛西领头走出厕所。

走进舞厅时，伍迪·杜瓦跟她打了个招呼。“总算出现了个绅士。”黛西说。

伍迪放低了声音说：“我只想说，我觉得人们因为你父亲可能做过的事而责怪你完全是不对的。”

“尤其是他们都还从我父亲那里买了私酒。”黛西回答。

这时她看见了穿着无法遮掩住瘦削身材的紫红色长裙的未来婆婆。诺拉·法奎森对儿子的选择并不是很高兴，但她最终还是接受了黛西，并在两家相互拜访时态度和善。“法奎森夫人，”黛西说，“您这条裙子真是太漂亮了。”

诺拉·法奎森背过身就走。

伊娃倒吸了一口冷气。

黛西感到非常恐惧。她转身问伍迪：“不是因为私酒的事情吧？”

“不是。”

“那是因为什么？”

“问查理吧，他过来了。”

天气不热，但查理的额头上全都是汗。“怎么啦？”黛西问他，“为什么所有人都不搭理我啊？”

查理极度紧张。“这里所有人都对你们家很生气。”他说。

“这是为什么啊？”黛西越发不明白了。

周围的人听见黛西高八度的声音，纷纷转过身看她，但黛西根本顾不上那么多。

查理说：“你父亲栽赃戴夫·罗赫，毁了戴夫。”

“你是说丽思-卡尔顿酒店的那个小插曲吗？那和我有什么关系？”

“虽然是从伊朗来的，但这儿的人都和罗赫一家很友好。他们不相信罗赫会去强奸任何人。”

“我从没说过罗赫强奸了谁。”

“我知道。”查理的声音很轻，他显然也很难办。

人们纷纷朝这边看了过来：维克托·迪克森、多特·伦肖、还有小不点查克·杜瓦。

黛西说：“这事不能算在我头上，你说是不是？”

“你父亲做了件可耻的事情。”

黛西心一凉，她难道会在终点线前败阵吗？“查理，”她说，“看在上帝分上，请你直截了当地说你想怎么办！”

伊娃抱住黛西的腰，对她表示支持。

查理回答：“妈妈说，这件事不可原谅。”

“不可原谅是什么意思？”

查理可怜兮兮地看着她，一句话都说不出来。

他不必说话了，黛西完全知道他想说什么。“一切都结束了，不是吗？”她说，“你把我抛弃了。”

他点了点头。

奥尔加说：“黛西，我们走。”她已经满脸是泪了。

黛西朝周围看了看。她抬起下巴，做出鄙视他们的样子。多特·伦肖幸灾乐祸地笑着，维克托·迪克森冷眼旁观，查克·杜瓦不知所措地张着嘴，伍迪则看着她，一脸怜悯。

“你们都他妈的该死，”黛西高声说，“我要去伦敦找国王跳舞！”

第三章

1936年，剑桥

1936年5月，一个阳光明媚的星期六下午，劳埃德·威廉姆斯在剑桥大学的第二个学年已经快结束了，法西斯主义却在这个点缀着白色回廊的古老校园露出了獠牙。

劳埃德在俗称“埃玛”的伊曼纽尔学院学习现代语言专业。他学习法语和德语，但对德语更为偏重一些。在沉浸于歌德、席勒、海涅和托马斯·曼所创造的文学辉煌的同时，他不时从大学图书馆安静的书桌旁抬起头，对德国沦为如此野蛮的国度感到悲哀。

法西斯同盟英国支部宣布，他们的领导人奥斯瓦尔德·莫斯利爵士要在剑桥大学集会演讲。听到这个消息，劳埃德仿佛回到了三年前的德国。他看到了冲锋队员捣毁茉黛·冯·乌尔里希所在杂志社办公室的情景，听到了希特勒在议会会议上践踏民主的沙哑声音，又想起了头套水桶被恶犬咬得血肉模糊的容格。

此时，劳埃德正站在剑桥火车站的月台上，迎接从伦敦乘火车过来的母亲。剑桥当地的工党积极分子露比·卡特尔和他站在一起。露比帮助劳埃德组织了这场主题为“法西斯的真相”的集会，劳埃德的母亲艾瑟尔·莱克维兹将上台发言。艾瑟尔有关德国现实的书取得了巨大成功。1935年，她又一次竞选成功，作为阿尔德盖特选区的议员进入议会。

劳埃德对集会感到很紧张。在《每日邮报》的倾力支持下，莫斯利的新政党发展了几千名党员，《每日邮报》的头版文章《为黑衣党人喝彩》更是让他们的声势上升到极点。莫斯利是个极具感染力的演讲者，今天一定会招募到更多的新党员。他们必须提出令人信服的论点，才能揭穿莫斯利欺骗性的谎言。

露比非常健谈，她对剑桥社会现状的抱怨打断了劳埃德的思绪。“我厌倦了这里的男人们，”她说，“他们与世无争，只知道喝个烂醉。”

劳埃德很惊讶，他原本以为露比很喜欢这样的社交生活呢。她总是穿着那种稍微有些紧身，凸显丰满身材的廉价衣物。他觉得大多数男孩都会迷上露比的。“除了组织工党的集会以外，你还喜欢干些什么？”他问。

“我喜欢跳舞。”

“你一定不缺舞伴，大学里的男女比例是12:1。”

“我不想骂人，但这里的大多数男生都是同性恋。”

劳埃德知道，剑桥大学有很多男同性恋，但他没想到露比会提到这个话题。露比以心直口快著称，但劳埃德没想到她会在他面前说出这个词。他不知该如何回答，于是索性没说话。

露比说：“你该不会是同性恋吧？”

“别胡说八道，我当然不是了。”

“别介意。老实说，要不是你那个被打歪的鼻子，肯定会有一长串同性恋追着你。你可真帅！”

他笑了。“这种恭维可不算高明。”

“我是说真的，你跟道格拉斯·费尔班克斯[①]长得很像。”

“谢谢你，但我不是什么同性恋。”

“你有女朋友吗？”

话题开始变得令人尴尬。“没有，现在没有。”他做出看表等火车的姿态。

“为什么没有？”

“我的那一半还没有出现，仅此而已。”

“谢谢你，我还真信了。”

他看了露比一眼，发现她只是在开玩笑。他对自己把玩笑当真感到有些窘迫。“我没想……”

“别介意，你只是说出了事实。看，车来了。”

火车开进车站，在一团蒸汽中停在站台旁。车门打开，乘客走上月台：穿呢子外套的学生、上镇里逛商店的农家妇女、戴着平顶帽的工人们。劳埃德在人群中寻找着母亲的身影。“她在三等车厢，”他说，“这是她的原则。”

露比问他：“你会参加我的二十一岁生日会吗？”

“当然会去。”

“我朋友在商店街的一个聋哑女房东那儿借了间小公寓。”

劳埃德对这个邀请感到很不自在，犹豫间看到了迎面走过来的母亲：艾瑟尔穿着红色的薄上装，戴着顶调皮的小帽，还是像以前那般美丽。她走上前拥抱亲吻着儿子。“亲爱的，你看上去非常棒，”她说，“不过下学期我还是想给你买件新西装。”

“妈妈，这件就很好。”他的奖学金可以支付学费和基本的

① 道格拉斯·费尔班克斯（Douglas Fairbanks，1883－1939），美国演员、导演与剧作家，是第一位在电影中扮演蒙面侠佐罗的演员。

生活费，但添置衣物就不够了。进入剑桥大学的时候，艾瑟尔给他买了件上课穿的轻便西服和一件参加社交晚会的晚装。两年来他一直穿着这件轻便西装，从外观上看，这件西装已经有点破旧了。劳埃德很在意自己的外表：白衬衫总是干干净净，领带结正正方方，胸口的口袋里总是放着折叠整齐的手帕，他的祖先里一定有个着装考究的花花公子。他的西装仔细地熨烫过，但已经开始显得有些破了，事实上他确实想要件新的，但又不想让母亲拿出积蓄给他买。

“过一段再看。”艾瑟尔说。她转过身，热情洋溢地对露比微笑，然后伸出了手。“我是艾瑟尔·莱克维兹。”她像来访的伯爵夫人一样尊贵可人。

“很高兴见到你，我是露比·卡特尔。”

“露比，你也是这里的学生吗？”

“不是，我在奇布林一个农庄里当女仆。”露比在道出自己的女侍身份时显得有些害羞，“奇布林是镇外五英里的一个村子，我常借自行车骑车过来。”

“太好了，”艾瑟尔说，“像你这么大的时候，我也在威尔士当女仆。”

露比非常吃惊。“你也当过女仆吗？可你现在当上了议员！”

“这就是民主的意义！”

劳埃德说：“我和露比一起组织了今天的集会。”

艾瑟尔问：“票卖得怎么样？”

“很快就卖完了。事实上，我们还借了间大点的会议厅。”

“我早告诉你了，愿意参加的一定人很多。”

集会是艾瑟尔的主意。露比·卡特尔和其他积极分子原本想搞个贯穿全镇的示威游行。劳埃德起先同意示威游行的计划。“必须在所有可能的场合反对法西斯主义。”他曾经在伙伴中这样说过。

艾瑟尔却有其他方面的考量。“如果游行时喊喊标语，那就跟他们没两样了，”她说，“我们必须表现出与他们的不同点。举行一个心平气和的集会揭露法西斯主义的实质。”劳埃德还是心有疑虑。“如果你不反对，我可以来发表演讲。”艾瑟尔给出承诺。

劳埃德把母亲的话在党小组会上说了说。组员们进行了激烈的争论，露比带头反对艾瑟尔的方案，但最终，让全国最著名的女权主义者发表演讲的提案，还是得到了大多数人的首肯。

劳埃德仍旧不知道这是不是个正确的决定。他想起茉黛·冯·乌尔里希曾经在柏林说过：“不能用暴力来对付暴力。”这曾经是德国社会民主党的政策。但对冯·乌尔里希家和整个德国来说，这条政策简直就是灾难。

他们走出火车站的黄砖罗马式拱门，沿着车站街往前走，街道两边全是黄砖砌成的整洁的中产阶级住宅。艾瑟尔挽起劳埃德的胳膊。“我的小大学生，你在学校里还好吗？”她说。

他对母亲说的这个“小”字笑了笑。劳埃德比艾瑟尔还高四英寸，肌肉因为和大学拳击队训练而变得很强健。他可以一手把母亲托起来。他知道，母亲的话里洋溢着满满的骄傲。成长到现在，劳埃德最让她高兴的莫过于考上剑桥了。这也许是艾瑟尔想给他买西服的原因吧。

“我很喜欢这里，”劳埃德告诉艾瑟尔，“如果工人家庭出身的男孩更多一点的话，那就更好了。”

“还有女孩子。”露比插话说。

他们折进通往镇中心的主通道山脉路。有了铁路以后，镇的范围向南扩展到了火车站，山脉路的两边新建了呼应城区扩展的教堂。开会的地点是山脉路上的浸信会教堂，那里的左翼牧师答应免费让他们用教堂开会。

“我和这里的法西斯分子做了交易，”劳埃德说，“我告诉他们，如果他们不上街游行的话，我们也可以不游行示威。”

“对方竟然同意了。”艾瑟尔说，“他们最喜欢游行了。”

“他们不是很情愿，但我把建议告诉了校方和警察，法西斯分子必须接受我的这个要求。”

“很聪明。”

“妈妈，你猜谁是他们在这里的负责人？是阿伯罗温子爵，他叫博伊·菲茨赫伯特，他是你的老雇主菲茨赫伯特伯爵的儿子！”博伊·菲茨赫伯特这年二十一岁，和劳埃德一样大，在贵族学校三一学院念书。

“天哪！”

艾瑟尔的反应比劳埃德预料的更为强烈。他看了母亲一眼，发现她脸色惨白。“吓了一跳？”

“是的，”她似乎恢复了常态，“他爸爸是外交部副部长。”现在的政府是保守党主导的联合政府，“菲茨一定会对儿子的言行感到很尴尬。”

“大多数保守党人对法西斯主义都很宽容。他们认为镇压共产党、杀戮犹太人没什么不对。”

“你夸大其词了，只有很少一部分人是这样的。”她斜了儿子一眼，“这么说，你见过博伊·菲茨赫伯特了？”

“是的。”劳埃德觉得这对母亲来说似乎有着特殊的意义，但他猜不出为什么，“我很不喜欢他。他在三一学院的房间里有箱威士忌——整整十二瓶呢！”

“记得吗？很久以前你见过他一次。”

“不记得了，那是什么时候的事？”

“在你九岁那年。我当选以后，带你去了威斯敏斯特王宫。我们在楼梯上碰见了他们父子俩。”

劳埃德依稀地记得这件事。但他不知道这个巧合为何对母亲如此重要。“太有趣了，那时见到的就是他吗？”

露比插话道：“我知道这个人，他就是头猪，染指过许多女仆。”

劳埃德很吃惊，艾瑟尔却没什么表示。“很不幸，但这种事一直都在发生。”母亲这种坦然接受的态度让劳埃德更觉得恐怖了。

他们抵达教堂，从后门走了进去。站在法衣室里的罗伯特·冯·乌尔里希穿着黄绿色的方格外套，戴着条纹领带，显得特别英国化。他站起身，艾瑟尔拥抱了他。罗伯特用地道的英语说：“亲爱的艾瑟尔，你的帽子可真好看。”

劳埃德向准备会后茶点的剑桥工党组织的女党员们介绍了艾瑟尔。他曾多次听母亲抱怨，许多政治集会的组织者都没有考虑到议员需要上厕所的问题，于是对露比说：“露比，在集会开始以前，你能带我妈妈去一次厕所吗？”露比依言带着艾瑟尔了。

劳埃德坐在罗伯特身边，随口问道：“你的生意怎么样了？”

罗伯特现在是一间同性恋餐厅的老板，而露比对这类人颇有微词。和柏林的20年代一样，30年代的剑桥同性恋餐厅也很盛行。和柏林时一样，他的餐厅也叫罗伯特酒馆。“我这儿的生意很不错。”他的脸上掠过一道阴影，一种极端恐惧的表情一闪而过，“这次，希望能守住这份我亲手张罗起来的生意。”

“我们会尽全力抗击法西斯主义，这类会议就是抗击的途径，”劳埃德说，“你的发言将擦亮听众们的眼睛，帮助他们了解法西斯的实质。”罗伯特将在会上讲述自己在法西斯专政下的遭遇，“许多人说同样的事不可能发生在英国，但他们错了。”

罗伯特严肃地点了点头：“法西斯主义是一个谎言，但具有极强的迷惑性。”

对劳埃德来说，三年前的德国之行至今都历历在目。“我经常想，现在的罗伯特酒馆究竟怎么样了。”

“朋友给我写了封信，”罗伯特悲哀地说，“过去的常客现在都不去了。马赫兄弟拍卖了酒窖，现在那里的顾客主要是警察和公务员。”他痛苦地补充道，“现在他们连桌布都不用了。”他突然改变了话题，“你想参加三一学院的舞会吗？”

大多数学校都在考试结束以后举办庆祝舞会。舞会和野餐、联谊会一起，组成六月的期末狂欢周。三一学院的舞会是其中顶级的盛事。“我想去，但我买不起门票，”劳埃德说，“门票要两基尼了吧？”

“有人给了我一张，但我可以把它让给你。爵士乐队加上几百个醉醺醺的学生，太恐怖了。”

劳埃德心里一动。“但我没有燕尾服啊！”校园舞会需要戴领带，穿燕尾服。

“我借给你，我的腰肥了点，但身高和你相同。”

“谢谢你，那我就去了。”

露比又出现了。“你妈妈真棒，”她对劳埃德说，“没想到她也当过女仆。”

罗伯特说：“我和艾瑟尔认识了二十多年，她人非常好。”

“我明白你为什么没找到心中的另一半了，”露比对劳埃德说，“你在找像她那样的人，但世上这样的人很少。”

“后半句话说得没错，”劳埃德说，“没人像她那样。”

露比眉头一皱，似乎非常痛苦。

劳埃德问：“你怎么了？”

“牙疼。”

“你得去看看牙医。”

露比一脸惊诧，似乎觉得劳埃德的话很蠢。他这才意识到女仆是没钱看牙医的。他觉得自己简直蠢透了。

他走到门口，张望着教堂正殿里的情形。和大多数非新教教堂一样，这里的正殿呈长方形，墙上都涂了白灰。天很热，正殿的窗户都开着，几排长凳上坐满了人，大家期待着会议的开始。

艾瑟尔过来以后，劳埃德说：“如果大伙都准备好的话，会议马上就可以开始。罗伯特讲述亲身经历以后，我妈妈再给大家进行政治方面的讲解。”

大伙都同意这个方案。

“露比，你能去看看对方的情况吗？有什么事发生请马上通知我。”

艾瑟尔皱起眉头：“有这个必要吗？”

“我们不能轻易相信对方会遵守诺言。”

露比说：“他们的会场离这只有四分之一英里。我不介意跑几个来回。”

她从后门离开，劳埃德带着艾瑟尔和罗伯特走进正殿。正殿里没有舞台，最前方放着一张桌子和三把椅子，旁边有个讲台。艾瑟尔和罗伯特在桌子旁就坐以后，劳埃德走上讲台。听众间响起一阵简短而克制的掌声。

“法西斯主义的噩梦正迎面袭来，”劳埃德道出了开场白，“而且具有致命的吸引力。它给失业者带来了虚幻的希望。和法西斯分子穿的伪造军装一样，法西斯主义披着爱国的虚假外衣。”

让劳埃德失望的是，英国政府却选择对法西斯政权采取息事宁人的态度。现在的政府由保守党主导，内阁里有几个自由派人士和几个工党高层有隙，从工党里分裂出去的人。去年十一月，保守党重新当选执政没几天，外交部就建议政府把阿比西尼亚的大部分土地让给意大利侵略者和他们的法西斯领导人本尼托·墨索里尼。

更糟的是，德国还在一旁虎视眈眈。几个月前，德国把军队派入了非军事化的莱茵兰区，悍然撕毁了《凡尔赛条约》——劳埃德惊恐地发现，竟然没有一个国家愿意阻止他这么做。

法西斯可能是昙花一现的想法完全破灭了。劳埃德觉得英国和法国这样的民主国家必须做好奋起一战的准备。但今天他不准备在讲话里这么说，他妈妈和工党的大部分人反对在英国扩充军备，希望国联能够出面和独裁者进行协调。他们希望不惜一切代价防止上次世界大战那样的大屠戮再出现。劳埃德理解他们的观点，但恐怕那是不现实的。

他已经做好了投入战斗的准备。中学时他就加入了预备役，在剑桥大学又加入了军官训练营——工人阶级的子弟中只有他加入了这个训练营，他也是营中唯一的工党党员。

他在一阵稀稀拉拉的掌声中坐了下来。他是个讲话很有逻辑的演讲者，却没有艾瑟尔打动人心的能力——至少现在还没有。

罗伯特走上讲坛。“我是个奥地利人，”他说，“在大战中我受了伤，成了俄军的战俘，被送到了西伯利亚的战俘营。苏共和德国及其同盟国讲和以后，卫兵打开战俘营的门，告诉我们可以回家了，但如何回家要我们自己解决。西伯利亚离奥地利非常远，足有三千多英里。没有车，我只能自己走回去。”

与会者发出一阵惊呼，一些听众报以了掌声。劳埃德知道，罗伯特的发言已经把他们吸引住了。

露比神色凝重地走了过来，和劳埃德耳语：“法西斯们刚从这里经过。博伊·菲茨赫伯特开车把莫斯利送到了火车站，一群穿着黑衫的狂热分子追着他们的车高声欢呼。”

劳埃德皱起眉头：“他们答应不搞游行。我想他们会说随车奔跑算不上游行。”

“我倒想知道，这和游行有什么区别？”

“有暴力行为吗？”

“这倒没有。”

“那就再观察一下。”

露比再一次离开了教堂。劳埃德又一次产生了无助的感觉。尽管采取了不同的形式，但法西斯分子还是破坏了协议。他们穿着制服出现在了街道上——没有人同他们分庭抗礼。呼吁民主的人士却在这个教堂里，没被路人知晓。街上只看得到教堂外一面写着“揭穿法西斯主义真面目”红色大字的旗帜。

罗伯特说：“很高兴来到这里，能在这里发表演讲，我感到荣幸。我为能在这遇见罗伯特酒馆的许多常客深感振奋。但我必须预先告诉大家一声，下面我要讲的事情可能不是那么令人愉快，甚至有一些恐怖。”

他讲述了他和容格拒绝向纳粹分子出售柏林的餐厅之后被捕的事情。他说容格是他的主厨和生意伙伴，没有提到他们的亲密关系，不过教堂里的人或多或少都已经猜到了点端倪。

讲到集中营里的惨景时，所有人都安静下来。当提到出现三条饿坏了的恶犬时，劳埃德听到观众中传来几声惊呼。罗伯特用清晰的声音讲述了容格被折磨的情形。讲到容格死亡的惨状时，许多人都流下了泪。

劳埃德也经历了这些残暴的时刻，他对博伊·菲茨赫伯特的愚蠢非常愤恨。他难道想唱着歌穿着那身制服把英国带入同样的境地吗?

罗伯特坐下来，艾瑟尔接棒演讲。没多久，露比就神情激愤地回来了。“我告诉过你这不管用！”她对着劳埃德的耳朵说，“莫斯利倒是走了，但那群家伙一直围着火车站高唱《统治吧！大不列颠尼亚！》。”

这肯定违反了协定，劳埃德愤怒地想。博伊·菲茨赫伯特违背了他的承诺。这对一个英国绅士来说是不可饶恕的。

艾瑟尔向与会者解释了纳粹混淆是非的方法。他们把低就业率和犯罪横行的原因简单地归咎在犹太人和共产党人身上。她毫不留情地斥责了希特勒和墨索里尼的伪善，他们宣称服务于民主，却禁止一切形式的反对。

劳埃德想到，法西斯分子从火车站回到镇中心的路上，一定会经过这个教堂。他开始聆听打开的窗户传进来的声音。他听到山脉路上汽车和卡车的呼啸声，其中时不时夹杂着自行车铃声和孩子的哭声。远处隐约传来一阵声音，像是刚变嗓的男孩在炫耀他们已经成熟了似的。他周身一紧，继续屏息凝听，听见更多喧闹的叫喊声，法西斯分子开始游行了。

随着教堂外此起彼伏的喧闹声，艾瑟尔提高了宣讲声。她说，各界工人应该团结在工会和工党周围，踏着民主的步伐为创建一个更和谐的社会而努力。像纳粹德国那样靠恐怖和暴力治国是没有出路的。

露比又进来了。“他们拐到山脉路来了，”她急切地小声说，“我们必须走出教堂，正面迎击他们。”

“不行，”劳埃德小声说，“党组织已经做出了不示威游行的集体决定。我们必须遵照执行。我们必须做个守纪律的团体！”劳埃德知道，守纪律这几个字对露比来说很有分量。

法西斯分子越来越近了，他们大声喧哗，显得非常无礼。劳埃德估计游行队伍大约有五六十人。他很想走出教堂直面他们。后排的几个年轻人起身到窗前看个究竟。艾瑟尔喝止了他们。“别用流氓的态度去对待流氓，不然你们也自降身价了，”她说，“那只会给报纸理由说我们和他们一样无可救药。”

窗户被打碎了，一块石头从窗外扔了进来。有个女人尖叫一声，另几个人站起身来。“请各位坐好，”艾瑟尔说，“我想他们马上就会离开。”她用令人信服的平稳声音安慰着众人。但没有几个人听她的，几乎所有人都转过头盯着教堂的门，听着教堂外嘈杂的脚步声和喧嚷声。劳埃德努力保持着平静。他像戴着面具似的，面无表情地看着母亲。他真想冲出教堂，和那些人好好干上一架！

过了片刻，教堂里的听众安静下来，他们把注意力转回艾瑟尔身上，不过有时还会交头接耳回过身看看。露比小声说："我们就像藏在窝里的兔子，听着外面的狐狸怪叫簌簌发抖。"她语带轻蔑。劳埃德觉得她说得没错。

但艾瑟尔的预言也没错，外面没有石头扔进来了，喧哗也在渐渐消失。

"法西斯分子为何要使用暴力呢？"艾瑟尔意味深长地问，"山脉路上的这些人原先仅仅是些小流氓，但有人在引导着他们，这些举动背后隐藏着他们的真正目的。如果街上发生对殴，他们会说公共秩序受到了破坏，必须使用严苛的紧急条例来维持秩序。这些紧急条例会禁止工党的政治集会，禁止工会活动，不经审判就逮捕人——我们和那些与政府有不同政见的和平人士。你们是否觉得这番话不可想象，这种事情永远都不会发生呢？但我想要你们知道，法西斯在德国用的就是这种策略——而且确实有了效果。"

接着，艾瑟尔又开始讲述对付法西斯的方法：发表驳斥法西斯的观点，进行类似今天这样的反法西斯集会，给报纸杂志写信，利用一切可以利用的机会陈述法西斯的危害。但就连艾瑟尔本人都无法勇敢地向法西斯宣战。

露比的兔子比方戳到了劳埃德的痛处，他觉得自己是个懦夫。他极度灰心，一时间连坐都坐不稳了。

正殿的气氛慢慢恢复了正常。劳埃德看着露比说："不管怎么样，兔子暂时是安然无忧了。"

"只是现在，"露比说，"狐狸很快会回来的。"

“如果你喜欢一个男孩，可以让他和你亲吻。”琳迪·韦斯特安普敦坐在阳光下的草地上说。

“如果你真的喜欢他，可以让他摸你的胸。”她的双胞胎妹妹莉齐说。

“但不能让他深入到腰部以下。”

“对，除非你们订了婚。”

黛西被姐妹俩的对话惊呆了。她以为英国的女孩都很保守，但是她错了。韦斯特安普敦姐妹的开放程度让她瞠目结舌。

在奇布林的乡绅巴塞洛缪·本·韦斯特安普敦家做客，黛西很兴奋，她感到自己被英国的上流社会接纳了。但她还没得到国王的召见。

在布法罗帆船俱乐部受到的羞辱仍然让她怒火中烧，尽管事情已经过去，但她还是感到一种说不出的痛苦。每当感到痛苦时，她都会想到即将和国王跳舞的事情，如果多特·伦肖、诺拉·法奎森、乌苏拉·杜瓦看到《布法罗哨兵报》上的相关照片和报道，她们一定会妒忌她，抢着说她们原本就和她是好朋友。

起初来英国的时候情况并不是很理想。三个月前，她和母亲、伊娃一起到了英国。列夫给了她十几个联系人，但一来她就发现，这些人根本进不了伦敦的主流社会。黛西开始后悔自己从帆船俱乐部负气出走：当时大闹一场的话又会有什么损失呢？

但黛西决心跻身英国的上流社会，她可以通过其他的方式结识英国的上层人物。在赛马会和歌剧表演等公众场合，她常能遇见一些达官贵人。她和遇见的富家子弟们调情，让他们知道自己富有、独身而挑起他们的好奇心。大多数英国的贵族家庭都在前些年的萧条中损失惨重，来自美国的富家女即便没她那么漂亮有魅力也会到处受到欢迎。他们喜欢她的口音，容忍她右手拿叉，对她竟然能自己开车而惊讶不已——英国只有男人能开车。许多英国女孩和黛西一样会骑马，但很少有人像她那样在马鞍上如此自如。一些年纪大的女人仍然对她心存疑惑，但黛西确信自己最终一定会赢得所有人的认可。

本·韦斯特安普敦是个轻易就能搞上手的男人。他个子很矮，脸上总是挂着笑容，一看到漂亮女孩就两眼发直。黛西本能地知道如果让他在花园里逮住机会，肯定不是眼睛看看能完事的，两个女儿显然遗传了他好色的毛病。

韦斯特安普敦家的晚会是剑桥郡期末狂欢周的一项盛事。客人中包括昵称为菲茨的菲茨赫伯特伯爵，还有他的妻子碧公主。尽管可以被称为菲茨赫伯特伯爵夫人，但菲茨的妻子却愿意让人称呼她婚前在俄国的名字。他们的大儿子博伊·菲茨赫伯特现在就读于三一学院。

和其他一些人一样，碧公主对黛西的来头很有疑问。黛西利用女人的智慧，让许多人误以为她是个在俄国革命中丧失家产的贵族后代，顺利隐瞒了父亲原是个被警察追逃的普通工人的真相。碧却不相信。“我不记得莫斯科或圣彼得堡有哪个叫别斯科夫的贵族。”她毫不掩饰自己的不解。黛西只能强迫自己微笑，似乎公主的回忆并不会对现实情况产生任何影响。

本·韦斯特安普敦家有三个女孩同黛西和伊娃年龄相仿：韦斯特安普敦姐妹和一位将军的女儿梅尔·穆雷。舞会要开上一整夜，因此所有人都会睡到中午，这样的话下午就显得无聊了。每到下午，她们会在花园或树林间闲逛。这天下午，黛西睡在林间的吊床上说："订婚后你们都想干些什么啊？"

琳迪说："一天到晚摸他下面。"

"直到他射为止。"她妹妹说。

胆子没她俩大的梅尔·穆雷说："你们太淫荡了！"

这话反倒让双胞胎姐妹的劲头更足了。"还可以吸他，"琳迪说，"男人最喜欢那样了。"

"别说了，"梅尔厉声说，"你们只是在逞一时的口舌之快。"

姐妹俩调戏够了梅尔，不再说这个话题了。"我很无聊，"琳迪说，"我们去找些乐子吧。"

黛西突然起了一个恶作剧的念头，"我们可以穿男装参加宴会。"

她马上后悔了，这样的举动只会危及到她还不牢固的社会地位。

德国人固有的等级观念告诉伊娃这种事做不得，"黛西，你不会是说真的吧？"

"当然不，"黛西说，"这个念头太蠢了。"

双胞胎姐妹虽然继承了母亲的金发而不是父亲的黑色卷发，个性里却继承了父亲的淘气，她们很喜欢这个主意。"今晚他们都会穿燕尾服，我们可以把他们的礼服拿来穿。"琳迪说。

"是的，"她的双胞胎妹妹莉齐说，"可以在他们喝茶点时去拿。"

黛西发现要挽回已经太晚了。

梅尔·穆雷说，"我们不能穿男装去舞会！"晚宴后所有人都将参加三一学院的舞会。

“我们可以在离开前换装。”莉齐说。

因为父亲的威严，梅尔天性有些软弱，总是遵从其他女孩的决定。伊娃虽然反对，但必须遵从大多数人的意见，穿男装参加晚宴的点子就这样被通过了。

快吃晚饭时，女仆拿了两件男式的礼服到黛西和伊娃共用的卧室。女仆名叫露比，昨天她牙疼了一整天，黛西给她钱让她去看牙医，拔完牙以后，露比又容光焕发了。“小姐们，礼服送来了，”她说，“别斯科娃小姐，巴塞洛缪爵士的礼服比较小，但刚好适合你。洛特曼小姐穿安德鲁·菲茨赫伯特的礼服应该也刚刚好。”

黛西脱掉裙子，穿上衬衫，露比帮她扣上穿裙子用不到的领扣和袖扣。接着黛西又穿上了本·韦斯特安普敦的黑色缎边长裤。她把零钱塞进裤兜，把裤子吊带拉到肩膀上。扣门襟扣的时候，她不禁产生了一种冒险的感觉。

女孩们都不知道该如何打领带，五个人的领带都打得松松垮垮。不过黛西想到了一个很棒的主意，她用眉笔在嘴巴周围画上了一圈胡子。“太厉害了，你看上去非常俊美，”伊娃说。很快，黛西在伊娃的脸上也画上了几根侧腮胡。

五个女孩在双胞胎姐妹的卧室里集中在一起。黛西像个男人一样昂首阔步走进卧室，引得其他四个女孩一阵歇斯底里的笑声。

梅尔的担心仍然在黛西的脑海里回荡：“希望我们不要因为这事引来什么麻烦。”

琳迪说：“别犯傻，谁会在乎这个啊？”

黛西决定忘掉疑虑，好好开心一下。她走在前面，带着姐妹们下楼进了客厅。

她们是最先到的，客厅里什么人都没有。黛西听过博伊·菲茨赫伯特对厨子说话的腔调，她学着博伊的样子拖长调子说：“格雷姆肖，给我来杯威士忌，这里的威士忌很来劲——别给我马尿一样的香槟。”又是一阵震耳欲聋的爆笑声。

本和菲茨一起进来了。穿着白色背心的本让黛西想到了一只鹊鸲，一种不知廉耻的白黑杂色鸟。菲茨是个俊朗的中年人，黑色的头发当中依稀夹杂着些白发。因为战争中受了伤，他走路有点跛，一个眼睛近乎失明，但这份勇气的证明只会让他显得更加帅气。

菲茨前后两次审视了这些女孩，他惊呼道：“哦，天哪啊！”语气里带着强烈的反感。

黛西突然感到一阵害怕。她把事情搞砸了吗？英国人是最正统的，所有人都知道这点。她会被喝令从这儿出去吗？那真是太可怕了！如果她受辱回国，多特·伦肖和诺拉·法奎森一定会看她的笑话。她宁愿死也不愿受辱回国。

本却莞尔一笑。“我不得不说，你们真是太棒了，”他说，“格雷姆肖，快来看看啊！”

年长的厨子拿着个放了香槟的冰桶进来了，他毫无热情地看了她们一眼，用略带浮夸的声调说：“巴塞洛缪爵士，这太有趣了！”

本欣喜地用好色的目光看着她们，黛西意识到——可惜已经太晚了——异性的穿着对一些男人来说可能意味着某种程度的性自由和性开放的意愿——是种可能会引来麻烦的暗示。

晚宴人到齐以后，大多数客人像主人一样对她们的奇装异服感到好笑，但黛西感觉到其中一些人存有异议。奥尔加一见她们穿成这样脸就白了，像是感到羞耻一样战战兢兢地坐了下来。曾经貌美如花、穿着紧身胸衣的碧公主，皱着涂满香粉的眉毛，一脸不悦地看着她们。但韦斯特安普敦夫人是个热爱生活的和善人，她和不拘一格的丈夫一样露出了笑容：她发自内心地微笑着，对黛西脸上那把足以乱真的胡子大加赞赏。

最后来的男孩子们都很兴奋。穆雷将军的儿子，远没有父亲那样刻板的吉米·穆雷中尉看着她们大笑出声。菲茨赫伯特家的博伊和安迪一起走进餐厅，博伊的反应最为有趣，他呆呆地看着女孩们，仿佛被催眠了一般。他想像其他男孩插科打诨地掩饰自己的失态，但显然他已经被她们迷住了。

晚宴上双胞胎姐妹学着黛西的样子，用深沉的语调学男人说话，让全桌人笑个不停。琳迪举起酒杯说："莉齐，你觉得这杯红葡萄酒怎么样？"

莉齐回答说，"老哥，酒味有点淡。本肯定在里面注了水，你说是吗？"

晚宴上，黛西觉得博伊始终都在盯着她。他不像他父亲那么英俊，但有一双和他母亲一样俊美的蓝眼睛。黛西有些尴尬，好像博伊一直在盯着她的胸部。为了缓和气氛，她问道："博伊，你参加考试了吗？"

"当然没有。"他说。

博伊的父亲说："他成天开着飞机到处跑，哪里顾得上读书啊！"措辞是在批评，语调却是像在为大儿子感到自豪。

博伊假装生气了："这是造谣。"

伊娃觉得很奇怪："不想上学的话，你为什么要进大学呢？"

琳迪解释道："有些男生根本不想毕业，尤其是那种不想读书的人。”

莉齐补充道：“尤其是那种又懒又有钱的家伙。”

“我怎么不读书啦！”博伊反击道，“但我不想做个只应付考试的书虫。我也不想做医生什么的维持生计。”菲茨死后，博伊将继承全英国最丰厚的一笔遗产。

有幸嫁给他的人将成为菲茨赫伯特伯爵夫人。

黛西问：“等等，你真的有自己的飞机吗？”

“当然，我有一架蜂式飞机。我在大学里加入了飞行俱乐部，我们用城外的一个小机场。”

“太棒了，请带我飞一次。”

黛西的妈妈说：“哦，不！”

博伊问黛西：“你不会紧张吧？”

“一点也不会。”

“那我带你去，”说完他转身对奥尔加说，“别斯科夫夫人，我们的飞机很安全。我保证我会把她平安带回来。”

黛西激动万分。

接着众人谈起了这个夏天最激动人心的话题：英国新国王爱德华八世，爱上了离过两次婚的美国女人沃利斯·辛普森。除了谈及辛普森夫人进入皇家盛典的名单外，伦敦的报纸什么都没提。但黛西的母亲收到了美国的报纸，上面连篇累牍都是沃利斯要和辛普森先生离婚，嫁给爱德华八世的推测。

“完全不能接受，”菲茨忧心地说，“国王是英格兰教会的领导人，他不可能娶个离婚的女人。”

饭后，女士们各自回房间，男人们留在餐厅吸烟聊天，女孩子们则紧赶慢赶着换衣服。黛西决定突出自己的女性魅力，选了条缀着小花的粉红色丝质长裙和与之相称的宽松短上衣。

伊娃穿了件黑色的无袖丝绸外套。在过去的一年里她减轻了体重，改变了发型，在黛西的教导下学会了怎样合适地装扮自己。伊娃渐渐成了这个家的一员，奥尔加也乐于给她买衣服，黛西把她看作亲妹妹。

当众人乘上汽车和马车前往市中心时，天还没完全黑。

剑桥的街道蜿蜒曲折，剑桥大学的建筑优雅美观，黛西觉着这是她所到过的最典雅的地方。在三一学院下车以后，黛西盯着学院创办人亨利八世的铜像看了很久。走过16世纪的砖砌门房时，黛西被眼前的景象惊呆了：一个正正方方的校园，修剪整齐的草地上有条石子路，草地中央有个构思精妙的喷泉。草地四周的经年建筑为草地上穿着燕尾服的男士和穿着华丽裙子的女士提供了古朴的背景。穿着晚礼服的侍者手中的托盘上，放着斟满了香槟的酒杯。黛西高兴地鼓起了掌：她最喜欢这种场合了。

黛西接连和博伊、吉米·穆雷、本跳了舞。本把她搂在怀里，右手沿着她的背摸到了她的翘屁股。她决定不做反抗。乐队模仿着演奏了一首美国的爵士乐，但曲调太高太快，他们会弹所有最新的流行曲。

天黑了，燃烧的火把照亮了四方形的草地。黛西得了个空去找伊娃，伊娃在这种场合一般不那么自信，有时需要她做引荐。但这次她完全不必担心，伊娃正在和一个穿着有点大的西服的帅小伙聊天。伊娃告诉黛西，小伙子名叫劳埃德·威廉姆斯。“我们正在谈德国的法西斯主义。”劳埃德说，像是觉得黛西也想加入他们的谈话似的。

“你们可真扫兴啊！”黛西说。

劳埃德似乎没有听见她的话。“三年前希特勒掌权的时候，我正巧也在柏林。那时我没遇见伊娃，但很巧我们有一些共同的朋友。”

吉米·穆雷过来请伊娃跳舞。劳埃德显然有些失望，但他还是表现得很优雅，伸手请黛西跳舞。移至乐队旁边时，劳埃德说：“你的朋友伊娃可真有意思。”

“威廉姆斯先生，跳舞时在舞伴面前称赞别的女孩可不怎么好啊！”黛西说。话一出口，她就觉得有失风度。

劳埃德却被逗乐了。他笑着说：“你说得完全对。我造次了，我应该更绅士一点。”

自嘲的态度立刻让黛西喜欢上了他。这话显示了他的自信和风度。

劳埃德问她：“和伊娃一样，你也住在奇布林村吗？”

“是的。”

“那你一定是给露比·卡特尔钱，让她看牙医的那个美国女孩吧。”

“你是怎么知道的？”

“我和露比是朋友。”

黛西很惊讶：“这里的大学生会和女仆交朋友吗？”

“你可真势利，我妈妈在成为议员前也当过女仆。”

黛西感觉自己脸红了。她最恨人势利，经常批评势利的女孩，尤其在布法罗。她觉得自己和势利这个词不沾边。“我们刚认识就不怎么合拍，对吧？”一曲将尽时，她问劳埃德。

“不是，”劳埃德说，“你觉得法西斯主义的话题无聊，但你把德国的犹太难民带进家门，还和她一起来到了英国。你说女仆和大学生不适合当朋友，却付了露比看牙医的费用。另外，今晚没有比你更耀眼的女孩了，你是这里最出彩的一个。”

“谢谢你的恭维。”

“你的法西斯朋友博伊·菲茨赫伯特过来了，要让我把他赶走吗？”黛西发觉劳埃德正找机会和博伊吵上一架。

“当然不用。”她转身对博伊露出微笑。

博伊草草地对劳埃德点了点头：“威廉姆斯，晚安。”

“晚上好，”劳埃德说，“我很失望，上周六你们法西斯党人违反承诺，在山脉路上游行了。”

“哦，是的，”博伊说，“他们有点兴奋过度了。”

“当你承诺不进行游行的时候，我还真吃了一惊。”看得出，在冷静的外表下，劳埃德异常愤怒。

博伊不想把这件事太过当真。“不好意思。”他轻描淡写地说。他转身招呼黛西：“看看这里的图书馆，”他说，“是克里斯托弗·雷恩[①]设计的。”

“太荣幸了。”黛西挥手和劳埃德再见，让博伊挽住了她的胳膊。劳埃德目送她离去时的眼神有点失望，这让她很满足。

在四方形草地西边，有条小路通向学校尽头一座孤零零的建筑。黛西敬畏地看着建筑底楼幽深的长廊。博伊说因为附近的剑河经常泛滥，所以学校把图书馆设在了二楼。“我们去看看楼边的剑河吧，”他说，“它在晚上特别美。”

黛西已经二十岁了，尽管在男女关系上没什么经验，但她知道博伊的目的不仅仅是为了看晚上的河景。只是她不确定，在惊

---

① 克里斯托弗·雷恩爵士（Sir Christopher Wren，1632—1723），英国皇家学会会长、天文学家，以及巴洛克风格建筑大师。

讶地看到她身着男装以后，他对哪个她更感兴趣，是男装还是女装？她觉得答案马上就快要揭晓了。

“你真的认识国王吗？”黛西在博伊带着她走过接下来的一块草坪时问。

“是的，他不算是我父亲的朋友，但到我们家来过几次。告诉你，他对我的政治观点很感兴趣。”

“我想见见他。”黛西知道自己不能显得过于主动，但这是她的唯一机会，不能轻易错失。

经过一扇门以后，他们踏上一块向河岸边防波堤下倾的草坪。“这个地方叫作后院，”博伊说，“大多数年代更久远的大学在河的另一边。”到一座小桥边时，他挽住了黛西的腰，手有意无意地往上移，直到手指碰到黛西的乳房下缘才停了下来。

在小桥的另一边，两个穿着制服的校工正在站岗，防范着可能混进来的人。一个校工轻声对博伊说：“晚上好，阿伯罗温子爵。”另一个偷偷地笑了。博伊懒洋洋地对他们点了点头。黛西知道博伊一定带很多女孩上过这座桥。

她知道博伊带她来这一定有他的目的。果不其然，他在黑暗中停住脚步，把双手搭在她的肩膀上。“告诉你，晚宴上你穿的那件外套真的很吸引人。”他的声音因为兴奋而略微有点沙哑。

“很高兴你这么想。”黛西知道博伊马上要吻她了，她感到有些兴奋，但心里还没完全做好准备。她把手掌抵在博伊的衬衫前襟上，让他保持在一定距离之外。“我很想出现在皇宫的聚会上，”她说，“这个好安排吗？”

“一点不难，”他说，“至少对我们家不难，对你这么漂亮的女孩也不会难。”说着，他急切地把头靠向黛西。

她躲开了。“你能为我安排吗？你能安排我去皇宫吗？”

“当然能。”

她靠近博伊，感到他的裤子前襟已经鼓了起来。不，她琢磨着，博伊不是她属意的男孩。“能发誓吗？”她问。

“我发誓。”博伊喘着粗气说。

“谢谢你。”她让他吻了她。

星期六下午一点，南威尔士阿伯罗温威灵顿街的小房子里挤满了人。劳埃德的外祖父自豪地坐在餐桌旁。他的儿子比利·威廉姆斯坐在一边，比利是个矿工出身的郡议员。劳埃德坐在外祖父威廉姆斯老爹的另一边，他是剑桥大学的学生。同是议员的艾瑟尔不在场，在场的话，威廉姆斯王朝的成员就都齐了。没人会说出王朝这个词——这个词与他们提倡的民主格格不入，他们像教皇信仰上帝一样信仰着民主——尽管如此，劳埃德却断定外祖父一定产生了这样的想法。

桌子旁还坐着比利舅舅一直以来的好友和助手汤米·格里菲斯。劳埃德对和这么多有地位的人同席落座感到非常自豪——威廉姆斯老爹是矿工工会的资深领导人；1919年，比利舅舅在军事法庭上揭露过英国对布尔什维克挑起的秘密战争；汤姆和比利舅舅曾在索姆河战役中并肩作战。和他们一起吃饭比和皇室成员一起吃更加让人兴奋。

劳埃德的外祖母卡拉·威廉姆斯做了炖牛肉和手工面包。饭后，他们开始喝茶抽烟。老爹的朋友和邻居们像平时比利在的时候一样，也都到了，他们靠在墙边抽着雪茄和手卷烟，小小的厨房里充斥着烟味和男人的气味。

比利有着五大三粗的矿工身材，但和别的矿工不同的是，他穿着淡蓝色西服、白色衬衫，戴着红色领带，衣着考究。劳埃德注意到众人都以“比利”称呼他，以强调他是他们中的一员，是因为他们的选票而当选的。他们叫劳埃德“小子”，表明他们不会因为劳埃德是个大学生就对他另眼相看。但他们称老威廉姆斯为威廉姆斯先生——他才是他们真正尊敬的人。

从打开着的后门向外看，劳埃德发现一座不断垒高的煤山已经渐渐延伸到了屋后的铁道线边。

一整个暑假，干一份报酬很低的工作，他组建了一个专门为失业矿工服务的工程队。他们的任务是装修矿工协会的图书馆。刷油漆和搭书架这样的体力活，对用德语苦读席勒、用法语苦读莫里哀的他来说，是有益的补充。劳埃德喜欢工人间的玩笑：他从艾瑟尔的身上遗传了威尔士人的幽默感。

这工作很棒，但和抗击法西斯主义没有实质上的关系。一想到博伊·菲茨赫伯特带着法西斯党徒在街上叫嚣，往教堂里投石块的同时他却缩在教堂里没敢动，他就气不打一处来。如果那时他走出教堂，教训他们两下那该有多好啊！那样的举动很愚蠢，但他会感觉好一些。每天临睡前他都会闪过这个念头。

同时，他也会想起黛西穿着粉红灯笼袖蚕丝外套的样子。

舞会过后，他在期末狂欢周还见过一次黛西。因为隔壁宿舍的朋友拉大提琴，他参加了国王学院举行的一场演奏会，黛西和韦斯特安普敦一家也出现在了观众席里。黛西戴着一顶翻边的草帽，看上去像个顽皮的小女孩。之后他跟着她走出礼堂，问了她一些有关他从没去过的美国的问题。他想了解罗斯福总统治下的政治体制，想知道有没有英国可以拿来借鉴的，但黛西满口都是网球、马球和帆船俱乐部的事情。尽管如此，他还是被黛西迷得神魂颠倒。他喜欢和她聊天，因为她的话中经常包含一些机敏的插科打诨。劳埃德说："我不想占用你很久——我只是想知道些新政的事情。"黛西说："噢，男孩，你可真会恭维女孩子。"分别时她却说："到了伦敦给我打电话——梅菲尔区2434。"

在去火车站之前，他顺便去外祖父母家吃中饭。他跟营地请了几天假，因此可以坐火车去伦敦遛个弯。他隐隐约约地产生了遇见黛西的愿望，似乎把伦敦当成了阿伯罗温这样的小城镇。

在营地里，他负责对矿工进行政治教育。他告诉威廉姆斯老爹，自己组织了几场剑桥左翼教授的演讲。"我告诉他们，这是个走出象牙塔的机会，可以借此机会深入工人群众。他们认为这样的机会很难拒绝。"

老爹用他淡蓝色的眼眸看着他坚挺的鼻子："希望我们的小伙子让他们对外面的现实世界稍稍了解一点。"

后门开着，汤米·格里菲斯的儿子正站在那儿听他们说话，劳埃德指着他说："莱尼刚和学校的马克思主义学者进行了一场辩论。"即便新刮了胡子，莱尼十六岁的双颊上还是能看出格里菲斯家遗传的浓密胡子的印记。

"莱尼，干得很好。"劳埃德的外祖父说。马克思主义在被戏称为小莫斯科的南威尔士非常流行，但威廉姆斯老爹旗帜鲜明地反对共产主义。

劳埃德说："莱尼，把你当时的话跟威廉姆斯老爹学一学。"

莱尼露齿一笑，然后说："1872年，无政府主义者米哈伊尔·巴枯宁曾经警告过卡尔·马克思，共产主义者夺取政权后，会像他们所取代的贵族那样暴虐专制。看到苏联发生的一切，你能说巴枯宁说错了吗？”

老爹攥起了拳头，有见地的论点总是会在威廉姆斯家的餐桌边大受欢迎。

外祖母给劳埃德倒了杯茶。卡拉头发灰白，像所有这个年纪的阿伯罗温老太太一样满脸皱纹，驼起了背。她问劳埃德：“亲爱的，你在谈恋爱吗？”

厨房里所有人都会意地笑了。

劳埃德脸红了。“外祖母，我学习很忙。”但他的脑海中同时浮现出黛西的样子，以及梅菲尔区2434的电话号码。

外祖母问他：“那个露比·卡特尔又是谁啊？”

众人都笑了，比利舅舅说：“孩子，勇敢一点！”

艾瑟尔显然把露比的事情告诉父母了。“露比是工党剑桥分部的一个积极分子，仅此而已。”劳埃德说。

比利讥诮地说：“我还真信了。”男人们又一次笑了起来。

“外婆，你不会希望我和露比一起出去的。”劳埃德说，“你会嫌她的衣服太紧身了。”

“听上去的确不是很合适，”卡拉说，“你是个大学生，你的眼光应该放高一点。”

劳埃德觉得外祖母和黛西一样势利。“露比·卡特尔挺好的，”他说，“但我真的没有在和她谈恋爱。”

“你必须娶学校老师或医院护士这样有学问的人。”

虽然心里不认可，但外祖母完全没说错。劳埃德喜欢露比，但不会爱上她。她漂亮聪明，劳埃德像其他任何男人一样喜欢她的身材，但他知道露比不是他的另一半。更糟的是，外祖母一针见血地点明了原因：她的交友范围窄，目光短浅，不像黛西那样能令人激动。

“别再家长里短了，”威廉姆斯老爹说，“比利，把西班牙的事情跟大家说一说。”

“那里的情况也一样糟。”比利说。

全欧洲都在观望西班牙的局势。去年二月才成立的军事政府，遇上了法西斯分子和保守党人支持的未遂军事政变。叛军将领佛朗哥得到了天主教会的支持。这个消息像地震一样震动了欧洲大陆。难道在德国和意大利以后，西班牙也要落入法西斯主义的魔掌吗？

“你们也许已经知道，叛军的步调非常不统一，政变几乎要失败了，”比利说，“但希特勒和墨索里尼出手支持，从北非空投了近千名叛军作为支援，使叛乱得以继续。”

莱尼插话说：“工会拯救了政府！”

“这倒是真的，”比利说，“政府反应很慢，但工会组织起工人，用从军火库、军舰、枪支弹药商店，以及一切能找到的地方得到的武器装备他们。”

老爹说：“至少在西班牙还有人反抗。至今为止，法西斯分子在其他地方一路畅行无阻。在莱茵兰和阿比西尼亚，他们想要什么就拿什么。感谢英勇无畏的西班牙人民，他们至少还有胆量说不。”

墙边的男人们发出轻轻的附和声。

劳埃德又一次回忆起了在剑桥的那个星期六下午，他也同样让法西斯分子畅行无阻。劳埃德感到灰心丧气。

“但他们能打赢吗？”老爹问，“战争的输赢取决于武器，难道不是吗？”

“是的，”比利说。“德国和意大利给叛军送去了源源不断的枪支弹药，飞行员和飞机，但没人帮助民选的西班牙政府。”

“天杀的，为什么没人？”莱尼怒气冲冲地问。

卡拉从料理台边抬起头，黑色的眼睛里露出责怪的神情。劳埃德仿佛看到了外祖母年轻时的美妙身姿。“在我的餐厅里别说这种话！”她说。

“对不起，威廉姆斯夫人。”

“我可以告诉你们一个内幕消息，”大伙安静下来，听比利说话，“法国总理莱昂·布鲁姆——你们应该知道，他是个社会党人——希望帮助西班牙政府军。法国已经有了德国这个法西斯邻居，他绝不想让西南边境再多一个法西斯国家。给西班牙政府运送武器会触怒法国右翼和天主教人士，但只要英国能把武装西班牙政府作为一个国际动议的话，他就能抵挡住其他党派的压力。”

老爹说：“后来怎么了？”

“我们的政府让他别这么做。布鲁姆到伦敦来访，我们的外交部长安东尼·艾登告诉他英国绝不会支持他。”

老爹义愤填膺了。“布鲁姆为什么要我们支持？社会党人的总理为什么要被另一国的保守党政府欺凌？”

“因为法国也有军事政变的可能性，”比利说，“法国的报界极其右倾，在他们的支持下，法国的法西斯分子极其暴虐。有了英国的支持，法国政府可以对他们的叫嚣置之不理——但英国不支持的话，情况就完全不一样了。”

“看来我们的保守党政府又对法西斯主义服软了。”

“托利党人大多数都在西班牙有投资——葡萄酒、纺织品、煤、铁——他们怕西班牙的左翼政府会没收这些资产。”

“那美国呢？美国是民主社会，总会把枪支弹药出售给西班牙政府了吧？”

“这样想的确很有道理。但美国现在的政府由百万富翁约瑟夫·肯尼迪所领导的天主教游说团资助，这个组织反对资助西班牙左翼政府。民主党政府需要天主教会的支持，罗斯福总统不会做任何有损新政的事情。”

“但我们还有可以做的事情。”莱尼·格里菲斯说，他的脸上出现了少年人不轻易认输的表情。

“莱尼，你有什么主意？”比利问。

“我们可以去西班牙参战。”

他爸爸说：“莱尼，别犯蠢。”

“许多人都说要去西班牙参战，世界各地都有，甚至连美国也有。他们要组成志愿军和常规军并肩作战。”

劳埃德坐正了。“真的吗？”这是他第一次听说这件事，“你怎么知道的？”

“我在《每日先驱报》上看到的。”

劳埃德心里一震。组成志愿军去西班牙和法西斯作战！这是个多么棒的想法啊！

汤米·格里菲斯对莱尼说：“说归说，你可不准去。”

比利说：“你忘了那些隐瞒真实年龄参加上次大战的英国孩子了吗？有好几千人呢！”

“大多数人屁用没有，”汤姆说，“到现在我都能想起那个在索姆河边哭泣的孩子。比利，他叫什么名字？”

“欧文·贝文，他开小差了不是吗？”

“是的，最后被行刑队枪决了。那群王八蛋以开小差的罪名枪毙了他。可怜的小家伙，我记得他当时只有十五岁。”

莱尼说：“我十六岁了。”

“是的，差别可真大啊。”他爸爸讥讽道。

老爹突然说：“再不走，劳埃德就赶不上十分钟后去伦敦的火车了。”

劳埃德一直沉浸在莱尼的话语里，好久都没有看钟。听到老爹的提醒，他一骨碌站起来，吻了吻外祖母，拿起小旅行包就向外走。

莱尼说：“我送你去车站。”

劳埃德说了声再见，匆匆沿着山路下了山。莱尼陪在他身边什么话都没说，看上去在思考什么事情。劳埃德很高兴莱尼没打扰他：他有许多事需要想呢！

火车已经进站了，劳埃德买了张前往伦敦的三等车票。上车前，莱尼突然问他：“劳埃德，怎么才能搞到一张护照呢？”

“你真的想去西班牙吗？”

“兄弟，别说这个，我只想知道怎样才能搞到护照。”

汽笛轰鸣，劳埃德上车关上门，放下车窗后对莱尼说：“去邮局填张表就可以了。”

莱尼的表情有些失望：“如果我去阿伯罗温邮局填写申领护照的表格，妈妈一转眼就知道了。”

“那去加地夫办。”话音刚落，火车就开走了。

他坐在椅子上，从包里拿出一本法语版司汤达的《红与黑》。他盯着手里的书，却一个字都看不进去。他心里只有一个念头：去西班牙。

他知道自己应该害怕，但一想到作战，他却分外兴奋——不是开会斗嘴，而是货真价实地打仗——这下终于能和放狗咬容格的那些人决一死战了。之后，他无疑会感到后怕。这就像是场拳赛，拳击赛前他在更衣室里一点不怕，但进入拳击场看到那个要把他往死里打的人，看到对方满是肌肉的胳膊、坚硬的拳头和凶神恶煞般的脸，他就不得不强打起精神，克制住转身就逃的冲动了。

他担心的还是他的双亲。伯尼对有个继子在剑桥上大学非常骄傲——伯尼对伦敦东区半数以上的人都说了这件事——如果让他知道劳埃德在拿到学位前离校，他会崩溃的。艾瑟尔也会担心儿子是不是会受伤或战死。他们都会极度失望。

还有别的事情需要考虑。怎么去西班牙？去哪个城市？费用从哪里来？这些事都可以解决。只有一件事让他辗转难耐。

准确来说是一个人。黛西·别斯科娃。

他叫自己别荒唐了。他只见过黛西两次，黛西对他一点都不感兴趣。这是她的聪明之处，因为他俩太不相配了。黛西是个浅薄的富家女，对政治一点都没兴趣。她还喜欢博伊·菲茨赫伯特那种人，这进一步说明他们是不般配的。但劳埃德就是无法忘记她，一想到去了西班牙就见不到黛西，他就非常悲伤。

梅菲尔区2434。

想到莱尼的坚定决心，他对自己的犹豫感到非常羞耻。几年来劳埃德一直在讨论着反法西斯，现在他的机会来了，他还有理由不去吗？

抵达帕丁顿火车站以后，他乘地铁到了阿尔德盖特车站，然后步行到他的出生地，努特利街的排屋。他用自己的钥匙开了门。屋子和孩提时变化不大，只是帽架边的小桌子上多了部电话。这是努特利街唯一的电话，邻居们都把它当公用电话打。电话边上放着他们支付电话费的小盒子。

艾瑟尔在厨房里。她戴着帽子，准备去工党集会上发言——这类集会现在是她的生活重心——但看到儿子回来，她还是先烧了壶茶，给他做好了茶点。“阿伯罗温的大伙都怎么样？”她问劳埃德。

“比利舅舅在那儿过周末，”他说，“邻居们都进了外祖母的餐厅，场面跟中世纪时的法庭差不多。”

“外公外婆好吗？”

“外公还是和以前一样，外婆比上次见时更老了。”他顿了顿，说，“莱尼·格里菲斯想去西班牙抗击法西斯分子。”

她噘起嘴问：“他现在还这么想吗？”

“我想和他一起去，你觉得呢？”

他猜到母亲会反对，但她的激烈反应还是让他吃了一惊。“你反了是吧！”她粗野地说。艾瑟尔不像她母亲那样反感粗话。“这种事想都别想！”她把茶壶往厨房桌子一摔，“我忍痛生下你，辛苦把你养大，送你上学，我做这些可不是为了让你去狗屁战场上送死的。”

劳埃德吓了一跳。“我可没想去送死，”他说，“但我愿意为你让我信仰的事业冒死一战。”

让他吃惊的是，母亲竟然哭了起来。她很少哭——事实上，劳埃德已经记不得母亲上次哭是什么时候了。

“妈妈，别哭了，”他抱住母亲颤抖的双肩，“我还没去呢！”

伯尼走进厨房，他身材壮实，有着中年人常见的秃顶。“发生什么事了？”他似乎也吓了一跳。

劳埃德说：“爸爸，对不起，我让妈妈担心了。”他退后半步，让伯尼搂住艾瑟尔的肩膀。

艾瑟尔哭着说：“他要去西班牙，他会战死在那儿的。”

“你俩都冷静一下，让我们好好谈一谈这件事。”伯尼说。他是个理智的男人，穿着得体的黑西装和后跟修过多次的黑皮鞋。这正是人们把票投给他的原因：他是这里土生土长的政治家，在伦敦市议会代表阿尔德盖特。劳埃德从来没见过亲生父亲，但他知道，即使能见到亲生父亲，他对那个父亲的爱也不会超过伯尼。伯尼是个优雅的父亲，不轻易下决定，但很会安慰人。他对劳埃德和自己的亲生女儿米莉完全一样。

伯尼把艾瑟尔扶到桌边坐下，劳埃德给她倒了杯茶。

“有一次，我差点以为我弟弟阵亡了，”艾瑟尔仍然在哭，“阵亡通知书到了威灵顿街，邮局的可怜孩子只能一家接着一家跑，电报上不是说这家的儿子死了，就是说那家的丈夫亡了。那个可怜的小孩叫什么来着？对了，叫杰朗特，好在我们家并没有收到电报。我真是太恶毒了，我为别人家的孩子而不是我们家的比利牺牲而感谢过上帝。”

“你才不是什么恶毒的女人。”伯尼拍着她的肩膀说。

劳埃德同母异父的妹妹米莉出现在了二楼的楼梯上。她今年十六岁，但看上去比实际年龄老成，这天，她穿着黑色晚礼服，戴着小巧的金耳环，看上去更加成熟了。她在阿尔德盖特的女士饰品店工作了两年，不过她很上进，前不久在奢华的西区百货商店找了份工作。她看着艾瑟尔，操着一口伦敦腔问：“妈妈，发生什么事了？”

“你哥哥想去西班牙送死！”艾瑟尔大声说。

米莉用责怪的眼神看着劳埃德。“你到底对她说了什么？”米莉总能很快从不值得她尊敬的哥哥身上找出错误。

劳埃德忍着气说：“阿伯罗温的莱尼·格里菲斯想去西班牙抗击法西斯，我告诉妈妈，我考虑跟他一起去。”

“别狡辩了。”米莉嫌弃地说。

“我担心你根本到不了西班牙，”伯尼还是那样实际，“毕竟，西班牙还在打内战呢。”

“我可以坐火车去马赛。巴塞罗那离法国边境不远。”

“八九十英里吧，但穿越比利牛斯山的时候可冷了。”

“马赛一定有去巴塞罗那的船，走海路没陆路那么远。”

“这倒是真的。”

“伯尼，别再说这个话题了！”艾瑟尔呵斥道，“你们好像是在谈论去皮卡迪利广场最近该怎么走似的。他可是要去参战啊！我绝对不允许。”

“他已经二十一岁了，”伯尼说，“我们拦不住他的。”

“我知道他多大了。”

伯尼看了看表。“我们要去开会了。你是会议的主讲人。劳埃德又不会晚上就走。”

“你怎么知道？”艾瑟尔说，“晚上回家时，等待你的可能是他乘海陆联运火车去巴黎的纸条。”

“劳埃德，”伯尼说，“对你妈妈发誓至少一个月内你不会走。不管怎么说，这主意都不赖——你需要在出发前好好观察一下那里的局势。至少在这段时间让你妈妈安下心。过后我们再来谈这件事。”

这是伯尼典型的做事方式，协调各方面的利益后让每个人都满意，只是劳埃德不情愿发这个誓。但从另一个角度来说，他也不会拍拍屁股、乘上火车就走。他必须事先知道西班牙政府为志愿军所做的安排。如果能同莱尼和其他志愿者一起走就再好不过了，他需要准备绿卡、外币、一双靴子……

“没问题，”他说，“我至少一个月不会离开。”

“你发誓！”艾瑟尔说。

“我发誓。”

艾瑟尔平静下来。转眼间她抹上粉，看上去正常了一些。她喝下了劳埃德为她倒的茶。

她穿上大衣，和伯尼一起离开了。

“这样很好，现在我也要走了。”米莉说。

“你要去哪儿？”劳埃德问她。

“华彩歌舞厅。”

“华彩”是东区的一个音乐厅。“他们让十六岁的孩子进去吗？”

米莉大惊小怪地看了他一眼。“谁十六岁啦？至少不是我。再者说了，戴夫也进去了，他只有十五岁。”她说的是他们的表弟，比利舅舅和米尔德里德舅妈的儿子大卫·威廉姆斯。

“好好玩吧。”

她走到门口，又折了回来。“傻瓜，如果去西班牙千万要机灵一点，别白白送死。”她双臂搂住他，使劲地抱了他一下，没说什么话就出去了。

门一关，他立刻就跑到电话边去了。

劳埃德毫不费力就记起了黛西的号码，他仿佛看见黛西在离开时回过头，戴着草帽对他微笑着说“梅菲尔区2434”的样子。

他拿起电话，拨了黛西的号码。

对她说些什么呢？“你给我一个电话号码，所以我就打来了。”这话太软弱无力了。说真话怎么样？“我不喜欢你的处世哲学，但我就是忘不了你。”他可以请黛西去参加活动，但参加什么呢？工党的会议吗？

有个男人接了电话。“晚上好，这里是别斯科夫夫人的住处。”不卑不亢的声音让劳埃德觉得对方是个管家，黛西的母亲无疑会租一套带佣人的住所。

“我是劳埃德·威廉姆斯……”他想向对方证实自己身份以解释这个电话的真实性，因此把最初所想的脱口而出：“埃曼纽尔学院的那个劳埃德·威廉姆斯。”这句话什么都说明不了，他只是想让对方印象深刻罢了。“能让我和黛西·别斯科娃通话吗？”

“很抱歉，威廉姆斯教授，”这位管家一定是把他当成学校老师了，“她们都去剧院了。”

当然会是这样了，劳埃德失望地想。社交界人士这个时候肯定不会在家，尤其是这样一个星期六的晚上。“我想起来了，”他说了个谎，“她说她要去剧院，但是我一不留神给忘了，是科文特公园那个剧院吗？”他屏住呼吸。

管家一点也没有怀疑他的话。“没错，先生，她们去看《魔笛》了。”

“谢谢你。”劳埃德挂上了电话。

他回房换上了外出的衣服。在伦敦西区，大多数人甚至看电影都会换上晚礼服。但到那儿之后，他又该怎么办呢？他没钱买剧院的门票，再说演出也快要结束了。

他乘上地铁。皇家剧院和伦敦的水果和蔬菜交易市场科文特公园比邻，显得不太协调。剧院和市场在不同的时间开门营业，所以多年以来一直相安无事。市场在伦敦最喜欢玩乐的那群人回家的凌晨三四点钟开门，在日常演出开始前关门谢客。

走过百叶窗遮蔽的市场货摊，劳埃德朝剧院的玻璃门内望了过去。剧院的门厅里没什么人，只听见隐隐约约的莫扎特乐曲声。他走进门厅，装出上层阶级对门童的无礼姿态说："戏什么时候结束啊？"

如果劳埃德穿着那件抽丝的呢子西装，门童理都不会理他。但这时他穿的是件显示上层社会身份的晚礼服，门童不敢轻易造次。门童毕恭毕敬地对他说："先生，还有五分钟结束。"

劳埃德略微点了点头，如果道谢，就会暴露他的身份。

他离开剧院，绕着街区步行。这是街上难得的安静一刻。餐厅里的人们边喝咖啡边聊着天，电影院里的电影正达到高潮。再过没几分钟，街上就会热闹起来，人们叫出租车，去夜总会，在公共汽车站吻别，紧赶慢赶最后一部通往郊区的地铁。

过了一会儿，他回到剧院走了进去。乐声刚停，观众们纷纷出现在剧场大厅。离开不怎么能动的座位以后，他们兴高采烈地交谈着，对歌者和着装评头论足，为随后的夜宵做着安排。

劳埃德很快就看见了黛西。

黛西穿着一条肩膀上缀着香槟色貂皮的淡紫色裙子，看上去性感极了。黛西和几个同龄人出现在剧场门口，她是这群人中打头的。看到博伊·菲茨赫伯特出现在她身旁，走上红地毯和她相谈甚欢的时候，他的心猛地一沉。和他颇有共同语言的德国姑娘伊娃·洛特曼站在黛西身后，伊娃边上站着个穿着军队制服的高个子年轻男子。

伊娃看到劳埃德，愉快地笑了起来。劳埃德用德语对伊娃说："洛特曼小姐，晚上好，希望你喜欢这幕戏。"

"我很喜欢，谢谢你，"伊娃用德语答道，"我没在观众中看到你。"

博伊不耐烦地说："讲英语！"听上去他有点醉了。博伊像个乖戾的少年人，或是一只养刁的纯种狗，尽管外形英俊，却沉溺于酒色。不过一旦认真起来，他待人接物可以非常优雅，具有致命的诱惑力。

伊娃用英语说："阿伯罗温子爵，这是威廉姆斯先生。"

"我认识他，"博伊说，"他是埃曼纽尔学院的。"

黛西说："劳埃德，你好，我们要去贫民窟了。"

劳埃德以前听说过这个称谓。这意味着他们要去东区的下等酒吧，观赏斗狗这类工人阶级的娱乐活动。

博伊说："威廉姆斯一定知道很多这样的地方。"

劳埃德犹豫片刻，马上做出了决定。为了能和黛西在一起，他愿意容忍博伊吗？答案是肯定的。"事实上，我是知道一些这样的地方，"他说，"希望我带路吗？"

"太好了！"

一个老妇人走出剧场，对博伊挥了挥手。"必须让姑娘们在子夜以前回家，"老妇人说着一口美式英语，"一秒钟都不能迟。"劳埃德猜她一定是黛西的母亲。

穿着军装的高个子小伙说："别斯科夫夫人，我是军人，我们会严守时间的。”

别斯科夫夫人身后跟着菲茨赫伯特伯爵，以及想必是他妻子的胖女人。换了别的场合，劳埃德倒很想问问他英国政府在西班牙问题上的政策。

两辆车等在剧场外面。菲茨赫伯特伯爵、伯爵夫人和黛西的妈妈坐进黑白劳斯莱斯。博伊和其他年轻人坐进皇室成员最喜欢的戴姆勒加长车。连劳埃德在内，在场的共有七个年轻人。和伊娃在一起的军官自称是吉米·穆雷中校。另一对男女分别是吉米的妹妹梅尔，以及很像博伊、但比他瘦且安静得多的安迪·菲茨赫伯特，博伊的亲弟弟。

劳埃德告诉司机到华彩歌舞厅该怎么走。

劳埃德看到吉米·穆雷毫不避嫌地搂住了伊娃的腰。伊娃从容地靠向吉米——显然两个人正在谈恋爱。劳埃德为伊娃感到高兴。她不算是漂亮女孩，但聪明有魅力。劳埃德喜欢她，很高兴看到她找了个高个士兵当男友。但劳埃德很想知道，如果吉米宣布自己要娶个有一半犹太血统的德国女孩，这里的上层人士会怎么说。

所有人都成双成对：安迪和梅尔是一对，让人气恼的是，博伊和黛西也是一对。劳埃德是唯一落单的。劳埃德不想看到别人卿卿我我的样子，只好研究起车上锃亮的红木窗框来。

车爬上卢德加山抵达圣保罗教堂。“拐进齐普赛德街。”劳埃德告诉司机。

博伊拿起银质扁平酒壶喝了口酒。他擦了擦嘴说：“威廉姆斯，你很熟悉这附近的街道。”

“我住在这儿，”劳埃德说，“我就生在东区。”

“那可真不错。”博伊说。劳伊德听不出他是草率地恭维还是令人不快地讥讽。

华彩歌舞厅的座席已经坐满了，但能站的地方还有很多，观众们呼朋唤友，进出酒吧，四处走动。歌舞厅里的男男女女穿着最好的衣服，女士的衣着五颜六色，男士都穿上了最好的西服。歌舞厅里又闷又热，还有一股刺鼻的啤酒味。劳埃德在后面找了个可以站七个人的地方，从衣着可以分辨出他们从西区来，但来自西区的不只是他们——华彩歌舞厅受到各阶层人士的欢迎。

舞台上，一个穿红裙子、戴金色假发的中年女子正在表演脱口秀。“我对他说：‘我不会让你进来的。’”观众们听了哄堂大笑，“他说：‘亲爱的，我在这里就看到了。’我告诉他：‘把你的管子弄走。’”女子假装生气的样子，“他说：‘我觉得我的管子该好好洗洗了。’嘿，我说吧。”

劳埃德发现黛西笑得很开心。他凑到黛西身旁，轻声对她说：“你知道这是个男人吗？”

“天哪，这是个男人吗？”她惊呼道。

“看他的两只手。”

“老天，”她叫了起来，“还真是个男人！”

劳埃德的表弟大卫从他们身后经过，看见劳埃德，便折回来跟他们打招呼。“你们的穿着怎么这么正式？”他说着一口伦敦腔英语。大卫的衣着非常随意，他戴着一条打结的围巾和一顶碎布头做的帽子。

“大卫，最近过得怎么样？”

“我准备和你，还有莱尼·格里菲斯一起到西班牙去。”大卫说。

“不行，你不能去，”劳埃德说，“你只有十五岁！”

“上次大战时，像我这个年龄的人，好多都参战了。”

“他们根本派不上用场——问问你爸爸去。再说了，谁告诉你，我要去了？”

“你妹妹米莉说的。”说完，大卫就走了。

博伊问他：“威廉姆斯，这种地方的人一般都喝什么酒？”

劳埃德觉得博伊不能再喝酒了，但他还是回答：“男人喝苦一点的烈酒，女人喝波特柠檬酒。”

“什么是波特柠檬酒？”

“兑了柠檬水的波特酒。”

“太无聊了。”博伊走开了。

脱口秀达到了高潮。“我对他说：‘傻子，你进错口了！’”这个不知是男是女的演员在观众的掌声中走下了舞台。

米莉出现在劳埃德面前。“嗨，”她看了看黛西，“这是你的朋友吗？”

劳埃德很高兴米莉看上去这么漂亮。米莉身穿黑色的连衣裙，戴着一串假珍珠，妆化得恰到好处。劳埃德忙对黛西说：“别斯科娃小姐，请允许我介绍你认识我妹妹米莉·莱克维兹。米莉，这是黛西。”

两个女孩握了手。黛西说：“很高兴能认识劳埃德的妹妹。”

“准确地说，是同母异父的妹妹。”米莉说。

劳埃德说：“我的亲生父亲在上次大战中阵亡了。我从来没见过他。三四岁时我母亲就再嫁了。”

“你们玩得开心点。”临走前，米莉附在劳埃德耳边轻声说：“现在我明白露比·卡特尔为什么没机会了。”

黛西问："谁是露比·卡特尔？"

"就是奇布林的那个女仆，你还给钱让她去看牙医呢！"

"我想起来了！看来有人把你和她看成是一对了。"

"没错，我妈妈是这么想的。"

黛西看出了他的尴尬，她笑着说："看来你是不会娶个女仆了是吗？"

"我不会娶露比。"

"也许她和你很般配！"

劳埃德直视着她："我们不常爱上般配的人，你说是吗？"

黛西看着舞台。演出快结束了，全体演员合唱起一曲熟悉的歌谣。观众们随着他们高声歌唱。后排站着的观众牵起手随着乐声挥动。和博伊一起来的人也兴高采烈地挥舞着手。

幕布拉上以后，博伊仍然没有现身。"我去找他，"劳埃德说。"我想我知道他会在哪儿。"华彩歌舞厅有个女厕所，男士们都在后院里放着几个油桶的土厕里方便。不出劳埃德所料，博伊确实正在对着其中一个桶狂吐。

劳埃德给博伊一块手帕让他擦嘴，然后搀着他的胳膊，扶他走过已经没人的歌舞厅，走到戴姆勒加长车旁。其他人都在等待他们。劳埃德和博伊上车以后，博伊立马就睡着了。

车开到伦敦西区以后，安迪·菲茨赫伯特让司机先到特拉法尔加广场，拐进旁边一条整洁的小街，就到了穆雷家。和梅尔一起下车后，安迪说："你们走吧，我送梅尔到家门口，再步行回自己家。"劳埃德心想，安迪可能计划好要跟梅尔在家门口来个浪漫的道别了。

车开到梅菲尔区。路过黛西和伊娃所住的格罗夫纳广场时，吉米对司机说："请在街角停一下。"然后他轻声对劳埃德说："威廉姆斯先生，能帮我把别斯科夫小姐送到门口吗？我和洛特曼小姐稍后就来。"

"当然可以。"吉米显然想在车里跟伊娃吻别。博伊对身外的事情一概不知：他正在尽情地打呼噜呢！司机为了拿到小费，也会装没看见的。

劳埃德先下车，然后搀着黛西的手下了车。当黛西抓住他的手时，劳埃德突然有股触电的感觉。他挽住黛西的胳膊，两人沿着人行道慢慢地往前走。在两个电线杆之间灯光最昏暗的地方，黛西停住脚步："给他们点时间吧。"

劳埃德说："很高兴伊娃交上了男朋友。"

"我也在替她高兴。"

他屏住呼吸："但我不为你和博伊·菲茨赫伯特的事情感到高兴。"

"他带我去了皇宫！"黛西说，"我还和国王在夜总会跳了舞——这些都登在了美国的报纸上。"

"这就是你和他谈恋爱的理由吗？"劳埃德难以置信地问。

"不是唯一的理由。他喜欢的东西我大多也喜欢——聚会、赛马、亮眼的衣服。博伊是个很有生趣的人，他甚至还有自己的飞机！"

"那些根本不算什么。"劳埃德说，"放弃他，做我的女朋友吧！"

她看上去很欣喜，却笑话他。"你疯了吧，"她说，"不过我还挺喜欢你这样的。"

"我是认真的，"他不顾一切地说，"我一直在想你，尽管你是世界上我最不该娶的人。”

黛西又笑了。“你这话太粗鲁了。我不知道我为什么要和你说话。我原本以为你笨拙的外表下隐藏着一颗真挚的心呢！”

“我并不笨——只有和你在一起时才显得笨。”

“我相信你，但我不打算和一个一无所有的社会党人结婚。”

劳埃德打开了心扉，但他的心意被粗暴地践踏了，他觉得万念俱灰。他回头看着戴姆勒车，心不在焉地说：“不知道他们还需要多久。”

黛西说：“我可以去吻社会党人，不过仅仅是想尝一下滋味。”

劳埃德一时没反应过来。他起先觉得她只是理论上说说而已，但没有哪个女孩会从理论上谈这种事。这是黛西的邀请。劳埃德差点因为愚蠢而错失了这个机会。

他靠近黛西，把手放在她的细腰上。黛西扬起脸，她的美让劳埃德忘却了呼吸。他低下头，轻轻地吻住她的嘴，黛西没有闭上眼睛，劳埃德也没有。他一边动情地把嘴唇移向她，一边注视着她那双碧蓝色的眼眸。黛西微微张开嘴，劳埃德用舌尖轻轻地挑动着她分开的嘴唇。没过多久，劳埃德感觉黛西的嘴唇有了反应。她仍然在看着他。他飘飘欲仙，希望永远留在黛西的怀抱中。黛西的身体紧贴着他。劳埃德不自觉地勃起了，他害怕黛西会察觉到，因此稍稍后退了一点——黛西却继续往他身上靠，他明白了，他凝视着黛西的眼睛，知道她一定是想用柔软的身体感受他的坚硬。劳埃德无法自持，觉得自己似乎要达到高潮了，他知道黛西一定也很想要他。

戴姆勒车的车门打开了。劳埃德听见吉米·穆雷说话的声音高亢得有些不自然，似乎在对他们给出警告。劳埃德连忙松开了黛西。

“好吧，”黛西惊讶地低声说，“没想到会这么令人愉快！”

劳埃德声音沙哑：“何止是愉快。”

很快吉米和伊娃出现在他们面前，四个人一起走到了别斯科夫夫人的家门口。这是幢台阶上带有顶棚的宏伟建筑。劳埃德希望借顶棚的遮掩再吻一下黛西，但走上台阶时，门从里面打开了，一个穿礼服的男人走了出来，劳埃德想，这兴许就是之前与他通话的那个管家。他非常庆幸，那个电话打得真是太对了！

两个女孩一本正经地道着晚安，一点都看不出顷刻之前她们还在与这两个男人激情地拥抱着。门关了，伊娃和黛西消失在他们眼前。

劳埃德和吉米退下台阶。

“我从这里走回家，”吉米说，“是否要让司机把你送到东区？从这里到你家有三四英里路呢。博伊不会介意的——依我看，他会一直睡到吃早饭呢！”

“穆雷，有心了，非常感谢你的关心。但我还是想走路回去，我有很多事要好好想想。”

“好吧，那晚安了！”

“晚安。”劳埃德带着逐渐褪去的情欲和烦乱的思绪，转身向东，朝家里走去。

八月中旬，伦敦的社交季结束了，但博伊·菲茨赫伯特还没有向黛西·别斯科娃求婚。

黛西迷惑不解，感觉受到了伤害。所有人都知道他们正在约会，他们几乎每天都见面。菲茨赫伯特伯爵像对女儿一样跟她说话，甚至连多疑的碧公主也开始对她嘘寒问暖了。一有机会，博伊就会吻她，但是完全没有谈起过未来。

奢华的午餐会和晚餐会、耀眼的舞会、传统体育比赛，以及郊外野餐——一夜间，构成伦敦狂欢季的一切都烟消云散了。黛西的新朋友陆续都离开了伦敦，大多数人都回到了各自的乡村别墅。黛西猜测，他们无外乎是猎猎狐，追追鹿，打打鸟吧。

黛西和奥尔加留在伦敦，准备参加伊娃·洛特曼的婚礼。和博伊不同，吉米·穆雷急于娶到他所爱的女人，婚礼将在他父母所在教区切尔西的教堂举行。

黛西觉得她为伊娃做了件大好事。她教伊娃如何选择那些不带花边、能映衬她黑色头发和棕黄色眼睛的素色衣物，使伊娃倍感自信。随后，她又教伊娃怎样用天生的温暖和机智赢得身边的人。吉米就这样爱上了伊娃。吉米不是电影明星，但个子高，长得很英俊。他来自一个家境普通的军人家庭，虽然并不阔绰，但伊娃一定会感到踏实。

英国人和德国人一样怀有偏见。开始时，穆雷将军和穆雷夫人不太乐意接受一半犹太血统的德国难民伊娃做儿媳。伊娃很快赢得了他们的欢心，但家族的很多朋友还是表达出疑虑。婚礼上，黛西听到最多的就是伊娃多么多么的“具有异国风情”，吉米多么多么的“勇敢无畏”，穆雷夫妇多么多么的“胸怀广阔”，人们用种种方式表明他们是不怎么合适的一对。

吉米正式写了封信给柏林的洛特曼医生，得到了他应允结婚的承诺，但德国政府拒绝让洛特曼一家前往伦敦参加婚礼。满脸泪花的伊娃说：“他们痛恨犹太人，我还以为他们会乐于见到我爸妈离开德国呢！”

听到这句话，博伊的父亲跟黛西提起了这件事。“告诉你朋友伊娃，犹太人的事能不提就尽量不要提，”他以朋友关怀的口吻告诫说，“娶一个有一半犹太血统的女人做妻子，对吉米的军旅生涯可不是什么好事。”黛西没有传达这条令人不愉快的劝告。

快乐的新婚夫妇将前往尼斯度蜜月。黛西带着一丝罪恶感意识到，伊娃离开竟给她一种如释重负的感觉。博伊和他的政治伙伴不喜欢犹太人，伊娃就成了一个棘手的难题。博伊和吉米的友谊自然结束了——博伊拒绝做吉米的伴郎。

婚礼结束以后，菲茨赫伯特家邀请黛西和奥尔加去他们在威尔士的乡间别墅一起打猎。这让黛西重燃了希望。伊娃离开以后，博伊没理由再不向她求婚了。菲茨赫伯特伯爵和碧公主一定也觉得时机快成熟了，也许他们正计划着让博伊这周末就求婚。

周五一大早，黛西和奥尔加前往帕丁顿火车站，乘上了西行的列车。列车进入富饶的不列颠腹地，延绵的农田间点缀着星星点点的绿地，森林间不时出现教堂的石头尖顶。她们买的是头等车厢的车票，奥尔加问黛西博伊会如何行动。“他知道我喜欢他，”黛西说，“我已经让他亲了我许多次了。”

“你在他面前展露过对别的男孩的兴趣吗？”奥尔加精明地问。

黛西抑制住对和劳埃德那次短暂犯傻的罪恶感。博伊不可能知道那件事，再说她也不会再去见劳埃德了。之后劳埃德曾接连给她写了三封信，但她一封也没有回。“没有这种人。”她对母亲说。

“那就剩伊娃了，”奥尔加说，“好在她已经走了。”

列车开过赛弗恩河河床下的一条长长隧道。过了隧道，威尔士就出现在了眼前。满身泥污的山羊在山坡上吃草，每座山的山腰处都有个矿区，矿区入口都有幢样子别别扭扭的厂房。

菲茨赫伯特伯爵的黑白劳斯莱斯等在阿伯罗温火车站前。一出站，映入黛西眼帘的便是陡峭山坡边的一排平顶房，她的心猛地一沉。出镇一英里，就到了菲茨赫伯特家的泰-格温别墅。

进门以后，黛西高兴得气都透不过来了。泰-格温非常宏伟，前廊上有一排高大的落地窗。花园里的花秀美多姿，灌木修剪整齐，菲茨赫伯特伯爵无疑为之而骄傲。黛西心想，如果能当这里的女主人该有多好啊！英国贵族也许不再能统治世界，但他们还保持着最完美的生活方式，黛西想成为他们中的一员。

威尔士语中，“格温”的意思是白房子，这幢建筑却是灰色的，因为接近矿区，这里一摸墙就是一手矿灰。

她被安排进了一间名为栀子花的套间。

晚饭以前，她和博伊一起坐在房子外面的平台上，看着太阳从紫色的山顶上缓缓下沉。博伊抽着烟，黛西小口地抿着香槟。他们俩单独在平台上待了一会儿，但博伊没提求婚的事情。

周末，她越来越感到不安。博伊不缺单独私下找她谈的机会——她对此心知肚明。周六，男人们出去打猎，傍晚时黛西出门迎接，单独和博伊在林子里走了一会。星期日上午，菲茨赫伯特一家和大多数客人去了镇上的圣公会教堂。礼拜过后，博伊把黛西带到镇上的双皇冠酒吧，那里戴着平顶帽的宽肩膀工人肆无忌惮地看着身着淡蓝色开司米大衣的黛西，好像博伊带进来一头待人宰割的羔羊一样。

黛西告诉博伊，她和母亲马上就要回布法罗了，但博伊没有领会黛西的暗示。

博伊是不是仅仅喜欢她，并没到想娶她的程度呢？

周日午饭时，黛西都快绝望了。第二天她和奥尔加就要回伦敦。如果到那时博伊还没求婚，伯爵夫妇会开始觉得儿子不是认真对待这段关系，他们也就不会再邀请她和妈妈来泰-格温了。

这个想法让黛西吓了一大跳。她决意要嫁给博伊。她想先成为子爵夫人，将来有一天再成为伯爵夫人。她不缺钱，她想要的是与崇高社会地位相应的顺从和尊重。她想被人称为“某某贵夫人。”她垂涎碧公主的钻石三重冕。她想在朋友间显示自己的尊贵地位。

黛西知道博伊喜欢她，她能感受到亲吻时博伊表现出的热情。“他需要你给他某种驱动力！”午餐后喝咖啡的时候奥尔加小声对她说。

“那我该怎么做呢？”

“有一招对付男人是屡试不爽的。”

黛西扬起眉毛。“和他上床吗？”黛西和母亲无话不说，但还没有谈过这个话题。

“怀孕能解决问题，”奥尔加说，“但往往在不想怀孕的时候才会怀孕。”

“那我该怎么办呢？”

“你需要让他知道男女欢爱多么快乐，但别让他深入禁区。”

黛西摇摇头："这可不一定，我想他多半已经和别的女孩享受过鱼水之欢了。"

"知道是谁吗？"

"不太清楚——可能是女仆，可能是女演员，也可能是哪个寡妇……尽管是猜的，但他实在不像是那种没有经验的黄毛小子。"

"没错，他的确不是那种人。这意味着你要给他从别人身上得不到的东西，给他愿意付出一切来换的东西。"

黛西有点纳闷，她不明白母亲在经历了一场没有温情的婚姻以后，怎么还会如此了解男人。也许她对丈夫列夫是如何被情妇玛伽偷走已经想了太多。但不管怎么说，黛西能给博伊的，别的女孩也一定都能给，不是吗？

女人们喝完茶后，各自回卧室打盹。男人们依然在餐厅吸烟，不过他们十五分钟后也会回房。黛西站起身。

奥尔加问她："你要干吗去？"

"我不知道，"她说，"我去想些事情。"

黛西离开了餐厅。她决定去博伊的房间，但因为怕母亲反对而没把这件事告诉她。她准备在博伊房间里等他回来午睡。仆人们在一天的这个时候总会休息上一会儿，因此这时候不会有人过来打扰。

那时，她就可以单独和博伊在一起了。但她该做些什么，又该说些什么呢？她完全不懂这种事情。看来得临场发挥了。

她回到自己的栀子花套间，刷了牙，在脖子上抹上香粉，静悄悄地穿过走廊进入博伊的房间。

没人看见她进去。

博伊的卧室能看见雾蒙蒙的山顶。从布置来看，他应该已经在这里住了很多年。房间里有几只宽大的皮椅，墙上挂着飞机和赛马的照片，杉木做的雪茄盒里放着有香气的烟，茶几上摆着几瓶威士忌、白兰地，以及一个托盘，里面搁着几个水晶玻璃杯。

她打开抽屉，看见泰–格温的专用书写纸，一瓶墨水，几支钢笔和铅笔。书写纸是蓝色的，上面印着菲茨赫伯特家的族徽。过段时候，这会变成她的族徽吗？

她不知道博伊看见她在自己的房间里会怎么说。他会高兴地和她拥吻吗？还是对她的侵犯勃然大怒，谴责她的窥探行为呢？不多想了，她必须冒这个险。

她走进隔壁的化妆间。不大的洗脸池上挂着块镜子，博伊的剃须用品放在洗脸池的大理石边缘上。黛西觉得自己一定会喜欢给丈夫刮胡子的。那会是何等地亲密！

她打开衣橱的门，看着里面的衣物：普通的礼服，呢子西服，骑马服，有毛领的飞行员皮外套，还有两件晚礼服。

这让她生出了一个念头。

她想起，六月在本·韦斯特安普敦家时，博伊看到她和其他女孩穿男装时一脸激动的样子。那天晚上，博伊第一次亲吻了她。黛西不知道博伊看到她们穿男装为何会如此兴奋——但有些事原本就不可能说清楚。莉齐·韦斯特安普敦说有些男人喜欢女人舔他们下面。这又如何解释呢？

也许应该穿上他的衣服试试。

给他从别人身上得不到的东西，奥尔加对她这么说过。别的女孩多半不会穿男装面对他吧？

她看着衣橱木制衣架上整排的西装、整齐叠放的干净衬衫和打过蜡的黑亮皮鞋。穿上男装会有用吗？时间还来得及吗？

但她又有什么可以失去的呢？

她可以选几件需要的衣服，把它们带到栀子花套间换上，然后赶紧溜回来，希望一路上不会有人看见她……

不能回去，没时间了。博伊的烟马上就要抽完。她必须尽快在这儿换上博伊的衣服——不然就什么都不要做。

黛西下定了决心。

她开始脱裙子。

这下她危险了。在这之前，她都还可以自圆其说，她可以说自己在泰-格温错综复杂的走廊里迷了路，走进了博伊的房间。但在男人的房间里只穿着内衣就说不清楚了，那样只会让她名声扫地。

黛西拿起最上面的那件衬衫，这时她突然想起衣领上要扣一个领扣，她沮丧地叹了口气。她在一个抽屉里找到十几个浆白的衬衫衣领和一盒金属扣。她拿起一个衣领，用领扣摁在衬衫上，然后把衬衫套过头。

走廊上传来男人重重的脚步声，她一惊，心头打了一阵鼓，但那人很快就从门前走过去了。

她决定穿一件普通的礼服。礼服的条纹长裤没有背带，不过她在另一个抽屉里找到了些。她设法把背带扣在裤子上，然后拉上裤子。博伊的腰足有她两个大。

她把穿着长筒袜的脚踏进黑亮的皮鞋，然后系上鞋带。

她扣上衬衫纽扣，戴上一条银色的领带。领带系得很难看，但这是小事，她也不知道如何正确地系领带，干脆将错就错。

她穿上一件浅黄色的对襟外套，并在外面套上黑色的燕尾服，然后对着衣橱门内侧的落地镜检视自己的样子。

尽管衣服松松垮垮，但她的样子非常漂亮。

既然还有时间，她索性在衬衫袖子上扣了金袖扣，并在大衣胸袋里放了块白手绢。

好像少了点什么。她看着镜子中的自己，看了一会儿，终于发现了少的是什么。

少了顶帽子。

她打开另一个衣橱，在最高的那层架子上发现了一排帽盒。她从帽盒里找到一顶灰色的礼帽，戴在后脑勺上。

这时，她又想起了那天晚饭时造成轰动效应的那几抹胡子。

她没带眉笔。她回到博伊的卧室，趴在壁炉旁边。夏天还没过，壁炉里没有生火。她用指尖沾了点煤灰，回到镜子前，仔仔细细地在上唇处画了根胡须。

她全都准备好了。

黛西坐在一把皮制的扶手椅上等待博伊。

直觉告诉她这样做不会错，但理智上来讲这样做并不符合常规。不过，让他兴奋下也没什么不好。先前博伊带她上飞机就让她兴奋极了，不过他全神贯注驾驶着飞机，不可能在那些狭小的机舱里和她调情。这样也没什么不好，在天上飞本身已经够让人兴奋的了，博伊想怎么样就任由他去吧。

但男孩是善变的，她害怕博伊会突然动怒。发怒时博伊的漂亮脸蛋会扭曲，会用脚猛跺地板，浑身散发出一股戾气。有一次，在酒吧里，跛腿侍者把他们要的酒送错了，博伊板着脸说：“瘸回你的吧台去，把我点的威士忌拿过来——瘸腿不能成为你眼瞎的理由！”可怜的跛腿侍者被羞辱得脸红了。

如果博伊对黛西出现在他房间感到生气的话，天知道他会说出些什么来。

五分钟后，博伊回到房间。

听到细碎的脚步声就知道是他来了。黛西意识到自己对博伊已经足够熟悉了。

门开了，博伊走了进来，他并没马上看见黛西。

黛西用深沉的语调问：“老伙计，最近你怎么样？”

博伊吃了一惊。“天哪啊！”又看了一眼以后他才犹犹豫豫地问，“你是黛西吗？”

她站起身。“你猜对了，”她恢复平时的声调说。博伊仍然一脸吃惊地盯着她看。她脱下礼帽，略鞠了一躬，对博伊说：“乐意为您效劳。”接着，重新斜戴上帽子。

过了很久，他才缓过劲，开心地笑了起来。

感谢上帝，黛西心里的一块石头落了地。

博伊说：“依我看，这顶礼帽真的很适合你。”

黛西走近博伊。“戴上它是为了让你高兴。”

“你真是太贴心了。”

黛西主动抬起头。她喜欢吻他。事实上，大多数男人她都愿意吻。她对自己的这个喜好私下里感到尴尬。在接连几周见不到男生的寄宿制女校里，她甚至连女生都喜欢吻。

他低下头，用嘴唇贴住她的唇。黛西的帽子掉在地上，两人一齐笑了起来。博伊飞快地把舌头伸进黛西口中，黛西放松下来，享受着博伊的舌吻。博伊对所有感官刺激都非常着迷，黛西对他的这种渴望感到非常兴奋。

黛西提醒自己，千万别沉浸在欢愉中，忘了原本的目的。事情进展得很顺利，但博伊如果不求婚一切都没意义了。他难道只满足于简单的一个吻吗？她希望博伊要得更多。以前，时间充裕的时候，他还会把玩她的胸部。

博伊的欲求在很大程度上取决于这天中午他喝了多少红酒，他的酒量很好，但一过量性趣就没了。

她把身体贴在博伊身上，博伊趁势把手放在了她的胸前。可黛西穿着宽大的呢绒外衣，博伊一时握不住她的那对小乳房。他沮丧地低吼了一声。

接着他的手掠过她的肚子，伸进了对她过于宽松的裤子。

黛西从来没让博伊如此深入过。

黛西仍然穿着丝质衬裙和棉布内裤，因此他也摸不着多少。他的手却深入到她的大腿内侧，隔着布料紧紧地按住了她那里。黛西兴奋至极。

她把身体缩了回去。

他喘着粗气问："我越界了吗？"

"关上门。"黛西说。

"天啊，太刺激了。"他走过去反锁上门，然后回来和她抱在一起，博伊重复起刚才未完成的动作来。黛西碰触着博伊的裤子前襟，用力握住他坚硬的下体。博伊快乐地呻吟起来。

黛西再一次抽开身体。

博伊的脸上出现一道阴影。一段伤心的往事浮上黛西心头。有一次，她让一个叫西奥·考夫曼的男孩把手从她胸口拿开。西奥突然翻脸，连声骂她婊子。她后来再也没见过他，但那次的伤害让她倍感耻辱。此刻，她担心博伊也会这样羞辱她。

博伊非但没有发怒，反而温柔地对她说："你很清楚，你迷死我了。"

到了做决定的时刻了。进还是退，她问着自己。“我们不应该这样。”她带着没有过分夸大的遗憾说。

“为什么不应该？”

“我们都还没订婚。”

这句话掷地有声。对一个女孩来说，这种话等于变相的求婚。她看着他的脸，害怕他会突然发怒，说出一堆理由，然后让她离开。

博伊却什么话都没说。

“我想让你高兴，”她说，“可是……”

“黛西，我爱你。”他说。

这还远远不够。黛西笑着问他：“真的吗？”

“爱死你了。”

她什么话都没说，只是期盼地看着他。

最后，他终于说出了黛西期待已久的那句话：“你愿意嫁给我吗？”

“哦，当然愿意。”说完她又吻了他。她一边吻，一边解开他的裤带，脱下他的内裤，找到阳具，把它从内裤里拉了出来。那上面的皮肤又软又热，她抚摸着它，想起了和韦斯特安普敦双胞胎姐妹的对话。“你可以揉他的东西。”琳迪说。随后莉齐补充：“揉到它勃起。”黛西对有亲身实践的机会非常兴奋，她喘得更厉害了。

接着，她想起了琳迪的另一句话。“你也可以吸他下面——男人最喜欢这个了。”

她的嘴唇和博伊分开，凑近他的耳朵说：“我可以为丈夫做任何事情。”

说完，她跪了下来。

这是当年最重要的一场婚礼。1936年10月3日，星期六，在威斯敏斯特的玛格丽特教堂，黛西和博伊举行了婚礼。黛西对婚礼不是在威斯敏斯特教堂举办有点失望，但有人告诉她那里只对皇室成员开放。

可可·香奈儿为她制作了婚纱。萧条期的时尚婚纱线条简单，没有过多的珠宝装饰。黛西的婚纱简单地装饰着蝴蝶边袖口和能被一个花童托起的裙裾。

黛西的父亲列夫·别斯科夫越洋参加女儿的婚礼。奥尔加为体面起见勉强同意在教堂里和列夫坐在一起，假装出幸福亲家的样子。黛西生怕婚礼中玛伽和她与列夫的私生子格雷格会手牵手出现，好在这一幕并没有发生。

韦斯特安普敦双胞胎姐妹和梅尔·穆雷是她的伴娘，伊娃是她的主伴娘。博伊对伊娃的一半犹太血统非常介意——他根本没想请伊娃出席他们的婚礼——不过黛西在这点上坚持没松口。

她站在古老的教堂里，心知自己出奇地美艳，欢喜地将自己的身体和灵魂交在博伊·菲茨赫伯特手中。

她在结婚证书上写下“黛西·菲茨赫伯特，阿伯罗温子爵夫人”这几个字。她为此练了好几周，练完之后小心翼翼地把那些练习纸都撕成了无法阅读的碎片。现在她成为正式的子爵夫人了，“子爵夫人”这个头衔前面写的是她的名字。

菲茨搀扶着奥尔加的手臂亲切地走出教堂，但碧公主和列夫保持着一段距离。

碧公主不是个易于相处的人。她对黛西的母亲非常友好，语气里也许有一丝傲慢，但至少奥尔加没听出来，因此她们的关系还比较和谐。可碧不喜欢列夫。

黛西意识到列夫缺乏自觉的社会责任感。他旁若无人地大声谈笑，用流氓做派抽烟喝酒，根本不去想别人会怎么看。菲茨是个伯爵，因此他可以随性而为。列夫也差不多，他自恃是百万富翁而为所欲为。黛西早就知道这一点。但在多切斯特宾馆的婚礼早餐会上，看到父亲在英国上层人士面前粗鲁地大声吵嚷时，她还是感到了锥心的疼。

不过这已经不重要了。她是阿伯罗温夫人，至少这个头衔是不会被剥夺了。

但碧对列夫的敌意，还是像吵闹声和难闻气味那样让黛西如坐针毡。碧和列夫在主桌旁坐在一起，但碧总是把身体稍稍挪开一点点。两人简单交谈时，碧也没正眼瞧过他。列夫似乎没注意到碧的不恭，仍然笑着畅饮香槟，但坐在列夫另一边的黛西知道事情绝没有那么简单。列夫的确有点粗野，但绝不愚蠢。

酒酣耳热，男人们一边抽烟一边交谈。新娘的父亲列夫依例为这顿饭付了账单。他看着桌子那头的菲茨赫伯特伯爵，问："菲茨，希望你喜欢这顿饭。这几瓶红酒还合你的胃口吗？"

"很好，谢谢你。"

"没错，真他妈的是好酒。"

碧大声咂舌。在她看来，上等人不该说"他妈的"。

列夫转身看着她。他笑盈盈的，但黛西从他眼中读出了危险的信号。"公主，为什么这样？我什么地方得罪你了吗？"

碧公主没有答话，但列夫充满期待地看着她，目不转睛。最终她开口了：“我不想听脏话。”

列夫从烟盒里拿出一支烟。他没有立即点燃，而是闻了闻烟味，拿在手里把玩。“我讲个故事吧，”他扫视桌边众人，确认菲茨、奥尔加、博伊、黛西和碧都在听他讲话，“小时候，我父亲因为在别人的土地上放牧而被起诉。你们也许会想，即便他真的有罪，这也算不上什么大事。他被捕后，地主在北面的草地上立了个大十字架。之后，沙俄士兵到了我家，把我、哥哥和我们的母亲带到草地上。到了那儿，我们就看见父亲被吊在十字架上，脖子里缠着绳圈。没多久，地主来了。”

黛西没听说过这件事。她把目光投向了母亲。奥尔加看上去也很吃惊。

桌子旁的一小群人都不再说话了。

“我们被迫旁观了父亲被吊死的全过程，”说到这里，他转身看着碧。“这里有一点很奇怪，地主的妹妹竟然也在那里。”他把烟叼在嘴里，口水沾湿了烟的过滤嘴，但他马上又把烟从嘴边拿开。

黛西发现碧脸色煞白，这是在说她的事情吗？

“地主的妹妹是个公主，当年她十九岁。”列夫看着手里的烟。黛西听到碧惊呼一声，这才意识到父亲说的这位公主正是自己的婆婆。“她冷冷地看着我父亲被绞死，就那样站着，动都没动。”列夫说。

接着，他直直地盯着碧，说：“在我看来，这才是所谓的粗野。”

一时间，谁都没说话。

列夫把烟放回嘴边说：“谁有火啊？”

劳埃德·威廉姆斯坐在阿尔德盖特母亲家厨房桌子旁，仔细地审视着一张地图。

这天是1936年10月4日，星期天，伦敦将发生一场骚乱。

伦敦城区泰晤士河畔依山而建的罗马式老城区现在成了金融区。小山西面是富人家的住宅，以及他们趋之若鹜的剧院、商店和教堂。劳埃德的母亲家在山的东面，毗邻码头和贫民窟。一直以来，移民们在这里的码头登陆后辛苦劳作，只希望他们的后代有朝一日能从伦敦的东区搬到西区。

劳埃德专心致志看着的是共产党报纸《工人日报》号外上刊登的地图，上面标出了英国法西斯同盟这天的游行行进路线。他们计划集结在城区和东区交界的伦敦塔下，然后向东行进——

目标直指主要居住着犹太人的斯特普尼区。

除非劳埃德和他的同伴能制止他们。

报纸上提到，伦敦有三十三万犹太人，其中有半数居住在伦敦东区。他们大多是来自苏联、波兰和德国的难民，害怕有朝一日警察、军人或哥萨克人会闯入他们的家园，抢劫财产，鞭打老人侮辱妇女，把他们连同儿孙一起拉到墙边枪毙。

在伦敦的贫民窟里，这些犹太人找到了能让他们享有和普通公民同等权益的地方。如果他们望出窗外，看到一伙穿着制服的流氓在犹太人住的街道上发誓要扫除犹太人，又会怎么想呢？劳埃德觉得真的不能允许这种事情发生。

《工人日报》说，从伦敦塔到斯特普尼区只有两条路可供游行使用。一条穿过一个叫加德纳角的五路环形交叉口，直达伦敦东区。另一条要经过皇家铸币局街和狭窄的卡布尔街。伦敦塔到斯特普尼区之间还有十几条小巷子，但这些小巷只能并排走一两个人，无法让游行队伍通过。圣乔治街虽然也很宽，但它通往天主教徒聚居的沃平区，不能到达斯特普尼区，法西斯同盟不会选择这条道路。

《工人日报》号召人们在加德纳角和卡布尔街树起人墙，阻挡游行队伍。

报纸经常号召人们做一些很难办到的事情，比如说罢工和革命。最近，《工人日报》甚至号召所有左翼党派组织起来形成人民阵线。人墙只不过是它们的另一个幻想而已。需要几千个人才能有效封锁东区，劳埃德不确定会不会有那么多人出现在两个集结处。

他只知道骚乱不可避免。

桌子边坐着劳埃德的父母伯尼和艾瑟尔、他的妹妹米莉，以及从阿伯罗温过来，穿着正装的莱尼·格里菲斯。莱尼十六岁，是专程来反游行的几个威尔士矿工中的一员。

伯尼把报纸放在一边，抬起头问莱尼："法西斯分子说你们这些威尔士人来伦敦的车票是犹太大老板买的，有没有这回事？"

莱尼很惊讶，嘴都张成了"O"型。"我不认识什么犹太大老板，"他说，"除非把列维夫人糖果店的列维夫人给算上。她的块头倒真不小。老实跟你们说，我是乘着屠宰场的大卡车，跟送到史密斯菲尔德肉市场的六十头羊一起来伦敦的。"

米莉说："怪不得你身上这么臭。"

艾瑟尔生气了："米莉！太没礼貌了。"

莱尼住在劳埃德的卧室里。他向劳埃德承认，这次出来就没打算回去。他和戴夫·威廉姆斯将前往西班牙参加镇压法西斯分子暴乱的国际纵队。

“你有护照吗？”劳埃德问。拿到护照并不难，但需要法官、医生、律师或其他有地位的人进行背书，因此年轻人不太容易私下里办上。

“不需要护照就能去，”莱尼说，“去维多利亚火车站搞张周末来回的双程车票就可以了。持有双程车票的人不需要护照。”

劳埃德依稀记得确实有这么回事。这是一项为来往于巴黎和伦敦之间的商务人士提供的便捷措施，现在却被反法西斯者利用了。“车票要多少钱？”

“三英镑十五先令。”

劳埃德竖起眉毛。一个失业矿工根本不可能有这么多钱！

莱尼告诉他：“独立工党付了我的车票钱，共产党付了戴夫的车票钱。”

他们一定隐瞒了自己的年龄。“你们到巴黎后准备怎么办？”劳埃德问。

“我们在‘巴黎白站’和法国共产党的人会合，”不会法语的他把巴黎北站拼错了，“他们将把我们从那儿护送到西班牙边境。”

劳埃德推迟了自己的出发日期。他告诉别人这样做只是为了让父母宽心，但事实上他是忘不了黛西。他仍然幻想黛西会离开博伊。但希望实在渺茫——黛西从来没回过他的信——可劳埃德就是忘不了她。

此时，英国、法国和美国接纳了德国和意大利的提议，同意对西班牙实行不干涉政策。这意味着它们不会向交战双方提供武器。劳埃德对此大为光火：这些民主政府连民选的西班牙政府都不认了吗？更糟的是，正如劳埃德的母亲和比利舅舅秋天在讨论西班牙问题的许多群众集会上所指出的那样，德国和意大利每天都在打破这项协定。作为英国政府负责相关政策的部长，菲茨赫伯特伯爵却顽固地维护着这项政策，他说不能给西班牙政府武装，否则会有共产化的危险。

正如艾瑟尔在一篇言辞激烈的演讲中指出的那样，这只是一种自圆其说。只有苏联政府愿意向西班牙提供跨国的帮助，西班牙人无疑会对这个世界上唯一给予他们帮助的国家感恩戴德。

事实上，英国执政的保守党认为，西班牙选出的都是些危险的左翼分子。如果西班牙政府被极端的右翼分子暴力推翻或是取代，菲茨赫伯特之流肯定乐见其成。劳埃德对此非常沮丧。

现在终于有了在家门口对抗法西斯主义的机会。

“太荒唐了，”伯尼在一周前法西斯同盟宣布游行时说，“伦敦警方必须强迫他们改变路线。他们当然有权游行，但在斯特普尼绝对不行。”警方却说他们对合法注册的游行无能为力。

伯尼、艾瑟尔和伦敦八个区的区长组成代表团，请求英国内政部长约翰·西蒙爵士禁止游行，或至少改变游行的路线，但西蒙爵士同样宣称自己没有这个权力。

工党、犹太人社群和威廉姆斯家在如何处理这个问题上出现了分歧。

伯尼和其他几个人三个月前成立了犹太人协会，这个协会反对法西斯主义和法西斯对犹太人的迫害。它号召群众组织起来反对法西斯同盟的游行，不让法西斯分子进入犹太人的街道。犹太人协会提出了西班牙语的口号“坚决不让他们通过”，西班牙政府军在马德里反抗法西斯暴乱时提出的也是这句口号。协会尽管名称响亮，实际规模却非常小。他们在商业大街上租了两个楼上的办公室，办公室里只有一台老式的影印机和几台旧的打字机，但协会在伦敦东区却有着巨大的号召力。在短短的四十八小时内，协会就收集到了禁止法西斯同盟游行请愿书的十万个签名。但政府依然置之不理。

议会的主要政党中只有英国共产党支持进行反游行活动，莱尼所属的独立工党也支持这一活动，但独立工党的影响力太过微小了。其他党派对反游行都表示反对。

艾瑟尔说：“《犹太人纪事报》建议它的读者远离街道。”

在劳埃德看来，这正是问题所在。许多人觉得最好远离是非，不要介入矛盾冲突。但这样只会使法西斯分子更加肆无忌惮。

伯尼尽管是个犹太人，但不属于任何教派。他对艾瑟尔说：“为什么跟我提《犹太人纪事报》上的文章？这份报纸反对的是反犹太人的思潮，而不是法西斯主义。谈论他们的观点又有什么意义呢？”

“我听说英国犹太人联合会的代表们也持相同的论调，”艾瑟尔说，“显然昨天他们已经在犹太人会堂发表了公告。”

“这些所谓的犹太人代表都是戈德尔格林区的先生太太，”伯尼不屑一顾地说，“他们从没在街上被法西斯流氓袭击过。”

“你是工党的一员，”艾瑟尔带着谴责的口吻说，“工党的政策是不和法西斯在公众场合硬碰硬。你为何要去团结犹太人会众和法西斯斗呢？”

伯尼说：“团结犹太人会众又有什么不可以的？”

“你只是在需要犹太人身份的时候才是犹太人，你从来没在街上被人当众侮辱过。”

“但工党也犯过政治上的错误啊。”

“记住，如果允许法西斯分子挑起冲突，不论是谁起的头，报纸最后一定会怪罪到左派头上。”

莱尼冲动地说：“如果莫斯利的手下胆敢挑起冲突，我们就叫他们吃不了兜着走。”

艾瑟尔叹了口气。“莱尼，你给我好好想想，是你、劳埃德和工党，还是保守党那边的军人和警察武器多？”

“天杀的！”莱尼愤愤地骂了一句。他显然没想到这一层。

劳埃德愤怒地对母亲说：“你怎么能这么说话？三年前你也在柏林——看到过当时发生的事情。德国的左派分子想通过和平的方式反对法西斯，看看他们遭遇到了什么吧。”

伯尼插话进来：“德国社会民主党没能和共产党组成成员广泛的统一战线，他们眼见着共产党人一个个被抓走而没有行动。形成统一战线的话，他们原本有机会赢。”当地工党支部拒绝共产党人的联合要求时，伯尼很是恼火。

艾瑟尔说：“和共产党人联合在一起是件很危险的事情。”

她和伯尼在这点上背道而驰。事实上这也是使工党产生裂痕的最主要问题。劳埃德在这个问题上是伯尼的支持者。“我们必须用手上能利用的资源打败法西斯主义，”但他马上又宽慰起艾瑟尔来，“妈妈也没错，今天最好不要使用暴力。”

“如果你们都留在家，通过民主政治的途径来反对法西斯主义，那就再好不过了。”艾瑟尔说。

“你希望通过民主政治使妇女得到同工同酬的权利，”劳埃德说，“但是你失败了。”就在去年四月，工党的女性议员提交了一份要求女性劳工与男性劳工同工同酬的议案，但是在以男性为主的下议院没有得到通过。

“不能因为失败一次就怀疑民主。”艾瑟尔干脆地说。

劳埃德很清楚，和德国一样，这种分歧会对反法西斯力量造成致命的打击。今天将是一次严酷的测试。政治党派间可以竞争反法西斯斗争的领导权，但谁说了算却是人民群众决定的。他们会听从软弱的工党和《犹太人纪事报》的号召留在家里，还是成群结队地走到街上对法西斯主义说不？到了晚上就能见分晓了。

后门有人敲门，穿着星期天礼拜西装的邻居西恩·多兰走了进来。“礼拜结束后我过来，”他对伯尼说，“我们在哪里集合？”

“两点前在加德纳角见，”伯尼说，“希望有足够多的人在那里阻挡法西斯主义者。”

“东区的码头工人都会去那儿帮你。”西恩热情洋溢地说。

米莉问：“法西斯分子恨的又不是你们，你们出什么头啊？”

“孩子，你太小，你不记得犹太人帮过我们多少忙，”西恩解释，“1912年码头工人起义时，我只有九岁，我爸爸养活不了家人，新市大街面包房的伊萨克夫人就收养了我和我的兄弟们。有她的好心，我们才能活到现在。这样被犹太人家庭收养的码头工人子弟有好几百人。1926年的情形也一样。我们决不允许该死的法西斯涉足我们的街道——莱克维兹夫人，请原谅我的粗鲁。”

劳埃德心头一热。东区有几千名码头工人：如果把这些人发动起来，阻挡住法西斯分子就不是问题了。

街道上的高音喇叭响了。“不让莫斯利进入斯特普尼，”一个男人高声大呼，“两点在加德纳角一起集中！”

劳埃德喝了口茶，然后马上站起身。他今天的任务是监视法西斯同盟的行动，确定法西斯分子的方位，并随时通报给伯尼的犹太人协会。他的口袋里装满了打公用电话用的硬币。“我该走了，”他说，“法西斯同盟的人说不定已经集中了。”

艾瑟尔站起身，跟他走到门口。“别打架，”她说，“别忘了柏林发生的事。”

“我会小心的。”劳埃德说。

艾瑟尔的语气轻松下来。“你要是被人打掉了门牙，那个美国富家千金就不会喜欢你了。”

“她又没喜欢过我。”

“我才不信呢，哪个女孩能抵挡得住你的魅力？”

“妈妈，我没事的，”劳埃德说，“我真的不会有事。”

“我该为你没去该死的西班牙高兴，你说是吗？”

“妈妈，这事今天就别谈了好吗？”吻别了母亲之后，劳埃德就出门了。

这是个阳光明媚的秋日上午，温暖得反常。几个人在努特利街搭起了一个临时的平台，其中一个站在平台上对着扩音器大声喊：“东区的民众们，我们不能任由得寸进尺的反犹主义者欺凌我们！”劳埃德认出演讲者是全国失业工人运动在当地的一个代表。因为大萧条，几千个犹太纺织工人失业了。他们每天都会到西特尔街上的劳动力就业中心签到。

劳埃德没走几步，伯尼就追了上来，递给他一包被孩子们称为弹珠的小玻璃球。“我参加过很多次示威游行，”他说，“如果骑警想冲散人群，往马蹄下扔这种玻璃弹珠就可以了。”

劳埃德笑了。他的继父大多数时候是个和事佬，但绝不是什么软蛋。

不过劳埃德不怎么想用玻璃弹珠。他和马匹接触不多，不过它们看上去像是那种隐忍无害的动物，他不喜欢让马匹摔倒在大街上的点子。

伯尼猜出了他的想法：“让马匹摔倒总比人被马踩要好。”

劳埃德把弹珠放进口袋里，但他觉得这并不意味着自己一定要用。

他高兴地看到，许多人已经上街了。街上还有许多令他欢欣鼓舞的迹象。墙上到处是用粉笔写的英语和西班牙语“坚决不让他们通过”的标语。共产党出动了很多人，正在沿街分发传单。许多商店橱窗都挂上了红旗。一群参加过上次大战，戴着奖章的老兵打着一面写有“犹太人老兵协会”的旗帜在街上走。法西斯分子想忘了有许多犹太人曾为英国献身，但历史是无法抹去的。其中五个犹太士兵曾因为作战勇敢而获得了英国最高荣誉——维多利亚十字勋章。

劳埃德觉得，让这些人参加反法西斯游行，阵仗应该是足够大的了。

加德纳角以苏格兰人开的成衣店——加德纳服装公司得名，是个五条路交会的开阔路口，服装公司的大楼上有个标志性的钟楼。到那里时，劳埃德发现，大多数人都认为此处会起冲突——周围街道上设置了几个急救站，还有数百名穿着制服的急救志愿者。周围的每条小街上也都停着救护车。劳埃德希望最好别出现打斗。但即便有暴力，也比让法西斯分子畅通无阻地游行要好。

为了隐瞒自己的东区人身份，劳埃德绕了个远道，从伦敦塔的西北方向朝伦敦塔行进。还没到那儿，他就听见了铜管乐队的喧嚣声。

泰晤士河畔的伦敦塔记录了伦敦八百年来的繁荣和衰败。塔旁围绕着一道漆色仿佛被伦敦的经年风雨侵蚀的白墙。墙外背河的一侧是个以伦敦塔命名的公园，法西斯分子正是在这里集结的。从伦敦塔公园向西到金融区，劳埃德目测已经有几千个法西斯分子集合在了一起。人群中不时爆出有节奏的歌声：

一，二，三，四，
我们要除尽犹太人！
该死的犹太人！该死的犹太人！
我们要把你们斩草除根！

他们打着英国国旗。劳埃德想不通，这些想破坏国家秩序的跳梁小丑，为什么每次活动时都要急不可耐地挥舞象征着国家尊严的国旗。

他们绑着黑皮带，穿着黑衬衫，整齐地列队站在草地上，看上去和一支军队没什么两样。支队长们穿着漂亮的制服：黑色的军队制式的短外套，灰色的马裤，大头鞋，亮顶的黑色帽子以及红白相间的臂章。几个穿着制服的摩托车手不断在方阵周围制造着噪音，传达敬法西斯礼的指令。更多的游行者还在源源不断地过来，其中一些坐在窗户上装有铁丝网的装甲车里。

这不是什么政治集会，这完全是场战争。

劳埃德觉得，法西斯同盟的这种架势完全是狐假虎威。他们想让世人觉得，他们可以终止会议，清空建筑，闯入民宅和办公室逮人，把抓到的人送去集中营随意鞭笞和审讯，像莫斯利和《每日邮报》老板罗斯米尔爵士希望的那样，把冲锋队在德国搞的一套照搬到英国来。

他们会把伦敦东区的民众吓坏的，这些当地人的祖辈都是从爱尔兰、波兰和俄国的压迫与暴政下逃出来的。

东区人会走上街道和他们对抗吗？如果他们自己不奋起抗争的话，如果今天的法西斯游行按计划进行，法西斯分子未来还会做些什么呢？

劳埃德假装成数百名围观者中的一个在公园外闲荡。很多相似的小巷像轮辐一样从公园往外散发。在其中的一条小巷里，劳埃德看见了一辆熟悉的劳斯莱斯。司机打开了车后门，让劳埃德震惊失望的是，下车的竟然是他朝思暮想的黛西·别斯科娃。

劳埃德很快就知道了她为什么上这儿来。黛西穿着精心裁制的女兵军装，一条灰色长裙代替了男人们穿的马裤，几缕刘海从头顶上的黑色帽子里溜了出来。劳埃德虽然恨透了这身装束，但还是被黛西不可抗拒的魅力震慑了。

他站定了脚步，呆呆地望着她。劳埃德不应该感到奇怪：黛西告诉过他，她喜欢博伊·菲茨赫伯特，博伊的政治观点显然不会对这种喜爱造成影响。但亲眼看到她站在伦敦犹太人的对立面还是让他大失所望，他这才感到黛西几乎在他看重的每件事上都和他背道而驰。

劳埃德应该转身就走，但他就是做不到。他挡住了在人行道上奔走的黛西："该死的，你来这里干吗？"他莽撞地问。

黛西很冷静。"威廉姆斯先生，这是我该问你的。"她说，

“我想你应该不打算和我们一起游行吧。”

“你知道这些人都干过什么吗？他们打断和平的政治集会，威胁记者，囚禁政治对手。你是个美国人——美国人怎么能干出反对民主的事呢？”

“民主政治不是任何时候在任何国家都适用的政治体制。”劳埃德觉得黛西是在引用莫斯利的某句宣传口号。

他说：“他们折磨甚至屠杀所有和自己政见不同的人！”他想到了容格，“我在柏林亲眼见证过他们的暴行。顺便提一句，当时我也被抓进了集中营。我亲眼看见一个赤身裸体的男人被几条饥饿的恶狗摧残致死。你的法西斯朋友们做的就是这种事。”

黛西不为所动。“你能准确地说出最近在英国被法西斯党人杀害的任何一个人的名字吗？”

“这只是因为英国的法西斯党人还没掌权——但你们那个莫斯利崇拜希特勒。只要有机会，他和他的手下将会做出和纳粹完全一样的事。”

“你是说他们会消灭失业，给人民带来骄傲和希望吗？”

劳埃德钟情于黛西，但听到她这番话后，心都碎了。“你很清楚纳粹对你的朋友伊娃一家做了些什么。”

“你知道伊娃已经结婚了吗？”黛西用快活的语气说，显然想找一个比较愉快的话题，“她嫁给了善良的吉米·穆雷。现在她是英国人的妻子了。”

“那她父母呢？”

黛西把目光转向别处。“我不认识他们。”

“但你知道纳粹对他们做了什么。”伊娃在三一学院的舞会上把父母在德国的遭遇一五一十地告诉了劳埃德，“她父亲被取消了执医的资格——现在在药房当助理。他不能进入公园和公共图书馆。他父亲——也就是伊娃祖父的名字甚至被从家乡的战争纪念碑上抹除了！”劳埃德意识到自己不自觉地提高了嗓门。他压低声音问：“你怎么能和做这种事的人站在一起呢？”

黛西有些心烦意乱，但没有回答他的问题。她说：“原谅我，我已经迟到了。”

“你做的事情完全无法被原谅。”

司机说：“小子，消停点，别再折磨她了。”

司机是个平时不太锻炼的中年胖子。劳埃德感到自己被这个司机侮辱了，但他不想挑起争斗。“我这就走，”他说，“只是别再叫我小子。”

司机一把抓住了他的胳膊。

劳埃德警告说：“你最好把手放开，不然我走之前会把你打趴下。”他直视着司机的眼睛。

司机犹豫了。劳埃德警觉起来，他像在拳击绳圈里一样，观察对方的动向，时刻准备着下一步的动作。如果司机想打他的话，一定是准确的重重一击，这种重击很容易躲过。

司机不是感觉到他已经做好准备，就是对他发达的肌肉有所忌惮，最终放下拳头，退了回去：“的确没必要打架。”

黛西匆忙走开了。

劳埃德看着她身穿合体制服朝法西斯分子的纵队奔过去的背影。他长叹一口气，朝反方向走去。

他试图把精力集中在自己的工作上。和司机的争执真是蠢啊！打上一架的话，他可能被警察捉个现行，接下来的这一整天就要在号子里过了——这又如何称得上为战胜法西斯主义做贡献呢？

十二点半了。他离开伦敦塔，找到公用电话亭，打给犹太人协会，跟伯尼通了话。他把看见的大致情况说了以后，伯尼让他统计一下从伦敦塔到加德纳角大约有多少警察。

他走到公园东面，探察着公园外围呈辐射状发散的那些小街。他被看到的一切惊呆了。

他本来估计会有一百多个警察，但实际在场的有几千名。

他们排成一列站在人行道上，等在十几辆停着的公交车里，骑警们身板笔直地骑在一队排列整齐的马上。街上只有狭窄的一条缝供行人们穿行。警察的数量比法西斯分子还要多。

一辆公交车上的巡警看到他，对他行了个纳粹礼。

劳埃德非常失望，如果连警察都站在法西斯同盟那一边，反游行示威者又怎么制止得了游行呢？

这比游行本身更糟：警察的权威会使法西斯分子更加有恃无恐。东区的犹太人会从中得到什么样的信息呢？

在曼塞尔街，他看到一个熟悉的警察亨利·克拉克，亨利看上去劳累不堪。“你好，诺比。”人们都管姓克拉克的叫诺比，“有个警察刚才跟我行了个纳粹礼。”

“他们不是这儿的警察，”诺比像揭示一个秘密似的轻声说，“他们不像我那样常年和犹太人居住在一起。我告诉他们犹太人和我们每个人一样，大多数是遵纪守法的好人，极少数人才会违法乱纪。但他们就是不相信。”

“但那个纳粹礼又该做何解释呢？”

“也许仅仅是个玩笑。”

劳埃德却不这么认为。

他和诺比道别，继续向前走。他看见警察在进出加德纳角的巷子口拦起了警戒线。

劳埃德走进一个带有公用电话的酒吧——前一天他检查过附近区域所有可以用的公用电话——告诉伯尼附近至少有五千名警察。“我们挡不住这么多警察的。”他忧心忡忡地说。

“别这么确定，”伯尼说。“你再去看看加德纳角周边的情况。”

劳埃德发现了一条绕过警方警戒线的道路，加入到反游行示威者之间。走到加德纳角外围街道上的人群中时，劳埃德终于感受到了阻挡游行示威的人有多少。

他从没见过这么多的人。

加德纳角这个五条街的会合处到处都是人，但这只是冰山的一角。放眼望去，人群沿着白教堂路一直延伸到看不见的远方。东南面的商业街上挤满了人。警察局所在的莱曼街上更是水泄不通。

劳埃德觉得来的一定有十万多人。他想把帽子一扔，大声庆祝。东区人选择了走出家门，对抗法西斯主义者，他们无疑已经群情激昂了。

加德纳角正中间，停着一辆被司机和乘客们遗弃的电车。

劳埃德越来越乐观了，他意识到，没有什么力量能够穿越这群人。

他看见邻居西恩·多兰爬到电线杆上，在顶部挂上了一面红旗。犹太小子铜管乐队正在现场演奏——多半没经过夜总会保守的演出组织者的同意。一架警方的飞机从头顶飞过，劳埃德知道那是最新的直升机。

在街边加德纳成衣公司的陈列窗前，他看见妹妹米莉和朋友内奥米·埃弗里在一起。他不希望米莉卷入这种暴力事件：想到妹妹会在斗殴中受伤，他的心就一凉。“爸爸知道你来这儿吗？”他用责备的语气问米莉。

她无动于衷：“别这么死板。”

劳埃德对她的出现非常吃惊。“你原本从不关心政治，”他说，“我还以为你只知道挣钱呢！”

“没错，”米莉说，“但这次有些特别。”

劳埃德知道如果米莉受伤，伯尼会很伤心的。“我觉得你应该马上回家。”

“为什么这么说？”

劳埃德朝四周看了看。人群友善而平和。警察和人群隔开了一段距离，法西斯分子连人影都没见着，今天的游行显然是搞不下去了。莫斯利的人绝对穿越不了十万决意阻止他们的人，警察也不会愚蠢到帮他们过去。米莉多半不会有事。

正当他这么想时，情况突然出现了逆转。

劳埃德听见几声口哨声。他朝哨声响起的地方看去，发现骑警们已经组成了一条恐怖的阵线，警方的马匹兴奋地踏着蹄，跃跃欲试准备冲锋，马上的警察手持着剑一样的长棍。

他们似乎准备好了进攻——但劳埃德觉得，他们应该不会真这么干。

没过一会儿，他们发起了攻势。

人群发出愤怒的吼声和害怕的尖叫声，人们乱作一团，抢着从马匹前进的道路上逃出去。人群让出了一条道路，可是站在边缘的人却纷纷摔倒，被马匹踩踏。骑警们用长棍到处打人。劳埃德完全控制不住自己的身体，被人浪推向了后方。

他出离愤怒了：警察知不知道自己在做什么啊？他们愚蠢地认为自己真能清开一条道路让莫斯利党人游行吗？他们真的觉得两三千名法西斯党人能够穿越十万名被他们加害的人组成的层层壁垒而不引起骚乱吗？警察要不是被白痴领导，就是完全失去了上层的控制，劳埃德不知道哪种情况会更糟一些。

骑警控制住气喘吁吁的马匹，重新组成一条参差不齐的阵线。又一声哨响，骑警策马前进，又开始了新一轮攻击。

米莉吓坏了。她只有十六岁，刚才的声势完全不见了。人群把她挤到加德纳成衣公司的玻璃橱窗旁，她恐惧地大声尖叫。橱窗里穿着成衣的人体模型们冷冷地旁观着惊慌失措的人群和如临大敌的骑警，慨叹着世态的炎凉。劳埃德的耳朵被此起彼伏的抗议声震得生疼。他挤到米莉身前，用尽全力挡开她身前的人，希望能尽力保护好她，但这样做并没起什么作用。尽管使尽了全力，他还是重重地压在了米莉的身上。四五十个尖叫的人一齐压在这块并不牢固的玻璃上，作用在玻璃上的压力不断上升。

劳埃德怒火中烧。他意识到，警察不惜一切代价，执意要从人群之间开出条游行的通路来。

没过一会儿，橱窗玻璃喀的一声，碎了。劳埃德摔在米莉身上，内奥米摔在了他的身上，几十个人痛苦惊慌地号叫着。

劳埃德奋力站了起来。他奇迹般地没有受伤。他环视着四周，急切地寻找着米莉，但很难把真人和人体模型分辨开。过了好一会儿，他才认出了躺在碎玻璃渣中的米莉。他抓住米莉的胳膊，把她拽了起来。“我的背不行了！”米莉哭着说。

劳埃德帮米莉转过身，她的大衣被撕成碎片，背上全都是血。劳埃德感觉一阵晕眩，用手臂护住米莉。“街角正好有一辆救护车，”他对米莉说，“你还能走路吗？”

没走几步，警察的哨声又响了。劳埃德害怕他和米莉又被人群挤到橱窗边上，这时他突然想起了伯尼给他的那包弹珠，从衣服口袋里掏出纸包。

骑警们发起了又一轮冲击。

劳埃德抽开一条手臂，把放着弹珠的纸包扔到人群前方马匹们的行进路线前。除了他以外，还有一些人也带来了弹珠，他们纷纷照做。马匹踩在弹珠上，发出爆竹炸响的声音。有匹马被弹珠滑倒了，重重地倒在地上。其他的马匹停下步子，开始纷纷朝后退，骑警队伍陷入了混乱之中。内奥米·埃弗里被推到人群前方，劳埃德看见她把一包辣椒粉放在马鼻子下，马匹不断摇着头往后退。

人群不那么拥挤以后，劳埃德把米莉带到街角。米莉仍然非常痛苦，但已经停止了哭泣。

受伤的人排成一列，等待接受急救志愿者们的诊察：一个痛哭流涕的女孩的手似乎骨折了；几个年轻人满头是血；一个中年妇女坐在地上抚摩着膝盖上的伤口。劳埃德和米莉抵达救护车旁时，西恩·多兰带着头上刚扎好的绷带又冲进了人群中。

一个护士看了看米莉的背。“情况不是很好，”她说，“你需要去伦敦的医院进行治疗，我们会派救护车送你去。”她看了看劳埃德。“你想和她一起去吗？”

劳埃德放不下妹妹，但他需要向伯尼汇报法西斯同盟的集结动态，因此犹豫了。

米莉的勇敢为他解决了难题。“你怎么能和我一起走呢？”她说，“你去又帮不上忙，在这儿你还有更重要的事要做！”

米莉说得没错。劳埃德把她送上了一辆停着的救护车。“确定不要我——”

“是的，我确定。别把自己也给弄进医院就行了。”

他觉得米莉这样已经万无一失了。他吻了吻米莉的脸颊，回到人群中间。

警方改变了作战策略。人群击退了骑警，但警方还是决意要从人群中开一条通路出来。当劳埃德挤到人群前方的时候，他们正在用警棍打人，气势汹汹地步步进逼，手无寸铁的抗议者们虽然很快退下去一批，却又像潮水似的涌上来一批。

警方开始逮人了，他们显然希望以此削弱反抗者的信心。在伦敦东区，逮捕个把人不需要任何法律程序，放出来的人都是鼻青脸肿的，没有完好的眼睛或牙齿。莱曼街警察局更是恶名远扬。

劳埃德看见身前站着几个举着红旗吵吵嚷嚷的年轻姑娘。他认出了住在努特利街上的奥利芙·毕晓普。有个警察用警棍狂击着她的头，嘴里狂喊：“你这个犹太妓女！”奥利芙不是犹太人，更不是什么妓女，事实上她是骷髅地福音堂里的琴师。此时，她把耶稣“别人打你左脸，还要让他打你右脸”的训诫放在一边，狠狠地抓着警察的脸，在他脸上留下两条红印。另外两个警察上前来，一人抓住她的一条胳膊，被抓伤的警察腾出手来，对着她的头就是一阵猛打。

看到三个大男人殴打一个女孩，劳埃德彻底发狂了。他走上前，愤怒地挥出右勾拳，狠揍用警棍袭击奥利芙的那个警察。他一拳打中警察的太阳穴。那人头晕目眩，一下子跌倒在地。

更多的警察集结过来。他们挥舞着警棍，见人就打。四个警察抓起奥利芙，每人抓着一只胳膊或一条腿。奥利芙尖叫着竭力摆脱，但就是无法从警察手里脱身。

旁观者们却不再无动于衷了。他们拳打抱住奥利芙的警察，把他们从奥利芙身旁拉开。警察们转而进攻袭击他们的人。他们高喊："你们这群犹太王八蛋！"然而袭击他们的人里既没有一位犹太人，也没有任何一个是黑皮肤的索马里水手。

警察放下奥利芙，把她扔在地上，开始进行自卫。奥利芙钻进人群，很快就不见了。警察们开始撤退，用警棍击打周围的每一个人。

劳埃德欣喜地发现警方的策略并没有奏效。尽管残暴异常，但他们没能让人群后退半步。又是一阵棍棒飞舞，但愤怒的人群反而迎了上去，准备用拳头和肉体相抗衡。

该向伯尼汇报了。劳埃德通过人群中的缝隙退了出去，找到了一部公用电话。"爸爸，警察注定要失败了，"他兴奋地告诉伯尼，"他们想从我们中间开出一条道来，但是没有任何进展。我们的人太多了。"

"我们正在把人调往卡布尔街，"伯尼说，"警察也许会改变方向，他们以为卡布尔街会找到机会，因此我们会加强那里的防备。你快去卡布尔街看看，把那里的情况及时汇报给我。"

"没问题。"挂了电话，劳埃德才意识到还没把米莉受伤送医的事告诉继父。不过现在也许还是不让他烦心为好。

前往卡布尔街并不是很容易。从加德纳角出发，在莱曼街向南直抵卡布尔街，这段路虽然不足半英里，但路上满是和警察打斗的反法西斯示威者。劳埃德必须绕点弯路。他穿过人群奋力向东朝商业街跑。到了商业街，路就好走了。商业街上没有警察，因此也没有斗殴，人群却和其他两条街一样密集。尽管路不好走，但劳埃德为警察无法穿过如此密集的人群而感到宽慰。

他很想知道黛西·别斯科娃现在在干什么。也许她正坐在车里，昂贵的鞋不耐烦地跺着劳斯莱斯的地毯，等待游行的开始。想到自己的行为使黛西的目的受挫，劳埃德产生了一种莫名的快感。

凭着坚持和一点点粗鲁，劳埃德拨开众人，向前走去。卡布尔街北边绵延的那条铁路阻碍了他的前路，他绕了点道，通过铁道线下的隧道跨过铁路，进入卡布尔街。

卡布尔街的人群没有其他地方那样密集，但这里的街道狭窄，人流量大的队伍很难通过。这是件好事：警察在这儿更没有用武之地了。除此之外，反对法西斯游行的群众还添加了一道路障。有辆卡车被推翻过来横放在马路中间。在车的两边，人们把废桌椅、不规则的木料和混杂在一起的其他垃圾拼接在一起，组成了一道路障。

路障！这让劳埃德想起了法国革命。但这不是场革命。东区人不想推翻英国政府。相反，他们与选举以及选举产生的区议会和下议院的联系非常紧密。他们信赖英国的政府体系，哪怕政府甘愿随波逐流，他们也决意为这样的政府奋起抗争。

劳埃德站在路障背后。他凑到路障前，观察那头的情况。

他站上一面墙，以取得更佳的观察角度。路障那边的情况一览无余。警察在路障另一头试图把形成路障的东西清理掉，他们举起破家具，拖走旧床垫，劳力劳心地进行着清除工作。但这活并不容易。有人往他们的头盔上扔去很多杂物，有的从路障那头扔过去，有的是从街道两边楼上的窗户里砸出去的：石头、奶瓶、破花盆，砸什么的都有。劳埃德从附近的一个建筑工地上目睹了这一切。

几个胆大的年轻人站在路障上，用棍子击打警察，警察把其中一个从路障上拉下来，一顿踢打。劳埃德猛然发现，其中一个是他的表弟大卫·威廉姆斯，另一个是来自阿伯罗温且暂住在他家的莱尼·格里菲斯。他们肩并肩用铲子试图把警察赶走。

随着时间的推移，劳埃德发现警察渐渐占了上风。警察很有工作效率，他们把组成路障的东西拿开，放置在一边。路障这头的群众尽管在做着加固，但他们手头的东西越来越少，组织得也不尽完善，看上去警察突破只是时间问题了。清理了这条路障，法西斯同盟的游行队伍就能沿着卡布尔街，从犹太人的商铺旁鱼贯经过。

他回头看，心马上就定了下来。这里的组织者已经想在了前面。就在警察们拆毁前一道路障的时候，又一道路障已经在几百码开外搭建好了。

劳埃德退回去，满腔热情地投入到第二道路障的搭建中。带着铲子的码头工人把铺路石堆砌在一起，家庭妇女们从院子里拖来了垃圾箱，店主们带来了空的纸盒和纸箱。劳埃德帮人搬来了公园里的长椅，又从附近的一幢政府大楼外拿来了一块告示板。抗议者们这次的工作完成得很不错，他们合理使用了手中的材料，确保路障坚不可摧。

劳埃德再次回头望，看见第三道路障已经在东面的几十码外树立起来。

人们开始从第一道路障撤退，在第二道路障后面集结在一起。几分钟后，警察在第一道路障上打开一条缝隙，从缝隙间涌了过来。起首的几个警察追着剩下的几个年轻人，劳埃德看见戴夫和莱尼逃进了一条小巷。一见警察过来了，街道两边的住户飞快地关上了门窗。

劳埃德发现，警察们不知道接下来该怎么办。他们突破了一道路障，却迎来了更为牢固的又一道路障。他们似乎没有心思再拆除这第二道路障了。他们站在卡布尔街中央，一边意兴阑珊地交谈，一边仇视地看着楼上窗户后面观察着他们的民众。

宣布胜利还太早了，但劳埃德就是抑制不住心底的喜悦。他开始觉得，这一天的反法西斯斗争很快会取得胜利。

他又观察了十五分钟，确信警察不会再有动作以后才离开路障，找了个电话亭，打电话给伯尼。

伯尼仍然很小心。“我们还不知道到底发生了什么，”他说，“尽管四处都平静下来了，但我们还需要知道法西斯主义者接下来的动向。你能回伦敦塔去看看吗？”

劳埃德自然不能从集结的警察中间穿过去，但兴许能在附近找到岔路。“我试着从圣乔治街转过去。”他信心不足地说。

“尽量吧，我想知道他们的下一步行动。”

劳埃德朝南穿过几条小巷，希望自己的判断是对的。圣乔治街不在双方争战的区域内，但人群或许已经蔓延到了那里。

如同他希望的那样，圣乔治街上没什么人，但他仍然能听见反游行群众的喧闹声和警察的口哨声。女人们当街交谈，几个小姑娘站在路中央跳皮筋。他小跑着向西进发，心想很可能在下一个街口看见反对游行的群众或是警察。他的确看到几个脱离大部队的群众——两个头上裹着绷带的男人，一个喝醉的女人和一个手扶拐杖，身上戴着奖章的老兵——但三三两两，没有聚集在一起。他一口气跑到圣乔治街尽头的伦敦塔，发现自己可以毫无阻拦地走进伦敦塔公园。

法西斯分子仍然集结在那里。

劳埃德觉得这本身就是个进步。已经三点半了，游行者仍然滞留在这里，好几个小时没能前进半步。劳埃德发现他们的热情已经熄灭了，他们不再唱歌，不再宣讲，只是无精打采地静静站在那里。他们排列得也没有之前整齐了，旗子歪了下来，乐队也停止了伴奏。游行者们一副吃了败仗的样子，半点精神都没有。

几分钟后，情况发生了一点变化。一辆敞篷车从边上的小巷里开出来，沿着法西斯分子的阵列往前开。欢呼声重新响起。队伍排直了，小头目们敬起了礼，法西斯分子们立正向敞篷车里的人表达敬意。来人是法西斯同盟的领袖奥斯瓦尔德·莫斯利，莫斯利留着一撮小胡子，戴着军帽，穿着制服。他笔直地站在车里，像个检阅部队的将军一样，车往前开一段，他就行个礼。

他的出现激发了法西斯分子的热情，劳埃德放下的心又一次悬了起来。这也许意味着他们会按计划进行游行——不然他为什么要来这儿呢？汽车沿着街面上法西斯分子的队伍向前行驶，一直开进了金融区。劳埃德静候着接下来的情势。半小时之后莫斯利步行走了回来，一路上不断敬礼，接受人们的欢呼。

走到队伍尽头的时候，他转过身，在一名手下的陪同下走进一条小巷。

劳埃德机警地跟在后面。

人行道上，紧挨着站了几位老者，莫斯利走到他们跟前。劳埃德吃惊地在这群人中发现了打着领结、头戴软帽的警察总监菲利普·盖姆爵士。莫斯利和盖姆爵士密切交谈了一番。菲利普爵士想必会说反对示威者太庞大，他们不太好驱散。但他给了莫斯利什么建议呢？劳埃德想凑近偷听，但又不想冒被捕的风险，只能和他们隔了一段安全的距离。

主要是警察总监在说话。法西斯分子头目点了几下头，问了好几个问题。两个人握过手以后，莫斯利便离开了。

莫斯利回到伦敦塔公园，和几个干将开了一个小会。劳埃德在这群人中看见了和莫斯利穿着同样制服的博伊·菲茨赫伯特。博伊看上去不怎么精神——他软绵绵的身体和慵懒的站姿完全不适合穿这身笔挺的军服。

莫斯利似乎在发布命令。干将们向他行礼以后各自跑开，显然是在传达他的命令。他要他们干什么呢？对法西斯分子来说，唯一理智的方案就是放弃挣扎，各自回家。但有理智的话，他们也就不是法西斯分子了。

哨声响起，干将们向各自的手下发布命令，乐队开始演奏，法西斯分子纷纷立正。劳埃德意识到他们要开始游行了。警方一定是告诉了他们条路线。是哪条路线呢？

游行开始了——不过是往相反的方向行进。他们没去重重防守的伦敦东区，而是折向了金融区，星期天下午那里没什么人。

劳埃德不敢相信自己的眼睛。“他们放弃了！”他放声大呼。一个站在劳埃德身边的男人对他说：“看起来的确如此。”

他观察了五分钟，看着法西斯同盟的队伍渐渐远离伦敦塔。确定他们不会再骚扰东区之后，他找到一个公用电话，打给伯尼。“他们开始游行了！”他说。

“什么？他们进入东区了吗？”

“没有，他们朝西面的市中心去了。我们胜利了！”

“感谢上主！”伯尼对身边的人说，“兄弟们！法西斯分子朝西面游行去了。他们失败了！”

劳埃德听见房间里爆发出一阵狂热的欢呼声。

平静之后，伯尼对劳埃德说：“盯着他们，确定那些人都离开伦敦塔公园以后再来个电话。”

“遵命。”劳埃德挂上电话。

他兴奋地围着公园绕了一圈。随着时间的推移，他确信法西斯分子受到了重创。他们开始了游行，乐队也在伴奏，但脚步没有了生气，也不再高唱除尽犹太人的歌谣了——是犹太人把他们除尽了。

走过拜沃德街尽头的时候，他又一次看见了黛西。

黛西正朝那辆在街上很显眼的劳斯莱斯走过去，其间必然要和劳埃德打上照面。劳埃德忍不住跟她玩笑道：“东区人民挡住了你们，以及你们那些肮脏的念头。”

黛西停下脚步，像以往那样冷冷地看着他：“我们只是被一帮匪徒挡住了而已。”她愤恨地说。

“但你们仍然在朝另一个方向游行。”

“打赢一场战役并不意味着赢得战争。”

劳埃德觉得她也许说得没错，但今天的仗打得很漂亮，这已经足够了。“不和男朋友一起游行吗？”

“我情愿坐车，”她说，“他也不是我的男朋友。”

劳埃德的心里升腾起希望。

接着，她说：“他是我的丈夫。”

劳埃德盯着黛西。他没想到黛西竟然会这么蠢。面对着这样一个女人，他彻底说不出话来了。

“是真的，”她看出了他的疑惑，“你没看报纸上的结婚报道吗？”

“我从不看报纸的社会版。”

她伸出戴着钻石订婚戒指和镀金婚戒的左手。“我们昨天结婚的。为了今天的游行，特地推迟了蜜月。明天我们将坐博伊的飞机到多维尔[①]去。”

她走到车旁，司机为她开了门。“我们回家。”她说。

“好的，夫人。”

劳埃德气极了，他真想找个人，好好地打上一架。

黛西回头看了他一眼：“再见，威廉姆斯先生。”

他好不容易才发出声音：“再见，别斯科娃小姐。”

“哦，不，”她说，“我已经是阿伯罗温子爵夫人了。”

听得出，她很喜欢这个称号。她是个有名号的贵妇，这对她意味着一切。

她坐上车，司机关上车门。

劳埃德转过身。他惊讶地发现自己竟然流泪了，不禁为此感到羞愧。“该死！”他大喝一声。

劳埃德深吸了口气，擦掉了眼泪。他挺起肩膀，尽量轻快地朝东区走。今天的胜利打了点折扣。他知道，那个关心黛西的自己很傻——她显然没把他放在心上——但他还是为黛西投入博伊·菲茨赫伯特的怀抱而心碎。

劳埃德试着把黛西赶出脑海。

警察们坐进汽车，离开了伦敦塔现场。劳埃德对他们的残忍习以为常——他一直生活在伦敦东区，警察们对付那里的民众本来就很野蛮——但他们的反犹态度却让他非常震惊。他们叫女人

① 多维尔（Deauville），位于法国北部的海滨城市，以优美海岸闻名。

犹太妓女，叫男人犹太王八蛋。在德国，警察支持纳粹，冲锋队同流合污。英国的警察会和他们一样吗？应该不会吧！

加德纳角的民众开始欢腾起来。犹太小子铜管乐队给男男女女们弹奏起一曲爵士舞曲，人们手里传递着威士忌和琴酒。劳埃德决定去伦敦的医院探望米莉。这时他又想到，他也许应该先去趟犹太人协会总部，把米莉受伤的消息告诉伯尼。

没走几步，他遇见了莱尼·格里菲斯。“我们把那群强盗赶回去了！”莱尼兴奋地说。

“我们的确做到了。”劳埃德笑了。

莱尼压低声音：“我们在这儿击退了法西斯分子，一定也能在西班牙击退他们。”

“你什么时候走？”

“明天。我和戴夫一早就搭乘火车到巴黎去。”

劳埃德抱住莱尼，说：“我会去找你的。”

第四章

1937年，莫斯科

沃洛佳·别斯科夫缩着头，在漫天飞雪中从莫斯科河的桥上走过。他穿着厚重的长大衣，戴着皮帽，脚上蹬着皮靴。莫斯科很少有人能穿得这么好。沃洛佳很幸运。

沃洛佳的鞋子都很好。沃洛佳的父亲格雷戈里是个军队指挥官。格雷戈里算不上那种特别有抱负的人：尽管是布尔什维克革命的英雄，和斯大林的私交也很好，但他的事业在二十多岁时陷入了停滞。尽管如此，别斯科夫一家还是生活得非常安逸。

沃洛佳本人非常有抱负。大学毕业以后，他进入军事情报学院进修。一年以后，他被调到了红军情报总部。

在柏林和沃纳·弗兰克的相遇，使他交上了好运。因为父亲是苏联驻德国使馆的军事参赞，沃洛佳和沃纳上了同一所初中，只是沃纳的年级比他低。得知沃纳痛恨法西斯主义以后，沃洛佳告诉他，他可以为苏联做间谍以反抗纳粹的统治。

两人相识时沃纳只有十四岁，不过现在他已经十八岁了。沃纳供职于空军部，比原先更痛恨纳粹。他有一个功率很大的无线电交换机和一个密码本。他既聪明又勇敢，冒着天大的风险收集了许多有价值的信息。沃洛佳是他的线人。

四年来，沃洛佳一直没有见到沃纳，但沃洛佳却清晰地记得沃纳的样子。沃纳个子很高，有一头金发，外表和行为举止都比实际年龄显得老练，早在十四岁时，他已经懂得怎么和女孩打交道了。

沃纳最近向他私下泄露，德国在莫斯科使馆的外交官马库斯其实是个秘密的共产党员。沃洛佳找到马库斯，把他发展成了间谍。几个月来，马库斯向沃洛佳提交了一系列报告。沃洛佳把这些报告翻译成俄语，递交给自己的上司。最近的一份报告非常有趣，详述了支持纳粹的美国商界领袖如何用卡车、轮胎、汽油等物资支持右翼西班牙叛军。其中提到，敬仰希特勒的德士古石油公司总裁托基尔德·里贝尔不顾罗斯福总统的恳请，公然用公司的邮轮为叛军运送石油。

沃洛佳要去见马库斯。

他沿着库图佐夫斯基路往前走，然后折向基辅路车站。他们今天的碰头地点是靠近车站的工人酒吧。他们从不在同一个地方重复碰头，但是会在上一次碰头结束时约定下一次的地点：沃洛佳很注意谍报工作中的这类细节。他们总是去马库斯的外交界同事从来不可能去的廉价酒吧和咖啡厅。如果马库斯被德国的反间谍工作者怀疑和追踪的话，沃洛佳一定马上会知道，因为这样的人在顾客中会非常显眼。

今天他们碰头的地方是乌克兰酒吧。和莫斯科的许多建筑一样，这是幢木结构的房子。酒吧的窗户蒙上了一层雾气，因此里面至少是温暖的。不过沃洛佳没有马上进门，必须先采取些防备措施。他横穿街道，走进对面那幢公寓的入口。他站在冰冷的楼道里，通过一扇小窗观察着对面的酒吧。

他不知道马库斯今天会不会出现。过去马库斯总会按时到达约定地点，但沃洛佳无法保证他今天也会如约前来。他出现的话，又会带来何种信息呢？西班牙是当今国际政治的热点，但红军谍报机构同样很关心德国的军备。德国每月能生产多少辆坦克？每天能生产多少架毛瑟M34型机关枪？德国的亨克尔HE111型轰炸机有多大威力？沃洛佳希望把这类信息传达给自己的上司莱米托夫上校。

半小时过去了，马库斯依然没有出现。

沃洛佳开始担心了。马库斯被人发现了吗？他是大使的助理，能看大使办公桌上的所有文件，但沃洛佳让他想法去看另外一些文件，尤其是军事参赞的来往信件。他犯错了吗？有人注意到马库斯在偷看与己无关的来往电报了吗？

这时马库斯出现在了街道上。他戴着眼镜，穿着奥地利样式的深橄榄色大衣，白色雪花不断地落在他的棉布大衣上。沃洛佳看着他走进了乌克兰酒吧，但他还是等在外面，监视着街道上的情况。一个男人跟在马库斯后面走进酒吧，沃洛佳皱起了眉头。但观察了一会以后，沃洛佳觉得这人应该是一个普通的苏联工人，不是什么德国的反谍报人员。他身材瘦小，贼眉鼠眼，穿着掉了线的大衣和破旧的靴子，还不断用袖管擦着鼻涕。

沃洛佳过街走进酒吧。

酒吧里都是烟味，满地都是垃圾，有一股不经常洗澡的人散发出来的臭味，墙上的廉价镜框里挂着一幅褪色的乌克兰水彩画。这时正是中午，酒吧里顾客不多。唯一的女人像是个刚宿醉醒来的中年妓女。

马库斯坐在酒吧后部，弓着腰拿着杯没什么酒味的啤酒。他三十多岁，因为留了胡须，看上去年纪要大一些。他解开大衣的扣子，露出衬里的毛料，贼眉鼠眼的苏联人和他隔着两个桌子，正在卷一根香烟。

沃洛佳走到马库斯的桌旁，马库斯突然站起来，照着他的嘴就是一拳。

“浑蛋！”他用德语大骂，“你这个王八羔子！”

沃洛佳非常震惊，一时间愣在那里。他的嘴唇破了，唇齿间散发出血腥味。他条件反射地想伸臂回击，但很快又把手臂收回去了。

马库斯又一次挥拳过来，但这次沃洛佳有了防备，他一猫腰躲过了。

“你为什么要这么干？”马库斯高声斥问，“究竟为什么？”

接着他突然身子一软，跌坐在桌边的椅子上。他把脸埋在手中，大声哭了起来。

沃洛佳张开出血的双唇，“傻瓜，别闹了。”他说。接着，他转身对其他瞠目结舌的顾客说：“没事，他只是有点心烦意乱而已。”

其他顾客把目光抛向一边，有个人甚至离开了。莫斯科人从来不想自找麻烦。如果两个醉鬼打架，其中一个在党内很有权势的话，当和事佬也会有危险。其他人从沃洛佳穿着的大衣可以看出，他就是这样的人物。

沃洛佳转身看着马库斯，用低沉的声音吼道：“你他妈的究竟是怎么回事？”马库斯的俄语很烂，因此沃洛佳说的是德语。

“你们逮捕了伊莉娜，”马库斯哭着说，“你们这群浑蛋，还用烟蒂烫她的胸部。”

沃洛佳皱起眉。伊莉娜是马库斯的苏联女朋友。沃洛佳逐渐了解了整件事，产生了一种非常不好的感觉。“我没逮捕伊莉娜，”他说，“她受伤的话，我也会很难过，快告诉我到底发生了什么。”

“她母亲告诉我，那伙人半夜里闯进了她们家。他们没说自己是谁，但不是一般的警察——衣着都很考究。伊莉娜不知道她被带到了什么地方。他们问她关于我的事情，说她是个间谍。他们折磨她，强奸她，然后把她扔到了大街上。”

“该死，”沃洛佳说，“我真的很难过。”

“你会难过吗？这种事除了你，还有谁会做呢？”

“我向你保证，这事和军方的情报机构无关。”

“无论是谁做的都没什么两样，”马库斯说，“我和你完了，我不再相信见鬼的社会主义了。”

“在反对资本主义的过程中，的确会出现一些误伤。”这话说得连沃洛佳自己都觉得有点假惺惺。

“你这个傻瓜。”马库斯忿忿地骂了一句。

沃洛佳抬起头，看见一个穿着皮外套的彪形大汉进了门。沃洛佳本能地感觉到，这个人不是来这儿喝酒的。

要出事了，但沃洛佳不知道会出什么事。沃洛佳刚做这种工作，像只迷失的羊一样感到完全没有经验。他觉得自己也许身处险境，但不知该怎样应付。

刚进来的大汉走到沃洛佳和马库斯的桌前。

这时，那个贼头鼠眼的男人也站了起来。他和沃洛佳年龄相仿。虽然衣衫褴褛，但说话很有教养。“你俩都被捕了。”

沃洛佳狠狠地骂了一声。

马库斯立刻站了起来。“我是德国使馆的商务参赞！”他用不合文法的俄语说，“我有外交豁免权，你们不能抓我！”

其他顾客迅速离开酒吧，推搡着出了门。留下的只有两个人：拿着脏抹布擦拭吧台的侍者和看着空空的伏特加酒杯，叼着根烟的妓女。

“你们也不能逮捕我，”沃洛佳平静地说。他从口袋里掏出身份证，“我是军队情报机构的别斯科夫中尉，你们都他妈的是些什么人？”

“我是苏联内务人民委员会的德沃尔金。”

穿着皮外套的男人说：“我是苏联内务人民委员会的贝里佐夫斯基。”

沃洛佳呻吟一声。他早该知道这些人是秘密警察了。内务人民委员会和军队情报机关职责相仿，他早就听人说过两个组织经常有互相干扰的情况，但这还是他第一次经历这种事。沃洛佳对德沃尔金说：“折磨他女朋友的应该是你们这伙人吧。”

德沃尔金用袖子擦了擦鼻子，显然这个令人不快的习惯并不是他的伪装：“她没有提供任何有价值的情报。”

“这么说，你们烫伤了她，却什么都没问出来。”

“她很幸运。如果是间谍的话，情况会更糟些。”

“你们难道没想过先和我们沟通一下吗？”

“你们哪回先和我们沟通过了？”

马库斯说：“我要走了。”

沃洛佳非常绝望，他眼看要失去这个有价值的情报源了。

“千万别走，”他请求道，“我们会想办法补偿伊莉娜的，我们会把她送往莫斯科最好的医院——”

“去你妈的，”马库斯说，“你永远别想再见我了。”说完他出了酒吧。

德沃尔金显然不知道该怎么办。他不想让马库斯走，但逮捕他会让自己显得很傻。最后，他对沃洛佳说：“你不该让人这么对你说话，这让你看上去很软弱。他们应该对你表示出尊敬。”

“你这个浑蛋，”沃洛佳说，“你知道自己做了些什么吗？那人给我们提供了许多有用的情报——由于你们的愚蠢，他再也不会为我们工作了。”

德沃尔金耸了耸肩。“就像你说的那样，反对资本主义的过程中有时难免会出现些误伤。”

“你饶了我吧。”沃洛佳离开了酒吧。

过河时，沃洛佳略微有些犯晕。他吃惊于内务人民委员会对无辜女人所犯的发指罪行，也失去情报源而沮丧。他跳上辆电车：他目前的级别还不足以拥有汽车。电车冒着风雪开往情报中心时，沃洛佳陷入了沉思。他必须向莱米托夫上校汇报，但是他犹豫了，不知道该如何报告这件事。他需要向莱米托夫表明应该受到责备的不是他，还不能让莱米托夫觉得他是在找借口。

红军军事情报中心位于霍登卡机场一隅，扫雪车不断在机场跑道上扫雪，使跑道保持通畅。情报中心的大楼很奇特：主楼是外墙上没窗的两层楼建筑，旁边的空地上矗立着一座九层办公楼，一根竖着的手指头。不能带打火机和圆珠笔进大楼里，它们会触发入口处的金属探测器，因此军队给在大楼里工作的军官们每人配发了一个打火机和一支圆珠笔。皮带上的金属扣也会触发金属探测仪，因此大多数男士们穿的都是吊带裤。大楼里的安保措施其实都是多余的，莫斯科人会想尽一切办法远离这幢建筑，没有人疯狂得想前来一窥究竟。

沃洛佳和其他三个副官共用一间办公室。他们的铁制办公桌各占了办公室的一道墙。沃洛佳的办公桌挡住了大半扇门，只留有狭小的空间供人进出。办公室里最爱插科打诨的卡尔门看着他打肿的嘴唇说："让我猜猜——必定是她丈夫早回家了吧！"

"别多嘴多舌！"沃洛佳说。

桌子上放着无线电部门的秘密电文，密码下面用铅笔写着破译过来的德文单词。

密电来自沃纳。

沃洛佳的第一反应是害怕。马库斯把伊莉娜的遭遇报告给沃纳，劝他退出谍报活动了吗？今天如果再遭受一次打击，那就太不幸了。

但这次传来的消息令人欣慰。

沃洛佳看得越来越兴奋。沃纳告诉他，德国军方决定派些间谍去西班牙，伪装成反法西斯志愿者，在内战中和西班牙政府并肩作战。他们将向叛军中德国人控制的监听营每日秘密发报。

这正是他所需要的第一手信息。

但密电上包含的还不止这些。

沃纳还提供了这些德国人的名字。

沃洛佳克制住情绪，没有欢叫出声。在他看来，情报人员碰上这样的好事一生中最多也就一次。这份情报的收获完全可以弥补失去马库斯的损失了。沃纳真是个无价之宝。沃洛佳完全可以预见，沃纳偷得这份名单并把它带出柏林的空军部大楼得冒上多么大的风险。

他很想上楼跑进莱米托夫的办公室，但他克制了这种冲动。

四个副官共用一台打字机。沃洛佳把笨重的打字机从卡尔门的办公桌上抱起来，搬到自己那边。他用两根食指打字，把沃纳的情报从德语翻译成俄语。这段时间里，天色渐渐暗了，大楼外的保安防范灯全都亮了起来。

他把复写的一份塞进抽屉，把原件带上楼。莱米托夫上校正在自己的办公室。他四十岁出头，相貌英俊，黑色的头发油光发亮。他很精明，任何事都能想在沃洛佳前面，让沃洛佳很钦佩。他没有军队传统的恃强凌弱的传统观念，但对没能力的人毫不留情。沃洛佳对他又敬又怕。

“这也许是非常有价值的信息。”莱米托夫读完密电的译文后说。

“只是也许？”沃洛佳觉得没有一星半点可以怀疑的理由。

“这也许是虚假信息。”莱米托夫指出。

沃洛佳不相信这信息会是假的。但他失望地意识到沃纳确有被捕，成为双料间谍的可能性。“什么样的虚假信息？”他精神不振地问，“给我们些假名字让我们徒劳无功地去寻找吗？”

“也许吧。但也有可能是真实的志愿者姓名，有可能是从纳粹德国逃到西班牙为自由而战的共产党人和社会民主党人。我们可能会把反法西斯主义者错抓过来。”

“真他妈该死！”

莱米托夫笑了。“别丧气，这份情报还是很有价值的。我们在西班牙有自己的间谍——‘自愿’加入国际纵队的苏军军官和士兵们。他们可以替我们调查。”他拿起一支红头的铅笔，在纸上公公正正地写了行一小字，对沃洛佳说：“你已经做得很好了。”

沃洛佳知道莱米托夫是在下逐客令，于是朝门边退了过去。

莱米托夫问：“你今天见过马库斯了吗？”

沃洛佳转过身：“我们遇上了麻烦。”

“一看你被打破的嘴唇，我就猜出来了。”

沃洛佳把这天发生的事告诉莱米托夫。“这样一来，马库斯这条线算是彻底断了，”他说，“但当时我实在想不出还能怎么做了。我要告诉内务人民委员会的人，马库斯是我们的线人，威胁他们离开吗？”

“当然不能，”莱米托夫说，“他们这种人完全不可信任。永远别告诉他们任何事。别慌，你还没失去马库斯，你可以轻易地把他争取回来。”

“怎么争取？”沃洛佳不理解，“他恨我们所有人。”

“再一次逮捕伊莉娜。”

“什么？”沃洛佳吓坏了。难道伊莉娜受的折磨还不够多吗？“那他就更恨我们了。”

“告诉他如果不继续合作，我们就再审问一次伊莉娜。”

沃洛佳尽量掩饰着自己的反感。不能在莱米托夫面前显得过于软弱和神经质。另外，他也认为莱米托夫的战术的确能奏效。“好吧。”他违心地说。

“下不为例，”莱米托夫说，“告诉他我们会用点着的烟头烫她的阴部。”

沃洛佳觉得自己简直要吐了。他使劲咽了一口唾沫，说：“好主意，我这就把她抓来。”

“明天去最好，”莱米托夫说，“凌晨四点去抓，这样做能造成最强的震慑效果。”

他在走廊里站了好一会儿，感觉都快要站不住了。一个路过的职员好奇地盯着他看，他只好迈开步子离开了。

他会去逮捕伊莉娜，但不会去折磨她：给她一些威胁已经足够了。她显然会认为自己会被再折磨一次，那会让她吓破了胆。沃洛佳觉得，如果自己是伊莉娜的话，也许会被吓疯的。加入红军时，他从没想过有一天要做这种事。他知道当兵要去杀人——可折磨年轻姑娘就是另一回事了。

办公楼里的人下班了，灯已经熄了，人们戴起帽子出现在走廊上。下班时间到了。沃洛佳回到办公室以后，给军事警察处打去了电话，让他们安排一组人和他在第二天一早三点半会合，一起去逮捕伊莉娜。然后他穿上大衣，搭电车回家。

沃洛佳和父母，格雷戈里和卡捷琳娜，以及十九岁尚未大学毕业的妹妹安雅住在一起。在电车上他琢磨着是否要把这件事讲给父亲听。他想这样问父亲：“在社会主义的今天，我们还必须去折磨无辜的群众吗？”但他知道父亲会怎么说。父亲会说为了对付资本主义社会的代理人和这些国家的间谍，暂时的专政是必要的。他也许会进一步追问：“什么时候才能弃绝这类可怕的刑罚呢？”父亲自然答不上来，没有任何人能答得上来。

从柏林回来以后，别斯科夫一家住进了也被称为河堤公寓的政府公寓。政府公寓和克里姆林宫隔河相望，里面住的都是苏维埃的精英。公寓采取了结构主义风格，里面有五百多套房子。

沃洛佳朝楼门口站岗的军警点了点头，然后穿过底楼大厅——大厅非常庞大，晚上有时甚至会开爵士乐队伴奏的舞会——然后乘电梯上去了。公寓里配有电话，还长期供应热水，从苏联人的标准来看是超豪华了，但远不如他们在柏林住的公寓温馨。

母亲在厨房里做饭。虽然卡捷琳娜厨艺一般，也不擅长整理，但沃洛佳的父亲却很爱她。1914年在圣彼得堡，他把她从一个不怀好意的警察手里救了下来，自那以后，他就一直深爱着她。沃洛佳觉得四十三岁的母亲还非常漂亮，在外交际时，她总是穿得比其他苏联女子时髦一点点——但她小心地不让自己显得过于西化，以免犯了莫斯科官场上的大忌。

“你的嘴怎么受伤了？”母亲吻了他，问道。

“没事。”沃洛佳闻到了鸡肉的香味，“有客人要来吗？”

“安雅要带男朋友回来。”

“啊，是个学生吗？”

“我想应该不是。我没问是那人是干什么的。”

沃洛佳很高兴。他很喜欢自己的这个妹妹，但也知道她并不漂亮。她又矮又胖，总是穿着单一色调的衣服。她没交过什么男朋友，能有男孩愿意和她一起回家是个天大的好消息。

他回到房间，脱下大衣，把脸和双手好好地洗了一把。他的嘴唇几乎快好了：马库斯下手并不重。擦干双手时他听见家门口传来了人声，心想一定是安雅和她的男朋友到了。

他穿了件保暖的羊毛开衫，离开自己的房间走进餐厅。安雅和沃洛佳早晨刚见过的贼眉鼠眼的男人坐在桌旁。“哦！”沃洛佳惊呼一声，“怎么是你啊！”

安雅的男朋友正是逮捕伊莉娜的内务部特工伊利亚·德沃尔金。德沃尔金这时没有乔装打扮，穿着黑西装和一双高档的靴子。他吃惊地看着沃洛佳。“对啊——你也姓别斯科夫，”他说，“先前我怎么没想到呢？”

沃洛佳看向安雅：“别告诉我，这个人就是你的男朋友。”

安雅气恼地说：“到底是怎么回事？”

沃洛佳说：“我们今天早些时候见过面。他把鼻子钻到不该钻的地方，坏了军队的一项重要任务。”

“我只是恪尽职守。”说完，德沃尔金又用袖子擦了擦鼻尖。

“恪尽职守？说得可真好听！”

卡捷琳娜插话以缓和气氛。“别把工作上的事带回家，”她说，“沃洛佳，给我们的客人倒上杯伏特加。”

沃洛佳问：“真要给他倒吗？”

卡捷琳娜目光中冒着怒火：“让你倒你就倒！”

“好吧。”沃洛佳不情愿地从架子上拿下酒瓶。安雅从橱柜里拿出酒杯，沃洛佳往杯子里斟满了伏特加。

卡捷琳娜拿起一个杯子，说：“重新给你们介绍一下吧。伊利亚，这是我儿子弗拉基米尔，我们都叫他沃洛佳。沃洛佳，这是安雅的朋友伊利亚，伊利亚今天专程来我们家吃晚饭。你们两个握握手吧。”

沃洛佳没有别的选择，只能和伊利亚握手。

卡捷琳娜把烟熏鱼、腌黄瓜和香肠段放在桌上。“夏天我还能拿出一些乡间别墅种的蔬菜，不过这个季节就只有这些了。”她抱歉地说。沃洛佳感到母亲在千方百计地讨好着伊利亚。母亲真想把安雅嫁给这个杂碎吗？他觉得母亲确实想达到这个目的。

格雷戈里穿着部队里的制服走进餐厅，他满脸堆笑，一边搓着手，一边闻着鸡肉的香气。格雷戈里今年四十八岁，他身材臃肿，满脸红光：很难想象这样一个人曾在1917年和红军战友洗劫了冬宫。那时，他肯定要瘦些。

他心情很好地吻了妻子。沃洛佳觉得，母亲很感激父亲这种不计回报的爱。她会在他拍她屁股时露出笑容，在他拥抱她时伸出手臂，在他需要的时候给他一个吻，但她从来不是主动的那一个。卡捷琳娜喜欢他，尊敬他，似乎很高兴嫁给他。然而，她并没有全身心地投入这段婚姻。而沃洛佳想从婚姻中得到的，要比这多得多。

沃洛佳对婚姻还只是出于想象：他短暂地交过十来个女朋友，但还没碰到他想要娶的那个人。

沃洛佳给父亲倒了杯伏特加，格雷戈里举杯表示感谢，然后吃了点熏鱼。他问德沃尔金："伊利亚，你做什么工作？"

"我在内务人民委员会工作。"伊利亚自豪地说。

"啊，这工作非常不错！"

沃洛佳觉得格雷戈里绝不会真这么想。他只是想对客人表示友善而已。沃洛佳觉得父母最好凶一点，把伊利亚给赶走。他对父亲说："爸爸，如果世界上所有国家都学苏联建立起社会主义体制，我想秘密警察就应该没有了。内务人民委员会到时候就该废除了。"

格雷戈里岔开了话题。"到那时警察也应该没有了！"他兴致勃勃地说，"没有司法审判，没有监狱，没有了间谍自然也没了反谍报部门。没有了敌人也就没有了军人。说说看，到时我们靠什么生活呢？"他痛快地笑了起来，"但说到底，这都是很久以后的事情了。"

伊利亚一脸怀疑，好像听到了反动的话，却完全不能指控似的。

卡捷琳娜端上来一盘黑面包和五碗热罗宋汤，大家开始吃了起来。“小时候我生活在农村，”格雷戈里开始忆苦思甜了，“漫长的冬天，妈妈会把蔬菜叶、苹果核、卷心菜不能吃的外皮和洋葱的叶茎扔在房子外面一个旧桶里，让它们全都冻在一起。等开春雪化了，她会用这些东西做罗宋汤。告诉你们，那才是真正的罗宋汤——用蔬菜的烂叶子做出来的汤。你们年轻人很少去想自己有多么幸福。”

有人敲了下门。格雷戈里皱起了眉，不知道这个时候还会有谁来，不过卡捷琳娜像是想到了什么：“哦，我把这事给忘了！康斯坦丁的女儿说好了要来。”

格雷戈里问：“你是说，接生婆玛格达和他生的那个女儿卓娅·沃洛茨采娃吗？”

“我记得卓娅，”沃洛佳说，“一个扎着金色麻花辫的瘦弱女孩。”

“她不再是个小姑娘了，”卡捷琳娜说，“卓娅现在是二十四岁的女科学家。”她站起身走到门边。

格雷戈里皱起了眉头：“她妈妈死后我们就没见过她了。她怎么突然来联系了呢？”

“她想和你谈谈。”卡捷琳娜回答。

“跟我谈？谈什么啊？”

“谈物理。”卡捷琳娜说。

格雷戈里骄傲地说：“我和她父亲康斯坦丁是1917年被派到彼得格勒的苏维埃代表，我们起草了著名的一号令。”说到这儿，他的脸阴沉下来，“但不幸的是，他在国内战争结束后不久就死了。”

沃洛佳说：“他死的时候一定很年轻——他是怎么死的？”

格雷戈里看了眼伊利亚，马上把目光转到另一边。“他死于肺炎。”沃洛佳知道他在撒谎。

卡捷琳娜带着一个姑娘走进餐厅。卓娅一进来，沃洛佳就被她迷上了。

卓娅是个标准的苏联美女，她个子很高，身材苗条，有清澈的蓝色眼眸和丝绸般的白皙肌肤。她穿着一条简朴的绿裙子，但恰到好处地衬托出她完美的身材。

卓娅被介绍给众人以后，在桌子旁坐了下来，喝起了罗宋汤。格雷戈里说：“卓娅，看来你是个科学家了。”

“我是个正在写论文的研究生，眼下正在给本科生上课。”她说。

“沃洛佳在军队的情报部门工作。”格雷戈里自豪地说。

“这倒挺有趣的。”她显然觉得军队的生活很枯燥。

沃洛佳意识到父亲已经把卓娅当成了潜在的儿媳妇人选。他希望父亲别表现得那么明显。他已经决定在卓娅离开之前约她见面。但这事得他自己搞定。他不需要父亲帮忙。父母的过分热心会把卓娅给吓跑。

“汤烧得怎么样？”卡捷琳娜问卓娅。

“很美味，谢谢你。”

沃洛佳已经具备了透过外表看本质的能力。卓娅正巧是他最中意的那种人：长得很美，却从不以这种美而自夸。

卡捷琳娜端上这天晚上的主菜土豆炖鸡肉时，安雅收拾了喝罗宋汤的碗。卓娅叉了块鸡肉，嚼得津津有味，接着又吃了很多。和大多数苏联人一样，她难得吃上这么好的菜。

沃洛佳问：“卓娅，你主要的研究方向是什么？”

她不太乐意地停止咀嚼，回答了沃洛佳的提问。“我是个物理学者，”她说，“我们试图弄清原子的属性：它是如何组成的？这些组成部分又是如何连接在一起的？”

“这很有趣吗？”

“非常有趣。”她放下叉子，“借此我们可以发现宇宙是如何组成的。没有比这更激动人心的事情了。”说这话时她的眼睛散发出亮光。显然物理学是唯一能让她从美味中分心的东西。

伊利亚终于开口了：“这种理论化的东西，对革命又有什么好处呢？”

卓娅的眼中燃起怒火，这让沃洛佳更喜欢她了。“有些同志犯了轻视纯科学的错误，把全部精力都放在了实证研究上，”她说，“但技术进步完全得靠理论上的进展，比如说改造飞行器的流线。”

沃洛佳克制着没笑，卓娅没费吹灰之力就把伊利亚驳倒了。

但卓娅还没说完。“先生，这正是我想找你谈话的原因，”她对格雷戈里说，“我们物理学者读了西方出版的各类科学期刊——西方人愚蠢地向全世界发布了他们的研究结果。最近，我们意识到他们在原子科学领域取得了突破性的进展，苏联很可能在这个领域被他们远远地甩在身后。我琢磨着斯大林同志是不是知道这件事。”

餐厅里一下子安静了。对斯大林的任何批评或类似暗示，都是很危险的。“大多数事，他都知情。”格雷戈里说。

“这是自然，”卓娅立刻接着说，“不过有时还需要您这样忠心的人提请他特别关注一下。”

“是的，这倒是真的。”

伊利亚说：“斯大林同志认为科学要为马克思列宁主义的意识形态服务。”

沃洛佳看见卓娅的眼睛里闪过一丝愤怒，但她马上垂下眼恭敬地说：“他无疑是对的，我们科研人员必须付出双倍的努力。”

所有人都知道她这是在打马虎眼，但没人会这样说。人人都知道要遵守礼节。

“好吧，”格雷戈里打起圆场，“不管怎样，我会在下次见到总书记时跟他提一下。他也许会更深入地看待这个问题。”

“能这样就再好不过了，”卓娅说，“我们希望领先于西方。”

“卓娅，你的业余生活怎么样？”格雷戈里兴致勃勃地问，“你有男友或未婚夫了吗？”

安雅生气了：“爸爸，这和你有什么关系？”

卓娅似乎并不介意。“我没未婚夫，”她和善地说，“也没有男朋友。”

“和我儿子一样，他都二十三岁了，还是单身。沃洛佳学历高，个子高，样子也不赖——却到现在都没有未婚妻！”

沃洛佳对这么明显的暗示皱起了眉头。

“的确很难相信。”卓娅说。沃洛佳发现，卓娅说话的时候看了他一眼，带着调侃的笑意。

卡捷琳娜把手放在丈夫的手臂上。“够了，”她说，“别再让卓娅难堪了。”

门铃响了。

“怎么又有人来了？”格雷戈里问。

“这次我不知道会是谁了。”卡捷琳娜离开餐厅去开门。

她带来的是沃洛佳的上级莱米托夫上校。

沃洛佳惊讶地站起身。“晚上好，长官，”他说，“这是我的父亲格雷戈里·别斯科夫。爸爸，这是莱米托夫上校。”

莱米托夫凌厉地敬了个军礼。

格雷戈里说：“莱米托夫，轻松一点。坐下吃点鸡肉。我儿子做错了什么事吗？”

这正是沃洛佳手抖的原因。“正相反——你儿子干得很好。只是……只是我想和你，以及你的儿子，私下里聊两句。”

沃洛佳轻松了一点，也许自己没有惹上麻烦。

“没问题，我们刚吃完晚饭，”格雷戈里站起身，“去书房谈吧。”

莱米托夫看了一眼伊利亚，问道：“你是内务人民委员会的人吗？”

“没错，为此我深感骄傲，我叫德沃尔金。”

“下午你差点把沃洛佳逮起来了是吗？”

“我觉得他的行为像个间谍。我没弄错，不是吗？”

“你必须去抓敌方的间谍，而不是我们自己的谍报人员。”莱米托夫说。

沃洛佳笑了。一天之中，这是德沃尔金第二次被别人揶揄。

沃洛佳、格雷戈里、莱米托夫沿着走廊到了书房。书房很小，除了书架外没有什么过多的装饰。格雷戈里占了唯一的一把椅子，莱米托夫坐在一张小桌子上，沃洛佳关上门，站着。

莱米托夫问沃洛佳：“你的父亲同志知道下午从柏林传来的消

息吗？”

“长官，我没告诉他。”

“最好告诉他。”

沃洛佳把德国准备派人打入西班牙政府军内部的事情告诉了格雷戈里。格雷戈里非常高兴。“你们的工作完成得很不赖！”他说，“这的确有可能是虚假信息，但可能性不大，纳粹才不像我们那样精于设局呢！我们可以抓获纳粹派去的间谍，用他们手中的无线电发报机把误导信息发送给右翼的叛乱分子。”

沃洛佳没有想到这一层。父亲也许会在卓娅面前装傻，但在情报工作方面却依然有着清晰的头脑。

“是的。”莱米托夫说。

格雷戈里对沃洛佳说：“你的同学沃纳是个勇敢的男人。”他转身问莱米托夫，“你准备如何处理这件事情？”

“我们需要派几个出色的谍报人员去西班牙调查那些德国人。这事应该不是很复杂。如果真是间谍的话，我们一定能在他们的住处发现密码本和无线电发报机之类的证据。”他犹豫了片刻，“我上这儿来，是为了动员你儿子沃洛佳去一趟的。”

沃洛佳惊呆了。他万万没想到会被上级派到西班牙去。

格雷戈里脸一沉。“哎，”他想了想，说，“我承认，我不怎么想让我儿子去。我们会很想他的。”接着，他换上了一副顺从的表情，像是已经意识到了自己别无选择似的，“当然，保卫革命成果是放在第一位的。”

“谍报人员需要实战经验，”莱米托夫说，“先生，你我都经历过战争了，他们年轻的这一代还需要去战场上走一走。”

“是的，没错，你准备让他什么时候出发？”

“三天以后。”

看得出，格雷戈里正在绞尽脑汁想理由，要把沃洛佳留在家里，但他没有成功。沃洛佳自己却很兴奋。能去西班牙了！他想到了血红色的葡萄酒，黑发长腿的西班牙女郎，以及莫斯科没有的艳阳天。去西班牙参加内战的确很危险，但沃洛佳参军并不是来享受安逸的。

格雷戈里问他：“沃洛佳，你怎么想？”

沃洛佳知道父亲希望他提出反对，但唯一能让他想到的理由只是没时间去了解如此吸引他的卓娅了。“这是个非常好的机会，”他说，“我对被选中前往西班牙感到很荣幸。”

“那就这么定了。”格雷戈里说。

“有个小问题，”莱米托夫说，“按照之前的决定，军队情报部门只有调查权而没有逮捕权，那是内务人民委员会的特权。”他干笑了一声，继续说，“这次恐怕你要和朋友德沃尔金一起去了。”

西班牙简直太美了。劳埃德·威廉姆斯没有想到，他会这么快地爱上这片土地。他到西班牙只有十个月，但对西班牙的眷恋足以和对生养他的威尔士媲美了。他喜欢绽放在战火灼烧的土地上的珍奇花朵，喜欢下午睡个午觉，也喜欢喝西班牙自产的那些红酒。甚至没东西吃的时候，他也会喝上一杯，那种滋味简直妙极了。他尝试了许多以前没有吃过的东西：橄榄、红辣椒、辣香肠，以及像火一样炽热、被当地人称为“红酒渣”的食物。

他站在高地上，手拿着地图眺望着眼前这片热土。河边有几块不连接的草地，远方的山上长着几许绿树，但之间却是贫乏的土壤和岩石构成的荒地。“前进的路上找不到太多的掩护。”他忧心忡忡地说。

身旁的莱尼·格里菲斯说：“这一仗会非常辛苦！”

劳埃德看了看地图。埃布罗河从地中海开始，绵延了一百多英里，从萨拉戈萨中间流过。萨拉戈萨是阿拉贡自治区的通衢之地。它是若干公路、铁路以及三条河流的交汇口。西班牙政府军将在这个不毛之地和反民主的叛军打上一场激烈的遭遇战。

有人把政府军叫作共和主义者，把叛军叫作民族主义者，但这些名称只会带来误导。两边都有许多人是共和主义者，不想接受国王的统治。他们同时是民族主义者，热爱西班牙，愿意为之牺牲生命。但在劳埃德看来，双方就是单纯的政府军和反叛军。

这时，萨拉戈萨被佛朗哥[①]的叛军所盘踞，劳埃德在距离萨拉戈萨五十英里的制高点上观察着这座城市。“如果能攻克萨拉戈萨，敌军就会被围在萨拉戈萨以北的地方过上一整个冬天。”他说。

“只是如果。”莱尼说。

劳埃德阴郁地想，这是个糟糕的预言。在他们只能希望叛军的前进可以被阻延的时候，这样的预言简直是太糟糕了。这一年开始以来，政府军还没收获一场像样的胜利。

但劳埃德却又想好好地打上一仗。他来西班牙十个月了，这将是他第一次参加正式的作战行动。在这之前，他一直在大本营

① 弗朗西斯科·佛朗哥（1892—1975），西班牙政治家，军人。1939年西班牙内战结束后，成为终身国家元首。第二次世界大战期间，取缔其他一切政党，实行法西斯独裁统治。

做教导员。西班牙人发现他在英国的军官训练营里待过以后，马上让他越级当上中尉，主管新来者的训练工作。他灌输给新来的人服从命令的思想，让他们反复练习行军，直到脚上不再流血，水疱结痂才停顿下来。另外，他还教授他们在枪支不够时如何击倒敌军的方法。

但志愿者来得越来越少了，教导员必须亲自上阵杀敌。

劳埃德戴着贝雷帽，穿着袖子上手工缝着军衔标志的带链夹克和灯芯绒裤。他带着一把装填有可能是从公民警卫队弹药库里偷来的七毫米西班牙制毛瑟短枪。

劳埃德、莱尼和戴夫分离过一段时间，但这会又集中在第十五国际旅，准备投入接下来的战斗。莱尼留了胡子，十七岁的他显得比实际年龄还要大十岁。尽管穿着粗布工作服而不是军服，但他已经是个小队长了。相比士兵，他看起来更像个海盗。

莱尼说："这次行动和保卫叛军没任何关系，完全是出于政治上的考量。这地方永远被无政府主义者所主导。"

劳埃德在巴塞罗那短暂停留期间见识了什么叫无政府主义。无政府主义是共产主义的一个变种——军官和士兵拿同样的薪水；大饭店的餐厅被改造成工人食堂；侍者拒绝小费，声称收取小费有损他们的人格；海报上怒斥买春是对女性的剥削。整个巴塞罗那洋溢着其乐融融的气氛。但苏联人痛恨这种无政府主义。

莱尼继续说："现在政府又从马德里调来了一支共产党人组成的军队，要把我们合并成一支军队——发号施令的自然是那些共产党。"

莱尼的话让劳埃德很失望。他知道，只有像之前那样的各种左翼团体联手，他们才有可能取胜——卡布尔街的反游行斗争就是一例。巴塞罗那的无政府主义者和共产主义者却在街上相互争斗。他说："内格林总理不是个共产党人。"

"他可能本质上是。"

"他知道，没有苏联的支持，政府军就要完了。"

"这意味着我们要抛弃民主，让共产党人掌权吗？"

劳埃德点了点头。关于政府军的讨论每次都会以同样一个问题结束："仅仅因为苏联是唯一能提供给我们枪炮的国家，我们就要迎合他们的一切需求吗？"

他们走下山。莱尼说："我们可以喝上杯好茶吗？"

"当然可以，给我的茶里放上两大块糖。"

这是他俩经常讲的一个笑话。两人已经好几个月没喝上茶了。

他们来到河边的营地。莱尼所在的排住在石头棚屋里，在内战赶跑农民之前，那也许是牛羊住的。几十码以外的埃布罗河上游，第十一国际旅的德国志愿者住在船民们弃下的船屋。

劳埃德的表弟大卫·威廉姆斯迎了上来。和莱尼一样，大卫看上去也比实际年龄至少大了十岁。他非常消瘦，皮肤肮脏而粗糙，在阳光下眯起眼睛，显得有一点畏光。他穿着卡其布的外衣和裤子，扎着皮带，脚上是一双齐膝的靴子。尽管很少有志愿者拥有整套的军服，但他这身倒挺全的。戴夫在脖子上系了条棉围巾，手里拿着支配备有老式反转刺刀的苏制莫辛纳甘步枪。他的皮带上还系了支从叛军尸体上搜来的德制九毫米鲁格尔小手枪。他对枪支弹药显然非常精通。

"来客人了。"他兴奋地说。

"来了个女的。"戴夫指着新来人说。

在一棵丑陋的白杨树下，十几个英国和德国的志愿兵正在和一个美得惊人的妙龄女郎交谈。

“哦，我的上帝。”莱尼用威尔士语惊呼道，“看到她，我的眼睛都亮了。”

她大概二十五岁，个子不高，眼睛很大，黑头发扎在一起，横戴着一顶军帽。过于宽大的制服穿在她身上像是件晚礼服。

知道劳埃德会德语的志愿兵海因茨用德语对他说：“先生，她叫特蕾莎，是来教我们识字的。”

劳埃德点点头表示知道了。国际旅中有外国兵，也有西班牙本国人。这些西班牙人大多都不怎么识字。他们小时候在天主教会资助的乡村小学练习教理问答，学校的神职教师害怕他们接触到社会主义的书籍，就是不教他们认字。结果，君主制下的西班牙，一半人口都是文盲。1931年民选的西班牙政府加强了教育方面的工作，但西班牙仍然有好几百万人既不能读，也不能写，为士兵们上课的识字班甚至开到了内战前线。

“我不识字，让她教教我吧。”在学校认了许多字的大卫说。

“我也不怎么识字。”在纽约哥伦比亚大学教授西班牙文学的乔·埃里也想凑这个热闹。

特蕾莎操着一口流利的西班牙语。她的声音低沉而平静，听上去有些性感。“你们以为我听过多少次这种笑话？”她说，但看上去并没有生气。

莱尼走上前。“我是格里菲斯队长，”他说，“我会竭尽全力帮你。”他的话很实际，但包含着一种邀请的口吻。

特蕾莎对莱尼绽放出灿烂的笑容。“真是太好了。”她说。

劳埃德把学到的西班牙语拼接起来，不卑不亢地和她交谈。“小姐，很高兴你能来这。”过去十个月，他把大量时间花在了学习西班牙语上，“我是威廉姆斯中尉。我可以告诉你哪些人需要上课，哪些人不需要。”

莱尼不屑一顾地说：“你算了吧，你还要去布哈拉洛斯取军令呢。”布哈拉洛斯是政府军建立指挥部的小城，“也许我和你可以四处走走，找个适合上课的地方。”他似乎想和特蕾莎在月光下漫步。

劳埃德笑着点了点头。他很高兴看到莱尼和特蕾莎调情。莱尼似乎已经陷入爱河，劳埃德却没有半点恋爱的念头。在劳埃德看来，莱尼的机会接近于零。特蕾莎是个受过高等教育的成熟女性，追求她的男人一定不少，莱尼却是个可以一个月不洗澡的十七岁矿工小子。但他什么话都没说——特蕾莎看上去完全能照顾好自己。

一个劳埃德似曾相识的人出现了。他穿着毛裤和棉布衬衫，腰带上的手枪皮套里放着把小手枪，配备比普通士兵好。他剃着苏联人喜欢的短发。尽管只是个中尉，但他颇有那种一言九鼎的气势。他用流利的德语对众人说：“我找加西亚中尉。”

“他不在这里，”劳埃德用德语回答，“我和你在哪里见过吗？”

苏联人像在铺盖卷里找到条蛇似的又震惊又生气。“我们从来没见过，”他坚定地说，“你搞错了。”

劳埃德打了个响指。“1933年在柏林我们见过，”他说，“我们被冲锋队袭击了。”

苏联人像知道预判错了似的，长出了口气。“是的，我的确去过那儿，”他说，“我是弗拉基米尔·别斯科夫。”

“但大家都叫你沃洛佳。”

“是的。”

“在柏林的那次冲突中，你和一个名叫沃纳·弗兰克的男孩在一起。”

沃洛佳显得很吃惊，但他努力掩饰住了自己的情感。“我从来不认识任何一个叫这名字的人。”

劳埃德觉得不再追问这个问题为好。他料想得到沃洛佳为何会如此惊慌。苏联人都害怕秘密警察，内务人民委员会已经渗透到了交战中的西班牙，并且以残暴而著称。对秘密警察来说，任何一个对外国人友好的苏联人都是潜在的叛国者。“我是劳埃德·威廉姆斯。”

“我记得你，”沃洛佳用能刺透人心的目光看着他，“奇怪，我们竟然在这里又相遇了。”

“其实并不奇怪，”劳埃德说，“我们会在任何有法西斯分子的地方给他们以打击。”

“能和你私下说些话吗？”

“当然可以。”

走到和人群隔开一些距离的地方，别斯科夫说：“加西亚的排里有间谍。”

劳埃德吃了一惊：“间谍，你说的是谁？”

“一个叫海因茨·鲍尔的德国人。”

“穿红衬衫的就是海因茨。他怎么会是间谍？你确定吗？”

别斯科夫没有理会他这个问题。“如果你有自己的防空洞或是其他比较私密的地方的话，希望你把他引过去。”别斯科夫看了看手上的表，“一个小时之内，负责逮捕的人就要过来带他走了。”

“那个棚屋是我的临时办公室，”劳埃德指着不远处的一个棚屋说，“但我需要向这里的指挥官汇报这件事。”这里的指挥官是个共产党人，应该不会插手这种事，但劳埃德需要些时间好好想想。

“想汇报就去汇报吧，”沃洛佳显然不关心劳埃德的指挥官会怎么想，“我希望间谍能不受任何干扰被悄悄地抓走，我已经向负责逮捕的人解释了保密的重要性。”沃洛佳似乎不确定自己的命令会不会被遵守，“越少人知道越好。”

“为什么不让人知道？”劳埃德问。没等沃洛佳回答，他已经参透了答案。“你希望把他发展成双料间谍，把有误导性的情报发送给敌人。如果有太多人知道他被捕的话，其他潜伏的间谍就会通知叛军，叛军就不会相信我们炮制的误导性情报了。”

“最好别乱猜这种事，”别斯科夫严肃地说，“快回你的棚屋去吧。”

“等一下，”劳埃德说，“你怎么知道他是个间谍呢？”

“只有在确保情报不会外泄的情况下我才会告诉你。”

“这个回答不能让我满意。”

别斯科夫怒了。显然从来没人对他说过这种话。西班牙内战中，苏联人特别反感志愿者们对军令的评头论足。

别斯科夫还没来得及说话，两个新来者朝树下走了过来。一个穿着和这么热的天完全不相匹配的皮外套，另外一个是个长着长鼻子的瘦子，他显然是两人中管事的一个。

别斯科夫感叹了一声，“来得太早了！”然后用俄语忿忿地骂了几句。

瘦子轻蔑地把手一挥，然后用不太流利的西班牙语说：“谁是海因茨·鲍尔？”

没人答他的话。瘦子用袖管擦了擦鼻尖。

海因茨行动了。他没有马上逃离，而是撞在穿皮外套的男人身上，把他给撞倒了。接着他便撒开了大步——但瘦子脚一伸，把他给绊倒了。

海因茨重重地摔在干燥的泥土上。他躺在地上愣住了——尽管只是短短一瞬间，但已经来不及逃跑了。他勉强站起身，但新来的两个家伙却猛扑向他，再次把他打倒在地。

海因茨静静地躺在地上，但他们还是对他拳打脚踢。两人抄起木棍用力击打。他们站在海因茨两边，轮流击打着他的头和身体，两人把木棍高高举过头顶，对着海因茨一阵猛击。很快海因茨就满脸是血了。他试图起身逃跑，但每次站起身都会被他们再次扑倒。最后，他只能缩成一团，低声呜咽。显然他已经逃不掉了，但对方还没有收手的意思。他们一次次地用棍棒击打这个无助的男人。

劳埃德大声抗议，把瘦子从海因茨身边拉开。莱尼把另一个人架了开来。劳埃德从背后紧紧抱住瘦子，直接把他提了起来。莱尼一个直拳，把自己架开的那个人打趴在地上。这时劳埃德听见沃洛佳用英语说：“都给我停下，不然我就开枪了。”

劳埃德放下手里的瘦子，转过身，难以置信地看着沃洛佳。沃洛佳抬起手臂，用一把莫辛纳甘转轮枪指着劳埃德。“拿枪威胁军官在任何国家都是一项要军法处置的大罪，”劳埃德说，“沃洛佳，你有大麻烦了。”

“别傻了，”沃洛佳说，“在这支军队中曾经有谁动过苏联人吗？”但说归说，他还是马上低下了枪管。

穿皮外套的男人举棒要打莱尼，但被沃洛佳呵斥住了：“贝里佐夫斯基，走开！”被唤作贝里佐夫斯基的男人退下了。

志愿军里的其他人都被打斗吸引，聚拢过来，很快他们身边就围了二十来个人。

瘦子手指着劳埃德，用口音很重的英语说：“你不该介入跟你无关的事情。”

劳埃德帮海因茨站起身。海因茨满身是血，痛苦地大声呻吟。

“你们才不该一出现就动手打人！”劳埃德对瘦子说，“谁准许你们这么干的？”

“这个德国人是个法西斯间谍！”瘦子咆哮道。

沃洛佳喝道：“伊利亚，你够了没有！”

伊利亚对沃洛佳的警告置之不理。“他有影印的文件。”伊利亚说。

“证据在哪儿？”劳埃德的声音平静下来。

伊利亚不知道或是压根不关心证据在哪。但沃洛佳叹了口气：“看看他的工具袋。”

劳埃德示意马里奥·里维埃拉下士把工具袋拿来。“拿来检查一下。”他说。

里维埃拉依令跑进船屋。

劳埃德有个可怕的预感，觉得沃洛佳可能说的是事实。他说：“伊利亚，即便你没说错，那也应该礼貌一点啊。”

伊利亚说：“讲什么礼貌啊？这是场战争，不是你们英国的茶会！”

“对人客气也许能避免不必要的纷争。”

伊利亚用俄语骂了句脏话。

里维埃拉拿着一个看上去很贵的小照相机和几张公文纸从船屋里走出来，把它们放在劳埃德面前。最上面一份公文纸上写着昨天对敌人下一次来袭的战略部署的军令。纸上有块似曾相识的水渍，劳埃德震惊地意识到这正是他自己的一份，这文件一定是海因茨从他的棚屋里偷出来的。

海因茨突然站直了身体，敬了个纳粹礼："希特勒万岁！"

伊利亚露出得胜的笑容。

沃洛佳说："伊利亚，你把发展海因茨成为双料间谍的机会弄没了。你们这些克格勃真是成事不足败事有余啊！"说完他便离开了。

8月24日，星期二，劳埃德第一次投入了战斗。

劳埃德所在的政府军有八万兵力，反民主的叛军连四万都不到。政府军有二百多架战斗机，叛军只有区区十五架。

为了把人多的优势发挥到极致。政府军把前线扩展到整整六十英里，这招使得叛军无法把他们有限的兵力合兵在一处。

这是个精妙的战略——两天后，劳埃德却自问，为何如此精妙的战略没能奏效？

战斗起初进行得很顺利。第一天政府军夺取了萨拉戈萨南北的各两个村庄。劳埃德所在的团在南线扑灭敌人的顽抗，占领了一个叫科杜的村庄。但中路突进河谷的兵力受到了阻碍，他们在一个叫富恩特斯德埃布罗的地方停滞不前。

战斗开始前，劳埃德害怕得整夜睡不着觉，如同在拳击比赛前一样，他整夜猜想着战斗中会发生什么。但战斗一开始他就什么都不顾了。最艰难的是过荒地的那一段，荒地上除了低矮的灌木丛，没有任何东西可以拿来掩护，叛军却从石头房子里不断向他们发射子弹。即便这样，他也没感到害怕，反而觉得特别有趣。子弹袭来时，他就猫下腰走之字形，射击停止以后，再起身跑上一段，等对方开枪时再猫腰躲避一阵。最大的问题就是弹药短缺：子弹必须省着点用。他们靠兵力优势占领了科杜。劳埃德、莱尼和戴夫在这一天毫发无伤。

叛军强悍勇敢——但政府军也不差。由外国人组成的旅是带着奉献出自己生命的决心来西班牙的，因为这份勇气，他们经常被选为先发部队投入战斗。

第二天情势就不对了。驻扎在萨拉戈萨北部的兵力借口缺乏敌人的防御信息而不愿前进——劳埃德觉得这个理由完全站不住脚。尽管在战斗的第三天得到增援，但中部的部队仍然拿不下富恩特斯德埃布罗，更让劳埃德吃惊的是，敌人的防御炮火竟然摧毁了他们几乎所有的坦克。劳埃德所在的南部方面军没有继续向前，而是斜刺里杀向了河边的小村昆托。在昆托，他们又一次遇上了寸土不让的叛军。叛军最终还是在政府军的兵力优势下战败了，这一仗政府军抓获了一千多名战俘。

劳埃德坐在教堂外的灯下，这里被炮火摧毁了，他被残垣断壁和奇形怪状的尸体包围着。莱尼、戴夫、乔·埃里、里维埃拉下士和一个叫马格西·摩根的威尔士人，筋疲力尽地围绕在他周围。很多威尔士人参加了西班牙内战，他们用威尔士人千篇一律的名字编了一首自嘲的歌谣：

这里有个年轻人名字叫普莱斯，

这里还有个年轻人也叫普莱斯，
有个年轻人叫罗伯茨，
又有个年轻人叫罗伯茨，
新来了一个年轻人，猜猜这么着，这个家伙还是叫普莱斯。

士兵们抽着烟，安静地等待着不知能否送来的晚餐。他们很疲惫，累得都没情绪和特蕾莎打情骂俏了。本应来接特蕾莎回到后方的车辆一直没来，她只好和国际旅的士兵们一道留在了前方。几条街外，不时还传来几声枪响。

“我们得到了什么？”劳埃德问戴夫，“我们用光了少得可怜的弹药，我们失去了许多同志，我们更没有前进一星半点。更糟的是，我们给了法西斯主义者增加援手最需要的时间。”

“我可以把该死的原因告诉你。”戴夫操着一口东区口音说。他的心志成长得比肉体更加坚强。他语带讥讽地说：“相比敌人，我们的军官更怕我们自己人。随便一个很简单的理由，我们自己人就会被扣上托洛茨基分子或法西斯主义者的帽子被折磨致死，他们就是这么一种内厉外荏的怕死鬼。他们宁愿待在原地不动，也不愿自发做任何想做的事情，说白了，他们就是不敢冒风险。我想，除非把军令写在纸上，否则他们什么都不会做！”

劳埃德很想知道戴夫的这番抱怨似的分析是不是对。共产党人总是在不断谈论遵守军令的重要性，借此强调要遵守苏联方面的命令。劳埃德体会得出这样说的道理，但过多的条条框框会阻碍思考。多想想难道也错了吗？

劳埃德不希望这么想。他相信社会民主党人、共产党人和无政府主义者可以在不相互攻击的基础上为共同的目标而战。他们都痛恨法西斯主义，相信未来会是一个人人享有平等权利的社会。

他很想知道莱尼对这个问题怎么看。但莱尼正在特蕾莎身旁小声说着什么。特蕾莎不时被莱尼的话逗笑，看来莱尼进展非常不错。没有顾忌地笑是个非常好的现象，说明女方对你放松了戒备。这时特蕾莎碰了碰莱尼的肩膀，说了几句话，然后站起身。莱尼说："赶紧回来啊。"特蕾莎回过头笑了笑。

莱尼很幸运，劳埃德心想，但是他没有半点嫉妒。他对这种短暂的恋情没有任何兴趣：这种恋情只会对双方造成伤害。他觉得，自己是那种要得到就想得到对方全部的人。在这之前，他唯一全部想拥有的人就是黛西。黛西现在已经是博伊·菲茨赫伯特的妻子了，到目前为止，劳埃德还没找到能在心中完全代替她位置的女孩。他确信终有一天他会碰到这个人。无论特蕾莎再怎么美丽动人，他也不会卷入这种短暂的恋情。

有人说："苏联人来了。"说话者是来自芝加哥的黑人电气工程师贾斯珀·约翰逊。劳埃德抬起头，看见十来个苏联人像征服者一样穿过村庄。苏联人穿着皮外套，腰里系着带扣的手枪皮套，走到哪都特别好认。"怪事，打仗的时候他们在哪儿？"贾斯珀讥讽地说，"我想他们大概是在战场上的其他地方吧。"

劳埃德朝四周看了看，确定没有军代表听到这种扰乱军心的言论。

当苏联人从废弃教堂前的墓地间走过时，劳埃德认出了一周前和自己起冲突，长着张鼠脸的秘密警察伊利亚·德沃尔金。伊利亚走到特蕾莎身旁和她搭话。劳埃德听见他用不流利的西班牙语请特蕾莎共进晚餐。

特蕾莎说了句话，伊利亚又提出要求，特蕾莎摇头拒绝。她转身要走，但伊利亚拉住她的手臂强留住她。

劳埃德看见莱尼坐直身体，警觉地看着石头拱门边正僵持不下的伊利亚和特蕾莎。

“真他妈该死。”劳埃德说。

特蕾莎第二次试图挣脱，伊利亚却拽得更紧了。

莱尼站起身，劳埃德把手放在他的肩膀上，把他按住了。“我来处理这件事。”他说。

大卫小声告诫他。“伙计，小心点——他是秘密警察的人。最好别和那帮王八蛋起冲突。”

劳埃德走向特蕾莎和伊利亚。

伊利亚看见他，用西班牙语让他滚开。

特蕾莎说：“别担心，这事我能应付。”

伊利亚紧盯着劳埃德。“我认识你，”他说，“上周你曾经阻止我们逮捕法西斯间谍。”

劳埃德问他：“这位年轻女郎也是法西斯间谍吗？我好像听你刚才约她一起吃饭啊！”

伊利亚的爪牙贝里佐夫斯基上前，气势汹汹地逼近劳埃德。

从眼角的余光中，劳埃德看见戴夫掏出了那把鲁格尔的小手枪。

事态似乎在渐渐失去控制。

劳埃德说：“小姐，我来是想告诉你，鲍伯罗夫上校想立即在总部见到你。请跟我来，我带你去见他。”鲍伯罗夫是苏联派来的高级军事“顾问”。他没有邀请特蕾莎，但这个托辞已经足以让特蕾莎摆脱伊利亚的纠缠了。伊利亚不知道劳埃德在说谎。

一时之间，劳埃德不知道事情会如何发展。远处传来一声枪响，似乎是附近街上起了冲突。枪响把苏联人拉回到现实之中。特蕾莎第三次试图从伊利亚手里挣脱，这次伊利亚放手了。

伊利亚冲动地指着劳埃德的脸。“我们会再见面的！”他和狗腿子贝里佐夫斯基像舞台剧落幕似的离开了。

大卫骂起来：“该死的狗杂种。”

伊利亚假装没听见。

他们重新坐了下来。大卫说：“劳埃德，你给自己树了个危险的敌人。”

“碰到这档子事，我也只能这样了。”

“从现在起，时刻都必须保持警醒。”

“为了女孩子吵架没什么了不起的，”劳埃德轻描淡写地说，“这种事每天都会发生很多次。”

黑夜降临了，几声手摇铃把他们招到了战地食堂。劳埃德拿到了一碗薄粥，一片干面包和一大杯烈到他觉得可能把他的牙龈腐蚀掉的红葡萄酒。劳埃德把干面包浸到红葡萄酒里，让它勉强可以下咽。

和往常一样，吃完饭后他依然觉得很饿。他和莱尼开玩笑：“给你来杯好茶，怎么样？”

“行，”莱尼说，“请给我加两大勺糖。”

他们打开薄被，准备好好睡上一觉。劳埃德到近旁找厕所，他没找到，只能在村落边上的小果园里方便了一下。这天几乎是满月，橄榄树上几片躲过炮火摧残的树叶孤零零地飘舞着。

系裤子的时候，他听见身后传来一阵脚步声。他慢慢地转过身——他本该转得快一些。刚看清伊利亚的脸，棍棒就落在了他的头上。他感到钻心的疼痛，一屁股坐在地上。他头晕目眩地抬起头，看见贝里佐夫斯基正拿枪直指着他，伊利亚说："别动，否则我就开枪了。"

劳埃德害怕极了。他使劲摇头使自己清醒起来。苏联人太疯狂了。"你想要我死吗？"他难以置信地问，"你该如何解释一个中尉的死呢？"

"你以为有人会觉得这是谋杀吗？"伊利亚笑着说，"这是前线，被流弹击中很正常。"他转而用英语说，"你只能怪自己的运气太糟了。"

劳埃德绝望地意识到，伊利亚并没说错。发现他尸体以后，同志们一定会以为他们在战斗中中弹了。

这么死真不甘心！

伊利亚对贝里佐夫斯基说："干掉他！"

砰地一声枪响。

劳埃德什么都没感觉到。这就是死亡吗？这时贝里佐夫斯基突然身子一瘫，倒在地上。劳埃德意识到子弹来自于他身后。他喜出望外地转过身。大卫拿着偷来的鲁格尔手枪站在月光下。劳埃德松了口气，他总算活下来了！

伊利亚也看见了戴夫，他像只受惊的兔子，飞快地跑开了。

大卫拿着手枪追了一阵子，劳埃德希望戴夫能击中伊利亚，但伊利亚像兔子似的在橄榄树之间左右闪躲，很快就在消失在了黑暗之中。

大卫放下枪。

劳埃德低头看着贝里佐夫斯基。他已经停止了呼吸。劳埃德说："大卫，谢谢你。"

“我告诉过你，千万要防着点。”

“你帮我防了，可惜你没击中伊利亚，这下你算是和苏联的秘密警察结仇了。”

“我觉得伊利亚不会让人知道，他为了个女人损失了自己的副手，”大卫说，“秘密警察对自己人也心存忌惮，我想他会保密的。”

劳埃德又看了一下尸体：“我们该怎么解释？”

“听见那家伙说什么了吗？”大卫说，“这是前线。不需要任何解释。”

劳埃德点了点头。大卫和伊利亚的说法没错。没人会问贝里佐夫斯基是怎么死的。贝里佐夫斯基就是被流弹击中而死的。

他们走开了，把尸体留在原地。

“他只是运气太糟了。”大卫说。

劳埃德和莱尼找到鲍伯罗夫上校，抱怨对萨拉戈萨的进攻陷入了进退两难的境地。

鲍伯罗夫是个一头白色短发的苏联人，他快退役了，性格非常古板。理论上他只是给西班牙军官来当参谋的，但实际上发号施令的就是他。

“我们不应把时间和精力白白地浪费在这样的穷乡僻壤，”劳埃德把莱尼和其他有战争经验的人说的话翻译成德语，“我们应该把坦克当作拳头伸进敌人的阵地，步兵应该紧随在后，肃清那些分散开的敌人。”

沃洛佳站在一旁听着，没有说话，但露出赞许的表情。

“我们不应被这种无足轻重的小城镇拖慢脚步，应该越过这种城镇，之后把它作为第二条战线。”劳埃德发表完了自己的观点。

鲍伯罗夫露出惊骇的表情。“这是图哈切夫斯基的观点。”他的声音很轻，似乎说出这个名字就会犯上通敌的大罪一样。

“那又怎么了？”劳埃德问。

“他承认犯有通敌和间谍的罪行，已经被处决了。”

劳埃德吃惊地看着他。“仅仅因为提出这套理论的将军被莫斯科所清洗，西班牙政府就要把先进的坦克战术弃而不用吗？”

“威廉姆斯中尉，你太无礼了。”

劳埃德说：“即便对图哈切夫斯基的指控是对的，也不能全盘推翻他的战略战术。”

“完全可以推翻！”鲍伯罗夫暴跳如雷，“和你没什么好谈的了。”

当劳埃德所在的部队继续执行侧面包抄战术，从昆托朝他们来的方向退回时，他的最后一线希望落空了。9月1日，他们作为攻击部队的一分子参加了对守卫严密但毫无战略价值、战线长达二十五英里的小城贝尔希特的进攻。

这又是一场艰苦的战斗。

七千名守卫者躲在城内最大的教堂圣奥古斯丁教堂里，并在教堂附近的小山上挖了壕沟和地堡。劳埃德和战友们没有任何困难地抵达了城外，但在教堂外面却遭到了来自窗户和屋顶的密集炮火。

六天过去了，他们仍然没能前进一步。

尸体在高温中发臭。因为城里切断了自来水供应，许多牲畜被渴死了，尸体发出的臭味同样熏得人无法呼吸。工程兵只要有空，就会把人和牲畜的尸体叠在一起，浇上汽油，一把火烧掉。不过焚烧尸体的气味比起腐烂的气味也好不了多少，志愿兵们仍然难以呼吸。许多人戴上了氧气面具。

教堂周围的小马路成了许多人丧生的屠场，劳埃德建议开条不需要经过教堂外马路的通道。莱尼从五金店找了些工具。乔·埃里和里维埃拉下士在他们隐蔽的房屋墙上钻了个孔。乔·埃里用的是鹤嘴锄，他光头上的汗珠亮晶晶的。穿着无政府主义标志色红黑线条衫的里维埃拉下士拿着把大锤。这道墙由黄色的方砖构成，上面零星散布着些弹孔。莱尼指挥他们进行钻墙操作：他是个矿工，对屋顶的牢固度有天生的直觉，知道钻到什么程度不至于使房子瘫倒。

当墙洞大到足以让一个人穿行时，莱尼对同样是下士的贾斯珀点了点头。贾斯珀从腰带上拿下仅剩的手雷中的一颗，拔掉引信，把手雷扔进隔壁的房子，防止那里有叛军埋伏。手雷爆炸以后，劳埃德拿着手枪，猫腰穿过刚刚凿出的大洞。

劳埃德站在又一户西班牙贫苦农民的家里。房子里只有粉刷过的白墙和坑坑洼洼的泥土地。活人死人一个都没有。

排里的三十五个人跟着他穿过大洞，他们检查了一遍房子，确定没有潜伏的守卫者。这幢不大的房子里确实一个人都没有。

用这种方式，他们穿过一排农舍，不紧不慢地向教堂挺近。

他们接着给下一幢农舍开洞。在穿过大洞之前，他们却被一路跟随他们穿过好几幢农舍的马奎斯少校拦住了。“别再打洞钻洞了，”他用西班牙口音的英语说，“我们直接冲到教堂去。”

劳埃德心一冷。直接冲过去无异于自杀。“是鲍伯罗夫上校的点子吗？”

“差不多吧，”马奎斯少校不置可否，“等吹三声响哨我们就冲。”

“能多给些弹药吗？”劳埃德问，“我们没什么子弹了，扛不了多久。”

“没时间了。”少校说完就离开了。

劳埃德吓坏了。他在这些日子的战斗中学到了很多。他心里很清楚，只有靠优势火力的掩护，他们才能拿下守备严密的据点。不然守卫者就会把他们切菜砍瓜般地扫倒。

参战的志愿兵们看起来有点情绪。里维埃拉下士说：“这根本做不到。”

劳埃德负责提升士气。“你们别抱怨了，”他故作轻松地说，“你们都是自愿来这里的。你们难道认为战争一点都不危险吗？如果没有危险，你们的姐妹完全可以替你们来。”志愿兵们都被他逗笑了，危险暂时是过去了。

他走到农舍正门，把门开了条缝隙，观察着外面的情况。太阳毒辣辣地晒在两边散布着住宅和商店的小街上。地面和房屋都是萧条的灰色，像没有烤过的面包胚，只有被子弹击中的地方露出了地表下的红色土壤。门外面躺着一具军人的尸体，一群苍蝇盘踞在尸身胸口的大洞上。望着街面，劳埃德发现这条街正对着教堂。教堂双塔上的枪手有着非常好的视线，能轻易地击中靠近的每一个人。街上的掩护很少：一些碎砖，一匹死马，还有部独轮车。

他想，我们都要去送死了。

但我们来这不就是送死的吗？

他转身看着带来的志愿兵，不知道该对他们说些什么。他必须引导他们正面地看问题。“尽量沿边走，紧贴房子。”他说，“记住，走得越慢，暴露在敌人火力下的时间越长——因此一听到哨声就马上往教堂那跑。”

话刚说完，就听到马奎斯少校的三声响哨。

“莱尼，你殿后。”他说。

“谁第一个上？”莱尼问。

“当然是我了。”

来生再见了，劳埃德想，至少我是在与法西斯分子的战斗中死的。

他敞开门。“上吧！”他大喊一声便率先冲了出去。

他抢占了几秒钟的先机，沿着街道向教堂狂奔。正午的阳光暴晒在他的脸上，部下们的奔跑声声声入耳，他产生了一种奇怪的满足感，为自己仍然活着感到庆幸。敌人的炮火像冰雹一样降临了。提心吊胆地听了阵子弹的突突声后，他的左臂突然像撞上了什么东西似的遭到重重一击，他猝然倒地。

劳埃德意识到自己被子弹击中了。胳膊尽管不疼，但已经垂荡着完全不能动了。他一个侧滚，藏到最近一幢房子的外墙下。子弹仍然在继续四处飞舞，劳埃德没有任何防范，只能靠着墙尽力躲避。他看见几码外有一具尸体，那个叛军士兵同他一样靠在墙上，他像是背靠着墙，坐在地上睡着了，只是脖子上有一个大弹孔。

劳埃德右手拿枪，左手垂荡着，艰难地向前蠕动着，蹲伏在尸体背后，试图使自己这个目标变得小一点。

他把枪管架在尸体的肩膀上，把准星对准了教堂塔上的一扇窗户。劳埃德迅速地打完五发子弹，不知道这些子弹有没有击中敌人。

他回头张望，吃惊地发现街道上布满了手下们的尸体。穿着红黑线条衫的马里奥·里维埃拉躺在地上，看上去像一面皱成一团的无政府主义旗帜。马里奥身旁是贾斯珀·约翰逊，他的黑色卷发上全都是血。他离开芝加哥的工厂，战死在西班牙小城的街上，就是为了有个更加美好的世界，劳埃德心想。

更糟的是那些躺在地上呻吟的伤员们。有个男人在痛苦地呼喊着什么，但劳埃德既不知道他的方位，也不知道他是谁。少数几个人还在向前狂奔，但他们不是被子弹击中，就是自己躺在了地上。很快街上便没人跑动了，只有几个还在痛苦挣扎的伤员。

真是场大屠杀，劳埃德想，他的喉咙被痛苦和悲伤哽住了。

其他的部队在哪？劳埃德的这排人难道是唯一发起进攻的兵力吗？也许还有别的部队在和这条街平行的街道上向教堂方向挺进呢！一次突击需要压倒性的人力优势，劳埃德和手下的三十五个兵显然是远远不够的，守卫者可以轻易地把他们全部杀伤，少数几个毫发无伤者只能在后续部队到达前找个地方躲起来。

他看见莱尼正躲在死马后面看着他，至少他还活着。莱尼举起枪，对他做了个无可奈何的手势，显然他已经没子弹了。劳埃德也没了。很快，射向教堂的子弹戛然而止。所有人都没子弹了。

对教堂的进攻以惨败而告终。原本这就是个不可能完成的任务。弹药不足的进攻无异于没意义的自杀。

街上的目标除尽以后，敌人的炮火也稀落下来，但子弹还是不断地打在存活志愿兵的隐蔽处。劳埃德意识到，照这样下去，他的人全都得完蛋，是时候撤退了。

他们可能在撤退中全军覆没。

他再一次和莱尼对上眼，把手往后使劲一挥，示意他往远离教堂的地方跑，莱尼朝其他活着的同伴做出了同样的手势。如果在同一时间后撤，存活下来的机率会高一些。

所有人都通知到以后，劳埃德挣扎着站了起来。

“撤退！”他扯着嗓子喊。

接着他便迈开步子往回跑。

撤退的距离只有短短两百码，但劳埃德却觉得这是生命中最长的一段旅程。

看到政府军后撤，教堂里的叛军重新加大了火力。劳埃德从眼角的余光判断，这次撤退的大概有五六个人。他的步态不稳，受伤的胳膊破坏了身体的平衡。莱尼跑在他前面，显然没有受伤。子弹不时打在劳埃德刚刚跑过的房屋石料上，让他好不惊慌。莱尼第一个跑进他们出发的那间农舍，冲进去把门敞开。劳埃德冲进去，粗重地喘着气，瘫倒在地板上。随后，又有另外三个志愿兵跑了进来。

劳埃德看着几个幸存者：莱尼、大卫、马格西·摩根和乔·埃里。“就你们几个吗？”他问。

莱尼说：“是的。”

“老天，三十六个人竟然只剩下五个。”

“军事顾问鲍伯罗夫上校真他妈的英明！”

他们喘息了一阵，好不容易才平稳住呼吸。劳埃德感觉胳膊传来钻心的疼痛。尽管很疼，但还是能动，劳埃德心想也许还没骨折。他低下头，看见衬衫上浸透了鲜血。大卫拿下戴着的红围巾，做了个悬吊臂膀的吊带。

一颗子弹刮过莱尼的头部，在他脸上留下了血渍。莱尼说他只不过是被子弹挠了下，没什么大不了的。

大卫、马格西和乔奇迹般地没有受伤。

“我们最好回去接受新的指令，”在地上躺了几分钟以后劳埃德说，“没有子弹我们什么都做不了。”

“来杯好茶先，行吗？”莱尼问。

“不行，我们没有茶匙。”

“那就算了吧。”

大卫问：“我们不能再休息一会儿吗？”

“到后方就安全了，”劳埃德说，“我们回去可以好好休息。”

他们钻过先前在墙上钻的洞，通过一排屋子。不断弯腰使得劳埃德头晕目眩。他不知道是不是因为失血而引起的晕眩。

他们很快走出圣奥古斯丁教堂的射程之外，沿着一条小街疾走。但劳埃德的片刻释怀很快就被手下白白丧命的愤怒替代了。

他们回到郊外政府军设立总部的谷仓。劳埃德看见马奎斯少校正在叠着的一沓木板后面分发弹药。“为什么不发给我们？”他愤怒地问。

马奎斯只是耸了耸肩。

“我要向鲍伯罗夫上校汇报。”劳埃德说。

谷仓外，鲍伯罗夫上校坐在一张小桌子旁的椅子上，桌子和椅子似乎是从附近的哪间农舍抢来的。他的脸晒得通红。这时他正在跟沃洛佳·别斯科夫说话。

劳埃德走到两人面前。“我们依令向教堂发动攻击，但是没有得到足够的支持，”他说，“马奎斯少校拒绝给我们足够的弹药，我们的子弹很快就用光了。”

鲍伯罗夫冷冷地看着劳埃德："你们来这儿干吗？"

劳埃德非常吃惊。他原本以为，哪怕不对他们的勇敢表现加以赞赏，鲍伯罗夫至少也会对他们缺少支援表示同情。"我只是想告诉你，"劳埃德说，"我们不可能在没有支援的情况下冲破一幢层层守卫的城堡。我们尽了力，但大多数人都战死了。我的三十六个人现在只剩下这五个人了，"他指着剩下的四个同伴说，"我的排现在就只剩下这点儿人了。"

"谁让你们撤退的？"

劳埃德极力驱赶走晕眩。他觉得自己就快崩溃了，但必须把手下们的勇猛告诉鲍伯罗夫。"我们是为了得到最新的指令而后撤的。除此之外，我们还能这么做呢？"

"你们应该战斗到最后一个人。"

"我们用什么去战斗？我们连子弹都用光了！"

"安静！"鲍伯罗夫咆哮道，"都给我立正！"

劳埃德、莱尼、大卫、马格西和乔依令站成一排。劳埃德觉得自己都快要晕倒了。

"向后转！"

他们转过身。劳埃德想："接下来他会做什么呢？"

"受伤的人出列！"

劳埃德和莱尼后退一步。

鲍伯罗夫说："受伤者负责看管运送战俘的列车。"

劳埃德满心不愿意，这意味着他要去看守到巴塞罗那的战俘列车了。他摇晃着和莱尼站在一起。我才不想去看守那些毫无反抗能力的人呢，他心想。

鲍伯罗夫说："没有命令从火线上撤出是逃兵的行为。"

劳埃德转身看着鲍伯罗夫，他惊恐地发现鲍伯罗夫从带纽扣的手枪皮套里拔出手枪。

鲍伯罗夫上前一步，突然出现在立正的大卫、马格西和乔身后。“你们三个被判有罪，应该立即被处死。”说着，他把枪管对准了大卫的头。

很快他就开枪了。

砰的一声，大卫的头上出现了一个弹孔，鲜血和脑浆从他的眉毛下面涌了出来。

劳埃德不敢相信自己的眼睛。

大卫旁边的马格西转过身，他开口想叫，但鲍伯罗夫比他更快，他把手枪指向马格西的脖子，马上又开了一枪。子弹从马格西的右耳后钻进去，从左眼钻出，他很快就倒在了地上。

劳埃德大呼一声：“不！”

乔·埃里转过身，因为恐惧和愤怒而大声咆哮，举起双手要抓住鲍伯罗夫。枪响了，乔的喉咙上挨了一枪。鲜血像瀑布一样从乔的喉头里喷涌而出，溅在鲍伯罗夫的红军制服上。鲍伯罗夫骂了一句，往后跳了一步。乔倒在地上，不过没有马上死，劳埃德无助地看着鲜血从乔的颈动脉流到西班牙炎热的土地上。乔似乎想要说话，但一句话都说不出来，接着他眼睛一闭，浑身瘫软下来。

“对懦夫不能留情。”鲍伯罗夫说完便走开了。

劳埃德看着躺在地上的大卫：身材瘦弱，满身污秽，才十六岁却勇敢得像头狮子，但却已经死了。他没有死于抗击法西斯的作战，却死于一个残暴愚蠢的苏联军官之手。太可惜了，劳埃德心想，两行热泪夺眶而出。

一个军士跑出谷仓。“叛军投降了！”他兴奋地喊，“市政厅挂出了白旗，叛军放弃了抵抗，我们攻下了贝尔希特！”

劳埃德头晕眼花，终于跌倒在地。

伦敦又湿又冷。劳埃德走在雨中的努特利街上，朝父母家走去。他依然穿着有拉链的西班牙军服、灯芯绒裤子，靴子上全是泥，他没有袜子。他只带了个小箱子，箱子里只放了换洗的内衣、衬衫和一个锡杯。他的脖子里绕着大卫改造成吊带的围巾，劳埃德肩膀上的伤仍然没好，但已经用不着吊带了。

这是十月的一个傍晚。

与劳埃德预料的一样，他被派上了一辆挤满叛军战俘的运兵车。到巴塞罗那不足一百英里，运兵车却足足开了三天。在巴塞罗那，他和莱尼分别，之后就断了联系。他在巴塞罗那搭上了一辆朝北开的卡车。从这辆卡车下来以后，他又步行，搭便车或是钻进满是木炭和石子的货运列车继续向北走——有一次，他甚至幸运地搭上了一辆满是红酒的列车。有天晚上，他偷偷溜过西班牙边境进入了法国。他露宿在农田里，四处乞讨，为了赚一两个铜板做过各种各样的工作。他在波尔多的葡萄园里摘了两周葡萄，凑够了横渡英吉利海峡的船费。现在，他终于到家了。

劳埃德像闻香水一样嗅着阿尔德盖特潮湿芬芳的空气。他站在花园门外，看着这幢出生以后住了二十一年的连栋房屋。雨水打湿了窗子，屋里的灯光亮着：看来有人在家。他疾步走到门口。他仍然带着家里的钥匙——和护照放在了一起。他打开门，走进屋里。

劳埃德把背包放在帽架旁的客厅地上。

厨房里有人大声问："谁啊？"他听出是继父伯尼的声音。

劳埃德竟然发不出声来了。

伯尼走进客厅。"到底是……"这时他认出了劳埃德，"天哪！"他说，"竟然是你！"

劳埃德跟他打了个招呼："你好，爸爸！"

"孩子啊！"他抱着劳埃德说，"你总算活着回来了！"伯尼浑身颤抖，已经泣不成声了。

伯尼用羊毛衫袖子擦了擦眼睛，走到楼梯口朝上喊："艾瑟尔，你看是谁回来了！"

"你说什么？"

"家里来人了，快下来。"

"我马上下来。"

艾瑟尔很快就走下了楼梯，她穿着一身蓝色的裙子，看上去还和以往那样美丽。下到半途时她认出了劳埃德，脸色一下子变得刷白。"哦，天哪！"她说，"是劳埃德回来了。"她冲下楼梯，紧紧搂住儿子，"你还活着！"

"我从巴塞罗那给你们写了信……"

"我们没收到。"

"那你们应该还不知道……"

"还不知道什么？"

"大卫·威廉姆斯死了。"

"哦，不！"

"在贝尔希特一战中壮烈牺牲了。"劳埃德决定不把大卫死亡的真相告诉父母。

“莱尼·格里菲斯呢？”

“不知道，我和他失去了联系。我原本还以为他会在我之前回家呢！”

“没，没有他的音讯！”

伯尼问：“那里的情形怎样？”

“法西斯分子节节胜利。这全是苏联人的错，他们不打叛军，只知道攻击其他左翼党派。”

伯尼震惊了。“怎么能这样啊！”

“这是真的。如果说我在西班牙学到了什么，那就是这个了！”

艾瑟尔露出苦笑：“记住就好了。”劳埃德意识到艾瑟尔早就指出过这一点。

“不谈政治了，”劳埃德说，“妈妈，你怎么样？”

“我还是老样子。看看你——你怎么这么瘦啊！”

“西班牙没什么吃的。”

“我去做点东西给你吃。”

“别忙，我已经饿了整整十二个月——也不差这几分钟。我告诉你我想吃些什么。”

“你想吃什么啊？吃什么我都给你做。”

“我想喝杯好茶。”

第五章

1939年，柏林

托马斯·马赫看着沃洛佳·别斯科夫走出柏林的苏联大使馆。

六年前，德国秘密警察转型为更有效率的新型警察组织——盖世太保，但马赫支队长依然掌管监视柏林的叛徒和破坏分子的部门。最危险的破坏分子无疑要接受菩提树下大街63-65号——苏联大使馆的指令，因此马赫和手下时刻监视着从那里进出的人。

苏联大使馆是一幢白色大石建成的城堡。八月的阳光照射在建筑的石料上，反射出耀眼的光芒。使馆中间的屋子前竖着一根巨大的灯柱，两侧的廊道上开着几扇像站岗哨兵一样的落地窗。

马赫坐在大使馆对面人行道上的露天咖啡馆。柏林最优雅的大马路上车水马龙；女人们穿着最漂亮的裙子在商店里购物，男人们穿着西装和制服在街道上来来往往。很难相信这样的德国还会有共产主义者。怎么还会有人反对纳粹呢？德国已经发生了翻天覆地的变化。希特勒消灭了失业——没有其他任何一个欧洲国家的领导人能做到这一点。起义和罢工已经成为过去坎坷岁月的久远回忆。警察可以严肃高效地扫除罪恶。德国正在加速发展：

许多家庭都有了收音机，不久之后老百姓的私家车就能奔驰在新造的高速公路上了。

这还不算什么。在经历了上次大战后的萎靡不振以后，德国又重新强大起来了。军队武器精良，军力强大。过去两年中，奥地利和捷克斯洛伐克都被并入了在欧洲占主导地位的强大德国。墨索里尼的意大利和德国签订了《钢铁条约》，借此和德国联起手来。这一年早些时候，马德里最终落入了佛朗哥的叛军之手，西班牙成立了一个亲法西斯的政府。德国人怎么会无视这些成果，把国家送入布尔什维克之手呢？

在马赫眼里，这些人是垃圾，是害虫，必须找出来全部肃清。一想到这些人，马赫的脸就气得扭曲变形。他用脚狠跺着人行道，像是想踏死一个共党分子似的。

这时他看见了别斯科夫。

马赫看见的这个年轻人穿着蓝色的华达呢大衣，胳膊上挂着似乎为换季准备的薄外套。尽管穿着普通老百姓的衣服，但几乎剃光的头发和飞快的步速却说明这是个军人。从他随意却完整地观察街道的姿态来看，这个人不是红军情报机关的特工就是苏联内务部的秘密警察。

马赫心跳加快，他和手下认得出大使馆里的每一个人。盖世太保的文件上有苏联使馆所有人员的护照照片，他们每天都要看上几遍。但马赫对别斯科夫知之不多。别斯科夫非常年轻——马赫记得文件上记录的是二十五岁——多半是个无足轻重的低级别外交官。不然，他就是故意让自己显得普普通通。

别斯科夫穿过菩提树下大街，朝马赫所在的菩提树下大街和弗里德里希街的拐角处走了过来。马赫发现走近的苏联人非常高，有着运动员的身材。他的目光锐利，眼神机警。

马赫移开视线，突然间非常紧张。他拿起杯子，喝了口冷咖啡，用杯子挡住自己的半边脸。他不想直面那双蓝色的眼睛。

别斯科夫拐进弗里德里希街。马赫向站在对面街角的莱因霍尔德·瓦格纳点头示意，让瓦格纳跟上别斯科夫，然后他从桌旁站起来，跟上了瓦格纳。

红军情报机关的雇员不一定都是间谍。他们取得的信息大多数是从合法渠道得来的，比如说看报纸。他们不需要什么都信，只需记下诸如哪个军工厂又招聘了十个熟练的机床工这类细节。另外，苏联人可以在德国各地旅行——苏联则不然，没有苏联特工的陪同，任何国家的外交官都别想离开莫斯科一步。马赫和瓦格纳追踪的这个年轻人也许只是个从报纸上收集信息的情报人员——只要能掌握熟练的德语，具有一定的总结能力，任何人都能从事这份工作。

他们跟着别斯科夫走过了马赫弟弟开的饭店，那里仍叫罗伯特酒馆，但顾客群完全变了。罗伯特酒馆原来招待的是有钱的同性恋者、犹太商人和他们的情人，以及那些能挣钱也能喝酒的女演员。现在这些人不是被送进了集中营，就是躲起来不敢露面。一些人干脆离开了德国——赶他们出去非常好，马赫想，即便酒馆不能像以前那么赚钱，他也不愿意和这类人呼吸一样的空气。

他想到酒馆原先的主人罗伯特·冯·乌尔里希，他依稀记得罗伯特去了英国，也许在英国又开了家为同性恋服务的餐馆吧。

别斯科夫走进一个酒吧。

一两分钟后，瓦格纳也进了酒吧，马赫在酒吧外负责监视。

这是个普普通通的小酒吧。等待别斯科夫重新现身的时候，他看见一个士兵和他的恋人、两个穿着考究的妇女和一个衣衫不整的老头走出这间酒吧。接着瓦格纳出来了，他直视着马赫，双手一摊做了个迷惑不解的手势。

马赫穿过街道。瓦格纳非常沮丧："他不在酒吧里。"

"你全部都看过了吗？"

"是的，连厨房和厕所都看了。"

"你问过酒吧里有谁看见他从后门出去了吗？"

"他们说没看见。"

马赫害怕极了。这是全新的德国，出点小错不是能轻易糊弄过去的，他也许将遭到严厉的处罚。

但这次应该没事。"很好，就这样吧。"他说。

瓦格纳显然松了口气："真的吗？"

"至少我们得到了一些重要情报，"马赫说，"从摆脱我们的熟练程度看，这家伙是个间谍——而且是非常优秀的间谍。"

沃洛佳进入弗里德里希车站，坐上地铁。他脱下让他看起来像个老头的帽子、眼镜和脏雨衣。他坐下来，拿出手绢，擦掉使鞋子显得脏污的粉末。

他有点担心那件雨衣。这是个大晴天，他害怕盖世太保注意到它，意识到他的换装。不过盖世太保没有他想象的那么聪明，自从在酒吧厕所快速换装离开以后就没人跟着他了。

他要去做一件非常危险的事情。如果被人看见他和德国持不同政见者联系，最好的结果是事业失败被遣送回苏联。运气差一点的话，他和联系人可能会在阿尔布雷希特王子大街[①]的地堡里销声匿迹。苏联人会对外交官的失踪进行抗议，德国人会装模作样地进行失踪人员的搜索，最后遗憾地报告说没有结果。

沃洛佳自然没去过盖世太保的总部，但他知道里面是什么样。内务人民委员会在列森伯格街11号的苏联贸易大厦建有相同的设施：钢门，用便于清洗血迹的方砖建成的审讯室，一个便于分割尸体的大盆，以及焚烧人体的电炉。

沃洛佳被派到柏林的任务是扩展这里的间谍网。法西斯主义在欧洲取得了胜利，德国对苏联造成了前所未有的巨大威胁。斯大林撤了外交部长利特维诺夫的职，让维亚切斯拉夫·莫洛托夫坐上了外交部长之位。但莫洛托夫又能做些什么呢？法西斯势力以不可阻挡之势在欧洲蔓延。在一战中，德国军队战胜了苏联的六百万大军，这样的回忆让苏联高层寝食难安。斯大林想和英法签订一项抑制德国的条约，但三国无法达成一致，这份条约在最后一刻流产了。

德国和苏联这场仗迟早要打，沃洛佳的任务就是为苏联打赢这场仗而收集尽可能多的军事情报。

他在柏林市中心以北贫苦的工人区维丁下了地铁。他在站外停住脚步，假装读墙上的海报，窥视着其他行色匆匆的乘客。确定没人跟踪后，才重新往前走。

他朝选择碰面的廉价咖啡馆走了过去。和以往每次接头一样，他没有立刻走进去，而是站在街对面的公交车站盯着咖啡馆的入口。他确信自己已经甩掉了尾巴，但还得看看沃纳有没有被

① 阿尔布雷希特王子大街，德国盖世太保总部所在地。

人跟踪。

他不知道他是否认得出已经二十岁的沃纳·弗兰克，他俩上次见面还是六年前。沃纳也同样无法确定能不能把他认出来。于是两人约定把当天的《柏林摩根邮报》打开到体育版。沃洛佳看着一篇足球新赛季的前瞻报道，不时抬起头看沃纳来了没来。在柏林读书时，沃洛佳是柏林成绩最好的柏林赫塔队的球迷。他经常放声高唱："前进！前进！柏林赫塔！"他很想知道这支球队的前景，但等人的焦急打断了他的专注力，他一遍遍地看着这篇报道，里面的内容却一个字都没看进去。

在西班牙的两年没有像想象的那样促进他的事业——情形恰恰相反。沃洛佳发现了不少类似海因茨·鲍尔这类纳粹安插的"志愿兵"，但苏联秘密警察随后以纳粹奸细为名，逮捕了大量仅仅对共产主义抱有微词的真正"志愿兵"。在秘密警察的监狱里，几百名抱着理想而来的有志青年被折磨致死。相比法西斯分子，共产党人似乎对与无政府主义者的斗争更加感兴趣。

志愿军的努力徒劳无功。斯大林的政策是场彻头彻尾的灾难。内战以叛军的全面胜利而告终，苏联最不想见到的右翼法西斯支持者建立了西班牙独裁政权。那些被派到西班牙参战的人，尽管不折不扣地执行了克里姆林宫的政策，却承担了所有失败的后果。其中一些人回到莫斯科就失踪了。

马德里陷落以后，沃洛佳带着恐惧不安的心情回到莫斯科。他发现这里发生了不小的变化。斯大林分别于1937年和1938年对红军进行了清洗，几千个指挥官不知所踪，其中包括不少和父母同住在政府公寓的红军高层。格雷戈里·别斯科夫这类原本靠边站的人却得到了重用，他的事业有了新的发展。沃洛佳的父亲现在主管莫斯科的防空工作，一天到晚都非常忙。他的得势也许是沃洛佳没有成为斯大林在西班牙失败政策替罪羊的最主要原因。

伊利亚·德沃尔金不知怎地也逃过了处罚。回到莫斯科以后，他娶了沃洛佳的妹妹安雅。这让沃洛佳耿耿于怀。谁也无法解释安雅为何会做出这样的选择。安雅已经怀孕了。沃洛佳经常会情不自禁地想到安雅给一个贼眉鼠眼的婴儿喂奶的可怕情形。

休息了短暂的一段时间后，沃洛佳就被调往柏林验证他的价值去了。

他把目光从报道上移开，看见沃纳沿着街道朝咖啡馆走来。

沃纳的变化不大。他长高长壮了，但额前垂下的那撮栗色卷发，蓝色眼睛里流露出来的幽默还是让少女们为之痴狂。他穿着淡蓝色的薄外套，袖扣上的金链闪闪发光。

没有人跟踪沃纳。

沃洛佳穿过马路，在沃纳抵达咖啡馆之前拦住了他。沃纳张口大笑，露出一口大白牙。“你头发剃那么短，我都认不出你了，”他说，“很高兴在这么多年之后再一次见到你。”

沃洛佳发现，沃纳还是以前那个沃纳，热情和魅力依旧。“我们进去吧。”

“你不是真的想进那个垃圾场吧，”沃纳说，“里面都是些吃蘑菇猪肉肠的乡巴佬。”

“我不想在街上久留，会被任何一个路过的人发现。”

“再过三个门洞有一条小巷。”

“我们就去那吧。”

他们走了一小段距离，走进堆煤场和杂货店中间的一条小巷。“最近你在忙什么？”沃纳问。

“和你一样同法西斯分子作斗争，”沃洛佳权衡着是不是要告诉他更多有关自己的事情，“我去了西班牙。”这点没什么好隐瞒的。

“和我们在德国的斗争一样，你们在西班牙也失败了。”

“但反法西斯的斗争还远没完呢！”

“问你一个问题，”沃纳靠在墙上说，“如果你认为布尔什维克主义邪恶的话，你愿意做反苏的间谍吗？”

沃洛佳想说：不，绝对不想！话还没说出口，他突然意识到这么说太生硬了——为了理想背叛祖国不正是他让沃纳做的吗？他怎能想当然地说自己不愿意呢？“我说不清，”他说，“即便痛恨纳粹，让你做针对德国的工作一定也很难。”

“你说得对，”沃纳说，“战争爆发以后又会怎么样呢？我会帮你杀死德国的士兵，轰炸德国的城市吗？”

沃洛佳很担心。沃纳似乎比以前软弱了不少。“这是战胜纳粹的唯一途径，”他说，“你很清楚这一点。”

“是的。很久之前我就下定了决心。这些年来，纳粹变本加厉，我的决心也一直没有变。但老实说，和他们对抗非常难。”

“我明白。”沃洛佳同情地说。

沃纳说：“你让我再找些别的人做你让我做的事，是吗？”

沃洛佳点了点头：“是的，比如说威廉·伏龙芝。你记得他吗？学校里最聪明的那个男孩。伏龙芝是个坚定的社会主义者——被冲锋队员破坏的会议正是他主持的。”

沃纳摇摇头说：“你指望不上他了，他去了英国。”

沃洛佳心一沉：“为什么要去英国？”

“他是个物理学者，现在正在英国进修。”

“真该死！”

“我帮你想到了另一个人。”

“很好。”

“你认识海因里希·冯·凯塞尔吗？”

“不怎么认识，他是我们学校的吗？”

“不是，他读的是天主教学校。那时他和我们的政治观点也不一样。他的父亲是中央党的大人物。”

“就是1933年协助希特勒掌权的中央党吗？”

“是的。那时海因里希为他父亲工作。他父亲现在加入了纳粹党，但海因里希却充满了罪恶感。”

“你是怎么知道的？”

“他醉酒后把心里的郁闷告诉了我妹妹弗里达。我妹妹今年十七岁，我想他喜欢她。”

沃洛佳精神一振，这的确是个突破口。“他是共产党员吗？”

“不是。”

“你为何觉得他会为我们工作？”

“我直截了当地问他：‘如果有机会通过做间谍的方式和纳粹斗争，你愿意为苏联做间谍吗？’他说愿意。”

“他是做什么的？”

“他在军中服役，但他的肺有毛病，因此担任文书的工作——这对我们非常有利，因为现在他在德军经济计划和采购部门工作。”

沃洛佳备受感动。这样的人一定确切地知道每个月德军卡车、坦克、机关枪、潜水艇的增加数量——知道德军把这些武器部署在哪里。他感到非常兴奋。“什么时候能让我见见他？”

“马上就可以。我约了他下班后在阿德隆饭店喝一杯。”

沃洛佳兴奋地大吼一声。阿德隆饭店是柏林最奢华的饭店，坐落在菩提树下大街。因为处在柏林的政府和外交区，那里的酒吧是柏林记者最喜欢收集市井闲话的地方。沃洛佳绝不会选那种地方作为碰头地点，但他不想错过这样一个好机会。“很好，”他说，“但不能让人看到我和你们中的任何一位在那儿见面。我跟在你后面进酒吧，先认出海因里希是谁，等他独自出来以后再和他搭话。”

“没问题，我开车和你一起去。我的车就停在街角。”

走到巷子的另一头时，沃纳把海因里希的工作地址、家庭地址和电话号码都告诉了沃洛佳，沃洛佳把这些信息牢牢记在了脑子里。

“这就是我的车，”沃纳说，“我们上车吧。”

沃纳的车是辆梅赛德斯540K库里尔汽车。这种车非常漂亮，挡泥板线条完美，引擎盖比整部福特微型车还要长，还有一个斜背式的车顶。这种车非常贵，整个德国只卖出了很少的几部。

沃洛佳惊呆了。“为什么不找辆不那么招摇的车啊？”他难以置信地问。

“这是种障眼法，”沃纳说，“没人以为真正的间谍会如此招摇。”

沃洛佳本想问沃纳哪来的钱买这么好的车，但他马上就想起沃纳的父亲是个有钱的工厂主。

“我不坐这种车，”沃洛佳说，“我坐地铁过去。”

“行，你坐地铁过去吧。”

“我们在阿德隆饭店见面，但别和我打招呼。”

“没问题。”

半小时后，沃洛佳发现沃纳随意把车停在饭店前。他原本认为这种漫不经心的态度非常愚蠢，但现在他的看法有了改变，他觉得这也许是沃纳勇气的一个组成部分。也许正是这种漫不经心使他有勇气承担刺探纳粹的风险。如果时时刻刻想着所承担的风险，也许他就会畏惧不前了。

阿德隆饭店的酒吧里满是衣着时尚的先生、太太们，许多男人都穿着裁剪得体的制服。沃洛佳很快认出了沃纳，沃纳和一个多半是海因里希·冯·凯塞尔的人坐在一起。经过他们身旁时，沃洛佳听到海因里希雄辩地说：“巴克·克莱顿的小号吹得比热唇乐队里的小号手要好得多。”沃洛佳挤进吧台旁边的座位，点了杯啤酒，然后认真地观察起这位潜在的间谍人选来。

海因里希皮肤苍白，留着一头以军队的标准来说过长的黑色头发。尽管他们谈的是无关紧要的爵士乐，他的表情却非常严肃，不时用手势和不断摇晃的手指表达自己的观点，还反复用手指捋着自己的头发。他的制服上衣口袋里塞着个小本子，沃洛佳猜测上面记的全是诗。

沃洛佳慢悠悠地喝了两杯啤酒，装模作样地翻着手里的《柏林摩根邮报》，他试着不对海因里希流露出明显的兴趣。海因里希的确有当间谍的潜力，但无法保证一定能与之合作。

征召信息员是沃洛佳工作中的难点。搞不清目标人物的态度，未雨绸缪也成了句空话。与目标人物见面经常必须安排在一些不太适合的地方，常常是在一些公众场合。很难知道接触对象会如何反应：对方很可能会生气，大声呵斥予以拒绝，或者害怕得转身就走。但此时征招者能做的并不多。有时他只能问个直截了当的问题："你愿意为我们做间谍吗？"

他琢磨着接近海因里希的办法。宗教也许是一个突破口。沃洛佳记得他的上级莱米托夫曾经说过："堕落的教徒是最佳的特工人选，抛弃了主的权威以后，他们才能信服于党的权威。"海因里希也许想为自己犯下的错误做些弥补。但他愿意承担付出生命的风险吗？

沃纳付了账，和海因里希一起离开了酒吧。沃洛佳跟在他们后面。和海因里希在酒吧外道别后，沃纳就开着梅赛德斯离开了，海因里希则步行穿过公园。沃洛佳跟上了海因里希。

入夜了，但光线很亮，沃洛佳的视野非常好。许多人在温暖的夜晚散步，大多数是成双成对的情侣和夫妇。沃洛佳不时回头看看，确定没人从阿德隆饭店跟上他和海因里希。他做了个深呼吸，定了定神，跟上海因里希。

沃洛佳走到海因里希身边说："我可以告诉你一种赎罪的方法。"

海因里希像见到疯子似的警觉地看着他："你是神父吗？"

"你完全可以和你帮助创建的这个罪恶国度作斗争。"

海因里希没有停住脚步，但表情非常忧虑。"你是谁？你又了解我多少？"

沃洛佳还是没有回答海因里希的问题。"纳粹总有一天会被击败的。有了你的帮助，那一天就会更快到来。"

"如果你是个想陷害我的盖世太保特工，那就请你别费这个心了，我是个热爱祖国的德国人。"

"你没注意到我的口音吗？"

"注意到了——你说话有一点俄国口音。"

“哪个盖世太保会用俄语腔的德语和人说话？或者故意装出一口俄语腔？”

海因里希紧张地笑了笑。“我对盖世太保特工一无所知，”他说，“这个话题原本就不该提——我真是太蠢了。”

“你的办公室负责提交军队订购的武器和给养数量的报告。这些报告的副本对纳粹的敌人来说具有着不可限量的作用。”

“你是说苏联红军吗？”

“除了苏联，还有谁会想和德国作对？”

“我们对这些报告的去向管理得非常严密。”

沃洛佳抑制住得胜的喜悦。海因里希已经在思考实际操作中会遇到的困难了。这意味着他原则上已经同意为自己服务了。“复写一份出来，”沃洛佳说，“或者速记一份，或者拿走别人的复制文件。办法多着呢！”

“办法当然有，但任何一种办法都会让我付出死的代价。”

“如果不对这个国家犯下的罪行做些什么的话……活下去还有什么意思吗？”

海因里希停住脚步，瞪着沃洛佳。沃洛佳猜不出海因里希在想什么，但直觉告诉他先别说话。过了很久，海因里希叹了口气：“我会认真考虑一下的。”

拿下了，沃洛佳喜出望外。

海因里希问：“怎么联系你？”

“你不必联系我，”沃洛佳说，“我会联系你的。”他碰了碰帽沿，然后沿着来时的路回去了。

沃洛佳非常兴奋。如果海因里希不接受这个建议的话，他肯定会坚定地予以回绝。同意考虑基本等于答应了。海因里希会认真考虑为苏联当间谍的建议，他会想到可能会遇上的危险。但最后肯定会答应的。沃洛佳对此非常确信。

他让自己不要过分自信。板上钉钉的事有时也会出错。

离开公园，经过菩提树下大街的商铺和餐馆时，他内心还是充满了希望。他没吃晚饭，但付不起在这条大街上吃饭的钱。

他搭上向东开行的电车，朝弗里德里希斯海因连栋住宅的一间廉价出租屋进发。一个淡黄色头发、小巧漂亮的女孩为他开了门。女孩今年十八岁，穿着粉红汗衫和黑色宽松裤，脚上没穿鞋，尽管身材苗条，但拥有令人渴望的丰满胸部。

“很抱歉我没打招呼就过来了，”沃洛佳说，“你方便吗？”

女孩笑了。“没事，”她说，“进来吧。”

沃洛佳进门后，女孩关上门就搂住了他。“每次见你，我都非常开心。”然后热情地吻了他。

丽丽·马克格拉芙是个多情的女孩。到了柏林后，沃洛佳每星期都会和她约会。他不爱丽丽，也知道丽丽和包括沃纳在内的许多男孩约会，但两人在一起时丽丽总会很投入。

过了一会儿，丽丽突然问他：“你听到那条新闻了吗？你是为了那件事来的吗？”

“什么新闻啊？”丽丽在一家通讯社做秘书，总能得到第一手的新闻。

“苏联和德国签订了条约！”她说。

这太不可思议了。“你是说苏联和英国、法国签订了对付德国的条约吗？”

“不，当然不是！这事有点奇怪——斯大林和希特勒结成了同盟！”

“可……”沃洛佳欲言又止，困惑不已。斯大林怎么会和希特勒交朋友呢？这简直太疯狂了。和德国结盟是苏联新任外交部长莫洛托夫提出的方案吗？苏联没能阻挡世界反法西斯的浪潮——于是就要和他们化敌为友吗？

父亲参加革命就是为和法西斯结盟吗？

四年后，伍迪·杜瓦又一次见到了乔安妮·罗赫。

认识乔安妮父亲的人都不相信他会在丽思-卡尔顿酒店强奸一个小演员。女孩撤销了指控，但这种平淡无奇的新闻没人会去关心，新闻在报纸上占的篇幅也非常小。最终他在布法罗人眼里还是个强奸犯。于是乔安妮的父母迁居到了棕榈滩，伍迪和乔安妮也失去了联系。

这一次，两人在白宫再次相见了。

伍迪和父亲格斯·杜瓦参议员去白宫面见总统。伍迪和富兰克林·罗斯福总统见过几次，他父亲和总统是多年的好朋友。总统曾经握住小伍迪的手，问他学上得怎么样，但那都已经是好多年前的事情了。这将是伍迪第一次和罗斯福总统在会上讨论国家大事。

杜瓦父子俩从白宫西翼的入口进去，两人穿过前厅，来到一个宽敞的接待室——伍迪一眼就认出了站在接待室里的乔安妮·罗赫。

伍迪欣喜地看着乔安妮。乔安妮没有太多变化。她瘦削如初，鼻子坚挺，表情一如既往地冷傲，像个古代王室的公主似的。和以往一样，一套平常衣服在她身上就能显出非凡的效果：这天，她穿着一件深黑色棉麻大衣，戴着黑色宽帽檐的帽子。伍迪暗自庆幸，幸亏早上穿了干净的白衬衫，戴了新的条纹领带，如果邋邋遢遢地出现在她面前，那就太不像样了。

乔安妮见到他似乎也很高兴。“你看上去很棒！”她说，“你在特区工作吗？”

“不过是暑假在父亲的办公室帮帮忙，”他回答，“我还在哈佛读书。”

乔安妮转身对伍迪的父亲谦恭地说：“参议员，下午好！”

“乔安妮，你好！”

伍迪对遇见乔安妮感到非常兴奋。乔安妮还和以前一样迷人。伍迪想使对话继续进行下去：“你在这儿干什么？”

“我在国务院工作。”

伍迪点点头。他明白了乔安妮为何对父亲这般敬重。国务院的普通工作人员必须对议员们表示出必要的尊重。伍迪问：“你在国务院干什么啊？”

“我是一位助理的助理。我的上司正和总统在一起，我现在只是打打杂，没法在正式场合抛头露面。”

“你对政治一向很感兴趣。我还记得你在布法罗就私刑的问题和人吵得很厉害。”

“我很怀念布法罗。我们曾经多么快乐啊！”

伍迪想起在帆船俱乐部亲吻乔安妮的事，不自觉地脸红了。

杜瓦参议员说：“请帮我跟你父亲问个好。”他在提醒儿子他们该走了。

伍迪想问乔安妮要个电话号码，没料到乔安妮却先开口了，

“伍迪，我想再和你见一面。”她说。

伍迪喜出望外。“当然可以！”

“今晚你有空吗？我和几个朋友要办个鸡尾酒会。”

“当然有空，我一定来！”

乔安妮把地址告诉伍迪，那是离这不远的一幢公寓楼。记下地址以后，他和父亲匆匆地从接待室的另一头走出去。

一个熟识的门卫对格斯点点头，他们进入了另一个接待室。

父亲对他说：“伍迪，除非总统主动和你说话，否则什么话都不要说。”

伍迪试着把思绪集中在即将开始的会议上。欧洲政坛发生了一次大地震：出乎所有人的预料，苏联和纳粹德国签订了和平协定。伍迪的父亲是参议院外交委员会的关键人物，罗斯福总统想听听他对这个问题的看法。

格斯还有别的话题想和总统探讨，他想劝罗斯福促成国际联盟重启。

总统很难接受他这个提案。美国没有加入国际联盟，他们也不怎么喜欢。30年代的历次危机国联都没能很好解决：国联在日本对远东的入侵，意大利在非洲的殖民，纳粹在欧洲的横行，以及西班牙民主制度被毁等事件中，都没能发挥应有的作用。但格斯决心试一试。伍迪知道这是父亲的一个梦：健全国联这个世界性组织，使其发挥预防战争，解决冲突的功效。

伍迪全然同意父亲的这个观点。他在哈佛的辩论会上就这个话题发表过演讲。当两国有冲突时，最糟的结果才是让两国人民相互杀戮。在他看来这个道理人人都应该明白。“我自然明白为何会发生这种事，”他在辩论中说。“正如我明白醉汉为什么会用拳头打架一样，明白归明白，但不能把这种事合理化。”

见到了乔安妮以后，伍迪发现自己很难把心思放在战争对欧洲的威胁上了。旧情瞬间复燃。他很想再找个机会和乔安妮接吻——也许就在今晚。乔安妮过去就喜欢他，也许现在依然喜欢——不然为何请他参加今晚的聚会呢？1935年，乔安妮拒绝了他，那完全可以理解，那时他们其中一个十八岁，另一个只有十五岁，尽管当时他抗拒着不肯接受这个事实。不过四年过去了，现在两人的年龄差不像之前那样突兀——他和乔安妮差得很多吗？他觉得不会。伍迪在布法罗和哈佛都约会过一些女孩，但他对她们的感情都远不如乔安妮。

“你明白了吗？总统不问你话，就别和他搭话。”父亲说。

伍迪觉得自己很傻。爸爸来白宫是为了向总统提出和平建议的，可他满脑子想的却是亲吻乔安妮。“好的，”他说，“我绝不先开口和总统说话。”

一个四十岁出头、身材苗条的高个女人走进接待室，她看上去自信而从容，很像这里的女主人。伍迪认识她，罗斯福总统的私人秘书玛格丽特·莱汉德，大家都叫她米茜。她脸长，鼻梁很挺，乌黑的头发中已经生出了几缕白发。她热情地对格斯笑着：“参议员，很高兴又见到你了。”

“米茜，最近怎么样？你还记得我儿子伍德罗吗？”

“当然记得，总统正准备见你们。”

大家都知道，米茜对总统很忠诚。华盛顿都在传说，罗斯福总统和她的亲密程度已经超出了一个已婚男士的界限。伍迪从父母背着他们，却被他偶然听见的私房话里得知，罗斯福总统的妻子埃莉诺自从替他生了第六个孩子以后，就没再和他同房了。他们最后一个孩子出生的五年后，总统中风了一次。但中风造成的肢体麻痹并没有影响到他的性能力。一个性感的秘书对二十年没和妻子睡觉的男人来说也许是应得的奖赏吧。

米茜带他们经过另一扇门，穿过一道狭窄的走廊，进入总统的椭圆形办公室。

总统坐在书桌后面，背后是三面巨大的弧形落地窗。百叶窗拉上了，遮住了八月强烈的阳光。伍迪发现总统坐的不是轮椅，而是一把普通的办公椅。总统穿着白色西服，手里正拿着一根烟枪，在抽烟。

总统已经不像年轻时那么英俊了。他的发际线后移，下巴突出，戴着一副使两只眼睛看起来并拢在一起的夹鼻眼镜。但他那温暖的笑容没变。他伸出手，和蔼可亲地说："格斯，很高兴见到你，进来吧！"

"总统先生，你一定还记得我的大儿子伍德罗吧？"

"当然记得。伍迪，在哈佛过得怎么样？"

"谢谢你，我在哈佛过得很好，我还参加了辩论队。"伍迪知道政客都有认人的本领。不是他们的记忆真的很好，就是秘书们在会见前及时做好了准备。

"我也是在哈佛念的书。坐下吧，你们快坐下吧。"罗斯福从烟枪里拿出抽剩下的烟蒂，摁灭在已经满是烟蒂的烟灰缸里。"格斯，欧洲到底是怎么回事？"

总统肯定很清楚欧洲发生的事，伍迪想。国务院的人肯定就欧洲的形势做过详尽的分析。但总统就是想听一听格斯·杜瓦的分析。

格斯说："在我看来，德国和苏联还是一对死敌。"

“我们都这么想，但他们为何要签订那样一份协定呢？”

“只是为了求得暂时的和平而已。斯大林需要时间。他希望建立一支强大的红军，以期在遭到纳粹侵略时可以与之对抗。”

“那另一方呢？”

“希特勒显然对波兰有所图谋。德国媒体铺天盖地都是波兰人欺凌境内讲德语的民众的荒唐故事。希特勒才不会没目的地挑起民族仇恨呢。无论在谋划什么，他肯定不希望苏联挡他的道。于是这份协定便应运而生了。”

“赫尔也这样说，”科德尔·赫尔是罗斯福总统的国务卿，“只是他不知道接下来会发生什么。斯大林会任由希特勒为所欲为吗？”

“我想德苏会在接下来几周瓜分波兰。”

“那之后呢？”

“几小时前英国和波兰签署了一份新的条约。英国向波兰做出承诺，如果波兰受到攻击，英国就将伸出援手。”

“英国能做些什么呢？”

“先生，他们什么都做不了。英国的陆海空三军对德国入侵波兰根本无能为力。”

“格斯，你觉得我们该做些什么？”总统问。

伍迪知道父亲的机会来了。格斯好不容易才把总统的吸引力集中在自己身上，少有地得到了参与国政的机会。伍迪优雅地交叉起手指。

格斯的上半身略微朝总统那边倾斜。“我们不想让下一代再像我们一样卷入到战争中去了。”罗斯福的四个儿子都在二三十岁的壮年。伍迪突然明白了父亲带他来的原因——他想让总统想起自己的儿子们。格斯缓缓地说："我们不能让美国的青年再去欧洲送死，维持世界和平不能光靠美国。我们需要建立一支世界警察。"

"你想怎么样？"罗斯福饶有兴致地问。

"国联不像世人们想象的那么不堪。二十年代国联解决了芬兰和瑞典以及土耳其和伊拉克之间的领土纷争。"格斯扳起指头数起来。"国联制止了希腊和南斯拉夫对阿尔巴尼亚的入侵，劝说希腊撤出了保加利亚，还派出一支维和部队化解哥伦比亚和秘鲁之间的敌对。"

"你说的没错，但30年代……"

"国联没有能力对付法西斯主义的横冲直撞。这其实并不奇怪。因为我国议会拒绝加入，国联自成立起就能力有限。到现在为止，美国还游离在国联之外。现在，我们需要由美国所领导的加强版国联。"格斯顿了顿，又说，"总统先生，现在放弃和平还为时尚早。"

伍迪屏住呼吸。罗斯福点了点头。伍迪知道，这是总统的习惯动作，什么问题都说明不了。罗斯福很少在公开场合反对别人的意见。他不喜欢造成对峙的局面。格斯曾经对他说过，你必须千万小心，别把总统的点头视为默认。伍迪没敢看坐在身边的父亲，但能清晰地感受到他的紧张。

总统思考了一会儿，终于发话了："我想你是对的。"

伍迪按捺住喜悦的心情。总统同意了父亲的提案，真是太了不起了！他看了看格斯。平时喜怒不形于色的父亲无法掩饰自己的惊讶。他也没想到能这么快说服总统。

格斯想赶紧把自己的提议落实下来。"这样的话，能让我和科德尔·赫尔以此为基础起草一份计划吗？”

“赫尔有好多事要做，你去找韦尔斯吧！”

萨姆纳·韦尔斯是内阁的助理国务卿。他做人浮夸而又野心勃勃，伍迪知道父亲不怎么愿意和这种人合作。但他是罗斯福家的故交——在总统的婚礼上，韦尔斯是新郎新娘的花童。

无论如何，格斯绝不会在这种时候给自己找麻烦。“我会尽力与他合作好的。”他说。

“还有别的事吗？”

总统显然是在给他们下逐客令。格斯站起身，伍迪跟着站了起来。格斯问：“先生，您母亲最近还好吗？我听说她待在法国。”

“昨天她乘船回来了，感谢上帝，她一切都好。”

“这真是太好了！”

“感谢你专程前来，”罗斯福说，“我非常珍视和你的友情。”

格斯说：“您能这样讲，我真的很高兴。”他和总统握了手，伍迪也和总统握了握手。

接着，他们便离开了。

伍迪希望乔安妮还没走，但她已经不见了。

走出白宫的时候，格斯对儿子说：“我们去喝杯庆功酒吧。”

伍迪看了看表，下午五点。“行，我们这就去。”他说。

两人前往第十五大街近第六大街的老埃比特餐馆。餐馆里装饰着彩色玻璃窗，绿色羊绒地毯，大铜灯和打猎的战利品，显得富丽堂皇。这里的客人大多是参议员、众议员及围绕在他们周围的助理、说客及记者们。格斯叫了杯不加冰块的马提尼，为伍迪点了杯啤酒。伍迪笑了：父亲没有替他点马提尼。尽管他不喜欢，但也许他想要一杯呢——虽然在他看来，马提尼和琴酒没有什么区别——伍迪只是希望父亲能问一问他的想法。他举起杯子对父亲说："你得到了你想要的，祝贺。"

"我这是为了世界和平着想。"

"你的说法很有说服力。"

"罗斯福不会被任何人说服。他是个自由主义者，但同时也是个实用主义者。他知道自己无法尽善尽美。他会挑能够成功的事情去做。新政是他现在的第一要务——让失业者重回工作岗位。他不会做与之相抵触的任何事。如果我的提案惹恼了他的支持者，他会毫不犹豫地抛弃这份提案。"

"这么说来，我们还是没得到最终的胜利。"

格斯笑了笑。"我们走出了关键的第一步。但你说的也对，我们的确还什么都没得到。"

"很遗憾，总统让韦尔斯跟你搭档。"

"我倒不这么看。萨姆纳的确更有影响力，他和总统比我亲近得多。但萨姆纳是个很难把握的人，很可能把我的提案引向一个完全不同的方向。"

伍迪把视线抛向餐厅的另一头，看见了一个熟悉的人。"猜猜谁来这了，我早该想到他也会来这。"

格斯循着伍迪的视线看了过去。

"你看到吧台边和几个戴帽子的家伙，以及和金发女郎在一起的人了吗？那是格雷格·别斯科夫。"和往常一样，虽然穿着一身很贵的衣服，格雷格看上去却很糟糕——他的丝绸领带很皱，衬衫露在腰带外面，奶白色的裤子上粘着一团烟灰。但他身旁的金发女郎却崇拜地看着他。

“是他啊，”格斯说，“你经常在哈佛见到他吗？”

“他主修物理，但我不大在教授身边看见他——上学对他来说也许过于枯燥了吧。我倒经常在《猩红》报社看到他。”《猩红》是哈佛的校报，伍迪为报纸拍照，格雷格为报纸写专栏。“今年夏天他在国务院当实习生，所以会出现在这里。”

“估计是新闻办公室，”格斯说，“和他在一起的两个男人是报社的记者。穿棕色西服的是《芝加哥信使报》的记者，抽水烟的是克利夫兰《诚实商人报》的记者。”

伍迪看见格雷格像和老朋友交谈一样和两个记者密谈，他搭着一个人的肩膀凑着对方的耳朵说着什么，然后又拍拍另一个人的背，似乎在表示祝贺。两个记者一边听他说话一边放声大笑，似乎真的很喜欢格雷格，伍迪很羡慕格雷格这方面的能力。这对政治家很有用——尽管称不上必须：格斯就没有这种呼风唤雨的能力，但他仍然是美国最杰出的政治家之一。

伍迪说：“不知道他同父异母的姐姐黛西怎么看待这场战争。黛西现在在伦敦，她嫁给了一位英国的贵族。”

“准确地说，她嫁给了菲茨赫伯特伯爵的儿子，我和菲茨赫伯特伯爵恰好非常熟悉。”

“布法罗的所有女孩都妒忌她，国王参加了她的婚礼。”

“我还认识菲茨赫伯特的妹妹茉黛——茉黛是个真正完美的女人。她嫁给了德国人沃尔特·冯·乌尔里奇。如果不是沃尔特捷足先登的话，我本有机会把茉黛娶到手的。”

伍迪惊讶地竖起了眉毛，格斯很少这样说话。

“当然，那是我和你妈妈相爱以前的事了。”

“那是当然。”伍迪微微一笑。

“希特勒取缔社会民主党以后，我就再没有沃尔特和茉黛的消息了。希望他们都好。如果发生战争的话……”

伍迪发现战争的话题把父亲拖入回忆之中。“至少美国不会参战。”

“上次我们也是这样想的。”格斯转变了话题，“最近你有你弟弟的消息吗？”

伍迪叹了口气说：“爸爸，他不肯改主意。他不想读哈佛或其他任何大学。”

这是杜瓦家的一个难题。查克说，满了十八岁他就要加入海军。没有大学学位的他只能是一个普通士兵，没机会当上将校。地位显赫的杜瓦夫妇对此非常失望。

“妈的，这小子完全考得上大学。”格斯说。

“国际象棋我就下不过他。”

“我也一样。他的问题到底出在哪里？”

“他不爱学习，他只爱划船。他满心想的都是出海游玩。”说完这句话，伍迪低头看了看表。

“别顾忌我，快去约会吧。”格斯说。

“我还不急——”

“快去吧。她是个非常有吸引力的姑娘。赶紧走啊！”

伍迪笑了。父亲是个很会察言观色的人。“爸爸，谢谢你。”说完他站起身。

格雷格·别斯科夫正巧也在这时离开，和伍迪并肩离开餐馆。“伍迪，你还好吗？”格雷格和蔼地问，走出餐馆以后，两人又恰巧走向同一个方向。

伍迪曾经想为格雷格在戴夫·罗赫事件中的不光彩表现好好教训他一顿。但时间已经平息了他的怒气，事实上该为那事负责的是列夫·别斯科夫，而不是当时年仅十五岁的格雷格。尽管这样，伍迪还是不想对他客气。“我很喜欢华盛顿，”他沿着眼前这条宽阔的巴黎式大街往前走，“你呢？”

“我也很喜欢。另外，他们很快就对我的名字不再惊讶了。”看到伍迪探询的目光，格雷格说：“国务院里尽是些名叫史密斯、法贝尔、扬森、麦卡利斯特的人，名字和我类似的科辛斯基、科亨、帕帕多普洛斯几乎找不出一个。”

伍迪意识到格雷格说得没错。美国政府由极小的精英团体组成。以前他为什么没意识到呢？也许是因为学校、教堂、哈佛大学也都是这样，他已经见怪不怪了吧！

格雷格说：“不过他们很开明，让我这样一个能说流利俄语的富家子弟加入到他们中间。”

这话听上去是在炫耀，但伍迪从格雷格的口吻里听到了怨气，看来格雷格在国务院也遭了不少罪。

“他们觉得我父亲是个强盗，”格雷格说，“但他们不怎么在意，大多数富人的祖上都有一个强盗。”

“你好像不怎么喜欢华盛顿啊！”

“正相反，我不会去任何其他地方。这里是美国的权力中心。”

伍迪觉得格雷格很傲慢。“我来这是因为这里有我想做的事，能创造出我所期待的变化。”

格雷格笑了：“那还不是和我一样——你想要的也是权力吧。”

“嗯。”伍迪其实并没有这么想过。

格雷格问：“你觉得欧洲会发生战争吗？”

“你在国务院当实习生，这事应该比我更清楚！”

“这话不错，但我实习的地方是新闻办公室，那里只有提供给记者的胡编乱造。我知道的事情并不比你多。”

“我也不怎么清楚。我刚才去见了总统，他给我的感觉是他也不太清楚。”

“我姐姐黛西就在欧洲。”

格雷格的语气变了，看来他是真的在为姐姐担心。伍迪连忙安慰他：“嗯，我知道。”

“如果战争中发生轰炸的话，妇女和儿童也很难幸免。你觉得德国会轰炸伦敦吗？”

伍迪只能诚实回答：“我想他们会的。”

“我希望她能回来。”

“也许不会发生战争。去年，战争一触即发时，英国首相张伯伦[①]就捷克斯洛伐克问题与希特勒达成了协议。”

“最后关头的叛卖。”

“是的，他同样也会在最后关头抛弃波兰——只是留给他的时间已经不多了。”

格雷格沉重地点了点头，然后换了话题：“你要去哪儿？”

“去乔安妮·罗赫的公寓，她晚上要办个聚会。”

“我听说了。我认识她的一个室友。不过她没有邀请我去，

① 内维尔·张伯伦（Arthur Neville Chamberlain，1869—1940），英国政治家，1937年到1940年任英国首相。第二次世界大战中，积极主张推行绥靖政策，使法西斯主义气势大增。绥靖政策被认为是二战加速的原因。

原因我不说你也应该知道。她住的房子——哦，我的天哪！”格雷格话说到一半突然停住了脚步。

伍迪也站定下来。格雷格正呆呆地望着前面。循着他的视线，伍迪看见一个漂亮的黑人姑娘正在第五大街上行走。她和他们年纪相当，嘴唇肉感诱人，让人有想亲的冲动。她穿着一身女佣的朴素黑裙，但头上的俏皮小帽和脚上的漂亮靴子给人一种时髦的感觉。

她也看见了他们两个，和格雷格双目对视了一会以后，她马上转开了视线。

格雷格说：“杰姬？你是杰姬·杰克斯吗？”

女孩没有理他，而是沿着街面继续朝前走，但伍迪看得出她内心很痛苦。

格雷格说：“杰姬，是我，格雷格·别斯科夫！”

杰姬——如果真是她的话——没有答话，但她看上去几乎要哭了。

“杰姬——或许叫你的真名玛贝尔会好一点。你应该认识我的啊！”站在人行道中间的格雷格张开手臂，做出恳求的手势。

女孩绕过他，没有说话，也没有看他，然后继续朝前走。

格雷格转过身。“等一等！”他冲着她的背影大喊，“四年前你突然不告而别——你还欠我一个解释！”

平时的格雷格可从不这样，伍迪想。在高中和哈佛大学，格雷格面对女孩都从容自如。现在他的样子却非常灰心：茫然，痛苦，几乎要绝望了。

四年前，伍迪似乎想起了什么。这女孩就是丑闻的女主角吗？丑闻就是发生在华盛顿。这个女孩无疑就住在这里。

格雷格奔跑着追了上去。一辆出租车停在街角，一个穿着无尾礼服的男人下了车，站在路沿上把车费递给出租车司机。杰姬跳上车，使劲关上了门。

格雷格跑到车窗边，隔着车窗对女孩说："和我谈谈，可以吗？"

穿着晚礼服的男人对司机说："钱不用找了，"接着便离开了。

出租车开走了，格雷格怔怔地看着女孩渐渐远去。

格雷格缓缓地走回到伍迪站着的地方。"我真的闹不明白。"他说。

伍迪说："她看起来吓得不轻。"

"她害怕什么？我从没有给她带来过任何伤害。我爱她还来不及呢！"

"我想她是在害怕一些别的事情。"

格雷格似乎想使自己振作起来。"对不起，"他说，"这和你无关，抱歉朝你发脾气了！"

"没关系。"

格雷格指着几步之外的一幢公寓。"乔安妮就住在那里，"他说，"祝你玩得高兴。"然后就走开了。

伍迪带着困惑的心情走到乔安妮住的公寓门口。他很快忘了格雷格的情事，想起自己和乔安妮的事情来。乔安妮还喜欢他吗？今晚也许还不能接吻，但至少可以提出约会。

这是幢没有配备门卫和行李搬运工的普通公寓。大堂里的住客单上显示罗赫和斯图亚特以及费舍尔住在一起，斯图亚特和费舍尔可能是与乔安妮共用一套公寓的两个姑娘。上了楼梯以后，他才意识到自己没带礼物——他原本应该带糖果或花束过来的。他琢磨着是不是要回去买些东西，但又觉得随意些会比较好。他按响了门铃。

一个二十岁出头的姑娘打开了门。

伍迪说："你好，我是——"

"进来吧，"她没听他的名字就交代起来，"饮料在厨房里，食物在客厅桌子上，不过我想已经不多了。"说完她转身就走，显然是觉得这样的招待已经足够了。

狭小的房间里到处是吸烟喝酒的人，他们的大嗓门超过了留声机里的乐声。乔安妮先前对他说"几个朋友"，但围在咖啡桌前讨论欧洲危机的至少有八到十个年轻人。他有点失望：公寓里这么多人，让他很难有机会向乔安妮展示自己的成熟。

他四处查看，寻找着乔安妮。他比这里的大多数人都高大，视线越过这些人的头顶寻找着，但哪里都没有乔安妮的踪影。他拨开人群，这时，一个棕色眼睛的丰满姑娘过来和他搭话："高个儿，你好，我是戴安娜·塔夫娜。你叫什么名字？"

"我在找乔安妮。"他说。

她耸了耸肩。"祝你好运。"说着便走开了。

他走进厨房。噪声小了一点，但乔安妮并不在厨房里。他想，既然来了，就先在这里喝一杯。一个三十岁左右的宽肩膀男人正在摇鸡尾酒调制壶。他穿着褐色西装，淡蓝色衬衫，戴着一条深蓝色领带，他不像是个酒保，倒像是这里的主人。"威士忌在那儿，"他对厨房里的另一位客人说，"你自己去拿，我在为想喝鸡尾酒的客人调制马提尼。"

伍迪问他："这里有波本酒吗？"

“给你，”男人递给他一瓶，“我是贝克斯福特·罗斯。”

“我是伍迪·杜瓦。”伍迪拿了个杯子，给自己倒了杯波本。

“冰桶里有冰。”贝克斯福特说，“伍迪，你是做什么的？”

“我是参议院的实习生，你呢？”

“我在国务院主管意大利科的事务。”贝克斯福特开始把调制好的马提尼分发给众人。

显然是一颗冉冉升起的新星，伍迪想。这个男人的过分自信让他有一丝恼怒。“我在找乔安妮。”

“她应该就在附近。你是怎么认识她的？”

伍迪觉得这方面他可以高贝克斯福特一筹。“哦，我们是老朋友了，”他轻飘飘地说，“事实上我很小就认识她了，我们在布法罗是青梅竹马。你是怎么认识她的？”

贝克斯福特抿了口马提尼，满意地叹了口气，上下打量着伍迪。“我和乔安妮认识的时间可能没你长，”他说，“但我想，我肯定比你更了解她。”

“怎么会呢？”

“我准备娶她。”

伍迪觉得自己像是被人打了一巴掌。“你俩要结婚了？”

“没错。是不是非常棒？”

伍迪无法掩饰自己的失望。“乔安妮知道吗？”

贝克斯福特笑了，他同情地拍了拍伍迪的肩膀。“她当然知道，并同意和我结婚，我是世界上最幸运的男人。”

贝克斯福特显然猜到了伍迪对乔安妮的感情，伍迪觉得自己像个傻瓜。“祝你们幸福。”他无精打采地说。

“谢谢你，现在我必须去招呼其他客人了。伍迪，很高兴认识你。”

“我也很高兴认识你。”

贝克斯福特离开了。

伍迪放下手中没喝的酒。“该死。”他轻声骂了句，然后离开了公寓。

九月第一天，柏林又闷又热。一身是汗的卡拉·冯·乌尔里希在烦躁中醒来，被单在半夜里因为热早已被她踢掉了。她透过卧室的窗往外看，低空中密布的云层像个罐头盖一样把柏林封得密不透风。

这天对她来说具有决定性的意义，甚至可以说能决定她的人生走向。

她站在镜子前看了看自己，她和妈妈一样具有菲茨赫伯特家的黑头发和绿眼睛。卡拉比方脸的母亲漂亮。茉黛称不上漂亮，但有一种难以抗拒的吸引力。两人之间的差别很大。卡拉的母亲能让遇到的每个男人都爱上她。卡拉却恰恰相反，循规蹈矩，根本不懂得调情。她知道许多其他十八岁女孩吸引男人的招数——媚笑，弄紧上衣凸显她们的胸部，挽起头发，把睫毛弄得很长——但卡拉觉得那样会让她很不好意思。茉黛当然不会像无知女孩那么张扬，但那些男人会在不知不觉中被她吸引。

今天卡拉更不想表现得过于性感。相反，她想给人留下聪明、能干和感性的印象。她穿了一条长到小腿的栗色裙子，脚上穿着便鞋，扎了两根女仆式的小辫。镜子里出现了一个标准的德国女学生：保守，平淡，一点都不招摇。

家人醒来以前，她就穿好了衣服，然后帮厨房里的女仆艾达准备好了早饭。

接着，卡拉的哥哥埃里克也下楼来了。埃里克这年十九岁，和希特勒一样留着修剪好的黑色小胡子，他支持纳粹，这种态度激怒了家里所有人。他和最好的朋友，纳粹党人赫尔曼·布劳恩一样，在柏林夏洛蒂医科大学就读。冯·乌尔里希夫妇付不起他的学费，但他获得了大学提供的奖学金。

卡拉向夏洛蒂医科大学申请了同样类型的奖学金。这天，校方将对她进行面试。如果顺利通过的话，她就能进入夏洛蒂医科大学就读，进而成为一名医生，如果失败了……

她完全不知道自己还能做什么。

纳粹的掌权毁了乌尔里希夫妇的生活。沃尔特不再是德国议会的议员，在社会民主党和纳粹党之外所有其他政党被宣布为非法后，他失去了工作。沃尔特只有从政和外交方面的经验，其他什么工作都做不了。他靠给有几个朋友的英国大使馆翻译些德国报纸上的文章勉强挣几个钱。茉黛原先是左翼杂志的知名记者，但德国的所有报纸杂志早就禁止刊登她的文章了。

卡拉对家里的近况感到心碎。她深爱着这个包括女仆艾达在内的家，尤其对以前在政治上充满干劲，现在却失意潦倒的父亲感到悲伤。让人痛心的还有母亲茉黛，这个战前的英国女权领袖如今却要为挣几个马克教钢琴课。

但沃尔特和茉黛说，只要孩子们能过上快乐有意义的生活，他们什么都可以忍受。

卡拉和父母一样，都想当然地抱着致力于使世界更美好的想法，她不知道自己会像父亲那样从政还是像母亲那样当个记者，但这两样至少现在都行不通。

在无情暴戾的政府统治下，卡拉还有什么可以做的呢？哥哥的专业给了她启示。排除政治的因素，医生这个职业无疑能让世界更加美好。于是她打定主意要上医学院。她比班上的其他女孩都用功，每门课的成绩都是第一，科学这门课更是把其他所有人甩了一大截。她比埃里克更有资格获得奖学金。

“我们年级没有一个女孩。”埃里克气鼓鼓地说。卡拉知道埃里克不想看到她紧随他的脚步也上医学院。尽管政见不一，但沃尔特和茉黛都为他的成绩而骄傲。埃里克很可能是怕被卡拉超越了。

卡拉说：“我所有科目的成绩都比你当初好：生物、化学、数学……”

“是、是、是，我知道。”

“更主要的是，女生也能获得这项奖学金——我查过了。”

母亲穿着细腰上绕了两圈腰带的灰色波纺绸睡袍走过来，加入他们的对话。“有规矩就得遵守，”她说，“毕竟这是有法可依的德国。”茉黛说她喜欢这个自己入籍的国家，也许她说的是真心话。但纳粹掌权以后她的冷嘲热讽可真是不少。

卡拉把面包在混浊的咖啡里浸了浸。“妈妈，如果英国向德国发起进攻，你会感觉如何？”

“和上次一样感觉很不好，”茉黛回答，“我和你们的父亲在上次大战开始前结了婚，四年里的每一天我都在担心他会不会死在战场上。”

埃里克挑衅地问：“但你会站在哪边呢？”

“我是德国人，”茉黛说，“无论好坏我都已经嫁过来了。

当然，嫁给你父亲时我们没想到现在上台的纳粹会如此暴虐。没人能料到。”埃里克抗议了两句，茉黛没去理他，“但婚约就是婚约，不管怎么样，爱你爸爸就意味着也要爱这个国家。”

卡拉说：“我们至少还没有开战。”

“暂时还没有，”茉黛说，“如果波兰人有理智的话，他们会放下手中的武器，屈服于希特勒的恫吓。”

“他们应该投降，”埃里克说，“德国非常强大，不管他们喜不喜欢，我们都可以予取予求。”

茉黛揉了揉眼皮。“愿上帝保佑我们！”

屋外响了声汽车喇叭。卡拉笑了。一分钟以后，她的闺密弗里达·弗兰克走进厨房。她将陪卡拉去面试现场，给予卡拉精神上的支持。弗里达和卡拉一样穿着普通的学生装，但和卡拉不同的是，她有一衣柜时尚的女装。

弗里达的哥哥沃纳跟在她后面走了进来。卡拉觉得沃纳看上去棒极了。和其他徒有外表的男孩不一样，沃纳有思想有操守。他一度非常左倾，但那段热血澎湃的生活早就过去了，现在他根本不问政治。他有很多漂亮时尚的女朋友。如果卡拉知道如何取悦他，她一定会设法接近他。

茉黛说：“沃纳，给你来点咖啡吧，不过我们家的是冲调咖啡，没有你们家的咖啡香。”

“冯·乌尔里希夫人，要不要我从厨房里给您偷点带过来？”沃纳问，“您值得喝上更好的咖啡。”

茉黛有点脸红了。卡拉很受刺激，四十八岁的母亲对沃纳来说，依然有难以抗拒的吸引力。

沃纳看了看腕上的金表。“我必须走了，”他说，“空军部这些天几乎忙疯了。”

弗里达说：“谢谢你让我搭便车。”

卡拉问弗里达：“等等——你坐沃纳的车过来，那你的自行车在哪？”

“就在外面，我把自行车绑在汽车后背上了。”

两个女孩参加了水星自行车俱乐部，到哪儿都骑车。

沃纳说：“卡拉，祝你面试顺利。大伙，再见了！”

卡拉狼吞虎咽地吃下了最后那点面包。准备出门时，父亲下楼了。他没有刮胡须，也没有打领带。卡拉小的时候，沃尔特很壮实，但现在他非常消瘦。他深情地吻了吻卡拉。

母亲说：“我们还没听新闻呢。”说着，她打开了架子上的收音机。

伴着收音机嘈杂的开机声，卡拉和弗里达出了门，因此她们没听见这一天的新闻。

大学医院就在冯·乌尔里希家住的市中心米特老城区，因此卡拉和弗里达只骑了很短的一段路。卡拉开始紧张。周围汽车的尾气让她想吐，她觉得刚才如果没吃那顿早饭就好了。她们很快到了20年代新建的医院，找到了负责推荐学生获得奖学金的拜尔教授的办公室。一个傲慢的秘书告诉她们来早了，让她们坐着等会儿。

卡拉后悔没戴上帽子和手套，那样能让她显得老成一些，可以被患者所信赖。秘书或许会对戴帽子的女孩更礼貌些。

等待的时间很长，但秘书说教授可以见她的时候，卡拉却仍然觉得自己还没准备好。

弗里达小声对她说：“祝你好运。”

卡拉走进拜尔教授的办公室。

拜尔教授是个四十多岁的瘦子，嘴唇上留着灰白的胡须。他坐在办公桌后面，灰色的西装外面套了件褐色的大衣。办公室的墙上挂着他和希特勒握手的照片。

他没有和卡拉寒暄，一上来就大声问："什么是虚数？"

卡拉被教授的唐突惊呆了，不过还好这只是个简单的问题。"是个负实数的平方根，比如说负一的平方根，"她声音颤抖着说。"它不是一个真实意义上的数值，但可以用于计算。"

教授似乎有些吃惊。也许他原本想给卡拉来个下马威的。"回答正确，"他犹豫了一下以后说。

她看了看四周。办公室里没有别的凳子。教授要她一直站着回答问题吗？

教授又问了卡拉几个生物和化学方面的问题，她都轻松地答上了。她慢慢放松下来。这时他突然问："你晕血吗？"

"不晕血，先生。"

"啊哈！"他得意洋洋地说，"你怎么会知道呢？"

"我十一岁时接生过一个婴儿，"她说，"那场面很血腥。"

"你应该去找个医生！"

"我叫人去找了，"她争辩道，"但孩子没等医生来就生了。"

"嗯，"教授站了起来，"在这儿等着。"说完便离开了。

卡拉站在教授让她站的地方。她本以为会接受严格的测试，但到现在她都应答如流。很幸运，她已经习惯和各个阶层的男男女女进行这种你问我答的交流，冯·乌尔里希家经常进行这种针锋相对的谈话。从记事起，卡拉已经与父母和兄长进行过不下千次这样的对谈了。

拜尔教授离开了好几分钟。他去干什么了？他去找同事来见这个天赋异禀的女学生了吗？她似乎想得太多了。

卡拉想拿拜尔教授架子上的书来看，但她害怕触怒拜尔教授，于是只好干站着。

十分钟后，拜尔教授拿着一包烟回来了。让她干站了十来分钟就是为了去买包烟吗？这难道是另一种测试？她生起气来。

他慢慢点起烟，似乎想借此集中注意力似的。他吐了口烟："作为一个女人，你准备如何诊治一个下体感染的男人？"

卡拉很尴尬，她感觉自己脸红了。她从没和哪个男人谈过下体的事情。但她很明白，如果想成为一个医生的话，在这种时候就要强势一些。"我会像您这样的男医生一样，治疗一个下体感染的男病人。"她说。拜尔教授面露惊色，卡拉心想自己是不是太放肆了。她急忙补充道："我会仔细检查受感染的区域，弄清感染的实际情况，可能会用磺胺类药物进行治疗。但我必须承认，高中生物课可没教这些内容。"

拜尔教授疑惑地问："你见过裸体男人吗？"

"见过。"

他似乎要发怒了。"可你还是个大姑娘啊！"

"爷爷快死的时候，他卧床不起，又大小便失禁。我和妈妈帮他整理——爷爷太重了，妈妈一个人对付不了。"她挤出笑容，"这种事只能由我们女人来做。博士，你应该知道，不管是老人还是孩子，不管是病人还是残疾人，照顾他们的都是我们女人。我们已经习惯了。只有男人才会觉得这种事令人尴尬。"

尽管她对答如流，拜尔博士的表情却越来越难看。到底是哪里不对？如果卡拉被拜尔博士的问题吓到而做出愚蠢回答的话，他应该得意才对啊！

他把烟蒂放在办公桌上的烟灰缸里。“恐怕你不适合拿到这份奖学金。”他说。

卡拉惊呆了。她失败了吗？每道题她都答对了啊！“为什么不适合？”她问，“我的这些回答都对啊。”

“你根本不像个女人，竟然毫无顾忌地谈论男人的下体！”

“这个话题是你挑起来的！我只是在回答你的问题。”

“你显然是在没有教养的环境里长大的，你家大人竟然让你看男性长辈的裸体。”

“你觉得男人会帮老人换尿片吗？我倒想看看你换尿片的样子。”

“最糟的就是你这种目无尊长的态度。”

“这种具有冲击性的问题是你问出来的。如果我应对软弱的话，你会说我不够坚强，不能成为医生——是吗？”

拜尔博士一时间无话可说了，卡拉意识到自己点中了他的心思。

“你在浪费我的时间。”说着她朝门口走去。

“结婚去吧，”他说，“为元首生上许多许多孩子。女人本来就应该承担这种责任。尽你的本分去！”

卡拉走出拜尔博士的办公室，狠狠摔上了门。

弗里达吃惊地抬起头：“怎么了？”

卡拉一语不发地向大楼出口走去。她看了秘书一眼，秘书面露喜色，显然知道发生了什么事情。卡拉对她说：“老娘们，省省你脸上的假笑吧。”看到秘书又惊又怕的神色，她稍稍感到了一丝安慰。

走出大楼以后，卡拉对弗里达说："因为我是女人，他根本没打算推荐我拿奖学金。我的成绩再好在他看来都无关紧要。这么多年，我算是白学了。"她大哭起来。

弗里达紧紧搂住她。

片刻后她感觉好了些。"我才不为该死的元首去生孩子呢。"她小声说。

"你说什么？"

"我们回家吧，回家后我再告诉你到底怎么回事。"她们骑上了自行车。

街上的气氛很奇怪，不过卡拉沉浸在自己的伤心事里，完全不知道发生了什么。人们集中在高音喇叭周围，似乎在等待收听希特勒在国会大厦被烧以后时常在国家大剧院发表的演讲。元首兴许又要发表演讲了吧。

回到冯·乌尔里希家以后，卡拉发现父母仍然待在客厅里，父亲皱着眉专注地听着收音机。

"他们刷下我了，"卡拉说，"医学院的入学规则写得天花乱坠，但他们根本不想招收女生。"

"卡拉，我很为你难过。"茉黛说。

"收音机里说了些什么？"

"你没听到？"茉黛说，"今天早上，德国入侵了波兰。我们开战了。"

伦敦的社交季已经结束，但因为欧洲正处于危机之中，大多数人都留在城里。通常在每年这个时间休假的议院被特地召集在一起。但没人举办聚会，没人举办舞会，皇室也没有任何招待会。在黛西看来，这和大冬天去海边度假地没什么两样。这天是星期六，可她却得去公公菲茨赫伯特伯爵的家里吃晚饭。还有什么比跟两个长辈待在一起更无趣吗?

黛西坐在梳妆台前，穿着青黛色的丝绸晚礼服，V领，细褶裙摆。她在头上插了丝绢花，脖子里戴着钻石项链。

丈夫博伊已经在梳妆室里穿好了衣服。黛西很高兴他在家里。博伊经常在外过夜。尽管他们同居一室，但很多时候她一整天都看不到博伊。至少今晚他在家。

黛西手里拿着母亲从布法罗寄来的信。奥尔加从女儿的家信中察觉了黛西婚后的种种不快，她的直觉一向非常准。“我只希望你能高兴点，”她在信中写道，“因此你一定要听我的话，不要这么快就放弃。总有一天你会成为菲茨赫伯特伯爵夫人，如果生了儿子的话，你儿子以后会成为伯爵。如果仅仅因为丈夫对你关注不够就放弃这段婚姻的话，将来你一定会后悔的。”

母亲也许说得没错。这三年来，人们见到她就叫她“尊敬的夫人”。像吸烟时吐烟圈一样，每次听见人们这么称呼自己，黛西都会感到一阵快意。

不过博伊似乎认为婚姻对生活没什么影响。他和好哥们儿一起过夜，到全国各地参加赛马比赛，很少告诉黛西自己要去哪里。黛西觉得在某个聚会上和丈夫不期而遇会让她很尴尬。但让她去问博伊的贴身男仆丈夫去了哪，那又未免太掉价了。

博伊能逐渐成长，开始有丈夫的样子吗？难道他会一直这样下去吗?

博伊把头凑了过来。“黛西，快走吧，我们要迟到了。”

她把母亲的信放在抽屉里，锁上抽屉，然后走出了梳妆室。博伊穿着呢外套等在门厅里。菲茨稍微做了点让步，同意他们穿着不那么正式的外套回家吃饭。

他们可以走去父母的家。但这天下着雨，博伊把车开了出来。这是辆奶白色宾利，博伊和他父亲一样喜欢漂亮车。

伦敦已经在进行着战争的准备。在两千英尺的高空，军方放了不少阻拦战斗机的探空气球。就算探空气球被敌人破坏，重要建筑物外面还垒上了层层的沙袋。因为前一天开始的灯火管制，人行道的边沿都被刷成了白色，以利夜间开车的司机。大树、雕像和人行道上其他容易引发事故的障碍物也都被刷上了白色的条杠，防止夜间行路的人不慎撞上。

碧公主跟博伊和黛西打了声招呼。五十岁的碧身材浑圆，但却喜欢穿着一身少女装。她穿着一件镶有玻璃小珠和亮片的夜礼服。碧从没讲过黛西父亲婚礼上提到的那件事，不过现在她再也不暗示黛西出身低微了，虽然不是十分热情，但陪着小心跟她说话。黛西同样也很小心，如同对待精神不稳定的老伯母一样对待自己的婆婆。

博伊的弟弟安迪已经到了。他和梅尔已经有两个孩子了。据黛西观察，梅尔很快就要生他们的第三个孩子了。

博伊自然想要个男孩以承袭他的爵位和财产，但至少到目前为止黛西还没成功怀孕。这是个让人心酸的事实，安迪和梅尔接二连三地怀孕让他更显得尴尬。如果博伊不是经常流连在外的话，黛西怀孕的几率无疑会更高一点。

黛西很高兴看到伊娃·穆雷——不过伊娃的丈夫没来：吉米

是个少校，没法离开连队。这个时候大多数士兵都在营房里，军官得和他们待在一起。因为梅尔嫁给了安迪，作为梅尔的嫂子，伊娃也成了菲茨赫伯特大家庭的一员。博伊只能放下对犹太人的偏见，对伊娃以礼相待。

伊娃和三年前刚嫁给吉米时一样，与他相敬如宾。这三年里，他们也生了两个孩子。不过这天晚上，伊娃神色忧虑，黛西知道这是为什么。“你父母都好吗？”黛西问。

“他们无法离开德国，”伊娃痛苦地说，“德国政府不给他们出境签证。”

“我公公能帮得上忙吗？”

“他已经试过了。”

“德国政府为什么要这样对他们？”

“我父母不是特例。和他们相同境遇的有好几千人，只有少数的几个人能拿到出境签证。”

“我为你感到难过。”黛西不只是难过，她更为先前和博伊对法西斯的支持感到尴尬。她的疑虑随着法西斯主义在英国内外的愈发暴戾而越发浓厚。当公公明确表示他为儿子儿媳加入法西斯运动感到羞耻，要他们尽快脱离莫斯利一党的时候，黛西一下子松了口气。现在她只觉得当初真是太傻了。

博伊可从来没感到过后悔，他仍然觉得优越的白种人是上帝指派统治欧洲的，但他觉得法西斯专政不是那么实际。尽管对英国式民主感到恼火，但他不支持践踏民主。

他们早早地坐在餐桌前。“七点半，内维尔将在下院发表声明。”菲茨说。内维尔·张伯伦是现在的英国首相。“我应该到旁听席去旁听一下，也许得在吃甜点前离开。”

安迪问他："爸爸，你觉得会发生什么？"

"我真不知道，"菲茨略显夸张地说，"我们都想避免一场战争，但重要的是不能给外界一种优柔寡断的印象。"

黛西很惊讶：菲茨是个忠诚的人，很少在众人面前批评自己的同僚，即便像现在这样拐弯抹角都很少。

碧公主说："如果打仗的话，我就住到泰-格温去。"

菲茨摇了摇头："一旦打仗，政府就会把宽敞些的乡村别墅征为军用，以备不时之需。作为政府官员，我必须率先垂范。我也许会把别墅借给威尔士步枪营作为训练中心，也许会把它改成伤兵医院。"

碧生气了："那是我们家的别墅！"

"我们可以留下别墅的一小部分私用。"

"我是个公主——我才不要只住一小部分呢！"

"虽然小但也会很舒适。我们可以把餐具室作为厨房，把平时吃早饭的小房间作为餐厅，再留下三四个小客房作为卧室。"

"这叫舒适吗？"碧像难以忍受的东西放在眼前一样神情不悦，但她也没多说什么。

安迪说："我和博伊可能会加入威尔士步枪营。"

梅尔从喉咙里发出一声悲鸣。

博伊说："我会加入空军。"

菲茨惊呆了。"你不能加入空军，阿伯罗温子爵必须加入威尔士步枪营。"

"步枪营又没战斗机。下一次战争将是空中大战。皇家空军一定急缺飞行员，我已经飞了好几年了。"

菲茨想说服他，但这时管家进来了："伯爵阁下，车已经为您准备好了。”

菲茨看了看壁炉架上的钟。“糟了，我要迟了，格罗特，谢谢你，”接着他对博伊说，“下最终决定前，我还要找你再谈谈，你的想法是不对的。”

“那好吧，爸爸。”

菲茨转身对碧公主说：“抱歉，亲爱的，我不能等用餐结束再走。”

“没事，你快去吧。”碧公主说。

菲茨从餐桌边站起身，走到门旁。黛西发现他的脚有点跛，这是上一次战争留给他的残酷记号。

饭桌上的时间非常无趣，所有人都在暗自猜测首相会不会对德宣战。

女士们起身离开的时候，梅尔让安迪扶着她的手臂送她回房。安迪向留在餐厅没走的博伊夫妇打了声招呼：“最近她的身体很虚。”这是对妻子怀孕的一种比喻说法。

博伊说：“我也希望妻子的身体能虚起来。”

这句暗讽让黛西的脸涨得通红。她忍住不去反驳，但马上又责问自己为什么要让丈夫欺到头上。“博伊，你没听足球运动员是怎么说的吗？”最后她还是忍不住发火了，“踢球可得往门里射啊！”

这下轮到博伊脸红了。“你怎么敢这么说！”他怒气冲冲。

安迪笑了：“哥哥，这是你自找的。”

碧开口了：“你们都少说两句。博伊、安迪，你们等女士们走了以后再说这种没品的笑话吧。”她一阵风似的离开了房间。

黛西跟着碧走出餐厅，但她和其他女眷在楼梯口分别，径直走上了二楼。她正在气头上，想一个人待会儿。博伊怎么能这么说？他真的以为不能怀孕是她的错吗？很可能是他的原因。也许他很清楚这一点，所以故意在人前把责任推给她，以免别人以为他不行。但无论如何，这种事都不能在大庭广众下讨论。

她走进博伊原先的房间。婚后因为自家房子装修的原因，他们在博伊婚前睡的这个屋子住了三个月。除了这间房以外，隔壁的房间也归他们用，不过那时他们晚上总睡在一起。

她走进门，打开房间里的灯。令人吃惊的是，博伊似乎根本没搬离这里。洗脸台上放着剃须刀，床头柜上放着《飞行》杂志。黛西打开抽屉，看到一罐博伊每天早饭前必吃的护肝片。醉得不省人事难以面对妻子的时候，博伊难道都会躲到这儿来吗？

下面一层抽屉锁上了，但黛西知道博伊把钥匙放在壁炉架上的一个小罐子里。黛西理所当然地打开了抽屉：在她看来，夫妻间应该没有任何秘密。

她先看到了一本满是裸体女人照片的杂志。在画像和艺术照里，女人们都会对身体的敏感部位半遮半掩，但这些女人恰恰相反：她们不仅脱去了内裤和胸罩，连阴部也打开给人看。如果有人闯进来发现黛西在看这本书，她会装得非常震惊，但其实她非常喜欢这本杂志。她怀着极大的兴趣看完了整本书，拿自己和书上的那些女人比较：乳房的大小和形状，阴毛的数量，性器官的外观，等等。女人的身体真是一座探之不尽的宝库啊！

那些照片里，有些女孩在自慰，或装出自慰的样子来。其中两个女孩在互相挑逗。男人会喜欢这些照片，黛西不觉得奇怪。

她觉得自己像个偷窥者。这让她想起了结婚前在泰-格温潜入博伊房间的陈年往事。那次潜入之后，她急切地想多了解博伊一些，想与钟爱的他更加亲近，使他成为自己的丈夫。现在她又在干什么呢？窥探似乎不再爱着自己的丈夫，难道是为了弄清自己失败的理由吗？

杂志底下有个棕黄色的纸袋。纸袋里有几个写有红字的白封套。黛西看了看这几行红字：

商标认证

塞维斯普

注意

本品敏感

请勿将封套和内容物放在公共场所

英国制造

成分：硅胶

任何季节都适用

黛西不明白这几行字是什么意思，说明中没写清封套里放着什么。于是她打开了封套。

封套里放着几个橡胶套。她展开橡胶套。橡胶套形状像个管子，一头封着口。她很快就明白这是什么了。

以前她从没见过这种东西的实物，但听很多人说起过。美国人叫它“特洛伊木马”，英国人称之为“宝宝杀手”。它的学名是避孕套，用途是帮助女性避免怀孕。

丈夫为什么会有一包避孕套？只会有一种可能：避孕套是和另一个女人在一起时用的。

黛西真想放声大哭。她给了博伊他想要的一切。黛西从没以累为理由拒绝和博伊做爱——哪怕她真的很累——也没有推挡过他玩的那些花样。只要博伊想要，她甚至愿意摆出那本杂志里的姿势。

她做错什么了吗？

黛西决定好好问问他。

悲伤很快转变成为愤怒。她站了起来，想把封套里的东西带到餐厅，和他对质一番。这种时候为何还要保全他的面子呢？

这时，博伊走了进来。

“我从过道里就看见这里亮着灯，”博伊说，“你在我的房间里干什么？”他看着打开的床头柜抽屉，“你竟然敢偷窥我的隐私！”

“我怀疑你不忠，”她拿起避孕套，“我猜得没错。”

“该死的偷窥狂！”

“该死的通奸犯！”

他举起手：“我会像维多利亚时代的丈夫一样打你。”

黛西从壁炉架上拿起一个沉重的烛台。“有种你就试试，我会像一个20世纪的妻子那样还击。”

“太荒唐了。”博伊重重地坐进门边的椅子里，似乎受到了重挫。

他的失意消散了黛西的怒意，她悲从中来，颓然地坐在床上。不过她还是很好奇：“那个女人是谁？”

他摇摇头说：“跟你没关系。”

“我就是想知道！”

他不安地在椅子里蠕动着身体。“真有那么重要吗？”

“当然非常重要。”博伊看起来会和盘托出的。

博伊没敢看黛西的眼睛："你以前不会认识，将来也永远不会认识。总之是你完全不认识的人。"

"是妓女吗？"

他被这句话惹恼了："当然不是。"

黛西故意气他："你给她钱了吗？"

"没，哦，给了些。"他显然耻于承认给钱的事实，"我给了些零花钱。那和付钱嫖妓是两码事。"

"如果她不是个妓女，那你为什么还要付钱呢？"

"付钱是因为我不想让她们见别的男人。"

"她们？你有好几个情妇吗？"

"没，我只有两个。她们是住在阿尔德盖特的一对母女。"

"什么？你不是认真的吧？"

"有一天，乔妮……法语里的说法是'见红[①]'。"

"我们美国女孩说那是'诅咒[②]'。"

"于是珀尔就……"

"做她的替补吗？这是我所知道的最肮脏的解决方式。于是你就跟她们两个都睡了吗？"

"是的。"

黛西想起那本满是不堪照片的杂志，突然想到了一种邪恶的可能。她必须把这事搞搞清楚。"你和母女俩同时上床过吗？"

"有过几次。"

"真恶心。"

"别担心会得病，"博伊指着她手中的避孕套说，"这东西

① 原文里的法语是elle avait les fleurs。

② 原文里的单词是the curse，即月经。

预防感染。”

“你这么为我考虑，我真是太感动了。”

“你应该知道，大多数男人都会在外面寻欢作乐。至少，上层阶级的大多数男人都是这样的。”

“才不是呢。”但她马上想到了自己的父亲，除了黛西的母亲和情人玛伽外，列夫又找了新欢格拉迪丝·安格鲁斯。

博伊说：“我爸爸就很不安分，到处都有他的狗崽子。”

“我才不信呢，他对你妈妈很忠诚。”

“他至少有一个私生子。”

“在哪儿？”

“我不知道。”

“那还说什么‘至少’？”

“我听他和本·韦斯特安普敦吹过，你知道本的德行。”

“我确实知道。”黛西说。这似乎是个道出事实的时候。“他一有机会就摸我的屁股。”

“他是个老流氓。那次，本和我们父子俩都有点醉了，本说，‘我们这种人都有一、两个私生子，老哥，你说是吗？’爸爸说：‘我就有那么一个。’说完他似乎意识到了什么，连忙装傻咳嗽了两声，马上转移了话题。”

“我不管你爸爸有几个私生子。我是个现代的美国女孩，无法和一个不忠的丈夫住在一起。”

“你想怎么样？”

“我会离开你。”黛西做出毅然决然的表情，但她的心很痛苦，像是被当胸捅了一刀似的。

“夹着尾巴回布法罗吗？”

“也许吧，但我有很多钱，也可以有些别的选择。”他俩结婚时列夫的律师做了文件，没让博伊染指黛西父母家的财产，“我可以去加利福尼亚，在爸爸的某部电影里找个角色。我打赌我一定能做个电影明星。”尽管强装坚韧，但黛西的眼角还是泛着泪光。

“那你走吧，”博伊说，“想死到哪儿就死到哪儿，我一点儿都不在乎。”黛西不知道他说的是不是真心话。从脸上的表情看，这不像是真心话。

屋外传来汽车停下的声音。黛西把深色窗帘拉开一点，看见菲茨的黑白劳斯莱斯停在外面，车头灯的光线在重重雨幕中显得不是那么亮眼。“你爸爸回来了，”黛西说，“我们还要继续吵下去吗？”

“最好下楼看看去。”

“我跟你一起去。”

博伊走出房间，黛西站在镜子前看了看自己的样子。她惊讶地发现自己和半小时前走进这个房间时没什么两样。生活起了翻天覆地的变化，她脸上却看不到丝毫痕迹。她为自己感到悲哀，想扯上嗓子大哭一场，但她抑制住了想哭的冲动。她定了定神，匆匆走下楼。

菲茨穿着肩膀上沾有雨点的外套坐在餐厅里。因为临走前没吃甜点，管家格罗特替他拿出了水果和奶酪。全家人都坐下以后，格罗特又替菲茨倒了杯红葡萄酒。菲茨喝了口葡萄酒：“真他妈太可怕了。”

安迪问：“到底发生了什么？”

菲茨吃了口干酪说：“内维尔只说了四分钟话，从来没有哪个首相像他表现得如此拙劣，他咕哝着说德国可能会从波兰撤军，但没人相信他的话。他没有提到开战，甚至没提到会给德国下最后通牒。”

安迪说：“为什么会这样呢？”

“内维尔私下说他想等法国结束犹豫之后再和它们一起宣战。但许多人觉得这只是个打肿脸充胖子的理由。”

菲茨又喝了口葡萄酒，然后说：“阿瑟·格林伍德在他之后发了言。”格林伍德是工党的副主席，“他站起身以后，列奥·艾梅里——说明一下，这个人是议院的保守党议员——扯着嗓子喊了一句：‘阿瑟，你可要站在英国的立场上说话啊！’连保守党议员都对本党的首相看不下去了，要社会主义的工党为英国说话！内维尔实在是太懦弱了！”

格罗特往菲茨的酒杯里加满了酒。

“格林伍德口气温和，但他的话很有分量：‘不知道我们还要犹豫多久？’听了他的话，议院两边的议员们都拍手称快。内维尔这时可能连打个地洞钻下去的心都有。”菲茨拿了个桃子，用刀叉子切成小块。

安迪问：“后来做了什么决定吗？”

“没做出任何决定！内维尔回了唐宁街十号首相府，但大多数内阁成员都去了下议院西蒙爵士的办公室。”约翰·西蒙爵士是本届政府的财政大臣，“他们说内维尔不向德国发出最后通牒，他们就不离开西蒙爵士的办公室。与此同时，工党的全国委员会也在开会，还有些不满的议员去了温斯顿的公寓。”

黛西总说自己不喜欢政治，但自从成为菲茨家的一员，学会从内部的角度看待政治以后，她就开始对政治感兴趣了。她觉得这幕大戏既可怕又有趣。“这样一来，首相就必须有所行动了。”她说。

“这样一来，”菲茨说，“在议院下一次开会之前——应该是在明天正午——内维尔要么宣战，要么向国王递交辞呈。”

过道里的电话响了，格罗特走出餐厅去接电话。一分钟后他回来说：“阁下，外交部来了电话。对方等不及你来接电话了，让我直接把消息转达给你。”老管家面露难色，似乎犯了越俎代庖的差池一样，“他说首相马上要召开一个紧急会议。”

“很好，行动够快的。”菲茨说。

格罗特说：“如果你方便的话，外交部长想让你也列席这次会议。”菲茨不是内阁成员，但副部长们有时也会受邀参加内阁会议。他们坐在会议室侧面的座位上就各自分管的领域回答阁员们提出的问题。

碧看了看钟。“快十一点了，但我想你必须去。”

“当然得去，‘如果方便的话’只是句客套话。”菲茨用白色的餐巾布擦了擦嘴，一跛一跛地走出餐厅。

碧公主说：“格罗特，多做些咖啡，带到客厅。今天我们可能会弄得很晚。”

“遵命，殿下。”

众人回到客厅热烈地聊了起来。伊娃非常想打这一仗：她希望看到纳粹的覆灭。她当然也担心吉米，但她知道战斗是士兵的天职，必须得冒送命的危险。碧也希望英国能向德国宣战，因为德国竟和她所痛恨的布尔什维克结了盟。梅尔害怕安迪会在战争中送命，听到可能打仗的消息就哭哭啼啼的。博伊就是不知道英国和德国这两个伟大的国家为什么要为了波兰那块半原始的土地剑拔弩张。

瞅了个机会，黛西把伊娃带进了一个可以私下谈话的小房间。“博伊找了个情妇，”她一进房间就给伊娃看了避孕套。“我找到了这些。”

“黛西，我为你感到难过。”伊娃说。

黛西想像以往那样把这件事的细节全告诉伊娃——但博伊母女同侍的私生活实在令她感到羞耻，所以她只是对伊娃说：“我找他核实，他爽快地承认了。”

“他觉得羞愧吗？”

“他根本就不知羞，他说包括他父亲在内的英国上流阶级都有情妇。”

“吉米就不会有。”伊娃肯定地说。

“是的，吉米不是那种人。”

“你准备怎么办？”

“我想离开他。我们可以离婚，让别的什么女人去做子爵夫人。”

“如果打仗就离婚不了了。”

“为什么不能离婚？”

“对一个即将上战场的男人来说，离婚未免太残酷了。”

“在和阿尔德盖特的那对妓女睡觉以前，他就应该想到这一点了。”

“但那是懦夫的行为，你不能和舍弃生命保护你的男人离婚。”

黛西不太情愿地接受了伊娃的想法。战争会把博伊从一个被世人唾弃的偷情者转变成避免妻子、母亲和国家遭受占领和侵略之苦的国家英雄。如果和博伊离婚，不光伦敦和布法罗的人会把她看成懦夫，连她自己都会这么想。如果发生战争的话，不管会发生什么事，她都希望自己能勇敢一些。

“你说得对，”黛西怨愤地说，“发生战争的话，我就不能和他离婚了。”

外面响了声炸雷。黛西看了看钟，已经是午夜了。听外面的声音，刚才的中雨已经转变成了瓢泼大雨。

黛西和伊娃回到客厅。碧在沙发上睡着了。安迪抱着仍然在悄声哭泣的梅尔。博伊一边吸烟，一边喝着白兰地。黛西决定一会就开车回家。

零点半的时候，菲茨回来了，他的夜礼服几乎被雨水打湿了。“内维尔不再犹豫了，”他说，“早上他将向德国下最后通牒。如果英国中午时间十一点德国人不从波兰撤退——英国将向德国宣战。”

众人站起身，准备各自离开。在过道里，黛西对博伊说：“我来开车。”博伊没和她争辩。上了奶白色的宾利以后，黛西发动了车子。格罗特在他们身后关上大门。黛西打开雨刷，但没有马上开车。

“博伊，”她说，“我们再试一次吧。”

“你是什么意思？”

“我不是真的想离开你。”

“我自然也不希望你走。”

“别去找阿尔德盖特的女人，天天晚上回家和我一起睡觉。我们试着生个孩子。你也想要一个，不是吗？”

“是的。”

“那你会答应我的请求吗？”

博伊思考了一阵，然后说：“好吧。”

“谢谢你。”

黛西看着博伊，希望他能吻她，但博伊只是直直地看着前方的雨刷，它正有节奏地刮掉无休无止的雨水。

星期天，雨停了，太阳出来了。劳埃德·威廉姆斯觉得伦敦似乎被昨日的雨水冲刷干净了。

这天早上，威廉姆斯一家集合在阿尔德盖特艾瑟尔家的厨房里。没有事先的安排，众人自发地集中在了一起。劳埃德猜想，宣战时每个人都想和家人在一起。

劳埃德希望对法西斯主义采取行动，但同时对战争的前景又有一丝害怕。在西班牙内战中他见够了杀戮，希望再也不要参加任何一次战斗。他甚至放弃了拳击。但他满心希望张伯伦不要退缩。他在德国亲眼见证过法西斯的暴行，据说西班牙那边的情形也好不到哪里去：佛朗哥政权屠杀了数以千计的前政府支持者，学校又回到了天主教会手里。

夏天，从大学毕业以后，他很快成为了威尔士步枪营的一员。因为参加过军官训练营，加入之后他就获得了中尉军衔。步枪营已经在准备参战了：他费了好大的劲才争取到二十四小时周末探访母亲的许可。如果首相马上宣战的话，他将是第一批的参战人员。

星期天，吃过早饭，比利·威廉姆斯就来到努特利街的艾瑟尔家。劳埃德和伯尼坐在收音机旁边，餐桌上摊开着一份报纸，艾瑟尔弄了条猪腿准备午饭。看到穿着制服的劳埃德，比利舅舅的眼眶润湿了。“我只是想起了大卫，”他说，“如果从西班牙回来的话，他也会应召入伍。”

劳埃德一直没告诉比利，大卫死亡的真相。他假装不知道那件事的细节，只知道大卫死在贝尔希特的战役中，并被安葬在了那里。比利参加过上次世界大战，知道战地上的尸体都是如何处理的，这也许增加了他的哀伤。他最大的愿望是等西班牙摆脱法西斯统治以后，到贝尔希特去一次，向为正义而战、牺牲了自己生命的儿子致敬。

莱尼·格里菲斯也未能从西班牙回来。没人知道他安葬在哪。他或许还在佛朗哥的哪个战俘营里呢。

这时收音机里正在播放张伯伦首相前一天晚上在议会里的讲话，但是没有进一步的消息。

“我们永远预料不到之后会发生什么龌龊事。”比利说。

“英国广播公司不会报道那些事，”劳埃德说，“他们总想让报道听上去令人信服。”

比利和劳埃德都是工党全国委员会的成员——劳埃德是青年部的代表。从西班牙回来之后，他设法取得了在剑桥大学复读的资格。结束学业后，他在全国各地的工党集会上演讲，告诉人们本国和法西斯为友的现政权是如何背叛西班牙民选政府的。这些演讲没有任何用处——毕竟佛朗哥的反民主叛军取得了最后的胜利——劳埃德却借此成了名人，甚至被左翼青年视为英雄——顺利地进入了工党的全国委员会。

劳埃德和比利舅舅作为工党全国委员会的一员都参加了前一天晚上的工党高层会议。他们知道张伯伦屈服于内阁的压力，对希特勒下了最后通牒。现在他们如坐针毡，观望着局势的下一步进展。

就他们所知，希特勒至今还没有给出回应。

劳埃德想起了妈妈的朋友茉黛和茉黛在柏林的家人。他琢磨着，茉黛的两个孩子现在应该是十八岁和十九岁。他很想知道他们是否也坐在收音机前等待着德国和英国会不会开战的消息。

十点钟时，劳埃德同母异父的妹妹米莉走进厨房。她今年十九岁，嫁给了诺米的哥哥皮革批发商亚伯。米莉在一个高档服饰店做营业员，收入很不错。米莉盼望开一家自己的店，劳埃德相信她一定能实现这个愿望。尽管服装业不是伯尼为米莉选择的，但看得出他还是为女儿的头脑、野心和精明的生意手段感到骄傲。

但是今天，米莉的自信荡然无存了。“你们在西班牙的经历已经够可怕了，”她流着泪对劳埃德说，“大卫和莱尼一去不返，现在你和我的亚伯又要去参战了。我们这些女人每天都要守在收音机旁，担心着你们是不是已经牺牲了。”

艾瑟尔说：“你们的表弟凯尔也要参战，他十八岁了。”

劳埃德问母亲：“我的生父在哪个连队？”

“哦，这很重要吗？”也许是为伯尼考虑，艾瑟尔从没提过劳埃德生父的事情。

但劳埃德很想知道。“这对我非常重要。”他说。

她重重地把一个剥了皮的土豆扔在放满水的平底锅里。“他是威尔士步枪营的。”

“和我一样！为什么以前不告诉我？”

“过去的就让它过去吧。”

劳埃德知道，母亲的小心也许还有另一层原因。艾瑟尔结婚的时候，多半已经怀上了他。劳埃德对这倒并不怎么在乎，但在当时可是件令人羞耻的事。但他还是不依不饶地追问道："爸爸是威尔士人吗？"

"是的。"

"是阿伯罗温本地人吗？"

"不是。"

"那他是哪儿的？"

艾瑟尔叹了口气。"他的父母经常搬家——他父亲从事一种流动性很强的工作——但我想你的祖籍应该是斯旺西那边的，你满意了吗？"

"是的，我满意了。"

劳埃德的舅母米尔德里德从教堂过来了，米尔德里德时尚美丽，只是有些龅牙。她戴着顶别致的帽子——她经营一家很小的女帽加工厂。她第一段婚姻里的两个女儿，埃妮德和莉莉安，如今都快三十岁了，也都有了自己的孩子。大儿子大卫死在了西班牙，小儿子凯尔跟着她一起走进了厨房。尽管丈夫比利反感宗教，但米尔德里德每周日都会带孩子们去教堂。"我小时候一直听布道，"他经常说，"如果我得不到救赎，那任何人都无法被救赎。"

劳埃德四下里看了看。周围陪伴着他的家人：母亲、继父、同母异父的妹妹、舅舅、舅妈和表弟。他不想离开他们，在鬼才知道是哪儿的地方死去。

劳埃德看了看手腕上伯尼当毕业礼物送他的不锈钢表。十一点钟了，电台里，播音员阿尔瓦尔·里德尔用动情的声音告诉听众，首相马上要发表一项声明。里德尔说完以后，电台首先播放了一首肃穆的古典乐。

“你们都安静，”艾瑟尔说，“待会儿，我给你们每人弄一杯咖啡。”

厨房里一下子静了下来。

阿尔瓦尔·里德尔宣布，内维尔·张伯伦首相马上要开始发表讲话了。

在劳埃德看来，张伯伦是法西斯主义的纵容者，是把捷克斯洛伐克拱手交给希特勒的人，是在德国和意大利政府明显帮助西班牙叛军之后仍然顽固地拒绝援助政府军的人。这次，他还会继续当缩头乌龟吗？

劳埃德注意到父母携起手。艾瑟尔不怎么长的指甲嵌进了伯尼的手掌。

他再一次看了看表，已经是十一点十五分了。

接着他们听见首相说：“我从唐宁街十号首相府的内阁会议室对大家发表讲话。”

张伯伦的声音有点破，用词又过于精确，听上去像个迂腐的学校教导主任。劳埃德觉得，英国需要的不是什么教导主任，而是位真正的英雄。

“今天上午，我们驻柏林的大使向德国政府递交了最后通牒。通牒中说，除非英国政府确定德军从波兰撤军，否则英国和德国之间将爆发一场国与国的战争。”

劳埃德对张伯伦的故弄玄虚非常不耐烦。“否则英国和德国之间将爆发一场国与国的战争，”这种表达方式未免也太奇怪了吧。他想：快说到点子上吧。这毕竟是性命攸关的事啊！

张伯伦的声音突然变得像政治家一样庄严。也许此时他看到的不是眼前的麦克风，而是坐在收音机前等待他讲出决定他们命运的千百万国人。“我必须告诉大家，到目前为止，德国并没有做出撤军的表示。”

劳埃德听到艾瑟尔说：“哦，饶了我们吧！”伯尼的脸色变得惨白。

张伯伦慢慢说出了众人等待已久的惊人话语：“……这就是说，我们已经和德国开战了。”

艾瑟尔哭了起来。

人物表

美　国

杜瓦家族

格斯·杜瓦，参议员

罗莎·杜瓦，格斯的妻子

伍迪·杜瓦，他们的大儿子

查克·杜瓦，他们的小儿子

乌苏拉·杜瓦，格斯的母亲

别斯科夫家族

列夫·别斯科夫

奥尔加·别斯科娃，列夫的妻子

黛西·别斯科娃，列夫和奥尔加的女儿

玛伽，列夫的情妇

格雷格·别斯科夫，列夫和玛伽的儿子

格拉迪丝·安格鲁斯，电影明星，列夫的另一个情妇

洛兹罗赫家

戴夫·洛兹罗赫

乔安妮·洛兹罗赫

布法罗的社会名流

多特·伦肖

查理·法奎森

乔·布列胡诺夫，恶棍

布赖恩·霍尔，工会领袖

杰姬·杰克斯，小明星

埃迪·帕里，查克·杜瓦的水兵朋友

范德米尔海军上校，查克·杜瓦的长官

玛格丽特·科德里，美丽的女继承人

真实的历史人物

富兰克林·罗斯福，总统

玛格丽特·莱汉德，罗斯福总统的助手，昵称“米茜”

哈里·杜鲁门，副总统

科德尔·赫尔，国务卿

萨姆纳·韦尔斯助理，国务卿

莱斯利·格罗夫斯，陆军工程兵团上校

英　国

菲茨赫伯特家族

菲茨赫伯特伯爵，昵称菲茨

伊丽莎维塔公主，昵称“碧”，其妻

博伊·菲茨赫伯特，阿伯罗温子爵，他们的大儿子，儿时昵称“宝宝”

安迪·菲茨赫伯特，他们的小儿子

莱克维兹-威廉姆斯家族

艾瑟尔·莱克维兹（娘家姓威廉姆斯），下议院议员

伯尼·莱克维兹，艾瑟尔的丈夫

劳埃德·威廉姆斯，艾瑟尔的儿子，伯尼的继子

米莉·莱克维兹，莱克维兹夫妇的女儿

其　他

露比·卡特尔，劳埃德的朋友

本·韦斯特安普敦，菲茨的朋友

琳迪·韦斯特安普敦和莉齐·韦斯特安普敦，本的双胞胎女儿

吉米·穆雷，穆雷将军的儿子

梅尔·穆雷，吉米的妹妹

劳瑟侯爵，昵称“劳西”

内奥米·埃弗里，米莉的闺密

亚伯·埃弗里，内奥米的哥哥

真实的历史人物

欧内斯特·贝文，下院议员，外交大臣

德国和奥地利

冯·乌尔里希家族

沃尔特·冯·乌尔里希

茉黛·冯·乌尔里希，其妻（闺名茉黛·菲茨赫伯特）

埃里克·冯·乌尔里希，他们的儿子

卡拉·冯·乌尔里希，他们的女儿

艾达·汉普尔，冯·乌尔里希家的女仆

库尔特·汉普尔，艾达·汉普尔的私生子

罗伯特·冯·乌尔里希，沃尔特的堂兄

容格·施莱彻，罗伯特的合伙人

丽贝卡·罗森，孤儿

弗兰克家族

路德维希·弗兰克

莫妮卡·弗兰克，其妻（闺名莫妮卡·冯·德·赫尔巴德）

沃纳·弗兰克，他们的大儿子

弗里达·弗兰克，他们的女儿

阿克谢尔·弗兰克，他们的小儿子

瑞特，弗兰克家的司机

康拉德·冯·德·赫尔巴德伯爵，莫妮卡的父亲

洛特曼家族

伊萨克·洛特曼医生

汉尼洛尔·洛特曼，伊萨克·洛特曼的妻子

伊娃·洛特曼，伊萨克·洛特曼夫妇的女儿

鲁迪·洛特曼，伊萨克·洛特曼夫妇的儿子

冯·凯塞尔家族

戈特弗里德·冯·凯塞尔

海因里希·冯·凯塞尔，戈特弗里德·冯·凯塞尔的儿子

盖世太保

托马斯·马赫，盖世太保支队长

克林勒恩督查，托马斯·马赫的上司

莱因霍尔德·瓦格纳

克劳斯·里特尔

冈瑟·施奈德

其　他

赫尔曼·布劳恩，埃里克的好哥们

施瓦布中士，园丁

威廉·伏龙芝，科学家

苏　联

别斯科夫家族

格雷戈里·别斯科夫

卡捷琳娜·别斯科娃，其妻

弗拉基米尔·别斯科夫，昵称沃洛佳，他们的儿子

安雅·别斯科娃，他们的女儿

其　他

卓娅·沃洛茨恩特谢夫，科学家

伊利亚·德沃尔金，克格勃官员

莱米托夫上校，沃洛佳的上级

鲍伯罗夫上校，驻西班牙的红军军官

真实的历史人物

拉夫连季·贝利亚，克格勃头子

维亚切斯拉夫·莫洛托夫，苏联外交部长

西班牙

特蕾莎，文化教员

威尔士

威廉姆斯家族

比利·威廉姆斯，阿伯罗温议员

大卫·威廉姆斯，他的大儿子

凯尔·威廉姆斯，他的小儿子

大卫·威廉姆斯，“外公”

卡拉·威廉姆斯，“外婆”

格里菲斯家族

汤米·格里菲斯，比利·威廉姆斯在政治上的代理人

莱尼·格里菲斯，汤米的儿子

图书在版编目（CIP）数据

世界的凛冬：全3册 /（英）肯·福莱特
(Ken Follett) 著；陈杰译 . -- 南京：江苏凤凰文艺
出版社，2017.2（2022.8 重印）
书名原文：Winter of the World
ISBN 978-7-5399-9907-4

Ⅰ. ①世… Ⅱ. ①肯… ②陈… Ⅲ. ①长篇小说－英
国－现代 Ⅳ. ① I561.45

中国版本图书馆 CIP 数据核字 (2017) 第 015268 号

图字：10-2016-593

世界的凛冬：全 3 册

［英］肯·福莱特 著　　陈 杰 译

责任编辑	丁小卉
特约编辑	闵 唯　周奥扬　刘 雨
装帧设计	读客文化　021-33608320
责任印制	刘 巍
出版发行	江苏凤凰文艺出版社 南京市中央路 165 号，邮编：210009
网　址	http://www.jswenyi.com
印　刷	大厂回族自治县德诚印务有限公司
开　本	889 毫米 ×1270 毫米 1/32
印　张	36.5
字　数	598 千字
版　次	2017 年 2 月第 1 版
印　次	2022 年 8 月第 23 次印刷
标准书号	ISBN 978-7-5399-9907-4
定　价	132.00 元（全 3 册）

江苏凤凰文艺版图书凡印刷、装订错误，可向出版社调换，联系电话：010-87681002。

读客外国小说文库

熊猫君激发个人成长

WINTER OF THE WORLD

世界的凛冬 II

[英]肯·福莱特 著 陈杰 译

KEN FOLLETT

江苏凤凰文艺出版社
JIANGSU PHOENIX LITERATURE AND
ART PUBLISHING, LTD

Winter of the World

KEN FOLLETT

目　录

1941年，华盛顿

七月的一个炎热的早晨，格雷格·别斯科夫桌上的电话响了。他念完了哈佛的第三学年，再次利用暑期在国务院的新闻办公室做实习生。格雷格擅长数学和物理，毫不费力地通过了考试，可是格雷格不想当什么科学家，他热衷的是政治。

1941年，莫斯科

十月，雪下了又融，融了又下，莫斯科的街上又湿又冷。沃洛佳在储物柜里寻找莫斯科人传统过冬的棉靴“瓦伦基”，却意外地在储物柜里发现了六箱伏特加。

1941年，夏威夷

伍迪·杜瓦和乔安妮·罗赫从加利福尼亚的奥克兰乘坐波音B-314飞机前往夏威夷的火奴鲁鲁。他们乘坐的泛美航空公司的客机要经过十四小时才能走完这段航程。抵达火奴鲁鲁前，两人发生了激烈的争吵。

第十二章 / 297

1942年，伦敦

三支神鹰冲锋队参加了对抗纳粹德国的战争，英国皇家空军的那一支由美国志愿者组成。黛西很吃惊：她没想到查理会自愿参加战斗。她以前认识的查理除了狗和赛马，对其他的东西都没什么兴趣。他真的长大了。

第十三章 / 332

1942年，柏林

卡拉·冯·海因里希推车走进供应室，顺手关上门。她必须行动迅速。如果被人抓住，这一刻所做的事会把她送进集中营。

Part 2
流血的季节

第六章

1940年，阿伯罗温

阿伯罗温完全变了样。街上有了汽车、卡车和公共汽车。20年代劳埃德第一次来这看外祖父母时，街上停着辆车都是件稀罕事，可以引来一大群人。

但镇上还是只有矿上的双塔，以及矿里推进推出的独轮车。除此之外再无所有：没有工厂，没有办公楼，没有煤炭之外的任何工业。镇上的男人基本都在井下工作，只有十来个男人从事其他工作：几个店老板、七八个公务员、一个镇长和一个医生。碰到30年代那种煤炭滞销的情况，煤矿工人就没事可干了，纷纷闲在家里。这就是工党把主要精力放在援助失业工人上面的原因，这样做能让失业工人不再受养不起家人的痛苦和屈辱。

1940年4月的一个星期天，劳埃德·威廉姆斯中尉乘火车从加地夫来到了这里。劳埃德拿着个小手提箱，上山到了泰–格温。前八个月，他一直和在西班牙一样训练新兵，并为威尔士步枪营做拳击队的训练工作。但军队考虑到他流利的德语，最后还是让他从事情报工作，派他过来参加训练。

至今，军队做的只是训练。英国还没参加过具有战略意义的任何一场战斗。德国和苏联侵略了波兰，分而治之，国联对波兰的独立保证成了一句空话。

英国人把这场战争称为一场“假想的战争”，他们迫不及待地想和德国人打上一仗。劳埃德对战争倒没有幻想——他见过垂死挣扎的战士临死时讨水喝的惨状——但即便如此，他还是想马上投入到击溃法西斯主义的战斗中去。

估计到德国可能进犯法国，军人们本以为自己会被派到法国去。但德国尚未对法国宣战，因此他们还在待命。不过在此期间，他们进行了不少训练。

劳埃德在一些富豪的私家别墅进行军队情报工作的特训。这些地产的富有业主无偿把地借给了部队，他们害怕如果不这样做，自己的地会被国家永久充公。

部队的入驻让泰-格温完全变了样。别墅的草地上停着十几辆军方墨绿色的小卡车，卡车轮胎已经磨损了伯爵的草坪。带有弧线形大理石台阶的入口小院现在成了军方的储备库。曾经供穿着燕尾服的男女下车的踏板，现在成了炊事员煮扁豆和熬猪油的地方。劳埃德笑了：他喜欢战争带来的这种翻天覆地的变化。

劳埃德走进房子，迎接他的是一位穿着皱巴巴军服的矮胖军官。“中尉，你是来参加情报课程训练的吗？”

“是的，先生，我叫劳埃德·威廉姆斯。”

“我是劳瑟少校。”

劳埃德知道劳瑟。劳瑟是个侯爵，朋友们都叫他劳西。

劳埃德看了看周围。墙上的画包了一层防尘布，华丽的大理石壁炉被拆下放进了板材箱，只留了格栅在外面。艾瑟尔有时留恋起的红木家具都不见了，它们原来的地方现在放着一些铁桌子和廉价椅子。“天哪，这里完全变了样！”他说。

劳瑟笑了：“看来你以前来过这儿，你认识这家人吗？”

“我在剑桥和博伊·菲茨赫伯特一起读过书，在那还见过子爵夫人，不过那时他们还没结婚。我想他们因为非常时期搬出去了吧。”

“没完全搬走，这里有几间房间仍然为他们留着，不过他们和我们完全没什么瓜葛。你以前是来他们家做客吗？”

“当然不是，我和他们其实并不熟。小时候，我只在他们不住的时候来参观过。妈妈曾经在这里工作过。”

“真的吗？为伯爵打点书房或别的什么地方吗？”

“不，妈妈在这做过女仆。”话一出口，劳埃德就知道自己犯了个错误。

劳瑟立刻摆出一副厌恶的表情。“我明白了，”他说，“真是挺有趣的。”

劳埃德知道自己被长官归为无产阶级这类人，在这期间，他都会被当作二等公民看待。母亲的过去最好别去提：他早就知道部队是个多么势利的地方了。

劳瑟说：“军士，带中尉去他的房间，阁楼上的房间。”

劳埃德分配到了仆人住过的房间。他对此倒并不怎么在乎。他觉得这样的房间对当年的母亲来说已经够奢侈了。

上楼梯的时候，军士告诉他晚饭前不需要做任何事。劳埃德问菲茨赫伯特家此时是否有人住在这儿，但军士并不知情。

劳埃德花了两分钟时间拿出包里的东西。他梳了梳头发，换上干净的军服衬衫，便去找外祖父母了。

尽管有了热水和浴室，但外祖父母家在威灵顿街的房子还是非常寒酸。记忆中的陈设依然没变：同样的破烂地毯，同样的褪色窗帘，同样的硬木板凳，摆在既是厨房又是客厅的房间里。

不过外祖父母都有了很大的变化。他猜他们都有七十多岁了，看上去也老了不少。外公的腿不太好，不情愿地从矿工工会的职务上退了下来。外婆的心脏不好，莫蒂默大夫让她饭后坚持抬脚十五分钟。

看到穿着军服衬衫的外孙，老两口非常高兴。“你是中尉了吗？”外婆问他。为工人阶级抗争了一辈子的她毫不掩饰地对外孙成为军官表示骄傲。

阿伯罗温的消息总是传得飞快。没等劳埃德喝完第一杯茶，他来探望外祖父母的消息已经尽人皆知。看到来串门的汤米·格里菲斯，劳埃德一点没感到奇怪。

“如果我家的莱尼也能从西班牙回来，希望他也会是个中尉。”汤米说。

“这是肯定的。”劳埃德说。他从没见过哪个出身矿工的军官，但战争爆发后任何事都有可能发生。“我可以跟你打包票，他是西班牙最好的士兵。”

“你和他一起经历了很多。”

“我们一起过着地狱般的生活，”劳埃德说，“但还是失败了，这次我们一定不能输。”

“为战胜法西斯干杯。”汤米把杯中的酒一饮而尽。

劳埃德和外祖父母一起参加了贝塞达教堂的晚祷。他对宗教不感兴趣，也不喜欢外公时常讲教条。人们应该认识到，世界远比宗教宣扬的神秘得多。但和外祖父母一起去教堂，能让两位老人开心。劳埃德愿意陪着。

牧师用通俗的话语演绎《圣经》的道理，这天的布道很有说服力。尽管讲道的时间拖得有点长，但稍后的赞美诗却让劳埃德听得非常振奋。威尔士人用四声部唱赞美诗，高潮部分常能给人以醍醐灌顶的感觉。

在这间用石灰水刷过的教堂里，和会众们一起唱赞美诗的时候，劳埃德似乎感受到了英国的心跳。周围都是衣衫褴褛、教育程度很低的人，做着永远做不完的艰苦工作——男人们在终日不见阳光的矿井下劳作，女人们养育着下一代人，去接他们的班。但他们都有顽强的毅力和健全的心志，用自己的双手创造出一种值得为之奋斗的文化传统。他们从新教和左翼政客宣讲的政策中得到生存的希望。他们喜欢橄榄球，喜欢用和声唱赞美诗，无论顺境还是逆境，都紧密地站在一起。劳埃德正是为这样的城镇、这样的人民奋斗着。哪怕必须为之献身，他也无怨无悔。

做完祷告后，外公闭着眼睛、拄着拐杖站了起来。“主啊，你年轻的仆人劳埃德·威廉姆斯正穿着军装坐在这里，请你用智慧和恩典保佑他在冲突中战无不胜，保佑他平平安安地回来。上主，一切都出于你的旨意。阿门。”

晚祷在感人肺腑的阿门颂中结束了，劳埃德轻轻地拭去了眼角的泪水。

太阳落山了，夜色在一排排灰屋顶上升起，劳埃德哼着家乡的民歌把外祖父母送回了家。他谢绝了外祖父母晚饭的邀约，在晚饭前按时赶回了泰-格温。

这天的晚饭是炖牛肉、蒸土豆和卷心菜。按军队的伙食标准，这饭菜不算差。劳埃德吃得很香，尤其当他意识到，这一切都来自外祖父母这样每天晚饭只吃一点面包的人。桌上有瓶威士忌，劳埃德心情很好，喝了一点儿。他端详着周围一起受训的同伴，试图回想起每个人的名字。

回房睡觉的时候，他经过了雕刻室，里面的雕刻作品被收拾一空，如今摆着一块黑板和十二把廉价的椅子。他看见劳瑟少校正在和一位女士说话。再看一眼，他认出这位女士正是黛西·菲茨赫伯特。

他惊讶得停住了脚步。劳瑟少校愠怒地别过头。看到劳埃德以后，劳瑟不怀好气地说："阿伯罗温夫人，我想你一定认识威廉姆斯中尉吧。"

劳埃德想，如果黛西说不认识的话，他一定会用黑暗中梅菲尔街上那个又长又深的吻提醒她。

"威廉姆斯先生，很高兴见到你。"她伸出手和劳埃德握了握。

黛西的手又软又暖，劳埃德的心跳加快了。

劳瑟说："威廉姆斯说他妈妈曾经在这里做过女仆。"

"我知道，"黛西说，"他在三一学院的舞会上提过这事。他说我是个势利鬼，现在我必须遗憾地承认他当时说得没错。"

"阿伯罗温夫人，你真有度量，"劳埃德觉得很尴尬，"我不知道当时为什么这样对你说话。"黛西似乎没以前那么尖刻，也许婚姻让她变成熟了吧。

黛西对劳瑟说："威廉姆斯先生的母亲现在已经是个议员了。"

劳瑟吃了一惊。

劳埃德问黛西："你的犹太朋友伊娃怎么样了？我记得她嫁给了吉米·穆雷。"

“他们有两个孩子了。”

“她把父母弄出德国了吗？”

“你竟然还记得——不过很遗憾，洛特曼夫妇还滞留在德国，他们没拿到出境签证。”

“我替她感到难过，她一定很不好受。”

“是的。”

劳瑟显然对女仆和犹太人的话题很不耐烦。“阿伯罗温夫人，回到我们刚才的话题……”

劳埃德说：“两位晚安，我必须得撤了。”他离开雕刻室，上了楼。

睡下以后，他情不自禁地哼起了晚祷中的最后一首赞美诗：

风暴破坏不了我的从容，
我攀着山岩毫不动摇。
天父的爱源于天地，
我怎能停止为他赞颂呢？

三天后，黛西给同父异母的弟弟格雷格写了封信。战争爆发时格雷格给她发了封慰问信，此后他们便一个月左右通一封信。格雷格告诉她在华盛顿的第五大街上看到旧爱杰姬·杰克斯的事情，问她女孩为何一见他就跑。黛西也弄不明白他俩之间的事，她在信上这么写道。黛西祝他好运，然后在信尾签上了名。

她看了看钟，离集训生吃晚饭还有一个钟头。课已经结束了，很可能在劳埃德房间截住他。

她走进阁楼上原先佣人住的房间。年轻的军官们或坐或躺，有的在看书，有的在写信。在放着一块破旧穿衣镜的小房间里，她找到了正在窗边看画册的劳埃德。她问他："读到什么有趣的内容了吗？"

劳埃德立刻起身打招呼："嗨，好久不见。"

他脸红了。或许仍钟情于她。对他来说，那个吻太残忍了，尤其是当时黛西不打算跟他进一步发展关系。但已经是四年前的事了，那会儿他们还只是孩子。他应该尽快走出来。

黛西看着劳埃德手中的书。那是本德语书，书中画着五颜六色的徽章。

"我们必须识别德军的徽章，"劳埃德解释道，"许多军事情报是从战俘的审讯中得到的。当然，有些战俘什么都不会说。于是，我们必须从他们的制服徽章中判断他们所处的层级，军衔是什么，属于哪支部队，是步兵、骑兵、炮兵，还是老兵团这种特殊的兵种，许多信息都能从他们佩戴的徽章看出来。"

"来这儿就学这些吗？"她半信半疑，"学习德军徽章的意义吗？"

他笑了。"这只是课程的一部分，其他的军事秘密不能告诉你。"

"哦，我明白了。"

"你为什么会在威尔士？我还以为你会在伦敦做一些参战支援工作呢！"

"你又来了，道义上的谴责，"她说，"难道有人告诉你这能讨好女生吗？"

“请原谅，”劳埃德呆呆地说，“我没想冒犯你。”

“告诉你，伦敦没有什么参战支援工作可做，只是空中放了些阻止永远不会来的德国战机的探空气球。”

“至少你还可以在伦敦参加社交活动。”

“你知道吗？对我来说，那一度是世上最重要的事，但现在不再是了。”她说，“我大概是老了。”

黛西离开伦敦有另一个原因，但她不准备告诉劳埃德。

“你穿的应该是护士的制服吧。”劳埃德问。

“不是，我不喜欢病人。但请你在表示不满，并且又对我露出那种愁眉苦脸的表情之前，先看看这个。”黛西递给劳埃德一个放着照片的镜框。

劳埃德皱着眉头接过来：“你从哪儿拿来的？”

“在地下储藏室，有一箱旧照片。”

这是夏日清晨在泰-格温东草坪上拍摄的一张照片。照片当中是年轻时的菲茨赫伯特伯爵，脚边站着他的大白狗。他身边站着的是他妹妹，黛西从没见过的茉黛。他们身边还有四五十个穿着仆人制服的男佣和女佣。

“看上面的日期。”黛西说。

“1912年。”劳埃德大声念了出来。

黛西观察着劳埃德对照片的反应。“你妈妈在照片里吗？”

“老天，我怎么把这茬忘了呢？”劳埃德凑近看了看，“她在照片里。”片刻之后，他说。

“告诉我哪个是她。”

劳埃德指着照片中的一个人说：“我想这就是她。”

黛西看到劳埃德指的是一个十九岁左右的苗条女孩儿，艾瑟尔戴着白色的女仆帽，帽子下面藏着卷曲的黑发，微笑中带着顽皮。“真是太美了。”黛西赞叹道。

“那是她年轻的时候，”劳埃德说，“现在人们都说她是个令人敬畏的人。”

“你见过茉黛夫人吗？菲茨身边的人是她吗？”

“小时候我时不时会见她一面。她和我妈妈都提倡妇女的参政权。1933年离开德国以后，我就没见过她了，但照片里的肯定是她。”

“她没你妈妈漂亮。”

“也许吧，但她很威严，衣着也更华丽。”

“我想你可能要保留这张照片。”

“你想把它送给我吗？”

“当然了。没有其他人想要它——不然怎么会把它扔在地下室的盒子里呢？”

“谢谢你。”

“没关系。”黛西走到门口，“继续学习吧。”

从后楼梯下楼的时候，黛西希望自己刚才没有表现得过于轻佻。她也许根本不该来见他，但脑子一热就来了，劳埃德可千万别误会啊！

黛西的肚子突然一阵剧痛，连忙在楼梯中间的平台处站住了。一整天黛西都有点背疼——她本以为是便宜的床垫造成的——但现在的肚疼可不一样。她回想着这天吃了些什么，但没想到任何可能导致生病的食物——没有半生不熟的烧鸡，也没有不熟的水果。她也没吃过牡蛎——泰-格温没有那样的美味。这阵疼痛很快就过去了，黛西告诉自己别把这太当回事。

她回到自己在地下室的房间。这里原本是管家的套房：小卧室、客厅、厨房，外加一间带浴缸的浴室。叫莫里森的老仆人为菲茨赫伯特家打点内务，女仆是一个来自阿伯罗温的年轻女孩。虽然人高马大，但女孩的昵称是小梅茜。“我妈妈叫梅茜，所以大家都叫我小梅茜，不过我现在已经比她高了。”她解释说。

回房的时候电话铃响了。话筒里传来丈夫的声音。“你怎么样？”博伊问。

“我很好，你什么时候回来？”博伊从伦敦飞到加地夫城外的圣伊桑空军基地执行几项任务，答应晚上执行完任务回来和她过夜。

“对不起，我回不来了。”

“太遗憾了。”

“基地上举行庆祝晚宴，我不得不去。”

他见不到她了，但似乎不太在意，这让黛西觉得自己被抛弃了。“我没事，玩得开心点儿。”她说。

“晚宴很无聊，但我不能缺席。”

“再无聊也不会比我一个人住在这儿更加无聊。”

“我明白，但现在这个情况，你还是住在那儿比较好。”

宣战后，成千上万的人离开了伦敦，但预料中的空袭和毒气攻击都没有发生，许多人又回到了伦敦。但碧、梅尔和伊娃都觉得怀了孕的黛西最好还是待在泰-格温。黛西说大多数孕妇在伦敦都没事，但伯爵的继承人还是需要考虑周全点为好。

事实上，黛西没有像怀孕前想象的那样在意。也许怀孕反倒让她变消极了吧。好在宣战以后，伦敦几乎停止了她所热衷的社交活动，像是人们觉得自己没权找乐子似的。伦敦人像是进酒吧的牧师，知道喝酒能带来快感，却硬逼着自己不去喝酒。

“真希望我的摩托车在这里，”黛西说，“那样，我至少能在威尔士到处转转。”尽管汽油实行配给制，但不太严格。

“黛西，你可不能骑摩托车啊，”博伊大惊小怪地说，“医生严禁这种剧烈的运动。”

“好在这里有些很棒的小说，”黛西说，“泰-格温的书房非常不错，这里收藏不少稀有的珍本小说，但我还没碰过书架上的书，在学校我已经读够了。”

“拿几本看看吧，”博伊说，“找本好看的侦探小说，夜晚很快就过去了。”

“刚才我有点肚子疼。”

“可能是消化不良。”

“但愿吧。”

“替我跟劳瑟那个傻瓜问个好。”

“晚上别喝太多。”

挂上电话以后，黛西又是一阵腹痛。这次持续的时间更长了些。梅茜进门看到她，连忙关切地问：“夫人，你没事吧？”

“只是一阵阵地痛。”

“我是过来看你是不是要吃晚饭了。”

“我不饿，晚饭不吃了。”

“我还给你做了个很好吃的蔬菜饼呢。”梅茜嗔怪道。

“包好放在橱柜里，我明天吃。”

“要来一杯香喷喷的茶吗？”

为了打发走她，黛西说：“好的，谢谢。”虽说在英国生活了四年，但黛西还是没有习惯加奶加糖的英式浓茶。

疼痛很快就过去了。黛西坐在椅子上，翻开一本《弗洛斯河上的磨坊》。她强迫自己喝了点梅茜做的茶，感觉稍微好些。喝完茶，梅茜收拾了茶杯和托盘，她让梅茜回家了。梅茜必须走一英里的夜路回家，不过她带着手电筒，应该没太大关系，她自己也说一个人回家没事。

一小时之后，疼痛又开始了，这次没有消散。黛西去了厕所，隐约希望能缓解肚子疼。她惊奇地看到内裤里出现了黑红色的血点，感到非常害怕。

黛西换上干净的内裤，感到非常害怕，她忧心忡忡地走到电话前，拨通了圣伊桑空军基地的电话。“我要和空军团的阿伯罗温子爵通话。”她说。

“不能因为私事联络军官。”一个古板的威尔士人说。

“我有紧急情况，必须和丈夫通话。”

“营房里没有电话，这里不是多切斯特旅馆。”也许只是想象，但从语气来看，他像是因为无法帮忙而很高兴。

“我丈夫应该在参加庆功晚宴，请派个传令兵，让他来接电话。”

“我没有传令兵，基地上也没有举行晚宴。”

“没有晚宴吗？”黛西的心一下子凉了半截。

“和平时一样在食堂吃的晚饭，”接线员说，“一小时前就吃完了。”

黛西把话筒撂下了。没有晚宴吗？博伊明明说会在基地开庆祝晚宴的呀！他一定是在撒谎。她真想大哭一场。博伊不来看她，而是选择和狐朋狗友一起喝酒，或是去看哪个女人了。原因无关紧要，黛西不是他的唯一，知道这点就够了。

黛西做了个深呼吸。她需要得到帮助。即便阿伯罗温有医生，她也没有医生的电话号码。她该怎么办呢？

博伊上一次临走时说："如果需要的话，成百上千个军人会帮你。"但她无法告诉劳瑟伯爵，自己阴道出血的事。

黛西的肚子越来越疼，她感觉到双腿之间有块又热又黏的东西。她又去了次厕所，把身体洗干净。她在血中看到了硬块。黛西没带卫生巾——她原本以为怀孕的女人不需要卫生巾。她撕下一块手纸，塞进内裤。

这时她想到了劳埃德·威廉姆斯。

劳埃德人很善良，被一个意志坚定的女权主义者带大。他爱黛西。他一定会帮她的。

她走到大厅。劳埃德现在在哪儿？培训生现在已经吃完晚饭了，劳埃德多半已经上了楼。黛西肚子很疼，她觉得自己撑不到阁楼上。

也许他在书房。训练生都选择书房来安静地学习。她走进书房。有个军士正在看一本地图集。"你能帮我把劳埃德·威廉姆斯中尉找来吗？"黛西问他。

"夫人，当然可以，"军士合上地图集，"让他干吗？"

"问他是否能到地下室来一下。"

"夫人，你还好吗？你的脸色有些苍白。"

"我还好，麻烦你快帮我把威廉姆斯找来。"

"我马上叫他来。"

黛西回到房间。强打精神让她筋疲力尽，她无力地躺在床上。刚才她感觉裙子上沾了血，但已经疼得顾不上弄干净了。她看了看表，劳埃德为什么还没来？也许军士还没找到他。房子毕竟太大了。她也许会死在这儿。

有人敲了敲门，她听见了劳埃德的声音，如释重负。

“我是劳埃德·威廉姆斯。”

“进来吧。”她使足了力气喊道。劳埃德会看到她最糟糕的样子，也许这会颠覆他对她的美好印象。

黛西听到劳埃德走进隔壁房间。“我花了很长时间才找到这儿，”他说，“你在哪儿？”

“我在这儿！”

劳埃德走进卧室。“天哪！”他惊呼道，“到底发生了什么事？”

“快找人帮忙，”黛西说，“城里有医生吗？”

“有个莫蒂默医生，他们家几个世纪以来一直在这儿行医。但现在不是聊这个的时候。我这就……”他犹豫了一下，“你也许还在出血，但不看还确定不了。”

黛西闭上眼睛。“你看看吧。”她已经害怕得不避劳埃德了。

黛西感觉到劳埃德撩起了她的裙子。“天哪，出血出得很厉害。”劳埃德脱去了她的内裤，“抱歉，”他说，“哪里能取到水？”

“浴室里有。”她指着那边说。

劳埃德走进浴室，打开水龙头。过了一会儿，黛西感觉到身上有块温暖润湿的毛巾正在上下擦拭着。

黛西听见劳埃德说：“还不算太严重。我见过许多流血而死的人，你还远没有那么危险。”黛西睁开眼，看见劳埃德正在脱她的裙子。“电话在哪儿？”劳埃德问。

“在客厅里。”

她听见劳埃德说："请帮我接通莫蒂默医生，请尽量快一点。"过了一会儿，"我是劳埃德·威廉姆斯，我在泰-格温。能和医生说句话吗？哦，你好，莫蒂默夫人，他大约什么时候能回来……是个腹痛和阴道出血的女性患者……是的，我知道女人每个月都会月经出血，但她显然不是月经……她二十三岁……是的，她结婚了……没生过孩子……好，我问问她。"说着，他抬高了声音，"你怀孕了吗？"

"是的，"黛西答道，"三个月了。"

劳埃德对着电话重复了一遍，接着他沉默了好一会儿。过了一会儿，他挂上电话，回到黛西身边。

劳埃德坐在床边。"医生忙完就来，他正在给一个被失控矿车撞翻的矿工动手术。不过，他夫人确定你流产了，"他抓起她的手，"黛西，我为你难过。"

"谢谢你。"黛西轻声说道。疼痛轻了点，但她很难过。伯爵的继承者没了，博伊会非常失望。

劳埃德说："莫蒂默夫人说这种情况很常见，大多数女人怀孕时总会碰上一两次流产。如果出血量不大的话，就不会有什么危险。"

"如果情况继续糟下去呢？"

"我会送你去默瑟医院。但在军用卡车上坐十英里路对你很不好，因此除非有生命危险，你还是待在这里吧。"

黛西不再害怕了。"很高兴你能在这里。"

"我能提个建议吗？"

"当然可以。"

"你可以走两步吗？"

“我不知道。”

“我想带你去洗个澡。如果能把身体弄干净，你会觉得更舒服一点的。”

“是啊。”

“然后再凑合着弄点绷带一类的东西把患处包上。”

“是啊。”

劳埃德回到浴室，黛西听到了水流声。她在床上坐正了。她感到头有点晕，闭眼休息了一会儿，头脑很快清醒。她把脚伸到地板上，站在黏糊糊的脏血里，她对自己感到非常厌恶。

龙头关了。劳埃德走进卧室，搀起了她的胳膊。“如果头晕要马上告诉我，”他说，“千万不能跌倒。”劳埃德非常强壮，胳膊稍微搭上一把就把她送进了浴室。很快刚刚被撕破的内衣就掉在了地上，她站在浴缸旁边，让劳埃德解开了裙子后面的扣子。“接下来你能自己弄了吗？”劳埃德问她。

她点点头，劳埃德走出浴室。

黛西靠在装衣篮边，缓缓脱下衣服，把脱下的衣服扔在地板上，然后小心地跨进了浴缸。水温刚刚好。坐在浴缸里，她感觉放松了许多。她对劳埃德感到深深的谢意。劳埃德真是太好了，她真想大哭一场。

过了几分钟，门开了条缝，劳埃德把几件衣服递了进来。“睡袍和内衣，我给你拿来了。”他把衣物放在装衣篮上，然后就离开了。

水开始变凉以后，黛西站起身来。她感到一阵晕眩，但很快就过去了。她用毛巾擦干身体，穿上了劳埃德带来的睡袍和内衣。黛西在内裤里放了块手巾，吸收仍然在向外溢的血。

回到卧室后，黛西看到床上已经换上了干净的床单和被子。她爬上床坐直，把被子一直盖到脖颈处。

劳埃德从客厅走了进来。“感觉好多了吧，”他说，“你看起来很尴尬。”

“尴尬不准确，其实我被吓坏了，”黛西说，“这么说还算是轻的呢！”事实当然没有这么简单。想到他刚刚看到她时的情形，黛西眉头一皱——但好在劳埃德似乎并没有表现出厌恶。

劳埃德走进浴室，拿起被黛西丢弃的脏衣服。他对经血显然没有那么大惊小怪。

黛西问他：“你把脏床单放在哪儿了？”

“我在花房找到个大桶，把脏床单浸在冷水里了。过一会儿我把这些脏衣服也浸进去，可以吗？”

黛西点了点头。

劳埃德又一次离开了黛西的卧室。他是在哪儿变得如此能干的呢？黛西猜测应该是在西班牙的战场上。

黛西听到劳埃德又在厨房里忙开了。没多久，劳埃德拿着两杯茶进来了。“你可能不喜欢喝英式茶，但喝了能让你感觉好上些。”黛西接过茶，劳埃德摊开手掌，递给她两颗药片，“吃点阿司匹林吧，可以帮你缓解腹部的痉挛。”

黛西接过药片，就着热茶一口吞了下去。在她眼中，劳埃德总是比实际年龄老成一些，她还记得劳埃德在华彩歌舞厅找到醉醺醺的博伊时表现出来的那份坚毅。“你总是像一个真正的成年人，”黛西对劳埃德说，“我们其他人都是在假装成熟。”

喝完茶，黛西觉得困了。劳埃德收走了茶杯。“我想闭上眼睡一会儿，”她说，“我睡着的时候，你能留下来陪着我吗？”

“你想让我留多久我就留多久。”劳埃德说。他还说了些别的，但声音在黛西耳中变得十分缥缈。她很快就睡着了。

劳埃德从此就在管家的房间里过夜。

白天一整天他都在盼着这个时候。

晚饭后八点一过，劳埃德等黛西的女仆从厨房下班回家，就会下楼去地下室。黛西和劳埃德相对坐在两把旧扶手椅上。劳埃德总是带上本书——那是教官第二天一早要考核的“家庭作业”——黛西则看小说。但多数时候两人都会交谈。他们谈论白天发生的事情，讨论两人正在看的书，叙述过去生活里的一些琐事。

劳埃德讲述了在卡布尔街阻止法西斯党人示威游行的经历。“我们平和地簇拥在一起，警察却高喊着‘肮脏的犹太人’对我们发起攻击，”他告诉她，“他们用警棍打我们，把我们推进了商店的玻璃橱窗。”

黛西一直和法西斯党人的大部队待在伦敦塔公园，没有看见打斗的情况。“报道里不是这么说的。”黛西说。她原本相信报上的话，还以为冲突是恶棍惹起来的呢！

劳埃德并不觉得奇怪。“一周以后，妈妈在阿尔德盖特放映厅看了当时的纪录片，”他回忆道，“声音尖利的评论员说‘警察从公正的旁观者那里得到了颂扬’，妈妈说当时全场都笑了。”

劳埃德质疑媒体的报道，这让黛西震惊了。他告诉她，大多数英国报纸隐瞒了西班牙佛朗哥军队的暴行，夸大了西班牙政府军的过错。黛西承认，她相信了菲茨赫伯特伯爵叛军里的高尚基督徒把西班牙从共产主义威胁中拯救出来的言论。黛西对佛朗哥军队的屠杀、抢劫和强奸暴行完全不知情。

黛西似乎从来没想过资产阶级的报纸会压下有可能对保守党政府、军队和商界造成不良影响的新闻，只会肆意夸大工会和左翼分子的那一点点过错。

劳埃德和黛西谈到了战争。他们认为战争不可避免。英国和法国军队已经登陆挪威了，势必和那里的德军争夺控制权。盟军在挪威战场上处境不妙，报纸无法完全隐瞒这个消息。

黛西对劳埃德的态度变了。她不再挑逗他。看到他来，她总是很高兴，如果晚到了几分钟，她就会开始抱怨。她有时会戏弄他，但从不卖弄风情。她告诉他所有人都对她的流产感到难过：博伊、菲茨、碧、她在布法罗的母亲，甚至她父亲列夫。黛西对做了件让人看不起的事情无法释怀，问劳埃德自己是不是很蠢。劳埃德告诉她，他不觉得她很蠢，她做的事在他看来都不蠢。

他们的谈话很亲密，但私底下仍保持着一定的距离。劳埃德再没提过黛西流产那晚两个人的亲密瞬间，但当时的情形将永远刻在他的脑海中。从女人的私处和肚子上擦去血渍和性无关，那一刻的记忆纤柔无比。毕竟那是生病时的紧急情况，以后就不再有这样的机会了。他害怕给黛西留下自己刻意不去触碰她的错误印象，但又不知道该和黛西保持怎样的距离。

十点钟时，她给劳埃德泡了他很喜欢喝的可可茶，她说自己也喜欢，劳埃德不知道她是否只是在客套。喝完茶，两人互道了晚安，劳埃德便回到阁楼上，自己的房间里。

他们像老友一样亲密。他要的不止这些，但黛西是个有夫之妇，劳埃德无法指望更多了。

他故意忘掉黛西的婚姻状态。一天，她告诉他，想去看看住在别墅外农庄的老管家皮尔，这让劳埃德吃了一惊。“皮尔已经八十岁了，”黛西对劳埃德说，“菲茨已经完全把他忘了吧。我应该去看看他。”

劳埃德吃惊地竖起眉毛，黛西补充道：“我想确定他仍然安好，这是我作为菲茨赫伯特家一员的责任。照顾好家里的老雇员是有钱人家的职责——你知道这个吗？”

“我早就忘了。”

“愿意和我一起去吗？”

“当然愿意。”

第二天是星期天，他们在劳埃德没有课的早晨前往皮尔家。他们被皮尔家的惨状惊呆了。墙上油漆脱落，墙纸摇摇欲坠，窗帘上都是煤灰。墙上唯一的饰物是从杂志社裁下来的几张照片：国王夫妇，菲茨和碧，其他一些贵族家庭的成员。皮尔家已经很多年没人打扫了，房间里充斥着尿味和煤灰味。不过，劳埃德猜想，对一个靠微薄退休金生活的老人来说，这或许并不奇怪。

皮尔的眉毛全白了。他看到劳埃德说：“阁下，早上好——我还以为你死了呢！”

劳埃德笑着说：“我只是阁下家的一个客人而已。”

“原来你不是阁下啊，我真是老糊涂了。老伯爵应该是在三十五到四十年前死的吧？年轻的先生，那你是谁啊？”

“我是劳埃德·威廉姆斯，多年前你和我妈妈艾瑟尔曾经在一起工作。”

“你是艾瑟尔的儿子吗？哦，那样的话就……”

黛西问他：“那样怎么了？”

“哦，没事，我是老糊涂了。”

他们问他需要什么东西，但他却坚持说自己要用的已经都有了。“我吃得不多，很少喝啤酒，我有钱买烟买报。小劳埃德，你觉得希特勒会侵略英国吗？希望我别活到那一天才好。”

尽管收拾不是黛西的强项，但她还是把厨房收拾得干净了一些。“真是无法相信，”她轻声对劳埃德说，“这样还说自己应有尽有——他还觉得自己很幸运呢！”

“这个年龄的大多数人比他还糟。”劳埃德说。

他们和皮尔谈了大约一个小时。劳埃德和黛西走之前，皮尔似乎想到了想要的东西，他看着墙上的一排照片说：“在老伯爵的葬礼上，曾经拍过一张照片，”皮尔说，“那时我还不是管家，只是个小听差，我们在棺材前站成一排。不像现在的小型照相机，那时我们用的是前面挂着黑布的立式照相机。毕竟，那还是在1906年。”

“我知道你说的照片在哪儿，”黛西说，“我们回去帮你找。”

回到别墅以后，他们马上去了地下室。酒窖边的储物室非常庞大，里面的箱子和柜子都塞满了没用的杂物——装在瓶子里的轮船模型，用火柴搭出的泰-格温、一个小床头柜、一把插在剑套里的剑。

两人开始在老照片和画作之间翻找。灰尘让黛西只想打喷嚏，但她的手并没停下来。

他们找到了皮尔想要的照片。放这张照片的盒子里还有张年代更久的照片，照片上是上一代的伯爵。劳埃德吃惊地看着五英寸长、三英寸宽的墨绿色照片，前代伯爵英姿飒爽地穿着维多利亚年代军装。

前代伯爵长得和劳埃德几乎一模一样。

“看这张照片。”他把照片递给黛西。

“如果你有络腮胡的话，就完全和他一样了。”黛西说。

“也许老伯爵和我的某个先人有过一段情，”劳埃德随便地说，“如果这位先人已婚的话，她可以推说孩子是丈夫的。我告诉你，我对自己是贵族家庭私生子的后代一点都高兴不起来——我是个社会主义者，如果出身贵族就乱套了。”

黛西说：“劳埃德，你怎么这么傻啊！”

劳埃德不知道黛西是不是认真在和他说话。这时，他注意到黛西可爱的鼻子上沾了点煤灰，他真想上去吻上一口。“我已经不止一次犯傻了，”他说，“再多一次——”

“听我说，你妈妈是这家的女仆。1914年，她突然去伦敦嫁了个外人只知道和她一样姓威廉姆斯，名叫特德的男子，因为都姓威廉姆斯，她完全不用改姓。这个神秘的威廉姆斯先生在没有碰到任何人之前就死了，你妈妈用他的死亡保险买下了现在还住着的这幢房子。”

“是的，”劳埃德说，“你想说什么？”

“威廉姆斯死后，她生下了个和前代伯爵非常相像的儿子。”

劳埃德开始慢慢理解黛西的意思了：“继续说下去。”

“你难道没想过这件事有个完全不一样的解释吗？”

“之前没想过……”

“碰到女儿未婚先孕时贵族家庭通常会怎样做？告诉你，这种事时不时会发生。”

“我想是的，但不知道他们是怎么处理的。我从没听说过这类事情。”

“好吧，我告诉你。他们会让女孩消失一段时间——和女仆一起去苏格兰、布列塔尼或是日内瓦。当小姐和女仆回来的时候，女仆会告诉大伙她在度假期间生了个孩子。尽管有了个私生子，但大户人家会对这个女仆特别慈爱，在和家里保持一段距离的地方把她安顿好，再给她一份不错的年金。”

乍听上去，这像个与现实无关的童话故事一样。但劳埃德听后却犯了愁：“你觉得我就是这种情况诞下的私生子吗？”

“我猜想，茉黛·菲茨赫伯特也许和某个园丁、矿工或在伦敦和哪个花花公子产生了感情，然后就怀了孕，她秘密地离开了一阵，生下了你。你妈妈同意假装孩子是她的，作为交换，她得到了一幢房子。”

劳埃德被由此引发的联想惊呆了。“怪不得问到生父的事时她总是支支吾吾。”现在想想母亲的态度的确非常可疑。

“我说得肯定没错，根本没什么特德·威廉姆斯。为了做好自己的这份工作，你妈妈把自己说成是个寡妇。说死去的丈夫也姓威廉姆斯则是为了解决婚后必须改姓的问题。”

劳埃德难以置信地摇了摇头。“这听起来太玄乎了。”

“你妈妈和茉黛一直是朋友，她帮茉黛养育了你。1933年，你妈妈之所以把你带到柏林是为了让茉黛亲眼看看你。”

劳埃德不知道自己是在做梦，还是刚刚从梦中惊醒。“你认为我是茉黛的儿子吗？”他难以置信地问。

黛西拍了拍仍然拿在手里的镜框。“你和你的外祖父长得如此相像，这就是铁证。”

劳埃德困惑不解。这不可能是真的——但黛西的话完全有道理。“我知道伯尼不是我的亲爸爸，”他说，“难道艾瑟尔也不是我的亲妈吗？”

黛西必然看出了他脸上的无助，她凑近前，轻轻碰了碰他——这种安慰人的动作黛西平时很少做——她说：“抱歉，我是不是太残忍了？我只是想让你看清就在眼前但你却从来看不到的事实真相。如果皮尔猜到了什么，你难道不觉得别人也会猜到吗？我想这种事你也许比较想从……朋友那里知道。”

远处传来一声锣响。劳埃德机械地说：“我该去食堂吃午饭了。”他把照片拿出镜框，塞进军服口袋。

“你很伤心。”黛西关切地说。

“不……只是有点吃惊。”

“男人总是否认自己很伤心，一会儿有空请再来找我。”

“好的。”

“上床睡觉前一定跟我谈谈。”

“我会的。”

劳埃德走出储藏室，上楼走进已经坐满了人的食堂。他机械地吃着牛肉罐头，思绪万千。饭桌上正在展开挪威战场的讨论，但他没有加入。

“威廉姆斯，你在做白日梦吗？”劳瑟少校问他。

“先生，对不起，”他机械地说，并为自己现编了个理由，“我正在试图记住德军里中将的职务高还是准将的职务高。”

劳瑟说：“中将高一些。”接着他又轻声补充道，“也别忘了自己女人和别人的女人的区别。”

劳埃德脸红了。看来他和黛西的朋友关系没有自己想象的那么纯洁，两人的亲密已经引来了劳瑟少校的注意。劳埃德有些生气：他和黛西没做任何超出界限的事情。不过他没有争辩。尽管完全没有必要，他还是感到有点罪过。他无法把手掌放在胸口，发誓自己完全没有不正当的动机。他知道外公会说："一个看到洗澡后的女人，起了色欲的男人已经在心里犯了奸淫的罪过。"这句基督的训诫并不是信口开河，里面包含着一定的真理。

一想到外祖父母，劳埃德便开始揣测，他们是否知道自己的亲生父母是什么人。黛西的话让他像是从山上掉下来似的非常失落。如果这件事上家人撒了谎，那自己也可能在其他许多事上都被误导了。

他决定去问问他们。因为这天是星期天，他可以马上就去。找到离开食堂的时机以后，他礼貌地和战友们道了个别，然后直接下山去威灵顿路的外祖父母家。

如果直接问茉黛是不是自己母亲的话，老两口可能直接把所有事否认得一干二净。也许循序渐进提问，抽丝剥茧地提取信息会比较好。

两位老人正坐在厨房里。对他们来说，星期天是节礼日，是全身心献给上帝的一天。他们不会看报，也不会听收音机。但他们很高兴看见他。和往常一样，外婆一看到他就烧上了茶。

劳埃德说："我想多了解一点我父亲的事。妈妈说特德·威廉姆斯曾加入过威尔士步枪营，你们知道吗？"

外婆问他："为什么要抓着过去不放呢？你只要把伯尼当父亲就好了。"

劳埃德顺着她说："伯尼做了一个父亲可以做的一切。"

外公点了点头。"虽然是犹太人，但伯尼是个好人。"他觉得自己还可以把伯尼说得更好。

劳埃德换了个话题：“但我还是很好奇。你们见过特德·威廉姆斯这个人吗？”

外公生气了，“没有，”他说，“不过他的死太令人悲伤了。”

外婆说：“他是作为一个客人的随从前往泰–格温的，我们直到你妈妈去伦敦嫁给他之后才知道他俩相爱的事情。”

“你们为什么没去参加婚礼呢？”

两人都沉默了。过了一会儿，外公说：“卡拉，告诉他吧，撒谎没什么益处。”

“随从离开泰–格温以后，你妈妈发现自己有了孩子，”外婆说，“这是她屈服于诱惑而得到的教训。”劳埃德怀疑，这也许是母亲对外祖父母的推托之词。“你外公当时非常生气。”外婆补充道。

“我那时确实非常生气，”外公说，“我忘了耶稣的教导：‘论断别人其实是在论断自己。’她犯了淫欲的罪过，我犯了骄傲的罪过。”劳埃德惊讶地看到外公蓝灰色的眼睛里闪烁着泪光。“上帝宽恕了她，但我没有，直到女婿在法国战死以后我才饶恕了她。”

劳埃德更惊奇了。外公讲了一件完全不同的事情。这不仅和母亲说的有出入，和黛西的假想更是牛头不对马嘴。祖父难道是在为一个从来没存在过的女婿流泪吗？

劳埃德继续问：“特德·威廉姆斯的家人呢？妈妈说他来自斯旺西。他也许有自己的父母、兄弟和姐妹……”

外婆说：“你母亲从来没说起过他的家人。我想她是心里有愧。不管是什么原因，她就是不想认识他们。我们不需要在这件事上让她下不来台。”

“可是我也许在斯旺西还有祖父母，还有伯伯、姑姑、堂兄堂妹等一大家子人啊。”

“是啊，”外公说，“但我们不认识他们。”

“妈妈也许认识。”

“我想她也许会认识。”

“那我去问她吧。”劳埃德说。

黛西恋爱了。

她现在才知道，在劳埃德之前，自己没爱上过别的什么人。尽管对博伊的举止和头衔感到兴奋，但她从没爱上过他。至于可怜的查理·法奎森，她最多只是对他感兴趣而已。以前她觉得爱情只是赠与某个男人的殊荣，她只要聪明地加以选择就好。现在她知道自己完全错了。爱情和聪明无关。爱情和地震一样，发生了就无从选择。

除了晚上和劳埃德共度的两个钟头之外，黛西的生活简直乏善可陈。整整一天她都在期盼，期盼晚上与劳埃德的相会。

劳埃德是她能依赖的枕头，是她踏出浴室擦干身体的毛巾。一见到劳埃德，她就可以理清思路进行思考。

她怎么会忽略了劳埃德整整四年之久？三一学院的舞会本可以让她收获爱情，但她注意到的却是劳埃德身上那套借来的西装！为什么那时不抱住他，亲吻他，马上和他结婚呢？

黛西知道，劳埃德一直对她念念不忘。他一定从一见面就爱上了她。他求她离开博伊。“离开他，”他在前往华彩歌舞厅时对她说，“做我的女朋友吧。”但那时她只是取笑他。劳埃德看见了两人相爱的未来，她却视而不见。

内心深处的直觉却让她吻了他，因此在梅菲尔街上，街灯与街灯之间的阴影里，才有了那动人的一幕。那时她觉得这只是自己的放纵之举，但实际上这是她做过的最聪明的事情，因为这一吻封存了他对她的爱。

在现在的泰-格温，她不去想未来会发生什么。只求过好在这的每一天，快乐地和劳埃德一起过日子。奥尔加从布法罗给她写了封信，对她流产后的精神和身体状况感到担心，黛西回了封信，告诉母亲自己很好。奥尔加告诉她一些发生在美国的事情：戴夫·罗赫死在了棕榈滩，穆菲·迪克森嫁给了菲利普·伦肖，杜瓦参议员的妻子罗莎写了本名叫《白宫背后》的畅销书，书里的照片都是伍迪拍摄的。一个月前这些事可能会勾起她的思乡之情，但现在她只是聊感兴趣而已。

黛西只在想到失去的孩子时感到一点点悲伤。腹痛很快过去了，流血也在一周后止住了，但流产之痛却一直还在。她已经不哭了，但时常呆呆地看着前方，想象着生下的会是男孩还是女孩，长得会像谁。回到现实后她才发现，自己几乎一动没动地想了一个多小时。

春天来了，她穿着雨靴和雨衣漫步在微风吹拂的山麓间。在确认身边除了山羊一无所有时，有时她会扯着嗓子向群山大喊：“我爱他，我就是爱他！”

黛西对问及父母时劳埃德的反应感到非常担心。也许她不该提起这件事：这只会让他不开心。但她这样做是有理由的：真相迟早会水落石出，从一个爱你的人那里听说会比较好。劳埃德受伤时的困惑表情让她动容，这也让她更爱他了。

不久劳埃德告诉她，他将离开。他将在五月第二周周末的圣灵降临节，去南海岸一个叫伯恩茅斯的地方参加工党的年会。

他说，他母亲也将去伯恩茅斯，他将利用这个机会把亲生父母的事情搞搞清楚。黛西觉得他看上去又热切又害怕。

劳瑟少校当然不会让他去，但劳埃德三月读这门课程前就获得了直接上司艾利斯-琼斯上校的允许，艾利斯上校或是喜欢劳埃德，或是工党的同情者，发布了这条不容劳瑟反抗的命令。如果德国突然入侵法国的话，自然任何人都不能离开。

黛西很想在劳埃德离开之前让他知道自己对他的爱，如果不能在那之前表白的话，她会非常恐慌。她不知道这是为何，但她必须这样做。

劳埃德在周三离开，并于六天之后回来。巧合的是，博伊恰巧说他要在劳埃德离开的周三晚上过来。不知为何，黛西对劳埃德和博伊碰不到一起感到很高兴。

她决定在劳埃德离开前的周二进行告白，她不知道一天之后该对丈夫说些什么。

想着将和劳埃德的交谈，她意识到劳埃德可能会吻她，接吻时他们可能会控制不住自己的情感，进而发生关系，接着在彼此的臂膀中躺上一整夜。

她觉得他们必须谨慎一些。为双方着想，早晨劳埃德离开的时候一定不能被旁人发现。劳瑟已经有了怀疑：黛西已经从他非难和恶作剧的态度中发现了蛛丝马迹，似乎相比于劳埃德，她更该倾心于他似的。

如果她和劳埃德能在其他地方进行命运中的这次对话就好了。想到西翼没人使用的那些卧房，她不禁一阵心动。劳埃德可以在黎明时离开，如果被人发现，没人会想到之前他和黛西在一起。黛西可以过一些时候衣着整齐地出现，假装寻找家里不见的财产，比如说哪幅画。事实上，为了让谎言听上去像是真的，她可以事先从储藏室里拿些东西到卧室去，好为自己说的谎佐证。

周二早晨九点，培训生们都去上课以后，黛西拿着一个银盖掉色的香水瓶和一面小镜子到了上一层楼面。她已然产生了罪恶感。地毯拿掉了，她在地板上的脚步声响得骇人，似乎在宣告一个不贞妇人的到来。幸好卧室里没有其他人。

黛西走进栀子花套间，她依稀记得这个房间是用来放被单和枕套的。走进套间时走廊里没有其他人。她飞快地关上了门，气喘得很厉害。她告诉自己，到目前为止自己还什么事都没做。

她的记忆没错：贴着栀子花墙纸的墙边上放着几摞包着粗糙棉布、绑着捆扎绳，像大包裹一样叠放整齐的干净被单、被子和枕套。

套间里有股霉味，黛西打开窗户。房间里原先的家具还在：床、衣橱、五斗柜、写字台，以及一个放着三面镜子的蚕豆形梳妆台。她把香水瓶放在梳妆台上，然后用墙边的床上用品铺好了床。铺好的床单摸上去很凉。

我已经走出第一步了，她想着。我替自己和爱人铺好了床。

看着白色的枕头和带花边的粉红色床单，她仿佛看见自己和劳埃德动情地拥抱着，不顾一切地相互拥吻。她被自己的想象打动，几乎要昏厥过去。

外面传来脚步声，和她刚才踏在地板上的脚步声同样响亮。会是谁呢？也许是来查看漏水水沟或损坏窗棂的修理工莫里森。她沉住气等待，心脏在脚步声越来越响又慢慢消失的时间里因为罪恶感而跳得飞快。

惊惧缓和了黛西的兴奋感，她的心渐渐平静下来。她最后看了套房一眼，然后离开了。

走廊上没有任何人。

她沿着走廊往前走，脚步声依然很响。现在的我看上去没什么不正常的，她告诉自己。她可以去想去的任何地方，她比任何人都有权留在这里。这是她自己的家，她丈夫是这幢别墅的继承人。

那个她准备背叛的丈夫。

她知道她应该被罪恶感击倒，但事实上她急不可耐地想和劳埃德在一起，因为对他的向往而如坐针毡。

接着她必须把今晚在这儿会面的事婉转地告诉劳埃德。前一天晚上，劳埃德像往常一样去了她在地下室的卧房，但她没能把今晚的安排告诉劳埃德，因为那时劳埃德肯定会让她解释，她知道她会把一切都告诉劳埃德，然后和他一起上床，让事情变得不可收拾。她只能今天简短地给他提个醒。

平日里她不太在白天见他，两人只在过道和书房里遇见过几次。她怎么能确保一定能见到他呢？她一般会趁训练生不在的时候从后楼梯上阁楼。但他们在任何时候都可能回房来取忘在房间里的东西，因此动作必须要快。

她走进劳埃德的房间。空气里都是劳埃德的味道。黛西说不清劳埃德用的是哪种男士香水，她也没在房间里看到男士香水，不过剃须刀边上放着瓶发胶。她打开发胶闻了闻：没错，劳埃德身上发散的就是这种柑橘的清香。她问自己，劳埃德是不是有点自负？像是有点吧。即便穿制服，劳埃德看上去也很整洁。

她可以给他留张便条。梳妆台上有本破旧的便笺簿。她打开便笺簿，撕下一张便笺。她环顾四周，想找支书写笔。劳埃德有支笔杆上刻着名字的黑色钢笔，但他一定把那支笔随身带着上课做笔记。她在最上面的抽屉上找到支铅笔。

该写些什么呢？她必须很小心，防止被别人先看到纸条。在纸条最下方她写道："书房见。"然后把纸条留在不会被错过的梳妆台上。接着便离开了。

没人看见她。

黛西估摸着，劳埃德任何时候都有可能回房，也许会用梳妆台抽屉里的墨水瓶给钢笔灌点水。这样他就会看见纸条，去书房见她了。

她走进书房，等待着劳埃德的到来。

这天上午过得特别长。这些天她正在看维多利亚时代作家的小说——他们似乎能理解黛西现在的感受——但这天格斯凯尔夫人却无法抓住她的注意力，她一整个上午都望着窗外。已经到了五月，泰-格温往年这时总是鲜花满园，但今年大多数园丁都参了军，留下来的几个也只种蔬菜不种花。

快到十一点的时候，几个培训生走进书房，拿着笔记本坐在绿色的皮椅子上，只是劳埃德不在他们之中。

黛西知道，早上的最后一节课十二点半结束，那时培训生们都要去吃午饭。十二点半时，培训生们都起身离开了书房，但劳埃德还是没有出现。

劳埃德现在肯定已经回了房，放下书本，再去近邻的浴室里洗手，黛西估摸着。

过了几分钟，集合吃饭的锣声响了。

这时劳埃德出现在了书房门口，黛西的心一下子提到了喉咙口。

他看上去很担心。“我刚刚看见那张纸条，”他说，“你怎么样？”

劳埃德首先想到的还是她的身体情况。黛西的问题对他来说至关重要，他会想尽一切机会帮助她，他愿意献出整个身心为她服务。包括父亲在内，至今还从没哪个男人对她这么好过。

“一切正常，”她说，“你知道栀子花是什么样的吗？”黛西一整个上午都在练习这段对话。

“我知道，有点像玫瑰，问这干什么？”

“别墅西翼有间叫栀子花的套间，门上画着朵白色的栀子花，里面放满了床上用品，你能找到它吗？”

“当然能找到。”

“今天别去地下室了，我们在那儿会合。老时间见。”

他盯着她，似乎想搞清会发生什么事。“我会去的，”他说，“但为什么这样安排呢？”

“我想告诉你一些事情。”

“真是令人兴奋。”劳埃德说，但脸上露出的是狐疑的神色。

黛西大致可以猜到他在想什么。他会觉得，她为这天晚上做了浪漫的安排，并为此激动万分，同时告诉自己这是个毫无希望的梦。

“去吃饭吧。”她说。

他迟疑了一会儿。

她说："晚上见。"

"我等不及了。"说完，劳埃德离开了书房。

黛西回到地下室的房间。不善于做菜的梅茜给她做了个面包夹罐装牛肉的三明治。她不想吃什么三明治：除了蜜桃冰激凌，她什么都吃不下。

她躺在床上休息。对这个即将到来的夜晚的想象是如此具体，让她很不好意思。黛西从博伊那里学到了不少性知识——他显然和很多女人有染，她已经知道男人喜欢什么。她愿意和劳埃德一起做任何事，亲吻他身体的每一处，做那件博伊所谓的"首要事[①]"，吞下他的精液。这些念头勾起了她的欲望，让她不得不动用所有的意志力，克制自慰的冲动。

五点时，她喝了杯咖啡。洗完头以后，又在浴缸里泡了很久。她剃干净腋下，修齐了下体过多的毛发。她擦干身体，涂上薄薄一层润肤乳。洒上香水，开始穿衣打扮。

她穿了件新内衣，然后试着自己的每条裙子。她喜欢蓝白色条纹的那条裙子，但这条裙子正面有排要花很久才能解开的小扣子，她知道晚上肯定要尽快脱下裙子。黛西意识到自己的想法像个妓女，她不知道该感到羞耻还是感到有趣。最后，她决定穿那条能衬出完美双腿的草绿色羊绒齐膝裙。

黛西对着衣橱内侧狭窄的穿衣镜看着自己。她看上去很不错。

她坐在床沿穿上袜子，这时博伊走了进来。

黛西一阵晕眩。如果不是坐着的话，她也许会当场跌倒在地。她难以置信地瞪着博伊。

---

① 原文为法语，soixante-neuf。

“给你个惊喜，”他喜滋滋地说，“我提前一天过来了！”

“是的，”黛西好不容易说出句话来，“确实是个惊喜。”

博伊弯下腰吻了吻她。黛西从来没喜欢过博伊伸进嘴里的舌头——他的舌头上不是烟味就是酒味。博伊也从没把她的厌恶放在心上——事实上，他还挺喜欢这种硬来的方式。但出于心里的罪恶，黛西这次伸出舌头回吻了他。

“老天，”他歇下劲以后说，“你真够劲爆的。”

你不明白这是为什么，黛西想，至少我不想让你知道。

“实训提前一天结束，”博伊告诉她，“没时间通知你。”

“今天你要在这儿过夜吧？”黛西问。

“是的。”

太不幸了，劳埃德第二天一早就要走了。

“你看上去不怎么开心。”博伊说。他看到了黛西身上的裙子，“你有什么别的安排吗？”

“你说有什么安排？”她镇定下来，“像你一样在双皇冠酒吧不醉不休吗？”她语带讥讽地问。

“不说这个了，我们喝一杯吧。”说完他出门拿酒去了。

黛西把脸埋在双手中。怎么会发生这种事呢？她的计划完全泡汤了。一定要想法通知劳埃德才行。博伊在侧，她无法匆匆地对劳埃德道出心中的爱。

她告诉自己，这只是把计划稍微延迟了一些时间而已，她只须再等待几天：劳埃德下周二就会回来。等待令人焦心，但她和她的爱能挨过这些天。可她还是痛苦得只想哭。

她穿上袜子和鞋，走进卧室旁边的小客厅。

博伊找到一瓶威士忌和两个小酒杯，黛西喝了点威士忌让自己提起劲。博伊问她："我看有个女孩正在给晚饭做鱼饼，我饿了，她的手艺好吗？"

"不怎么好，你饿的话可以拿来将就一下。"

"那就算了，喝点威士忌就行。"说完他又来了杯威士忌。

"你一直在做些什么？"黛西启发博伊说话，这样自己就不用说话了，"你们飞过挪威吗？"德国打赢了挪威战场的第一次陆上战役。

"感谢上帝，我们没有去什么挪威，那简直是场灾难。今天晚上，下议院要为挪威的事进行讨论，"接着，他谈起英法指战员犯起的错误来。

晚饭准备好以后，博伊到地下室取红酒，通知劳埃德的机会来了。但他在哪儿呢？她看了看表。这时是七点三十分，他一定在食堂吃晚饭。她无法走进食堂，在众目睽睽之下和他交头接耳，那等于在众人面前揭穿了他们的恋人身份。怎样才能把他引出餐厅呢？她想了又想，但在想出办法前，博伊就拿着瓶1921年出产的培里侬香槟王得意扬扬地回来了。"这是他们生产的最好的葡萄酒，"他说，"有些年头了。"

两人坐在桌边吃梅茜做的鱼饼。黛西喝了杯香槟，但鱼饼一口都吃不下去。黛西把食物在盘子周边围成一圈，让人以为她已经吃了些。博伊倒吃了两份食物。

梅茜用罐装桃子和浓缩奶粉做了甜点。"英国的美食被战争毁了。"博伊说。

"以前也不怎么好。"黛西仍然在摆弄着盘子上的食物，想使食物看上去少一些。

劳埃德一定已经去了栀子花套间。收不到信的话，劳埃德会怎么办呢？他会整夜在那等待她的到来吗？他会等待到午夜以后就回自己的房间吗？他会直接过来找她吗？直接过来的话，情况就糟透了。

博伊拿出一支长烟满意地抽了起来，不时把没着的一头放在酒杯中的白兰地里。黛西试图找个理由上楼，但一个都想不出来。晚上的这个时候她又能找什么理由去培训生的宿舍呢？

博伊抽完烟的时候，她仍然手足无措。博伊说："该上床了，你要先洗澡吗？"

黛西不知道该怎么办，站起身走进卧室。她缓缓脱下为劳埃德穿的衣服，洗了把脸，穿上最无趣的一件睡袍，爬到床上。

博伊已经醉得不轻了，但一上床还是向她求欢。她突然觉得害怕极了。"很抱歉，"她说，"莫蒂默医生说三个月不能做爱。"莫蒂默医生没说过这话，他说止血以后就能做爱。黛西感到心里有愧，她本想和劳埃德激情一宿的。

"什么？"博伊生气了，"为什么啊？"

她灵机一动："很快恢复房事的话，我可能就没机会再怀上了。"

博伊相信了。他很想要个继承人。"那好吧。"他转过身去。

很快他就睡着了。

黛西怎么也睡不着，心里一团乱麻。她能偷跑出去吗？必须得套几件衣服——她不可能穿着睡袍到处乱跑。博伊睡得很沉，但经常起床撒尿。如果撒尿时发现她偷跑出去，之后又看到她着装整齐地回来他会怎么想呢？她又能找出什么样的一套说辞说服他呢？夜里女人在乡间别墅四处乱转只会有一个理由。

只能让劳埃德忍了。想到劳埃德一个人孤独伤心地待在满是灰尘的套房里，黛西就伤心得要死。他会穿着制服在那儿睡着吗？如果不盖条被单的话，他会着凉的。劳埃德会觉得她有急事，还是会以为她在无意中把他晾在一边了呢？也许他会觉得很失落，然后迁怒于她。

泪水从黛西的脸上奔流而下。好在博伊睡得很死，她可以尽情地流泪。

下半夜，她终于睡着了。梦中，她要去赶一班火车，但不断被各种愚蠢的小事耽搁：出租车开错地方；必须拿手提箱走很长一段路；车票不见了；到了月台，却发现搭乘的是一辆好几天才能跑到伦敦的公共马车。

从梦中醒来的时候，博伊已经去浴室刮胡子了。

黛西彻底心灰意冷了。她起床穿上衣服。梅茜在为她做早饭，博伊已经吃起了鸡蛋、培根和奶油吐司。吃完早饭已经九点了。劳埃德说九点出发，他也许已经拿着手提箱出门了。

博伊站起身，拿着报纸进了厕所。黛西知道博伊的这个习惯：他会在厕所里待上五到十分钟。她不再犹豫了：匆忙从地下室走上楼梯，朝前厅奔了过去。

劳埃德不在门口，他一定已经离开了。黛西的心猛地一沉。

不过他会走去火车站：只有病人和有钱人才会为区区一英里路叫出租车，也许还能追得上他！黛西连忙冲出了门！

劳埃德在她前方四百码的车道上拿着手提箱举重若轻地行走，黛西的心一下子跳到了嗓子眼。她放下顾忌，撒起脚丫跑了起来。

一辆被军人们称为“蒂利”的皮卡从黛西身旁开了过去。让她失望的是，皮卡在劳埃德身边慢慢停下了。“别上车！”但劳埃德离她太远，没有听见她的喊声。

劳埃德把手提箱扔到皮卡后斗，坐在司机身旁的副驾驶座上。

黛西拼命追赶，但皮卡已经不可能追上了。车一启动，就像离弦的箭一样开走了。

黛西停住脚步，看着“蒂利”开过泰-格温的大门，渐渐消失了。她拼命克制住了想哭的冲动。

过了一会儿，她转过身退回屋子。

前往伯恩茅斯的途中，劳埃德在伦敦住了一晚上。这天是1940年5月8日星期三，劳埃德在下议院的旁听席上旁听了决定英国首相内维尔·张伯伦命运的辩论。

议院像剧场一样吵闹而无序：旁听席又窄又硬，楼下的议员们像舞台上的演员一样影影绰绰。旁听席全都坐满了。劳埃德和继父伯尼通过楼下正和比利舅舅一起坐在议席上的艾瑟尔的影响力才好不容易搞到票。

劳埃德没机会问生身父母的事情：所有人的注意力都集中在当前的政治危机上。劳埃德和伯尼都希望张伯伦马上辞职。纵容法西斯主义的人缺乏带领英国参战的公信力，挪威的惨败已经证明了这一点。

辩论前一天晚上就开始了。艾瑟尔说，除了受到工党议员的猛烈抨击外，张伯伦同样也受到了本党议员的抨击。保守党议员莱奥·艾默里在辩论中引用了克伦威尔的名言：“不管你们做过什么好事，你们占据此位太久了。我告诉你们，离开吧，别再让我们看见你们。以上帝的名义，走吧！”这席出自同党议员的话简直太残酷了，比两边议席响起的“滚、滚”声还要伤人。

劳埃德的母亲和其他女议员，集中在威斯敏斯特宫的女议员专用房间，决定发起一项针对张伯伦的投票。男议员无法阻止她们，于是纷纷决定加以声援。周三女性议员的议案提出以后，辩论演变成针对张伯伦的投票。首相接受了这个挑战，并号召朋友们站在他这边——劳埃德觉得这是种软弱的表现。

今晚，攻击依然在继续。劳埃德津津有味地聆听着议员们的唇枪舌剑。他痛恨张伯伦对西班牙施行的政策。1937年到1939年的两年间，在德国和意大利不断给西班牙叛军予以人力和物力支援，美国极端保守主义者陆续把石油和卡车出售给佛朗哥的同时，张伯伦却依然协同法国施行“不干涉”的政策。如果有哪个英国政治家能容忍佛朗哥的大规模杀戮，那这个人只能是内维尔·张伯伦了。

“张伯伦不应该为挪威的惨败负责，”伯尼在会场稍稍平静时对劳埃德说，“温斯顿·丘吉尔是海军部的首脑，你妈妈说推动这次参战的人是他。在面对西班牙、奥地利、捷克斯洛伐克的软弱而巍然不倒之后——张伯伦要是因为不是自己犯的错而下台那可是太讽刺了。”

“所有错归根结底都是首相犯下的，”劳埃德说，“做领袖就要担这个责任。”

伯尼干涩地笑了一声。劳埃德明白，继父是认为年轻人想问题太简单了，但出于情面，他并没有明言。

辩论声非常嘈杂。但当前首相戴维·劳埃德·乔治站起身时，全场立刻安静下来。劳埃德的名字就是来自于这位德高望重的前首相。尽管满头白发的前首相已经七十五岁了，但发言时仍然保持着上次世界大战胜利者所特有的威严。

他的话毫不留情。“这不是和首相交情深浅的问题，”他带着不遮不掩的嘲讽口气说，“这是关系国家社稷的大问题。”

劳埃德欣喜地看到，保守党的议员们和反对党议员们同样发出了附和的声音。

“他说他愿意做出牺牲，”劳埃德·乔治特有的威尔士北部鼻音加强了责难的效果，“如果想取得战争的胜利，就只有请这位先生卸任了。”

反对党议员纷纷大声表示同意，劳埃德看到母亲高声欢呼。

丘吉尔结束了这场辩论。他的口才和劳埃德·乔治不相上下，劳埃德担心他的演说会拯救张伯伦。但他发言以后，议员们齐齐发出鼓噪声，大多数时间他的演讲都被鼓噪声淹没了。

晚上十一点，丘吉尔结束了演讲，投票马上开始了。

英国下议院的投票系统非常怪异。议员们不是举手表决，也不是在投票纸上画钩，而是必须离开议席，分别穿过两条代表“是”和“否”的走廊。整个过程大约要耗上十五到二十分钟。艾瑟尔说，这种流程只可能是那种没事可干的人想出来的，她肯定这种流程很快会得到变革。

劳埃德焦灼不安地等待着。张伯伦的垮台会让他非常高兴，但此时一切都还没有确定。

为了分心，他把思绪放在了黛西身上，想到黛西总会让他轻松一点。泰-格温的最后二十四小时是何等怪异——先是那张“书房见”的纸条，然后是关于晚上在栀子花套间见面的匆匆交谈，最后是一晚上在焦心和寒冷中一无所获的等待。他等到早晨六点才放弃希望，不情愿地回到阁楼上的房间里，洗脸刮胡，换套衣服，打好包，恋恋不舍地踏上了前往伦敦的旅程。

不是出岔子就是黛西改变了主意。劳埃德想知道的是，黛西原本的意图是什么。她说她想告诉他一些事情。她是想说一件惊天动地的大事，还是无足轻重的小事，以致她连约会都忘了。看来只有等下周二见面再问她了。

他没告诉家人在泰-格温见了黛西。那意味着他得向他们解释他和黛西现在的关系，但他实在什么都没法说，他也不知道他们现在的关系是什么。他爱上了一个有夫之妇吗？他不知道。黛西对他是怎么想的，他也不知道。在劳埃德看来，他们最多只能算是错过恋爱机会的一对好朋友。但他不会对任何人承认这一点，因为那听起来太可悲了。

劳埃德问伯尼："张伯伦一旦失势以后，谁将会接替他的职位？"

"估计是哈利法克斯，"哈利法克斯伯爵是现任外交部长。

"不要啊，"劳埃德激动地说，"这时候再不能让贵族当首相了。和张伯伦一样，这种人只知道息事宁人。"

"我同意你的观点，"伯尼说，"但谁又能担此大任呢？"

"丘吉尔怎么样？"

"知道斯坦利·鲍德温是怎么说丘吉尔的吗？"保守党人鲍德温是张伯伦的前任外交部长，"他说温斯顿出生时，几个仙女在他的摇篮中注入了许多能力：想象力、辩论的能力、勤勉的精神和把事情圆满解决的能力，这时又来了一个仙女，她说，'一个人不能有这么多种能力'，她抱起温斯顿，用力摇了摇，把判断力和智慧摇了出来。"

劳埃德笑了。"有趣的故事，但这是真的吗？"

"没有判断力确实是真的。上次大战中，带领英军参加达达尼尔海战的人是他，我们在达达尼尔海战中一败涂地。现在他又把英军带到了挪威，我们在挪威遭到了又一场失败。他是个很好的演说家，但事实证明，他对局势的判断往往太一厢情愿了。”

劳埃德说：“30年代他就说要加强军备。事实证明，这点是正确的——那时，包括工党在内的朝野各界都反对加强军备。”

“当狮子和绵羊一同酣睡时，丘吉尔已经在呼吁加强军备了。从这点上来讲，他是够有先见之明的。”

“我觉得我们就是要有个怀着抵抗决心的人。我们需要一个能大声呐喊，而不是忍气吞声的首相。”

“计票员回来了，你也许能实现你的愿望。”

投票结果宣布了。赞成张伯伦继续担任首相的为二百八十票，反对的为二百票。张伯伦赢了。议席里喧闹连连。首相的支持者相互祝贺，反对者高喊着要张伯伦辞职。

劳埃德非常失望。“经历了这些溃败以后，他们为什么还要维护张伯伦呢？”

“别这么快下结论。”伯尼在张伯伦离开下议院，喧闹声小了点以后，拿了支铅笔在《新闻晚报》的纸边上计算着，“政府通常有二百四十票的压倒性优势，现在只剩下了八十票。”他写了几个数字，计算起来，“除去缺席的议员，大约有四十个原先政府的支持者反对张伯伦留任。这对一个首相来说打击非常大——近百名他的同事对他失去了信心。”

“但这还不够让他辞职，为什么会这样呢？”劳埃德不耐烦地问。

伯尼摊开双手，做了个投降的手势。“这我就不知道了。”他说。

第二天，劳埃德、艾瑟尔、伯尼和比利一起乘火车前往伯恩茅斯。

车厢里满是参加伯恩茅斯工党年会的代表。一路上，他们用苏格兰高地口音、伦敦东区的方言等各种口音讨论着昨晚的辩论和首相的未来。劳埃德还是没找到机会和艾瑟尔讨论那个让他牵肠挂肚的问题。

和大多数代表一样，他们住不起悬崖顶上的豪华酒店，只能住在郊区的寄宿旅馆。晚上，他们去了酒吧，在一个安静的角落坐下了。劳埃德的机会来了。

伯尼替四个人买了酒。艾瑟尔大声说，不知道茉黛在柏林怎么样了。战争中断了德国和英国之间的邮政业务，艾瑟尔已经有很久没能和茉黛通信了。

劳埃德喝了口啤酒，然后斩钉截铁地说："我想再多了解一些我的生父。"

艾瑟尔决然地说："伯尼就是你父亲。"

她又在逃避！劳埃德抑制住突然在心头腾起的愤怒。"不要再这样说了，"他说，"伯尼知道我像对待亲生父亲一样尊敬他，他早就知道了。"

伯尼拍了拍他的肩膀，真诚，但也有些尴尬地对劳埃德表示理解。

劳埃德的声音更决绝了："可我对特德·威廉姆斯很好奇。"

比利说："我们要谈论的是将来，谈论过去完全没有意义——我们正面临着一场战争。"

“说得没错，”劳埃德说，“正是因为面临着战争，所以必须立刻找到答案。我不愿再等下去了，我可能很快要上战场，我不愿稀里糊涂就死。”这个理由应该能让他们信服了吧。

艾瑟尔说：“该让你知道的，你已经都知道了。”但是她没敢看劳埃德的眼睛。

“不，我什么都不知道，”劳埃德强迫自己保持耐心，“我的祖父母在哪儿？我是不是有堂兄弟和堂姐妹？”

“特德·威廉姆斯是个孤儿。”艾瑟尔说。

“他在孤儿院长大的吗？”

艾瑟尔生气地问：“你为什么这么固执呢？”

劳埃德提高声调，装作生气地回答：“因为我像你嘛！”

伯尼忍不住笑了。“这倒是真的。”

劳埃德倒没笑。“哪家孤儿院？”

“可能他告诉过我，但我忘了。我想应该是在加地夫。”

比利插话进来。“劳埃德，别提这种让人难堪的话题。喝点啤酒，谈点别的吧。”

劳埃德愤怒地说：“让人难堪的不是我。比利舅舅，非常感谢你，但我已经受够了谎言了。”

“好了，好了，”伯尼打圆场，“别说这些话了。”

“爸爸，对不起，但这件事必须得谈，”劳埃德举起手，不让比利和伯尼打断自己的话，“上次我问到这个话题的时候，妈妈说特德·威廉姆斯来自斯旺西，但因为特德父亲工作的原因，他们家经常搬家。现在她却说特德是在加地夫的孤儿院长大的。其中至少有一个是谎言——可能两次都是在撒谎。”

艾瑟尔终于抬起了眼睛。“我和伯尼给你饭吃，给你衣服穿，一直到送你上大学，”她愤怒地说，“你没有可以抱怨的。”

“我爱你，我也很感谢你，但这是两回事。”劳埃德说。

比利说：“我倒想问了，你为什么突然把这事提出来了？”

“因为有人在阿伯罗温告诉了我一些事情。”

艾瑟尔没有说话，但眼神里包含着一丝恐惧。劳埃德想，威尔士一定有人知道真相。

劳埃德不留情面地说：“有人告诉我，1914年怀孕的可能是茉黛·菲茨赫伯特，后来却对外声称这个孩子是你的。作为奖赏，菲茨赫伯特家给了你努特利大街的房子。”

艾瑟尔轻蔑地哼了一声。

劳埃德举起手。“这能解释两件事，”他说，“首先是你和茉黛女士非同寻常的友谊，”他把手伸进兜里，“然后是这张络腮胡子男人的照片。”他把照片拿出来给大家看。

艾瑟尔一声不吭地瞪着照片。

劳埃德说：“很可能被人当作我的照片，是不是？”

比利不耐烦地说：“劳埃德，确实很可能，但任何认识你的人都不会认错。别胡说八道了，告诉我们这个男人是谁。”

“他是菲茨赫伯特伯爵的父亲。比利舅舅，我没有胡说八道。妈妈，告诉我，我是茉黛的儿子吗？”

艾瑟尔说：“我和茉黛的友情首先是一种政治上的同盟关系。我们的友谊曾经在妇女参政的策略分歧时中断过，不过后来又恢复了。我喜欢她，她也给了我一些人生中很重要的机会，但我们的关系里没有任何秘密。她不知道你的父亲是谁。”

“好了，”劳埃德说，“我可以相信你。但这张照片……”

“关于为什么这么相像的原因……”她说不下去了。

劳埃德却不肯放过。“告诉我真相吧。”他冷酷地说。

比利又插话说：“孩子，你找错对象发脾气了。”

“是吗，那你说我该找谁发脾气，说啊！”

“这个问题不该由我来说。”

比利的话像是一种退让。“你们这是承认先前撒谎了喽？”

伯尼惊呆了。他问比利：“你是不是说特德·威廉姆斯根本不存在？”和劳埃德一样，伯尼显然也被瞒了很多年。

比利没有回答。

劳埃德和伯尼都看着艾瑟尔。

“真该死，”她说，“就像爸爸说的那样，‘你犯下的罪总有一天会被揭露的。’你们想知道，那么就让你们知道吧，虽然你们可能不会喜欢这个事实。”

“告诉我吧。”劳埃德不顾一切地说。

“你不是茉黛的孩子，”她说，“你是菲茨的孩子。”

第二天是5月10日，星期五。这一天，德国向荷兰、比利时和卢森堡发起了闪电进攻。

与父母和比利舅舅在寄宿公寓吃早饭时，劳埃德从收音机里得知了这个消息。他并不吃惊：英国军队里所有人都知道德国马上要入侵了。

相对而言，他对于昨晚知道的事实更为惊奇。前一个晚上，他失眠了好几个小时，被母亲误导了这么多年，让他愤怒，而自己的亲生父亲不仅是心爱的黛西的岳父，还是右翼贵族绥靖主义者，这让他深感失望。

“你怎么会爱上他呢？”他在酒吧里当即提出了这个问题。

艾瑟尔的回答一击致命。“你还不是一样，你不是也爱过美国富家女嘛，她还嫁给了法西斯主义者呢，她不也一样是个右翼分子吗？”

劳埃德本想说那完全是两码事，但马上意识到两者没有什么不同。无论和黛西现在是什么关系，他肯定一度爱过她。爱情不可能是理智的。如果劳埃德会被不理智的情感左右，艾瑟尔一定也会。事实上，母子俩陷入爱河的时候也都是二十一岁。

他说艾瑟尔本应开始就告诉他，但艾瑟尔对此也有话说。“如果小时候就告诉你你有个伯爵父亲，你会如何反应？你多半会迫不及待地在学校里别的孩子面前吹嘘一番吧。他们肯定会嘲笑你在说瞎话。要不就是因为你比他们优越而冷落你。”

“但长大以后你总可以……”

“怎么说呢，”艾瑟尔显得很疲倦，“总是找不到好时机。”

听到艾瑟尔的坦白后，伯尼的脸惊得发白，但他很快调整好自己，他说他明白艾瑟尔为何不告诉他真相。“秘密被揭穿就不成为秘密了。”

劳埃德很想知道母亲现在和伯爵是什么关系。“我想你现在还会时不时在威斯敏斯特宫看到伯爵吧。”

“不常见。贵族在威斯敏斯特宫有他们自己的地盘，有自己的餐厅和酒吧。民选议员只有经过安排才能和他们见面。”

那天晚上，劳埃德沉浸在震惊和困惑之中，不知该怎么想这件事。他父亲是个贵族，是个托利党人，是博伊的父亲，还是黛西的公公。他该感到悲伤、愤怒还是自轻自贱呢？真相带来的打击是如此之大，以致他完全麻木了。身受重伤就是如此，起初是感觉不到疼痛。

早上听到的消息使他把思绪转到了欧洲战场上。

这天凌晨，德国向西展开了闪电般的突袭。尽管许多人都预料到德国会这样做，劳埃德还是对盟军的情报部门未能打探到袭击的具体日期感到吃惊，同样令他吃惊的，还有这些小国的军队虽然英勇抵抗但一击即溃。

“传来的消息也许是真的，”比利舅舅说，“听听英国广播电台会怎么说吧。”

张伯伦在得知消息后随即召开了内阁紧急会议。由英国师团增援的法国军队早已做好了应对这类入侵的预案。德军入侵以后，英法联军便启动了预案，联军从西部跨过边境，进入荷兰和比利时，迎头阻击疾驰的德军。

威廉姆斯一家心情沉重地搭上前往市中心的公共汽车，向举行工党年会的伯恩茅斯展览馆进发。

到了展览中心以后，他们得知了来自威斯敏斯特宫的最新消息。张伯伦依然紧握着大权。比利听说首相邀请工党领袖克莱门特·艾德礼入阁，意图使战时政府成为三个主要政党联合执政的政权。

一家三口对英国的前途感到心悸。绥靖主义者张伯伦依然把持着政权，工党被迫在联合政府中给他以支持。很难想象英国会变成什么样。

“艾德礼怎么说？”

“他说，要询问工党全国委员会的意见。”比利回答。

“那就是要问我们的意见了。”劳埃德和比利都是工党全国委员会的成员，那天下午四点委员恰好要开会。

“很好，”艾瑟尔说，“我们开始计票吧，看看委员中支持张伯伦计划的有多少。”

“我想应该没有。”劳埃德说。

“别这么确定，”艾瑟尔说，“总有几个希望不惜一切让丘吉尔出局的人。”

接下来几个小时，劳埃德奔走于展览馆的咖啡厅、酒吧和伯恩茅斯的海边，找委员会成员以及他们的朋友和助手谈话。他没时间吃午饭，喝了太多的茶，整个人像是在水上漂一样。

劳埃德失望地发现，在张伯伦和丘吉尔的问题上，并不是每个人都和他有一样的观点。一些经历过上次战争的反战主义者希望不惜一切代价维护和平，他们支持张伯伦的绥靖主义政策。另一方面，威尔士的议员们依然觉得时任内政部长的丘吉尔是派军队镇压1910年托尼潘蒂工人罢工的罪魁祸首。那已经是三十多年以前的事了，但劳埃德知道政治上的恩仇可不是那么容易忘却的。

三点半，劳埃德和比利在微风中沿着海岸走进举行委员会会议的高岸酒店。他们认为委员会的大多数人不会接受张伯伦的提议，但并不是很确定。劳埃德对投票结果依然非常担心。

走进会议室以后，他们和其他委员一起坐在长桌旁。四点的时候，工党领袖准时出现在会议室里。

克莱门特·艾德礼是个安静谦逊的瘦削男子，他穿着得体，留着一把胡须，头发却没几根了。他看上去像是个律师——他爸爸就是个律师——人们很容易轻视这么一个人。艾德礼用单调的嗓音向全国委员会委员罗列了包括张伯伦想与工党结盟在内的、过去二十四小时发生的一些事情。

接着他说：“我有两个问题想问你们。第一：你们想不想在以内维尔·张伯伦为首相的联合政府里供职？”

桌旁的委员们纷纷说出了“不”字，比劳埃德料想的还要整齐。劳埃德非常激动。背叛西班牙民主政府，与法西斯分子为友的张伯伦终于要垮台了。这个世界还是有道理可讲的。

劳埃德同时还注意到艾德礼在不知不觉中控制了会议的进程。他没有开宗明义地展开讨论，没有提出“我们该怎么办”这类问题，更没有给与会者迟疑和踌躇的机会。他把委员们逼到墙角，让他们自己做出选择。劳埃德确信艾德礼达到了他想要达到的结果。

艾德礼说：“接下来的一个问题是：你们愿意在另一个首相掌权的联合政府中工作吗？”

委员的回答没有刚才那么一致，那么响亮，但所有人的回答都是“是”。劳埃德环顾四周，发现所有委员都支持这个想法。如果有人反对的话，他们绝不介意投票进行表决。

“如果是这样的话，”艾德礼说，“我会告诉张伯伦，工党愿意参加联合政府，但前提是他必须辞职，选举出一位新首相。”

桌子旁响起一阵低低的应和声。

劳埃德注意到，艾德礼机智地回避了他们想让谁担任新首相的问题。

艾德礼说：“我现在就去给唐宁街十号打电话。”

说完他离开了会议室。

那天晚上，温斯顿·丘吉尔依例被招到白金汉宫，在任命仪式上被国王宣布成为新一任的联合王国首相。

虽然丘吉尔是保守党人，但劳埃德对他抱有极高的希望。周末，丘吉尔组成了他的内阁。战时内阁包括了克莱门特·艾德礼和艾德礼的副手阿瑟·格林伍德。丘吉尔任命工会领袖厄尼·比文为劳工部长。劳埃德觉得丘吉尔是真心想建立一个多党合作的联合政府。

劳埃德打好包，准备坐火车回阿伯罗温。回去以后，他希望能被迅速派到战场，最好是在法国。但他希望能找到一两个小时空闲。劳埃德很想为上周二的事情找黛西要个解释。越到快见面的时候，他就越不耐烦。

与此同时，德军正在穿越荷兰和比利时，他们以劳埃德完全没想到的速度打垮了盟军的英勇反击。周日晚，比利接通了战争部一个熟人的电话。过后，他和劳埃德从寄宿旅馆的女老板那里借了本学校里拿来的旧地图集，一起研究起欧洲西北部的局势来。

比利用食指画出一根从杜塞尔多夫经布鲁塞尔到里尔的线。"德军正奔向法军防线的最薄弱部分，也就是和比利时接壤的北部。"接着他把手指往下移，"比利时南部是阿登高地，那里是机械化部队难以穿越的山地和丘陵，战争部的朋友这样告诉我。"说完他的手指上移，"再南边是法德边境戒备森严的马奇诺防线，这条防线一直延伸到了瑞士。"接着他用手指翻了一页，"在比利时和法国北部之间却没有这样的防线。"

劳埃德非常吃惊。"难道以前没人想到过吗？"

"我们当然想到过这一层，并为此制定了相关的策略。"比利压低了声调。"我们将其称为D计划。这个计划不是秘密了，因为我们已经启动了。法国的大部分军队和英国的远征军已经集结在那里，准备跨过边境进入比利时。他们将在德尔河组成一道坚固的防线，阻止德军的推进。”

劳埃德觉得不是很放心：“我们要把一半的军队都投入到D计划中去吗？”

“我们需要确保这个计划万无一失。”

“万无一失就好。”

女老板带来封发给劳埃德的电报，打断了他们的谈话。

电报肯定是部队发来的。劳埃德离开泰-格温前把伯恩茅斯的地址交给了艾利斯-琼斯上校。劳埃德觉得这封电报来得晚了。他连忙打开了包电报的信封。电报上写着：

> 不用回阿伯罗温，直接去南安普敦报到。
>
> 那里马上有一艘接你的船。
>
> 艾利斯-琼斯

不回泰-格温了。南安普敦是英国最大的港口之一，是英国通往欧洲大陆的主要出发地，沿海岸线走，南安普敦离伯恩茅斯只有几十英里，坐火车和汽车可能一会儿就到了。

这样一来，明天就见不到黛西了，劳埃德突然一阵心痛，他也许永远都不会知道黛西要告诉他什么了。

艾利斯-琼斯上校的电报坐实了英军的军事介入。

要去法国了。

第七章

1940年，阿登高地

埃里克·冯·乌尔里希在堵车中度过了法国战场的前三天。

埃里克和朋友赫尔曼·布劳恩是第二装甲兵团附属医疗队的成员。通过比利时南部的时候，他们没有目睹任何军事行动，只看到了延绵不断的山和树林。他们听说这一带是阿登高地。他们行进在狭窄的公路上，有些地方甚至没有铺沥青，一辆抛锚的坦克很快造成了五十英里的堵车。他们被困在队列中，滋味比行军还要难受。

赫尔曼布满雀斑的脸上流露出不耐烦的神情，他用别人听不到的声音轻声对埃里克说："简直他妈的太傻了。"

"你是希特勒青年团的一员——不应该说这种话，"埃里克轻声说，"要对元首有信心。"他并没有真生气，只是给赫尔曼一点提醒。

动起来的滋味也不好受。他们坐在军用卡车的后地板上，公路上尽是树根和弹孔，卡车在行进时颠个不停。埃里克希望能马上投入战斗，以便脱离该死的卡车。

赫尔曼提高了声调："我们到底是来干什么的啊？"

坐在副驾驶座上的医疗队队长雷纳尔·韦斯医生说："元首叫我们做什么我们就做什么，他的决定永远是正确的。"韦斯表情一本正经，埃里克却似乎从他的语调中听到了一丝嘲讽的味道。黑发、戴眼镜、身材瘦削的韦斯少校经常嘲讽地议论军队和政府，但旁人又无法从他谜一般的话语中找到任何把柄，因此谁都不曾举报过他。另外，军队战时也需要韦斯这种技术精湛的名医。

车厢里另外两个医务兵都比埃里克和赫尔曼年龄大。名叫克里斯托弗的医务兵对赫尔曼的问题有独到的见解："法国人多半没料到我们会打到这里，毕竟这里的地形太复杂了。"

他的朋友曼弗雷德说："我们恰好可以做到出其不意，没遇到多大抵抗便直扑法国边境。"

韦斯嘲讽地说："你们的策略真是让我醍醐灌顶，我终于知道我们为什么要上这里来了。"但他没说他们错了。

让埃里克惊讶的是，直到这时还有那么多人对元首缺乏信心。他的家人仍然对元首的胜利视而不见。他的父亲一度曾经很有权势，现在却是个卑微的小人物。沃尔特不但不对攻克蛮荒的波兰感到高兴，反而长吁短叹着波兰人民的遭遇——他一定是偷听敌台得知了他们的遭遇。这会给全家人惹上麻烦的——不向纳粹设在街区的监管员报告的话，包括埃里克在内的全家人都会因此而获罪。

埃里克的母亲也好不到哪里去，她常会拿个放着熏鱼和鸡蛋的小包消失上一阵子。她不做什么解释，但埃里克可以肯定母亲是把小包拿给洛特曼夫人了，洛特曼夫人的犹太丈夫已经被取消了行医的资格。

尽管如此，埃里克还是把绝大部分军饷都寄回家里。他知道如果不寄钱回家的话，他的父母就要受冻挨饿了。埃里克不赞成父母的政治观点，但是他爱他们。他父母也是一样，他们对埃里克支持纳粹的政治态度非常气愤，但打心眼里爱着他。

埃里克的妹妹卡拉本希望能和埃里克一样成为一个医生，她在得知医生在当今的德国只能是男人的职业时曾感到非常愤怒，不过她已经接受了现实，经过培训当上了更适于女孩的护士。卡拉和埃里克一样，也在用微薄的工资支援着父母。

埃里克和赫尔曼本想进步兵营。他们想象中的战争是面对敌人，杀死对方或为祖国牺牲。但他们现在谁都杀不了。他们都上了一年的医学院，所受的培训是军队的宝贵财富，因此他们都当上了医务兵。

5月13日，在比利时的第四天中午之前，围绕着他们的只有坦克和卡车的轰鸣声。这天中午，他们开始听到一种更响亮的声音。轰炸机盘旋在他们头顶，在离他们不远的地方进行轰炸。呛人的烟味使得埃里克的鼻子一阵阵地抽搐着。

下午，他们在俯瞰河谷的高地上休息。韦斯少校说下面是默兹河，他们已经到了色当的西面，因此他们已经进入了法国的领土。德国空军的战斗机一架接一架地从他们头顶飞过，对他们前面几英里河岸上散布的村庄进行轰炸，那里也许隐藏着法国的防御阵地。烟雾从被不计其数的炮火击中的民房和农舍喷涌而出。炮火一阵连着一阵，埃里克为被困在炼狱里的所有灵魂感到惋惜。

这是埃里克目睹的第一场战事。不久之后他就将投入战斗。到时，也许会有些年轻的法国兵站在安全的制高点，为战死受伤的德国兵感到伤心。想到这里，埃里克的心像打鼓似的一阵兴奋。

向东眺望，景物影影绰绰，埃里克看到战斗机像空中的小墨点一样四处舞动，烟柱不时腾起，这时他才深切地意识到战争就在眼前，就在离自己只有几英里的河岸上展开。

过了一会儿，空袭结束了，战斗机折转向北。从他们头顶飞过的时候，机翼摆动了几下，像是在向他们祝福“好运”。

在离埃里克不远的一块通向默兹河的平地上，德军的坦克相继投入了战斗。

他们离敌人还有两英里，但法国炮兵已经开始从城里对他们发起炮击了。埃里克非常吃惊，他没想到有这么多法军的炮兵会在轰炸中幸存。炮火如织，埃里克听见炮弹穿过田野的呼呼声和落地时泥土四溅的声音。他看到一发炮弹正中在坦克上，烟雾、金属和人体碎片齐齐从坦克的炮口中喷射出来。埃里克不禁一阵心悸。

法军的炮火没能抵挡住德军的前进。坦克群不断地从河岸向被韦斯称为唐奇里的小镇东面进发。坦克后面跟着乘着卡车或步行的步兵。

赫尔曼说：“空袭还远远不够。我们的炮兵在哪里？我们需要炮兵打掉镇上的炮兵阵地，使坦克和步兵可以跨过河流，在河对岸建立桥头堡。”

埃里克想扇他耳光，让他闭上那只爱抱怨的嘴。马上要投入战斗了——参战士兵必须保持积极的心态！

韦斯却说：“布劳恩，你说得对，但我们的弹药车还堵在阿登高地上。现在我们只有四十八颗炮弹。”

一个红脸上校从后往前跑过队列，向队列里的士兵大喊：“继续前进，继续前进！”

韦斯少校指着前面说：“我们将在东边的那个农庄建立起战地

医疗站。”埃里克看到那是幢离河八百码的灰顶矮房。“很好，我们出发吧！”

他们跳上军用卡车，乘着呼啸的卡车下山，到了平地以后向左转入了一条颠簸的机耕道。埃里克很想知道德军会拿房子被充当战地医疗站的那家人怎么办。他觉得德军会把那家人赶走，如果胆敢惹麻烦的话，应该会把他们枪毙吧。但两军对垒之间他们又能去哪儿呢?

他根本用不着担心：这家人早就离开了。

根据埃里克的观察，农庄离战火最激烈的地方只有半英里。他觉得在离敌人这么近的地方建立战地医疗站根本没道理。

“抬担架的，赶快把担架抬到战场上，”韦斯叫道，“等你们回来的时候，我们已经把医疗站布置好了。”

埃里克和赫尔曼从医疗储备车上拿了一副卷起的担架和一个急救包，风风火火地朝战场上冲了过去。克里斯托弗和曼弗雷德跑在他们前面，十来个战友跟在他们身后。埃里克高兴地想，这是一个成为英雄的大好机会。他一定要做个在战火面前保持镇静的战斗英雄，而不会像有些软蛋一样被炮火吓得屁滚尿流，找个防空洞躲起来。

他们冲过田野，跑到河岸上。这段路并不短，要把伤者从河边抬回医疗站似乎困难重重。

他们经过几辆被击毁的坦克，但坦克上已经没有了幸存者。埃里克把头移开，尽量不去看变形的金属上烧焦的人体残骸。他们周围有法军的炮弹飞过，但并不算太猛：河边的防御已经减弱了许多，大多数法军的大炮都被德国的轰炸机端掉了。但这是埃里克第一次经历被人炮击的状况，他孩子般用双手遮住眼睛，却还是一个劲地拼命往前跑。

这时，一颗炮弹炸在了他们的行进路线前。

一声炸响，土地像被巨人踩在上面一样抖了三抖。克里斯托弗和曼弗雷德被击个正着，埃里克看到他们的身体像是失重了一样被炸得飞了起来。炮弹的冲击波把埃里克撂倒在地。他面朝上躺在地上，地上的灰泥雨点般落在他的脸上，不过他幸运地没有受伤。他挣扎着站起身，面前躺着克里斯托弗和曼弗雷德血肉模糊的尸体。克里斯托弗像个被撕碎的破娃娃一样，四肢被拧断了。曼弗雷德的头颅从身体上分离，掉在自己穿着靴子的双脚旁。

埃里克吓傻了。在医学院，他还没处理过断肢和流血的尸体。他只见过解剖教室里风干的尸首——学生们每两个人分到一具，埃里克和赫尔曼分得一个老妇干枯的尸首——除此之外，他就只见过手术台上被切开的活人身体了。但无论哪个都没有战友突然间被炸开的尸身给他带来如此巨大的冲击。

他只想快点往回跑。

埃里克转过身。他满心都是惧怕，别的什么都顾不上了。他开始朝他们来的路往回走，向着远离战场的森林走去。他的脚步很坚定。

赫尔曼救了他。他挡在埃里克身前说："别犯傻！你想去哪儿啊？"埃里克没有停下，想从赫尔曼身边绕过去。赫尔曼照着他肚子就是一拳。埃里克弯下腰，跌坐在地上。

"别想走，"赫尔曼急切地说，"你会因为开小差被枪毙的！赶快振作起来！"

埃里克在调整呼吸的时候恢复了理智。他不能逃跑，他不能当逃兵，他意识到自己必须留在这里。他渐渐用意志战胜了恐惧，缓缓站起身来。

赫尔曼警觉地看着他。

“对不起，”埃里克说，“我吓坏了，现在我好多了。”

“那就拿起担架往前走！”

埃里克拿起卷起的担架，把它平衡在肩膀上，转身就跑。

快到默兹河的时候，埃里克和赫尔曼发现他们站在了步兵们之间。一些步兵从卡车后车厢里拿出充气橡皮艇，把它们抬到河边。德军坦克不断对法军的防守阵地进行炮轰，掩护橡皮艇下水。恢复了斗志的埃里克很快发现这是场注定打不赢的战斗：法军藏在墙壁后面或是躲在建筑物里，德国的步兵却暴露在河岸上。橡皮艇一入水，就暴露在密集的机关枪火力之下。

河流中上游右拐。步兵只有退出一长段距离之后，才能躲到法军的火力之外。

河岸上已经出现了很多死伤者。

“把这个人抬起来！”赫尔曼果断地说。埃里克按照指示弯下了腰。他们在呻吟的士兵旁打开担架。埃里克按学到的步骤从瓢里给他喂水。伤员脸上有数不清的伤口，胳膊也折了。埃里克猜想他被机关枪击中，但幸运地没有伤及要害。他没看到很多血，因此他们不需要用止血带为伤员包扎。两人把伤员放上担架抬起，开始朝急救站走去。

一路上，伤员不断因为痛苦而大声喊叫。他们停下时，伤员不断催他们“快一点，快一点！”，痛苦地咬紧了牙关。

抬担架不像想象的那么容易。还没走到一半，埃里克就觉得自己手都要断了。但他知道病人正忍着剧痛，只能硬撑着继续朝前跑。

埃里克欣喜地发现，周围已经没有法军的炮火了。法军把所有炮火击中在河岸上，试图阻止德军跨过默兹河。

过了好一会儿，埃里克和赫尔曼才抬着担架回到充当急救站的那幢农舍。韦斯已经把农舍重新布置了一遍，华而不实的家具被搬了出去，地板上标注了摆放病人的位置，餐桌成了做手术的地方。他告诉埃里克和赫尔曼把伤员放在哪儿，接着让他们到战场上再去抬一名伤员。

跑回河岸要容易些。走的是下坡路，担架上也没有伤员。到达河岸时，埃里克担心自己会不会再一次吓破了胆。

他惊恐地发现战事比刚才更为激烈了。河中间有几艘泄了气的橡皮艇，岸上的尸体更多了——德军依然没能到达对岸。

赫尔曼扯着嗓子朝埃里克大喊："这真是场灾难，先等炮兵来进攻。"

埃里克说："那样就会让法军有时间加强防守，失去出其不意的效果。我们就没必要跋涉到阿登高地了。"

"但这样下去也不是个事啊。"赫尔曼仍旧在发牢骚。

埃里克的内心对元首是不是永远正确提出了疑问。这种想法使他削弱了信心，几乎站不稳了。好在战场上没时间给他多想，他们在一个一条腿几乎都被炮弹炸掉的伤兵身旁停住了脚步。伤兵二十岁出头，和他们差不多年纪，一头古铜色的头发，皮肤苍白，脸上都是雀斑。他的大腿下半部分被炸断了，断口血肉模糊。奇怪的是，他出奇地清醒，像期望有天使从天而降般瞪大了双眼，望着他们。

埃里克找到了腹股沟处的止血点，开始帮他止血。赫尔曼拿了条止血带，放在止血点上。之后他们把伤员抱上担架，扛起来往回跑。

赫尔曼是个忠诚的德国人，但他有时候也会暴露出一些负面情绪。埃里克就不一样了，他完全不敢暴露自己的沮丧和无奈，避免降低战友们的士气——这样可以使他远离麻烦。

但他还是不能不想。穿越阿登高地的行动似乎并没有给德军带来预想中唾手可得的胜利。默兹河的防线尽管并不坚固，法军的回击却异常猛烈。埃里克想，他的第一次战斗经历应该不会使自己丧失对元首的信心吧？他对自己会产生这种想法感到非常恐惧。

他不知道东线德军的进展是否比这边快。第一装甲师、第十装甲师和埃里克所在的装甲师齐头并进，第二装甲师已经到了边境，他们一定在默兹河上游展开攻击了吧。

他胳膊上的肌肉一阵阵地疼。

他们第二次回到了急救站。急救站异常繁忙，地板上躺满了呻吟的伤兵，满是血污的绷带扔得到处都是。韦斯少校和助手们忙着诊断一位位断肢的伤兵。埃里克从没想过伤兵会如此集中在这么个狭小的地方。元首谈战争的时候，埃里克从没想到会发生这样的事。

这时埃里克注意到自己带来的伤员已经闭上了眼睛。

韦斯测了测伤兵的脉搏，声音沙哑地责难道：“把他抬到谷仓去——别把没救的家伙抬回来。”

埃里克手臂上的疼痛扩展到了腿部，又被韦斯骂得没了脾气，委屈得直想哭。

埃里克和赫尔曼把伤兵的尸体抬到谷仓，看到那里已经放了十几具年轻的尸体了。

这比埃里克能想到的都要可怕。先前他想象中的战争，只是危险面前表现出来的勇气、对痛苦的平静接受，以及英雄主义。现在他亲眼见到的却是痛苦、尖叫、恐惧、破碎的尸体，以及对战斗的无望。

他们又回到了河边。

太阳西下，战场上的局势起了变化。唐奇里的法国守军受到对岸远处的德军炮击，防守力度小了不少。埃里克猜想炮击法军的应是德国的第一装甲师，他们幸运地在河的南岸建立桥头堡，可以腾出手支援侧翼的友军。他们显然在森林里保全了军火。

在第一装甲师的激励下，埃里克和赫尔曼又救了一个伤兵。回到急救站以后，他们喝了碗美味的肉汤。十分钟的晚餐使埃里克很想躺在地上睡上一整晚。但河岸上的伤兵还很多，他努力站起身，拿起担架的一头，小跑回了战场。

这时战场上的情况完全不一样了。坦克沿着河上摊开的竹筏开过河。渡河的德军遭到了猛烈的炮击，但在第一装甲师的火力掩护下，他们也拿起枪进行了回击。

德军取胜的机会来了。埃里克非常兴奋，为刚才对元首产生的怀疑感到羞耻。

埃里克和赫尔曼不断地把伤员从战场上送回急救站，渐渐把肩膀和大腿的疼痛都丢到九霄云外了。有些伤兵在整个搬运过程中不省人事，有些人感谢他们，有些人咒骂他们。有些人光顾着大哭大叫。有些人死了，有些人还活着。

早上八点，他们所属的部队终于在河对岸建立了桥头堡。早上十点，桥头堡得到巩固，部队开始陆续过河。

黄昏时战斗结束了。埃里克和赫尔曼还在继续清理战场上的伤员。午夜时分，他们抬走了最后一位伤员。完成任务之后，他们躺在树下，在疲乏中睡着了。

第二天，埃里克和赫尔曼随同第二装甲师折转向西，突破了剩余的法军防线。

两天后，他们到达了五十英里之外的瓦兹河，在没有防御的法国国土上迅速前进。

5月20日，德军在出其不意地突破阿登高地的一周以后，顺利地抵达了英吉利海峡的海岸边。

韦斯少校向埃里克和赫尔曼解释了战争的进展。“进攻比利时只是个幌子，目的是让法军和英军进入我们的圈套。装甲师是这个圈套的大口，现在它们已经落在我们的牙齿上了。法军大部和英国远征军的全部都在比利时，被德军死死地围在中间。他们被切断了物资补给和人员增援，陷入失败的境地。”

埃里克得意扬扬说：“元首料到了一切。”

“是的，”韦斯说，和以往一样，埃里克分辨不出韦斯的话是不是发自内心，“没人能像元首那样高瞻远瞩。”

劳埃德·威廉姆斯在加来和巴黎之间的一座足球场里，和几千名英军战俘待在一起。白天，他们不得不忍受六月阳光的曝晒，但晚上还算好受，没有毯子也很暖和。足球场里没有浴室也没有水，他们没办法洗澡洗脸。

劳埃德用双手挖起了洞。他组织几个威尔士矿工在足球场的一边建起了公共厕所，为了显示决心，他也参加了劳动。战俘们没什么事可做，纷纷过来帮忙，很快足球场边聚集了百十号人。一个守卫过来看发生了什么事，劳埃德向他做出了解释。

“你能说一口流利的德语，”卫兵和蔼地对他说，“你叫什么名字？”

“我叫劳埃德。”

“我是迪特尔。”

劳埃德决定利用卫兵表现出的善意。“有工具的话，我们可以挖得更快一点。”

“为什么要赶进度？”

“卫生一点对我们双方都有利。”

迪特尔耸了耸肩，拿工具去了。

劳埃德觉得自己很丢人，连真正的打仗都没看到就被俘了。威尔士步枪团作为后备部队来到法国，以期在长期的战役中缓解其他部队的压力。但德国仅仅用了十天就打败了盟军的大部分兵力。大多数战败的英军从加来和敦刻尔克返回英国，但有几千人没来得及登船，劳埃德就是其中的一员。

德军应该已经向南行进了。就劳埃德所知，法军还在坚持战斗，但他们的精锐部队都已经在比利时被消灭了。德国卫兵像是知道胜利终将属于他们一样，一副趾高气扬的表情。

劳埃德成了个战犯，他会一直被困在战俘营吗？英国政府此时一定受到了维持和平的巨大压力。丘吉尔不会屈从，和其他政治家不一样，他像头公牛一样死倔，正因为这种个性，他也很容易被弃之一边。哈利法克斯勋爵这样的人也许愿意和纳粹签订和平条约，外交部副部长菲茨赫伯特伯爵可能也会。想到这里，劳埃德突然感到非常羞耻，这样的人竟会是他的父亲。

如果和平马上达成的话，他的战俘生活也许会很快结束，这段日子可能一直在法国的这座足球场里度过。最后会满脸憔悴地回到家里，但至少能保证不受到伤害。

如果英国继续参战的话，情况就完全不一样了。上次大战持续的时间超过四年，劳埃德可不想在战俘营里过上整整四年。为了避免这种情况，他准备找机会逃离这座足球场。

迪特尔带着六七把铲子回来了。

劳埃德把铲子分配给身材最强壮的人，工作进展得很快。

有时战俘会转移到永久的战俘营，这是逃跑的最好机会。根据西班牙得来的经验，劳埃德知道军队不会把看管战俘作为第一要务。如果脱逃不成功的话，被捉的逃亡战俘会被直接枪毙。如果脱逃成功，那也没人会管。无论是哪种情况，战俘营看管的战俘都会少上一个。

他们用这天剩下的时间搭建完厕所。除了卫生方面的改善之外，此举大大激发了战俘们的士气。那天晚上，劳埃德躺在地上，看着夜空中的星星，思索着能不能在战俘营里组织些别的活动。他决定搞一场运动会，一场监狱里的奥林匹克。

还没等他把设想变为现实，战俘们就挪窝了。第二天早上，他们从体育场开拔转移。

一开始，劳埃德不知道他们在朝什么方向行走。但很快他们就走上了来回两车道的拿破仑公路，开始稳步朝东行进。劳埃德觉得，他们很可能要走到德国去。

到了德国，再想逃跑就难了。他必须抓住机会逃跑，越快越好。他非常害怕——卫兵们都拿着枪——但他下定了决心。

除了德军军车，公路上其他车辆很少，但有很多和他们方向相反步行奔走的逃亡者。他们把家里的财物放在手推车和滚轮车里，有的还牵着牲畜，显然是战乱中家园被毁的难民。劳埃德告诉自己，这个现象非常好，战俘也许可以藏在难民们中间逃跑。

战俘的押运措施并不严密。看管上千个转移战俘的只有十来个看守。他们有一辆汽车和一部摩托车。坐不上车的看守，或步行，或骑着从法国当地征用来的自行车。

但逃跑并不容易。公路上没有英式的篱笆提供隐蔽，公路旁边的地沟也不深。逃跑的战俘很容易被枪法精湛的卫兵击中。

接着他们进入了一个村庄。在村庄里，卫兵们很难看住队伍里的每一个人。村民们站在门梁边，冷漠地看着囚犯们。村民之间站着几头羊。路边有几间农舍和商店。劳埃德寻找着逃脱的机会。他需要赶快找个地方躲起来，一扇敞开的门、屋子间的通道和一片小树丛都能让他隐身。劳埃德需要趁视线里没有士兵的时候躲进这类地方。

几分钟里，这样的机会一直都没出现，他只能抱着遗憾离开了这个村庄。

他有点灰心，但还是告诉自己要保持耐心。机会还多着呢，离德国还有很长的一段距离。但随着时间的推移，德国会加强对被占领土的统治，会完善被占领土的政府组织，实行宵禁，增加检查点，阻止难民流动。过上一段时间，逃跑肯定会愈加困难。

天很热，劳埃德脱下制服，摘下领带。他要尽快处理掉这些可以透露他身份的服饰。他还穿着卡其裤和衬衫，旁人一看就知道是个英国兵，他只希望远看不要如此显眼。

又经过两个村庄以后，他们来到了一个小镇。镇上的逃亡路线可能会多一些。劳埃德意识到自己的头脑中正进行着激烈的争战，一边说最好别有太好的机会，别把自己推向吃枪子的噩运。另一边却叫他找机会就跑。他已经习惯受监禁的命运了吗？尽管腿有点酸，但跟着队伍行走十分安全。但后一种想法还是占了上风，他必须找机会脱离这支队伍。

不幸的是，穿越小镇的道路特别宽。队伍行进在道路的中央，逃脱者必须穿过两边的一长段空地才能隐蔽起来。一些店关闭了，几座建筑被木板围了起来，但还是有小巷、开门的咖啡馆和教堂可供隐蔽——但他无法摆脱卫兵的监视逃到这些地方。

他打量着道路两旁旁观镇民的表情。他们同情英国战俘吗？他们记得英国远征军在为法国而战吗？他们会屈服于德军的淫威，不肯向战俘提供帮助吗？可能性对半，没必要去冒险。有些人可以牺牲自己的性命帮忙，但另一些人会毫不犹豫地把逃跑战俘交还给德军。劳埃德无法根据这些人的表情判断他们会做何举动。

他们很快抵达了镇中心。劳埃德告诉自己，我已经失去了百分之五十的机会。要想逃跑的话，必须得赶快行动了。

他看见前面有个十字路口，一队汽车正排在路口前准备左转，被走在路上的战俘挡住了去路。劳埃德在队列里看到一辆小卡车。这辆车又脏又破，像是属于建筑工程队或筑路队。卡车后车厢敞开着，但车沿很高，劳埃德看不见后车厢里的情形。

劳埃德觉得也许可以爬上车沿，翻进后车厢。

翻进后车厢以后，路上行走站立的人和骑车的卫兵肯定看不见他，但楼上窗户边看热闹的人可以清清楚楚地看到，镇民们会出卖他吗？

劳埃德走近小卡车。

他回头瞄了一眼，最近的卫兵离他有二百码。

他朝前看了看，前方骑车的卫兵离他只有二十码。

他对身边的战俘说：“帮我拿好外套好吗？”说着劳埃德把外

套递给身边那位战俘。

劳埃德走到卡车驾驶座旁边，往里看了看。开车的是个穿着全身工作服，嘴里叼着烟的工人。劳埃德走过驾驶室，和后车厢平行，这时已经没时间再观察卫兵们的动态了。

劳埃德把双手放在车沿上，两手一撑，一条腿迈进后车厢，接着是另一条腿。尽管几千名战俘踏步的声音很响亮，但落在后车厢里的时候劳埃德还是发出了“砰”的一声响。他立刻平躺下来，安静不动，等待接下来可能会听到的德国兵叫骂声、巡逻车开过来的声音和步枪的射击声。

但耳边听到的却只是引擎的轰鸣声、战俘们的拖步声，以及小镇上的车流声和人声。他顺利逃脱了吗？

他微微抬起头，看了看后车厢里的情况。后车厢里放着桶、板条、扶梯和独轮手推车。劳埃德本想找到遮蔽用的麻袋，但天不遂人愿，后车厢一条麻袋都没有。

劳埃德听到摩托车的轰鸣声，摩托车似乎在小卡车旁边停下了。很快，他听到近旁有人在用德国口音很重的法语说：“你准备去哪儿？”德国卫兵问卡车司机。劳埃德的心跳加快了。卫兵会不会看后车厢呢？

劳埃德听到司机用一连串飞快的法语说了些什么，话说得太快，他完全没有听懂。德国卫兵似乎也一样，卫兵把刚才的问题又重复了一遍。

劳埃德把头转到上面，发现楼上的窗户旁边有两个女人正在俯瞰着街道。她们看见了他，吃惊地张大了嘴。其中一个把胳膊伸出窗户，用手头指点着他。

劳埃德盯住她，试着和她目光交会。他的一只手在身体的一侧移到另一侧，做出“不要”的手势。

女人领会了他的用意。她猛地抽回手，用手遮住嘴，似乎意识到刚才的指点对劳埃德可能意味着死刑判决。

劳埃德希望两个女人离开窗口，别再看着他了。但这是种奢望，她们依旧紧盯着他。

骑摩托车过来的卫兵似乎决定不再深究了，很快骑车离去。

脚步声越来越小，战俘的队伍渐渐远去。劳埃德安全了吗？

司机拉了下排挡，汽车发动了。劳埃德觉得车拐了个弯以后加速向前进。他依旧躺在地上，害怕得一动不敢动。

劳埃德看着一座座开过房屋的楼顶，生怕再被人看见，但即便被人看见他也不知道该怎么办。每一刻都会离卫兵更远一点，他时刻勉励着自己。

让他失望的是，卡车很快就停下了。司机关掉了排挡，打开驾驶座一边的车门，再狠狠把门关上。劳埃德等了一会儿，但什么事都没有发生。他继续躺了一会儿，但司机一直没回来。

劳埃德看着天。太阳高高挂着：中午一定已经过了。司机也许去吃午饭了。

劳埃德面临的问题是，街道两边楼上的人依然能从窗户后面看见他。如果继续这样躺着，他迟早会被人看见。那时就不知道会发生什么了。

他看见一幢房子的阁楼窗帘动了动，这一动使他下定了决心。

劳埃德站起身，往车的一侧看了看。一个西服革履的行人诧异地看着他，但并没有停住脚步。

劳埃德跨过车沿，跳到地上，看见自己站在一个带酒吧的餐馆外面。司机显然在餐馆里吃东西。窗边有两个拿着啤酒、穿德国军装的军人，劳埃德一阵惊恐。好在他们聊得正欢，根本没有注意到他。

他飞快地走开了。

他一边走，一边警觉地看着四周。每个和他擦身而过的人都瞪眼盯着他：他们显然知道他是战俘。有个女人尖叫着逃开了。劳埃德知道自己必须赶快脱掉卡其布衬衫和裤子，换上法式的穿着。

一个年轻人拉住他的胳膊。“跟我来。”他用口音很重的英语说，“我‘边’你。”

劳埃德随着年轻人拐进条小巷。劳埃德没理由相信这个年轻人，但必须马上做个决断，他决定相信他。

“这边。”年轻人把劳埃德带进一间小屋。

空空荡荡的厨房里只有一个抱着婴儿的妇女。年轻人自称莫里斯，他说他的妻子叫玛塞尔，他们的儿子叫西蒙尼。

劳埃德让自己暂且放松了一会儿。他终于从德国人手里逃脱出来了！危险还在，但他已经远离街道，身边都是些友善的人。

他在高中和剑桥学了标准法语，在逃离西班牙的途中，特别是在波尔多摘葡萄的两个星期又学了很多口语。“你们真是太好了，”他说，“非常感谢。”

莫里斯显然为不必再用英语松了口气，他用法语回答：“我想你一定饿了吧。”

“是的，非常饿。”

玛塞尔麻利地从长条面包上切了几块，然后把块状面包和奶酪、一瓶没有商标的葡萄酒一起放在桌上。劳埃德坐在餐桌旁，尽情地享用着食物。

“我会给你些旧衣服，”莫里斯说，“但你千万别再这样走路了，如果像刚才那样警觉地看着四周的话，任何人都知道你是英国来的‘外来者’。把视线放在脚前的地上，正常一点就好了。”

劳埃德含着满嘴的面包和奶酪说：“我记住了。”

屋子里的小书架上放满了书，其中有马克思和列宁著作的法语版。莫里斯注意到劳埃德的视线，对劳埃德说：“在苏联和德国签订互不侵犯协定前，我是个共产主义者。现在，我不相信那一套了。”他用手决绝地做了个砍断的手势，“但我们必须打败法西斯主义。”

“我去过西班牙，”劳埃德说，“在那之前，我相信所有左翼党派的联合阵线。但有了西班牙的经历以后，我再也不会盲目相信哪个左派政党了。”

西蒙尼哭了起来。玛塞尔撩起松垮的裙子，露出一个乳房，开始喂奶。劳埃德知道，相对于循规蹈矩的英国女人，法国女人在这方面更随意一些。

吃完饭以后，莫里斯带他上了楼。他从衣服不多的衣橱里给劳埃德拿出一套深蓝色的工作服、一件浅蓝色的衬衫、内衣和袜子。这些衣服都有些破了，但都很干净。贫穷男子的行为感动了劳埃德，他真不知道该怎么谢他。

“把军服扔地上吧，”莫里斯说，“等一会儿我烧了它们。”

劳埃德想洗个澡，但屋子里没有浴室，劳埃德猜想浴室应该在后院里。

他穿上莫里斯准备的衣服，站在墙上挂着的镜子前审视自己。蓝色的便装比卡其布军装更合身一些，但他看上去还是像个英国人。

他走下楼。

玛塞尔正在给婴儿拍背。“戴上帽子再走。”她说。

莫里斯给劳埃德拿了顶深蓝色软帽，劳埃德戴上了它。

莫里斯紧张地看着劳埃德脚上满是泥污但质地很好的黑色军靴。“这双靴子会暴露你身份的。”他说。

劳埃德不想扔掉这双耐穿的靴子，他还有很长的路要走。“让这双鞋看上去旧一点就行了。”他说。

莫里斯面露狐疑之色：“你想怎么办？”

“有锋利一点的刀吗？”

莫里斯从兜里拿出把握刀。

劳埃德脱下鞋，在鞋头上钻了几个洞，然后割断了鞋帮。他解开鞋带，然后松松垮垮地把它绑上了。这时靴子看上去像双又老又旧的普通鞋子了，不过鞋跟很厚，鞋子也仍旧很合脚，完全能走上几十里路。

莫里斯问：“你准备去哪儿？”

“我有两个选择，”劳埃德说，“我可以向北走到英吉利海岸，劝说哪个渔民帮我渡过英吉利海峡。也可以向西南方向跨过边境前往西班牙。”西班牙仍然保持中立。英国在西班牙的几个重要城市设有领事。“我对西班牙的那条路很熟——都已经走过两次了。”

“英吉利海峡比西班牙近得多，”莫里斯说，“但我想德国人会关闭口岸和码头。”

“前线在哪儿？”

“德国人已经夺取了巴黎。”

劳埃德惊骇不已。巴黎都已经沦陷了啊！

“法国政府已经迁到了波尔多，”莫里斯耸了耸肩，“我们被打败了，法国没救了。”

“整个欧洲大陆都将陷于法西斯分子的铁蹄之下。”劳埃德说。

“英国除外，所以你必须马上回去。”

劳埃德考虑着。朝西南方向走还是往北走呢？他不知道哪条路线会更安全一点。

莫里斯说：“我有一个以前一起为共产主义理想共同奋斗的朋友。他现在养牛卖给农夫。他恰好今天要把牛送到法国西南部的一个地方，可以带你二十来英里。”

劳埃德就此拿定了主意。“我跟他走。”他说。

黛西走了很长的一段弯路，然后重新回到起点。

劳埃德被派到法国时她的心都碎了。她错过了向他告白的机会——她甚至还没有和他接吻。

也许再没机会和劳埃德见面了。敦刻尔克的行动之后就再没了劳埃德的消息。这意味着他的尸体没有被找到和辨认出来，但也没有他被俘的消息。劳埃德多半已经牺牲，被炸弹炸成碎片，也可能孤零零地躺在哪幢被炸平农舍的瓦砾下面。黛西一连为此哭了好些日子。

整整一个月她都在泰-格温里心神不定地到处乱走，希望听到进一步的消息，但这样的消息迟迟都没有来到。过了一段时间，她萌生出一股罪恶感。许多女人的境遇比她还糟。一些女人的丈夫死了，必须独自抚养两三个孩子。她没有权利为一段还没开始的婚外恋情而顾影自怜。

黛西必须振作起来，做些该做的事情。显然，命运阻挡在了她和劳埃德中间。她已经有了个丈夫，一个冒着生命危险为国参战的丈夫。她告诉自己，照顾好博伊是她的责任。

她回到伦敦，打开了梅菲尔区的家。她至少可以用有限的仆人，为休假回来的丈夫博伊营造一个温馨的家。

她应该忘掉劳埃德，做博伊的好妻子。兴许她还能怀上第二胎呢！

许多妇女加入了战争的外围工作。一些女人加入了空军后备役部队，一些女人加入女子生产队干农活，还有些女性自愿加入了女子防空队，为伦敦的防空工作出力。但真正适合女性的工作并不多，《泰晤士报》就刊登过一些抱怨女子防空队劳民伤财的读者文章。

欧洲大陆的战事似乎结束了。德国赢得了陆上战争的胜利。从波兰到西西里，从匈牙利到葡萄牙，到处都是法西斯主义者的天下。据说英国政府正在讨论和德国签订和平条约。

但丘吉尔绝不会媾和。那年夏天，英德之战开始了。

起初，平民的日常生活没有受影响。教堂的钟不再报时，钟声只会在预见德军入侵时鸣响。黛西遵照政府的指示，把放着水和沙子的水桶放在房屋的每一处平台用于救火，不过一次都没用上。德国空军只炸英国的港口，希望切断英国的补给线。接着它们把目标瞄准了英国的空军基地，试图对皇家空军进行毁灭性打击。博伊驾驶着喷火式战斗机，在肯特郡和苏塞克斯郡的空中和敌机展开激战，农人们站在地里目瞪口呆地看着空中的激战。在少有的几封家信中他自豪地宣称自己击落了三架敌机。他一直没有休假回家，黛西只能孤零零地坐在为他装饰着鲜花的房间里。

9月7日，星期六的早上，博伊出现在家里过周末。这天阳光明媚，天稍稍有点热，美国人常把这种天气称为印第安人的夏天。

但这也恰恰是德国空军改变策略的一天。

黛西亲吻了丈夫，告诉他已经在起居室里帮他准备好了干净的衬衫和内衣。

她从其他女人那里听说，从战场归来的战士需要性、豪饮和美食，顺序是这样没错。

流产以后，黛西就没和丈夫一起睡过了。这将是他们很久以来的第一次性事。黛西感到有愧，她并不想和丈夫一起睡。不过，她也不会拒绝自己应尽的这份责任。

她原以为博伊会马上把她拉上床，但博伊根本没那么急切。他脱下制服，洗澡洗头，换上了一套居家的服装。黛西让厨子别管每天限量的食品供给，把多日的供给集中起来做一顿美食。博伊从地窖里拿出一瓶年代久远的红葡萄酒。

饭后，博伊对她说："我要出去一会儿，晚饭时再回来。"黛西吃了一惊，又感到揪心的痛。

她想成为一个好妻子，但并不想忍气吞声。"这是你几个月来第一次回家！"她大声说，"你到底要去哪儿？"

"去看匹马。"

这没什么过分。"好吧，我和你一起去。"

"别，如果我带你去马市的话，马主会觉得我是个'妻管严'，趁机抬些价的。"

黛西毫不掩饰自己的失望。"我老想着和你一起买一匹赛马，一起养它，这个梦已经做了好多年了。”

“那不是女人该去的地方。”

“别自以为是了，”黛西愤愤不平地说，“我对赛马的了解一点不比你少。”

博伊非常生气。“也许吧，但我不想在和那些讨厌的家伙讨价还价时有你在身边——别废话了。”

她放弃了争执。“随你便。”说完离开了餐厅。

直觉告诉她博伊在撒谎。休假回家的战士才不会想去买马呢。她决定看看他究竟意欲何为。英雄也得对妻子以诚相待啊！

黛西在房里穿上裤子和靴子。听到博伊从前楼梯走到正门，她连忙从后楼梯下去，经过厨房和院子走进马厩，她在马厩里换上皮外套、护目镜和防撞头盔，然后打开车库的门，把自己那辆一小时能走一百英里的凯旋虎100摩托车推出了护栏。她踏下摩托车脚板，毫不费力地开出了车库。

1939年汽油限量供应后，黛西很快骑上了摩托车。摩托车骑起来有点像自行车，但操作容易得多。黛西喜欢骑摩托车给她带来的自由和独立的感觉。

摩托车开上街道时，刚巧看见博伊的奶白色宾利在街角拐了个弯。

黛西跟了上去。

宾利开过特拉法尔加广场，穿过剧院区。黛西远远地跟着，不想被他发现。伦敦中心区有几百辆商务车，交通繁忙。此外，对私人汽车的用油限制也并不苛刻，完全可以满足只在城里走动的私家车主们。

博伊的宾利继续向东穿过金融区。周六下午这里的车很少，黛西很怕旁人注意到，好在没人多看戴着护目镜和防撞头盔的她一眼。博伊开着车窗，嘴里叼着烟，对周围的景物没有多加注意。

博伊把车开进了阿尔德盖特区。黛西心一凉，她知道是怎么回事了。

宾利折进东区一条干净点的街道，停在一幢舒适的18世纪房屋外面。附近没有马厩：这里不是买卖赛马的地方。谎言已经被拆穿了。

黛西把摩托车停在街尽头，观察着博伊的一举一动。下车以后，博伊砰的一声关上车门。他没有审视周围，也没去看门牌号码，显然他以前来过这里，知道自己是要去哪儿。他叼着烟，兴冲冲地走到前门，用钥匙打开门。

黛西气得只想哭。

博伊很快进了大门。

东面的某处发出一阵爆炸声。

黛西往东看，看见天空中飞着几架战斗机。德国人改变策略，决定从今天开始轰炸伦敦了吗？

黛西才不在乎伦敦被德国的战斗机轰炸呢！绝不能忍气吞声，让博伊舒舒服服地出轨。她把摩托车开到房子前面，停在宾利旁。她脱下头盔和护目镜，走到门前敲了敲门。

爆炸声又起，这次爆炸的地方更近了。四周响起了空袭警报低沉的声音。

门开了条缝，黛西重重地推开门。一个穿着黑色女仆裙的女子大叫一声，往后退了两步。黛西走进门。她发现自己处于一户伦敦中产阶级家庭居家的门厅里，但房子的地上铺着东方的地毯，窗户前挂着又厚又重的窗帘，墙上挂着一幅浴中女子的裸体画，充满着浓浓的异国风味。

黛西推开离自己最近的那扇门，走进屋子的前会客室。会客室灯光暗淡，丝绒窗帘把阳光挡在外面。房间里有三个人。一个四十来岁的女人瞪大眼睛看着她，她戴着一条松松垮垮的丝绸围巾，显得有些苍老，嘴唇上却精心地地涂上了口红。黛西觉得这个应该是母亲。女人身后的沙发上坐着一个大约十六岁的女孩，女孩叼着根烟，只穿着内衣和长筒袜。博伊坐在女孩旁边，手放在她长筒袜上沿的大腿上。看到黛西，博伊惭愧地拿开手。他的动作非常荒唐，似乎把手拿开就一点责任都没有似的。

黛西忍住眼泪。“你说要和她们一刀两断的！”她希望像复仇天使一样冷静地表达出愤怒，但自己的声音却充满了悲伤。

博伊表情慌张，脸涨得通红。“该死的，你来这儿干吗？”

四十来岁的女人说：“天哪，这人是他的老婆。”

黛西记得这对母女名叫珀尔和乔妮。光是知道她们的名字就已经够可怕了。

女仆走到门口说：“我没让这个婊子进来，但她硬挤了进来。”

黛西对博伊说：“为了等你回来，我特意把房间布置得漂漂亮亮——你却背着我干这种事。”

博伊想说话，但很难找到合适的说辞。他嗫嚅了一阵。这时一阵巨响，地板摇晃了一阵，窗上的玻璃也裂开了。

女仆说：“你们都聋了吗？该死的空袭警报已经响了好一阵子了！”没人注意她在说些什么。“我这就到地下室去。”说完她转身就跑。

他们都需要找地方躲起来。但黛西在离开前还有话对博伊说。“别再上我的床，我不愿自己的身体再遭污染。”

沙发上名叫乔妮的女孩说：“都是找乐子嘛，加入我们一起玩吧，你也许会喜欢的。”

皮尔上下打量着黛西：“这种娇小的体形非常不错。”

黛西意识到如果再给机会，她们会无休止地侮辱她。她没有理会母女俩，而是对博伊说：“既然你做出了自己的选择，”她说，“那么我也会有相应的决定。”尽管感觉遭到了遗弃，但她还是高昂着头离开了会客室。

她听见博伊说：“上帝，这都什么事啊！”

就这么轻描淡写吗？黛西愤愤不平地想。

她走出屋子的前门。

然后抬头往天上看。

天空中布满了战斗机。

她恐惧地颤抖了。战斗机在四千英尺的高空中，却似乎遮蔽住了太阳。天空中有几百架战斗机，既有宽体轰炸机，又有细长腰身的战斗机，战斗机群从前到后大约有二十多英里远。从岸边船坞到伍尔维奇军工厂的所在地，炸弹炸过的地方腾起滚滚浓烟，满目荒凉，像刚刚经历过一场严重的海啸似的。

黛西记得上周三希特勒刚刚在德国议会发表过演讲，他痛斥皇家空军对柏林的邪恶轰炸，威胁要用空袭把英国的重要城市抹去。现在他把演讲付诸实施了，德国战斗机显然要炸平伦敦。

这天是黛西生命中最糟糕的一天，她意识到这也许也是她最后一天。

但她无法走回那对母女的房子，和她们共用一间地下室。她必须远离这里。她需要回家，一个人痛哭一场。

黛西匆匆戴上头盔和护目镜。她抵挡住躲到最近一扇墙后面的冲动，跳上摩托车飞驰而去。

她没能骑多远。

骑了两条街以后，有颗炸弹正中黛西前面的一幢屋子，她立刻刹住了车。房顶炸开了洞，地面被爆炸的冲击波抖了几下，很快火焰从房屋中熊熊升起，像是煤油炉的煤油泼散出去而引发了火灾似的。没一会儿，一个大约十二岁的女孩从屋子里哭叫着跑了出来，她头发着着火，直奔黛西而来。

黛西跳下摩托车，脱下皮外套，紧紧包住小女孩的头，隔绝氧气，扑灭了火苗。

女孩不再尖叫了。黛西拿掉包在女孩头上的皮外套。女孩开始嘤嘤地哭泣起来。她没有刚才那样痛苦，但头发全没了。

黛西前后观察着街道。一个戴着防空队臂章和钢盔的男人拿着一个侧面漆有红十字标识的锡罐跑了过来。

女孩看着黛西，张嘴哭泣道："我妈妈还在里面。"

防空队队员对女孩说："亲爱的，别怕，我来照顾你。"

黛西把女孩留给防空队队员照顾，跑到房子前门。这幢房子看上去是幢分割成廉价公寓的老房子。楼上燃起了熊熊的火焰，但她还能进去。她猜里面的人应该在厨房，于是一口气跑到楼后侧的厨房。她看见厨房地上躺着一个不省人事的女人，小床上有着个婴儿。黛西抱起婴儿跑出了这幢楼。

头发被火烧没的女孩尖叫："这是我妹妹。"

黛西把婴儿交到女孩手里，又一次跑进屋子。

不省人事的女子太重，黛西没办法把她完全抱起来。黛西退到女人身后，把她撑起来坐在地板上，然后把手臂放在她的肩膀下面，把她拖过厨房和走道放在街上。

一辆房车改装的救护车疾驶而来。房车的后部被改装成担架可以出入的宽大平台，顶上盖了层帆布。救护队队员把烧伤的女孩送进救护车。司机跑到黛西身边，两人合力将昏迷的母亲抬上救护车。

司机问黛西："还有人在里面吗？"

"我不知道。"

司机跑进房子。这时房子塌了。着火的顶层塌到了底楼。司机消失在一片火海之中。

黛西情不自禁地尖叫一声。

她用手捂住嘴，难以置信地看着眼前的一片火海，想着是不是还能找到那位司机。她知道自己无法冲进去了，那样做完全是自杀。

救护队队员说："老天，阿尔夫死了。"

又一颗炸弹落在几百码以外的街道上。

救护队队员说："没司机了，我又脱不开身。"他前后看着街道，但屋子外面站着的人很少，大多数人也许都躲在防空洞里。

黛西说："我会开车，要我开到哪儿？"

"你能开车吗？"

大多数英国女人不会开车——开车是男人的事情。"别在这种琐碎的事情上犯傻了。"黛西说，"要我把救护车开到哪儿？"

"圣巴塞洛缪医院，你知道医院的位置吗？"

"当然知道。"圣巴塞洛缪医院是伦敦最大的医院之一，黛西在伦敦住了整整四年，很清楚这家医院的方位，"是西史密斯菲尔德街的那家医院吧。”她想让救护队队员相信她知道那个地方。

“急诊室在医院后门。”

“我很快会找到的。”她跳进驾驶座，车还没有熄火。

队员大声问她：“你叫什么名字？”

“我叫黛西·菲茨赫伯特，你呢？”

“诺比·克拉克。可千万别把我的救护车开坏了啊！”

这辆车配有带手闸的标准变速杆。黛西把档位调到最高的一档，驾车飞驰而去。

德国的战斗机依然在空中呼啸，炸弹不停地在四处爆炸。黛西急切地想把伤者送到医院，圣巴塞洛缪医院离事发地不到一英里，但路途非常难走。她沿途经过了利登海尔街、家禽市场和齐普赛德街，但好几次碰到了道路遇阻的情况，她只能绕道走些小街。每条街上都有一两幢完全被毁的房屋。到处都是烟和瓦砾。居民们满身血污，无望地大声呼喊。

她跟在另一辆救护车后面，开上了医院的紧急通道，不禁长舒了一口气。救护通道非常繁忙，十几辆救护车正卸下炸断四肢的和烧伤的伤员，把他们送到医院的护工手里。也许我救了这两个女孩的母亲，黛西心想。即便丈夫不要我了，还有人需要我。

烧光头发的女孩仍旧抱着她的小妹妹。黛西帮助她俩从救护车后面跳到地上。

一个护士帮助黛西把昏迷的母亲抬出救护车，送到急诊区里。

但黛西发现女孩们的母亲已经停止了呼吸。

黛西对护士说：“这两个是她的孩子！”她意识到自己的声音有些歇斯底里，“现在该怎么办啊？”

“交给我吧，”护士语速极快地说，“你必须回去救人。”

“必须？”黛西问。

“打起精神，”护士对她说，“在天亮之前，还有许多伤员和重伤员等着你去救！”

“好吧。”她跳上救护车的驾驶座，把车开到了街上。

十月的一个阳光明媚的午后，劳埃德·威廉姆斯抵达了离西班牙边境只有二十英里的法国小城佩皮尼昂。

和难以回首的1937年一样，整个九月，他都在波尔多的乡下摘葡萄。他挣来了乘公交和电车的钱，可以在廉价餐馆里吃顿饭，再也不必在农人的院子里挖还未成熟的蔬菜，也不用从鸡圈里偷生鸡蛋了。他正在沿着三年前他离开西班牙的那条路往回走。他从波尔多向南，走过了图卢兹和贝塞尔，大多数时候搭货运列车，有时也到公路上搭个便车。

这时他正在佩皮尼昂到西班牙边境沿线东南向公路边的一家咖啡馆里。他穿着莫里斯的工作服，戴着莫里斯的软帽，手里拿着里面有生锈铲子和被炮弹打坏的水准仪，以证明自己是个回西班牙的砌砖匠的帆布小包。可千万别有人真的让他砌墙才好，他才不知道该怎么垒砖头呢！

现在他正为如何穿越比利牛斯山而发愁。三个月前在皮卡第，他说服自己，让自己相信完全能找得到1936年向导带着他进入西班牙的那条路，1937年他又沿着这条路的一部分离开。但当一个个陌生的山顶和岔道口出现在眼前时，他的信心破灭了。他以为这段路已经深深地刻在了自己的脑海中，但当他试图回想起某条路、某座桥或某个折转点时，他的记忆模糊了。他已经记不住那么多细节了。

他吃完午饭——一碗稀薄的鱼粥——和邻桌的司机们小声交谈起来。“有人能送我去塞贝里吗？”塞贝里是法西边境离西班牙最近的一座村庄，“你们谁去那里？”

他们多半都要去那儿：否则不可能出现在法国的东南边境。但他们都犹豫了。这是维希政权下的法国，尽管名义上是独立的，但德国人却占领了过半的领土。没有人会主动去帮一个操着外国口音的陌生人。

“我是个泥瓦匠，”劳埃德拿起帆布包说，“我叫莱昂德罗，我要回西班牙的家。”

一个穿着汗衫的胖司机说：“我可以送你一程。”

“谢谢你。”

“可以走了吗？”

“当然可以。”

他们走出餐馆，坐进两旁有电器行标志的破旧雷诺货车。开车以后，司机问劳埃德是否结婚了。被问了几个令人不愉快的私人问题以后，劳埃德意识到胖司机是对他的性生活感兴趣才载他的。怪不得刚才会那么主动：他想利用这个机会问一些让人尴尬的男女问题。一路上，好几个搭劳埃德的司机都有这种见不得人的兴趣。

“我是个处男。”劳埃德对他实话实说。但这又引发了司机对他校园时期风流韵事的一番探索。劳埃德在学校里是谈过几次恋爱，但他不准备把这些事告诉一个素不相识的司机。劳埃德试图在不惹恼司机的前提下含糊过去。最后司机放弃了：“我得在这里转弯了。”说着，他停下车。

劳埃德谢了他，继续往前走。

他知道不能像军人一样挺直了腰走路，而要像农民那样弓着腰走路。他没有带书和报纸，最近刚在图卢兹一条小街的理发店里剃了个乱糟糟的头发。他一星期刮一趟胡子，所以下巴上总有些胡茬。他惊喜地发现，满嘴的胡茬可以让别人注意不到他。他不怎么洗脸洗澡，身上总带着股让别人不愿近身的馊味。

在法国和西班牙，工人都戴不起表，因此他必须扔掉伯尼作为毕业礼物送他的那块方面表。他不能把表送给帮助他的法国人中的任何一位，因为这块表很可能会使他们受到牵连。最后，他沉痛地把表扔进了池塘。

他最大的软肋在于随身没有一份身份证明。

他曾经试图从一个长得很像他的男人那里买下身份证明，也曾经计划过从另两个人那里偷上一份。但战时人们对自己的身份证明看管得都很细致，这些尝试都没能成功。于是他只能避开需要说明身份的场合。他尽量避免引人注意。只要有机会，他就会避开公路，尽量从田里走。他从没搭过客运列车，因为沿途的一些站设有检查身份证明的检查站。至今劳埃德没遇上过任何麻烦。一个村子的村警向他索要过身份证明，他说他的身份证明在马赛的酒吧里喝醉时弄丢了，村警相信了他的话，让他继续赶路。

现在，他的好运到头了。

他正在穿越荒凉的作物产区。这里在比利牛斯山下，接近地中海，土壤沙化严重。满是灰尘的道路两旁只有小块农地和贫穷的村庄。这里几乎没什么人住。越过左边的山，可以瞥见远处的大海。

怕什么来什么。一辆绿色雪铁龙开到他身旁停下，三个村警从车上跳了下来。

他们打了他一个出其不意。劳埃德听到了汽车开来的声音——这是胖司机撇下劳埃德之后他碰到的第一辆车。他没去看这辆车，而是像一个疲累的工人那样继续拖着步子往前走。路两边都是光秃秃的树和农田，田里种着萎靡不振的蔬菜。汽车停下时，他刹那间产生了跑过农田的想法。看到跳下车的两个村警把手摸向腰间的手枪皮套，他马上抛却了这个想法。他们的枪法也许不怎么样，但说不定会打到他。劳埃德完全可以和这些村警周旋一番。他们只是些没见过世面的村警，比城里的警察要温和得多。

“你的证件呢？”靠他最近的村警用法语问他。

劳埃德摊开双手表示无助。“先生，我很不幸，我的证件在马赛被偷了。我是个西班牙砌砖工，我叫莱昂德罗，我正要——”

“上车。”

劳埃德犹豫了一下，但抗争是无意义的，成功逃脱的机率比任何时候都要低。

一个村警牢牢抓住他的肩膀，把他推入汽车后座，让他坐在自己身旁。

车开了，劳埃德的希望也随之破灭了。

坐在身旁的村警问：“你是英国人，还是其他地方的人？”

“我是西班牙砌砖工，我叫——”

村警挥了挥手，做了个“别蒙人”的手势：“不要在我们面前扯这种话。”

劳埃德发现自己先前太过乐观了。他是个外国人，没有证件便想朝西班牙边境走：警察才没那么傻呢，肯定会猜到他是个逃脱的英军战俘。如果有疑问的话，他们只要脱去他的衣服，便能在脖子上找到他在部队里的身份牌了。劳埃德没有丢掉身份牌，否则很可能被抓到他的任何一方认作间谍枪毙。

现在他被困在警车里，周围是三个全副武装的村警。在这种情况下，逃脱的概率几乎是零。

太阳从车右边的群山上开始缓缓落下，警车沿着劳埃德原本前进的方向继续前行。边境前没有大的镇子，他们多半会把他扔在哪个村公所的牢房里过夜，到那里再找逃脱的机会也不迟。如果没能逃脱的话，村警明天一准会把他带到佩皮尼昂，交给那里的警察。接下来会怎么样？他们会审问他吗？他突然感到非常害怕。法国警察会对他用刑，德国人会百般折磨他。如果能活下来的话，他会在战俘营一直待到战争结束，或者死于德国人对战俘的大屠杀。那真是太不幸了，他离西班牙边境只有咫尺之遥啊！

汽车开进一个小镇。他能在汽车到监禁地之前逃脱吗？他对这里的地形不是很熟悉，什么都计划不了。他只能保持警觉，试图抓住可以利用的一切机会。

汽车离开主街，开进一排商店后面的一条小巷。村警们准备枪毙他，把尸体丢弃在这里吗？

汽车停在一间餐馆的后门。餐馆后院里扔满了盒子和大的空酒罐。通过一扇小窗，劳埃德看见厨房里亮着灯。

前座的村警下车，打开劳埃德这一边接近餐馆的车门。能利用这个机会逃脱吗？必须绕过车才能沿着小巷往前跑。这时暮色已浓，跑了几码以后就不容易被击中了。

村警把身体探进车，抓住劳埃德的肩膀，把他拉出来让他站好。逃脱的机会稍纵即逝，但这绝对不是一个太好的机会。

村警们为什么要把他带到这呢?

他们把他带进厨房。厨子正在对着碗打鸡蛋，一个少年正在水槽边洗碗。一个村警对他们说:“我们带来个英国佬，他说他叫莱昂德罗。”

厨子继续着自己的活计，抬头往店堂里喊:“特蕾莎，你过来一下!”

劳埃德认识一个特蕾莎，那个特蕾莎是个无政府主义者，在西班牙内战期间教不识字的士兵们读写。

厨房门被推开，特蕾莎走了进来。

劳埃德吃惊地看着走进厨房的女人。毫无疑问，这就是他认识的特蕾莎:尽管戴着侍者的围裙，戴着一顶白色的小帽，但眼前站着的无疑就是那个特蕾莎，那个有着一双大眼和乌黑长发的特蕾莎。

起先特蕾莎没有瞧他。她把一叠脏盘子放在洗碗少年身旁的那块台板上，然后转身亲吻了押劳埃德过来的两个村警:“皮埃尔，米切尔，你们最近好吗?”接着她转身看到了劳埃德，眼睛一下子瞪得大大的:“不——这不可能。劳埃德——真的是你吗?”

劳埃德说不出话来，只能木然地点了点头。

特蕾莎扑向前抱住他，在他的两边面颊上啄了两口。

一个村警说:“这样就好，我们的任务完成了。我们得走了，祝你好运。”他把帆布包还给劳埃德，然后和同伴一起离开了。

劳埃德终于能说出话了。“这是怎么回事?”他用西班牙语问特蕾莎，“我还以为会被带到监狱呢!”

“他们痛恨纳粹，和我们是一边的。”特蕾莎说。

“谁是‘我们’？”

“稍后再跟你解释，跟我来。”特蕾莎打开一扇隐藏楼梯的门，带他走到楼上一间没怎么装饰的卧室。“在这等一会儿，我给你拿些吃的过来。”

劳埃德躺在床上，对自己的好运惊叹不已。五分钟前他还以为自己会被折磨或被枪毙，现在却在等着一个美女送饭过来。

事情也可能很快变糟，他琢磨着。

半小时以后，特蕾莎端着一个盛着煎蛋卷的盘子回来了。“餐馆的生意很忙，不过马上要关门了，”她说，“我过几分钟再来。”

劳埃德飞快地吃掉了食物。

天黑了。劳埃德接连听到客人们离开时的闲聊声和侍者们收拾盘子的声音。声音停下来以后，特蕾莎拿着一瓶红酒和两个杯子出现在他眼前。

劳埃德问特蕾莎为什么离开西班牙。

“佛朗哥屠杀了我们的几千个同志，”特蕾莎说，“他们通过了《政治责任法》，限制那些没被杀掉的人，使所有支持政府军的人都沦为了罪犯。即便采取‘消极对抗’的方式，你都会被没收全部的财产。只有支持佛朗哥，你才是完全无辜的。”

三月，张伯伦曾信誓旦旦地向议会表示，佛朗哥承诺不做政治上的报复。想到张伯伦的那副嘴脸，劳埃德的心里非常苦涩。张伯伦真是个邪恶的骗子！

特蕾莎又说：“我们的许多同志被他们关进了肮脏的集中营。”

“我想你一定再没见过我的朋友莱尼·格里菲斯军士了

吧？”

特蕾莎摇了摇头：“离开贝尔希特以后我就再没见过他了。”

“你之后……”

“我从佛朗哥的人手里逃了出来，来这里当了女侍……找到了另一种对抗纳粹的工作。”

“什么工作？”

“我把逃跑的士兵送到山那边。这也正是村警们送你到这儿的原因所在。”

劳埃德心头一热。他原本打算靠自己的力量前往西班牙，为能不能找到路而担心不已，现在好了，特蕾莎指不定能为他找到个向导呢！

“我这里还有两个人等着去那儿，”特蕾莎说，“一个英国的机枪手和一个加拿大的飞行员，现在我把他们安顿在山上的一间农房里。”

“准备什么时候带我们过去？”

“就在今晚，”特蕾莎说，“别喝太多红酒。”

特蕾莎下了楼。半小时后，她带来一件有些破的棕黄色大衣给他。“翻越山脉的时候天会很冷。”她解释道。

两人溜出厨房，依靠着天上的星光走在小镇的路上。远离镇上的房子以后，他们沿着一条泥路上了山。一小时之后，他们走到几间石头房子前。特蕾莎吹了声口哨，推开谷仓的门，两个年轻力壮的男人走了出来。

“我们用假名跟人交流，”特蕾莎用英语说，“我是玛利亚，这两个是弗雷德和汤姆。这是我们的新朋友莱昂德罗。”三个男人相互握了手。特蕾莎又说：“不准相互交谈，不准抽烟，拖在后面的人会被落下。准备好了没？”

从这开始的路非常陡峭。劳埃德经常被石子绊脚。他时不时抓住路边的矮树丛，使自己不致跌倒。特蕾莎的步速很快，三个大男人喘息不止。她带着手电筒，但拒绝在星光明亮时使用，她说她要保持手电筒的电量在需要时足够用。

天气变得很凉。他们淌过一条冰冷的河流，自那以后，劳埃德的脚就一直没暖过。

一小时后，特蕾莎说：“务必一直行走在这条路中间。”劳埃德低头一看，发现两边都是陡峭的山坡。意识到一不小心会跌落到很深的山谷，他心头一惊，抬头向前注视着特蕾莎迅速移动的身影。换在平常，他会享受跟着这个美妙身影行走的每一分钟，但这时他又冷又累，连调情的精力都没有。

山里没有人住。有时他们会听到远处的狗在叫，有时又会听到依稀的铃声。每当听到铃声时，三个男人会燃起希望，以为快要到目的地了。特蕾莎告诉他们，这只是牧羊人挂在山羊身上的铃铛，方便找到它们。

劳埃德想到了黛西。她还在泰-格温吗？她回到丈夫身边了吗？劳埃德希望黛西没有回到伦敦。法国报纸说，伦敦每天都受到德国轰炸机的轰炸。黛西是死是活？他还能见她吗？如果能再见她的话，她对他的感觉又会是如何？

四个人每两个小时停下来歇息一次，喝点水，对着特蕾莎带来的那瓶红酒喝上两口。

快天亮时，山里下起了雨。脚下的路变得泥泞不堪，他们的步伐变得跌跌撞撞，但特蕾莎并没有减速。“幸好没有下雪。”她说。

天蒙蒙亮以后，他们依稀看见了路边突出岩石旁长着的一些植被。雨继续在下，前方腾起的雾气遮挡住道路。

过了一会儿，劳埃德意识到他们正在下山。下一次休息的时候，特蕾莎对他们说："我们已经在西班牙境内了。"劳埃德本应松一口气，但感到的只是疲乏。

地形开始平坦，突兀的岩石渐渐远去，路两旁到处是草和树丛。

特蕾莎突然坐到地上，平躺下来。

男人们不用提醒，立刻都学着特蕾莎的样子躺了下来。循着特蕾莎的视线，劳埃德见到了两个穿着绿色制服、带着古怪式样帽子的西班牙边境战士。劳埃德意识到进入西班牙并不意味着摆脱了麻烦。如果被当作非法入境者抓住，他会被遣送回法国。如果失踪在佛朗哥的哪个集中营，情况就更糟了。

边境战士沿着山路朝逃亡者走来。劳埃德准备和他们干上一仗。动作要快，必须在他们掏枪前占到上风。他不知道英国机枪手和加拿大飞行员擅不擅长干架。

好在他的担心是多余的。走到一处没有标记的特定地点以后，两个西班牙边境战士便折返回去了。特蕾莎似乎知道他们会这么做似的，等他们一走，她便站起来继续前进，劳埃德和另两个逃亡者立刻紧跟了上去。

雾很快就散开了。劳埃德看见不远处有个沙滩围绕的渔村。1936年在西班牙时，他去过那个渔村。他甚至记得那里有个火车站。

他们走进村子。村子死气沉沉，没有任何受到行政管制的迹象：没有警察，没有村公所，没有士兵，没有检查站。特蕾莎无疑是因为管辖松散才选择了这里。

到了火车站以后，特蕾莎买了车票，像遇到老朋友一样和站员闲聊了几句。

劳埃德又累又乏，一屁股坐在月台简陋的长椅上，心里却非常高兴。

一小时后，他们乘上了前往巴塞罗那的列车。

在伦敦遭到空袭之前，黛西从未真正理解过工作的意义。

或者，疲惫的意义。

或者，何谓悲剧。

她坐在学校的教室里，拿着一个没有茶托的杯子喝着一杯甜腻腻的茶。她戴着钢盔，穿着橡胶的长筒靴。这时是下午五点，昨天夜里的劳累还没让她缓过劲来。

她是阿尔德盖特区防空救护队的一员。理论上说她待命八小时，工作八小时后就能得到八小时的休息。但事实上空袭一来她就要马上投入工作，把伤员送到医院里去。

1940年10月，德国轰炸机每天都会光顾伦敦。

黛西与一个女助手以及四个男人组成了一支救护支队。他们把总部设在学校。他们坐在孩子的课桌前，等待敌机到来后的警报呼啸和炸弹降临。

黛西驾驶的救护车是辆经过改装的美式别克。他们还有一辆普普通通被称为“坐式救护车”的汽车——可以自己坐直，不需要别人帮助的伤员坐这辆车去医院。

黛西的助手名叫内奥米·埃弗莉，内奥米是个喜欢和男人打情骂俏的金发美女，和救护队里所有人相处得都很融洽。这时内奥米和支队长，退休警察诺比·克拉克聊起了天。“总队长是男人，”她说，“区队长是男人，你也是男人，所有的队长都是你们男人。”

“我想是的。”诺比说。其他人忍俊不禁。

“救护队有这么多女人，”内奥米说，“她们为什么都当不上队长呢？”

男人们都笑了。光头大鼻子的乔尔吉斯·乔治说：“又来女权主义的那一套了。”他是个轻视女人的家伙。

黛西说话了：“你真的以为男人都比女人聪明吗？”

诺比说：“就我所知，救护队有几个女性的队长。”

“我一个都没见过。”内奥米说。

“男女的分工不同，”诺比说，“女人主内多一点。”

“你是说俄国的凯瑟琳女皇吗？”黛西讽刺地问。

诺米说：“还有英国的伊丽莎白女皇。”

“还要算上阿梅利亚·厄尔哈特。”

“简·奥斯汀。”

“凯瑟琳女皇吗？”乔尔吉斯·乔治问，“是不是拿马来泄欲的那一位？”

“女士们都在呢！”诺比责备地说，“不过，我能解答黛西的疑问。”

黛西谦逊地说：“愿闻其详。”

“我承认，很多女人不比男人笨，”诺比用宽宏大量的口吻说，“但我能告诉你救护队的队长为什么都是男人。”

“诺比，原因到底是什么呢？”

“很简单，男人不会服从于女人。”他扬扬得意地靠在椅子上，自信赢得了和黛西之间的辩论。

但讽刺的是，一旦炸弹落下，救护队员在瓦砾中营救伤员的时候，他们又平等了。完全没有了男女之间的差别。如果黛西命令诺比抬起房梁的另一头，诺比会毫不含糊地遵照行事。

黛西热爱包括乔治在内的所有男性队员。他们愿意为她献出生命，她也愿意为他们付出一切。

黛西听到一声低鸣。声音渐渐提高，变成了通常熟悉的警报声。很快，远处传来了敌机的轰炸声。警报常常来迟，有时甚至在第一波轰炸开始之后才来。

电话铃响了，诺比拿起电话。

队员们都站了起来。乔治疲惫地说：“德国人就不能消停一天吗？”

诺比放下话筒说：“去努特利街。”

“我认识，”匆匆走出教室时内奥米说，“我们区的议员就住在那儿。”

众人跳上车。黛西发动救护车以后，坐在她身旁的内奥米说：“这些日子可真快活啊！”

内奥米的话带有讽刺的意味，但黛西是真的高兴。这种感觉的确很奇怪，车拐弯时她心想。每天晚上，她看到的都是严重的破坏，残缺不全的肢体和骨肉相离的悲惨景象，怎么还能感到快乐呢？今晚黛西很有可能丧生在一幢燃烧的建筑之中，但她的感觉却很棒。她为一项崇高的事业工作和献身，这比为了个人的满足而过日子要好得多。和同伴们冒着生命危险帮助别人，世界上再没有比这更好的感觉了。

黛西不恨想杀死她的德国人。公公菲茨赫伯特伯爵告诉过她德国人轰炸伦敦的理由。八月之前，德国人只轰炸英国的港口和机场，菲茨用少有的坦白口吻向她解释道，英国就没有那么客气了：皇家空军受命从五月开始对德国的主要城市进行轰炸，把许多妇女孩童炸死在家里。六月至七月，这种轰炸也一直没断。德国社会为之愤怒，宣称要报复，因此才有了现在对伦敦的轰炸。

黛西和博伊仍旧出双入对，但只要博伊在家，一到晚上黛西就会反锁上卧室的门，博伊也没提出反对。婚姻对他们来说已经成了牢笼，但两人都太忙了，没时间做出改变。想到自己的个人生活时，黛西总是觉得很悲伤，因为博伊和劳埃德都离她而去了。幸好她没时间多想自己的个人问题。

努特利街成了一片火海。德国空军投下了燃烧弹和高强度炸药。燃烧弹造成了巨大的伤害，炸药炸碎窗户，加速了火势的蔓延。

吱的一声，黛西停下救护车。救护队员们立刻展开了工作。

伤势不重的人被搀扶着送到附近的急救站。伤重者被救护车送到圣巴塞洛缪医院和白教堂路的伦敦总医院。黛西来回接送了好几趟重伤员。天黑后她打开汽车头灯。作为灯火管制的一部分，头灯上都加了布罩，只能发出微弱的光芒，但在伦敦烧得像个大炸药包的时候，这点光就完全不必要了。

爆炸一直持续到了黎明。白天，德国的轰炸机很容易被博伊和战友们驾驶的战斗机跟上并击落，因此白天不会鸣响空袭警报。伴着洒在废墟上的阴冷日光，黛西和内奥米回到努特利街，寻找需要运送到医院的伤病员。

两人疲倦地坐在被炸的花园墙边。黛西脱下头上的钢盔。她浑身是灰，已经筋疲力尽了。她心想，看到我这副样子，不知道布法罗帆船俱乐部的女孩们会怎么想，她意识到自己再也不会顾及她们会想些什么了。期待得到别人的认同已经成了遥远的过去。

有人对她说："亲爱的，要喝口水吗？"

黛西听出说话者操的是威尔士口音。她抬起头，看见一个拿着托盘的美丽中年女子。"我正想喝口水呢。"说着，她拿起杯子一口把水喝了下去。现在，她已经习惯英国茶的味道了。茶味虽有点苦，但能极好地恢复体力。

中年妇女亲吻了内奥米。内奥米向黛西解释说："我们是亲戚，她女儿米莉嫁给了我哥哥亚伯。"

黛西看见中年女子拿着托盘，在急救队员、消防员和邻舍之间分发着茶点。黛西觉得中年女人一定是当地的知名人物：她的举手投足间流露出一种威严。但同时又非常亲民，她亲切地和每个人交谈，没两句话就能让对方露出微笑。她认识诺比和乔尔吉斯·乔治，像老朋友一样和他们交谈。

中年女人拿起托盘上的最后一个杯子给自己喝，并在黛西身边坐下。"你的口音像是从美国来的。"她友好地对黛西说。

黛西点点头："我嫁给了英国人。"

"我住在这条街上——不过我家的房子昨晚没挨炸。我是阿尔德盖特选区的下院议员，我叫艾瑟尔·莱克维兹。"

黛西的心猛地一跳。眼前的女人就是劳埃德声名赫赫的母亲！黛西握住艾瑟尔的手："我是黛西·菲茨赫伯特。"

艾瑟尔扬起眉毛。"哦！"她说，"你是阿伯罗温子爵夫人！"

黛西脸红了，她低下声音说："救护队的人都还不知道我的身份呢！”

“放心，我绝对不会泄密的。”

黛西迟疑地说：“我认识你儿子劳埃德。”想到他们在泰-格温的时光，以及流产时劳埃德对她的照顾，黛西的眼中闪着泪光，“当我无助的时候，他曾经帮助过我。”

“谢谢你，”艾瑟尔说，“不过别把他说得像死了似的。”

责备的语气虽然不重，却让黛西感到无地自容。“真是太对不起了！”她说，“他只是在战斗中失踪了而已。我真是太傻了！”

“他不再是失踪人员了，”艾瑟尔说，“他通过西班牙逃回了英国，昨天才到的家。”

“天哪！”黛西的心跳加速了，“他还好吗？”

“尽管经历了不少苦难，但看上去还不错。”

“他……”黛西哽咽了，“他在哪儿？”

“他就在这里。”艾瑟尔看着周围，“劳埃德，你在哪儿？”她大声问。

黛西急切地看着眼前的众人。劳埃德真的在这儿吗？

一个穿着撕破棕黄色大衣的男人转身问：“妈妈，什么事？”

黛西盯着转过身的劳埃德。他的脸晒黑了，瘦得像根棍子，但看上去比以前还要英俊。

“亲爱的，上这儿来。”艾瑟尔说。

劳埃德朝前走了一步，便看见了黛西，表情瞬间柔和了，露出笑容。“你好。”他说。

黛西匆匆站了起来。

艾瑟尔说：“劳埃德，这个人你也许会记得——”

黛西再也无法克制住自己的感情。她跑到劳埃德面前，扑进他的怀抱。黛西紧紧抱住劳埃德。她深情地看着劳埃德的绿色眼珠，吻着他的鼻子、双颊和嘴。“劳埃德，我爱你，”她狂叫着，“我爱你，我爱你，我爱你。”

“黛西，我也爱你。”他说。

黛西听见艾瑟尔在他们身后揶揄：“我知道你们都记住了。”

黛西走进努特利街威廉姆斯家厨房的时候，劳埃德正在吃涂果酱的烤面包。黛西脱下头上的钢盔，筋疲力竭地坐在桌子旁边。她满脸是泥，头发里全是灰，劳埃德觉得黛西周身散发着一种难以抗拒的美。

每天早上轰炸结束，送走最后一个伤者以后，黛西都会去威廉姆斯家。劳埃德的母亲让黛西尽管去，黛西顺水推舟地接受了她的好意。

艾瑟尔给黛西倒了杯水：“亲爱的，昨晚一定很忙碌吧？”

黛西郑重其事地点了点头。“糟透了，橘街上的皮博迪大楼被烧毁了。”

“老天啊！”劳埃德吓坏了。他知道皮博迪大楼，那里挤着许多穷人，还有不少孩子。

伯尼说：“那是一幢很大的居民楼。”

“是的，”黛西说，“几百人被烧死，其中有许多儿童和孤儿。大多数病人没送到医院就死了。”

劳埃德把手伸过餐桌，抓住黛西的手。

黛西看着劳埃德说：“这种事看得再多也习惯不了，你觉得看多了以后心肠会硬起来，但根本不是那么回事。”她满心悲哀地说。

艾瑟尔把手放在黛西的肩上以表同情。

黛西说：“英国对德国的百姓也在做相同的事情。”

艾瑟尔说：“我朋友茉黛、沃尔特以及他们的两个孩子也同样在轰炸的阴影之下。”

“这简直太可怕了，”黛西绝望地摇着头说，“我们有什么错啊？”

劳埃德说：“人类有什么错，要遭受那么大的劫难啊！”

一向实际的伯尼说：“我过会儿去橘街看看，确保为孩子们做的一切都切实到位。”

“我和你一起去。”艾瑟尔说。

伯尼和艾瑟尔想法相近，行动非常有默契，似乎常常能读出对方的想法。回家以后，劳埃德经常观察他们，担心根本没有特德·威廉姆斯这号人物，也担心自己的生父是菲茨赫伯特伯爵这个秘密，会使他们的关系笼上阴影。他也和终于知道整个真相的黛西谈过了这件事。伯尼被艾瑟尔骗了二十来年有什么想法吗？但两人还是和从前一样，伯尼一如既往地深爱着艾瑟尔，对伯尼来说她的选择都是正确的。他相信艾瑟尔不会做任何伤害他的事情，艾瑟尔也的确从没辜负过他。劳埃德希望不久之后自己也能有这般相濡以沫的婚姻。

黛西注意到劳埃德穿起了军装。“你这是要去哪儿？”

“战争办公室让我去一次，”他看了看壁炉架上的钟，“我该走了。”

“我还以为你已经汇报过了呢！”

"到我房间来，我一边系领带一边解释给你听。把茶带到我的房间来喝。"

两人一起上了楼。黛西饶有兴致地打量着劳埃德的房间，劳埃德这才意识到黛西还没来过自己的房间。他看着自己的单人床，摆满德语、法语、西班牙语的书架，以及放了一排削尖铅笔的书桌，很想知道黛西对这一切会怎么看。

"很温馨的小房间。"黛西说。

房间实际并不小。劳埃德的卧室和房子里其他的卧室一般大小。但在住惯豪宅的黛西眼中，这样的卧室实在是太小了。

黛西拿起一张有镜框的照片。照片上是海边的一家人：穿着短裤的小劳埃德正在和穿着泳衣的米莉打闹，年纪尚轻的艾瑟尔戴着顶软帽，伯尼穿着灰色的大衣和敞开领口的白衬衫，头上包了块打了结的手帕。

"这是在索森德的海滩上拍的。"劳埃德说。他拿过黛西的茶杯，放在梳妆台上，将她搂进怀里。劳埃德吻着黛西的嘴唇。黛西慵懒地回吻着他，抚摸他的面颊，把身体软软地靠在他身上。

过了一会儿，劳埃德放开黛西的身体。黛西太累了，没有精力和他亲热。他也马上要出发了。

黛西脱下靴子，躺在劳埃德的床上。

"战争办公室让我再去见他们一次。"系领带时，劳埃德对黛西说。

"上次你不是已经和他们谈过好几个钟头了嘛！"

劳埃德确实已经去过一次了。他努力回忆着，事无巨细地把逃亡途中在法国经历的一切都告诉了战争办公室的官员们。官员们想知道他在法国遇到的每个德国官兵所属的部队和官阶。他自然记不得他们每个人的具体情况了，但通过泰-格温间谍课程的学习，他还是给他们提供了大量情报。

劳埃德向战争办公室的人提供的是标准的军事情报，但那些人对他的逃跑过程、逃跑路线以及为他提供帮助的人同样感兴趣。他们甚至问起了莫里斯和玛塞尔，想知道他们姓什么。他们对特蕾莎最感兴趣，特蕾莎显然能对未来的逃亡者提供帮助。

“今天我去的是另一个地方。”他看着梳妆台上一张打印的纸条说，“诺森博兰大街都市酒店424房间。”这个酒店在特拉法尔加广场旁边，临近政府大楼，“应该是处理战俘事宜的一个新部门。”他戴上尖顶帽，在镜子里看了看自己，“看我帅不帅？”

黛西没有回应。劳埃德看了看自己的床，发现黛西睡着了。

他拿来毯子盖在黛西身上，吻了吻她的前额，便离开了。

他告诉艾瑟尔黛西睡在他床上，艾瑟尔说过一会儿去看黛西，瞧瞧她睡得好不好。

劳埃德搭地铁前往伦敦的市中心。

劳埃德把生父的事情告诉了黛西，否定了黛西劳埃德是茉黛儿子的猜想。黛西很快就相信了劳埃德的话，博伊曾经告诉她，菲茨伯爵有个不知所谓的私生子。“这也太巧了吧，”她说，“我先后爱上的两个男人竟然是同父异母的兄弟。”她赞赏地看着劳埃德说，“你继承了父亲的英俊相貌，博伊却继承了他的贪婪。”

劳埃德和黛西一直都没有做爱。没时间是一个原因，黛西每天晚上都要值班。难得在一起了，事情往往又进展得不顺利。

上周日，他们一起去了黛西在梅菲尔街的家。那天下午，仆人们都回家休息去了，黛西把劳埃德带进了自己的卧室。但她表现得极不自然。她吻了劳埃德，但马上把头偏到了一边。当劳埃德把双手放在黛西的乳房上时，她轻轻地摆脱了他。劳埃德非常疑惑：不想和他亲热的话，何必带他进卧室呢？

“很对不起，”她支支吾吾地说，“我爱你，但我不能这样做。我不能在自己家里背叛我丈夫。”

“但他背叛在先啊！”

“至少他是在别处偷情的。”

“好吧，听你的。”

黛西看着劳埃德：“你觉得我很傻吗？”

他耸了耸肩。“我们都已经在一起了，你这样的确是有点矫情——但我必须尊重你的感受。在你还没准备好时就硬上，那我也太王八蛋了。”

黛西用双臂搂住劳埃德，紧紧地抱住他。“我没看错，”她说，“你是个成熟的男人。”

“别浪费时间，”劳埃德说，“我们去看场电影吧。”

他们去看了查理·卓别林的《大独裁者》，把肚子都笑疼了。接着黛西便值班去了。

去地铁站的路上，劳埃德满脑子想的都是黛西的俊俏身影。下了地铁以后，他沿着诺森博兰大街走到了都市酒店。酒店里仿古董都被移走了，代之以方便实用的桌椅。

等待了几分钟以后，劳埃德被带到一个雷厉风行的高大上校面前。“中尉，我读过你的履历，”他说，“你干得非常棒！”

“先生，谢谢你。”

“我们希望更多的人能像你一样回到祖国，我们想帮助这些人。我们特别想找到迫降的飞行员们。他们的训练经费非常贵，我们希望这些人能回到英国，重新飞上蓝天。”

劳埃德觉得这很难。迫降的飞行员真的愿意再重复一次类似的经历吗？换个角度去想，受伤的人恢复以后就要马上投入战斗，飞行员有什么理由放弃为国而战呢？这毕竟是场战争。

上校说：“我们建立了一条从德国到西班牙的地下运输线。你会说德语、法语、西班牙语，这是我们倚重于你的一个原因。但更重要的是，你曾经深入过敌境。我们很想把你招到这个部门当副手。”

劳埃德没想到上校会邀请他加入这个部门，也不知道自己对此有何想法。“谢谢你，先生。能得到你的邀请我感到非常荣幸。但我想事先了解一下，这是个文书工作吗？”

“当然不是，我们希望你回到法国。”

劳埃德心跳加快了，他没想到自己会被再次被送到生离死别的险境。

上校看出了他的失望：“你肯定知道回去有多危险。”

“是的，先生。”

上校用生硬的语气说：“不愿意去你完全可以拒绝。”

想到轰炸中冒险救人的黛西，想到皮博迪大楼烧死的那些孩子，劳埃德意识到自己很愿意接受这个任务。“先生，如果你觉得这个任务非常重要的话，那我很愿意回法国去。一切都听你的。”

“好小子。”上校说。

半小时后，劳埃德茫然若失地走回地铁站。这时，他已经是M19部门的一员了。他将携带假证件和大量现金回法国。这个部门已经在被占领土招收了十来个德国人、荷兰人、比利时人和法国人，他们要冒着生命危险，帮助英国和英联邦各国的飞行员回到家。劳埃德将是这个不断扩充的特工网络的一分子。

如果被德国人抓住，劳埃德肯定会遭到难以想象的折磨。

在害怕的同时，劳埃德又感到极大的兴奋。他将飞到马德里：这是劳埃德第一次坐飞机。他将跨过比利牛斯山进入法国，和特蕾莎接上头。劳埃德将用假身份活跃在敌人之中，在盖世太保鼻子底下救自己人。劳埃德的任务是让迷途在敌占区的飞行员战友不像自己以前那样孤独无助。

十一点时，他回到了努特利街。艾瑟尔给他留了张纸条："美国小姐一直睡到现在。"看了被轰炸的大楼以后，艾瑟尔和伯尼将分别前往下议院和市政厅。威廉姆斯家只剩劳埃德和黛西两个人了。

劳埃德回到自己房间，黛西仍然睡得死死的。她的皮外套和羊毛裤胡乱地扔在地板上。黛西穿着内衣躺在床上，这是之前从来没有过的。

劳埃德脱下外套和领带。

床上传来黛西慵懒的声音："快来休息吧。"

劳埃德看了黛西一眼："你说什么？"

"脱了衣服上床。"

屋子里空空荡荡：没人会打扰他们。

劳埃德脱下靴子、裤子、衬衫和袜子，接着却犹豫了。

"不会冷的。"黛西在毛毯下面缩起身子，把一套连裤紧身内衣扔给劳埃德。

劳埃德原以为这将是一场肃穆的仪式，黛西却似乎想把两人的第一次亲热弄得轻松愉快一点。劳埃德愿意被黛西指引。

他脱下汗衫和短裤，钻进被子里。黛西的身体又热又软。劳埃德很紧张：他还没告诉黛西自己没有这方面的经验呢。

劳埃德曾听人说过，男人在性事上要采取主动，不过黛西似乎不知道这种讲法。她亲吻抚摸着他，然后抓住了他的睾丸。“孩子，”她说，“让我们尽情地欢闹一场吧。”

劳埃德不那么紧张了。

第八章

1941年，柏林

一个冬天的周日，卡拉·冯·乌尔里希陪女仆艾达去柏林西部市郊的万斯湖保育院探望艾达的儿子库尔特。两人乘了一个多小时的火车才抵达那里。艾达每次去那都穿着自己的保姆制服：在同行面前，保育员就库尔特的问题会更开诚布公一点。

夏天湖边都是嬉笑打闹的孩子，湖上也会有许多人荡舟。但今天，湖边却只有几个紧裹着衣服的步行者，湖里也只有一个游冬泳的人，游泳者的妻子在岸边关切地看着自己的丈夫。

这家专门接受重残儿童的保育院曾经是幢非常豪华的住宅。保育院方面把原有的会客室隔成小间，墙壁漆成淡绿色，在每个小间里再放上几张病床和轻便小床。

库尔特已经八岁了。他能像两岁孩子那样走路，也学会了自己吃饭，但他还不会说话，也还得穿尿布。最近几年，他一直没有什么改善。但一见到艾达，他总会显得非常开心。他高兴地笑着，咿咿呀呀地叫着，伸出双臂让艾达抓住，让艾达抱紧亲吻。

他也认得出卡拉。一看到库尔特，卡拉就会想起他出生时那可怕的一幕。那时，她手忙脚乱地替艾达接生，哥哥埃里克忙着去找洛特曼医生。

她们陪库尔特玩了一个多小时。库尔特喜欢玩具火车和汽车，以及色彩丰富的图画书。这时午睡的时候到了，艾达唱了一首催眠曲，看着他缓缓入眠。

走出病房的时候，一个护士找到了艾达。“汉普尔夫人，请跟我到威尔里希医生的办公室。他想找你谈谈。”

威尔里希是保育院的院长。卡拉从没见过这位院长，艾达应该也没见过。

艾达紧张地问：“出什么问题了吗？”

护士说：“院长多半想和你谈库尔特的康复情况吧。”

艾达说：“冯·乌尔里希小姐陪我一起去。”

护士不让卡拉跟着去。“威尔里希博士只想和你谈。”

但艾达是个关键时候拿得住主意的人。“冯·乌尔里希小姐陪我一起去。”她重复了一遍自己的话。

她们被带进一间风格明快的办公室。这个房间在调整布局时没有被分割。壁炉里烧着炭火，一扇正对湖面的窗可以对万斯湖一览无余。卡拉看见，远处的湖上有人在驾帆乘风破浪。威尔里希坐在一张皮面的桌子后面。桌面上放着一盒烟和有不同尺寸烟管的架子。威尔里希大约五十岁，身材厚实，个子很高。他的五官都显得很大：大鼻子，宽下巴，大耳朵，还有一个秃着顶的大头。他看着艾达说：“你应该是汉普尔夫人吧？”艾达点了点头。威尔里希转身看着卡拉：“你是哪位小姐呢……”

“博士，我叫卡拉·冯·乌尔里希，我是库尔特的教母。”

威尔里希扬起眉毛：“哪有这么年轻的教母啊！”

艾达抢白说：“库尔特是她接生下来的！那时卡拉只有十一

岁，但她比哪个医生都管用，只有她在身边帮我。”

威尔里希没有理会艾达的话。他看着卡拉，语出不敬：“看来，你是想成为一名护士了对吗？”

卡拉穿着见习护士的制服，但她不只是想成为一名护士，而是已经把自己看成一名护士在照料病人了。“我正在实习期内。”卡拉说。她很不喜欢威尔里希。

“坐下吧，”他一边说一边打开了一份薄薄的文件，“库尔特已经八岁了，但只有两岁小孩的发育水平。”

他停顿了一下。卡拉和艾达都没有说话。

“这完全不能让人满意。”他说。

艾达看了卡拉一眼。卡拉完全不知道威尔里希想说什么，只能对艾达耸了耸肩。

“对这种病例现在有了新的疗法。但我们得把库尔特送到另外一家医院。”威尔里希合上文件。他看着艾达，第一次笑了。“我想你应该非常想让库尔特接受能改善他现状的先进疗法。”

卡拉不喜欢这种笑：威尔里希笑得太诡异了。卡拉说：“博士，对这种疗法你能说得再详细一些吗？”

“恐怕你理解不了，”威尔里希说，“就算你是个见习护士也很难理解得了。”

卡拉不肯放过这个话题：“汉普尔夫人一定想知道这种疗法的具体内容，疗法中是不是包括了手术、药物或电击等种种手段？”

“当然要吃药。”威尔里希表现出明显的抵触。

艾达问：“要把他送到哪儿？”

“巴伐利亚阿克尔堡的一家医院。”

艾达对阿克尔堡这个地名没什么概念。卡拉知道艾达不知道阿克尔堡有多远。“有二百多英里。”她告诉艾达。

“不行，”艾达说，“那我怎么能见到他呢？”

“你可以坐火车去。”威尔里希不耐烦地说。

卡拉说：“那要四五个小时。她也许还要在那儿过夜。这些开支从哪儿来呢？！”

“我才不管这种事情呢！”威尔里希生气地说，“我是个医生，不是旅行代理人。”

艾达几乎要落泪了。“如果库尔特能好一点，能学会说几句话，能学着不弄脏自己的话……将来也许还能带他回家呢。”

“是的，”威尔里希说，“你们肯定不会因为自私的理由拒绝让他变得更好的机会吧。”

“库尔特能回归正常的生活状态，”卡拉问，“你说的是这个意思吗？”

“疗效是说不准的，”威尔里希博士说，“见习护士应该知道这个。”

卡拉从父母的经历中知道，不能理睬这种敷衍了事的搪塞。“我不要你向我保证什么，”她干脆地说，“推荐这种疗法的话，你一定知道预后的大致情况，不然你为什么要推荐它呢？”

威尔里希脸红了。“这是种新疗法。我们希望它能改进库尔特的状况。我只能告诉你这些。”

“这是种试验性质的疗法吗？”

“所有的药物都是试验性质的，都只对一部分患者有效。刚才告诉你的那点没错：药物无法做出任何保证。”

威尔里希的傲慢让卡拉情不自禁想反驳他，但她意识到不能因此而妄加论断。事实上，她都不知道艾达有没有机会做出自己的选择。在孩子的健康遭遇危险的时候，医生可以违背父母的愿望做出选择：事实上，他们可以按照自己的希望去做。威尔里希不需要征求艾达的允许，就能把库尔特送到阿克尔堡去。他只是为了避免麻烦才找艾达谈。

卡拉问他："能告诉汉普尔夫人库尔特多久才能从阿克尔堡回到柏林吗？"

"很快就会回来。"威尔里希说。

这不算是什么理想的回答，不过卡拉却不想继续施压了，她不想再让威尔里希发怒。

艾达看上去很无助。卡拉很理解这种无助：她本人也不知道该说什么才好。她们没有获得足够的信息。卡拉早就注意到，医生就爱藏着掖着的：他们不会把患者的状况都告诉患者和他们的亲人们。他们喜欢用含糊其辞的说法欺骗病人。如果受到质疑，他们常常怒气冲冲地为自己辩护。

艾达含着泪水说："如果他能改善的话，那就……"

"这就对了。"威尔里希说。

但艾达还有疑问："卡拉，你怎么想？"

威尔里希似乎对征求区区一个护士的意见感到非常恼怒。

卡拉说："艾达，我同意你的意见。为了库尔特好，我们必须抓住这次机会，尽管这段时间你可能会有些难熬。"

"你很理智，"威尔里希站起来，"谢谢你们来这里见我。"他站起身，为艾达和卡拉开门。卡拉觉得威尔里希急于摆脱她们。

两人离开保育院，走回火车站。几乎没人的列车驶离车站以后，卡拉拿起放在座位上的一张传单。传单的标题是《如何对抗纳粹》，下面列了可以终结纳粹统治的十种方法，第一种做法是降低生产率。

以前卡拉见过类似的传单，不过次数并不多。传单是一些地下的抵抗组织散发的。

艾达从卡拉手里拿过传单，揉成一团丢出窗外。“读这种东西是要坐牢的！”她说。她是卡拉的奶妈，有时教训卡拉像教训小孩似的。卡拉对艾达的教训并不反感，她知道这种教训源自艾达对她的爱。

这样的做法并不过分。不光读这种传单要被监禁，连隐匿不报也会被抓起来。艾达可能因为把传单扔出车窗而被捕。好在车厢里没人看到艾达。

艾达仍旧对威尔里希博士的话感到担心。“你觉得我们做得对吗？”她问卡拉。

“我不知道，”卡拉开诚布公地说，“我真的不知道。”

“你是护士，应该比我更了解这些事情。”

卡拉喜欢护士这份工作，但仍然因为没有作为医生受训而丧气。由于大多数小伙子都上了战场，医学院对女生的态度也有了松动，许多女孩进了医学院学习。卡拉可以再次申请奖学金——但家里实在太穷了，一家三口都得靠她那点微薄的薪水生活。沃尔特没有工作，茉黛只能带几节钢琴课，埃里克几乎把拿到的军饷都寄回了家。家里已经好几年没付艾达工资了。

艾达是个坚忍的人，到家后她立即摆脱了沮丧，恢复了平时的样子。她走进厨房，穿上围裙，开始准备晚饭。熟悉的工作似乎能使她平静下来。

卡拉没有和家人一起吃晚饭，晚上她另有安排。她觉得自己不该留艾达一个人悲伤，她感到有点罪过。但这种感觉并不能妨碍她出去的决心。

她穿上一条用茉黛连衣裙改制的齐膝网球裙。卡拉不是去打网球，而是去参加一场舞会，她想让自己的样子像个美国人。她抹上口红，擦上脂粉，无视纳粹对女孩外表的要求，把头发扎了起来。

镜子里出现了一个模样姣好，有一股凛然之气的美丽女孩。她知道她的自信和自我意识使许多男孩都不敢接近。有时卡拉希望自己也拥有茉黛那样招人喜欢的能力，但她天生不会去讨好别人，她早就放弃了装可爱的想法：那样只会让她显得很傻。男孩们必须接受本真的她，不然就别来靠近。

有些男孩怕她，但也有一些会被她吸引。每次舞会结束的时候，卡拉的身边总会聚集起一小群崇拜者。她也喜欢男孩子，尤其是那些不去想吸引对方，像平时一样侃侃而谈的男孩子。她最喜欢那种能让她发自内心显露出微笑的男孩。至今，她还没交上正式的男朋友，不过她已经吻过好几个男孩了。

穿上一件从二手服饰店买来的条纹上衣后，她总算打扮完了。卡拉知道父母不会同意她这样穿，说违背纳粹的偏见是危险的，让她换一套。因此她需要避开他们离开家。避开父母很容易。母亲正在上钢琴课：耳旁飘来母亲教学生时不紧不慢的琴声。父亲在同一个房间看报纸，家里穷得只能在一个房间里烧炭取暖。埃里克还在部队，不过他已经换防到了柏林附近，时不时能回一趟家。

她在上衣外面套上轻便雨衣，把一双白鞋放在雨衣口袋里。

她下楼走到玄关，打开门，往楼上喊了一句："再见，我马上回来！"然后就匆匆地走了。

她和弗里达在弗里德里希大街地铁站碰了面。弗里达穿着棕色外套，里面是一件和卡拉类似的条纹上衣。弗里达没有扎辫子，头发松散地披着。她的穿着比卡拉更新更贵。两个穿着希特勒青年团制服的男孩子在月台上用不屑的眼光看着她们，但就是无法把目光从她们身上移开。

她们在柏林北郊的维丁车站下了地铁，这里是工人的聚居区，在纳粹执政前是左派的据点。她们的目的地是共产党人原先进行集会的法鲁斯会堂。当然，现在那里再也不会举行任何政治集会了。现在，法鲁斯会堂成了一个名叫"摇摆孩童"的玩乐组织的逍遥地。

法鲁斯会堂周围的街道上已经聚集了很多十五岁到二十五岁的年轻人。为了形似英国人，摇摆儿童们都穿着条纹上衣，拿着伞。他们的头发都留得很长，以表示对战争的抗议。组织里的女孩子都浓妆艳抹，穿着美国式的运动上衣。摇摆孩童不屑于希特勒青年团那种伴着民间音乐的团体操，认为那种团体操蠢极了。

卡拉觉得非常好笑。因为茉黛是个英国人，小时候她常被别的孩子取笑为英国佬：长大以后这些孩子却觉得英国是时尚的代名词，拼命把自己装扮成英国人。

卡拉和弗里达走进会堂。这是个平常的社交俱乐部。穿着百褶裙的女孩和穿着短裤的男孩在大厅里喝喝饮料，打打乒乓球。真正的群体活动是在大厅侧面的众多小房间里进行的。

弗里达飞快地把卡拉领进一个四周墙边堆放着椅子的储藏室。弗里达的哥哥沃纳给唱片机通上电，五六十个男孩女孩正随着爵士乐翩翩起舞。卡拉听出了在放的是什么音乐："啊，是《他在看着我》啊。"说着，她和弗里达加入人群，一起跳起舞来。

因为大多数爵士乐高手都是黑人，爵士乐在德国是被禁的。纳粹禁止一切非雅利安人拿手的艺术：这威胁到了他们的种族优越理论。但德国人和其他国家的人一样热爱爵士乐。出国旅游的人把爵士乐唱片带回国内，汉堡港口的美国水手有时也会卖点唱片。汉堡港是个交易活跃的黑市。

沃纳有许多爵士乐唱片。他无所不有：汽车、时尚服装、香烟和钱。他仍然是卡拉的梦中情人，但他总是和比卡拉大一些的姑娘出去——他喜欢成熟的女人。大家都说他和那些女人睡过觉。而卡拉却还是个处女。

沃纳最好的朋友海因里希·冯·凯塞尔走近她俩，开始和弗里达跳舞。他穿着黑色马甲和黑色的皮大衣，留着黑色的长发，看上去非常酷。他在追弗里达，弗里达却对他不冷不热：她喜欢凯塞尔，喜欢和凯塞尔这样的聪明男人说话。但凯塞尔已经二十五六岁了，她不会和凯塞尔出去约会。

没过多久，一个之前没见过的男孩走到卡拉面前，邀请她一起跳舞。一个美好的晚上开始了。

卡拉把自己融入到音乐里：不可抗拒的醉人鼓声，柔情万分的歌词旋律，令人振奋的小号声，充满喜气的竖笛声。她时而旋转，时而踢腿，任凭裙裾高高扬起。她钻进舞伴怀中，然后又摆脱出来。

跳了一个小时左右，沃纳换了一首缓慢的舞曲。弗里达和海因里希开始跳贴面舞。卡拉没有海因里希这样亲密的对象可以跳贴面舞，于是离开了储藏室，到大厅拿可乐喝。德国没和美国开战，因此可以从美国进口可乐原液，在德国装瓶。

没想到，沃纳竟然跟着她走出储藏室，让别人负责放唱片。卡拉为自己能吸引到储藏室里最英俊的男人而兴奋不已。

卡拉告诉沃纳，库尔特要被送到阿克尔堡接受治疗。沃纳说同样的事情也发生在了他十五岁的弟弟阿克谢尔身上。阿克谢尔患有先天性的脊柱开裂。“同样的疗法对他俩都能有效吗？”沃纳皱着眉头问卡拉。

“应该不会，但我确实不太知道。”卡拉说。

“为什么医生从来不解释他们做的事？”沃纳生气地问。

卡拉干笑一声。“如果让普通人理解了治疗方面的事情，他们就不会再被当作神看待了。”

“魔术师也一样：如果观众知道魔术奥妙的话，魔术师的表演就毫无吸引力了，”沃纳说，“医生比其他任何职业都更利己。”

“没错，”卡拉说，“我们护士再了解不过了。”

卡拉把地铁上看到的传单告诉了沃纳。沃纳问她：“你怎么看？”

卡拉迟疑了一会儿。对这种事开诚布公非常危险，但她从小就和沃纳熟识，知道他同情左翼，同时又是“摇摆孩童”的一员。她完全能信赖沃纳。她说：“我很高兴有人能反对纳粹。这说明德国还有人没被纳粹的强权吓倒。”

“反对纳粹可以采取许多种手段，”沃纳轻声说，“不仅仅是像你这样涂点口红。”

卡拉觉得，他也许是指分发传单。他会参与这类活动吗？应该不会，他是个贪图享乐的人。海因里希倒有可能——他非常有热情。

“我可不行，”卡拉说，“我的胆子太小，做不了那种事。”

喝完可乐，他们回到了储藏室。储藏室里站满了人，很难找到跳舞的地方。

让卡拉吃惊的是，沃纳竟请她跳最后一曲。沃纳放上了平·克劳斯贝的《只有永远》。卡拉非常激动。沃纳拥紧了卡拉，两人随着缓慢的乐曲摇摆起来。

舞曲结束了，有人按传统关上灯，方便情侣们接吻。卡拉很尴尬——两人从小就认识，接吻太不好意思了。不过她一直恋慕着沃纳，她满心渴望地仰起了头。如卡拉预料的一样，沃纳熟练地亲吻了她，她热情地回吻了。沃纳轻轻握住了她的乳房，这让她非常快乐。她张开嘴予以回应。灯亮了，两人赶紧分开。

“非常棒，”她呼吸粗重，“太让人吃惊了。”

沃纳露出迷人的笑容：“也许我能让你更吃惊。”

卡拉穿过走廊去厨房吃早饭的时候，走廊里的电话响了。她拿起听筒：“我是卡拉·冯·乌尔里希。”

话筒里传来好友弗里达的声音。“卡拉，我弟弟死了。”弗里达带着哭腔。

“你说什么？”卡拉不敢相信自己的耳朵，“弗里达，怎么回事？他是在哪儿死的？”

“在那个医院。”弗里达哭着说。卡拉想起沃纳曾经说过，阿克谢尔被送到了阿克尔堡库尔特住的同一家医院。“他是怎么死的？”

“他是得阑尾炎死的。”

“太可怕了。”卡拉为弗里达感到难过，但又心存疑窦。上个月威尔里希教授告诉她库尔特新疗法的时候，她的感觉就很不好。这种疗法比他透露的更具试验性吗？这种疗法实际上非常危险吗？“还知道些别的什么吗？”

“我们只收到了封短信。我爸爸气坏了。他打电话给医院，但一直没能和医院的高层说上话。”

“我去你那儿看看，我马上就到。”

“谢谢你。”

卡拉挂上电话，走进厨房。“阿克谢尔·弗兰克在阿克尔堡的医院里死了。”

卡拉父亲沃尔特正在看刚刚拿来的早报。“哦，可怜的莫妮卡！”他惊叹道。卡拉听家里人说过，父亲曾经和阿克谢尔的母亲莫妮卡有过一段恋情。沃尔特表情很痛苦，卡拉觉得除了对茉黛的爱以外，父亲可能对莫妮卡还存着一丝眷恋。爱真是太让人搞不懂了，复杂得难以言述。

茉黛现在是莫妮卡最好的朋友，她说：“莫妮卡一定崩溃了。”

沃尔特低头又看了眼早报，突然惊讶地说：“这里有封给艾达的信。”

众人一下子不说话了。

卡拉看着艾达从沃尔特手里接过白色信封。

埃里克在家——这是他短期休假的最后一天——因此看着艾达打开白色信封的有四个人。

卡拉屏住呼吸。

艾达拿出一张打了字的信纸。她飞快地看完信，深吸了一口气，然后尖声大叫。

“不！”卡拉喊道，“怎么会这样！”

茉黛站起身，抱住艾达。

沃尔特从艾达指间抽出信。“太令人悲伤了，”他说，“可怜的小库尔特。”他把信纸放在早餐桌上。

艾达哽咽起来：“小乖乖，我的小乖乖啊，你临死时我没能在你身边——这让人怎么承受得了啊！”

卡拉强忍住泪水。她觉得疑惑不解。“阿克谢尔和库尔特，”她说，“他们两个怎么可能同时病死呢？”她拿起信。信上印着医院的名字和在阿克尔堡的地址。信上写着：

亲爱的汉普尔夫人，

我很遗憾地通知您，您的儿子库尔特·沃尔特·汉普尔，4月4日因阑尾破裂在我院去世，时年八岁。我们已尽全力抢救，但依然回天乏术。请接受我最诚挚的哀悼。

签名的是医院的主治医师。

卡拉抬起头。茉黛正坐在艾达身边，她搂着艾达的肩膀，紧抓着正在哭泣的艾达的手。

卡拉和艾达同样很悲伤，但她远比艾达警觉。她用颤抖的声音对父亲说：“这事有点不对劲。”

“你为什么这样说？”

“再看看这封信，”她把信递给父亲，“信上说是阑尾破裂导致的死亡。”

“有什么疑问吗？”

“库尔特早就切掉了阑尾。”

“我想起来了，”沃尔特说，“他六岁生日刚过就动了切阑尾的紧急手术。”

卡拉的悲伤里夹杂着愤怒和疑问。库尔特是被危险性医学实验害死的吗？医院显然试图掩盖这一切。“他们为什么要撒谎？”她责问道。

埃里克重重地捶着台面，“为什么说医院撒了谎？”他大声嚷，“为什么老要把责任推在体制上面？这明显是个人为的错误，只是打字员打错了一个字罢了。”

卡拉才不相信呢：“医院工作的打字员总该知道阑尾是什么吧。”

埃里克愤怒地说：“你老爱把个人的悲剧当作攻击当局的手段！”

“你们都给我安静点。”沃尔特说。

卡拉和埃里克把视线集中在父亲身上。沃尔特换了种口气。“埃里克也许是对的，”他说，“如果是人为错误的话，医院也许乐意回答我们的问题，给出库尔特和阿克谢尔死亡的更多细节。”

“他们自然会乐意。”埃里克说。

沃尔特说：“如果卡拉是对的话，他们会拒绝我们的提问，对信息进行保密，以这些问题在某种程度上不合法为由威胁他们的父母。”

听到这话，埃里克的脸色似乎有些难看。

半小时之前，沃尔特没有一点精神。现在，他却重新充满了斗志。“开始提问以后，真相就会渐渐浮出水面了。”

卡拉说：“我这就去见弗里达。”

茉黛问她：“今天不用去上班吗？”

“今天我值晚班。”

卡拉打电话给弗里达，告诉弗里达库尔特也已经死了，说想和她讨论讨论这件事情。她穿上大衣，戴上帽子和手套，推着自行车出了门。她骑得飞快，只用十五分钟就骑到了弗兰克家在勋伯格区的别墅。

管家为她开门，告诉她一家人都在餐厅里。卡拉一走进餐厅，弗里达的父亲路德维希·弗兰克就对她喊：“万湖保育院的人是如何对你说的？”

卡拉不太喜欢路德维希。路德维希是个目空一切的右翼分子，原先一直很支持纳粹。但也许他已经改变了观点：很多生意人已经不再那么支持纳粹了，但因为不想惹恼纳粹，他们一直保持着不卑不亢的态度。

卡拉没有立刻回答。她坐在桌子旁边，看着弗兰克一家的路德维希、莫妮卡、沃纳、弗里达以及在他们身后忙这忙那的管家。她整理了一下思绪。

“孩子，快回答我啊！”路德维希说。他愤怒地挥舞着手中的信，这封信看上去和艾达收到的那封非常像。

莫妮卡把手按在丈夫的手臂上。“鲁迪，少安毋躁。”

“我就是想知道！”他说。

卡拉看着他涨红的脸和黑色的小胡子。看得出，路德维希的确很痛苦。换作别的场合，卡拉一定会拒绝和态度如此粗暴的人说话。但路德维希如此粗鲁是有原因的，卡拉决定不去计较。“保育院院长威尔里希教授告诉我们，他说针对库尔特的情况找到了一种新的治疗方法。”

“他也是这样告诉我们的，”路德维希说，“知道是什么治疗方法吗？”

“我问了这个问题。他说说了我也听不懂。我咬住这个问题不放，他说这种疗法涉及某种新药，但不肯透露过多的情况。弗兰克先生，可以让我看看你们收到的信吗？”

路德维希的表情好像在说他才是提出问题的一方，但还是把信交给了卡拉。

两封信几乎一模一样。打字员似乎照着相同的模板一连打了好几封，只不过改了下名字而已。这可真是太诡异了。

弗兰克说：“两个孩子怎么可能同时死于阑尾破裂呢，又不是什么传染病。”

卡拉说：“库尔特不可能死于阑尾破裂，他的阑尾早就被割掉了。两年前就割了。”

“没错，”路德维希说，“这就能说明问题了。”他从卡拉手中拿过了那封信，“我去找政府里的人，让他们查查这件事情。”说完他就离开了。

莫妮卡和管家跟在他后面走了出去。

卡拉走到弗里达身边，抓住她的手说：“我为你感到难过。”

“谢谢你。”弗里达小声对她说。

卡拉走到沃纳身旁。沃纳站起身，紧紧抱住她。卡拉感觉到一颗泪珠掉在她的前额上，她觉得自己完全被一种难以言述的强烈感情把控住了。她心里充满了悲伤，但还是对两人身体的接触以及沃纳双手对她的触碰激动不已。

过了一会儿，沃纳退后一步，愤怒地对卡拉说："爸爸给医院打了两次电话。第二次打过去的时候，他们说没什么可解释的，然后就挂掉了电话。但我不会就这么算了，我要好好查查阿克谢尔是怎么死的。"

弗里达说："即便能查出来，他也不会死而复生。"

"我就是想知道真相。需要的话，我会去一次阿克尔堡。"

卡拉说："如果柏林有人能帮帮我们就好了。"

"只有政府里的人才能帮上忙。"沃纳说。

弗里达说："海因里希的爸爸在政府部门工作。"

沃纳打了个响指。"那就找他了。他过去是中央党的人，但现在是个纳粹，在外交部担任重要角色。"

卡拉问："海因里希会带我们去见他吗？"

"弗里达开口的话他肯定会，"沃纳说，"海因里希会为弗里达做任何事情。"

卡拉相信这一点。海因里希会热心地响应弗里达所提出的一切要求。

"我这就给他打电话。"弗里达说。

弗里达去过道打电话了，卡拉和沃纳肩并肩坐在桌边。沃纳搂住她，卡拉把头靠在他肩膀上。卡拉不知道两人的亲热是痛失亲人时的互相安慰，还是代表了两人关系的进一步升华。

弗里达走回餐厅对他俩说："现在过去的话，海因里希的父亲可以见我们。"

三人挤进沃纳的跑车前座里。"你可真行，现在还能开着车满大街跑，"汽车发动时弗里达对哥哥说，"连爸爸都弄不到私家车的汽油了。”

“我对上司说工作时需要开车，”沃纳为一位位高权重的将军工作，“但这种日子还能维持多久我就不知道了。”

冯·凯塞尔家和弗兰克家住在同一个街区。沃纳只用五分钟就开车抵达了目的地。

凯塞尔家比弗兰克家小一些，但奢华得多。海因里希为他们开了门，带他们走进一个放着许多皮封面书和一只老鹰德国木雕的客厅。

弗里达亲吻了他的面颊。“谢谢你的引荐，”她说，“你和父亲的关系并不怎么好，说服他也许不太容易。”

海因里希开心地笑了。

海因里希的母亲端来了咖啡和蛋糕。她看上去是个简单温柔的人。招待好客人后，她就像女仆似的走开了。

海因里希的父亲戈特弗里德走进客厅，他和儿子一样头发浓密，只是已经全白了。

海因里希对父亲说：“爸爸，这是沃纳·弗兰克和弗里达·弗兰克，他们的父亲是人民牌收音机的制造商。”

“哦，是的，”戈特弗里德说，“我在赫仑俱乐部见过你们的父亲。”

“这是卡拉·冯·乌尔里希——你一定也认识她父亲。”

“我和沃尔特在伦敦是德国大使馆的同事，”戈特弗里德字斟句酌地说，“那是1914年的事了。”显然他不怎么高兴和一个社会民主党人扯上关系。戈特弗里德拿起一块蛋糕，却不小心掉在了地毯上，他徒劳地想把碎成小块的蛋糕捡起来，但不太成功。很快他放弃努力，靠在沙发上。

卡拉想：他在怕些什么？

海因里希直接点明了弗兰克兄妹和卡拉的来意。“爸爸，我想你一定听说过阿克尔堡吧。”

卡拉紧盯着戈特弗里德。戈特弗里德的表情瞬间起了变化，但又马上摆出了事不关己的姿态。“是巴伐利亚的一座小城，对吗？”他问。

“那里有家医院，”海因里希说，“诊治残疾人的医院。”

“我想我从没听说过。”

“我们认为那里发生了一些奇怪的事情，很想知道您是否有所耳闻？”

“我当然不知道。那里发生什么了？”

沃纳插话说：“我弟弟因为阑尾破裂死在了那里。而且，冯·乌尔里希家女仆的儿子因为同样的原因也死在了那里。”

“真是太不幸了——但这应该只是个巧合吧？”

卡拉说：“我家女仆的儿子根本没有阑尾，两年前他就把阑尾割掉了。”

“我理解你们想确认事实的心情，”戈特弗里德说，“医院的答复肯定会让你们非常不满。但这很可能只是一个文件上的失误，而不是有意隐瞒。”

沃纳说：“如果是这样的话，我们很想知道两个孩子真正的死因。”

“当然可以。你们给医院写信了吗？”

卡拉说：“我给医院写信，问他们什么时候能让我家的女仆见儿子最后一面，但他们一直没有回信。”

沃纳说：“我爸爸今天早上给医院打电话了。主治医师竟然把他的电话给挂了。”

“真是太无礼了。但你们应该知道，这和我负责的外交事务根本无关啊！”

沃纳凑近了戈特弗里德：“凯塞尔先生，这两个孩子有没有可能卷入了一项失败的秘密实验啊？”

戈特弗里德靠在沙发上。“这不太可能。”他说。卡拉觉得戈特弗里德应该说的是事实。“这种事不可能发生。”他似乎松了一口气。

沃纳似乎没什么要问的了，但卡拉仍然不太满意。她不知道戈特弗里德为何对自己刚才给出的那番保证如此高兴。是因为他隐瞒了比这更糟的事情吗？

卡拉突然想到了一种令人震惊的可能性，她不敢沿着那个方向继续想下去了。

戈特弗里德说：“如果只是这样的话……”

卡拉说：“先生，您非常确定他们不是因为某种出错的实验疗法死去的，对吗？”

“这点我非常确定。”

“如果确定没有实验性疗法，那您一定知道阿克尔堡正在发生什么事了。”

“我才不知道呢！”戈特弗里德重新紧张起来，卡拉知道自己说到点子上了。

“我曾经看过一张纳粹的海报，”正是这张海报激起了卡拉可怕的联想，“海报上画着一个男护士和一个身体有残疾的人。上面写着：‘一个有遗传病的人一辈子要花掉六万马克。国民们，这也是你们的血汗钱！’我记得这是一本杂志上的海报。”

"我看到过类似的宣传。"戈特弗里德倨傲地说，似乎这事和他一点关系都没有。

卡拉站起身来。"凯塞尔先生，您是个天主教徒，海因里希也是在您灌输的天主教信仰下长大的。"

戈特弗里德忿忿不平地哼了一声："他说自己是个无政府主义者。"

"但您不是。您相信人的生命是神圣的。"

"是的。"

"您说阿克尔堡的医生没有在残疾人身上使用实验性质的危险疗法，在这点上我相信您。"

"谢谢你。"

"他们做了些别的什么吗？做了些更糟的事情吗？"

"没有，当然没有。"

"是不是有人在故意杀害残疾人？"

戈特弗里德轻轻地摇了摇头。

卡拉靠近戈特弗里德，像客厅里只有两个人似的压低了声音说："作为一个相信生命神圣的天主教徒，您敢拍着胸膛对我发誓，阿克尔堡绝对不存在杀害残疾儿童这种事？"

戈特弗里德笑了，他对卡拉做了个宽慰的手势，想开口说话，却一句也都没说出来。

卡拉跪在戈特弗里德面前的地毯上。"您发誓吗？您能现在就发誓吗？你面前站着四个年轻的德国人：您的儿子和他的三个朋友。只要对他们说出事实就好。看着我的眼睛，说政府没有杀害过任何身体上有缺陷的孩子。"

客厅里静得可怕。戈特弗里德似乎想说话，但很快就改变了主意。他闭上眼睛，扭曲着嘴角，无奈地低下了头。四个年轻人吃惊地看着他挫败的样子。

睁开眼睛以后，他一一看着这四个孩子，最后把目光聚焦在儿子身上。

他瞪了儿子一会儿，然后起身走出了客厅。

第二天，沃纳对卡拉说："太可怕了。我们在一件事上整整讨论了二十四个小时。不做些别的，我们会疯的。我们去看场电影吧。"

他们去了满是影院和商店、总是被戏称为"库尔地狱"的库夫尔斯滕街。德国大多数优秀的电影人几年前都去了好莱坞，国内只能生产些二流电影。卡拉和沃纳看了背景为入侵法国的电影《三个士兵》。

电影里的三个士兵，其中一个是意志坚定的纳粹中士，另一个是老爱抱怨、有些像犹太人的小兵，最后一个是胸怀理想的新兵蛋子。新兵总爱问些天真的问题，比如说："犹太人真会给我们造成那么大的伤害吗？"纳粹中士总会给他一番言辞激烈的冗长说教。战争开始以后，老爱抱怨的士兵承认自己是个共产主义者，他很快当了逃兵，最后在空袭中被炸死。胸怀理想的新兵奋勇作战，他很快当上了中士，成了希特勒的崇拜者。剧本疲乏无味，但战争场景相当令人激动。

看电影的时候，沃纳一直紧抓着卡拉的手。卡拉希望沃纳在黑暗中吻她，沃纳却没有吻。

灯光亮起以后，沃纳说："这电影太难看了，但至少能让我暂时不想其他的。”

走出电影院，两人一起上了车。“去兜兜风吧？”沃纳建议道，“下周也许就要上交车子了，这可能是最后一次机会了。”

沃纳把车开到了格鲁内瓦尔德。途中，卡拉的思绪不由得转回到前一天和戈特弗里德·冯·凯塞尔的争论上。不管想多少次，最后总会不可避免地归结到昨天他们四个得出的可怕结论上。库尔特和阿克谢尔不是她当初想的危险实验性治疗的意外受害者，戈特弗里德也信誓旦旦地否认了这一点，但他无法否认政府故意杀害残疾人并对他们的家人撒谎的推想。即使纳粹以粗鲁和鲁莽著称，这种事也很难相信。但戈特弗里德的表现清晰地印证了卡拉的猜测，纳粹的确在有组织地谋杀身体有残疾的国民。

进了森林，沃纳把车驶离公路，开上一条灌木掩映的土路。卡拉猜测沃纳肯定带别的什么女孩来过这个地方。

沃纳关掉车灯，两人处于伸手不见五指的黑暗之中。“我去和多恩将军谈一谈。”沃纳说。多恩将军是沃纳的上司，是空军的一个重要将领。“你怎么办？”

“爸爸说纳粹已经没有了政治上的反对派，但教会的势力依然很强大。真正有宗教信仰的人绝不会容许这种事的发生。”

“你信教吗？”沃纳问她。

“我不怎么信教，我爸爸是个狂热的教徒。对他来说，基督教信仰是他所爱的德国传统的一部分。妈妈和爸爸一起去教堂，但我觉得她的神学观念不那么正统。我相信上主，但不认为它会对基督徒、天主教徒、穆斯林或是佛教徒有所偏爱。我只是特别喜欢唱赞美诗。”

沃纳低声说：“我不相信放任纳粹屠杀儿童的所谓上帝。”

“我不怪你。”

“你爸爸准备怎么办？”

“他想先和教堂的神父谈一谈。”

“很好。”

他们一时间都没有说话。沃纳用手臂搂住卡拉。“可以这样吗？”他细声慢语地问。

卡拉紧张地期待着，却一句话都说不出来。过了一会儿，她好不容易挤出几个字来：“如果能让你不那么悲伤……就好。”

他吻了她。

卡拉充满激情地回吻了他。他抚摸着她的头发，摸到了她的乳房。卡拉知道大多数女孩这个时候会叫停。她们说如果对方再进一步的话，事态会完全失去控制。

卡拉决定冒险。

接吻的时候，卡拉触碰着沃纳的面颊。接着她把手指游移到沃纳的喉头上，感受着他皮肤的温暖。她把手放在他的外衣下面，从肩胛骨转到肋骨和脊柱，探索沃纳的身体。

当沃纳伸手摸到卡拉裙子下的大腿时，她轻叹了口气。感受到沃纳的手转移至两腿之间以后，卡拉主动打开了双膝。女孩们常说这样做会让对方觉得你很廉价，但卡拉管不了这么多了。

沃纳把手直接放到她的敏感部位上。他没有把手伸进她的内裤，而是隔着棉布轻轻地抚摸着。卡拉的喉咙里不自觉发出声音，开始很轻，后来渐渐响了。最后她欢快地大叫出声，把脸埋进沃纳的脖颈，抑制住叫声。这时，她觉得对私处的抚摸太过敏感，不情愿地推开了沃纳的手。

卡拉粗重地喘着气。呼吸平稳以后，她又一次吻了吻沃纳的脖颈。沃纳爱怜地抚摸着她的面颊。

过了一会儿，卡拉对沃纳说：“要我把自己交给你吗？”

“除非你愿意。”

卡拉对自己的欲望感到尴尬。“只是，我从来没……”

“我知道，”沃纳说，“我示范给你看。”

奥赫牧师是个平易近人的神职人员，他身材肥胖，住在一栋舒适的大房子。奥赫神父有个漂亮的妻子和五个孩子，卡拉怕他拒绝参与到这种事情中来。但卡拉轻看了他。他已经听说了触及到他道德底线的那些事情，同意和沃尔特一起去万斯湖保育院看一看。威尔里希教授无法拒绝对此事感兴趣的牧师的请求。

卡拉见证了教授和艾达的那次谈话，所以他们决定带上卡拉一起去。在卡拉面前，院长很难信口胡说。

在火车上，奥赫建议由他来发言。“院长可能是个纳粹。”他说。这时，身居高位的人大多数都是纳粹党党员。“他肯定会自然而然地把你这个前社会民主党人视为敌人，这时我将扮演起不抱偏见的协调人的角色。我相信，这样我们会了解更多。”

卡拉对这点不太确定。他觉得父亲是个更好的提问者。但沃尔特却听从了奥赫牧师的建议。

春天到了，天气比卡拉上次来的时候更暖和了。湖面上零星地出现了几条船。卡拉决定叫沃纳一起上这儿来野餐。她想在沃纳恋上另一个女孩之前占据他的心房。

威尔里希教授的办公室生着火，但有扇窗户开着，湖上的几许清风吹了进来。

院长与奥赫牧师和沃尔特握了手。他看了卡拉一眼，认出她是曾经来访过的女孩，接着就不再理她了。他请他们都坐下，但卡拉察觉出他的客气后面包含着深深的敌意。显然他不想接受提问。他拿起一根烟管，紧张地把玩着。在两个成年男人面前，威尔里希教授不再像那天面对卡拉和艾达时那样倨傲不恭了。

奥赫牧师开始提问："威尔里希教授，冯·乌尔里希教授和我们教会的其他相关人士对残疾儿童的神秘死亡非常感兴趣。"

"这里没有任何儿童是神秘死亡的，"威尔里希回击道，"事实上，过去两年，这里没有发生过任何儿童的死亡事件。"

奥赫转身说："沃尔特，院长的话非常有说服力，你觉得呢？"

"是的。"沃尔特说。

卡拉并不觉得，但她暂时没有开口。

奥赫虚情假意地说："我确信你给孩子们提供了最好的医疗服务。"

"这是自然。"威尔里希的姿态放松了一点。

"我想知道，你往别的医院转过病童吗？"奥赫牧师话锋一转。

"当然，有些医院能够进行这里无法提供的治疗。"

"病童被转走以后，你就不再关注他们的治疗过程和愈后情况了吧？"

"是的。"

"除非他们再被转回来。"

威尔里希不说话了。

"有哪个病童被转回来了？"

“从来没有。”

奥赫耸了耸肩：“那你一定不知道他们的遭遇了。”

“可以这么说。”

奥赫靠在椅背上，摊开双手，做了个开诚布公的手势。“这么说，你没有什么可以隐瞒的了，是吗？”

“我没有隐瞒过任何事情。”

“被送走的一些孩子已经死了。”

威尔里希一句话也不说。

奥赫循循善诱地进行引导。“这是真的，是不是？”

“牧师先生，我不能回答我不知道的事情。”

“这么说，”奥赫牧师问，“即便转出去的病童死了，你也不会知道是吗？”

“我已经说过了，我对他们的情况一无所知。”

“请原谅我的啰嗦，我只是想确定一点，你对这些死亡毫不知情，没有蓄意隐瞒的企图。”

“当然没有。”

奥赫再次转身面对沃尔特：“我想，事实已经澄清了。”

沃尔特点了点头。

卡拉真想对他们喊：什么澄清啊？他什么都没说啊！

此时，奥赫却又说话了：“我想知道，在过去的十二个月里，你这里大约转出去多少病童？”

“不多不少，正好十个，”他笑容可掬地说，“科学工作者不做估计，我们完全可以提供准确的数字。”

“总共多少个病童中的十个呢？”

“今天我们这里有一百七十名病童。”

“所占的比例很小嘛！”奥赫牧师说。

卡拉非常生气。奥赫明显是威尔里希一边的。父亲为何还隐忍不发呢？

奥赫说：“被送走的孩子都患有同一种疾病，还是各有各的毛病？”

“他们各有各的毛病，”威尔里希打开了书桌上的文件夹，“痴呆、唐氏综合症、先天性头颅小、四肢发育不全、脊柱侧弯，以及瘫痪。”

“有这些症状的孩子都被下令送到了阿克尔堡，是吗？”

奥赫来了个大转折，这是他第一次提到阿克尔堡，也是他第一次提到威尔里希接受了更高当局的指示。也许奥赫比他的外表要有谋略得多。

威尔里希开口想说话，但奥赫抢先问了他另一个问题：“他们是否接受了同一项特殊疗法呢？”

威尔里希笑了：“这点同样没人告诉过我，因此我无法告诉你。”

“你只是机械地……”

“没错，机械地执行命令而已。”

奥赫笑了。“你是个聪明人，每句话都回答得很小心。我想再问你一个问题，这些孩子的年纪都差不多吗？”

“开始这个项目只针对三岁以下的儿童，但后来遍及各个年龄层次的儿童。”

卡拉注意到威尔里希提到“项目”这个说法。之前他一直没有用这类词。她开始意识到，奥赫是个非常聪明的人，开始的那些零敲碎打只是个表象而已。

奥赫像陈述事实一样提出了下一个问题："无论哪种残疾，犹太儿童都要参与到这个项目之中吗？"

对话出现了短暂的停顿，威尔里希的表情很震惊。卡拉不清楚，奥赫是怎么知道那些犹太儿童的事的。也许他什么都不知道，只是下意识地猜测。

停顿了一会儿，奥赫又说："或许我该说，犹太儿童和混血儿都要参加你说的那个项目。"

威尔里希没有说话，只是轻轻地点了点头。

奥赫说："在如今的大环境下，犹太人受到如此的优待是完全不正常的，你说是吗？"

威尔里希把目光转向另一边。

牧师站起身，再次开口时，他的语调里带着难掩的愤怒："你告诉我，你把不同症状、不可能用同一种疗法治愈的十个病童转到一家特殊的医院，转走以后他们全都没有回来，所有的犹太病童优先接受这种治疗。威尔里希教授，你知道他们遭遇了什么吗？威尔里希教授，我以上帝的名义问你，你到底是怎么想的？"

威尔里希看上去像要哭了似的。

"当然，你可以什么都不说，"奥赫轻声说，"但终有一天，更高层的人会问你同样的问题——事实上，是拥有最高权力的审判神。"

他伸出手臂，愤怒地对威尔里希伸出手指。

"小子，到了那一天，你就不得不说了。"

说完这句话，他转过身，离开了威尔里希的办公室。

卡拉和沃尔特跟着他走了出去。

托马斯·马赫支队长笑了。有时，国家之敌会帮他完成他的那份工作。他们不是暗中潜伏，让自己难以找到，而是自己跳出来提供无可辩驳的犯罪证明。他们像是不需要鱼钩和饵料的鱼，自动跳到渔夫的篮子里，恳请渔夫把自己煎了吃。

奥赫牧师就是这么一位。

马赫又一次读了这封信，信是写给司法部长弗兰兹·冈特纳的。

部长先生：

政府在杀害残疾儿童吗？我直截了当地问你，因为我想得到一个诚实的答案。

真是个傻蛋！如果答案是否的话，奥赫会承担诽谤的罪名。如果答案是肯定的话，他就会因为泄露国家机密而获罪。难道他事先没想到这一点吗？

为了防止此类流言在我的会众中传播，我专程去了万斯湖疗养院，和那里的院长威尔里希教授谈了话。他的回答不能让我满意，让我不得不相信的确有不好的事情在发生，的确有某种相当恶劣的罪行在发生。

奥赫牧师怎么敢称之为罪行呢？他难道不知道谴责政府机构犯罪本身就是项重罪吗？他难道以为自己生活在堕落的自由社会

里吗?

马赫知道奥赫在抱怨什么。奥赫所说的这个项目，因为其所在地是蒂尔加登路四号的诊疗慈善基金会，而被称为“四号项目”。事实上，这个项目是由元首的总理府亲自督导的。项目旨在让那些需要花费巨额医疗费的儿童没有痛苦地死去。在过去的几年中，这个项目进行了卓有成效的工作，处理了一万多个对国家毫无益处的人。

但这样做也会产生一些问题。总有一些过分天真的人不能理解这种死亡的意义。因此，这个项目必须最大限度地“保密”。

马赫是知道这个秘密的少数人之一。成为支队长以后，他很快被吸收进了纳粹的精英团体党卫队。接手奥赫这个案子的时候，上面的人把四号项目的情况简单地跟他提了提。他觉得无比骄傲：高层终于把他看成是自己人了。

不幸的是，不是所有人都像他那么小心，四号项目随时有泄露的危险。

马赫的任务就是堵上这个漏洞。

最初的审理表明，三个人的嘴需要尽快被堵上，他们是：奥赫神父，沃尔特·冯·乌尔里希，以及沃纳·弗兰克。

沃纳是纳粹的早期支持者，收音机制造商路德维希·弗兰克的大儿子。路德维希本人也曾言辞激烈地询问残疾小儿子的死因，但在受到关闭工厂的威胁之后，他很快就不发声了。在空军里晋升很快的沃纳却不依不饶，坚持询问这类令人尴尬的问题，还试图把优柔寡断的上司多恩将军也牵涉进来。

空军部大楼据说是欧洲最大的办公大楼。这幢现代化大楼占据了威廉大街的一侧，和盖世太保总部所在的阿尔布雷希特王子大街只有一个路口的距离。马赫步行去了空军部大楼。

穿着党卫军制服，马赫可以无视空军大楼的警卫。他朝接待台里的接待员大喊：“赶快带我去见沃纳·弗兰克中尉。”

接待人员带他上电梯，走过一条狭窄的走廊，推开一个面向小办公室的门。坐在书桌后的年轻人起先并没有抬头去看他，而是一直看着手里的公文。看他的模样，马赫猜测他最多只有二十岁出头。为什么这样一个年轻人不到前线轰炸英国呢？年轻人的父亲很可能动用了关系，马赫憎恶地想。沃纳看上去像是特权阶层的子弟：他穿着裁剪得体的制服，戴着金戒指，留了不像军人的长发。还没和他交谈，马赫就鄙视起眼前的这个人了。

沃纳用铅笔写了张纸条，抬起头，看到党卫军制服，他脸上的亲切表情马上不见了。马赫注意到沃纳的脸上闪过了一丝害怕的神色，不禁一阵得意。沃纳马上换了一副神色，他谦恭地站起身，微笑着表示迎接。但马赫可不会轻易地被他骗了。

“支队长，下午好，”沃纳说，“快请坐吧。”

“希特勒万岁！”马赫说。

“希特勒万岁，有什么可以帮你的吗？”

“蠢蛋，闭上你的嘴！”马赫厉声说。

沃纳拼命掩饰自己的恐惧：“老天，我犯下了什么过错？”

“别兜圈子套我的话，让你讲话的时候，你才能说话。”

“听您的。”

“从现在起，不准再询问有关你弟弟阿克谢尔的任何问题，听明白没有？”

马赫惊奇地发现，沃纳的表情中闪过了一丝宽慰。这到底是怎么回事？难道还有比询问弟弟的死因更严重的事情没有被揭穿吗？沃纳参与了其他的破坏活动吗？

也许不是，再三考虑之后马赫这样想。沃纳多半是为没有遭到逮捕被送到阿尔布雷希特王子大街而感到庆幸吧。

沃纳没有完全被吓倒。他鼓起勇气说："为什么不能让我知道弟弟的真实死因呢？"

"我已经告诉过你，别再问问题了。之所以对你这么客气是因为你父亲是纳粹的一个老朋友。如果没有这层因素的话，你就在我的办公室里了。"这是句所有德国人都怕的威胁。

"感谢您的容忍，"沃纳尽力保持着最后的一点尊严，"我只是想知道谁为了什么杀害了我的弟弟。"

"无论做什么，你都得不到进一步的消息。再多问的话，你很可能被以叛国罪论处。"

"看到你以后，就无须多问了。一切一目了然了，先前我最坏的猜想就是事实。"

"终止你的煽动行为，不然有你好看的。"

沃纳愤怒地看了马赫一眼，但什么话都没说。

马赫说："不听劝的话，多恩将军会得知你的忠诚性有问题。"沃纳知道这句话意味着什么。如果空军部的上司对沃纳的忠诚产生怀疑的话，他会马上丢掉柏林的舒适工作，被送到法国北部某个机场的营房里。

沃纳的表情没有刚才那么愤怒了，他陷入了深深的思考中。

马赫站起身，他的目的已经达到了。"多恩将军显然找到了一个聪明能干的助手，"他说，"选择正确的话，你可以继续这里的工作。"说完，他离开了沃纳的办公室。

马赫并不十分满意。他不知道自己有没有成功地击垮沃纳的意志力。他感觉到了沃纳身上存留的抗争意志。

他把思绪转到奥赫牧师身上。牧师需要用一种完全不同的处理方式。回到盖世太保总部以后，他把莱茵霍尔德·瓦格纳、克劳斯·里特尔和冈瑟·施奈德召到了一起。四人上了一辆黑色的梅赛德斯260D。因为柏林的出租车都是这个车型，盖世太保平时都喜欢开这款车出去抓人。纳粹刚开始掌权的时候，盖世太保总爱耀武扬威，让公众看到他们对付反对派的残忍手段。但现在，公众已经被他们吓怕了，明目张胆地使用武力只会带来一些负面影响。因此，他们现在不再那么明目张胆地抓人了，而是找一些法律上说得过去的理由，秘密地逮捕人。

他们把车开到米特区新教大教堂边的奥赫家。和沃纳觉得能得到父亲的保护一样，奥赫也许觉得教会能保护他。他会知道他的想法完全错了。

马赫按响了门铃。放在过去，他们会一脚把门踢开，给人以震撼的效果。

女仆开了门。马赫带着随从走进铺着厚厚地毯、亮着灯的玄关。“你的主人在哪儿？”马赫和颜悦色地问女仆。

他没有发出威胁，但女仆已经被他吓傻了。“在书房里。”她指着一扇门说。

马赫对瓦格纳下令：“把女人和孩子集中到隔壁房间。”

奥赫打开书房的门，皱眉看着玄关处的来人。“怎么回事？”他愤愤不平地问。

马赫朝奥赫径直走了过去，奥赫只能后退一步，让他进入书房。这是个装饰舒适的小房间，书房里放着一张带有皮面的书桌和几个放满了宗教文献的书架。“把门关上。”马赫说。

不情愿地关上门以后，奥赫对马赫说：“你最好对闯进我家做个合理的解释。”

“闭上你的狗嘴，坐下。”马赫说。

奥赫惊呆了。从小到大就没人对他说“闭嘴”。就算是警察，见到他也会礼让三分。纳粹不管这一套，他们才不讲这种虚假的礼仪呢。

“这是一种不敬。”奥赫总算说了句话。接着他就坐下了。

书房外传来女人凄厉的抗议声：多半是牧师的老婆。奥赫的脸一下变得刷白，立刻站了起来。

马赫把他推到椅子上。“乖乖坐好！”

奥赫是壮汉，比马赫高出许多，但他并没有反抗。

马赫最喜欢看不可一世的家伙突然被恐惧击垮的一刻。

“你是谁？”奥赫问他。

马赫从来不把自己的身份泄露给这些人。对方可以猜，但是不让人知道可以营造出更大的恐惧感。之后万一有人问起执行任务的情况，组里的人都会众口一词地说，他们起先就亮明了警察的身份，给对方看了自己的警徽。

他走出书房。他的三个手下正在把孩子们往客厅里赶。马赫让莱茵霍尔德·瓦格纳走进书房，把奥赫扣在那里，然后跟着孩子们进入客厅。

客厅的窗前挂着花布窗帘，壁炉架上放着全家福照片，客厅正中摆着两只包有格子布背套的皮椅。这是一个环境舒适的温馨家庭。这种人为何不对帝国忠诚，去管其他人的事情呢？

女仆站在窗边掩着嘴，似乎在强忍着不哭。四个孩子围拢在奥赫三十多岁、体格健硕的妻子身边。她手里还抱着个一两岁大的金色卷发的小女孩。

马赫拍了拍小女孩的头。“她叫什么名字？”他问。

奥赫夫人吓坏了。她轻声说：“她叫莱索洛特，你们想干什么？”

“小莱索洛特，让托马斯叔叔抱抱。”马赫伸出手臂。

“不行！”奥赫夫人大喊。她紧抓住女儿，然后转过身去。

莱索洛特开始大哭。

马赫向克劳斯·里特尔点了点头。

里特尔从后面抱住奥赫夫人，扳住她的胳膊，迫使她放下婴儿。马赫在莱索洛特坠地前接住了她。莱索洛特像条鱼一样在马赫手里扭动，但只能使马赫抓得更紧。莱索洛特哭得更响了。

一个十一二岁的男孩冲向马赫，用拳头无助地击打着他。是时候教导他惧怕权威了。马赫把莱索洛特放在左侧的大腿上，用右手拎起男孩的衬衫领子，准确地把他扔在客厅另一边的皮椅子上。男孩恐惧得大声叫，奥赫夫人也惊声尖叫。皮椅往后倒，男孩跌落在地。他没受什么伤，但哭了起来。

马赫抱着莱索洛特走出客厅。女孩尖叫着要妈妈。马赫把她放下了。女孩跑回客厅门前，朝门上拍了一下，恐惧得高声惊叫。马赫发现，小女孩还没学会拧把手开门。

马赫把女孩放在走廊里，回到书房，瓦格纳站到门边守着门。奥赫站在书房中间，脸色刷白。“你对我的孩子们做了什么？”他问，“为什么莱索洛特在尖叫？”

“我要你写封信。”马赫说。

“没问题，没问题，叫我做任何事都可以。”奥赫走到皮书桌旁。

“现在不用，待会儿再写。”

“好的。”

马赫很享受这一幕。和沃纳不同，奥赫完全崩溃了。“写一封给司法部长的信。”他对奥赫说。

“写什么？”

“说你已经意识到第一封信里的举证都不是事实。你被地下的共产党人误导了。然后再对你的不细致造成的麻烦对部长表示道歉，并保证你不会对任何人提这件事。”

“好的，好的，他们对我妻子做了什么？”

“什么都没做。之所以尖叫是因为她对你坚持不写信所导致的后果感到害怕。”

“我想见她。”

“如果因为愚蠢的要求而惹怒我，情况会变得更糟。”

“你说得对，抱歉，请你原谅我。”

纳粹主义的敌人竟是这样软弱不堪。“晚上写这封信，明天早上去寄。”

“好的，要抄一份寄给你吗？”

“白痴，你写的信肯定会送到我手上。你真以为司法部长会看到你那些疯话吗？”

“不，当然不会。我明白了。”

马赫走到门口，说：“别再跟沃尔特·冯·乌尔里希那种人来往了。”

“我发誓以后再也不见那种人了。”

马赫走出书房，示意瓦格纳赶快跟上。莱索洛特坐在地板上歇斯底里地大哭。马赫打开客厅门，招呼里特尔和施奈德跟他回警局。

他们离开了奥赫家。

“有时不需要使用暴力。”坐进车里时，马赫沉思道。

瓦格纳坐在驾驶座里，马赫把冯·乌尔里希家的地址给了他。

“但有时暴力是最简单实用的手段。”他补充道。

冯·乌尔里希家离教堂不远。乌尔里希的家又大又破，他那点微薄的收入显然不能维持家里的开销。墙纸几乎都脱落了，楼梯把手锈迹斑斑，缺了玻璃的窗户上盖上了破纸板。这并不鲜见：战时执行的紧缩政策意味着许多住宅得不到及时的维护。

女仆为他们开了门。马赫猜测这个生了个残疾儿子的女仆可能就是造成这连串麻烦的根源——女仆他就不必问了，女人不会构成什么威胁。

沃尔特·冯·乌尔里希从侧面的一个房间步入玄关。

马赫还记得沃尔特。八年前，马赫和他的弟弟正是从沃尔特的堂弟罗伯特那里买来了酒馆的经营权。那时的沃尔特是个傲慢的家伙。现在他穿着破旧的外套，态度依然很倨傲。“你想干什么？”他似乎觉得自己还有要求给出解释的权利。

马赫不想在乌尔里希家过多地浪费时间。“把他铐起来。”他下令道。

瓦格纳拿着手铐走上前。

一个高大美丽的妇女挡在冯·乌尔里希身前。“你们是谁？你们想干什么？”她问。冯·乌尔里希的妻子带着一丝外国口音，这在德国并不鲜见。

瓦格纳狠狠扇了她一耳光，女人踉踉跄跄地往后退了一步。

“转过身，合拢手腕，”瓦格纳对冯·乌尔里希说，“不然我把她的牙齿打碎。”

冯·乌尔里希照办了。

一个穿着护士制服的漂亮女孩跑下楼梯。“爸爸！”她大声问，“怎么回事？”

马赫想知道房子里究竟还有多少人。他感到一阵焦虑。手无寸铁的老百姓对付不了训练有素的警察，但人太多可能导致冯·乌尔里希偷偷溜走。

但冯·乌尔里希不想引起混乱。“别和他们争执，”他用紧迫的声音对女儿说，“赶快退回去！”

护士露出不太服气的表情，但还是照父亲说的后退了几步。

马赫说：“把他带上车。”

瓦格纳带着冯·乌尔里希出了门。

乌尔里希的妻子哭了起来。

护士问：“你们要把他带到哪儿？”

马赫退到门边，看着女仆和乌尔里希的妻女。“为了一个八岁的痴呆儿，你们弄出了这么多事情，”他说，“真不明白你们是怎么想的。”

他走出门，上了汽车。

车开出去不久，便到了阿尔布雷希特王子大街。瓦格纳把车停在盖世太保总部外面，和十几辆显眼的黑色汽车停在一起。马赫和手下们把冯·乌尔里希押下了车。

他们带冯·乌尔里希走过后门，下了楼梯进入地下室，把乌尔里希扔进一间白色瓷砖铺砌的牢房。

马赫打开一个纸板箱，从里面拿出三根类似棒球棍的粗棍子。他给三个手下一人一根。

“给他个教训！”说完他离开牢房，让手下去对付冯·乌尔里希。

红军情报部门柏林分部的负责人沃洛佳·别斯科夫上尉，约沃纳·弗兰克在柏林施潘道运河旁边的无名公墓见面。

这是个不错的选择。沃洛佳仔细地看了看公墓周围，确定没有人跟着他和沃纳走进公墓。公墓里只有一个包着黑色头巾的老太太。沃洛佳走进公墓时，老太太正好走出来。

他们相约在沙恩霍斯特将军墓前。坟墓的庞大基架上躺着一头敌人的剑熔成的狮子。虽然是春天，但这天的阳光非常好。两人脱去外套，在德国英雄的墓间行走着。

尽管苏联和德国两年前签订了停战协定，但苏联在德国的间谍活动并没有停止，德国也没有放松对苏联外交人员的监视。所有人都知道这种停火只是暂时的，只是不知道会停多久。因此，沃洛佳无论走到哪都依然会有反间谍人员尾随。

他们应该知道他何时去执行秘密任务，沃洛佳想，因为他常故意甩掉“尾巴”。在街上买法兰克福香肠当午餐的时候，沃洛佳会让他们跟着他。沃洛佳不知道他们是否已经聪明得察觉了其中的奥妙。

“最近见过莉莉·马克格拉芙吗？”沃纳问沃洛佳。

莉莉过去在不同的时间段与沃纳和沃洛佳分别约会过。沃洛佳最近招募了莉莉，教莉莉学会了为苏联红军编密码和解密码的技巧，当然他不会告诉沃纳这些。“我有一阵子没见到她了，”他撒了个谎，“你呢？”

沃纳摇了摇头。“另外一个人占据了我的心房。”他的表情颇为害羞。也许是害怕坏了玩伴的雅兴，他把话锋一转。“说吧，为什么想见我？”

“我们接到了一个毁灭性的消息，”沃洛佳说，“如果这个消息是真的话，人类历史也将因此而改变。”

沃纳将信将疑地看着他。

沃洛佳说：“一个线人告诉我们，德国将在六月入侵苏联。”说话时他的情绪再次激动起来。这是红军情报机构的伟大成功，但对苏联却是个实实在在的威胁。

沃纳把眼前的几缕头发拨开，这个动作恐怕能使无数女孩为之心醉。他问沃洛佳：“这个消息来源可靠吗？”

这个消息是深得德国驻日本大使信任的一个驻东京记者传出来的，但这个记者事实上是个地下的共产党员。到目前为止，这个记者所提供的情报都变成了事实。但沃洛佳不会对沃纳说这个。“很可靠。”他说。

“你们相信这个情报是吗？”

沃洛佳犹豫了一下。这里面存在一个问题。斯大林不相信这个情报。他觉得这是条盟国捏造的假消息，目的在于离间他和希特勒的关系。斯大林的怀疑使沃洛佳的上司们大受打击，成功的喜悦也因此打了折扣。“我们正在找另外的消息源予以证实。”

沃纳环视着墓地周围正在长叶子的树。“希望这是真的，”他咬牙切齿地说，“这会结果该死的纳粹。”

“是的，”沃洛佳说，“但要在红军做好准备的情况下。”

沃纳很吃惊：“难道你们还没准备好吗？”

沃洛佳还是不能告诉沃纳全部真相。斯大林觉得德国不会想在两个战场作战，因此在战胜英国之前不会侵入苏联。他认为在英国放弃抵抗以前，苏联还是安全的。因此，苏联红军远没有做好应付德国入侵的准备。

“如果能从其他渠道证实德国的入侵，”沃洛佳说，“我们会准备好的。”

他情不自禁地享受着扬扬自得的感觉。他所进行的间谍工作可能成为验证德国入侵计划的关键。

沃纳说：“很不幸，这回我帮不了你了。”

沃洛佳皱起了眉：“你这是什么意思？”

“我无法替你证实这个情报，事实上，我再也不可能为你取得任何情报了。我将丢掉目前在空军部的工作。可能被送到法国——如果你得到的情报无误的话，也可能被送去侵略苏联。”

沃洛佳很震惊。沃纳是他最出色的间谍。沃洛佳之所以能晋升为上尉全赖沃纳提供的情报。刹那间他脑子一团乱，几乎无法呼吸。他好不容易才问出一句话来：“到底发生了什么？”

“我弟弟死在了一个收容残疾者的医院，我女朋友的教子也死在了那里，我们向有关方面提了太多的问题。”

“你为何会因此而降职呢？”

“纳粹在屠杀残疾人，但这件事他们一直秘而不宣。”

沃洛佳把思绪转移到沃纳说的这件事情上。“什么？纳粹在屠杀残疾人？”

“大概，只是暂时还没掌握细节。但如果纳粹没什么需要隐瞒的话，就不会因为我和其他人到处提问而惩罚我们了。”

“你弟弟几岁？”

“今年十五岁。”

“老天，他还是个孩子啊！”

“我不会让他们侥幸逃脱的，我会一直追查下去。”

他们在德国空军的创始人曼弗雷德·冯·里希特霍芬的墓前停住了脚步。墓碑高六英尺，长和宽都是十二英尺，是块宏大雄伟的坟墓。墓碑上简单地用大写字母刻着里希特霍芬的名字。沃洛佳觉得这种简单非常令人动容。

他试图恢复常态。他告诉自己，苏联的秘密警察也经常滥杀无辜，尤其是那些被怀疑忠诚度有问题的人。有流言说，秘密警察的头子拉夫连季·贝利亚经常让手下从街上抓些漂亮姑娘供晚上淫乐。但把共产党和纳粹相提并论是毫无必要的。他提醒自己，苏联总有一天会把贝利亚这种败类铲除干净。到那时，苏联将建立起真正的共产主义社会。现在，他们的首要任务是消灭纳粹。

他们走到运河护堤，站在那里，看着驳船慢慢开过河道，散发出油腻的黑烟。沃洛佳思虑着沃纳令人震惊的宣告。“如果不再调查那些残疾儿童的死亡会发生什么？”他问。

“我会失去女朋友，”沃纳说，“她和我一样对这件事非常生气。”

想到沃纳可能已经将事实真相告诉了女朋友，沃洛佳吓得够呛。“你不会把思想转变的真实原因也告诉她了吧？”他急切地问。

沃纳似乎受了挫败，但没有争辩。

沃洛佳意识到让沃纳放弃争执相当于帮着纳粹隐瞒罪行。他把这个令人不安的想法抛到一边。“保证不再追究下去的话，你还能继续在多恩将军手下工作吗？”

“是的，他们是这样想的。只是我不想任由他们在杀害了我弟弟之后把真相隐瞒起来。他们会把我送到前线，但我还是要到处去问。”

“你难道没有想过，在知道你的信念是如此坚定之后他们会怎么做吗？”

“他们会把我扔进某个集中营。”

“这对你又有什么好处呢？”

“我不能容忍这样的事。”

沃洛佳必须说服沃纳放弃这个念头，但沃纳怎么都听不进去。沃纳是个聪明人，他早就看出了一切，这也正是他如此有价值的原因所在。沃洛佳可不想让他逞一时之勇而坏了大事。

“其他人呢？”沃洛佳问。

“什么其他人？”

“德国残疾的成人和儿童肯定还有好多，纳粹想把他们全都杀了吗？”

“也许吧。”

“如果被关进集中营的话，你就阻止不了他们了。”

沃纳第一次没有回击。

沃洛佳离开运河河堤，审视着整个公墓。一个穿着西服的年轻男子跪在一块小墓碑前。是跟踪者吗？沃洛佳仔细地观察着。跪祭者痛哭流涕，身体不住地颤抖。这种情感流露看上去像是真的，特工可没这么好的演技！

“瞧瞧他。”沃洛佳对沃纳说。

“瞧什么？”

“他在怀念故人，和你现在的情绪完全一样。”

“那又怎么了？”

“好好给我瞧着。”

过了一会儿，男人站了起来，他用手绢擦了擦脸，然后就离开了。

沃洛佳说：“现在，他高兴了，这就是怀念故人的全部意义。你得不到任何东西，但会感觉好一些。”

“你认为我四处提问是为了让自己感觉好些吗？”

沃洛佳转过身，双眼直视沃纳。“我不想批评你，”他说，“你是想发现真相，把真相大声说出来。但理性地再想想，只有推翻纳粹的统治才能终止这种暴行，推翻纳粹统治只有靠我们苏联红军了。”

“也许吧。”

沃纳的意志不像刚才那样坚定了，沃洛佳燃起了一丝希望。“只是也许吗？”他追问道，“还有谁能打败德国？英国正自顾不暇，疲于应对德国空军的空袭。美国不屑于参与欧洲各国的争执。其他国家都支持法西斯政权。”他把手搭在沃纳的肩膀上，“朋友，苏联红军是你唯一的希望了。如果我们失败的话，在接下来的几年里，纳粹将继续血腥地屠杀残疾人、犹太人、共产主义者和同性恋。”

“该死，”沃纳说，“你说得对。”

周日，卡拉和妈妈去了教堂。茉黛非常担心被捕的丈夫，急切地想知道他被关在哪里。盖世太保自然不肯透露任何信息。但在奥赫牧师的教堂也许能找到点希望。奥赫牧师的会众们大多是富人区的富人，还有几个位高权重的人，也许可以找他们中的一些人帮忙问问。

卡拉低下头，祈祷父亲千万别受到虐待。她原本不相信祷告会有什么作用，但现在她希望用祷告拯救她的父亲。

她高兴地看到了坐在前面几排的弗兰克一家人。她看着沃纳的脑袋背后。和大多数剃着平头的德国男人不同，沃纳的头发长至脖颈，还有一点卷曲。她碰过他的脖子，吻过他的喉咙。沃纳是个可心的好男人。沃纳是和她接吻的男孩中最英俊的一个。每晚睡觉前，卡拉都会想起他们开车去格鲁内瓦尔德的那个夜晚。

但她告诉自己，他们并没有相爱。

至少现在还没有。

奥赫牧师进门的时候，卡拉看出他明显受到了打击。奥赫牧师身上的变化简直太可怕了。他低着头，双肩下沉，步履缓慢地走上讲坛。看到他的样子，会众们纷纷低声交谈。他面无表情地诵读了祈祷词，然后照着书本布道。作为一个有两年经验的护士，卡拉看出奥赫神父明显受了打击。盖世太保多半也已经去找过他了吧。

卡拉注意到，奥赫夫人和五个孩子没有出现在他们平时待的最前排。

唱最后一首赞美诗时，卡拉对自己发誓，虽然害怕也绝不会放弃对残疾儿童突然死亡的追查。弗里达、沃纳、海因里希都站在她这一边。但他们又能做什么呢？

她希望能拿到纳粹暴行的切实证据。她非常肯定，纳粹正在有计划地灭绝残疾人——盖世太保的恐吓就是最好的证明。但没有铁一般的证据，她无法让其他人信服。

该怎样拿到证据呢？

礼拜结束以后，卡拉和弗里达以及沃纳一起走出教堂。带他们远离父母以后，卡拉说："我想我们必须拿到残疾儿童受到杀戮的证据。"

弗里达马上领会了她的意思。"我们应该去一次阿克尔堡，"她说，"去那所医院看看。"

沃纳早先提过这个建议，但后来他们决定先在柏林展开调查。现在，卡拉重新提出了这个主意。"但必须先得到外出的许可才行。"

"怎样才能得到外出许可呢？"

卡拉打了个响指。"我们都参加了水星骑行俱乐部，我们可以用骑车外出度假作为理由得到外出许可。"骑车出游正是纳粹极力提倡年轻人进行的有助于健康的户外活动。

"能进入医院吗？"

"可以试一试。"

沃纳说："我想你们应该放弃这整件事。"

卡拉惊呆了。"你这是什么意思？"

"奥赫牧师显然已经被吓坏了。这是件非常危险的事情。你们很可能被逮起来遭到虐待。即使是这样，阿克谢尔和库尔特也回不来了。"

卡拉难以置信地瞪着沃纳。"你想要我们放弃吗？"

"不是想不想的问题，而是你们必须要放弃。你们像是把德国还当成自由民主的国家似的。再这样下去，你们会把自己给害死的。"

"我们必须冒险！"卡拉愤怒地说。

“别把我牵连进去，”沃纳说，“盖世太保已经来找过我了。”

卡拉关切地问：“沃纳，发生了什么？”

“只是威胁威胁而已。如果有进一步举动，他们就要把我送上前线了。”

“感谢上帝，这还不算太糟。”

“已经够糟的了。”

卡拉和弗里达安静了一会儿，接着弗里达道出了卡拉的心声：“你必须明白，这事比你的工作重要得多。”

“别说什么‘必须明白’。”沃纳答道。他表面上很生气，但卡拉知道他事实上是为自己感到羞耻。“你们不会丢掉工作，你们也没接待过盖世太保的拜访！”

卡拉非常吃惊，她原以为自己很了解沃纳。她原以为沃纳对事物和自己有着一样的看法。“事实上，我见过盖世太保，”她说，“他们抓走了我的父亲。”

弗里达愣住了。“哦，可怜的卡拉。”说着，她伸出手抱住了卡拉。

“我们不知道纳粹把父亲关在了哪里。”卡拉说。

沃纳没有表现出同情。“那你应该知道违抗他们是什么结果了！”他说，“要不是马赫支队长认为女人构不成威胁，连你们也会被逮捕。”

卡拉非常想哭。她差点爱上沃纳，结果发现他是个懦夫。

弗里达问沃纳：“你不想帮我们了？”

“是的。”

“因为你想保住职位吗？”

“细究原因根本毫无意义——你们赢不过那些人的！”

卡拉对沃纳自认失败的懦弱言行感到非常气愤。“我们不能容忍这种事继续发生。”

“正面反抗等于送死，我们可以用其他方法对抗他们。”

卡拉说：“像传单上写的那样消极怠工吗？他们不会因此停止杀害残疾儿童。”

“对抗政府就是自杀！”

“不对抗就太懦弱了！”

“我不想被两个女孩教训。”说完这句话他就离开了。

卡拉强忍住泪水。她不能在教堂外阳光下，两百多个会众的面前哭泣。“我觉得他和以前不一样了。”她说。

弗里达也很失望，还迷惑不解。“的确不一样了，”她说，“我从小就很了解他，一定是发生了什么事，一件他不愿意告诉我们的事。”

卡拉的母亲过来了。她没有注意到女儿非同寻常的沮丧，“没有人知道发生了什么事，”她失望地说，“我根本不知道你爸爸可能会在哪儿。”

“继续试着问问吧，”卡拉说，“他在美国大使馆不是有朋友吗？”

“有几个熟人，我问过他们了，但至今为止还没任何有用的信息。”

“明天再问问他们吧。”

“我想有几千个德国人的妻子面临和我一样的境遇吧。”

卡拉点点头：“妈妈，我们回家去吧。”

她们缓缓走回家，母女俩各有心事，谁都没有说话。卡拉对沃纳很生气，因为误判了他的个性，她的生气更加深了一层。她怎么会爱上这么个软蛋呢？

她们回到了自己家所在的那条街上。“明天一早我就去美国大使馆，”走到门口的时候，茉黛说，“必要的话，我会一整天都待在接待大厅。如果有心帮忙，他们至少会为一个英国部长的姐夫进行半官方的质询。哦，为什么家里的门开着？”

卡拉起先觉得盖世太保可能又来了。但门前的人行道上并没有停着盖世太保的黑色警车。她看到门锁上插了把钥匙。

茉黛走进玄关，高声尖叫起来。

卡拉跟在她身后冲进了玄关。

地板上躺着一个浑身是血的男人。

卡拉尽力控制住尖叫的冲动。“他是谁？”她问。

茉黛跪在男人身边。“沃尔特，”她高声问，“沃尔特，他们到底对你做了些什么啊？”

这时卡拉辨认出了自己的父亲。沃尔特浑身是伤，几乎难以辨认。他一只眼闭着，嘴巴上出现了一大团乌青，头发上凝结着血块，一条胳膊奇怪地扭曲着，外套表面都是呕吐的污渍。

茉黛说：“沃尔特，说话，快说话啊！”

沃尔特张开被打烂的嘴巴，开始低声呻吟。

卡拉抑制住心中的悲愤，转变到护士的工作节奏中。她拿起一块坐垫垫在沃尔特的头底下，然后从厨房拿了杯水，滴进父亲口中。沃尔特咽下一口水，张开嘴唇想要喝更多。喝了几口以后，卡拉走进书房，拿起一瓶杜松子酒，往父亲嘴倒了几滴。沃尔特咽下酒，咳嗽了一阵。

“我去找洛特曼医生，”卡拉对母亲说，“帮他洗把脸，给他再喝些水。千万别去动他。”

茉黛说：“好的，好的——你赶紧去吧。”

卡拉把自行车推出门，飞一般地朝洛特曼医生家骑了过去。洛特曼医生已经被禁止了行医——犹太人不能当医生——但私底下，他仍然在为穷人看病。

卡拉拼命地骑着。父亲是怎样回来的呢？她猜测盖世太保用车把沃尔特送回来，把他扔在家门口。沃尔特拼尽全力走回家，却体力不支瘫倒在了玄关。

她很快就到达了洛特曼医生家。和卡拉家一样，这里也已经有很久没有装修了。洛特曼家大多数窗户被仇恨犹太人的家伙砸了个粉碎。洛特曼夫人替她开了门。“我爸爸被盖世太保打伤了。”卡拉急切地对洛特曼夫人说。

“我丈夫马上就来，”她转身对楼上大喊一声，“伊萨克！”

医生很快就下楼了。

“冯·乌尔里希先生受伤了。”洛特曼夫人告诉丈夫。

医生飞快地拿起靠在门边的帆布背包。因为被禁止行医，卡拉猜测他很可能无法携带看上去像急救包的东西。

他们离开了洛特曼医生家。“我骑在前面带路。”卡拉说。

回到家以后，卡拉发现母亲坐在门边，哀声哭泣着。

“医生来了。”卡拉告诉她。

“太迟了，”茉黛说，“你父亲已经死了。”

下午两点半，沃洛佳站在亚历山大广场边的维尔特海姆百货商店门外。他来来回回走了好几趟，寻找着看上去像是便衣警察的人。他确定没有人跟着，但不知道是否有恰好路过的盖世太保认出他，盘问他。人多是个很好的伪装，但远远称不上完美。

德国真的会入侵苏联吗？如果是这样的话，他在柏林的时间就不会太长了。他也许会同杰尔达和萨宾吻别，回到莫斯科的红军情报总部。他向往着同家人度过更多的时间。安雅妹妹生了一对他尚未见到的双胞胎，他想借此休息一阵。回去以后的日常工作也会有压力：尽管没了盖世太保的追踪，但日常开会、招募特工、对同事的怀疑同样令人心焦。如果苏联能抵抗住德国的入侵，他也许会在总部平安待上一两年。但送到其他国家就职的可能性也是有的。他喜欢华盛顿。他非常想到美国去看一看。

他从口袋里拿出揉成一团的餐巾纸，扔进一个小垃圾桶。尽管并不抽烟，但沃洛佳却在三点差一分的时候点燃了一支火柴。他准确地把点燃的火柴扔到刚被丢进垃圾桶的那团餐巾纸上，然后便走开了。

不一会儿，他听见有人大喊："着火了！"

当附近的所有人都去看垃圾桶着火的时候，有辆普普通通的黑色梅赛德斯出租车开到百货商店门口，一个穿着空军上尉制服的英俊小伙子从车上跳了下来。他付账时，沃洛佳跳上出租车，砰地关上了门。

沃洛佳从司机看不到的后座地板上拿起一份纳粹宣扬民粹主义的《国民周刊》，但是并没有看。

"不知哪个白痴在那个小垃圾桶里烧了把火。"司机说。

"去阿德隆饭店。"沃洛佳一吩咐，司机就开车了。

他翻着杂志，发现里面有个封了口的浅黄色信封。

沃洛佳想马上就打开信封，不过他等了等。

他在阿德隆饭店下了车，没有进门。他穿过勃兰登堡门，走进公园。公园里的树长出了新叶。这是个温暖的春日下午，有许多人在公园里散步。

他不安地拿着手里的杂志，找了条不显眼的长椅坐了下来。

他打开杂志，手藏在封面下面打开浅黄色的信封。

他取出一份文件，是复写的，字迹虽然有些模糊，但好在还认得清。文件的标题上写着：

第二十一号指令：巴巴罗萨计划

弗里德里希·巴巴罗萨是领导1189年“十字军东征”的德国皇帝。

指令上写着：在全面占领英国之前，德军就要做好以闪电战击溃苏联的准备。

沃洛佳屏住了呼吸。这是份非同凡响的情报。斯大林错了，驻东京的间谍是正确的。苏联危在旦夕。

伴随着剧烈的心跳，他看到了文件末尾“阿道夫·希特勒”的签名。

他扫视着文件，想找到具体的日期，很快他便找到了。德军预定在1941年5月15日向苏联发起进攻。

日期旁边是沃纳·弗兰克用铅笔写的标注：进攻的日期延后到了6月22日。

“老天，他做到了，”沃洛佳大声说，“沃纳证实了德国入侵苏联的情报。”

他把文件放回信封，把信封夹在杂志里。

形势完全改变了。

他从长椅上站起身，走到苏联大使馆，把情报确证的消息告诉了大使馆的人。

阿克尔堡没有火车站，卡拉和弗里达只能在距离阿克尔堡只有十英里，最近的那个火车站下车。她们随身带上了自行车，到站以后，她们把自行车推下火车。

她们穿着短裤、运动衫和凉鞋，扎着辫子。两人看上去像德国女青年联合会的成员，这个联合会的成员经常骑车度假。人们常常想知道，除了骑车以外，联合会的女孩们在骑车外出期间还会干些什么，尤其是在简陋的宾馆里度过的那些夜晚。男孩们常说，联合会的缩写“BDM”[1]的意思是“伙计，来上我吧”。

卡拉和弗里达查看了地图，然后骑车出城，朝阿克尔堡的方向而去。

卡拉每时每刻都在想着死去的父亲。她知道自己永远无法从看到父亲被野蛮虐待后悲惨死去的恐怖中摆脱出来。她哭了好多天。但伴随悲痛的是无尽的愤怒。独自悲伤解决不了任何事情，她必须做些什么才行。

悲痛的茉黛起先劝说卡拉别去阿克尔堡。“沃尔特已经死了，埃里克还在服役，我不想你去白白送命！”她哭着说。

葬礼以后，当茉黛从歇斯底里中恢复了平静，卡拉问她沃尔

① BDM，全称为Bund Deutscher Mädel，被曲解为“Baby，Do Me.”。

特碰到这种情况会怎么办。茱黛思考了良久。第二天她告诉卡拉："他希望你继续进行战斗。"

作为一个母亲，说出这番话很难，但母女俩都知道沃尔特确实会这么说。

弗里达没有跟父母谈起这个话题。母亲莫妮卡曾经爱上过沃尔特，沃尔特的死让她大受打击，如果被她知道弗里达要去干什么的话，她肯定会吓坏的。要是父亲鲁迪知道的话，弗里达一定会被关进地下室。好在他们相信了她骑车远行的说法。即便不完全相信，他们顶多怀疑她和哪个不合适的男友约会去了。

出了城便都是山道，但她们的体力不错，一小时后就翻过山到了阿克尔堡。卡拉觉得有些不安：她们进入了敌人的领地。

她们走进一家咖啡馆。店里不提供可口可乐。"这里不是柏林！"柜台后面的女人像是被要求在乐队的伴奏下吟诵小夜曲似的充满敌意地说。卡拉觉得很奇怪，不喜欢和陌生人打交道的人怎么能开咖啡馆呢？

她们要了德国产的芬达，乘女店主不注意倒进了随身带的水瓶。

她们不知道医院的确切位置，需要找人去问，但卡拉又不想引起当地人的怀疑。阿克尔堡的纳粹肯定会盯上到处提问的陌生人。付钱的时候，卡拉问女店主："我们要在医院旁边的十字路口和同伴会合，能告诉我医院在哪儿吗？"

女人没敢直视卡拉的眼睛："我们这儿没有什么医院。"

"那家医院的名字叫阿克尔堡医疗中心。"卡拉引用了印在信头上的医院名。

"肯定是另一个阿克尔堡。"

卡拉断定她在撒谎。“这就奇怪了，”她继续装模作样，“我们千万别来错了地方啊。”

她们推着自行车走在镇中心的街道上，街道两旁除了住家就是小店，卡拉心想：必须找人问问路。

一个长相和蔼的老人坐在酒吧外面的长凳上晒太阳。“这里的医院在哪儿？”卡拉克制着急切的心情，愉悦地向他询问。

“穿过这个镇，左边的小山上就是，”他说，“千万别进去——没有多少人能从里面活着出来！”说完他玩笑似的干笑了一声。

老人的话很含糊，但至少大致指明了方向。卡拉决定不再多问了，以免引起不必要的关注。

一个戴头巾的老妇抓住老人的胳膊，“别听他的——他完全不知道自己在说什么。”老妇面露忧虑地说。她匆匆地把老人拽了起来，拉着他沿着人行道远去了。“老家伙，别多嘴多舌的。”她小声说。

镇上的人似乎都知道身边在发生着什么。他们对此的反应是继续自己的生活，别把自己牵涉进去。也许他们不会忙着把卡拉和弗里达出现的消息报告警察或这里的纳粹支部。

卡拉和弗里达沿着街道往前走，很快找到了这里的青年旅舍。德国各地有几千处这样的青年旅舍，提供给她们这样的在乡村度假，享受新鲜空气的青年旅行者居住。她们登记入住。房间里只有几张三层的板床，但非常便宜。

骑车出镇的时候已是傍晚。骑了大约一英里以后，卡拉和弗里达看见一个左转的道口。道口没有路标，但有一条山道，她们决定骑车上山。

卡拉开始害怕了。离医院越近，她们越禁不起提问。

又骑了一英里，她们看见了一幢附带花园的大房子。房子外没有围墙和篱笆，山路直通房屋的大门。这里仍然没有路标。

卡拉原以为会看见一座灰石砌成的可怖城堡，窗户上钉着木条，门是上了层铁板的橡木门。但眼前出现的却是一幢标准的巴伐利亚乡间别墅，坡度很陡的屋顶、木质阳台和小巧玲珑的钟塔一样不缺。谋杀儿童的恐怖事件怎么可能发生在这么温馨的地方呢？对医院来说这里也太小了。这时她发现别墅一边新造了一个高高的烟囱。

她们跳下车，把自行车斜靠在屋子的一边。从台阶走到入口时，卡拉的心都要从嗓子眼里跳出来了。为什么没有守卫？是因为没人会傻得来调查这个地方吗?

屋子外没有门铃或是门环，门一推就开了。卡拉走进屋内，弗里达跟在她后面。她们发现自己站在一个石头地板、没有粉刷墙壁的冰冷客堂里。客堂周围有几扇门，但都关着。一个戴着眼镜、穿着漂亮的灰裙子的中年女人从宽阔的楼梯上走了下来。

“有什么事吗？”她问。

“你好。”弗里达小心翼翼地说。

“你们来干什么？你们不能进入这幢房子。”

弗里达和卡拉早就准备好了一套说辞。“我只是想来看看弟弟死去的地方，”弗里达说，“他十五岁——”

“这里不对公众开放。”中年女人气势汹汹地说。

“是吧，就算是吧，但来了又怎么着呢？”弗里达生长在有钱人的家庭，不会被区区小官吓倒。

一个大约十九岁的女孩从侧门走出来，瞪着她们。穿着灰裙子的中年妇女对她说："科尼格护士，快把罗默尔先生叫来。"

护士匆匆离开了。

女人对她们说："来之前你们应该先写封信。"

"没接到我的信吗？"弗里达问，"我给这里的主治医师写过一封信。"弗里达随口扯了个小谎。

"我们没有接到过这种信！"女人显然是觉得这种令人吃惊的请求不可能被忽视。

卡拉静下心聆听着周围的动静。这里出奇地安静。卡拉和身体或智力上有缺陷的病人打过交道。不论是儿童还是成人，他们通常隔一会儿就要闹一下。尽管门关着，但他们的叫声、笑声、哭声和没什么意义的念叨声肯定会被人听见。但这儿什么声音都没有。这里更像是个陈尸所。

弗里达换了策略："也许你能告诉我，我弟弟的墓地在哪里，我想到他的墓前看一看。"

"这里没有墓地，我们有个焚化炉，"她赶紧纠正了自己的话，"我们有火葬装置。"

卡拉说："我看到了那个烟囱。"

弗里达问："我弟弟的骨灰呢？"

"会按照一定程序送到你们家。"

"能不和别人的骨灰混在一起吗？"

女人的脖子一阵白一阵红。卡拉猜测他们认为没人知道这里的底细，因此早就把好些人的骨灰都混在一起了。

科尼格护士和一个穿白色护士服的结实男人走了进来。中年女人对刚出现的男人说："罗默尔先生，快把这两个女孩送走。"

"等一下，"弗里达说，"你觉得你们这么做是对的吗？我只是想看一眼弟弟死的地方而已。”

“当然是对的，你们无权进入这里。”

“那你一定不介意让我知道你的名字吧。”

中年女子迟疑了一下。“我是施密特夫人，现在你们可以走了吧。”

罗默尔气势汹汹地朝她们走了过来。

“我们这就走，”弗里达冷峻地说，“我们没有理由给罗默尔先生提供骚扰我们的机会。”

罗默尔退到一旁，为她们打开门。

她们走出门，骑上车，下了山路。弗里达问卡拉：“你觉得她相信我们的说法吗？”

“当然相信了，”卡拉说，“她甚至没有问你和我的名字。如果有所怀疑的话，她会马上把警察给叫来。”

“但我们也了解得不多。我们只是看到了烟囱，没有找到任何可以被称作‘证据’的东西。”

卡拉觉得有点气馁。要拿到证据并不像听上去那般容易。

卡拉和弗里达回到青年旅舍。她们把身上擦洗干净，换了套衣服，去外面找吃的。镇上唯一的咖啡店就是先前她们去过的老板娘态度恶劣的那家。他们在那里吃了土豆饼和香肠。吃完饭，她们去了酒吧。她们喝了啤酒，热情地和其他顾客打招呼，但没人想和她们说话。这一点非常可疑。德国人此时对陌生人都很警觉，生怕对方是个纳粹探子。但即便如此，没人和两个在酒吧里坐了一个多小时的妙龄女郎调情也是不多见的，这里面必有文章。

她们回到旅社早早休息。卡拉不知道还有什么可做的。明天她们将空着手回家。知道正在发生着可怕的杀戮却无法阻止，她非常沮丧，真想大喊大叫。

她忽然想到，那个自称是施密特夫人的中年女人，很可能对来访者产生进一步了解的想法。方才出现在那幢房子里的时候，她相信了卡拉和弗里达的说法，但过后她也许会产生怀疑，因为要保全秘密而把警察叫来。警察来的话，卡拉和弗里达是不难找到的。这天，全旅舍只有五个客人，她们是唯一的女性住客。她恐惧地聆听着，等待致命敲门声的响起。

如果被警察提问的话，她们会说出一部分真相。她们会说弗里达的弟弟和卡拉的教子死在阿克尔堡，她们想到看看亲人的墓碑，或者至少到亲人死去的地方去看上一眼，站上几分钟寄托自己的哀思。地方上的警察也许会相信她们的说法。但如果和柏林联系的话，这里的警察会马上把她们与被盖世太保调查问离间问题的沃尔特·冯·乌尔里希和沃纳·弗兰克联系上，那样她们的麻烦就大了。

准备在外观简陋的三层床上睡下的时候，门被敲响了。

卡拉的心一惊，想起了盖世太保对父亲所犯的罪行。她知道自己忍受不了虐待，没几分钟就会把自己认识的所有“摇摆孩童”都招出来。

没她那么有想象力的弗里达说：“别害怕。”然后打开了门。

站在门口的不是盖世太保，而是个姣小美丽的金发女孩。过了一会儿，她才认出女孩是没穿制服的科尼格护士。

“我必须找你们谈谈。”女孩上气不接下气地说。她眼中含泪，表情非常紧张。

弗里达让她进来。女孩坐在三层床上，用裙子的袖口抹着眼睛。气定下来之后她说：“我不想再隐瞒下去了。”

卡拉看了眼弗里达。两人想到了一处。卡拉问："科尼格护士，你隐瞒了什么啊？"

"我叫依尔莎。"

"我叫卡拉，她是弗里达。依尔莎，你知道些什么？"

依尔莎用卡拉和弗里达几乎听不见的声音说："我们杀害了他们。"

卡拉惊讶得几乎难以呼吸。她结结巴巴地问："在医院吗？"

依尔莎点了点头。"我们杀了乘灰色巴士来的那些人。有孩子也有老人，孩子中甚至包括一些婴儿。他们都是些无助的人。有一些人非常可怕，他们嘴里流口水，身上全都是自己拉的屎尿，但那是因为他们生病了。另一些人十分可爱。可他们的结局都一样——全都被我们杀害了。"

"你们是怎么干的？"

"给他们注射莨菪碱。"

卡拉点点头。莨菪碱是一种常用的麻醉剂，过量会导致死亡。"医院准备给他们进行什么特殊的治疗？"

"没什么特殊的治疗。"

卡拉问："依尔莎，我想问清一点，他们是否杀害了来这儿的每一名患者？"

"是的。"

"一来就杀吗？"

"一天之内，不会超过两天。"

情况和卡拉预测的一样。尽管如此，这个严酷的事实还是令人恶心，她感到一阵晕眩。

过了一会儿，卡拉又问："那里还有病人吗？"

“没有活着的了。下午我们又给几个刚送来的病人打了莨菪碱。这也正是施密特夫人看到你们来这么害怕的原因。”

“为什么他们不对进入那幢建筑的陌生人设置点障碍呢？”

“他们觉得卫兵和围绕着医院的铁丝网会令人生疑，让人怀疑医院里是不是在发生一些邪恶的事情。另外，在你们之前，也从没有人来过医院。”

“今天死了多少人？”

“五十二人。”

卡拉顿时起了鸡皮疙瘩。“仅仅是我们到这儿的一个下午，你们医院就给五十二个人注射了吗？”

“是的。”

“现在他们都已经死了吗？”

依尔莎点了点头。

卡拉酝酿过一个主意，现在决定把这个主意付诸实施。“我想去看看。”她说。

依尔莎露出害怕的表情。“你这是什么意思？”

“我想去医院，看看那些尸体。”

“他们已经把尸体烧掉了。”

“那也要看看骨灰。你能带我们溜进去吗？”

“今晚吗？”

“就现在。”

“哦，天哪！”

卡拉说：“你不必做任何事情。光是和我们聊，你已经够勇敢了。不想冒更大的风险也没关系。但如果想制止这种暴行，我们还缺少证据。”

“证据？”

“是的。这么跟你说吧，政府对推行这个计划感到心虚——因此这个计划是秘密进行的。纳粹很清楚，德国老百姓不会容忍对儿童的杀戮。但人们宁愿相信这种事不会发生，很容易把这视为流言。如果出自年轻女孩之口的话，人们就更不会相信了。我们必须有过硬的证据才行。”

“我明白了，”依尔莎漂亮的脸蛋上露出坚毅的神色，“那好，我带你们去。”

卡拉站起身：“你平时是怎么去那里的？”

“骑外面那辆自行车。”

“那我们都骑车去。”

三个女孩一起走出了青年旅舍。天黑了，乌云遮住了星星，路上几乎没什么亮光。她们靠着微弱的车灯才走完了出城和上山的路。看到远处的医院之后，她们关上车灯，推着车往前走。依尔莎带着卡拉和弗里达上了一条通向医院后门的林间小道。

卡拉闻到一股类似汽车废气的难闻气味。她吸了口气。

依尔莎小声说：“是焚化炉的气味。”

“哦，天哪！”

她们把自行车藏在灌木丛里，悄悄地走到医院后门。后门没锁，三个人踮着脚尖走了进去。

走廊里亮着灯。房子里没有阴暗的角落：这里像其对外宣称的医院那样整洁明亮。如果碰到什么人的话，她们会很快被发现。一看衣着就知道她们是侵入者。万一被人发现，她们该怎么办呢？也许只有撒腿就跑吧。

依尔莎飞快地走过走廊，拐过一个弯后打开一扇门。“进来吧。”她小声说。

卡拉和弗里达跟着依尔莎走进房间。

弗里达发出凄厉的尖叫，然后马上蒙住了嘴巴。

卡拉小声惊叹：“哦，天哪！”

冰冷的大房间里有三十多个死人。他们面部朝上，赤身裸体地躺在桌上。死者中有胖子，也有瘦子。有行将就木的老人，也有年纪不大的孩子，甚至还有个一岁的婴儿。一些尸体佝偻着身躯，但大多数从外表上看是健康人。

每个人的左上臂都粘着一块小绷带。那里应该就是注射莨菪碱的部位。

卡拉听见弗里达轻声哭泣起来。

卡拉突然想到了什么。“其他人呢？”她轻声问依尔莎。

“已经送进焚化炉了。”依尔莎回答。

突然，房间另一头的双层门外传来一些声响。

“快出去。”依尔莎说。

三个人退回走廊。卡拉合上门，不过留了条小缝以便观察。她看见罗默尔先生和另一个男人推着医院的轮床进了门。

两人讨论着足球，没有往卡拉这边看。她听见罗默尔说：“我们夺取全国冠军仅仅是九年之前的事情，那时我们2:0击败了法兰克福队。”

“是啊，但那时你们的主力中有五六个犹太人，现在他们都已经离队了。”

卡拉意识到，他们正在谈论德国足坛昔日的巨无霸拜仁慕尼黑队。

罗默尔说：“如果采取正确的策略，往日的辉煌终究会回来的。”

两人一边谈论，一边把桌子上一具肥胖的女人尸体抬上了轮床。他们抱起她的肩膀和膝盖，粗鲁地把她扔上轮床，嘴里还在埋怨尸体太重了。

他们把轮床推到另一个桌子旁，把桌上的尸体扔在胖女人尸体上面。

在轮床上堆了三具尸体以后，两人把轮床推出了房间。

卡拉说：“我跟去看看。”

她穿过陈尸室，走到双层门边，弗里达和依尔莎跟在她后面。她们进入了一个与其说是医院还不如说是工厂的地方：漆成棕黄色的墙，水泥地，场地上还堆放着许多纸板箱和工具架。

她们把头伸过墙角，观望着墙角那边的动静。

她们看见一个类似车库的大房间，亮着刺眼的灯光，地面上覆盖着一道阴影。气温很高，她们依稀闻到一股做饭的味道。房间中间放着一只能放下汽车的大铁盒。一根巨大的金属管从铁盒通到屋顶。卡拉意识到自己看到的是一个焚化炉。

罗默尔和同伴把尸体抬下轮床，转移到一条钢制的传输带上。罗默尔按下墙上的一个按钮。传输带开始移动，尸体随着炉门打开进入了焚化炉。

接着，他们把另一具尸体放上了传输带。

卡拉没法再看下去了。

她转过身，示意弗里达和依尔莎往后退。弗里达撞在依尔莎身上，依尔莎不由自主喊了一声。三个人吓呆了。

她们听见罗默尔说：“你听到什么声音了吗？”

“是鬼叫吧。”另一个人说。

罗默尔声音颤抖着说：“别拿这种事开玩笑。”

“你能抓住这具尸体的另一头吗，还是干脆歇一歇？”

“好吧，我抓住她。”

卡拉、弗里达和依尔莎快步走回陈尸室。看见还没送进焚化炉的这些尸体，卡拉对艾达的儿子库尔特涌起了一股哀伤。库尔特曾经戴着胳膊上的一块绷带躺在这里，之后被送上传输带，像一袋垃圾似的被丢进焚化炉。尽管如此，库尔特会一直留在我的心里，她这样想着。

三人进入走廊。接近后门的时候，他们听见施密特夫人狐疑的声音：“那两个家伙怎么拖了这么久？”

她们飞快地走过走廊，跑出后门。月亮从乌云后面出来了，花园被月光照得非常亮，两百码外，她们藏自行车的灌木丛清晰可见。

弗里达最后一个从后门冲了出来。一不留神，她把后门甩得砰砰直响。

卡拉脑子转得飞快。施密特夫人很可能过来调查声音的来由。她们很可能无法在施密特打开后门前藏进灌木丛。她们必须另找个地方暂且先躲一躲。“这边。”卡拉嘘了一声，带头绕到了屋子一边。弗里达和依尔莎很快跟了上来。

卡拉、弗里达和依尔莎紧贴在墙边。卡拉听见门开了，她恐惧得屏住了呼吸。

一阵寂静之后，施密特夫人嘀咕了两句，砰的一声关上了门。

卡拉把头伸过墙拐角，施密特夫人已经进屋了。

三个女孩跑过草地，走到各自的自行车前。

三人沿着林中小道推车，很快就到了公路边。她们打开车灯，骑上车，然后踏着自行车朝镇上骑去。卡拉非常兴奋，她们真的拿到了证据！

接近小镇的时候，卡拉的兴奋逐渐被冷静的思索所代替。她们真正收获了什么呢？接下来她们又该怎么做？

必须把目击的情况说给谁听！卡拉不知道该告诉什么人。无论如何，她们必须让人相信发生了这种事。有人会相信吗？卡拉越想越无法确定。

骑到旅舍下车以后，依尔莎对卡拉和弗里达说："终于结束了，我这辈子从没有这么害怕过！"

"还没结束呢。"卡拉说。

"你这是什么意思？"

"关掉医院和其他类似的机构才算真正结束。"

"怎么可能做到呢？"

"这要靠你了，"卡拉对她说，"你就是活生生的证据！"

"我就害怕你会这么说。"

"明天你能和我们一起回柏林吗？"

依尔莎深思了一会儿，说："好吧，我跟你们一起去！"

沃洛佳·别斯科夫很高兴回到家。莫斯科正处于一年中最热的夏天，天气温暖，阳光明媚。6月30日星期一，沃洛佳回到了毗邻霍登卡机场的红军情报中心。

沃纳·弗兰克和东京间谍的情报是正确的：德国于6月22日入侵了苏联。沃洛佳和柏林苏联大使馆的其他人员乘船和火车回到了苏联。沃洛佳比大多数人优先回到国内：许多人现在还在回国的路上。

沃洛佳意识到柏林给自身带来了多大的伤害。纳粹自以为是，认定自己必然会取得胜利。他们像一支胜利后参加庆功会的足球队，个个都醉醺醺的，讨人厌，还不肯回家。沃洛佳很烦这种人。

一些人也许会因为苏联的秘密警察、苏联严酷的国内统治以及苏联人对抽象艺术清教徒式的态度而对苏联留下同样的印象。但他们错了。社会主义是成长中的意识形态，在走向和谐社会的过程中必然会犯些错误。内务委员会的酷刑室是个例外，只是社会主义健康肌体上的一个不良癌变而已，总有一天会手术切除的。但战时也许不行。

预料到战争将要发生，沃洛佳早就给潜伏在柏林的谍报人员配备了秘密电台和密码本。这时，有限的反纳粹人士能否继续给苏联传递消息变得至关重要起来。离开前，沃洛佳销毁了这些人地址和姓名的记录，他把这些信息都记在了脑子里。

回到家后，他发现父母的身体都很好。父亲有些劳累，准备对付德国的空袭是他的职责所在。沃洛佳去看了妹妹安雅和妹夫伊利亚·德沃尔金，以及他们十八个月的双胞胎儿女：小名德米卡的德米特里和小名塔妮娅的塔蒂阿娜。不幸的是，在沃洛佳看来，他们的父亲还是和以前一样性格阴暗。

在家休息了一天，好好睡了一觉，他准备重新投入工作。

他在情报大楼门前通过了金属检测器。尽管楼里的设施很简陋，但似曾相识的走道和楼梯还是引起了他的一腔乡愁。在楼内行走的时候他指望着有人能上前向他致以祝贺：他们中的绝大部分人一定知道他证实了巴巴罗萨计划。但同事间连个和他打招呼的都没有，也许这里的人都太谨小慎微了。

沃洛佳走进打字员和文件管理员工作的巨大开放工作区，和一个中年女接待员打了个招呼：“妮卡，你好——你怎么还在这儿工作啊？”

“你好，别斯科夫上尉，”妮卡的态度没有他预想的那么热情，“莱米托夫上校想立刻见到你。”

和沃洛佳的父亲一样，莱米托夫上校的职位还不足以使他在30年代末的大清洗中遭殃，现在他填补了被清洗的不幸前任留下的空缺。沃洛佳对大清洗知之不详，但他不相信背叛祖国应当被严惩的高层人士有如此之多。这些人有的可能被监禁在西伯利亚或其他什么地方，有的可能已经被处决了。沃洛佳只知道他们都已经消失了。

妮卡告诉她：“莱米托夫上校现在搬进了走廊尽头的那间大办公室。”

沃洛佳走过开放的大办公区，向一两个熟悉的同事点头微笑，但他们对他也是熟视无睹，在他们眼中，沃洛佳显然不是自己以为的英雄。他拍了拍莱米托夫上校办公室的门，希望上司能给他点提示。

“进来吧。”

沃洛佳走进莱米托夫上校的办公室，向上校行了个礼，然后关上门。

“上尉，在外这么些年辛苦了，欢迎你回来！”莱米托夫上校绕到书桌前，“你在柏林成功地完成了一项非常重要的工作，为此我要私下里向你表示感谢。”

“先生，这是我的分内工作，”沃洛佳说，“但为什么要私下里呢？”

“因为你的情报忤逆了斯大林的意旨，”他扬起手，示意沃洛佳听他说完，“别担心，斯大林不知道证实那条情报的人是你。但大清洗之后，这里的人都很紧张，生怕哪天站错了队。”

“我做错什么了？”沃洛佳难以置信地问，“虚构假情报吗？”

莱米托夫上校使劲摇了摇头。“别误会，你做得非常正确。我也会保护你。但千万别指望这里的人把你当作英雄。”

“好吧。”沃洛佳说。事情比他预料的要糟。

“至少上面还分配给你一间单人的办公室——隔三扇门就到了。用上几天，恢复正常上班的节奏吧。”

沃洛佳知道莱米托夫上校这是在让他走。“好的，先生。”他敬了个礼离开了。

他的办公室不算奢华——一个没有地毯的小房间——但好歹是属于他一个人的。沃洛佳火速回到莫斯科，把德国入侵部队的步伐远远甩在身后。他把失落抛在一边，开始阅读一线指战员们第一周的战地报告。

看着看着，他的心情愈发低落下来。

德军以惊人的速度和效率打击着红军。

看似不太可能，但证据就放在他眼前。

6月22日德军发动进攻的那一天，苏联前沿阵地的大部分部队连支装满弹药的枪支都找不到。

这还不算完。停放在停机坪上的一千二百架战斗机因为没有伪装，在开战的二十四小时之内被德国空军全歼。军队在没有武器补充、没有空军掩护、对敌军方位一无所知的情况下被丢到前沿阵地上——很快被敌军消灭殆尽。

斯大林严令前线部队不能撤退，这导致了更大的一场灾难。每支部队必须战斗到最后一名战士，军官为避免被抓必须在被捕前自杀。部队也因此失去了重新集结，组成最坚固防守阵地的可能性。这意味着每次撤退都会演变成一场杀戮。

前沿阵地的官兵和武器很快将被消灭殆尽。

东京间谍的情报和沃纳·弗兰克的验证都被斯大林忽略了。即便进犯开始以后，斯大林还坚持认为这只是一次小范围的骚扰行动，是一些没领会希特勒意图的德国军官私下进行的，希特勒一听说就会立即制止。

当小范围骚扰的猜测被战争史上规模最大的侵犯的事实替代时，德国人已经席卷了苏联的前沿阵地。一周以后，他们已经在苏联国境内推进了三百英里。

这是个天大的灾难——沃洛佳想大声呼号，这本应是个能够避免的灾难。

错误无疑是一个人犯下的。只有约瑟夫·斯大林能做最后的决定。斯大林顽固，愚蠢，犯下了天大的错误。苏联正处于生死攸关的存亡之际。

在这之前，沃洛佳一直认为苏联推行的共产主义是颠扑不破的真理，仅仅因为内务委员会特工的存在而有所失色。这时，他才意识到，最大的问题实际出在上层。贝利亚和内务委员会的存在是因为斯大林的纵容。斯大林是苏联没能在社会主义的康庄大道上一往无前的罪魁祸首。

下午晚些时候，正当沃洛佳看着窗外阳光照耀的机场跑道，思考回苏联后的所见所闻时，卡门来了。四年前，他们作为中尉进入军事情报学院学习，和另两个学员同住一间屋子。那时的卡门简直是个小丑，他不仅见人就开玩笑，还胆敢嘲笑虔诚的东正教徒。现在，他比过去胖了，看上去也更严肃了。也许是为了显得成熟一些，他还留了撮外交部长莫洛托夫式的小胡子。

卡门关上门，在椅子上坐了下来。他从兜里掏出一个背上带钥匙的锡制玩具兵。他上足发条，把玩具兵放在沃洛佳的办公桌上。玩具兵像游行一样挥着胳膊，身体内部的发条随着胳膊的甩动发出吱吱嘎嘎的声音。

卡门压低了声音说："斯大林已经有两天没有露面了。"

沃洛佳这才意识到发条装置恰巧能屏蔽办公室里可能隐藏着的窃听装置。

他说："有两天没露面，这是什么意思？""他没去克里姆林宫，也没有接电话。"

沃洛佳惊呆了。一国的国家元首不能就这样平白无故地消失了。"他在干什么？"

"没人知道，"玩具兵的动作停了下来。卡门上足发条，玩具兵又挥起手来，"星期六晚上，听说苏联的西线部队被德军包围以后，他说：'一切都丧失殆尽，我放弃了。列宁建立了这个国家，我们把它糟蹋了。'然后他去了昆采沃。"斯大林在莫斯科市郊的昆采沃有一处乡间别墅，"昨天，他没有像平常那样在中午时分出现在克里姆林宫。打电话去昆采沃找他，那里也没有人接电话。今天也是一样。"

沃洛佳凑上前去："他是不是……"他尽量压低声音，"精神崩溃了？"

卡门做了个无助的手势。"这并不奇怪。尽管有那么多的证据，但他就是不相信今年德国会侵略我们。现在看来，他的判断完全错了。”

沃洛佳点了点头。卡门的话完全在理。斯大林让官方媒体把自己称为苏联之父、伟大导师、强大领袖、大自然的改造者、伟大舵手、人类精英、有史以来人类最伟大的天才。但在德国入侵的问题上，即便在他本人看来，其他任何人的判断都要比他更为正确。在这种情况下，一般人往往会结束自己的生命。

苏联的危机比沃洛佳所想的更严重。除了德军的威胁之外，苏联还面临着群龙无首的状态。苏联正处于革命之后最危急的时刻。

但这不也是个机会吗？能利用这个机会把斯大林除掉吗？

斯大林在1924年时也软弱过。那一年，列宁在遗嘱中说，斯大林不适合执掌国家大权。那次的危机过后，他的权威一直都没有受到过挑战。即便在他做出疯狂决定的时候——事后在沃洛佳看来大错特错的大清洗、西班牙内战所犯的战略错误、任命贝利亚为秘密警察头子以及与希特勒结盟——他还拥有着至高无上的权力。德国大举入侵的这一时刻能不能成为让他走下权力巅峰的契机呢？

沃洛佳把这份期盼放在心里，没有让卡门和其他人看出来。在夏日暮光中坐车回家的时候，他一直考虑着这个想法。公共汽车被一队运送高射炮的货运卡车拖慢了——这队卡车进行的运送任务很可能是负责莫斯科防空事务的父亲布置的，他心想。

斯大林会被免职吗？

也许克里姆林宫的红墙之内也有很多人在自问吧。

沃洛佳走进父母所住的政府家属大楼，这幢十层建筑与克里姆林宫之间，只隔着一条莫斯科河。父亲和母亲都不在家，但妹妹安雅和她的一对双胞胎儿女德米卡和塔妮娅在家。德米卡长着黑色的头发和一双黑眼睛，他正拿着一支红色的铅笔，在旧报纸上乱涂乱画。塔妮娅和沃洛佳的父亲格雷戈里一样有着一双专注的眼睛——熟悉他们家的人都说，沃洛佳也有一双这样的眼睛。看到沃洛佳，塔妮娅立刻把手里的玩具拿给他看。

卓娅·沃洛茨采娃正好也在。四年前，沃洛佳前往西班牙前夕，曾经在家里遇见过这个出奇美丽的物理学家。卓娅和安雅发现她们存在一个共同的兴趣爱好：都喜欢苏联的民族音乐，她们一起去听民乐演奏会，卓娅还会演奏苏联的民族乐器“古多克”——苏联独有的三弦琴。卓娅和安雅都买不起留声机，好在格雷戈里有一台。沃洛佳回家的时候，两个女人正围着留声机听一盘三弦琴的音乐专辑。格雷戈里不是什么音乐爱好者，但却觉得留声机里放出的音乐很好听。

卓娅的素色短袖裙，很衬她的淡蓝色眼睛。当沃洛佳聊家常地问她怎么样的时候，她像吃了枪药似的说：“我太生气了。”

时下的苏联人有非常多的理由发火。沃洛佳连忙问她：“为什么？”

“我对原子物理的研究项目被取消了。和我一同工作的其他物理学家都被分配了新任务。我正在进行炸弹瞄准器的改进工作。”

沃洛佳认为这事很正常：“毕竟是战争时期，你先忍忍。”

“你什么都不知道，”卓娅说，“这样跟你说吧，金属铀进行一个名叫裂变的过程时，会释放出大量的能量。我是说巨大的能量。我们掌握了这个知识，西方科学家同样也掌握了这个知识——我在科学月报上读到了他们的论文。”

“炸弹瞄准器的问题看似更加迫切，难道不是吗？”

卓娅生气地说：“裂变这个过程能创造出比目前任何炸弹破坏性大上百倍千倍的效应。一次原子爆炸能炸平整个莫斯科。如果德国拥有了原子弹而我们还没有，那该怎么办？这就好比我们用剑去抵挡他们的枪。”

沃洛佳狐疑地问：“可有没有证据表明别国的科学家也在研究会裂变的炸弹呢？”

“他们肯定在研究。裂变的理论自然而然地和炸弹联系在一起。我们能想到，他们同样也能想到。我这里还有另一个证据。起先，他们把所有关于裂变的研究成果都发表在科学月报上——大约一年以前，他们突然不再发表了。去年开始，我在西方科学月报上就再没看到过有关裂变的最新论文。”

“西方的政治家和军事家意识到了这项研究的军事潜力，将其作为机密，你想表达的是这个意思吗？”

“我想不到还会有任何其他的理由。我想不通的是，在别的国家进行铀元素裂变的研究之时，苏联竟然还没起步。”

“嗯。”沃洛佳假装对此怀疑，但心里觉得这再正常不过了。即便斯大林的崇拜者——包括格雷戈里在内的一小部分人——都不敢宣称斯大林懂科学。独裁者很容易无视这类让他感到不舒服的事情。

“我告诉过你父亲，”卓娅说，“他认真地听了我的讲述，但没人听他的。”

“那你准备怎么办？”

“我又能怎么办？我只能为我们的飞行员设计该死的炸弹瞄准器，希望能达到最好。”

沃洛佳点点头。他喜欢这种态度。他喜欢这个女孩。她聪明过人，精力充沛，还美妙得不可方物。他很想知道是否能约她去看场电影。

有关物理的谈论使他想起了柏林童子军的朋友威廉·伏龙芝。听沃纳·弗兰克说，威廉·伏龙芝正在英国进行研究工作，是个出色的物理学家。威廉也许知道一些卓娅担忧的核裂变炸弹的事情。如果威廉还是个共产主义者的话，也许会把自己知道的情况告诉沃洛佳。沃洛佳在心里记住，有空时给驻伦敦苏联大使馆的情报部门发封电报。

沃洛佳的父母回来了。格雷戈里穿着整齐的军装，沃洛佳的母亲穿着大衣，戴着帽子。他们刚去参加了红军向来热衷的阅兵仪式：尽管面临着德国的入侵，但因为有着提升士气的作用，斯大林要求这类仪式必须照常进行。

老人们和两个孙辈耳语了一会儿，但格雷戈里看上去有点心不在焉。他嘀咕着要去接电话，很快走进了书房。沃洛佳的母亲也转身去厨房烧晚饭去了。

沃洛佳在厨房里和三个女人说话，但他急切地想和父亲谈一谈。他大致能猜测出父亲所接电话的主题：推翻斯大林的企图不是正在策划就是已经被挫败，也许就发生在这幢大楼内。

过了一会儿，他决定冒着惹怒父亲的危险，闯到书房去看一看。他说了声打扰，走进书房。不巧父亲正好要出门。“我要到昆采沃去一次。”他说。

沃洛佳很想知道发生了什么事。“这么晚去干吗？”他问。

格雷戈里没有理会他的问题。“我调来了一辆车，但我的司机已经下班了，你送我去吧。”

沃洛佳非常激动。他从没去过斯大林的别墅，却在这个紧要时刻获得了这样的机会。

“愣着干吗，快和我一起去啊。”格雷戈里不耐烦地说。

他们在玄关说了声“走了”，就很快出门了。

格雷戈里的座驾是苏联模仿美国的帕卡德轿车生产出的黑色吉斯101-A，配备了三档自动变速档。这辆车最快能开到每小时八十英里。沃洛佳坐在方向盘后面，发动了汽车。

汽车穿过手艺人和知识分子住的阿尔巴特街，向西开上了莫扎伊斯克高速公路。“是斯大林同志召您去的吗？”他问父亲。

“不是，斯大林同志已经失联两天了。”

“这个我已经听说了。”

“你已经听说了吗？这件事本应该保密的啊！”

“这事才保不了密呢。现在你们准备怎么办？”

“我们准备派几个人去昆采沃见他。”

沃洛佳问了个异常关键的问题：“去那干什么呢？”

“去看看他活着还是死了。”

苏联的领袖死了却没人发现吗？这事怎么可能呢？“如果他还活着，你们会怎么办？”沃洛佳问。

“我不知道。但不管发生了什么事，我都想去现场看个究竟，不想事后才知道消息。”

沃洛佳知道，窃听装置在移动的车里不能用——麦克风只收集得到马达轰鸣的声音——父子俩不用担心两人的对话会被窃听。但他还是胆战心惊地问出了一个大逆不道的问题：“斯大林会被推翻吗？”

格雷戈里怒气冲冲地答道：“我告诉你，我现在什么都不知道。”

沃洛佳非常吃惊。这类问题本应直截了当地被否定。其他一切回答都相当于肯定。但现在，父亲承认了斯大林被推翻的可能性。

沃洛佳心里燃起了希望。“那可就太好了，”他兴奋地说，“没有大清洗！没有劳改营！女孩们也不用担心被秘密警察从街上抓走遭到强暴了。”沃洛佳本以为父亲会打断他的话，但格雷戈里却只是半闭着眼听他说话。沃洛佳说：“‘托洛茨基-法西斯间谍’这个愚蠢的词汇终于要从我们的字典上消失了。弹尽粮绝的部队可以撤退，而不是送到敌军面前被对方杀戮。做决定的将是为苏联人民着想的一群专业人士。这才是三十年前的您所向往的那种社会主义。”

“蠢儿子，”格雷戈里轻蔑地说，“这个时候苏联不能失去自己的领袖。现在是战时，苏军又在节节败退。我们必须不惜一切代价，保住苏联革命的成果。我们比任何时候都需要斯大林。”

沃洛佳像被打了一记耳光那样难受。格雷戈里已经很多年没叫他“蠢儿子”了。

格雷戈里是对的吗？苏联还需要斯大林吗？斯大林做过那么多可能毁灭苏联的可怕决定，沃洛佳觉得任何其他人当权都比他要好。

他们抵达了目的地。虽然叫乡间别墅，但这幢房子并不是普通的乡间小屋。斯大林在昆采沃的房子是幢又长又宽的石头房子，两边有五扇落地长窗，房子外面还有个宽大的入口。斯大林的别墅坐落在一片松木林中，像是为了隐藏似的被漆成了暗灰色。别墅门外守卫着几百名士兵，别墅墙上安装着双层铁丝网。

格雷戈里指着部分隐藏在伪装网里的一门高射炮对沃洛佳说："是我设置在那的。"

门口的卫兵认出了格雷戈里，但还是要他出示了身份证明。尽管沃洛佳是情报部门的上尉，格雷戈里贵为将军，但卫兵还是搜了他们的身，看看有没有携带武器。

沃洛佳把车开到门前。房子前面没有停别的车。"等其他人来了再一起进去。"格雷戈里说。

过了一会儿，三辆简称为"ZIS"的吉斯豪华轿车开了过来。沃洛佳知道，"ZIS"代表扎沃德·伊姆尼·斯特林娜，是以斯大林的名字命名的工厂生产的。乘车而来的客人会成为汽车命名者的行刑者吗?

八个穿着西装，戴着礼帽的男人怀揣着苏联的未来从车上走了下来。沃洛佳在他们中间认出了外交部长莫洛托夫和秘密警察头子贝利亚。

"进去吧。"格雷戈里说。

沃洛佳惊呆了。"我能和你们一起进去吗？"

格雷戈里把手伸到车座底下，递给沃洛佳一支托卡列夫TT-33手枪。"放在你的口袋里，"他说，"如果该死的贝利亚想逮捕我，你就一枪毙了他。"

沃洛佳小心翼翼地接过手枪：TT-33没有保险栓。他顺手把七英寸的枪塞进兜里，和父亲一起下了车。沃洛佳记得，这种枪的弹匣里装有八发子弹。

众人一起走进屋子。沃洛佳生怕会有第二次搜身，被人发现武器。但房子里没有人检查武器。

屋里的墙是暗黑色的，灯光十分黯淡。有位军官把他们引进了一间像是小餐厅的房间。斯大林坐在房间里的扶手椅上。

东半球最强势的人看上去憔悴而沮丧。斯大林抬起头，问前来的众人："你们来这干什么？"

沃洛佳不由得倒吸了一口气。斯大林显然觉得他们不是来逮他走的，就是来要他命的。

一时间谁都没有回答斯大林的问题。沃洛佳意识到这群人事先没有做好计划。在不知道斯大林死活的情况下，他们又能做什么计划呢？

现在他们该怎么办？毙了斯大林吗？这个机会一过，他们就不可能找到别的机会了。

莫洛托夫上前一步说："我们恳请您回去工作。"

沃洛佳抑制住抗议的冲动。

斯大林摇了摇头："我能顺应苏联人民的期待吗？我能领导苏联走向胜利吗？"

沃洛佳吃了一惊。斯大林真想从领袖的位置上退下来吗？

斯大林说："也许有比我更好的人选。"

斯大林又给了他们一次让他下台的机会。

又有一个人开口说话，沃洛佳转头一看，发现是伏罗希洛夫元帅。"没有任何人比您更称职。"伏罗希洛夫元帅说。

说这话干什么？这可不是阿谀奉承的时候啊！

沃洛佳的父亲开口了："这句话说得很对！"

这些人不准备让斯大林下台吗？他们怎么能这么蠢啊！

莫洛托夫第一个说到了关键性的问题。"我们建议成立一个名叫国家防务委员会的战时内阁，一个权力超过政治局、人数较少、具有最终决定权的最高权力机构。"

斯大林急切地问："谁将是这个委员会的首脑呢？"

"斯大林同志，当然是您啊！"

沃洛佳真想大喊一声：不要啊！

又是一阵长久的沉默。

沉吟了一会儿，斯大林说话了。"很好，"他说，"告诉我，委员会里会有哪些人？"

贝利亚走上前，宣布了委员会的成员名单。

沃洛佳感到沮丧和挫败，他们失去了最好的机会，一切全完了。他们本可以废黜一个暴君，却没有这样的胆量。他们像是没了父亲就不知道怎么办的孩子那样接受了一个异常残暴的父亲。

事实情况比这还糟，他沮丧地意识到。斯大林也许的确有过信心尽失的那一刻——从进门时他的样子就可以看出——但却采取了最完美的政治举措进行挽回。所有可以替代他的人都在这个房间内。当他的灾难性判断被所有人目睹的这一时刻，他迫使对手齐集在他面前，恳求他重新出山。斯大林一笔勾销了此前犯下的令人瞠目结舌的错误，使自己得到了重新开始的机会。

斯大林不仅仅是回来了。

还比以前更强悍了。

谁有勇气公开抗议阿克尔堡正在发生的事情呢？卡拉和弗里达亲眼目睹了纳粹对残疾人的杀戮，并找到了依尔莎这个见证人，但现在她们需要一个为这事大肆鼓吹的人。德国没有了民选的议员：所有的议员都是纳粹党人。记者们也靠不住，他们沦为了谄媚奉承的伪君子。法官都由纳粹指定，秉承政府的意旨。卡拉以前从来没有意识到拥有自由意志的政治家、记者和律师多么重要。她现在才发现，没有了这些人，政府就能为所欲为，甚至可以毫无顾忌地屠杀百姓。

他们能依靠谁呢？弗里达的仰慕者海因里希·冯·凯塞尔有个做神父的朋友。“彼得是我们班上最聪明的男孩，”凯塞尔告诉她们，“他不太会和人打交道，为人过于耿直，但我想他会倾听我们的话的。”

卡拉觉得可以找这人试试。乌尔里希家所在教区的奥赫牧师就是个很有同情心的人，只不过盖世太保吓得他闭紧了嘴。也许同样的事情也会发生在彼得神父身上。可她实在不知道还有什么办法。

七月的一个周日清晨，海因里希把卡拉、弗里达和依尔莎带到了舍恩贝格区彼得的教堂。海因里希穿着黑色的西装，显得非常英俊。女孩们都穿着象征诚信的护士制服。四人从侧门走进教堂，走进一个挂着巨大窗帘，配有几把旧椅子的昏暗的小房间。彼得神父正独自在房内祷告。他一定听到了他们进来的脚步声，但在起身与他们打招呼前还是继续跪地祷告了几分钟时间。

彼得又高又瘦，他剃着平头，相貌十分普通。如果是海因里希同龄人的话，他的年龄应该是在二十七岁上下。他皱着眉头看着他们，丝毫不掩饰被打扰的怒气。“我正在为弥撒做准备，”他严厉地说，“海因里希，很高兴在教堂见到你，但你现在必须离开，弥撒之后我再去找你。”

“彼得，我们发现了一件亵渎神灵的事情，”海因里希说，“快坐下，我们有重要的事情要告诉你。”

“没什么比弥撒更重要的事了。”

“相信我，彼得，给我五分钟就能讲完。”

“好吧。”

“这是我女朋友弗里达·弗兰克。”

卡拉非常惊讶。弗里达什么时候成了海因里希的女朋友？

弗里达说：“我有个天生脊柱裂纹的弟弟，今年早些时候，他被送到巴伐利亚阿克尔堡的一家医院进行特殊治疗。没多久我们就收到了他因阑尾炎而死的信件。”

弗里达转身看着卡拉，卡拉心领神会地接过了话：“我家的女仆有个智障的儿子。他也被送去了阿克尔堡。弗兰克家收到那封信的同一天，我家的女仆收到了一封一模一样的信。”

彼得摊开手，做了个“那又如何”的手势。“我以前听过这种事。这是反政府的宣传。教会不会介入这种政治上的事情。”

你在蒙谁？卡拉心想，教会介入政治可深了！但她没有细究教会的是是非非，而是继续说明真相。“我们家女仆的儿子压根没有阑尾，”她说，“两年前他的阑尾就被手术割掉了。”

“这又能证明什么呢？”彼得问。

卡拉觉得非常气馁。彼得对他们明显抱有着偏见。

海因里希说：“彼得，我们还没说完呢，跟我们一起来的依尔莎就曾经在阿克尔堡的医院工作过。”

彼得表情期待地看着依尔莎。

“神父，我生长在一个天主教家庭。”依尔莎说。

卡拉没听依尔莎说起过这件事。

“我不配做个天主教徒。”依尔莎继续说。

“姊妹，没什么配与不配，天父对他的每个子女都是一样的。”彼得虔诚地说。

依尔莎说：“但我明知是罪却还去做，他们叫我那么去做，我怕他们，因此就照他们说的去做了。”她哭了起来。

“你做了什么？”

“我杀了人。神父，天父会原谅我吗？”

神父吃惊地看着眼前这个年轻护士。他无法把依尔莎的忏悔看成反政府的宣传：眼前站着的是一条饱受折磨的灵魂。他的脸色变得像纸一样的苍白。

所有人都安静下来，卡拉更是屏住了呼吸。

依尔莎说：“身体有残疾的人被灰色的公共汽车送到医院。医院并没有什么特殊的治疗方法。我们只是给他们打上一针让他们死。接着我们再把尸体焚化。”她抬头看着彼得，“天父会原谅我犯下的这些罪吗？”

彼得张开嘴想说话，却一时什么也说不出来。他咳嗽了一声，然后问依尔莎：“医院杀了多少人？”

“通常是四辆公共汽车。每辆车上约有二十五名残疾人。”

“那就是一百个了？”

“是的，每周一百个。”

彼得不再像刚才那样高高在上了。他的脸色一块灰一块白，嘴巴吃惊地大张着：“每周杀害一百名残疾人吗？”

“是的，神父。”

“是哪类残疾人呢？”

“身残和智障的都有。还有生活不能自理的老人、出生畸形的婴儿、瘫痪在床的人、弱智者和单单生活不能自理的人。”

彼得情不自禁地重复了一遍刚才的问题：“医院里的职员把他们全都杀害了吗？”

依尔莎哽咽着说："抱歉，我知道这是错的。"

卡拉看着彼得。他刚才的傲慢神态全都不见了，这是个很好的转变。听了这么多年虔诚的天主教徒承认的小小过犯之后，彼得突然遇上了滥杀无辜这种天理难容的大罪。他内心所受到的震撼是可以想见的。

但他会怎么做呢?

彼得站起身。他拉住依尔莎的双手，把她从椅子上拽了起来。"回你的教堂跟神父忏悔，"他说，"他会原谅你，这点我还是知道的。"

"谢谢你。"她轻声说。

彼得放开依尔莎的手，看着海因里希。"对于我们这些余下的人，事情不会这么简单。"他说。

然后他背过身，跪下又一次做了祈祷。

卡拉看了看海因里希，海因里希对她耸了耸肩。他们站起身，离开了这个小房间。卡拉紧紧搂着痛哭流涕的依尔莎。

卡拉说："做完弥撒再走吧，也许彼得神父想在弥撒之后找我们谈谈。"

四人走进教堂中殿。依尔莎不再哭泣，从痛悔中平静下来。弗里达扶住海因里希的胳膊。他们坐在虔诚的男男女女以及玩闹的孩子们之间，这些人都穿着自己最好的衣服。这些有信仰的人绝不会杀害残疾人，卡拉心想。但政府却以他们的名义滥杀无辜，这样的事怎么能听之任之呢?

她不知道是否能对彼得神父有所期待。显然，他最终相信了他们所说的话。彼得神父本以为他们是来做政治宣传的，但依尔莎的真诚打动了他。他被血淋淋的事实吓坏了。但除了告诉依尔莎上帝会原谅她之外，彼得神父没有做出任何承诺。

卡拉环顾教堂四周。这里的装饰比她所在的新教教堂更鲜艳。这里有更多的雕塑和画像，更多的烛台、旗帜和蜡烛。看着这些装饰，卡拉想起了新教徒和天主教徒间为这种芝麻绿豆小事进行的争战。在这样一个儿童被无辜杀戮的世界上，还有人为蜡烛而争斗是多么奇怪啊！

弥撒开始了。神父们穿着袍子走进正殿，彼得神父是他们之间最高的一个。他表情严肃，面露虔诚之色，卡拉实在无法猜透他在想些什么。

她麻木地听完了赞美诗和祷告词。她曾为父亲祈祷过，但两个小时候后却在家里的地上看到了被残酷虐待而死的父亲。她每天都会想到他，有时每一刻都会想到他。祷告救不了卡拉的父亲，也同样救不了被政府视为无用的弱势群体。需要的是果敢的行动，而不是无用的言语。

卡拉从父亲想到了哥哥埃里克。埃里克正在苏联的什么地方参战。埃里克写过封家信，信里炫耀了德军在苏联的闪电深入，愤怒地拒绝相信父亲被盖世太保所杀的事实。他说，父亲肯定是毫发无损地被盖世太保放回来了，害死他的是街上流窜的共产党人或犹太人罪犯。他完全生活在幻想中，已经完全失去了理智。

彼得神父也是这样的吗？

彼得神父走上讲道坛。卡拉先前不知道他会在这天的弥撒中布道，他会在布道中说些什么呢？他会被这天早上听到的事情感染吗？会由此展开话题，谈到谦虚的美德和妒忌的罪恶吗？还是会罔顾良心，为德军在苏联的迅速挺进而感谢上帝呢？

他高大威严地站在讲道坛上，用卡拉分不清是骄傲还是蔑视的目光俯视着教堂里聚集着的会众。

“第五条诫命：不可杀生！”

卡拉侧过头，和海因里希的目光交会了。彼得准备说什么？

彼得神父的声音在正殿的石板间回荡。“巴伐利亚有个叫阿克尔堡的地方，我们的政府每周在那违背一百次这条诫命。”

卡拉惊呆了。彼得神父正在布道，揭露、声讨政府残害残疾儿童和弱势群体，他真的做到了！事态也许会因此而产生翻天覆地的变化！

“这与受害者是残疾人、弱智、生活无法自理者还是瘫痪者无关，”彼得毫不掩饰自己的怒气，“他们和天生畸形的婴儿、垂暮的老人一样，都是上帝的孩子，他们的生命和你我一样宝贵。”他提高了声音继续说，“杀害这些人是十恶不赦的罪过！”他抬起右臂，捏起拳头，声音动情地颤抖着，“我想告诉你们，如果我们继续对此听之任之的话，那我们也会像实施这种罪恶注射的医生和护士一样犯罪……”他顿了顿，又继续说，“如果保持沉默的话，那我们也同样是杀人犯！”

托马斯·马赫支队长非常生气。四号项目的外泄使他在克林勒恩督察和其他上司面前成了个傻子。他曾向他们保证过，这个项目绝对不会出岔子。他说，阿克尔堡和德国其他地方的同类型医院绝不会泄密。他追踪了沃纳·弗兰克、奥赫神父和沃尔特·冯·乌尔里希这三个无事生非的家伙，用不同的方式使他们闭了嘴。

但是，突然间，他处心积虑保守的秘密大白于天下了。

捅出这个秘密的是年轻傲慢的彼得神父。

彼得神父正赤身裸体地坐在马赫面前，手腕和膝盖被绑在一把特制的椅子上。彼得的耳朵、鼻子和嘴巴向外冒血，胸膛上都是呕吐出来的污物。他的嘴唇、乳头和睾丸上通着电线，前额上绑着根防止他在痉挛时把脖子扭断的皮带。

坐在旁边的医生用听诊器听了听彼得神父的心率，露出犹疑之色。“他已经受不住了。”医生用实事求是的口气说。

彼得神父煽动性的布道传到了德国各地。地位极高的明斯特主教也在布道时痛斥四号项目，内容和彼得神父的布道大致相仿。主教呼吁希特勒从盖世太保手里拯救百姓，聪明地暗示希特勒也许不知道这件事，在把希特勒和这件事撇开的前提下要求政府停止这个项目。

明斯特主教的布道文被打印和复写，在德国各地传递。

盖世太保逮捕了所有被发现握有文件副本的德国百姓，但收效甚微。第三帝国政府第一次遇到了对政府意志的强大挑战。

盖世太保的镇压是残暴的，可没起到作用：布道文的传播越来越广，更多的牧师开声为死难的残疾儿童祈祷。阿克尔堡甚至发生了一次抗议游行。盖世太保完全失去了对局势的主导权。

会出这种事都是因为马赫。

彼得是马赫唯一的线索。盖世太保在阿克尔堡一无所获。莱茵霍尔德·瓦格纳被告知曾经有两个女孩骑车去过医院，但没人知道她们是谁。他还听说有个女护士突然辞职，辞职信上说她要匆忙去结婚了，但没人知道这个女护士嫁给了谁。没找到任何可以追踪的线索。马赫觉得女孩没什么可以多查的，她们掀不起这么大的波澜。

马赫朝操作机械的技师点了点头，技师转动了机械上的一个旋钮。

电流穿过彼得的身体，刺激着他的神经末梢。他全身痉挛，头发一根根竖起。

技师切断了电流。

马赫冲彼得大喊："把他的名字告诉我！"

过了好一会儿，彼得终于张开了嘴。

马赫凑近他的脸。

彼得小声说："不是什么男人。"

"那就是个女人！快把她的名字告诉我。"

"她叫天使。"

"去地狱吧！"马赫抓住旋钮使劲一转，"你不说我就不停下！"他朝战栗尖叫着的彼得大嚷。

门开了，一个年轻的盖世太保走了进来。看到彼得的惨状，小伙子的脸色突然变得煞白。镇定之后，他朝马赫点了点头。

技师关掉电源，尖叫声停止了。医生把头伸向彼得，倾听着他的心跳。

刚来的手下对马赫说："打扰了，马赫支队长，克林勒恩督察请你过去。"

"现在吗？"马赫怒气冲冲地问。

"先生，他是这么说的。"

马赫看了看医生。"他还年轻，"医生对他耸了耸肩说，"你回来的时候他肯定还活着。"

马赫走出审讯室，和手下一起上了楼。克林勒恩督察的办公室在一楼。马赫敲敲门，走进去。"该死的神父还是不肯开口，”他开门见山地说，“再给我一点时间。”

克林勒恩是个戴眼镜的瘦削男人，聪明但意志不坚定。克林勒恩最近才加入纳粹党，还不是精英党卫队的一员，完全没有马赫那种忠于元首的热情。“别再跟神父过不去了，”他说，“不用在神职人员身上做文章，把他们扔到集中营里去吧。”

马赫没料到会发生这种情况。“这些人胆敢诋毁元首，是可忍孰不可忍！”

“他们赢了，”克林勒恩说，“输了的是你。”

马赫觉得克林勒恩肯定在暗地里为此而感到高兴。

“最高层做了决定，”督察说，“四号项目被取消了。”

马赫愣住了。纳粹从没让自己的决定被无知者所犯的小错动摇过。“我们才不会被公众舆论左右呢！”他说。

“这次，我们必须尊重公众的意见。”

“为什么？”

“元首没有私下里对我解释他的决定，”克林勒恩语带嘲讽地说，“不过原因我大致猜得出来。这个项目遭到了各界的强烈抗议。如果继续执行，我们会面临各教派全方位的反对。那就坏事了。我们不能削弱德国人民的团结和决心——尤其是现在正在和我们最强大的敌人苏联作战的关键时刻。于是，元首在权衡利弊之后取消了这个项目。”

“先生，您分析得很对。”马赫强忍着自己的怒气说，“还有别的事要吩咐吗？”

“你可以走了。”克林勒恩说。

马赫退到门口。

“马赫，你站住！”

马赫转过身：“先生，叫我什么事？”

“把你的衬衫换掉。”

“换衬衫吗？”

“你的衬衫上有血。”

“是的，先生。对不起，先生。”

马赫怒气冲冲地踩着楼梯下了楼。回到地下审讯室后，他发现彼得神父依然活着。

他暴怒地朝神父大吼：“阿克尔堡的事情是谁告诉你的？”

彼得神父还是没有开口。

他把电流功率开到了最大值。

神父尖叫了一阵，然后，陷入了永远的沉默。

弗兰克家居住的别墅坐落在一个不怎么大的公园里。离别墅不到二百码的小山上有个四面透风的小亭子，里面放着几条长椅。小时候，卡拉和弗里达经常把这假装成她们的乡村别院，在亭子里举办上几小时有十几个仆人的盛大宴会。长大以后，这对闺密经常会躲在这聊些不想被外人知道的悄悄话。

“第一次坐在这条长凳子上的时候，我的脚尖还够不着地呢。”卡拉说。

弗里达说：“真希望能回到那个时候。”

这是个闷热的下午，天气热得让人透不过气来。卡拉和弗里达穿着无袖长裙，情绪都很不好。彼得神父死了。警方的报告说，他在拘留期间畏罪自杀了。卡拉怀疑他受到了和父亲相似的虐待。在她看来，这种可能性似乎非常大。

因为这件事而被关进各地警局的有几十人。有的人在公众场合抗议当局对残疾人的杀戮，另外的一些人只是分发下范·加伦主教的布道文而已。卡拉估计这些人都收到了盖世太保的严刑拷打，她很想知道同样的命运还有多久会降临到自己头上。

沃纳端着一个托盘走出别墅，经过草地进入小亭。他欢快地说："姑娘们，来点柠檬水好吗？"

卡拉扭过头去。"不用，谢谢了。"她冷冷地说。她不明白，在那样的懦弱表现之后，他怎么还好意思自认是她的朋友。

弗里达说："我也不要，你的柠檬水不是给我端来的。"

"我希望我们还是朋友。"沃纳看着卡拉说。

他的脸皮能有多厚？他们当然不可能再做朋友了。

弗里达说："沃纳，彼得神父已经死了。"

卡拉说："只是因为拒绝接受你弟弟这些人的死，他就被盖世太保折磨死了。我父亲也是因为同样的原因而被折磨死的。很多人为此进了监狱和集中营。但你却还在舒适的办公室里工作。所以我们完了。"

沃纳露出的受伤表情让卡拉非常吃惊。她原以为沃纳会强词夺理，胡搅蛮缠，但他看上去却像是受了伤害。沃纳说："你难道没有想过，我们是用不同的方式在做同一件事吗？"

沃纳的话没有任何说服力。"你什么都没做！"卡拉说。

"也许吧。"他伤心地说，"那你们都不喝柠檬水了吗？"

卡拉和弗里达都没理他，沃纳垂头丧气地回了别墅。

卡拉很生沃纳的气，但又有些遗憾。在发现沃纳是个懦夫之前，她多么期盼能和他谈场恋爱啊。她很爱他，十倍于其他和她接过吻的男孩子。她没有心碎，但失望是肯定的。

弗里达比她幸运。这个念头来自正走出别墅的海因里希。弗里达活泼开朗，海因里希深沉干练，两人正好能配成绝佳的一对。“你爱上他了吗？”卡拉在海因里希还没有走近时问。

“我还不知道呢，”弗里达说，“但他人真的很好，我很仰慕他。”

这也许不是真正的爱，卡拉心想，但这样的恋人也不错。

海因里希带来了一条他们意想不到的消息。“我必须赶来告诉你们，”他说，“爸爸饭后告诉我一条振奋人心的好消息。”

“什么消息？”弗里达问。

“政府取消了那个计划。那个屠杀残疾人的计划叫‘四号项目’。政府已经终止了四号项目。”

卡拉说：“你是说我们赢了吗？”

海因里希使劲点了点头。“爸爸非常吃惊。他说据他所知，元首以前从没对公众舆论低过头。”

弗里达说：“我们强迫他低头了。”

“幸好没人知道是我们捅出来的。”海因里希热诚地说。

卡拉说：“他们乖乖地关闭医院，结束整个项目了吗？”

“才不会呢！”

“这话怎么讲？”

“爸爸说这些医生和护士都被转到了别处。”

卡拉皱起眉头。“他们都被转去了哪里？”

“苏联。”海因里希说。

第九章

1941年，华盛顿

七月的一个炎热的早晨，格雷格·别斯科夫桌上的电话响了。他念完了哈佛的第三学年，再次利用暑期在国务院的新闻办公室做实习生。格雷格擅长数学和物理，毫不费力地通过了考试，可是格雷格不想当什么科学家，他热衷的是政治。他拿起电话："我是格雷格·别斯科夫。"

"别斯科夫先生，早上好，我是汤姆·克兰默。"

格雷格的心跳加快了。"谢谢回电，你显然还记得我。"

"你是说1935年丽思-卡尔顿酒店的事吧。那件事使我的照片唯一一次登上了报纸。"

"你仍然在当酒店警卫吗？"

"我调职了，现在是个商店警卫。"

"做过私人侦探的工作吗？"

"做过，你想调查些什么？"

"我现在在办公室，我想私下里和你谈谈。"

"你是不是在白宫对面的老行政大楼上班啊？"

"你怎么会知道？"

“我就是干这个的啊！”

“这倒也是。”

“我在第五大街和第十九大街拐角处的芳香咖啡店等你。”

“我现在过不来，”格雷格看了看表说，“事实上现在我必须挂电话了。”

“我等你。”

“给我一个小时。”

格雷格匆匆下了楼梯。刚走到门口，一辆劳斯莱斯便悄无声息地停了下来。超重的司机步履艰难地下车，打开车后门。后座上的乘客高大瘦削，满头的银发。他穿着带有两个胸袋的灰色法兰绒西装，西装裁剪精致，一看就是出自伦敦名师之手。他气定神闲地走上行政大楼的花岗岩台阶，胖司机提着他的手提箱紧赶慢赶地跟在后面。

车里出来的这个人是国务院第二号人物助理国务卿萨姆纳·韦尔斯，韦尔斯和罗斯福总统的私交非常好。

司机正要把手提箱交给国务院门童的时候，格雷格抬步迎上前去。“早上好，先生，”他一把从司机手里拿过手提箱，为助理国务卿敞开门，接着跟在韦尔斯身后走进大楼。

格雷格之所以选择新闻办公室是想为哈佛大学的校报《哈佛深红报》提供真实有料的稿件。但他不想仅仅当个新闻助理，他还有更大的野心。

格雷格仰慕萨姆纳·韦尔斯，萨姆纳·韦尔斯常能使他想起自己的父亲。英俊的外表，得体的服饰，隐藏野心家实质的完美风度，这些都和格雷格的父亲列夫完全一样。韦尔斯决意要从上司国务卿科德尔·赫尔手里夺权，总是毫不犹豫地绕过赫尔直接向总统汇报——赫尔对此非常恼怒。格雷格对能在一个有权而且不介意使用权术的人身边做事非常兴奋。权力和使用权力的机会正是他梦寐以求的两样东西。

韦尔斯对格雷格很有好感。只要格雷格愿意，任何人都会对他产生好感。但对于韦尔斯，情况有点不一样。尽管韦尔斯娶了个富有的女继承人，他对英俊的小伙子情有独钟。

格雷格却是个纯粹的异性恋。格雷格在哈佛拉德克里夫学院有个固定的女朋友，叫埃米莉·哈德卡斯特，答应到了九月就和他上床。在华盛顿，他和得克萨斯众议员劳伦斯丰满的女儿莉塔约会。在和韦尔斯的关系上，格雷格一直在走钢丝。他对韦尔斯的态度很亲切，希望讨得韦尔斯的欢心，但一直拒绝与韦尔斯有过于亲密的身体接触。当韦尔斯自制力减弱，双手开始游移的酒后，他更是会离韦尔斯远远的。

看到参加十点高层会议的人员都聚齐了以后，韦尔斯对格雷格说："孩子，你可以留下来，这对提高你的见识非常有帮助。"格雷格非常兴奋。他很想知道这次会议能不能给他一个出头露面的机会。他希望有人注意到他，对他表示认同。

几分钟之后，杜瓦参议员和儿子伍迪出现了。杜瓦父子都又瘦又高，长着大头，穿着式样差不多的深蓝色亚麻西服。不过，伍迪比父亲更具有艺术细胞：他为《哈佛深红报》拍摄的照片赢得过几次不同的奖项。伍迪对韦尔斯的高级助理贝克福斯·罗斯点了点头，两人一定以前就认识。贝克福斯是个极度自负的人，因为格雷格的苏联姓氏，他一直鄙夷地把格雷格称为"苏联小子"。

韦尔斯在会上开门见山地说："我现在要告诉你们的都是高度

机密的，不能被外界知道的事情。下月初，总统将和英国首相见次面。”

格雷格强忍住没有呼叫出声。

“很好，”格斯·杜瓦说，“他们在哪儿见面？”

“为了安全，同时也是为了节省丘吉尔的旅途时间，初步打算在大西洋的船上见面。总统希望我随从他一起参加，届时赫尔参议员会留在华盛顿看家。格斯，总统希望你也参加这次会面。”

“很荣幸，”格斯说，“日程是如何安排的？”

“英国似乎暂时摆脱了德国的入侵威胁，但英国的军力还不足以进攻欧陆上的德军——除非能得到我们的帮忙。丘吉尔在会面时可能会要求我们对德国宣战，当然我们会拒绝。聊过这个议题之后，总统会和英国方面签订一份具有共同目标的联合声明。”

“不会是战争目标吧？”格斯问。

“当然不是。美国既没有参战，也没有参加战争的意愿。但我们可以在不参战的情况下和英国交好，无限制地给英国提供它们所需的战争储备。另外，战争结束之后，我们还希望在战后的世界具有一定的发言权。”

“战后的世界是不是需要一个加强版的国联呢？”格斯问。格雷格知道，格斯和韦尔斯都热衷于这个念头。

“格斯，这正是找你来谈的原因。如果想让这个计划得以成功，我们就必须做好准备。我们要让罗斯福总统和丘吉尔首相承诺把加强国联的计划写进协定。”

格斯说：“你应该很清楚，总统同意我们的这个想法，但对公众舆论还有几分顾忌。”

一位助理走进会议室，递给贝克福斯一张纸条。贝克福斯看了眼，高声惊呼道：“哦，天哪啊！”

韦尔斯试探地问：“喂，上面写了什么？”

“你们应该知道，日本议会上周开了个会。”贝克福斯说，“我们得到了有关会议商议内容的情报。”

他对情报来源语之不详，但格雷格很清楚他是什么意思。美军情报处能拦截和破译出东京日本外交部发送给各驻外使馆的无线电波。这些破译出来的电文代号名为“魔力”。尽管没达到级别，但格雷格知道破译电文的事情——如果军方知道格雷格知道这些机密的话，他一定不会有好日子过。

“日本人讨论要扩张他们的疆土。”贝克福斯说。格雷格知道，他们已经把疆土扩展到了伪满洲，正把军队转移到中国剩下的大部分国土。“他们不打算向西进入西伯利亚，那将意味着和苏联的全方位交战。”

“这很好，”韦尔斯说，“这样苏联就能专心抗击德军的侵略了。”

“是的，先生，但日本转而打算向南扩张，完全控制印度支那和荷兰的东印度领地。”

格雷格吃了一惊，这是最新消息——他和与会者成了第一批听说这个消息的美国人。

韦尔斯非常愤怒：“他们怎么可以这样，这简直就是一场帝国主义战争。”

格斯插话说：“萨姆纳，从理论上讲，这还不算是场战争。日本已经从代表法国殖民者的维希政权那里得到了书面同意，可以在印度支那派驻军队。”

“维希政权只是纳粹的傀儡啊！”

“我说了是‘从理论上讲’。另外，东印度从理论上讲是由荷兰统治的，但荷兰早已被德国侵占，德国很乐于见到东印度殖民地被他们的日本同盟占领。”

“那是他们在狡辩。”

“很多人可能会用这种托词和我们狡辩——日本大使就是其中的一个。”

“格斯，你说得对，谢谢你的提醒。”

格雷格一直在寻找做出有益于目前讨论的发言的机会。他比其他人更希望打动身边的这些权贵。但这些人知道的都比他多出很多。

韦尔斯问：“日本人想要些什么呢？”

格斯说：“石油、橡胶和锡。他们迫切地想得到这些天然资源。因为我们一直干扰他们的原材料供应，因此这点并不奇怪。”美国对原油和铁屑这些原材料对日本实施了禁运，试图阻止日本在亚洲的日益扩张，但禁运的收效并不是很大。

韦尔斯气愤地说：“我们的禁运从未得到有效的实施。”

“是的，但禁运威胁足以吓倒几乎没有自然资源的日本人。”

“我们显然需要实施更多有效的措施，”韦尔斯厉声说，“日本人在美国银行里有很多钱，我们能不能冻结他们的这些资产呢？”

在座的的官员们露出不赞成的神色。这个方案太激进了，弄不好会伤及自身。过了一会儿，贝克福斯说：“我想我们可以用上这一招，这比任何禁运都更有效。没钱的话，他们在美国买不到原油和其他任何一种原材料。”

格斯·杜瓦说：“国务卿会像往常一样，阻止任何可能导致战争的行动。”

他说得对。科德尔·赫尔国务卿非常谨慎，经常和行事激进的下属韦尔斯发生冲突。

“国务卿非常英明，他的做法自有他的道理。”韦尔斯说。大家都知道他是言不由衷的，但出于礼节，他需要这么说。“美国必须高高屹立在国际舞台上。我们必须精明一点，而不是一味地懦弱退让。我去把冻结日本资产的想法灌输给总统吧。”

格雷格被震撼了。这就是权力的力量。韦尔斯可以在一瞬间做出改变整个国家前进方向的建议。

格斯·杜瓦皱起眉头。“没有了进口原油的话，日本经济会趋于停滞，军队的战斗力将大减。”

“这不正好嘛！”韦尔斯说。

“真的好吗？面对如此大的一场灾难，你能想象到日本的军政府会怎样做吗？”

韦尔斯不喜欢被人诘问。他说：“参议员阁下，能不能由你来告诉我呢？”

“我不知道。但我想我们应该在采取行动之前寻找到答案。孤注一掷的人十分危险，现在我只知道美国还没做好和日本交战的准备，我们的海军和空军都没有做好这个准备。”

格雷格敏锐地发现，自己的机会来了。他决定抓住这个机会。“助理国务卿先生，我插句话，根据最新的民意调查，三个美国人里有两个支持和日本人作战，而不是和他们媾和。知道这一点也许会对你有所帮助。”

“格雷格，你提出的观点很好，谢谢你。美国不会任由日本杀戮无辜。”

“不管民意调查结果如何，民众大多是不希望打仗的。”格斯说。

韦尔斯合上了桌子上的文件夹。“参议员，我们都同意壮大国联，但在日本的问题上意见相左。”

格斯站起身。“这两件事都需要总统来做决定。”

“谢谢你来见我。”

会议结束了。

格雷格兴高采烈地离开了会议室。他受邀参加高层会议，在会上得知了令人震惊的消息，自己也发表了受到韦尔斯赞赏的言论。新的一天开了个好头。

他离开大楼，向芳香咖啡馆走去。

格雷格以前从没有雇佣过私人侦探。这似乎有些不太合法。但克兰默是个遵纪守法的市民，与过去的女朋友联系也不触犯任何法律。

咖啡馆里除了穿着皱巴巴泡泡纱西服，肩膀宽阔，叼着根烟的克兰默之外，还有两个看起来在茶歇的秘书和一对外出购物的老夫妇。格雷格坐进克兰默所在的隔间，让女侍者送杯咖啡过来。

“我想找杰姬·杰克斯。”他对克兰默说。

“那个黑人女孩吗？”

那时她的确是个女孩，格雷格怀念地想。尽管想装得老成一些，但她当时只有十六岁。“那是六年前的事了，”格雷格对克兰默说，“现在她已经算不上是个女孩了。”

“让她演戏的不是我，是你父亲。”

“我不想找他。你可以帮我，不是吗？”

“希望能帮上你的忙，”克兰默拿出一个小笔记本和一支铅笔，“杰姬·杰克斯多半是个假名吧？”

“她叫梅贝尔·杰克斯。”

“她是个女演员吗？”

“她想当上女演员，但我不知道她达成目标没有。”杰克斯漂亮而且具有表演天赋，但提供给黑人演员的角色不是很多。

“她的名字肯定不在电话本里，不然你也不会过来找我。”

“兴许没有登记，但多半她用不起电话。”

“1935年以后你见过她吗？”

“见过两次，两年前在离这不远的第五大街上见过一次，两周前在离这两个街区的地方见过一次。”

“她不太可能住在这种浮华的地方，应该在这附近上班，你有她的照片吗？”

“我没有。”

“我依稀记得她的样子。长得很漂亮，黑皮肤，笑得很甜。”

想起杰姬令人窒息的笑容，格雷格情不自禁地点了点头。“我只想要她的地址，好给她写封信。”

“你怎么使用这些信息，不需要告诉我。”

“很好。”真这么简单吗？格雷格心里直犯嘀咕。

“除了正常的支出之外，我每天收费十美元，最少需要两天。”

价格比格雷格预料得要低。他掏出皮夹子，递给克兰默一张二十美元纸币。

“谢谢你。”警卫说。

“祝你好运。”格雷格说。

这天是星期六，天气很热，伍迪和弟弟查克一起去了海滩。

杜瓦一家都在华盛顿，他们住在丽思–卡尔顿酒店附近的九居室公寓。查克在海军服役，此时正在休假。父亲每天工作十二小时准备大西洋上的峰会，母亲正在写一本有关总统妻子们的新书。

伍迪和查克穿上汗衫和马球衫，带上毛巾、太阳镜和报纸，搭上一列通往特拉华海岸里霍博斯海滩的火车。旅途需要两三个小时，但里霍博斯海滩是夏季周六唯一可去的地方。这片海滩地域宽广，又能吹到来自大西洋的微风，更重要的是，这里还有上千个穿着泳衣的妙龄女郎。

两兄弟在各方面都截然不同。查克个子矮些，体魄精干。他遗传了母亲漂亮的外表以及胜利者的笑容。他在学校里的成绩不是很好，但有着母亲的狡黠，对生活总是抱着玩世不恭的态度。除了跑步和拳击，他在所有运动项目上都强于伍迪。伍迪的腿比他长，所以他跑不过伍迪。伍迪的臂展比他长出许多，他出拳根本打不到伍迪。

查克在家不怎么谈论军队里的事情，这是因为父母仍然对他不读哈佛怒气冲冲。私下他却对伍迪说出了自己的真实想法。“夏威夷非常棒，但在岸上工作让我很失望。”他说，“我是为了上军舰才加入海军的。”

“你在海军都干了些什么？”

“我是情报小组的成员。我们监听敌台，主要是日本海军的电台。”

“他们的电台是用密码发报的吗？”

“是的，但不需解码，你也能了解许多事情。这叫流量分析。发报量的突然增多意味着对方将立刻投入一项军事行动。监听一段时间以后，你就能掌握一些特定的模式。比如说，水陆两栖行动就有一种特殊的表达方式。”

“非常有趣，我想你一定很擅长这个了。”

查克耸了耸肩：“我只是个在电文上做些注解，然后把它们归档的文员而已。但这些基础的东西还是知道的。”

“夏威夷的生活怎么样？”

“有很多乐子。海军的酒吧非常野，黑猫咖啡馆是其中最棒的。我交了个知心朋友埃迪·帕里。一有机会，我们就去威基基海滩滑水。我在夏威夷度过了许多美好的时光。但我更想能在舰艇上服役。”

他们在凉爽的大西洋海水中游泳，买热狗填饱肚子，用伍迪的照相机为彼此照了相，贪婪地注视着在海里游泳的女孩子们，一直到太阳下山才准备回家。穿过人群往回走的时候，伍迪一眼认出了乔安妮·洛兹罗赫。

伍迪不需要看第二眼就知道那是乔安妮。她太出众了，和海滩上的任何女孩都不一样，在整个特拉华都是最卓尔不群的一个。她高高的颧骨，弯刀状的鼻子，乌黑油亮的头发，光滑细腻的皮肤，都是别的女孩梦寐以求的。

他毫不犹豫地走向了乔安妮。

她看上去非常性感。两块美妙的肩胛骨在连体式泳装上的两根细肩带下展露无疑。泳装的下部刚刚包住大腿上部，两条棕色的大长腿完全显现在伍迪面前。

很难想象，这个美妙的尤物曾经被他拥在怀里，和他忘情地拥吻。

乔安妮用手护住眼睛，抬头看着他。“伍迪·杜瓦！你竟然在华盛顿啊！”

他顺势坐在乔安妮身边的沙滩上，如此之近的距离让他呼吸困难。“你好，乔安妮。”他看了一眼乔安妮身边的棕色眼睛的丰满女孩，“乔安妮，你丈夫在哪儿？”

她忍不住笑了：“你怎么会觉得我有丈夫呢？”

伍迪脸红了：“几年前的一个夏天，我去你的公寓参加过一次聚会。”

“你还真去了啊！”

乔安妮的同伴插嘴说：“我记得你。我问了你的名字，但你没搭理我。”

伍迪根本不记得有这么回事。“抱歉对你这么无礼，”他说，“我是伍迪·杜瓦，这是我弟弟查克。”

棕色眼睛的女孩握了握兄弟俩的手说：“我是戴安娜·塔芙娜。”查克在戴安娜身边坐下来，她显得非常高兴，查克非常英俊，比伍迪帅气许多。

伍迪描述着几年前去乔安妮公寓时的情况：“我去厨房找你，一个叫贝克斯福特·罗斯的家伙说他是你的未婚夫。过了这些年，我想你一定已经结婚了，不然这婚约也实在太长了。”

“别傻了！”乔安妮带着一丝怒气说。伍迪知道，乔安妮不喜欢被人开玩笑。“就因为和我共住一间公寓，贝克斯福特就四处跟人说我们订婚了。”

伍迪吃惊极了。贝克斯福特住在那套公寓里吗？他们一起睡了吗？同居在社会上很常见，但女孩子一般不会承认。

“他的确跟我谈论过结婚的事情，”乔安妮说，“但我从来没答应过他。”

看来乔安妮还是独身，伍迪比中了彩票还要开心。

虽然没结婚，但可能已经有男朋友了，他提醒自己。必须搞清楚乔安妮有没有男友。不管怎么说，有男友总比有丈夫要好。

“几天前我和贝克斯福特在国务院一起参加了一个会议，”伍迪说，“他在国务院发展得很不错。”

“他前途无量，会找到一个比我更适合的人做老婆的。”

从语气中看，乔安妮对以前的恋人并没有什么留恋。说不清为什么，伍迪竟然感到有几分欣喜。

伍迪把头靠在手肘上。地上的砂石很热。伍迪心想，如果乔安妮有个正式的男朋友的话，她一定很快会提到他。伍迪问乔安妮：“提到国务院，你还在那上班吗？”

“是的，我在给负责欧洲事务的助理国务卿当秘书。”

“你的工作非常有意思。”

“现在的确是这样。”

伍迪看着泳衣在乔安妮大腿上的分际线，心里琢磨着，不管泳衣遮盖的部位是多是少，男人们想的永远是泳衣下隐藏的敏感部位。伍迪开始悄悄勃起，他拽了拽衣服的前襟，试图掩饰。

乔安妮发现了伍迪在看她的大腿。“你喜欢我的泳衣吗？”她总是这么开诚布公，这是伍迪喜欢她的原因之一。

伍迪决定说实话：“乔安妮，我喜欢你，一直很喜欢你。”

乔安妮笑了：“伍迪，这样很好，我不喜欢遮遮掩掩。”

周围的人都在收拾东西。戴安娜说："我们准备走了。"

"我们也正准备离开，"伍迪说，"一起走，好吗？"

这时，乔安妮完全可以礼貌地拒绝。她只需要说"哦，不，你们男孩先走"就可以了。她却说："好吧，我们一起走。"

女孩们在泳衣外面套上裙子，把随身物品扔在两个包里，然后与伍迪和查克一起沿着海滩往前走。

火车里挤满了和他们一样又饥又渴，被太阳晒得发黑的远足者。伍迪在火车站买了四罐可乐，火车一开便拿了出来。乔安妮问他："你还记得吗？当时在布法罗，天气很热，你给我买过一罐可乐？"

"游行示威的那天吗？我当然记得。"

"那时我们还小呢！"

"买可乐是我搭讪美女常用的招数！"

乔安妮笑了："管用吗？"

"连美女的边都挨不上。"

乔安妮举起可乐罐喝了一口："继续尝试，总会有成功的时候。"

伍迪觉得可以乘胜追击下去，于是他说："回到城里以后，你们想来点汉堡之类的，或是看场电影吗？"

如果乔安妮有男朋友，这时她准会说："不，谢谢了，我和男朋友有约会。"

戴安娜急忙插话说："这主意不错。乔安妮，你呢？"

乔安妮说："当然可以。"

乔安妮没有男朋友——甚至同意和他们约会！伍迪试图遮掩自己的喜悦。"我们可以去看《绑架新娘》，"他说，"那电影很有趣。”

乔安妮问：“是谁主演的？”

“詹姆斯·卡格尼和贝蒂·戴维斯。”

“不错，我很想去看。”

戴安娜说：“我也想去。”

“就这么定了。”伍迪说。

查克嬉皮笑脸地说：“查克，你想去看吗？你一定会说，哦，当然，我想疯了，哥哥，谢谢你还记得我。”

双簧演得并不高明，但把戴安娜逗得直乐。

很快，乔安妮把头枕在伍迪的肩膀上睡着了。

乔安妮的黑发撩拨得伍迪皮肤发痒，温热的呼吸刺激着伍迪短袖衬衫领口下的皮肤。伍迪觉得非常惬意。

杜瓦兄弟与乔安妮和戴安娜在联合车站分开，各自回家换衣服，换完衣服以后又在市中心的中国餐馆见面了。

喝啤酒吃炒面的时候他们谈到了日本问题。这时几乎人人都在谈。“必须有人阻止他们，”查克说，“他们是法西斯主义者。”

“也许吧。”伍迪说。

“他们是军国主义者，侵略性很强，对待中国人非常残暴。他们和欧洲的那些法西斯分子有什么区别吗？”

“我能回答这个问题，”乔安妮说，“区别在于他们对未来的着眼点不同。真正的法西斯分子希望杀光自己的敌人，然后颠覆性地创造一个新社会。日本人推行法西斯主义却是为了保护固有的权力集团，以使他们的天皇和军国主义政权不至于被削弱。西班牙人也不是真正的法西斯主义者，他们为了维护天主教会和贵族阶级的利益而屠杀人民，根本没有创造新世界的想法。”

“不管日本人是为了什么，他们的侵略行径都必须被阻止。”戴安娜说。

“我有不同看法。”伍迪说。

乔安妮说：“伍迪，说说你的看法。”

伍迪知道，乔安妮对政治非常有见地，肯定会欣赏有深度的见解。“日本是个贸易国家，自然资源却非常稀缺：没有石油，没有钢铁，只有少部分的森林。它们想壮大必须靠做生意。比如说，他们进口来棉花，织成衣服，然后卖给印度或菲律宾。但英国和美国这两个经济上的强国却为了保护自己的工业在大萧条期间实行了关税壁垒政策。这一政策结束了日本和美、英两国的贸易往来，其中就包括英国的殖民地印度和美国的势力范围菲律宾。这给了它们沉重的打击。”

戴安娜说：“关税壁垒政策就使他们有权征服世界了吗？”

“当然不能，但这使日本的领导人想到，要保证自己的经济，就必须像英国那样建立日不落帝国，或至少像美国一样获取些殖民地。那样将没人能关闭他们的生意渠道了。因此他们想把远东作为自己的后院。”

乔安妮说：“我们政策的弱点在于，每次我们想因为日本人的侵略而对他们进行经济制裁的时候，他们都会因此而更坚定自给自足的决心。”

“也许吧，”查克说，“但他们还是必须被阻止。”

伍迪耸了耸肩，他在这个问题上没有答案。

饭后，四个人一起去了电影院。电影非常好看。看完后，杜瓦兄弟送乔安妮和戴安娜回公寓。走出影院，伍迪抓住乔安妮的手。乔安妮对他微微一笑，捏了捏他的手，伍迪的心踏实下来。

走到公寓楼下，伍迪拥乔安妮入怀。他从眼角的余光看到，另一对此时也已经拥抱在一起了。

乔安妮近乎草率地吻了吻伍迪的嘴唇："只是礼节上道别的一吻哦。"

"上次我们接吻可不是什么礼节性的吻。"他低下头，再一次吻了她。

乔安妮把中指点在他的下巴上，把他推离自己。

难道只能轻轻地啄一下吗？伍迪心想。

"那晚我喝醉了。"乔安妮说。

"我明白。"伍迪知道乔安妮不想让他亲近的根源在哪里。她不想让伍迪觉得自己很随便。他说："那时你情绪很低落，那样的你更加动人心魄。"

她考虑了一会儿。"真是败给你了，看来你是真的很了解我。"说完她又吻了他一次，这次比刚才更轻柔，也更为不舍，不是出于感情的突然升温，而是意味着亲密的感情专注。

没多久，他就听到查克说："戴安娜，晚安。"

乔安妮马上从伍迪怀中挣脱开来。

伍迪失望地说："我弟弟吻得太快了。"

乔安妮轻轻一笑。"晚安，伍迪。"说完，她转身走向公寓大楼。

戴安娜站在公寓门口，表情非常失落。

伍迪仓促地问："还能和你约会吗？"即便自己听来，语气也太猴急了。他一个劲地在心里责骂着自己。

但乔安妮似乎并不在意。"电话联系。"说完便进了门。

等到两个女孩消失了，伍迪才转过身。他责问查克。“为什么不多亲热一会儿？”他的口气很严厉，“戴安娜是个非常诱人的女孩。”

“不是我喜欢的类型。”查克说。

“真的吗？”伍迪不再生气，而是对弟弟无视这么漂亮的女孩感到十分奇怪。“丰满的胸部，漂亮的脸蛋——你还想要什么？如果没有碰到乔安妮，我绝对会吻她的。”

“每个人喜欢的类型是不一样的。”

他们朝父母租住的公寓走去。“你喜欢哪一型的呢？”伍迪问查克。

“在你谋划双重约会之前，我有件事要告诉你。”

“很好，什么事？”

查克停住脚步，伍迪只好跟着停下。“你必须对我发誓，这件事绝对不能让爸爸妈妈知道。”

“我发誓，”伍迪在昏暗的街灯下打量着查克，“那个不能说的秘密是什么？”

“我不喜欢女孩子。”

“有时女孩是很烦，这点我同意，但你就是得追求她们。”

“我是说，我不喜欢和她们拥抱、接吻。”

“什么？别傻了，那是世界上最高的享受。”

“伍迪，我们的构造不同，我不喜欢女人。”

“你不会是个同性恋吧！”

“没错，我就是同性恋。”

“什么？”

“没错，我就是你说的那种同性恋。”

“你在开玩笑。”

“伍迪，我没在开玩笑。我是认真的。”

“你是同性恋吗？”

“是的，我生来就是个同性恋。青春期开始以后，你心里想的是丰满的女人，我想的却是坚硬的男人。”

“查克，这太恶心了。”

“才没那么恶心呢。有些男人生来就是这样。这样的人比你想象得更多——在海军里尤其多。”

“海军里有很多同性恋吗？”

查克用力点了点头：“有许多。”

“那……你是怎么知道的？”

“只要一个眼神，我们就能认得出彼此。这和犹太人不用通过外貌就能彼此相认是一个道理。告诉你，刚才我们在中国餐馆碰到的侍者就是个同性恋。”

“他是同性恋吗？”

“你没听见他说，他喜欢我的外套吗？”

“听见了，但我没往那个方面去想。”

“现在你知道了。”

“他喜欢你吗？”

“我想应该是的。”

“为什么？”

“和戴安娜喜欢我多半是一个原因。我比你更帅一些。”

“真是太诡异了。”

“不说这个了，我们回家吧。”

他们继续往前走，伍迪的脚步却显得有些蹒跚。“你是说，中国人里也有同性恋吗？”

查克笑了：“中国人里当然也有同性恋。”

“我不清楚。我从来没在中国人和同性恋之间划过等号。”

“记住，别对任何人提这件事，尤其是爸爸妈妈。天晓得爸爸知道了会怎么说。”

镇定下来以后，伍迪用胳膊搂住查克的肩膀。“管他呢，”他说，“至少你不是个共和党人。”

格雷格·别斯科夫随同罗斯福总统和萨姆纳·韦尔斯乘坐重型巡洋舰“奥古斯塔号”从纽芬兰出发，前往大西洋上的布雷森莎湾和英国代表团见面。护航的有“阿肯色号”战列舰、“塔斯卢卡萨号”巡洋舰和十七艘小型护卫舰。

这些战舰排成长长的两列，中间形成了一道宽阔的海上走廊。8月9日星期六早上九点，二十艘舰艇的所有船员穿着白色军服在甲板上站在阳光下，列队欢迎被三艘驱逐舰围在中央的“威尔士亲王号”战列舰，丘吉尔首相就在这艘战列舰上。

格雷格从来没有目睹过大国首脑之间的会面，他很高兴能成为会面时的一员。

同时他又有些担心。他希望德国人不知道这次会面的事情。如果他们知道了，准会派出U型潜艇暗杀两位领导人，把西方文明的最后希望毁于一旦。那样的话，他自己也将送命。

离开华盛顿前，格雷格约见了替他打探杰姬下落的汤姆·克兰默。克兰默递给他一个廉租区的地址，就在联合车站另一边。“她在丽兹-查尔顿饭店附近的大学女子俱乐部做招待，因此你会在那附近见到她两次，”他一边说，一边把格雷格付给他的剩余费用揣进兜里，“我想表演并不适合她——不过她还让人叫她杰姬·杰克斯。”

格雷格写了封信给她。

亲爱的杰姬：

我只想知道为什么六年前你突然离开。我以为我们很快乐，但一定是我弄错了。这件事让我失落了很久。

后来遇见我时，你似乎非常害怕，但其实没什么好怕的。我不生气，只是有些好奇。我不会做任何伤害你的事，你是头一个让我爱上的女孩。

我们能一起喝杯咖啡，谈谈这些年是怎么过的吗？

此致

格雷格·别斯科夫

他在信末留下了电话号码，前往纽芬兰那天寄出了这封信。

罗斯福总统希望这次会见能达成一份共同声明。格雷格的上司萨姆纳·韦尔斯写就了共同声明的草稿，但罗斯福却不想用这份草稿，他说最好让丘吉尔拿出第一稿。

格雷格很快发现罗斯福总统的这一招非常高明。为了公平起见，起草第一稿的那方除了自己的需求之外，还必须在稿子中列出另一方的需求。这样一来，起草方就不能把对方的需求最小化，不然自己的所有需求也无法获得协商通过。因此，起草方从一开始就落了下风。格雷格暗暗告诉自己，今后碰到这样的场合绝不去写第一稿。

这天晚上，美国总统和英国首相在“奥古斯塔号”重型巡洋舰上共进了晚餐。周日，他们在“威尔士亲王号”巡洋舰的甲板上做了礼拜，甲板上搭了个圣坛，用星条旗和米字旗装饰。周一早晨，两位坚定的盟友开始了实质性的商谈。

丘吉尔拿出了包含五点方案的一揽子计划，计划中含有萨姆纳·韦尔斯和格斯·杜瓦极力推崇的建立一个能保证各国安全的国际组织的内容——换言之，就是要建立一个加强版的国联。但他们很快就失望地发现，这个建议对罗斯福总统来说压力太大了。总统同意建立国际性组织的想法，但害怕仍然相信美国能置身于战争之外的孤立主义者会出来阻挠。罗斯福总统对舆论十分敏感，竭尽全力不引起反对。

韦尔斯和杜瓦没有放弃，英国人也同样没有放弃。两方聚集在一起，寻找着一个能让两位领导人接受的折中方案。格雷格为韦尔斯做着记录。双方找到了“建立一个更广泛更长久的总体安全系统”的理由来说服两位领导人。

他们把方案提交给罗斯福和丘吉尔，两位领导人最终同意了这个方案。

韦尔斯和杜瓦非常兴奋。

格雷格不明白他们为何如此兴奋。“进步似乎并不大，”他说，“两位大国的领导人带了几十位随员，二十四艘战舰，千里迢迢来到这里，花费三天时间仅仅达成了这份没能实现我们所有希望的协议，你们怎么就这么高兴了呢？”

“前进一寸也是进步，”格斯·杜瓦笑着说，“这就是政治。”

伍迪和乔安妮约会五周了。

伍迪希望每天晚上都能和乔安妮一起出去，但他克制住了自己。尽管如此，过去七天他还是见了她四次。周日他们一起去了海滩，周三他们一起吃了晚餐，周五他们一起看了电影。周六，他们又一起过了一整天。

他很喜欢和乔安妮交谈。乔安妮伶牙俐齿又见解独到，是个非常好的谈话对象。他很喜欢乔安妮对任何事都态度明确的姿态。两人可以对各自喜好和厌恶的事情一连交谈上好几个小时。

欧洲传来的消息令人不快。德军依然在压制着苏联红军。在斯摩棱斯克以东，他们横扫了红军的第十六和第二十军，抓获了三十万名战俘，能把德军挡在莫斯科之外的苏联红军已经所剩不多了。但远方的坏消息并不能让伍迪的兴奋劲减少半分。

乔安妮可能没有伍迪那么痴迷。但看得出，她也同样很喜欢他。分别时他们总是接吻道别，乔安妮似乎很享受这些吻，但并没有表现出他所熟知的那种热情，也许这是因为他们总是在电影院或是公寓门口街上这种公众场合拥抱吻别的吧。即便进入了公寓，乔安妮的两位室友也至少有一位会待在客厅里，乔安妮一直没找到机会把他带进卧室。

查克的假期几周前便结束了，回到了夏威夷的驻地。伍迪仍然不知道该对查克的告解怎么想。有时他会像世界倒了个一样感到震惊。有时他又告诉自己这没有什么大不了的。但他遵守了诺言，没有把这件事告诉任何人，甚至连乔安妮都没有说。

几天前，父亲随总统出海，母亲回布法罗探访外祖父母去了。这样一来，杜瓦家在华盛顿的公寓——九个房间的公寓——

就只剩下伍迪一个人了。他决定找合适的机会把乔安妮带回公寓，和她好好地吻上一吻。

吃完午饭，两人一起参观了名为“黑人艺术”的展览。这个展览被一些保守派记者所攻击，这些保守派记者说黑人没有自己的艺术——但在伍迪和乔安妮看来，画家劳伦斯·雅各布和雕刻家伊丽莎白·加特莱特展现出了横溢的才华。

参观完展览以后，伍迪对乔安妮说：“决定在哪里吃晚饭之前，去喝杯鸡尾酒好吗？”

“不喝鸡尾酒，”乔安妮和平常一样坚定地说，“我只想喝杯茶。”

“喝茶？”伍迪不知道华盛顿哪里能喝到茶。这时他灵机一动。“妈妈那里有英国茶，”他说，“可以到我的公寓里喝。”

“走吧。”

杜瓦家租住的公寓在二十二街靠近第十二街的地方。走进装有空调的公寓大楼，在炎热的户外走了一会儿的两人感觉轻松了点。电梯员操作电梯，把他俩送上楼。

走进公寓时乔安妮说：“我经常在华盛顿见到你爸爸，但已经有很多年没和你妈妈说过话了，我必须为她最近写的那本畅销书对她表示祝贺。”

“她现在不在，”伍迪说，“到厨房里来吧。”

他打开水龙头，灌满水壶，然后放在炉子上加热。接着，他抱住乔安妮：“终于有机会和你单独在一起了。”

“你父母呢？”

“他们都出城了。”

“查克也去了夏威夷吗？”

“是的。”

乔安妮推开他：“伍迪，你怎么能对我这样呢？”

“我做什么了？我是来请你喝茶啊！”

“你把我骗到这来！我还以为你父母都在家呢！”

“我从没这样说过！”

“你为什么没告诉我，他们都不在呢？”

“你根本没问！”他抱怨着说。但乔安妮的责怪并非无凭无据。他确实没有说谎，但他故意没有提前告诉她家里没其他人。

“你带我来就是为了轻薄我，你觉得我是个很容易勾搭的贱女人。”

“我没这么觉得。只是因为我们从来没单独在一起，才带你上这儿来。我希望能更亲密地吻你。”

“别想戏弄我！”

乔安妮的确受到了不公平的对待。是的，伍迪确实希望有一天能和乔安妮上床，但今天他没这么想过。“我们走吧，”他说，“去别的地方喝茶。丽思–卡尔顿酒店就在这条街上，英国人一般都会去那儿，那里一定有英国茶。”

“哦，别傻了，我们不需要离开。我不怕你，如果你真要轻薄我的话，我会把你赶到一边去。我只是对你有点生气。我不想要一个认为我很容易上手才和我一起出去的男人。”

“你才不是那样的人呢！”伍迪的声调升高了，“我等了六年，才等到你同意和我约会。即使是现在，我所要的也只是简单的一个吻。如果这算容易的话，那我绝对不会和比你更难说动的女孩谈恋爱。”

让他吃惊的是，乔安妮竟然被他逗笑了。

“怎么了？”他生气地问。

“很抱歉，你说得对，”她说，“如果你想要个容易上手的女人的话，很久前你就放弃我了。”

“是的。”

“在那次喝醉酒吻过你之后，我猜你一定会觉得我很贱。我想你这次也只是想从我这里找乐子。过去几周，我一直在为此而担心。对不起，我错看你了。”

伍迪被乔安妮突然的情绪变化弄得手足无措，但又觉得乔安妮最后的那段表白对两人的关系会有助益。“那一吻之前，我就被你迷住了，”他说，“我猜你根本没注意。”

“我才不会注意你这种小不点呢！”

“那时我已经很高了。”

“那是你那时唯一的可取之处。”

他笑了：“我从来不用傲慢的态度跟你说话，难道这不是优点吗？”

“你敢用傲慢的态度跟我说话，我就不理你了。”

水开了。伍迪把茶叶倒在瓷杯子里，开始泡茶。

乔安妮突然陷入了沉思。“你刚才好像说了句话，是吗？”

“你指的是哪句话？”

“你说，‘那我绝对不会和比你更难说动的女孩谈恋爱。’你是说真的吗？”

“你指的是这句话的哪一部分？”

“谈恋爱的那一部分。”

“哦，我不想说那个的，”伍迪已经顾不上矜持了，“但如果你想知道事实的话，坦白跟你说吧，我爱你。我想我已经爱你好多年了。我倾慕你。我想——”

乔安妮抱住伍迪的脖子，忘情地亲吻起来。

这次是真正的亲吻。乔安妮的嘴唇急切地寻找着伍迪的嘴唇，她的舌尖顶上了他的嘴唇，两人的躯体紧紧挨在了一起。这个吻和1935年那次非常像，只是乔安妮的嘴里完全没有了当时那种威士忌的味道。伍迪兴奋地想，这才是他爱上的那个真正的乔安妮——一个洋溢着真正热情的女人。此时，这个女人正在他的怀抱里，忘情地和他接吻。

乔安妮把手探进他的运动衫里，抚摸他的胸膛，指尖嵌进了他的肋骨。她的手掌掠过他的乳头，紧抓住他的肩膀，似乎想把双手按进他的肌肉里似的。伍迪意识到，乔安妮和他一样，失去了对情感的控制，任感情的洪流像决堤的水坝一样倾泻而出。伍迪的手从乔安妮的身体侧面转移到她的乳房上，像个突然放假的小学生一样，带着完全的释放感尽情地抚摸着它。

当他热切地把手伸进乔安妮的大腿之间时，乔安妮把他推到了一边。

乔安妮的话让他惊呆了：“你这里有避孕套吗？”

“对不起，我没有……”

“很好。事实上，这样我就放心了。这说明你并不是想要做爱才把我带到这里来的。”

“如果有就好了，真应该备一点的。”

“没事，我认识一个女医生，周一我会问她拿点药。现在我们就尽情地享受吧。快点，再吻我一次。”

接吻的时候，伍迪感觉到乔安妮脱下了他的内裤。

“哦，”过了一会儿，乔安妮说，“真是太美妙了。”

“我也是这样想的。”伍迪轻声说。

“我也许需要用两只手。”

“什么？”

“我猜那东西一定会翘得老高。”

“我不知道你在说什么。”

“两只手都用上的话，我就能把它含住，好好亲一亲了。”

过了一会儿，她说：“手绢。”

幸好他还带了手绢。

结束前的一刻，伍迪睁开眼睛。他发现乔安妮正在看着他，表情里带着信赖、愉悦和一种甚至能被称为爱的东西。

一切都结束以后，伍迪感到说不出的平静。我爱她，他这样想着，我很快乐。生活真是太美好了。“太完美了，”他说，“我也愿意这样为你服务一次。”

“你愿意？”乔安妮问，“真的吗？”

“当然是真的。”

他们仍旧站在厨房里，靠着冰箱门，但伍迪和乔安妮谁都不想动。乔安妮抓住伍迪的手，引导它移到她的裙子下面，伸进她的棉内裤。伍迪感受到她炽热的皮肤，卷曲的毛丛和湿漉漉的深处。伍迪试图把手指伸进去，但乔安妮大叫：“不要！”她抓住他的指尖，引导着它在两片花瓣间游移。他察觉到皮肤下一粒豌豆般又小又硬的东西，她握着他的手指画了个小圈。“对，”她闭上眼睛，“这样继续下去。”他仰慕地看着乔安妮的脸，看着她进入了沉醉。一两分钟以后，乔安妮轻轻叫了一声，然后又重复着小声叫了两三次。接着她挪开了他的手，瘫倒在他身上。

过了一会儿，伍迪说：“你的茶要冷了。”

乔安妮笑了：“伍迪，我爱你。”

“是真的吗？”

“你不会被我吓坏了吧？”

“才不会呢，”他笑了，“我高兴还来不及呢！”

“我知道女孩子是不该说这种话的，但我不想假装迟疑。一旦打定了主意，我就不会轻易放弃！”

“是的，”伍迪说，“我已经注意到了。”

格雷格·别斯科夫住在父亲在丽思-卡尔顿酒店的长租套房里。列夫经常从布法罗或洛杉矶过来，在华盛顿小住几日。列夫不在的时候，格雷格一个人占据这间套房——不过这天晚上，众议员的胖女儿莉塔·劳伦斯在套房里过了夜，她穿着件男式的丝绸睡袍，看上去乱糟糟的。

侍者为他们送来了早饭、报纸和一封信。

罗斯福和丘吉尔的共同声明掀起了远超格雷格想象的波澜。消息的影响力整整发酵了一周。媒体称之为《大西洋宪章》。在格雷格看来，声明的措辞暧昧不清，用词非常小心，但外界却不是这么看的。媒体称《大西洋宪章》吹响了促进自由、民主和世界贸易的号角。据说希特勒得知后很生气，说这等同于美国向德国宣战。

没有参加这次会面的许多国家希望在这份声明上签字，贝克福斯·罗斯建议这份声明的签署国都可以作为联合国的创始国。

这时，德军正在苏联的国土上长驱直入。它们已经从北面逼近了列宁格勒。在苏联南部，溃退的红军为了不给入侵的德军更多的电能，引爆了象征着苏联人骄傲和自豪的世界最大水力发电站第聂伯河水坝——做出了巨大的牺牲。“红军延缓了德国军队的进攻，”格雷格把《华盛顿邮报》上的消息告诉莉塔，“但德国人依然在以每天五英里的速度行进。他们宣称杀死了三百五十万红军士兵。你说这可能吗？”

“你在苏联有亲戚吗？”

“我倒真有一个。爸爸曾在不胜酒力时告诉我，他在离开苏联时抛弃了一个有他身孕的女孩。”

莉塔露出憎恶的表情。

“不管你喜不喜欢，他就是这么个人，”格雷格说，“他是个伟人，伟人是不用遵守游戏规则的。”

莉塔什么都没说，但格雷格知道她想说什么。莉塔不赞同他的观点，但不愿为这事和他吵。

“无论怎么说，我在苏联有个同父异母的兄弟，他和我一样是私生子，”格雷格说，“他叫弗拉基米尔，但我不知道其他任何情况。他也许已经死了。他正好到了服兵役的年龄，也许正好是三百五十万名战死者中的一员。”说着，他翻了一页报纸。

看完报纸，他拿起了侍者送来的信。

信是杰姬·杰克斯写来的，上面留了一个电话号码，下面只有了一行字：“不要在一点和三点之间打来。”

格雷格迫不及待地想摆脱莉塔。“你应该几点到家？”他不动声色地问。

莉塔看了看表。“哦，老天，我最好在老妈发现我还没回去之前回家。”昨晚，莉塔告诉父母，她和一个闺密待在一起。

他们穿上衣服，分乘两辆出租车离开。

一定是杰姬工作地的电话号码，格雷格这样想。下午一点到三点可能是她工作最忙的时候。他会在中午左右给她打电话。

他不知道自己为何会如此兴奋。毕竟，他只是想知道杰姬当时为何要不告而别而已。莉塔·劳伦斯又漂亮又性感，但在莉塔和先前几个女朋友身上格雷格却从没感受过十五岁和杰姬第一次交欢时的那种快慰。无疑那是因为他再也回不到十五岁了。

他前往老行政大楼，开始一天的主要工作。这天，他要起草一份写给在北非工作的美国人的新闻稿。英国人正与德国和意大利人在北非的广袤土地上你争我夺，尤其是在海岸线附近，那个长两千英里、宽四十英里的狭长地带。

十点三十分，他拨通了信上的电话号码。

一个女人的声音回答："大学女子俱乐部。"格雷格从没去过这个俱乐部。只有得到女生的邀请，男士才可能出现在那里。

格雷格问："杰姬在吗？"

"在，她正在等这个电话呢，请别挂。"格雷格心想，杰姬可能得得到特殊的允许才能在工作时接电话。

过了一会儿，他听到杰姬说："我是杰姬，你是哪位？"

"格雷格·别斯科夫。"

"我一猜就是你。你是怎么找到我的？"

"我雇了个私家侦探。我们能见面吗？"

"应该可以，但我有一个条件。"

"什么条件？"

"你必须对天发誓不能告诉你的父亲，永远不告诉他。"

"为什么？"

"稍后再对你解释。"

格雷格耸了耸肩：“好吧。”

“你发誓吗？”

“当然可以。”

杰姬继续坚持：“必须亲口说出来。”

“我发誓，你满意了吗？”

“很好，你可以请我吃午饭。”

格雷格皱起眉头。“附近有什么让白种男人和黑种女人一起吃午饭的地方吗？”

“我只知道一家——心动快餐店。”

“我知道那里。”他见过那家店铺，但从没进去过。那是一家看门人和送报员经常光顾的店子。“什么时候见面？”

“十一点半。”

“这么早？”

“你觉得女招待应该什么时候吃午饭——下午一点吗？”

格雷格笑了：“你说话还是喜欢带刺。”

杰姬挂上了电话。

写完新闻稿，格雷格把打在纸上的新闻稿带进上司的办公室。他把文件放进收文篮，说：“迈克，我想早点吃午饭可以吗？十一点半左右去吃？”

迈克正在看《纽约时报》。“好的，没问题。”他头也不抬地说。

格雷格在艳阳下走过白宫，于十一点二十分到达心动快餐店。除了几个午休的人以外，餐厅里没有什么人。格雷格坐在火车座里，点了份咖啡。

格雷格很想知道杰姬会对他说什么，他很想解开六年前杰姬不告而别的谜，他已经为此苦恼了整整六年。

十一点半，杰姬准时出现在心动快餐店。她穿着黑裙子和平底鞋——如果加上围裙，就该是全套女侍的制服了，格雷格推想。黑色很适合她，看到她那张弓形的嘴和棕色的大眼，格雷格喜不自禁。她坐在他对面，叫了一份沙拉和一罐可乐。格雷格又叫了一大杯咖啡，他紧张得吃不下东西了。

杰姬的脸上没了格雷格记忆中的婴儿肥。当初相遇时，她只有十六岁，所以现在应该是二十二岁了。那时他们只是过家家的小孩子，现在都已经是成年人了。格雷格从杰姬的脸上读出了六年前没有的失望、沧桑和艰辛。

“我做白班，”她告诉他，“九点到俱乐部，清理餐厅，摆好桌面，在午餐时招待客人，收拾好以后，下午五点走人。”

“大多数女侍应该上夜班吧。”

“我喜欢在晚上和周末休息。”

“仍然参加很多聚会吗？”

“不，大多数时候我喜欢待在家里听收音机。”

“你一定有很多男朋友。”

“我想要的只有一个人。”

他斟酌了一会儿，才意识到这句话其实有很多种解释。

杰姬的午饭来了。她喝了口可乐，用叉子叉起沙拉。

格雷格说：“那我就要问了，1935年你为什么不告而别？”

杰姬叹了口气说：“我不想说，你一定不愿意听的。”

“我必须知道。”

“你爸爸来找了我。”

格雷格点了点头：“我想这事一定和他有关。”

“他还带了个叫乔什么的家伙。”

“乔·布列胡诺夫，是个恶棍。”格雷格生气了，“他伤害你了吗？”

“格雷格，他完全不必对我怎么样。光是看见他，我就已经吓个半死了。我必定会答应你爸爸叫我做的任何事情。”

格雷格拼命压制住自己的怒气。“他想干什么？”

“他说我必须得走，马上就走。我可以给你写张纸条，但必须经他过目。我必须回到华盛顿。离开你，我很伤心。”

格雷格记得，自己当时也是伤心欲绝。“我也一样。”他说。他想把手伸过桌子抓住杰姬的手，但不知道杰姬是否乐意。

杰姬说：“他说每周给我一份补贴让我离开你。这笔钱他现在还在付。钱虽然不多，但足以支付房租。我发了誓——但还是鼓起勇气让他答应了我的一个条件。”

“什么条件？”

“叫他不要再骚扰我，不然我就把一切都告诉你。”

“他同意了吗？”

“同意了。”

“没多少人敢威胁他。”

杰姬把盘子推到一边。“他对我说，如果我敢违反承诺，他就让乔用刀划花我的脸。乔拿出了他锋利的剃刀。”

格雷格的疑惑解开了。“这就是你仍然这么害怕的原因？”

杰姬的黑色皮肤因为恐惧而变得毫无血色。“是的。”

格雷格的声音低了下来：“杰姬，我很抱歉。”

她勉强挤出笑容。“这不怪你，你当时才十五岁，心智远没到可以结婚的程度。”

“如果他找的是我，情况也许会大有不同。但他一旦决定了什么事，就会任意妄为地去做。”

“但我们仍然有许多美好的时光。”

“是啊！”

“我是你父亲给你的礼物。”

他笑了：“是他给我最好的礼物。”

“你最近都在干什么？”

“暑假期间，在国务院的新闻办公室打工。”

杰姬做了个鬼脸。“听起来很无聊。”

“恰恰相反，目睹最有权势的那些人做出决定真是太令人兴奋了。他们仅仅坐在办公桌后面，就能做出改变世界的伟大决定。他们统治着这个世界。”

她面露狐疑，但只是说：“也许这比服侍别人吃饭要强。”

格雷格开始意识到这些年给他们造成的差距有多么大。“九月我要回哈佛，读完大学的最后一年。”

“你是学校里女生的宠儿吧。”

“学校里都是男生，女生并不多。”

“但你肯定有女朋友，是吗？”

“我不想对你撒谎，是的。”他不知道埃米莉·哈德卡斯特是否会信守诺言，开学后和他上床。

“你会和她们中的一个结婚，住在湖边的小房子里，生一堆漂亮的孩子。”

“我想在政治上干出些名堂，也许是国务卿，也许是伍迪·杜瓦父亲那样的参议员。”

杰姬把目光转到一旁。

格雷格想着湖边的小房子，这一定是杰姬的梦想，他为她感到难过。

“你会成为理想中的大政治家的，”她说，“我很清楚。你有那种气质，十五岁时你就有了。你像你的父亲。”

“我怎么可能像他这种人呢？说说你的理由。”

杰姬耸了耸肩。“格雷格，理由不明摆着吗？你明知我不想见你，却派了个鬼侦探来找我。‘他一旦决定了什么事，就会任意妄为地去做。’你不也是这样的吗？”

格雷格非常失望：“我才不希望像他那样呢！”

杰姬上下打量着他：“这可不一定啊！”

女侍收走了杰姬的盘子。“要甜点吗？”她问，“我们这里的黄桃派很不错。”

格雷格和杰姬都不想吃甜点，女侍便拿来了账单。

杰姬说：“你的好奇心应该满足了吧。”

“谢谢你，非常感谢！”

“下次在街上遇见的时候，请假装不认识我。”

“如你所愿。”

杰姬站起身来。“我们分开走吧，我会感觉更舒服一些。”

“听你的。”

“格雷格，祝你好运。”

“你也好运。”

“别忘了给女招待小费。”说完，她便离开了。

第十章

1941年，莫斯科

十月，雪下了又融，融了又下，莫斯科的街上又湿又冷。沃洛佳在储物柜里寻找莫斯科人传统过冬的棉靴“瓦伦基”，却意外地发现了六箱伏特加。

沃洛佳的父母不嗜酒，每次喝个一小杯就已经很了不起了。他父亲经常和老战友们一起参加斯大林杯盏交错的冗长宴会，直到黎明前才醉醺醺地走进家门。但父亲在家却不大喝酒，一瓶酒往往一年都喝不完。

沃洛佳走进厨房。他父母正在吃早饭，这天的早饭是罐装沙丁鱼、黑面包和热茶。“爸爸，”他问，“家里怎么有六整箱伏特加？”

父亲表情很吃惊。

父子俩齐齐看着卡捷琳娜，卡捷琳娜一下子涨红了脸。她打开收音机，把音量调低。沃洛佳想，母亲也许是怀疑家里藏着窃听装置吧。

母亲怒气冲冲地压低了声音：“万一德国人来了，你们拿什么换钱？”她说，“我们已经不属于精英阶层了，如果没钱在黑市上买东西，我们就会被饿死。我老了，没人要我的身子。伏特加比金子管用得多。”

沃洛佳很震惊，他从来没听过母亲用这种口气说话。

“德国人不会来这的。”他父亲说。

沃洛佳没这么确定。德军又前进了些，在莫斯科周围形成了钳型的包围圈。他们到达了莫斯科北面的卡里宁和南面的卡卢加，两座城市离莫斯科都只有一百英里。苏军的伤亡人数不可想象地高。一个月前，八十万红军坚守着阵地，但现在只剩下九万人了。沃洛佳是从呈报上来的公文上看到这些估计数字的。他问父亲：“谁他妈的能阻挡住他们啊？”

“他们的供给线正在不断延长，没有为苏联的冬天做好准备，我们可以趁他们削弱的机会进行反击。”

“那你们为什么要把政府移出莫斯科呢？”

政府正在迁往两千英里以东的古比雪夫市。看到政府职员把整箱文件搬出办公楼，送上货运卡车，莫斯科的市民非常惶恐。

“只是防患于未然，”格雷戈里说，“斯大林仍然在莫斯科坐镇呢！”

“我想到一个办法，”沃洛佳说，“我们在西伯利亚有几十万军队，需要时我们可以调他们过来进行增援。”

格雷戈里摇了摇脑袋。“我们不能任东部国土无人防卫，日本仍然是个威胁。”

“日本不会向苏联发起攻击——我们都清楚这一点！”沃洛佳看了眼母亲，他知道不该在她面前谈论秘密情报，但他已经管不了这么多了，“曾经准确输送了德国将入侵苏联的情报员说，日本暂且顾不上苏联。这次我们不应该对他的情报置若罔闻。”

“永远不要妄断情报的准确性。上次对了，这次不一定对。”

“我们没别的选择了！”沃洛佳生气地说，“我们有十二支备用军——整整一百万人。如果调用他们，莫斯科也许能守住。不调用的话，我们就完了。”

格雷戈里神情忧虑地看着自己的儿子：“即便在家里，也千万别说出这种话。”

“为什么不行？反正我就要死了。”

卡捷琳娜哭了起来。

格雷戈里说：“看看你都做了些什么！”

沃洛佳走出厨房。他穿上鞋，自问为何让母亲哭泣，让父亲怒吼。他明白这是因为自己觉得苏联马上就要被德国人打败了。母亲把伏特加作为硬通货以备在德军占领时用，这迫使他面对可能被德军打败的现实。我们就要失败了，他对自己说。苏联革命的失败近在眼前。

沃洛佳穿上大衣，戴上帽子，然后回到厨房。他亲吻了母亲的面颊，拥抱了格雷戈里。

“你这是干什么？”他父亲问，“不就是去上个班吗？”

“我怕我们再也见不到了。”说完，沃洛佳就离开了家。

过桥到了市中心以后，沃洛佳发现所有的公共交通都停顿了。地铁停止运行，公交车和电车也已经不开了。

坏消息，全是坏消息！

街角灯柱上漆黑的扩音器里播出的苏联国家通讯社早新闻异乎寻常地诚实。“10月14日至15日夜间，西线战场的形势更糟了，”广播中说，“大量德国坦克突破了我们的防线。”所有人都知道苏联国家通讯社总喜欢撒谎，看来，西线的情况必然是糟得不能再糟了。

市中心到处都是难民。他们推着手推车，驱赶着瘦骨嶙峋的耕牛、肮脏的猪和湿漉漉的羊群从东面而来，穿过莫斯科的街道，朝莫斯科西面的乡村进发，极力想远离势如破竹的德军。

沃洛佳想搭个便车。打仗以后，莫斯科街上几乎不见了私家车。汽油被节省下来提供给环城路上延绵不断的军用车队使用。沃洛佳搭上了一辆新型嘎斯64军用吉普。

从敞篷吉普车往外看，沃洛佳看到许多炸弹的弹痕。从伦敦回来的外交官说，这和伦敦遭到的大爆炸根本不能相提并论，但莫斯科人却觉得这已经糟透了。吉普车经过了几辆炸坏的房子和十几间烧毁了的木屋。

负责莫斯科防空事务的格雷戈里在莫斯科最高的几幢高楼的房顶安置了一些高射炮，并在莫斯科上空的雪云下投放了一些防空气球。他做了个非常离奇的决定，让人把教堂的金顶漆成具有伪装作用的绿色和棕色。他私下里对沃洛佳承认，这些举措对轰炸的准确制导不会有影响，却能给市民们受保护的错觉。

如果德国人战胜，纳粹统治莫斯科的话，那他的侄子侄女，安雅的双胞胎儿女就不会作为社会主义接班人被培养，而只能做纳粹的奴隶，对希特勒行纳粹礼。苏联会像法国一样被奴役，也许是被一个会把犹太人送入集中营的亲法西斯政府所统治。沃洛佳简直不能想象这样的情景。沃洛佳希望苏联能摆脱斯大林和秘密警察的残暴统治，开始建设真正的社会主义。

到达霍登卡机场的红军情报总部大楼时，他发现大楼周围飘的不是雪，而是纷纷落落的灰烬。红军的情报部门把大多数文件都烧毁了，防止它们落入入侵的德军之手。

到了没多久，莱米托夫上校走进了他的办公室。“你给伦敦发了一个有关物理学家威廉·伏龙芝的电报，这是个非常聪明的举动。现在看来，这条线索非常有用。干得好！”

伏龙芝的线索还能有什么用呢？沃洛佳心想。德国的机械部队离莫斯科只有不到一百英里，间谍工作已经起不上太大的作用了。他强迫自己集中起注意力。“伏龙芝吗？是的，我曾经在柏林和伏龙芝一起上过学。”

“我们在伦敦的人和他取得了联系，他愿意和我们接触。他们在一处安全屋里见了面。”莱米托夫一边说话，一边把玩着他的手表。莱米托夫很少心神不宁。他显然很紧张。所有人都很紧张。

沃洛佳什么也没说。显然会面时苏方取得了一些情报，不然莱米托夫是不会来找他谈这件事的。

“我们派到伦敦的人说伏龙芝起初很警觉，生怕他是英国的秘密警察冒充的，”莱米托夫笑着说，“事实上，第一次和我们的人见了面以后，伏龙芝马上去了肯辛顿广场的苏联大使馆，要求验证这个人的身份。”

沃洛佳也笑了：“这样做太业余了。”

“是啊，”莱米托夫说，“没有哪个国家的情报人员会做这样的蠢事冒充外国间谍诱骗自己人。”

苏联还没有垮，至少现在还没有垮，因此沃洛佳必须认真对待威廉·伏龙芝所提供的情报：“先生，他说了些什么？”

“他说，他和同伴正跟美国合作，制造一种超级炸弹。”

沃洛佳吃了一惊，他想起了卓娅·沃洛茨采娃告诉他的话，莱米托夫上校的情报验证了卓娅的恐惧。

莱米托夫说："我们有个棘手的问题。"

"什么问题？"

"我们把内容翻译出来了，但一个字都弄不懂。"莱米托夫递给沃洛佳一张打印纸。

沃洛佳大声朗读着标题："气体扩散所造成的同位素分离。"

"明白了吧？"

"我在大学学习了语言，但没学过物理。"

"但你曾提到认识一个物理学家，"莱米托夫笑了，"记得没错的话，是个拒绝和你一起看电影的金发美人吧。"

沃洛佳脸红了。他把卓娅的事告诉过卡门，卡门一定把这事传出去了。被上司知道一切可不是什么好事。"她是我妹妹的朋友，她跟我提起过一种名为裂变的爆炸过程。想让我问问她吗？"

"私下问问她吧。在理解充分之前，我不想过分夸大这件事。伏龙芝也许是个半瓶子晃荡的家伙，夸大其词很可能让我们在这件事上出洋相。替我调查清楚报告里究竟写了些什么，伏龙芝做出的是否是科学的论断。如果报告的内容是真实的，美国人和英国人能不能制造出超级炸弹，德国人又能不能制造出超级炸弹。这两个问题也要弄弄清楚。"

"我已经有两三个月没见着卓娅了。"

莱米托夫耸了耸肩。沃洛佳是否熟悉卓娅根本无关紧要。在苏联，回答当局的问题是件天经地义的事情。

"我去找她。"

莱米托夫点点头，说："今天就去。"说完，他便离开了沃洛佳的办公室。

沃洛佳皱起了眉。卓娅确信美国人正在制造超级炸弹，她以足够的说服力使得格雷戈里把这个消息报告给了斯大林，但斯大林却对此嗤之以鼻。现在，英国间谍证实了卓娅所言的正确性，卓娅一直是对的。而斯大林，却又一次错了。

苏联领导人有对坏消息视而不见的危险倾向。就在上周，空军的航空侦察报告德军的装甲车离莫斯科只有八十英里。总参谋部一直不愿意相信这个情报，空军又进行了两次航空侦察，证实德军确实到了离莫斯科只有八十英里的地方。直到这时，参谋部才相信了这份情报。之后，他们却下令逮捕报告此事的空军军官，以“挑拨生事”的罪名交由秘密警察进行处置。

很难想象莫斯科能在德军距离如此之近的情况下坚持很久，但即便在最为危急的关头，莫斯科被夷为平地的可能性也不能被忽视。如果苏联击退了德国的侵略，美国人和英国人可能会接踵而至，同样的一幕在1914年到1918年的大战时发生过。到那时才发现资本主义强盗的超级炮弹厉害，根本打不过，那可就糟糕了。

沃洛佳让助理贝洛夫中尉去了解卓娅现在在哪里。

等待贝洛夫找出地址的时候，沃洛佳把伏龙芝报告的原文和译文各自看了一遍。因为不能把报告带出办公大楼，沃洛佳把报告上看似关键的语句都记了下来。看了一小时左右，他基本理解了报告的内容，可以向卓娅询问比较深入的问题了。

贝洛夫发现卓娅既不在大学，也不在为科学家们建造的附近公寓里。公寓管理员告诉他年轻的科学家们都去帮助建设莫斯科的里层新防线了，管理员把卓娅劳动的具体地点告诉了他。

沃洛佳穿上大衣，离开了情报中心大楼。

他感到非常兴奋，但不知道这么高兴是因为能见到卓娅还是能搞清楚超级炸弹的事。也许两者兼而有之吧。

他征用了一辆“吉斯”轿车和一个司机来执行这个任务。

经过运行向东列车的喀山火车站时，他发现车站像掀起了一场骚乱似的。逃难的民众连车站都挤不进，更别提登上火车了。蜂拥在一起的男男女女带着孩子、宠物、手提箱和皮箱争先恐后地往火车站的几个入口挤。沃洛佳震惊地发现，有人为了抢占有利地形，竟然无耻地对其他人拳打脚踢。几个警察无助地在一边观望着，没办法帮助受侵害的群众：维持这里的秩序至少需要一支部队。

驾驶兵一般都不爱说话，但替沃洛佳开车的这个兵却看不下去了。“该死的懦夫，”他说，“这些人模狗样的家伙，就知道自己逃，留下我们和纳粹作战。”

沃洛佳非常吃惊。在现时的苏联，批评权贵阶级存在很大的风险，司机的评论很可能被人检举揭发。之后他会被送到秘密警察在卢布扬卡广场总部的地下室折磨上一两个星期，出来时多半已经不成人样了。

沃洛佳身心俱疲地发现，维持苏联社会主义体系层级和相互尊重的刻板体系已经开始削弱和分化了。

他们找到了公寓管理员所说的防御工事修造点。沃洛佳下了车，吩咐司机留在车里等着，开始打量这道城市的内层防卫线。

工人们在道路上扔满了反坦克“刺猬”。一个“刺猬”包含三根铁轨，每根铁轨一码长，中心焊接在一起，在三英尺高的基架上组成了一个星形，“刺猬”的三只胳膊从星形向外伸展。这种装置显然能对坦克的履带造成极大的破坏。

在散布反坦克“刺猬”的阵线背后，工人们正在用锄子和铲子挖一条地沟。地沟后面是一道沙袋墙，守卫莫斯科的部队可以从沙袋的缝隙之间朝外射击。工人们在障碍之间留了一条曲折的小路，以便莫斯科市民在德国人到来前从此出入。

挖掘地沟、构建沙袋墙的大多数都是女人。

沃洛佳在一座堆满沙子的小山边找到了卓娅，卓娅正用铲子往沙袋里铲沙。沃洛佳在远处观察了她一两分钟。她穿着一件脏兮兮的大衣，戴着毛手套，脚上踏着毡鞋。她的一头金发向后梳，还戴了一块破头巾，脸上都是泥巴。尽管这样，卓娅还是非常性感。她有节奏地铲着沙子，不一会儿就装满了几个沙袋。监工吹了声哨子，工人们的工作暂时告一段落。

卓娅坐上沙袋，从大衣口袋里掏出报纸包着的一个小饭盒。沃洛佳坐在她身边，说："你完全可以不干这种活。"

"这是我的城市，"她说，"我为什么不出力守卫它呢？"

"所以你不会往东面逃，是不是？"

"我才不在该死的纳粹面前逃走呢！"

沃洛佳对卓娅的激烈言辞感到吃惊："很多人都逃走了！"

"我知道。我以为你也跑了。"

"你对我评价不高，你认为我和自私的权贵是一类人。"

她耸了耸肩。"只想着活命的家伙都已经走了。"

"你错了，我们家所有人依然待在莫斯科呢！"

"也许我看错你了，来个烤薄饼吗？"她打开饭盒，拿出卷心菜叶子包着的四个烤饼，"试着尝一个。"

沃洛佳接过饼，咬上一口。卓娅的烤饼不怎么可口。"用什么做的？"

"用土豆皮做的。食堂和餐馆的后门扔着许多没人要的土豆皮。把土豆皮切碎煮软，拌上少量的面粉和牛奶，如果有盐的话再加上一点盐，最后拌上猪油烤熟。”

“竟然过得这么艰苦，”沃洛佳非常不自在，“你完全可以来我家吃饭的。”

“谢谢你这么说。今天找我有什么事吗？”

“我有个问题想问你。气体扩散所造成的同位素分离是什么意思？”

卓娅瞪着沃洛佳：“哦，天哪——发生了什么事？”

“没发生任何事。我只是想试着甄别一些可疑的信息。”

“我们终于要开始制造裂变式炸弹了吗？”

卓娅的反应表明伏龙芝的情报也许是真的。卓娅很快便理解了他的问题所隐藏的意义。“请回答我的问题，”沃洛佳严厉地说，“这是公务，即便我们是朋友，也请你好好对待。”

“好。你知道同位素是什么吗？”

“我不知道。”

“同位素是些略微不同的元素。比如说，我们通常说的碳元素含有六个中子，但也有些碳元素含有六个中子，或是七八个中子，这些不同类型的碳元素就叫同位素，分别被称为碳-12，碳-13和碳-14。”

“即便对我这样一个学语言的人来说，这解释也完全听得懂了，”沃洛佳说，“但为何同位素如此重要呢？”

“铀元素有铀-235和铀-238两种同位素。在自然界中，铀-235和铀-238通常相依相存，但两种同位素中只有铀-235能爆炸。”

“因此需要分离它们是吗？”

“从理论上来讲，气体扩散是一种方法。当气体通过薄膜时，质量较轻的分子会扩散得更快一些，这些气体中所含的低阶同位素要更多一些。当然，我从没见过这个过程。”

伏龙芝的报告说，英国正在西部的威尔士建立一个分离铀同位素的气体扩散工厂。美国人也正在建立一家相似的工厂。“建立这类工厂还会有其他的理由吗？”

“我实在想不出分离同位素还会有其他的理由。”卓娅摇了摇头，“要我说，战时建造这种工厂的人不是疯了就是想制造一种武器。”

一辆汽车开近街垒，沿着曲折的小路向前。这是一辆为富人家庭设计的基姆10双开门小汽车。这种汽车的最高时速是六十英里，但这辆车的负荷太重，最高时速超不过四十英里。

开车的是一个穿着西方时髦的布制大衣、戴着帽子的六十岁男子。副驾驶座上坐着一个戴着裘皮帽的年轻女郎。汽车的后座上堆满了大大小小的纸板箱。车顶上摇摇欲坠地绑着一架钢琴。

司机显然是个试图带着妻子或情妇逃出莫斯科的权贵阶层，出逃时带上了几乎能带的一切家财——卓娅觉得沃洛佳也会是这种人，因此一直不愿意和沃洛佳出去约会。沃洛佳想，这次打过交道以后，卓娅对她的看法也许会有所改观了吧。

一名构筑街垒的志愿者在基姆10前面设置了一只“刺猬”，看来一场冲突在所难免了。

汽车继续往前慢慢移动，直到撞上“刺猬”才停了下来，开车的人原本一定以为能把“刺猬”从路中间撞开呢！几个女人上前来查看。金属“刺猬”的几条腿深深地扎在地里，很难被汽车从路上撞开。车前杠碰撞上丑陋的金属“刺猬”时，撞弯的金属发出犀利的碰撞声。司机猛打方向盘，把车往后倒。

司机把头伸出窗户大喊："立刻把那东西挪开！"一听这家伙就是个惯于发号施令的人。

一个戴着男式方格帽，体形敦实的中年女志愿者抱着手臂嚷着："逃兵，要挪你自己挪。"

司机面红耳赤地下了车。沃洛佳惊奇地发现，司机竟然是他在西班牙认识的鲍伯罗夫上校。鲍伯罗夫上校因经常以逃兵的名义在士兵的后脑勺上来上一枪而闻名于西班牙战场。"对懦夫毫不留情"是他的口号。在贝尔希特，沃洛佳亲眼看到他以逃兵的名义枪杀了三个弹尽粮绝的国际纵队的战士。眼前的鲍伯罗夫上校穿着老百姓的衣服。沃洛佳不知道他会不会开枪杀了这个挡他道的女志愿者。

鲍伯罗夫上校走到车前，用手抓住金属"刺猬"。"刺猬"比他想象得重，但稍一用力，他还是把"刺猬"搬离了马路。

走回车里的时候，戴着帽子的女志愿者又把"刺猬"挪到了车前。

其他的志愿者已经围了上来，旁观着女志愿者和鲍伯罗夫上校的对峙，叽叽喳喳地嬉笑议论。

鲍伯罗夫上校走到女志愿者跟前，从大衣口袋里拿出身份识别卡。"我是鲍伯罗夫将军！"他说。从西班牙回来以后，他一定又升了职。"让我过去！"

"你还算是个士兵吗？"女志愿者嗤之以鼻地说，"为什么不去和敌人战斗？"

鲍伯罗夫脸红了。他知道女志愿者的愤怒是正当的。沃洛佳觉得鲍伯罗夫很可能是被自己的年轻妻子说动逃离莫斯科的。

“试图带着小蜜和钢琴离开莫斯科，”戴着帽子的女志愿者说，“你就是一个不知廉耻的变节者。”说着她把鲍伯罗夫的帽子打在地上。

沃洛佳非常震惊。他从来没有在苏联的国土上目睹过如此藐视权威的事情。在纳粹统治前的德国，他曾经吃惊地目睹过普通德国民众无惧无畏地和警察据理力争的情景，但苏联却从没发生过这样的事情。

女人们纷纷鼓起掌来。

鲍伯罗夫和在西班牙时一样，一头剪短的白发。他看着自己的帽子滚过湿漉漉的马路。他气势汹汹地向前走了一步，在思量之后却又退了回去。

沃洛佳无意干涉其中。对于这场混乱，他什么都做不了，对鲍伯罗夫的处境他也毫不同情。在他看来，鲍伯罗夫应该体验一下他对别人的那种暴虐。

一个裹着脏床单的年老女志愿者打开了汽车的后备箱。“看看这些！”她说。后备箱里有好几个皮箱。她搬出一个皮箱，用指头拨开箱锁。箱盖打开了，里面的东西掉了出来：蕾丝内衣、亚麻裙子、亚麻晚礼服、丝质长袜和丝质背心。这些衣服都是西方货，苏联的普通老百姓别提买了，连见都没见到过。丝质的衣服落在泥里，好似落在粪堆里的花朵一样黯淡不堪。

一些女人把衣物从地上捡起来。另一些则抓住了其他那些箱子。鲍伯罗夫跑到车后面，把女人从车旁推开。他这一来，事态就一发而不可收拾了，沃洛佳心想。鲍伯罗夫可能带了把枪，任何时候都可能把枪掏出来。但出人意料的事发生了，裹着床单的女人拿起铲子，对着鲍伯罗夫的头狠狠地来了一下。能用铲子挖沟的女人绝不是软柿子，铲子打到鲍伯罗夫的头上时发出沉闷的声响。将军应声倒地，裹着床单的女人对准他的身体就是狠狠一脚。

车里的年轻女人下了车。

戴着帽子的妇女朝她大喊：“帮我们一起挖沟吗？”围观的女人们都笑了。

将军的女朋友看上去三十岁左右。她低下头，沿着汽车开来的方向往回走。带着方格帽的女志愿者撞了她一下，但她躲闪在“刺猬”之间，开始撒开脚步往前跑。女志愿者追在她的身后。年轻女人穿着棕褐色仿麂皮的高跟鞋，她滑倒在泥地里，裘皮帽也从头上掉了下来。她挣扎着站起身，又开始往前跑。志愿者捡起帽子，放年轻女人逃跑了。

在遗弃的汽车旁，所有的手提箱都被志愿者打开了。她们从车后座上拿下并打开盒子，把盒子里的东西都倒在了地上。厨具散落在泥里，瓷器都破了，玻璃制品碎了一地，绣花床单和白毛巾在泥水里飘来荡去，十来双漂亮的鞋子散落在柏油路面上。

鲍伯罗夫直起身子，试图从地上爬起来。裹着床单的女志愿者又用铲子狠狠地打了他一下，鲍伯罗夫痛苦地瘫倒在地。她解开鲍伯罗夫羊毛外套的纽扣，试图把外套从鲍伯罗夫身上剥下来。鲍伯罗夫拼命抵抗着。女人发起怒来，又用铲子打了鲍伯罗夫好几下，直到他躺在地上不动，满是白发的头上全都是血才停下了手。女志愿者扔掉身上的旧床单，把鲍伯罗夫的大衣穿在身上。

沃洛佳走到鲍伯罗夫一动不动的身体前，发现鲍伯罗夫的眼睛里已经没有生气了。他单膝跪地，检查鲍伯罗夫有没有呼吸、心跳或是脉搏，发现他完全没有了生命体征。鲍伯罗夫已经死了。

“对懦夫不应有任何怜悯。”沃洛佳说，但却还是合上了鲍伯罗夫的眼睛。

几个女人解开了绑在钢琴上的绳子。钢琴滑下车顶，哐的一声摔在地上。女人们兴高采烈地用锄和铲子砸开钢琴。另一些女人则开始争抢起散落在地上的宝物来，她们抓起餐具，拽着床单，在争抢内衣时把内衣撕得四分五裂。女人间的打斗开始了。一个瓷杯从空中飞过，差点砸中了卓娅的脑袋。

沃洛佳匆匆赶到卓娅身边。“要开始一场混战了，”他说，“我调了辆军车和一个司机，我们从这离开。”

卓娅犹豫了一下。“谢谢你的好意。”她说。两人跑到车前，坐进汽车，司机把车开走了。

埃里克·冯·乌尔里希对元首的信心随着德军对苏联的入侵而越发坚定。伴随着德军跨越苏联的广袤领土，秋风扫落叶似的消灭苏联红军，埃里克对元首辉煌的战略决策也越来越崇敬了。

然而，进军苏联的道路却并不平坦。在十月的雨季，乡间到处都是泥，脚下根本找不着路，德国兵称之为“泥海”。埃里克乘坐的救护车艰难地在沼泽地里前行。前面的泥塘越来越深，救护车行进的速度越来越慢，埃里克和赫尔曼必须下车清理泥泞，才能让救护车开得更远。整个德军都是如此，对莫斯科的突击渐渐转化为蛙行。更闹心的是，泥泞的道路使补给车完全跟不上行军的步伐。部队缺弹药，缺油，更缺食品。埃里克所在的医疗队则面临着没有药物和医疗器械的窘境。

十一月初，气温降到零度以下之后，埃里克才又一次高兴起来。冰冻似乎是一种赐福，使泥泞的道路重新硬起来，救护车又能以正常速度行进了。但埃里克只穿着薄外套和棉内衣，零度以下的气温冻得他簌簌发抖——国内迟迟没把冬天穿的军服送到苏联前线。军需部门也没有送来军车、坦克、大炮所需的防冻油。每天天亮前，埃里克必须早起两小时发动救护车引擎，让它空转五分钟，防止汽油在极低的气温下凝固。即便如此，埃里克每天发车前一小时还会慎重地在救护车底下升起一团火。

几百辆车被丢弃在路上。停在临时飞机场上的空军战斗机被冻在泥里无法起飞，掩护地面部队的空中打击就这样失效了。

尽管遇到了这么多困难，但红军还是在德军的重压面前节节败退。红军的抵抗很坚韧，但总是一退再退。埃里克所在的医疗队不得不经常停下脚步，清理路上零星的红军尸体以及路边冻僵尸体垒成的堤防。德军一步步向莫斯科进逼。

埃里克确信，德军坦克的履带很快会目中无人地轧过红场，纳粹的十字旗会高高地飘扬在克里姆林宫的办公楼上。

这时，气温已经降到零下十度以下，而且还在继续降。

埃里克所在的战地医疗站设在一个小镇上，医疗站旁边有一条结冻的河流，四周是茂密的云杉林。埃里克不知道这是什么地方。苏联人经常在撤退的时候破坏一切能用的东西，但这个小镇却几乎完好无损。医疗站征用了镇上的医院，这里的设施非常现代化。韦斯医生命令医院里原先的医生把住院的病人都赶回家，即便病情危重也一个都不能留。

入驻不久，埃里克就开始为一个十八岁患冻伤的士兵看诊。患者脸上的皮肤呈蜡黄色，冻伤严重得让人难以下手。埃里克和赫尔曼用刀把士兵身上的薄军装割下来，发现他的手臂和腿上长满了粉红色的水疱。士兵在走破了的靴子里塞满了报纸，但还是御不了寒。埃里克好不容易把鞋从士兵脚上扒下来，一股坏疽的腐烂气味立刻迎着他扑鼻而来。

但埃里克仍然觉得他们能使士兵免于截肢。

他们知道该怎么办。他们诊治的冻伤病人比打仗时受伤的伤员还多。

他在浴缸里加满水，和赫尔曼·布劳恩一起把病人放入温水。

埃里克看着伤兵的身体慢慢解冻。他看见伤兵一条腿和另一条腿的脚趾上出现了黑色的坏疽。

水开始变凉以后，他们把伤兵搬出浴缸，把他全身擦干抱上床，盖上被单，然后用包着毛巾的热石头裹住他。

病人很清醒，他警觉地问："我是不是要截肢啊？"

"要看医生怎么说，"埃里克说，"我们只是医务兵。"

"你给很多病人看过病，"伤兵不依不饶地问，"你觉得会怎么样？"

"你的猜测也许没错。"埃里克说。大体上，他知道这名伤兵会遭遇什么。韦斯会截掉感染较轻的那条腿的脚趾，用断线钳一样的大剪刀把它们剪掉。另一条腿会截去膝部以下的部分。

没过多久，韦斯过来检查伤员的脚。"准备为病人截肢。"他果断地说。

埃里克感到凄凉。又一个年轻力壮的小伙子要残疾终身了。真是个耻辱！

但伤兵不这么看。"感谢上帝，"他说，"我不用再作战了。"

为这名伤兵做手术准备时，埃里克意识到，这个年轻人也像很多其他民众一样，保持着失败主义态度——包括埃里克的家人。对于已故的父亲，他想了很多，在愤怒的同时，又感到深深的悲哀。埃里克痛苦地想，老头不肯和大多数人站在一起，庆祝第三帝国的胜利。他可以埋怨，可以质疑元首的判断，也可以低估武装部队的士气，但为什么要当叛徒呢？为什么如此执著于过时的民主呢？自由对德国来说，一钱不值，只有法西斯主义才救得了德国！

埃里克很生父亲的气，但一想到他的死状，眼泪就禁不住流了下来。起先，埃里克拒绝承认盖世太保杀害了父亲，但很快他就意识到这也许是真的。盖世太保不是教堂里悉听忏悔的神父——他们肆意鞭打攻击政府的民众。父亲执意要弄清政府是否杀害了残疾儿童，他太蠢了，竟然相信崇尚自由的英国老婆和过分感情用事的女儿。埃里克爱自己的家人，因此更为他们的执迷不悟和顽固而痛苦。

在柏林休假的时候，埃里克见到了赫尔曼的父亲布劳恩先生，正是他把激动人心的纳粹主义哲学灌输给了当时还是孩子的埃里克。布劳恩先生已经加入了党卫队。埃里克说，他在酒吧遇见一个人，这个人说政府在几家特殊的医院有计划地杀害残疾儿童。“残疾人对于突飞猛进的德国来说的确是个累赘，”布劳恩对埃里克说，“我们要清除犹太人和残疾人使种族得以纯正，还要防止不同种族的人通婚产生混血儿，但纳粹永远不会允许实施安乐死。尽管有时很残忍，但我们绝不会杀害自己的人民。那是共产党人在说谎。”

父亲的指控根本子虚乌有，但埃里克有时还是会为父亲流泪。

幸运的是，他非常忙，很少有时间为父亲而伤心。每天早上都会有很多病人被送到医疗站，大多数是前一天受伤的士兵。处理完他们以后，在新一批伤员到来之前会有一段短暂的空闲。韦斯给冻伤的士兵做完手术以后，和埃里克、赫尔曼在狭小的医生休息室里休息了一小会。

赫尔曼看了一会儿报纸，突然抬起头对韦斯和埃里克说：“柏林的报纸上说我们已经赢了，他们真应该到这来亲眼看一看。”

韦斯医生操着一贯的嘲讽语气。“元首在体育宫做了相当有趣的演讲，”他说，“他说苏联人是带有兽性的下等人，我觉得他说得非常对。在我看来，苏联人是我们迄今为止所遇到的最强对手。他们坚持得比波兰人、比利时人、荷兰人、法国人和英国人更长，抵抗得也更为顽强。尽管他们装备不足，疲惫饥饿，但却还是不顾自己的安危，挥舞着过时的机枪朝我们的机关枪冲过来。听说苏联人这种不顾死活的野兽行径越来越少了，对此我感到很欣慰。与此同时，我开始担心苏联人采取迂回的战术与我们斗争。他们还是很勇敢，只是变得聪明了，这才是最可怕的。”

和往常一样，韦斯假装对元首表示赞同，但意思却恰恰相反。赫尔曼看上去似乎茫然不知，但埃里克却被他激怒了。“无论苏联人怎么样，他们都已经失败了，”他说，“我们离莫斯科只有四十英里了。事实证明，元首是对的。”

“他比拿破仑聪明得多。”韦斯医生说。

“在拿破仑时代，马跑得比什么都快，”埃里克说，“今天我们有了摩托车和无线电报。现代的通信装置可以使我们不再犯拿破仑犯过的错误。”

“等到夺取莫斯科以后再说这个也不迟。”

“我们没几天就能夺取莫斯科，这是不容置疑的事实。”

“我不这么看。我觉得一定有将军向上面提出暂且停下建立一道稳固防线的建议。我们可以守住这道防线，在冬天进行补给，等开春再展开进攻。”

“在我看来，这是可耻的懦弱行为。”埃里克热切地说。

“你说得对——当然对了，因为柏林方面正是这么对将军们说的。总部的人显然比我们前线战士更有远见。”

“我们几乎把红军一网打尽了。”

“可魔术师一样的斯大林不知从哪又搞出了那么多军队。战争之初，我们认为他有两百个师，现在我们却觉得他有三百来个师。不知什么时候，他又会再弄出一百多个师来。”

“元首的判断将被验证是事实——又一次。”

“埃里克，这是自然。”

“他从来没犯过任何判断上的错误！”

“一个人觉得他会飞，于是他从十楼楼顶上跳下来，当他无助地挥舞着手臂经过五楼时，有人听到他在喊：‘到目前为止一切都好。’”

一个士兵冲进医师休息室。“出事了，”他说，“三辆车在镇北的采石场撞上了，几个党卫军士兵受了伤。”

党卫军原先是希特勒的私人卫队，现在是德军的精锐部队。埃里克敬仰他们出众的纪律性，漂亮的制服以及和希特勒特别亲密的关系。

“我们派辆救护车去。”韦斯医生说。

士兵说：“出事的是党卫军里的特别行动队。”

埃里克依稀听说过特别行动队的名号。他们跟在大军后面进入被攻克的领土，围捕惹麻烦的家伙和共产党之类的破坏分子。他们也许已经在小镇外面建立了一个战俘营。

“有多少人受了伤？”韦斯问。

“六七个人。营救的人正在把伤员搬下车。”

“很好。布劳恩和冯·乌尔里希，你们两个去。”

埃里克非常高兴。他很愿意和元首最忠心的支持者接触，能为他们服务更是天大的喜事。

送信的士兵递给他一张画着方向的便条。

埃里克和赫尔曼咽下茶，按灭烟头，离开了医师休息室。埃里克穿上从死去苏联军官身上剥下的毛皮大衣，敞开前襟，露出大衣里穿着的德军制服。两人匆匆走进停车库，赫尔曼把车开上了街。埃里克看了眼纸条上标明的方向，忧心忡忡地望着车窗外漫天飞舞的细雪。

出了小镇以后，救护车开上了一条蜿蜒曲折的林间小道。救护车和几辆从另一个方向开来的汽车和卡车会了车。路上的雪很硬，赫尔曼无法在光滑的路面上把车开得很快。埃里克想象着撞车时的情形。

冬天的白天很短，上午十点天亮，下午五点天就完全黑了。茂密的云层中露出一点微光，两边密密麻麻的高大松树几乎把这点光完全遮挡住了。埃里克觉得自己像是身处于格林兄弟描绘的童话世界似的，顺着小道深入鬼怪徘徊的层层树林。

两人望向车外，寻找一个向左拐弯的岔道口，发现那里站着个士兵替他们指路。救护车跌跌撞撞地在树间开行，开了一会儿才看见第二个向他们挥手的士兵。士兵对他们说：“一点一点往前开，不然又要和那些车撞上了。”

过了一会儿，救护车开到了事故现场。公共汽车、吉普车、轮胎上安装了防滑链的梅赛德斯小汽车连环相撞，像是焊接在了一起似的。埃里克和赫尔曼跳下救护车。

公共汽车上没有人。地上躺着三个男人，看上去像是从吉普车上救下来的乘客。几个士兵围着被公共汽车和吉普车挤在中间的梅赛德斯，试图把上面的伤员救下来。

埃里克听到一连串枪响，心想谁会在这种时候开枪。但很快他把这种想法抛在一边，把精力放在了手头的工作上。

他和赫尔曼走向地上躺着的三个伤员，依次为他们评估着伤势的严重程度。一个已经死了，一个断了胳膊，一个只是受了点擦伤。在被挤压变形的小汽车上，一个伤员因为流血过多而死，一个陷入了昏迷，还有一个则惊恐地大叫。

埃里克给狂叫的人打了针吗啡。吗啡起作用以后，他和赫尔曼把这人搬出汽车，送上救护车。把这人搬出来以后，士兵们才得以把夹在梅赛德斯废旧零部件之间的昏迷伤员解救出来。伤员受了严重的脑外伤，埃里克觉得多半救不活了，但他没有把自己的判断告诉在场的士兵。把这两个伤员放在救护车上以后，他和赫尔曼把注意力转到吉普车的伤员身上。赫尔曼在断了胳膊的伤员的伤口处装上了夹板，埃里克则把受了擦伤的伤员扶到救护车上，安排他坐到了椅子上。

他走回梅赛德斯车跟前。“我们会在五到十分钟之内把死者弄出来，”一个上尉说，“你们在旁边等一会儿。”

“好的。”埃里克说。

他听见又一阵枪响。埃里克很想知道特别行动队会在这里干什么，于是沿着森林往里面走了一会儿。树间的雪地上到处是烟屁股、苹果核、扔掉的废报纸和其他零碎的垃圾，像是有野营的人刚从这里走过似的。

他走进一块停着卡车和公共汽车的空地。许多人被带到这里。几辆公共汽车正要经过事故现场离开，另一辆公共汽车正巧开进空地。埃里克看见停车场那边站着一百来个年龄不一的苏联人，许多人像保护稀有财宝似的抓着随身携带的手提箱、包裹和麻袋，还有个男人抱着把小提琴。这时，一个抱着洋娃娃的小姑娘映入埃里克的眼帘，他突然产生了一种大事不妙的预感。

囚犯们周围站着手持棍棒的当地警察，特别行动队的行动显然得到了被占领土当局的支持。警察们看了看他，注意到敞襟大衣下的德军制服，马上把视线移开了。

走过囚犯群的时候，一个衣着考究的苏联人用德语朝他喊："先生，我是镇上一家轮胎厂的厂长，我根本不相信什么社会主义，只是像其他企业家一样，口头上应付应付他们而已。我可以帮助你们——我对这里的一切了如指掌。请带我离开。"

埃里克没有理他，继续朝枪声响起的地方走去。

他走到采石场边。采石场是森林中的一片低洼的开阔地，四周是高大的云杉树，云杉树上满是积雪。树林的一头有条向下的坡道从高处的森林通到低处的采石场。这时，十几个囚徒在士兵的看守下，正两人一排沿着坡道往下走。

埃里克在这些囚徒中间看见了三个女人和一个十一岁左右的男孩。集中营设在采石场里的某处吗？但这些人的手里都没有行李，雪花像送祝福一样落在他们没戴帽子的头上。

埃里克询问站在一旁的党卫军中士："伙计，这些战俘是干什么的？"

"都是些共党分子。"

"那个小男孩也是吗？"

"还有些犹太人。"

“他们到底是共产党还是犹太人？”

“有什么区别吗？”

“共产党和犹太人不是一码事。”

“胡扯什么！大多数共产党是犹太人，大多数犹太人又是共产党，你难道连这个都不知道吗？”

刚和自己说话的轮胎厂厂长既不像犹太人，又不像共产党，埃里克心想。

囚徒们走到采石场的石板地上。之前他们一直像被圈起来的羊群似的死气沉沉，既不东张西望，也不交头接耳。这时他们突然活跃了一点，指着地上的东西议论起来。透过飘扬的雪花，埃里克看见尸首似的物体散布在岩石上，他们的外套上盖着厚厚的一层雪。

埃里克这时才注意到，大树之间的山谷外侧站着十二个拿着步枪的枪手。十二个囚犯，十二名枪手：埃里克意识到了这里正发生着什么，他惊恐而难以置信，同时又感到非常愤怒。

枪手举起枪，瞄准采石场上的囚徒。

“不，”埃里克说，“你们不能这样！”没人听到他的话。

一个女囚徒尖叫一声。埃里克看见她抓住十来岁的男孩，把男孩搂紧，好像她的胳膊能帮男孩挡住子弹似的。两人看来是一对母子。

一个军官下令：“开火！”

步枪开火了。囚徒们踉跄几步，倒在地上。枪声震下了松树上的积雪，纯白的雪花落在枪手身上，化成星星点点。

埃里克看见男孩和母亲双双倒地，但仍紧紧地搂抱在一起。“不，”他说，“哦，不。”

中士打量着他。“怎么了？”他生气地问，“你到底是谁？”

“我是个医务兵。”埃里克仍然注视着采石场里的可怕一幕。

“你来这干什么？”

“我随救护车前来营救车祸中受伤的军官。”埃里克看见又有十二个囚徒在卫兵的押送下顺斜坡走下采石场。“老天，爸爸说得没错，”他悲叹道，“我们的确在滥杀无辜！”

“别废话，快滚回你的救护车去。”

“是，长官。”埃里克说。

十一月底，沃洛佳申请转到战斗部队。谍报工作似乎已经没有原来那么重要：红军已经不需要掌握柏林的间谍以探明已经在莫斯科城外的德军的意图了。沃洛佳希望为莫斯科决一死战。

他对政府的担心看来是毫无必要的。斯大林的愚蠢，秘密警察的残暴，苏联以往所有不合理的一切——似乎都随着德军的逼近而烟消云散了。他不再有顾虑，心中充满了战胜给苏联带来暴力、饥饿、强暴的侵略者的坚强决心，愿意为妈妈、为妹妹、为妹妹的双胞胎儿女、为卓娅而决一死战。

他又敏锐地察觉到，如果每个人都这么想的话，苏联就没有间谍了。他的德国线人们都是些认为打倒残暴的纳粹统治远比爱国主义和忠诚重要的德国人，他对他们的勇气和献身精神心怀感佩，但此时他也只能以国为先了。

红军情报机构的许多年轻人也和他抱着一样的想法，一些人十二月初加入了步枪队。沃洛佳吻别了父母，给卓娅写了封希望能活下来再见到她的信，便踏入了战壕。

最后，斯大林终于把东线的支援部队调到了莫斯科。西伯利亚第十三师被调来对抗日益接近的德国侵略军。在前往前线途中，这支部队的一部分在莫斯科停留了一小段时间，街上的莫斯科人瞠目结舌地看着他们白色的棉大衣、暖和的羊毛靴以及带过来的滑雪板、护目镜和草原马。他们来得非常及时，正好赶上了红军展开的反扑。

这是红军最后的机会。在过去五个月中，红军曾经几次投入几十万军队迎击敌人，每次德军都缓下来，打退苏军的还击，然后无情地继续向前进。可如果这次再失败的话，红军就不可能再次发动反击了。德国将占领莫斯科。占领了莫斯科就意味着占领了整个苏联。那样的话，母亲真的只能在黑市上贩卖伏特加和牛奶来养活德米卡和塔妮娅了。

十二月的第四天，苏联军队离开莫斯科，在莫斯科以北、以西和以南的阵地上进行最后的努力。为了不让德军察觉，他们没有携带手电筒。另外，军方还禁止士兵生火吸烟。

这天晚上，内务部的秘密警察走上了前线。沃洛佳没有看见圆脸妹夫伊利亚·德沃尔金，但知道他一定也来了。两个他不认识的秘密警察走到沃洛佳和十来个战友正在整理武器的露营地。你们听见有谁在批评政府吗？他们问。有人在对斯大林同志说三道四吗？你们中有人对军队的战术战略提出过质疑吗？

沃洛佳不敢相信自己的耳朵。秘密警察连什么是当前的首要任务都不知道了吗？再过几天，莫斯科是不是守得住，即见分晓。士兵们对上级发两句牢骚又有什么要紧的呢？他打断了这两个人的提问，告诉他们，他和他的士兵正在执行一项禁言令，任何违反这项命令的人都可以被就地处决，但——他鲁莽地补充道——如果秘密警察马上就走的话，他就不计较他们的多嘴多舌了。

两个秘密警察灰溜溜地走了，但沃洛佳知道，秘密警察的出现极大地打击了前线将士刚刚振奋起来的士气。

12月5日星期五晚上，苏联的炮兵部队对德军阵地进行了炮击。第二天黎明，沃洛佳带着他的营在暴风雪中开始了行动，上级向他们下达了夺取运河那头一个小镇的任务。

沃洛佳没有理会正面进攻德军防线的命令——红军固守的这套战略已经老掉牙了，现在可不是固步自封的时候。他带着一百多名手下走到河上游，跨过冰面前进到镇的北面，再转移到德军的侧面。激烈战斗的喧嚣声声声入耳，沃洛佳意识到自己已经来到了敌人前线的背后。

沃洛佳几乎被暴风雪挡住了视线。火光不断映出天上的云层，但地面上的可见距离只有短短的几码。但这也有好处，他乐观地想，这样一来他们就能匍匐前进到德国人身后，打他们个措手不及。

天非常冷，有些地方不到零下三十五度。尽管寒冷的天气对双方都没好处，但对缺少冬季物资补给的德国人来说却更加不利。

沃洛佳略略感到有些吃惊，通常效率很高的德军竟然没有加固自己的防线。他们没有挖战壕，没有挖反坦克沟，甚至没有挖防空壕。他们的前线只是简单的几个据点而已。苏军可以轻易地从据点间的缝隙潜到镇上，寻找营房和军火库这类容易打击的目标。

他手下的士兵射杀了三个守卫，进入了一个停放着五十辆坦克的足球场。真这么轻而易举吗？沃洛佳产生了疑惑。攻占了大约半个苏联的德军竟然如此守备空虚吗？

在上一次小规模冲突中战死的红军战士的尸体在他们牺牲的

地方冻上了，他们是在前几次小规模战斗中阵亡的。死时穿着的大衣和靴子不见了，多半被挨冻的德国军人拿走了。

街上到处是废弃的车辆——卡车敞开着门，熄火的坦克上盖满了积雪，掀开的吉普车阀盖似乎想告诉人们机师本来想把吉普车修好，后来却绝望地放弃了。

穿越一条宽阔的大街时，沃洛佳听见汽车引擎越来越响的声音。透过雪花，他看见左方有辆车开着车头灯正向他和他的士兵冲过来。起先他以为这是辆突破德军防线的苏联军车。但很快车上的人就朝他和他的手下开火，他赶忙叫嚷着让手下躲起来。这是辆半履带的装甲吉普车，前罩上装着一个备用轮胎。这种车配备有风冷式的引擎，因此不会在大冷天上冻。吉普车以最快的速度从他们身边呼啸而过，德国军人从车座上朝他们漫无目标地开了几枪。

沃洛佳非常吃惊，竟然忘了开枪还击。一辆坐满全副武装的德国士兵的军用卡车为什么要在这个时候离开战场呢?

他带着手下穿过这条路。他原以为他们会举步维艰，每进一步都进行一场激战，但他们几乎没遇到什么抵抗。镇上的房子都上了锁，拉下了窗帘，房子里漆黑一片。如果留在这里的苏联人还想活命的话，他们必定会躲到床的下面。

更多的车沿着街道往西面开，沃洛佳认定德军正在撤离战场。他让几个手下借咖啡馆做掩护，用DP-28轻机枪向开过的车辆进行射击。沃洛佳不想让这些德国兵第二天再去祸害苏联人。

离开大路，沃洛佳看见一幢短帘后面亮着明亮灯光的矮房子。爬过一个在大雪中看不远的卫兵，他朝房子里看了看，发现几个军官坐在里面。沃洛佳猜测这应该是一个德军军营的营部。

他低声向几个军士下了令。他们开枪打破玻璃，往里扔了几个手雷。这几个德国人双手抱头走出矮房。沃洛佳很快就占领了这幢房子。

他听见了奇怪的声响。他听了一会儿，疑惑地皱起了眉。这声音不像是战场上发出的，而像是足球场上观众发出的噪音。他走出德军指挥部，判断声音是从前线传来的，而且越来越近，越来越响。

一阵机关枪响，很快，在几百码外的大路上有辆卡车朝边上一歪，撞在石墙上，燃起了一团烈火——立功的多半是沃洛佳设置在咖啡馆里的机关枪手。跟在卡车后面的两辆德国军车马上飞一般地开走了。

沃洛佳跑到咖啡馆。机关枪正放在餐厅桌子上的两脚架上。因为枪管上唱片状的弹夹，战士们通常把这套射击装置称为“唱片机”。机枪手们正为刚刚取得的战果扬扬自得。“长官，这和在操场上射鸽子一样简单！”一个家伙在厨房里翻找了一遍，发现一大桶意外没有变质的冰激凌，轻机枪手们正轮流狼吞虎咽着。

沃洛佳透过被枪击碎的玻璃，观察着外面的情况。他看见一辆吉普车沿着宽阔的道路开了过来，一些德国兵正跟在车后面跑。当奔跑者离咖啡馆越来越近的时候，沃洛佳认出了他们身上的德军制服。跟在车后面的没有上百，也有几十。类似足球观众噪音的响声正是这群人发出的。

轻机枪手把枪管对准离咖啡馆越来越近的吉普车，沃洛佳却把手放在了他的肩膀上，“别急着开枪。”他说。

他把目光投向风雪中的大街，看到越来越多的车辆，越来越多跑步后退的德军，还在混乱的队伍中瞧见了几匹马。

一个手下举起枪。“千万别射击。”沃洛佳说。车辆和德军离咖啡馆越来越近了，“我们不可能阻挡住他们——如果被发现，我们会很快被他们冲垮，”他说，“别让他们看到，让他们走吧。”听到这话，所有在咖啡馆里的士兵都匍匐在地上。机枪手把DP-28轻机枪从餐桌上拿了下来。沃洛佳坐在地上，透过窗台的边缘往外看。

噪声越来越大。领头的人跑经与咖啡馆平行的公路，很快就过去了。他们有的在跑，有的拖着瘸腿跌跌撞撞地在地上走。一些人拿着枪，大多数人却似乎丢掉了自己的武器。一些人穿着大衣，戴着帽子，另一些却只穿着单薄的制服。许多人都受了伤。沃洛佳看到一个头上绑着绷带的人倒在地上，爬了几码，然后就瘫在地上不动了。没人对他表示关注。一个骑兵骑着马从一个步兵身上踏过，骑兵却浑然不觉。吉普车和指挥车危险地在人群中横冲直撞，不断在冰上打滑，这些车的司机野蛮地摁着喇叭，把人驱赶到左右两边。

沃洛佳意识到这是德军的大溃败。德军成千上万地向西面逃窜。德军正在溃退，他们在往回跑。

德军终于开始撤退了！

第十一章

1941年，夏威夷

伍迪·杜瓦和乔安妮·罗赫从加利福尼亚的奥克兰乘坐波音B-314飞机前往夏威夷的火奴鲁鲁。他们乘坐的泛美航空公司的客机要经过十四小时才能抵达。抵达火奴鲁鲁前，两人发生了激烈的争吵。

也许是因为在狭小的空间坐得久了，他们才发生了这场争吵。波音B-314是当时世界上最大的飞机之一，但乘客们所处的空间却非常狭小。飞机分成六个乘客舱，每个舱有面对面的两排座位，每排有四张座椅。“我宁愿坐火车。”伍迪局促不安地交叉起长腿说。乔安妮保持着优雅的姿态，没有向伍迪指出夏威夷是火车去不了的。

去夏威夷是伍迪父母的主意。他们决定去夏威夷度假，顺便看看在那驻扎的小儿子查克。他们邀请伍迪和乔安妮在假期的第二周去夏威夷玩玩。

伍迪和乔安妮已经订了婚。度过了天气很热、浓情蜜意的四周以后，伍迪在秋天临近的时候向乔安妮求了婚。乔安妮说这未免也太快了，但伍迪说他已经爱了她六年了，问她再要爱几年才能求婚。乔安妮妥协了。第二年六月，伍迪从哈佛毕业以后，他们便准备结婚。作为一对订了婚的未婚伴侣，他们便能以家人的名义外出度假了。

乔安妮叫伍迪伍兹，伍迪叫乔安妮乔。

快到夏威夷的主岛瓦胡岛时，飞机开始慢慢下降。透过机窗，他们看见了满是森林的群山、分散在低地的几个村庄、海边的沙滩以及拍岸的浪花。“我买了一件新泳衣。”乔安妮说。两人肩并肩坐着，四个莱特双旋风七百一十四马力的发动机呼啸声淹没了乔安妮的说话声。

伍迪正在看《愤怒的葡萄》。听见乔安妮在说话，他把书放下，凑近与她交谈。“我真想现在就看到你穿新泳衣的样子。”他是真心实意说这番话的。乔安妮具有泳衣生产商理想的身材，可以使他们的产品发散出光芒。

她半张开眼睛看了他一眼。“不知道你爸妈是否在宾馆给我们订了两个相邻的房间。”她的深棕色眼睛看上去有几分怨艾。

两人才订婚，还不能名正言顺地睡在一起。但伍迪的母亲在这方面非常心细，也许已经为他们做过一些安排了。

伍迪说：“不管你在哪，我都会找到你的。”

“你最好快点找到我。”

“别这么说，这把椅子已经快让我受不了了。”

乔安妮舒心地笑了。

美国海军基地映入眼帘。一个形似芭蕉叶的泻湖形成了一个巨大的天然良港，半个太平洋舰队大约一百艘舰艇都停泊在这个基地里。从天上往下看，汽油存储罐像是棋盘上的棋子一般。

泻湖中间是一个建有飞机跑道的小岛。在岛的西面，伍迪看见十几架水上飞机停泊在那。

泻湖右边是西卡姆空军基地。几百架军用飞机一架挨着一架，整齐地停放在空军基地的停机坪上。

快降落以前，飞机飞过一片种着棕榈树、架着条纹阳伞的海滩——伍迪觉得这一定是举世闻名的威基基海滩。接着他们看见了一个城市，这一定是夏威夷的首府火奴鲁鲁了。

乔安妮在国务院积了几天假，正好利用这段时间休掉，伍迪却要逃上几天课。“我很吃惊你父亲这次的表现，”乔安妮说，“他平时不会让你中断学业出来玩的。”

“没错，”伍迪说，“但你应该知道这次让我出来的真正原因。他觉得查克有可能在战斗中阵亡，这可能是我们最后一次见到活着的查克了。”

“老天，真会打上一仗吗？”

“他认为马上就要开战了，查克又正好在海军服役。”

“我想他的判断没错，的确要开战了。”

“你为何如此确定？”

“现在，整个世界都对自由抱有敌意。”她指着膝上电台记者威廉·夏伊勒写的畅销书《柏林日记》说，“纳粹占领了整个欧洲，”她说，“布尔什维克统治苏联，日本又控制了远东。我不知道，美国怎能在这样的世界中独善其身。再这样下去，就没人和我们做生意了。”

“我爸爸正是这么想的，他觉得明年我们会和日本打上一仗。”伍迪担忧地皱着眉，“苏联的情况怎么样？”

“德国似乎没能攻下莫斯科。离开华盛顿之前，听说苏联方面发起了气势宏大的反击。”

“太好了！”

伍迪望着窗外。火奴鲁鲁机场出现在舷窗外。他猜测飞机会停在一个与跑道平行的带遮蔽顶篷的入口内。

乔安妮说：“最好在我离开的这段时间别发生什么大事。”

“为什么这样说？”

“伍兹，我想得到提拔——因此不想别人在我不在的这段时间表现出高我一等的才华。”

“你从没跟我提过升职的事啊。”

“八字还没一撇呢，但我想当上研究员。”

伍迪笑了。“你想爬得多高呀？”

“我想到形势复杂的地方当大使，南京或亚的斯亚贝巴[①]都行。”

“你真有这种想法吗？”

“你还别不信。弗朗西丝·珀金斯就当上了有史以来的第一个女性劳工部长，而且干得相当不赖。”

伍迪点了点头。珀金斯是八年前罗斯福总统第一任总统任上的劳工部长，为新政赢得了工会的支持。现今，能力出众的女性可以干成几乎任何事情。乔安妮正是这样一位能力出众的女性。但伍迪却从没想到乔安妮竟然如此野心勃勃。“大使必须住在国外啊。”他说。

“这有什么不好吗？异域的文化，诡异的天气，和美国人完

---

① 亚的斯亚贝巴（Addis Ababa），东部非洲国家埃塞俄比亚的首都。1936年5月5日，意大利出兵占领了亚的斯亚贝巴，并将其定为意属东非的首都。之后，在埃塞俄比亚爱国者和英国人的帮助下，第二次世界大战的轴心国意大利的军队被击退，1941年5月5日，被迫流亡海外的国王海尔·塞拉西一世重返首都。

全不同的生活习惯，太激动人心了！”

“但……结婚以后还是这样，真的合适吗？”

“你说什么？”乔安妮严厉地问。

他耸了耸肩：“这问题很自然，你难道没想过吗？”

乔安妮的表情没变，鼻孔却张大了——伍迪知道，这是乔安妮动怒的预兆。“我问过你这个问题吗？”她问。

“没有。可是……”

“怎么了？”

“乔，我只是在想——你是不是希望我到你的职业要求你的地方去？”

“我会试着配合你的需求，在我看来，你也该试着配合我的需求。”

“但这根本不是一回事。”

“是吗？”她明显动怒了，“我还是第一次听你这么说。”

伍迪不知道两人的交谈为何会如此快地陷入胶着。他努力克制住自己，使声调保持理性和亲切：“我们不是说好要生几个孩子的吗？”

“别担心，我们会有孩子的。”

“我指的不是这个！”

“如果孩子会在婚姻中拖我的后腿，我情愿不要孩子。”

“我不是这个意思！”

“天杀的你到底是什么意思？”

“我想问的是，如果你被任命为某国的大使，你是不是希望我抛下一切，和你一起去？”

“我希望听你说：‘亲爱的，这是你的好机会，我不会挡你的道，尽管去吧。’这难道不合理吗？”

“当然不合理！”伍迪懵了，“如果不能待在一起的话，结婚又有什么意义呢？”

“如果战争爆发的话，你会去参军吗？”

“我想我会的。”

“军队会把你派到需要你去的欧洲或远东，是吗？”

“没错。”

“你会去需要你执行任务的地方，把我一个人丢在家里。”

“如果必要的话，是会有这种情况。”

“换成我，你就不愿意了。”

“这完全是两码事，你为什么要假装这是一回事呢？”

“这并不奇怪，事业和对国家所履行的义务于我来说非常重要——我想你也一样吧。”

“没你这样的，哪有妇唱夫随的啊？”

“伍兹，我在严肃讨论我们俩的未来，我很伤心你会有这种想法。现在我必须先问问自己，我们还会不会有未来了。”

“我们当然会有未来！”伍迪沮丧地叫了起来，“怎么会变成这样？怎么会到现在这种地步呢？”

一声碰撞，飞机降落在了跑道上。

查克·杜瓦害怕父母会知道他的秘密。

在布法罗，他从没经历过真正的爱情，只是在漆黑的小巷里和几个不怎么认识的男孩相互摸索过一番。查克加入海军的一个主要原因便是能在父母管不到的地方做回真正的自己。

夏威夷的情况和布法罗完全不一样。到了夏威夷以后，他成了同性恋地下社团的一员。勤务之余，他畅游于同性恋酒吧、同性恋餐馆和同性恋舞会，和取向相同的人厮混在一起。他谈过几次恋爱，后来又真正地爱上了一个人。许多人知道他的秘密。

现在，他的父母却来到了这里。

父亲受邀参观岛上名为“海波”的信号情报中心。作为参议院外交关系委员会的成员，杜瓦参议员知道许多军事秘密。他已经参观过了海军设在华盛顿的信号情报中心总部。

查克用海军的帕卡德军用车从宾馆接走了戴着白色草帽的父亲。车开到港口外时，杜瓦参议员吹了声口哨。“太平洋舰队，”他赞叹道，“真是太壮观了！”

查克表示赞同。“规模不小吧？”他说。港口里的船只非常漂亮，海军的舰艇在阳光下亮光闪闪。查克觉得美国的海军真是太伟大了。

“军舰完美地排成了一条直线。”格斯赞叹道。

“我们把这称为‘战舰编队’，停泊在岛上的有‘马里兰号’‘田纳西号’‘亚利桑那号’‘内华达号’‘俄克拉荷马号’和‘西弗吉尼亚号’巡洋舰。”军舰的名称大多取自于美国的州名，“港口里还有‘加利福尼亚号’和‘宾夕法尼亚号’巡洋舰，不过从这个角度看不到。”

基地门口的卫兵看到来的是辆公务车，便挥手放车过去了。查克把车开到潜水艇基地，停在老行政大楼背后的停车场。他把父亲带进新开放的大楼一翼。

范德米尔海军上校正在等待他们。

查克对范德米尔海军上校心有余悸。他一直不喜欢查克，并且猜到了查克的同性恋身份，老把查克称为“粉饼”或“脂粉男人”。他很有可能把查克的秘密告诉老杜瓦。

范德米尔是个壮实的矮胖子，他嗓音沙哑，呼吸沉重。他向格斯敬了个礼，和他握了握手。“参议员，欢迎您，很荣幸有机会带您参观十四海军战区的通情中心，”通情中心是针对日本帝国海军进行信号监听的信号情报中心所起的隐晦名称。

“上校，谢谢你。”格斯说。

“先生，我想事先给你打打预防针。通情中心是个非正式的组织。情报工作通常由一些怪人来承担的，他们不怎么穿海军的制服。掌管通情中心的罗什福尔中校时常穿一件红色的丝绒大衣。”说完他促狭地对参议员笑了笑，“你也许会觉得他是个该死的同性恋。”

查克努力使表情保持平静。

范德米尔上校说：“在进入安全区域之前，我不会再说话了。”

“很好。”格斯说。

他们走下楼梯，进入地下室，中间经过两扇上锁的门。

“海波”信号情报中心设在一间能容纳三十个士兵、点着氖光灯、没有窗户的地下室内。除了通常的办公桌椅外，办公室里还设置了超大号的图板、国际商用机器公司的打印机、分类机、整理器和解码员在长期破解密码时打盹的两只小床。一些人穿着整洁的军装，但大多数人却像范德米尔上校说的那样没刮胡子、衣衫不整，从办公室里发出的气味来看，一些人已经有很长时间没洗澡了。

“和其他各国的海军一样，日本海军采用不同类型的密码。

他们用最简单的密码传送气象预报这类不怎么重要的信息，用复杂的密码传送敏感的重要信息，”范德米尔说，“尽管使用的是高复杂度的密码，但我们仍然能从军舰的通信呼号中确定呼号的发送者和发送者的所在位置。他们经常改变通信呼号的编码方式，但我们可以在几天内破解新的编码方式。”

“真是太厉害了。”格斯说。

“我们还能利用三角测量法找到信号的原始发出地。即便无法读懂密码，我们仍然能根据通信呼号的来源方位和类型标明大多数日本军舰的位置。”

“这么说，我们可以知道他们的方位，他们要往何处去，但不知道具体下达的命令是什么。”格斯说。

“是这样没错。”

“如果想避开我们，日本人只要保持无线电静默就行了。”

“是的，”范德米尔说，“如果他们保持安静，通情中心会完全失效，这里的人就要喝西北风去了。”

一个穿着便服和拖鞋的男人走了过来，范德米尔告诉参议员这位就是通情中心主任罗什福尔中校。“罗什福尔中校擅长解码，日语也非常流利。”范德米尔说。

“几天前，我们破译了日军最常用的一种密电码，”罗什福尔说，“但那些浑蛋又突然采用了一种新的密电码。如此一来，我们又得重新破译了。”

格斯说：“范德米尔上校说你们只凭通信呼号的来源方位和类型就能知道日本舰队的许多事情。”

“是的，”罗什福尔指着墙上的一张图表说，“现在，大多数日本军舰离开了日本领海，正全速向南驶去。”

"这可不是什么好兆头。"

"是啊。但参议员，我想问你，你对日本军队的意图是怎么看的？"

"我相信他们会对美国宣战。我们的石油禁运实实在在地伤害了他们的利益。英国和荷兰拒绝给日本提供原油，现在他们只能试着从南非弄点油。他们想获得稳定的供应源，不愿意做这种东一锤子西一榔头的买卖。"

范德米尔说："但攻击我们又有什么用呢？日本这样的小国无法侵略美国，对我们造不成任何实质上的威胁。"

格斯说："英国也是个小国，但他们通过建立海上霸权统治了全世界。日本人不用攻入美国本土，他们只要在海战中战胜我们就够了。占领了太平洋，就没人能阻止他们做买卖了。"

"那你看，日本海军向南行进的真实目的是什么呢？"

"最大的可能是占领菲律宾。"

罗什福尔点头表示同意。"我们已经加固了在菲律宾的海军基地。但有件事一直困扰着我：我们已经好几天没有接收到日本的航空母舰发出的无线电讯号了。"

格斯皱起眉。"看来他们实施了无线电静默。这种情况之前发生过吗？"

"是的。航空母舰回到日本领海时常会采取无线电静默。我们觉得这次也不会例外。"

格斯点了点头："应该是这么回事。"

"如果真是这样就好了。"罗什福尔说。

火奴鲁鲁的福特街上挂起了圣诞的灯彩。这天是12月6日星期六，街上满是穿着白色海军制服，戴着白色海军圆帽和黑色海军围巾，出去找乐子的水兵们。

杜瓦一家徜徉在街道上，沉浸在圣诞的氛围之中。罗莎靠在查克胳膊上，格斯和伍迪站在乔安妮两边。

伍迪修复了和未婚妻的关系。他为妄断乔安妮对婚姻的期待向乔安妮道了歉，乔安妮也承认自己的确有点过火了。事情没有真正得到解决，但至少两个人又睡到一张床上了。

亲热过后，争吵显得不那么重要了。既然深爱着彼此，其他事都可以从长计议。他们约好，过段时间再用和平的方式就这一问题找到双方都能接受的方案。穿上衣服以后，伍迪觉得两人的关系进了一大步。他们在很多有关婚姻的问题上有分歧，激烈地争吵过，但他们好歹和好了，这是个非常好的迹象。

这时，他们正前往餐馆用餐。伍迪拿着相机，一路走一路按快门。他们没走多远，查克停下脚步介绍一个水手给他们认识。“这是我朋友埃迪·帕里。埃迪，这是杜瓦参议员，这是杜瓦夫人，这是我哥哥伍迪，这是伍迪的未婚妻乔安妮·罗赫小姐。”

罗莎说：“埃迪，很高兴见到你。查克在家信中几次提到过你。一起去吃晚餐吧？我们正要去吃中餐呢！”

伍迪很吃惊，妈妈很少请陌生人加入他们家的家宴。

埃迪说：“谢谢你，夫人，很荣幸和你们一起吃饭。”他操着一口美国南方口音。

他们走进“天国喜悦”餐馆，在一张六人桌边坐下了。埃迪非常有礼貌，他叫格斯“先生”，叫女士们“夫人”，但态度并不僵硬。点完菜后他说：“我听说过许多你们家的事情，似乎已经认识你们很久了。”他的脸上满是雀斑，笑得非常开怀。伍迪发现，家里所有人都非常喜欢他。

埃迪问罗莎喜不喜欢夏威夷。“说实话，我有点失望，”伍迪的母亲说，“火奴鲁鲁和其他美国小镇没有什么两样。我还希望这里更有些亚洲风味呢！”

“是啊，”埃迪说，“这里到处是餐车、汽车旅馆和爵士乐队。”

他问格斯美国是否会参战。所有人都在问格斯这个问题。“我们绞尽脑汁想和日本达成一个过渡方案，”格斯说。伍迪不知道埃迪知不知道过渡方案是什么意思。“赫尔国务卿和野村大使一夏天进行了很多次会谈，但双方似乎一直没能达成共识。”

“问题出在哪儿？”埃迪问。

“美国需要在远东建立殖民地。日本说好啊，建就建吧，我们喜欢殖民地。不光远东要建，在全世界都得要建。即便有这样的意愿，美国也不可能在全世界都有自己的殖民地。日本人说既然别的国家有殖民地，他们也要有一个。”

“我仍然不明白日本为何要侵略中国。”

总是能从对方角度看问题的罗莎说：“日本想在中国、印度尼西亚、荷属东印度驻军是为了维护自己的利益，这和美国在菲律宾驻军，英国在印度驻军，法国在阿尔及利亚驻军完全是一码事。”

“这么说来，日本的做法也就可以理解了。”

乔安妮坚定地说：“是可以理解，但这完全错了。武装占领是十九世纪的处世哲学。这个世界正在发生剧变。撤离殖民地，结束霸权主义政治是大势所趋。让日本人的贪欲得逞将会是一种倒退。”

他们的菜来了。“在吃饭以前，我先要告诉你们，”格斯说，“明天早上八点我们将在‘亚利桑那号’巡洋舰上共进早餐。”

查克说：“我不在受邀之列，但我被委派送你们去那。我七点半去宾馆，开车带你们到基地，和你们一起穿过港口走到巡洋舰那里。”

“好的。”

伍迪吃了口炒饭。“这饭真好吃，”他说，“我们结婚时也准备中餐吧。”

格斯笑了：“这可不行。”

“为什么不？中餐又便宜又好吃。”

“婚礼不仅仅是吃顿饭，而是家人和朋友聚在一起的隆重场合。对了，乔安妮，我还要给你妈妈打个电话呢！”

乔安妮皱起眉：“是有关婚礼的事吗？”

“跟她商量一下来客名单。”

乔安妮放下筷子。“有什么问题吗？”伍迪看见她鼻孔张开，知道她快要发作了。

“不是什么大问题，”格斯说，“我在华盛顿有许多朋友和同僚，如果不请他们参加我儿子的婚礼的话，他们准会生气的。我想让你妈妈和我共同分摊这笔费用。”

伍迪知道，爸爸一定认真考虑过这个问题。戴夫在死前廉价出售了他的生意，乔安妮的母亲多半没钱举办一场奢华的婚礼，所以格斯希望承担婚礼的一部分费用。但乔安妮却不理解双方父母为他们俩操办婚礼的那份苦心。

“你眼中的朋友和同僚是哪些人？”乔安妮冷冰冰地问。

“大多数是美国的参议员和众议员。我们必须也请上总统，但他多半不会来。”

“哪些参议员和众议员？”乔安妮问。

伍迪看见母亲忍住笑容。她一定被乔安妮的坚持逗乐了。没几个人敢把格斯逼成这样。

格斯说了一长串名字。

乔安妮打断他的话。“你说要请科布参议员吗？”

“是的。”

“他投票反对取消私刑法，这种人你也要请吗？”

“彼得·科布是个好人。之所以投票反对取消私刑是因为他来自密西西比州。乔安妮，我们生活在民主社会，议员必须代表他们的选民。南方的议员反对这个法案再正常不过了。”说着他看了看查克的朋友，“埃迪，希望没触到你的痛处才好。”

“先生，不用担心我的感受，”埃迪说，“我来自得克萨斯，但我为南方的政治环境感到羞耻。我痛恨偏见。无论是什么肤色，人就是人，每个人都生而平等。”

伍迪看了眼查克。查克激动不已，为埃迪感到骄傲。

这时，伍迪意识到埃迪不只是查克的朋友。

眼下的情况太诡异了。

餐桌边坐着三对爱侣：爸爸妈妈，伍迪和乔安妮，还有查克和埃迪。

伍迪专注地看着埃迪。原来查克爱着的是这个人啊，他琢磨着。

真他妈的诡异！

伍迪把目光移向一边。幸好爸妈没发现这个情况，他想着。

妈妈发现了吗？不然为何要请埃迪参加家里的聚餐呢？她同意吗？不，这完全不可能。

“不管怎么样，科布没有别的选择，”爸爸说，“在其他方面，他都赞成自由派的主张。”

“你说的不是民主，”乔安妮激动地说，“科布代表不了南方的人民。在南方各州，只有白人才有选举权。”

格斯说：“在当今这个世界上，没有任何事是完美的。科布至少很支持罗斯福的新政。”

“这不意味着我会邀请他参加我的婚礼。”

伍迪插话说：“爸爸，我也不想请他，他的手上沾着很多人的血。”

“这么说是不公平的！”

“在我们眼里，他就是个双手沾满鲜血的杀人犯。”

“决定不完全由你们来做。婚礼由乔安妮的妈妈负责操办，如果同意让我帮忙的话，我会帮她承担一部分费用。我想我们至少在宾客名单上有一点发言权。”

伍迪靠在椅背上：“该死，这是我们的婚礼！”

乔安妮看着伍迪。“也许我们应该在哪个安静的小镇找个礼堂结婚，找些亲密的朋友参加。”

伍迪耸了耸肩：“听上去不错。”

格斯不快地说：“许多人会失望的。”

“我们快乐就行，”伍迪说，“新娘是婚礼当天最重要的那个人，我只希望乔安妮能得偿所愿。”

罗莎开腔了。“听我说，”她说，“格斯，别鲁莽行事。你完全可以把彼得·科布叫到一边，和蔼地对他说，你那个空谈理想的儿子娶了一个同样空谈理想的姑娘，他们鲁莽地拒绝了你邀请科布参议员参加婚礼的强烈意愿。你感到很遗憾。和彼得违背自己的意愿，投票反对反私刑法一样，你也只能违背自己的意愿不请他参加儿子儿媳的婚礼。他会笑着说他完全能理解，并会因为你的直率而继续把你当朋友。”

犹豫了一会儿，格斯决定优雅地做出妥协。“亲爱的，我想你说得对，”说完他对乔安妮笑了笑，“在彼得·科布的问题上，和我可心的儿媳争吵真是太傻了。”

乔安妮说：“谢谢你……我可以叫你爸爸了吗？”

伍迪很高兴。这话说得非常贴心。乔安妮真是太聪明了。

格斯说：“当然可以。”

伍迪觉得父亲眼里有泪光。

乔安妮说：“爸爸，谢谢你。”

乔安妮的表现简直太出色了，伍迪心想。乔安妮在父亲面前丝毫没有惧色——而且在母亲的帮助下说服了父亲！

好一个美貌和才干兼备的女孩啊！

星期日早晨，埃迪想和查克一起去宾馆，送查克的家人到海军基地去。

“宝贝，我不知道这样做合不合适，”查克说，“他们以为我和你只是朋友而不是情侣。”

黎明前两人躺在汽车旅馆的床上，他们必须在天亮以后赶回营房。

“你为我感到羞耻！”埃迪说。

“你怎么能这么说？我都带你去参加过家族聚会了！”

“那是你妈妈的主意，你原本没想过带我去。但你爸爸挺喜欢我的，难道不是吗？”

“他们的确都很喜欢你。谁会不喜欢你呢？可是，他们不知道你是个肮脏的同性恋。”

“同性恋不脏，很清白。”

“说得没错。”

“请一定带我去。我想更了解他们一些。这对我真的很重要。”

查克叹了口气说：“那好吧。”

“谢谢你，”埃迪亲了他一口，“我们还赶得上……”

查克莞尔一笑：“快点完全赶得上。”

两个小时之后，他们开着海军的帕卡德车到了宾馆外面。七点半，四位前往巡洋舰吃早饭的客人走出了宾馆大门。罗莎和乔安妮戴着帽子和手套，格斯和伍迪穿着白色的亚麻西装。伍迪带上了自己的照相机。

伍迪和乔安妮手牵着手。“你看我哥哥，”查克轻声对埃迪说，“他真的非常开心。”

“她是个美丽的女孩。”

他们打开车门，让杜瓦夫妇坐上汽车后座。伍迪和乔安妮坐上了活动座椅。查克发动汽车，向海军基地开去。

天气晴朗，车里收音机的基地电台正在播放着赞美诗。阳光直射在泻湖上，一百来艘军舰的玻璃舷窗和黄铜扶手在阳光下闪着金光。查克说：“这景色简直是太美了！”

帕卡德开进基地之后，径直朝海军船坞开了过去。浮动船坞和干船坞里停泊了十来艘待修理、保养和加油的船只。查克把车停在军官停船码头。众人下了车，看着泻湖那头威严挺立的那些战舰。伍迪拍下了一张照片。

这时离八点还有几分钟。查克听到了不远处珍珠城传来的教堂钟声。八点的时候，舰船上响起了早饭铃，各色彩旗准时升起，一支乐队在“内华达”巡洋舰上奏起了《星条旗永不落》。

杜瓦一家走向码头，一艘系在码头上的汽艇正等待着他们。汽艇能容纳十来个人，船尾的舱口下藏着一只内置的发动机。查克带家人上汽艇之后，埃迪发动了汽艇。发动机欢快地低吟起来。查克站在船首，埃迪把汽艇驾离船坞，朝高大的巡洋舰驶了过去。加速以后，船头竖了起来，像海鸥的翅膀一样在近海中乘风破浪。

查克听到天上传来飞机的引擎声，自然地抬头去看。飞机从西而来，高度非常低，乍一看像是快撞到海里了。这架飞机准是要降落在福特岛上的海军铺设的飞机跑道的。

坐在查克边上的伍迪皱起眉头问：“这是架什么飞机啊？”

查克熟知陆军和空军的各种飞机，但却认不出这架是什么飞机。“像是架九七型鱼雷轰炸机。”他说。查克说的是一种日本海军的舰载鱼雷轰炸机。

伍迪举起照相机。

飞机飞近汽艇，查克看见了机翼上漆着的红色太阳。“这是架日本战斗机。”他惊叹道。

驾驶汽艇的埃迪听见查克的话，“一定是次逼真的演习，”他说，“想在星期日早晨让所有人大吃一惊。”

“应该是吧。”查克说。

接着，他看见了第一架战斗机后面还跟着第二架战斗机。

接着，是第三架。

伍迪听见父亲急切地在问：“这到底是怎么了？”

机群掠过海军基地，从汽艇头顶飞过，飞机的引擎声如同尼亚加拉大瀑布奔腾的流水声一样不断升高。查克看见了十架，二十架，接着是更多的日本战斗机……

飞机朝美国的战舰编队扑了过去。

伍迪停止拍照，“不会是一次真正的空袭吧？”他的声音既有疑惑，又带着恐惧。

“怎么可能是日本人呢？”查克难以置信，“日本离这有四千多英里呢，它们不可能飞这么远！”

这时他想起了日本海军的航空母舰实行无线电静默的事情。信号情报中心认为它们回到了自己的领海，但并没能验证这条情报。

他和父亲对视了一眼，猜测父亲也想起了之前的对话。

一切都明白了，疑惑刹那间转变为恐惧。

领头的战斗机从战舰编组的旗舰“内华达号”上低飞而过，发射了一阵火炮。甲板上的水手四散奔逃，乐器的演奏声忽高忽低了一会儿，然后一下子消失了。

罗莎在快艇上叫了起来。

埃迪说：“老天，日本人展开突袭了。”

查克的心跳得飞快。在日本人轰炸珍珠港的时候，自己竟然在泻湖中间的一叶小舟上。他看着同行者仓惶的脸——父母、哥哥和埃迪——意识到所有自己爱的人都在这条小船上。

长条子弹形的鱼雷从飞机的下腹部倾倒下来，落在泻湖平静的水面上。

查克大喊：“埃迪，往回开！埃迪，快往回开！”埃迪已经在往回开了，循着圆弧形的轨迹把快艇掉了个头。

掉头过来以后查克发现，在西卡姆海军基地的上空，又一组机翼上标着红色太阳的轰炸机正在飞过。这些日本的俯冲式战斗机正像直扑猎物的老鹰向跑道上整齐排列的美国战斗机飞去。

这群王八蛋怎么都在这？日本半数的空军力量似乎都集结在了珍珠港的上空。

伍迪又开始拍照了。

查克听到一声类似地下爆炸的低沉碰撞声，紧接着又是一声。他回过头，看见“亚利桑那号”巡洋舰的甲板上燃起了一团火，很快就腾起了一片烟雾。

埃迪打开节流阀，汽艇全速向岸边驶去。查克毫无必要地大喊：“快点，开快一点。”

接着查克听到有条船的电喇叭里发出指挥官的战略部署声，要求水手们都各就各位。他这才意识到真的开战了，自己的一家正处在战斗的中心区域。没过多久，福特岛上的空袭警报响了，先是一阵轰隆隆的低吟，然后逐渐尖利起来。

鱼雷相继碰到军舰，发出一阵接着一阵的爆炸声。埃迪大叫：“快看维弗，”维弗是水兵们对西弗吉尼亚号的爱称，“它正在朝左侧倾斜。”

查克发现，军舰靠近战斗机攻击群的一侧出现了一个大洞。船被炸开的时候，几百万吨海水顷刻间涌入船舱，使船身向一边倾斜。

“西弗吉尼亚号”巡洋舰边上的“俄克拉荷马号”巡洋舰遭

受了相同的命运。查克惊恐地发现，甲板上的水手无助地滑倒在地。沿着倾斜的甲板落进水里。

爆炸波使快艇在海水里飘来荡去，所有人都紧抓着船舷。

查克看见，炸弹像雨水似的落在福特岛的水上飞机基地。飞机靠得很近，很快被炸弹炸成碎片，机身和机翼的碎片如同龙卷风里的树叶一样无助地飘散着。

受过情报专门训练的查克试图分辨出战斗机的种类，他从众多的战斗机中分辨出第三种战斗机，杀伤力很高的零式舰上战斗机，这种战斗机是世界上最好的舰载战斗机。它只携带两枚炸弹，却安装了两把机关枪和两管二十毫米加农炮。它在战斗中要为轰炸机护航，保护轰炸机不被美军战斗机击落——但此时美军的战斗机全都没有起飞，大部分都已经被摧毁了。零式机正好乘机攻击建筑物、地面设施和美军部队。

或者，查克害怕地想，它们还会攻击正在穿越泻湖、赶着回家的一家人。

美方终于开始还击了。在福特岛，在没有被击中的巡洋舰上，防空炮和普通的机关枪对天齐射，和日军的枪炮声汇成一首死亡的华丽乐章。防空炮的炮弹像黑色大丽花一样在空中炸开。没过多久，岛上的一个机枪手准确地击中了一架俯冲式轰炸机。轰炸机燃起熊熊烈火，重重地砸在水里。查克情不自禁地欢呼起来，使劲地挥了挥自己的拳头。

倾斜的“西弗吉尼亚号”巡洋舰回到水平状态，但却在继续往下沉。查克意识到船上的指挥官一定打开了右舷通海阀，在下沉的过程中使船保持平衡，给船员提供更好的活命机会。“俄克拉荷马号”巡洋舰就没有这般幸运了，快艇上的杜瓦一家惊恐地看着巨大的战舰向一侧侧翻。乔安妮说："老天，看那些水手们。"掉在海里的水手们争先恐后地往倾斜的甲板和右舷的栏杆上爬，想博取一条活命。查克意识到，当巨型战舰最终随着可怕的撞击声倾覆并开始缓缓下沉的时候，天知道会有多少人会被扣在甲板底下丧命。

"所有人都抓紧艇身！"查克嚷着。"俄克拉荷马号"巡洋舰颠覆造成的巨浪正在朝快艇袭来。爸爸抓住妈妈，伍迪抱住了乔安妮。海浪波及快艇，把快艇抬得老高。查克晃了两下，不过一直抓紧着快艇的栏杆。快艇摇晃了好几下，但总算没有被掀翻。巨浪过后，又来了几波小点的浪头，好在快艇上的人都平安无事。

查克惊恐地发现，他们离岸还有四分之一英里远。

最先被击中的"内华达号"巡洋舰竟然开始移动了。一定有人没乱了分寸，指示舰艇开始航行。如果军舰能驶出军港，它们就能分散开，使日军的袭击变得困难起来。

军舰队列里突然爆发了比之前任何一次都要剧烈好多倍的大爆炸。爆炸非常猛烈，远在半英里之外的查克都感觉到胸口受了重重一击，一团火焰从"亚利桑那号"巡洋舰的二号炮塔喷射而出。很快巡洋舰的前半部分几乎就炸裂了。船只碎片扬在空中，弯曲的钢梁和金属板像篝火中烧黑的纸片一样飘舞。大火和黑烟笼罩着"亚利桑那号"巡洋舰的前端，桅杆醉鬼似的向前倾斜。

伍迪问："那艘船究竟怎么了？"

"船上的军火库一定点燃了。"意识到几百名水兵兄弟在大爆炸中丧生，查克的心情异常悲愤。

一根深红色的烟柱像从火葬的柴堆上冒出来似的冲向天际。

快艇似乎碰上了什么东西，向一侧倾斜。所有人都猫下腰来。蹲下的时候，查克觉得快艇一定是被炸了，接着他意识到判断错了，因为自己仍然还活着。镇定下来以后，他发现湖面上飘着的一块一码多长的金属残片刺进了发动机上的甲板。老天保佑，没有人被金属块刺中。

但发动机停止工作了。

快艇慢了下来，彻底不动了。它不断在波涛汹涌的泻湖上打转，日军的战斗机又一直向湖面喷射着地狱之火。

格斯斩钉截铁地说："查克，我们必须马上离开这里。"

"我再看看。"查克和埃迪开始检查快艇的受损程度。他们抓住金属残片，试图把残片和甲板分离，但用了吃奶的力气也分离不开。

"没时间弄这个了。"格斯说。

伍迪说："查克，发动机失灵了，必须想想其他的办法。"

快艇离岸还有四分之一英里，好在快艇上配备了应对这种情况的设施。查克卸下两只桨，他拿了一只，把另一只递给埃迪。快艇很大，不太容易用桨滑，前进的速度非常缓慢。

幸好，日军的空袭出现了一段间歇。天上的战斗机没有刚才那么密集了。受损的舰船上腾起一团团黑烟，尤以全毁的"亚利桑那号"巡洋舰上升起的烟柱最为壮观，不过湖面上没有新的爆炸了。奇迹般幸存下来的"内华达号"巡洋舰向港口的入海通道开了过去。

快艇旁的湖水里到处是救生艇、摩托艇，还有些游着泳和紧抓住船只残骸的水手。溺水倒不可怕，可怕的是从船里漏出、见火就燃的原油。不会游泳的人在大声呼救，身上着火的人拼命尖叫着，他们的声音混杂在一起，汇成了一股可怕的悲鸣声。

查克瞄了眼表。他以为袭击持续了好几个小时，没想到此时离第一架日本战斗机的出现才过了短短半个小时。

没容他细想，日军的第二轮空袭又开始了。

这一次，日军的战斗机从东面而来。一部分战斗机追逐着逃逸的“内华达号”巡洋舰，其他的则把目标对准了杜瓦一家刚才下艇的海军基地。刚开始轰炸，停泊在浮动船坞的“肖恩号”巡洋舰就在巨大的爆炸声中腾起浓烟，化成了碎片。原油飘在湖上，燃起熊熊大火。很快在基地最大干船坞中停泊的“宾夕法尼亚号”战列舰也中弹起火了。同一船坞中的另两艘驱逐舰弹药舱被点燃，很快被炸成了碎片。

查克和埃迪努力划桨，像赛马一样满身是汗。

基地里出现了很多美国海军陆战队的士兵——多半是从附近的营地赶过来的——拿起消防用具四处灭火。

划了好一会儿，快艇才划到军官停船码头。查克跳上码头，飞快地把船绑好，埃迪则帮着把杜瓦一家一个个扶上了岸。上岸以后，所有人都气喘吁吁地朝帕卡德车奔了过去。

查克跳进驾驶座，发动汽车。车上的收音机随着引擎的发动自动打开了，基地电台的播音员说：“陆军、海军、海军陆战队的成员请迅速向所在的连队报到。”查克没法向任何人报到，但他觉得自己的任务也很重，他必须保护好四个美国平民的安全，尤其是其中的两名妇女和一位参议员。

所有人坐进汽车以后，查克立即把车开走了。

第二波空袭似乎结束了，大多数日本战斗机离港口越飞越远。但查克还是开得很快：日本人完全有可能发起第三波进攻。

基地的大门敞开着。如果基地的大门是关着的，查克肯定会直接冲出去。

路上没有其他车辆。

帕卡德车从港口出发，沿着卡美哈美哈高速公路疾驰而去。查克觉得，离珍珠港越远，家里人就越安全。

这时，他发现一架孤零零的零式战斗机朝他们扑来。

战斗机飞得很低，沿着高速公路尾随着帕卡德车。观察了一会儿以后，查克意识到零式战斗机攻击的就是自己开的这辆车。

零式战斗机的炮装在两只机翼上，不太容易击中高速公路上疾驰的一辆小车。但战斗机的引擎两侧还配备了两把机关枪。飞行员够聪明的话，完全可以使用这两把机关枪。

查克疯了似的看着高速公路两边。除了成片的甘蔗田以外，公路两边任何躲藏的地方都没有。

查克开始在公路上走“Z”字形前进，但战斗机仍然不紧不慢地跟着帕卡德车。公路不宽，如果开进甘蔗地，车就开不快了，一车人将在战斗机的攻击下无可遁逃。他突然想到，车开得越快，躲过子弹概率就越高，于是便加大了油门。

容不得他细想了。飞机离车很近，机翼上两具大炮黑洞洞的炮口清晰可见。但正如查克猜想的一样，飞行员并没有使用大炮，而是用机关枪对他们进行扫射，子弹不断落在车前的尘土上。

查克朝左拐，把车开上左侧的路肩。接着又变道向右，开上右侧的路肩。飞行员不断跟着车变道的方向调整航行。子弹不断打在车的护罩上。挡风玻璃碎了，埃迪恐惧地呼号着，后座上的女人们声嘶力竭地尖叫起来。

射击了一阵以后，零式战斗机飞离了公路。‘

汽车不听使唤，开始自发地走起了“Z”字形，有个前轮多半坏掉了。查克努力控制着方向盘，试图把车稳在公路上。汽车横摆了几下，滑过一段柏油路面，撞进公路边的一块田里，最后终于停了下来。

发动机里冒出火花，查克闻到汽油的气味。

“所有人都快下车！”查克大喊，“油箱快爆炸了！”他打开驾驶座边的门，从车上跳下，然后猛地打开后门，让父亲把母亲拽下车。其他几人从车的另一面下了车。“快跑啊！”他大喊着。查克根本不需要这么喊。埃迪一瘸一拐地往甘蔗地里奔，像是受了伤似的。伍迪半抱半拽地带着似乎也受了伤的乔安妮。父亲母亲一个箭步冲入甘蔗地，明显没有受伤。查克跟在父母亲后面跑入了甘蔗地。三人跑了一百来码，然后躺平在地上。

时间似乎在刹那间凝固住了。飞机的声音渐渐远去。查克眺目远望，发现黑色的油烟冲向几千英尺的高空。最后几架日本的战斗机正在向北而去。

这时传来了一声刺穿耳膜的爆炸声。即便闭上了眼睛，他还是感受到了汽油爆炸产生的明亮光芒，一股热浪朝他直冲过来。

抬起头回头看，查克发现帕卡德车烧了起来。

他站起身。“妈妈，你还好吗？”

“奇迹般地没有受伤。”她一边说，一边在丈夫的搀扶下站立起来。

查克的目光扫过甘蔗地，观察着另外几个人的情况。他跑到埃迪身边，发现埃迪捏着大腿正坐着。“你被子弹击中了吗？”

“该死，被日本人打中了，”埃迪说，“不过流血不多。”他挤出笑容来。“像是打在大腿的最上方，不过没有致命伤。”

“我们这就送你去医院。”

这时，查克听到一种令人心悸的声音。

他的哥哥正在痛彻心扉地哭。

伍迪像个不知所措的孩子一样抽噎着——带着无尽的悲伤。

查克知道这是心碎的哭泣。

他跑到哥哥身边。伍迪跪在地上，胸膛不断地颤抖着，他的嘴巴大张，泪水不断从眼里往外冒。伍迪的白色亚麻西装上浸透了鲜血，但他本人却没有受伤。他一边哭一边喊：“老天，你怎么这样啊！”

乔安妮脸部朝天，躺在伍迪面前的地上。

查克很快发现乔安妮已经死了。她双眼圆瞪，无神地看着天际，身体僵直，条纹棉布裙上沾满了猩红的动脉血，已经凝结成块。查克没看见伤口，却大致能猜出子弹穿过肩膀打中了腋动脉，乔安妮很可能在短短的几分钟之内因为流血过多而死。

他不知道该怎么安慰伍迪。

父亲、母亲、埃迪走过来，站在查克身边。母亲在伍迪身边的地上跪下来，抱住他。“可怜的孩子啊！”她像是安慰未成年的孩子一样抚慰着痛失爱侣的大儿子。

父亲也在尸体旁边跪了下来。他伸出手，握住伍迪的手。

伍迪的抽泣声稍微小了一点。

父亲说：“伍迪，帮她合上眼吧。”

伍迪的手抖得很厉害。他努力镇静住自己，把手伸向乔安妮的眼睛。

他把指尖轻轻地按在乔安妮的眼皮上。

小心翼翼地合上了她的眼睛。

第十二章

1942年，伦敦

1942年第一天，黛西收到了前未婚夫查理·法奎森的来信。

她在梅菲尔街公寓的早餐桌上打开了这封信。除了她之外，这时家里只有给她倒咖啡的管家，和从厨房给她送来热面包的十五岁女仆。

这封信不是从布法罗寄来的，而是从英国东部杜克斯福德的空军基地寄来的。黛西听说过杜克斯福德，那里离她遇见丈夫博伊·菲茨赫伯特和爱人劳埃德·威廉姆斯的剑桥很近。

她很高兴收到查理的信。他抛弃过她，她也一时嫉恨过他。但那都已经是很久以前的事了。她觉得自己和那时已经是完全不同的两个人了。1935年她是美国上层阶级别斯科夫家的阔小姐，现在她是英国贵族阿伯罗温子爵夫人。但她很高兴查理还能记得她。女人总是希望被人牢记，而不是遗忘。

这封信是查理用黑色钢笔写的。信纸很大，边缘呈锯齿状，字体很不工整。黛西拿起信念了起来：

在读这封信之前，我必须为前些年在布法罗对待你的方式表示道歉。每次想到那件事时，我总是为自己的所作所为感到深深的羞辱。

很好，黛西心想，他似乎成长了不少。

我们真是太势利了。我太软弱，不该让已故的母亲逼我做出如此卑鄙的事情来。

啊，黛西想，已故的母亲。原来老婊子已经死了。这也许能解释查理为何会发生如此转变。

我加入了第一百一十三神鹰冲锋队，我们现在正在飞飓风式战斗机，但马上就会飞火球式战斗机了。

三支神鹰冲锋队参加了对抗纳粹德国的战争，英国皇家空军的那一支由美国志愿者组成。黛西很吃惊：她没想到查理会自愿参加战斗。她以前的认识的查理除了狗和赛马，对其他的东西都没什么兴趣。他真的长大了。

如果你能打心眼里原谅我，或者至少把这事忘了，我很想来见见你和你的丈夫。

提到丈夫很有策略，这表明查理没有和她重温旧情的意思，黛西心里想。

下周末我会去伦敦休假。能请你和你丈夫出来吃个饭吗？希望得到你肯定的答复。

致以深情的祝福

查理·法奎森

下个周末博伊不在家，黛西会单独接待查理。和伦敦战时的许多女人一样，黛西很喜欢有男人陪伴。去了西班牙以后，劳埃德就没了消息。他说他要去英国在西班牙的大使馆担任军事参赞，黛西希望他确实担任了这样一个没有性命之忧的职位，但内心里她完全不相信。她问劳埃德为什么政府要派一个年轻力壮的军官去中立国担任文书工作，劳埃德向她解释说，是为了防止西班牙在战争中加入法西斯的阵营，这个任务相当重要。说这话时，他懊恼地笑了笑，知道黛西不会轻易相信。她担心事实上劳埃德是越过边境和法国的抵抗组织并肩作战去了。这些天，黛西常会做劳埃德被捕受虐待的噩梦。

黛西已经一年多没见到劳埃德了。黛西感到截肢般的痛苦，她每天每小时都在想着他。不过她很高兴能有机会和男人一起出去，即便是腼腆、肥胖、了无生趣的查理·法奎森。

查理在萨伏伊饭店的小餐厅订了张桌子。

当侍者在饭店大堂帮她脱掉貂皮大衣的时候，一个看上去有些熟悉，穿着剪裁得体晚礼服的高大男人走近她。男人伸出手，对她羞涩地说："你好，黛西，很高兴在这么多年之后见到你。"

听到声音，她才意识到这是查理。"老天，"她惊呼道，"你完全变了样！"

“我减了些体重。”他说。

“才不止一些呢。”黛西猜测查理减了四十到五十磅。减肥使查理比以前更为英俊。他不再显得臃肿，而是带有一股粗犷的气质。

“你倒和以前一模一样。”查理上下打量着她。

出门前黛西刻意修饰了一番。因为战时的紧缩政策，她已经很多年没买新衣服了，但今晚她穿上了战前最后一次去巴黎时买的浪凡露肩式宝蓝晚礼服。“两个月后，我就二十六岁了，”黛西说，“我不信我还和十九岁时一个样。”

他低头看着黛西身上穿的袒胸露背的晚礼服，脸色涨红了，“相信我，我不是在恭维你。”

他们走进餐厅，坐了下来。“我还怕你不来呢。”他说。

“我的表停了，抱歉迟到了。”

“只迟了二十分钟，我还准备等一小时呢！”

侍者问他们想不想先来上一杯。黛西说：“这里能喝到英国很难品尝到的上好马提尼酒。”

“请来上两杯。”查理说。

“不加冰块，但要加橄榄。”

“我也一样。”

黛西打量着查理，为他身上的变化感到惊奇不已。他原先很笨拙，现在却是打动人的羞涩。黛西看着他，却实在无法把他和开着战斗机打下德国战机的飞行员联系在一起。毕竟，伦敦的空袭已经在半年前结束了，英国南部的天空已经很少有空战。“你通常都会执行哪一类的飞行任务？”黛西问。

“白天大多在法国北部绕圈飞行。”

“什么是绕圈飞行任务？”

“通常是一架轰炸机和一架战斗机组队执行任务，战斗机为轰炸机护航，主要目标是把敌军的战斗机引入他们绝对力量偏弱的作战区域。”

“我恨死了轰炸机，”黛西说，“轰炸期间我一直待在伦敦，那种担惊受怕的日子太难熬了！”

查理说：“我还以为你想让德国人尝尝自己种下的苦果！”

“才不是呢！”黛西对这个问题考虑了很多，“我为那些在轰炸中死去的伦敦妇女和孩子难过——但也为在德国有同样遭遇的妇女和孩子痛心。”

“我从没这样想过。”

他们点了主食。战时条例限制每桌只能点三道菜，一顿饭的价格不能超过五先令，菜单上只有用猪肉香肠填充出来的假鸭子，以及完全没肉的什锦馅饼。

查理说：“能听到你用美国口音说话可真是太好了。我喜欢英国姑娘，甚至还和一个英国姑娘约会过，但我还是最喜欢美国人的口音。”

“我也是，”黛西说，“这里已经是我的家了，我是不会回美国了，但我能理解你的感受。”

“很遗憾没能见到阿伯罗温子爵。”

“和你一样，他也是空军。现在他是飞行教官。他不时会回来看看——但这个周末不回。”

博伊偶尔回家探亲的时候，黛西又和他睡觉了。在抓住他和阿尔德盖特的可鄙女人睡觉以后，黛西曾经发誓再也不和他一起睡了。但博伊对她施加了压力。他说战士回家时需要得到抚慰，发誓再也不去找那些妓女了。黛西不相信他的诺言，但还是违背自己的意愿屈服了。她告诉自己，无论好坏，她毕竟嫁给了这样一个人。

但她再也无法从和博伊的交欢中得到快乐了。她可以和博伊上床，但无法全心全意地爱着他。黛西必须要用润滑剂才能和他性交。她曾经试图寻找过当年博伊具有把世界踩在脚下的气势，充满情趣时和她交欢的那种感觉，但现在她意识到，博伊只是个空有贵族头衔，自私且没有见地的无聊汉子。当博伊压在她身上时，黛西脑子里想的只是不要被他感染上什么讨厌的传染病。

查理小心翼翼地说："你大概不想多谈罗赫家的事吧……"

"是的。"

"可是……乔安妮已经死了，你知道吗？"

"不会吧，"黛西非常震惊，"她是怎么死的？"

"在珍珠港被日本人打死的。她和伍迪·杜瓦订了婚，两人一起去探望驻扎在珍珠港的伍迪弟弟。他们乘坐的车被一架日本零式战斗机紧追，乔安妮不幸被日军发射的子弹击中了。"

"太遗憾了，乔安妮和伍迪真是可怜！"

他们的食物和红酒来了。两人在沉默中吃了一会儿。黛西觉得素鸭的味道一点都不像鸭子。

查理说："乔安妮是两千四百名在珍珠港被杀的美国人中的一名。我们在珍珠港损失了八艘军舰和十艘其他舰只，可恨的日本人！"

"这里的人私底下都很高兴，因为他们觉得美国总算参战了。天知道希特勒为什么要蠢得对美国宣战。而英国人认为他们得到了美国和苏联的支持，就有了最后夺取胜利的机会。"

“美国人对珍珠港被突袭非常生气。”

“这里的人不知道美国和日本之间究竟怎么了。”

“直到开战前的一刻，日本人还在和我们讨价还价——其实他们早就在计划着偷袭珍珠港了。这是实实在在的欺诈。”

黛西皱起眉。“我倒觉得很正常。如果最后一刻能达成协议的话，他们也许会取消攻击计划。”

“但他们也不能偷袭啊！”

“有什么区别吗？我们都以为日本会首先攻击菲律宾，即便宣战，我们也料不到他们会首先袭击珍珠港。”

查理无助地摊开手：“他们本来就不该攻击我们啊！”

“我们偷了他们的钱。”

“只是暂时冻结了他们的海外资产而已。”

“他们觉得这是一回事。我们切断了日本的原油供应，让日本遇上了贸易壁垒，让他们面对着全盘皆输的局面。你还能指望他们怎么做呢？”

“他们应该屈服，同意从中国撤军。”

“他们的确应该。但如果美国被别的国家支使着做这做那的话，你希望我们屈服吗？”

“也许不会，”查理露齿一笑，“我刚才说你没变，现在我要收回这句话。”

“为什么？”

“你以前从没有这样说过话。从前你根本不谈论政治。”

“如果对政治不感兴趣的话，外面的世界如果发生了什么于你不利的事，你就要自认倒霉了。”

“我想我们从各自的经历中都学到了这一点。”

他们要了甜点。黛西说："查理，这世界究竟是怎么了？全欧洲都掌握在了法西斯党人的手里。德国攻占了大半个苏联。美国像只断翅的老鹰似的没有丝毫攻击力。有时我甚至为没生孩子而庆幸。"

"别低估美国。我们受了伤，但绝没有被击垮。日本现在的确趾高气扬的，但总有一天会为他们在珍珠港做的事痛悔不已。"

"希望你是对的。"

"德国不会像之前那样任意妄为了。他们没能占领莫斯科，正在向后撤退。你意识到莫斯科战役是希特勒第一次真正意义上的失败吗？"

"是溃退，还是暂时的撤退？"

"无论是溃退还是战略上的撤退，都是希特勒之前没遇到过的沉重打击。布尔什维克给纳粹德国上了血淋淋的一课。"

查理发现英国的波特酒很好喝。在伦敦，男人们通常在女人退席之后上这种酒。黛西很反感这种习惯，曾经试图在家宴上废除这种习惯，但没有成功。喝过了马提尼和红酒之后，两人又各喝了一杯波特酒。这酒让黛西醉醺醺的，但却难得的开怀。

他们回忆着布法罗的青葱岁月，为年轻时和其他人一起做的蠢事嬉笑不已。"你说你要去伦敦和英国国王跳舞，"查理说，"你确实做到了。"

"希望她们那些人都为此嫉妒！"

"何止嫉妒啊，多特·伦肖惊讶得脸皮都抽起来了。"

黛西高兴地笑了起来。

"很高兴又和你联系上了，"查理说，"我非常喜欢你。"

“我也非常高兴。”

他们拿着大衣离开了餐馆。门童叫了辆出租车。“我送你回家。”查理说。

当车沿着斯特兰德大街前行时，查理抱住了黛西。她本打算挣脱，但又想：这也未尝不可。于是，她靠在了查理身上。

“我真是太傻了，”他说，“早前要是娶了你该多好啊！”

“你也许会是个比博伊·菲茨赫伯特更好的丈夫。”她说。可要是没有博伊的话，她也许就永远遇不见劳埃德了。

她意识到自己没对查理说过任何有关劳埃德的事情。

出租车拐入梅菲尔大街时，查理吻了黛西。

被男人抱在怀里亲吻的滋味简直太好了，但黛西知道让她产生这种感觉的是刚刚喝下去的酒精。事实上，她唯一想吻的男人是劳埃德。但在出租车停下前，她都没把查理推开。

“临睡前再喝一杯好吗？”查理问。

一时间黛西动摇了。她已经很长时间没有触摸过男人坚实的身体了。但她并不真的想和查理做爱。“不行，”她说，“查理，对不起，我爱的是别人。”

“不用跟我上床，”他轻声说，“如果我们能，我是说我们能接吻什么的……”

黛西打开车门，跳下了车。她觉得自己很差劲。查理每天在为她的生命拼死作战，但她连简单地慰劳一下他也做不到。“查理，晚安，祝你好运。”她说。在改主意之前，她甩上车门，走进了自己的家。

她径直上了楼。几分钟后，独自躺在床上时，她觉得自己很可悲。她一下子背叛了两个男人：她因为亲吻了查理而背叛了劳埃德；又因为让查理不快而背叛了查理。

星期天一整天，黛西都因为宿醉而躺在床上。

星期一夜里，她接到一个电话。“我是汉克·巴克莱特，”一个年轻的美国人说，“我是查理·法奎森在杜克斯福德的朋友。他跟我说过你的事，我在电话簿里找到了你的电话号码。”

她猛地一惊：“为什么打电话找我？”

“我给你带来个坏消息，”汉克说，“查理的飞机在阿布维尔上空被德军击落了，他死了。”

“不！”

“这是他驾驶喷火式轰炸机执行的第一次任务。”

“他跟我说过这个。”黛西恍惚地说。

“我猜你也许会想知道这个消息。”

“是的，谢谢你。”她轻声说。

“在他心里，你是个了不起的人。”

“真的吗？”

“你真应该听听他是怎么夸你的。”

“太遗憾了，”她说，“真是太遗憾了。”她哽咽得再也说不出话来，只好挂断了电话。

查克·杜瓦隔着情报分析员鲍勃·斯特朗中尉的肩膀看着放在办公桌上的文件。大多数情报分析员的办公桌非常乱，但斯特朗的却很整洁。上面只有一张他写了几个字的文件纸。纸上写着：

YO–LO–KU–TA–WA–NA

“我实在搞不明白，”斯特朗灰心丧气地说，“如果破译正确的话，日军就会对‘约洛库塔瓦纳’进行打击。但这说明不了任何事情。日语里根本没有这样一个词。”

查克看着纸上的六个日语字节。尽管他只懂一点日语，却能确定这几个音节对他来说的确意味着一些事情。无法确定这些字节的含义，查克只好继续忙自己的事去了。

老行政大楼内的氛围十分沉重。

空袭后的几周，查克和埃迪经常看到珍珠港外浮油的海平面上飘着的尸体。与此同时，他们处理的情报中不断有日军发动破坏性更大的攻击的消息。珍珠港事件过后仅仅三天，日军的战斗机就袭击了菲律宾吕宋岛上的美军基地，摧毁了美国太平洋舰队所有的鱼雷储备。同一天在南中国海，日军击沉了英国的浅水号战列舰和威尔士亲王号战列舰，使英国在远东陷入了孤立无援的状态。

日军的步伐似乎不可阻挡，坏消息一个接着一个。新年的前几个月，日军在菲律宾击退了美军，在香港、新加坡和缅甸首都仰光把英军打得落花流水。

这些地方的名字连查克和埃迪这样的水手都不太了解。对美国公众来说，关岛、威克岛、菲律宾的巴丹半岛如同科幻小说里的遥远星球一样远不可及。但所有人都知道撤退、投降、屈服意味着什么。

查克很纳闷，日本真能击败美国吗？他无法接受这个事实。

五月，日本终于得偿所愿：建立起了一个拥有橡胶、锡矿以及至为重要的原油资源的大帝国。泄露出来的情报表明：日本人正在用斯大林都要胆寒的残忍，统治着这个帝国。

但日本也有心腹之患，这就是美国海军。想到这里，查克深深地为自己是美国海军的一员而感到骄傲。日本人妄图通过摧毁珍珠港控制太平洋，但他们失败了。美国的航空母舰和重型巡洋舰仍然驰骋在太平洋的海面上。监听得到的情报显示，日军指挥官对美国拒绝倒地死亡感到非常生气。珍珠港战场的失败以后，美军在人员和武器上都比不过日军，却没有逃跑隐藏，而是采取打了就跑的战术对付日本军舰。虽然对日军的损伤不大，但这种战术有效地提升了美军的士气，给日本人留下他们远没有得胜的强烈感觉。4月25日，美国航空母舰上起飞的战斗机空袭了东京，大大地削弱了日本军国主义的尚武精神。夏威夷进行了疯狂的庆祝。那天晚上，查克和埃迪都喝得醉醺醺的。

但决一胜负的时刻就要到了。老行政大楼里和查克谈过话的人都说，日本会在初夏发起一场大规模攻势，引诱美国军舰进行一场你死我活的终极之战。日本希望海军能在战斗中展现出高人一等的实力，把美军的太平洋舰队消灭干净。美军只有做好更完善的准备，搜集更精密的情报，才能移动迅速，一击制胜。

这几个月，“海波”信号情报中心日夜不停地破译着日本海军名为JN-25b的新型密码。五月，他们终于取得了突破性进展。

美国海军在从西雅图到澳大利亚的太平洋周边建立了一系列无线讯号拦截站。在这些拦截站里，被称为“房顶匪帮”的译码员戴着耳机，坐在无线电监听器旁监听着日军的无线电讯号。他们监听着日军的无线电频率，记录下听到的信息。

日军的无线电讯号是用摩斯密码写就的。密码中的圆点和短线可以被翻译成五个数字组成的数组，每个数组对应密码本上的不同字母、词组和短语。看上去杂乱无序的这些数字由安全电缆传送到老行政大楼地下室的电传机。接着才是最难的破译部分。

他们总是从细微处入手。信号总是以意为“结束”的“尾张”告一段落。译码员会寻找出现在相同信号段的同一数组，在发现的数组上写下“结束了吗？”这几个字。

日本人常会犯些无心的错误，这些错误常能帮上他们的大忙。

JN-25b的新密码本必须花上些时间才能送到远离总部的哨所。因此，在最初的几周内，日军必须同时用两种密码传递信息。事后证明，这几周对日军来说颇为致命。因为美军基本破译了原先的JN-25，能解读出电文中的绝大部分信息。此时再拿破译出的信息和新密码比对，就不难判断出新密码的五数字数组代表什么意思了。对新密码的破译取得突飞猛进的进展。

珍珠港事件以后，被击沉的加利福尼亚号巡洋舰上乐队的几个乐师加入了原先的八人译码团队。因为某种无人知道的原因，音乐家们在译码上有着极为深厚的功力。

所有的译电文被转换成文件储存。对译电文的对比非常关键。分析师可能会索取某一天的所有信号，索取发往某一艘船的所有信号，也可能索取全部提到夏威夷的信号。为了便于分析员尽快找到自己需要的无线电讯号，查克和另一个文书创立了一套便于查找的交替索引系统。

译码团队预计，日本人将在五月的第一周进攻盟军在巴布亚的基地莫尔斯比港。他们的破译完全正确，美国海军据此拦截了日本在珊瑚海上的攻击舰艇。双方都宣称自己得胜了，但日军没有攻下莫尔斯比港。美国太平洋战区司令尼米兹上将开始相信他的译电员了。

日本人通常不用常用名称呼太平洋上的各个地点。他们为每个重要的军事据点起了由两个字母组成的番号——事实上，是两个日文字母表中的平假名，但译电员通常会用英文字母表中的A到Z加以对应。地下室的译电员们努力想弄清每个双位平假名名称的意义。他们慢慢地获得了一些进展：MO代表莫尔斯比港，AH代表瓦胡岛，但还有许多两位平假名没有弄清对应的地名。

五月，无线电讯号拦截站截获了大量有关日军正要对一个称为AF的地方发动攻击的情报。

AF最有可能代表的是从夏威夷开始，绵延一千五百公里的环岛链最西端的环礁中途岛，它正好处于洛杉矶和东京的中间位置。

猜测自然是远远不够的。考虑到日本海军的数量优势，这件事必须让尼米兹海军上将知道。

通过日复一日的工作，查克和同事们大致摸清了日军战斗序列的大致规律。刚生产的战斗机一般都会安排在航空母舰上；每占领一地，日本都会在当地派驻“占领军”：希望通过此举保住他们所攻下的所有领土。

看样子，这次的作战规模一定小不了。但日军会攻击什么地方呢?

地下室的译码员特别骄傲，因为他们成功破译了日本军舰催促东京方面的一份电文：“加快运送燃油软管”。同时证实了日军马上要展开一次长距离的越洋攻击。

但美军最高统帅部却觉得日军也许会进攻夏威夷，军方害怕日军会借此向美国的西海岸进发。珍珠港的译码团队隐约地怀疑日军会攻击中途岛以南一千英里约翰斯顿岛上的机场跑道。

情报必须百分之百确认。

查克判断出日军会如何行动，但犹豫着不敢说。译码员都很聪明，但他却和聪明画不上等号。他在学校里的成绩不怎么好，三年级时班上有个同学叫他“查克蠢蛋”。他哭了，这个绰号也就坐了实。在查克的心中，自己依旧是那个“查克蠢蛋”。

午饭时，查克和埃迪从餐厅取了三明治和咖啡，坐在码头边看着港口内外的情况。珍珠港已经恢复了往日的状况。大多数倾泻在海里的原油漂走了，一些舰只的残骸已经被打捞起来。

吃饭的时候，一艘受伤的航空母舰出现在医院海岬，喷着黑烟缓缓地驶进港口，在船身后面留下了一长串浮油。查克认出这是美军的“约克城号”航空母舰。船体上蒙着厚厚一层烟灰，驾驶舱被炸出一个大洞，多半是在珊瑚海战役中被日军炸出来的。“约克城号”驶入码头时，基地拉响警报，庆祝它的回归，拖船牵引它驶入了一号干船坞。

“据说需要修三个月。”埃迪说。他和查克在同一幢楼里办公，但他在楼上的情报办公室，可以听到更多的传言。“但现在三天后就要重新下水。”

“这么快，修理师们能修好吗？”

“他们已经开始工作了。船厂的主任工程师带着他的团队飞过来修理，他们已经上船开干了。你往干船坞那儿看。”

以往空空荡荡的干船坞里到处都是人和仪器：码头周围已经摆满了各种各样准备投入使用的焊接用具。

“他们只能把炸坏的地方先焊接起来，”埃迪说，“他们会修好甲板，让它能出海，其他的小修小补就只能等一等了。”

航空母舰的名字让查克心神不宁，他无法挥去这种抓心的感觉。约克镇是什么意思？美军和法军在约克镇围困英国军队，是独立战争结束前，最后一场决定性的战役。用这个名称有什么高深的含义吗？

范德米尔上校走了过来。“你们两个娘娘腔，快滚回自己的工作岗位去。”他说。

埃迪轻声对查克说：“以后我一定要痛扁他一顿。”

“埃迪，等战争结束后再说吧。”查克说。

回到地下室，查克看见坐在办公桌前的鲍勃·斯特朗，突然意识到自己已经解决了斯特朗的难题。

望向斯特朗肩膀前面的办公桌，查克又看见了同一张纸上的六个日语音节：

YO-LO-KU-TA-WA-NA

“好了不起啊，你终于把它破译出来了！”查克故意说得像斯特朗自己找到破译方法似的。

斯特朗很疑惑：“我把它破译出来了吗？”

“这是个英语单词，因此日本人只能按发音把它拼写出来。”

“‘约洛库塔瓦纳’是个英语词汇吗？”

“是的，先生，日本人就是这样叫约克镇的。”

“你说什么？”斯特朗的表情很疑惑。

“查克蠢蛋”一时间以为自己完全错了，心里异常惊恐。

斯特朗发话了：“老天，你说得对！‘约洛库塔瓦纳’正是日语发音的约克城！”他欢快地笑了，“谢谢你！”接着他又夸赞了一句，“干得太漂亮了。”

查克犹豫着，他还有另一个想法。他应该告诉斯特朗吗？译码不是他的工作，但美国也许很快就要战败了，也许他应该抓住这个机会。“能让我提另一个建议吗？”他问。

“快说吧。”

“关于AF这个番号我有一些想法。我们要确认AF代表着中途岛，是吗？”

“是的。”

“我们能否传出一些有关中途岛的信息，让日本人用密电文作为截获的情报发送出去？通过截获的电文，我们就能知道日本人是如何为中途岛编码的了。”

斯特朗深思了一会儿。“也许吧，”他说，“我们也许有必要把信息写得清晰一些，确保日本人能理解。”

“这点可以做到，可以是那种不太需要保密的消息——比如‘中途岛爆发了花柳病，请送点药过来’，或是类似的电文。”

“日本人为何要把这种消息再次传送出去呢？”

“因此，传送的必须是一些具有战略意义的讯号，但不能是我方的顶级机密——可以泄露些天气之类的情报。”

“可现在的天气预报也是机密啊。”

邻桌的译码员插话了：“可不可以是淡水短缺的情报？如果想占领中途岛的话，淡水短缺是一件相当重要的事情。”

“也许能行，”斯特朗兴奋起来，“中途岛的驻军可以给夏威夷方面发送一份不加密的电文，说海水淡化厂里的设备坏了。”

查克说：“夏威夷可以回复，说我们打算派艘运水驳船过去。”

“如果日本人打算攻击中途岛的话，他们肯定会转发这份情报。他们也需要制订往中途岛运送淡水的计划。”

“他们会用密电发报，避免泄露他们对中途岛的兴趣。”

斯特朗站起身。“跟我来，”他对查克说，“把这件事汇报上去，看看上级怎么想。”

他们的建议被采纳了，中途岛和夏威夷之间发报了淡水面临短缺的电文。

第二天，日军用密电传送了AF缺乏淡水供应的消息。

目标就是中途岛！

尼米兹上将开始在中途岛设下陷阱。

那天晚上，当一千多名工人聚集在受伤的约克城号航空母舰的甲板上，在弧光灯下进行修理作业的时候，查克和埃迪走进火奴鲁鲁一条暗黑小巷深处的“帽沿乐队”酒吧。酒吧和往常一样，挤满了水手和夏威夷当地人。大多数顾客是男人，只有几对出双入对的同性恋女护士。查克和埃迪喜欢这里，因为这里的男人和他们一样是同性恋。同性恋的女护士喜欢来这，因为这里的男人喝醉酒后不会对她们进行骚扰。

但他们必须偷偷摸摸地行事。按照军队的反同性恋法案，如果被发现是同性恋的话，就会被逐出军队，投入监狱。好在这个地方集中了一大帮和他们意气相投的人。乐队领队化着浓妆。尽管舞台上的歌手确信有些人不知道他是男人，但还是穿上了一套女装。酒吧老板也是同性恋。男人们可以搂在一起跳舞。没人会因为你点了一杯苦艾酒而认为你是娘娘腔。

乔安妮死后，查克发现自己对埃迪的爱更深了。他知道埃迪可能会战死，但从不想这一幕真的会发生。珍珠港事件后，每天查克眼前都会浮现同样的情景——美丽的乔安妮浑身是血地躺在地上，哥哥在乔安妮身边痛哭。查克也可能跪在埃迪身边，感受着同样难以承受的苦楚。12月7日那天，查克和埃迪逃过一劫，但现在他们加入了战斗，在战争中，生命异常廉价。对查克和埃迪来说，待在一起的每一天都十分宝贵，因为每天都可能是最后一天。

查克拿着一杯啤酒靠在吧台上，埃迪坐在他身边的高脚凳上。他们正在听海军飞行员特雷佛·帕克斯曼回忆自己试图和女孩做爱的尴尬往事。“我以为她像画里的女孩子一样，下身非常整洁——没想到她那里的毛比我还多还杂！”查克和埃迪爆笑起来，“简直就是一只黑猩猩！”透过眼角余光，查克看见魁梧的范德米尔上校走进了酒吧。

军官很少出入士兵聚会的酒吧。军队纪律中没有这一条禁令，但这种行为和穿着满是泥水的靴子出入丽思-卡尔顿酒店的餐厅一样欠考虑。埃迪转过身，希望范德米尔没看见他。

这回的运气可不太好。范德米尔上校径直走到他跟前，说：“姑娘们都聚在一起了，是不是？”

特雷佛转身，迅速混进了人群里。范德米尔问：“他去哪儿了？”范德米尔已经醉得连话都说不清楚了。

查克发现埃迪脸色阴沉。他不卑不亢地对范德米尔说：“上校，晚上好，要我给你买杯啤酒吗？”

“来杯威士忌。”

查克给范德米尔买了杯威士忌。他喝了一口，说：“听说你们在酒吧后面亲热——有这回事吗？”他等着埃迪的反应。

“我不知道。”埃迪冷冰冰地说。

“老实说出来嘛，”范德米尔说，“我不会告诉别人的。”说着，他拍了拍埃迪的膝盖。

埃迪猛然站起身，把凳子朝外一拉。“你别碰我！”他说。

查克对他说：“埃迪，沉住气。”

“海军里没有哪条军规，说我要被这个老女人摸。”

范德米尔醉醺醺地问：“你叫我什么？”

埃迪说：“如果再敢碰我，我敲掉你那颗肮脏的脑袋！”

查克说：“范德米尔上校，我知道一个比这儿更好的地方，想去玩吗？”

范德米尔疑惑地看着他：“什么地方？”

查克绘声绘色地说：“比这里更安静更舒适的地方——和这差不多，但比这更私密。明白我的意思了吗？”

“听起来不错。”上校一口气喝干了杯子里的酒。

查克抓住范德米尔的右臂，同时示意埃迪抓住左臂。他们把醉酒的范德米尔上校架到了酒吧外面。

幸运的是，黑暗的巷子里停着辆出租车。查克为范德米尔打开了车门。

这时，范德米尔亲了埃迪一口。

上校伸出臂膀抱住埃迪，把嘴唇压在埃迪的嘴唇上，小声地咕哝着：“我爱你。”

查克心里充满恐惧。这下不好收拾了。

埃迪对着范德米尔的肚子就是狠狠一拳。上校疼得喘着粗气。埃迪又照他脸上来了一拳。查克赶忙拦到两人之间，在范德米尔倒地之前，把他抱进了出租后座。

查克把头伸进车窗，递给司机一张十美元的钞票：“把他送到家，不用找零了。”

出租车开走了。

查克看着埃迪。“小子，”他说，“这下我们麻烦了。”

但埃迪·帕里没有被安上袭击军官的罪名。

第二天一早，范德米尔上校肿着眼睛走进老行政大楼，可没对任何人进行举报。如果被人知道在“帽沿乐队”酒吧和下属打架的话，范德米尔也就晋升无望了。不过，办公楼的所有人都在谈论范德米尔的伤情。鲍勃·斯特朗说：“范德米尔说他在家里的车库被一摊油滑倒了，脸摔在了割草机上。但我觉得他是被老婆打了。你见过他老婆吗？长得跟杰克·邓普西[①]似的。”

那天，地下室的译码员告诉尼米兹海军上将，日军将在6月4日对中途岛进行袭击。他们还明确向上将指出，日军将在上午七点出现在环礁北面一百七十五英里的洋面上。

他们的语气非常确定。

埃迪很灰心。“我们什么都干不了。”午饭时他对查克说。他同样在海军情报部门工作，知道译码员揭示的日本强大军力。“它们在太平洋上配备了两百艘军舰——几乎全部的海军力量——我们呢？只有三十五艘！”

查克倒没有埃迪这么悲观。“但日军只有四分之一的兵力在太平洋上，其他都在本土和被他们占领的殖民地上，还有一些是预备役。”

“那又怎样？即便是四分之一，也比整个太平洋舰队强。”

“日本海军真正有实力的就是四艘航空母舰。”

---

① 杰克·邓普西（Jack Dempsey，1895–1983），美国职业拳击手，1919年至1926年成为世界重量级拳王。

“但我们只有三艘，”埃迪用拿着三明治的手指着干船坞里站满了维修工、舰身满是黑烟的航空母舰，“还包括这艘快成废铁的‘约克城号’。”

“我们知道他们要来，他们却不知道我们已经严阵以待了。”

“希望真能达到尼米兹上将想象中出其不意的打击效果。”

“是的，我也这么想。”

回到地下室，查克得知，他被调职了。他被分配到“约克城号”航空母舰上执行任务。

“这是范德米尔在惩罚我。”那天晚上，埃迪泪光闪闪地说，“他想让你死。”

“别这么悲观，”查克为他打气，“我们也许能赢呢。”

攻击前几天，日军换了一套新的密码。地下室里的工作人员们长叹了声气，挠着头皮开始了新一轮的解码工作。但在日军展开攻击之前，他们的收获并不多。尼米兹必须按原来制订的整套计划去部署战斗，希望日军不要在最后一刻改变原来的一揽子计划。

日军希望打美国人一个措手不及，轻松地用闪电战夺取中途岛。他们希望美国海军能调动全部舰艇进行还击。那时，日本海军将调用后续的备用舰只，把整个美国海军一举歼灭。达成这个目标的话，日本将成为太平洋上的王者。

没有了太平洋舰队，美国只能低下头来祈求和谈。

尼米兹准备在日军夺取中途岛前对日本舰队进行伏击，把偷袭扼杀在萌芽之中。

查克就是参加伏击计划的一员。

他收拾好旅行袋，吻别了埃迪。两人一起走到码头。

这时，他们撞见了范德米尔。

“没时间修水密舱了，”范德米尔告诉他们，“如果被打穿了，这艘航空母舰会像铅制的棺材一样往水底沉。”

查克按住埃迪的肩膀，尽力使他克制：“上校，你的眼睛怎么样了？”

范德米尔嘴巴一撇，露出狰狞的笑容：“同性恋，祝你好运。”说完，他就离开了。

和埃迪握手告别后，查克登上了约克城号的甲板。

查克很快忘了范德米尔，因为他实现了长久以来的愿望：作为水兵出海——还是美军最为宏伟的航空母舰。

约克城号是美国所有航空母舰中最宏伟的一艘。舰上的甲板比两个足球场长，船员有两千多名。航空母舰上搭载着九十架战斗机：老式可折叠机翼的道格拉斯破坏者式鱼雷轰炸机，新式的道格拉斯坚守者俯冲式轰炸机，以及为轰炸机护航的格鲁曼战斗机。

除了飞行甲板上三十英尺高的岛状塔台之外，其他设施都不太高。岛状塔台包括了航空母舰的通信和指挥中心，指挥中心连着一座舰桥，舰桥下藏着无线电中心、海图室和飞行员休息室。舰桥后面是排成一列的三根烟囱组成的巨大烟道。

当航空母舰开出干船坞，离开珍珠港时，几个修理工还在进行着扫尾工作。查克激动地倾听着航空母舰驶入大海时引擎突突的呼啸声。当航空母舰行入深水，在波浪间上下起伏时，查克觉得自己像在跳舞似的。

查克被分配在了无线电中心，一个能利用上他信号工作经验的岗位。

约克城号航空母舰鸣着汽笛来到了中途岛东北面的约定地点，刚焊上去的金属块像新鞋似的吱吱直响。航空母舰上有个供应自制冰激凌的冷饮柜台。舰上的第一天下午，查克在冷饮柜台遇见了上次在“帽沿乐队”酒吧见过的特雷佛·帕克斯曼。他很庆幸在舰上遇见一位朋友。

在预定袭击日的前一天，6月3日星期三，一架执行侦察任务的水上飞机在中途岛以西目击到一支日本海军的运输船队——船上运送的多半是攻下环礁之后派驻当地的占领军。这个消息很快传到了所有美方舰艇上，无线电中心的查克是第一批知道的人。这充分证明了他在地下室的同伴的判断是正确的，消息证实以后，查克大大地松了一口气。他意识到这其中包含着一些讽刺的意味：如果译码员判断错误，日军进攻其他地方的话，自己就不会陷入危险的境地了。

他已经在海军待了一年半，但还没参加过任何战役。匆匆修缮的约克城号航空母舰却将成为日本鱼雷和炸弹的活靶子。约克城号正向千方百计想把它击沉的日军开去，查克也将同它一起沉没。查克的心情很复杂。大多数时候他出奇地平静，但时不时却会产生从航空母舰一侧跳下去，游回夏威夷的冲动。

那天晚上他给父母写了封信。如果明天就死，他和信可能会一起葬身海底，但他还是写了。在信里，他没有提及被调职到航空母舰上的原由。他的脑海中闪过向父母承认自己是同性恋的念头，但很快把这个念头抛到了一边。他告诉父母他爱他们，对他们为自己所做的一切表示感谢。“如果我在一场民主国家对抗残暴军事独裁的战争中死去的话，我的生命就没有白费。”在信中他这样写道。念这句话的时候他觉得有些浮夸，但这正是他当时心情的真实写照。

这一夜过得很快。飞行员凌晨一点半吃饭，查克特意去食堂对特雷佛·帕克斯曼表达良好的祝愿。为了补偿飞行员们的早起，食堂特意为他们准备了牛排和鸡蛋。

飞机从甲板下的机库通过电梯送到甲板上，然后被手推到固定机位进行加油和武器调试。一些飞行员驾机起飞，出去寻找敌人的踪迹。另一些穿着全套行头坐在训令室，等待着前方发回来的消息。

查克到无线电室值班。六点前的一刻，他从一架执行侦察任务的水上飞机那里得到电波讯号：

许多敌机正在向中途岛扑来

几分钟以后他又收到一段不完整的讯号：

敌人的军舰

战斗的大幕马上就要拉开了。

一分钟后完整的电波讯号来了，来袭的日军正好在译码员预计的方位。查克既感到骄傲，又觉得害怕。

美军把自己的三艘航空母舰——约克城号、企业号、大黄蜂号——布置在了起飞的战斗机可以对日本舰队进行打击的攻击方位上。

舰桥上，站着五十七岁的长鼻子上将弗兰克·弗莱彻，他在上次大战中获得过海军十字勋章。上将说："我们还没见到一架日军战斗机，这意味着他们还不知道我们来了。"

查克知道，这正是美军的目标：在情报工作上领先对手一步。

日军无疑想复制珍珠港的情形，神不知鬼不觉地夺取中途岛。由于译码员们的努力，这一幕再不会发生，中途岛美军跑道上的战斗机也不会成为日军的活靶子了。日本轰炸机来临的时候，美国的战斗机都已经升空，准备与对方大战一场了。

无线电室的官兵们紧张地收听着中途岛和日军舰只之间断断续续的无线电讯号。他们确信，狭小的环礁上必将爆发一场激战，但他们不知道哪方将取得胜利。

很快，从中途岛起飞的美军战斗机飞到日本舰队头顶，对日本的航空母舰展开了攻击。

据查克所知，高射炮在战斗中具有着相当的优势。在双方的相互空袭中，中途岛的美军基地只受到了象征性的打击。在美军方面，大部分投向日本舰只的炸弹和鱼雷都偏离了目标。双方在空袭中的战斗机损失却相当大。

双方似乎打了个平手——但查克却非常不安，因为日军的储备比美军多。

七点前一刻，约克城号、企业号、大黄蜂号三艘航空母舰折向东南行进。这个举措使它们不幸地远离了敌人，使舰上的飞机必须要在东南向的海风中起飞。

约克城号上的战斗机和轰炸机加足马力，沿着跑道一架接一架地冲天而去。航空母舰的各个角落随着它们的升空微微地颤抖着。查克注意到野猫[1]在甲板上加速时，有先提起右侧机翼再提起左翼的习惯，想起了许多飞行员对此的抱怨。

八点半，三艘航空母舰累计发出了一百五十五架对日军攻击

① 野猫，Wild Cat，F4F战斗机的昵称，它是美国海军和海军陆战队在二战爆发之际最主要的舰载战斗机。

群发动进攻的战机。

第一方阵的战机在预计时间抵达日军舰队上方。此时，日本航空母舰正在为刚从中途岛返回的战斗机加油和整顿军备。航空母舰甲板上蛇形的输油管旁零零散散地扔着弹药箱，如果轰炸机能准确投弹的话，日本的航空母舰将在一瞬间变成惨绝人寰的人间地狱。

但这一幕并没有出现。

第一方阵的轰炸机几乎都被日军消灭了。

破坏者式鱼雷轰炸机已经老掉牙了，野猫也好不到哪里去，两者都无法与操纵灵活、快速机动的零式战斗机相比。这些满载着军火飞到日本舰只上空的美国战机都被日本海军航空母舰上杀伤力极强的高射炮火消灭了。

从移动的飞机往移动的航空母舰上扔炸弹，或是往航空母舰可能经过的地方扔鱼雷，都是非常困难的，对于一个遭受上下夹攻的飞行员来说更是如此。

大多数飞行员在尝试向航空母舰投弹的过程中献出了宝贵的生命。

没有一个飞行员命中目标。

美国的炸弹和鱼雷都错过了目标。从三艘美军航空母舰上起飞的三批次战斗机没有对日军的攻击战舰造成任何伤害。日军航空母舰甲板上的军火没有爆炸，输油管也没有着火。日本参战的四艘航空母舰毫发无损。

听到无线电里的对话，查克更气馁了。

他以全新的视角看待七个月前日军对珍珠港的空袭，审视出了对方的天才构想。袭击的时候，美军的舰只一艘挨着一艘拥挤地停泊在港内，是相对容易轰炸的静态目标。可能对舰只加以保护的战斗机已经在跑道上被炸毁了。等到美军架设好高射炮时，日军的攻击几乎都结束了。

但眼前的战斗依然在延续着，只有少部分战机抵达了目标区域。他听到企业号上有个空军军官在无线电中大喊：“攻击，你们快给我攻击啊！”可飞行员的回复也很简单：“照办，一找到那些浑蛋就开炸。”大多数美军的飞机都没找到目标呢！

幸运的是，日军将领暂时还没派战机轰炸美国的航空母舰。他仍然按照既定方案，把进攻的目标对准中途岛。他已经知道自己正处于美军舰载飞机的攻击之下，但他也许还不知道美军的战舰分布在哪呢。

尽管占据了优势，但美军离胜利还差远了！

一瞬间形势变了。从企业号上起飞的三十七架道格拉斯坚守者俯冲式轰炸机发现了日本海军的舰队。刚才和美军战机缠斗的零式战斗机降落到海平面附近保护日军的舰艇，美军的轰炸机借此幸运地飞到零式战斗机头顶，可以靠强烈阳光的遮蔽对零式战斗机进行出其不意的打击。没几分钟，约克城号上起飞的十七架道格拉斯坚守者俯冲式轰炸机也到达了目标区域，其中一架的飞行员正是特雷佛·帕克斯顿。

无线频率里充满了激动的谈话声。查克闭上眼睛，试图分辨出飞行员们都说了些什么。他没有分辨出特雷佛的声音。

在谈话声之外，他开始听见俯冲式轰炸机俯冲时特有的嘶鸣声。美军的攻击开始了。

飞行员突然爆发出庆祝胜利的欢呼声，这是开战以来的第一次。

“浑蛋，终于抓住你们了！”

“狗屎，要你们好看！”

“狗娘养的，快来受死吧！”

“先吃我一炮！”

“烧死他们！”

无线电室的工作人员疯狂地庆祝起来，却并不知道到底发生了什么事。

几分钟以后，通讯中的庆祝结束了，无线电室过了很久才收到了比较清晰的战况报告。飞行员们沉浸在胜利的喜悦，没有把战情及时汇报回去。平静下心情飞回各自的舰只以后，查克才了解到这次攻势的大体情况。

特雷佛·帕克斯曼幸运地活下来了。

和前一次一样，大多数炸弹没有击中目标，但有十来发炸弹命中了，这些炸弹对日本的航空母舰造成了极大的创伤。加贺号航空母舰、苍龙号航空母舰以及日军旗舰赤城号航空母舰刹那间变成三个火球，只有飞龙号幸免于难。

“四艘之中消灭了三艘！”查克兴奋地叫嚷着，“他们还没找到我们在哪儿呢！”

这话说得太早，日本人很快找到了他们。

弗莱彻海军上将派出十架道格拉斯坚守者俯冲式轰炸机侦察幸存的日本航空母舰的情况。与此同时，约克城号上的雷达却发现一队日军战机正从五十英里以外朝美国舰队所在的方向进发，这些战机应该是从幸存的飞龙号航空母舰上起飞的。正午的时候，弗莱彻海军上将派遣十二架野猫升空迎敌。其他的战斗机也领命升空，避免在敌人发动袭击时停在甲板上被动挨炸。同时，约克城号的输油管线周围被喷洒了许多二氧化碳，以避免管线起火蔓延。

日本的战机攻击群由十四架九九式俯冲式轰炸机，以及为它们护航的零式战斗机组成。

我的第一次战斗终于来临了，查克想。他突然想吐，连忙狠咽了一口口水。

在日军的攻击战机群到来之前，约克城号上的炮手们摆开了架势。舰上配备了四对炮管直径为五英寸的巨型高射炮，炮弹能发射几英里远。借助雷达对敌机方位的探测，炮兵向即将来临的敌机发射了一排五十四英磅重的巨型炮弹，把爆炸的时间定在了炮弹击中目标的那一刻。

根据飞行员用无线电发回的报告，飞在攻击敌机之上的野猫炸落了六架轰炸机和三架战斗机。

查克带着监听到的情报跑进塔台上的指挥中心，告诉指挥官没被击落的几架敌机即将接近美军的舰只。弗莱彻海军上将冷静地说："除了戴上帽子之外，我什么都做不了。"

查克望向窗外，看见日本的俯冲式轰炸机正以几乎垂直降落的角度向自己冲来。他克制住自己，没有一屁股坐在地上。

航空母舰猛然转舵向左折转，任何避免被敌军的俯冲式轰炸机撞上的努力都值得一试。

约克城号的甲板上还配有四尊装备四根炮管的小口径短距离高射炮，此时这四尊高射炮齐齐发射，护卫舰上的长枪短炮也同时指天发射。

舰桥上的查克惊恐地发现敌人的俯冲式轰炸机飞得越来越近，眼看就要和航空母舰撞上了。这时，甲板上的一位炮手瞄准敌机，准确地击中了冲在最前面的那一架。轰炸机断成三截，两截掉进海里，一截撞在了航空母舰的舰身。很快，第二架俯冲式轰炸机被击中了，查克欢呼起来。

但敌人还有六架俯冲式轰炸机。

约克城号突然向右折转。

剩下的六架俯冲式轰炸机冒着美军的炮火，依然紧紧追随着约克城号。

当轰炸机接近航空母舰的时候，飞行甲板两边狭窄通道上设置的机关枪也同时开火。五英寸高射炮、小口径短距离高射炮、机关枪高低不同的发射声混杂在一起，混合成一曲死亡的协奏曲。

查克看见了朝航空母舰飞来的第一颗炸弹。

许多日本炸弹都装了延迟导火线。炸弹不是一撞上目标就炸，而是会延迟一两秒。他们是想等炸弹穿透甲板，进入航空母舰内部时再炸，对航空母舰造成最大限度的破坏。

但这颗炸弹却在甲板上滚动。

查克满心恐惧地看着这枚炸弹。开始，这枚炸弹似乎造不成任何伤害。但很快，它就砰的一声炸开了，燃起一片火焰。近旁的两尊小口径短距离高射炮瞬间化为灰烬。临近的甲板和塔台也起了一点小火。

令查克吃惊的是，周围的人却像在会议室演练战术一样从容。弗莱彻海军上将即便在踉跄走过舰桥上摇摇晃晃的甲板时还在发布着指令。很快，损伤处置小队便带着消防水龙冲到了飞行甲板上，担架组抬起伤者，顺着陡峭的舱梯把伤者送进了甲板下的急救站。

航空母舰上没有燃起大火：输油管道周围的二氧化碳阻止了

火势的蔓延。甲板上没有停留装着炸弹的战斗机，去除了战斗机起爆燃烧的可能。

没过多久，另一架九九式呼啸而下，投射的一颗炸弹击中了航空母舰上的大烟囱。剧烈的爆炸使航空母舰晃了几晃。一股黑烟从烟囱里喷射而出。航空母舰一下子慢下来了，查克意识到，炸弹一定损坏了发动机。

更多的炸弹没有击中目标，落在舰身周围的海里，把夹杂着受伤者鲜血的海水溅在甲板上。

约克城号慢慢停下了。受损的舰只停下不动以后，日军的俯冲式轰炸机朝舰上扔下了第三颗炸弹，炸弹穿过航空母舰前侧的升降机，在下方的某处爆炸了。

突然，一切都结束了，幸存的几架九九式俯冲式轰炸机爬升到太平洋上空碧蓝的天际里。

我还活着，查克庆幸地想。

航空母舰并没有被炸毁。日本战机还没远离，舰上的消防队便已经开始工作了。在甲板下面工作的工程师们说，他们能在一小时之内使锅炉恢复正常。维修组用六英尺长、四英尺宽的杉木板补上了飞行甲板上炸弹砸出的大洞。

但航空母舰的对外无线电通讯中断了，弗莱彻海军上将失去了与外界联系的通道。他带着副官转移到阿斯托利亚号巡洋舰上，把战役的指挥权移交给企业号的舰长斯普鲁恩斯海军少将。

查克小声说："该死的范德米尔——我活下来了！"

这话说得早了点。

发动机突突作响，重新恢复了工作。在海军上校巴克马斯特的指挥下，约克城号重新开始在太平洋里劈波斩浪。约克城号上的一些战斗机已经转移到了企业号上，另一些还在空中飞翔。约克城号重新起航后，这些战斗机飞回舰上，进行加油。无线电通讯中断，查克和战友只能组成一支旗语队，用古老的旗语与其他舰只联系。

下午两点半，为约克城号护航的巡洋舰上的雷达监测到了从西面飞过来的日本战斗机——估计是从飞龙号航空母舰上起飞的。巡洋舰通过旗语把这条讯息传到了航空母舰上。巴克马斯特海军上校派十二架野猫升空迎敌。

野猫式战斗机没能阻止住日本轰炸机的前进，十架日军的鱼雷轰炸机贴近海平面，气势汹汹地朝约克城号直扑过来。

查克清楚地看到了这些轰炸机。它们是被美国人称为“凯茨”的中岛B5Ns鱼雷轰炸机。这种飞机的机身下面悬挂着一颗鱼雷，几乎有半架飞机那么长。

保卫航空母舰的四艘重型巡洋舰对准航空母舰周围的海里发射炮弹，掀起了一道水帘。但日本飞行员却没有善罢甘休，冒着危险飞过水帘。

查克看见直冲过来的第一架鱼雷轰炸机投下了一颗鱼雷。鱼雷溅入海水，向约克城号漂来。

鱼雷轰炸机从航空母舰的甲板上擦身而过，查克清晰地看见了飞行员的脸。除了飞行头盔以外，飞行员在头盔外面绑了条红白相间的头巾。他耀武扬威地向甲板上的船员挥了挥拳，然后开着飞机飞走了。

更多的鱼雷轰炸机从航空母舰的头顶呼啸而过。鱼雷的移动速度很慢，舰只有时可以躲过它们，但受损的约克城号却无法带着庞大的身躯在鱼雷之间穿梭绕行。“砰”一声巨响，航空母舰猛地一震：鱼雷的破坏力比常规炸弹大了好几倍。查克觉得鱼雷似乎撞在了舰尾。紧接而来的第二声爆炸却出现在查克近旁，这次爆炸似乎把整艘航空母舰抬了起来，把半数船员震到甲板上。很快，舰上的巨大发动机又哑火了。

没等轰炸机远去，消防队和维修队又重新投入了工作。但这次他们遇上了难题。查克加入了维修队，负责操作水泵，他发现航空母舰的钢铁外壳像块铁皮一样被撕裂了。海水像瀑布一样灌进裂口。没几分钟，查克感到甲板开始倾斜。约克城号正在慢慢向左倾斜。

水泵无法阻挡不断汹涌的水流。舰上的水密舱在珊瑚海战役中严重受损，短短几天的修理没能把它修好，这时更是完全不起作用了。

航空母舰在完全倾覆前还能坚持多久呢？

三点，查克等来了“弃船”的命令。

水手们从倾斜甲板高出的一端扔下绳索。舰上的工作人员在机库甲板上拉下绳索，几千件救生服像下雨一样从绳索掉落下来。护航的巡洋舰靠近航空母舰，把救生艇放进海里。航空母舰上的船员脱下鞋，然后跨过船沿。由于某种原因，他们把几百双鞋如同祭典似的整齐地排成一列。伤员们被送上担架运到等待着的尖尾救生艇上。查克跳进海水游得飞快，赶在侧翻之前远离约克城号。一阵大浪把查克推得很远，把头上的军帽也给冲走了。幸好自己是在温暖的太平洋：换了大西洋，没等到救援，他就会被冰冷的海水冻死。

查克被一艘不断从海里捞人的救生艇营救了，这样的救生艇一共有十来艘。许多船员从比飞行甲板低的主甲板登上救生艇。

约克城号漂浮在水面上，暂时还没有沉没。

所有船员都转移到护航的巡洋舰上。

查克站在巡洋舰甲板上，远眺着西斜的太阳下缓缓下沉的约克城号。查克这才想起整整一天他还没见过一艘日本舰只。全部战役都由战斗机所完成。他不知道这算不算是新型海战的开始。如果是这样的话，航空母舰将成为未来战役的关键所在。其他舰只是指望不上了。

特雷佛·帕克斯曼出现在他身旁。查克很高兴他还活着，兴奋地拥抱了他。

特雷佛告诉查克，最后一波从企业号和约克城号升空的坚守者俯冲式轰炸机重创了日本舰队仅剩的飞龙号航空母舰，在舰上燃起了一片大火，彻底摧毁了飞龙号航空母舰。

“日本的四艘航空母舰都退出战斗了喽？”查克说。

“是的，全被我们拿下了，我们只损失了一艘。”

“这意味着我们赢了是吗？”查克问。

“是的，”特雷佛说，“我想应该是。”

中途岛海战之后，交战双方都明白，太平洋战争的胜利将取决于从航空母舰起飞的战斗机。日本和美国都加快了修造航空母舰的进度。

1943年到1944年，日本制造了七艘耗资巨大的巨型航母。

同一时段，美国制造了九十艘航空母舰。

第十三章

1942年，柏林

卡拉·冯·乌尔里希推车走进供应室，顺手关上门。

她必须行动迅速。如果被人抓住，这一刻所做的事会把她送进集中营。

她从壁橱里拿了几种伤口涂剂、一卷绷带和一罐消毒药膏。接着她打开药橱，从里面拿出减轻疼痛的吗啡、预防感染的磺胺以及退烧的阿司匹林，最后，她又顺了个没有打开包装的皮下注射器。

几周来，她经常改写领取记录。从这些领取记录来看，她偷走的药物和医疗器具都被合理地使用了。她在偷窃之前就草草写上这些领取记录，而不是之后。即便有检查，她也不过是粗心地超领了一些物品，而不是有意地偷窃。

她已经干过两次，现在已经不怎么怕了。

推着推车走出供应室以后，她希望自己能表现得像一个正常值班的护士一样：把病员所需的用药送到他们的床头。

卡拉走进病房，令她惊愕的是，厄内斯特医生正坐在床头给病人把脉。

医生们应该正在吃午饭才对。

现在改主意还不算晚。她强作镇静，做出和判断相反的举动，昂着头把推车推进病房。

厄内斯特医生抬起头，看到来人是卡拉后，露出了笑容。

贝特霍尔德·厄内斯特医生是医院里所有护士的梦中情人。他医术精湛，对病人很热情，样貌英俊。最重要的是，他还独身！他几乎和医院里所有漂亮的护士都谈过恋爱。如果流言没错的话，他和其中大多数都睡过觉。

卡拉对他点了点头，从他身边走了过去。

她把推车推出病房，折入护士的衣帽间。

她的大衣挂在钩子上。大衣下放着一个编织购物袋，里面放着一条用旧的丝围巾、一颗卷心菜，以及一盒装在棕黄色纸袋里的卫生巾。卡拉拿出购物袋里装着的东西，飞快地把推车里的药物放进去。卡拉用绣着金色几何图形的蓝围巾盖住偷来的药物和医疗用品，这条围巾想必是母亲年轻时买的，接着她把卷心菜和卫生巾放在所有物品上面，把购物袋挂在钩上，最后用大衣遮住。

成功了，她琢磨着。她意识到自己的身体在微微地颤抖。她做了个深呼吸，努力控制住自己。镇定下来以后，卡拉推开衣帽间的门——发现厄内斯特医生正等在门外面。

厄内斯特医生一直在跟着她吗？他准备告发她偷窃吗？可厄内斯特医生并没表现出敌意：事实上，他表现得非常友好。也许她可以把厄内斯特医生对付过去。

卡拉说："医生，下午好，有什么需要帮忙的吗？"

他笑了："护士，你怎么样？一切都还好吗？"

"还算好。"卡拉带着罪恶感奉承道，"医生，应该问的是您，一切都还好吧？”

“都很好，没什么可抱怨的。”他毅然决然地说。

卡拉心想：那他来这里干什么？他是不是想和我捉迷藏，戏弄够我以后才对我提出指控？

卡拉什么话都没说，等待着厄内斯特的反应，尽量不让自己动摇。

厄内斯特低头看着推车。“为什么把推车推进衣帽室？”

“我在找东西，”她随口编了一条理由，“找一块手帕。”她尽量控制住自己，不让声音里的颤抖暴露出来。“结果在雨衣里找到了。”她告诉自己，别再说蠢话了。他只是个医生，不是盖世太保特工。但厄内斯特医生还是吓着了她。

厄内斯特医生饶有兴致地看着卡拉，似乎被她的紧张逗乐了。“这和推车有什么关系呢？”

“我正准备把它推回原处呢！”

“对护士来说，条理很重要。你是个非常优秀的护士……冯·乌尔里希小姐……还是说应该叫你乌尔里希夫人呢？”

“小姐。”

“我们应该找时间多聊聊。”

厄内斯特的微笑告诉卡拉，他并不是针对偷医疗用品的事情跟着来的。医生只是想约她出去。如果答应的话，她会成为十来个护士妒忌的对象。

可卡拉对厄内斯特一点都不感兴趣。她曾经爱上过同样衣冠楚楚的沃纳·弗兰克，但事实证明，弗兰克是个以自我中心的懦夫。她觉得贝特霍尔德·厄内斯特多半也和弗兰克一样。

但她不想惹恼厄内斯特。所以只是笑了笑，什么话也没说。

“你喜欢瓦格纳吗？”厄内斯特问她。

卡拉知道他想干吗了。“我没时间听音乐会，”她斩钉截铁地说，“我要回家照顾年迈的母亲。”事实上茉黛只有五十一岁，身体还好着呢。

“我有两张明晚演奏会的票，是《西格弗里德牧歌》。”

“是室内乐，”卡拉说，“真是好难得。”瓦格纳的大多数音乐都是规模宏大的交响乐。

厄内斯特露出欣喜的表情：“看来你很懂音乐。”

卡拉真希望刚才没说话，那句话给了厄内斯特勇气。“我出生在一个音乐家庭——母亲给人教钢琴课。”她只能继续顺着这个话题往下说。

“那你更要来了，相信你一定能找到人照顾她一晚上的。”

“这是不可能的，”卡拉说，“但很感谢你的邀请。”厄内斯特的眼睛里爆发出一股怒气：似乎他很少被人拒绝。她转过身，开始把推车往外推。

“换个时间可以吗？”厄内斯特追问道。

“您费心了。”卡拉继续推着推车往前走，没有放慢脚步。

她害怕厄内斯特会跟过来，但她模棱两可的回复似乎让他缓和了一些。卡拉回头看，发现厄内斯特已经走开了。

她放好推车，呼吸轻松了一些。

卡拉回到自己的工作岗位上。她检查了负责的所有病员，写完了当天的工作报告。接着就该和夜班交班了。

她穿上雨衣，用胳膊挎上购物袋。现在，她必须拿着偷来的东西走出医院大楼，她又一次感到了恐惧。

弗里达·弗兰克与她同时下班，两人一起离开了医院大楼。弗里达不知道卡拉拿着的是偷来的东西，两人在六月的阳光下朝电车站走了过去。卡拉之所以穿上外套只是不想把护士制服弄脏。

她觉得自己和平时没什么两样，但弗里达却惊诧地问她：“你在担心什么事吗？”

“没有啊，为什么这么问？”

“你看上去很紧张。”

“我很好。”为了转变话题，卡拉把手指向一张海报，“你看那张海报。”

政府在大教堂前的卢斯特公园举办了一个展览，展览起了个略含嘲讽的名字“天堂般的苏联”，展览把布尔什维克主义描绘为犹太人的骗局，把苏联人称为二等的斯拉夫人。然而，即便是在这种时候法西斯政府也做不到事事顺遂，有人在柏林四处张贴这种讽刺性的海报，海报上写着：

永久装置

纳粹天堂

盖世太保带来了战争和饥饿

还能撑上多久

电车站的遮阳篷上就贴着这样一张海报，卡拉的心一暖：“谁把它们贴上去的？”

弗里达耸了耸肩。

卡拉说：“这些人真的很勇敢。如果被抓的话，他们会被枪毙的。”说到这里，她想到了包里放着的东西。如果被人查出来的话，她也会被枪毙的。

弗里达说："是啊！"

这时轮到弗里达紧张了。她会是张贴海报者中的一个吗？也许不会。但她的男朋友海因里希也许会。海因里希的使命感很强，也许会做出这种事来。"海因里希最近怎么样？"卡拉问。

"他想和我结婚。"

"你不想吗？"

弗里达小声说："我不想要孩子。"这是句大逆不道的话：每个女孩都应该愉快地为元首多生养德国的下一代。弗里达看着非法海报说："我才不想把孩子带到这样一个天堂呢！"

"我也不想。"卡拉说。也许这正是她拒绝厄内斯特的原因。

电车来了，她俩上了电车。卡拉随意地将购物袋放在膝盖上，好像里面没放什么重要的东西似的。她看了看车里的其他乘客。庆幸车上没有穿着制服的军人或盖世太保。

弗里达说："到我家去，我们可以用沃纳的唱机听爵士乐。"

"我很想去，但是不行，"卡拉说，"我有约了。记得洛特曼一家吗？"

弗里达警觉地看了看周围。洛特曼是个犹太人的名字，被人听见就麻烦了。好在周围没什么人，两人的谈话是私密的。"当然记得——他原先是我们家的医生。"

"他本来不能再行医了。伊娃·洛特曼战前去了伦敦，嫁了一个苏格兰士兵。她的父母却没能离开德国。伊娃的弟弟鲁迪是个小提琴工匠——制作技术相当出色——但他失业了，靠修乐器和为钢琴调音过活。"鲁迪每年四次上冯·乌尔里希家为施坦威钢琴调音，"我答应今天晚上要去他们家。"

弗里达意味深长地"哦"了一声，似乎看出了其中的玄机。

“你‘哦’个什么啊？”卡拉问。

“现在我知道了，你为什么像里面放着个圣像似的抓着这个购物袋了。”

卡拉惊呆了。弗里达猜出了她的秘密。“你是怎么知道的？”

“你说老洛特曼本来不能再行医了，等于说他还在继续行医。”

卡拉知道自己把洛特曼医生出卖了。她应该说洛特曼医生被禁止行医。幸运的是，她透露的人是弗里达。卡拉说：“他也只能这样啊。穷人们找他，乞求他为他们看病，洛特曼医生也不能置他们不理啊！他赚不了多少钱——找他看病的都是犹太人和送他几块土豆或一个鸡蛋的穷苦人。”

“你不用在我面前为他说话，”弗里达说，“我觉得他很勇敢。从医院里偷药给他的你也同样很了不起。这是第一次吗？”

卡拉摇了摇头。“这是第三次了。我真没用，竟然让你给发现了。”

走进家门，卡拉听见楼上传来断断续续的钢琴声。茉黛又在教学生了。卡拉很高兴。能赚点钱对妈妈来说是个很大的安慰。

卡拉脱下雨衣，走进厨房和艾达打了声招呼。不久前茉黛告诉艾达，乌尔里希家已经付不起她的工资了，艾达问茉黛没工资的话能不能让她住在这里。艾达现在找了个晚间清扫办公室的活。她为乌尔里希家做些家务，以换取在她们家留宿。

卡拉把鞋子踢到桌子下面，揉着发痛的双脚。艾达给她端上来一杯小粒咖啡。

茉黛眼里冒光地走进厨房。“我收了个新学生！”说着她拿出几张纸币给卡拉看，“他每天都想来上课！”茉黛留下学生一个人在楼上练习，楼上传来的琴声像是猫在琴键上爬过一样。

“很好，”卡拉说，“他是什么人？”

“是个纳粹，但我们需要钱。”

“他叫什么名字？”

“约西姆·科赫。他很年轻，又十分羞涩。见到他的话，你千万别乱说话，表现得有礼貌一些。”

“当然可以。”

茉黛转身上楼去了。

卡拉畅快地喝着咖啡。和大多数德国人一样，她已经习惯喝粗糙的小粒咖啡了。

她和艾达随意地聊了两句。艾达原先很胖，但现在已经瘦下来了。德国如今胖的人非常少，但艾达却不是因为营养不良瘦下来的。残疾儿子库尔特的死对她的打击很大。儿子死了以后，她便没有了生气。她驾轻就熟地做着自己的工作，但工作完以后，她会没有表情地呆望着窗外，一连好几个小时。卡拉喜欢艾达，知道她的内心很不好受，却不知该如何去帮她。

琴声渐渐消失了。没一会儿，卡拉听见过道里传来两个人说话的声音，她母亲和一个男人正在说话。她猜测茉黛也许是在把科赫先生送出去，可很快她却惊恐地发现一个穿着整洁中尉军服的男人走进了厨房。

“这是我女儿，”茉黛高兴地介绍说，“卡拉，这是我的新学生科赫中尉。”

科赫是个二十来岁，表情羞涩的帅小伙。他留着一嘴小胡子，让卡拉想起了照片里年轻时的父亲。

卡拉的心跳得非常快，购物袋就在她身旁的椅子上，里面放着偷来药物和医疗器具。科赫会像弗里达那样，一眼看穿她的秘密吗？

她几乎说不出话来："很……很高兴认识你。"

茉黛惊奇地看着她，不知道女儿为何会这么紧张。茉黛只是希望卡拉对科赫热情一点，使科赫把学业继续下去。茉黛认为把军官带进厨房应该没什么不妥。她完全不知道，卡拉的购物袋里放着偷来的药品。

科赫对卡拉鞠了一躬："认识你是我的荣幸。"

"艾达是我们家的女仆。"

艾达充满敌意地看了科赫一眼，不过科赫并没有发现，他才不会去注意一个女仆呢。科赫倾斜着身体，把身体重心放在一条腿上，想显得自在一点，没想到却给人留下了完全相反的印象。

科赫的举动比长相幼稚，像个被宠坏了的孩子一样不谙世事，但对卡拉来说，他也同样是个威胁。

他把身体重心放在另一条腿上，同时将双手搁在摆放购物袋的椅子的椅背上。"你是个护士对吗？"他问。

"是的。"卡拉试着平静地思考问题。科赫知道冯·乌尔里希家的家庭背景吗？他很年轻，应该不知道社会民主党是干什么的。九年以前，社会民主党就被宣布为非法团体了。冯·乌尔里希家和纳粹作对的名声应该早已随着沃尔特的死烟消云散了。科赫多半把他们家看作一个因为顶梁柱的死而陷入贫困的普通德国家庭，德国有很多受过良好教育的妇女面临这种境遇。

他没有理由去看购物袋里的东西。

卡拉强装愉悦地问他："钢琴学得怎么样了？"

"我想我进步得很快，"他看了眼茉黛说，"老师是这样告诉我的。”

茉黛说：“尽管刚开始学，但他已经表现出了在钢琴上的天分。”为了让学生们付第二次上课的学费，茉黛经常说出这种鼓舞人的话语，但这时的样子却比平时要妩媚得多。父亲已经去世一年多了，母亲自然有权和男人调情，但她实在不该对年纪只有她一半的科赫下手啊！

“我决定在没有弹好钢琴之前，暂时向战友们隐瞒学琴的事，”科赫说，“日后他们就会对我纯熟的技艺大吃一惊了。”

“很有趣。”茉黛说，“中尉，如果你有时间的话，请坐下来和我们聊聊。”她指着放购物袋的那把椅子，示意科赫坐下。

卡拉伸出手，想拿起购物袋，但科赫抢先了。“请允许我来拿。”他说。他往购物袋里看了看，最上面的是卷心菜：“今天的晚饭吗？”

“是的。”卡拉的声音直发颤。

科赫坐在椅子上，把购物袋放在离卡拉较远的脚边地上。“我一向觉得我也许有音乐方面的天赋，现在挖掘这方面天分的时间到了。”他跷起二郎腿，然后又把两条腿分开。

卡拉不知他为何如此烦躁，他没有什么好怕的呀。她突然想到，眼前的这个人可能正在想男女方面的事情。面对着三个独身的女人，他还有什么别的好想的呢？他到底在想些什么啊？

艾达给科赫上了一杯咖啡。科赫拿出烟，像十来岁的毛孩子一样手忙脚乱地点烟。艾达给他端来了一只烟灰缸。

茉黛说：“科赫中尉在本德勒大街的战争部工作。”

“是的！”本德勒大街的战争部是国防军参谋部的所在地，所有的军事核心机密都在这幢大楼内。科赫千万不能把在这学钢琴的事情告诉任何人。即便科赫不知道，但他的一些同事也许知道沃尔特·冯·乌尔里希是反纳粹的。被外人知道的话，他就不能向乌尔里希夫人学钢琴了。

“很荣幸能在战争部工作。”科赫说。

茉黛说：“我儿子在苏联参战，我们非常想念他。”

“作为一个母亲，这很自然。”科赫说，“不过千万别悲观，我们已经击退了红军最近的一次反击！”

这是十足的谎话。纳粹的宣传机器尽力隐瞒着红军赢得莫斯科战役，把德军打退了一百英里的事实。

科赫说：“我们又开始向前挺进了。”

“你确定吗？”茉黛热切地问。卡拉的心情同样迫切。母女俩都害怕在失去了沃尔特之后，再失去埃里克。

科赫优越地笑了笑。“乌尔里希夫人，请你相信我，我对此非常确信。当然，我不能把自己知道的一切都告诉你。但我可以向你保证，一次全新的攻势正在酝酿之中。”

“我们的部队有所需的一切——足够的食物，足够的武器……”茉黛把手搭在科赫的肩上说，“尽管这样说不好，但我还是担心我的儿子。中尉，我想我应该能相信你。”

“当然。”

“我已经好几个月没收到他的信了，不知道他是死是活。”

科赫把手伸进口袋，拿出一支铅笔和一个小本子。“我可以帮你问问。”他说。

“真的吗？”茉黛瞪大眼睛问。

卡拉想，母亲大概是为了这个才和小伙子调情的吧。

科赫说：“当然。尽管职位还不是很高，但我是总参谋部的一员，”他努力保持着谦恭，“这点小事还是能帮你的……”

“我儿子叫埃里克。”

“是叫埃里克·冯·乌尔里希吗？”

“是的，他是个医务兵。战前，他进医科大学读书，想当医生。但开战以后，他上了战场，迫不及待地想为元首作战。”

这话一点不假。埃里克是个忠诚的纳粹——不过在最近几封信中，他更多流露出的，是心灰意冷的情绪。

科赫记下了埃里克的名字。

茉黛说：“中尉，你是个好男人。”

“没什么，这点小事不值一提。”

“真高兴，我们将要在东线战场展开反击了。尽管非常想知道，但你应该不会告诉我具体攻击的时间。”

茉黛是想从科赫那里套取信息。卡拉不知道母亲有何用意。知道具体的进攻时间对她又不会有半点作用。

像是知道有个间谍在厨房窗外偷听似的，科赫压低了声音。“马上就要开始了。”他看了看眼前的三个女人。卡拉知道，他是在观察她们的反应。也许平时很少有女人在乎他说了什么。刻意停顿了一会儿后，他又说：“蓝色行动[①]很快就要开始了。”

茉黛瞟了科赫一眼。“蓝色行动——这名字太令人激动了。”她用兴奋的语气对科赫说，好像他答应带她去巴黎的丽兹大饭店住上一周似的。

科赫小声说：“6月28日开始。”

茉黛手按胸口：“太快了，真是个令人激动的好消息啊！”

---

① 蓝色行动，又称蓝色方案，是德意志国防军于1942年夏季，在苏联南部实施的战略性进攻的行动代号。

“我不该把这事说出来的。”

茉黛把手放在科赫的手上。“很高兴你能告诉我。你这么一说，我的感觉好多了。”

科赫吃惊地看着茉黛的手。卡拉意识到科赫不习惯被女人触摸。科赫把目光从茉黛的手转移到她的眼睛上。茉黛热情地笑着——母亲的笑容非常灿烂，让人丝毫看不出那是装出来的。

茉黛移开手。科赫按灭烟蒂，站起身来。“我必须走了。”他说。

感谢上帝，卡拉心想。

科赫对卡拉鞠了一躬。“小姐，很高兴见到你。”

“中尉，回头见。”卡拉大大方方地说。

茉黛把科赫送到门口：“明天老时间见。”

回到厨房以后，茉黛说：“真不错——找了个在总参谋部工作的笨小孩当学生！”

卡拉说：“不明白你为什么如此兴奋。”

艾达说：“因为长得帅吧！”

茉黛说：“他能把秘密情报告诉我们。”

“对我们有什么用？”卡拉问，“我们又不是间谍！”

“我们知道了德军展开下一次攻势的时间——我们完全可以把这个情报告诉苏联人。”

“我不知道该如何告诉他们。”

“政府不是说我们被间谍所包围吗？”

“那只是他们的宣传。只要一发生不好的事，政府就说是犹太人或布尔什维克干的。事实上，许多事是被纳粹自己搞糟的。”

“但必定也有些真正的间谍。”

“怎么才能和真正的间谍联系上呢？”

母亲琢磨了一阵：“我去找弗里达谈谈。”

“为什么会想到弗里达？”

“直觉告诉我，找她准没错。”

先前在电车站，在卡拉为海报的张贴者迷惑不解时，弗里达却一声不吭。回想起这一幕，卡拉也有了同样的直觉。

但这还不是唯一的问题。“即便能找到间谍，我们真能背叛自己的祖国吗？”

茉黛激动起来：“必须打倒纳粹才行啊！”

“我比任何人都痛恨纳粹，但我还是个德国人。”

“我知道你的意思。即便我生在英国，我也不想背叛德国。可只有输掉战争才能赶走纳粹啊！”

“我们怎么能为了输掉战争而把情报交给苏联人啊？埃里克也许会因为这个在战争中阵亡啊！你难道连你儿子的命都不要了吗？我可不想亲手送走哥哥的性命。”

茉黛想开口说话，却不知该说什么好，她只能哭了起来。卡拉站起身，抱住母亲的肩膀。

过了一会儿，茉黛轻声说：“不管怎样，他都可能会死，都可能会为纳粹献身。与其战胜而死，倒不如和纳粹一起覆灭更干脆呢！”

卡拉不敢相信母亲竟会说这种话。

卡拉松开手。“无论如何，请你一定在把那种家伙带进厨房以前告诉我一声，”说着她从地上捡起了购物袋，“幸好科赫中尉没往里面看。”

“为什么这么说？你在购物袋里放了什么？”

“为洛特曼医生偷来的药。”

茉黛的眼里闪着骄傲的泪水：“这才是我女儿！”

“他拿起购物袋的时候，我差点没背过气。”

“很抱歉。”

“这不怪你，你又不知道我从医院里拿药回来。现在我就把药送过去吧。”

“去吧。”

卡拉把雨衣套在护士制服外面，然后出了门。

她快步走到洛特曼医生住的那条街上。洛特曼家没有冯·乌尔里希家那么大，但相对而言还算是挺舒适的。不过洛特曼家的窗户都用木板封了起来，门上潦草地写着几个大字：禁止行医。

洛特曼家曾经很有钱。尽管对穷人的收费很低，但洛特曼医生也有些有钱的病人。现在，洛特曼医生的病人都没有什么钱。

卡拉和洛特曼医生的病人一样，从后门绕进屋。

进门以后，卡拉马上知道出事了。洛特曼家的后门开着，走进厨房，卡拉看见贴着地砖的地板上躺着把断了琴颈的吉他。厨房里没有人，但房子里的其他地方却有声音传过来。

卡拉穿过厨房，走进一楼过道。洛特曼家的一楼原有候诊室和诊疗室两个房间。现在，候诊室改成了客厅，诊疗室改成了鲁迪的手工作坊。鲁迪在作坊里放了工作台和一些木工用品，通常还放着十几把待修的琵琶、小提琴和大提琴。所有医疗用品都被放在了上锁的橱柜里。

卡拉没有在作坊里看到人。

橱柜开着，里面的东西都被扔了出来。地板上散布着碎玻璃以及混杂在一起的药片、药膏和药水。卡拉在地板上的杂物里还找到了一个听诊器和一个血压仪。听诊器和血压仪的部件散落在周围，显然摔到地板上以后还被人踩过。

震惊之余，卡拉非常生气：这些医疗器具都不能用了！

她探头进客厅，发现鲁迪·洛特曼躺在房间角落里。鲁迪二十二岁，健壮高大。此时他正闭着眼睛呻吟不止。

鲁迪的母亲汉尼洛尔跪在他身旁。汉尼洛尔本来是个金发美人，现在却枯槁和憔悴了。

“发生什么了？”尽管这么问，但卡拉害怕听到答案。

“被警察打的，”汉尼洛尔说，“警察以治疗雅利安病人的罪名把我丈夫带走了。鲁迪试图阻止他们四处打砸，他们却……”她哽咽地说不出话了。

卡拉放下购物袋，跪在汉尼洛尔身旁：“他们干了什么？”

汉尼洛尔恢复了说话的力气。“他们打断了他的双手。”她轻声说。

很快，卡拉就看到鲁迪的伤势。鲁迪的双手红肿，可怕地扭曲着。警察似乎一根一根地打断了他的手指。怪不得鲁迪会惨叫了。卡拉吓坏了。可她每天都在目击着白色恐怖，知道该如何抑制自己的个人情感，向鲁迪提供实际的帮助。“他需要打一支吗啡。”卡拉说。

汉尼洛尔指着散落一地的药品，说：“即便有，也分不出来了。”

卡拉出离愤怒了。医院缺乏药品储备——警察却把这么多宝贵的药物乱扔一地。“我带来了吗啡。”她从编织购物袋里拿出一瓶透明的液体和一支盒装的新注射器。卡拉飞快地从盒子里拿出注射器，往里面灌上药水。接着，她给鲁迪打了一针。

吗啡很快就起效了。鲁迪停止了呻吟。他睁开眼，看着卡拉。“你是个天使。”说完，他闭上眼，似乎睡了过去。

“我们必须接上他的手指，”卡拉说，“让骨头慢慢长好。”她碰了碰鲁迪的左手，左手没有反应。她抓起左手把它抬了起来，仍然没有反应。

“我没接过骨头，”汉尼洛尔说，“但看过好多次。”

“我也一样，”卡拉说，“但我们最好试一试。我接左手，你负责右手，我们必须在吗啡失效前把他的手指接上。天知道他还能坚持多久。”

“就这么办。”汉尼洛尔说。

卡拉停顿了很长一会儿。茱黛说得对，必须尽一切所能停止纳粹的统治，即便意味着叛国也在所不惜。在这个问题上，卡拉不会再有迟疑了。

“开始干吧。”卡拉说。

卡拉和汉尼洛尔开始为鲁迪接起手指的骨头来。

每周五下午，托马斯·马赫都会去坦嫩堡酒吧一次。

酒吧非常简朴。一面墙上挂着老板弗里茨的照片，照片是二十五年前拍的，弗里茨穿着大战时的军服，没有现在的啤酒肚。弗里茨声称，他在坦嫩堡战役中杀死了九个俄国人。酒吧里的桌子和椅子不多，大多数常客都坐在吧台边。皮套里的菜单非常简单：只供应带土豆的香肠和不带土豆的香肠两道菜。

酒吧的对面就是科鲁兹伯格街的警察署，因此坦嫩堡酒吧是警察聚会的场所。这意味着这里可以不遵守法纪。赌博是公开的，站街女郎可以在酒吧的厕所里卖淫，柏林的检疫人员更是不会踏进这里的厨房。弗里茨起床就开门，等到最后一位酒客回家才关上店门。

在纳粹掌权，马赫被突然提拔之前，他只是科鲁兹伯格街警察署的一个小警察。许多他以前的同事依然混迹在坦嫩堡酒吧里，他确信在这能找到一两个熟人。尽管职位远远超过了他们，成为警监和党卫队的一员，但他还是很喜欢和老友们交流。

"托马斯，要我说，你做得已经非常好了。"马赫1932年时的上司，如今依然还是个警长的伯恩哈特·恩格尔对他说，"小子，祝你好运。"说着，他把马赫为他买的一杯啤酒端到唇边。

"我不是夸你，"马赫回答，"但我还是想说，克林勒恩督察比你难侍候多了。"

"我对手下太软了。"伯恩哈特承认。

马赫的另一个老同事弗朗兹·埃德尔笑了笑，说："你才不软呢！"

马赫朝窗外看了看，发现一辆摩托车停在酒吧门口，摩托手是个穿着浅蓝色皮带外套的年轻空军军官。这位军官似乎脸很熟：马赫以前在什么地方见过他。军官贵族气质的前额上飘散着一头红棕色的长发。年轻人走过人行道，进入坦嫩堡酒吧。

马赫想起了他的名字。他是沃纳·弗兰克，一家无线电厂老板被宠坏的儿子。

沃纳走进酒吧，问老板买骆驼牌香烟。尽管是德国造的仿制品，可这些花花公子还是喜欢美国式的东西，马赫想。

沃纳付了钱，打开烟盒，抽出一支烟，然后问弗里茨借火点烟。叼着烟正要走，他看见了马赫，想了想以后，沃纳对马赫说：“你是马赫警监吧？”

酒吧里的人把目光集中在马赫身上，看他会怎么说。

马赫不经意地点了点头。“沃纳，最近你过得怎么样？”

“先生，过得非常好，谢谢你。”

马赫很高兴，但沃纳尊敬的语气却让他吃惊不小。在印象中，沃纳是个傲慢、藐视权威的家伙。

“我刚和多恩将军从东线战场视察回来。”沃纳接着又说。

马赫感到酒吧里的警察们对他和沃纳之间的对话产生了浓厚的兴趣。从东部战场回来的人值得尊敬。旧日的同事们对马赫能和这样的精英为伍留下深刻的印象，马赫对此感到非常高兴。

沃纳把烟盒递给马赫，马赫从烟盒里抽出一支烟。“来杯啤酒，”沃纳对弗里茨说，接着他转向马赫，“支队长，能给您买杯酒吗？”

“帮我来杯啤酒，谢谢你。”

弗里茨满上了两杯啤酒。沃纳举起酒杯对马赫说：“我要谢谢你。”

马赫又吃了一惊。“为什么谢我？”他问。

旧友们仔细地聆听着他们俩的对话。

沃纳说：“一年前你点醒了我。”

“那时，你似乎并没感激我啊！”

“我为当时的唐突向你道歉。但之后我认真地思考了你对我说的话，最终意识到你是对的。我的情感影响了自己的判断力。你又重新把我引回了正路。我永远不会忘记你对我的教诲。”

马赫动容了。他曾经非常不喜欢沃纳，对他口出威胁。但沃纳却把他的话记在心头，改变了自己的行为方式。马赫的心里涌起一股暖流，为自己能改变一个年轻人的生命感到骄傲。

沃纳又说："事实上前几天我想到过你。多恩将军谈到捉间谍的事情，询问能不能通过无线电信号追踪间谍。但我对这方面知之甚少。"

"这个你应该问我，"马赫说，"这是我的专长。"

"是这样吗？"

"坐下慢慢聊。"

两人把啤酒带到一张肮脏的桌子旁。

"他们都是警察，"马赫说，"但最好还是别在公共场合谈论这种事情。"

"这是自然，"沃纳低下声说，"但我可以信任你。这么跟你说吧，一些指战员告诉多恩，他们觉得敌人经常会事先知道我们的意图。"

"啊！"马赫说，"我早就在担心会发生这种问题了。"

"对于无线电信号的监控，有什么可以转告给多恩的吗？"

"正确地来说测向的问题……"马赫整理了一下自己的思路。尽管不能直接见到多恩这位有影响力的将军，但这却是一个能给他留下印象的机会。他需要清晰而不夸大地强调这份工作的重要性。他幻想着多恩将军对元首说："盖世太保里面有一个很有能力的家伙——名字叫马赫——尽管现在只是个支队长，但办事却很有一套……"

"我们有种可以判别信号来自哪个方向的仪器，"他说，"把三台仪器放在三个不同的地方，我们就可以在地图上画出三条信号传递的路径。三条路径的交会点就是发报机所在的位置。”

“真是太神奇了。”

马赫随意地举起手，示意沃纳不要过于激动。“从理论上讲很容易，”他说，“但做起来很难。钢琴手——对了，这是我们对发报者的称呼——很少在一个地方待很长时间，让我们足以找到他们。处事小心的钢琴手绝不在同一地点发报两次。我们的仪器放在一辆车篷上挂着天线的车里，一移动就会被他们发现。”

“可你还是抓到过一些间谍啊！”

“哦，是的，也许哪天晚上你可以坐上侦察车和我们一起出去看看。你可以亲眼看到抓间谍的整个过程——把第一手情况告诉多恩将军。”

“这主意不错。”沃纳说。

六月的莫斯科温暖而舒适。午饭时，沃洛佳在克里姆林宫后面亚历山大花园的喷泉等待卓娅。晒太阳的人流不断从沃洛佳身边涌过，很多是出双入对的。生活很艰难，为了节省电力，连喷泉都不出水了。但天很蓝，树上长满了树叶，德军也还远在一百英里之外呢！

回想起莫斯科战役，沃洛佳的心里满是骄傲。精通闪电战的德军已经到了莫斯科的门口——却被红军狠狠地击退了。苏联军人像杀红了眼的狮子一样保卫着自己的首都。

到了三月，红军的反击力度却开始消退了。红军收复了不少失地，让莫斯科人感受到了安全，但德军却在舔完伤口以后思量着再一次的进攻了。

斯大林依然是红军的总司令。

沃洛佳看见了穿过人群向他走来的卓娅。卓娅穿着红白两色格子的裙子，她的双腿生风，淡金色的头发随着轻快的步伐不住地跃动着。男人们不约而同地把视线集中在了卓娅身上。

沃洛佳和许多漂亮女孩约会过，但让他费心如此大献殷勤的却只有卓娅。多年来卓娅一直冷冰冰地对待他，除了原子物理，什么都没和他深谈过。出乎沃洛佳意料的是，这天卓娅竟然会邀请他一起去看电影。

卓娅在鲍伯罗夫被杀的那场骚乱以后不久邀请他看电影。从骚乱那天开始，卓娅对他的态度就变了，沃洛佳说不清这到底是为什么。共同的经历也许促成了他们的亲密。先前，他们已经一起去看过了英国班卓琴艺术家乔治·福姆比表演的舞台剧《乔治的活泼爵士舞》。这是出深受观众欢迎的舞台剧，已经在莫斯科一连上演了好几个月。剧情很不现实：乔治演奏的乐器竟然在他不知情的情况下向德国的潜水艇发报。面对如此愚蠢的剧情，沃洛佳和卓娅竟然笑得直不起腰来。

从那以后，他们开始了定期的约会。

今天，他们要和沃洛佳的父亲共进午餐。为了和卓娅小聚片刻，沃洛佳特地约了她午餐前在喷泉旁见面。

卓娅放射出灿烂的笑容，踮起脚尖亲了他一口。卓娅身材很高，沃洛佳却比她还要高出一些。沃洛佳享受着卓娅的热吻。卓娅的嘴唇很软，压得他很是舒服。只可惜这个吻结束得太快了。

沃洛佳仍然不确定自己抓没抓住卓娅的心。如同老一辈人所说，他们还停留在“出去逛逛”的关系上。他们一见面就接吻，但是还没上过床。他们已经不年轻了：沃洛佳二十七岁，卓娅二十八岁。沃洛佳感到，卓娅在身体和心灵还没有完全准备好之前是不会跟自己上床的。

沃洛佳仍然不太敢相信梦中情人会跟他共度一夜。卓娅太漂亮，太聪明，太高大，太自我，太性感，任何一个男人似乎都很难配得上她。沃洛佳觉得自己不会有机会看着她脱去衣服，观察她美丽的身体，触摸她身上的每一处，和她抱在一起……

两人走过狭长的公园。公园一边是热闹的马路，另一边是克里姆林宫威严的高墙。“看着这座高墙，你会觉得苏联领导人是被百姓监禁的囚犯。”沃洛佳说。

“但事实恰恰相反。”卓娅说。

沃洛佳回过头，没人听到他们说的话。但说这种话实在是太傻了。“爸爸没说错，你的确挺危险的。”

“我原以为你和你父亲是一路人呢！”

“真能成为他那样就好了。父亲参加了席卷冬宫的战役，是个不折不扣的英雄。我想我不可能像他那样改变历史的进程。”

“说得对。但他很保守，思想也随着年龄的增大而越来越狭隘。你比他开明多了。”

沃洛佳觉得自己很像父亲，但不想和卓娅争论这个。

“今天晚上你有空吗？”卓娅问，“我想给你做晚餐。”

“当然有空！”卓娅还没请他去过住的地方呢。

“我弄了块牛排！”

“太棒了！”即便在特权阶层，牛排也是稀罕的玩意。

“科瓦列夫一家出城去了。”

这样就更好了。和许多莫斯科人一样，卓娅寄住在其他人的公寓里。她有两个房间，和科学家科瓦列夫及他的妻儿共用厨房和浴室。科瓦列夫家出城了，这套公寓就只剩下他们两个了。他的脉搏加快了。“我要带牙刷吗？”沃洛佳问。

卓娅神秘地对他笑了笑，没有回答他的问题。

两人离开公园，穿过马路，进入一家餐馆。许多餐馆都歇业了，但市中心仍然有许多上班的人需要吃饭，因此一些咖啡馆和酒吧仍然开业。

格雷戈里·别斯科夫坐在人行道上放着的餐桌边。克里姆林宫有更好的餐厅，但他更愿意被人看见出入于普通老百姓进出的餐馆里。他希望让人知道，自己并没有因为穿着将军制服而高人一等。只是，为了不让聊的话被别人听见，他选了张离其他人很远的餐桌。

格雷戈里不喜欢卓娅，但很难拒绝她的魅力。他站起身，吻了吻卓娅的两侧面颊。

三个人点了土豆饼和啤酒。除了这两样之外，餐馆只供应腌青鱼和伏特加。

“将军，今天我不想和你谈核物理方面的问题，”卓娅说，“但我仍坚持上次的观点，英美在核物理方面的探索已经走在我们前面了。我不想惹怒你，这次还是谈点别的吧。”

“那就好。”格雷戈里说。

卓娅笑了，露出一口洁白的牙齿。“你可以告诉我仗还要打多久。”

沃洛佳假装失望地摇了摇头。卓娅喜欢挑战他父亲。如果她不是个年轻漂亮的姑娘的话，格雷戈里可能一早就把她抓起来了。

“纳粹被我们打败了，但他们不会轻易认输。”格雷戈里说。

卓娅说：“莫斯科人都想知道夏天会发生些什么——这个问题

你们俩也许能够解答。”

沃洛佳说：“即便是深爱的女友，我也不会告诉她。”单单提出这个问题就能让卓娅被秘密警察枪毙，沃洛佳心想，但他没有把自己的想法告诉卓娅。

土豆饼来了，一席人开始吃饭。卓娅和往常一样狼吞虎咽着土豆饼。沃洛佳喜欢卓娅吃饭时的这股劲头，但他不怎么喜欢土豆饼。“这土豆吃起来像萝卜似的。”他说。

格雷戈里向他投来责难的目光。

“我没有在抱怨。”沃洛佳匆忙说。

吃完饭以后，卓娅进了厕所。卓娅刚一走开，沃洛佳就对父亲说：“我们认为德国的夏季攻势马上就要开始了。”

“是的。”格雷戈里说。

“我们准备好了吗？”

“当然准备好了。”尽管这样说，但格雷戈里的表情非常焦急。

“德军会进攻苏联的南部地区，他们想要高加索的油田。”

格雷戈里摇了摇头。“他们会返回莫斯科，莫斯科对他们来说意味着一切。”

“斯大林格勒也同样重要，那里是以领袖的名字命名的。”

“这样的命名有什么意义！德军如果占领了莫斯科，这场仗就打完了。夺取不了莫斯科的话，就算占领了大半个苏联，他们也不算赢。”

“这只是你个人的想法。”沃洛佳怒气冲冲地说。

“你的话也只是一家之言。”

“你错了，我手里有证据，”他朝周遭看了看，发现没人后又继续说，“德国下一次攻势的代号为蓝色行动，将在6月28日展开。”沃洛佳从沃纳·弗兰克在德国的间谍网了解了很多事情。“哈尔科夫附近坠毁了一架侦察机，我们在机上军官的公文包里发现了蓝色行动的部分细节。”

“负责侦察的军官才不会在公文包里带上战斗计划呢，”格雷戈里说，“斯大林同志认为这是德国的欺骗伎俩，我同意他的看法。德国人希望通过在南部地区的骚扰削弱我们对中部阵地的防守。”

这就是情报工作的问题，沃洛佳气馁地想。就算得到了真实的情报，固执的老一辈仍然会抱定自己的看法。

沃洛佳看见卓娅回来了，眼睛一直盯着她妩媚的身影。“你为何确定这是一场骗局？”趁卓娅还没回到桌前，他问格雷戈里。

“我有比你更多的证据。”

“什么证据？”

格雷戈里花了一点时间认真地揣度着这个问题，之后却杀了个回马枪：“把你的战斗计划拿给我看看。”

沃洛佳叹了口气。沃纳·弗兰克没能顺利地拿到计划文件。“如果拿到的话，斯大林同志会重新考虑吗？”

“如果你能拿到，我会说服他重新进行考虑。”

“行，我想办法去拿。”沃洛佳说。

沃洛佳有点太冲动了。他根本不知道该如何拿到蓝色行动的方案文本，却在父亲面前夸下了这个海口。沃纳、海因里希、莉莉面对着巨大的风险，但必须对他们施加更大的压力。

卓娅回到桌边，格雷戈里站了起来。他们要去三个不同的方向，短暂的告别之后，他们就分开了。

“晚上见。”卓娅对沃洛佳说。

沃洛佳吻了卓娅。“我七点到你那儿。”

“别忘了带上牙刷。”卓娅说。

沃洛佳脚下生风，快乐地离开了餐馆。

女孩总能知道闺密的秘密。她也许不知道秘密的内容，却能像看透对方一样知道对方在隐瞒着什么。从闺密对日常性问题的警戒回答中，她能知道对方在和一个不能约会的人约会。尽管不知道名字，但她知道那个不能约会的恋人是个已婚的男人，是个黑皮肤的外国人，或是另外一个女人。女孩很喜欢闺密的一条项链，从闺密不置可否的态度中她可以敏感地察觉到这条项链是从不光彩的渠道得来的，可能要过很多年以后，她也许才会知道这根项链是闺密从年迈老奶奶的珠宝盒里偷拿出来的。

一想到弗里达，卡拉就有这种感觉。

弗里达有个秘密，这个秘密应该和抵抗纳粹有关。她可能已经跨越了法律的界限：也许弗里达每天晚上都偷偷打开哥哥沃纳的公文包，抄下机密情报，把情报传递给苏联间谍。也许弗里达不会如此出格：也许在帮人印刷和分发谴责政府的传单和小海报。

这样一想，卡拉便准备把约西姆·科赫的事告诉弗里达。不过，她一直没找到合适的机会。卡拉和弗里达在一家大医院的不同科室当护士，值班的时间不尽相同，因此她们没法每天都见上一面。

这时，约西姆每天都会来乌尔里希家上钢琴课。他没有透露进一步的军情，但茉黛还是和第一次上课那样和他调着情。“你知道我已经快四十岁了吗？”一天卡拉听到母亲对约西姆说。其实茱黛这时已经五十一岁了。约西姆完全被她迷住了。尽管约西姆是个非常天真的男人，但茱黛还是很享受自己对英俊年轻人的感染力。卡拉心想，母亲可能是沉醉于约西姆类似于沃尔特年轻时代的那口大胡子，但这看上去实在是太荒唐了。

约西姆很想讨好茱黛，很快便带来了埃里克的消息。埃里克不仅活着，而且还活得很好。“他的部队在乌克兰，”约西姆说，“我只能告诉你这些。”

“希望他能有假回趟家。”茱黛不满足地说。

年轻军官犹豫了一会儿。

茱黛说：“做妈妈的总是会瞎操心。如果能见到他，即便只是一天，对我来说也是非常大的安慰。”

“我也许能帮你安排一下。”

茱黛假装吃惊地说：“真的吗？你好能干！”

“我不确定能不能做到，但可以去尝试一下。”

“即便是尝试我也非常感谢。”茱黛吻了吻约西姆的手。

一周以后，卡拉见到了弗里达。交谈了一会儿，卡拉把约西姆·科赫的事情告诉了她。她像是谈着趣闻一样诉说着科赫的事，但很确定弗里达不会把这件事看得如此简单。“你绝对想不到，”卡拉说，“他竟会把行动的代码和开始日期告诉我们！”说完她便耐心地观察着弗里达的反应。

“他很可能因为向你们透露了机密被枪毙的。”弗里达说。

“如果知道有谁能和莫斯科联系上的话，我们就有可能改变整个战局。”卡拉继续说道，似乎她们仍在讨论约西姆罪行的严重性。

“的确很有可能。”弗里达说。

看来没错了。换在平时，弗里达的反应会是惊诧，提起兴致，然后深入地提出问题。这天，她却只是不痛不痒地含糊了几句。回家以后，卡拉告诉茉黛，她对弗里达的直觉应该没错。

第二天，弗里达慌乱地出现在卡拉负责的病房。“我必须马上和你谈谈。”她说。

卡拉正在给一个在火药厂爆炸中严重烧伤的女孩换药。“去换衣间等我，”她说，“我换完药就过去。”

五分钟后，卡拉找到了在换衣间打开的窗前抽烟的弗里达。“找我有什么事？”她问。

弗里达熄灭烟头。“想找你问问有关科赫中尉的事情。”

“被我猜着了。”

“必须从他那里打听到更多的情况。”

“必须？你在说什么呢？”

“他能接触到蓝色行动的整个行动方案。我们知道了这个行动，可莫斯科需要这次行动的具体细节。”

弗里达的话本该使卡拉一头雾水，但卡拉完全知道她说的是什么意思。“我可以问他……”

“不，必须让他把战斗计划给你拿过来。”

“我不知道这可不可能。他不傻。你不会觉得——”

弗里达根本不听卡拉的辩解。“至少要拍张照过来。”她打断卡拉的话。弗里达从兜里掏出一个比烟盒略长略窄的不锈钢盒子。“这是个拍摄文件用的微型照相机。”卡拉注意到，盒子的边上写着“美乐时”的字样。“一卷胶卷可以拍十一张照片，这里有三卷胶卷。”说着她拿出三个哑铃形的盒子，盒子很小，正好能放进照相机。“像这样装上胶卷，”弗里达比画着说，“透过这扇窗，按下快门，你就能拍下一张照片。如果不确定学没学会的话，看这本手册就行。”

在卡拉的记忆中，弗里达从没这么跋扈过。“我必须好好想想。”

“没时间了。这是你的雨衣是不是？”

“是的，可……”

弗里达把照相机、胶卷和使用照相机的小册子塞进雨衣口袋。她似乎为能把这些东西脱手而松了口气。“我必须走了。”说着她走到门口。

“弗里达，你停下！”

弗里达停下脚步，直直地看着卡拉：“怎么了？”

“我想说……我想说这样做不像是我的朋友。”

“这事非常重要。”

“你把我逼得无路可退了。”

“要不是你把约西姆·科赫的事情告诉我，也不会演变成现在这个局面。别装样了，你本来就想让我利用这些信息做点什么的，难道不是吗？”

这是事实。眼下的紧张局面完全是卡拉一手造成的。只是她没想到情况竟会如此逆转。“如果他说不呢？”

“那你的余生就要在纳粹的统治下度过了。”弗里达说。

“我才不想呢。”卡拉说。

她独自站在更衣室里思考着。她甚至没办法不带风险地把小照相机处理掉。照相机在卡拉的雨衣口袋，她不敢把它扔进医院的垃圾桶里。她必须把照相机带出医院大楼，试着找个可以把它秘密丢弃的地方。

但她真想这么干吗？

尽管天真，但科赫不像是个能被说动把战争计划副本带出战争部大楼，拿给情人看的人。如果有人能说服他以身犯险，那只有找茉黛了。

卡拉非常害怕。如果被抓到的话，盖世太保不会对她表示丝毫怜悯。她会被捕，遭受虐待。她想到了被打断手指骨头痛苦呻吟的鲁迪·洛特曼，想到了被痛打一顿、释放后惨死在家里的父亲。她的罪名比他们严重得多，所受的惩罚也会更加残忍。她肯定会被折磨致死——而且时间不会很长。

卡拉告诉自己，她愿意为此承担风险。

她不能接受的是，这样做可能让哥哥献出宝贵的生命。

埃里克就在展开蓝色行动的东部前线，约西姆证实了这一点：他也许会参加蓝色行动。如果卡拉帮助苏联人打赢这一仗的话，埃里克可能会战死疆场。她可受不了这个。

卡拉转身埋头工作。她的心思不在工作上面，犯了一些小错，好在医生没有注意，病人也不会发现。下班以后，她便匆匆地离开了医院大楼。照相机放在兜里沉甸甸的，可她却找不到不会被人发现的地方处理掉它。

她很想知道弗里达是从哪里弄来这样一部照相机的。弗里达很有钱，可以轻松买到这样一部照相机，但她必须说明为什么需要这样一个物件。这台照相机多半是一年多前苏联大使馆没闭馆时从苏联人手里弄来的。

回到家的时间，照相机还在卡拉的大衣口袋里。

楼上没有钢琴声：约西姆上课来晚了。母亲坐在厨房桌子边上，看到卡拉进来，茱黛笑着对她说："看看是谁回来了。"

埃里克出现在她的眼前。

卡拉吃惊地看着自己的哥哥。埃里克非常瘦，但显然没有受伤。他的军服又脏又破，但已经洗了脸和双手。他站起身，抱住卡拉。

卡拉不顾身上一尘不染的护士制服，紧紧地拥抱住埃里克。"没事就好。"她说。透过薄薄的军服，她能清晰地感受到埃里克的脊梁骨、大腿骨、肩胛骨和脊柱。

"眼下是安全了。"埃里克说。

卡拉松开手。"你怎么样？"

"比大多数人要好。"

"你们不会只有一件单薄的军服在苏联过冬吧？"

"我从一个苏联人的尸体上扒下件大衣。"

卡拉坐在桌旁，艾达也在厨房里。埃里克对她们说："你们是对的。我是说，你们对纳粹的看法是对的。"

卡拉很开心，但不知道埃里克在指什么。"你看到他们怎么了？"

"他们屠杀百姓。这点你和爸妈老早就跟我说了，但我却不肯相信。很抱歉，我没能相信你们。艾达，我一直不相信他们害死了你的小库尔特。现在我信了。"

这是个巨大的反转。卡拉问："什么让你改变了看法？"

"我亲眼在苏联看见他们屠杀老百姓。他们把城里的要人聚拢在一起，因为他们都是共产党员。他们也杀戮犹太人，不光是男人，还有妇女、儿童以及对任何人都造不成伤害的老人。"泪水不断地从埃里克脸上往下流，"常规军不杀戮平民百姓——杀他们的都是秘密警察。他们把抓来的人带到城外，有时是某处采石场，有时是矿井一类的地方。有时他们还会让抓来的年轻人挖个大坑，然后……”

他说不出话了，但卡拉就想听他亲口说。“然后怎么了？”

“他们每次杀六组十二个人。有时丈夫扶着妻子，母亲抱着婴儿一起走下斜坡。行刑者等待他们走到预定位置，然后举枪发射。”说到这里，埃里克用军服的脏袖管擦了擦眼角，“砰，他们就都死了。”他说。

一时，厨房里没有人说话。艾达小声哭泣着。卡拉非常震惊，茉黛却板着脸一声不吭。

埃里克擦了擦鼻子，拿出几支烟。“很奇怪，他们竟然给我买了张机票，让我回家探亲。”他说。

卡拉问：“你什么时候回去？”

“明天。我只能在这待十二个小时。但即便这样，我还是成为战友们艳羡的对象。他们愿意付出一切换来一天在家的时间。韦斯医生说，我一定在高层有朋友。”

“是个叫约西姆·科赫的人，”茉黛说，“科赫在战争部工作，目前跟我学钢琴。我让他为你安排了休假。”说着她看了眼自己的手表，“几分钟后他就到了。他很喜欢我——可能是在我身上看到了自己母亲的身影吧。”

老妈，你搞错了，卡拉心想。茉黛和科赫之间可没有半点母子之情。

茉黛又说：“他很天真，说6月28日德军会在东部前线展开一场新的攻势，他甚至提到了这次攻势名叫‘蓝色行动’。”

埃里克说：“让人知道的话，他会被枪毙的。”

卡拉说："约西姆不是唯一会被枪毙的人。我把他说的事情告诉了一个人。她让我说服科赫，设法把蓝色行动的行动方案拿到手。"

"老天啊！"埃里克震惊了，"这是严重的叛国行径——你们的处境比东线战场的我还要危险。"

"别担心，科赫才不会那么干呢。"卡拉说。

"这可说不准。"茉黛说。

卡拉、埃里克和艾达同时把视线转到茉黛身上。

"他兴许会为我这么做，"茉黛说，"如果我能用正确的方法把他说服。"

埃里克问："他真有那么天真吗？"

茉黛目中无人地说："他爱上我了。"

"天哪。"想到母亲被人爱上，埃里克觉得非常尴尬。

卡拉说："尽管这样，我们还是不能把情报传递给苏联。"

埃里克问："为什么不能？"

"如果苏联赢了，你也许会死的。"

"就算赢了，我也可能死。"

卡拉发现自己的声音提高了八度："那样一来，就变成我们帮着苏联人害死你了。"

"我仍然希望你通过他拿到作战方案。"埃里克暴躁地说。他看着桌子上的格子台布，心里却想着几千英里以外自己目击的那幕惨象。

卡拉无所适从。即便埃里克希望如此。她说："何苦呢？"

"我总是想着手牵手沿着坡道走下采石场的那些人，"埃里克紧握双手，一只手的手指深深嵌在另一只手里，几乎要把它掐肿了。“如果能阻止他们，即便要了我的命，我也在所不惜。我想献出自己的生命——如果能对自己，对德国感觉好些的话，我的这条命不要也可以。卡拉，如果能行的话，请你把战斗计划送到苏联人手里。”

卡拉还是犹豫不决。“你确定吗？”

“我求你了。”

“好吧。”卡拉说。

托马斯·马赫告诉三个手下——瓦格纳、里特尔和施奈德——把各自最好的表现拿出来。“沃纳·弗兰克尽管只是个中尉，但他是多恩将军的直属手下。我希望他对我们的工作和我们的队伍留下尽可能好的印象。不许骂人，不许讲笑话，不许吃东西，除非必要，不许使用暴力。如果抓到共党间谍，可以往他屁股上狠狠来一脚。如果没逮到人，你们也别仅仅为了找乐子随便逮一个。”平时马赫对这种事情总是睁一只眼闭一只眼。随处抓人能叫老百姓长记性，没什么不好。但沃纳有点神经质，有必要让手下在他面前安分一点。

沃纳骑着摩托车，准时出现在阿尔布雷希特王子大街的盖世太保总部。抵达以后，马赫和他的手下把沃纳带上了车顶装有天线的侦察车。车里放满了无线电设备，显得非常拥挤。里特尔坐在驾驶座上，五个人在傍晚敌人最喜欢发报的时候，踏上了绕城环形侦察的路途。

“为什么都在傍晚发报？”沃纳不解地问。

“大多数间谍都有自己的正职，”马赫解释说，“那只是他们掩饰身份用的。他们白天在办公室或工厂上班。”

“这倒是，”沃纳说，“我从没想过这个。”

马赫担心他们整夜抓不到一个人。他害怕会因为德军在苏联所受到的磨难而遭到责备。他已经倾尽了所有，但在第三帝国，有时即便努力也得不到奖赏。

侦察车时常整夜都捕捉不到一次信号，有时却能同时捕捉到两三个。这时，马赫必须选择追踪哪个忽略哪个。他确信柏林存在不止一个间谍网络，他们也许根本不知道彼此的存在。马赫必须用有限的工具完成这项几乎不可能完成的工作。

接近波茨坦广场时，车上的仪器捕捉到一个信号。马赫听出了声音的含义。“这是个给苏联人当间谍的钢琴师，我们暂时还不想动他。”他松了口气说。至少，他可以向沃纳证明这套仪器是有效的。他说的这位钢琴师正在接连传送五位数组成的数组。“苏联情报机构喜欢运用两位数代表一个字母的密码，”马赫对沃纳解释说，“比如说，11代表A，用五位数字传递信号只是他们的一种习惯，真正要看的是相邻的两位数字。”

操作仪器的电气工程师曼恩大声读出了一组坐标，瓦格纳用铅笔和尺在地图上画了根线。里特尔加大马力，向新的目的地进发。

钢琴师还在发报，哔哔声在车里响个不停。马赫恨透了这个间谍钢琴师。“该死的共党分子，”他说，“总有一天他会在总部的地下室，为了让痛苦早点结束乞求我快点让他死。”

沃纳的脸变得苍白。这个人不适合警察工作，马赫心想。

过了一会儿，沃纳重新打起精神。“你说的苏联密码似乎不难破译。”他若有所思地说。

“是的，”马赫对沃纳这么快抓到要点感到很开心，“但其实没那么简单，他们对算法进行了包装和改良。把信息转化为一系列数字以后，钢琴师会不断在这些数字里插入一个关键词——比如说某处地名——对它进行编码。把第二组数字从第一组中减去以后，他再把结果发报出去。”

“如果不知道关键字，译码就无从下手了。”

“说得很对。”

车子在被烧毁的议会大厦附近又停下了，瓦格纳在纸上又画出一条直线。两条线交会在市中心以东的弗里德里希斯海因区。

马赫让司机朝东北方向拐，把他们带到交会点附近，这时他又在纸上画了不同角度的第三条线。“经验告诉我们，多考虑一个方向是必要的，”马赫告诉沃纳，“仪器只能做出大体的估计，多做一种考虑会减少出错的可能性。”

“每次你都能抓住间谍吗？”

“才不是呢。大多数情况抓不住。通常，我们会慢一步，眼睁睁地看对方溜走。对方常常在发报时改变频率，使我们找不到他的踪迹。有时对方会突然中断，换个地方继续发报。他也可能派个眼线盯着我们，看到我们来了就给他通风报信。”

“障碍可真不少。”

“但我们早晚会抓住他们的。”

里特尔停下汽车，曼恩确定了第三个方位。瓦格纳地图上三根铅笔画的线在东区车站附近形成一个小三角。钢琴师在铁道线和运河之间的某个地方。

马赫把位置告诉里特尔，对他说：“赶紧开过去。”

马赫注意到，沃纳出了汗。车里是有点热，年轻中尉也许还不习惯参加这类行动。应该让他知道盖世太保的工作是怎样的。

这样很好，马赫心想。

里特尔开车沿着华沙大街向南行进。穿过铁道线以后，侦察车拐进了一个由仓库、堆放场、小型工厂组成的落后工业区。几个士兵背着行囊走进东区汽车站后门，无疑是要被送往东部前线。附近有人用谍报手段正在出卖这些小伙子，马赫生气地想。

瓦格纳指着车站外一条狭窄的小街。“他就在方圆一百码以内，但两边都有可能，”他说，“如果把车开近的话，对方会看见我们。”

“小伙子们，你们很清楚该怎么办，”马赫说，“瓦格纳和里特尔负责左面，我和施奈德负责右边。”他们都拿上了长柄大锤。“弗兰克，跟我来。”

街上没什么人——一个戴着工装帽的男人脚步飞快地朝车站走去，一个穿着破烂的老太太正要去收拾下班之后的办公室——他们行色匆匆，显然不想吸引盖世太保的注意。

马赫和施奈德进入每幢大楼察看，两人交替着走在排头的位置。大多数公司都下班了，因此他们必须先去门卫室。如果门卫一分钟不开门的话，他们就会砸开大门。进门以后，他们会检查楼内的每个房间。

钢琴师不在第一个街区。

再往右走，他们走到了第二个街区右手边的第一幢楼，楼外挂着一块字迹渐淡的广告牌：“时尚皮草”。这是一个两层的小工厂，主建筑在沿街的小巷子里。尽管看上去早已没有人用了，楼房却装了道铁门，窗户也上了木板：皮草工厂自然需要严密的戒备。

马赫带着沃纳沿小巷往前走，试图找到厂房的入口。旁边那幢房子被炸弹炸毁，早已人去楼空。瓦砾已经被人从巷子里清理干净，残垣断壁上挂着一个手写的警示标牌："危险——禁止进入。"从残留的铭牌看，这里以前应该是个家具仓库。

他们跨过瓦砾和一堆碎木头，一边观察两边的情况，一边尽可能快地往前走。厂房后方有一面仍然立着的墙。马赫绕过这道墙，发现了一个通往隔壁工厂的小洞。

他有个强烈的预感，钢琴师应该就在隔壁的工厂厂房内。

马赫钻过小洞，沃纳跟在他后面也钻了过去。

他们走进了一个空旷的办公室。办公室里没有椅子，只有张铁桌，桌子对面放着个文件柜。墙上钉着柏林人还能买奢侈皮衣的1939年的年历。

马赫听到楼上有脚步声。

他掏出手枪。

沃纳没有带枪。

他们打开门，踱进一条走廊。

马赫看到几扇开着的门，一段向上的楼梯，以及楼梯底下一扇可能通向地下室的门。

马赫沿着过道走到楼梯脚下，发现沃纳正在打量着通向地下室的那扇门。

"似乎底下有什么声音。"沃纳说。他转了转门把手，但门松松垮垮地锁上了。他退回一步，抬起右脚。

马赫说："别——"

"没问题——我听见他们了！"说着，沃纳一脚踢开了门。

门被踢碎的声音在空旷的工厂里回响着。

沃纳冲过门，很快就不见了。黑暗中出现了一道光，光线中出现了一道石头楼梯。"不许动！"沃纳大声嚷，"你们被捕了。”

马赫跟在沃纳后面冲下楼梯。

马赫冲进地下室。沃纳站在楼梯底下，一脸迷茫。

地下室里一个人都没有。

天花板上吊着也许是晾衣杆的横杆。角落里扔了一卷厚重的黄表纸，多半是以前进行加工包装时用的。但没有无线电和给莫斯科发报的间谍。

“你这个该死的白痴。”马赫对沃纳说。

他转过身，跑上楼梯。沃纳紧跟在后面。他们跑过走廊，往上跑到二楼。

二楼的玻璃屋顶下放了一排工位。这排工位旁想必一度坐着一群纺织女工。现在，这里却空无一人了。

一扇玻璃门连接着消防通道，但却锁上了。马赫朝玻璃门外看，却没有看到人。

他把枪收起来，气喘吁吁地靠在工位上。

地板上有几个烟蒂，其中一个还沾着口红，看上去才扔掉不久。“他们刚才还在这里，”他指着地板上的烟蒂对沃纳说，“一共两个人，他们听见你的叫声就逃跑了。”

“我真是太傻了，”沃纳说，“对不起，只是我还不太习惯这种场合。”

马赫走到转角窗前。楼下一男一女正在飞快地沿着街道向前走，男人手里拿着个棕色的皮箱。很快，他们走进火车站不见了。“该死！”马赫骂了一声。

“他们应该不是什么间谍。”沃纳指着地板上的东西说。马赫低下头，看见一个皱巴巴的避孕套。“用过了，但里面没有精液，”沃纳说，“男方多半还没有开始射精。”

“真那样就好了。”马赫说。

约西姆·科赫答应送来行动方案的那天，卡拉没有去上班。

上早班的话，她也许能准点到家，但“也许”是不够的。如果发生大火或严重交通事故的话，她必须延迟下班，处理蜂拥而来的伤者。于是她就整天留在家了。

最后，茉黛还是想办法让约西姆答应带来行动方案。他原本说要取消课程，但很快又吹嘘说，自己可以带着行动方案的副本穿过城过来，只是会耽误些时间。“等你来再开始上课。”茉黛说，约西姆答应了。

吃午饭的时候，厨房里的气氛很压抑。卡拉和茉黛喝了一点肉骨头和干扁豆做成的汤。卡拉没有问茉黛做了什么，或答应做什么才说服的约西姆。也许她告诉科赫，他在钢琴上已经取得了长足的进步，最好不要落下一节课程。她也许会对科赫说，你的职位不会低得处处要受到别人的监视吧，这种话会刺激科赫，科赫一直在茉黛面前说自己的职位很重要，适度的贬低可以促使他表现自己，证明茉黛的看法完全错了。卡拉不愿想的只有一点：茉黛是用性诱惑让科赫上钩的。茉黛大胆地和科赫调情，科赫像未经人事的大孩子一样积极地予以回应。也许正是这种无可抵挡的诱惑促使科赫忽略了内心理智的声音：“别他妈再犯傻了。”

情况完全可能是另外一个样。他也许已经看清其中的利害关系了。下午来的时候，他带来的可能不是装有复写纸的包，而是一个带着几只手铐的盖世太保小分队。

卡拉往“美乐时”相机里装了卷胶卷，然后把照相机和剩下的两卷胶卷放在低矮橱柜最上面一格抽屉的毛巾下面。橱柜旁就是窗户，那里的阳光很足。卡拉可以在橱柜顶上把文件拍下来。

卡拉不知道如何把曝光的底片送到莫斯科，不过弗里达让她别操这份心。卡拉猜测弗里达会找个推销员——医药推销员或是销售德文版圣经的推销员——这个推销员可以利用在瑞士推销商品的机会神不知鬼不觉地把胶卷传递给伯尔尼苏联大使馆的什么人。

下午很漫长。茉黛回房午休去了，艾达忙着清扫房间。卡拉坐进了平时白天不常待的餐厅。她想读点东西，但怎么都集中不起精神。报上都是谎言，没什么可看的。她要为下一次护士学考试做准备，但课本上的专业词汇却像小蝌蚪似的在她眼前晃动。最后她只能拿起了一本出版了很多年的《西线无战事》，这本书在德国很畅销，却因为对艰苦的战地生活描写得过于逼真而遭禁。卡拉拿着书，目光却投向了窗外喧嚣都市里的六月阳光。

等了很久，科赫终于来了。卡拉听到外面的马路上传来脚步声，连忙站起身看。科赫穿着紧身的制服和闪亮的靴子，像个要去参加生日聚会的孩子似的，脸上充满了期待。他没有带人，对盖世太保的担心显然是多余的。和平时一样，他的肩上挎着个帆布包。他会信守诺言吗？包里放着蓝色行动的行动方案吗？

他按响了门铃。

卡拉和茉黛盘算好了从这时开始的每一步行动。在计划里，卡拉不用去开门。过了一会儿，她看见母亲穿着紫色的丝绸睡袍和高跟拖鞋穿过过道——像个妓女似的，卡拉觉得既羞耻又尴尬。她听见门开了，然后又很快关上。过道里传来丝绸睡袍的窸窸窣窣声和意味着拥抱的呢喃声。接着穿紫色睡袍和灰绿色西装的男女穿过餐厅门口，上楼不见了。

茉黛首先要确定科赫带没带文件。她会先看看文件，对科赫说些仰慕的话语，然后不经意地放下文件，把科赫带到钢琴边。接着她会找个理由——卡拉试图不去想那是什么样的理由，通过双开门把科赫从客厅带到隔壁的书房，书房很小，挂着红色的丝绒窗帘，放着个表面下垂的旧沙发。进书房以后，茉黛会向女儿发出信号。

无法预知行动的进展状况，母女俩事先商量好了代表着同一种意义的几种不同信号。最简单的是重重的摔门声，让房子里的人都能听见。其次，茉黛也可以按下壁炉旁的通知铃提醒卡拉，通知铃原先是招呼厨房里的仆人用的，现在早已经不用了。她们还商定，在接近不了门和壁炉的情况下，茉黛还可以失手打碎花瓶或歌德的大理石像给卡拉发信号。

卡拉走出餐厅，站在过道往楼上看，楼上没有发出任何声音。

她看着厨房。艾达正在清洗做汤的铁锅，她用的力气很大，显然心情非常焦灼。卡拉试着鼓励地对她笑了笑。卡拉和茉黛原本不想把这件事告诉艾达，不是不相信她——艾达对纳粹的敌意比任何人都更强烈——而是因为怕她参与叛国而受到暴虐的惩罚。只是她们和艾达处得太久了，任何秘密都瞒不住她。

卡拉听到母亲发出银铃般的笑声。她熟悉这种笑声。笑声是强装出来的，意味着母亲已经把自己的魅力发挥到了极致。

可科赫有没有把文件带来呢?

一两分钟后，卡拉听到了钢琴声。琴声无疑出自科赫之手，他弹的是一首描述雪地里小猫的儿歌：“一，二，三，小猫咪在雪地里跑。”这个歌父亲对她唱过不下百遍。想到这，她不禁一阵哽咽。纳粹让那么多的儿童成为孤儿，身为纳粹的科赫怎么好意思弹这首歌啊？

弹到一半，曲子突然停了下来。一定是发生什么事了。卡拉压抑着自己的恐惧——想听到母亲发出的脚步声或铃声——却什么声音都没听到。

一分钟过去了，又一分钟过去了。

出问题了——但会是什么问题呢？

她看了看厨房里的艾达，艾达停下擦拭，摊开双手，做出“我也不知道”的姿态。

卡拉必须去看看究竟是怎么了。

她轻声走上楼梯，在磨破的地毯上悄无声息地向前行走。

站在客厅外面，卡拉依然什么声音都没听到：没有钢琴声，没有走路声，没有任何声音。

她尽可能轻地推开门。

卡拉往里瞧了瞧，没有看见人。她走进客厅，四处看了看，母亲和科赫都不在客厅。

科赫的帆布背包不见了。

她看了看通向书房的双开门，双开门中的一扇虚掩着。

卡拉踮着脚尖走过客厅。没有地毯，只有打蜡的木质地板。走动时会发出轻微的响声，但卡拉管不了这么多了。

接近书房的时候，卡拉听见里面传来轻微的声响。

她走到门旁，紧贴着墙壁，冒险往书房里看了一眼。

茉黛和科赫站在书房里，拥抱着接吻。科赫背对着门和卡拉：这个位置显然是茉黛精心设计的。过了一会儿，茉黛停止了接吻，眼神和科赫背后的女儿相遇了。她把手从科赫的脖子上移下来，急切地用手指比画了一下。

卡拉瞧见了椅子上的帆布包。

她很快就明白发生什么事了。当茉黛诱使约西姆进入书房的时候，约西姆没有把包留在客厅，而是警醒地把它带进了书房。

卡拉必须把包取走。

她按捺着心跳走进书房。

茉黛小声说："甜心，我们继续吧。"

科赫叹息着："亲爱的，我爱你。"

卡拉向前两步，拿走帆布包，转过身，静悄悄地走出书房。

帆布包非常轻。

她飞快地走过客厅，气喘吁吁地跑下楼梯。

走进厨房以后，卡拉把帆布包放在桌上，解开书包带。包里放着当天的《柏林挺进报》，一包刚买的骆驼烟和一个黄褐色的文件夹。卡拉用颤抖的双手拿起并打开文件夹。文件夹里放着份复写的文件。

第一页的标题是：

第四十一号指令

最后一页有一行供签名的下划线。下划线上没有签名，无疑这是副本，但打在线旁的名字的确是阿道夫·希特勒。

标题和下划线中间的正文就是蓝色行动的内容。

卡拉一阵狂喜，又感到紧张和恐惧。

卡拉把文件放在厨房窗户边低矮的橱柜上。她拉开抽屉，拿出美乐时照相机和两卷没装进相机的胶卷。她认真地放好文件，然后开始一页接一页地给文件拍照。

卡拉没用多少时间就拍完了照。文件只有十页，她甚至没用上备用的胶卷。她成功了。她成功地偷到了行动方案。

父亲，这是为你做的。

她把照相机放回抽屉，关上抽屉，把文件塞回文件夹，把文件夹放回帆布包，最后合上包，系上书包带。

她尽可能轻地把帆布包送回到楼上。

回到客厅，卡拉听到母亲在说话。母亲的声音清晰而有力，似乎故意想被人听见。卡拉立刻意识到这是母亲对她的示警。

“别担心，”茉黛说，“只是因为你很兴奋，我们都很兴奋。”

科赫的声音很轻，而且非常尴尬。“我觉得自己像个傻瓜蛋，”他说，“你只是碰了碰我，然后一切都结束了。”

卡拉猜得到事情的来龙去脉。她没有和男人亲热过，但在和别的姑娘，尤其是与护士们的交谈中听说过男女性事。科赫一定是早泄了。弗里达告诉卡拉，海因里希也是这样。两人刚开始在一起的时候，海因里希早泄过好几次，并因此很难为情。但他很快克服了。弗里达说，早泄多半是紧张引起的。

茉黛和科赫的分开给卡拉制造了难题。摆脱了男女之爱以后，科赫的警觉性一定会提高很多，很可能会注意到身边少了些什么。

这时，茉黛一定在尽力使科赫背对着门口。如果卡拉溜进去几秒钟，不被科赫发现把帆布包放回到椅子上，事情应该还有回旋的余地。

伴着激烈的心跳，卡拉穿过客厅，走到书房门口。

茉黛劝慰地说：“这种事经常发生——因为身体忍耐不住。没什么的。”

卡拉把头伸出门框。

两人仍然站在刚才的位置，紧紧挨在一起。茉黛的视线越过科赫，看见了卡拉。她把手按在科赫脸上，防止他转向卡拉。茉黛对科赫说：“再亲亲我，对我说没有因为刚才的不快而恨我。”

卡拉踮着脚走进书房。

科赫说：“我要抽根烟。”

在他转身之前，卡拉快步退出了书房。

她等在门边。科赫是从军服口袋里拿烟，还是想从包里拿盒烟出来呢？

她的问题很快就有了答案。“我的包呢？”科赫问。

卡拉猛地一沉。

茉黛的声音镇静而又清晰：“你把包落在客厅了。”

“没，没有忘在客厅里。”

卡拉穿过客厅，把帆布包放在椅子上，然后踮着脚走到楼梯口，站在那儿偷听客厅里的声音。

她听见母亲和科赫从书房走出来，回到客厅。

茉黛说：“没错吧，包就在这儿呢！”

“我没把包放在这儿，”科赫固执地说，“我一直没让这个包离开我的视线。除了刚才吻你的时候。”

“亲爱的，你只是对刚才的挫折感到灰心而已。试着放松一下吧。”

“一定有人进过这个房间，趁我分心的时候……”

“太荒唐了。”

“我不这样认为。”

“像你喜欢的那样，和我肩并肩坐在钢琴旁，快到我这来。”尽管这样说，但茱黛的声音近乎绝望了。

“这幢房子里还有谁？”

听到这话，卡拉赶忙跑下楼梯，躲进厨房。艾达惊慌地看着她，但卡拉实在没时间解释了。

楼梯上传来科赫的靴子声。

没一会儿，科赫就拿着帆布包走进了厨房。他怒气冲冲地看着卡拉和艾达。“你们之中有一个人动过我这个包了。”他说。

卡拉尽量沉住气。“科赫，我不知道你为什么会这样想。”她说。

茱黛出现在科赫身后，经过他身旁走进厨房。“艾达，给我们每人来一杯咖啡，”她明媚地说，“科赫，坐下慢慢聊，好吗？”

科赫没有听她的话，仔细地审视着厨房。看到窗边的矮橱柜，他的目光突然一亮。卡拉这才发现，尽管收好了微型照相机，但两盒备用的胶卷却放在外面。她害怕极了。

“这应该是八毫米的胶卷吧？”科赫问，“你们家有微型照相机吗？”

突然间，他不再像是个小男孩了。

“这是八毫米胶卷吗？”茱黛充楞装傻，“那是我的另一个学生落在这儿的。事实上，他是个盖世太保。”

这个解释很圆满，但科赫根本不买账。“他应该也留下了微型照相机了吧？”说着，他打开了抽屉。

微型不锈钢照相机像块污渍一样放在白毛巾上。

科赫表情惊恐。他原本只是为性事上出丑而感到懊恼，却没料到竟然犯下叛国大罪。现在，他第一次看清了事实。刹那间，他完全不知道该怎么办了。他握着抽屉把手，恍惚地看着抽屉里的微型照相机。卡拉突然发现，科赫变成了一个爱情破碎的年轻小伙。她知道，这样的人发怒了会非常可怕。

过了一会儿，科赫抬起头，看着面前的三个女人，最后把视线落在茉黛身上。“是你计划好的，”他说，“你骗了我，你将为此遭到惩罚。”他把相机和胶卷放进兜里，“冯·乌尔里希女士，你被捕了。”他向前跨了一步，抓住茉黛的胳膊，“我要把你带到盖世太保总部。”

茉黛挣脱科赫，向后退了一步。

科赫收回手，用尽全力在茉黛脸上打了一巴掌。他又高又壮，还很年轻。茉黛受了重重一击，颓然倒地。

科赫居高临下地看着她。“你让我看上去像个傻瓜！”他尖叫着，“我相信你，你却欺骗了我！”他完全歇斯底里了。“我们会被盖世太保折磨死的，是我们自找的！”他一边说，一边用脚猛踢地上躺着的茉黛。茉黛想躲到一边，却被炉子挡住了。科赫用右脚上的靴子狠狠地踩着茉黛的肋骨、大腿和肚子。

艾达冲向科赫，用指甲抓他的脸。科赫猛地一挥手，把她推出老远。然后他又踢了几下茉黛的头。

卡拉行动了。

作为一个护士，她很清楚身体大多数部位的病患都是可以治愈的，只有头部的损伤是永久的。再被他踢下去，茉黛就要神志不清了。卡拉没有多想便开始了行动。她拿起艾达刚刚费力擦好的铁锅，握着长柄将铁锅高高举起，然后用尽全力把锅砸在科赫的头顶。

科赫惊骇地踹跚了几步。

接着，卡拉又用铁锅狠狠地砸了他一下。

科赫瘫倒在地，不省人事。茉黛从科赫倒下的地方挪开身体，直起身，捂着胸靠在墙上。

卡拉又一次拿起锅。

茉黛尖叫道："不！快给我停下！"

卡拉把锅放在厨房的桌子上。

科赫动了一下，试图从地上站起来。

艾达拿起锅，愤怒地朝科赫头上砸。卡拉试图抓住艾达的胳膊，但狂怒中的艾达却根本停不下来。艾达一次次地用锅敲击着科赫的头，直到筋疲力尽才停下手，把锅"砰"的一声扔在了地板上。

茉黛挣扎着跪在科赫身旁，审视着他的情况。科赫的眼睛张开，眼珠一动不动。他的鼻子歪在了一边。头盖骨似乎已经被砸得不成形了。鲜血从他耳朵里流出。科赫看上去似乎已经没有了呼吸。

卡拉跪在科赫身边，把指尖放在他脖子上，看他还有没有脉搏。没有。"他死了，"卡拉说，"哦，天哪，我们杀死了他。"

茉黛说："这个傻孩子啊！"说着便大声哭了起来。

艾达气喘吁吁地问："现在该怎么办？"

卡拉意识到，她们必须把尸体处理掉。

茉黛摇摇晃晃地站了起来。卡拉发现，母亲的左脸肿起来了。"老天，这地方可真疼，"她扶着左腰说。卡拉猜测母亲一定是断了根肋骨。

艾达低头看着科赫：“我们可以把尸体藏在阁楼上。”

卡拉说：“藏不太久，邻居会闻到味的。”

“那就把他埋在后院吧。”

“如果有人看到三个女人在民宅的花园里挖出一个六英尺长的洞来，他们会怎么想？难道会以为我们是在找金矿吗？”

“我们可以晚上挖。”

“晚上挖别人就不起疑了吗？”

艾达挠了挠脑袋。

卡拉说：“我们必须找个地方扔尸体，公园或运河最好。”

“怎么把尸体运过去呢？”

“他不太重，”茉黛悲伤地说，“虽然壮，但体形精瘦。”

卡拉说：“体重不是问题。我和艾达完全搬得动他，但搬他的时候我们不能让别人起疑。”

茉黛说：“如果能有辆车那就好了。”

卡拉摇摇头说：“现在谁都弄不到汽油。”

三个人都不说话了。窗外，太阳落山了。艾达拿了条毛巾，包住科赫的头，不让鲜血弄脏了地板。茉黛低声哭泣着，泪水从极度痛苦的脸上往下流。卡拉希望安慰安慰母亲，但在那之前，她们必须把眼前的尸首处理掉。

“我们可以找只盒子把他装起来。”茉黛说。

艾达说：“只有棺材有那么大。”

“用家具装怎么样？餐具柜就可以。”

“太重了，”艾达若有所思地说，“我房间里的衣橱倒没那么重。”

卡拉点了点头。女仆不会有太多的衣物，也用不上红木家具，因此艾达房间里有只廉价松木做的窄衣橱。想到这点，卡拉不禁有几分尴尬。“就用它吧。”卡拉说。

艾达原来住在地下室，但那里已经改装成了防空洞，所以她搬到了楼上。卡拉和艾达走上楼。艾达打开衣橱，从横杆上把所有衣服拿了下来。艾达的衣物不多：两件外套，几条裙子，一件大衣，都穿得很旧了。艾达整齐地把这些衣物放在单人床上。

卡拉斜过衣橱，靠在自己身上，艾达抱起衣橱的另外一头。衣橱不重，但体积有点大，她们用了好一会儿才把衣橱抬出门扛下楼。

用了不少时间，她们才把衣橱横放在过道里。卡拉打开橱门，这时衣橱看上去有点像是个带着铰链盖板的棺材。

卡拉回到厨房，朝科赫的尸体俯下身。她从科赫的口袋里拿出微型照相机和胶卷，把它们放进厨房的抽屉里。

卡拉抱住科赫的双臂，艾达拉住他的双脚，两人合力把尸体从厨房拖到过道，然后放入衣橱。艾达把盖在科赫头上的毛巾挪正位置，尽管那里早就不流血了。

要不要把科赫身上的军服剥下来呢？卡拉寻思着。脱下制服的话，尸体就很难辨认出身份了——但这样一来，丢弃这套军服又是个麻烦。卡拉决定不把军服剥下来。

卡拉拿起帆布包，把它扔在衣橱里的尸体旁边。

她关上衣橱门，拿钥匙锁上，防止门意外被打开。卡拉把钥匙放在裙子口袋里。

她走进餐厅，朝窗外看。“天快黑了，”她说，“现在搬正好。”

茉黛问：“别人会怎么想？”

“他们觉得我们在搬家具——也许是卖了换食物。”

“两人女人搬一个衣橱——看上去会不会显得有些奇怪？”

“男人不是参军就是战死，女人搬家具是件很平常的事。现在汽油很难买，到哪去找搬场车啊？”

“人家会问你们为什么天黑了以后才搬。”

卡拉露出了挫败的神情。“妈妈，我不知道该如何回答这个问题。如果被人问起的话，我必须编套说辞。但无论如何，我们不能把尸体留在家里。”

“尸体被人发现以后，警察很快就会知道他是被杀的。一看伤口就看出来了。”

卡拉也在担心这个问题。“对此我们毫无办法。”

“他们也许会调查他今天去了哪。”

“他说没告诉任何人上钢琴课的事。他想让同事们对他的钢琴技巧大吃一惊。运气好的话，没人会知道他来过这。”

运气不好的话，卡拉想，我们都会死。“他们觉得谋杀的目的会是什么呢？”

“警察会在他的内裤上发现精液吗？”卡拉继续着自己的提问。

茉黛把目光移向一边，“是的。”她尴尬地说。

“他们也许会认为是情杀，有可能是和另一个男人，由爱生恨导致了谋杀。”

“警察要这么想就好了。”

卡拉还是不太放心，但也实在是没辙了。“扔到运河里去吧。”她说。扔进运河的话，浮上水面的尸体迟早会被人发现。警察必定会开始刑事案件的调查。会不会追查到她们身上只能听天由命了。

卡拉打开屋子门。

她站在衣橱正面的左边，艾达站在衣橱背后的右面。两人同时俯下身子。

比卡拉更有搬运经验的艾达说："抬起衣橱侧面，把你的手放在下面。"

卡拉照艾达的指点抬起衣橱一侧，把手放在下面。

"你那头再往上抬一点。"

卡拉依令而行。

艾达把双手放在她那一边的衣橱下面："弯下膝盖，用肩膀把衣橱扛起来，然后慢慢直起腰。"

两人把衣橱竖到腰部的高度。艾达弯下腰，用肩膀扛起衣橱。卡拉也照她那样做。

接着两人直起了腰。

从门前的台阶走到人行道时，衣橱稍微向卡拉这侧倾斜，好在这点重量她完全能承受得了。走到街上以后，她们开始沿着人行道朝几个街区外的运河走去。

天完全黑了。没有月光，只有几颗孤独的星星在闪着光。因为灯火管制的原因，她们有机会把衣橱神不知鬼不觉地送到运河边。让卡拉犯难的是，这么大一个衣橱挡在前面，她很难看得清自己到了哪。她怕自己会绊倒摔跤，把衣橱摔碎，使衣橱里的尸体暴露在外人面前。

一辆救护车从她们身边经过，车头灯被垂直狭缝的罩盖遮住，这辆救护车可能正赶往附近一起交通事故的事发地点。灯火管制时经常会发生交通事故。这意味着附近可能会有警车。

卡拉想起灯火管制开始时候的一起情杀案。一个男人杀死了妻子，将妻子的尸体放进包装箱，趁着茫茫黑夜，把包装箱放在自行车后车座上横穿整个城市，抛尸在哈弗尔河中。警察会因为那起案件怀疑携带大件行李的过路人吗？

想到这个可能性的时候，有辆警车正好从卡拉和艾达身边开过。车里有个警察看了搬着衣橱的两个女人一眼，但警车没有停下。

衣橱似乎越来越重了。晚上天很热，卡拉很快就全身是汗了。她的肩膀被衣橱上的木头压得生疼，她本该在衬衫里放块折叠的手绢做垫肩才对。

两人转过一个街角，正好遇上了一起交通事故。

一辆运送木材的八轮卡车和一辆梅赛德斯轿车撞上了，梅赛德斯完全变了形。警车和救护车亮着车头灯，把事故现场围了个水泄不通。被毁的梅赛德斯旁聚集了许多人。事故肯定刚发生不久，因为梅赛德斯上的伤者还没有被救下车。救护车上的急救员把头伸进梅赛德斯的后门，或许在检查着车上伤者的伤情，观察伤者能不能被挪下轿车。

卡拉吓坏了。罪恶感使她迈不开脚步，一下子站住不动了。但没有人注意到她和艾达以及她们俩抬着的衣橱。镇定下来以后，她意识到她们必须转过身，沿原路折返，换条路走到运河。

她转过身，但这时有个警惕心很高的警察把手电筒的光对准了她。

她想放下衣橱就跑，但她控制住了自己。

警察问：“你们这是在干什么？”

“如你所见，我们在搬衣橱啊。”整理好思绪以后，她镇定地对警察说。为了掩饰住紧张，她又好奇地问："这里究竟是怎么了？"为了显得正常一点她又补充了一个问题："有人在事故中死了吗？"

作为一个护士，卡拉知道执行紧急任务的人最烦围观者的说三道四。如同她所预料的一样，警察朝她挥了挥手。"没你们的事，"他说，"一边去吧。"他转身，把手电筒对准了撞坏的车。

这边的街道光线很足。卡拉突然灵机一动，做出了个决定。她和艾达抬着装有死人的衣橱朝事故现场的方向走去。

她看着光圈中的一小群急救员们。他们把注意力集中在各自的工作上，没人注意到抬着衣橱从他们身边经过的卡拉和艾达。

两人提心吊胆地把衣橱抬过八个轮子的大卡车。把衣橱抬过车尾以后，卡拉突然心生一计。

她停下脚步。

艾达问："怎么了？"

"这边。"卡拉绕到卡车后面的马路上。"把衣橱放在地上，"她轻声说，"千万别发出声响。"

她们轻轻地把衣橱放在人行道上。

艾达小声问："就把尸体放这吗？"

卡拉从口袋里掏出钥匙，打开衣橱的门。她朝前看了看，急救员们依然聚集在二十英尺以外卡车另一边的梅赛德斯旁。

卡拉打开衣橱门。

约西姆·科赫无神地张开着眼睛，头部被一块被血浸湿的毛巾紧紧地包裹着。

"把他弄出来放在车轮边。"卡拉说。

两人斜起衣橱，科赫的尸体轻轻地滚出来，正好落在轮胎的旁边。

卡拉拿掉被血浸湿的毛巾，把毛巾扔进衣橱，然后将衣橱里的帆布包扔在尸体旁边：能摆脱掉这个帆布包真是太好了。她关掉并锁上衣橱的门，然后和艾达一起抬起衣橱走开了。

衣橱比刚才轻多了。

在黑暗中走出五十码后，卡拉听见远处有个声音在喊："老天，这里还有另一个遇难者——像是有个行人被车给轧了。"

两人转过街角以后，卡拉大舒了一口气，终于把尸体给摆脱了！如果回家前没人对她们加以注意，如果没人在壁橱里看见那条染血的毛巾，她就安全了。不会有罪案调查，约西姆·科赫只是个在宵禁的交通事故中丧生的倒霉蛋而已。如果真的被车轮在鹅卵石路面上拖了一会儿的话，科赫头上很可能会出现类似锅底重击所产生的伤口。有经验的验尸官也许能分辨出其中的区别——可没人会觉得需要尸检。

卡拉本想丢掉衣橱，但马上否定了这个想法。即使扔掉毛巾，衣橱里也留有血渍，会引得警方进行刑事案件的调查。必须把衣橱带回家擦干净。

回家的路上，卡拉和艾达没有遇见任何人。

他们把衣橱放在过道里。艾达从衣橱里拿出毛巾，放进水槽，在冷水龙头下冲了冲。兴奋之余，卡拉也感到了一些悲伤。偷得了战斗计划，她却杀害了一个愚蠢但并不邪恶的年轻人。把心放平下来之前，她也许会为这件事抱憾许多天，甚至许多年。现在，她只是觉得太累了。

卡拉把丢弃尸体的过程告诉了茉黛。茉黛的左颊浮肿，连眼睛都睁不开。她按着左侧肋骨，似乎想平缓肋骨上的疼痛。她看上去很痛苦。

卡拉说："妈妈，你非常勇敢。我非常佩服你今天的表现。"

茉黛疲倦地说："没什么可佩服的。我很羞愧。鄙视自己。"

"是因为你不爱他吗？"卡拉问。

"不，"茉黛说，"因为我爱上他了。"

人物表

美　国

杜瓦家族

格斯·杜瓦，参议员

罗莎·杜瓦，格斯的妻子

伍迪·杜瓦，他们的大儿子

查克·杜瓦，他们的小儿子

乌苏拉·杜瓦，格斯的母亲

别斯科夫家族

列夫·别斯科夫

奥尔加·别斯科娃，列夫的妻子

黛西·别斯科娃，列夫和奥尔加的女儿

玛伽，列夫的情妇

格雷格·别斯科夫，列夫和玛伽的儿子

格拉迪丝·安格鲁斯，电影明星，列夫的另一个情妇

洛兹罗赫家

戴夫·洛兹罗赫

乔安妮·洛兹罗赫

布法罗的社会名流

多特·伦肖

查理·法奎森

乔·布列胡诺夫，恶棍

布赖恩·霍尔，工会领袖

杰姬·杰克斯，小明星

埃迪·帕里，查克·杜瓦的水兵朋友

范德米尔海军上校，查克·杜瓦的长官

玛格丽特·科德里，美丽的女继承人

真实的历史人物

富兰克林·罗斯福，总统

玛格丽特·莱汉德，罗斯福总统的助手，昵称“米茜”

哈里·杜鲁门，副总统

科德尔·赫尔，国务卿

萨姆纳·韦尔斯助理，国务卿

莱斯利·格罗夫斯，陆军工程兵团上校

英　国

菲茨赫伯特家族

菲茨赫伯特伯爵，昵称菲茨

伊丽莎维塔公主，昵称“碧”，其妻

博伊·菲茨赫伯特，阿伯罗温子爵，他们的大儿子，儿时昵称“宝宝”

安迪·菲茨赫伯特，他们的小儿子

莱克维兹-威廉姆斯家族

艾瑟尔·莱克维兹（娘家姓威廉姆斯），下议院议员

伯尼·莱克维兹，艾瑟尔的丈夫

劳埃德·威廉姆斯，艾瑟尔的儿子，伯尼的继子

米莉·莱克维兹，莱克维兹夫妇的女儿

其　他

露比·卡特尔，劳埃德的朋友

本·韦斯特安普敦，菲茨的朋友

琳迪·韦斯特安普敦和莉齐·韦斯特安普敦，本的双胞胎女儿

吉米·穆雷，穆雷将军的儿子

梅尔·穆雷，吉米的妹妹

劳瑟侯爵，昵称“劳西”

内奥米·埃弗里，米莉的闺密

亚伯·埃弗里，内奥米的哥哥

真实的历史人物

欧内斯特·贝文，下院议员，外交大臣

德国和奥地利

冯·乌尔里希家族

沃尔特·冯·乌尔里希

茉黛·冯·乌尔里希，其妻（闺名茉黛·菲茨赫伯特）

埃里克·冯·乌尔里希，他们的儿子

卡拉·冯·乌尔里希，他们的女儿

艾达·汉普尔，冯·乌尔里希家的女仆

库尔特·汉普尔，艾达·汉普尔的私生子

罗伯特·冯·乌尔里希，沃尔特的堂兄

容格·施莱彻，罗伯特的合伙人

丽贝卡·罗森，孤儿

弗兰克家族

路德维希·弗兰克

莫妮卡·弗兰克，其妻（闺名莫妮卡·冯·德·赫尔巴德）

沃纳·弗兰克，他们的大儿子

弗里达·弗兰克，他们的女儿

阿克谢尔·弗兰克，他们的小儿子

瑞特，弗兰克家的司机

康拉德·冯·德·赫尔巴德伯爵，莫妮卡的父亲

洛特曼家族

伊萨克·洛特曼医生

汉尼洛尔·洛特曼，伊萨克·洛特曼的妻子

伊娃·洛特曼，伊萨克·洛特曼夫妇的女儿

鲁迪·洛特曼，伊萨克·洛特曼夫妇的儿子

冯·凯塞尔家族

戈特弗里德·冯·凯塞尔

海因里希·冯·凯塞尔，戈特弗里德·冯·凯塞尔的儿子

盖世太保

托马斯·马赫，盖世太保支队长

克林勒恩督查，托马斯·马赫的上司

莱因霍尔德·瓦格纳

克劳斯·里特尔

冈瑟·施奈德

其　他

赫尔曼·布劳恩，埃里克的好哥们

施瓦布中士，园丁

威廉·伏龙芝，科学家

苏　联

别斯科夫家族

格雷戈里·别斯科夫

卡捷琳娜·别斯科娃，其妻

弗拉基米尔·别斯科夫，昵称沃洛佳，他们的儿子

安雅·别斯科娃，他们的女儿

其　他

卓娅·沃洛茨恩特谢夫，科学家

伊利亚·德沃尔金，克格勃官员

莱米托夫上校，沃洛佳的上级

鲍伯罗夫上校，驻西班牙的红军军官

真实的历史人物

拉夫连季·贝利亚，克格勃头子

维亚切斯拉夫·莫洛托夫，苏联外交部长

西班牙

特蕾莎，文化教员

威尔士

威廉姆斯家族

比利·威廉姆斯，阿伯罗温议员

大卫·威廉姆斯，他的大儿子

凯尔·威廉姆斯，他的小儿子

大卫·威廉姆斯，“外公”

卡拉·威廉姆斯，“外婆”

格里菲斯家族

汤米·格里菲斯，比利·威廉姆斯在政治上的代理人

莱尼·格里菲斯，汤米的儿子

读客®

读客外国小说文库

熊猫君激发个人成长

WINTER OF THE WORLD

世界的凛冬 III

[英]肯·福莱特 著 陈杰 译

KEN FOLLETT

江苏凤凰文艺出版社
JIANGSU PHOENIX LITERATURE AND ART PUBLISHING, LTD

Winter of the World

KEN FOLLETT

目　录

Part 2 流血的季节

第十七章 / 95

1943年，莫斯科

他们成了恋人。沃纳搬进了乌尔里希家大而空旷的宅子里，每天晚上和卡拉一起睡觉。双方的长辈都没反对：每个人都可能没几天好活了，人们应该从艰辛和磨难中享受一点点快乐。

第十八章 / 118

1944年，华盛顿

在华盛顿的父母家里，伍迪站在卧室的镜子前。他穿着美军第五百一十伞兵团的少尉制服。请华盛顿知名裁缝定制的，但穿在他身上并不好看。他完全可以不服兵役，但他决定参军。他不能在家里坐享其成。

第十九章 / 168

1945年，华盛顿

他是在1944年底比利时的阿登战役中受伤的。推进到德国边境的盟军出乎意料地受到了德军的强烈反击。伍迪和一零一空降师的战友被阻挡在交通枢纽巴斯托涅小镇上。当德国人送来请求投降的信件时，麦考利夫将军简单地回了一个字：“呸！”

第二十章 / 203

1945年，伦敦

1945年4月30日，星期一，阿道夫·希特勒在柏林的一处地堡里结束了自己的生命。一个星期后，周一晚上七点四十分，英国的军事情报部宣布德国已经投降。第二天，也就是5月8日，被宣布为二战胜利纪念日。

Part 3 冰冷的和平

第二十一章 / 231

1945年，莫斯科

婚礼后，沃洛佳和卓娅搬进了自己的公寓。在苏联，这样的幸运儿非常少。之前四年，苏联主要发展的是武器工业，城市里没造什么住宅楼，许多住宅楼还被炸毁了。不过沃洛佳是红军情报部门的上校，父亲还是个将军，能够找关系弄到一套房子。

第二十二章 / 256

1946年，柏林

柏林的孩子们玩起了一个叫“女人，快过来”的游戏。这是男孩捉弄女孩的十几种游戏中的一种，但卡拉发现这种游戏有着新的寓意。

Part 2
流血的季节

第十四章

1942年，华盛顿

格雷格·别斯科夫以最优异的成绩从哈佛大学毕业了。他可以攻读物理学博士学位以避免服兵役，但他不想当科学家，他想在另一个领域攫取更大的权力。战争结束以后，军队的履历对从政会有不小的助益。因此，他参军了。

不过，他也不想去参加实战。

在关注欧洲战场的同时，他向华盛顿许多认识的人施压，以便找到一个在国防部的文书工作。

德国的夏季攻势于6月28日开始。德军迅速地挥师东进，没受到什么抵抗，便突进到前称是察里津的斯大林格勒，在斯大林格勒受到苏联红军强有力的抵抗。因为战线拉得过长，德军的补给出了问题，德军在缺乏弹药和食物补给的情况下，形势越来越危急。红军似乎给他们下了个很大的套。

进行了最初的一点基本操练以后，格雷格就被招进了上校的办公室。“工程兵团要在华盛顿招收一个聪明的年轻人，”上校说。“你在华盛顿服役，但并非我理想中的下属——你看，你连自己的衣服都弄不干净——你学的是物理，去工程兵团正好能派上用场。”

格雷格说：“先生，谢谢你。”

“如果这样嘲讽地对你的新上司说话，你一定会为此而后悔的。你将成为格罗夫斯上校的助理。我在西点军校和他一起念过书。他是我这辈子遇见过的最难缠的人。祝你好运！”

格雷格打电话给国务院新闻办公室的迈克·彭福德，发现莱斯利·格罗夫斯直到最近为止一直担任美军的基建部长。格罗夫斯负责营建过美国国防部庞大的五角形建筑，被称为五角大楼的新办公大楼。不过现在他被调去负责一个不为人知的新项目。有人说他因为多次冒犯上级而被降级，另一些人说他的新职务远比原来重要，只是因为涉及国家最高机密而不能对外宣布。但所有人都觉得他是个傲慢无礼的家伙。

“所有人都恨他吗？”格雷格问。

“不，只有那些招惹过他的人才恨他。”迈克回答。

五角大楼，即国防部的办公大楼，坐落于第二十一街和弗吉尼亚大街拐角处，格雷格·别斯科夫中尉忧心忡忡地前往格罗夫斯的办公室。这时，他知道自己已经是曼哈顿工程局的一分子。曼哈顿工程局听上去和军队没有什么瓜葛，起这样一个名字是为了隐瞒他们正在制作一种使用铀的新型炸弹的事实。

格雷格非常吃惊。他知道，在铀的低阶同位素U-235中蕴藏着难以计数的能量。他在科学月报中读过几篇相关的论文。不过这项研究已经好几年没有发表过最新的进展了。现在，格雷格知道这是为什么了。

据说罗斯福总统嫌项目进展太慢，于是派功绩卓著的格罗夫斯负责。

在格罗夫斯履新后的第六天，格雷格加入了工程局。他的第一项任务是为格罗夫斯的卡其布衬衫钉上象征着军衔的小星星，格罗夫斯刚被授予了准将军衔。“这是为了便于和民间科学家打交道才授予我的军衔，”他满脸不悦地说，“十分钟后，我要去国防部长的办公室开会，你最好和我一起去，了解一下这个项目的简要情况。”

格罗夫斯很胖。他身高一米八左右，体重却足有一百一十公斤，甚至可能达到了一百三十公斤。他的军裤吊得老高，帆布腰带下腆着一个啤酒肚。他的栗色头发一旦过长，就会显得卷曲。他额头很窄，面颊肥胖，下巴宽厚，嘴唇上留着一圈不易察觉的小胡子。格罗夫斯看上去毫无魅力，格雷格不太愿意为这样一个人效命。

格罗夫斯带着包括格雷格在内的下属离开五角大楼，沿着弗吉尼亚大街朝国家广场走去。在路上，他对格雷格说：“揽下这项工作的时候，他们说新武器能帮我们打赢这场战争，我不知道他们说的对不对，但我的任务就是要发明并使用这种武器。你的任务和我一样。”

“是的，先生。”格雷格说。

国防部长暂时还没搬进尚未完全完工的五角大楼，仍然在宪法大街老旧狭长的“临时建筑”火药大楼里办公。

国防部长斯蒂蒙森是个共和党人。为了平息议会中的党派纷争，全力投入战争，罗斯福总统特地安排斯蒂蒙森这个共和党人出任国防部长。斯蒂蒙森身材矮小，胡子全白了，七十五岁的他在政坛浸淫多年，是个资历很老的政治家。尽管年迈，斯蒂蒙森淡灰色的眼睛里却仍然闪动着智慧的光芒。

参加会议的人穿着盛装，与会者中包括了陆军参谋长乔治·马歇尔将军等许多大人物。格雷格很紧张，在如此场合下，昨天还是个普通上校的格罗夫斯却宠辱不惊，格雷格不禁敬佩起他来。

格罗夫斯首先陈述了自己的计划案，他准备向曼哈顿计划中的几百个民间科学家和十多所物理研究所下达的命令。他根本就没想过遵从眼前这些自认位高权重的人的命令，言谈中没有用到“你们允许的话”或“如果你们同意”这种息事宁人的语句。格雷格不知道格罗夫斯会不会因为惹怒某个上层而遭到解雇。

从格罗夫斯的陈述中，格雷格听说了许多之前不知道的事情，想拿支笔记录下来。环顾四周，没有人在做记录。格雷格按捺住自己，也没有做笔记。

陈述结束，有个参会者询问格罗夫斯：“听了你的讲解，我觉得铀的储备对这个项目将起到举足轻重的作用。我们的铀储备够吗？”

格罗夫斯回答：“我们有一千二百五十吨储藏着铀同位素的沥青铀矿——在斯塔顿岛上。”

“我们最好能弄些沥青铀矿。”提问者说。

“先生，周五我就把斯塔顿岛上的沥青铀矿全买下来了。”

“周五吗？你被任命的第二天？”

“是的。”

国防部长强忍住笑。格雷格对格罗夫斯傲慢的偏见，瞬间变成了五体投地的崇拜。

一个穿着上将制服的男人说：“这个项目的优先级怎么样？你

应该和战时生产局[①]做好协调。”

“先生，我周六见了唐纳德·尼尔森。”格罗夫斯说。尼尔森是战时生产局的局长，是个民间人士。“我让他提高了我们这个项目的优先级。”

“他怎么说？”

“他说不行。”

“这会是个问题。”

“不再是了。我告诉他，我会向总统报告，曼哈顿计划会因为战时生产局的不合作而被取消。听了这话，他答应把项目的优先级提到最高的三A级。”

“干得好。”国防部长说。

格雷格又一次受到了触动。格罗夫斯是个真正的狠角色。

斯蒂蒙森说：“从现在开始，你们将受到一个向我报告的委员会的监督，委员会建议由以下九位……”

“不可能，绝不。”格罗夫斯说。

国防部长问：“你说什么？”

格雷格想，格罗夫斯这次的确有点过分了。

格罗夫斯说：“部长先生，我无法向九人委员会报告。我对付不了这么多人。”

斯蒂蒙森笑了。他很老练，不会被这种交锋惹怒。他温和地问：“将军，你认为几个人会比较合适呢？”

格雷格觉得格罗夫斯可能会说“不需要人监督”，但他说的是：“三个人刚刚好。”

---

① 战时生产局（War Production Board），又称战时生产委员会，是二战时期美国的一个政府机构，于1942年1月16日成立。

“好吧，”令格雷格惊奇的是，国防部长竟然答应了格罗夫斯的要求，“还有别的事吗？”

“我们需要很大一片场地，需要六万英亩土地建立铀浓缩工厂和相关的其他设施。田纳西的橡树岭符合要求。那里人迹罕至，即便出了事故也不会有大的影响。”

“什么事故？”上将问，“有可能会发生事故吗？”

格罗夫斯没有隐藏对愚蠢问题的奚落态度。“我们是在造一种以前没有的炸弹啊，”他说，“只要一颗就能炸平一个中型城市，傻子才会觉得制造这种炸弹会万无一失。”

上将似乎想争辩，但斯蒂蒙森插话道：“继续说下去。”

“田纳西的地很便宜，”格罗夫斯说，“电也很便宜——我们的工厂需要大量的电力供应，在那里建厂最合适不过了。”

“你是建议在那买地吗？”

“我想先过去看看，”格罗夫斯看了看表，“事实上，我现在就要去赶前往诺克斯维尔的火车了，”他站起身，“先生们，我赶时间，请原谅我的失礼。”

会议室里的其他人都惊呆了，连斯蒂蒙森本人也有点不知所措。在华盛顿，没有人会自说自话地中途离开部长级会议，这是对体制的大不敬。但格罗夫斯似乎一点都不在乎。

他成功了。“好吧，”斯蒂蒙森说，“我们不耽误你了。”

“先生，谢谢你。”格罗夫斯说完，便离开了会议室。

格雷格慌忙跟了上去。

国防部新大楼最漂亮的非军职女秘书是玛格丽特·科德里。

她长着黑色的大眼睛和性感的大嘴。如果你把目光投向坐在打字机后面的科德里时，她抬头朝你微笑，你马上就会觉得自己已经爱上她了。

科德里的父亲把烘焙业发展成批量生产的工业集团。“科德里饼干，就像妈妈的味道”，美国人都知道这句广告词。玛格丽特原本不需要为生活打拼，但她决定为战争献上自己的绵薄之力。约玛格丽特之前，格雷格首先确定对方知道自己也是百万富翁的孩子。女继承人通常只和有钱人的孩子约会：至少对方不是看中钱才找上她的。

十月，天很冷，玛格丽特穿了件海军蓝大衣，是垫肩和收腰的时髦款式，头上还戴了顶军队式样的贝雷帽。

他们去了丽思–卡尔顿酒店，却在那儿的餐厅里看见列夫和格拉迪丝·安格鲁斯在一起吃饭。格雷格不想四个人一起吃，便向玛格丽特解释了情况。玛格丽特对他说：“没问题，我们可以去街角的大学女子俱乐部吃饭，我是那里的会员。”

格雷格没去过大学女子俱乐部，但记得似乎和那有过什么瓜葛。他想了一会儿，但什么都没想到，于是把这个念头赶到了脑海之外。

走进俱乐部，玛格丽特脱下大衣，露出衬托她体形的宝蓝色裙子。和其他上层阶级女性一样，外出吃饭时，她没有脱下帽子和手套。

和以往一样，格雷格喜欢搂着美女出入公众场合的感觉。大学女子俱乐部的餐厅里没几个男人，但看得出，仅有的几个男人都非常羡慕他。同和女人睡觉一样，他喜欢被人羡慕的感觉，只是从没向人承认过这点。

他点了瓶红酒，玛格丽特像法国人一样在红酒里加了点矿泉水。她对格雷格说："我不想把一下午都耗在纠正打字的拼写错误上。"

格雷格对玛格丽特说起了格罗夫斯将军的事情。"他太厉害了。除了衣着差一点，他几乎和我老爸完全一样。"

"所有人都讨厌他。"玛格丽特说。

格雷格点头说："他们总是以各种方式惹人生气。"

"你爸爸也这样吗？"

"有时是，不过大多数时候他都会用上自己的个人魅力。"

"我爸爸也一样。也许所有成功人士都是这个德行。"

餐点很快就上来了。华盛顿的餐馆都加快了上餐速度，也许这是因为战时人们都有工作要赶。

一个女侍应给他们拿来了甜点单。格雷格看了女侍应一眼，吃惊地认出了杰姬·杰克斯。"你好，杰姬！"他说。

"你好，格雷格，"杰姬掩饰着紧张，回答道，"最近你怎么样？"

格雷格这时才想起，自己请的侦探说杰姬在这儿工作。那时，他正困扰于杰姬的不告而别。"我很好，"他说，"你呢？"

"我也非常好。"

"你的情况还和以前一样吗？"格雷格很想知道父亲是否还在给杰姬提供津贴。

"完全一样。"

格雷格猜想某个律师在按约定支付这份津贴，列夫肯定早就把这件事忘到九霄云外去了。"那就好。"他说。

杰姬想起自己还在上班。“今天要来些甜点吗？”

玛格丽特要了水果色拉，格雷格要了冰激凌。

杰姬走了以后，玛格丽特说：“她很漂亮。”然后期待地看着格雷格的反应。

“是很漂亮。”格雷格说。

“没戴结婚戒指。”

格雷格叹了口气。女人就是如此敏感。“你很想知道我为什么会和一个未婚的黑人姑娘交朋友，是不是？”他说，“我可以告诉你实话。十五岁时我和她交往过一阵子。希望你没有被吓着。”

“当然吓着了，”她说，“我已经愤怒至极了。”她既不认真，又不像是在开玩笑，而是两者之间的状态。玛格丽特并不是真的很生气。格雷格觉得，她可能不想在两性关系方面，给他留下很随便的印象——至少在第一次外出吃午饭时，不会给他留下可乘之机。

杰姬端上甜点，问他们想不想要咖啡。他们没时间喝咖啡——军队的午休时间不长——玛格丽特问杰姬要账单。“这里客人一般不需要付账。”她解释道。

杰姬走后，玛格丽特说：“你还是很迷恋她。”

“我迷恋她？”格雷格惊讶了，“多半是沉迷于回忆吧。我不介意重回十五岁。”

“她却相当怕你。”

“她才不怕呢！”

“怕极了。”

“我不这样认为。”

“相信我没错。男人通常比较迟钝，这种事，女人一眼就看出来了。”

杰姬送来账单的时候，格雷格认真观察着她，玛格丽特说的没错——杰姬仍然在害怕。每次看到他的时候，杰姬都会想到乔·布列胡诺夫和他那锋利的刀片。

格雷格很生气，杰姬有权平静地生活。

他必须做些什么才对。

聪明过人的玛格丽特说：“我想，你应该知道她为何如此害怕。”

“我父亲把她吓跑了。他怕我会娶杰姬。”

“你父亲很吓人吗？”

“他总是一意孤行。”

“我爸爸也一样，”她说，“平时很温和。一旦触怒了他，就会变得很凶。”

“很高兴你能理解。”

他们回到五角大楼继续办公。整个下午，格雷格都非常生气。父亲的威胁仍然在对杰姬的生活造成危害。可他又能怎么办呢？

遇到这种情况，父亲会怎么办？可以从这个角度看问题。列夫会一心一意地按照自己的方法行事，不会在乎此过程中伤害到了谁。格罗夫斯将军也是一个样。我也能那样，格雷格想，毕竟：我是父亲的儿子啊！

格雷格脑海中逐渐形成了一个方案。

下午，他看了一份芝加哥大学冶金学图书馆送来的中期报告，并做了摘要。芝加哥大学的科学家里，包括第一个设想出核链式反应的科学家莱奥·齐拉特[①]。他是出生在匈牙利的犹太人，在1933年纳粹对犹太人举起屠刀之前，一直在柏林大学读书。芝加哥大学这支研究团队的带头人是意大利人恩里克·费米[②]，他的妻子是犹太人，在墨索里尼颁布《种族法》[③]时，费米离开了意大利。

格雷格很想知道，法西斯分子是不是知道，他们的种族灭绝政策把这么多才华横溢的科学家拱手送给了敌方。

他是学物理的，完全明白报告里写了些什么。费米和齐拉特认为，一个中子撞击铀原子以后，产生的撞击力可以衍生出两个中子。两个中子和铀原子撞击，可以产生四个中子，然后是八个、十六个，以此类推。齐拉特把这称为核链式反应——这个理论源于他超群的洞察力。

这样一来，一吨铀可以释放出三百万吨煤的能量——理论上说是如此。

只是理论尚需通过实践的检验。

费米和他的团队在芝加哥大学废弃的斯塔格橄榄球场，建了一个铀反应堆。为了防止反应堆自爆，他们把铀埋进吸收中子、扼杀链式反应的石墨中。他们想逐渐提高放射性，等到产生的放射性大于被吸收的放射性——在产生的能量炸毁反应堆、体育

---

① 莱奥·齐拉特（Leo Szilard，1898—1964），美国物理学家。二战后，齐拉特不再从事核物理研究，不断主张禁止核战争。1959年，他获得和平应用原子能奖。

② 恩里克·费米（Enrico Fermi，1901—1954），美国著名物理学家，被誉为“中子物理学之父”。1938年获得诺贝尔物理学奖。美国原子能委员会专门设立了“费米奖”，以表彰为和平利用核能作出贡献的各国科学家。

③ 从1936年到1944年，纳粹政权制定了一系列种族歧视的法案，它们被统称为《种族法》。

场、芝加哥大学校园和整个芝加哥之前，马上关闭反应堆。

到现在为止，他们的试验还没有取得成功。

格雷格写了一份简明扼要的报告，让玛格丽特·科德里打出来后马上交给格罗夫斯。

格罗夫斯将军读了第一段，问："反应堆能正常运作吗？"

"这个——"

"你不是该死的科学家吗？我问你，能运作吗？"

"先生，能。"格雷格说。

"很好。"说完，格罗夫斯把报告扔进了垃圾桶。

格雷格回到办公桌前坐了一会儿，把目光投向了对面墙上挂着的元素周期表。他确信核反应堆是有用的。对他而言，他更牵挂的是如何让父亲不再对杰姬有威胁。

早前，他考虑过以牙还牙。现在，他开始计划起实施的细节。格雷格希望营造一种戏剧性的效果。

行动计划在格雷格心里慢慢成形。

可他有勇气去挑战自己的父亲吗？

傍晚五点，他离开了五角大楼。

回家时，他在理发店买了把折叠式剃刀，非常锋利。理发师对他说："用这把刀刮胡子，比安全剃刀好用得多。"

格雷格可不准备用它来刮胡子。

他住在丽思–卡尔顿酒店父亲的常包房里。格雷格到的时候，列夫和格拉迪丝正在喝鸡尾酒。

他还记得七年前第一次见到格拉迪丝的情形，那时她也坐在同一张天鹅绒沙发上。现在，作为明星的格拉迪丝，比那时更有名了。列夫安排她出演了一系列夸张的战争片。在影片中，她嘲笑纳粹，哄骗日本人，护理英俊的美国飞行员。格雷格发现，她已经没有二十岁时那么漂亮了，皮肤没当初光滑，头发也没那么柔顺了，还戴着以前不屑一顾的普通棉质乳罩，但那双深蓝色的大眼睛，仍然亮丽迷人。

格雷格拿了杯马提尼，坐了下来。他真的要违抗父亲吗？七年前，第一次和格拉迪丝握手以后，他就没有再违抗过父亲了。也许现在正是时候。

我会用他的办法治他，格雷格想。

他喝了口酒，把酒杯放在靠墙的细长腿茶几上，开始和格拉迪丝聊天。“十五岁的时候，父亲给我介绍了一个女演员，她叫杰姬·杰克斯。”

列夫瞪大了双眼。

“我想，我不认识她。”格拉迪丝说。

格雷格从兜里拿出剃刀，但是没有打开。他把刀拿在手里把玩着。“当时，我爱上她了。”

列夫说：“为什么要旧事重提？”

格拉迪丝感觉到了套房里的紧张气氛，一脸焦虑。

格雷格说：“爸爸生怕我会娶她。”

列夫夸张地假笑一声：“你要娶个下贱的黑女人吗？”

“她才不是下贱的黑女人。”格雷格说，“我认为她是个真正的好演员。”说着，他看了看格拉迪丝。

她被格雷格意有所指的嘲讽弄得脸红了。

格雷格说：“父亲去找了她，带着他的手下乔·布列胡诺夫。格拉迪丝，你见过乔吗？”

“应该没见过。”

“你很幸运，乔有一把类似的剃刀。”说着，格雷格把剃刀打开，露出刺眼的锋利刀片。

格拉迪丝倒吸了一口凉气。

列夫说：“你知道你在做什么……”

“别忙，”格雷格说，“格拉迪丝还想听完这整个故事。”他对她笑了笑。格拉迪丝显得很害怕。格雷格说：“父亲对杰姬说，如果再跟我见面，他就让布列胡诺夫把她的脸划花。”

格雷格用刀锋指着格拉迪丝，逼近了一点，她惊呼了一声。

“你他妈闹够了没有！”列夫朝格雷格走过来。格雷格高举着拿剃刀的手。列夫停下了脚步。

格雷格不知道自己会不会拿刀伤害父亲，不过，列夫也不知道。

“杰姬就住在华盛顿。”格雷格说。

列夫粗鲁地说：“你又和她搞上了？”

“没有，我没和任何人乱来。不过，想把玛格丽特·科德里追到手。”

“那个糕点大王的女继承人吗？”

“为什么这样问？你想派乔去威胁她吗？”

“别傻了，威胁她干吗？”

“杰姬现在是餐馆的女侍应——她一直没得到希望得到的角色。有时我会在街上碰见她。今天她在餐馆里替我上了菜。每次见到我，她都会觉得乔要找上她了。”

“她太神经质了，”列夫说，“要是你不说，我无论如何都不会想起她。”

“能这么对她说吗？”格雷格问，“不然这事对她来说都会是块心病。”

“随你怎么说都行。对我来说，她已经不存在了。”

“那好，”格雷格说，“听你这么讲，她一定非常高兴。”

“把该死的剃刀拿开！”

“等等，我还想给你个警告。”

列夫一脸怒容：“你敢威胁我？”

“如果杰姬遇到了任何危险——不论是什么情况……”格雷格轻轻晃了晃刀片。

列夫满不在乎地说：“别告诉我，你要去割乔·布列胡诺夫的脸。”

“不。”

列夫有点害怕了：“你要割我的脸吗？”

格雷格摇了摇头。

列夫生气地问：“那你要对谁下手？”

格雷格看了看格拉迪丝。

格拉迪丝看见了格雷格投来的目光。她缩在天鹅绒沙发上，用双手护住脸颊，发出比之前更大的一声惊呼。

列夫对格雷格说：“你这个小杂种。”

格雷格收起剃刀，站了起来：“爸爸，这就是你的处世之道。”

说完，他摔门而去。

出来后，格雷格靠在墙上，像刚刚剧烈运动过一样喘着粗气。他从没如此害怕过，但也感到了胜利者的喜悦。他战胜了父亲，用自己的谋略回击了他，甚至还小小地吓唬了他。

他走到电梯口，把剃刀揣进兜里，呼吸也平缓了许多。他回头望着宾馆走廊，觉得父亲或许会追过来。但套房的门紧闭着。格雷格进了电梯，下到大堂。

他走进酒吧，点了杯干马提尼。

星期天，格雷格决定去找杰姬。

他想把好消息告诉她。他记得杰姬的住址——付给私人侦探一大笔钱只换来区区一个地址。如果没搬家的话，杰姬应该就住在联合车站对面。他告诉杰姬他不会去她那里，但现在造成两人不能见面的威胁已经不存在了。

他叫了辆出租车。穿城而过时，他对自己说，很高兴能和杰姬做个了断。他对初恋情人难以忘怀，却不想和她再有什么瓜葛了。这样分手，他的良心也好过些。这样，两人再相遇时，杰姬也不会吓个半死。他们可以礼貌地问声好，闲聊一会儿，然后各走各的路。

出租车把他带到一排寒酸的平房前，有个很小的花园，被一段破破烂烂的篱笆围了起来。格雷格很想知道，杰姬这么多年究竟是怎么过来的。一个人生活的这些年，杰姬晚上都在做些什么呢？想必应该和女性朋友看过几场电影。她看过华盛顿红皮队[①]的球赛吗？看过国民队的棒球比赛吗？问到杰姬有没有男朋友时，她的样子似乎有点神秘。也许她已经结婚了，但是买不起戒指。回想起来，她也已经二十四岁了。如果先前还没有男朋友的话，现在多半也已经找到了。但她没说自己嫁人了，格雷格请的

---

① 华盛顿红皮（Washington Redskins）是美式橄榄球联盟历史上的老牌劲旅之一，1932年在波士顿成立。

私人侦探也没这么说。

出租车最终停在一幢前庭摆着盆花的小房子前——杰姬住的房子比格雷格想象中更具有家庭气息。推开院门，他便听到一阵狗吠声。这完全说得通：独居女子养条狗会更安全些。他走上台阶，按响门铃。狗叫得更欢了。听上去像是条大狗，但人很容易被迷惑，格雷格很清楚。

没有人来应门。

狗不叫了，停下来歇口气，格雷格立刻感受到了那种空屋子特有的寂静。

门廊上有把木凳子。他坐下来等了几分钟。周围一个人都没有，也没有好心的邻居过来告诉他，杰姬是出门片刻、一整天，还是两个礼拜。

他走了几个街区，买了《华盛顿邮报》的周末版，然后走回到杰姬家的门廊上看报纸。屋里的狗察觉到门廊里的他，不住地大声吠叫。十一月了，寒意袭人，格雷格庆幸自己穿了橄榄绿的厚军装，戴了军帽。周二就要进行中期选举，《华盛顿邮报》预测民主党会因为珍珠港事件受到重挫。珍珠港事件改变了整个美国，格雷格惊讶地意识到，到目前，这起事件竟然还未满一年。此时此刻，一群和他年龄相仿的年轻美国人，正在一座以前从没人听说过名字的小岛上，和日本人浴血奋战，那座岛叫瓜达尔卡纳尔岛[1]。

门“咔哒”一声，格雷格抬起头。

---

① 瓜达尔卡纳尔岛战役，是同盟国部队（盟军）于1942年8月7日和1943年2月9日期间，在第二次世界大战太平洋战区的关键战役，以保护美国、澳大利亚和新西兰之间的运输航线，也是日本从战略优势走向劣势的转折点。

杰姬起先没有注意到他，正好给了格雷格观察她的机会。她穿着一件黑色大衣，戴了一顶朴素的呢帽，手里拿着一本黑色封皮的书，显得非常庄重。如果不了解杰姬的话，格雷格一定会以为她刚从教堂回来。

杰姬身边还有个小男孩。他也戴着帽子，穿着呢子大衣，牵着她的手。

男孩先看见了格雷格："妈妈，看啊，这里有个大兵。"

杰姬看见了格雷格，惊得用手捂住了嘴。

他们走到门廊里的时候，格雷格迎了上去。一个孩子！杰姬一直保守着这个秘密。这也解释了晚上她为什么一定要留在家里。他从来没往这方面想。

"我对你说过，永远别到这儿来的。"她边说边把钥匙插进锁眼。

"我是来告诉你，不用再害怕我父亲了。我不知道你已经有了个儿子。"

杰姬领着男孩进了屋。格雷格期盼地站在门口。屋里的德国牧羊犬朝他吼了两声，然后抬起头看着杰姬，等待主人的命令。杰姬瞪了格雷格一眼，显然在考虑是不是要把他关在门外。但过了一会儿，她长叹了口气，转过身，让门开着。

格雷格进了屋，对狗伸出了左手的拳头。狗警觉地嗅了嗅，暂且为他放行。格雷格跟在杰姬后面，走进了一个小厨房。

"今天是万圣节。"格雷格说。尽管不信教，但他在寄宿学校学过基督教节日的知识。"所以你去了教堂吗？"

"我们每周日都去。"杰姬回答。

"今天真是充满了各种惊喜。"格雷格轻声说。

杰姬脱下小男孩身上的大衣，把他安顿在桌边的椅子上，给了他一杯橘子水。格雷格坐在男孩对面，问他："你叫什么名字？"

"我叫乔治。"虽然声音很小，但非常坚定——他一点儿都不害羞。格雷格认真地审视着他。乔治长得很像杰姬，有一张弓形大嘴，相貌很清秀，但皮肤却比杰姬要白，像是奶咖的颜色。和平常的黑人不同，他有一双绿色的眼睛。乔治让格雷格想起了自己同父异母的姐姐黛西。在格雷格观察他的时候，乔治也热情地注视着格雷格，眼神清澈得令成年人生畏。

格雷格问："乔治，你多大了？"

乔治转身看着杰姬，向母亲求助。杰姬诧异地看了格雷格一眼，说："他今年六岁了。"

"六岁！"格雷格说，"你是个大小伙子了，不是吗？你为什么……"

格雷格的脑子里突然产生了一个奇怪的想法，他一下子不说话了。乔治是六年前出生的，他和杰姬相爱是在七年之前。他的心一阵颤抖。

格雷格瞪着杰姬："他不会是……"

杰姬对他点了点头。

"他出生在1936年。"格雷格说。

"五月，"杰姬说，"是我离开布法罗公寓八个半月后出生的。"

"我爸爸知道吗？"

"当然不知道。让他知道的话，我就完全被他捏在手里了。"

杰姬的敌意消失了，眼前的她看上去非常脆弱。格雷格从杰姬的眼中看出她在发出请求，但他完全不知道她在请求什么。

格雷格重新打量着乔治：浅肤色，绿眼睛，与黛西不可思议的相像。你是我的儿子吗？他琢磨着。这是真的吗？

他知道，乔治就是。

他的内心充满着奇怪的情感。乔治在他眼中似乎变成了一个在残酷世界中无可依靠的柔弱男孩，格雷格需要照顾他，保证他不受任何伤害。他冲动地想抱起男孩，但又意识到这样可能会吓着他，于是没有伸手。

乔治放下手里的橘子水。他跳下椅子，绕过桌子，站在格雷格身边，然后直视着格雷格问："你是谁？"

这也许是乔治所能问出的最难以回答的问题，格雷格想。他该怎么回答呢？让六岁的男孩突然接受一个父亲真是太难了。我是你母亲以前的朋友，他琢磨着。我只是路过这里，和你母亲打声招呼，没什么大事。也许会再次见到你，也许不会。这样说似乎也不怎么好。

他把视线转向杰姬，发现她脸上满是乞求的神情。他意识到杰姬在想什么，她非常害怕他会拒绝乔治。

"这样吧，"格雷格把乔治抱上膝头，"叫我格雷格叔叔好吗？"

在壁球场，格雷格浑身哆嗦着走在没有空调的观众通道里。壁球场位于芝加哥大学西侧，在废弃的体育场西看台下方，费米和齐拉特在这儿建造了他们的核反应堆。目睹着这里的一切，格雷格深感敬畏。

核反应堆是个通向球场屋顶的灰色立方体，安静地靠着一侧墙壁，墙上仍然看得到几百个圆点状的壁球印。反应堆耗资一百万美元。出事故的话，它蕴含的能量可以炸掉整个芝加哥市。

石墨是制造铅笔笔芯的原材料，石墨散发的粉末覆盖了整个墙面和地板。所有在壁球场的人都像矿工似的黑着脸，身上的白色实验服也都积上了厚厚的一层灰。

石墨不是爆炸物的原料——把它用在核反应堆上是为了抑制核反应堆的放射性。不过反应堆上的一些砖块上钻了小洞，小洞里充满了能传播中子的二氧化铀。反应堆里有十根放着操纵杆的管道，操纵杆由十三英尺长的镉制造而成，镉对中子的吸收力比石墨还要强。目前，这些操纵杆保证着反应堆的平安无事。如果把它们抽走，反应堆就要爆炸了。

铀元素每时每刻都在散发着致命的射线，不过石墨和镉把这些射线吸收干净了。不断“滴答”响的计数器和默不作声的圆柱形描笔式记录器，都在对射线的能量进行计算。格雷格所在通道旁的控制器和仪表，是这里唯一能散发出热量的东西。

格雷格参观反应堆的这天是12月2日，星期三，风很大，天气非常冷。这天，预计反应堆将第一次达到临界值。格雷格代表格罗夫斯准将观摩这次实验。有人问他，格罗夫斯为什么不亲自来。格雷格暗示，格罗夫斯准将生怕爆炸，遇到不测，所以派他来。这么说让他感到非常高兴。事实上，格雷格承担了一项更为邪恶的任务。他将对所有参加这个项目的科学家进行初步评估，判断谁也许会造成安全上的风险。

曼哈顿计划的安保工作非常艰巨。项目的领导者都是些外国人。参加项目的美国人也大多是共产党人或有许多共产党朋友的左翼分子。如果把全部可疑的人都解雇的话，就没人为这个项目干活了。格雷格的任务就是要把那些最具有安全风险的科学家剔除。

恩里克·费米大约四十岁。他个子矮，鼻子小，没多少头发。观察惊人的科学实验时，费米总会露出会心的微笑。他穿着一件背心，外面套着大衣。上午，他下令实验开始。

他下令技师在反应堆里只留一根操纵杆。格雷格问："一下子拿走这么多吗？"他觉得这么做似乎太猛了一些。

站在格雷格身边的科学家巴尼·麦克休说："昨天晚上我们就拿过这么多，反应堆运行得非常好。"

"很高兴听你这么说。"格雷格说。

矮胖的大胡子麦克休在格雷格的嫌疑名单上排得很靠后。他是个美国人，对政治没有兴趣。他身上唯一的可疑之处，是他的妻子——她是个英国人，这不算一个优点，但因此叛国似乎也不大可能。

格雷格以为操纵杆的进出需要一种复杂的装置，实际上比他想象得要简单。技师循着一个靠着反应堆的扶梯攀爬上去，爬到一半时用手将操纵杆从反应堆里直接取出来。

麦克休告诉格雷格："我们本想在阿尔贡森林做这个实验的。"

"那是哪儿？"

"在芝加哥西南二十英里处，是个人迹罕至的地方，不会造成任何破坏。"

格雷格忍不住颤抖了一下。"你们为什么改变了主意，在五十七街的市中心做这个实验？"

“雇来的建筑工罢工了，我们只能自己建。这样一来，反应堆就不能离实验室太远。”

“你们想把芝加哥所有人的命都搭进去吗？”

“应该不会出这种事。”

格雷格原本觉得不会有事，但现在他的想法变了，他不由自主地向后退了几步。

费米正监视着一台报告实验各个阶段射线水平的监视器。他下令把最后一根操纵杆拿出来一半，显然实验最初几个阶段都按照计划顺利地进行了。

项目组准备了一些安全措施。如果射线强度升得过高的话，一根悬挂在反应堆上的加重杆会自动落下。为了防止加重杆失灵，一根用绳子系在过道栏杆上的横杆会将其取代，一个看上去很傻的年轻物理学家拿着把斧子站在栏杆旁，在危机来临时会把绳子割断。

项目组的最后一招，是安排在房顶附近的三人敢死队，他们站在建造房子时留下的电梯平台上，拿着大罐硫酸镉，准备在射线强度突然失控时，像浇灭篝火一样倒在反应堆上。

格雷格很清楚，中子的数量会在千分之一秒内成倍增长。费米说增长的速度没那么快，可能要好几秒才会成倍增长。如果费米的判断正确，那实验就没问题了。如果他的判断错了，那么拿着罐子的敢死队和拿着斧子的物理学家就会在眨眼间汽化。

在格雷格耳中，滴答声趋于平稳。他急切地看着拿计算尺的费米。费米看上去很开心。格雷格想，费米这样很自然，如果发生不测的话，厄运会降临得非常快，在场的人来不及想任何事就会随着反应堆的爆炸而灰飞烟灭。既然这样，还担心什么呢？

滴答声的频率变慢了。费米笑了笑，命令技师再把操纵杆拉出来六英寸。

更多的科学家穿着冬天的厚重冬装——大衣、帽子、围巾和手套——登上了台阶。格雷格对安全措施的匮乏感到吃惊。没有人检查这些科学家的证件——这里的任何一个人都可能是为日本效命的间谍。

在这些人中，格雷格认出了早已名声在外的齐拉特。莱奥·齐拉特身材高大，体格健壮，圆脸，有一头厚重卷曲的头发。他是个理想主义者，认为原子能可以把人类从苦力劳动中解放出来。看到原子能将用于战争，他的心情很复杂，但为了世界的永久和平，他还是毅然决然地加入了这个项目组。

操纵杆又被拉出来六英寸，滴答声的频率更快了。

格雷格看了看表，这时是十一点三十分。

突然一声巨响，所有人都跳了起来。麦克休说："该死。"

格雷格问他："发生什么了？"

"哦，我明白了，"麦克休说，"射线的强度触发了安全机制，放下了紧急操纵杆，没什么大不了的。"

费米大声宣布："我饿了，大家吃午饭吧。"他的意大利式英语非常难懂，格雷格听成了"我是匈牙利人，我们去午摊吧"。

这时候他们怎么还能想着午餐呢？但没人跟他争辩。"谁都不知道实验需要多久，"麦克休说，"也许要整整一天，趁可以去吃饭的时候，赶紧去吃吧。"格雷格被他们不紧不慢的态度急坏了，气得直想大吼大叫。

所有的操纵杆被重新插进了反应堆，锁进其既定位置。然后所有人都离开吃饭去了。

大多数人去了芝加哥大学校园里的餐厅。格雷格买了个烤奶酪三明治，坐在名叫威廉·伏龙芝的物理学家身旁。大多数物理学家都穿得很不讲究，伏龙芝却与众不同，他身着一套绿西装——扣眼、领衬、肩垫、肘垫和袋盖，都用棕色麂皮缝制。在格雷格的嫌疑人名单中，伏龙芝排得很靠前。他是德国人，但在30年代中期去了伦敦。他反对纳粹，但不是共产党——他是个社会民主党人。他娶了个搞艺术的美国女孩。吃饭时，和伏龙芝聊了一阵后，格雷格觉得没理由怀疑他：他似乎很喜欢住在美国，除了事业，对其他都兴趣不大。但谁也说不清，一个外国人内心的信仰究竟是什么。

吃完午饭，格雷格站在废弃的体育场上，看着千余个空旷的坐席，想到了乔治。他没有告诉任何人，自己有个儿子——甚至对玛格丽特·科德里都保密，即便他很享受和她的亲密关系——但他想告诉自己的母亲。

不知为何，他感到非常骄傲——除了简单地让杰姬受孕之外，他什么都没为这个男孩做过，但他还是感到骄傲。他尤其感到兴奋。他似乎在开始某种冒险。乔治要长大，要学习，要改变，将来还会变成一个真正的男人。格雷格会一直守护着他，观察着他的成长，为他取得的成就而高兴。

下午两点，科学家们重新集合。走道里，监视仪器的科学家大约有四十来人。实验被小心地重置到了他们饭前的状态，费米不时过来看一眼仪器上的数字。

过了一会儿，他说："把控制杆拉出来十二英寸。"

滴答声变快了。格雷格期待声音像上午一样逐渐平稳下来，但那种效果并没出现。滴答声越来越快，越来越快，最后发展成持续不断的咆哮声。

格雷格发现所有人的注意力都转向了描笔式记录器，这才意识到射线强度已经超过了计数器的最大值。好在计数器的数值范围是可调的。随着射线强度的增大，数值范围也不断扩展。

费米举起手，所有人都不说话了。“反应堆到了临界状态。”接着，他笑了——却什么都没做。

格雷格想尖叫，该死的，赶紧关掉吧！可费米仍然在不紧不慢地看着描笔式记录器。费米的身上有种不怒自威的气质，没人敢挑战他的权威。链式反应发生了，但还在可控范围之内。他让反应发生了一分钟，接着又是一分钟。

麦克休喃喃地说：“我的上帝啊！”

格雷格不想死。他的理想是当上参议员。他想和玛格丽特·科德里一直腻在一起。他想看到乔治上大学。我的人生还没过完一半呢，可不能现在就死，他想着。

最后，费米命令把控制杆推回反应堆内。

计数器的滴答声慢下来，最后完全停止了。

格雷格的呼吸恢复了正常。

麦克休欢呼雀跃。“我们证明了这个理论，”他说，“链式反应的的确确是存在的。”

“更重要的是，它是可控的。”格雷格说。

“是的，从现实的角度来看，这点更为重要。”

格雷格笑了。从哈佛的经验看，科学家都是如此：对于科学家来说，理论和现实无异，世界在他们眼里无外乎是个不甚精确的模型。

有人从草编篮里拿出一瓶意大利红酒和几个纸杯。科学家们每人都喝了一小口。这是格雷格不愿成为科学家的另一个理由：他们连找乐子都不会。

有人让费米在草编篮上签字。他在篮子上签了字，接着在场所有人都签上了自己的名字。

技师关掉监视器。人们互相道别，陆续离开。格雷格留到了最后，观察着这些人。过了一会儿，他发现过道里只剩下他、费米和齐拉特三个人了。他看见费米和齐拉特，这两位伟大的科学家正在热烈握手。齐拉特是个圆脸胖子，费米是个瘦小的矮个儿。看到他们，格雷格不合时宜地想起了劳莱和哈代[①]。

接着，他听见齐拉特说话了。“我的朋友，”他说，“我觉得，这将成为人类历史上黑暗的一天。”

格雷格琢磨不透：齐拉特这句话，到底是什么意思呢？

格雷格希望父母能接受乔治。

这不会很容易。突然被告知有个隐瞒了六年的孙子，他们一定会紧张不安。他们也许会很生气。除此以外，他们还可能会轻视杰姬。但他们没有立场摆出倨傲的态度，格雷格苦笑——他们自己就生了个私生子——而这个私生子就是他，格雷格本人。但任何人遇上这种事都不可能保持理智。

乔治是个黑人，格雷格不确定这件事对父母的影响会有多大。在种族观念上，格雷格的父母还算开明，不像他们那一辈的

---

① 斯坦·劳莱（Stan Laurel，1890—1965）和奥立佛·哈代（Oliver Hardy，1892—1957），是著名的美国喜剧组合。在1927年到1951年的合作中，两人联合参演了107部喜剧电影、短片，名噪一时。

大多数人，都把黑人称为黑鬼，但如果知道家里有个黑人血统的孩子，他们的想法也许就变了。

格雷格觉得，父亲可能比较难沟通，因此他决定先去找母亲谈一谈。

他趁圣诞节的几天休假去了布法罗母亲的家。玛伽在城里的高档住宅区有套面积很大的公寓。她一个人住，但有一个厨子、两个女仆和一个司机。她有一个装满了珠宝的保险箱和两个停车库大的衣柜。可她没有丈夫。

那天晚上，格雷格和母亲在公寓里一起吃了晚饭。他穿了件无尾礼服取悦母亲。“我喜欢看到你穿得有板有眼的。”母亲常说。他们吃了鱼汤、烤鸡，以及格雷格小时候最爱吃的桃子派。

“妈妈，我有个好消息要告诉你。”女仆倒咖啡的时候，格雷格紧张地对玛伽说。他生怕母亲听了会勃然大怒。他自己不害怕，只是为乔治感到担心。他琢磨着，也许这就是为人父母的感觉——相对于担心自己，更为儿女的成长和发展忧虑。

“什么好消息？”她问。

母亲近些年胖了不少，但四十六岁的她还是很耀眼。即便曾出现过几缕白发，她也让理发师巧妙地遮掩了。这天晚上，她穿着黑裙子，戴着钻石项链。

“非常好的消息，但我觉得也许会让你有点吃惊，请听了之后千万别发火。”

玛伽抬了抬眉毛，但什么话都没说。

格雷格从无尾礼服的衣兜，掏出一张照片。照片上，乔治骑在一辆红色自行车上，车把上有一根丝带。自行车后面有一对使自行车不致侧翻的稳定轮。男孩看上去非常开心。格雷格跪在他身边，很自豪的样子。

格雷格把照片递给母亲。

玛伽审视着照片。过了一会儿，她说："这辆自行车是你送给小男孩的圣诞礼物？"

"是的。"

她抬起头："你是不是想告诉我，你已经有个孩子了？"

格雷格点了点头。"他叫乔治。"

"你结婚了吗？"

"当然没有。"

她扔下照片。"天哪！"她怒气冲冲地说，"别斯科夫家的男人究竟是怎么了？"

格雷格非常失望。"为什么要这么说？"

"又一个私生子！又一个独自把孩子养大的母亲！"

格雷格意识到，母亲把杰姬当成了年轻时的自己。"妈妈，我当时只有十五岁……"

"你为何不能和别人一样呢？"她厉声说，"以耶稣之爱的名义，组建一个正常的家庭，有什么不好吗？"

格雷格低下头："我没做错。"

他感到非常羞愧。在这之前，格雷格一直把自己视为始终被动的一方，甚至是落入父亲和杰姬圈套的受害者。母亲却没这么看。她说得没错。

他想都没想，就和杰姬上床了；杰姬告诉他，不用担心避孕的问题，他也就没多问；杰姬离开后，他又不敢直面自己的父亲。没错，他那时还是个孩子。但既然到了可以和女人上床的年龄，就要承担因此造成的后果。

玛伽还在发脾气。“你忘了自己是怎么长大的吗？‘爸爸在哪儿？他为什么不在这儿睡觉？我们为什么不能和他一起上黛西家去玩？’还有，上学以后别人叫你小杂种，你打过的架。该死的帆船俱乐部拒绝接纳你为会员时，你是多么生气啊！”

“我当然记得那些事。”

玛伽狠狠地往桌上砸了一拳，水晶玻璃杯晃了晃。“那你怎么能让另一个小男孩再遭受这样的折磨呢？”

“两个月前，我才知道他的存在。爸爸赶走了这孩子的母亲，最近我才和他们重逢。”

“那个女人是什么人？”

“杰姬·杰克斯，是个女演员。”说着，格雷格拿出了另一张照片。

玛伽叹了口气。“很漂亮的黑人姑娘。”她平静了一些。

“她本来想当个女演员的，但我想，乔治的降生使她放弃了这个梦想。”

玛伽点了点头：“孩子比其他生活上的打击，更能让女人放弃自己的事业。”

在母亲眼里，女演员必须和对她的事业有帮助的男人上床，才能真正获得提升，格雷格想。她怎么能这么看问题呢？思考了一会儿，他释然了，在遇到父亲时，母亲只是一个夜总会里的驻唱歌手……

他不愿意走这条路。

玛伽问：“圣诞节，你送了她什么礼物吗？”

“一份医疗保险。”

“很聪明，比毛毛熊好多了。”

格雷格听到过道里传来脚步声。父亲来了。格雷格赶在父亲进门之前匆忙问母亲："妈妈，你愿意和杰姬见一面吗？你愿意接受乔治当你的孙子吗？"

玛伽用手捂住嘴："老天，我竟然当奶奶了。"她不知道自己是应该震惊还是高兴。

格雷格凑近母亲，对她说："我想让爸爸认这个孩子，请您帮帮我！"

玛伽还没来得及回答，列夫就走了进来。

玛伽对列夫说："亲爱的，今天过得还好吗？"

他坐到桌前，看起来很暴躁。"所有鸡毛蒜皮都要向我汇报，能过得不好吗？"

"可怜的，你吃饱了吗？我可以马上为你做份煎蛋卷。"

"随便吃点就行了。"

乔治和杰姬的照片就放在桌子上，但列夫没有注意到。

女仆过来说："别斯科夫先生，你想要杯咖啡吗？"

"不用，谢谢。"

玛伽说："拿瓶伏特加来，等一会儿说不定别斯科夫先生要喝酒。"

"好的，夫人。"

格雷格注意到母亲对父亲的一喜一怒非常关切。这也许就是列夫在这儿，而不是在奥尔加那儿过夜的原因。

女仆回来时端着一个银质托盘，里面搁着一瓶伏特加和三个小酒杯。列夫依然喜欢用苏联人的方式喝温热的烈酒。

格雷格说："爸爸，杰姬·杰克斯——"

"怎么又提她了？"列夫生气地问。

“是的，因为她的一些事情，你还不知道。”

列夫竖起耳朵。别人知道的事情他都想知道。“怎么了？”

“她有个孩子。”说着，格雷格把照片推到桌子那头。

“是你的吗？”

“孩子今年六岁，你认为呢？”

“她瞒得倒是很好。”

“她非常怕你。”

“她以为我会做什么，把那孩子煮了吃吗？”

“爸爸，我不知道——你很容易就能把人吓个半死。”

列夫严厉地看了他一眼：“你学得也不赖！”

列夫指的显然是格雷格用剃刀吓唬格拉迪丝那件事。也许我的确擅长恐吓人，格雷格想。

列夫问：“为什么让我看这些照片？”

“我觉得，你也许会想知道自己有个孙子。”

“一个只想抓住有钱人的小演员生的孙子吗？”

玛伽说：“亲爱的！别忘了，我也只是个一心想嫁给有钱人的驻唱歌手。”

列夫非常生气，他瞪着玛伽。过了一会儿，他的表情柔和下来：“你说得对，我没有资格去评判杰姬·杰克斯。”

格雷格和玛伽看着列夫，对他突如其来的谦逊感到不解。

列夫说：“我也一样。在娶了老板的女儿奥尔加·维亚洛夫之前，我也不过是个来自彼得堡贫民窟的小人物。”

格雷格看了一眼母亲，发现母亲不易察觉地耸了耸肩，似乎在说：你永远不知道未来会发生什么。

列夫又看了一眼照片。“除了肤色，这孩子和我哥哥格雷戈里几乎一模一样。真是太奇怪了。我还以为这些皮肤黑黑的家伙都长得差不多呢！”

格雷格激动地问：“爸爸，你愿意见他吗？你愿意和我一起去见你的孙儿吗？”

“当然可以。”列夫拔掉瓶塞，往三个杯子里倒了伏特加，然后分别把杯子递给玛伽和格雷格，“顺便问一声，那男孩叫什么名字？”

“乔治。”

列夫举起酒杯：“为乔治干杯。”

三个人共同举杯，一饮而尽。

第十五章

1943年，伦敦

在一条狭窄的上坡山路上，行进着一队绝望的逃亡者，走在队尾那人正是劳埃德·威廉姆斯。

他气息平稳，对这样的山路习以为常。他已经翻越过好几次比利牛斯山了。他在自己的登山帆布鞋上绕了好几圈绳子，以防在山路上打滑。还在蓝色工作服外面套了件厚实的大衣。虽然现在阳光很好，但等他们到了高海拔，太阳也落山了，气温会降到冰点之下。

队伍中有两匹强健的马、三个本地人，以及八个疲惫而满身泥污的逃亡者，人和牲畜都带着很多行李。逃亡者中有三个美国飞行员，他们驾驶的B-24“解放者”轰炸机在比利时坠机，这三人幸免于难。队伍里，还有两个从斯特拉斯堡战俘集中营里逃出来的英国军官。剩下的三人，一个是捷克共产党员，一个是带着小提琴的犹太女人，还有一个神秘的英国人，叫沃特米尔。在劳埃德看来，这家伙很可能是个间谍。

他们走了很长一段路，历尽艰辛。这是旅途的最后一段，也是最艰险的一段。一旦被德国人抓到，他们就会遭受严酷折磨，还要交代沿途帮助过他们的每一个人。

走在队伍最前面的是特蕾莎。对于不习惯爬山的人来说，这一路非常艰苦。他们必须一路小跑，躲避敌人。劳埃德发现，有特蕾莎这个娇小的漂亮姑娘走在前面，大家都走得飞快，生怕跟不上她。

山路逐渐平缓、宽阔了，他们走进了一片空地。突然，有人用德国口音的法语对他们大喊："都站住！"

队伍随即不动了。

两个德国兵从岩石后面冒出头来。他们各拿着一杆毛瑟手动栓式步枪，这种枪可以装五发子弹。

劳埃德的手伸向大衣口袋，里面装着一把鲁格九毫米手枪。

逃出欧洲大陆变得越来越难，劳埃德的工作也愈加危险起来。去年年末，德国占领了整个法国南部，他们根本没把傀儡政权——维希政府[①]放在眼里。德军在西班牙边境设立了纵深十英里的禁区，此刻，劳埃德一行人就在这个区域内。

特蕾莎用法语对德国兵说："先生们，早上好，一切都顺利吗？"劳埃德很了解特蕾莎，听出了她声音里的恐惧。劳埃德暗暗祈祷，德国兵千万别注意到特蕾莎的这种异常。

法国警察中有不少法西斯分子，也有一些共产党人。无论是何身份，他们都很懒散，没人愿意在天寒地冻的野外追捕逃犯。但德国人不一样。进入边境城市后，德军就开始派兵在劳埃德和特蕾莎经过的山路和小道上巡逻。好在这些巡逻兵不是德军的精

① 维希政府（法语：Régime de Vichy），1940年6月德国侵占巴黎后，以贝当为首的法国政府向德国投降，1940年7月政府所在地迁至法国中部的维希（Vichy），故名。1944年盟军登陆诺曼底，法国解放，维希政权宣告覆灭。

锐部队，精锐正在苏联打仗——他们刚经历了艰苦漫长的战斗，成功包围了斯大林格勒。大多数派驻在法国的德军是老人、小孩、以及还有一定战斗力的伤员。但这反而使他们急于证明自己。和法国警察不同，他们很少睁只眼、闭只眼。

两个德国兵中，比较年长的那位身材瘦削、头发灰白，他问特蕾莎："你们要去哪儿？"

"去拉蒙特村，我们给你和你的战友们带来了日用品。"

德军的这支连队驻扎在偏远山区，离民居非常远。驻扎之后，他们才意识到食物补给是多么不易。能想到以合理的利润出售食物给德国兵，特蕾莎真是聪明极了——等于争取到了一张通过禁区的通行证。

瘦削的德国兵狐疑地看着他们身上的背包。"这些东西都是带给我们的吗？"

"是的，"特蕾莎说，"山上也没有其他人会来买吧。"她从口袋里掏出一页纸，"这是爱森斯坦中士签发的手令。"

士兵认真地看了看，然后把手令还给特蕾莎。接着他把目光投向胖胖的美国飞行员，空军中校威尔·多纳利。"他也是法国人吗？"

劳埃德的手按在了口袋里的枪上。

逃亡者的外貌是个麻烦。不管是法国人还是西班牙人，住在这一地区的居民往往又矮又黑，几乎所有人都很瘦。劳埃德、特蕾莎和当地人很像，捷克人和拿小提琴的犹太女人也没大问题。但英国人和美国人就蒙混不过去了。英国人的肤色很白，美国人都人高马大的。

特蕾莎说："纪尧姆出生在诺曼底，他从小就吃黄油，所以才会长成这样。”

那个年轻的德国兵是一个戴眼镜的苍白少年，他对特蕾莎笑了笑，似乎觉得她比较容易打交道。“你们带红酒了吗？”他问特蕾莎。

“当然带了。”

两个德国兵的眼睛都亮了。

特蕾莎问：“现在就来喝点儿吗？”

年纪略长的德国兵说：“站在太阳底下就觉得特别渴。”

劳埃德打开其中一匹马背上的驮蓝，拿出四瓶鲁西永[①]白葡萄酒递给他们。两个德国兵每人拿了两瓶。大家突然都笑着握起手来。年长的德国兵说：“伙计们，继续赶路吧。”

逃亡者们继续朝前走。劳埃德并不想遇上麻烦，可你永远不知道逃亡路上会发生什么。眼下，顺利通过了德国人的岗哨，劳埃德如释重负。

他们又花了两个小时才抵达拉蒙特村。村子很小，只有一些空羊圈和几幢简朴的石头房子。村子坐落在一片山地上，山上的春草刚刚发芽。劳埃德觉得，住在这里的人真是可怜。他们原本就拥有得不多，可德国人把他们仅有的一点生活必需品，也给夺走了。

一行人走到村子里，开心地把身上的负重卸了下来，却马上被一群德国士兵围住了。

最危急的时刻到了，劳埃德心想。

爱森斯坦中士带领着一个十五到二十人的排。排里的士兵都

① 鲁西永（Roussillon），也被称作“红土城”，位于法国南部地中海沿岸，是著名的葡萄酒产区。

过来帮忙卸东西：面包、香肠、炼乳和罐头食品。士兵们很高兴能得到给养，看到新面孔更是开心。他们开始和送食物来的人聊起了家常。

逃亡者们说得越少越好。稍不留神，他们就会暴露自己的身份。有些德国人的法语非常好，可以轻松地分辨出英国人和美国人的口音。即便法语基本过关的特蕾莎和劳埃德，也有可能因为语法用得不对而暴露自己。比如说，外国人很容易把“靠近边境”说成“边境之上”，而土生土长的法国人绝对不会犯这样的错误。

为了不让对方产生怀疑，队伍中的两个法国人主动挑起了聊天的责任。一有德国兵找逃亡者说话，他们就会上前插科打诨。

特蕾莎给中士递了张账单，中士花了一点时间核对金额，然后数了钱给她。

最后，他们终于能带着空背包上路了。离开村子后，他们一下子都放松了。

沿着向下的山路走了半英里，他们分成两拨人各自离开。特蕾莎带着法国人和马匹下山，劳埃德和逃亡者走上了另一条向上的山路。

空地上的两个德国兵也许是喝醉了，没有注意到下山的人比上山的要少。即便被问起来，特蕾莎也会说他们留下来和士兵们打牌了，马上会跟过来的。换班以后，德国兵自然就会把这件事忘得一干二净了。

劳埃德带着逃亡者们走了两小时，停下来休息了十分钟。劳埃德事先给了他们瓶装水和小包的无花果干，以补充能量。逃亡者对不能携带其他东西很不高兴：根据以往的经验，劳埃德知道，背着珍本书、银器、装饰品和唱片在身上，途中会变得越来越重，因此闯关前就让他们都扔在大雪覆盖的峡谷中了。

这是逃亡路途中最艰难的一部分。从现在开始，只会更黑、更冷，山路也会更崎岖。

在雪线之前，他让逃亡者们在一条清澈的小溪边用溪水把水壶灌满。

夜幕降临了，他们继续前进。停下睡觉非常危险，睡着了就会被冻死。他们非常累，还可能在石路上打滑或摔跤，但他们还是继续走着。速度减慢不可避免，劳埃德只能尽力不让队伍分散得太开：掉队的人很可能会迷路，很容易掉进陡峭的山谷。到现在为止，劳埃德还没有让任何人掉过队。

大多数逃亡者都是军官，凭着比劳埃德高的军衔，挑战他的权威。劳埃德下令继续走的时候，他们经常会和劳埃德争吵。正是考虑到了这种情况，劳埃德被授予了少校军衔。

午夜，当逃亡者的士气下落到最低时，劳埃德大声宣布道："你们在中立的西班牙了！"逃亡者们有气无力地欢呼起来。事实上劳埃德根本不知道边境的确切位置，只是在逃亡者最需要鼓舞的时候给出这样的宣告。

破晓时，逃亡者们的劲头又来了。尽管他们还有不少路要走，但从现在开始都是向下的山路了，他们冻僵的四肢也都开始活络了。

日出时，他们路过一个小镇，镇子里有个破旧的教堂，坐落在山顶。又走了一会儿，他们到达了目的地——一个巨大的谷仓。里面停着一辆盖着帆布的平板货车。这辆车足够宽敞，所有逃亡者都顺利坐了进来，驾车的是劳埃德的同事——有西班牙血统的英国大叔，席尔瓦上尉。

出乎劳埃德意料的是，主管泰–格温情报课程，反对、或者说是妒忌劳埃德和黛西友情的劳瑟少校竟然也在车里。

劳埃德听说劳瑟被调到了英国在马德里的大使馆，猜测他也许在英国的秘密谍报机构M16工作，但没想到会在离马德里这么远的地方看见他。

劳瑟穿着一身昂贵的白色法兰绒西服，但看上去皱巴巴的。他像个主人般站在车旁。“威廉姆斯，从这里开始交给我吧，”他看了一眼其他逃亡者，“谁是沃特米尔？”

沃特米尔也许是个代号，也可能是个真名。

神秘的英国人上前一步，和劳瑟握了握手。

“我是劳瑟少校，我会把你直接送到马德里。”接着，他转身对劳埃德说，“恐怕你得带着剩下的这些人步行到最近的火车站了。”

“稍等，”劳埃德说，“这辆车是我们部门的，”劳埃德用M19部门提供的帮助战俘逃跑的资金，买了这辆卡车，“司机得听我的。”

“说这些没用，”劳瑟尖刻地说，“把沃特米尔送到马德里是现在的第一要务。”

英国的秘密情报机关总觉得自己有优先权。“我不答应，”劳埃德说，“我们应该按计划从这里开到巴塞罗那。到了那儿以后，你再乘火车送沃特米尔到马德里。”

“小子，我没问你的意见。照我说的办。”

沃特米尔比较理智，他插话道：“我很乐意和这些小伙子一起乘卡车。”

“这事儿交给我处理。”劳瑟对他说。

劳埃德说：“这些人刚刚翻过比利牛斯山，他们已经筋疲力尽了。”

“那他们最好在继续赶路前休息一会儿。”

劳埃德摇了摇头。“太危险了。山上小镇的镇长同情抵抗力量，因此我们才在这儿逗留。但山谷那边的政治气氛就完全不同了，那里都是盖世太保——大多数西班牙警察都站在他们那一边，而不是我们。这些人很可能因为偷渡，而被西班牙警察逮捕。你应该很清楚，即便什么罪都没有，逃出佛朗哥的监狱也非常难。”

“我不想在这里跟你废话，我的军衔比你高。”

“不对！”

“什么？”

“我也是个少校，别再叫我‘小子’，不然我就狠狠地揍你的鼻子。”

“我的任务非常紧急！”

“那你为什么不带自己的车辆呢？”

“因为这辆车完全可以用！”

“没我的允许，你就不能用。”

大个子美国人威尔·多纳利向前一步。“我站在威廉姆斯少校这一边，”他拖长了声音说，“他刚刚救了我的命。而你，劳瑟少校，屁事都没有做。”

“少插嘴，这件事和你无关。”劳瑟说。

“事情已经很明显了，”多纳利说，“卡车由威廉姆斯少校管理，劳瑟少校想用这辆车，就必须征得威廉姆斯少校的同意，否则就不行。结论就这么简单。”

劳瑟说：“走开，这里没你的事。”

“我是个中校，职权比你们两个人都大。”

“可你在这里并没有管辖权。”

“你也没有，”说完，多纳利转身看了看劳埃德，“我们可以出发了吗？”

“按我说的做！”劳瑟气急败坏了。

多纳利转身盯着劳瑟：“劳瑟少校，”他说，“闭上你的臭嘴，这是一道军令。”

劳埃德说：“好吧，所有人都上车去。”

劳瑟恼怒地瞪着劳埃德：“你这个威尔士小杂种，我早晚要你好看。”

水仙花谢的季节，黛西和博伊去找了他们的私人医师。

这个主意是黛西提出来的。她受够了博伊对她生不出孩子的指责。博伊一直拿她和安迪的妻子梅尔相比，安迪和梅尔已经有三个孩子了。“你的身体一定有问题。”他语带攻击地说。

“我小产过一次。”想起那次小产的经历，她不禁眉头一皱。接着，她又想起了那段时间劳埃德对她的照顾，另一种心痛袭来。

博伊说：“在那之后，可能发生过导致你不孕的事情。”

“也可能是你。”

“你这是什么意思？”

“不孕的根源也可能在于你。”

“别傻了。”

“这样吧，我们做笔交易。”她突然闪过一个念头，应该用父亲列夫的手腕来处理这件事，“如果你去做个检查的话，那我也和你一起去。”

博伊吃了一惊。他踌躇了一会儿，说：“好吧，你先去。如果问题不在你身上，我随后就去。”

“不，你先去。”黛西说。

“为什么？”

“因为我不相信你会遵守诺言。”

“好吧，我们一起去。”

黛西不知道自己为何要为生不出孩子一筹莫展。她不爱博伊，早就不爱了。她爱的是劳埃德·威廉姆斯，他正在西班牙执行一项不愿对黛西细谈的战争任务。但她嫁的是博伊。博伊和好几个女人有染，背叛了她。不过她也和劳埃德好上了，也有通奸的罪过。黛西不能在道德上指摘博伊，只能维持着目前的状态，得过且过。她觉得如果能履行妻子义务的话，至少还能让她守住最后一点自尊。

医生诊所在离他们所住的中产阶级街区不远的哈利街。诊断令人不快。医生是个男人，他对黛西迟到了十分钟牢骚满腹。他问了黛西的健康状况，经期是否正常，与丈夫的“性关系”保持得如何，一边听一边用圆珠笔把黛西的回答记录下来，对黛西却一眼都没看。记录完以后，他把几样冷冰冰的仪器放在黛西的阴道口。“不必担心，这种检查我每天都在做。”说完却露齿一笑，但这让黛西愈加担心起来。

走出诊疗室时，她暗自希望博伊反悔，拒绝检查。他却没遂她的愿，尽管表情难看，还是进去了。

等待的过程中，黛西又看了遍同父异母的弟弟格雷格写给她的信。他有了个孩子，是十五岁时和某个黑人女孩交往后生下的。黛西万万没想到，格雷格这个花花公子，竟然会因为有了儿子而欢欣鼓舞，急切地想成为孩子生命的一部分，目前他以叔叔的身份陪在孩子身边。更让人吃惊的是，列夫去见了这个孩子，还说他很聪明。

格雷格从没想过要有孩子，却一夜之间有了个孩子。博伊盼望着能有孩子，却连孩子的影子都没见着。这可真是讽刺啊！

一小时后，博伊走出诊疗室。医生答应一周后告诉他们结果。中午时分，他们离开了诊所。

“我想喝一杯再回去。”博伊说。

“我也一样。”黛西说。

他们看着街道两边的联排房屋。“这里很荒僻，连个酒吧都找不着。”

“我不想去酒吧，”黛西说，“我想喝杯马提尼，酒吧可调不好马提尼。”她曾经在切尔西区的王首酒吧点过一杯马提尼，结果他们却上了难喝的热苦艾酒。“去克拉里奇酒店吧，走五分钟就到了。”

“这主意太妙了。”

克拉里奇酒店的酒吧里都是她们认识的人。战时菜单上允许列出的餐点很有限，但克拉里奇酒店找到了一个漏洞：政府的规定对赠送的食物不起作用，因此他们对餐点进行免费赠送，只对酒水征收高价。这样一来，他们就能供应许多道菜了。

黛西和博伊坐在装饰华丽的酒吧里，品尝着美味的鸡尾酒。

黛西的感觉稍微好了一些。

“医生问我是否有腮腺炎。”博伊说。

“你不是得过腮腺炎吗？”腮腺炎多半是儿童会得的病，但博伊却是在成年以后患上的。他随部队在东安格利亚驻扎过一阵，住在教区牧师家里。牧师的三个儿子把腮腺炎传染给了他，那是一段非常痛苦的经历。“他向你解释过，为什么要这样问了吗？”

“你很清楚医生是什么样的。他们什么事都不肯告诉你。”

黛西突然意识到，自己已经没有以前那么快乐和幸运了。过去，她从没想过自己的婚姻竟然会是这样的。她总是像《飘》中的斯嘉丽那样，“等明天再去想吧”。现在，黛西再也没有过如此逍遥的日子了。也许她已经长大了吧。

博伊又叫了杯酒。这时，黛西看见了劳瑟少校，他穿着皱巴巴的军服走到酒吧门口。

黛西不喜欢这个人。自从猜到黛西和劳埃德之间的关系以后，他就一直试图和黛西套近乎，表现出与她保守着同一个秘密的亲近。

他不请自来地坐在他们的桌子边，把烟灰往卡其布裤子上弹了弹，问侍者要了杯鸡尾酒。

看他的表情，黛西就知道这家伙没安好心。劳瑟的眼神里透露着恶意，他过来的目的，显然不是享用鸡尾酒。

博伊说：“劳瑟，我有一年多没见到你了，这段时间你去哪儿了？”

“马德里，”劳瑟说，“不能向你透露过多。你懂的，那些事都是秘密。你怎么样？”

“我大多数时间在训练飞行员，最近也执行过几项飞行任务。现在，我们快要去轰炸德国了。”

“真是太好了，该让德国人也尝尝挨炸的滋味。”

“你可以这么说，但飞行员里议论可大呢！”

“真的吗——为什么会这样？”

“因为军事目标这类说法都是胡扯。轰炸德国的工厂根本没有意义，因为德国很快会把它们重新修好。因此我们把目标放在了工人阶级的密集住宅区，他们总不能这么快地替换批工人吧。”

劳瑟很震惊：“你是说，我们的政策是杀戮平民。”

“正是如此。”

“政府不是曾经保证过……”

“政府说了谎，”博伊说，“但轰炸机的机组成员知道这件事。大多数人觉得有命令执行就好，但一些人感觉很不好。他们觉得如果是正确的事情，就可以堂堂正正地去做。但如果是错的，就应该马上停止。”

劳瑟看上去有点不安。“我们也许不应该在酒吧里谈论这个。”他说。

“是啊。”博伊说。

第二杯鸡尾酒来了。劳瑟侧头看了看黛西：“年轻的女士，你怎么样？”他问，“你一定肩负了后方的一部分后勤工作。有句谚语说得好，‘魔鬼会给游手好闲的人找麻烦’。”

黛西不带任何情绪地说：“空袭结束以后，救护队不需要女性救护车司机了，我现在和美国红十字会一起工作。我们在帕尔摩街有间办公室，尽一切所能帮助在这服役的美国兵。”

"男人们总想有女性陪护，不是吗？"

"大多数人只是想家了，他们想听美国口音。"

劳瑟眨了眨眼。"你在抚慰他们这方面，应该很有一套。"

"我只是在尽我所能。"

"我想你在这方面一定做得很好。"

博伊问："劳瑟，你是不是喝醉了？你应该很清楚，这样说非常不合体统。"

劳瑟的表情变得很狰狞："博伊，算了吧，别告诉我你不知道。你难道瞎了吗？"

黛西说："博伊，拜托，送我回家。"

博伊没理她，而是问劳瑟："你他妈的到底是什么意思？"

"问问她劳埃德·威廉姆斯的事。"

黛西说："你不送我的话，我要一个人回家了。"

"黛西，你认识这个劳埃德·威廉姆斯吗？"

他是你哥哥，黛西想。她有一种冲动，当场揭穿这个秘密，击垮博伊。但她调整了情绪。"你认识他，"她说，"他和你一起在剑桥读书。多年以前，他带我们去过东区的一个音乐厅。"

"是他啊。"博伊想起来了，他困惑地问劳瑟，"你指的是他吗？"博伊很难把劳埃德这种来自东区的人视为对手，他轻蔑地补充了一句，"怎么可能？他可是个连西装都买不起的家伙！"

劳瑟说："三年前，劳埃德参加了我在泰-格温的情报课程，当时黛西也住在那儿。我似乎还记得，你当时正冒着生命危险驾驶飓风轰炸机在法国上空和德国人激战。她却在和那个威尔士小子调情——就在你家的房子里！"

博伊的脸涨得通红："劳瑟，如果你敢编瞎话，我非踹死你不可。"

"问你的妻子去！"劳瑟奸笑着说。

博伊转身看着黛西。

她没在格温公寓和劳埃德睡过。空袭期间，她和劳埃德在劳埃德妈妈家劳埃德自己的床上睡过觉。但他无法在劳瑟面前向博伊解释，再说这也不过是个细节。通奸的指控没错，她不准备加以否认。既然秘密已经被揭穿了，她所想的只是保持一些尊严。

她说："博伊，你想知道的一切我都可以告诉你——但不能在这个一直向我抛媚眼的浑蛋面前。"

博伊吃惊地提高了声调："这么说，你不准备否认？"

邻桌的客人面露尴尬地看过来，然后马上转过脸去，假装注意力还在自己的酒杯上。

黛西也提高了声调："我拒绝在克拉里奇酒店的酒吧里，被你们两个人盘问。"

"你承认了，是吧？"博伊大声嚷嚷。

酒吧里安静下来。

黛西站起身。"在这里，我既不承认也不否认任何事。回家以后，我会把事情原原本本地告诉你。文明人在家才会讨论这种事情。"

"上帝啊，你竟然背着我，和他上床了！"博伊咆哮道。

侍者停下了手头的工作，站着看这场好戏。酒吧的顾客就更不用提了，纷纷把目光转向这里。

黛西向门口走去。

博伊大声骂着："你这个娼妇！"

黛西不想带着这个名声离开。她转过身。“你最了解妓女了，不是吗？我有幸见过你玩的两个妓女，你难道忘了吗？”她环顾了一下酒吧里的人，“没记错的话，一个叫乔妮，另一个叫皮尔，”她轻蔑地说，“有几个妻子受得了这个？”在博伊开口之前，黛西走出了酒吧。

黛西踏上一辆待客的出租车。出租车开离之后，她看见博伊从酒店里出来，上了后面的一辆出租车。

她把地址告诉司机。

从某种程度来说，说出事实使她松了口气。但她也非常伤心。黛西心里清楚，和博伊的婚姻已经走到了尽头。

菲茨赫伯特家离克拉里奇酒店只有四分之一英里。黛西乘坐的出租车刚一停下，博伊的那辆出租车也停了下来。

博伊跟在黛西身后走进门廊。

黛西意识到，自己无法再和博伊住在一起，一切都结束了。她不会再和他同处一室，更别提同床共枕了。“请给我个手提箱。”她对管家说。

“夫人，我这就去。”

她看了看菲茨赫伯特家的这幢房子。这是幢建于十八世纪的别墅式家宅，配备有当时很少见的旋转楼梯，但黛西对离开这里并不感到难过。

博伊问：“你准备去哪儿？”

“去酒店，但不会是克拉里奇酒店。”

“去见你的情人吗？”

“不，他出国执行任务去了。但我确实爱他。博伊，我感到很抱歉。你没权评判我——你做的事情比我还糟——但在这件事上，我的确需要自省。”

“别废话，”博伊说，“我要和你离婚。”

黛西意识到，这正是长久以来自己一直在等的一句话。它代表着这段婚姻的正式终结。她的新生活，从这一刻开始了。

她叹了口气：“感谢上帝。”

黛西在皮卡迪利区租了套公寓。公寓里有带淋浴头的美式浴室。还有两个卫生间，其中一个是专门给客人用的——在大多数英国人看来，这种过度的奢侈，简直荒唐。

幸好，钱对黛西来说根本不成问题。外祖父维亚洛夫留给她很大一笔钱，美元，她从二十一岁起就能自由支配。

新家具很难买到，因此她淘了些价格便宜的旧家具。她在墙上挂了幅亮眼的油画。她雇了两个女佣，年纪大的帮她洗衣服，年轻的那个专门负责打扫。一个家没有管家和厨子，特别是没有娇生惯养的丈夫，反而更便于打理。

梅菲尔街菲茨赫伯特家的仆人把她的衣服打好包，放在一辆家具搬运车里送过来了。黛西和洗衣妇用一下午时间打开包裹，把所有衣物理得整整齐齐。

虽然受了辱，但她也解放了。总的来说，她觉得这种情况也不错。离婚的伤痕需要抚慰，但摆脱博伊终究是件好事。

一周以后，她突然想起检查的结果还没去看呢。医生自然会把检查结果告诉作为丈夫的博伊。她不想去问博伊，再说这件事似乎也不那么重要了，因此她把去拿检查结果的事忘在了脑后。

她喜欢装饰新家的感觉。头几周，她一直在忙这件事。装饰好后，她决定探访一下一直以来忽略的那些朋友。

她在伦敦有很多朋友。毕竟，她来这儿已经七年了。最近四年来，博伊不在家的日子比在家的日子多，她一直独自参加各种派对和舞会，因此有没有丈夫，对她来说，并没有实际性的不同。当然，菲茨赫伯特家的派对是不会再邀请她了，但伦敦上流社会远不止他们一家。

她买了几箱威士忌、琴酒和香槟，这些酒大多数是从黑市上买到的，少数是从合法渠道买来的。她给朋友们发了请帖，想要办个特别热闹的派对。

回复来得出人意料地迅速，所有人都拒绝了她的邀请。

她含着泪打电话给伊娃·穆雷，“为什么没人想参加我的派对啊？”她在电话里哭着问。

十分钟后，伊娃就赶过来了。

伊娃带着三个孩子和他们的奶妈——贾米六岁，安娜四岁，最小的卡伦只有两岁。

黛西带伊娃参观了她布置的公寓，然后叫女仆上了茶。贾米把沙发当做坦克，带着妹妹们玩开了。

伊娃用夹杂着美国、德国和苏格兰口音的英语说：“亲爱的黛西，这里可不是罗马啊！”

“我知道。你觉得待在这里快乐吗？”

伊娃正怀着第四个孩子，肚子已经很大了。“能让我把脚抬起来吗？”

“当然可以。”黛西递给她一个坐垫。

“伦敦上流社会是很讲等级的，”伊娃说，“别以为我很赞成这种风气。我也经常被他们排除在受邀名单之外。可怜的吉米有时也会因为娶了个有犹太血统的德国妻子而遭到排斥。”

“太可怕了！”

“无论如何，我都不会把希望寄托在别人身上。”

“有时我真恨这些英国佬。”

“你忘了美国人是什么样的吗？别告诉我，你忘了自己把布法罗的那些女孩都称为势利鬼的事情。”

黛西笑了：“那就像是很久以前的事了。”

“你离开了丈夫，”伊娃说，“在克拉里奇酒店的酒吧当众指摘他，这太惊世骇俗了。”

“我才喝了一杯马提尼，真不划算！”

伊娃露齿一笑：“真希望当时我也在场。”

“如果不去克拉里奇酒店的酒吧就好了。”

“告诉你，过去三周，伦敦上流社会的所有人背地里都在议论这件事。”

“我想，我应该能预见到这一点。”

“现在，任何受邀出席你聚会的人都会被认为是通奸和离婚的同道者。我上这来和你一起喝茶都不敢让我婆婆知道。”

“这不公平——是博伊先出轨的。”

“难道你以为女人会和男人一样被公平对待吗？”

黛西想起，相对于自己的被轻视，伊娃还有很多挂心的事情。伊娃的家人还在纳粹德国。菲茨通过英国在瑞士的大使馆询问过他们的处境，得知伊娃的医生父亲已经进了集中营，她那位制作小提琴的弟弟被打断了手指。“想到你所受的苦难，我真为自己的抱怨而羞耻。”黛西说。

“千万别，取消派对就行了。”

黛西取消了派对。

但这样日子就难熬了。白天，她为红十字会工作，到了晚上，她就无处可去，无事可干了。她每周看两次电影，翻了几页《白鲸》[①]，但觉得这书太乏味了。周日，她去了教堂。皮卡迪利区公寓对面的圣詹姆斯大教堂在空袭中严重受损，因此她去了圣马丁教堂。博伊没去做礼拜，但菲茨和碧都在。礼拜时，黛西一直看着菲茨的后脑勺，对自己竟然和这个男人的两个儿子陷入爱河感到不可思议。博伊和他母亲长得很像，却和他父亲一样自私。劳埃德兼具了父亲的英俊外表和艾瑟尔的包容之心。黛西很不解，为什么我现在才看明白这一点呢？

教堂里的人她基本都认识，礼拜结束以后却没人和她说话。在战争中的异国，她感到非常孤独。

一天，她搭出租车去了阿尔德盖特区，敲响了莱克维兹家的门。艾瑟尔一开门，黛西就对她说："我来向你儿子求婚了。"艾瑟尔笑着拥抱了她。

她从美国空军的一个领航员那里买了听牛肉罐头当礼物。对实行配给制的英国家庭来说，牛肉罐头是种奢侈的礼物。黛西和艾瑟尔、伯尼一起坐在厨房，听着收音机里的舞曲。他们唱着弗拉纳根和艾伦演唱的《穹顶之下》，"弗拉纳根就出生在我们东区，"伯尼自豪地说，"本名是查姆·鲁本·温特洛普。"

莱克维兹一家对最近炙手可热的政府文件《贝弗里奇报

① 《白鲸》（Moby Dick）是美国小说家赫尔曼·梅尔维尔（Herman Melville，1819—1891）于1851年发表的一部海洋题材的小说。起初，因篇幅太长等原因，并未引起大众注意，在出版70年后，即1920年，这部小说才获得了巨大的成功。

告》[1]非常兴奋。“由保守党总理策划，自由主义者经济学家撰写，”伯尼说，“内容却体现了工党的诉求！当对手使用我们的理念时，从政治上来讲我们就赢了。”

艾瑟尔说：“工作的人每周都得支付一定的保险费，这样他们在生病、失业、退休和丧偶的时候就有钱用了。”

“建议很简单，却能改变整个英国，”伯尼动情地说，“这样一来，从生到死，国民就都有保障了。”

黛西问：“政府接受了吗？”

“还没，”艾瑟尔说，“克莱门特·艾德礼一直在向丘吉尔施压，但丘吉尔不肯签字。财政部觉得花钱太多了。”

伯尼说：“必须赢得选举才能推行这项举措。”

艾瑟尔和伯尼的女儿米莉插话说：“我一会儿就走，亚伯正独自在家看孩子。”米莉最近失了业——即便有钱，英国女人最近也不怎么买高档时装了——好在亚伯的皮具生意很红火，他们生了两个孩子，伦尼和帕米。

黛西、艾瑟尔、伯尼和米莉喝着可可，谈到了他们共同想念的人。劳埃德没有什么消息。每隔六到八个月，艾瑟尔就会收到一封劳埃德用英国驻西班牙大使馆信纸写的信，信上说他很好，正在为打击法西斯主义尽着自己的绵薄之力。另外，他升职当了少校。害怕被博伊发现，劳埃德一直没给黛西写过信，但现在他可以写了。黛西把新公寓的地址给了艾瑟尔，记下了劳埃德在英国部队的邮箱号码。

① 1941年，英国成立社会保险和相关服务部际协调委员会，着手制定战后社会保障计划。经济学家贝弗里奇爵士受财政部长阿瑟·格林伍德委托，于第二年提交了题为《社会保险和相关服务》的报告，这就是著名的“贝弗里奇报告”。

他们很想知道劳埃德何时能放假回家。

黛西对艾瑟尔和伯尼讲了同父异母弟弟格雷格和他私生子的事情。她知道莱克维兹家的人非常开明，听了这种消息一定会很高兴。

黛西还说了伊娃在柏林的家人。伯尼是犹太人，听到鲁迪被打断了手指，他不禁流泪了。“一有机会，他们就应该和法西斯分子面对面斗争，”他说，“我们在英国就是这样干的。”

米莉说：“我的背上还有警察把我们推向商店橱窗时留下的伤疤。之前我一直为这道伤疤感到羞耻——亚伯直到我们结婚六个月以后才见到了这道伤疤，但他却说他为这道伤疤为我骄傲。”

“卡布尔街的场面可不怎么好看，”伯尼说，“但我们制止了他们的无理取闹。”他摘下眼镜，用手帕擦了擦眼镜。

艾瑟尔抱住了丈夫的肩膀。“那天，我让大家都留在家里，”她说，“我错了，你是对的。”

伯尼惨然地笑了笑。“大多数时候都是你对。”

“但卡布尔街的冲突是有用的，冲突后政府颁布的《公共秩序法》结束了英国法西斯主义的蔓延，”艾瑟尔说，“议会禁止民众穿着有政治意义的服装出现在公众场合。这条法令结束了法西斯政党的胡作非为。无法穿着黑衫在公众面前上蹿下跳，他们就什么都不是。有一说一，这的确是保守党的功劳。”

莱克维兹夫妇是政坛上的活跃分子，他们已经在谋划着战后由工党推动的改革了。工党领袖、功绩卓著的克莱门特·艾德礼是丘吉尔的副手，工会主席厄尼·贝文是劳工部长。他们的愿景使黛西对未来充满了希望。

米莉走了以后，伯尼也很快睡觉去了。厨房里只剩下艾瑟尔和黛西以后，艾瑟尔问黛西，“你真的愿意嫁给我们家劳埃德吗？”

“当然愿意。你觉得我们结婚合不合适？”

“肯定合适。你有什么顾虑吗？”

“我们的家庭背景不同。你们为民生而工作，都是些非常好的人。我们家就不一样了，我爸一心只想着赚钱。”

“我们家的米莉也这样，她像伯尼的哥哥，满脑子都是钱。”

“她的背上还有卡布尔街留下的伤疤呢！”

“这倒也是。”

“劳埃德像你。他把政治作为一种兴趣，而不是负担——政治是他生命的重心。而我爸爸却是个自私的百万富翁。”

“我认为爱情有两种，”艾瑟尔若有所思地说，“一种是适合结婚的。夫妇俩同呼吸共命运，一起养育儿女，互帮互助，互相安慰。”黛西意识到，艾瑟尔在说自己和伯尼的婚姻，“另一种是疯狂的，充满了激情、欲望、性和惊喜，但那个对象可能完全不适合你，甚至是你不喜欢也无法尊敬的人。”这是在说她和菲茨的那段恋情。黛西屏住呼吸——她知道，艾瑟尔正在告诉她自己生命中的事实真相。“我很幸运，拥有过这两种爱情，”艾瑟尔说，“我给你个建议。如果有机会尝试疯狂的爱，伸出双手抓住它，然后，让它见鬼去吧。”

“哇哦。”黛西惊叹一声。

几分钟以后，黛西离开了莱克维兹家。她觉得艾瑟尔看穿了她，并为此感到荣幸。回到空空荡荡的公寓以后，她的精神劲又没了。她调了杯鸡尾酒，却又把酒倒了。她在炉子上烧上水，但很快把水壶拿下来了。收音机里的广播很快也没了声。她躺在冰冷的被子里，心想，如果劳埃德在这儿该多好啊！

她把劳埃德家和自己家相比。两家都曾经有过麻烦，但艾瑟尔却在艰难的环境下建立起一个具有向心力的家庭，黛西的母亲却一直没做到这点——当然，列夫对造成这种局面的责任要更大一些。艾瑟尔是个了不起的女人，劳埃德继承了她身上的许多优良品质。

劳埃德在哪儿？现在又在做什么呢？无论在哪儿干什么事，他的处境一定非常危险。当黛西摆脱枷锁终于可以嫁给他的时候，他不会在战场上死去吧？如果劳埃德死了，她又会怎么样呢？黛西觉得，劳埃德死了的话，自己的生命也将走到尽头：没有丈夫，没有情人，没有朋友，甚至连国家也不是她的。午夜过后，她哭着睡着了。

第二天，她起得很晚。中午，她裹着黑色丝绸睡袍，坐在自家饭厅里喝咖啡。没多久，十五岁的女仆就向她报告："夫人，威廉姆斯少校来了。"

"什么？"黛西尖叫一声，"不会吧！"

劳埃德挎着旅行袋走了进来。

他看起来很疲惫，胡子也有好几天没刮了。劳埃德身上的制服也很皱，显然，他平时是穿着制服睡觉的。

黛西伸出双臂，动情地拥抱着劳埃德，亲吻着他那张胡子拉碴的脸。劳埃德回吻着她，脸上禁不住露出笑容。"我身上很臭，"他在接吻间隙对她说，"我已经一星期没换过衣服了。"

"你闻起来像一座奶酪工厂，"她说，"我喜欢这种味道。"她把劳埃德拉进卧室，开始帮他脱衣服。

"我去冲个澡。"劳埃德说。

"不用，"她把劳埃德拉上床，"我不想再等了。"事实上，黛西喜欢他身上强烈的气味。这股气味本该不讨人喜欢，此刻却恰恰相反。这是劳埃德，她原以为可能牺牲了的爱人，他回来了，他的气息充满了她的鼻腔和肺部。她应该喜极而泣。

脱裤子前需要先脱靴子，黛西觉得这太麻烦了，因此没脱劳埃德的裤子，而是把上面的扣子解开了。她脱掉外穿的黑色睡袍，把里面的睡裙褪到腰部，整个过程中，始终愉快地注视着劳埃德粗布裤子下挺立的阴茎。接着，她跨坐在劳埃德身上，放松下来，俯下身，和他接吻。"老天，"她惊叹道，"你真不知道我有多么想你。"

黛西坐在劳埃德身上，她没有多动，而是一遍一遍地亲吻着他。劳埃德用双手捧住她的脸，难以置信地看着她。"告诉我，这是真的，而不是又一个欢快的春梦。"他说。

"当然是真的。"黛西告诉他。

"如果真的是一场梦，我希望永远不要醒来。"

"是啊，我希望我们一直保持这个姿态。"

"好主意，但我快坚持不住了。"劳埃德开始在黛西身子底下挪动。

"那我来吧。"她说。

黛西主导着劳埃德，两人在床上亲热了一番。

过后，他们躺在床上，交谈了很长时间。

劳埃德有两周的假期。"在这儿住下吧，"她说，"白天你可以回家看父母，但晚上我要你在这里。"

"我不想影响你的名声。"

“我哪里还有什么名声呢？伦敦上流社会早就没有我的立锥之地了。”

“我听说了。”劳埃德在滑铁卢车站给艾瑟尔打了电话，她把黛西和博伊离婚的事情，以及黛西公寓的地址，都告诉了他。

“我们必须考虑避孕这件事，”他说，“我去弄些避孕套来，不过你可能不太想用。对吗？”

“你不想要我为你生孩子？”黛西问。

她意识到，自己的声音里透露出一丝悲凉，而且劳埃德也听出来了。“别误会，”他用胳膊肘撑起上半身，“我是个私生子。妈妈在父亲的问题上跟我说了谎，知道真相的时候，我受了极大的刺激。”劳埃德的声音颤抖起来，“我决不让自己的孩子成为私生子，决不。”

“我们不用对孩子说谎。”

“要告诉孩子我们不是夫妇，你的丈夫另有其人吗？”

“没什么大不了的。”

“他们会在学校里被欺负的。”

黛西没能被劳埃德说服，但显然避孕对劳埃德很重要。“那你说怎么办？”她问。

“我想和你生孩子，但必须在结婚以后。这样对我们都好。”

“我明白，”她说，“那我们……”

“我们只能再等等。”

男人很难猜透女人的心思。“我不是个传统的女孩，”黛西说，“但有些事……”

劳埃德终于知道黛西在说什么了。“哦，你指的是这个啊，稍等片刻。”说着他直直地跪在床上，“黛西，亲爱的……”

黛西忍不住大笑起来。劳埃德穿着军裤，阴茎却还没塞进裤子里，看上去有趣极了。“能保持这个样子，给你拍张照吗？”她问。

劳埃德低下头，看见了自己的狼狈样。“哦，真是对不起。”

“别……别转换话题。保持这个姿势……把你刚刚要说的话，告诉我。”

他露齿一笑：“黛西，你愿意做我的妻子吗？”

“没问题。”黛西说。

他们抱在一起，又躺下了。

很快，黛西对劳埃德身上的味道就不感到新奇了。他们一起走进了浴室。黛西给劳埃德身上涂满了肥皂，洗到私密处时，因为他的尴尬表情而忍俊不禁。黛西给劳埃德抹上洗发剂，又用刷子用力刷着他脏兮兮的脚。

劳埃德洗干净以后，坚持要帮黛西洗澡。刚接触到乳房，他就忍不住进入了她的身体。他们站在淋浴头下，任由水柱冲刷着身体。劳埃德显然已经忘了自己反对未婚先孕这件事，黛西也不介意。

结束后，劳埃德站在镜子前刮胡子。黛西用一条大毛巾裹住自己，坐在马桶盖上看着他。劳埃德问：“你要多久才能办完离婚？”

“我不知道，这事儿得和博伊谈谈。”

“不是今天就好，今天我要你只属于我一个人。”

“你什么时候去看父母？”

“也许明天去。”

“那我明天去找博伊。我想赶紧解决。”

“很好，”劳埃德说，“就这么定了。”

回到曾经和博伊一起住过的房子，黛西说不出是什么感觉。一个月之前，这里还属于她。她可以自由出入这幢房子，不需人允许就能进出每个房间。仆人们没有任何疑义地执行她的每道命令。现在，她却完全成了外人。她没脱帽子和手套，像个客人似的，由管家领进了起居室。

博伊没有和她握手，也没有吻她的面颊，一脸义愤填膺的表情。

“我还没请律师，”黛西一边坐下一边说，“我想先和你私下里谈一谈。我希望我们可以在不憎恨彼此的前提下解除婚姻关系。毕竟，我们没有孩子要抢，我们两家也都很有钱。”

“你背叛了我！”博伊气势汹汹地说。

黛西叹了口气。像她希望的那样和平分手，显然是不可能的了。“我们都在外面有了人，”她说，“是你先出轨的。”

“我蒙受了耻辱。你让我在全伦敦人面前丢脸。”

“我尽力让你不在克拉里奇酒店出丑——你却一直在羞辱我！你多半已经把那个令人讨厌的劳瑟伯爵摆脱掉了吧。”

“为什么要摆脱他？他帮了我的忙。”

“在俱乐部悄悄告诉你才算帮忙。”

“我不明白，你怎么会喜欢上威廉姆斯那个乡巴佬。我对他做了点小小的调查，他妈妈曾是个女仆。”

“艾瑟尔是我认识的最具吸引力的女人。”

“没人知道他的父亲是谁，你恐怕没想过这一点吧。”

最伤人的讽刺也不过如此吧，黛西琢磨着。“我知道他父亲是谁。”黛西说。

“谁？”

“我当然不会告诉你。”

“你不知道。”

“这跟我们离婚一点关系都没有，不是吗？”

“当然有关系。”

“也许我该找个律师给你发封律师函，”说着她站起身，“博伊，我曾经爱过你，”她悲伤地说，“你很风趣，可惜我配不上你。希望你快乐，找个适合你的女人，给你生一堆孩子。你有了孩子以后，我会为你高兴的。”

“算了吧，我不会有孩子了。”

黛西已经快走到了门口，但博伊的话让她转过身来。“为什么这么说？”

“我从医生那里拿到了检查报告。”

黛西早就忘了做检查的事。分开以后，这事已经没那么重要了。“医生怎么说？”

“你那边没问题——你可以想生多少就生多少。不能生的是我，成年人的腮腺炎有时会导致不孕，我就是其中一个。”说着，他苦笑一声，“可恨的德国人没能制服我，牧师的三个小崽子却让我绝了后。”

黛西为此感到悲伤：“博伊，我很为你难过。”

“那你就再难过点吧，我不会和你离婚的。”

黛西的心一凉。“你这是什么意思？为什么不和我离婚？”

“我为什么要劳神和你离婚呢？我不会有孩子，我也不想再结婚了，让安迪的孩子继承家业好了。”

“可我想嫁给劳埃德！”

“这跟我有什么关系？为什么他能有孩子，我却不能有？”

黛西几乎要崩溃了。咫尺之遥的幸福会不会在几乎抓到之前溜走呢？“博伊，你不是认真的吧。”

“当然是认真的，我这辈子从没这么认真过！”

黛西悲切地说：“可劳埃德想要有自己的孩子！”

“他在搞……搞别人的老婆之前，就该想到这一点。”

“那好，”她轻蔑地说，“我要提出和你离婚！”

“以什么理由？”

“当然是通奸了。”

“你没有证据。”黛西正准备说她会找到证据时，他又奸笑着补充了一句，“我会确保让你拿不到证据的。”

如果他谨慎行事的话，黛西的确拿不到。想到这一点，她就慌了神。“可你把我赶出去了啊！”她说。

“我会告诉法官，任何时候你都可以回来。”

黛西努力不让自己哭出来。“我从没想过，你会这么恨我。”她悲凉地说。

“你不是也一样吗？”博伊说，“不错，让你知道也好。”

这天中午，劳埃德·威廉姆斯在博伊·菲茨赫伯特最清醒的时刻，去了他在梅菲尔路上的家。他告诉管家他是威廉姆斯少校，是菲茨赫伯特家的远亲。劳埃德觉得男人间的对话或许值得一试。博伊总不会把一生中余下的时间都耗在复仇上吧？劳埃德穿着军服，想用战士之间的情谊感化博伊。给博伊留下好感，余下的事就水到渠成了。

他被带进博伊读报抽烟的起居室。用了好一会儿，博伊才认出他。“你！”回过神来的博伊狠狠地说，“你他妈的快滚！”

“我是来求你同意和黛西离婚的。”劳埃德说。

“快滚出去。”博伊站起身。

劳埃德说：“看得出你在盘算着打我一顿，但我想告诉你这并没你想象得那么简单。我比你矮一点，但我是个次重量级的拳击手，赢过很多场拳赛。”

“我才不想弄脏自己的手呢！”

“很好。那我要问你了，你会考虑离婚吗？”

“完全不会。”

“有件事你不知道，”劳埃德说，“不知道这件事会不会让你改主意。”

“应该不会，”博伊说，“但既然来了，你就把它说出来吧。”他坐了下来，但没有请劳埃德也坐下。

胜负在此一举，劳埃德琢磨着。

他从兜里掏出一张褪色的黑白照片。“既然你如此好心，那就请你再看一眼我这张照片吧。”劳埃德把照片放在茶几上博伊的烟灰缸旁边。

博伊拿起照片。“这不是你。照片看上去像你，但军服是维多利亚时代的，这一定是你爸爸的照片。”

“事实上，这是你爷爷的照片。把照片翻过来。”

博伊看了看照片背后的题字。“什么，这是菲茨赫伯特伯爵吗？”他嗤之以鼻地说。

“是的，是你的爷爷上一任菲茨赫伯特伯爵——自然也是我的爷爷。这张照片是黛西在泰-格温找到的。”劳埃德做了个深呼吸。“你对黛西说我不知道自己的父亲是谁。你错了，我可以告诉你，我的父亲是菲茨赫伯特伯爵，我和你是同父异母的兄弟。”他停顿了一会儿，等待着博伊的回答。

博伊笑了：“真是荒唐透顶。”

“第一次听说这事时，我的反应和你完全一样。”

“我承认，你的确让我吃了一惊。我原以为你会编个比这荒唐笑话更加好点的故事呢。”

劳埃德原以为揭示真相会让博伊换个角度思考问题，但这办法没有奏效。劳埃德只能继续进行劝说。“博伊，你听我说——这种事不是常有的嘛！在名门望族中很常见。漂亮的女仆，好色的纨绔子弟，干柴烈火之下，什么事都可能发生。孩子出生了，丑闻必须隐瞒下来。别装得像不知道有这回事似的。”

“的确很平常，”博伊的自信动摇了，但他还想硬撑，“许多人想和贵族扯上关系，你也一样。”

“我才不想和你们家扯上关系，”劳埃德轻蔑地说，“我从没想过要一步登天。我出生于一个社会党人家庭，外祖父是南威尔士矿工联合会的创立者。我从来没想过要和托利党贵族扯上关系。父亲是个伯爵，想想都让我尴尬。”

博伊又笑了，只是没刚才那么自信了。“你尴尬什么，别在这儿假惺惺的了。”

“我没有。不论家庭出身，我比你更有希望当首相。”劳埃德意识到两人开始打嘴仗了，这是他不希望看到的，“不提这个了，”他说，“我只想让你知道，你不该把余下的生命都用来报复我——就算看在我们是兄弟的分上。”

“我还是不相信你的话。”博伊把照片放在茶几上，拿起一支烟。

“我起先也不相信。”劳埃德仍然在试图说服博伊——从某种程度上讲，他和黛西的未来就在此一举了，“后来我发现母亲怀孕的确是在泰-格温做女仆的时候，加上她又一直对我父亲的身份语焉不详。另外，在我出生前不久，母亲不知从哪儿得到一笔钱，在伦敦买了套三居室的公寓。根据这些线索，我当面向她提出了我的疑问。她在万般无奈之下承认了这个事实。”

“真是太可笑了。”

“你很清楚这是真的，不是吗？”

“我不知道这种事。”

“你知道。作为兄弟，你不能表现得绅士点吗？”

“当然不能。”

劳埃德知道，自己是没有胜算了。他非常沮丧。博伊有能力毁了劳埃德的生活，他决意要使用这种能力。

他拿起照片，放回兜里。“你可以向你父亲求证这件事。你不可能忍着不问，你必须找出真相。”

博伊不屑地哼了一声。

劳埃德向门口走去。“你父亲一定会告诉你的。博伊，再见！”

他走出起居室，关上了门。

第十六章

1943年，柏林

在1943年5月的哈尔科夫会战中，阿尔伯特·贝克上校的左肺中了一颗红军的子弹。他很幸运：战地医生替他做了胸腔引流，勉强救下了他的性命。因为缺血和不可避免的感染，他被火车送回德国，送进了柏林卡拉所在的医院。

贝克是个四十多岁的坚毅战士，他的头发早秃，下巴像维京人的战舰一样高高突起着。第一次和卡拉说话时，头脑昏昏沉沉的贝克很不慎重。“这一仗我们肯定要输了。”他说。

卡拉立即警觉起来。牢骚满腹的军官是潜在的信息源。她轻描淡写地说：“报纸上讲，我们的东部防线正在持续缩短。”

贝克嘲讽地笑了笑：“那就是说，我们正在撤退。”

卡拉尝试着套出更多的话来。“意大利看来也不妙。”意大利的独裁者贝尼托·墨索里尼——希特勒的坚定盟友——已经下台了。

“你还记得1939年和1940年的情况吗？”贝克感伤地说，“那时我们从一个胜利走向另一个胜利，可这一切都已经成为过眼云烟了。”

贝克的意识形态显然和纳粹不相符，从政治上来说也不一定支持纳粹。他只是一个不再欺骗自己的爱国战士而已。

卡拉引导他继续说下去。“军队不会从子弹到内裤样样都缺吧？”这种稍微有些犯上的对话在这时的德国已经不少见了。

“我们自然样样都缺，”虽然受了伤，贝克的咬字却非常清楚，“德国生产的枪和坦克远远及不上苏联、英国和美国的总和——在我们的武器工厂轮番遭炸的现如今就更是如此了。不管杀了多少苏联战士，红军似乎总能招来更多的新兵。”

“你觉得这一仗的结果会怎么样？”

“纳粹当然不会承认失败，因此死的人会更多。因为要维护自尊，我们还要死几百万人。疯狂，真是太疯狂了。”说完他便沉沉地睡去了。

只有病人和疯了的人才能说出自己的想法，不过卡拉相信越来越多的人都在这么想。尽管政府还在徒劳地做着胜利的宣传，但很明显，希特勒正在输掉这场自己一手炮制的战争。

警察没有调查约西姆·科赫之死。报纸上说这是一起交通事故。克服了最初的震惊之后，卡拉不时会想到自己曾经杀死过一个人，不断想起科赫死在她眼前的那一刻。想到科赫死时的情景，卡拉经常会全身颤抖，不得不坐下来。好在这样的情形在她当班的时候只发生过一次，她用饿过头的解释蒙混过关了——这个理由在战时的德国完全说得过去。母亲的情况还要更糟。很奇怪，茉黛竟然会爱上愚笨懦弱的科赫。但爱情是无法解释的。卡拉也曾觉得沃纳·弗兰克是个强壮勇敢的人，没想到他又自私，又软弱。

贝克出院以前，卡拉和他聊了很多，希望能了解他是哪一种人。身体恢复以后，贝克再也没抱怨过战争。从交谈中得知，贝克是个职业军人，他的妻子死了，已经嫁人的女儿住在布宜诺斯艾利斯。他的父亲以前是柏林市的议员：贝克没有说属于哪个政党，因此不会是纳粹党或纳粹的任何一个同盟。他从没说过希特勒的坏话，不过也没说过什么好话。对犹太人和共产党人，他也没有任何偏见。在纳粹德国，这种态度等同于违抗上级。

贝克的肺会逐渐痊愈，但他再也不能激烈运动了。贝克告诉卡拉，他会被调到总参谋部。进了总参谋部，就能接触到战争的一切机密。卡拉从贝克身上看见了机会。但说服他反对纳粹不是那么容易，甚至要冒上献出生命的危险——但值得冒这个险。

卡拉知道，贝克不会忘了他们第一次交谈时他说的话。“你很真诚，”卡拉在附近没人时，低声对贝克说，“你说我们正在输掉这场战争。”

贝克的眼睛里闪现出恐惧。他不再是病床上那个胡子拉碴思路不清的糊涂蛋了。他洗了澡，刮了胡子，穿着纽扣扣到喉咙口的深蓝色睡衣端坐着。“你不会是要给盖世太保打小报告吧，”贝克说，“在我看来，人不应该对他们生病意识不清时所说的胡话负责。”

“你没有意识不清，”卡拉说，“你很清醒，但我不准备给任何人打小报告。”

“为什么不？”

“因为你是对的。”

贝克吃惊了。“那我要去告发你了。”

“如果你告发我的话，我会说你在呓语中攻击了希特勒。为了不被我告发，你故意编了个故事来陷害我。”

“如果我告发你的话，你也会告发我，”他说，“这样一来，我们两个都会倒霉。”

“但你不会告发我，”她说，“我知道，因为我了解你。我照顾过你，知道你是个好人。你因为对祖国的爱参了军，但你憎恨战争，也憎恨纳粹。”卡拉基本能确定贝克对纳粹的态度。

“这样说太危险了。”

“我知道。”

“现在的对话应该不是什么闲聊了，是吗？”

“是的。你说因为纳粹维持自尊不肯撤退，还有几百万人要死。”

“我这么说过吗？”

“你可以帮助这几百万人中的一些人。”

“怎么去帮？”

卡拉停顿了一下。她能不能活下来就看贝克对接下来这句话的反应了。“我可以把你弄来的军事情报传达给适当的单位。”说完她屏住呼吸。如果看错了贝克的话，她就没命了。

她在贝克眼里读出了惊奇。他怎么也没想到这个做事麻利的年轻护士会是个间谍。但他相信她，卡拉从他眼中能看出这一点。他说：“我想我能理解你。”

卡拉递给他一只医院的绿色空文件夹。

贝克接过文件夹，“用它干什么？”他问。

“你是个士兵，你知道怎么伪装。”

贝克点点头。“你赌上了自己的命。”他说。卡拉在他眼中看到了他的敬佩之情。

“现在，你也和我一样了。”

“是的，”贝克上校说，“不过我已经习惯了。”

一大早，托马斯·马赫把沃纳·弗兰克带到夏洛滕堡郊区的普芦茨湖监狱。“你应该看看这个，”他说，“然后你就可以告诉多恩将军我们的效率有多么高了。”

他把车停在街上，带着沃纳绕到监狱后门。他们进入一个长二十五英尺、宽十五英尺的房间，等在那里的是一个穿着礼服、戴着礼帽和白手套的男人。他身上散发出一种古怪的香水味，沃纳不禁皱了皱眉。“这是行刑人莱克哈特先生。”马赫说。

沃纳倒吸了一口冷气：“这么说，我们是要观看一次行刑过程了？”

“是的。”

沃纳装出轻松的样子问：“为什么穿这种奇装异服？”

马赫耸了耸肩：“只是传统而已。”

房间里挂了道黑色帘子。马赫拉开帘子，露出房顶铁梁下吊着的八个挂钩。

沃纳问：“是绞刑时用的吗？”

马赫点了点头。

房间里还有一张带有缚人绳索的桌子。桌子的一头是一台特殊形状的装置，地上放着一只沉重的提篮。

年轻中尉的脸色顿时煞白。“这是断头台。”他说。

“是的，”马赫看了看表，“他们很快就到了。”

房间里一下子涌进好多人。其中几个熟人朝马赫点头致意。马赫对沃纳耳语道：“根据法律规定，法官、法警、典狱长和牧师都得在场。”

沃纳干咽了一口唾沫。他不喜欢这个。马赫看得出来。

马赫不是无缘无故带他上这里来的。马赫的目的不是讨好多恩将军，而是要震慑一下沃纳。他很担心沃纳，沃纳身上有一些难以捉摸的东西，他至今都难以参透。

没错，沃纳的确是在为多恩将军工作。他陪多恩将军去了次盖世太保总部。多恩随后写了段笔记，说柏林的反谍报措施令他印象深刻，笔记中还提到了马赫的名字。之后的好几个星期，马赫得意极了，带着满心的骄傲四处执行任务。

但一年前，在东区火车站附近废弃的皮毛加工厂，他们几乎抓到间谍时，沃纳的反常举动，马赫一直忘不了。沃纳吓坏了——是真吓坏了还是装的？不知是巧合还是纯属意外，他给了钢琴师足够的提醒，使对方得以逃脱。马赫一直对沃纳的惊骇存疑，他觉得沃纳其实很冷静，当时他的举动完全是故意的。

马赫没有胆量逮捕和折磨沃纳。当然，这样做完全没问题。但多恩也许会进行干预，马赫会遭到不喜欢他的上司克林勒恩督察的质询。克林勒恩督察会找他要不利于沃纳的铁证——但是，他没有这种证据。

但愿今天的行刑能让沃纳暴露出他的本来面目。

门又开了。两个狱警带着一个名叫莉莉·马克格拉芙的年轻女子走了进来。

马赫听见沃纳重重地吸了口气。“你怎么了？”马赫问他。

沃纳说：“你没说受刑的是个小姑娘。”

“你认识她吗？”

“当然不认识。”

尽管还像个少女，但马赫知道，莉莉·马克格拉芙今年二十二岁。早上，莉莉的满头金发已经被剃掉了，现在，她的头发和男人一样短。她跛着脚，弯着腰走路，似乎腹部受了伤。她穿着没有领子的蓝棉布裙，眼睛哭得通红。狱警牢牢地架住她的手臂，不给她任何挣脱的机会。

“莉莉是被一个碰巧在她房间里发现密码本的亲戚告发的，”马赫说，“就是苏联的五位数密码本。”

“她为什么那样走路？”

“审讯审的。但我们没从她口中问出任何线索。”

沃纳的脸上没有任何表情。“真是耻辱，”他说，“她也许能帮我们找到其他间谍，但这些人竟审不出来。”

马赫没有看出沃纳装样的迹象。“她只知道自己的联系人姓海因里希——名字根本不知道——这个姓多半也只是个假姓。我们很少能从被逮捕的女人嘴里问出些什么来——她们知道的原本就不多。”

“至少你拿到了她的密码本。”

“价值很有限。苏联人经常改换他们的关键字，因此我们仍然要不断地破译他们的密码。”

“太遗憾了。”

房间里的一个男人清了清喉咙，让足以让所有人听见的声音说了几句。他说他是主审法官，说完便宣读了死亡判决。

狱警把莉莉架到桌子前。他们本想让她自愿躺上去，但莉莉却后退了一步，他们只能强行把她按在桌子上。莉莉没有反抗。狱警把莉莉的脸朝下，在脖子上套上绳索。

牧师开始祈祷。

莉莉开始求饶。“不要，不要……”她机械地叫着，语调里没有丝毫情绪的起伏，“不要，请放我走，请放我走……”她语调麻木，听上去似乎只在让人帮她个小忙。

带着礼帽的行刑者看了看主审法官，法官对他摇了摇头：“现在不行，必须等祷告结束。”

莉莉的声音突然提高了八度。“我不想死，我怕死，请不要这样对我！”

行刑者又一次看了看主审法官，这次主审法官没有理会他。

马赫打量着沃纳，沃纳看上去好像有点恶心，但房间里的其他人也和他一样。马赫的测试并没有取得成效。沃纳的反应稍微敏感了一些，但并不足以说明他是个叛国者。也许该想想其他的办法。

莉莉开始尖叫。

连马赫都看不下去了，他悄悄地背过了脸。

牧师飞快地读完了余下的祷告词。

牧师说“阿门”的时候，女孩不再尖叫，似乎知道覆水难收了。

主审法官轻轻地点了下头。

行刑者移动了一根杠杆，负重的刀片开始往下落。

轻轻一声，刀片穿过莉莉的粉颈。她那短发的头颅朝前滚落，留下一摊血水。头颅重重地砸在篮子里，似乎留下了一连串回声。

莫名其妙地，马赫想知道，那颗头颅会感觉到疼痛吗？

卡拉在医院走廊里碰到了穿着军服的贝克上校，她的表情突然变得非常惶恐。自从贝克出院以后，卡拉每天都在担心他会出卖她，盖世太保会把她抓走。

贝克却笑着说："我是来找厄内斯特医生复检的。" 真是这样吗？贝克已经忘了他们之前的对话吗？他是不是在装傻充愣？门口不会有一辆盖世太保的囚车在等着吧？

贝克手里拿着个绿色的医院文件夹。

一个穿着白大褂的癌症专家过来了。他走了以后，卡拉轻松地问："最近你怎么样？"

"好得不能再好了。也许我再也不能带领部下奋战沙场，但完全可以过上平静的生活。"

"很高兴听你这么说。"

他们身旁不断有人来人往，卡拉担心贝克找不到私下里和她说话的机会。

但贝克却一直很镇静。"我想为你的善良和职业而谢你一声。"

"没关系，这是我应该做的。"

"护士小姐，再见！"

"上校，回头见！"

贝克离开的时候，文件夹已经到了卡拉手里。

她匆匆走回护士更衣室。更衣室里没人。她用脚顶住门，确保没有人进来。

文件夹里有一个用随处可见的廉价软皮纸做成的大信封。卡拉打开信封。里面放着几张打字纸。她没有拿来，而是隔着信封看了看第一页上的大标题。标题上写着：

第六号行动计划

堡垒行动

这是即将发生在东线战场的夏季攻势的行动计划书，是价值连城的情报。

必须把信封赶紧交给弗里达。但弗里达不在医院：今天正赶上她休息。卡拉考虑着是否要在上班时离开医院，去弗里达家把信封交给她。但她马上抛却了这个想法。表现得正常一点为好，不要引来过多的注意。

她把信封塞进一个挂在衣钩上的肩包，然后用一块藏东西用的蓝里带金的围巾盖在肩包上。她站了一会儿，让呼吸恢复正常，然后走回病房。

卡拉尽自己所能完成了这一天的工作，接着她穿上外套，离开医院，向地铁站走去。走过一幢被炸毁的民宅时，她看见残骸上画了些涂鸦，一个不甘心接受失败的爱国者写道："我们的墙也许会破碎，但我们的心永远不会。"但也有人讽刺地写上了希特勒1933年时的竞选口号："给我四年，我会给你们一个不一样的德国。"

她买了张到动物园的车票。

在地铁上，她觉得自己和周围的人格格不入。其他的乘客都是忠诚的德国人，她的包里却有叛卖给莫斯科的秘密。卡拉不喜欢这种感觉。没人在看她，她却觉得人们是在避免和她进行眼神交流。她想尽快把信封送到弗里达手里。

动物园地铁站在蒂尔加滕区的边缘。因为防空需要，高射炮台边的大树都被砍矮了。动物园这里的高射炮台高一百英尺，顶上的四角各有一门重二十五吨的一百二十八毫米高射炮。柏林一共有三座这样的高射炮台。为了更好地融入动物园的景色，炮台的水泥基座被漆成了绿色。

尽管非常丑，但柏林人都很喜欢这座炮台。当敌军开始轰炸的时候，炮台发出的炮声至少能让他们知道，还有人在还击。

卡拉提心吊胆地从地铁站走到弗里达家。这时是下午四点，弗里达的父母应该都不在。鲁迪在厂里，莫妮卡多半出去串门了，有时她会去找卡拉的母亲聊天。卡拉在车道上看见了沃纳的摩托车。

男仆为卡拉开了门。“弗里达出门了，不过应该很快就回来了，”他说，“她去卡迪威百货商店买手套了。沃纳先生重感冒躺在床上。”

“我还是在弗里达房间里等她吧。”

卡拉脱下大衣上了楼，手里仍拿着提包。进了弗里达房间以后，她踢掉鞋子，躺在床上看堡垒行动的战斗计划书。她像上紧了发条的钟一样紧张，但能把偷来的文件交给弗里达，她又感觉轻松了很多。

隔壁房间传来哭泣的声音。

她很吃惊。那是沃纳的声音。很难想象那个没有担当的花花公子竟然会哭得如此痛心。

但哭声的确出自沃纳，他似乎在压抑着自己的悲痛，但是没有成功。

卡拉不禁为沃纳感到难过。她告诉自己，沃纳多半是被哪个有主见的女人以正当的理由抛弃了，不需要为他担心。但她实在无法对沃纳发自真心的悲痛置之不理。

她下了床，把战斗计划书收进包，走出弗里达的卧室。

她站在沃纳的卧室门口，听着门里的声音，沃纳的哭声更清晰了。卡拉不忍心放着他不管。她推开门，走了进去。

沃纳双手抱头坐在床边。听到推门声，他惊恐地抬起了头。他的脸上都是泪水，脸涨得通红。他的领带松松垮垮，领子没有翻好，眼中满是悲切。他像是被人击倒无法站起来，因为太过痛苦，已经不介意被人知道了。

卡拉不想装出于己无关的样子。“你怎么了？”她问。

“我不能再这么下去了。”沃纳说。

卡拉关上门。“发生什么事了？”

“他们砍下了莉莉·马克格拉芙的头——还逼我在旁边看着。”

卡拉吃惊地张大了嘴：“你究竟在说什么啊？”

“她只有二十二岁，”沃纳从兜里拿出块手帕，擦了擦脸，“你的处境已经很危险了，如果再告诉你这些，会更危险的。”

她的脑子里充满了各种联想。“我大致能猜到，但请把全部情况告诉我。”

他点了点头。“无论如何，你马上都会知道的。莉莉帮助海因里希向苏联发报。如果有人在一旁帮你读发报的数字或字母，发报的速度就会很快。发报越快，就越不容易被盖世太保抓住。但没想到的是，莉莉的表姐去她那儿住了几天，在她的卧室里发现了密码本。该死的纳粹婊子！”

沃纳的话验证了卡拉最坏的猜测。“你知道我们在做间谍的事吗？”

他讥讽地笑了笑。“这事儿是我在管。”

“上帝啊！”

“这就是我不能插手被杀戮残疾儿童的事的原因。莫斯科方面让我别插手那件事，他们是对的。丢了空军部工作的话，我就无法接触到机密文件，也接触不到能够告诉我秘密的那些人了。”

卡拉必须坐下来和沃纳好好谈一谈。她坐在床边，靠近他。“为什么不告诉我？”

“我们的工作前提是所有人被折磨以后都会开口。什么都不知道的话，你就不会背叛任何人了。可怜的莉莉被他们折磨得很惨，但她只认识现在已经回莫斯科的沃洛佳和海因里希。即便是海因里希，她也不知道他的名字，以及他的其他任何事。”

卡拉的心猛地一凉。所有人被折磨以后都会开口，这真是太可怕了。

沃纳说：“很抱歉告诉你，但看到我这样，你终究会猜到的。”

“我完全错怪了你。”

“不是你的错，我故意误导的。”

“我觉得自己像个傻子，我鄙视了你两年之久。”

“我一直想向你解释。”

卡拉伸出双臂，抱住了沃纳。

沃纳拿起她的手，吻了一下。“你能原谅我吗？”

卡拉拿不准自己的真实想法，但她不想在沃纳如此情绪低落的时候抛弃他。“当然，当然可以。”

“可怜的莉莉，”沃纳说。他的声音像耳语一样。“她被打得很厉害，走到断头台的时候腿一瘸一拐的，可直到最后，她都在乞求盖世太保，让他们饶她一命。”

“你怎么会在那啊？”

“我认识了盖世太保的托马斯·马赫支队长，是他带我去的。”

“马赫吗？我记得他——我父亲就是他逮捕的。”卡拉回忆起了那个黑色小胡子的圆脸男人。一想到傲慢无礼的马赫带走她父亲，又把他折磨致死的情形，她的心头充满了愤恨。

“他怀疑我，所以带我去行刑现场观察我的表现。也许他觉得我会失去控制出手干涉。还好，我通过了这一次测试。”

“如果你被捕的话……”

沃纳点了点头。“所有人被折磨后都会开口。”

“而且你还知道一切……”

“是啊。我对所有特工、所有的密码都很了解。我唯一不知道的是他们的发报地点。我让他们自由选择发报地，他们也没把发报地告诉我。”

他们安静地手牵着手。过了一会儿，卡拉说：“我本来是有东西要交给弗里达的，但现在完全可以交给你。”

“什么东西？”

“城堡行动的方案。”

沃纳猛地一惊。“我搞了好几个星期都没成功！你是从哪儿弄到的？”

“从参谋部一个军官那儿，也许我不该把他的名字告诉你。”

“别告诉我。但这份文件是真的吗？”

“你最好亲眼验证一下。”她走进弗里达的房间，把浅黄色的信封拿了过来。卡拉从没想过这份文件有可能是假的。“看上去像是真的，但如果是假的，我也分辨不出来。”

沃纳拿出打印纸。过了一会儿，他说：“这份东西千真万确，太棒了。”

“我很高兴。”

沃纳站起身。“我马上把这份文件给海因里希送去，编码以后，今晚就发报。”

尽管不知道自己在期待什么，但卡拉还是对两人的亲密时光如此之短暂感到失望。她跟在沃纳后面走出卧室的门，从弗里达房间拿了手提包，然后下了楼。

走出屋子的大门以前，沃纳对卡拉说：“很高兴和你做回朋友。”

“我也很高兴。”

“你觉得，我们能忘掉那段不快吗？”

卡拉不知道沃纳到底想说什么。他是想恢复两人之前的恋人关系，还是说以前的事就让它过去呢？“这事儿可以稍后再谈。”她不卑不亢地说。

“很好。”他弯下腰，飞快地吻了一下卡拉的唇，然后打开了门。

卡拉和沃纳一起走出屋子，沃纳骑上了摩托车。

卡拉从车道走到街上，向地铁站走了过去。沃纳很快从她身旁开了过去，经过她时沃纳摁了声喇叭，挥了挥手。

独自一人以后，卡拉可以冷静地考虑一下和沃纳之间的关系了。她是如何感觉的呢？两年来她一直恨着沃纳。但与此同时，她并没交到关系比较固定的男朋友。她是不是一直还爱着他呢？抛开其他的不谈，卡拉在内心深处仍然对沃纳怀有一丝眷恋。今天，看到他如此垂头丧气，卡拉的敌意彻底烟消云散了，只剩下心底的深情。

她还在爱着他吗？

卡拉不知道。

马赫坐在梅赛德斯的后座上，沃纳坐在他旁边。马赫的脖子上挎着个学生用的书包，他没背在后面，而是放在了身前。书包很小，正好被扣着纽扣的制服遮掩住了。包里伸出根细线和耳机相连。“新发明的小玩意，”马赫对沃纳说，“离发报地越近，声音越响。”

沃纳说：“比挂着天线的车谨慎了许多。”

“两者要结合起来用——用天线寻找大致范围，然后再用耳机确定确切地点。”

马赫眼下处境不妙。城堡行动遭到了彻头彻尾的失败。攻势尚未开始，苏联红军就袭击了德国空军的集结地。失去了飞行员，城堡行动一周后就取消了。即便如此，红军的突袭还是给德军造成了无以弥补的损失。

没有得到想要的结果时，德国领导人总爱把过错归在犹太人或布尔什维克身上，但这次他们说的没错。红军显然在计划开始前就知道了整个行动的内容。在克林勒恩督察看来，这完全是马赫的错。作为柏林的反间谍头目，马赫显然没把自己的工作做好。他的前途变得越来越渺茫，面临着免职甚至更糟的境地。

他只有寄希望于突然的反戈一击，对所有暗中破坏德国战争成果的间谍，一网打尽。这天晚上，他给沃纳设了个陷阱。

如果沃纳无辜的话，他倒真不知道该怎么办了。

车前座上的步话机发出“哧哧”的响声。司机拿起步话机。“我是瓦格纳。”他发动了汽车，“我们上路了，”他说，“通话完毕。”

行动开始了。

马赫问瓦格纳：“我们这是去哪儿啊？”

“克罗伊茨贝格区。”那是柏林南部人口密集的工人住宅区。

车刚一发动，空袭警报就拉响了。

这种突如其来的状况很叫人头疼。马赫看着车窗外面。探照灯亮了，灯光像巨大的柱子一样转来转去。马赫觉得探照灯的灯光也许能照到敌人的战斗机，可他从来没目睹过这一幕。警报声不再响以后，他听见了来袭战斗机的轰鸣声。战争早期，英国的轰炸机群只有十几架战斗机——已经很让人头疼了——现在每次却要派出一百多架。没扔炸弹前，它们发出的近地面飞行声已经够让人胆寒了。

沃纳说：“我们最好取消今晚的行动。”

“不行。”马赫斩钉截铁地说。

飞机的呼啸声越来越大。

快到克罗伊茨贝格区时，英国战斗机开始往地面扔照明弹和小型燃烧弹。这个区域住着许多工人，这些人正好是皇家空军目前的杀戮对象。丘吉尔和艾德礼宣称他们打击的是军事目标，民众的伤亡只是附带的牺牲品，英国从来没有想过要伤及民众。柏林人非常清楚，他们根本没说实话。

瓦格纳在火光照亮的街道上把车开得飞快。除了防空人员外，街上没有任何人。依据德国战时的法律，空袭警报响以后所有人必须躲进防空设施。除了他们的车外，街上只有救护车、消防车和警车。

马赫偷偷地打量着沃纳。沃纳很神经质，他一边焦急地看着窗外，一边紧张地踏着车内的地板。

除了几个手下之外，马赫从来没把自己的猜测告诉过任何人。他很难告诉别人，自己正在向一个被怀疑为间谍的人展示盖世太保的行动。他可以在地下室里对沃纳上刑，逼他说出真相。但在十分确定之前，他并不准备这么做。如果无法抓住沃纳的狐狸尾巴，他就只能再抓一个间谍向上级报功了。

如果怀疑是真的，他不仅要逮捕沃纳，而且还要抓他的家人和朋友，并告诉大家自己摧毁了一个大规模的间谍网。这样一来，形势就瞬间扭转了。马赫不但不会被降职，甚至还有可能得到晋升。

随着空袭的继续，皇家空军投下的炸弹有了变化。马赫听到了高强度炸药发出的撞击声。目标被点燃以后，皇家空军会扔下汽油弹和炸药使火势加剧，不让灭火人员有机会灭火。这样做很残忍。但马赫知道，德国空军用的也是这种战法。

当他们的汽车开过一条两边都是五层公寓的街道时，马赫的耳机里响起了熟悉的发报声。这个区域正在被英军空袭，好几幢大楼刚刚被炸毁。沃纳颤抖着说："老天啊，我们正处在空袭的中心区域，你还要抓间谍吗？"

马赫完全不在乎：无论如何，生死都在此一举了。"钢琴师也会有这种想法，"他说，"认为空袭时不必担心盖世太保。"

瓦格纳把车停在一幢起火的教堂旁边，指着一条小巷说：“我们要抓的人就在那里。”

马赫和沃纳跳下了汽车。

马赫和沃纳飞快地沿着小巷往前走，瓦格纳跟在他们后面。沃纳问：“你确定声音是间谍发出来的吗？不会是别的什么吧？”

“哪还有什么别人会发出无线电信号啊？”马赫说。

马赫仍旧可以从耳机中听到发报声，但只能时断时续地听到。刺耳的空袭声压倒了一切：飞机声、炸弹声、高射炮声、房屋瘫倒声和大火的呼啸声完全压倒了窸窸窣窣的发报声。

他们经过了一个马厩，几匹马正在马厩里嘶鸣。这时，耳机里的发报声清晰了一些。沃纳紧张地四处张望。如果他是间谍的话，他会担心同伙被盖世太保抓住——琢磨自己该做些什么。他会重复上次的方式，还是用一种新的方法给同伙提醒呢？如果他不是间谍的话，今天的这出戏就完全是在浪费时间。

马赫摘下耳机，交给沃纳。“你来听。”他继续朝前走。

沃纳点了点头。“的确越来越响了。”他的目光愈加狂乱了。他把耳机还给马赫。

抓到你了，马赫得意地想。

一枚炸弹落进他们刚刚经过的大楼，发出震耳欲聋的声响。他们转过身，发现火舌正在肆意吞噬着面包店的窗户。瓦格纳惊呼一声：“老天，差点就炸到车上了。”

他们来到一所学校，学校里有一幢低矮的砖房和一条沥青跑道。“他应该就藏在学校里。”马赫说。

攀上几节石头阶梯，三个人走到学校门口。门没锁，三人径直进了门。

他们身处一条宽大走廊的一头。走廊的另一头是一扇可能通向学校礼堂的门。“往前直走。”马赫说。

马赫掏出了他的九毫米鲁格手枪。

沃纳没带武器。

碰撞声，炸裂声，声音越来越近。走廊上的所有玻璃都炸裂了。操场上一定落下了一颗炸弹。

沃纳大喊：“所有人都赶快离开，这楼马上要塌了！”

马赫觉得，大楼没有坍塌的危险。沃纳是在向钢琴师示警。

沃纳开始狂奔，但不是跑向他们来时的路，而是继续朝前，跑向礼堂。

马赫想，沃纳是在向朋友们发出警报。

瓦格纳掏出枪。马赫却说：“别！别开枪！”

沃纳跑到走廊尽头，推开了通向礼堂的门。“都快跑啊！”他大声喊。但他很快就不再大喊，站在原地不动了。

礼堂里，马赫的同事电气工程师曼恩正在一台手提电台上胡乱地敲击着些什么。

施奈德和里特尔持枪，分别站在他两旁。

马赫得意地笑了笑。不出所料，沃纳跌入了他设置的陷阱。

瓦格纳走到礼堂门口，把枪对准了沃纳的头。

马赫说：“下贱的布尔什维克，你被捕了。”

沃纳行动很快。他迅速避开瓦格纳的枪口，抓住了他的胳膊，把瓦格纳拉进礼堂。瓦格纳暂时帮他躲过了众人的枪口。接着，沃纳把瓦格纳猛地一推。瓦格纳踉跄两步，跌倒在地。趁着众人发愣的当口，沃纳一步跨出礼堂。关上了门。

此时走廊里只有马赫和沃纳两个。

马赫用鲁格手枪对准沃纳：“不准动，不然我就开枪了。”

“你不会开枪的，”沃纳迎面朝马赫走去，“你需要审讯我，审讯出我的同党。”

马赫用枪对准了沃纳的腿。“我可以在你的膝盖上留下一颗子弹，然后再审讯你。”说着，他朝沃纳的腿开枪了。

但没有打中沃纳。

沃纳撞向马赫拿枪的手，马赫手一松，枪掉在地上。他弯腰去捡，沃纳从他身边飞速跑过。

马赫捡起枪。

沃纳跑到学校门口。马赫又瞄准他的腿部开枪了。

前三枪没有击中，沃纳很快就出了门。

马赫对准敞开着的门开了一枪。沃纳大叫一声，倒在地上。

马赫沿着走廊拼命往前跑，后面传来几个部下跑出礼堂的脚步声。

这时，砰的一声，在剧烈的撞击下，楼顶破了个大洞，大火在汽油弹的作用下像瀑布蔓延开来。马赫惊叫一声，但很快便全身着火，痛苦地倒在了地上。迎接他的是死一般的沉默和黑暗。

医生们在医院大厅给病人分诊。发炎和割伤的人被分到门诊病人等候区，等待年轻护士派发消炎药或清理伤口。病情严重的病人留在大堂里进行紧急手术，术后送入楼上的加护病房。死者被扔到院子里冰凉的地上，等待家属来认领。

厄内斯特医生检查了一个不停嚷嚷的烧伤病人，给他开了点吗啡。“把他的衣服脱掉，在烧伤处上点凝胶。”说完，他就去诊治下一个病人了。

卡拉给针管加上药液，弗里达脱去了病人烧黑的衣服。病人的身体右半边全都烧伤了，左半边情况要好些。卡拉发现他只有左侧屁股上的皮肤和肌肉还完好无损。正准备注射时，她认出了病人的脸，一下子僵住了。

她熟悉这张肥猪般的圆脸，熟悉鼻子下那片污渍般的小胡子。两年前，他在乌尔里希家的过道里逮捕了卡拉的父亲。父亲被放回家后，马上就死了。这是她的杀父仇人——盖世太保的托马斯·马赫。

你杀害了我的父亲，她想。

现在我可以杀了你。

杀死马赫很简单，只要给他注射四倍剂量的吗啡就可以了。没人会注意到注射过量的事情，尤其是今天这样一个忙乱的晚上。注射完以后，马赫很快就会失去知觉，几分钟就没命了。缺少睡眠的医生会把他的死归因于突发的心脏病。没人会怀疑这个诊断，没人会提问题。马赫只是千万个死于空袭的遇难者之一，愿他的灵魂在天堂安息！

她知道沃纳一直担心马赫在盯着他。沃纳任何一天都可能被马赫逮捕。所有人被折磨以后都会开口，沃纳会供出弗里达、海因里希和其他人——这里面就包括了卡拉。她可以在分秒之间解救这些人。

但她犹豫了。

她问自己为什么，马赫是个折磨杀害普通民众的刽子手，死上千万次都不足惜。

卡拉已经杀过人了，她杀了科赫，或者说协同艾达杀了科赫。但那是科赫在差点把茉黛踢死的情况下才动手的，两者有本质的不同。

马赫是个病人。

卡拉不信教，但她遵守着一些信条。她是个护士，病人给予她完全的信任。她知道马赫会不加犹豫地折磨和杀死她——但她不像马赫，她不是那种人。这和马赫无关：这完全是卡拉一个人的事情。

卡拉觉得，如果她杀害了某个病人的话，她就再也不能从事护士这个职业，无法再照顾病人。她会觉得自己像个偷钱的银行家，像个接受贿赂的政客，像个见了第一次来忏悔的姑娘就勾起性欲的神父。她会背叛自己当初的信仰。

弗里达说，“你还在等什么啊，平静不下来的话我根本没法给他上药。”

卡拉拿起针管，扎进托马斯·马赫的身体，他很快就不再乱喊了。

弗里达开始给马赫烧伤的皮肤上药。

“这个人只是受了些惊吓。”厄内斯特医生在说另一个病人的情况，“不过他的背上中了一枪。”他提高音调和病人说话，“你是怎么中枪的？皇家空军今夜唯一没向我们扔的东西就是你身上的子弹。”

卡拉转身看了一眼。病人趴在床上，背朝着她。他的裤子被剪掉了，露出大腿的后侧。他是白种人，背后有一小片体毛。他身体虚弱，嘴里一直在念叨着什么事情。

厄内斯特说：“你是说警察的枪走火了吗？”

病人的声音清晰了一些："是的。"

"我准备把你身上的子弹取出来，这会有点疼，但我们这的吗啡不多了，比你惨的情况多着呢。"

"没事，你现在就取吧。"

卡拉用棉签为伤者的伤口消了毒。厄内斯特医生拿出狭长的医用钳。"咬住枕头。"他说。

他把医用钳伸入伤处。病人发出低沉的吼声。

厄内斯特医生说："放松肌肉，不然你会更疼的。"

卡拉觉得这话蠢极了，没有哪个病人在医用钳伸入伤口时还能放松的。

病人狂吼："该死，疼死我了！"

"我碰到子弹了，"厄内斯特说，"试着平静下来。"

病人逐渐平静下来。厄内斯特医生夹出子弹，扔进托盘。

卡拉擦干净伤处的污血，在伤口上放了块纱布。

病人翻过身来。

"不能这样，"卡拉说，"你必须——"

她说不出话了，这人竟是沃纳。

"卡拉？"他试探地唤了声。

"是我，"她欢快地说，"我正准备用绷带包扎你的屁股！"

"我爱你。"沃纳说。

卡拉用极不职业的姿态抱住他："亲爱的，我也爱你！"

托马斯·马赫慢慢地醒了过来。一开始他处在梦境中，接着他清醒了一点，意识到自己是在医院，被医生打了吗啡。马赫知道自己为什么在医院：他的皮肤烧伤得很严重，尤其是右半边身体上的皮肤。他知道，药物极大地减轻了疼痛，但不能完全使疼痛消失。

马赫慢慢地记起了来这的原因。他所在的学校大楼挨炸了，如果不是追踪那个逃犯，他肯定也会烧死在大楼里。跑在他后面的人一定全死了：曼恩、施奈德、里特尔和年轻的瓦格纳。他的支队全没了。

但他抓住了沃纳。

真的抓住了吗？他击中了沃纳，沃纳倒在地上，接着炸弹便炸下来了。马赫逃过一劫，沃纳或许也逃过了这一劫。

现在只有马赫知道沃纳是个间谍，他必须把这个情况报告给上司克林勒恩督察。他想坐起来，却发现自己连动一下的力气都没有。他想喊护士，张开嘴却发不出声。很快，他就精疲力竭地睡着了。

再次醒来的时候，他知道已经是晚上了。医院里很安静，没有人走动。他睁开眼，看见一张脸出现在他的头上。

是沃纳。

“现在你要离开这儿了。”沃纳说。

马赫想求救，却说不了话。

“你会去一个新的地方，”沃纳说，“在那里，你不能再折磨任何人了——事实上，你会在那儿被人折磨。”

马赫张开嘴，想大叫出声。

一个枕头落在他的脸上，压紧了他的鼻子和嘴。他发现自己无法呼吸了。他想挣扎摆脱，四肢却一点力量都没有。他试图大口吸气，周围却没有空气了。他惊慌失措，开始把头向两边摇晃，但脸上的枕头压得更紧了。最后，他沉闷地哼了一声，但也只不过是一声喉音。

眼前的光逐渐收缩成一个斑点。

最后，完全熄灭了。

第十七章

1943年，莫斯科

“你愿意嫁给我吗？”沃洛佳·别斯科夫屏住呼吸问。

“不，”卓娅·沃洛茨采娃说，“但我要谢谢你。”

对任何事，卓娅都习惯实话实说，但这次她回答得未免也太草率了。

在莫斯卡瓦酒店的房间里，沃洛佳和卓娅正躺在豪华的大床上，两人刚亲热过。卓娅已经来过两次了。她最喜欢让沃洛佳舔她。当他跪在她双腿之间时，她喜欢躺在一堆枕头上。在他们的关系中，沃洛佳是从属者，完全自愿，而卓娅也会热情地回报。

他们已经约会一年多了，两人的关系进展得非常顺利。卓娅的拒绝让沃洛佳完全不知所措。

沃洛佳问：“你爱我吗？”

“当然，我很爱你。你一定也很爱我，所以才会向我求婚。”

谈话的氛围轻松了一点。“那你为什么不肯接受呢？”

“我不想让孩子降生在这个战乱的世界上。”她说。

“好吧，这点我能理解。”

“等打了胜仗，再向我求婚吧。”

“那时，我也许就不想娶你了。”

“如果这样反复无常的话，今天的拒绝反而是好事。”

“对不起，我忘了你不爱开玩笑。”

“我要尿尿。”卓娅下了床，赤身裸体地穿过酒店房间。沃洛佳不敢相信，自己竟然有这样的眼福。卓娅的身材比时装模特和电影明星还要标致，她皮肤雪白，头发金黄——美得不可方物。她没有关上门，直接坐在了马桶上。沃洛佳听着里面的水声，她这种不拘小节的个性，总是能给他带来惊喜。

这个时候，他本该在工作的。

每次盟军领导人来访的时候，莫斯科秘密情报机关的工作秩序总会被打乱。10月18日开始的部长会议又一次打乱了沃洛佳的工作安排。

来访的是美国国务卿科德尔·赫尔①，以及英国外交大臣安东尼·艾登②。他们这次来的主要目的，是签署包括中国在内的四国协定。斯大林觉得这完全是无理取闹，搞不懂英美为何要在这上面浪费时间。赫尔已经七十二岁了，还不停在咳血——他的医生和他一起来到了莫斯科——但疾病并没有使赫尔软弱，他一直在积极地促成四国协议的签订。

① 科德尔·赫尔（Cordell Hull，1871—1955），1933年初，罗斯福总统上台，赫尔被任命为国务卿，此后全力支持“新政”。赫尔是美国历史上在任时间最长的国务卿，也是1945年诺贝尔和平奖获得者。

② 安东尼·艾登（Robert Anthony Eden，1897—1977），英国政治家、外交家。第二次世界大战时，作为首相丘吉尔的副手担任外交大臣，由于他相貌英俊，强烈反绥靖主张，因而在英国深得民心。

会议期间，NKVD[①]——相当于秘密警察，有很多事情要做，不得不和老对手，红军情报部门联手进行治安和情报工作。酒店的房间里都安置了窃听器——这里也有一个，不过沃洛佳把电线拔掉了。来访的部长和他们的助手们必须时时在苏联的监视之下。他们的行李必须每天打开检查，他们的电话会被录音，然后译成俄语进行分析。他们碰到的大多数人，包括侍者和酒店女服务员，都是秘密警察。如果在酒店大堂或街上，他们和其他人说话，那个人就倒霉了。轻则被调查背景，重则关起来毒打审讯。对秘密警察和军队情报人员来说，这意味着大量的工作。

沃洛佳很兴奋。他在柏林的线人传送了重大的情报。他们把德国夏季最主要的攻势，“城堡行动”的行动方案发报了过来，红军根据这份情报对德军进行了致命的一击。

卓娅也很高兴。苏联重新开始原子能探索，卓娅成了研制原子弹团队的一分子。因为斯大林的怀疑，苏联已经在这个方面落后西方很多了，但在英美共产党间谍的帮助下，其中包括了沃洛佳的老朋友威廉·伏龙芝，这段差距得到了有效的弥补。

卓娅回到床上。沃洛佳说：“我们第一次相遇的时候，你似乎不太喜欢我。”

“我不喜欢男人。”卓娅回答，“现在还是不喜欢。大多数男人不是醉醺醺的，就是爱恃强凌弱。我用了很长时间才判断出你和大多数男人不同。”

“谢谢你的夸奖，”沃洛佳说，“但男人真有这么糟吗？”

---

① NKVD，指内务人民委员部，也指其下属的苏联内卫军——苏联内务部内卫部队。作为苏联武装力量的一部分，其使命是保卫国家设施和完成苏联内务部担负的其他战勤任务。

“看看你周围的，”卓娅说，“再看看整个苏联的男人。”

他伸手越过卓娅的身体，打开了床边的收音机。尽管拔掉了床头板后面窃听器的电线，沃洛佳还是不敢太大意。很快，收音机里传出军乐队演奏进行曲的声音。确定没人偷听以后，沃洛佳说：“别担心斯大林和贝利亚，他们不会阴魂不散的。”

“你知道我父亲是如何落魄的吗？”卓娅问。

“不知道，我父母没提过。”

“是有原因的。”

“告诉我吧。”

“妈妈对我说，爸爸厂里举行过一次参加莫斯科苏维埃的代表选举。一个孟什维克的代表带头反对布尔什维克。我爸爸去听了他的演讲。我爸爸既不支持孟什维克，也没有给那个人投票，但所有听他演讲的人都遭到了解雇。几周以后，我爸爸被逮捕，被关在卢比扬卡监狱。”

她说的是设在卢比扬卡广场[1]的NKVD总部和监狱。

卓娅说：“我妈妈去找你爸爸，请求他出面帮忙。你爸爸马上带她去了卢布扬卡监狱。他们救下了我爸爸，但他们说，另外十二个工人遭到了枪决。”

“太可怕了，”沃洛佳说，“是斯大林把他们——”

“不，那是1920年的事情。那时斯大林还在苏联和波兰的战争中担任指挥官呢！当时苏联还处在列宁时代。”

“是列宁时代发生的事吗？”

“是的。你明白了吧？不是斯大林和贝利亚。”

---

① 卢比扬卡广场，位于红场东北900米。初建于1480年，在苏联时期，是情报机构的所在地，先后是契卡、内务人民委员部、克格勃的总部。

沃洛佳的共产主义世界观完全被动摇了。“怎么会这样？”

门开了。

沃洛佳伸手去床头柜的抽屉里拿枪。

但进来的只是一个穿着毛皮大衣的女孩。沃洛佳前后看了看，跟她一起来的没有其他人。

“沃洛佳，对不起，”穿着毛皮的女孩说，“我不知道你有伴儿。”

卓娅说：“该死的，她是谁？”

沃洛佳说：“娜塔莎，你怎么能开我的门的啊？”

“你给了我把万能钥匙，这把钥匙能开酒店里所有的门。”

“算了，但你至少应该敲敲门的。”

“对不起，我只是想把坏消息快点告诉你。”

“什么坏消息？”

“我照你吩咐的进了伍迪·杜瓦的房间，但是没能完成你交办的任务。”

“你做了什么？”

“这样。”娜塔莎掀开大衣，露出自己的裸体。她的体态丰满，阴部有一丛黑色茂盛的阴毛。

“好吧，我知道了，扣上你的大衣，”沃洛佳说，“他说了些什么？”

娜塔莎转换成英语说：“他说‘不要’。我问：‘不要是什么意思？’他说：‘是需要的反义词。’接着他打开门，直到我离开房间才关上。”

“麻烦，”沃洛佳说，“我得想想别的法子了。”

下午三点，当范德米尔上校红着脸醉醺醺地走进对敌情报中心的时候，查克·杜瓦知道麻烦来了。

珍珠港的情报中心得到了扩展。之前名为“海波”的情报中心已经更名为太平洋战区联合情报中心。

范德米尔带来个海军中士。“嗨，你们两个娘娘腔，”范德米尔说，“客户来投诉了！”

战争开始以后，每个人都有了自己的特殊任务。查克和埃迪的任务是，当美军一座接一座岛屿地横穿太平洋时，画出他们将要登陆的岛屿的地形图。

范德米尔说：“这是多尼根中士。”多尼根中士个子很高，看上去非常坚毅。查克猜测，范德米尔上校多半已经不再为性方面的错乱而困扰了。

查克站起身：“中士，很高兴见到你，我是杜瓦军士长。”

查克和埃迪都得到了晋升。成千上万新兵应征入伍以后，军官有了很多的空缺。遵守纪律的老兵晋升得非常快。查克和埃迪被允许在基地外居住。他们共同租了一套公寓。

查克伸出手，不过多尼根没有和他握手。

查克坐了下来。他的级别比多尼根高一点，不想对粗鲁的人以礼相待。“范德米尔上校，有什么需要帮忙的吗？”

在海军中，上校有许多法子可以消遣军士长，范德米尔上校恰巧对这些法子都很精通。他调整了轮班表，使查克和埃迪得不到同一天休息的机会。在海军中，报告必须是“优秀”才算基本合格，因此他给查克和埃迪的报告总是评价为“良好”。他故意给军需官传达混淆的信息，使查克和埃迪不是少拿就是晚拿军饷，必须花好几个小时来澄清原委。他总是能冠冕堂皇地找他们的麻烦。现在，他又想出一个新花样来折磨他们。

多尼根从口袋里拿出一张皱巴巴的纸，然后打开了。“是你画的吗？”他气势汹汹地问。

查克接过地图。这是所罗门群岛中新乔治亚岛的地图。“让我看看。”他一拿过来，就知道这是自己画的地图，他决定先不说，而是拖延时间，跟他们周旋。

他走到文件柜前，打开一个抽屉。他拿出新乔治亚岛的文件夹，用膝盖顶上抽屉。接着他回到书桌旁坐下，打开了文件夹。文件夹里放着多尼根手上地图的副本，“是的，”查克说，“地图是我画的。”

“告诉你，你的地图根本狗屁不通。”多尼根说。

“怎么说？”

“你看这里。你画的地图上丛林一直延伸到了大海，但事实上那里有四分之一英里宽的海滩。”

“听你这么说，我感到非常抱歉。”

“抱歉！”多尼根和范德米尔喝了同样多的啤酒，一心想着和查克干上一架，“我们在那儿死了五十多个自己人。”

范德米尔打了个嗝：“杜瓦，你怎么能犯这样的错误？”

查克震惊了。如果他犯的错导致了五十个士兵的死亡，那绝对有理由受到斥责。“这是我们报告的来源。”他说。文件里放着一张可能是维多利亚岛的不精确地图，一张显示了海水的深度但几乎看不到地形的海军航向图，没有任何实地报告和无线电解密的信息。除了这些，文件里就只有侦察飞机拍摄的模糊不清的照片了。查克把手指放在照片上的对应地点，说：“看上去丛林的确一直延伸到了海岸边。这是海潮吗？如果不是海潮的话，海滩上的沙子在照片拍摄时一定被海藻遮住了。海藻会一下子迸发开来，也会一下子消失得无影无踪。”

多尼根说：“如果你本人在那儿打仗的话，就会细心点了，真他妈的操蛋。”

也许他说的对，查克想。多尼根的确粗鲁，的确得理不饶人，又在充满恶意的范德米尔的煽风点火下怒气冲冲，但这不意味着他说错了。

查克试图对多尼根进行巧妙的反驳，琢磨了一会儿，他突然觉得多尼根的主意其实也不错。也许他应该去现场目睹实战，他早已经对文案工作厌倦了。多尼根的建议完全可以采纳。

从另一方面来说，打仗意味着要冒生命危险。

查克直视着范德米尔的眼睛。“上校，这个主意非常好，”他说，“我自愿到前方去。”

多尼根非常惊讶，似乎这时才意识到自己错判了形势。

埃迪第一次开口了：“我也一样，我自愿到前方去。”

“很好，”范德米尔说，“你们也许会在了解了那里的情况后顺利回来——也许，永远都回不来了。”

沃洛佳没有办法灌醉伍迪·杜瓦。

在莫斯卡瓦酒店的酒吧，他把一杯伏特加放在年轻的美国人面前，用蹩脚的英语对他说：“你会喜欢的——这是苏联最好的伏特加。”

“非常感谢你的好意。”尽管这么说了，但伍迪没碰眼前的酒杯。

伍迪身材瘦长，看上去有点天真，因此沃洛佳把目标放在了他的身上。

伍迪通过翻译向他发问道：“别斯科夫在苏联是个很常见的姓吗？”

“并不常见。”沃洛佳用俄语回答道。

“我是从布法罗来的，我们那里有个远近皆知的商人，他的名字叫列夫·别斯科夫，不知你们之间有没有亲戚关系。”

沃洛佳吃了一惊。他父亲的弟弟就叫列夫·别斯科夫，他这个叔叔在一战前去了布法罗。但他很小心。“我得回去问问我父亲。”他支吾着说。

“我和列夫·别斯科夫的儿子格雷格一起在哈佛上大学，他也许是你的堂兄弟。”

“也许吧。”沃洛佳紧张地看了看吧台周围的盯梢者。伍迪不会理解，苏联公民一旦和美国牵扯上的话，就会在身上落下怀疑。“伍迪，在我们苏联，拒绝别人的敬酒是不礼貌的。”

伍迪灿烂地一笑。“在美国不是。”他说。

沃洛佳拿起酒杯，看着吧台边装扮成平民和外交官的秘密警察们。“干杯！”他说，“为美国和苏联之间的友谊干杯！”

吧台边的人都高举起酒杯，伍迪也举起了酒杯。“友谊万岁！”所有人异口同声地高喊。

除了伍迪，其他人都喝了杯子里的酒。伍迪杯子里的酒却一动没动。干杯之后，他又把酒放回去了。

沃洛佳开始觉得，伍迪也许没有看上去那么天真。

伍迪把身体探过吧台。“沃洛佳，你应该明白，我这没有任何机密可言，我的职位太低微了。”

“我也是。”沃洛佳说。但这显然不是事实。

伍迪说：“我想说的是，你有什么问题想问，就尽管问。如果我知道答案，一定言无不尽。因为我知道的事都算不上什么秘密。所以你既不用把我灌醉，也不用派妓女到我的房间里。你可以直接向我提问。”

沃洛佳觉得伍迪是在拿他开涮。在国际政治舞台上，没有哪个人会无所保留的。但他决定迁就一下伍迪。“好吧，”他说，“我需要知道你们是干什么来的。你们的代表团，你们的国务卿赫尔，你们的总统罗斯福。你们想从这次会议中得到些什么？”

“我们希望苏联支持四国协定。”

这是美方的标准答案，但沃洛佳决定探究下去。“这正是我们弄不明白的地方，”这时的他很真诚，比他应该扮演的角色要真诚得多，但直觉告诉他应该开诚布公一点。“谁要和中国签订什么协定啊？我们希望在欧洲战场击败纳粹。我们希望美国帮助我们。”

“我们会伸出援手的。”

“你们做到了吗？你们说今年夏天会派兵到欧洲来的。”

“我们确实派兵了，我们派兵进入了意大利。”

“这远远不够。”

“我们答应明年进入法国。”

“那你们为什么还要签协定？”

“这么说吧，”伍迪整理了一下思绪说，“我们必须告诉美国人民，派兵欧洲符合他们的最大利益。”

“为什么？”

“什么为什么？”

“为什么你们要向民众解释这个？罗斯福不是总统吗？他派兵过来不就行了吗？”

“明年是选举年，他想再次当选。”

“所以呢？”

“如果美国民众认为，罗斯福总统不必要地把他们拖入了欧洲战场，明年选举时，他们就不会给他投票了。因此罗斯福总统想把进军欧洲作为他世界和平一揽子计划的一部分。如果签订的四国协定能显示我们正准备建立一个国际联盟，美国的选民就会认为进入法国是通向世界和平的必要步骤，从而把选票投给他。”

沃洛佳说：“他是总统，却要解释自己做的每一件事，真是太不可思议了。”

“我们称之为民主。”伍迪说。

沃洛佳隐约地相信，这个不可思议的故事的确有可能是事实。“因此说，这份协定是劝说美国选民进军欧洲所必须的，是这样的吗？”

“是的。”

“那为什么要把中国牵扯在里面？”斯大林对美英硬要把中国放在协定之中感到非常生气。

“中国也是我们的盟国，只是弱了点。”

“放弃掉不就得了。”

“如果中国被抛弃在外，他们的士气会受到打击，对日军的作战可能没有以前那么热情了。”

“那又怎么了？”

“那样的话，我们就得把一部分兵力放在太平洋战场，这会削弱我们投入在欧洲战场上的军事力量。”

这一点提醒了沃洛佳。苏联同样不希望美英盟军把兵力从欧洲转移到太平洋战场。“所以你们对中国示好，只是为了给进军欧洲保存更多的兵力吗？”

“是的。”

“这么一说，我就明白了。”

“很好。”伍迪说。

11月1日清晨，在南太平洋岛屿布干维尔岛①附近的军舰上，查克、埃迪和海军陆战队第三师的战友们，正在享用牛排早餐。

布干维尔岛长约一百二十五英里，岛上南北方各有一个日本海军基地。美国海军陆战队准备在防守松懈的西岸登陆。他们要建立一个滩头阵地，并夺取足够的土地，以建立一个能对日军基地发动袭击的飞机跑道。

七点二十六分，查克来到了甲板上。戴头盔、背着包的海军陆战队士兵，开始陆续翻下舰身一侧的绳网，跳到登陆艇上。和他们一起的，还有几条精力旺盛、始终保持警觉的杜宾犬。

登陆艇快到岸边的时候，查克发现了他准备的地图上有个小错误。汹涌的巨浪拍打在陡峭的海滩上，激起一阵阵涡流。没过一会儿，一艘救生艇就侧翻在海浪里，很快完全倾覆了。海军陆战队的战士们只能游向海岸。

① 布干维尔岛（Bougainville），是西南太平洋上所罗门群岛中的最大岛屿。第二次世界大战期间，曾被日本侵占，战后转为澳大利亚托管地。

“我们必须在地图上显示海浪的情况。”查克站在甲板上，对自己身边的埃迪说。

“我们怎么能确定海浪的情况呢？”

“侦察机必须飞低一点，把浪花的大小和形状拍成照片。”

“敌人的基地这么近，他们不可能飞得很低。”

埃迪说得对。但他们必须想出个对策。查克把这作为此次任务要解决的第一个问题。

这次登陆他们所用的信息比以往要多。这次他们靠的不是不可信的地图和辨认不清的航拍照片，而是六星期前在岛上登陆的侦察队发回的侦察报告。侦察队标出了四英里长海岸线上十二处适合登陆的方位。但是他们没有提到海浪的情况。也许他们侦察的那天浪头还不够高吧。

到这时为止，查克地图的其他方面都是对的。岸边有一百码宽的沙石滩，还有一片密密麻麻的棕榈树和其他植被。根据地图上的示意，沙石滩后面应该有片沼泽。

沙石滩上有少许防卫的日军。海军陆战队员们游向沙石滩后不久，查克就听见了一阵枪炮声，一发炮弹落在眼前的浅海里。炮弹没有造成人员伤亡，日军的射术显然还要改进。陆战队员登陆的紧迫感增强了。他们从登陆艇跳到岸上，跑向沙石滩准备建立美军的滩头阵地。

查克很高兴，来这儿的决定做对了。他从来没有在自己画的地图上马虎过，不过实地看一看自己画的地图如何拯救生命、一个微小的错误又是如何置人于险境，还是有益的。这次出征前，他和埃迪就做过许多有益的尝试。他们请求重拍模糊的照片，对进行侦察的人员进行问询，并打电报给各个地方，寻找更清晰更准确的地图。

这么高兴还有另一层原因。自己终于来到深爱的大海了。他和七百多个男人共住在同一条船上。他喜欢战友之间的情谊，喜欢大家在一起时开的玩笑、唱的歌，喜欢拥挤床铺和多人共浴的那种亲近感。“我的感觉和进入女子寄宿学校的正常男人完全一样。”一天晚上，他对埃迪说。

“那种事情永远不会发生，我们却真真实实地在这样的一条船上。”埃迪说。他的感觉完全和查克一样。他们深深地相爱着，但并不介意看到赤身裸体的水兵们。

这时，七百名海军陆战队员已经全都跳下了军舰，以各自最快的速度登上了岸。同样的一幕也发生在海滩上的其他八个登陆点。把陆战队员放到岸上以后，登陆艇马上会回到军舰旁，接下更多的陆战队员，但整个过程却似乎出人意料地慢。

藏在丛林中某处的炮手终于有了准星。一发炮弹正好炸在几个美军中间，他们的武器和身体碎片四处乱飞，他们的血把沙石滩染得鲜红鲜红。

查克目瞪口呆地看着这场屠戮的惨景。这时，军舰上空传来飞机的呼啸声。他抬起头，看见一架日本的零式轰炸机沿着海岸线低空飞行。看见机翼上的红色太阳，查克平添了几分恐惧。上一次，他看见类似的红色太阳是在中途岛战场上。

零式轰炸机对海滩进行了扫射。刚从登陆艇上跳下的海军陆战队队员正好被抓个正着。一些人平躺在浅水里，一些人躲在了登陆艇的艇身后面，还有一些人朝丛林跑了过去。陆战队员纷纷倒下，海滩上血肉横飞。

轰炸机很快就飞走了，在海滩上留下了一堆尸体。

很快，查克又从另一片海滩听到了轰炸机的扫射声。

轰炸机还会回来的。

美军应该会派战斗机参战，但查克一架都没看到。美国空军的空中支援就是这样，需要时他们永远都无法及时赶到。

等所有海军陆战队员都不顾一切地上岸以后，登陆艇把医务兵和担架员也送到了岸上。接着，他们开始运送给养：弹药、饮用水、食物、药品，以及各种军备。回程时，登陆艇再把伤员送回到船上。

查克和埃迪作为非军事人员和给养一起被送上了岸。

划登陆艇的人已经熟悉了这里的海浪。他们把艇身维持在一个稳定的方位，把斜坡的一头放在沙地，任凭波浪拍打着船舷。装着给养的盒子从斜坡滑到海岸上，查克和埃迪则跳进海水，淌水向海岸走去。

查克和埃迪一起上了岸。

刚一上岸，一挺机关枪开火了。

开火的机关枪手似乎藏在离岸四百码远的丛林里。他是一直潜伏在那里，还是从另一个开火点转移过来的呢？埃迪和查克猫着腰，向海岸上的树丛处奔去。

一个扛着一箱子弹的水手惨叫一声，跌倒了。箱子同时掉到了地上。

查克身旁的埃迪突然惨叫一声。

等反应过来时，查克已经往前跑了好几步。他转过身，看见埃迪抱着腿在沙滩上打滚：“妈呀，我的膝盖！”

查克跑回去，跪在埃迪身边。“没事的，我在这儿！”他朝埃迪大喊。埃迪虽然双眼紧闭，但是他还活着。除了膝盖，查克没有在他身上看见任何伤口。

他回过头，看见送他们来的登陆艇还没卸完给养，仍然停在岸边。他可以很快把埃迪背回登陆艇，但机关枪在持续开火。

他蹲伏在地。“可能会有点疼，”他说，“要喊你就尽管喊出来吧。”

他把右臂放在埃迪的胳膊下面，用左臂撑住埃迪的大腿。承受了埃迪的全身重量以后，他挺身站了起来。埃迪随着伤腿的摆动而尖叫起来。“亲爱的，挂在我身上就好。”说完，查克转身走向登陆艇。

突然，一阵无法忍受的剧痛从他的大腿、后背一直延伸到他头上。这一秒，他只想着不能把埃迪丢下。但下一秒，他就明白自己快不行了。这时，查克的眼前突然闪过一道光，让他完全睁不开眼睛。

终于，查克走到了他人生的尽头。

轮到休息日，卡拉就会到犹太医院帮忙。

是洛特曼医生请她来帮忙的。洛特曼从集中营里被放了出来——除了纳粹，没人知道他为什么可以被放出来，纳粹也没有把放他出来的原因说出来。他瞎了一只眼睛，腿一瘸一拐的，但至少他还活着，至少还能给犹太人和贫苦人看病。

医院在柏林北部工人阶级聚集的维丁区，但那里的建筑没有一丁点儿工人阶级的特征。维丁区的建筑都修建于第一次世界大战之前，那时正是柏林的犹太人繁荣兴旺之时。洛特曼医生的医院有七幢精美的建筑和一个大花园，这七幢建筑由楼间的通道相连，病人和医院的员工可以在建筑间畅通无阻地通行，不用担心会被坏天气影响。

犹太人医院的存在本身就是个奇迹。柏林剩下的犹太人非常少。他们成百上千地被聚集起来，随特别列车离开柏林。没人知道他们去了哪儿，等待他们的命运又是如何。据说他们被送进了大肆杀戮的灭绝集中营，但很多人不愿意去相信这类流言。

留在柏林的少数犹太人生病后不能被雅利安医生和护士看诊。归因于纳粹种族主义紊乱的逻辑，这家医院得以保留。这家医院的职员是犹太人和那些算不上雅利安人的家伙：东欧来的斯拉夫人、先辈来自不同种族的人，以及那些和犹太人结婚的人。但医院没有足够的护士，因此洛特曼医生请卡拉过来帮忙。

医院经常被盖世太保骚扰，缺少装备，尤其是病人的用药。另外医院人手不够，几乎没有可用的资金。

给空袭中断腿的一个十一岁小男孩量体温时，卡拉就已经犯了罪。从她本人的医院偷出药品拿过来用更是个不得了的罪名。可她却想证明，不是每个人都在纳粹面前屈服，哪怕是向自己证明也好。

巡视完负责的病房以后，卡拉看见沃纳穿着空军的军装站在病区门外。

沃纳和卡拉一连好几天生活在恐慌之中，生怕有人从被炸的学校里生还，指控沃纳是个间谍。不过现在她们知道那些人已经全死了，没有别人知道马赫的猜疑。他们又一次逃过了一劫。

沃纳很快便从枪伤中恢复过来。

他们成了恋人。沃纳搬进了乌尔里希家大而空旷的宅子里，每天晚上和卡拉一起睡觉。双方的长辈都没反对：每个人都可能没几天好活了，人们应该从艰辛和磨难中享受一点点快乐。

但这天隔着病区的玻璃门向卡拉挥手的时候，沃纳的表情严肃了很多。卡拉挥手让他进来，和他接了吻。“我爱你。”这句话卡拉总是说不够。

他总是愉快地予以回应：“我也爱你。”今天也是同样。

“你来这干什么？”卡拉问，“仅仅是和我接吻的吗？”

“我带来了坏消息，我被调到了东部前线。”

“哦，不。”卡拉哭了。

“能捱到现在才上前线已经是个奇迹了。多恩将军不可能一直罩着我。军队里的半数人是老人和学生，我是个二十四岁的适龄军官，我自然应该去了。”

卡拉小声说：“请你千万别死。”

“我会尽力的。”

卡拉仍旧保持着很轻的声音：“但我们的谍报网怎么办？一切都是你在操办，你走了以后谁来负责？”

他一言不发地看着她。

卡拉意识到沃纳在想什么。“不——不能是我啊！”

“你是最佳人选。弗里达是个跟随者，而不是一个领袖。你已经在招募和指挥新人上展示了自己的才干。你从来没有被抓过，也没有参加政治活动的记录。没人知道你在阻止T4行动中所扮演的角色。对当局而言，你只是个无可指摘的护士。”

“沃纳，我害怕极了。”

“你可以不接受这项工作，但你不做就没人做了。”

这时他们听见一阵吵嚷声。

隔壁病房住的都是些精神病患者，平时很少有叫嚷或尖叫的声音，但今天的情况似乎有点不同。有人正在隔壁病房厉声争辩着，声音很大，而且似乎有理有据。这时又出现了第二个声音，说话的人是柏林口音，语气霸道，显然是医院以外的人。

卡拉走到走廊里，沃纳跟在后面。

外套上绣着一颗黄色星星的洛特曼医生正在和一个穿着党卫军制服的家伙争辩着什么。平时紧闭的通向精神病区的双开门，此时正向外敞开着。病人们正在离开病房。两个警察和几个党卫队队员正驱赶着一列患有精神病的男女走下楼梯。这些精神病患者大多穿着睡衣。有的抬头挺胸，和正常人没什么区别，有的则走路歪歪扭扭，嘴里还不断念叨着什么。

卡拉立刻想到了艾达的儿子库尔特和沃纳的弟弟阿克谢尔，以及阿克尔堡的那个所谓的医院。她不知道这些病人会被送到哪里去，但知道他们将会被杀害。

洛特曼医生气愤地说："他们是病人，他们需要得到治疗！"

党卫军军官答道："他们不是病人，是疯子，他们应该到疯子应该待的地方去。"

"去另一家医院吗？"

"你会按程序得到通知的。"

"这个答案不能令我满意。"

卡拉知道自己不能插手这件事。如果党卫军发现卡拉不是犹太人，那她的麻烦就大了。她长着黑色的头发和绿色的眼睛，不太像雅利安人。如果她保持沉默，他们多半不会找她的麻烦。但如果对党卫军的行径提出抗议，那她就会遭到逮捕，受到审讯，最终被党卫军发现是违法到这儿来帮忙的。因此她只能紧紧闭住自己的嘴巴。

军官说话更大声了："赶紧——把这些白痴送到车上去！"

洛特曼继续据理力争。"你必须告诉我，他们要被送到哪里。他们是我的病人。"

他们算不上洛特曼医生的病人——洛特曼不是精神病医生。

党卫军军官说："如果你这么关心他们，你完全可以和他们一起去。"

洛特曼医生的脸变得刷白。一起去就意味着死亡。

卡拉想到了他的妻子汉尼洛尔、他的儿子鲁迪，以及他在英国的女儿伊娃，心里不禁一阵恐惧。

党卫军军官笑得狰狞："突然就不那么关心了吗？"

洛特曼挺起了胸。"正相反，"他说，"我接受你的邀请。多年前，我曾经发誓要尽我的一切去帮助那些患病的人。我不打算违背我的誓言。我希望带着我的良知平静地死去，"说完，他一瘸一拐地走下了楼梯。

一个敞开着睡袍露出裸体的老妇从卡拉身旁经过。

卡拉无法再沉默下去了。"已经十一月了！"她嚷道，"她连件出门穿的外套都没有！"

党卫军军官严厉地瞪了她一眼。"上汽车就热了。"

"我去拿件厚衣服，"卡拉转身对沃纳说，"跟我走，再找些毯子过来。"

卡拉和沃纳在精神病病房内穿梭，从病床和壁橱里拿出毯子。两人各抱着一摞毯子，匆匆奔下了楼梯。

医院的花园天寒地冻。医院门外停着辆灰色的大巴，发动机空转着，司机在方向盘后面吸烟。司机穿着大衣，戴着帽子和手套，车上显然没有装暖气。

几个盖世太保和党卫军聚在车上，冷眼看着上车的病人。

最后，几个病人都上了车。卡拉和沃纳跳上大巴，开始给病员分发毯子。

洛特曼医生站在大巴的最后面。“卡拉，”他说，“你……请你把这里的情况告诉汉尼洛尔。我必须和病人们一起去。我别无选择。”

“当然。”卡拉的声音哽咽了。

“也许我能保护这些人。”

尽管不相信，卡拉还是点了点头。

“无论如何，我都不能抛弃他们。”

“我会告诉她的。”

“告诉她我爱她。”

卡拉的泪水止不住流了下来。

洛特曼说：“告诉她这是我说的最后一句话。我爱她。”

卡拉点了点头。

沃纳拽起她的胳膊。“我们走吧。”

他们下了大巴。

一个党卫队队员对沃纳说：“穿空军制服的那个，你知道你在做什么吗？”

沃纳非常生气，卡拉生怕他会挑起一场争斗。好在沃纳很镇定，他对那个党卫军士兵说：“给受冻的人分发毯子，这违犯了哪条法律？”

“你应该在东线战场和红军作战才对。”

“我明天就去，你呢？”

“小心你说的话。”

“如果好心在出征前逮捕我，你也许能救我一命呢！”

党卫军士兵转过脸去。

发动机轰鸣，大巴起动了。卡拉和沃纳把目光投向大巴，看见每扇窗后面显现出一张脸。他们的表情各不相同：胡言乱语，流口水，歇斯底里地大笑，心神不宁，或因痛苦而表情扭曲——全都很不正常。精神病病人都被党卫军带走了。疯子把疯子领走了！

大巴开走了。

“如果能让我看看这里的景色，也许我会喜欢上苏联的。”伍迪对父亲说。

“我也是这样想。”

“我连张像样的照片都没拍到。”

他们坐在地铁站入口旁莫斯卡瓦酒店的大堂里。他们已经打好包，正准备回美国。

伍迪说：“尽管沃洛佳不是那么开心，但我会把遇见他的事告诉格雷格·别斯科夫的。我想应该不会错，他们姓氏相同，长相又……”

“应该不会错。”

“无论如何，我们达成了这次来的主要目的——这才是最重要的。盟国都决定要加入新成立的联合国了。”

“是的，”格斯满意地说，“说服斯大林颇费了一番功夫，好在最后他同意了。我想，你和别斯科夫开诚布公的交流也起了一定的作用。”

“爸爸，你为此奉献了一生！”

“我承认，签订协议的时候确实是我人生中最美好的一瞬。”

伍迪突然产生了一个令人忧虑的想法。“你不准备就此退休吧？”

格斯笑了。“当然不。我们的确达成了协议，但这项事业才刚刚开始呢！”

科德尔·赫尔已经离开了莫斯科，但他的一些助理还留在这，这时赫尔的一位助理走近了杜瓦父子。伍迪认识这个叫雷伊·贝克尔的年轻人。“参议员，我这儿有个消息要向您通报。”他看上去非常紧张。

“你正好赶上——再过会儿，我可就要走了，”格斯说，“你有什么消息要告诉我？”

“有关您儿子查尔斯——查克的消息。”

格斯的脸色突然变得刷白，他问：“雷伊，到底是什么消息？”

年轻人变得吞吞吐吐起来。“先生，是坏消息。他参加了所罗门群岛的一场战役。”

“他受伤了吗？”

“不，先生，比这更糟。”

“哦，我的上帝！”格斯哭了起来。

伍迪从来没看见父亲在他面前哭过。

“先生，很抱歉，”雷伊说，“我得到的消息是，他牺牲了。”

第十八章

1944年，华盛顿

在华盛顿的父母家里，伍迪站在卧室的镜子前。他穿着美军第五百一十伞兵团的少尉制服。

制服是请华盛顿知名裁缝定制的，但穿在他身上并不好看。卡其布使他形容消瘦，大衣上的军徽和肩章使制服看上去非常不整洁。

他完全可以不服兵役，但他决定参军。他也盘算过继续帮助父亲，格斯正在为罗斯福总统计划避免更多战争的世界新秩序。他们似乎在莫斯科赢了一城，但斯大林很善变，似乎正在制造新的麻烦。前年，十二月的德黑兰峰会上，苏联领导人又拿出世界议会这个不伦不类的旧方案，罗斯福必须劝他放弃这个念头。联合国组织的成立显然需要付出更多不懈的努力。

但格斯完全不用伍迪的帮忙。伍迪对眼看着别人参战越来越不安，他不能在家里坐享其成。

他觉得自己看上去很不错，于是到客厅展示给母亲看。

罗莎正在接待一个穿着海军白色制服的年轻人。过了一会儿，伍迪才认出这个满脸青春痘的青年是埃迪·帕里。埃迪在沙发上和罗莎坐在一起，拿着根手杖，他颤颤巍巍地站起身，伸手和伍迪握手。

罗莎表情悲戚，她说："埃迪正在跟我说查克死那天的情况。"

埃迪坐回到沙发上，伍迪坐在他的对面。"我也想听听。"伍迪说。

"很快就能说完，"埃迪说，"我们刚在布干维尔岛登陆，一个藏在沼泽地里的机枪手便开火了。我们跑向树林寻求掩护，但我的膝盖中了几颗子弹。查克本应该跑到树下面去的。战场上的法则是——伤员留在原地让医务兵处理。查克违背了这条原则。他停下脚步，回过头来帮我。"

埃迪停下来不说话了。沙发旁边的小茶几上有杯咖啡，他拿起来喝了一口。

"他把我撑了起来，"埃迪说，"真是够傻的，把自己变成了活靶子。但我想他多半是要把我送上登陆艇。船舷很高，而且是铁制的。如果能顺利爬上登陆艇的话，我们就安全了，而且我还能在登陆艇上得到及时的医治。但他没能回到登陆艇。他刚一站直，身体就被一连串子弹击中了——腿部、背部和头部都中了弹。我想，他在倒地前应该就已经死了。事实上，我抬头再看他的时候，他已经完全没有了生气。"

伍迪看见母亲正在竭力地控制着自己的感情。他觉得母亲一旦哭了，自己一定也会跟着一起哭。

"我和他的尸体在海滩上躺了一个多小时，"埃迪说，"我一直握着他的手。之后医务兵拿了副担架来抬我。我不想跟他们走，我知道自己再也见不到他了。"说着，他低下头，双手掩面，“我这么爱他，他却走了。”埃迪说。

罗莎抱住埃迪宽阔的肩膀，拥抱了他。埃迪把头靠在罗莎胸前，孩子般地哭泣着。罗莎抚摸着埃迪的头发，“好了，没事了，”她说，“好了，没事了。”

伍迪意识到母亲应该知道查克和埃迪的伴侣关系。

过了一阵，埃迪慢慢恢复过来。他看着伍迪说：“你应该知道这种感觉。”

他是说乔安妮的死。“是的，我知道，”伍迪说，“这是世上最糟糕的感觉——但留下的伤害每天都在减少。”

“希望如此。”

“你仍然在夏威夷吗？”

“是的，我和查克在对敌情报中心工作，曾经。”说到这儿，埃迪又哽咽了，“查克觉得我们应该体验一下我们画的地图在行动中所起到的作用。这就是我们和海军陆战队一起上布干维尔岛的原因。”

“你们一定完成得非常好，”伍迪说，“我们似乎在太平洋战场上击败了日本人。”

“一步步把他们逼退了。”说着，埃迪看了看伍迪的制服，“你这是要驻扎到哪啊？”

“我一直在佐治亚州的本宁堡做伞兵的培训工作，”伍迪说，“现在我就要去伦敦了，我明天走。”

伍迪注意到母亲正在看他。罗莎似乎突然变老了，脸一下子显得非常消瘦。她的五十岁生日已经无声无息地过去了。伍迪猜想，谈论查克的死讯时，又让她看到他穿着军服，母亲一定非常不好受。

埃迪没有注意到这一点。“听人说我们今年要进入法国，打击那里的德国占领军。”他说。

“我想，这就是伞兵训练提速的原因。”伍迪说。

“你应该到战场上亲自去看一看。”

罗莎低声哭泣着。

伍迪说：“我希望能像查克一样勇敢。”

埃迪说：“希望你永远没有面对敌人枪口的那一天。”

格雷格·别斯科夫带着浓眉大眼的玛格丽特·科德里，参加下午场交响音乐会。玛格丽特拥有爱接吻的性感大嘴，但格雷格还怀揣着别的事情。

他在跟踪巴尼·麦克休。

跟踪麦克休的还有联邦调查局探员比尔·比克斯。

巴尼·麦克休是个杰出的物理学学者。他正离开美军在新墨西哥州洛斯阿拉莫斯的秘密实验室在外休假，带着英国妻子在华盛顿旅游。

联邦调查局事先就得知麦克休要来看下午场的音乐会，比克斯特工设法为格雷格弄了两张票，座位就在麦克休夫妇后面，只隔着几排。对秘密接头来说，可以允许数百人自由出入的音乐厅再合适不过了，格雷格很想知道麦克休究竟在打什么算盘。

很可惜，他们曾经见过面。在芝加哥原子核反应堆测试的那天，格雷格和麦克休说过话。那是一年半以前的事情了，但麦克休或许还记得格雷格的相貌。因此，格雷格必须确保不被麦克休看见。

格雷格和玛格丽特到的时候，麦克休夫妇的座位还是空着的。座位两边坐着的都是相貌平常的普通人。左边是穿着灰条纹西装的中年男子和他的胖太太，右边坐着两个年纪很大的女人。格雷格希望麦克休赶快出现。如果他是间谍的话，格雷格希望能快点拿到证据。

音乐会将演奏柴可夫斯基的《第一交响曲》。“看来你喜欢古典音乐。”演奏者开始调音时，玛格丽特打趣地说。她一点都不知道被带到这的真正原因。她知道格雷格正在进行秘密进行的武器研发，但和大多数美国人一样，她对原子弹的事情毫不知情。“我还以为你只听爵士乐呢！”

“我喜欢俄国作曲家——他们的曲子真是出神入化。”格雷格说，“我想，这种爱是渗透在我血液里的。”

“我是听交响乐长大的，爸爸常在午餐会时请来一支小型交响乐团。”玛格丽特非常富有，当她炫耀的时候，格雷格经常觉得自己像个乞丐。但格雷格还没见过玛格丽特的父母。他担心他们会阻止她和好莱坞最有名的好色之徒的私生子交往。“你在看什么？”玛格丽特问他。

“没看什么。”这时，麦克休夫妇到了，“你用的是什么牌子的香水？”

“雷诺香水。”

“真好闻。”

麦克休夫妇看上去很开心，和常见的来华盛顿度假的年轻夫妇没什么两样。格雷格心想，他们也许是因为在酒店房间里做爱才会晚到的吧。

巴尼·麦克休坐在穿灰条纹西装的中年男人旁边——从材质

的僵硬程度来看，这应该是套廉价的西装。中年男子没有看刚在他身边坐下的麦克休。趁还没有开始演奏，麦克休夫妇开始做起了填字游戏，他们亲密地把头靠在一起，看着巴尼手里拿的报纸。没几分钟以后，指挥踏上了舞台。

开始曲是圣桑的一首曲子。战争开始以后，美国举行的音乐会就不再演奏德国和匈牙利作曲家的曲目了。常去听音乐会的人会发现乐队演奏一些替代的曲目。西贝柳斯这类音乐家重新又流行起来。

麦克休很可能是个共产党人。格雷格是从罗伯特·奥本海默那里听说这件事的。奥本海默是来自加利福尼亚大学的顶尖理论物理学家，他是洛斯阿拉莫斯秘密实验室主任，同时也是整个“曼哈顿计划”的带头人。奥本海默有强烈的共产主义情结，但他一直说自己没有加入过共产党。

比克斯特工曾经不解地问过格雷格：“军方为什么要招募这么多左派分子？难道不能让美国年轻的保守派科学家去沙漠里去做科学探索吗？”

“没有那么多，”格雷格告诉他，“如果有的话，我们会招募他们的。”

相对于热爱自己的国家，共党分子有时会更忠于他们的信仰。他们也许会觉得把原子能开发的秘密与苏联人分享是理所当然的。这和把情报传递给敌人完全不是一回事。苏联是美国对抗纳粹的盟友——美苏两国的战斗投入事实上大于其他国家的总和。但这种思想是极其危险的。传递给莫斯科的情报很可能会泄露给柏林方面。再说，停战以后，没人会以为美国和苏联还会是朋友。

联邦调查局认为奥本海默是个安全隐患，一直在劝说格雷格的上司格罗夫斯将军，将他解雇。但奥本海默将军是当代原子能领域最杰出的科学家。将军力排众议，坚持把奥本海默留了下来。

为了表明自己的忠诚，奥本海默点出麦克休这个潜在的共产党人，这也是格雷格跟踪麦克休的原因。

联邦调查局对此表示怀疑。“别被奥本海默要得团团转。”比克斯有一次这样说过。

格雷格对比克斯说：“我不相信，我认识他一年了。”

“和他的妻子、兄弟夫妇一样，奥本海默是个该死的共产党人。”

“他每天工作十九小时就是为了让美国士兵用上更好的武器——这算是哪门子叛国者啊？”

格雷格希望证明麦克休是个间谍。这样不仅能够消除奥本海默的怀疑，加固格罗夫斯将军的可信度，还能提升格雷格本人的地位。

音乐会的前半部分，格雷格一直把视线锁定在麦克休身上。麦克休没有看坐在两边的人，似乎完全沉浸在了音乐之中，只是偶尔把目光从舞台挪开，满怀爱意地看上柔弱的英国妻子一眼。奥本海默对麦克休的判断错了吗？或者说这样做真是为了把嫌疑从自己身上引开？

格雷格知道，比克斯也在监视着麦克休夫妇。比克斯特工在音乐厅二楼的前排座位上。也许他看到了什么情况。

幕间休息的时候，格雷格跟在麦克休后面走出音乐厅，排在他后面取咖啡。中年夫妇和两个年轻的夫妇都没有出现在格雷格的视线之中。

格雷格非常挫败。他不知该如何去想。他的怀疑错了吗？麦克休夫妇来这只是为了看场音乐会吗？

和玛格丽特回到座位以后，比尔·比克斯来到他身旁。比克斯年过三十，略微有些胖，头发差不多掉光了。他穿着一件腋下有汗渍的淡灰色西服。他轻声对格雷格说："你是对的。"

"你怎么知道？"

"注意到坐在他身边的那家伙了吗？"

"穿着灰色条纹西服的那个吗？"

"是的。他是尼古莱·叶科夫，苏联大使馆的文化专员。"

格雷格叹道："天哪！"

玛格丽特转过身："你说什么？"

"没什么。"格雷格答道。

比克斯走开了。

"你心里有别的什么事，"他们坐下时玛格丽特说，"圣桑的曲子你一个音节都没听进去。"

"只是在想工作上的事情。"

"不是另一个女人我就原谅你。"

"当然不是。"

后半部分开始以后，格雷格紧张起来。他没发现麦克休和叶科夫之间有什么交流。他们没有说话，也没有传递东西——没有文件，没有信封，更没有胶卷。

交响乐结束了，指挥放下指挥棒，观众们开始从音乐厅鱼贯而出。格雷格的抓间谍之旅眼看就要以失败而告终。

到了大厅后，玛格丽特去了女厕所。格雷格在外等待的时候，比克斯走到他身旁。

“没有任何发现。”格雷格说。

“我也是一样。”

“也许麦克休坐在叶科夫身边只是个巧合。”

“不可能是巧合。”

“也许他们遇到了什么阻碍，比如暗号没对上。”

比克斯摇了摇头。“他们一定传递了什么东西，只是我们没看到而已。”

麦克休夫人也去了女厕所。和格雷格一样，麦克休也等在大厅里。格雷格从一根石柱后面审视着麦克休。他没带公文包，没有穿可以隐藏小包或文件的雨衣。但格雷格总觉得他身上有什么不对劲。到底是哪里呢?

格雷格突然意识到了什么。“那张报纸没了。”他说。

“什么报纸?”

“巴尼进音乐厅的时候带了张报纸。等待演出开始的时候夫妇俩一直在玩填字游戏。现在那张报纸却没了!”

“不是扔掉了——就是给了叶科夫，里面还藏了什么东西。”

“叶科夫和妻子已经离开了。”

“他们也许还在音乐厅外面。”

比克斯和格雷格朝门口跑了过去。

比克斯推开涌向出口的观众朝前走，格雷格紧跟在他身后。到了外面的人行道以后，两人急切地朝马路两边看。格雷格没有看见叶科夫，但比克斯的眼睛比较尖，“在马路对面。”比克斯大喊。

叶科夫和肥胖的妻子站在马路边，一辆黑色的豪华轿车正慢慢朝他们驶来。

叶科夫手拿着一份折叠的报纸。

格雷格和比克斯跑过马路。

豪华轿车停下了。

和比克斯相比，格雷格跑得更快，他首先冲到了街对面。

叶科夫没有看见他们。他不紧不慢地打开车门，然后往后退了一步，先让妻子上车。

格雷格撞向叶科夫，和叶科夫一起倒在地上。叶科夫夫人发出一声惊叫。

格雷格跌跌撞撞站了起来。司机下了车，绕过车身走到人行道一侧。这时比克斯对他大喊："我是联邦调查局的！"一边说一边亮出了自己的徽章。

叶科夫把报纸掉在地上，他伸手去捡，但格雷格比他更快一步。他拿起报纸，后退一步，然后把折叠的报纸打开。

报纸里面夹着一叠纸，最上面一张是份图表。格雷格马上认出了这份图表。图标显示的是钚炸弹的内爆机制。"上帝啊，"格雷格惊叹一声，"这是最新的研究成果。"

叶科夫跳上车，关上车门，把车门从里面锁上了。

司机回到车上，开着车扬长而去。

星期六晚上，黛西在皮卡迪利区的公寓高朋满座。一定有一百多人吧，她琢磨着，心里充满了快慰。

她成了美国红十字会驻伦敦人员的社交领袖。每周六，她都会给美国军人办个聚会，同时邀请些圣巴特医院的护士加入。他们畅饮着黛西取之不尽的威士忌和琴酒，随着留声机里格伦·米勒的舞曲翩翩起舞。黛西知道，这可能是军人们的最后一场舞会，因此她尽全力让他们开心——除了接吻，她全都愿意。但其他护士和军人接吻，她就管不了了。

黛西从不在自己举办的聚会上喝酒。她有太多问题要想了。情侣们总是把自己反锁在厕所隔间里，有时他们会被尿憋不住的家伙从隔间里拖出来。如果某个重要的将军喝醉酒，黛西还要想法把他安全送回家。聚会上的冰块经常不够用——她老是无法向手下的英国办事员解释清楚，一场社交聚会究竟需要多少冰块。

在和博伊·菲茨赫伯特分手以后的很长一段时间里，她只能和莱克维兹家的人来往。劳埃德的妈妈艾瑟尔从不对她妄加评论。尽管艾瑟尔现在赢得了广泛的尊敬，但她以前也犯过错，更能理解黛西的苦衷。每周三晚上，黛西仍然会去阿尔德盖特区艾瑟尔的家，和劳埃德的家人围坐在收音机前喝可可。对黛西来说，这是每个星期里最美好的夜晚。

她已经被社交界抛弃了两次，一次在布法罗，一次在伦敦。她灰心地觉得，这也许就是她的错。也许黛西确实和那些谨小慎微的贵族不同，无法遵守他们那些严苛的律例。想融入上流社会的念头简直是太傻了。

问题在于，她非常喜欢这些形形色色的聚会、野餐会、体育比赛以及其他人们盛装打扮的各种聚会。

但是，她知道自己已经不需要王族或贵族的头衔了，她有了自己的社交团体，这比贵族的社交圈有趣得多。一些在她离开博伊之后不和她交往的人强烈暗示，很愿意参加她在周六晚上举办的聚会。很多客人在吃过梅菲尔街礼仪繁琐的晚餐后，都会来黛西这里彻底放松一下。

今晚的聚会最为盛大，因为劳埃德放假回家了。

劳埃德公开地住在黛西的公寓里。她不知道人们会怎么想：她在贵族社交界的名声已经被毁了，不可能会造成更大的伤害了。其实，仓促的战地爱情也不只是她和劳埃德这一对，许多人都有他们这样的经历。王侯贵族的帮佣们可能对这种事很刻板，但黛西的雇员都很崇拜她，因此她完全不用假装和劳埃德分用两间卧室。

黛西喜欢和劳埃德一起睡觉。劳埃德的技巧没有博伊那么纯熟，但他用强烈的感情投入弥补了这一点——他也渴望着能做得更好。每天晚上，黛西和劳埃德都要在双人床上展开一场探索之旅。

看着客人们喝酒吸烟，谈笑打闹，劳埃德笑着对黛西说："开心吗？"

"还好吧。"黛西回答。

"还好是什么意思？"

黛西叹了口气。"劳埃德，我想有孩子。我不介意我们没结婚。唉，算了，其实我挺介意的，但我还是想要个孩子。"

劳埃德的脸黑了下来。"你很清楚，我不想要个私生子，我当私生子已经当够了。"

"是的，你向我解释过了，但万一你死了，我还想留有你的一部分。"

"我会尽全力活下来的。"

"我知道。"但如果劳埃德像她猜测的那样在占领地做间谍的话，他很有可能像在英国的德国间谍那样被处死。如果劳埃德死了，黛西就什么都没有了。"我知道，上百万妇女都面临这个局面，但我无法面对没有你的生活，我想我会死的。”

“如果能让博伊和你离婚，我们就能有孩子了。”

“算了，聚会的时候不适合讨论这个。”黛西把目光投向客厅另一边，突然发现一个熟悉的身影，“真想不到，伍迪·杜瓦竟然会出现在这里。”

伍迪穿着少尉的制服。黛西走过去，向他致以问候。相隔九年的重逢，使她产生了恍若隔世之感——不过，他的样子没有太大改变，只是老成了一点。

“这里已经有上千个美国士兵了，”两人随着《宾夕法尼亚6-5000》[①]的曲子跳起了狐步舞，“我们一定在准备攻入法国，对吧？”

“军方上层不会把机密告诉我们这些吃苦打仗的，”伍迪说，“但和你一样，我也觉得如果不是那个理由，我不会被派到这的。我们不能让苏军独自和德国人抗衡。”

“你觉得会什么时候开战？”

“进攻通常在夏天开始。大家都觉得不是五月下旬就是六月上旬。”

“那就快了！”

“但没人知道在哪儿发起攻势。”

“在英吉利海峡，从多佛尔到加来的距离最近。”黛西说。

“因此德军把防守力量都放在了加来。也许我们会让德国人大吃一惊——比如说在马赛附近的法国南部登陆。”

“也许这场战争就如此结束了。”

① 《宾夕法尼亚6-5000》是诞生于1940年的一首标准的流行摇摆乐。

“没那么简单。一旦建立了桥头堡，我们还需要占领整个法国，然后还有德国。前面的路还长着呢。”

“天啊，太糟糕了。”伍迪似乎需要振奋起精神。黛西知道只有女孩能起到这个作用。伊莎贝尔·赫尔南德兹是罗德奖学金获得者，目前正在牛津大学圣希尔达学院攻读历史，伊莎贝尔非常漂亮，但因为太聪明，男孩子常把她称为“敌视男性者”。但伍迪不会介意伊莎贝尔聪不聪明。“伍迪，这是我朋友贝拉，她来自旧金山。贝拉，这是布法罗的伍迪·杜瓦。”

伍迪和贝拉握了握手。贝拉个子很高，有着一头黑发，以及和乔安妮·罗赫那样的橄榄色皮肤。伍迪对她笑了笑，说：“你怎么来伦敦了？”黛西走开了，把他们两个单独留下了。

临近午夜，她让仆人们端上了晚饭。除了美国运来的汉堡和鸡蛋，黛西还弄了些黄油三明治。人们可以利用这个机会边吃边聊，有点像看戏时的中场休息。她看见伍迪·杜瓦仍然和伊莎贝尔·赫尔南德兹在一起，似乎在深入地交谈着。确保所有人都没被晾在一边以后，黛西走到角落里，和劳埃德坐在一起。

“如果还能活下来的话，我已经决定好战后要做些什么了，”他说，“当然，是除了和你结婚以外的事情。”

“做些什么呢？”

“我想试着去竞选议员。”

黛西听了非常激动。“劳埃德，简直太棒了。”她搂住他的脖子，动情地亲吻他。

“离庆祝还早呢。我已经把名字登记在了与母亲选区相邻的霍克斯顿选区。但选区的工党也许不会推举我。即便推举我，也有失败的可能。霍克斯顿选区目前的自由派议员非常强。”

“我想帮你，”黛西说，“我想成为你的得力助手。我会帮你写演讲词——我很擅长写这个。”

“很高兴你能帮我。”

“那就说定了。”

年纪大的客人们陆续离开了聚会，但音乐在继续，其他客人们仍然在尽情地喝着酒。聚会变得越来越热闹了。伍迪正在和贝拉跳着一曲慢舞：黛西觉得，这应该是乔安妮死后，伍迪第一次恋爱。

夜愈深情愈浓，人们纷纷消失在两个卧室里。他们没法锁门——黛西把钥匙拿掉了——因此常有几对男女共处一室的情况，但没人介意这点。黛西曾经在放被子的橱柜发现过在彼此胳膊上熟睡的男女。

午夜一点，她丈夫来了。

她没有邀请博伊，但博伊带了几个美国飞行员，黛西只好装作不在乎地放他进来了。博伊稍稍带着点醉意，他和几个护士跳了舞，然后礼貌地请她跳舞。

博伊是仅仅喝醉了，还是对她的态度软化了呢？如果是后者的话，他会重新考虑离婚的事吗？

她接受了博伊的邀请，和他跳起了吉特巴。大多数客人不知道他们是夫妻，但知道的都非常惊讶。

“报纸上说，你又买了匹赛马。”黛西找了个话题。

“那匹赛马叫‘幸运莱迪’，”他说，“我花了八千基尼——破纪录的价格。”

“希望它值这个价。”黛西也很喜欢赛马，她原以为她能和博伊一起买赛马，一起训练赛马，博伊却不想和妻子共同享受赛马的乐趣。这也是这段婚姻中一个让她颇为沮丧的地方。

博伊看出了她的心思：“我让你失望了，是吗？”

“是的。”

“但你也让我失望了。”

黛西从没有思考过这个问题。想了一会儿，她问：“对你的不忠，我没有睁一只眼闭一只眼吗？”

“是的。”博伊喝醉了，不介意说出事实。

黛西觉得自己的机会来了：“你觉得，我们还要相互惩罚多久？”

“惩罚？”博伊问，“谁惩罚谁了？”

“没离婚就是相互惩罚。我们应该像成年人一样，心平气和地办理离婚手续。”

“也许你是对的，”博伊说，“但现在是尽情欢乐的时光，我们别谈什么离婚不离婚的。”

黛西看见希望了。“回头我去找你吧？”她说，“找一个两个人都清醒的时候。”

他犹豫了一下：“好吧。”

黛西决定乘胜追击。“明天怎么样？”

“好吧。”

“做完礼拜以后，我会去找你。时间就定在中午十二点？”

“行吧。”博伊说。

伍迪送贝拉回南肯辛顿贝拉朋友的公寓。经过海德公园的时候，贝拉亲吻了伍迪。

乔安妮死后，伍迪还没接过吻。起先他愣住了。他很喜欢贝拉——除了乔安妮，她是他遇见的最聪明的姑娘。两人慢舞时，贝拉紧贴着他，那时他便知道，如果他吻贝拉的话，她绝对不会拒绝。但他一直没有那样做，他还在想着乔安妮。

贝拉却采取了主动。

她张开嘴，让伍迪品尝她的舌头，这却让他想起了乔安妮，她也曾这样和他接吻。乔安妮不过去世了两年半。

他想礼貌地拒绝，但身体的感觉占据了上风。他完全被欲望吞没了，忘情地吻着贝拉。

贝拉积极地回应着他的热情。她抓住他的双手，把它们放在她两只又大又软的乳房上。伍迪无助地呻吟着。

周围漆黑一片，伍迪什么都看不见，但从旁边树丛里窸窸窣窣的声音判断，不少青年男女也正在做着和他们相同的事情。

贝拉把身体完全靠在伍迪身上，他知道她感觉得到他的勃起。他非常兴奋，觉得自己任何一刻都可能达到高潮。贝拉看上去和他一样疯狂。他感觉到贝拉正用手指忙乱地解开他裤子上的纽扣，一双冰凉的小手紧握在他滚烫的阳具上。她把它从裤裆里掏出来，接着跪了下来，贝拉的动作让伍迪又惊又喜。当她的嘴唇含住它时，伍迪完全失去了控制，射进了贝拉的嘴里。她品尝着，表情愉悦。

高潮过后，贝拉继续亲吻着伍迪的下体，直到它完全软化才放开。她温柔地替伍迪扣好纽扣，然后不舍地站了起来。

“太刺激了，”贝拉小声说，“谢谢你。”

他原本打算感谢贝拉的，但他没有说话，而是抱住了她，把她拉向自己。伍迪心中充满了对她的感谢，禁不住流泪了。这时，伍迪才意识到，今晚他是多么需要女人的抚慰啊！他精神振奋，似乎从某种阴影中摆脱了。“我无法向你倾诉……”他希望向贝拉解释，但苦于找不到合适的言语。

“那就不必说了，”贝拉说，“我知道，我能感觉得到。”

贝拉把一根手指按在伍迪的嘴唇上，不让他说话。“去吧，赢下这场战争。”她说。

说完，她走进了公寓。

星期天，黛西参加了最近不常去的礼拜。她没有去会众冷落她的西区教堂，而是乘地铁到阿尔德盖特，参加骷髅地福音堂的礼拜。两边的教义有很大的不同，但黛西却一点儿也不介意。东区教堂的赞美诗更动听一些。

她和劳埃德是分开去那儿的。阿尔德盖特教区的会众知道她是谁，他们宁可让一个体面的恶棍坐在其中一张廉价的座椅上，也不能容忍黛西牵着情郎的手，在教堂里走来走去。艾瑟尔的弟弟比利说：“耶稣没有谴责偷钱，却告诉她别再犯了。”

礼拜时，她想到了博伊。昨天晚上的妥协是深思熟虑的结果，还是一时喝醉的妄语呢？博伊离开时，甚至和劳埃德握了手，这代表他原谅劳埃德了吗？但她告诫自己，别抱太大的希望。博伊是她遇到的最自私的人——比他父亲菲茨，以及黛西的弟弟格雷格，更自私。

做完礼拜，黛西通常会去艾瑟尔家吃午饭。但这天，她让劳埃德和家人们先回去，自己一个人匆匆离开了教堂。

她回到西区，敲响了丈夫在梅菲尔街的家门。管家把她带进了起居室。

博伊一进门就冲她大嚷："这是什么鬼玩意？"他把一张报纸扔在黛西面前的地上。

黛西经常看见博伊怒气冲冲的样子，但根本不吃他那一套。在一次博伊出手要打她，黛西拿起一只沉重的烛台说要揍他一顿以后，博伊再也不敢拿她怎么样了。

虽然完全不害怕，但黛西很是失望。昨天晚上他的情绪还这么好，但一晚上过后，情势却完全变了。但也许他还肯听解释。

"什么让你这么不高兴？"黛西平静地问。

"看这张该死的报纸！"

黛西弯下腰，把报纸捡了起来。这是当天的《星期日镜报》，是一份销量极大的左翼报纸。首页刊登了博伊新买的赛马"幸运莱迪"的照片，配发的标题是：

幸运莱迪

相当于二十八个在矿难中死去的矿工

昨天的报纸刊出了博伊以创纪录的价格买进赛马的消息，但今天的《镜报》发表了义正词严的评论。评论指出，博伊买下赛马的价格，相当于死难矿工的遗孀们拿到的抚恤金的二十八倍。

菲茨赫伯特家族的财富正来自矿井开采。

博伊说："爸爸很生气，他想在战后当上外交部长，这篇社论很可能断送掉他的前途。"

黛西恼怒地说："博伊，你得向我解释，为什么这是我的错？"

"看看是谁写了这篇该死的社论？"

黛西看了看。

作者：比利·威廉姆斯

阿伯罗温地方议会议员

博伊说："你男友的舅舅写的。"

"你难道认为他在写这篇文章之前会征求我的意见吗？"

他挥了挥手指，"不知为何，威廉姆斯家憎恨我们。"

"他们觉得在矿工接受不平等交易的同时你们却大肆花钱是不公平的。你应该很清楚，劳资双方的矛盾是一直存在的。"

"你花的也是继承来的钱，"他说，"昨天晚上，你在皮卡迪利区的公寓也没多少战时紧缩的迹象。"

"你说的没错，"她说，"但我把钱用在了即将出征打仗的战士身上，你却花在了一匹赛马身上。"

"这是我的钱！"

"这些钱却来自矿井。"

"你和威廉姆斯家的浑蛋鬼混了这么长时间，早就和那些布尔什维克合穿一条裤子了。"

"这是我们分手的另一个原因。博伊，你真想和我保持婚姻关系吗？你完全能找到合适的人。至少一半伦敦女孩都想成为阿伯罗温子爵夫人。"

"我才不会为该死的威廉姆斯家做任何事呢。另外，我听说你的男朋友想成为议会的议员。"

"他会成为一位伟大的议员。"

“有你拖后腿，他才当不上议员呢！他是个社会主义者，你是个前纳粹。”

“我已经考虑过这个问题了。我知道会有点问题——”

“有点问题？这是个不可逾越的障碍。等着看报上的消息吧，你会和我一样被钉在耻辱的十字架上。”

“你大概会把这件事告诉《星期日邮报》吧。”

“用不着——他的对手会这样做的。记住我的话，只要有你在，劳埃德·威廉姆斯一辈子当不了议员。”

六月的前五天，伍迪·杜瓦和手下的伞兵排以及其他一千个左右的军人被隔离在伦敦西北部某处的一个机场。机场的一个机库被改造成宿舍，长长地排列着几百张小床。待命期间，战士们可以看电影，听爵士乐唱片。

他们的目标是诺曼底。通过精心制定的伪装计划，盟军使德国最高统帅部相信，他们的登陆地点在诺曼底东北二百英里的加来。如果德国人被成功愚弄，发动攻势的盟军在最初几个小时内不会遇到太大的抵抗。

盟军的伞兵将在半夜第一批降落在诺曼底。紧跟而来的是分乘五千艘船只抵达的十三万主力部队，他们将于黎明时分在诺曼底海岸登陆。那时，伞兵应该已经摧毁了陆上的据点，控制住了关键的交通枢纽。

伍迪的排必须在黎明前占领离海岸线十英里伊格里斯镇上的一座跨河大桥。控制住大桥以后，他们的任务是：阻挡住希望通过大桥对海岸进行增援的德军，等待主力前来汇合。他们要付出一切代价，挫败德军炸桥的企图。

等待开战的时候，艾斯·韦伯一直在和牌友玩牌，赢了一千美元以后，又把这些钱全都输光了。列夫蒂·卡梅隆反反复复地给伞兵常用的M1折叠枪托半自动卡宾枪清洗和加油。罗尼·卡列根和托尼·巴诺尼亚互不喜欢，却每天一起去做弥撒。彼得·施奈德天天磨那把他从伦敦买来的剃刀，最后终于可以用这把刀刮胡子了。帕特里克·蒂莫西不仅和克拉克·盖博长得像，而且长着盖博式的大胡子，他喜欢用四弦琴一遍遍地弹奏同一首曲调，让所有人都感到难受。迪福中士给妻子写下很长的一封信，写完以后再撕了重写。马克·特里夫和乔·摩根为彼此剃了个平头，觉得一旦头部受伤，平头更容易被军医所治疗。

大多数人有了个绰号。伍迪发现自己的绰号叫威士忌。

登陆日定在了6月4日，星期天，后来却因为天气恶劣延后了。

6月5日，星期一晚上，上校对伞兵们发表讲话。“战友们，”他大声说，“今晚我们将进攻法国！”

伞兵们高声庆贺，表示自己已经迫不及待了。伍迪觉得这一幕很好笑。在这又安全又暖和，伞兵们却急于离开这里，从战斗机上跳伞，降落在想杀了他们的敌军手里。

军方给出征的将士准备了一顿壮行宴，宴会上拿出的都是官兵们喜欢吃的东西：牛排、猪肉、小鸡肉、薯条和冰激凌。伍迪不想吃这些东西。他想到了将要面临的形势，不想饱着肚子进入敌军的地盘。他喝了咖啡，吃了个甜甜圈。咖啡是美味的美式咖啡，比难喝的英式煮咖啡好喝许多。

他脱下靴子，躺在小床上。他想到了贝拉·赫尔南德兹，想到了她迷人的微笑和柔软的乳房。

朦胧中，他听见外面鸣响了警笛。

一时间，伍迪还觉得自己是在做一个参加战斗杀戮敌人的噩梦。接着他才意识到听到的警笛声是实实在在的。

伞兵们都穿好跳伞服，整理好了装备。他们带的装备非常多。有的是必要的：一支带有一百五十发三十毫米子弹的卡宾枪、反坦克手雷、一种叫做“腌猪腿”的手榴弹、必要的食物、洁水药片，以及一个包含吗啡的急救包。另一些是可有可无的东西：挖掘工具、刮胡刀和法语语法教材。他们背的东西实在太多，夜色中，小战士们费尽力气才上了排列在跑道上的运输机。

他们乘坐的是C-47运输机。微光中，伍迪吃惊地发现这些运输机在机身上都抹了显眼的黑白线条。他乘坐的那架飞机的飞行员、来自中西部地区的坏脾气上尉波纳说：“那是为了防范我们自己人误击才涂上去的。”

上飞机之前，伞兵们都称了重。多尼根和波纳尼奥在腿上挂着的包里放了拆开的火箭炮，使他们的负重增加了八十磅。波纳上尉对总负重的增加感到非常生气。“你们带的东西超重了，”他对伍迪咆哮，“我不会让这些浑蛋飞上天的。”

“上尉，这不是我决定的，”伍迪说，“和上校说去吧。”

迪福中士第一个上了飞机，走向飞机的前端，在通向驾驶舱旁边的拱门旁坐了下来。他将是最后一个跳伞的伞兵。他会把那些最后一刻不愿溶入茫茫黑夜的伞兵从运输机上往下推。

包里放着火箭炮配件和其他必需品的多尼根和波纳尼奥在战友的帮助下步履艰难地登上了飞机。作为伞兵排排长，伍迪最后一个登上了飞机。他将第一个跳伞，第一个落到地面。

飞机内部是一条两边放着铁制座椅的长长通道。伞兵们费力地为自己所带的随身物品系上了隔离带，但也有几个人压根没系。舱门一关，飞机引擎便开始呼啸起来。

除了害怕，伍迪也有几分兴奋。他迫不及待地想投入到战斗中。他想立刻跳下地面，遇到敌人，与他们交火，希望现在的等待能够赶快结束。他十分惊讶自己竟会有这种想法。

他不知道自己是否能再次见到贝拉·赫尔南德兹。

飞机滑行在跑道上时，伍迪觉得滑行得特别艰难。过了一会儿，飞机终于慢慢地提升了滑行速度，却似乎像要永远轰轰隆隆地在跑道上滑行下去似的。伍迪不禁想，这该死的跑道到底有多长啊。最后，飞机终于起飞了。伍迪没有在天上飞的感觉，飞机离地面似乎并不远。他坐在七扇窗的最后一扇旁边，接近舱门。他朝窗外望去，发现基地灰暗的灯光正在离他们远去。他们真的在天上了。

天上有很多云，云层微微地透出一点光亮，这也许是因为云层后面已经升起了月亮的关系。两侧机翼上各有一道蓝光。伍迪看到自己乘坐的运输机和其他的运输机组成了一个编队，组成了一个“V”字形。

机舱里的噪音很大，伞兵们必须对着彼此的耳朵说话才能被听见，很快就没人说话了。伞兵们不断在坚硬的座椅上挪动着身体，徒劳地想让自己更舒服一点。一些人闭上了眼，但伍迪觉得没人能在这样的环境下睡得着觉。

飞机飞得不高，应该不过一千英尺，伍迪经常能看见河水与湖水反射出的青灰色的闪光。他还看见过一群人。几百张面孔仰面朝天，看着从他们头顶呼啸而过的运输机。伍迪知道，这时共计有一千多架飞机从英国南部上空飞过。在那些仰望的人眼里，该是多么壮观的一幕啊。他意识到，这些人正在见证着历史，而他就是这段历史的一部分。

半小时后，他们飞过了海岸的观光地，到了海面上。月光一度穿过云层，撒在海面上。循着月光，伍迪看见了海面上行驶的军舰。他不敢相信自己的眼睛，海面上几千艘军舰像移动城堡似的排成不那么整齐的队伍向东行进。他正准备让战友们见证这难得一见的奇观，云层却又一次遮住了月亮，海面上的一幕像梦一样消失得无影无踪。

飞机沿着弧形不断向右飞，到了法国海岸线的最西端以后，再沿着海岸线东移，根据地貌特征判别伞兵跳伞的预定地点。

海峡群岛虽然靠近法国，却是英国的属地。1940年德法战役快结束的时候，德军一并占领了这里。当机群经过海峡群岛上空的时候，德军布置在群岛上的高射炮开始猛烈地呼啸起来。飞得如此之低，运输机的境遇十分危险。伍迪意识到，自己在到达战场之前就有可能死。如果这样的话，他会死不瞑目的。

波纳上尉在空中走起了“之”字形，以躲过高射炮的袭击。伍迪非常佩服机长的对策，但乘客倒霉了。包括伍迪在内的所有伞兵都晕机了。帕特里克·蒂莫西是第一个撑不住的，他把胃里的东西都吐在了机舱的地板上。腥臭的气味使其他人感觉更糟了。接着，彼得和其他几个伞兵也纷纷吐了起来。他们吃了太多牛排和冰激凌，现在这些东西都要请地板吃去了。机舱里臭气熏天，地板变得异常滑溜。

离开海峡群岛以后，飞机的行进路线开始变得平直起来。几分钟以后，法国的海岸线出现在他们眼前。飞机倾斜转弯，开始折转向左。副驾驶站起身，附着迪福中士的耳朵说了几句。迪福走到同排战友的面前，向他们竖起十根手指。十分钟后跳伞！

飞机的速度从巡航时的一百六十英里每小时降到了适合跳伞的一百英里每小时。

突然飞机遇上了雾。雾很浓，伍迪连机翼上闪现的光点都看不见了。他的心跳加快了。对编队飞行的飞机来说，这种状况是非常危险的。如果还没参战就因撞机而死，那该多么悲惨啊！但波纳除了沿直线飞行以外什么都做不了，只能冀望于机群的步调一致了。一丁点的方向改变都会引起撞机。

和扎入大雾时一样，飞机顷刻间离开了漫天大雾的包围。伍迪往机窗外看去，两边的飞机仍然保持着完美的队形。

几乎与此同时，地面上的高射炮万箭齐发，炮弹在队列间爆炸，冒出致命的火光。伍迪知道，飞行员在这种情况下应该维持现在的速度，直接飞向目标地点。但波纳却违背命令，脱离了飞行编队。他把引擎加到最大马力，尽全速向前飞。机头在加速时向下沉了一点。伍迪发现许多机长和波纳一样不遵守命令。他们无法抑制救命的冲动，纷纷不顾一切往前飞。

门上的红灯亮了：还有四分钟跳伞。

伍迪觉得机组亮灯太早了。他们无疑是想赶快抛下这些伞兵，飞到安全的地方去。但时刻表由他们掌握，伍迪根本无法争辩。

他站起身大嚷。“起立，把拉绳挂好！”大多数人听不见他的话，但很清楚他在说什么。他们站立起来，把拉绳挂在头顶的绳索上，以免意外被抛到机舱外。舱门打开，大风呼啸着往机舱内涌，飞机仍然开得很快。从这个速度的飞机上往下跳会非常危险，但这还不是最大的问题。保持如此快的飞行速度的话，着陆的人相隔地会非常远，伍迪要用很长时间才能把手下人重新聚在一起。到达目的地的时间将会延后，任务也将相应地延期。他大声地责骂着波纳。

飞行员为了躲避炸弹，继续不断地变换着飞行的方向。伞兵们拽着拉绳，努力在充满呕吐物的滑溜地板上保持着平衡。

伍迪朝舱门外看去。波纳在维持速度的同时降低了高度。飞机在五百英尺的空中——对跳伞来说又太低了一点。伞兵们可能还没把降落伞完全打开就摔在了地上。他犹豫了一会儿，然后示意迪福中士到他这边来。

迪福站在他身边往下看，然后对他摇了摇头。他对着伍迪的耳朵喊："如果从这个高度跳伞，一半的人会摔断腿的。带着火箭炮零件的那几个家伙肯定会摔死。"

伍迪做了个决定。

"让他们先别跳！"他对迪福大喊。

伍迪解开拉绳，推开两排站立的伞兵，朝前走入驾驶舱。机组有三个人。伍迪扯着嗓门大喊："往上飞，往上飞！"

波纳毫不示弱地朝他喊："快回去跳伞！"

"没人会在这种高度跳伞！"伍迪探过身体，指着刻度显示是四百八十英尺的高度仪说，"在这个高度跳伞无异于自杀！"

"少尉，离开驾驶舱，这是军令。"

伍迪的军衔较低，但他坚持着自己的立场。"你不爬升我就不走。"

"现在不跳的话，飞机就飞过目标地点了！"

伍迪实在耐不住了。"飞上去，你这个该死的浑蛋！"

波纳的表情很生气，但伍迪动也不动。他知道波纳不想带着满满一飞机伞兵回去。如果那样的话，军方肯定会对此展开调查。这一趟波纳已经违反了太多的规定了，肯定不希望有什么调查。他骂了一声，把操纵杆退回原位。机头重新朝上，飞机开始降速往上升。

“满意了吗？”波纳咆哮道。

“当然不满意！”伍迪不准备立刻回机舱，留给波纳改变策略的机会，“到一千英尺我们才会跳伞。”

波纳加足马力。伍迪把视线集中在高度仪上。

高度仪指针到了一千英尺时，伍迪回到了机舱内。他推开手下走到舱门口，朝舱外看了一眼，竖起拇指示意，然后跳了下去。

伍迪的伞很快打开了。在伞完全打开之前，伍迪的降落速度很快。打开之后，速度就慢多了。几十秒以后他落进了水里。一开始他非常恐惧，生怕懦弱成性的波纳把他们全扔在了海里。接着他的脚碰到了坚硬的土地和一些软土，意识到自己落在一片灌溉过的农田里。

降落伞的丝绒包着他一头一脸。他挣脱出丝绒的包围，解下身上的套具。

他站在两英尺深的水中环顾四周。这应该是块水田，不，更应该是德军为了阻挡盟军的进攻而在这块地上放的水。这里既没有敌军，也没有友军，连动物都没有一只。但隐约看得到微弱的灯光。

他看了看表——这时是凌晨三点半——然后看了看指南针，确定了自己所处的方位。

接着，他从枪盒里取出M1卡宾枪，展开枪把，把装有十五发子弹的弹夹推入枪槽，然后把其中一发上了膛，合上了保险栓。

他把手伸进口袋，掏出一个儿童玩具似的小锡块。按压锡块，就会发出一种滴答滴答的响声。每个人都领到了这样的锡块。以便在不对英语暗号的情况下认出彼此。

做好准备以后，他又看了看四周。

他试着按了两下。没一会儿，前方响起一声回复的滴答声。

他扑着水往前走，很快闻到一股呕吐的气味。他轻声问："是谁啊？"

"帕特里克·蒂莫西。"

"我是杜瓦少尉，跟我走！"蒂莫西是第二个跳伞的，因此伍迪觉得沿这个方向找下去，能够找到更多的同伴。

走了五十码以后，他们又碰上了已经会合的马克和乔。

他们从被水淹没的田垄走到一条小路上，发现了团里的第一例伤亡。包里放着火箭炮部件的罗尼和托尼落地太重了。"我想罗尼应该已经死了。"托尼说。伍迪检查了一下：托尼说得没错，罗尼已经没有呼吸了，看上去像是摔断了脖子。托尼自己也不能动，伍迪觉得他很可能摔断了腿。他给托尼打了针吗啡，然后把托尼拖离小路，放在前面一块地里。托尼必须等待医疗队来救他。

伍迪让马克和乔藏好罗尼的尸体，以免德国人顺藤摸瓜找到托尼。

他试图看清周围的景物，竭力想辨认出与地图上标识相关的东西。在黑夜里，他很难辨认出什么。如果不知道身处何地的话，他怎能把兄弟们带到目的地呢？他唯一知道的事情是，他们没有跳到预定地点。

他听到一声奇怪的声音，接着便看见了一道光。

他示意所有人猫下腰。

伞兵应该不用手电筒，而法国人民正在接受强制的宵禁，因此来人很可能是个德国兵。

在微光下，伍迪看见一辆自行车。

他站起身，用卡宾枪瞄准了自行车。他本想立刻向骑车者射击，但无法在不清楚来人是谁的情况下动手。他只能用法语大喊："停车，停车！"

自行车停下了。"你好，少尉。"骑车者说。伍迪这才认出骑车者是艾斯·韦伯。

伍迪放下武器。"你是从哪儿弄来这辆车的？"他难以置信地问。

"一间农房外面。"艾斯简洁地说。

伍迪领着众人沿着艾斯过来的方向朝前走，觉得其余没找到的人大致应该在这个方向。他努力想找到和地图相符的地貌特征，但天实在太黑了。他觉得自己很没用。他是个军官，必须能解决这类问题。

他在这条路上又找到了几个手下，这时他们走到了磨坊的风车下面。伍迪觉得不能再瞎转找路了，于是走到磨坊前敲了敲门。

楼上的窗户打开了，有个男人用法语问："谁啊？"

"是美国人，"伍迪说，"法兰西万岁！"

"你们想要什么？"

"我们是来帮你们取得自由的，"伍迪用不熟练的法语说。"但首先我想让你帮我看下地图。"

磨坊主笑道："我马上下来！"

过了一会儿，伍迪进入了厨房，把丝质地图摊开在餐桌上的明亮灯光下。磨坊主告诉了伍迪他们所在的方位。情况比伍迪想得要好。尽管波纳上尉的怯懦使他们偏离了方向，但他们离伊格里斯也只有四英里。磨坊主为伍迪在地图上画出了到达伊格里斯的最佳路径。

一个十三岁左右的女孩穿着睡袍走进厨房。“妈妈说你们是美国人。”小女孩说。

“是的，小姐。”

“你知道格拉迪丝·安格鲁斯吗？”

伍迪笑了。“当然知道。事实上，我还在一个朋友的父亲那里，见过她一面呢！”

“她真的很美吗？”

“比你在电影上看到的还要美。”

“我就知道！”

磨坊主要拿出红酒给他喝。“谢谢，不用了。”伍迪说，“等我们打赢了再喝吧。”磨坊主激动地亲了亲他的两颊。

伍迪走到屋外，领着手下朝伊格里斯进发。一开始的十八个伞兵，连他也算在内，现在只剩下九个了。罗尼死了，托尼负了伤，等待救援，还有七个人没有跟他们会合。他得到的命令是不用等所有人都到齐。执行任务的人数够了，就可以向目标地挺进。

七个没找到的伞兵中很快就有一个归队了。彼得从地沟里钻出来，没事人似的向大伙打了声招呼，好像这是世界上最自然而然的事情。

“你在地沟里干吗？”伍迪问他。

“我还以为你们是德国人呢，”彼得说，“所以我才藏在那儿呢。”

伍迪看见了丝质降落伞在地沟里发出的光。彼得必定一着陆就藏在那里了。他显然是吓坏了，缩成一团躲在沟里，但伍迪接受了他的说法。

伍迪最想找到的是迪福中士。迪福是个有经验的老兵，伍迪本想在很多方面倚重于他。但哪里都不见他的身影。

接近一个十字路口时，他们听见了一些噪声。除了摩托车引擎空转的声音之外，还有两三个人的闲聊声。他命令所有人趴在地上，跟在他身后匍匐前进。

爬了一会儿，他看见前面有个骑摩托车的人正停下摩托车和两个步行者说话。三个人都穿着军服。他们说的是德语。十字路口有幢建筑，不是小旅馆就是面包店。

他决定等一等。这些德国军人多半很快就会离开。他希望能不引起注意，悄悄地抵达目的地。

五分钟以后，他的耐心耗完了。他回过身。“帕特里克·蒂莫西！”他小声说。

有人小声揶揄：“呕吐帕特，威士忌找你。”

蒂莫西从后面爬了上来。他身上还有一股呕吐物的气味。现在“呕吐”这个词竟然成了他的绰号。

伍迪见过蒂莫西扔棒球，知道他扔得又狠又准。“把手雷丢到摩托车那里。”伍迪说。

蒂莫西从包里拿出手雷，拉掉引线，用力朝摩托车扔了过去。

“哐当”一声，其中一个德国人问了句：“什么东西？”接着，手雷就爆炸了。

爆炸声响了两次。第一声爆炸把三个德国人都震倒在地上。第二声响是摩托车油箱爆炸的声音。油箱产生的烈火把三个男人都烧着了，释放出一股烧焦的臭肉味。

“待在原地别动！”伍迪对手下大嚷。他看着十字路口的那幢建筑。里面有人吗？五分钟过去了，没人开门或开窗。房子里要么一个人都没有，要么都躲在了床底下。

伍迪站起身，示意手下人都跟上。踏过三具烧焦的尸体时，伍迪产生了一种微妙的感觉。他的命令导致了这三个人的死亡——他们有自己的父母、妻子或女朋友，有的可能还有儿女。现在，他们只是一团团肮脏的血肉。伍迪原本应该有种胜利者的喜悦。这是他第一次遭遇敌人，他成功地消灭了敌人，但感到的只有恶心。

走过十字路口，伍迪的脚步变得轻快起来，他让手下不要说话也不要吸烟。为了保持体力，他吃了部队发下来的巧克力。他嚼了一口，巧克力像加了糖的砖块一样难啃。

半小时后，他听见远处来了一辆车，他让战士们都藏在田里。汽车开得非常快，在公路上飞驰。这辆车可能属于德国驻军，但盟军也通过运输机运来了吉普车和反坦克炮，因此这也可能是友军的车辆。伍迪趴在树篱下，看着它开了过去。

车行驶得很快，分不清是敌是友。他吃不准该不该让手下射击。不攻击了吧，他做出决断，他们最好把重心放在正执行的任务上。

他们穿过了伍迪能在地图上辨认出的三个小村庄。他们时而能听到狗叫，但没人出门探寻村里到底出了什么事。被德国侵占期间，法国人显然学会了少管闲事。在异国的黑夜里行走，屋子里的人兀自熟睡，丝毫不介意窗外致命的炮火。这种感觉是多么怪异啊！

最后，他们终于走到了伊格里斯的外围。伍迪让手下们小歇一会儿。他们走进一片小树林，坐在了泥地上。战士们对着水壶喝水，吃着分配的口粮。伍迪仍然禁止大家抽烟——即使离得很远，香烟的火点也能被看见。

十分钟后，他下令继续前进。这时，他不必下令禁止说话——伞兵们自己已经意识到了危险。他们拖着步子，静悄悄地沿着街道朝前走。他们沿着街道一边，经过民宅、教堂和店铺，以几乎听不见的步伐向前迈进。一扇开着的窗里突然响起一连串猛烈的咳嗽声，伍迪猛地一惊，差点拿起卡宾枪对准窗户射击。

与其说伊格里斯是个小镇，不如说是个大一点的村庄。走了没多久，伍迪就看到了河水的闪光。他举起手，让所有人都停下。大街沿着一条缓缓的下坡道通向桥面，使他完全能看清河上的情况。水面大约有一百来英尺，桥有一个桥拱。他觉得这座桥一定有些年头了，因为桥身狭窄，只能容一辆车通过。

问题是桥两头各有一座碉堡，两个圆顶中间有射击口的水泥碉堡。两个哨兵在碉堡之间来回巡逻，会各自在桥头稍作停留。靠近小镇的哨兵对着射击口说笑着，多半是在和里面的人闲聊。接着，他和河对岸的哨兵在桥中间碰头时，探头看了看桥下漆黑的河水。他们神态轻松，应该还不知道进攻已经开始的消息。但另一方面，他们也没有丝毫松懈。始终保持着清醒，以适度的警觉，观察着周围的一切。

伍迪猜不出碉堡里有多少人，更不知道他们掌握了多少武器。射击口里放着的是机关枪还是普通的步枪呢？机关枪和步枪所制造的威胁区别非常大。

伍迪觉得自己能有些战斗的经验就好了。该怎样面对如今的形势呢？一定有几千名新上任的军官和他一样，刚上任就必须自己做决定。如果迪福中士在这儿该多好啊！

摧毁碉堡的最佳方法是悄悄接近，从射击口扔一颗手雷进去。经验丰富的战士可以在不被哨兵发现的情况下爬到近处的碉堡那里。但伍迪需要同时炸掉桥两头的两个碉堡——不然攻击必将提醒桥那头的守卫。

如何能在不被巡逻哨兵发现的情况下到达桥那头的碉堡呢？

“彼得，”他说，“你爬到近处的碉堡，从射击口扔颗手雷进去。”

彼得面露惊恐，但还是接受了任务。

接着，伍迪叫来了排里射术最佳的两个战士。“乔和马克，”他说，“瞄准两个哨兵。彼得一扔进手雷，你们就把两个哨兵给解决掉。”

乔和马克点了点头，把枪瞄准了哨兵。

迪福不在，他决定任命艾斯为自己的副手。他又点了四个人的名字，说：“你们跟随艾斯行动。乔和马克一开枪，你们就飞奔过桥，端掉桥那头的碉堡。如果动作够快的话，你们到那儿的时候，碉堡里的人可能还在熟睡呢！”

“好的，长官。”艾斯说，“那些浑球还不知道被谁偷袭，就要下地狱了。”他一定是故意这么说，想为自己壮胆，伍迪想。

“剩下的人，都跟我到近处的碉堡。”

伍迪把艰巨的任务交给了艾斯和跟着艾斯的四个人，自己则承担了相对轻松的任务。对此，伍迪感觉很不好。但他知道军官不能去冒不必要的危险，如果他死了，这支队伍就没人指挥了。

由彼得领头，那一队人向桥面走去。这是个异常危险的时刻。即便在夜里，这么多人走在路上也不可能长时间不被注意。

任何人碰巧往那个方向瞧一眼，就能发现他们的动静。

如果驻守在碉堡里的人很快能得到示警的话，彼得也许就到不了了近处的碉堡，这次进攻就起不到出其不意的效果了。

他们走了很长一段时间才接近桥梁。

到了一个拐角，彼得停下了脚步。伍迪猜测彼得是在等近处的哨兵离开碉堡外面的哨位，走到桥中间去。

两个狙击手找到隐蔽的地方，猫腰缩了进去。

伍迪单腿跪地，示意其他人也学他的样。跪在地上以后，众人把目光都投向了近处的哨兵。

哨兵吸了一长口烟，把烟蒂扔在地上，踩了两下让它熄灭，接着嘴里吐出一口烟。他直起身，把枪带套在肩膀上，开始朝桥面走去。

桥那边的卫兵也开始向桥上走。

彼得跑过最后一幢房子，到了街的尽头。他趴在地上，迅速向碉堡爬了过去。到了以后，他马上站起身来。

没人注意到他，两个哨兵仍然在向桥中心会合。

彼得拿起手雷，拔掉引信，等了几秒。伍迪猜彼得这样做，是不让里面的人有机会把手雷扔出来。

彼得走到射击口，把手雷轻轻地扔了进去。

乔和马克的卡宾枪响了。近处的哨兵中枪倒地，但远处的哨兵却没有被击中。这个卫兵并没有转身就逃，而是单膝跪地，甩出了他的手枪。但他的速度还是慢了点：乔和马克双枪齐发，把他打倒在地。

很快，砰的一声，彼得的手雷在近处的碉堡里爆炸了。

伍迪全速向前奔跑，他带的人紧跟在后。很快他们就到了桥边的碉堡处。

碉堡有扇木头矮门。伍迪推门走了进去。三个穿着德军军装的士兵躺在地上，死了。

他走到射击口前，观望着外面的情况。艾斯和他带的四个人飞奔过桥，一边跑一边向远处的碉堡射击。桥只有一百英尺长，但还是多了一半。他们快跑到桥中央时，碉堡里的机关枪开火了。桥上的美国大兵没有掩护，被困在狭窄的桥面上进退不得。机关枪疯狂扫射着，很快五个美国士兵全部倒下了。机关枪又扫射了一会儿，确保他们都死了——事实上，也确保了两个德国哨兵的死亡。

枪林弹雨过后，桥面上的人都没了动静。

整个世界一片死寂。

伍迪身边的列夫蒂·卡梅隆惊呼："耶稣基督！"

伍迪强忍住泪水。他已经让五个美国人和五个德国人去见了阎王爷，但却还没有完成任务。敌人仍然据守着桥那头的碉堡，可以阻止盟军过桥。

他还剩下四个人。如果再次试图一起跑着过桥的话，他们也会被消灭。伍迪需要制定新的战斗方案。

他回想着这一带的地形。该怎么办？要是有部坦克就好了。

行动必须要快。镇上其他地方或许也会有敌人，他们可能已经听到了枪声，马上就会过来支援。如果两个碉堡都占领的话，问题应该不大，不然就会有麻烦了。

如果他的人不能从桥上过，伍迪心想，也许可以从河里游过去。他决定看一下河岸。"马克和乔，"他说，"对另一个碉堡开火，看看能不能把子弹打进射击口。牵制住他们，我到外面侦察一下。”

卡宾枪开火以后，伍迪走出了碉堡。

伍迪藏在碉堡后面，审视着上游河岸的情况。看完以后，他又跑到路那头观察另一边河岸的情况。好在敌人的碉堡里并没有发射出子弹。

桥两边的河岸都没有河堤，平地和河流由一块向下的斜坡贯通。尽管没有足够的光，但伍迪觉得，河对岸的情况应该也是一样。水性好的伞兵应该能游过这条河。从桥拱下游过去很难被敌人发现。游过河的伞兵可以把彼得刚才做的重复一遍，把手雷塞进碉堡的射击口。

看着桥的结构，伍迪想出了一个更好的主意。桥栏杆外面有块一英尺宽的横档，胆子大的人完全可以攀着桥栏外侧从横档上走过去，对面碉堡的射击口正好看不到桥栏外的横档。

他回到已经占领的碉堡内。剩下的人里面，个子最小的是列夫蒂·卡梅隆。他是个争强好胜的人，没那么容易被击垮。“列夫蒂，”伍迪说，“桥栏外有一块敌人看不见的横档，多半是工人修桥时用的，你从那上面穿过桥去，把手雷扔进敌人的碉堡里。”

“遵命。”列夫蒂说。

对于目睹了五个战友阵亡的列夫蒂来说，这是个非常勇敢的回答。

伍迪转身对马克和乔说：“掩护列夫蒂。”两人端起卡宾枪，开始向外射击。

列夫蒂问：“如果掉下河该怎么办？”

“桥离河面只有十五到二十英尺，”伍迪说，“你会没事的。”

“好吧，”列夫蒂走到门口，“但我不会游泳。”说完，他就冲出去了。

伍迪看见列夫蒂穿过桥面，看了一眼桥栏就跨了过去，他在在横档外站好，沿着横档走了几步就消失在伍迪的视线中了。

“保持火力，”伍迪对马克和乔说，“他已经上路了。”

他们往碉堡外望去。外面什么动静都没有。伍迪意识到，这时已经是黎明了，小镇清晰地出现在了眼前。但镇上的居民一个都没有上街：他们知道外面正进行着战斗。也许有一支德国部队正从另一条街上匆匆赶来，不过到现在为止，外面什么声音都没有。他意识到自己是在担心列夫蒂会不会掉进河里，关注桥那边有没有落水声。

一条挺大的杂种狗翘着尾巴蹦蹦跳跳地上了桥。它好奇地用鼻子闻了闻死者的尸体，然后径直走开了，像是要奔赴重要的约会似的。伍迪看见它走过桥那边的碉堡，往镇的另一面去了。

黎明意味着盟军的主力在法国的海岸上登了陆。有人说，这是人类战争史上最大规模的海陆两栖登陆战。他很想知道主力部队是否遇到了强烈的抵抗。背着沉重的军械涉水上岸，对步兵来说非常危险，埋伏在沙丘后面的机关枪手，完全可以借助广阔的海滩对他们展开屠杀。伍迪觉得非常幸运，身在如此坚实的碉堡里真是太好了。

列夫蒂很长时间都没动静了。他无声无息地掉到河里了吗？是不是其他地方出了什么岔子？

接着伍迪看见了他。一个瘦小的身影正在跨越桥那一头的桥栏。伍迪屏住呼吸。跨越桥栏以后，列夫蒂趴在地上，爬到碉堡边，站起来背靠着碉堡一侧。他用左手拿出手雷。拔掉引线，等了几秒，最后突然闪到碉堡正面，把手雷扔进了射击口。

砰的一声，射击口出现了骇人的火光。列夫蒂像比赛的胜利者一样把手臂高举过头。

“浑蛋，趴下，回来！”伍迪说，但列夫蒂听不见他的话。附近的建筑里完全有可能藏着正等待为战友报仇的德国兵。

他多虑了，没有什么复仇的子弹。庆祝了一会儿，列夫蒂走进了碉堡。伍迪顿时松了一口气。

不过，现在还不能确保绝对的平安。这时，如果有十来个德国兵对桥进行突袭的话，很快就会重新夺回它。他们的努力就全都白费了。

他强迫自己再等一会儿，看有没有敌军出现。等了一两分钟，外面仍然什么动静都没有。看来伊格里斯镇上就只有这几个守桥的德军了——他们也许每十二个小时从几英里外的营房过来换一次班。

“乔，”伍迪说，“清理掉这些德国兵的尸体，把他们扔进河里。”

乔把三具尸体拖出碉堡，扔进了河里，对桥面上两具德国哨兵的尸首也做了同样的处理。

“彼得和马克，”伍迪说，“去桥那头的碉堡和列夫蒂会合，注意时刻保持警觉。我们还没把法国的德国兵全杀完呢！如果发现敌军接近你们的碉堡，不要有丝毫的犹豫，只管向他们开枪就行。”

彼得和马克走出碉堡，向河对岸的碉堡行进。

河对岸的碉堡现在有了三个美军士兵。如果德军试图夺回这座桥的话，必须投入几倍甚至几十倍的兵力才行。在光线充足的白天，夺桥的难度可比晚上要大得多了。

伍迪意识到桥上的美军尸体会让前来换班的德国兵知道碉堡已经失守了。不能让他们有所准备，而是要出其不意地进行全歼。

这意味着他们要把自己人的尸体处理掉。

他告诉身边的人他要去处理同伴的尸体，然后走出碉堡。

清晨的空气既清新又干净。

他走到桥中间，测了测每个战友的脉搏。毫无疑问：他们都已经死了。

他一个一个地抱起这些战友，把他们扔下桥栏。

最后一个是艾斯·韦伯。听到他落水时，伍迪说："伙计，安息吧。"他低下头，闭上双眼，为了让战友的灵魂得到安息，祈祷了一会儿。

伍迪转过身，看见新一天的太阳正在升起。

盟军统帅担心德军会迅速加强在诺曼底的兵力，以强大的反攻把登陆的盟军赶回海里。这样的话，敦刻尔克的惨痛历史就要重演了。

劳埃德·威廉姆斯的任务就是不让这段历史重演。

发动反攻以后，帮助战俘回家已经没那么重要了，劳埃德现在正在与法国的抵抗力量一起工作。

五月底，英国广播公司发出暗号，号召抵抗力量在德占法国进行破坏活动。六月的头几天，几百根电话线被割断，这些电话通常设置在很难被常人找到的军事要地。另外，德军的油罐被引燃，车辆轮胎被扎破，路面也被树干给堵上了。

劳埃德的任务是和一个自称为“铁路无产者”的铁路工人无产阶级团体联手抗德。几年来，这个团体一直灵活地进行着破坏活动。德国的军列有时会诡异地被引上支线，开了几十英里才调过头来。有时列车的发动机会突然失灵，导致车厢出轨。铁路系统的运行状况非常糟糕，德国不得不从国内调来列车工人。1944年春天，法国的列车工人开始对铁路进行破坏。他们捣毁铁轨，破坏移除毁坏铁轨必须用到的起重机。

纳粹绝不允许这种情况继续下去。几百个铁路工人被处决，更多的铁路工人进了集中营。但斗争仍然在继续。登陆日这天法国有些地方的火车甚至不通了。

登陆日后的第一天，劳埃德躺在诺曼底省首府鲁昂主线铁路路堤的最高处。下面是铁道和隧道的连接点。从制高点向远处看，他可以看见一英里开外徐徐开来的列车。

和他在一起的是代号为“退伍兵”和“雪茄”的两个人。退伍兵是当地抵抗力量的领导人，雪茄是个铁路工人。劳埃德带来了炸药。武器供给是英方对抵抗力量进行支援的主要任务。

三个人藏在长满野花的草丛间。劳埃德觉得，晴朗的天气带女孩来这再合适不过了，黛西一定会喜欢的。

火车在不远处出现了。雪茄一直凝视着愈行愈近的列车。他大约六十岁，个子瘦小，长着一张一看就烟瘾很重的满是皱纹的脸。当列车离隧道还有四分之一英里时，他失望地摇了摇头。这不是他们要等的车。列车冒着黑烟从他们眼前经过，钻入隧道。火车头拖着几节四个人坐的车厢，车厢里都坐满了人，平民和士兵都有。劳埃德的目标显然不是这个。

退伍兵看了看表。他皮肤很黑，留着大胡子。劳埃德猜想，他的某个祖先有可能来自北非。退伍兵有点神经质。现在是白天，他们在人人都看得见的路堤上。在这儿待的时间越长，越有可能被人发现。“还有多久？”退伍兵担心地问。

“再等等吧。”瘦小的铁路工人说。

劳埃德用法语说：“想走你可以走，一切都准备好了。”

退伍兵没有回答。他不想错过这次行动。为了保持权威和尊严，他对劳埃德说：“我待在这儿。”

雪茄遥望着远处，突然全身一紧，眼睛周围的皮肤因为用力而起了皱。“应该是这列……”他语义不明地说。接着，他直起了身子。

劳埃德还没看见列车，更不知道它是哪种车，但雪茄比他警觉。劳埃德觉得，这列车似乎比前一列快一点。当列车靠近的时候，他发现这列车非常长：约有二十四五节车厢。

“就是它了。”铁路工人雪茄说。

劳埃德的脉搏加快了。如果雪茄判断无误的话，这应该是德军派往诺曼底战场的军列，载有一千多名德军——应该是多列运兵车的第一列。劳埃德的任务是不让这列车和随后的德军军列通过这个隧道。

接着他观察到其他一些情况。一架飞机正在追踪这列军列。他看见这架飞机跟着军列亦步亦趋，还在慢慢降低高度。

飞机是英国的。

劳埃德认出这是架霍克式对地攻击机，一架单人驾驶的战斗机。霍克式对地攻击机经常深入敌境，执行干扰敌方联络的危险任务。驾驶飞机的一定是个非常骁勇的悍将，劳埃德心想。

但攻击机的出现搅乱了劳埃德的计划。他不希望军列在进入隧道前被毁。

“真该死。”他小声骂了一句。

这时，攻击机对列车车厢开火了。

退伍兵说：“这是唱的哪一出啊？”

劳埃德用英语说：“鬼知道。”

这时，他清晰地看到火车上既挂着旅客车厢，也挂着运送家畜的车厢。不过家畜车厢里载的也可能是德国兵。

在越过火车时，飞得越来越快的攻击机不断猛烈地向车厢发射炮弹。飞机上配备四门有炮弹带的加农炮，“咔哒、咔哒”的炮弹声盖过了飞机的引擎声和火车的隆隆声。劳埃德不禁为火车上那些成为活靶子的德国兵惋惜起来，他们根本无处可逃。他不知道飞行员为什么不发射火箭炮，虽然没有一般的炮弹精准，但能给火车和汽车造成重创。也许已经在之前的交战中用光了吧。

一些德国兵勇敢的把头伸出窗外，用步枪和手枪向飞机射击，但发射的子弹连飞机的边都碰不着。

不过，劳埃德很快就发现德国兵在机车后面的平板车后面架起了一门轻型的高射炮。两个炮手手忙脚乱地架起炮，填上炮弹。炮座微微偏移，炮口对准英国的对地攻击机。

飞行员似乎没有看见那门高射炮，他继续沿着车厢的顶部朝前飞，发射的炮弹不断撕裂车厢的顶棚，在车厢中炸开。

高射炮开火了，但没能击中英国战斗机。

劳埃德觉得自己很有可能认识这个战斗机飞行员。英国此时仅有五千名空军飞行员，其中许多参加过黛西的聚会。他们中有赫伯特·圣约翰，赫伯特是个剑桥的高材生，几周前他还和劳埃德一起回忆过两人在剑桥的青葱岁月。有丹尼斯·乔瑟，乔瑟出生于西印度群岛，毕业于圣三一学院的他对英国淡而无味的饭食牢骚满腹，每顿饭都有的土豆泥尤其令他苦不堪言。有布莱恩·曼特尔，曼特尔是他最后一次穿越比利牛斯山时带着的澳大利亚飞行员，曼特尔非常勇敢，和劳埃德交情很好。

高射炮再次射击，但还是没有击中。

飞行员不是没看见高射炮，就是觉得高射炮不能对自己造成实质性的危害。他没有躲避高射炮的打击，而是冒险飞在运兵车顶上，继续对车厢进行打击。

列车快要开进隧道时，战斗机终于被高射炮击中了。

飞机发动机燃起大火，接着喷出一股黑烟。这时，飞行员才把飞机驶离火车轨道，但已经太迟了。

火车进隧道了，车厢从劳埃德眼前疾驰而过。他看见每节车厢里都有上百名德国士兵。

对地攻击机朝劳埃德的方向掉了下来，一时间劳埃德还以为飞机要掉在他躺着的地方了。他平躺在地，愚蠢地把双手抱在头顶，觉得这样就能保护自己似的。

攻击机在他头顶一百英尺的高度挣扎。

退伍兵按下了炸药的按钮。

隧道里传出雷鸣般的爆炸声，接着是车厢出轨相互碰撞发出的尖锐刺耳的声音。

起先，满载士兵的车厢继续在往隧道里涌入。但很快，列车车厢就和前面的车厢相撞，被阻拦在隧道外面。最后两节更是腾空而起，形成了一个倒转的“V”字。车厢里的士兵发出痛苦的悲鸣声。所有车厢都冲出了路轨，像散落的火柴一样躺在隧道口两侧。铁皮像纸张一样皱着，碎玻璃雨点似的落在路堤上，掉在三个破坏者身上——退伍兵、雪茄和劳埃德很有可能被自己引发的爆炸害死。他们几乎没做任何交流，便不约而同地站起身，向远处狂奔。

到达安全的距离以后，一切都结束了。隧道里涌出浓浓的黑烟：不大会有人会在如此激烈的碰撞和剧烈的爆炸后活命。

劳埃德的计划取得了巨大的成功。这次不仅消灭了成百上千名军人，还破坏了通往诺曼底的铁路线。隧道里的列车残骸需要好几周才能清理干净，德军向诺曼底增援变得愈加艰难了。

劳埃德感到一阵后怕。

他在西班牙目睹过战争造成的死亡和破坏，但从没见过这么多的死亡。而且是他一手造成的。

又是一声强烈的碰撞声，霍克式对地攻击机坠落在地。战斗机在燃烧，但油箱并没有爆炸，飞行员也许还活着。

他跑向战斗机，退伍兵和雪茄跟在后面。

战斗机侧翻在地，一只机翼折断了，黑烟从战斗机的单引擎直往外冒。驾驶舱被烟所遮蔽，劳埃德无法看见飞行员的面容。

他踏上机翼，打开了机罩卡钩。雪茄打开了另一侧的机罩卡钩。两人齐心协力将驾驶舱的舱顶掀了开来。

飞行员不省人事。他戴着头罩和护目镜，脸上戴着氧气面罩。劳埃德分辨不出这是不是自己认识的人。

他不知道氧气罐在何处，也不知道它是否已经被点燃了。

退伍兵和他有同样的想法。“我们必须在飞机爆炸前把他弄出来。”他说。

劳埃德把手伸进驾驶舱，解开了飞行员系的隔离带。他把双手放在飞行员的胳膊底下，往外拉。飞行员的四肢都不能动了，但劳埃德不知道他伤在哪儿，他连对方是死是活都不知道。

劳埃德把飞行员拉出驾驶舱，扛在肩上，送到离燃烧的飞机很远的地方，仰面放在地上。

劳埃德听到一种介于“嘶嘶”和“咚咚”之间的声音。他回过头，看见整架飞机烧起来了。

他弯下腰，小心翼翼地移掉了飞行员戴的护目镜和氧气面罩，看见了一张非常熟悉的脸庞。

飞行员是博伊·菲茨赫伯特。

博伊还有呼吸。

劳埃德擦去博伊鼻子和嘴边的血。

博伊睁开眼。起先，他神情木然，似乎什么都不知道。但很快他就认出了劳埃德："怎么会是你！"

“我们炸掉了火车。”劳埃德说。

除了眼睛和嘴，博伊似乎什么都动不了。“这个世界真是太小了。”他说。

“谁说不是呢！”

雪茄问：“他是谁？”

劳埃德犹豫了一下，然后说：“是我弟弟。”

“老天！”

博伊闭上了眼睛。

劳埃德对退伍兵说：“必须找个医生来。”

退伍兵摇了摇头。“我们必须先离开这儿，德国很快就会派人过来调查列车出轨的原因。”

劳埃德知道他说得对。“我们必须带他一起走。”

博伊睁开眼睛，说："威廉姆斯。"

"博伊，怎么了？"

博伊的嘴角露出微笑，说："你可以和那个婊子结婚了。"

他死了。

听说博伊牺牲的消息以后，黛西难过地哭了。博伊是个无赖，对黛西很不好，但她曾经爱过他，在性爱方面，他教了她很多。对他的牺牲，黛西非常难过。

博伊的弟弟安迪成了子爵，将继承伯爵爵位。安迪的妻子梅尔成了子爵夫人。根据贵族的传统，黛西现在是阿波罗温子爵的遗孀——如果嫁给劳埃德，她就会失去这个名头，改叫威廉姆斯夫人了。

但还有很长的一段路要走，从现在开始更是如此。这个夏天，迅速结束这场战争的希望破灭了。7月20日，德国军官谋杀希特勒的企图被粉碎。德军在东线全线撤退。八月，盟军占领了巴黎，但希特勒执意要战斗到鱼死网破。黛西不知道什么时候能见到劳埃德，更别提嫁给他了。

九月，一个星期三的晚上，在阿尔德盖特区的威廉姆斯家，她见到了兴高采烈的艾瑟尔·莱克维兹。"好消息！"黛西一走进厨房，艾瑟尔就对她说，"劳埃德被选为霍克斯顿选区下一任议员的候选人了。"

劳埃德的妹妹米莉正带着两个孩子莱尼和帕米坐在厨房里。"真是太好了，"她说，"总有一天，他会成为首相的。"

"是的。"黛西重重地坐了下来。

“看得出来，你不太高兴。”艾瑟尔说，“就像我的朋友米尔德里德说的那样，像是被人从头浇了一盆冷水。黛西，你究竟怎么了？”

“我在想，和我结婚的话，一定会对他不利的。”因为爱，黛西才如此伤心。她怎么能阻断他的前程呢？但她又怎能放弃他呢？每当想到这些问题，她的心愈发沉重，生活的希望似乎也变得渺茫了。

“因为你是个有钱人家的小姐吗？”艾瑟尔问。

“不仅仅是这个。博伊死前曾经告诉我，劳埃德绝对不会找一个前纳粹做老婆。”她看着即便伤人也总是说实话的艾瑟尔说，“他没说错，对吗？”

“只说对了一部分。”艾瑟尔说。她把水壶放在炉子上，然后坐在黛西对面，“我不会说，这完全没有关系。但我觉得，你不该气馁。”

你和我完全一样，黛西心想，想到什么就说什么。他爱上我并不奇怪——我和艾瑟尔年轻时完全一样。

米莉说：“没关系，爱能战胜一切。”这时，她发现四岁的莱尼正在用木头兵击打两岁的帕米。“别打你妹妹！”她朝儿子大声嚷。接着她回过头对黛西说：“我哥哥把心都交给了你。告诉你，我觉得他不会再爱上别人了。”

“我知道，”米莉的话让黛西直想哭，“但他有改变世界的宏伟抱负，我一直在想，我是不是挡着他的道了。”

艾瑟尔把哭泣的帕米抱在膝盖上，帕米很快就不哭了。她对黛西说，“准备面对质疑和敌意，但不要躲避，更别隐瞒你的过去。”

“我该怎么跟其他人说？”

“你就说你像成千上万普通民众一样，被法西斯主义蒙蔽了。但你在大轰炸期间驾驶过救护车，希望已经借此偿还了旧债。和劳埃德好好商量一下，看看这话该怎么说。自信点儿，拿出你的魅力，别让这件事把你击垮。”

“这会有用吗？”

艾瑟尔犹豫了。“我不知道，”她顿了顿，“我真的不知道，但你必须试一试。”

“如果为了我而放弃理想，那真是太可怕了。这件事会让我们结不成婚的。”

黛西希望艾瑟尔能否认这种可能性，但她只是重复道：“我不知道。”

第十九章

1945年，华盛顿

伍迪·杜瓦很快适应了拐杖。

他是在1944年底比利时的阿登战役中受伤的。推进到德国边境的盟军出乎意料地受到了德军的强烈反击。伍迪和一零一空降师的战友被阻挡在交通枢纽巴斯托涅小镇上。当德国人送来请求投降的信件时，麦考利夫将军简单地回了一个字：“呸！”

圣诞节这天，伍迪的右腿被机关枪打了个稀巴烂，他的伤势很严重。更糟的是，一个月以后，一零一空降师才突出重围，把他送进了真正的医院。

他的骨头会重新愈合，腿也有可能不再一瘸一拐，但不可能再适应跳伞的强度了。

阿登战役是希特勒在西线的最后反攻。在那之后，德军再没有组织起像样的反攻。

伍迪回归了正常的生活。这意味着他住在华盛顿的父母家里，天天得听母亲的唠叨。拆了石膏后，他去父亲办公室上班了。

1945年4月12日，星期四，他在参众两院所在的国会大厦地下室和父亲谈起了难民问题。“我们认为，欧洲大约有两千一百万流离失所的难民，”格斯说，“联合国善后救济总署[1]准备对他们伸出援手。”

“任何一天都可以开始帮助他们，”伍迪说，“红军已经快打到柏林了。”

“美军离柏林也只有五十英里了。”

“希特勒还能坚持多久？”

“如果还有点理智的话，他现在就应该投降。”

伍迪低下声音说：“有人告诉我，苏联人找到了一个大规模杀戮的集中营。纳粹在那一天要杀死几百人。在波兰一个叫奥斯维辛的地方。”

格斯严肃地点了点头。“是真的，公众现在还不知道，但他们迟早会知道的。”

“有人应该为此而被处死。”

“联合国战争罪行委员会已经为此工作了好几年。他们制作了战犯列表，正在搜集他们的犯罪证据。如果战后能保住联合国的话，有人就会因为战争中犯下的罪行而走上法庭。”

“联合国当然能继续存在下去，”伍迪有点生气了，“罗斯福以此为基调参加了去年的总统选举并赢得了胜利。几周以后，联合国大会将在旧金山举行。”对伍迪来说，旧金山具有特殊的意义，贝拉·赫尔南德兹就住在那儿，但伍迪还没向父亲提起过她。“美国人民希望看到国际合作，以保证这类战争再也不会出现。谁会对联合国的存在进行反对呢？”

---

① 联合国善后救济总署（英文简称UNRRA，中文简称联总），创立于1943年，发起人为美国总统罗斯福，其名称内之“联合国”并非指后来于旧金山组成的联合国组织，而是指第二次世界大战期间的同盟国参战国家。

“这样的人有好多呢。大多数共和党人尽管都是好人，却觉得其他国家的世界观完全和我们不同，没什么可以和它们交流的。共和党内部的极少数强硬分子更是激烈反对联合国的存在。真他妈的操蛋！”

伍迪非常吃惊，他从没见父亲这么骂过人。

“这些人在30年代策划了针对罗斯福的叛乱，”格斯说，“比如亨利·福特这样的生意人。福特认为希特勒是个反共产主义的强大领导人，十分优秀。他们还参加了右翼组织，诸如‘美国第一’。”

在伍迪的记忆中，父亲从没如此生气。

“如果让这些傻瓜肆意妄为，肯定会发生比前两次世界大战更糟的第三次世界大战，”格斯说，“我已经在战争中失去了一个儿子。如果我能有孙子的话，我绝对不希望他也死于战争。”

伍迪的心一阵刺痛：如果乔安妮还活着，她或许已经为格斯添了个孙子。

现在伍迪连个约会的人都没有，更别说替格斯添什么孙子了——除非能在旧金山偶遇贝拉·赫尔南德兹。

“我们对这些白痴一点办法都没有，”格斯说，“但我们也许能对付范登堡参议员。”

阿瑟·范登堡是来自密歇根的共和党参议员。他是保守派人士，对罗斯福的新政持反对态度。不过范登堡是格斯在参议院外交委员会的同事。

“他是个很大的威胁，”格斯说，“自负又不可一世，但是受到很多人的尊敬。连总统有时也不得不向他让步。他的政治观点基本和我们一样，但我怕他会倒退。”

“为什么会倒退？”

“他是个积极的反共产主义分子。”

“这没什么，我们也反对共产主义。”

“但范登堡在这个问题上有点偏执。只要他觉得我们对莫斯科卑躬屈膝，就会坐立不安。”

“怎样算卑躬屈膝呢？”

“天知道我们会在旧金山达成什么协议。我们同意承认白俄罗斯和乌克兰是两个独立国家，这意味着苏联在联合国大会拿到了三票。我们必须把苏联留在联合国——但如果让步太大的话，范登堡会对联合国是否需要继续存在、美国是否需要继续参加提出质疑。到了那一步的话，参议院很可能像1919年拒绝批准加入国联一样把联合国拒之门外。”

“因此我们既要在旧金山让苏联人满意，又不能触怒范登堡参议员。”

“是的。”

他们听到一阵急速奔跑的脚步声，这在庄严的国会大厦是不多见的。两人都转头去看。伍迪惊讶地发现，副总统哈里·杜鲁门正在过道里狂奔。他穿得和平时差不多，灰色双胸袋西装，波点领带，但没戴帽子。和平时不同的是，他身旁既没助手，也没特工。他跑得飞快，气喘吁吁，没看任何人，目标明确地往前奔。

伍迪和格斯都看愣了。其他人的反应也和他们一样。

杜鲁门的身影消失在拐角后，伍迪问：“出什么事了……”

格斯说：“总统肯定已经去世了。”

沃洛佳·别斯科夫乘着一辆斯图贝克U56军用十轮卡车进入德国。这种卡车制造于美国印第安纳州的南本德市，用铁路运到巴尔的摩，运上船横穿大西洋，绕过好望角进入波斯湾，然后用火车从波斯运到苏联中部。沃洛佳知道这是美国政府送给苏联的二十万辆军用卡车中的一辆。苏联人非常喜欢这种军用卡车：它们坚固可靠。苏联人常说，刻在车身两侧的“USA”代表“Ubit Sukina syna Adolf”，就是“杀死那个狗娘养的阿道夫”的意思。

苏联人也很喜欢美国送来的食物，尤其是“斯帕姆”牌的罐装午餐肉。这种肉呈现出奇怪的粉红色，高脂肪，很合苏联人的口味。

沃洛佳之所以被派到德国是因为他从柏林间谍那里得来的情报已经没有直接从德国战俘那里问来的情报新了。流利的德语使他第一批被送到德国，进行前线战俘的审讯工作。

过境时，他看到一张苏联政府的海报：

红军士兵们：

你们现在到了德国的国土上。报仇雪恨的时刻终于到了！

在各种各样的海报中，这样的宣传还算是隐忍的。一段时间以来，苏联政府一直在煽动红军士兵对德国人的恨意，相信这样能让士兵战斗得更为勇猛。政治委员计算出——他们宣称计算出——战斗中战死的红军战士人数、被焚烧的房屋数量，以及每个村庄和城镇里，那些被怀疑是共产党人、斯拉夫人或犹太人而被杀的平民总量。许多前线战士得知了死于德军之手的家乡人民和被毁的房屋数量后，急切地想给德国人造成同样的伤害。

红军到达了贯穿普鲁士南北的奥得河，这里是柏林面前的最后一道壁垒。一百万红军战士到了离柏林不到五十英里的地方，时刻准备一战。沃洛佳是第五突击军的一员。等待开战的时候，他拿起了军报《红星报》。

报上的内容把他吓了一跳。

《红星报》上宣扬的恨意比他之前读到的更浓。“如果一天不杀一个德国人，你的一天就白费了，”报纸上这样写道，“如果你在等待参加战斗，那你就在战斗之前杀死一个德国人。如果你杀了一个德国人，那就再杀一个——没什么比把德国人的尸体垒起来更有趣的了。杀死德国人——这是家中妈妈的祈祷词。杀死德国人——这是你孩子请求你做的。杀死德国人——这是苏联大地的呼声。不要退缩，不要放弃。杀吧！”

沃洛佳觉得，这种宣传实在有点病态。但更糟的还是一些隐含的内容。作者怂恿红军战士打劫：“德国女人只是失去了本就是偷来的毛皮大衣和银质餐具。”还有一些旁侧敲击，纵容他们强奸：“苏联士兵不会拒绝来自德国妇女的恭维。”

士兵们本来就不是绅士，1941年德军在苏联的所作所为更是触怒了全体苏联人。苏联政府用这种仇恨的宣传方式点燃了红军队伍的恨意。现在，军方的报纸更是向所有战士挑明了，为了击败德国人，他们可以为所欲为。

这是一把打开地狱之门的钥匙 。

埃里克·冯·乌尔里希盼望战争能快点结束。

他和朋友赫尔曼·布劳恩在韦斯医生的带领下，在一个新教教堂建立起一所战地医院。接着他们无所事事地坐在教堂的大殿里，等待马拉的救护车送来严重枪伤和烧伤的伤员。

德军加固了希洛高地，这是俯瞰奥得河、通向柏林的要津。埃里克在后方的急救站，距离前线一英里。

韦斯医生在军情处有朋友，他说，德军正以十一万兵力应对苏联的百万大军。他用一贯的讽刺语气说道："但我们的士气高涨，加上阿道夫·希特勒是人类战争史上最伟大的天才，所以我们一定会赢。"

打胜仗是不可能的，但德军士兵依然在顽强地作战着。埃里克相信这是传回来的苏联红军暴行所导致的。苏联红军所到之处，所有战俘都被处决干净，民房被烧毁，妇女遭到强奸后被钉在了谷仓的门上。德国士兵相信，他们的抵抗是为了不让家人遭到苏联共产党的暴行。克里姆林宫的仇恨宣传起了反作用。

埃里克却想快点失败。他希望杀戮赶紧停止，他想马上回家。

他的愿望马上就要实现——他也可能很快会死。

埃里克在长条凳上睡着了，但4月16日凌晨三点，这天是星期一，他却被苏联人的炮声惊醒了。之前，他在前线听过两军交战时的炮声，从远处听，声音却比身临其境大了十倍。这也许是因为在前线时他们的耳朵早已被震聋了吧。

黎明时，伤员陆陆续续来到战地医院。埃里克、布劳恩、韦斯医生疲倦地投入到了工作之中。他们截断溃烂的四肢，接上断骨，取出子弹，清洗和包扎伤口。他们不仅没有药，连淡水都找不到。对那些痛得大喊的伤员只能打一针吗啡。

可以行走拿枪的士兵在接受了简单的治疗处理后被送回前线。

德方坚持的时间比韦斯医生预测的要长一些。第一天，天快黑时，德军依然坚守着阵地。天黑以后，送来的伤员少多了。他们三个轮流睡了一会儿。

第二天一早，沃纳·弗兰克被送到了急救站，他的右手手腕被轧碎了。

沃纳现在是个上尉。他和他的手下们带着三十门八十毫米高射炮守卫着一块前沿阵地。“每门炮只有八发炮弹，”韦斯医生巧妙地将他的骨骼碎片归位时，沃纳说，“我们得到的命令是用前七发打击苏联坦克，最后一发留给自己，不让高射炮落在苏联人手里。”操纵高射炮时，一发苏联炮弹把他掀翻在地，“还好只是手受伤了，”他说，“要是炸在头上，我就没命了。”

手腕被绑起来以后，他问埃里克：“卡拉给你来信了吗？”

埃里克听说妹妹和沃纳成了一对。“我已经好几周没收到信了。”

“我也是。听说柏林的情况很糟糕，希望她没事。”

“我也很担心。”埃里克说。

令人吃惊的是，德军又据守了希洛高地一天一夜。

急救站没有得到前线失守的消息。正在给新的一批伤兵做治疗时，七八个苏军闯入了教堂。一个红军士兵朝拱形的天花板上开了一阵机关枪，埃里克和所有能动的人连忙卧倒在地。

看到教堂里的人都没武器，苏联人放松下来。他们在大殿内走了一圈，把德国兵身上的剩下的戒指和手表取了下来，接着就离开了。

埃里克很想知道接下来会发生什么。这是他第一次陷在敌人的阵线之后。他们应该放弃战地医院，试图赶上撤走的军队吗？

他们撤走的话，这里的病人们还会安全吗？

韦斯医生做出了决定。“继续自己的工作吧。”他说。

几分钟之后，一个苏联士兵抬着战友走进教堂大殿。他拿枪指着韦斯，飞快地说了一连串俄语。他非常慌乱，背上的战友全身都是血。

韦斯非常平静。他用不太流利的俄语说：“不必拿枪指着我，把你朋友放在桌子上。”

红军战士把战友放在了桌上，韦斯医生带着埃里克和布劳恩开始了治疗。红军战士一直把枪口对准着韦斯医生。

这天晚些时候，德国伤兵有的步行，有的被送上卡车的后车厢由红军士兵押往了东面。埃里克看着沃纳·弗兰克作为战俘消失在眼前。小时候，埃里克经常听人讲罗伯特叔叔的故事。一战中，罗伯特叔叔被苏联人抓作战俘，后来却从西伯利亚走了四千英里走回了德国。埃里克不知道沃纳会碰上什么样的命运。

更多的苏联伤兵被带了进来，韦斯、埃里克和布劳恩像对待德国兵一样为他们进行治疗。

忙碌了一天，当埃里克筋疲力尽地进入梦乡时，他才意识到自己也成了战俘。

在盟军逼近柏林的同时，战胜国在旧金山的联合国大会上开始喋喋不休地讨价还价起来。伍迪觉得这样的会议很乏味，他只想快点联系上贝拉·赫尔南德兹。

在登陆日进攻、法国的战斗，以及送到医院进行康复治疗期间，贝拉一直浮现在伍迪的脑海之中。一年前，在牛津的最后一学期，贝拉曾经计划着要来旧金山加利福尼亚大学的伯克利分校攻读博士学位。除非贝拉在校园边租间公寓，不然她多半会住在太平洋高地的父母家。

不幸的是，伍迪还没能和贝拉联系上。

他给贝拉写了信，但没收到回信。当他拨打黄页电话本上的赫尔南德兹家的号码时，一个他觉得是贝拉母亲的中年妇女冷冰冰地对他说："她现在不在家，我可以给你带话。"贝拉却没给他回电。

贝拉可能有个正式的男朋友。如果是这样的话，伍迪希望贝拉亲口跟他讲。但也许她母亲私自把他的信藏起来了，也没把他的口讯传达给贝拉。

伍迪也许应该放弃。再追寻下去，他可能把自己弄得像个傻瓜。但他不会轻言放弃。他回忆起不屈不挠地追求乔安妮的往事，琢磨着自己为何总会遇到这种状况：这是他的宿命吗？

与此同时，每天早上他会和父亲一起去费尔蒙特酒店的空中花园，听国务卿斯特蒂钮斯做前一天联合国会议的情况简报。斯特蒂钮斯是在科德尔·赫尔被送进医院以后，继任国务卿之位的。此时，哈里·杜鲁门也接任了死去的富兰克林·罗斯福的总统之位。格斯·杜瓦觉得，在世界局势如此紧要的关头，美国由两个经验不甚丰富的新手来领导，真是个很大的遗憾。

事情开始得很不顺利。杜鲁门总统在白宫的会前碰面时笨拙地惹怒了苏联外长莫洛托夫，莫洛托夫抵达旧金山时情绪很不好。他宣称如果联合国不接纳白俄罗斯、乌克兰和波兰的话，他就马上回苏联。

伍迪不希望苏联开溜。没了苏联，联合国就不成为联合国了。大多数美国代表希望和社会主义国家达成妥协。但立场强硬的范登堡参议员却坚持不能在莫斯科的压力下达成任何协议。

一天上午，伍迪正好有几个小时空，于是他去了贝拉父母家。

赫尔南德兹家住的时尚社区离诺布山上的费尔蒙特酒店不远，但伍迪仍然需要用拐杖走路，因此他叫了辆出租车。赫尔南德兹家位于高夫路，是一幢漆成黄色的维多利亚式大宅。应门的女人穿着华贵，应该不是家里的女仆。她像贝拉一样对伍迪扬起嘴角一笑，一看就是贝拉的母亲。伍迪礼貌地说："夫人，早上好。我是伍迪·杜瓦。去年我在伦敦遇见了贝拉·赫尔南德兹。如果有可能的话，我想再见她一面。"

女人脸上的笑容消失了。她审视着伍迪："看来你就是那个人了。"

伍迪不知道她在说什么。

"我是贝拉的母亲，卡罗琳·赫尔南德兹。"她说，"你最好进来。"

"谢谢你。"

她没有和伍迪握手，显然对他抱有敌意，伍迪完全不知道这是为什么。无论如何，她还是请伍迪进屋了。

赫尔南德兹把伍迪让进了一个能看到海景的大客厅。她指着一把椅子，不算客气地示意他可以坐下。赫尔南德兹夫人坐在他对面，严厉地瞪了他一眼："你在英国和贝拉相处了多长时间？"她问。

"几个小时，但从此我就忘不了她了。"

一阵尴尬的沉默过后，赫尔南德兹夫人说："在牛津上大学的时候，贝拉就和一个名叫维克托·罗兰德森的聪明小伙订了婚，他们从小就认识了，感情一直不错。罗兰德森夫妇是我和我丈夫的老朋友——至少在贝拉回家突然要取消婚约之前是。”

伍迪的心中燃起了希望。

“她只说她意识到自己并不爱维克托，我猜她一定是遇见了别的什么人，现在我知道她遇见的是谁了。”

伍迪说：“我不知道她已经订婚了。”

“她戴着的钻石戒指你总不会看不见吧，你糟糕的观察力造成了一场悲剧！”

“我非常抱歉。”伍迪说。然后他告诉自己不要太过软弱。“或者说，其实我并没那么抱歉，”他说，“我很高兴她结束了这段婚约，因为她是个完美的女人，我很想娶她。”

赫尔南德兹夫人不喜欢这样的表白：“年轻人，你还嫩着呢！”

伍迪对这种居高临下的态度感到说不出的讨厌。“赫尔南德兹夫人，刚才您用了‘悲剧’这个词。我的未婚妻乔安妮在珍珠港死在了我的怀里。我的弟弟查克被机关枪打死在布干维尔的海滩上。登陆日战役中，为了争夺伊格里斯镇上毫不起眼的一座桥，我亲自指挥艾斯·韦伯和其他四名年轻的美国战士去送死。夫人，我知道什么才是真正的悲剧，破裂的婚约绝对算不上。”

赫尔南德兹夫人吃了一惊。伍迪猜想她大概不常遭到年轻人的反驳。她没有说话，但脸色逐渐苍白。过了一会儿，她站起身，没有任何解释便离开了客厅。伍迪不知道她想让自己干什么，但还没见到贝拉，他绝不会撤退。

五分钟后，贝拉走进了客厅。

伍迪站了起来，觉得自己心脏狂跳。一看见贝拉，他的脸上就浮现出笑容。贝拉穿着一条与她满头黑发和咖啡色皮肤形成强烈反差的淡黄色裙子。伍迪觉得，贝拉和乔安妮一样，穿得越简单越是好看。他想抱住贝拉，拥紧她柔软的身体，不过他还得等贝拉给他发出爱的讯息。

贝拉看上去很不安。“你来这儿干吗？”她问。

“我来找你。”

“为什么找我？”

“因为我忘不了你。”

“我们连相互了解都谈不上。”

“可以从今天开始了解。愿意和我一起吃晚餐吗？”

“我不知道。”

伍迪穿过客厅，走到贝拉站着的地方。

拄着拐杖的伍迪，让贝拉很意外。“你怎么了？”

“在法国战场上，我的膝盖中了一枪，枪伤正在慢慢恢复中。”

“太不幸了！”

“贝拉，我觉得你很完美，我相信你也喜欢我。我们又都没有婚约了，你还在担心什么呢？”

贝拉嘴角一扬，绽放出伍迪最喜欢的那种笑容。“不是担心，而是尴尬，为伦敦那天晚上的事而感到尴尬。”

“就那点儿事吗？”

“对第一次约会而言，那已经很过分了。”

“那种事天天都在发生。当然，我也是从别人那里听说的。那天晚上，你之所以会那样，是因为你觉得我会在战斗中牺牲。”

她点了点头。“我从来没做过那种事，甚至和维克托在一起时也没做过。我不知道当时是怎么想的，竟然在公园里和你那样干。我觉得自己简直像个妓女！”

“我很清楚你是什么人，”伍迪说，“你是个心胸宽广，聪明美丽的女人。我们为什么不忘了伦敦的那一晚，像教养良好的年轻人那样开始互相了解呢？”

贝拉的态度软化了一些。“我们真能那样吗？”

“完全可以。”

“那晚上一起去吃饭吧？”

“七点来接你，好吗？”

“没问题。”

伍迪迎来了胜利的曙光，但还是有些犹豫。“我无法形容再见你的感觉，真是太开心了。”他说。

贝拉第一次直视着他。“伍迪，我也是一样，”她说，“我也非常开心！”接着她搂住他的腰，紧紧地拥抱了他。

伍迪实现了梦寐以求的愿望。他拥抱着贝拉，把头埋进她的头发。他们维持这个姿势站了很长时间。

过了很久，贝拉才从伍迪的怀抱中挣脱出来。“七点见。”她说。

“七点见。”

伍迪开开心心地离开了赫尔南德兹家。

他直奔大剧院旁的老兵大厦而去，参加联合国督导委员会的会议。四十六个成员国的代表坐在一张长桌子前，格斯·杜瓦这样的助理坐在代表的后面。作为助理的助理，伍迪只能在墙边坐下了。

苏联外长莫洛托夫做了开场演讲。伍迪发现他的外表并不是很出众。莫洛托夫已经有点秃顶，留着整齐的胡子，鼻梁上架着副眼镜，看上去更像是他父亲那样的商店职员。这样一个人却在布尔什维克政权下幸存了很久。在革命之前，他就是斯大林的朋友，一手炮制了1939年的苏德协定。他工作努力，因为长时间坐在办公桌前而有了“石头屁股”的雅号。

他建议把白俄罗斯和乌克兰作为联合国的创始国。他指出，这两个加盟苏联的共和国遭受了纳粹的侵略，而且分别为苏联红军贡献了一百多万名战士。有人提出反对，指出白俄罗斯和乌克兰依附于苏联，不能单独作为成员国。但苏联代表指出，加拿大和澳大利亚都属于英联邦，却作为两个成员国加入了联合国。

投票没有异议。伍迪知道，事先都安排好了。拉丁美洲国家威胁投反对票，除非接纳支持希特勒的阿根廷。其他国家做了让步，保证他们能投出支持票。

随后出现了意外。捷克外交部长扬·马萨里克[①]突然站了起来。马萨里克是个著名的自由主义者，登上过1944年《时代》杂志的封面，他建议让波兰也加入联合国。

美国人坚持波兰不进行自由选举就不能加入联合国的立场。作为一个民主派人士，曾经试图在斯大林的监视下在捷克建立民主制度的马萨里克，应该支持这个立场才对。为了让马萨里克放弃自己的信念，莫洛托夫一定给他施加了非常大的压力。马萨里克坐下时，脸上一副吃了难吃东西的厌恶表情。

格斯·杜瓦的表情同样很严峻。在白俄罗斯、乌克兰、阿根

① 扬·马萨里克（Jan Masaryk，1886—1948），外交家，政治家，生于布拉格。1940年至1948年任捷克斯洛伐克外交部长。

廷问题上的妥协本应能让会议顺利进行下去，莫洛托夫却给他们出了一道大难题。

和美洲国家代表坐在一起的范登堡出离愤怒。他拿出笔和便笺本，奋笔疾书。片刻之后，他从便笺本上扯下一页纸，点头招呼伍迪过去，他把这页纸递给伍迪，说："送去给国务卿！"

伍迪走到桌前，伏在斯特蒂钮斯的肩上，把刚刚撕下的那页纸放在他面前，说："先生，这是范登堡参议员给您的。"

"谢谢。"

伍迪回到靠在墙边的座位上。我在历史上也起到了自己的作用，他这样想着。他在转交纸条时看了一眼上面的内容。范登堡在简短而富有激情的字句中要求国务卿拒绝捷克方面的建议。斯特蒂钮斯会采纳他的建议吗？

如果莫洛托夫在波兰加入联合国的问题上一意孤行的话，范登堡很可能在参议院提出反对加入联合国的议案。但如果斯特蒂钮斯采纳了范登堡的建议，莫洛托夫很可能现在就离开会场回家，那样的话联合国就胎死腹中了。

伍迪屏住呼吸。

斯特蒂钮斯拿着范登堡写的纸条站了起来。"为了苏联的利益，我们遵守了《雅尔塔协定[①]》的精神，"他指的是美国在《雅尔塔协定》中支持承认白俄罗斯和乌克兰的代表权，"与此同时，《雅尔塔协定》的其他条例也需要得到遵守。"接着，他

---

① 雅尔塔协定，全称《苏美英三国关于日本的协定》。1945年2月4日至2月11日，美国、英国和苏联在克里木半岛的雅尔塔皇宫内，举行了一次关于制定战后世界新秩序和利益分配问题的秘密首脑会议。这次会议对二战后世界历史的发展产生了极其深远的影响，决定了直到今天许多国家的命运与发展方向。

根据范登堡那张纸条的提示，说，“呼吁建立一个有广泛代表性的波兰自治政府。”

会议室里到处是交头接耳声。斯特蒂钮斯公然对莫洛托夫提出了挑战。伍迪看了一眼范登堡，发现他正轻松地坐在自己的座位上。

“除非波兰建立有广泛代表性的政府，”斯特蒂钮斯又说，“否则大会不会承认现在的卢布林[1]政府。”他直视着莫洛托夫，以范登堡纸条上的语句说，“不然我们会给世界人民做出背信弃义的肮脏示范。”

莫洛托夫看上去火气很大。

英国外交部长安东尼·艾登直起身子，站起来表示支持斯特蒂钮斯。他说话很有礼貌，但言辞犀利。“我们政府没办法知道波兰人民支不支持他们的政府，”他说，“因为苏联及其盟国不让英国观察员进入波兰。”

伍迪发现会议的风向开始不利于莫洛托夫。苏联代表团显然已经注意到了这一点。莫洛托夫激烈地和助理讨论着什么，他的声音非常大，连伍迪都能听出他语气中的怒火。他会走出会场吗？

光头双下巴的比利时外长提出了个折中方案。他提出动议，希望会议结束前波兰能及时地组成新政府，并派代表出现在旧金山的联合国大会上。

所有人把目光转向了莫洛托夫。比利时外长给他找了个台阶下，可他会接受吗？

---

① 卢布林，波兰东部的一个省。1939年德国入侵波兰，纳粹在这里建有庞大的集中营。1944年卢布林被苏军夺取，成为苏联控制的共产波兰国家解放委员会所在地。

他依然很生气，但不容置疑地微微点了点头。

危机避免了。

很好，伍迪心想，一天里收获了两场胜利。形势会慢慢地好起来的。

卡拉出门了，排队取水。

水龙头已经两天不出水了。不过，主妇们发现，每隔几个街区，就有一个多年不用的和地下井相连的老式水泵。这些水泵大多数已经生锈了，但惊奇的是，其中很多还能继续工作。因此，每天早上，在水泵这里，女人们都会端着盆盆罐罐来排队接水。

也许是敌人快要进城的缘故，空袭突然停止了。但红军仍然在向街上射击，因此街上还很危险。卡拉不知道苏联人在担心什么，大半座城市都已经被毁了。整幢整幢的建筑乃至一大半街区都被炸成了平地。所有的公用设施都被切断了。火车和汽车都终止了运营。上万人无家可归，甚至可能有上百万人。柏林成了一个巨大的难民营。但射击还在继续。大多数人一整天躲在家里的地窖或公共的防空洞里，但他们必须出门取水喝。

在永久性断电之前，英国BBC广播说，苏联红军已经解放了萨克森豪森集中营。萨克森豪森在柏林北部，显然苏联人不是直接进入柏林，而是先在外围将其包围。卡拉的母亲茉黛断言苏联人这样做是为了不让美军、英军、法军和加拿大军队从西面快速进入柏林。她引用列宁的话说："控制了柏林就控制了德国，控制了德国就控制了欧洲。"

但德国军队并没有放弃。他们在人数和武器远远少于盟军的情况下，继续战斗着。他们一次又一次地在领袖的命令下扑向数倍于自己的敌人，一次又一次地凭着意志力奋勇作战，然后成百上千地死在敌人的枪口之下。这其中就有卡拉深爱的两个人——哥哥埃里克和男友沃纳。她不知道他们在哪里对敌作战，也不知道他们是死了还是活着。

卡拉终止了间谍活动。战争进入混战的最后阶段，战斗方案已经不需要了。来自柏林的秘密情报对节节胜利的苏军来说没什么价值，已经没必要进行间谍活动了。间谍们烧毁了自己的密码本，把无线电发报机藏在了瓦砾之中。他们同意再也不提曾经从事过的这项工作。他们非常勇敢，缩短了战争的进程，拯救了无数生命，但让战败的德国民众这样看问题实在是太难了。他们的勇气将永远不为人知晓。

卡拉走到水龙头前时，一支希特勒青年团的反坦克小队经过，他们踏着步子，向东边的战场行进。队伍里有两个五十多岁的老头和十多个不到二十岁的少年，他们都骑着自行车，车前把上绑着新型反坦克步枪。军服和军帽对孩子们来说太大了，如果不是他们面临的可悲命运，旁人看到他们头戴的庞大军帽一定会发笑的。他们将从这里出发，到前线与苏联红军作战。

他们完全是去送死。

卡拉把目光转向一边：她不愿记住这一张张脸。

拿桶接水的时候，站在她后面的雷克夫人小声问：“你有个朋友是医生的老婆，是吗？”

卡拉浑身一紧。雷克夫人显然说的是汉尼洛尔·洛特曼。医生和犹太医院的精神病人一起失踪了。汉尼洛尔的儿子鲁迪扔掉了身上的黄星标志，和柏林剩余的一些犹太人，秘密前往柏林人所谓的贫民区“潜水艇”，只有本人是雅利安人的汉尼洛尔还住在他们家原先的房子里。

十二年来，像雷克夫人问出的这种问题——你有个朋友是犹太人的老婆——几乎就等于指控。她到底想干什么？卡拉不知道。雷克夫人是个仅有点头之交的邻居，无法完全信赖。

卡拉关掉了水龙头。“小时候洛特曼医生是我们家的家庭医生，”她戒备地说，“为什么这么问？”

另一个女人站到水龙头前，用一个以前显然盛食用油的大罐子灌水。“洛特曼夫人被人带走了，”雷克夫人说，“我觉得你也许会想知道。”

这再正常不过了。人们时常会被“带走”。但如果发生在你亲近的人身上，仍然会觉得心头被猛地一击。

没必要去问他们发生了什么事——事实上，发问也很危险：询问亲戚和朋友为什么会消失的人，自己也可能会突然消失。但卡拉必须要问：“你知道他们把她带去哪儿了吗？”

这次她得到了答案。“在舒尔大街的转送站里。”卡拉感觉到了希望，“是维丁区一家废弃的犹太医院，你知道那个地方吗？”

“是的，我当然知道。”卡拉偶尔会非法地去那家医院帮忙，她知道政府占据了那里的病理学实验室，并用铁丝网将那儿围了起来。

“希望她没事。”另一个女人说，“斯特菲生病的时候她帮了很大的忙。”说完，她关掉水龙头，提着水罐离开了。

卡拉匆忙地朝和女人相反方向的家里走去。

她必须为汉尼洛尔做些什么。把人从集中营里弄出来几乎是不可能的，但现在正常的工作秩序已经被打破了，也许能想个法子把汉尼洛尔给弄出来。

她把水桶带回家，交到艾达手里。

茉黛排队去领配给的食物了。卡拉换上护士的制服，希望到时候能派上点用场。她把要去的地方告诉艾达，又一次离开了家。

她只能步行去离家两三英里的维丁区犹太医院。她不知道她应不应该这样做。即便能找到汉尼洛尔，也许她也帮不上忙。但很快，她就想到了在伦敦的伊娃和不知藏在柏林什么地方的鲁迪——如果在战争结束前的最后时刻失去母亲，那对他们来说，是一件多么可怕的事情啊！她必须尽力一试。

街上站着军警，他们截住过路人，查看他们的身份证明。军警们三人一组，形成即决法庭，主要针对兵役年龄的男性。他们对身穿护士制服的卡拉不感兴趣。

奇怪的是，苹果树和樱桃树竟然在这个被炮火袭击的城市里开出了白色和粉红色的花朵。在爆炸的间歇，鸟儿像往年春天一样，欢叫着。

卡拉恐惧地发现，灯柱上竟然吊着几个男人，有几个竟然还穿着军服。大多数尸体的脖子上挂着写有“懦夫”或“逃兵”的牌子。显然，三人即决法庭认为他们有罪，对他们处以绞刑。纳粹杀了那么多人还不满足吗？卡拉痛苦得直想哭。

一路上，她三次找地方躲避交战双方的枪林弹雨。最后一次躲避时，她离犹太医院只有几百码，红军和德军似乎就在几条街外进行着枪战。射击非常猛烈，卡拉差点掉头就跑。汉尼洛尔多半逃不过被处死的命运，也许已经死了——卡拉为什么要把自己的命也搭进去呢？但枪声暂歇以后，她还是迈开步子，继续往医院的方向行进。

到那儿时，已经是晚上了。医院在舒尔大街和伊朗大街的拐角处。街道两旁的大树已经长出了新叶。征用做转运站的实验大楼被重兵守卫着。卡拉本想走到士兵面前，解释自己的来意，但这样做似乎胜算不大。她琢磨着是否能从医院四通八达的过道里穿过去。

卡拉走进医院主楼。医院还在正常运行。所有的病人被转移到了地下室和过道里。医生和护士在煤油灯的光照下进行工作。厕所里一股恶臭，显然已经有段时间没被清洗了。这里唯一的水源是花园里的一口古井。

诡异的是，德国士兵纷纷把受伤的战友往医院里送。这时，他们倒不顾忌这里的医生和护士是犹太人了。

卡拉顺着花园下的地道走到实验大楼的地下室。和她预想的一样，连接地道和地下室的门那里有人在守卫。好在年轻的盖世太保看到白色的护士制服就挥手让她过去了。他也许很久都没什么事，已经疏于职守了吧。

卡拉已经身在了转运站里。她不知道出去的时候会不会也这么容易。

这里的气味比主楼更难闻，卡拉很快知道这是为什么了。地下室里挤了太多的人。几百个人被关在四间储藏室里。他们或坐或站，幸运的人可以找面墙靠一靠。他们身上都很脏，散发出一股怪味，像是都筋疲力尽了。他们用无动于衷的目光看着从门外走过的卡拉。

几分钟后，她看到了汉尼洛尔。

医生的妻子不算漂亮，但她是个端庄的女人，五官鲜明。现在，她却骨瘦如柴，和绝大多数人一样，灰白的头发像枯草。她的脸颊下陷，无力地站着。

汉尼洛尔正在和一个少女说话，后者看起来很早熟。女孩已经有了成熟女性的胸部和臀部，却生着一张娃娃脸。她坐在地上大哭，汉尼洛尔跪在她身旁，握住她的手轻声抚慰着。

看见卡拉，汉尼洛尔起身质问："老天啊，你上这儿来干吗？"

"我想，如果我告诉他们，你不是犹太人，他们也许就会放你走！"

"你真是太勇敢了！"

"你的丈夫拯救了许多生命，现在应该有人站出来救你。"

汉尼洛尔眉头一皱，似乎马上要哭了。接着她眨了眨眼睛，摇摇头说："这是丽贝卡·罗森，"她竭力控制住自己的声音，"她的父母今天被一颗炮弹炸死了。"

卡拉说："丽贝卡，我为你难过。"

女孩没有说话。

卡拉问："丽贝卡，你几岁了？"

"快十四岁了。"

"你马上要变成大人了。"

"为什么没让我死？"丽贝卡问，"我就在他们身边，我也应该死，现在只剩下我一个人了。"

"你不是一个人，"卡拉果断地说，"我们和你在一起呢。"她转身问汉尼洛尔，"谁负责这里？"

"一个叫沃尔特·多布尔克的人。"

"我去告诉他，必须放你走。"

“他现在不当班。现在当班的是一个满脑子雅利安人至上的军士。但吉塞拉过来了，她是多布尔克的情妇。”

走进房间的年轻女郎非常漂亮，奶白的肤色，柔顺的金发。没人抬眼看她，她似乎被激怒了，一脸愤怒的表情。

汉尼洛尔说：“她和多布尔克在楼上心电图室的床上做爱，以此来交换额外的食品。除了我以外，这里没人和她说话。我只是觉得，我们不能以对方的无奈之举来判断一个人。毕竟，我们都生活在这样的地狱里。”

卡拉却不这么想，她是绝对不会和一个跟纳粹睡觉的犹太女孩交朋友的。

吉塞拉看了看汉尼洛尔，不再那么生气了。“上面下了道新命令给他。”吉塞拉说话非常小声，卡拉必须集中注意力才听得清她在说什么。这时，吉塞拉却迟疑了。

汉尼洛尔说：“快告诉我们，命令是什么？”

吉塞拉的声音小得几乎听不见了：“射杀这里所有人。”

卡拉的心突然收紧了。所有人——包括汉尼洛尔和小丽贝卡在内。

“沃尔特不想这么干，”吉塞拉说，“他不是一个坏人。”

汉尼洛尔认命般平静地问：“他应该在什么时候枪毙我们？”

“很快。但他想先销毁这里的记录。汉斯-彼得和马丁正在把文件扔进壁炉。这项工作很耗时，我们还有好几个小时。也许红军能及时把我们救出去。”

“也许赶不及，”汉尼洛尔干脆地说，“可以想办法劝说他违令吗？看在老天的分上，战争都快结束了。”

“以前我总能劝他听我的，”吉塞拉悲伤地说，“但他已经玩腻我了，你们知道男人的德行。”

“但他应该考虑一下自己的未来。盟军马上就要接管这里了。盟军将会惩罚纳粹的战争罪行。”

吉塞拉说：“如果我们都死了，谁会去指控他？”

“我会。”卡拉说。

汉尼洛尔和吉塞拉一言不发地瞪着她。

卡拉意识到自己尽管不是犹太人，但也会因此而被枪毙。

她沉思着说：“如果多布尔克放了我们，也许会有助于他和盟军打交道。”

“这个想法不错，”汉尼洛尔说，“我们可以签份声明，说他救了我们的命。”

卡拉打探地看着吉塞拉。吉塞拉面露狐疑，却说：“他也许会答应的。”

汉尼洛尔看了看四周。“那是希尔德，”她说，“多布尔克经常让她干些杂活。”她把希尔德叫过来，解释了她的方案。

“我会为所有人打一张释放证明，”希尔德说，“我们先让他签下文件，然后再给他我们的声明。”

地下室没有卫兵，卫兵都在连接一楼和外侧通道的门边，因此犯人们可以随意在地下室里走动。希尔德走进多布尔克在地下室的办公室，先打了一份声明。汉尼洛尔和卡拉在地下室转了一圈，解释了她们制定的方案，并让所有人在声明上签了字。与此同时，希尔德为每个人打了份释放文书。

做完这些准备工作已经到了午夜。在第二天早晨多布尔克出现之前，她们没什么可做的了。

卡拉躺在地上，和丽贝卡·罗森睡在一起。没有别的地方可以让她躺平。

过了一会儿，丽贝卡开始小声哭泣起来。

卡拉不知道该怎么办才好。她想安慰丽贝卡，但一句话都说不出来。该对一个刚刚父母双亡的孩子说些什么呢？压抑的哭泣声继续着。过了一会儿，卡拉侧过身，抱住了丽贝卡。

她很快就明白自己做得很对。丽贝卡把头压在她的乳房上，蜷起身体依偎着她。卡拉像对婴儿一样拍着丽贝卡的背部。哭泣声慢慢停止，丽贝卡终于进入了梦乡。

卡拉没睡。整个晚上，她都在筹划着该对转运站长官说些什么。有时候她赞扬他美好的天性，有时候她又以盟军的审判相威胁，还有些时候她会从对方的利益出发，冷静地跟他分析形势。

卡拉试着不去想被枪毙的事情。埃里克告诉她纳粹在苏联每组杀十二个人，纳粹在这的效率也差不到哪里去。很难想象他们会怎样痛下杀手，还是不去想为好。

如果现在或第二天一早离开转运站，卡拉也许能逃脱被枪杀的厄运。她不是囚犯，不是犹太人，身份文件也完全对付得过去。她可以穿着白色的护士制服沿进来时的路出去，但那意味着抛弃汉尼洛尔和丽贝卡。无论多么想离开犹太人医院的地下室，卡拉就是无法做出这样的事情。

街上的战斗持续了好几个小时，然后中断了一会儿。黎明时，战斗重新开始。这时，外面机关枪的枪声和炮声一样清晰可闻，苏联人越来越近了。

一大早，卫兵送来了一罐清水似的汤和一篮被人丢弃的发霉面包。卡拉喝了汤，吃了面包，然后万般无奈地用了充满恶臭的厕所。

她和汉尼洛尔、吉塞拉、希尔德一起上楼等多布尔克。炮轰又开始了，他们每时每刻都有危险，然而她们想在多布尔克来以后第一时间跟他交涉。

多布尔克没有在平时的上班时间出现。希尔德说，他通常会准时到这里。也许他被街上的战斗耽搁了。当然，多布尔克也许会在巷战中被杀。卡拉不希望出现这种情况，因为多布尔克的副手埃伦斯泰因是个说不通道理的蠢蛋。

一小时过去了，卡拉渐渐丧失了希望。

又过了一个小时，多布尔克出现了。

“你们这是怎么了？”看到一楼大厅里的四个女人时，多布尔克不解地问，“几个母亲聚在这里谈育儿经吗？”

汉尼洛尔说：“这里的囚犯都签署了一份声明，说你救了他们的命。如果你肯接受上面的条件的话，说不定你也能逃过一劫。”

“别胡扯了。”多布尔克说。

卡拉说：“根据英国BBC的广播，联合国手里有一份参加大规模屠杀的纳粹军官名单。再过一个星期，你就有可能遭到审判。你难道不想有一份证明你没有杀我们的签字声明吗？”

“听英国BBC的广播节目是项重罪。”

“比杀人要好得多。”

希尔德手里拿着一份文件夹。她说：“我打好了释放这里所有囚犯的命令。如果你在上面签了字，我们就把那份声明交给你。”

“我直接把那份声明从你们手上抢过来就可以了。”

“如果我们都死了，没人会相信你的无辜。”

多布尔克对自己的处境非常生气，但又无法摆脱免责声明对自己的诱惑。“我可以因为你们的无礼行为枪毙你们。”他说。

卡拉不耐烦地说：“要杀要剐随你的便，我们已经习惯被命运所左右了。”

多布尔克的脸因为愤怒而涨得通红，卡拉意识到自己说得太过了，希望能收回刚才所说的话。她瞪着生闷气的多布尔克，尽力不显示出怯懦。

这时，一发炮弹在大楼外面爆炸了。门“咯吱、咯吱”响着，窗户被砸得粉碎。所有人都下意识地猫下了腰，不过没有人受伤。

重新站起来以后，多布尔克的表情改变了。愤怒被失落所取代。卡拉的心跳加快了，他真的放弃了吗？

埃伦斯泰因军士跑进来报告：“先生，没有人受伤。”

“非常好！”

埃伦斯泰因刚走开，多布尔克便把他叫住了。“转运站关闭了。”他说。

卡拉屏住呼吸。

“先生，要关了这吗？”埃伦斯泰因军士的声音里有不解，更有反抗。

“刚下的军令。让兄弟们……”他迟疑了一会儿，“告诉他们去弗里德里希大街火车站的地堡报到。”

卡拉知道多布尔克是在矫造军令，埃伦斯泰因也起了疑心。“先生，什么时候报到？”

“马上。”

“马上吗？”埃伦斯泰因停顿了一会儿，似乎在等多布尔克进一步的说明。

多布尔克瞪着他，瞪得他不敢再说话。

“遵命，先生，”埃伦斯泰因军士说，“我去告诉兄弟们。”说完他就离开了。

卡拉感觉到一阵胜利的喜悦。但她告诉自己，现在还没有自由。

多布尔克对希尔德说：“把你打出来的声明给我看看。”

希尔德打开文件夹。声明有十几页纸，纸的上半部分打着相同的语句，下面写满了签名。她把这些纸交给了多布尔克。

多布尔克叠起这些纸，把纸塞进口袋。

希尔德把释放文书放在他面前。“请签在这里。”

“现在不需要什么释放文书了，”多布尔克说，“再说，我也没时间签几百次名。”说完，他站了起来。

卡拉说：“街上有军警，他们把有逃兵嫌疑的人吊在灯柱上。我们需要释放文件。”

多布尔克拍了拍口袋。“发现这个的话，我也会被吊死的。”他走向门边。

吉塞拉朝他大喊：“沃尔特，带我走吧！”

多布尔克转身看着她。“带你走？”他说，“我老婆该怎么办？”他“砰”的一声关上了门。

吉塞拉哭得像个泪人。

卡拉走到门边，打开门，看着多布尔克快步离去。盖世太保都走了：他们遵守了多布尔克的命令，离开了这座转运站。

到了街上，多布尔克撒开腿跑了。

他没把大门关上。

汉尼洛尔站在卡拉身边，难以置信地看着外面的情况。

“我想，我们自由了。”卡拉说。

“我们必须赶紧通知其他人。”

希尔德说：“我去告诉他们。”说完就下了通往地下室的楼梯。

卡拉和汉尼洛尔沿着从实验楼入口到医院大门的小道心惊胆战地往前走。他们迟疑着，不时看对方一眼。

汉尼洛尔说：“我们害怕自由。”

一个女孩在她们身后大嚷：“卡拉，别抛下我！”丽贝卡沿着小道追了上来，乳房在肮脏的上衣下面直晃荡。

卡拉叹了口气。我凭空多了个孩子，她想。我还没准备好要成为一个母亲。但我又能怎么办呢？

“跟我们走，”她说，“但要做好往前跑的准备。”她意识到自己不必为丽贝卡的活力担心：丽贝卡无疑比她和汉尼洛尔跑得都快。

她们穿过医院的花园，走到大门口。然后停下步子，朝伊斯兰大街两边看了看。大街上没什么动静。她们穿过马路，跑到街角。卡拉朝舒尔大街上望去，看见大街那头正在猛烈地交战，耳旁一阵突突的机关枪响。她看见德军向她这边撤退过来，红军战士则在他们身后紧追不舍。

她看了看四周，除了树的后面，什么地方都没法躲。即便躲在树后面，也无法保证不被敌人的子弹打到。

一发炮弹落在五十码开外的大街上，然后在她们眼前爆炸了。卡拉感受到炸弹爆炸所产生的巨大冲力，但幸好没有受伤。

没有经过商量，卡拉、汉尼洛尔和丽贝卡又跑回了医院。

她们回到了实验楼。一些囚徒仍然站在铁丝网以内，像是不太敢出去似的。

卡拉对他们说："那里虽然很臭，却是最安全的地方。"她走进实验大楼，从楼梯走到地下室。其他人都跟了上来。

卡拉不知道自己还得在这里待上多久。德军肯定会投降，但会在什么时候投降呢？她完全无法想象希特勒会在何种情况下投降。希特勒整个一生都在狂叫自己是正确的，这样一个人怎么会承认自己错了、自己蠢呢？他会承认自己屠杀了千百万人，导致国家被炸成碎片吗？他会甘心作为历史上最邪恶的人被纪录于史册吗？希特勒显然不会。他要么负隅顽抗，要么耻辱而死，要么把枪放在嘴里，按下扳机自杀。

但这要等上多久？一天，一个星期，还是更长时间？

这时，楼上传来一声大喊："他们过来了，苏联人过来了！"

接着卡拉听到楼梯上传来一阵沉重的脚步声。这么好的靴子苏联人是怎么得到的？美国人给他们的吗？

接着他们走进了地下室的房间。四个、六个……八个、九个，一共进来了九个满脸污垢、手提轻机枪的红军士兵，他们表情狰狞，像要打死这里所有人似的。士兵们占据了室内很大一块地方。尽管苏联人是来解救他们的，但囚徒们还是纷纷把身体蜷缩起来，尽量远离他们。

士兵们观察着周围的情况。囚徒们面黄肌瘦，而且大多数都是女人，构不成威胁，于是他们纷纷放下了枪口。一些人走进了相邻的房间。

一个高个士兵卷起了左手的袖管。他的手臂上戴着六七块表。他用俄语高声喊了几句，用枪托指着那些表。卡拉觉得自己知道苏联人在喊些什么，却震惊得不敢相信。接着，他抓住一个老年妇女，转过她的手，指着她手上的结婚戒指。

汉尼洛尔说："他们想把纳粹给我们剩下的那点财产全给抢走吗？"

苏联人的确是这么想的。高个士兵似乎有些失望，试图把戒指从老妇的手上硬拉下来。意识到苏联人想要她的戒指以后，老妇摘下戒指，交给了高个子苏联人。

士兵点了点头，然后用枪指着其他人。

汉尼洛尔向前一步，用德语说："这些人都是被纳粹抓起来的。他们不是犹太人，就是犹太人的家室，纳粹原本是要处决他们的。"

不知道听没听懂，他对汉尼洛尔的话无动于衷，而是把枪托一直对准了手臂上的那些表。

少数几个财物没被偷走或没有用来换食物的囚徒，把身上的财物交给了这些苏联人。

被红军解放不像多数人向往的那样是件开心的事。

但更糟的事还在后面。

高个士兵拿枪指着丽贝卡。

一个略矮的士兵抓住丽贝卡，把她拉走了。丽贝卡尖叫起来，矮个士兵像是喜欢听到这种声音似的微笑着。

卡拉心一沉，她知道将要发生什么事了。

矮个士兵紧紧抓住丽贝卡，高个士兵粗鲁地揉着她的乳房。高个子用俄语说了句什么话，两人都笑了起来。

周围的人嚷成一片，声讨着苏联士兵的罪恶行径。

高个士兵抬起了枪。卡拉害怕他真会开火。如果在挤满了人的房间里扣下扳机的话，马上就会有十多人送命。

所有人都意识到了危险，都不说话了。

两个士兵带着丽贝卡朝门口走去。丽贝卡一边大叫，一边死命挣扎，但就是逃不出矮个士兵的掌心。

他们走到门口时，卡拉上前一步大声说：“等等！”

话音中的某种特质使他们停下脚步。

“她太小了，”卡拉说，“只有十三岁。”她不知道他们是否能明白她的话。她举起两只手，伸出十根手指，然后又用一只手竖起三根手指。“才十三岁啊！”

高个士兵似乎听懂了她的话。他微微一笑，用德语对卡拉说：“女人就是女人。”

卡拉忍不住说：“你们需要的是真正的女人。”她慢慢走上前，“换我吧。”她挑逗地对他们一笑，“我不是孩子，我知道该怎样做。”她离士兵更近了，近得能闻到他们一个月没洗澡的酸腐气，她试着隐藏自己的厌恶，低声说，“我知道男人需要什么。”她暗示着碰了碰自己的乳房，“放开那孩子。”

高个士兵又一次看了看丽贝卡。丽贝卡的眼睛哭肿了，鼻涕流个不停。她看上去更像个孩子，而不是女人。

他回头看了一眼卡拉。

卡拉说：“楼上有张床，要我带你们去吗？”

她还是不知道苏联人有没有听懂她在说什么，但她拉过高个士兵的手，把他带到了一楼。

金发的矮个士兵放开丽贝卡，也跟着上了楼。

成功地让他们放走丽贝卡之后，卡拉却对自己的义举有些后悔了。她想挣脱苏联人马上逃跑。但他们也许会开枪把她打死，回过头再去找丽贝卡。丽贝卡昨天失去父母已经遭到了很大打击，如果再被强奸，她的精神说不定就崩溃了，甚至可能会发疯。卡拉必须从悬崖上把她拉回来。

我不会被强奸击垮，卡拉心想。我可以度过这个难关，重新变成原来的自己。

她把两个苏联士兵带到了心电图室。她觉得很冷，似乎心脏都冻结了，思维都缓慢了。床边有一罐医生为了增进热电笔导电性能而用的润滑油。卡拉脱下内衣，用刷子蘸了一大抹润滑油，抹在自己的阴道里。这或许能让她不出血。

卡拉必须把刚才的挑逗继续下去。她转身看着跟过来的两个士兵。让她害怕的是，除了他们，心电图室里又涌进三个苏联士兵。她试图对他们笑，但根本笑不出来。

她躺在床上，分开双腿。

高个士兵跪在她的双膝之间。他撕掉卡拉的护士制服，露出双乳。卡拉看见他玩弄了两下自己的阴茎，使之挺立起来。然后压在她身上，进入了。卡拉告诉自己，这和她与沃纳在一起时做的事情完全不同。

她把头侧向一边，但士兵抓住她的下巴，把她的头扳过来，让她在他上下冲刺时看着他。她闭上眼睛。她感觉到对方在亲吻她，正试着把舌头伸进她嘴里。他的呼吸像臭肉一样难闻。她的嘴巴紧闭，对方狠狠地抽了她两个耳光。她痛哭出声，红肿的舌头迎向了他。她试着想，如果一个十三岁的处女碰到这种事，那该有多糟糕啊！

士兵咕哝了一声，在她体内射精了。卡拉尽力不露出恶心的表情。

高个士兵下了床，金发的矮个很快就爬了上来。

卡拉试着停止思考，让身体进入游离状态，把身体当成一部和自己毫无关系的机器。矮个子没去吻她，但他吸吮着卡拉的乳房，用牙齿咬乳头。卡拉痛苦地叫起来时，他非常兴奋，动作力度更大了。

过了一会儿，他也射了。

接着，又一个苏联士兵翻身压在了卡拉上面。

卡拉意识到，被他们强奸以后自己连澡都没得洗，城里早已经没自来水了。想到这里，她的心猛地一沉。他们的精液会留在她体内，他们的气息会留在她皮肤上，他们的唾液会留在她嘴里，她却没法把它们洗干净。从某种程度上说，这比被苏联人强暴更糟。她绝望了，大哭起来。

第三个士兵满足了以后，第四个又爬了上来。

第二十章

1945年，伦敦

1945年4月30日，星期一，阿道夫·希特勒在柏林的一处地堡里结束了自己的生命。一个星期后，周一晚上七点四十分，英国的军事情报部宣布德国已经投降。第二天，也就是5月8日，被宣布为二战胜利纪念日。

黛西坐在皮卡迪利区公寓的窗台边，看着庆祝游行的队伍。街上满满地都是人，轿车和公共汽车根本没法通行。女孩们亲吻着每一个穿军装的人，几千个军人收获了满满的热吻。中午刚过，许多人都醉倒了。黛西听到远处传来了《希望和光荣之地》的歌声，群情激昂的人们一定在白金汉宫门外唱着这首爱国歌曲。她分享着众人的快乐，但劳埃德还身在英国或法国某处，他是黛西唯一想亲吻的士兵。她祈祷着，劳埃德千万别在战争的最后时刻牺牲。

劳埃德的妹妹米莉带着两个孩子到了她的公寓。米莉的丈夫亚伯·埃弗里也在部队里没回来。米莉带孩子到西区参加胜利游行，她们从人群里挤出来，到黛西的公寓休息一会儿。长久以来，莱克维兹家都是黛西的避难所，她很高兴有机会回报。她给米莉倒了茶——帮佣们都参加胜利游行去了——为孩子们端来了果汁。莱尼五岁，帕米三岁了。

因为亚伯参军的关系，米莉经营起了埃弗里家的皮草生意。亚伯的妹妹诺米在店里做会计，销售是米莉在负责。“我们的经营方向马上要变了，”米莉说，“过去五年最好卖的是牢固的靴子和鞋子。现在我们要把目光放在软一点的皮革制品上，比如小牛皮或羊皮的手提包和公文包。奢侈品市场复兴以后，我们就有得赚了。”

黛西想起父亲列夫和米莉一样，总会提前预见到商机，从市场上找到可能的机会。

伊娃·穆雷带着四个孩子也来了。八岁的贾米带着其他几个孩子玩起了捉迷藏，公寓瞬间变成了儿童乐园。伊娃的丈夫吉米已经升职当了上校，现在也在德国或法国某处服役。她和黛西、米莉一样焦心地等待着伴侣的归来。

“任何一天都有可能得到他们的消息，”米莉说，“然后一切都结束了。”

伊娃还非常想知道柏林娘家的消息。但在战后的喧嚣中，她可能要几周或几个月才能得知父母和弟弟的情况。“不知道孩子们还有没有机会见到他们的外祖父母。”她悲伤地说。

下午五点，黛西调制了一大罐马提尼。米莉走进厨房，用惊人的速度做了喝酒时吃的沙丁鱼土司。调制第二罐马提尼时，艾瑟尔和伯尼也来了。

伯尼告诉黛西莱尼已经识字了，帕米也学会了国歌。艾瑟尔说：“典型的长辈心态，觉得孩子只有自家的聪明。”但黛西打心眼里知道，艾瑟尔同样为莱尼和帕米感到骄傲。

悠闲地喝第二杯酒时，黛西舒心地看着聚在自己公寓里的这些人。他们知道自己在这儿会受到欢迎，没接到邀请就自己过来了。他们属于黛西，黛西也属于他们。黛西意识到，他们就是自己的家人。

她感到非常幸运。

伍迪·杜瓦坐在莱奥·沙皮罗的办公室外面，翻看着一叠照片。这些照片是乔安妮死前几个小时在珍珠港拍的。胶卷在照相机里放了好几个月，不过后来他还是把这些胶卷冲成底片，印成了照片。看着这些照片，伍迪悲从中来，他只能把照片扔在华盛顿公寓的卧室里，不去看它们一眼。

是时候做出改变了。

伍迪永远忘不掉乔安妮，但他终于又开始爱了。他爱慕着贝拉，而她对他也是相同的感觉。在旧金山城外的奥克兰火车站道别时，伍迪告诉贝拉，他爱她。贝拉回应："我也爱你。"伍迪准备向贝拉求婚。他想马上求婚，但似乎太急了点——他们重逢还不到三个月——他不想让贝拉的父母找到反对的理由，毕竟他们对他始终抱有敌意。

同时，他需要对未来做出决定。

他不想跨入政坛。

他知道，这会让父母大吃一惊的。他们觉得他会追寻父亲，成为家族历史上第三个杜瓦参议员。他原本也会不做多想踏上这条路。但在战争中，尤其是受伤后躺在医院的时候，他自问如果能活下来的话想做些什么，答案绝对不是政治。

现在离开正是时候。父亲实现了毕生的梦想。参议院对承认不承认联合国进行了辩论。当初国联成立时就进行过这样的辩论，但留给格斯·杜瓦的却是惨痛的回忆。但这次，格斯却在参议院得到了广泛的支持。范登堡参议员说这是“人类大同的梦想”，参议院以八十九比二的绝对优势通过了《联合国宪章》，格斯的工作收到了成效，美国加入了联合国。格斯应该不会对儿子不愿参与政治感到失望。

伍迪希望父亲也能这样看问题。

沙皮罗打开办公室的门，示意他进屋。伍迪起身走了进来。

沙皮罗比伍迪想象的年轻一点，年龄在三十到四十岁之间。沙皮罗是美联社华盛顿分社的社长。沙皮罗坐在办公桌后的椅子上，问：“我要怎么为杜瓦参议员的儿子效劳？”

“如果不介意的话，我想让你看些照片。”

“当然可以。”

伍迪把照片摊开在沙皮罗的办公桌上。

“这是珍珠港吗？”沙皮罗问。

“是的，1941年12月7日的珍珠港。”

“我的上帝！”

伍迪坐在对面，他看到的影像是上下颠倒的，但还是忍不住哭了。照片里有美丽的乔安妮，有快乐地和家人及埃迪在一起的查克。接着，日本人的战斗机就来了，他们投下炸弹和鱼雷，在军舰上引发了爆炸。水兵们慌忙翻过船舷，掉进海里，纷纷游向岸边逃命。伍迪拍摄的照片记录了这段史实。

“这是你父亲，”沙皮罗说，“这是你母亲，我认识他们。”

“这是我几个小时后被炸死的未婚妻。这是我后来死在布干维尔岛的弟弟。这是我弟弟最好的朋友。”

“太珍贵了！你想要多少酬劳？”

“我不要钱。”伍迪说。

沙皮罗惊讶地看着他。

伍迪说：“我想要一份工作。”

欧洲胜利日[1]之后十五天，温斯顿·丘吉尔决定在英国举行大选。

莱克维兹家对此非常惊讶。和大多数人一样，艾瑟尔和伯尼会以为丘吉尔会在日本投降之后才进行选举。工党领导人克莱门特·艾德礼建议在十月选举。丘吉尔给了他们一个出其不意。

劳埃德·威廉姆斯少校从军队回来以后，当上了伦敦东区霍克斯顿选区的工党候选人。劳埃德对工党未来的愿景充满了期盼。法西斯被消灭了，英国人民得以建立一个自由民主的福利社会。为了避免过去二十年间的灾难重演，工党制定了周密的一揽子方案：建立大范围的失业保险，以帮助贫困家庭度过难关，为避免又一次“大萧条”制定了相应的经济对策，积极参与能维持世界和平的联合国。

“你一点儿机会都没有。”这天是6月4日，星期一，劳埃德的继父伯尼在阿尔德盖特区家里的厨房里这样说。伯尼的悲观不是没道理。“丘吉尔打赢了战争，选民都会把票投给保守党人，”他的语调非常悲观，“和劳埃德·乔治在1918年时的大获

① 1945年5月8日午夜，纳粹德国宣布无条件投降，宣告二战欧洲战场战事结束。英国、美国和法国将这一天定为第二次世界大战欧洲胜利日。

全胜一样。”

劳埃德想说话，却被黛西抢先，“战争不是靠自由市场和资本主义企业打赢的，”她义愤填膺地说，“是靠一起工作、共挑担子的劳苦大众，是靠在战争中出力的每一个人。这才叫社会主义。”

劳埃德最喜欢黛西充满激情的样子，但他显然更深思熟虑一点：“英国已经制定了一些会被老一代托利党人谴责为布尔什维主义的政策：政府控制铁路、矿山和船运，这些都是丘吉尔引入的政策。战争时英国的经济都是厄尼·贝文在管。”

伯尼机警地摇了摇头，劳埃德总会被他这种世故的态度所激怒。“选民选举用的是心，而不是脑子，”伯尼说，“他们想表达对丘吉尔的谢意，绝对不会把选票投给工党。”

“没必要坐在这里跟你吵，”劳埃德说，“我这就和选民谈谈去。”

劳埃德和黛西向北坐了几站，到了肖迪奇区的黑狮酒吧，和霍克斯顿选区的工党拉票团见面。劳埃德知道，拉票团的任务不是说服选民投你的票，而是分辨哪些选民会投工党的票，确保他们能在选举那天前往投票站。工党的坚定支持者都做了标记，其他党派的支持者都被划线去除。只有还没打定主意的选民需要费上些工夫：他们有机会和候选人直接谈一谈。

劳埃德吃了些闭门羹。“你是个上校吗？”一个女人问，“我家的阿尔夫是个下士，他说你们这些军官差点输掉这场战争。”

还有些人对任人唯亲大为反感。“你是阿尔德盖特区议员的儿子吗？怎么，议员的儿子就能当议员吗？”

劳埃德想起了母亲的建议。“永远别把选民当傻子，那样的话，你是赢不了选举的。谦逊一点，礼貌一点，千万别发脾气。如果哪个选民对你又粗鲁又抱有敌意的话，感谢他为你腾出时间，然后走开就好了。这样他会有时间考虑他是不是错看了你。”

工人阶级选民是工党的坚定支持者。许多人对劳埃德说，艾德礼和贝文战争期间干得很不错。犹豫不决的大多数是中产阶级。当人们说丘吉尔赢得了战争时，劳埃德引用艾德礼有理有据的反驳说：“英国政府不是一个人的政府，反法西斯战争不是一个人的战争。”

丘吉尔把艾德礼描述为一个过于谦和忍让的人。艾德礼的手段没那么残忍，因此也更为有效——至少，劳埃德是这么想的。

几个选民提到在职的霍克斯顿选区自由党议员给他们帮了不少忙，他们会继续把票投给他。选民们认为遭遇到政府、雇主或邻居的不公时，才会找选区议员帮忙。这是项耗时耗力的工作，但能赢得选民的投票。

总的来说，劳埃德还没摸清选举的走向。

只有一个选民提到了黛西。这位选民塞着一嘴食物走到黑狮酒吧。劳埃德说：“佩金森先生，晚上好，你一定有什么问题想问我吧。”

“你的未婚妻是个法西斯。”这位选民咀嚼着食物说。

劳埃德知道这位佩金森先生一定读过了《每日邮报》，这份报纸上登了一篇让人倒胃口的文章《社会主义者和子爵夫人》，对劳埃德和黛西进行肆意的污蔑。

劳埃德点了点头：“和许多人一样，她只是暂时地被法西斯主义蒙蔽了。”

“社会主义者怎么能娶法西斯分子为妻呢？”

劳埃德朝周围看了看，看见黛西以后，他向她点了点头：“佩金森先生问我为什么要找一个前法西斯主义者当未婚妻。”

“佩金森先生，很高兴见到你。”黛西和这位选民握了握手，“我很理解您的担心。30年代，我的第一任丈夫是个法西斯主义者，那时我支持了他。”

佩金森点了点头。他也许认为，妻子的确应该支持丈夫的政治观点。

“我们真是太傻了，”黛西说，“但开战以后，我前夫就投入了反法西斯的战争，他加入了皇家空军，作战时和大家一样勇敢。”

“这是真的吗？”

“去年他在法国飞一架对地攻击机，炸毁了一列德国军列。他的飞机却被德军的高射炮打了下来，他本人也壮烈牺牲了。这么说来，我也算是一个战争寡妇了。”

佩金森吞咽着食物。“真是太遗憾了。”

黛西还没说完。“我本人战争期间一直住在伦敦，大轰炸期间我一直驾驶着一辆救护车穿梭在伦敦的大街小巷。”

“你可真勇敢啊！”

“希望你能觉得我和我前夫都尽到了公民的义务。”

“我无法这样断言。”佩金森乖张地说。

“就不占用您过多时间了，”劳埃德说，“谢谢您前来向我阐述您的观点，晚安。”

离开以后，黛西对劳埃德说：“我觉得我们没能说服他。”

“一次谈话很难让人改变主意，”劳埃德说，“但现在他什么都知道了，晚上在酒吧里再谈到我们时他就不会夸夸其谈，尽说我们的坏话了。”

“嗯。”

劳埃德知道，自己的话并没有让黛西信服。

拉票团的聚会很早就结束了。今天晚上，两党要在英国广播公司进行第一次的收音机辩论，所有助选的职员都要回去听。丘吉尔获得了第一个演讲的资格。

在回家的公共汽车上，黛西对劳埃德说：“我很担心，我会成为你选举时的软肋的。”

“没有哪个候选人是完美无瑕的，”劳埃德说，“这种时候才能体现出一个候选人应对弱点的功力。”

“我不想成为你的弱点，也许我该置身事外才对。”

“正相反，我希望所有人从一开始就知道你的存在。如果你是我的弱点的话，我就不参与政治了。”

“别，千万别。如果因为我，你放弃了志向，我会恨自己一辈子的。”

“不会发展到那一步的。”劳埃德说。但他发现，自己并没有使她平息心头的焦虑。

回到努特利街的家里以后，全家人围坐在厨房的收音机旁。黛西握住劳埃德的手，说：“你不在的时候，我经常过来，我们经常一边听爵士乐，一边说你的事情。”

劳埃德觉得自己非常幸运。

丘吉尔开始发表讲话了。他粗声粗气的说话声非常鼓舞人心。在过去无比艰难的五年中，他的声音给人以力量和希望。劳埃德非常丧气——连他都想把支持票投给丘吉尔首相了。

“朋友们，”首相说，“我必须告诉你们，社会主义政策是和英国的民主思想格格不入的。”

没事，这只是保守党人惯用的乱棒打死的伎俩。所有破除陈规的理念都被他们斥为外国的舶来品。但丘吉尔首相又能给民众带来什么呢？工党已经有了自己的治国方案，保守党相应地会提出什么方案呢？

“社会主义和极权主义紧密地联系在一起。”丘吉尔说。

劳埃德的母亲艾瑟尔说：“看来他不准备说我们和纳粹一样。”

“我想，他不会的，”伯尼说，“他会说，我们已经击败了外部的敌人，现在我们必须打倒我们内部的敌人。标准的保守党思维。”

“人民才不会信他的呢。”艾瑟尔说。

劳埃德说：“别争了，听他接下来怎么说。”

丘吉尔说：“社会主义国家在完成了各方面的改造以后，就听不进反对的意见了。”

“这句话够狠的。”艾瑟尔说。

“但我会做得更好，”丘吉尔说，“我发自内心地告诉你们，没有政治警察，他们根本无法建立社会主义。”

“政治警察？”艾瑟尔气愤地说，“他是怎么想到这种陈词滥调的？”

伯尼说：“从某种方面来讲，这对我们反而是好事。找不到我们的软肋，他才会拿一些压根和我们无关的事情攻击我们。可恶的骗子。”

劳埃德大声说："算了，仔细听他还会说些什么！"

丘吉尔说："他们会求助于某种形式的盖世太保！"

众人都听不下去了，站起来大声抗议，首相的演讲声很快被淹没了。"浑蛋，"伯尼把拳头伸向马可尼牌收音机，"浑蛋，真是个浑蛋！"

平静之后，艾瑟尔说："这就是他们的竞选策略吗？编造关于我们的瞎话？"

"看来是这样了。"伯尼说。

劳埃德说："但人们会相信他吗？"

新墨西哥州南部，离埃尔帕索不远，有个叫死亡谷的地方。从早到晚，火辣辣的日头炙烤着针刺灌木丛和剑叶丝兰。这里的常住民只有蝎子、毒蛇、火蚁和蜘蛛。现在，"曼哈顿计划"的项目组人员正在这里测试人类历史上最可怕的武器。

格雷格·别斯科夫和科学家们站在离实验现场一万码以外。他有两个愿望：第一，炸弹能达到项目要求。第二，炸弹的威力波及不到一万码开外的地方。

7月16日，星期一早上，东部时间五点零九分，倒计时开始了。这时，天刚亮，东方微微泛出了鱼肚白。

测试的代号是"三位一体"。格雷格询问为什么要这样命名，耳朵特别尖的资深犹太科学家罗伯特·奥本海默[1]，引用了

① 罗伯特·奥本海默（Julius Robert Oppenheimer，1904—1967），著名美籍犹太裔物理学家，1945年主导制造出世界上第一颗原子弹，被誉为"原子弹之父"。

诗人约翰·邓恩的一句诗：“三位一体的上帝，请猛击我心吧。”

奥本海默是格雷格见过的最聪明的人。作为这个时代最杰出的核物理学家，他能说六种语言。他读过卡尔·马克思的德语原版《资本论》。他唯一不太喜欢的是佛教中的梵文。格雷格喜欢他，也很佩服他。大多数科学家是不善与人交流的怪才，奥本海默却是个例外。他身材高大，讲话幽默，具有亲和力，非常讨女士们欢喜。

在荒漠中央，奥本海默让工程兵部队在水泥基座上竖起了一百英尺高的铁塔。铁塔顶端有个橡木搭建的平台。星期六那天，炸弹被吊到了平台上。

科学家们从不称其为“炸弹”，而是爱把它叫做“小玩意儿”，炸弹的中心是自然界不存在的钚金属球，它是核反应堆的副产品。金属球重十磅，包含了世界上所有的金属钚。有人估计这颗球价值一亿美元。

金属球表面的三十二个探测器可以同时启动，产生使钚元素更稠密，更容易达到临界值的向内压力。

没人知道接下来会发生什么。

科学家设立了一个彩池，一美元赌一次，预测小玩意儿爆炸的能量相当于多少吨烈性炸药。爱德华·特勒预测四万五千吨，奥本海默预测三百吨，官方的预测是两万吨。测试的前夜，有人让恩里克·费米预测爆炸的当量能否抹平新墨西哥。格罗夫斯将军觉得这种预测没什么好玩的。

科学家们进行过一次严肃的讨论，研究这次爆炸会不会引燃地球的大气层从而毁灭这颗星球。他们得出了“还不至于”的结论。如果他们判断错了的话，格雷格只希望地球的毁灭进程能快一点。

测试原定于7月4日，但部件的测试过程老是出错，整体测试的日期被延后了好几次。星期六，在阿拉莫斯，一个名为“副本”的模型没有成功点燃。诺曼·拉姆齐[①]在彩池里选择了零号球，赌小玩意儿是个哑弹。

这天，测试原本放在凌晨两点，但那时沙漠上打了一阵雷——很难想像，这样的沙漠竟然会打雷。雨水会把小玩意儿里的放射性物质带到旁观测试的科学家头上，爆炸又被延后了。

黎明时，雷电停了。

格雷格站在控制室的一处地堡外面。和大多数科学家一样，为了更清晰地看到爆炸过程，他没有走到地堡里面去。好奇战胜了恐惧，这些人都留在了地堡外面。如果测试最终失败，几百个人的努力——还有两亿美元，会在瞬间化为乌有。如果测试成功，他们也许会在几分钟后被这颗炸弹炸死。

格雷格旁边站着威廉·伏龙芝，他在芝加哥认识的年轻德国科学家。“威廉，如果刚才的雷电引燃小玩意儿的话，将会产生什么结果？”

伏龙芝耸了耸肩：“没人知道。”

射向空中的一颗“华利”照明弹把格雷格吓了一跳。

“五分钟倒计时。”伏龙芝说。

安全工作做得非常随意。离阿拉莫斯最近的小镇圣达菲到处都是联邦调查局探员。他们穿着花呢外套，戴着领带靠在墙上，

① 诺曼·拉姆齐（Norman F. Ramsey，1915—2011），美国物理学家，20世纪最杰出的物理学家之一。1989年获诺贝尔物理学奖，他的研究为核磁共振技术的研发奠定了基础。

一看就和穿着蓝色牛仔裤和牧童靴的当地居民不同。

联邦调查局还非法窃听了与“曼哈顿计划”有关的几百号人的电话。格雷格对此感到茫然。国家的执法机构就能有系统地违犯法律了吗？

但是，军队安全机构和联邦调查局还是找到了几个间谍，并把他们悄无声息地移出了项目组。巴尼·麦考夫就是其中的一位。他们找出所有的间谍了吗？格雷格无从知道。格罗夫斯将军承担了队伍中混有间谍的危险。如果他解雇了联邦调查局让他解雇的所有人，那就没有足够的人手制造炸弹了。

不幸的是，大多数科学家都是激进分子、社会主义者和自由派人物，他们中没有一个保守派。他们觉得科学发现就要被全人类分享，绝对不能被单一国家秘密使用。由此，当美国把“曼哈顿计划”作为国家头等机密时，科学家们却在讨论着要把原子能技术拿给所有国家分享。奥本海默本人就是个嫌疑人：他不是共产党员的理由，仅仅是他从不参加任何俱乐部。

这时，奥本海默正和他的共产党人弟弟、杰出物理学家弗兰克躺在一起。他们手拿着黑色玻璃片，通过它观察小玩意儿的爆炸。格雷格和伏龙芝手持差不多大小的黑玻璃片。一些科学家戴上了太阳眼镜。

又一颗照明弹升上天空。“一分钟倒计时。”伏龙芝说。

格雷格听到奥本海默说：“天哪，这些照明弹快把人急疯了。”

格雷格很想知道，这算不算是奥本海默的遗言。

格雷格和伏龙芝躺在与奥本海默和弗兰克相邻的沙地上。他们都把黑色玻璃片放在眼前，察看实验地点的情况。

面临着死亡威胁，格雷格想到了父亲、母亲以及在伦敦的姐姐黛西。他不知道他死了以后他们会不会思念他。他还带着微小的遗憾想到了因为遇到了一个愿意和她结婚的家伙而甩了他的玛格丽特·科德里。但他把大部分思绪放在了杰姬·杰克斯和他们九岁的儿子乔治身上。他非常想亲眼看着乔治长大，他终于意识到，这个小家伙是他想活下去的最主要原因。这孩子悄悄融入了格雷格的灵魂，偷走了他的爱。这种惊人的情感力量，吓了格雷格一大跳。

一声锣响，这种声音在荒漠中很不和谐。

“还有十秒。”

格雷格产生了转身就跑的冲动。这个念头实在很愚蠢——几秒钟又能跑多远呢——他强迫自己安静地躺在地上。

炸弹于五点二十九分四十五秒准时爆炸。

先是一道惊天动地的闪光，明亮得不可思议，比阳光还要刺眼。格雷格这辈子都没见过这么耀眼的强光。

接着，一大团奇异的火焰，像是从地底喷出来的，以惊人的速度冲过山顶，冲上云霄，群山都在它脚下。

格雷格轻声惊叹：“上帝啊……”

大团火焰铺展开来。仍然比正午的阳光更亮，远处的群山被照得清晰可见，格雷格甚至能清楚地看见山上的每道皱褶和每块岩石。

接着，火焰的形状又发生了改变。底下出现了一根火柱，像上帝的拳头，直冲天际。火柱上方的那团火焰则像伞一样，不断地打开，直到形成了一朵横贯七英里的巨大蘑菇云，混杂着地狱般的橙色、绿色和紫色。

一股呛人的热气直奔格雷格而来，像是有人在他面前打开了一个火炉似的。与此同时，他听到了一阵天穹裂开似的爆炸声。这种声音远比自然界的雷声要响，隐没了近旁的一切声音。

闪光开始消失，爆炸却一声比一声响，似乎永远都停不下来。格雷格觉得这声音预示着世界的灭亡。

爆炸声消退以后，蘑菇云也逐渐散去。

格雷格听到弗兰克说："测试成功了。"

他哥哥奥本海默说："是啊，我们成功了。"

两兄弟握起手来。

世界仍旧在眼前，格雷格心想。

但世界永远地改变了。

7月26日早晨，劳埃德·威廉姆斯和黛西前往霍克斯顿市政厅旁观计票过程。

如果劳埃德输了，黛西准备跟他解除婚约。

劳埃德一再否认黛西是政治上的软肋，但黛西知道她的确对劳埃德不利。劳埃德的政敌叫她"阿伯罗温女士"，暗讽她的贵族出身。选民们对她的美国口音非常愤怒，好像她无权参与到英国的政治生活中。

甚至连工党成员都对她态度有异，询问相对于喝茶，她是不是宁愿喝咖啡。

和劳埃德说的一样，黛西可以用自己的魅力消除人们对她最初的敌意，让他们尤其是女人们站到自己这边。但这就够了吗？选举将给出确切的答案。

如果要劳埃德放弃毕生的事业，黛西就不准备嫁给他了。劳埃德说，他甘愿这么做，但真是这样的话，也为这段婚姻埋下了隐患。一想到劳埃德在银行或公共部门不开心地工作，强装这不是她的错，黛西就感到害怕。她不想看到这一幕在生活中出现。

不幸的是，所有人都觉得保守党将在选举中获得胜利。

选举中也出现了对工党有利的一面。丘吉尔“盖世太保”的言论伤及了他自己。连保守党内部都对他的这番言论深感失望。第二天，代表工党在广播辩论中演讲的克莱门特·艾德礼嘲讽地说：“昨天晚上，我听了首相的演讲，他对工党的政策做了肆无忌惮的歪曲，我马上意识到了他的目的。他希望选民们知道，作为战时英国领袖的温斯顿·丘吉尔，以及作为保守党领导人的丘吉尔先生有多么大的不同。他害怕，战时接受他领导的人不再对他感恩戴德，继续跟随他。在此我要对他表示感谢，感谢他让选民觉醒，知道他是个什么样的领导人。”艾德礼的斥责让丘吉尔看上去像是个跳梁小丑。人民已经不需要战时的那种激情了，黛西觉得，理所当然会选择过和平时期的平静生活。

选举前一天的盖洛普民意调查显示，工党会赢得大选的胜利，但没人相信这一结果。只针对少数选民的调查难以令人信服。同样进行了民意调查的《新闻纪事报》预测双方会打个平手。

其他所有的报纸都说保守党会赢。

黛西以前从来没有关注过投票选举，但现在她的命运就维系在这些选票上。她看着选票被拿出投票箱，整理计数捆扎，然后又重新计数。负责整个过程的是选举监察人，担任这一职务的通常是市政厅的办事员。参选的各党派都会派观察员监督计票过程，防止出现不严谨和欺诈的情况。计票的过程很长，黛西一直都非常焦虑。

十点半，他们听说了别的选区传来的计票结果。战时的内政部长、丘吉尔的门徒哈罗德·麦克米兰，在蒂斯河畔的斯托克顿输给了工党候选人。十五分钟后，伯明翰选区传来捷报，工党在那里获得了压倒性的胜利。市政厅不允许携带收音机入内，黛西和劳埃德完全靠外面的流言判断选举的进程，黛西不知道哪些该信，哪些不该信。

正午时分，选举监察人把参选者和他们的助理叫到屋子一角，在对外公布选举结果前把结果先告诉他们。黛西想跟劳埃德一起过去，却被拒绝了。

选举监察人轻声对参选人交代着什么。除了劳埃德和现任的霍克斯顿选区议员外，参选人还包括了一名保守党人和一名共产党人。黛西观察着他们的表情，但判断不出谁赢了选举。监察人和四名参选人走上讲台，屋里没人说话了，黛西非常紧张。

"我，米切尔·查尔斯·戴维斯，作为霍克斯顿选区的选举监察人……"

黛西跟工党的计票观察员们站在一起，把目光集中在劳埃德身上。她要失去劳埃德了吗？这种想法攫住了她的心，让她呼吸不畅。她已经两次选错了男人。查理·法奎森和她父亲恰恰相反，优雅但却软弱。博伊和她父亲很像，自私而利欲熏心。现在，她终于找到了劳埃德，善良坚强的劳埃德。她不是因为劳埃德的社会地位以及劳埃德能为她做些什么而选择了他，而是因为他是个特别出色的男人。他既绅士又聪明，完全可以信任，最重要的是，他非常爱她。黛西用了很久才意识到劳埃德才是她梦寐以求的男人。之前她真是太傻了。

选举监察人读出了每个候选人的选票数量。候选人是按姓的首字母排列的，威廉姆斯是最后一个。黛西紧张极了，根本记不住前面几个候选人拿到了多少选票。“雷吉纳德·西德尼·布莱金索普，五千四百二十七票……”

劳埃德赢得的选票数被读出来以后，黛西周围一片欢腾。她用了好一会儿才意识到劳埃德赢了。这时，她发现劳埃德的表情不再紧绷，他露出了笑容。黛西使劲拍手，大声叫好。劳埃德赢了，她不用离开他了！黛西觉得整个人生都被拯救了。

“我宣布，劳埃德·威廉姆斯当选霍克斯顿选区议员。”

劳埃德是议员了！黛西骄傲地看着劳埃德上前一步，发表任职演讲。黛西发现这种演讲都有一定的程式。劳埃德先感谢了选举监察人和全体计票员，然后对败选的对手表达了谢意。黛西觉得很不耐烦，她迫不及待地想拥抱他。演讲最后，劳埃德简单地列举了眼前的任务，提出重建百废待兴的英国，建立更加公正的社会。他的演讲在更加热烈的掌声中结束了。

下了讲台，他径直朝黛西走过来，伸出双臂紧紧抱住她，吻了她。

黛西说：“亲爱的，你干得太棒了。”然后她就不知道该说什么才好了。

过了一会儿，他们坐上了前往运输大楼工党总部的公交车。在那儿，他们听说工党已经获得了一百零六个议席。

这是一次压倒性的胜利。

所有的专家都错了，大多数预言都被证明是谬误。全部结果出来以后，工党获得了三百九十三个议席，保守党仅有二百一十个议席，自由党十二个，共产党只有斯特普尼顺利当选。工党获得了压倒性的多数。

晚上七点，战时英国的伟大领导人温斯顿·丘吉尔前往白金汉宫，辞去了首相一职。

黛西想到了丘吉尔对克莱门特·艾德礼的嘲讽：“一辆空车过来了，下来一个克莱门特。”丘吉尔认为无足轻重的一个人却无情地挫败了他。

晚上七点半，艾德礼坐着妻子维尔勒开的车前往白金汉宫，乔治六世国王宣布任命他为首相。

在努特利大街的家里，劳埃德听完广播后，问黛西：“竞选获胜了，你能嫁给我了吗？”

“当然，”黛西说，“只要你想，任何时候都可以。”

沃洛佳和卓娅的婚礼在克里姆林宫的一个小宴会厅里举行。

苏德战争结束了，但苏联百废待兴，奢侈的婚宴会受到指摘。卓娅穿了条新裙子，沃洛佳还是穿着军装。好在克里姆林宫里吃的喝的应有尽有。

沃洛佳的双胞胎外甥外甥女跟着沃洛佳的妹妹安雅，以及她令人讨厌的丈夫伊利亚·德沃尔金过来了。他们早已经不是六岁小孩了。黑发的德米卡安静地坐着看书，蓝眼睛的塔尼娅则在餐桌间来回奔跑，让客人们很是头疼。他们的性别倒像是弄反了。

卓娅穿着粉红色的裙子，美丽极了。沃洛佳真想马上带她离开婚宴，去床上欢爱一番。这自然是不可能的。爸爸的朋友包括一些等级极高的将军和高层政治家，沃洛佳和卓娅必须招待好他们。格雷戈里暗示稍后会来一个位高权重的客人：沃洛佳希望这位客人不是令人可鄙的秘密警察头子贝利亚。

快乐没有让沃洛佳忘了他目睹的暴政和社会主义建设中的重重错误。秘密警察不可言传的暴虐，斯大林对几百万条生命的屠杀，让红军士兵像野兽一样虐待、屠戮德国民众的暴力宣传，这些都使他对从小相信的社会主义准则产生了疑问。他不安地想，德米卡和塔尼娅会在什么样的国家长大啊。不过，今天显然不是考虑这些问题的时候。

参加婚宴的苏联高层人士的兴致都很高。他们赢得了战争，战胜了德国。苏联的老对手日本已经快被美国人击败。日本人的自尊不允许他们放下架子投降，但这只是时间早晚的问题了。因为他们的自尊，更多的日本和美国军人会化为尘土，更多日本的妇孺会被美国的轰炸机炸死，这真是悲剧。但结果不会变，日本一定会战败。可悲的是，美国似乎拿不出有效的手段尽快获胜，以避免不必要的死亡。

喝醉了的卓娅父亲高兴地说："红军占领了波兰，德国再也无法把波兰当作入侵苏联的跳板了。"

老同志们欢呼雀跃，兴奋地敲起了桌子。

"在西方国家，共产党受到了前所未有的欢迎。在去年五月的地区选举中，共产党赢得了绝大多数的选票。祝贺法国的同志们。"

老同志们又高声欢呼起来。

"环顾世界，牺牲了如此之多热血男儿的苏联革命……"卓娅父亲泪光闪动，声音越来越小。发现周围鸦雀无声，他重新打起了精神。"革命的果实从没像今天一样稳当过。"

众人举起酒杯，"革命万岁，革命万岁！"然后把杯中的酒一饮而尽。

门打开了，斯大林同志走了进来。

所有人都站了起来。

他头发花白，神情疲倦。斯大林大约六十五岁，身体不怎么好：传闻说他中风过几次，心脏也不好。今天他的心情却很不错。“我是来吻新娘的。”他说。

他走近卓娅，把双手放在她肩上。卓娅比领袖略略高一点，她识趣地佝偻着。斯大林吻了吻卓娅的脸颊，长着灰白胡子的那张嘴在卓娅的脸颊上停留了很长时间，沃洛佳不禁心生反感。接着，斯大林退后一步说：“给我来杯酒吧？”

有人赶紧给他送上了一杯伏特加。格雷戈里坚持让斯大林坐在主桌的中间。宾客们又开始低声聊天了，但都克制了不少：不仅心存畏惧，而且对自己的每一句话和每个动作都很小心。斯大林打个响指就能让人送命，而且经常这么干。

又送上来不少伏特加，乐队开始演奏起一曲俄罗斯民间舞曲，人们慢慢放松下来。沃洛佳、卓娅、格雷戈里和卡捷琳娜跳起了俄罗斯的四人舞，这种舞非常滑稽，让人发笑。接着许多对男女纷纷跳起舞来。男人们玩起了跨步踢，他们先把身子蹲下来，然后向外踢两只脚，因此总是会摔倒。沃洛佳时刻用余光看着斯大林——宴会厅里的许多人都这样——斯大林似乎很开心，跟着舞曲的节奏，用酒杯轻轻地敲击着桌面。

卓娅、卡捷琳娜和卓娅的上司瓦西里——炸弹项目上的资深物理学家——跳起了《三套车》的舞步。沃洛佳坐在桌边，看着他们跳，这时婚礼的气氛突然有些异样。

一个穿着普通的助理走进宴会厅，沿着墙绕了一圈，径直走到斯大林身旁。助理没有客套，直接俯身在斯大林耳边，急促而小声地对他说了些什么。

斯大林先是一愣，然后突如其来地提问了，接着又问了个问题。他神色大变，脸色苍白，一时间似乎六神无主了。

沃洛佳轻声问："到底发生了什么？"

舞者们没注意到，坐在主桌的众人却面带惊恐。

过了一会儿，斯大林站起身，坐在他身边的人马上诚惶诚恐地纷纷站起来。沃洛佳看到父亲还在跳舞。触怒了斯大林的话，他会为此吃枪子的。

但斯大林没多看在场的任何一个人，便带着助理离开了。他穿过舞池，直接向门口走去，正在兴头上的舞者慌忙退到一边。一对舞者倒在地上，他似乎根本没注意到，舞池的人都不动了。斯大林闷着头，一言不发地离开了宴会厅。

一些将军脸色惊恐地跟了出去。

又一个助理走进会场，接着又来了两个。他们走到各自的上司面前，低声地交代了些什么。一个穿着呢子大衣的年轻人径直走向瓦西里。卓娅似乎认识这个人，凑到他们跟前听他们说话。刹那间，她的表情变得非常惊恐。

瓦西里和助手离开了宴会厅，沃洛佳走到卓娅跟前问："到底是什么事啊？"

卓娅嗓音颤抖着说："美国向日本投了原子弹。"她那美丽的脸庞比以往更显苍白了，"日本政府起先不知道发生了什么，用了好几个小时才弄清了原委。"

"确定了吗？"

"炸弹炸平了五平方英里的土地，预计七万五千人在顷刻间死于非命。”

“美国投了多少颗炸弹？”

“一颗。”

“仅仅一颗吗？”

“是的。”

“天哪。难怪斯大林会脸色发白呢！”

两人呆立着。宴会厅里的人们显然也得到了这个消息，很多人枯坐在那里。一些人起身离开，前往各自的办公室忙活去了。

“美国的原子弹改变了一切。”沃洛佳说。

“也包括我们的蜜月，”卓娅说，“我的婚假肯定黄了。”

“我们还以为苏联可以永保平安了呢！”

“你爸爸刚才还说，革命果实从没像现在这样稳固过。”

“没什么是稳固坚实的。”

“是啊，”卓娅说，“除非我们造出自己的原子弹。”

这是杰姬·杰克斯和乔治第一次前往玛伽在布法罗的公寓，格雷格和列夫正好都在。这天是8月15日，日本投降纪念日——他们去了洪堡公园。路上到处都是兴高采烈的男男女女，成群结队的孩子在池塘里嬉戏。

格雷格既高兴又骄傲。原子弹起到了应有的作用。落在长崎和广岛的两颗原子弹尽管造成了难以想象的破坏，但它们加速了战争结束的进程，拯救了千百万美国士兵的性命。格雷格也做出自己的贡献。乔治将在自由世界中长大。

“他九岁了是吧？”格雷格和杰姬坐在公园的长椅上聊天，

列夫和玛伽则带乔治去买冰激凌。

“我不敢相信他竟然这么大了。”

“我很想知道乔治将来会从事什么。”

杰姬生气地说：“他是个脑瓜好使的孩子，不会去干表演或吹号这样的蠢事。”

“你想让他和你爸爸一样当上大学教授吗？”

“是的。”

“如果是这样的话……”格雷格不知杰姬会有什么反应，不太敢把这个话题往下深入了，“他应该进所好学校。”

“说说你的想法。”

“寄宿制学校怎么样？他可以进我原来读过的寄宿制学校。”

“他会是那里唯一的黑人学生啊！”

“不一定。我读那个学校的时候，班上有个叫卡马尔的印度学生。”

“只有一个不是吗？”

“是的。”

“他被其他学生欺负吗？”

“是的，我们叫他骆驼。但孩子们很快习惯了他的存在，他还交了几个朋友。”

“他现在怎么样了？”

“他成了一名药剂师，据说在纽约开了两家药房。”

杰姬点点头。看得出，杰姬不反对他这个方案。毕竟，杰姬也来自一个做学问的家庭。尽管年轻时叛逆地离开了家，杰姬却知道教育的重要价值。“学费怎么办？”

“我找我爸要去。”

“他会替我们付吗？”

“应该会。”

“乔治不一定能适应寄宿学校，”杰姬担忧地说，“他只是个有白人父亲的黑人男孩。”

“我知道。”

“你母亲公寓里的很多人，都当我是女佣——你知道这事儿吗？”

“知道。”

“我没去纠正她们的偏见。如果他们知道你母亲把黑人当成座上宾的话，天知道会有什么麻烦呢！”

格雷格叹了口气说：“对不起，你说得对。”

“乔治往后的人生肯定会很艰辛。”

“我知道，”格雷格说，“但我们会支持他。”

杰姬露出了少有的微笑。“是的，”她说，“他有我们陪在身边。”

Part 3
冰冷的和平

第二十一章

1945年，莫斯科

婚礼后，沃洛佳和卓娅搬进了自己的公寓。在苏联，这样的幸运儿非常少。之前四年，苏联主要发展的是军工业，城市里没造什么住宅楼，许多住宅楼还被炸毁了。不过沃洛佳是红军情报部门的上校，父亲还是个将军，能够找关系弄到一套房子。

公寓很小：客厅里只能放饭桌，卧室里只能放张床。厨房站两个人就嫌挤，浴室里刚好容得下一个洗脸池和一个小淋浴间，过道里摆上一只放着他们衣服的衣橱，就无法容身了。客厅里一打开收音机，整个公寓都听得到。

他们马上把公寓变成了自己的爱巢。卓娅买了一个明黄色的床罩。沃洛佳的母亲送给他们一套陶瓷餐具，这是她1940年就为儿子准备好的结婚礼物，直到战争结束后才拿出来。沃洛佳在墙上挂了军事情报学院的班级毕业照。

他们做爱更频繁了。搬出来住和沃洛佳想象的完全不一样。和卓娅在父母的公寓，以及卓娅的合租套房睡觉时，他从没感到不便。现在却要顾及邻居了。他们必须小声呻吟，不让床发出咯吱咯吱的响声，还要提防有人突然闯进来。其他人的家也是一样，私密性很差。

他们通常早起做爱，然后躺在床上聊上一小时，再穿衣服上班。一天早晨，沃洛佳和往常一样躺在卓娅的大腿上，回味着刚才的性爱。沃洛佳随口问："想要喝点茶吗？"

"好啊，去帮我弄点茶。"卓娅头搁在枕头上，慵懒地伸开四肢。

沃洛佳穿上睡衣，从过道走进厨房，在茶壶下点燃了煤气。水槽里放着昨天晚饭没洗的碗和碟子。"卓娅，"他大声嚷，"厨房脏透了！"

卓娅在卧室里清楚地听见了他的话，"我知道。"她回答。

他走回卧室："昨天晚上为什么没洗碗？"

"你为什么没洗？"

沃洛佳从没想过男人要干这种活，不过他说："我要赶着写报告。"

"我太累了。"

沃洛佳被自己要承担责任的暗示激怒了。"我讨厌脏兮兮的厨房。"

"我也很讨厌。"

卓娅为何如此迟钝。"讨厌的话，那就洗掉！"

"我们一起洗吧。"卓娅伸开双腿跳下了床，笑着推开了他，走进厨房。

沃洛佳跟着她走进厨房。

卓娅说："你洗，我擦干。"说着，从抽屉里拿出干毛巾。

卓娅仍旧一件衣服都没穿，沃洛佳忍不住笑了起来。卓娅很苗条，个头又高，皮肤嫩白如雪。她上围丰满，胸部也很挺，金色的阴毛非常浓密。婚后，卓娅的乐趣之一就是光着身子在家里做事。她的裸体，沃洛佳想看多久就能看多久，卓娅似乎也很享受。沃洛佳凝视她的时候，她不但不显得尴尬，反而会露出会心的微笑。

沃洛佳卷起睡袍的袖子开始洗碗，洗完后让卓娅擦干。洗碗不是男人干的活——沃洛佳没见父亲干过——卓娅却觉得家务活就该两个人来做。这实在太稀奇了。卓娅是不是有超前的男女平等的念头呢？他是否太软弱了呢？

他觉得外面似乎有什么声音。他朝过道里看了看：房门离厨房水槽只有两三步，门口没什么异常。

接着，门被砸开了。

卓娅尖声惊叫。

沃洛佳拿起他刚洗的切肉刀。他绕过卓娅，站到厨房门口。一个警察拿着大锤站在被毁的门外。

沃洛佳又气又怒。他问："这到底是怎么回事？"

警察往后退了一步，一个贼眉鼠眼的矮个子走进客厅，来人正是沃洛佳的妹夫伊利亚·德沃尔金，他也是个秘密警察。今天他戴着一副皮手套。

"伊利亚！"沃洛佳说，"你这个蠢货！"

"说话尊重点。"伊利亚说。

愤怒的同时，沃洛佳非常不解。秘密警察和军队的情报机构井水不犯河水，今天到底是怎么了？看来只能用帮派斗争来解释了。"你为什么让人踢坏我的门？我可以帮你开门的！"

陪同前来的两个秘密警察走进门厅，站在伊利亚一边。尽管还没到秋天，但他们都已经穿上了带独特标志的皮衣。

沃洛佳非常害怕。到底是怎么了？

伊利亚用发颤的嗓音说：“沃洛佳，把刀放下。”

“不必害怕，”沃洛佳说，“我只是在洗这把刀而已。”说着他把刀递给站在身旁的卓娅。“请到客厅，我们可以趁卓娅穿衣服的时候谈一谈。”

“你以为这是串门吗？”伊利亚凶神恶煞般反问。

“不管是哪种拜访，我想你总不会想看见我妻子裸体的样子吧。”

“我在执行警察的公务。”

“为什么派我小舅子来？”

伊利亚压低声音说。“你难道不明白，换人来的话会更糟吗？”

看来他们遇上了大麻烦。沃洛佳努力虚张声势。“你和这些浑蛋到底想要什么？”

“贝利亚同志接受任务，负责整个核物理项目的全局。”

沃洛佳知道这事。斯大林成立了一个新的委员会指导核物理的研究，任命贝利亚为这个委员会的主席。贝利亚对物理一窍不通，无法胜任组织专项科学研究的任务。但斯大林信任他。这是苏联政府工作的通病：忠诚但没能力的人常常能被提拔到他们应付不了的工作岗位上。

沃洛佳说：“贝利亚同志需要我妻子马上回到物理实验室去，你们是不是开车接她来了？”

“别美了，美国在苏联之前就造出了原子弹，我们得查查原因在哪儿。”

“也许是因为他们把物理研究看得更重要一点。”

"资本主义科学不可能比共产主义科学更为先进。"

"这是众所周知的。"沃洛佳很疑惑，秘密警察究竟为什么要抓人，"那你们觉得因为什么？"

"一定有人在搞破坏。"

秘密警察就爱做这种荒唐的臆想。"什么破坏？"

"有些科学家故意延迟了苏联原子弹发展的进程。"

沃洛佳开始了解他们的来意了，感到非常害怕。但他还是据理力争——在这些人面前示弱总是不对的。"那些科学家为什么要这么做？"

"因为他们是叛国者——你妻子就是其中的一员。"

"杂种，最好别这么下断言——"

"我是来逮捕你妻子的。"

"什么？"沃洛佳彻底无语了，"这简直太疯狂了！"

"我们就是这么认为的。"

"你们根本拿不出证据。"

"到广岛去看看，那里有的是证据。"

尖叫以后，卓娅第一次开了口："沃洛佳，我跟他们走，不然你也会被捕的。"

沃洛佳指着伊利亚的鼻子说："你会给自己惹麻烦的。"

"我只是在执行自己的任务。"

"让让，我妻子要回卧室穿衣服。"

"没时间了，"伊利亚说，"她必须现在就跟我们走。"

"别胡闹了！"

伊利亚翘着鼻子神气活现地说："一个值得尊重的苏联公民才不会光着身子在家里乱走！"

沃洛佳不知道妹妹嫁给这种浑蛋是什么样的感觉。“既然秘密警察认为裸体不道德，为什么还要让她光着身子跟你们走？”

“裸体正是她腐化堕落的证据，少废话，让她跟我们走！”

“别做梦了！”

“滚开！”

“是你要滚开，让她先穿好衣服。”沃洛佳转到过道里，伸出胳膊挡住三个特工，使卓娅能从身后绕进卧室。

卓娅刚一走动，伊利亚就伸出胳膊抓住了她。

沃洛佳打了伊利亚两个耳光。伊利亚叫了两声，蹒跚着往后退。另两个秘密警察走上前，抓住了卓娅的胳膊。沃洛佳朝一个秘密警察脸上扇耳光，但被他躲过了。两个秘密警察一人抓住沃洛佳的一只胳膊。他奋力挣扎，不过他们很强壮，而且这种活似乎已经做了好多次了。两人合力将沃洛佳扔到了墙上。

两人把沃洛佳按在墙上，伊利亚捏紧戴着皮手套的拳头，狠揍沃洛佳的脸。一拳、两拳、三拳、四拳……又朝他的肚子一顿乱打，直到沃洛佳咳血才停下来。卓娅试图干预，但伊利亚很快也给了她两拳，卓娅尖叫着倒在地上。

沃洛佳的睡袍前襟敞开了。伊利亚踢他的睾丸，然后又踢他的膝盖。沃洛佳瘫软下来，无法站立，伊利亚却让两个秘密警察扶他站起来，一顿猛揍。

过了好一会儿，伊利亚才按着指节退后了两步。两个秘密警察放开沃洛佳，沃洛佳瘫软在地。他呼吸不畅，一动都不能动，但神志还算清醒。从眼角的余光依稀可以看到，两个壮警察抓住卓娅，把她裸体架出了公寓，伊利亚跟在了他们身后。

随着时间的推移，刺痛感渐渐变成了连续的隐痛，沃洛佳的呼吸慢慢开始正常。

他试着动了动四肢，觉得身体能活动以后，他慢慢站了起来。沃洛佳走到电话机旁边，拨通了父亲的工作电话，他希望他还没下班。听到父亲的声音，他顿时松了口气。“他们逮捕了卓娅。”沃洛佳说。

“该死的浑蛋，”格雷戈里说，“抓人的是谁？”

“伊利亚。”

“什么？”

“帮我找人问问，”沃洛佳说，“看看他们到底想干什么。我先去把身上的污血洗干净。”

“什么污血？”

沃洛佳挂了电话。

沃洛佳没几步就走进了浴室。他脱下带血的浴袍，走进淋浴间。温热的水让他发肿的身体得到一定的舒缓。伊利亚尽管诡计多端，但远远说不上强壮，沃洛佳的身体没有一处骨折。

他关掉淋浴龙头，看着浴室镜子，他的脸上到处是瘀肿和撕裂伤。

沃洛佳没有费事把身体弄干，用了好一番工夫把红军制服穿在身上。他希望这身制服能给他带来一定的权威。

颤抖着双手把鞋带系上时，格雷戈里赶来了。“这里到底发生了什么事？”他咆哮道。

沃洛佳说：“他们想找我干一架，我很笨，竟然先动手了。”

格雷戈里起初并不同情：“我还以为你会圆滑一点呢。”

“他们不让卓娅穿衣服，坚持马上带她走。”

“该死的畜生！”

“你有什么发现吗？”

“暂时还没。我和几个人谈了谈，没人知道内情。”格雷戈里表情忧郁，“如果不是有人犯了愚蠢错误的话……就是他们对这次的指控非常有把握。”

“开车送我回办公室。莱米托夫一定会气疯的。他不会任秘密警察如此胡作非为。如果可以对我做这种事的话，他们对所有的红军特工都能做这种事。”

格雷戈里的车和司机都等在公寓外面。司机把车开到霍登卡机场。格雷戈里留在车里，沃洛佳一瘸一拐地走向红军情报中心。走进大门以后，沃洛佳直接朝上司莱米托夫上校的办公室走了过去。

他敲了敲门，然后走进去对莱米托夫上校说：“该死的秘密警察逮捕了我老婆。”

“我知道这事儿。”莱米托夫说。

“你知道？”

“我同意的。”

沃洛佳吃了一惊：“到底怎么回事？”

“先坐下。”

“到底怎么了？”

“坐下，闭上嘴，听我好好跟你说。”

沃洛佳浑身都疼，他坐进了椅子里。

莱米托夫说：“我们必须有原子弹，而且还要快。现在，斯大林还能跟美国人玩硬的，因为他知道美国还没掌握足以荡平苏联的核武器。但美国人正计划建造更大规模的核武器，他们为此建立了一个核反应堆，不久的将来，新型的原子弹还会应用到现实生活中——我们只有拥有了对等威力和数量的原子弹，才有资格和美国对话。”

这番对话于沃洛佳来说根本没有意义。“我妻子不可能在被人殴打的同时设计原子弹。这太疯狂了。”

“闭上你该死的臭嘴。我们的问题是，尽管掌握了几种可能的方案，但不知道哪种能奏效。美国人用五年时间找到了正确的方案。我们没有那么长时间，必须把美国的方案偷过来，为我所用。”

“可我们还是需要苏联的物理学家模仿他们的方案进行设计啊——他们应该在自己的实验室里，而不是在卢布扬卡监狱的地下室里。”

“你认不认识一个叫威廉·伏龙芝的人？”

“我和他过去是同学，我们一起参加了柏林童子军。”

“他给了我们许多有关英国核研究的有价值信息。之后他搬到了纽约，继续原子弹项目的研究。内务人民委员会驻华盛顿的人员联系了他，但那些人办事很不专业，把他吓跑了。我们需要重新联系上他，让他为苏联收集情报。”

“这和我有什么关系？”

“他信赖你。”

“这可说不准，我和他十二年没见面了。”

“我们希望你去美国找他谈。”

“但为什么要逮捕卓娅呢？”

“保证你能回来。”

沃洛佳告诉自己他完全知道该怎么办。战前他在柏林甩掉过盖世太保的跟踪者，和潜在的间谍人选接触，招募他们，把他们发展成秘密情报的可靠信息源。这种工作不可能很轻松——尤其是说服对方叛卖国家的时候——但他却对这种活很有一套。

但这次是美国。

在30年代和40年代，他分别去过德国和西班牙，但这和现在的美国有本质的不同。

他被亲眼看到的这个国家震撼了。以前他一直听人说好莱坞电影描绘了一种虚假的繁荣，在现实生活中，大多数美国人生活得都很贫困。但从抵达美国的第一天起，沃洛佳就发现，电影里的一切并没有夸大，马路上的确很难看到穷人。

纽约的马路上到处是汽车，许多车的司机显然不是公务员：年轻人，穿工作服的通勤者，甚至还有出门买东西的女人。每个人都穿得很好！所有男人似乎都穿上了最好的西服。女人的小腿上都套着透明的长筒袜。所有人似乎都穿着新鞋。

沃洛佳提醒自己，别忘了美国坏的一面。美国一定有地方存在着贫困：黑人被肆意地杀戮，南方的黑人没有选举权，犯罪率也居高不下——美国人常说自己的国家罪恶猖獗——奇怪的是，沃洛佳却没发现这种说法的证据，他觉得走在街上非常安全。

到的前几天，他在纽约到处闲逛。他用不熟练的英语与人交流，但这根本没关系——纽约到处是口音很重的人。他熟悉了几张跟踪他的联邦调查局探员的脸，知道了几处可以轻易甩掉他们的地方。

一个阳光明媚的早晨，沃洛佳没戴帽子，穿着灰色的宽松裤和蓝色衬衫，像是办些杂事去去就回似的离开了纽约的苏联领事馆。一个穿黑西装、打领带的年轻人很快就跟了上来。

他走到了第五大道的萨克斯百货，买了一套内衣和一件棕黄条纹的衬衫。跟踪沃洛佳的人也许会觉得他只不过在购物呢！

领事馆的秘密警察头子告诉沃洛佳，他在美国期间会有专门一组人跟在他后面，保证他在美国期间行为端正。他无法发泄对囚禁卓娅的秘密警察的恨意，无法抓住秘密警察头子的喉咙把他勒死。沃洛佳必须保持平静。他嘲讽地指出，为了完成任务，他必须把联邦调查局的人甩掉，这意味着同时把秘密警察的人给甩掉，他说他希望秘密警察的人能一直跟下去。事实上，大多数时候没五分钟他就能把两方面的跟踪人员全都给甩掉。

这次跟踪他的多半是联邦调查局特工，略为保守的穿着印证了这一点。

沃洛佳提着放有衣物的纸包，从萨克斯百货的侧门出来，打车离开了。出租车开走时，跟踪他的联邦调查局特工还在路边使劲挥手，努力地拦车呢！拐过两个街角，沃洛佳扔给司机一张纸币，下了车。他冲进一个地铁站，然后从另一个出口离开，在一幢办公楼下停留了五分钟。

黑西装的男人再没出现过。

沃洛佳走向宾夕法尼亚车站。

他仔细检查了车站两边，确保自己没有被跟踪，然后买了张车票。他仅仅拿着个购物袋就上了火车。

去阿尔伯克基[1]花了他整整三天时间。

火车不断地穿过富饶的农庄、喷着黑烟的大工厂，以及耸立

① 阿尔伯克基，美国新墨西哥州最大的城市，第二次世界大战后成为核能及新能源、宇航、计算工程科研基地。

着一幢幢摩天大楼的大中城市。苏联也很大，但除了乌克兰以外，苏联大部分地区都被结冻的草原和松木林覆盖。沃洛佳从没看到过如此繁茂的大片领土。

除了财富之外，沃洛佳隐约觉得这里还有一桩事情和苏联不一样，但又说不出一个所以然来。后来他知道了：这里没人查他的身份证明。经过了纽约机场的边检站以后，沃洛佳就再没出示过护照。在美国，人们似乎不必得到允许或说明原因就能到火车站、汽车站买张车票去任何地方。沃洛佳产生了一种自由的愉悦。他想去哪就能去哪！

美国的富裕使沃洛佳加深了对苏联所面临危机的忧患感。德国人几乎摧毁了苏联。美国有德国的三倍大，财富更是德国难以望其项背的，如果美国有意侵入苏联的话，那苏联该怎么办？他害怕苏联会成为美国的附属国，变成美国的殖民地。这种想法使他暂时忘了秘密警察对他和卓娅的所作所为，暂时打消了对苏联发展社会主义的怀疑，把精力放在目前的任务上来。如果将来有孩子，他绝不想让孩子在美国行使霸权主义的世界上生活。

火车途经了匹茨堡和芝加哥。一路上，没人注意过他。他的衣服是美国人常穿的；他没和人说过话，因此没人注意过他的口音；他靠手指比划买吃的；他看别的旅客扔下的报纸和杂志，察看文章里的图片，凭借自己掌握的一丁点英语尝试理解内容。

火车的最后一段旅途，让沃洛佳领略到了南方的荒凉之美。远处的雪山顶在阳光的照耀下呈现出血红色，难怪这里会被称为“基督之血山脉”。

他在厕所换了套内衣，穿上在萨克斯百货新买的衬衫。

沃洛佳觉得阿尔伯克基火车站会有联邦调查局或军队特工，

而且的确在站台上看到了一个穿着格子外套，目光警觉的年轻人——九月的新墨西哥穿着外套稍嫌太热——他的腋下鼓鼓的，明显放了个枪套。但这位特工显然把注意力放在了从纽约或华盛顿来的长途旅客身上。沃洛佳没戴帽子，也没有外套和行李，看上去更像是个短途旅行的当地人。他走到汽车站，买了票，坐上一辆前往圣达菲的长途车，年轻人并没有跟上来。

傍晚时分，他抵达了圣达菲。他看见了两个联邦调查局特工，两位特工也观察了他一阵子。但他们无法跟踪下车的每个人。沃洛佳又一次凭着平凡的外表摆脱了他们。

他装作知道去哪的样子在街上逛。印第安式的平顶房和阳光中低矮的教堂使他回忆起了在西班牙时的情景。人行道边都是些沿街一面开商铺的公寓楼，给人非常温馨的感觉。

他没住镇广场上教堂旁边的拉方达宾馆，而是入住了设施也不错的圣弗朗西斯旅店。他付了现金，自称罗伯特·彭德，让人以为他是美国人或欧洲人后裔。“我的行李随后送到，”他对前台的漂亮女孩说，“如果我出去的时候行李来了，你能帮我把它送到房间里吗？”

“当然可以，没问题。”女孩说。

“谢谢你，”道完谢以后他又用了句火车上经常听到的感谢语说，“我真的很感激你。”

“如果我不当班的话，其他人会帮你处理的。只要你的名字在行李上就行。”女孩说。

“上面写了名字。”他没有任何行李，但女孩不可能知道这一点。

女孩看着旅客登记簿上的签到记录：“彭德先生，你是从纽约来的吗？”

女孩的声音里带着些许的怀疑成分，无疑这是因为他的口音不像是个纽约人。“我是瑞士人，在纽约工作。”沃洛佳故意提到了一个中立国的名字。

“难怪我不熟悉你的口音。我从没遇见过瑞士人。顺便问一句，瑞士怎么样？”

沃洛佳没去过瑞士，但见过很多瑞士的照片。“瑞士经常下雪。”他说。

“那来这里就对了，新墨西哥的天气非常好。”

“我会喜欢这里的。”

五分钟以后，他离开了旅店。

从苏联大使馆的一些同事那里听说，一些科学家住在阿拉莫斯的实验室附近，但阿拉莫斯比较破落，大多数有钱的科学家在圣达菲租了房子或公寓。威廉·伏龙芝很有钱：他妻子是个漫画家，多家报刊同时连载了她那部主人公名为“懒洋洋爱丽丝”的漫画，而她本人的名字恰好也是爱丽丝。作为画家，爱丽丝能在任何地方工作，因此夫妇二人在历史名城圣达菲安顿下来。

秘密警察在纽约的办公室向沃洛佳提供了这个信息。他们认真地调查过伏龙芝，沃洛佳得到了伏龙芝的地址、电话号码和车的型号——白胎壁的战前普利茅斯敞篷车。

伏龙芝住的那幢公寓楼的底楼有家画廊。楼上的公寓都有一扇向北的大窗户。房子外面停着那辆普利茅斯敞篷车。

沃洛佳不太想进去：屋子里可能被窃听。

伏龙芝夫妇还没孩子，沃洛佳觉得周五晚上他们不会闷在家里听收音机。他决定等一等，看夫妇俩是否会出门。

他在画廊里流连了一会儿，欣赏着待售的艺术作品。他喜欢没有过多装饰的写实作品。离开画廊以后，他在街上找了家咖啡馆，在一个靠窗的座位上坐了下来，这里能看见伏龙芝家公寓楼的大门。一小时后，他离开咖啡馆，买了张报纸，站在公车站上假装看报。

在漫长的等待中，沃洛佳发现没有其他人在监视伏龙芝家的公寓，这意味着联邦调查局和军队的安全机构没有把伏龙芝列为安全隐患。伏龙芝是个外国人，但项目上的外国科学家非常多。除了是个外国人之外，看来没有其他地方于他不利了。

伏龙芝家不在居民区，而是地处镇中心的商业区，街上的人流很多。但几个小时之后，沃洛佳还是担心自己会引人注意。

这时，伏龙芝夫妇出门了。

伏龙芝看上去比十二年前胖——美国在二战中没有出现过食品短缺。才年过三十，但伏龙芝已经开始脱发了。一如既往，他还是那副严肃的表情，身上穿着美国人常穿的运动衫和卡其布长裤。

爱丽丝穿得倒不保守。她把一头金发扎了起来，头上戴着女式软帽。她穿着松垮的普通棉布裙，手腕上戴着各式各样的手镯，手指上还有好几枚装饰戒。沃洛佳记得，希特勒执政前，德国的艺术家都爱这么打扮。

夫妇俩在街上漫步，沃洛佳跟在后面亦步亦趋。

他不知道爱丽丝的政治立场，不知道她的出现会给本来就很艰难的对话带来些什么。伏龙芝在德国的时候是个坚定的社会民主党人，他老婆不太可能是个保守人士，从衣着看她就更不像了。但从另一方面来讲，爱丽丝也许不知道丈夫给苏联提供过秘密情报。总之，爱丽丝是谈话中的不可知因素。

他宁愿单独和伏龙芝谈谈，考虑着是否就此放弃跟踪，明天再试试运气。但旅店的前台服务员已经注意到了他的外国口音，因此第二天很可能有一个联邦调查局特工跟着他。尽管这里不是纽约或柏林这样的大城市，但沃洛佳觉得他完全对付得了联邦特工。但明天是星期六，伏龙芝夫妇可能整天都待在一起。沃洛佳要等多久才能等到伏龙芝一个人出现呢？

间谍工作从来都不是容易的。权衡利弊后，沃洛佳决定今天晚上就出手。

伏龙芝夫妇走进一间餐馆。

走过餐馆时，沃洛佳往里看了看。这是个带有隔间的廉价餐馆。他本想马上进去坐进伏龙芝夫妇所坐的隔间，但马上改变了主意，决定让他们先吃点东西。饱餐以后他们的精神状态会更好。

他等了半小时，从远处观察着餐馆门口。接着，他不安地走进了餐馆。

伏龙芝夫妇已经吃完了晚饭。沃洛佳穿过餐馆时，伏龙芝抬头看了他一眼，但很快就把目光转到别的地方去了。伏龙芝显然没有认出他是谁。

沃洛佳在爱丽丝坐的长条凳上轻轻地坐了下来，轻声用德语说："威廉，你好，还认识我这个老同学吗？"

伏龙芝盯着他看了一会儿，接着突然笑了起来："别斯科夫？沃洛佳·别斯科夫？真的是你吗？"

沃洛佳顿时松了口气。伏龙芝仍然对他很友好，没有敌意的障碍需要他克服。"是我。"沃洛佳说。他和伏龙芝握了手。然后转身用英语对爱丽丝说："抱歉，我的英语说得很不好。"

"不用说英语，"爱丽丝用流利的德语说，"我家是来自巴伐利亚的德国移民。”

伏龙芝吃惊地说：“我最近认识了一个跟你同姓的人，他叫格雷格·别斯科夫，因此最近还想到过你呢！”

“是吗？我爸爸有个弟弟是1915年来美国的，他叫列夫·别斯科夫。”

“我认识的别斯科夫中尉可没那么老。对了，你来这儿有何贵干？”

沃洛佳笑了。“我是专门来见你的。”在伏龙芝细问前，他就兴奋地聊开了，“上次见你时，你还是新克尔恩区社会民主党支部的干事呢！”沃洛佳的第二步是通过恢复朋友关系提醒伏龙芝不要忘了年轻时的理想。

“那段经历告诉我，社会民主主义根本没用，”伏龙芝说，“在凶悍的纳粹面前，我们毫无还手之力，只有苏联人才能阻止他们。”

伏龙芝说得完全对。沃洛佳很高兴伏龙芝能意识到这一点，但更重要的是，这句话表明伏龙芝的政治观点并没有因为美国的舒适生活而软化。

爱丽丝说：“我们要去街角的酒吧喝几杯。星期五晚上很多科学家都去那。和我们一起去吗？”

沃洛佳不想和伏龙芝夫妇一起在别人面前露脸。“我不太想去。”他说。事实上，他和伏龙芝夫妇在餐馆里已经待得太久了。现在该是第三步了：提醒伏龙芝他所犯下的可怕罪行。沃洛佳靠近伏龙芝，压低嗓门说：“威廉，你事先知道美国会朝日本扔原子弹吗？”

伏龙芝迟迟没有答话。沃洛佳屏住了呼吸。他给自己设了个赌局，打赌伏龙芝正受着自责的煎熬。

一时之间，沃洛佳还以为自己逼得太紧了，伏龙芝像是随时会哭似的。

伏龙芝做了个深呼吸，控制住自己的感情："不知道，我们都不知道。"

爱丽丝生气地插话说："我们以为美国军方会通过演习展示原子弹的威力，让日本早点投降。"沃洛佳注意到，爱丽丝在美国向日本投掷原子弹之前就知道了原子弹的存在。这并不奇怪，男人很难把这样的秘密瞒住他们的另一半。"我们觉得未来的某个时间在某个地方可能会有一次核爆炸，"她接着说，"但我们以为军方会摧毁一个无人居住的岛屿，或是一个没多少人驻扎但有大量武器的军事基地。"

"那也许能算公正，"伏龙芝说，"然而……"他的声音渐渐小了下去，"没人想到他们会把原子弹扔到城市里，炸死了八万名男女和儿童。"

沃洛佳点点头。"我原本就觉得你会这样想。"他正等着这个。

伏龙芝说："谁不会这样想？"

"问你一个更重要的问题，"这是第四步，"美国会再这样做吗？"

"我不知道，"伏龙芝说，"军方可能会再这样做。天父原谅，他们可能会再这样做的。"

沃洛佳掩饰着自己的愉悦。他成功地让伏龙芝对核武器过去和将来的应用感到有责任。

沃洛佳点了点头。"我们正是这么想的。"

爱丽丝敏锐地问：“我们是谁？”

她很精明，也比丈夫更为世故。爱丽丝应该不那么好骗，沃洛佳决定冒摊牌的风险，对她据实以告。“很好的问题，”他说，“我不会骗我的老朋友。我可以告诉你们，我是红军情报机构的上校。”

夫妇俩吃惊地看着他。他们可能已经想到这种可能性了，但沃洛佳的坦率还是让他们诧异不已。

“我有些事需要跟你们谈，”沃洛佳说，“一些非常重要的事情。我们可以找个地方私下聊聊吗？”

夫妇俩看上去很迟疑。伏龙芝问：“去我家可以吗？”

“那里可能被联邦调查局窃听。”

伏龙芝有过秘密工作的经验，爱丽丝却大为吃惊。“你真的这么认为吗？”她难以置信地问。

“是的。我们可以开车出城吗？”

伏龙芝说：“我们在城外有个经常去的地方，我们经常在傍晚的这个时间去那看日落。”

“很好。回你们的车那里，坐进去，等着我过去。我一分钟后上你们的车。”

伏龙芝付了帐，和爱丽丝一起离开了餐馆，沃洛佳跟在他们身后离开了餐馆。走了一小段路以后，沃洛佳确定没人跟踪，于是回到普利茅斯车旁，坐了进去。三个人坐在这辆美式车的前排。伏龙芝开出了圣达菲。

汽车沿着一条土路开到小山山顶。伏龙芝停下车。沃洛佳示意夫妇俩下车，担心车上也藏有窃听器，他把伏龙芝夫妇带到了一百码开外的地方。

看着硬土地前方徐徐落下的太阳，沃洛佳执行了第五个步骤。“我们觉得下一颗原子弹会落在苏联的某个地方。”

伏龙芝点了点头。“上帝保佑，但你可能是对的。”

“我们对此束手无策，”沃洛佳理性地阐述着自己的见解，“我们没法做防范，没法做有效的防御，没法保护我们的人民。苏联对你们造的原子弹根本一点办法都没有。”

“我知道。”伏龙芝内疚地说。如果苏联受到原子弹的攻击，伏龙芝显然会觉得那是他的责任。

该运用第六步了。“唯一的办法是我们也拥有原子弹。”

“你们想用它震慑美国吧。”

“也许是。”

爱丽丝说：“我们不想让原子弹扩散出去。”

“我也不想，”沃洛佳说，“但唯一可以不让美国像对待广岛那样向莫斯科扔原子弹的方法，就是苏联也能拥有原子弹。”

爱丽丝说：“威利，他是对的。真该死，我们都知道这一点。”

看得出，爱丽丝比丈夫要强悍得多。

沃洛佳压低声音，开始了说服工作的第七步。“美国现在有多少颗原子弹？”

这是关键的一步。如果伏龙芝回答了这个问题，他就完全越界了。到现在为止，他们只是在泛泛而谈。现在，沃洛佳要触及的是最核心的秘密情报。

伏龙芝思考了很久，最后把目光投向爱丽丝。

沃洛佳看到爱丽丝不易察觉地向丈夫点了一下头。

伏龙芝说：“只有一颗。”

沃洛佳掩饰住胜利的喜悦。伏龙芝在他的说服下背叛了美国，这是多么大的成功啊！最困难的第一个问题问出来了，第二个问题也就迎刃而解了。

伏龙芝又说："但他们很快又能造出更多的原子弹。"

"这是场竞赛。输了的话，我们就死无葬身之地了，"沃洛佳急迫地说，"在美国掌握足以炸平苏联的原子弹之前，苏联必须拥有一颗自己的原子弹。"

"你们能做到吗？"

伏龙芝的问题给沃洛佳要进行的第八步提供了理由。"我们需要得到各方面的帮助。"

沃洛佳发现伏龙芝的脸色难看起来，猜想伏龙芝可能想到了促使他拒绝和苏联秘密警察合作的那件事情。

爱丽丝对沃洛佳说："如果我们不能帮你，你会怎么办？这真的太危险了。"

沃洛佳继续按直觉行事。他举手做投降状。"我就回苏联报告自己失败了，"他说，"我不想让你们做你们不想做的事情。我不会用任何方法强迫你们或向你们施压。"

爱丽丝说："你不威胁我们吗？"

沃洛佳的猜测没错，秘密警察显然恫吓过伏龙芝。秘密警察对所有人都威胁恐吓：他们只会这一套。"我甚至没想说服你，"沃洛佳对伏龙芝说，"我只是在摆事实讲道理，其他都取决于你。如果你想得到帮助，那我就留下来做你的线人。如果你有不同看法，那这件事就结束了。你们都很聪明。即便我有骗你们的企图，也骗不了你们。"

夫妇俩又一次看了看彼此。沃洛佳希望他们觉得自己和上一个拜访他们的苏联特工是完全不一样的人。

等待的时刻让人非常难熬。

爱丽丝开口了："你需要什么样的帮助？"

这远非同意，但要比拒绝好得多，并自然而然地推进到了沃洛佳计划中的第九步。"我妻子也是个核物理专家，"沃洛佳希望通过这一点和他们套近乎，不让他们把自己看成纯粹的操控者，"她告诉我原子爆炸有几种可能的方法，我们没时间把这些方法一一试过。如果知道哪种方法能奏效，我们就可以节省很多时间。"

"很有道理。"威廉说。

第十步是异常关键的一步。"我们必须知道扔在日本的是哪种原子弹。"

伏龙芝的表情异常痛苦。他看了看妻子。这次爱丽丝既没有点头，也没有摇头。她看上去和丈夫一样痛苦。

伏龙芝说："是两种型号的原子弹。"

沃洛佳既激动又吃惊。"两种不同的设计吗？"

伏龙芝点了点头。"广岛用的是火炮点火的铀弹，我们把这种铀弹称为'小男孩'。在长崎，我们用的是内爆引发的钚炸弹'胖子'。"

沃洛佳激动得难以自持，这是最核心的关键数据。"哪种效果更好些？"

"两种炸弹的效果都非常好，不过'胖子'更容易制造。"

"为什么会这样？"

"找到足够一颗原子弹使用的铀需要好几年。钚可以很快弄到手，有个原子反应堆想要多少都行。"

“苏联应该复制‘胖子’是吗？”

“是的。”

“为了拯救苏联于水火，你还可以做件事。”沃洛佳说。

“什么事？”

沃洛佳看着他的眼睛，说：“把设计图纸交给我。”

威廉的脸色刷白。“我是美国公民，”他说，“你是在让我叛国，对应的惩罚是死刑。我会为此坐上电椅的。”

你妻子也会，沃洛佳心想。她是你的同谋。幸好你们还没意识到这一点。

他说：“在过去几年间，我让一些人冒着生命危险为我们提供情报。一些憎恨纳粹的德国人，冒着难以想象的危险为我们提供了过去那场战争的关键情报，帮助我们赢得了胜利。我对你们说的还是那句对他们说过的老话：‘如果你们不干的话，会有很多人因为这而死的。’”接着他就不说话了。这是沃洛佳最有说服力的理由。他没有什么其他可说的了。

伏龙芝看了看妻子。

爱丽丝说：“威廉，是你造的原子弹。”

伏龙芝对沃洛佳说：“让我好好想一想。”

两天后，伏龙芝把原子弹的资料交给了沃洛佳。

沃洛佳把资料带回了莫斯科。

卓娅从监狱被放出来了。对于受监禁，卓娅并没有沃洛佳那么生气。“他们这样做是为了保护革命的成果，”她说，“我没有受伤害，只是感觉有点糟，像是那种非常差的旅店似的。”

卓娅回到家第一天，两人做完爱以后，沃洛佳对卓娅说："我要给你看样东西，一样我从美国带回来的东西。"他翻身下床，打开抽屉，拿出一本大书。"这是西尔斯·罗巴克公司的商品目录，"沃洛佳坐在卓娅的身旁打开这本书。"你看这个。"

目录展开到女士的裙装页。穿着这些裙子的模特非常苗条，布料也亮丽多彩，图案有格子的，也有一色的。有的裙子有荷叶边，有的扎了皮带。"太美了，"卓娅把手指按在其中的一条裙子上说，"两美元九十八美分非常贵吗？"

"不算很贵，"沃洛佳说，"美国人的工资大多是一周五十美元，房租是工资的三分之一。"

"真的吗？"卓娅非常吃惊，"那大多数人都买得起这些裙子了？"

"是的。只是我不清楚美国的农民买不买得起。但这些目录就是分发给那些住得离最近的店铺一百多公里的农民。"

"怎么可能？"

"客人从目录里挑选好商品，把钱寄给百货公司。几周以后，邮递员就能把你订的东西送上门。"

"简直像沙皇一样。"卓娅从沃洛佳手里拿过商品目录，翻看着页面，"你看，这里还有这么多裙子，"卓娅指着四美元九十八美分的外套和裙子套装。"这一套也非常优雅。"她说。

"继续看。"沃洛佳说。

卓娅吃惊地看着目录上的女式大衣、帽子、鞋、内衣、风衣和长筒袜。"普通人可以买到吗？"她问沃洛佳。

"当然可以。"

"这里一页上的东西就比苏联的整家店要多！"

“是的。”

卓娅慢慢地翻着目录。后面是男式服装和儿童服装，种类和女式服装一样齐全。卓娅指点着一件十五美元的男孩毛料大衣说：“以这个价钱，所有美国的男孩都买得起。”

“也许吧。”

服装后面是家具。二十五美元可以买张床。如果每周挣五十美元的话，目录上的几乎所有东西都能买得起。目录上有几百种苏联有钱也买不到的东西：玩具，化妆品，吉他，精美的椅子，电动玩具，彩色封套的小说，圣诞装饰品和电烤面包炉。

目录里甚至有拖拉机。“美国的所有农民都能买上拖拉机吗？”卓娅问。

“只要他们有钱。”沃洛佳回答。

“他们不用登记，再等上几年吗？”

“不用。”

卓娅合上目录，严肃地看着他。“如果能拥有这些东西的话，”她说，“那谁还想当共产党员呢？”

“问得好。”沃洛佳说。

第二十二章

1946年，柏林

柏林的孩子们玩起了一个叫“女人，快过来”的游戏。这是男孩捉弄女孩的十几种游戏中的一种，但卡拉发现这种游戏有着新的寓意。男孩子排成队伍，去捉一个女孩。抓住女孩以后，他们高喊“女人，快过来”，然后把女孩扔在地上。他们会把女孩按在地上，轮流压在她身上模仿性交的姿势。这种游戏是七八岁男孩在目睹苏联红军士兵轮奸德国妇女之后发明的。所有进入德国的苏联红军士兵都知道这句德语：“女人，快过来！”

为什么强奸她们的是苏联红军士兵呢？尽管一定会有，但卡拉还没见到哪个德国女人被法国兵、英国兵、美国兵或加拿大兵强奸的。与之映衬的是，她认识的十五岁到五十五岁之间的女人至少被一个苏联兵强奸过：她妈妈茉黛，弗里达的妈妈莫妮卡，他们家的女仆艾达，所有人都无法幸免。

但她们还算幸运的——她们都活下来了。一些女人在遭受了几十个苏联士兵一小时接一小时的凌辱后被摧残致死。据说有个德国女孩甚至被苏联人咬死了。

丽贝卡·罗森幸运地逃脱了被强暴的厄运。卡拉在犹太人医院被解放的那天，救出了丽贝卡，之后，她就搬进了冯·乌尔里希家。乌尔里希家在苏联控制区，但丽贝卡实在没有别的地方可去了。她像个囚犯一样在阁楼里躲了好几个月，只有等夜深人静，残暴的苏联人烂醉如泥时才下来待一会儿。卡拉会抽空到阁楼上去陪陪她，一起玩牌，彼此诉说一些往事。卡拉希望丽贝卡把自己当成年纪略长的姐姐看待，丽贝卡却把她当成了妈妈。

卡拉发现自己真的快要做妈妈了。

茉黛和莫妮卡已经五十多岁了，不可能怀得上孩子。艾达很幸运，没有怀孕。不过卡拉和弗里达都怀上了强暴者的孩子。

弗里达做了流产手术。

流产是违法的，对流产者判处死刑的纳粹法律在德国依然有效。因此弗里达用五根烟找了一个老年助产士。在做流产时，引发了感染，要不是卡拉从医院里偷来的一点青霉素，弗里达也许就没命了。

卡拉决定生下这个孩子。

她对这个孩子的感觉常从一个极端走向另一个极端。孕吐时她会对那个侵入她身体，留下这个负担的野兽怒不可遏。其他时候她则会按着肚子凝神静思，思考要给孩子穿上什么样的衣服。接着她会想，孩子的模样会不会让她想起强奸她的某个男人，使她仇恨自己的孩子。但孩子也应该继承一点冯·乌尔里希家的基因吧。她既期待又害怕。

1946年1月，卡拉已经怀孕八个月了。和大多数德国人一样，她又冷又饿，衣食无着。肚子明显大了以后，她辞掉了护士的工作，加入到百万失业大军之中。食物每十天配给一次，每人每天只能摄入一千五百卡路里的食物。当然，这些食物还是要付钱的。即便有钱有配给卡的顾客，有时也会遇上没有食物可买的状况。

卡拉考虑过以战时做过间谍，来要求苏联方面给以特殊对待，可海因里希的可怕遭遇断了她这个念头。红军情报机构希望海因里希继续做他们的间谍，为他们刺探美国的军事情报。海因里希说他不想干，他们便威胁要把他送进劳动营。因为不会说英语，苏联人才最终放过了他。听说了此事后，卡拉决定，自己曾为苏联做过间谍的事情，从此只字不提。

这天，卡拉和茉黛都很高兴，因为她们卖掉了一个五斗橱。这个新艺术风格的橡木五斗橱，还是沃尔特的父母在1889年结婚时买的。卡拉、茉黛和艾达把五斗橱搬到了借来的手推车上。

乌尔里希家仍然没有一个男人。埃里克和沃纳是几百万失踪德国士兵的一分子，他们也许都已经死了吧。贝克上校告诉卡拉，东部前线死了三百万德国兵，更多的则死在了苏联的战俘营里——因为饥饿、寒冷和疾病。但有两百万名德军战士还活着，在苏联的劳动营做苦工。一些人已经回来了——有的是从劳动营中逃跑的，有的因为病重无法劳动被送走。这些人离开劳动营以后，就流亡于东欧各国，试图找到回家的路。卡拉和茉黛写了好几封信让苏联红军替她们转交，但一直没收到回信。

对沃纳的回归，卡拉很矛盾。她仍深爱着沃纳，希望他好好活着，但又怕沃纳发现她被人强暴，还怀了孩子。尽管这不是卡拉的错，但她还是觉得非常羞耻。

三个女人推着手推车穿过街道。她们把丽贝卡留在了家里。苏联红军已经不像刚到时那样胡作非为了，丽贝卡也离开了阁楼，但漂亮女孩在街上走还是很危险。

原先德国精英阶层漫步的菩提树下大街，挂上了列宁和斯大林的大幅画像。柏林的大多数道路都被清理过了，破损建筑的瓦砾每隔几百码堆成一堆，便于再次利用，但不知道德国人是否还能重建他们的家园。整幢整幢的房屋被炸平，有些地方整个街区都不见了。德国需要好些年才能重建这些地方。废墟中有上千具死人的尸体，整个夏天柏林都闻得到这股略有点发甜的尸体气味。现在，只有雨后才能闻得到这种味道。

这时，柏林被分成了苏联占领区、美国占领区、英国占领区和法国占领区。许多没有被炸毁的楼房被当地的占领军所使用。柏林人只能随便找地方住，大多都住在挨炸楼房仅剩的几个好用的房间里。柏林恢复了供水和时断时续的供电，但暖气和烧饭用的煤气还是短缺。五斗橱也许被买去的人当柴火用了。

她们把五斗橱推到了法国占领军治下的维丁区。她们用五斗橱跟一个彬彬有礼的法国军官换了一箱“吉塔尼”烟。苏联印了很多占领区货币，造成严重的通货膨胀，人们通常用香烟来完成实物的买卖。

回程路上，茉黛和艾达拉着空手推车，卡拉走在她们旁边。一路推过来让她浑身都疼，但她们好歹有了点钱——一整箱烟足够她们生活一阵的了。

天黑了，温度降到了零度以下。回家的路上她们会途经一段英国的占领区。卡拉有时会想，如果英国人知道了茉黛所经历的苦难，他们会不会出手相助。但茉黛已经到德国二十六年了，她哥哥菲茨赫伯特伯爵尽管有钱有影响力，但在茉黛和沃尔特·冯·乌尔里希婚后却拒绝帮助她。菲茨赫伯特伯爵是个固执的家伙：不会轻易改变自己对妹妹的态度。

走了不远，她们看见三四十个衣衫不整的德国人站在一幢被英国占领军征用的房子外面。卡拉、茉黛和艾达停下步子，观察他们在看些什么。通过窗户，他们看见房子里灯光明亮，男男女女们举着酒杯高声欢笑，服务生们端着盛有食物的托盘在人群中穿梭。卡拉看了看周围。人群中大多是女人和孩子——柏林乃至德国已经没剩下几个男人了——他们像被抛弃在天堂门外的罪人，贪婪地看着窗户内的情景。这一幕让人看得心疼。

“太气人了，”茉黛愤愤不平地说。接着，她朝宅子的大门走了过去。

守在门口的英国卫兵用德语对她说：“不行，不行。”这也许是卫兵唯一会说的德语单词。

茉黛用过去常说的上层阶级英语对他说：“我必须马上见你的长官。”

和往常一样，卡拉对母亲的勇气和英姿敬佩不已。

卫兵狐疑地看着茉黛破旧的大衣，沉思了一会儿，他还是敲了敲门。门开了，一张脸探了出来。“有位英国女士想见长官。”卫兵说。

过了一会儿，门又开了，一对男女站在门口。他们像极了讽刺画上的英国军官夫妇：男的穿着晚礼服，戴着黑领结；女的穿着长裙，戴着宝石。

“晚上好，”茉黛说，“很抱歉打扰了你们的聚会。”

军官夫妇吃惊地看着她，不知道这个破衣烂衫的老妇人怎么会用英国上层阶级的口吻跟他们说话。

茉黛说：“我只是在想，你们也许应该看看自己对外面这些可怜的人都做了些什么。”

军官夫妇看了看聚集在屋子外面的人群。

茱黛说："看在上帝的分上，你们至少应该放下窗帘。"

思考了一会儿，军官夫人说："乔治，我们是不是做了件非常可怕的事情？"

"可能吧，但我们是无心的。"军官粗暴地说。

"能送些食物给他们，以弥补我们的过错吗？"

"可以，"茱黛飞快地说，"这样做既道歉了，又体现了你们的仁慈。"

军官的表情有点犹豫，把食物分给饥饿的德国人也许触犯了他们的某项规定。

军官夫人祈求道："亲爱的，行不行？"

"行，当然行。"军官赶忙说。

军官夫人转身对茱黛说："谢谢你的提醒，我们不是故意的。"

"没关系。"说完，茱黛便离开了。

几分钟后，客人们端出放着三明治和蛋糕的盘子，把它们分发给屋外的妇女和儿童。卡拉笑了。冒失的母亲又一次得到了丰厚的回报。她拿到一大块水果蛋糕，两三口就吃完了。这块蛋糕里的糖分比她过去六个月摄入的总量还要多。

窗帘放了下来，客人们回到屋里，房子外面的人也很快散了。茱黛和艾达重新推着手推车往前走。"妈妈，做得很好。"卡拉说，"一箱烟和一顿免费的晚餐，真是完美的一天！"

卡拉觉得，除了苏联人，其他国家的占领军对德国人都还不错。卡拉觉得这种现象非常奇怪。美国兵经常给德国人分发长条巧克力。自己的孩子在德军占领下忍饥挨饿的法国人也对德国人非常仁慈。尽管德国给法国造成了这么多苦难，卡拉心想，他们也没有那么恨我们，真是够奇怪的。反过来一想，德国历经了纳粹、苏联红军和空袭的折磨，他们或许会觉得，德国人已经获得了足够的惩罚了吧。

回到家已经很晚了，她们把手推车还给了借车给她们的邻居，又送了包烟当作酬谢，然后回到了家。家里的大多数窗户都已经没了玻璃，石板上都是弹坑，但并没有遭受结构性的破坏。这个家还能使她们免遭恶劣天气的侵袭。

这时，四个女人睡在厨房里。到了晚上，她们就把卧室里的床垫拿到厨房。她们没法使整幢房子都暖和，只能使厨房比外面暖和一点。厨房的炉子原本烧煤，但煤早就弄不到了。好在她们早就想好了其他可以拿来烧的东西：书，报纸，旧家具，甚至网眼窗帘。

她们两个人和两个人在一起睡。卡拉和丽贝卡一起睡，茉黛和艾达一起睡。和父母身亡那天一样，在卡拉的臂膀里睡着以后丽贝卡常会在梦中哭泣。

走了那么长的路，卡拉精疲力竭，很快就躺下了。艾达用丽贝卡从阁楼上带下来的旧杂志把火炉烧旺。茉黛在中午吃的扁豆汤里加了水，准备待会加热当晚饭吃。

坐起来喝汤的时候，卡拉突然感到一阵尖锐的肚子疼。她意识到这不是推车引起的疼痛，应该是其他原因引起的不适。她计算了当天和犹太人医院解放的那天之间的间隔。

“妈妈，”她害怕地说，“我想孩子快要生了。”

“太快了吧。”

“怀孕三十六周，我已经开始感到宫缩了。”

“那就做些准备吧。”

茱黛上楼去拿毛巾。

艾达从餐厅里拿来个木凳。她用从被炸的房子里拿来的一段弯铁当锤子，把凳子敲成段，扔进炉子里取暖。

卡拉把双手放在胀大的肚子上。“孩子，你也许应该等暖和点，再到这个世上来。”她说。

很快，卡拉就疼得不觉得冷了，她从没经历过如此剧烈的疼痛。

但疼痛持续了很长时间。整整一夜她都在临产状态中。哭泣呻吟的时候，茱黛和艾达轮流抓住她的手。丽贝卡的脸吓得刷白，眼睛一直盯着她看。

当青灰色的阳光透过厨房报纸钉的窗户照进来的时候，新生儿的头终于钻出来了。尽管疼痛没有立刻消退，卡拉却像卸下了包袱似的，松了口气。

一番激烈的推拉后，茱黛从卡拉的双腿间把孩子拿了出来。

“是个男孩。”她说。

茱黛拍了一下男孩的脸，他张大嘴哭了。

她把婴儿递给卡拉，扶卡拉坐起，靠在从客厅里拿出来的几个枕头上。

新生儿长了不少黑发。

茱黛用一小块棉布扎住脐带，然后把它剪开了。卡拉解开外衣的纽扣，使新生儿的嘴对准自己的乳头。

卡拉很担心自己下不了奶。孕期结束的时候，她的乳房应该开始肿胀，能够滴出奶水，但这两种情况都没有发生。这或许是因为婴儿出生得太早，或是母亲的营养不足吧。但经过一番吸吮之后，她感到一种奇怪的痛感，奶水出来了！

小婴儿吃饱以后，很快就睡着了。

艾达拿来一盆温水和一块布，轻轻擦洗婴儿的脸和头，然后继续擦其他地方。

丽贝卡小声说：“他太漂亮了。”

卡拉问茉黛：“妈妈，我们能叫他沃尔特吗？”

卡拉没想那么多，茉黛却已经完全崩溃了。她脸一皱，弯下腰，痛哭了起来。过了一会儿，她恢复了镇定：“对不起。”但很快她又悲痛得不能自已，“哦，沃尔特，我的沃尔特！”她哭喊着死去丈夫的名字。

最后，茉黛终于止住了眼泪。“对不起，”她再一次道歉，“我没想小题大做，”她用袖子擦了擦脸，“我只希望你父亲也能看到这个孩子。太不公平了。”

艾达让母女俩吃了一惊，她背诵了《约伯记》第一章里的经文：“赏赐的是耶和华，收取的也是耶和华。耶和华的名是应当称颂的！”

卡拉不相信上帝——如果有上帝的话，纳粹集中营里的事情就不会发生了——然而她却从这段经文中感受到了安慰。生命就意味着要接受一切——既包括儿女出生时的痛苦，也包括亲人离去时的悲哀。茉黛似乎也感同身受，情绪平复了不少。

卡拉慈爱地看着新生儿沃尔特。她暗暗发誓，不管前面有什么困难，她都会让他吃饱穿暖。他是世界上最完美的孩子，她会永远永远爱着他。

新生儿醒来了，卡拉又把乳房凑到他的嘴边。他满意地吸吮着，在四个女人的注视下发出“哒哒”的咂嘴声。在温暖昏暗的厨房里，一时间听不见其他任何声音。

议会议员的首次演讲称为“就职演说”，通常这种演讲都很乏味。演说必须顾及方方面面，说上些套话虚话，主题也不能有明显指向性。同僚和对手会对新议员表示祝贺。只要遵守了这个传统，新议员就算是融入到议会这个大家庭了。

成为议员几个月后，劳埃德·威廉姆斯才在国家保险法案的辩论中进行了第一次真正意义上的演讲，这对他才是真正的挑战。

准备演讲词的时候，他的脑海里出现了两个雄辩专家的形象。外祖父大卫·威廉姆斯喜欢引用《圣经》中的词句。他在教堂里用，但在工会谈及煤矿工人的艰辛以及面对的不公正时则用得更多。在讲到矿井、矿床和埋葬矿工的坟墓时，大卫常会用到辛劳、罪恶、贪婪这几个短小精悍却寓意丰富的词。

丘吉尔也是一样，不过他具有大卫·威廉姆斯缺乏的幽默。他的宏伟长句常以令人意想不到的画面或韵味无穷的比喻作结。1926年大罢工期间，作为政府喉舌《英国公报》的总编时，他曾经这样警告过工会领导者：“你们可要想好啊，如果你们再搞一次总罢工的话，我们就再出一份《英国公报》作为回应。”劳埃德觉得演讲中就是需要这种让人意想不到的东西，它们像面包里藏着的葡萄干一样让人惊喜不断。

但站起来以后，他马上就发现，自己精心准备的句子突然变得不真实起来。听众们似乎也有一样的感觉，会议大厅里五六十个议员明显开起了小差。劳埃德感到一阵恐慌：他怎么能把一个意义深远的议题如此轻率地在这么多议员面前呈现出来呢？

在政府包厢的前排座位上，他看见了出任教育部长的母亲艾瑟尔和出任煤炭部长的舅舅比利。劳埃德知道，比利舅舅十三岁就下了矿井，母亲也在同一年龄当起了泰-格温的女仆。演讲不是华丽辞藻的堆积，但却事关这些人的生命。

讲了一会儿，他放下讲稿，开始自由发挥。劳埃德说，由于残疾和失业，一些工人阶级家庭常常饥寒交迫，这类家庭他曾在伦敦东区和南威尔士的矿区亲眼见到过。声音流露出了他的真实情感，有时透出几分苍凉，但他还是继续演讲下去。劳埃德感觉到议员们开始把注意力转移到他的演讲上来，于是他又提到了为了实现就业保险、去除失业恐慌而大声呼吁的外祖父，以及开展工人运动的先行者们。结束演讲时，议员们大声欢呼起来。

劳埃德的妻子黛西在观众席中自豪地笑着，直冲他翘大拇指。

他带着一丝满足聆听着辩论中其他人的演讲，觉得自己通过了作为议员的第一次真正的测试。

辩论结束以后，劳埃德在议院的大厅里遇见了保证本党议员投票无误的纪律委员。对劳埃德的演讲表示祝贺以后，这位纪律委员问："你愿意成为一名政务次官吗？"

劳埃德非常激动。每个政府部长或国务大臣至少有一个政务次官。事实上，政务次官仅仅是个拎包的角色，但这个职务却是成为部长和大臣的必经之途。"我非常荣幸能担任这个职务，"劳埃德说，"谁将成为我的上司呢？"

"厄尼·贝文。"

劳埃德不敢相信自己的运气竟然会这么好。贝文是外交大臣，是和首相艾德礼走得最近的人。两人的出身天差地别，却是亲密无间的好友。艾德礼出身于中产阶级家庭：父亲是个律师，本人是牛津毕业生，在一战中当过军官。贝文则是个女仆的私生子，不知道自己的父亲是谁，十一岁就开始干活，建立了规模宏大的运输个人工会。他们在体形上也完全两样：艾德礼瘦削沉静，贝文又高又壮，还喜欢高声大笑。外交大臣常把首相称为“小克莱门”。尽管有这么多不同点，他们却是站在同一条战壕里的战友。

对劳埃德和几百万英国人民来说，贝文是他们心里的大英雄。“我无法要求更多了，”劳埃德说，“但贝文不是已经有了个政务次官了吗？”

“他需要两个，”纪律委员说，“明天早晨九点到外交部开始上班吧。”

“谢谢你。”

劳埃德匆匆走过橡木装饰的走廊，朝母亲的办公室走去。他让黛西辩论后等在那里。“妈妈！”他进门便大声喊，“我被任命为厄尼·贝文的政务次官了！”

这时他发现办公室里除了劳埃德，还站着菲茨赫伯特伯爵。

菲茨用带着惊异和厌恶的目光瞪着劳埃德。

尽管吃惊不小，但劳埃德还是注意到自己的生父穿了件剪裁精细的灰色西装和一件双排扣马甲。

劳埃德看了一眼他的母亲。艾瑟尔很平静。她对菲茨和劳埃德的相见一点也不吃惊，这一定是她事先安排好的。

伯爵显然也得出了相同的结论：“艾瑟尔，这到底是怎么回事？”

劳埃德瞪着这个给予他生命的人。即便在如此尴尬的局面下，菲茨也不卑不亢。尽管因索姆河战役患上了睑下垂，但他还是很英俊。那次战役后，他就拐杖不离身了。虽然还有几个月就六十岁了，但他衣着得体，皮鞋擦得锃亮，领带打得一丝不苟，满头银发梳理得一丝不乱。劳埃德也喜欢着装整齐。他琢磨着，原来这个习惯是从伯爵那儿遗传的。

艾瑟尔走过去，站在菲茨身旁。劳埃德很了解母亲，知道她这样做有什么含义。想说服对方的时候，她经常会用这一招。可劳埃德不想看到母亲对这个对她始乱终弃的男人如此热情。

“听到博伊的死讯，我非常难过，”她对菲茨说，“没有什么比我们的孩子更珍贵了，不是吗？”

“我必须走了。”菲茨说。

在这以前，劳埃德只是和菲茨擦肩而过了几次。以前，他从没有和菲茨长时间在一起，从没听他讲过这么多话。尽管不怎么舒服，劳埃德却很愿意遇上这个场面。虽然脾气暴躁，但菲茨有一种天然的吸引力。

“菲茨，”艾瑟尔说，“你有个还不认识的儿子——一个你应该为之骄傲的儿子。”

“艾瑟尔，你不能这样做，”菲茨说，“男人有权忘掉年轻时的错误。”

劳埃德非常尴尬，但艾瑟尔却不依不饶地问：“为什么要忘记呢？我知道把他带到这个世界上是我们犯下的错，但你看看现在的他——刚刚做了篇令人激动的演讲，还被指定为外交部长的政务次官。”

菲茨故意不去看劳埃德。

艾瑟尔说：“你把我们的那段感情看成是青年男女之间的厮混，但你很清楚事实是什么。是的，我们那时的确很年轻，的确很蠢，经不起异性的诱惑——你和我都一样——但我们确实深爱着彼此。菲茨，我们那时是彼此相爱的。你应该承认这一点。你知道吗？如果否认事实的话，你就是个失去自我的人了。”

劳埃德发现，菲茨的表情很不平静，他在努力控制着自己的感情。劳埃德知道，母亲又点中了问题的实质。菲茨不怎么在乎自己有个私生子，但自傲不允许他承认自己爱上过一个女仆。劳埃德觉得，他可能爱艾瑟尔更甚于自己的妻子，但这却违背了他对社会等级制度的大部分信条。

劳埃德第一次开口说话了。“先生，博伊死时，我和他在一起，他很勇敢。”

菲茨第一次看了眼劳埃德。“我儿子不需要你的赞许。”

劳埃德觉得自己似乎被抽了个耳光。

连艾瑟尔都很惊诧。“菲茨！”她大声说，“你怎么能如此恶毒呢？”

这时，黛西走进了门。

“菲茨，你好！”她开心地和菲茨打了个招呼，“你也许以为摆脱了我，但现在又成了我的公公了，这不是很有趣吗？”

艾瑟尔说：“我正在试图说服菲茨和劳埃德握手。”

菲茨说：“我尽量避免和社会民主党人握手。”

艾瑟尔在打一场没有胜算的仗，但她不准备屈服。“看看他身上那些你的影响吧。他长得像你，穿得像你，和你一样对政治感兴趣——也许他还会当上你一直想当的外交部长呢！”

菲茨的表情更加阴沉了。“我不可能当上什么外交部长了，”说着他朝门口走了过去，“如果外交部长神圣的办公室被这个布尔什维克杂种占据，我也不会高兴的，再说那也不太可能！”说完他便扬长而去。

艾瑟尔被他气哭了。

黛西抱住劳埃德。“我为你难过。”她说。

“别担心，”劳埃德说，“我既不震惊也不失望。”这只是个托词，但劳埃德的确不想显得很可怜，“很久以前，我就被他抛弃了。”他看着黛西，眼含爱意，“但我很幸运，拥有这么多如此爱我的人。”

艾瑟尔泪眼婆娑地说：“这事儿怪我，我不该让他来的，我早应该知道会是这个结果。”

“别介意，”黛西说，“我这有好消息。”

劳埃德笑着问：“什么好消息？”

黛西看着艾瑟尔：“心情转换过来了吗？”

“是的。”

“别绕圈子了，”劳埃德说，“你就快说吧。”

黛西说：“我们很快就要有孩子了。”

这年夏天，卡拉的哥哥埃里克奄奄一息地回来了。他在苏联的劳动营里染上了结核病，因为病得无法工作，他被放出了劳动营。他在外面露宿了几个星期，靠坐货运列车和搭便车回到了德国。回到冯·乌尔里希家时，他光着脚，衣服破破烂烂的。他两颊深陷，像个骷髅头。

但他没死。也许是因为和爱他的人在一起，也许是因为天气慢慢暖了起来，也许是因为得到了足够的休息，他的身体渐渐恢复过来了。他的咳嗽渐渐好转，已经有精力在家里忙活些家务了。他把砸破的玻璃都给补上，把房顶的瓦片都给排好，把堵塞的水管都给疏通了。

弗里达·弗兰克撞上了好运。

路德维希·弗兰克在毁灭工厂的空袭中丧生。在那以后，弗里达和母亲与其他所有人一样贫困。不过弗里达很快在美国占领区当上了护士。去那没多久，她就告诉卡拉，几个美国医生让她把他们多余的食物和香烟拿到黑市上卖，换上其他一些生活必需品。其中一些她可以截留下来给自己用。之后，她每周带着一小篮子东西出现在卡拉的家里：保暖的衣物，蜡烛，手电筒电池，火柴，肥皂，食物——培根，巧克力，苹果，米饭，还有黄桃罐头。茉黛把食物分成几份，分给卡拉其中的两份。卡拉毫不犹豫就接受下来，不是给自己吃，而是给刚生下来的宝宝瓦利[①]吃。

没有弗里达从非法渠道弄来的食物，瓦利不可能长得这么好。

瓦利长得很快。出生时的黑发已经不见了，取而代之的是一头毛茸茸的金发。六个月大的时候，瓦利的眼睛颜色越来越接近茉黛的绿眼珠了。脸蛋成型以后，卡拉注意到，小家伙的眼角上斜，她觉得他的父亲很可能是个西伯利亚人。卡拉已经记不清强暴她的那几个人了，大多数时候，她都闭着眼睛。

她不再恨那些人了。这种感觉很奇怪，但又十分自然。她很高兴能拥有瓦利，不再去多想过去发生的那些事了。

丽贝卡被瓦利吸引住了。尽管才十五岁，但丽贝卡却开始有了母性，她非常希望帮助卡拉为瓦利洗澡，为他穿衣服。她经常和瓦利一起玩。一看到她，瓦利就开心地笑开了。

埃里克觉得身体完全恢复以后，马上加入了共产党。

---

① 瓦利，沃尔特的昵称。

卡拉非常不解。在苏联吃了这么多苦，埃里克为何还会加入共产党呢？但她很快就发现，埃里克讲起共产主义的那副认真劲和他十年前阐述纳粹主义时完全一样。卡拉只能希望这次他的幻灭不要来得如此之快。

同盟国希望德国重新建立民主政体，柏林的选举将在1946年的下半年进行。

卡拉觉得，只有把权力交给人民，柏林才能回到正常的轨道上，因此她决定支持社会民主党。但柏林人很快发现苏联占领军对民主有着独特的看法。

十一月，奥地利的选举结果，把苏联人吓坏了。奥地利共产党人本打算和社会党平起平坐，结果在一百六十五个议席中却只占据了四席。选民们似乎觉得，共产主义和红军的暴虐是一码事。没有经历过民主选举的克里姆林宫显然没料到这一点。

为了防止在德国出现同样的结果，苏联建议共产党人和社会民主党人联合起来组成联合阵线管理国家。在巨大的压力面前，社会民主党拒绝了这个建议。在德国东部，苏联开始像1933年的纳粹那样大肆抓人了。在东德，共产党和社会民主党被迫实现了联合。但柏林的选举是由四个盟国监督进行的，这里的社会民主党不需要和共产党联合执政。

天气温暖以后，卡拉重新开始排队领取食物。她用枕套包住瓦利，带着他一起去——瓦利没有婴儿穿的衣服。一天早晨，卡拉在离家几个街区远的地方领土豆时，吃惊地发现弗里达坐在一辆美国军用吉普的副驾驶座上。中年的光头司机亲了亲弗里达的嘴唇，弗里达从车上跳了下来。她穿着蓝色无袖裙和一双新鞋子。下车以后，弗里达便拿着小篮子匆匆前往冯·弗里达家了。

卡拉瞬间明白了一切。弗里达的东西不是黑市上来的，也没有所谓的以物易物的医生们。她成了美国军官包养的情妇。

这在当时并不鲜见。许多德国的女孩子面临着这样的选择：看着你的家人挨饿，还是和一个大方的军官睡觉。法国女人在法国被德国占领时也做过同样的事情。留守在德国的军官夫人们谈到这种事的时候都愤恨不已。

但卡拉还是很吃惊。她以为弗里达很爱海因里希，不会做出这种事来。他们原本打算生活一上正轨就马上结婚。卡拉觉得一阵心寒。

排到队首，买到自己的配额土豆后，卡拉就匆匆回家了。

她在楼上的客厅见到了弗里达。埃里克打扫完房间以后，正在往窗户上贴报纸。没有玻璃的话，报纸是最能御寒的。窗帘早就当床单用了，但客厅的大多数椅子还保留着，只是椅套有些褪色。家里的大钢琴还保存得很完好。一个苏联军官看到了这部钢琴，说第二天要用吊车来拉走，但他却并没有再来。

看到卡拉，弗里达立刻接过了卡拉抱着的瓦利，对他唱起歌来。“A，B，C，小猫咪在雪地里跑。”根据卡拉的观察，没有孩子的丽贝卡和弗里达都很溺爱孩子，但逗弄一会儿就没耐性了。自己生过小孩的茉黛和艾达尽管也很喜欢瓦利，但会用切实可行的方法照料他。

弗里达打开琴盖，示意瓦利在她唱歌的时候按琴键。这架钢琴已经有好几年没人弹奏了：茉黛的最后一个学生约西姆·科赫死了以后，就再也没人弹过它了。

过了一会儿，弗里达问卡拉：“今天你很沉默，发生什么事了吗？”

“我知道你带给我们的食物是从哪儿来的了，”卡拉说，“不是黑市交易来的，对吗？”

“怎么会！”弗里达说，“你到底在说些什么？”

“今天早晨，我见你跳下了美军的一辆军用吉普车。”

“希克斯上校顺便带了我一程。”

“他亲吻了你的嘴唇。”

弗里达把视线移开了。“早点下车就好了，我应该在美国占领区下车的。”

“弗里达，你准备拿海因里希怎么办？”

“他不会知道的。我发誓我今后会更小心一点。”

“你还爱他吗？”

“当然爱他，我们还准备结婚呢！”

“那你为什么……？”

“我过够苦日子了！我想穿上漂亮的衣服去夜总会跳舞。”

“你才不是这种人，”卡拉坚定地说，“弗里达，我们是这么久的朋友了，你骗不过我，快告诉我实话！”

“实话吗？”

“是的，请告诉我实话。”

“你确定吗？”

“非常确定。”

“我是为瓦利这样做的。”

卡拉惊呆了。她从来没想过这种可能性，但细细想来，很有道理。她相信弗里达的确会为她和她的孩子做出这种牺牲。

但她还是觉得太可怕了。这让她感到对弗里达这样作贱自己负有责任。“你不能这样做——总有办法解决的。”她说。

弗里达抱着怀里的婴儿，突然从琴凳上站了起来。“不可能，你不可能有办法的。”她说。

瓦利吓哭了。卡拉从弗里达手中接过瓦利，拍着他的后背，轻轻地摇着他。

“你想不到办法的。”弗里达的声音小了点。

“你怎么知道？”

“去年冬天，医院里送来了许多报纸包来的、因为饥饿和寒冷而死去的婴儿尸体。我都不忍心看他们一眼。”

“哦，天哪！”卡拉抱紧了瓦利。

“冻死的时候，他们全身出现了一种诡异的蓝色。”

“别说了。”

“我必须说，否则你不理解我为什么要这样做。如果没有这些食物，瓦利很可能也会变成蓝色的婴儿尸体。”

“是的，”卡拉小声说，“你说得没错。”

“珀西·希克斯是个好男人。希克斯在波士顿有个乏味的老婆，他说我是他见过的最性感的女人。他动作很快，总会戴上避孕套。”

“你应该终止和他的关系。”卡拉说。

“你口是心非。”

“是的，我是有点口是心非。”卡拉承认了，“这才是最糟的。我觉得有罪。我是个罪人。”

“你不必感觉有罪。这是我自己的选择。德国女人必须做这种艰难的决定。我们在为德国男人十五年前的轻率选择付出代价。比如认为希特勒上台有利于做生意的我爸爸和为安保法案投支持票的海因里希爸爸。父亲一辈所犯下的罪恶要由我们这些女儿来偿还了。”

有人在楼下重重地敲门。丽贝卡怕是红军，喘着粗气跑到楼上躲着去了。

楼下传来艾达的声音：“哦，是您啊，早上好！”她吃惊的声音里夹杂着一点点担心，但并不害怕。卡拉不知道谁会给家里的女仆带来这样的感觉。

楼梯上传来稳健有力的脚步声，接着，沃纳走进了客厅。

他全身都很脏，胡子已经很久没刮了，瘦得像根竹竿，但英俊的脸上洋溢着笑容。“是我！”他热情洋溢地说，“我回来了！”

接着，他看到了卡拉手里的婴儿。他目瞪口呆，笑容不见了。“哦，”他说，“怎么……谁……这个孩子是谁的？”

“亲爱的，是我的孩子，”卡拉说，“你听我解释。”

“解释？”他发怒了，“还需要什么解释？你都有别人的孩子了！”说完，他转身便要走。

弗里达说：“沃纳，这个房间里站着两个爱你的女人。别不听解释就走，不说清楚你不会明白的。”

“我觉得我什么都明白。”

“卡拉被强暴了。”

沃纳的脸变得苍白。“强暴？被谁？”

卡拉说：“我不知道他们的名字。”

“他们？”沃纳语无伦次了，“难道……难道还不止一个？”

“五个红军士兵。”

沃纳的声音小了：“五个吗？”

卡拉点了点头。

“但……你不能……我是说……”

弗里达说：“沃纳，我也是。还有我们的妈妈。”

“天啊，这里到底发生了什么？”

“这里发生了地狱里才会发生的事。”弗里达说。

沃纳重重地坐在破旧的皮椅上。“我原以为我遭遇的才是地狱呢！”他把脸埋在双手中。

卡拉抱着瓦利穿过客厅，站在沃纳面前。“沃纳，请你看着我。”她说。

沃纳表情扭曲地抬起头。

“地狱般的生活不会再来了。”她说。

“你确定吗？”

“确定，”她坚定地说，“生活很艰难，但纳粹被消灭了，战争结束了，希特勒已经死了。那些红军恶魔也或多或少被控制了，噩梦结束了。我们都还活着，现在又聚在了一起。”

沃纳伸出手，握住了卡拉：“你说得对。”

“我们有了瓦利，过一会儿，你还会见到我阴差阳错认的女儿丽贝卡。我们必须在战争的残骸上建立一个新的家庭，如同在废墟上新建的这座城市一样。”

他点点头表示同意。

“我需要你的爱，”她说，“丽贝卡和瓦利也一样。”

沃纳慢慢地站了起来。卡拉期待地看着他。他什么话都没说，但过了一会儿，他伸出双臂搂住了她和孩子，温暖地抱在了一起。

根据仍然通行的战时规定，英国政府可以在不考虑土地所有人感受的情况下到处开煤矿。赔偿金只是征用土地上农田或商用设施的大致收入。

煤炭部长比利·威廉姆斯下令，在菲茨赫伯特伯爵的世袭领地阿伯罗温郊外的泰-格温建造一处露天矿。

因为不是商业用地，菲茨赫伯特家拿不到补偿金。

此举引起下议院的保守党议员一片哗然，“你们竟然把脏兮兮的煤矿建在了伯爵夫人卧室的窗户底下！”一个愤怒的托利党人提出抗议。

比利·威廉姆斯笑了。“伯爵脏兮兮的煤矿已经在我母亲的窗户底下待了五十年了。”

工程师开始钻洞前，劳埃德·威廉姆斯和艾瑟尔陪同比利到了阿伯罗温。劳埃德不太情愿离开还有两个星期就要生产的黛西，但这是个重要的历史时刻，他希望自己能在场。

他的外祖父母都快八十岁了。尽管戴着水晶眼镜，但外公的眼睛已经基本看不见了，外婆也驼着背。“很好，”大家齐聚在厨房的旧餐桌前时，外婆说，“我的孩子们都回来了。”她端出萝卜炖牛肉和涂了猪油的烤面包，给每人倒了一大杯加糖奶茶。

劳埃德小时候常吃这些东西，现在却觉得它们太粗糙了。他知道，从苦日子熬过来的主妇都很不容易，即便在最艰苦的日子里，法国女人和西班牙女人也会设法用香草来配菜。他为自己的挑剔感到羞愧，尽量开心地吃喝起来。

“泰-格温的花园可惜了。”外婆不合时宜地说。

比利不乐意了。“什么意思？英国需要煤炭。”

“但大家喜欢那些花园，它们很漂亮。我从小时候起，每年至少要去那儿逛一两次，破坏那些花园真让人难过。”

“阿伯罗温的休闲场所有的是！”

“这不一样。”外婆平静地说。

外公说：“女人不懂政治。”

“是啊，”外婆说，“我是不懂你们所谓的政治。”

劳埃德看了一眼母亲。艾瑟尔笑着，什么话也没说。

比利和劳埃德住在小卧室，艾瑟尔在厨房搭了张床。“参军前，每天晚上我都睡在这里，”躺下后，比利说，“每天早晨我都会看见窗外该死的矿堆。”

“比利舅舅，小声点儿，”劳埃德说，“你不想让外婆听到你说粗话吧。”

“没错，你说得对。”比利说。

第二天一早，吃完早饭后，他们沿着山道走向泰-格温。天气阴沉，但没下雨。山岗上长着一些翠绿的青草。看到泰-格温以后，劳埃德觉得，和阶级压迫的象征比起来，它更是一幢美丽的大房子。只要一牵涉到政治，任何事都不会简单。

花园美得令人震惊。大道两旁的栗树枝叶繁茂，几只天鹅在湖面上嬉戏，花圃中开满了五颜六色的鲜花。劳埃德觉得，为了让花园保持在最美的状态，伯爵一定费尽了心思。

劳埃德不由得同情起菲茨来。

市长开始做情况说明了：“镇上的人都反对建立这个露天矿，”劳埃德很吃惊，市里的议会被工党把持，市长实在不应该这样说话，“一百多年来，这座花园的美丽治愈了生活在这个艰苦工矿区的人们。”他丢开讲稿，抒发着自己的真实感受，“我让我妻子再去那棵雪松下站一会儿。”

他的演讲声被类似钢铁巨人脚步声的“哐噹哐噹”打断了。回头一看，车道上开来了一部庞大的机械，似乎政府把世界上最大的一部挖土机调了过来。挖土机上有个九十英尺长的巨大吊杆和能放进一辆卡车的巨大抓斗。它的钢铁履带只要在地上一滚，附近的大地就要跟着颤抖。

比利骄傲地对劳埃德说：“这部挖土机够大吧，它一次能抓起六吨土。”

照相机镜头对准了渐渐开上车道的挖土机。

劳埃德对工党只有一点疑虑。许多社会主义者有清教徒的倾向，他的外祖父是这样，比利舅舅也是这样，他们完全不能容忍感官上的享受，他们更容易接受牺牲和自我否定。他们觉得花园的美是浮华的，他们完全错了。

艾瑟尔和劳埃德与他们完全不同。这也许是因为他们没有外祖父和舅舅因为被压迫而产生的那种破坏一切的快意吧。劳埃德希望事实就是这样。

当挖土机开到指定位置时，菲茨在粉红色的砂石路上发表了演讲：“煤炭部长让你们以为煤炭资源正在枯竭，因此这座花园要被纳入他所谓的积极的复兴计划中，”他说，“我在这里告诉你们，那是一派胡言，我的祖父和父亲用了一个多世纪把这座花园开发得这么美，我愿意再用一个世纪把它建设得更美。”

挖土机的吊杆慢慢落下来，和西花园的灌木和花床呈四十五度角，抓斗正好落在门球草坪的上方。机械停顿了一下，人群非常安静。比利大声喊：“看在上帝的分上，赶快开始干吧！”

一个戴着圆顶礼帽的工程师吹了声哨。

抓斗砰的一声撞在地上，它的钢牙钻入翠绿的草坪中。拉绳绷紧了，挖土机发出咯吱咯吱的吃力响声，开始把抓斗往上拉。抓斗经过向日葵花圃、玫瑰花圃、一棵七叶树和一棵木兰，里面满是泥土、花朵和树枝。

抓斗随即抬到二十英尺的高度，松散的泥土和花瓣不断从抓斗上掉落下来。

吊杆横向一扭。劳埃德发现吊杆比房子还要高，生怕抓斗会撞碎楼上房间的玻璃，好在挖土机司机训练有素，及时停止了转动。吊绳松开了，抓斗往下一斜，六吨泥土掉在离别墅入口不远的空地上。

抓斗回到原来的位置，抓土过程又重复了一遍。

劳埃德看了一眼菲茨，发现他正在哭。

第二十三章

1947年，莫斯科

1947年初，全欧洲的国家似乎都有了赤化的倾向。

沃洛佳·别斯科夫不知道全面赤化还是全面民主化会给欧洲带来更大的希望。

红军占据了东欧，共产党人在西方一些国家的选举中获胜。共产党因为抵抗纳粹而获得了广泛的尊敬。在战后法国的选举中，五百万选民投了法共的票，使法国共产党成了法国的第一大政党。在意大利，意共和意大利社会民主党的联盟获得了百分之四十的选票。在捷克斯洛伐克，共产党获得了百分之三十八的选票，得到了战后政府的领导权。

奥地利和德国的情况则有所不同。红军在这两个国家烧杀劫掠，无恶不作。在柏林的选举中，社会民主党获得了一百三十个议席中的六十三席，共产党只获得了二十六席。但德国正处于百废待兴缺衣少食之中，苏联希望德国人像在大萧条时倒向纳粹主义一样在困境中向共产主义伸出求援之手。

英国的局面让苏联很失望。只有一个共产党员进入了战后的下议院。工党政府提供给老百姓所有共产党政府能提供的东西：

社会救济、免费的医疗保险、全民教育，甚至连矿工都能一周休息两天。

但在其他欧洲国家，资本主义无法把民众从贫苦的泥沼中拯救出来。

连天气也站在了斯大林一边，当洋葱形圆顶房屋上的雪越积越厚时，沃洛佳这么想着。1946年和1947年之间的冬季是欧洲一个多世纪以来最冷的冬天。连圣特罗佩[①]都下了雪。英国的铁路和公路都无法运行，大多数工厂停了工——战争期间都没有发生过这种情况。在法国，食物的配给量比战时还低。根据联合国的计算，一百万欧洲人每天只能摄入一百五十卡路里的食物——几乎要造成营养不良。随着生活物资的减少，人们开始感到再没有什么东西可以失去了，革命成了他们唯一能够选择的道路。

苏联一旦有了核武器，其他国家就再不能挡它的路了。沃洛佳的妻子卓娅和她的同事们在科协的二号实验室建造了一个核反应堆。苏联给原子能的研究基地起了二号实验室这个讳莫如深的名字。核反应堆在他们的孩子康斯坦丁出生六个月后的圣诞节达到了临界值，此时，康斯坦丁正躺在实验室的托儿所里。卓娅小声对沃洛佳说，如果实验有什么纰漏，科特亚离实验室一英里还是两英里根本不会有差别：莫斯科的中部地区都会被炸平。

儿子出生以后，沃洛佳在原本对未来的矛盾心情上多了一层顾虑。他希望科特亚成为一个强大国家的公民。他觉得苏联配得上统治欧洲。在四年严酷的战事中，和纳粹军队血战的是苏联红军，其他国家都在旁观，只是在最后的十一个月中打了些零星的战役。他

① 地中海边的旅游胜地，以终年阳光明媚而著称。

们的伤亡总和与苏联红军的伤亡总和相比根本不值一提。

但接着他又想到了苏联共产主义的含义：任意妄为的大清洗，秘密警察在地下室的酷刑，红军战士在被征服土地上的肆意妄为，庞大的国土被一个比沙皇还要残暴的国家元首所统治。沃洛佳真的想把这种严酷的政体扩展到欧洲的其他地方吗？

沃洛佳回忆起到纽约的宾夕法尼亚车站时，买车票既不用开证明也不用查身份证件，这种感觉多么让人愉悦啊。他早就烧掉了西尔斯-罗巴克公司几百页可以自由选择的商品目录，但那些商品都还记忆在他的脑海中。苏联人觉得西方的自由和繁荣仅仅是宣传，但沃洛佳知道那的确是真的。在内心深处的某个地方，沃洛佳希望共产主义能被资本主义击败。

德国乃至整个欧洲的未来在某种程度上将在1947年3月在莫斯科举行的外长会议上所决定。

现在已经升职成了上校的沃洛佳负责会议的情报工作。为方便起见，会议在莫斯科饭店附近飞机制造厂的华丽大办公室举行。和以往一样，外长和他们的翻译坐在圆桌前，助理们坐在他们身后的几排凳子上。苏联外长，外号“石头屁股”的维亚切斯拉夫·莫洛托夫要求德国支付十亿美元的战争赔款。美国和英国反对这一提案，认为这一提案会给本已奄奄一息的德国经济带来致命一击。但这也许正是斯大林想要的结果。

沃洛佳又见到了伍迪·杜瓦，伍迪这次负责整个大会的摄影报道工作。伍迪也结婚了，他给沃洛佳看了张一个黑发美女抱着婴儿的照片。在克里姆林宫拍摄了些照片以后，伍迪在豪华轿车的后座上对沃洛佳说：“你们知道德国没钱给你们赔款，是不是？”

沃洛佳的英语有了进步，两人尽量不通过翻译进行交流。沃洛佳说：“既然没钱，他们怎么能养活那么多老百姓，重建他们的国家呢？”

“当然靠我们援助了，”伍迪说，“我们给他们建立了援助基金。如果要德国给你们战争赔款，那钱事实上是我们出的。”

“这有什么不可以的呢？美国在战争中发了笔横财。我们苏联却基本上被摧毁了。也许你们的确应该付这笔钱。”

“美国的选民们不这样认为。”

“美国的选民们也许错了。”

伍迪耸了耸肩：“即使他们错了，也是他们的钱。”

政府又一次屈服于选民，沃洛佳心想。在上次的对话中，伍迪也曾提到选民的看法高于一切。美国人说起选民和苏联人谈到斯大林完全一样：不管是对是错，他们的决定必须遵守。

伍迪摇下车窗。“不介意我看下莫斯科的街景吧，这里的街景很美。”他不迭地按着照相机的快门。

他知道他只能在允许的地方照相。但街上没有什么敏感的东西，只有几个女人在扫雪。但沃洛佳却说：“请不要这样做，”他把手伸过伍迪，摇上了车窗。“只能在指定的地方拍照。”

正准备问伍迪要照相机里的胶卷时伍迪突然说：“你还记得我曾经跟你提过我有一个和你同姓的朋友格雷格·别斯科夫吗？”

沃洛佳当然记得。威廉·伏龙芝也提到过一个姓别斯科夫的，也许他们是一个人。“不，我不记得了。”沃洛佳撒了谎。他才不想和西方可能的亲戚扯上什么关系呢，这种联系只能给苏联人带来苦难和猜疑。

“他在美国代表团里，你应该和他谈谈，看看你们是不是亲戚。”

“我会的。”沃洛佳决定不惜一切代价避免见到那个人。

他决定不向伍迪要胶卷了，普普通通的街景没什么大不了。

在接下去一天的外长会议上，美国国务卿乔治·马歇尔提出，四个盟国应该废除在德国划分的界限，把德国统一起来，使德国重新成为欧洲经济、矿业、制造业和流通业的中心。

这是苏联绝不想看到的。

在赔偿金的问题解决之前，苏联拒绝讨论让德国统一起来的议题。

会议陷入胶着状态。

沃洛佳觉得，这正是斯大林希望看到的局面。

格雷格·别斯科夫觉得，国际外交圈很小，英国代表团参加莫斯科外长会议的年轻助理劳埃德·威廉姆斯，恰好是格雷格同父异母的姐姐黛西的丈夫。起初，格雷格不太喜欢劳埃德西装笔挺的英国绅士样，但接触后发现，劳埃德是个很好打交道的人。“莫洛托夫就是个小人。”几杯马提尼下肚，劳埃德在莫斯科饭店的酒吧里说。

“那我们该对他怎么办？”

“我不知道，但英国不能接受这些没完没了的拖延。在德国驻扎的经费我们承受不起。冬天一到，存在的问题更是要总爆发了。”

“你知道吗，”格雷格边想边说，“如果苏联不肯合作的话，我们可以抛开它自己玩。”

“我们自己怎么玩呢？”

“美国需要达到的目标是什么？”格雷格掰起手指算了起来，“我们需要统一德国，进行民主选举。”

“这也是英国希望实现的目标。”

“我们希望废除废纸一样的德国马克，创立一种新的货币，使德国的经济正常运行起来。”

“我们也是。”

“我们希望德国远离共产主义噩梦。”

“这也是英国的想法。”

“苏联不愿加入讨论，我们无法把上述想法在东部德国实施。所以只能把他们扔到一边置之不理。我们拥有德国四分之三的国土——我们可以在这部分国土上实现我们的想法，就让东德走向毁灭吧！”

劳埃德若有所思。“你和你的上司谈过这个吗？”

“没有，这是我才想到的，但这又有何不可呢？”

“我也许会向厄尼·贝文反映一下的。”

“我跟国务卿说说看。”格雷格喝了口酒，转变了话题，“伏特加是苏联唯一还过得去的东西。对了，我姐姐怎么样？”

“她在待产，我们的第二个孩子就要出生了。”

“黛西当妈妈怎么样？”

劳埃德笑了：“你怕她会不合格吧？”

格雷格耸了耸肩：“她不是当家的料。”

“她有耐心，很稳重，做事井井有条。”

“黛西没有雇六个女佣人帮她照顾孩子吗？”

“就请了一个。这样晚上她可以和我一起出去了，通常是参加政治集会。”

“哦，那她可真变了。”

“没完全变，她还是很喜欢举办聚会。你怎么样——还是单身吗？”

“我正在和一个名叫内莉·福德汉姆的姑娘认真在交往。你应该知道我已经有了个教子吧？”

“是的，”劳埃德说，“黛西跟我说过乔治的事情。”

从略显尴尬的表情可以看出，劳埃德知道乔治是他的私生子。“我非常爱他。”

“那就好。”

一个苏联代表团的成员走进酒吧，格雷格朝这个人看了看，从他身上看到了一种似曾相识的东西。这个苏联人三十多岁，尽管剃了头军人的短发，长相却很英俊，有着一双令人生畏的蓝眼睛。他礼貌地向格雷格和劳埃德点了点头。格雷格问他：“我们之前见过吗？”

“也许吧，”苏联人说，“我在德国上过学，加入过柏林的童子军。”

格雷格摇了摇头。“你来过美国吗？”

“我没去过美国。”

劳埃德对格雷格说：“这就是那个和你同姓的家伙，他叫沃洛佳·别斯科夫。”

格雷格做了自我介绍，然后对沃洛佳说，“我们可能是亲戚。我爸爸列夫1914年离开怀孕的女朋友移居到美国。后来那个女朋友嫁给了他哥哥格雷戈里·别斯科夫。我们会不会是同父异母的兄弟呢？”

沃洛佳的态度很快就变了。“肯定不是。”他说，“对不起，我先走一步。”沃洛佳没买酒就离开了酒吧。

“我太唐突了。”格雷格对劳埃德说。

“是啊。”劳埃德说。

“他似乎被惊到了。”

“肯定是被你说的哪句话惊到了。”

这不可能是真的，沃洛佳告诉自己。

格雷格告诉他，格雷戈里娶了个被列夫弄大肚子的姑娘。如果这是真事，那他一直叫爸爸的这个人可能只是他的伯父。

也许这只是个巧合。或许那个美国人只是在挑事而已。

但沃洛佳还是在震惊中无法自持。

沃洛佳在平时到家的时间回了家。他和卓娅都被提拔得很快，已经在父母居住的政府公寓有了套自己的公寓。和大多数晚上一样，格雷戈里和卡捷琳娜这天也在小科特亚吃完饭的时候到了沃洛佳的家。卡捷琳娜给孙子洗澡，格雷戈里则一会儿给孙子唱歌，一会儿给他讲童话故事。科特亚九个月大，还不会说话，但很喜欢爷爷讲的睡前故事。

这天晚上，沃洛佳一直魂不守舍。他试图和平常一样行事，但就是没办法和父母说话。他不相信格雷格的话，却一直在想这件事。

科特亚睡着以后，格雷戈里在准备和卡捷琳娜一起回家的时候，问沃洛佳：“我的鼻子上是不是长疖子了？”

“没有。”

“那你为什么一晚上都在盯着我看？”

沃洛佳决定说出事实。“我遇见了一个名叫格雷格·别斯科夫的人，他是美国代表团的成员，他觉得我和他可能是亲戚。”

“有这个可能，”格雷戈里的口气很轻松，似乎这件事没什么大不了的，但他的脖子都憋红了，这是他压抑着自己情绪的明显反应，“我上次见到我弟弟是在1919年，那以后，我就再也没有他的音讯了。”

“格雷格的父亲叫列夫，列夫有个哥哥叫格雷戈里，这个格雷戈里应该就是您吧。”

“那格雷格应该就是你的堂弟了。”

“他说他是我弟弟。”

格雷戈里的脖子上更红了，嘴上却什么也没说。

卓娅插话说，“这怎么可能呢？”

沃洛佳说：“这个美国的别斯科夫说，列夫临走时有个怀孕的女友，后来这个女友嫁给了列夫的哥哥。”

格雷戈里说：“真是荒唐至极！”

沃洛佳看着卡捷琳娜：“妈妈，你怎么一句话都不说？”

接下去的很长时间谁都没有说话。这本身就说明了问题。如果格雷格在说瞎话，他们有什么好考虑的？一种奇怪的寒意像霜冻一样落在沃洛佳心头。

卡捷琳娜终于发话了：“那时我是个轻浮的女孩子。”她看着卓娅说，“和你老婆现在一样，还不知道男人的好坏。”说着，她深深地叹了口气。“格雷戈里·别斯科夫或多或少可以说是对我一见钟情，可怜的家伙。”她对丈夫慈爱地笑了笑，“但他弟弟列夫却总能弄到香烟，漂亮衣服，买酒的钱，还有一帮喜欢到处惹事的兄弟。相比格雷戈里，我更爱列夫！我真是个傻子。”

沃洛佳惊奇地问：“那就是真的了？”他心中的某一部分仍然希望否定这个传闻。

“列夫做了他那种男人经常会做的事情，”卡捷琳娜说，“他让我怀了孕，然后离开了我。”

“这么说列夫才是我的父亲，”沃洛佳看着格雷戈里说。“你只是我的伯父！”他觉得脚下的地在摇，自己似乎都快跌倒了，周围像是发生了一场地震。

卓娅站在沃洛佳的椅子旁边，把手按在他的肩膀上，似乎在使他平静，也可能是不让他发作。

卡捷琳娜说：“格雷戈里做了他这种男人常会做的事情：代替弟弟照料我。他爱我，他娶了我，还供养我和我的孩子。”她坐在沙发上握着格雷戈里的手说：“本来没想嫁给他，我也配不上他，但是上帝把我许给了他。”

格雷戈里说：“我担心这一天的来临，从你出生那天起我就在担心了。”

沃洛佳说：“那你为什么要保密呢？你为什么不说出事实呢？”

格雷戈里哽咽了，他泣不成声：“我无法对你说我不是你的父亲，我爱你。”

卡捷琳娜说：“亲爱的儿子，我来跟你说。你给我听好了，我不在乎你以后是不是还会听我的话，但这次一定要听。忘了美国那个引诱了傻女孩的陌生人，好好看看眼前这个满脸是泪的男人，这才是你要珍惜的人，这才是你的爸爸啊！”

沃洛佳看着格雷戈里，格雷戈里脸上乞求的表情打动了他的心扉。

卡捷琳娜又说：“这个男人给你吃饭，给你穿衣，无怨无悔地爱了你整整三十多年。如果父亲意味着这一切，那他就是你的父亲。”

“是的，”沃洛佳说，“我知道这个。”

劳埃德·威廉姆斯和厄尼·贝文交往得非常愉快。尽管年纪相差很大，但他们具有很多的共同点。在四天穿越白雪皑皑的欧洲大陆的火车行程中，劳埃德偷偷地告诉贝文，他和贝文一样，也是个女仆的私生子。他们都积极反共：劳埃德是因为他在西班牙的经历，贝文是因为看够了工会中共产党员的种种伎俩。“他们是克里姆林宫的奴隶，却是其他所有人的暴君。”贝文说，劳埃德很清楚他说的是什么意思。

劳埃德就是没办法喜欢上总像是出门前才匆匆套上衣服的格雷格·别斯科夫，格雷格的衣服纽扣总有几颗没有扣好，领子总是耷拉着，有时甚至连鞋带都没系。格雷格很精明，劳埃德试图对他建立好感，但又觉得格雷格在随意的姿态下隐藏着一种冷酷。黛西说列夫·别斯科夫是个强盗，劳埃德觉得格雷格也有同样的天性。

贝文很快把话题转移到德国的问题上，“你觉得他的话能代表马歇尔的意思吗？”外交部长用西部农村的口音问。

“他说不是马歇尔的意思，”劳埃德回答道。“你觉得这法子会有效果吗？”

“我觉得这是我在该死的莫斯科过的三个星期里听到的最好

的主意。如果他是认真的，安排个非正式的午餐，我们这边就你和我参加，他们那边让他和马歇尔一起来。”

“我马上去办。”

“其他人谁都不许说。我们不希望苏联人听到风声。他们会说我们背着他们在搞阴谋诡计，事实也确是如此。”

第二天，他们在美国驻苏联大使馆见面了。大使馆位于斯帕索皮斯卡广场十号，这栋革命前修建的新古典主义别墅十分豪华。马歇尔又高又瘦，活脱脱一个军人。贝文圆滚滚的，近视，嘴角常叼着香烟，但两人都是开诚布公的人，一见面就热络起来了。贝文曾经在斯大林一篇极不绅士的演讲中遭到过谴责，这正是对一个外交部长的最好的奖赏。马歇尔也曾和斯大林针锋相对过。在油漆屋顶和枝形吊灯下，两个斯大林的对头研究起如何在没有苏联帮助的情况下复兴德国的计划来。

他们很快在最基本的原则上达成了共识：建立新的货币，把英占区和美占区合并在一起——可能的话，把法占区也加入进来；西德的非军事化；民主选举；穿越太平洋的新型军事同盟。讨论完以后贝文突然唐突地说：“你们应该知道，所有这些都不会起作用的。”

马歇尔吃了一惊。“我不明白，既然不起作用，我们还坐在这儿讨论干吗？”他一针见血地指出。

“欧洲在不断衰落。如果老百姓都吃不饱的话，我们的目的很难实现。对付共产主义的最好办法是让老百姓富裕起来。斯大林知道这一点——所以他希望德国一直贫困下去。”

“我知道。”

“这意味着我们必须对德国进行重建。但我们不可能空手重建德国。我们需要拖拉机、车床、挖土机、车辆——这些我们现在没钱买。”

马歇尔知道他要说什么了。“美国不愿对欧洲再施舍了。”

“我明白，但一定有办法让美国借钱给我们，让我们购买美国生产的机械设备。”

会谈中止了一阵子。

马歇尔不喜欢废话，这阵沉默却出乎意料的长。

最后，他终于说话了：“你说得很有道理，我看看有什么办法。”

外长会议持续了六个星期。启程回国的时候，外长们没有达成任何协议。

一岁时，伊娃·威廉姆斯开始长臼齿。伊娃的其他牙齿都长得很顺利，这几颗臼齿却一直在发炎。劳埃德和黛西什么都帮不了她。伊娃很可怜，她牙齿疼得无法睡觉，这样一来，劳埃德和黛西也无法睡觉，他们同样很可怜。

黛西有很多钱，但他们住得却很普通。他们在劳埃德的霍克斯顿选区买了一幢联排房屋，邻居是一个商店店主和一个建筑商。他们买了辆最高时速为六十英里的莫里斯八座车。黛西仍旧喜欢买漂亮衣服，劳埃德却只有三件外套：一件晚礼服，一件去下议院穿的条纹西服，周末见选民时穿的呢子大衣。

一天晚上，劳埃德穿着睡衣，一边摇伊娃睡觉，一边翻看着《生活》杂志。他看见杂志上登着莫斯科拍摄的一张令人印象深刻的照片。照片拍的是莫斯科街道上一个包着头巾，大衣上连着个包裹形状东西的老妇，她脸上都是皱纹，正在街上铲雪。光线打在她脸上的方式给人出生一种永恒的感觉，似乎她已经在那一千年了似的。他找到了照片的拍摄者，发现照片的拍摄者是他在外长会议期间遇见过的伍迪·杜瓦。

电话铃响了。他拿起电话，听见了厄尼·贝文的声音。“打开无线电，”贝文说，“马歇尔在发表演讲。”没等劳埃德说话，他就挂上了电话。

劳埃德抱着伊娃下楼到了客厅，然后打开了收音机。这档节目是英国广播公司记者莱昂纳德·米亚尔播报的《美国评论》，此时莱昂纳德正从马萨诸塞州的哈佛大学发来报道。“国务卿告诉这里的校友们，欧洲的重建需要一个漫长的过程，需要付出比当初预见的更为艰巨的努力。”米亚尔说。

有希望了，劳埃德兴奋地想。“伊娃，别闹哦。”他对女儿说。这次，伊娃总算安静下来了。

接着，劳埃德听见了马歇尔冷静低沉的声音。“欧洲在接下来的三到四年中购买外国食物和其他生活必需品的能力严重不足——主要来自美国——需要得到持续而额外的帮助……并且在经济、社会和政治等各方面面临严重恶化的局面。”

劳埃德兴奋得难以自持，“持续而额外的帮助”正是贝文向马歇尔所提出的要求。

“办法是打破恶性循环，恢复欧洲人民对经济的信心，”马歇尔说，“美国愿意做一切能使世界经济恢复正常的事情。”

“他遵守了自己的诺言！”劳埃德开心地对不谙世事的女儿说，“他告诉美国人民，美国必须向我们提供援助。但以何种方式提供多少呢？又在什么时候提供呢？”

收音机里的声音变了，米亚尔对听众说："国务卿没有给出向欧洲提供援助的明确时间表，他说这取决于欧洲各国制定的草案。"

"这是否意味着我们得到了他的全权委托呢？"劳埃德急切地问伊娃。

收音机里又出现了马歇尔的声音："请求援助的倡议必须来自欧洲。"

报道结束了，电话铃同时响起。"你听了吗？"贝文问。

"他这是什么意思？"

"别去问，"贝文说，"如果你问的话，他一定给你一个你不想听的答案。"

"好吧。"劳埃德觉得有点莫名。

"别去管他的意思。问题是我们怎样去做。他说倡议必须来自欧洲。这意味着我和你。"

"我能做什么？"

"收拾行李，"贝文说，"我们这就去巴黎。"

第二十四章

1948年，布拉格

沃洛佳作为苏联红军代表团的一员前往布拉格参加了和捷克军队的会谈。他们住在帝国饭店装饰豪华的房间里。

布拉格的雪很大。

沃洛佳想念卓娅和小科特亚。科特亚已经两岁了，认字的速度非常快。孩子身上每天都在发生变化，似乎天天都会变个样。卓娅又怀孕了。沃洛佳不愿和家人分别整整两周。代表团里的大多数人把这当成一个脱离妻子的好机会。他们喝很多酒，和野女人打情骂俏，但沃洛佳只想回家。

两军间的会谈在稳步进行中，沃洛佳此行却另有任务，他的任务是报告军队情报机关死对头——苏联秘密警察，在布拉格的愚笨行动。

沃洛佳对现在的工作越来越提不起劲了。以前他的许多信仰都渐渐倒塌了。他对斯大林、共产主义以及苏联人民的美德不再有信心。连父亲也不是亲生的了。如果能带上卓娅和科特亚，他一定会投奔到西方去。

但他把全部心思都投入在了目前的工作上，通过现在的工作，他可以在剩下为数不多的一些信仰上做些事情。

两星期前，捷克斯洛伐克共产党抛弃了他们的政治同盟，控制了整个捷克斯洛伐克政府。捷克著名的二战英雄、反共先锋、外交部长扬·马萨里克被监禁在了他的办公楼——切尔尼宫的楼顶。苏联秘密警察无疑是这起阴谋的幕后黑手。事实上，同样住在帝国饭店的沃洛佳妹夫伊利亚·德沃尔金就参与了这个阴谋。

沃洛佳的上司莱米托夫把这个阴谋看成苏联对外关系的灾难。马萨里克原本有机会向世界证明，东欧国家可以在苏联的羽翼下保持自由和独立。他本想在捷克斯洛伐克建立一个采取西方民主体制，但又和苏联友好合作的国家。这是个完美的安排，愿景中的捷克政府既可以让美国安心，又能让苏联得到它们想要的一切。但这种均衡却因为苏联秘密警察的横插一杠而被打破了。

伊利亚却还在叫嚣："资产阶级政党必须被打倒！"一天晚上，他在饭店的酒吧这样对沃洛佳说。

"你知道美国参议院发生了什么吗？"沃洛佳温和地问，"参议院老牌的孤立主义议员范登堡发表了八十分钟的演讲，支持'马歇尔计划'。他的演讲得到了热烈的鼓掌。"

乔治·马歇尔把不成熟的主意发展成一个计划。这主要得归功于英国外交部长厄尼·贝文的机智。在沃洛佳看来，贝文是反共分子中最危险的一类人：出身于工人阶级的社会民主党人。尽管身材臃肿，他的反应却足够敏捷。贝文以迅雷不及掩耳的速度在巴黎召开了一次由欧洲各国参加的会议，对马歇尔的哈佛演讲进行了积极的回应。

从潜伏在英国外交部的间谍那沃洛佳得知，贝文决意将德国归入马歇尔计划，而把苏联排除在外。斯大林号召东欧各国拒绝马歇尔计划，这正好落入了贝文的陷阱。

苏联秘密警察似乎正竭尽全力阻止马歇尔计划在国会通过。“参议院本打算否决马歇尔的这项提案，”沃洛佳对伊利亚说，“美国的纳税人不支持这项提案。但布拉格发生的阴谋让他们觉得有必要让这份议案得以通过，因为欧洲的资本主义有崩塌的危险。”

伊利亚愤慨地说：“捷克斯洛伐克的资本主义政党想接受美国的贿赂。”

“我们应该纵容他们，”沃洛佳说，“这也许是破坏援助的最快办法。国会会以此理由否决马歇尔计划——他们不想把钱交给共产党人。”

“马歇尔计划是帝国主义的诡计！”

“是的，”沃洛佳说，“但我觉得它会起效果。我们的战时同盟正在组成一个反苏联的集团。”

“阻挡社会主义道路的人必须以有效的方式被清除。”

“是的。”很奇怪，伊利亚这种人竟然可以一直坚持错误的政治判断不动摇。

“我得睡觉去了。”

才晚上十点，不过沃洛佳也回房睡觉了。他躺在床上，心里想着卓娅和科特亚，希望能对他们说上声晚安。

他的思绪转到了这次的任务上面。两天前，他在捷克斯洛伐克的缔造者和首任总统托马斯·马萨里克①墓前的一个仪式上，

① 托马斯·马萨里克（Tomás Garrigue Masaryk，1850－1937），哲学家和政治活动家，捷克斯洛伐克共和国的缔造者，开国三元勋之一，也是首任总统，任期为1918年至1935年。

见到了扬·马萨里克。托马斯·马萨里克既是捷克斯洛伐克独立的象征，也是扬·马萨里克的父亲。穿着毛领大衣的扬·马萨里克光着头，站在雪中，显得非常压抑。

沃洛佳想，如果扬·马萨里克可以被说服继续做外交部长，那有些妥协就有望达成。捷克斯洛伐克可以建立一个百分之百的共产党政府，但在国际关系上却保持中立，或至少保持一点反美的倾向。马萨里克有足够的外交手段和国际信用确保捷克斯洛伐克在两大阵营间走钢丝。

沃洛佳决定，第二天就把他的建议告诉莱米托夫。

他睡得很好，并且按照生物钟在六点准时起床。起床以后，他突然觉得，好像有什么不太对劲的地方。仔细一想，应该是昨晚和伊利亚的那段对话。当时，伊利亚说的“阻挡社会主义道路的人”应该是马萨里克，“以恰当的方式”应该是处死。

伊利亚早早上了床，这意味着他们今天一大早就要开始行动。

我是个傻子，沃洛佳心想。这么多迹象都放在我眼前，可我现在才想到。

他跳下床，也许现在还不算太晚。

他动作飞快，穿上厚厚的外套、围巾和帽子。饭店外面没有出租车——时间还早。他可以叫一辆红军的公务车，但叫醒司机，把车开过来至少还要一个小时的时间。

他开始步行。切尔尼宫离帝国饭店只有一到两英里路。他朝西面走，经过布拉格优雅的市中心，穿过查尔斯桥，快步朝建在小山上的切尔尼宫而去。

马萨里克没有在等他，也不会听取一个红军上校的意见，但沃洛佳确信，马萨里克见到他一定很好奇。

他快步走过雪地，在六点四十五分抵达了切尔尼宫。这是幢巴洛克式的建筑，楼上三层各自树立着一排科林斯石柱。奇怪的是，这里竟然没有什么警卫。一个警卫向他指了指切尔尼宫的正门，他没有受到任何阻拦地穿过了一楼华丽的大厅。

他原本以为会在前台遇到秘密警察的蠢蛋，但前台没有什么秘密警察。这是个不好的兆头，他的心里充满了不祥的预感。

大厅的另一边是个内院。透过窗户，他看见雪地里像是躺着一个男人。也许他喝醉了——如果真是那样，直接躺在雪地里，也是会被冻死的。

沃洛佳碰了碰门，发现是开着的。

他冲出门，跑到内院中，那个男人躺着的地方。男人穿着丝绸内衣，脸朝下趴在地上。他的身上没有雪，想必躺在那里还没多久。沃洛佳跪在他身旁。这个男人一动不动，已经没有了呼吸。

沃洛佳抬起头，内院两侧，两排窗户像士兵一样排列着。为了御寒，所有窗子都关上了——只有男人正上方的那扇窗，完全敞开着。

似乎曾经有人从那扇窗户里被扔了出来。

沃洛佳把地上那具已无生气的身体翻过来，看见了男人的脸。

死者正是扬·马萨里克。

为了应对苏联对西欧的入侵，三天以后，美国参谋长联席会议向杜鲁门总统递交了紧急作战方案。

第三次世界大战的威胁成了报章的热议话题。“我们刚刚赢得了一场战争，”杰姬·杰克斯对格雷格·别斯科夫说，“怎么又要打一场了呢？”

“我也一直这样问自己。”格雷格说。

他们坐在公园的长凳上。格雷格正在和乔治扔棒球，此时正好停下来歇一口气。

“还好他的年龄太小，不必出去打仗。”杰姬说。

“我也是这样想的。”

他们看着小乔治，他正在和一个金发女孩聊自己的年龄。他的Keds[①]鞋的鞋带散了，衬衫下摆也露在外面。他十二岁了，并且还在一天天长大。他的上唇长出了一点毛茸茸的胡须，个头看起来似乎又比上周高了三英寸。

“我们正以最快的速度把海外的部队往回调，”格雷格说，“英国和法国也是如此。但红军还没撤。造成的后果是，他们驻在德国的军队是我们的三倍。”

“美国人不想再打仗了。”

“没错，每个美国人都这样想。杜鲁门为了赢得十一月的大选，会竭尽全力避免又一次战争。但这场仗还是有可能要打的。”

“你马上就要退出军队了。你今后准备干些什么呢？”

杰姬的嗓音中有一丝颤抖，格雷格怀疑她并不像装得那样随意。他看着杰姬的脸，杰姬的表情却高深难测。格雷格说：“如果没有战争的话，我就参加1950年的国会选举。爸爸同意资助我的选战。总统选举后我这边的准备工作就马上开始了。”

她把目光转向另一边。“哪个党派？”她机械地问出了这个

---

① 美国的一个运动品牌，于1916年创立。

问题。

格雷格不知道自己哪句话使她失望了。“当然是共和党。”

“你的婚姻怎么样了？”

格雷格吃了一惊：“为什么这么问？”

她直直地看着他：“你结婚了吗？”她不依不饶地追问着。

“我马上要结婚了，新娘名叫内莉·福德汉姆。”

“我猜到了。她几岁啊？”

“二十二岁。你说‘你猜到了’是什么意思？”

“政治家需要找个老婆。”

“我爱她！”

“你肯定爱她。她们家也是从政的吗？”

“她爸爸是个律师。”

“天作之合。”

格雷格被激怒了。“别这样嘲讽人！”

“格雷格，我了解你。我跟你胡混的时候你比现在的乔治大不了多少。你任何人都可以糊弄，唯独糊弄不了你妈妈和我。”

杰姬问：“内莉知道乔治的事情吗？”

“不，保持现在的状态就好。”

“是啊，有个私生子已经够糟了，有个黑人私生子一定会毁了你的前途。”

“我知道。”

“和黑人妻子几乎一样糟。”

格雷格很吃惊，他忍不住问了一句：“你难道觉得我要娶你吗？”

她的表情很痛苦：“天啊，当然不会！如果要我在你和‘酸浴杀手[1]'之间做个选择，我还会要求给我时间好好想一想呢！”

格雷格知道她在撒谎。一时他盘算起迎娶杰姬的主意来。异族通婚在美国非比寻常，在黑人中间会引来和白人中间一样多的敌意，但许多白人还是和黑人结了婚，还承受了由此带来的后果。他从来没像喜欢杰姬那样喜欢过其他女孩，甚至连和他恋爱多年、因为等不来他的求婚而负气分手的玛格丽特·科德里也一样。杰姬伶牙俐齿，但他很喜欢这点，也许因为他母亲也这样。如果三个人能一直待在一起，那也不错，乔治会渐渐学会叫他爸爸的。他们可以在居民思想开明的地方买座宅子，也许是乔治城那种有很多学生和年轻教授的地方。

接着他看见乔治的年幼金发女伴被父母叫走了，女孩表情凶恶的白人母亲侮辱性地向乔治挥了挥手指。这时他意识到迎娶杰姬是世界上最糟的念头。

乔治回到格雷格和杰姬坐着的地方。“学校里怎么样？”格雷格问他。

“我比过去更喜欢学校了，”男孩说，“数学也越来越有趣了。”

“我的数学就很好。”格雷格说。

杰姬说：“总算找到共同点了。”

格雷格站起身。“我必须得走了。”说着，他捏了捏乔治的胳膊。“小子，把数学学好。”

“好的。”乔治说。

格雷格朝乔治挥了挥手，离开了。

---

① 约翰·乔治·海格（John George Haigh，1909–1949），外号“酸浴杀手”，是上世纪40年代英国著名的连环杀人案凶手。

杰姬无疑和他一样，也在考虑着结婚的事情。她知道离开军队对他来说是个具有决定意义的时刻。这迫使他对未来进行思考。杰姬不会真以为他会娶她，但必定抱着一份内心的期待。现在他亲手粉碎了杰姬的期待，这实在太糟糕了。即便她是白人，他也不会娶她。他喜欢杰姬，喜欢他们的儿子乔治，但他还有前途要考虑，他要娶一个能给他带来支持和关系的女人。内莉的爸爸在共和党很有权势。

他走到离公园没几个街区的意式餐馆“那不勒斯餐馆”。内莉已经到了，绿色的小帽下面伸出几缕铁红色的头发。“你看上去很不错！”他说，“希望我没迟到。”说着他坐了下来。

内莉表情冰冷。“我看见你去公园了。”她说。

格雷格想：哦，真他妈该死。

“我来得有点早，就去公园坐了会儿，”她说，“你没注意到我，我觉得自己像个偷窥的私人侦探，所以我离开了。”

“你看到我的教子了吗？”他强装高兴地说。

“他是你的教子？这可够奇怪的，我也没见你去过教堂。”

“我喜欢这孩子！对他也非常好！”

“他叫什么名字？”

“乔治·杰克斯。”

“你之前从没跟我提过他。”

“是吗？”

“他多大了？”

“十二岁了。”

“那他出生时，你才十六岁。对一个教父来说，你也未免太年轻了点吧。”

“我想是的。”

“他妈妈是干什么的？”

“他妈妈是个女仆。几年前她做过演员。她在荧幕上的名字叫杰姬·杰克斯。我遇见她的时候，她正在我父亲的摄影棚里拍电影。”这些话或多或少是真的，格雷格不安地想。

“他父亲呢？”

格雷格摇了摇头。“杰姬一个人过。”侍者过来了，格雷格问，“来杯鸡尾酒好吗？”也许鸡尾酒能舒缓一下神经。“两杯马提尼。”他对侍者说。

“先生，马上送过来。”

侍者刚一走开，内莉就问他：“你不就是这个男孩的父亲吗？”

“我是他的教父！”

她变得不耐烦起来。“哦，别再跟我来这套了！”

“你为何如此确定呢？”

“他也许是个黑人，但他很像你。他的鞋带松散，衬衫也没塞进裤子，你在这方面也一样。他把和他说话的金发小女孩迷倒了。无论从哪个方面来看，他都是你的孩子。”

格雷格不再争执了。他叹了口气说：“我正准备告诉你。”

“你准备什么时候告诉我？”

“我在等适当的时候。”

“在求婚之前，就应该有这种时候。”

“对不起。”他很尴尬，但并不是很后悔，内莉无非是闹一闹罢了。

侍者拿来了菜单，两人一起看着。“博洛尼亚肉酱意大利面。”格雷格说。

“我要一份色拉。”

马提尼上来了。格雷格举起酒杯说：“为婚姻中的相互体谅干杯！”

内莉没喝马提尼。“我不能嫁给你。”她说。

“亲爱的，别反应过度。我已经道过歉了。”

她摇摇头说：“你怎么还没明白我的意思呢？”

“怎么没明白呢？”

“公园长凳上，和你坐在一起的那个女人——她很爱你。”

“是吗？”要是在昨天，格雷格一定会马上否定内莉的话，但在今天的对话之后，他不能这样确定了。

“她当然爱你。她为何没再婚？她这么漂亮，只要想找，她一定能找个接受她儿子的男人。但她爱的是你，你这个木头脑子！”

“我无法如此确定。”

“那孩子也爱你。”

“我是他喜欢的叔叔嘛！”

“你不是他的什么叔叔，”内莉把自己的那杯酒推过桌子，“你把我的酒喝了吧。”

“亲爱的，放松一点。”

“我要走了。”内莉站起身来。

格雷格不太习惯这种被女人抛弃的场面，他觉得这太让人不自在了。他已经魅力全无了吗？

“我想娶你。”格雷格说。哪怕在他自己听来，都有点孤注一掷的感觉。

“格雷格，你不能娶我。”内莉把钻石戒指从手指上摘下来，放在红条纹桌布上，“你已经有自己的家庭了。”

说完，她走出了餐馆。

六月，两个阵营的敌对到了一触即发的程度。卡拉和家人正好在这场冲突的正中心。

马歇尔计划由杜鲁门总统签署，成为一项法令。援助的第一船物资已经到了欧洲的港口，克里姆林宫对此非常生气。

6月18日，星期五，西方各国同盟告诉德国人，他们将在晚上八点发表一份重要的声明。卡拉一家在厨房里围坐在收音机前，把频率调到法兰克福电台，焦急地等待着声明的发布。战争已经结束三年了，可他们还不知道未来会怎么样：德国走资本主义道路还是社会主义道路，联合还是分裂，自由还是受奴役，未来是繁荣富强还是一片荒芜。

沃纳把两岁半的瓦利抱在膝头坐在卡拉身边。他们已经在一年前悄然成婚。卡拉又当上护士了。她还是社会民主党的市议员。弗里达的丈夫海因里希也是一个市议员。

苏联在东德取缔了社会民主党，但柏林被四个盟国所设立的军事管制委员会所管辖，这个委员会反对取缔社会民主党，因此柏林的社会民主党幸运地得到了保留。在柏林进行的民主选举中，社会民主党取得了完胜，共产党取得的选票不到三分之一，保守的基督教民主党落在社会民主党身后。苏联被惹火了，竭尽所能阻挠民选的议会。卡拉很灰心，但她并没放弃从苏联独立的希望。

沃纳开始做些小生意。他在父亲挨炸的工厂搜索了一番，在废墟中找到了一些电子元件和收音机部件。德国人没钱买新收音机，但所有人都想把旧收音机给修好。沃纳找来了厂里原来雇佣的一些工程师，让他们修理旧的收音机。他既是经理又是销售员，一家一家上门寻访，招揽修理收音机的生意。

这天晚上同样在厨房餐桌旁的茉黛，正在替美方做翻译。她是最优秀的翻译，经常受邀在军事管制委员会的会议上进行翻译工作。

卡拉的哥哥埃里克穿着警察制服。让家人失望地加入了共产党以后，他在苏联统治者建立的东德警察局当上了警官。埃里克说西方联盟试图把德国一分为二。“你们社会民主党人是分离主义者。”他像以前模仿纳粹宣传一样引用着社会主义教条说。

“西方联盟没有进行分裂，”卡拉反驳道，“他们打开了控制区之间的边界。苏联为什么做不到？如果苏联能打开控制区边界的话，那德国就又能成为一个整体了。”埃里克似乎根本没听见她这番话。

丽贝卡快十七岁了。卡拉和沃纳办了领养她的手续。她学习成绩很好，在语言方面更是天赋异禀。

卡拉又怀孕了，不过她没告诉沃纳。她很激动。沃纳收养了个女儿，有了个继子，这次他终于能有自己的孩子了。她知道沃纳得知这个消息一定会非常激动，决定一段时间以后再告诉他。

但她更希望知道，自己的三个孩子将在怎样的一个国家生活下去。

一个叫罗伯特·洛克纳的美国军官开始了在电台里的讲话。他在德国长大，能说一口流利的德语。他说，从周一早上的七点开始，德国西部将通用一种新的货币，这种新货币叫德国马克。

卡拉对此并不奇怪。原来通用的老马克每天都在贬值。如果德国人有工作的话，他们都能拿到老马克作为工资，但老马克只能买配给的食物和公共汽车票，但所有人都想得到香烟和日用百货。沃纳给工程师发老马克的工资，而他自己会为了五根香烟、三个鸡蛋通宵或到很远的地方去干活。

卡拉从茉黛那听说，新货币已经在军事管制委员会的会议上讨论过了。苏联要求获得新货币的图版以印刷这种货币。但印刷老马克过多而造成老马克贬值的罪魁祸首正是苏联方面，如果再发生同样的事情，发行新货币就毫无意义了。最后，西方各国拒绝了苏联的要求，苏联对此非常生气。

现在，西方决定抛开苏联，自主发行德国马克。卡拉很高兴，因为新货币将给德国带来很大的好处，但她非常担心苏联的反应。

洛克纳说，西德人民可以用通货膨胀后的六十老马克兑换三德国马克九十便士。

接着洛克纳又说，至少在最初，柏林不会使用德国马克，这番话引得厨房里的一阵哀叹。

卡拉上床以后，思考着苏联会怎样行动。她睡在沃纳身边，一边考虑这着心事，一边聆听隔壁有没有动静，生怕瓦利会突然大哭。过去几个月，苏联占领者变得越来越暴躁。一个名叫迪特尔·弗里德的德国记者在美国占领区被苏联秘密警察绑架，然后被监禁。苏联方面先是否认，然后说他们是以间谍罪逮捕弗里德的。三个学生因为在杂志上批评苏联而被从大学里逐出。更糟的是，一架苏联战斗机在英国欧洲航空公司客机于加图机场降落时，与其发生碰撞，削掉了客机的机翼，造成客机上的四名机组人员、十名乘客及苏联战斗机飞行员的死亡。当苏联人发怒时，总有人会遭殃。

第二天上午，苏联宣布把德国马克带到东德是违法行为。这其中也包括了柏林，声明中说，“包括苏联占领区一部分的柏林”。美国立即对这份声明进行了谴责，宣布柏林是四方共有城市，不能被苏联所独占。两大阵营间的剑拔弩张在升温，卡拉的心情非常焦急。

周一，西德发行了新货币。

周二，苏联红军派了辆车，把卡拉带到了市政厅。

她以前被苏联红军的军车带到过市政厅，但离开家时她还是非常害怕。苏联当局完全可以将她监禁。苏联当局和纳粹一样，使用武力都不计后果。他们甚至还恢复了纳粹时代的集中营。

著名的红色市政厅已经被炸毁，现在的市政府位于帕罗齐尔大街的新市政厅。新老两座市政厅都在卡拉居住的米特区，米特区在苏联占领区内。

抵达市政厅以后，卡拉发现代理议长路易丝·施罗德和其他一些人也被红军的车辆送了过来，苏方协调官奥特什金上校把他们招来开会。他告诉他们，东德的货币会进行改革，未来在苏占区内只有东德马克是合法货币。

代理议长路易丝·施罗德马上看出了关键所在。“你是不是告诉我们这适用于柏林的所有占领区？”

“是的。”

施罗德夫人不是这么容易被吓倒的。“根据规定，苏联不能为其他几个国家的控制区制定法规，”她坚定地说，“制定柏林的法规时，必须征求各方的意见。”

“他们不会反对的，”说着他递给她一张纸。“这是索科洛夫斯基上校签署的法令。明天你把它带到市议会。”

深夜上床以后，卡拉对沃纳说：“苏联的策略很明显，如果市议会通过这项法令的话，再向西方盟国要求推翻这项法令就难了。”

“市议会不会通过这项法令。共产党的市议员比例非常少，没人想用老马克。”

“是的。所以我在想索科洛夫斯基上校会有什么秘密武器。”

第二天的早报上说，从周五开始，柏林将有两种不能通兑的货币老马克和德国马克。据说，美国用标记为“泥土”和“星球”的木箱把二十五亿的德国马克运到柏林，存放在各处。

白天，卡拉听说了不少来自西德的流言。新货币在西德制造了奇迹。一天之后，更多的货物出现在了商店橱窗里：一篮篮的樱桃，附近农村送来的胡萝卜、黄油、鸡蛋和油酥饼，以及新鞋、手提包、长筒袜等奢侈品。新货币的出现使人们愿意拿出货品与人进行交易。

这天下午，卡拉出发去市政厅，参加下午四点开始的会议。接近市政厅的时候，卡拉发现十几辆红军的卡车停在市政厅周围的街道上，卡车司机一边四处走动，一边吸着烟。这些卡车大多是战争期间美国根据《租借法案》支援到苏联的。这时，卡拉听见周围传来流氓的吵闹声，她大致知道会发生些什么了。索科洛夫斯基上校的秘密武器大概就是暴民的恐吓了吧。

市政厅前，红旗在几千人的人群中高高飘扬，大多数人都戴着共产党员的袖章。卡车的高音喇叭播放着愤怒的演讲，人群大喊：“打倒分离主义者！”

卡拉不知道该怎样进入市政厅。十几个警察在人群旁边百无聊赖地旁观着，丝毫没有帮助进入会场的意思。卡拉痛苦地想起了十五年前纳粹冲锋队捣毁母亲办公室的一幕。她确信共产党议员都已经进入了会场。如果社会民主党议员无法进入会场的话，少数共产党员将会通过这项法令，使法令合法化。

她做了个深呼吸，开始往人群里挤。

一开始，她悄悄地往前走了几步。接着，有人认出了她。“美帝国主义婊子！”那个人指着她大喊。卡拉继续坚定地往前挤。有人朝她吐唾沫，她的裙子上被人吐上了几口痰。她继续往前挤，但心里却非常害怕。周围尽是些憎恶她的人，卡拉从未体会过这种感觉，她真想拔腿就跑。卡拉被人群推来攘去，她却仍旧试图保持平衡。一只手抓住了卡拉的裙子，她奋力挣脱，裙子发出响亮的撕裂声，她真想开口大叫。他们想把她的衣服都剥下来吗？

卡拉意识到，有人跟在她身后从人群中挤了过来。她回过头，看见了弗里达的丈夫海因里希·冯·凯塞尔。海因里希赶到她身旁，和她并排往前挤。海因里希的动作很猛，他踩着人群的脚，用胳膊推搡着身边的人。两人越挤越快，最后终于挤进了市政厅。

但噩梦还没有完。市政厅里也有几百个共产党的示威者。卡拉和海因里希必须从走廊挤进会议厅。会议厅里也有很多示威者——旁听席和议席上都有。他们的行为和会议厅外的示威者一样具有攻击性。

一些社会民主党议员已经到了，另一些人在卡拉之后也到了。六十三名社会民主党议员中的大多数通过了共产党示威者的重重阻碍。卡拉顿时松了口气，敌人没能把他们吓跑。

议会发言人要求大家维持秩序，一个共产党议员却站在凳子上呼吁示威者都留下。他看到卡拉时大喊：“叛国者都赶快出去！”

这像极了1933年的情况——恐吓，侮辱，民主被暴行所摧残。卡拉非常失望。

卡拉吃惊地在旁听席吵嚷的人群中看到了哥哥埃里克的身影。她朝埃里克大喊：“你在纳粹的统治下生活过，你难道什么都没学到吗？”

埃里克似乎没听见她在说什么。

施罗德夫人站在讲坛上，呼吁所有人保持克制。她的话被示威者的嘲弄声和口哨声所打断。她提高嗓门大喊：“如果市政厅无法进行有效的辩论，我就把会场转移到美国控制区去。”

她的话又引来一阵抗议。但二十六名共产党议员却觉得转移会场不会有好处，如果投票在苏联控制区外进行，共产党的威吓就完全不起效了。简短的讨论以后，一个共产党议员站起身，叫示威者都出去。共产党示威者唱着《国际歌》鱼贯离开了会议厅。

“很显然，他们受了共产党人的指使。”海因里希说。

会场终于安静下来。施罗德夫人解释了苏方的要求，她说除非被其他盟国批准，苏方的这项动议无法在苏控区外实施。

一个共产党议员起身发言，谴责施罗德夫人听从美国方面的指令。

共产党议员不是恫吓就是侮辱，妄图通过苏方的动议。一番吵嚷之后，选举开始了。共产党议员在谴责了其他议员受控于外部势力之后，无一例外地支持苏联的法令，但其他议员都投了反对票。苏联的动议破产了。柏林拒绝被恫吓，被侮辱。卡拉在劳累之余，感受到了胜利的喜悦。

但一切还没有完。

离开市政厅时，已经是晚上七点了。大多数示威者都散了，但一些顽固分子还流连在市政厅门口。一个年老的女议员在离开时，被示威者拳打脚踢。警察在一边冷眼旁观。

卡拉、海因里希和几个朋友从边门离开，希望悄无声息地赶快回家。但一个骑自行车的共产主义示威者监视着边门。一看见他们，这人就飞快地骑上车给其他示威者报信去了。

议员们快步走了没多久，骑车人便带着十几个示威者赶过来了。一个示威者重重地推了卡拉一下，把她推倒在地。这家伙又往已经倒地的卡拉身上踢了一脚、两脚、三脚。恐惧中，卡拉抱紧了肚子。她怀孕快三个月了——正是最容易流产的时候。她绝望地想，沃纳的孩子不会在街上被共产主义暴徒踢死吧？

很快，这些人就走开了。

议员们各自整饬了一番，没有人受重伤。生怕示威者会卷土重来，他们又一起走了很长一段路。但共产党的示威者们并没有再次出现，他们已经闹腾得够多了。

卡拉八点到家，埃里克还没回来。

看到她身上的肿块和被撕的衣裙，沃纳很是惊恐。“怎么了？”他问，“你还好吗？”

卡拉忍不住哭了出来。

“你受伤了，”沃纳说，“我们去医院吗？”

卡拉用力地摇了摇头。“不用上医院去，”她说，“只是有点肿了，更糟的情况我都经历过。”说着，她瘫倒在椅子上。“老天，我累了。”

“谁干的？”沃纳生气地问。

“还是那帮人，”卡拉说，“只是从纳粹变成了共产党员，搞的也还是1933年的那一套。”

沃纳抱住了她。

卡拉的心情没有平复。“这些地痞流氓一直把持着国家大权！”她哭泣着说，“这一切什么时候才能结束？”

这天晚上，苏联的新闻机构发布了一条通告。从早上六点起，所有进出西柏林的客货交通工具——火车、汽车、运河轮渡都被禁止运营。任何物资都不能被从西柏林送到东部：德国的东部地区再也得不到西方的食品、牛奶、药品和煤炭的供应了。因为发电站将因此而关闭，所以他们已经停止了对柏林西区的电力供应。

柏林陷入了层层包围之中。

劳埃德·威廉姆斯在英国的军事指挥中心。这时正处议会假期，厄尼·贝文去英国南海岸的沙洲地带度假了，不过他对柏林的局势很是担心，他派劳埃德去柏林观察新货币的引入过程，让劳埃德随时把柏林的情况通报给他。

黛西没有陪劳埃德一起去柏林。他们的第二个孩子大卫才六个月大。黛西和伊娃·穆雷正在霍克斯顿筹办一个节育诊所，这个诊所也马上要开门了。

劳埃德害怕柏林的危机会演变成一场战争。他参加了前后两场世界大战，可不想再参加第三次。他希望他的两个孩子都能成长在和平的环境中。他和世界上最美最有情趣的女人结了婚，他想和她生活得更长久一些。

工作成瘾的美方军事长官克莱将军命令参谋制定一个方案，使得装甲部队可以从德国西部的赫姆斯塔德从高速公路通过苏联控制区直抵柏林并扫除其中的一切障碍。

劳埃德和英国驻德国总督布赖恩·罗伯特森爵士同时听闻了这一消息，罗伯特森用军人直截了当的口吻说："如果克莱这么做的话，打仗就免不了了。"

但其他办法都不管用。在和克莱年轻助理的交谈中，劳埃德听说美国人还想了其他不少主意。陆军部长肯尼斯·罗亚尔希望暂缓货币改革。克莱告诉他，货币改革已经推进得差不多了，没有任何回头的余地。之后，罗亚尔又建议先救出所有美国人，克莱告诉他这正巧中了苏联人的下怀。

布赖恩爵士希望通过空运给柏林补给物资。大多数人觉得这是不可能的。根据计算，柏林每天需要四千吨汽油和食物。世界上有这么多运输机给柏林空运吗？没人知道这个问题的答案。布赖恩爵士命令英国皇家空军起这个头。

星期五下午，布赖恩爵士去见克莱将军，劳埃德受邀作为随员参加他们的会谈。布赖恩爵士对克莱说："苏联人会在装甲车队前的高速公路上设路障，看你们是否有胆量进行攻击。我想他们总不会射落飞机吧。"

"我不知道如何空运足够的补给。"克莱说的还是老一套。

"我也不知道，"布赖恩爵士说，"但在想到更好的办法之前，我们可以先空运些物资试试。”

克莱拿起电话。“替我接通威斯巴登的勒梅将军，”他说。过了一会儿，他问：“柯蒂斯，你那有能运煤的飞机吗？”

他停顿了一会儿，听着电话那头的回复。

“我说的是运煤。”克莱的声音更大了一些。

又一阵停顿。

“没错，我说的就是煤。”

过了一会儿，克莱抬眼看了看布赖恩爵士。“他说美国空军可以运任何东西。”

英国人回到了他们的总部。

周六，劳埃德找了个军车司机，开了辆军车到苏联占领区进行私人活动。他让司机把车开到了十五年前拜访过的冯·乌尔里希家。

他知道茉黛仍旧住在这里。艾瑟尔和茉黛在战争末期恢复了通信。尽管生活艰苦，但茉黛总以勇敢的形象示人。她没有在信中寻求帮助，事实上艾瑟尔也帮不上什么忙——英国还在实行强制的食物配给呢！

乌尔里希家已经和以前大不一样了。1933年的乌尔里希家虽然有些破旧，但还不失优雅。现在这里看上去像是个垃圾堆。大多数窗户没有玻璃，而是贴上了报纸。住宅的墙壁上有很多弹孔，花园的墙壁几乎垮塌了。家里的木器已经很多年没油漆了。

劳埃德坐在车里，盯着这幢房子看了一会儿。上次来这儿的时候他才十八岁，那时希特勒刚当上德国总理。年轻的劳埃德没有想到，在这之后，世界上会发生这么多恐怖的事情。没人会想到，法西斯主义者差点统治了整个欧洲。没人会想到，世界各国付出了多么大的牺牲才最终击退了法西斯主义。他的心情有点像眼前的这幢房子，受摧残受压迫却依然挺立。

劳埃德从花园里的小道走到屋子门口，敲了敲门。

他认出了替他开门的女仆。“艾达，你好，还记得我吗？”劳埃德问，“我是劳埃德·威廉姆斯。”

屋子里的情况比外面好多了。艾达带他去了楼上的客厅，客厅钢琴上的玻璃瓶里插了些鲜花。沙发上放着块色泽明亮的毯子，无疑是用来遮盖沙发上洞眼的。糊在窗户上的报纸折射出异常明亮的阳光。

一个两岁大的男孩走进客厅，好奇地打量着劳埃德。小男孩长得像东方人，穿着手工缝制的衣服。“你是谁？”男孩问。

“我叫劳埃德，你是谁？”

“我叫瓦利。”说完他就跑出了客厅。劳埃德听到男孩在跟其他人说：“那人说话很滑稽！”

显然我的德语说得不怎么好，劳埃德想。

接着，他听到了一个中年妇女的声音。“别这么议论人，太不礼貌了！”

“外婆，对不起！”

声音刚落，茉黛走进了客厅。

茉黛的样子让劳埃德吓了一大跳。茉黛才五十多岁，看上去却像是个七十岁的老人。她头发花白，面容憔悴，蓝色丝绸裙子全都抽了丝。茉黛用干枯的嘴唇亲了亲劳埃德的面颊。“劳埃德·威廉姆斯，很高兴见到你。”

她是我姑姑，劳埃德产生了一种诡异的感觉。只是茉黛还不知道艾瑟尔已经把劳埃德的身世告诉了他。

同样已经认不出来的卡拉和卡拉的丈夫沃纳随后也走进了客厅。上次见面时，卡拉才十一岁，现在应该二十六岁了吧。尽管看上去饥肠辘辘——大多数德国人都是一副没吃饱的样子——但卡拉却很漂亮，眉眼中流露出的自信让劳埃德非常吃惊。卡拉的背稍微有点驼，劳埃德猜测她也许怀孕了。从茉黛的信里得知，卡拉嫁给了1933年就非常英俊、现在依旧非常英俊的沃纳。

差不多整整一小时，他们都在聊家常。乌尔里希家遭受了难以想象的苦难，他们也不介意诉说这些苦难，但劳埃德还是觉得他们没有说出最糟糕的那部分。他把黛西、伊娃和大卫的事简单地告诉了他们。谈话的时候，一个十来岁的女孩走进客厅，询问卡拉她是否能去朋友家玩一会儿。

“这是我们的女儿丽贝卡。”卡拉对劳埃德说。

丽贝卡大约十五六岁的样子，劳埃德觉得，她一定是沃纳夫妇收养的孩子。

“做完作业了吗？”卡拉问女孩。

“明天早上做。”

“现在就做。”卡拉坚决地说。

“妈妈！”女孩不高兴地嚷着。

“别跟我讨价还价！”说完，卡拉转过身，继续和劳埃德聊天。女孩拖着步子走出了客厅。

他们聊到了目前的紧张局势。作为市议员，卡拉正好处于危机的中心。她对柏林的未来非常悲观。她觉得为了得到整个柏林的控制权，让西方各国屈服，苏联会继续实行对柏林人的饥饿政策。

“我带你们看点东西，你们也许就不会再这样想了，”劳埃德说，“你们愿意和我一起坐车去看吗？”

茱黛留在家带瓦利，不过卡拉和沃纳跟着劳埃德一起去了。劳埃德让司机把他们带到美国占领区内的滕佩尔豪夫机场。到那以后，劳埃德把他们带到了楼上一扇可以俯瞰跑道的窗户后面。

停机坪上停了十几架C-47运输机，一些运输机上画着美国的星形标志，另一些上画着英国皇家空军的标志。飞机的货舱门开着，门后面各停着一辆卡车。德国搬运工和运输机的机组人员正把飞机上的物资往卡车上卸。货物里有成包的面粉，大桶装的食用油，一箱一箱的医疗用品和放着几千瓶牛奶的木箱。卸下货物的运输机起飞接货，更多的飞机则在滕佩尔豪夫机场徐徐降下。

“太壮观了，”卡拉的眼里闪烁着光芒，“我从来没见过这样的景象。”

“的确没有过。”劳埃德回答。

卡拉问：“美国和英国能保持住这样的状态吗？”

“不是能保持，而是必须保持。”

“能保持多久呢？”

“需要多久就多久。”劳埃德坚定地说。

美国和英国也的确是这样做的。

第二十五章

1949年，乌斯秋尔特高原

1949年8月29日，二十世纪快过去一半了，沃洛佳开车疾驶在哈萨克斯坦里海以东的乌斯秋尔特高原上。这里是苏联南部的荒漠地区，游牧民族仍然在按照一千多年前的方式骑马放羊。在崎岖不平的公路上，沃洛佳的军用卡车磕磕碰碰地前行着。太阳出来了，荒漠上出现了岩石、沙地和低矮的树丛。一头瘦骨嶙峋的骆驼孤寂地站在路边，幸灾乐祸地看着从身边经过的军用卡车。

沃洛佳依稀看见远处被聚光灯照亮的炸弹试验塔。

卓娅和其他科学家根据沃洛佳在圣达菲从威廉·伏龙芝那里弄来的设计图制造了苏联的第一颗原子弹。这是一种内爆引发的钚炸弹。设计方案还有其他几种。但钚炸弹曾经成功地爆炸过两次，一次在新墨西哥，一次在长崎。

今天的爆炸实验也必须成功。

这次实验的代号叫RDS-1，但参测人员都称之为“第一次闪电”。

沃洛佳的军用卡车停在试验塔脚下。沃洛佳抬头仰望，看见几个科学家正站在平台上拿着连接炸弹表面触发器的弯曲电线做着些什么。一个穿着蓝色连体服的身影往后退了两步，沃洛佳看见连体服之间钻出了几缕金发：是卓娅，沃洛佳感到一阵自豪。卓娅既是苏联的顶级科学家，又是我那两个孩子的母亲，他自豪地想。

她和两个男人商量着什么。三个人把头凑在一起，激烈地讨论着什么。沃洛佳希望千万别出岔子。

这颗原子弹关系到斯大林的政治生涯，一定不能出任何差错。

在其他方面，苏联诸事不顺。

西方强制在占领区推行民主政治，通过丑化克里姆林宫的政策和利用援助物资收买人心不断打击苏联实行的社会主义制度。苏联甚至没能控制整个柏林：当英国和美国的空运毫无停歇地进行了一年之后，苏联只得恢复了铁路和公路运输。在东欧，斯大林只能靠强权维持统治。杜鲁门连任总统，自认为是世界的领袖。美国生产和储存了许多核武器，在英国部署了几架新型的B-29轰炸机，随时准备把苏联炸成一片焦土。

今天是改变这一切的关键一天。

如果这颗原子弹能顺利爆炸，那苏联和美国的军事地位又将平衡了。能对美国进行核威慑的话，美国对世界的统治将告一段落。

沃洛佳不知道这是好事还是坏事。

如果这颗原子弹不能爆炸的话，卓娅和沃洛佳都将遭到清洗，被送到西伯利亚的劳动营或直接被枪毙。沃洛佳已经和父母交了底，他们同意照顾科特亚和加丽娜。

如果沃洛佳和卓娅在实验中牺牲的话，孩子也只能由他们来照顾了。

在加强的灯光下，沃洛佳看见，离试验塔或远或近的地方有一些奇怪的建筑——几幢砖木结构的房子，一座孤零零的桥，前往某种地下设施的入口。军方显然想借此测量爆炸的效果。接着，他又看见了一些卡车、坦克和战斗机，显然它们也是因为同样的目的而被放置在那里的。科学家们还将评估爆炸对生物体的冲击：爆炸地点附近放置了马、牛、羊和狗舍里的狗。

平台上的讨论似乎有了结果，三个科学家重新开始了工作。

几分钟以后，卓娅从试验塔上走下来，和丈夫打了个招呼。

“一切都顺利吗？”

“我们觉得已经做到了万无一失。”

“只是觉得吗？”

卓娅耸了耸肩。“我们从没做过这种试验。”

他们坐上军用卡车，穿越一片已经废弃了的农田，来到远处的控制堡垒。

其他的科学家跟着他们也进了堡垒。

倒计时开始以后，所有人都戴上了电焊遮光眼镜。

倒计时六十秒时，卓娅握住了沃洛佳的手。

倒计时十秒，沃洛佳对卓娅笑了笑，说：“我爱你。”

倒计时一秒，沃洛佳屏住了呼吸。

爆炸的那一刻，太阳像是突然从平地上升起一样，一道比正午阳光还要刺眼的亮光遍洒在荒漠上。在爆炸试验塔的方向，一团火球升得出乎意料的高，直接朝月亮飞奔而去。沃洛佳被火球耀眼的光芒惊呆了——绿色、紫色、橘黄色的光芒，鲜艳无比。

火球变成蘑菇状，蘑菇的伞盖越升越高。接着传来响声，先是“砰”的一声的枪支击发声，接着又出现了让沃洛佳联想起施劳弗高地战役的炮声。

最后，蘑菇云开始渐渐散开，声音也逐渐消失了。

控制堡垒里一阵长时间的静默。

有人说："老天，我可没料到会发生这个！"

沃洛佳抱住妻子。"你成功了。"他说。

卓娅神情肃然。"我知道，"她说，"但这有什么意义？"

"你拯救了苏联革命。"沃洛佳说。

"苏联的原子弹，是根据我们在长崎投掷的'胖子'制造的，"特工比尔·比克斯说，"一定有人把图纸给了他们。"

"你怎么知道的？"格雷格问他。

"从苏联的一个叛变者那里听说的。"

这时是早上九点。格雷格和比克斯正坐在比克斯联邦调查局华盛顿总部铺着地毯的办公室里。比克斯脱下外套，尽管开着空调，他的衬衫腋下却透出了点点汗渍。

"根据这家伙的说法，"比克斯说，"红军秘密情报机关的上校从'曼哈顿计划'团队的一个科学家那里弄到了那份图纸。"

"他说是谁了吗？"

"他不知道是哪位科学家。这正是我给你打电话叫你来的原因。我们需要找出这个叛徒。"

"联邦调查局当时已经把他们都检查过一遍了。"

"大多数人都有安全风险！但我们却什么都做不了。好在你和他们私下里都认识。"

“那个红军上校是谁？”

“我正是为这个来的。你认识他。他叫弗拉基米尔·别斯科夫。”

“我的堂弟！”

“是的。”

“你一定会怀疑我，换个立场的话我也一样会怀疑你。”格雷格笑着说，但心里却非常不安。

“我们当然怀疑过你了，”比克斯说，“对你的调查非常彻底，二十年来局里最彻底的调查也不过如此了。”

格雷格疑惑地看了他一眼：“没跟我开玩笑吧！”

“你孩子在学校里的学习成绩很好，是不是？”

“你是说我的教子吗？”

“格雷格，我说过了，我们对你的调查很彻底。我们知道他是你儿子。”

格雷格很生气，但他很好地抑制住了这种感情。在军队进行秘密情报工作期间，格雷格打探过许多嫌疑人的个人秘密。他无权对联邦调查局的调查表示抗议。

“你是清白的。”比克斯说。

“你的话让我松了口气。”

“苏联的变节者说，情报来自某个科学家，而不是在项目上工作的军队人员。”

格雷格若有所思地说：“我去苏联的时候，沃洛佳说他从未到过美国。”

“他撒了谎，”比克斯说，“1945年9月，他来过，在纽约住了一周。之后的八天，他把我们甩掉了。重新出现以后没两天，他就返回了苏联。”

“把你们甩掉了整整八天吗？”

“是的，的确让人很尴尬。”

“足够去圣达菲逗留几天，再返程回纽约了。”

“是的，”比克斯把身体探过桌子。“但你仔细想想，如果那个科学家已经被招募为间谍的话，苏联为什么不派他的联系人去和他接头呢？为什么要从莫斯科找人过来和他谈呢？”

“你觉得这个叛徒是在这次行程中被他招募的吗？看来似乎太快了一些。”

“也许他以前替苏联工作过，但后来断了联系。无论怎样，我们估计苏联肯定会派这个科学家以前就认识的人。这意味着沃洛佳和科学家中的一人以前就有过联系。”比克斯朝放满了灰色文件夹的茶几做了个手势，“答案就在这些文件夹里，这些是能够接触到原子弹，设计图的科学家的档案。”

“你想让我做什么？”

“把它们看一遍。”

“这不是联邦调查局的工作吗？”

“我们已经看过一遍了，但却没找到任何东西。我们希望你能发现被我们漏掉的东西。我会坐在这里陪你，帮你做些记录。”

“这是一项很费功夫的工作。”

“你有一整天的时间。”

格雷格皱起了眉——他们知道他？

比克斯自信地说：“你这一天应该没其他事了。”

格雷格耸了耸肩：“你这有咖啡吗？”

他喝了咖啡，吃了甜甜圈，然后又喝了更多的咖啡，午饭时他吃了个三明治，然后拿香蕉做下午茶。他阅读了每个科学家，以及他们妻子和家人生活的各个方面：童年生活、接受过的教育、职业经历、恋爱和婚姻、个人成就、怪癖，乃至曾经犯过的罪行。

香蕉咬到一半时，格雷格惊叫道："天哪！"

"怎么了？"比克斯问。

"威廉·伏龙芝加入过柏林的童子军。"格雷格像打赢了一场胜仗似的把文件扔在桌上。

"这又……"

"沃洛佳也加入过童子军——他跟我这样说过。"

比克斯兴奋地敲了敲桌子。"他们是校友啊！那就没错了！终于找到这个浑蛋了！"

"我们没证据。"格雷格说。

"别担心，他会承认的。"

"你怎能如此确定呢？"

"这些科学家觉得知识就应该由全人类来分享，而不应该由一国来独占。他肯定用维护全人类的利益来为自己辩护。"

"也许威廉就是这样想的。"

"他也会因此坐电椅。"比克斯说。

格雷格突然感到一阵寒意。威廉·伏龙芝看上去似乎人不错。"他会被判死刑吗？"

"当然了，你看着好了。"

比克斯没说错。威廉·伏龙芝因为叛国罪被判处死刑，并在电椅上结束了自己的生命。

他的妻子也一同被处死了。

黛西看着丈夫戴上白色的领结，穿上和最好的西装配套的那件燕尾服。“你看上去非常棒。”黛西说。她没有夸张，劳埃德看上去像电影明星似的。

她还记得，十三年前，劳埃德穿着借来的西服参加三一学院舞会的样子。回忆过去，让她很愉悦。尽管西装大了两个尺码，但劳埃德看上去还是非常英俊。

他们住在黛西父亲丽思-卡尔顿酒店的长租套房。劳埃德现在是英国外交部的一个副部长，这次他是来美国进行外交访问的，劳埃德的父母艾瑟尔和伯尼很高兴能替他们带一周外孙外孙女。

今晚，劳埃德和黛西将参加白宫举行的舞会。

黛西穿着克丽斯汀·迪奥设计的丝缎裙——梦幻的曳地粉红百褶裙外层，笼着闪烁的薄纱，十分引人注目。经过了这么多年战时的艰苦，黛西终于又能在巴黎买上时装了。

她想起了1935年布法罗帆船俱乐部的舞会，那次舞会几乎毁灭了她的一生。白宫比帆船俱乐部更有威望，但她心里明白今晚没有任何事情会威胁到她。当劳埃德为她戴上艾瑟尔的玫瑰色钻石项链时，她还在回忆着往事。

十九岁的时候，黛西急切地希望上层社会能接纳她。现在她不会为这种事劳神。只要劳埃德说她看上去不错，她就不再去管别人会怎么想。除此之外，唯一她想得到认同的人，就是艾瑟尔·莱克维兹。艾瑟尔出身低微，从来没穿过巴黎时装。

所有女人在回首往事时，都会觉得自己年轻时非常蠢吗？黛西想到了年轻时也曾干过蠢事的艾瑟尔——被已婚的雇主弄大了肚子——但艾瑟尔从没对以前的事发过牢骚。也许这才是正确的态度吧。

黛西细数着自己犯过的错误：跟查理·法奎森订婚，对劳埃德的追求置之不理，嫁给博伊·菲茨赫伯特。她不怎么回首往事，过去的这些事都错得太离谱了。

直到被上层社会彻底抛弃，在阿尔德盖特威廉姆斯家的厨房寻找到温暖以后，她的生活才慢慢变好。了解了什么是真正的友情后，黛西便不再要求更高的社会地位了，也因此找到了快乐的源泉。

她不再为地位而担忧，对聚会却比以前更为热衷了。

“准备好了吗？”劳埃德问她。

她已经准备好了和迪奥女装配套的晚礼服。他们乘电梯下楼，离开宾馆，踏进候着的豪华汽车。

圣诞夜，卡拉劝母亲弹首钢琴曲。

茉黛已经好多年没有弹钢琴了。也许这会让她悲伤地忆起沃尔特——他生前总是和茉黛一起边弹边唱，而且她时常向孩子们提起，自己多么想教沃尔特弹奏拉格泰姆，但始终教不会。

茉黛已经很长时间不说这件事了，卡拉觉得，钢琴可能也让茉黛想起了约西姆·科赫，来乌尔里希家学钢琴的科赫，被茉黛欺骗、和她调情的科赫，被卡拉和艾达在厨房里杀死的那个科赫。卡拉总是摆脱不了那个晚上噩梦般的回忆，尤其是抛尸。她一点儿都不后悔——她们做得没错——但她还是想忘了那一切。

无论如何，茉黛还是答应了，他们唱《平安夜》，她来弹琴伴奏。沃纳、艾达、埃里克，以及丽贝卡、瓦利和新生儿莉莉，围着客厅里的施坦威钢琴站着。卡拉点了一根蜡烛搁在钢琴上，烛光下，她凝视着家人们，一起唱着熟悉的德国赞美诗。

再过几周，沃纳怀里的瓦利就要四周岁了。在大人们的指点下，他试着独唱。瓦利长着一副东方面孔，和他的强奸犯父亲一样。卡拉决定教育他善待女人，作为对自己不幸的“复仇”。

埃里克热情地哼唱着《平安夜》，他像以前支持纳粹一样盲目地支持苏联。起初，卡拉既不解又生气，但现在她明白了其中令人悲伤的逻辑。埃里克和众多害怕自由选择生活方式的懦弱者一样，情愿屈服于暴政。他们愿意按政府的命令去做，愿意按政府希望他们想的那样去想。他们既愚蠢又危险，但这样的人恰恰有很多。

卡拉充满爱意地看着年过三十却依然非常英俊的沃纳，回忆起十九岁那个夜晚，在格伦沃尔德夜总会前那辆漂亮的车子旁亲吻他的情景。现在，卡拉还是很喜欢吻沃纳。

想到在那之后经过的这些岁月，卡拉不禁生出许多遗憾，其中最遗憾的，莫过于父亲的死。她经常会想到父亲，每当想起他被盖世太保残酷折磨，没等到医生来便死在家门口的地上，她就会失声痛哭。

但每个人都会死，父亲为了创造更好的世界，献出了自己的生命。如果德国人能更勇敢一些，纳粹绝不会这般为所欲为。卡拉想做父亲做过的所有事——把孩子抚养好，让德国的政治面貌焕然一新，爱别人，也被人爱着。

最重要的是，当她死的时候，她也希望自己的孩子能像她看待她父亲一样，觉得她的一生很有意义，世界因为她而变得更好了。

《平安夜》进入了尾声。茉黛弹完了最后一个音符。瓦利把头伸到钢琴盖上，吹灭了蜡烛。

敬请继续阅读“世纪三部曲”大结局《永恒的边缘》

鸣　谢

担任“世纪三部曲”历史顾问的是理查德·欧弗里。与此同时，我也要感谢伊万·茉黛斯利、蒂姆·利斯、马蒂亚斯·莱斯，以及理查德·托耶等历史学家。他们读了《世界的凛冬》的打印稿，帮我做了不少修正。

和以前一样，编辑和助理也给了我许多难能可贵的帮助，尤其是阿米·博克沃尔、莱斯利·杰尔伯曼、菲利斯·格兰、内尔·格兰、内尔·尼伦、苏珊·奥比和杰里米·特雷维森。

1975年，我认识了现在的首席助理阿尔·祖克曼。从那以后，他不光为我鼓劲，还向我提出了许多宝贵的建议。

还有很多朋友对这本书的书稿提出了颇有见地的意见。尼格尔·迪恩很注重细节，帮我提了一些错漏之处。克里斯·曼纳斯和麦克沃特还和以前一样感觉敏锐。安吉拉·斯皮和阿玛丽·本科，帮我改动了许多德国部分的错误。

在结束一部作品时，我总会感谢我的家人，这次也不例外。芭芭拉·福莱特、伊曼纽尔·福莱特、简·特纳、金·特纳都读了本书的初稿，提了不少很有助益的建议，同时给了我无微不至的爱。

人物表

美　国

杜瓦家族

格斯·杜瓦，参议员

罗莎·杜瓦，格斯的妻子

伍迪·杜瓦，他们的大儿子

查克·杜瓦，他们的小儿子

乌苏拉·杜瓦，格斯的母亲

别斯科夫家族

列夫·别斯科夫

奥尔加·别斯科娃，列夫的妻子

黛西·别斯科娃，列夫和奥尔加的女儿

玛伽，列夫的情妇

格雷格·别斯科夫，列夫和玛伽的儿子

格拉迪丝·安格鲁斯，电影明星，列夫的另一个情妇

洛兹罗赫家

戴夫·洛兹罗赫

乔安妮·洛兹罗赫

布法罗的社会名流

多特·伦肖

查理·法奎森

乔·布列胡诺夫，恶棍

布赖恩·霍尔，工会领袖

杰姬·杰克斯，小明星

埃迪·帕里，查克·杜瓦的水兵朋友

范德米尔海军上校，查克·杜瓦的长官

玛格丽特·科德里，美丽的女继承人

真实的历史人物

富兰克林·罗斯福，总统

玛格丽特·莱汉德，罗斯福总统的助手，昵称“米茜”

哈里·杜鲁门，副总统

科德尔·赫尔，国务卿

萨姆纳·韦尔斯助理，国务卿

莱斯利·格罗夫斯，陆军工程兵团上校

英　国

菲茨赫伯特家族

菲茨赫伯特伯爵，昵称菲茨

伊丽莎维塔公主，昵称“碧”，其妻

博伊·菲茨赫伯特，阿伯罗温子爵，他们的大儿子，儿时昵称“宝宝”

安迪·菲茨赫伯特，他们的小儿子

莱克维兹-威廉姆斯家族

艾瑟尔·莱克维兹（娘家姓威廉姆斯），下议院议员

伯尼·莱克维兹，艾瑟尔的丈夫

劳埃德·威廉姆斯，艾瑟尔的儿子，伯尼的继子

米莉·莱克维兹，莱克维兹夫妇的女儿

其　他

露比·卡特尔，劳埃德的朋友

本·韦斯特安普敦，菲茨的朋友

琳迪·韦斯特安普敦和莉齐·韦斯特安普敦，本的双胞胎女儿

吉米·穆雷，穆雷将军的儿子

梅尔·穆雷，吉米的妹妹

劳瑟侯爵，昵称“劳西”

内奥米·埃弗里，米莉的闺密

亚伯·埃弗里，内奥米的哥哥

真实的历史人物

欧内斯特·贝文，下院议员，外交大臣

德国和奥地利

冯·乌尔里希家族

沃尔特·冯·乌尔里希

茉黛·冯·乌尔里希，其妻（闺名茉黛·菲茨赫伯特）

埃里克·冯·乌尔里希，他们的儿子

卡拉·冯·乌尔里希，他们的女儿

艾达·汉普尔，冯·乌尔里希家的女仆

库尔特·汉普尔，艾达·汉普尔的私生子

罗伯特·冯·乌尔里希，沃尔特的堂兄

容格·施莱彻，罗伯特的合伙人

丽贝卡·罗森，孤儿

弗兰克家族

路德维希·弗兰克

莫妮卡·弗兰克，其妻（闺名莫妮卡·冯·德·赫尔巴德）

沃纳·弗兰克，他们的大儿子

弗里达·弗兰克，他们的女儿

阿克谢尔·弗兰克，他们的小儿子

瑞特，弗兰克家的司机

康拉德·冯·德·赫尔巴德伯爵，莫妮卡的父亲

洛特曼家族

伊萨克·洛特曼医生

汉尼洛尔·洛特曼，伊萨克·洛特曼的妻子

伊娃·洛特曼，伊萨克·洛特曼夫妇的女儿

鲁迪·洛特曼，伊萨克·洛特曼夫妇的儿子

冯·凯塞尔家族

戈特弗里德·冯·凯塞尔

海因里希·冯·凯塞尔，戈特弗里德·冯·凯塞尔的儿子

盖世太保

托马斯·马赫，盖世太保支队长

克林勒恩督查，托马斯·马赫的上司

莱因霍尔德·瓦格纳

克劳斯·里特尔

冈瑟·施奈德

其　他

赫尔曼·布劳恩，埃里克的好哥们

施瓦布中士，园丁

威廉·伏龙芝，科学家

苏　联

别斯科夫家族

格雷戈里·别斯科夫

卡捷琳娜·别斯科娃，其妻

弗拉基米尔·别斯科夫，昵称沃洛佳，他们的儿子

安雅·别斯科娃，他们的女儿

其　他

卓娅·沃洛茨恩特谢夫，科学家

伊利亚·德沃尔金，克格勃官员

莱米托夫上校，沃洛佳的上级

鲍伯罗夫上校，驻西班牙的红军军官

真实的历史人物

拉夫连季·贝利亚，克格勃头子

维亚切斯拉夫·莫洛托夫，苏联外交部长

西班牙

特蕾莎，文化教员

威尔士

威廉姆斯家族

比利·威廉姆斯，阿伯罗温议员

大卫·威廉姆斯，他的大儿子

凯尔·威廉姆斯，他的小儿子

大卫·威廉姆斯，“外公”

卡拉·威廉姆斯，“外婆”

格里菲斯家族

汤米·格里菲斯，比利·威廉姆斯在政治上的代理人

莱尼·格里菲斯，汤米的儿子

肯·福莱特里程碑式代表作

中世纪三部曲　半个地球都在通宵读

《圣殿春秋》

十二世纪英国。一个贫困的建筑匠，一心只想建造一座美丽的大教堂。

几经波折，他终于遇到了一个机会。但一座大教堂的建造过程是各方势力的角力：教会、贵族、王室、“巫女”……教堂的建造屡遭干涉。每一种声音都有可能成就他，也有可能毁灭他。

在那个风云诡谲的时代，一个普通建筑匠的信念能否改变世界……

肯·福莱特经典作品

世纪三部曲　各国读者平均3个通宵读完

《巨人的陨落》

从危险的煤矿到华丽的宫殿，从代表着权力的走廊到爱恨纠缠的卧室，五个家族迥然不同又纠葛不断的命运，将展现一个我们自认为了解，但从未如此真切感受过的20世纪。

《世界的凛冬》

时代的剧变，让一群处于人生黄金时代的少男少女困惑不已。父辈的命运因一战而变，如今世界再次破碎，但这就是他们的时代！在时间永恒的流动中，每个人都在创造历史。

《永恒的边缘》

如果说《巨人的陨落》是祖辈的传奇，《世界的凛冬》是父辈的人生，那么，《永恒的边缘》就是新一代的奋斗。世上只有一种英雄，就是在认清生活真相之后，依然热爱生活。

悬疑经典　各国读者平均1个通宵读完

《针眼》

获爱伦·坡优秀小说奖，美国《出版人周刊》《时代杂志》等媒体强烈推荐的畅销小说。

《危险的财富》

一部维多利亚时代浮华糜烂的家族史诗，交织着贪婪和仇恨、自私与残忍、冷血的谋杀和虚幻的爱情。

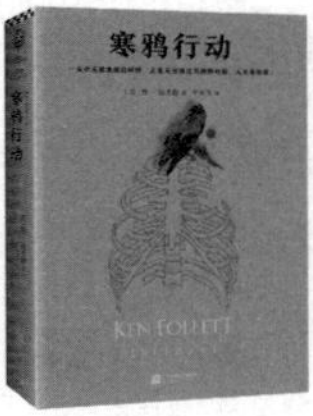

《寒鸦行动》

一群代号为“寒鸦”的女人，在拼命抗击纳粹的同时，却被出卖。一张天罗地网正等待着“寒鸦”们……

《大黄蜂奇航》

一名少年无意间闯入了德军秘密基地，发现了纳粹的秘密。翻看本书，直面二战的现场与真相。

《鹰翼行动》

奥斯卡获奖影片《逃离德黑兰》前传！没有任何一个好莱坞编辑能像肯·福莱特一样完美地讲述这场著名的冒险。

《突然亡命天涯》

致命的三角关系、危险的秘密任务、异国的场景、巧妙的情节……在这条亡命之路上，幸福与和平能否最终来临?

《燃烧的密码》

在尼罗河上的船屋里，充满了阴谋与血腥、欲望与爱情。紧张的局势就像不停收紧的绳索，每一个意想不到的反转都让人尖叫!

《飞剪号奇航》

33小时的致命旅程，19个人的绝境求生，紧张地让人头皮发麻！不要害怕改变，去折腾，去受伤，去热烈地生活!

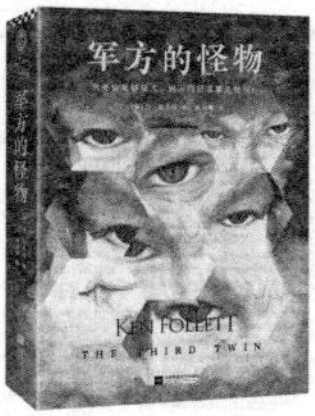

《军方的怪物》

到底我是一个什么样的人？到底是什么决定了我是谁？一次突如其来的栽赃嫁祸，揭开了身世之谜背后的滔天阴谋。

《边缘人的战争》

为了守护自己生存的地方，以神甫为代表的一帮离群索居的老嬉皮士，向整个外部世界发起威胁，与FBI特工展开一场惊险刺激的较量。